U0513693

全本·评注·精译

世說新語

详解

[南朝宋] 刘义庆 撰

[南朝梁] 刘孝标 注

朱碧莲 详解

上海古籍出版社

图书在版编目(CIP)数据

世说新语详解/(南朝宋)刘义庆撰;(南朝梁)刘孝标注;朱碧莲详解. —上海:上海古籍出版社,2013.6
(2023.12重印)
ISBN 978-7-5325-6752-2

Ⅰ.①世… Ⅱ.①刘… ②朱… Ⅲ.①笔记小说—中国—南朝时代 ②《世说新语》—研究 Ⅳ.①I242.1

中国版本图书馆CIP数据核字(2012)第320546号

世说新语详解

(全二册)

[南朝宋] 刘义庆 撰 [南朝梁] 刘孝标 注
朱碧莲 详解
上海古籍出版社出版发行
(上海市闵行区号景路159弄1—5号A座5F 邮政编码201101)
(1) 网址:www.guji.com.cn
(2) E-mail:gujil@guji.com.cn
(3) 易文网网址:www.ewen.co
上海展强印刷有限公司印刷
开本 889×1194 1/20 印张 35.2 插页 4 字数 822,000
2013 年 6 月第 1 版 2023 年 12 月第 11 次印刷
印数:42,901-45,000
ISBN 978-7-5325-6752-2

I·2652 定价:78.00 元

如发生质量问题,请与承印公司联系
电话:021-66366565

朱碧莲先生摄于还芝楼书斋（2006年冬）

　　朱碧莲（1932年3月—2013年9月），浙江青田人。1955年毕业于复旦大学中文系，曾两度获得陈望道校长的嘉奖。华东师范大学中文系教授，从事中国古代文学研究与教学数十年，学养赡富，著述颇丰。撰有《杜牧诗文选注》（与王淑均合撰，上海古籍出版社，1982年）、《华东游记选(苏闽)》(上海文艺出版社，1985年)、《楚辞讲读》(华东师范大学出版社，1986年)、《宋玉辞赋译解》（中国社会科学出版社，1987年）、《留青日札》（点校，上海古籍出版社，1992年；浙江古籍出版社，2012年)、《中国古代文学事典》(主编，中州古籍出版社，1992年)、《楚辞论稿》（上海三联书店，1993年；中国台湾版改题为《楚辞论学丛稿》，台北文史哲出版社，2000年）、《杜牧选集》（上海古籍出版社，1995年、2016年、2018年多次印行）、《中国辞赋史话》（黄山书社，1997年）、《还芝斋读楚辞》（上海古籍出版社，2008年）、《秦汉文学史五十论》（与沈海波合撰，甘肃人民出版社，2008年）、《世说新语详解》（上海古籍出版社，2013年）等十余种著作。另外，还参与编写《中国古代文学作品选》等教材和文学工具书多种。

朱碧莲教授与先生沈剑英教授、女儿沈海燕教授、儿子沈海波教授
（2005 年春节摄于还芝楼门前）

朱碧莲教授与先生沈剑英教授
（2006 年摄于还芝楼前）

序　言

　　《世说新语详解》是内子朱碧莲教授的最后一部著作,因其重病在身,只能由我代作弁首,对本书的相关问题做一些说明。

　　本书包括《世说新语》原文、今译、刘孝标注、今注、评析五个部分。《世说新语》原文和刘孝标注以涵芬楼影印嘉趣堂本为底本,同时参考了余嘉锡《世说新语笺疏》等著作的校勘成果,力求保持原著的本来面貌;今注部分力求详确,不避疑难之处,对生僻字均注音助读;今译部分基本采取直译,避免添枝加叶。评析部分则注重历史事件、社会背景和人物关系的交代,以期钩深致远,充分阐发其本旨。

　　内子晚年的书斋生活主要是与《世说新语》为伴,她每日品读原文,查阅资料,注释解析,数年如一日,笔耕不辍。迨至书稿初成之时,不幸恶疾暗侵,日久而显,终至不克握管。此书稿虽然倾注了内子晚年的心血,然在体例及内容上尚存诸多有待完善之处,为此次子沈海波投入大量精力对书稿加以整理,除补撰若干原稿未竟之处外,还对文字作了润饰,对体例予以统一。此番付梓,复承海南师范大学中文系主任杨清之教授代拟二万余言的《前言》,为本书增色。清之是朱碧莲教授二十多年前的研究生,对魏晋南北朝文学深有研究,其《前言》殊富学术性。另外尚需说明者,《世说新语》所记历史人物众多,关系复杂,且同一人物的事迹往往散见各篇,故本书特附人物索引,以备查核。本索引系华东师范大学中文系龚斌教授所著《世说新语校释》的附录,现经其同意移植于此,我们仅作了一些技术上的处理。

　　辱承上海古籍出版社王兴康社长的鼎力支持,本书得以在内子朱碧莲教授八十初度之际付梓;并承研究生李越奇、任姿南、岳磊为之付出补录和初校之劳,谨此并致谢忱!

沈剑英叙于沪上还芝楼

2012 年 7 月 20 日

前　言

一

　　《世说新语》亦称作《世说》、《世说新书》，最早见录于《隋书·经籍志》。《隋书》将其归于"街谈巷语"之"小说家言"，并叙曰："《世说》八卷，宋临川王刘义庆撰；《世说》十卷，刘孝标注。"将原著与注本、作者与注者交待得非常清晰。而同是唐人编撰的《南史》，则只是笼统地记述刘义庆"所著《世说》十卷，撰《集林》二百卷，并行于世"（卷十三）。据此可知，唐人所见到的《世说》已有八卷本与十卷本之别，八卷本是刘义庆的原著，十卷本则包含有刘孝标的注。

　　尽管唐人对《世说新语》的作者与注者有明确的交待，而且这一观点也为历代著录所承袭，然此前沈约《宋书》对临川王刘义庆撰写《世说》之事却只字未提（见《宋书》卷五十一），这一现象颇令人费解。于是，就有人对《世说》的作者提出异议。譬如，鲁迅先生在《中国小说史略》中即谓："《宋书》言义庆才词不多，而招聚文学之士，远近必至，则诸书或成于众手，亦未可知也。"此说既出，便引发诸多回应者，至今亦难有定论。我们认为，《世说新语》无论是直接出自刘义庆之手，还是成于其门下众人之手，都不可否认该书与刘义庆之间的关联，化用刘勰之言，可谓：不有义庆，岂见《世说》？

　　那么，刘义庆是一个怎样的历史人物，他又是在怎样的背景下完成这部旷世奇书的？根据《宋书》、《南史》记载，刘义庆（403—444），原籍彭城（今江苏徐州），世居京口（今江苏镇江），出身于南朝刘宋宗室之家，其父刘道怜为宋武帝刘裕异母之弟，被封为长沙景王。因道怜同母弟道规无子，义庆遂出继叔父道规。道规死后被追封为临川王，所以刘义庆后来袭封为临川王。

　　刘义庆从小就为伯父刘裕所赏识，常被誉为"我家之丰城也"。年十三，袭封南郡公；义熙十二年跟随刘裕攻打长安，回来后拜为辅国将军、北青州刺史，旋即徙为督豫州诸军事、豫州刺史等职。刘宋建立后，义庆袭封为临川王，历任侍中、丹阳尹、中书令、荆州刺史等职。当时，"荆州居上流之重，地广兵强，资实兵甲，居朝廷之半，故高祖使诸子居之。义庆以宗室令美，故特有此授"。应该说，刘义庆以其过人的才华，在刘宋宗室诸王中脱颖而出，也颇受宋文帝的信赖与重用，这样的处境很有可能促使他在政治上有所作为。

　　然而，刘义庆"为性简素，寡嗜欲"，又谨小慎微，他深知皇家宗室的出身能给自己带来种种特权与荣耀的同时，也可能带来不虞之祸。远者有前朝的"八王之乱"，骨肉相残；近者有少帝及庐陵王刘义真被废杀。因此，名利场上只有权利的角逐，没有谁去遵守固定的游戏规则，毫无是非秩序，置身此境，凶险四伏。元嘉八年，太白星犯右执法，义庆时任尚书左仆射，惧有灾祸，乞求外镇。宋文帝曾专门下诏安慰他，义庆仍然深感不安，固求外任。而且，外任期间，"迎送物并不受"；还有，平素节俭的刘义庆，晚节奉养沙门而"颇致费损"。这些迹象表明，刘义庆虽居宗室令美，然其兴趣并不在政治上，其内心始终承受着不小的心理负荷，故而在行为上力求规避种种政治风险，希望远离朝廷，远离权力争斗的是非之地。

进入文学自觉时代，"爱好文义"在士林中蔚然成风，尤其是进入南朝，其风愈炽。梁朝萧子显曾以玄学与文学来概括晋宋二世不同的时代风潮，谓"晋世以玄言方道，宋氏以文章闲业"（见《南齐书》卷三十九），此言甚确；《资治通鉴》亦谓："自宋世祖好文章，士大夫悉以文章相尚，无以专经为业者。"（第一百三十六卷）此"世祖"即孝武帝刘骏，似乎宋世士人"以文章相尚"的风气始于刘骏。实际上，刘骏之父宋文帝刘义隆早就自称"吾少览篇籍，颇爱文义，游玄玩采，未能息卷"（《宋书》卷九十五）。因此，元嘉时期文风已盛。譬如何尚之"雅好文义，从容赏会，甚为太祖所知"，《宋书》本传谓之"爱尚文义，老而不休，与太常颜延之论议往反"（卷六十六）；他们的子辈何偃与颜峻亦"以文义赏会，要得甚欢"（《宋书》卷五十九）。又，谢灵运"文章之美，江左莫逮"，然"为性偏激，多衍礼度"，所以，少帝时期，"朝廷唯以文义处之，不以应实相许"，而灵运"自谓才能宜参权要"，既不见知，常怀愤愤，于是称疾去职；文帝即位，虽赏识灵运才华，甚至称其诗、书为"二宝"，然亦"唯以文义见接，每侍上宴，谈赏而已"，这使得谢灵运大失所望，故于元嘉五年再次去职东归，"与族弟惠连、东海何长瑜、颍川荀雍、泰山羊璿之，以文章赏会，共为山泽之游，时人谓之四友"（卷六十七）。还有，谢混"风格高峻，少所交纳"，"唯与族子灵运、瞻、曜、弘微并以文义赏会。尝共宴处，居在乌衣巷，故谓之乌衣之游"（卷五十八）。所谓"文义赏会"或"文章赏会"，就是人们相聚在一起欣赏诗文或论析玄理。实际上这样的"赏会"是魏晋清谈的延续，只不过谈论的内容由玄言佛理逐渐趋向于文学。上述材料，可见刘宋士林"爱好文义"风气之一斑，而且，从某种意义上说，"文义"与政治之间又似乎存在着一种隐秘的关联。

可以说，"爱好文义"也是刘义庆为规避政治风险、释放心理负荷的一种方式。《宋书》本传谓其"文词虽不多，然足为宗室之表"，又载他"招聚文学之士，近远必至。太尉袁淑，文冠当时；义庆在江州，请为卫军咨议参军。其余吴郡陆展、东海何长瑜、鲍照等，并为辞章之美，引为佐史国臣"。就像魏晋名士为了回避现实而热衷于清谈玄理一样，刘义庆"招聚文学之士"的举动，意在向当时的政客们表明，自己无心于政治上的角逐，从而化解随时可能降临的灭身之祸。即便如此，刘义庆仍不能完全释怀，《宋书》本传载，"义庆在广陵，有疾，而白虹贯城，野麋入府，心甚恶之，固陈求还。太祖许解州，以本号还朝。二十一年，薨于京邑，时年四十二"。我们认为，刘义庆的病一定程度上源自其"心疾"，谨慎的性格使他在政治上过于敏感，从而加重心理上的压力,而心理上的过度紧张最终真的要了他的命。当然,刘义庆的"心疾"也并不是杞人忧天,就在他死后第十年(元嘉三十年),便发生太子刘劭弑父篡位,随后又是孝武帝与竟陵王刘诞之间的相忌残杀、海陵王刘休茂起兵败死,乃至于孝武死后引发刘宋宗室为争夺权利而操戈的大混乱。

要之,在文风日盛、政治风险四伏的环境下,简素而又谨慎的个性,使得皇族出身的刘义庆放弃权利的角逐,转而"爱好文义",广泛地招聚文学之士,直接促成《世说新语》的问世。除《世说》外,刘义庆还撰有《徐州先贤传》十卷,《集林》二百卷;又拟班固《典引》为《典叙》,以述皇代之美。其成就,足以在中古文学史上占一席之地。

提及《世说新语》,不能不提到刘孝标的注。此注素为前人所推崇,《四库全书总目》曾谓:"孝标所注,特为典赡。高似孙《纬略》极推之。其纠正义庆之纰漏,尤为精核。所引诸书今已佚其十之九,惟赖是注以传。故与裴松之《三国志注》、郦道元《水经注》、李善《文选注》,同为考证家所引据焉。"确实如此,刘注所引典籍多达四百余种,而且其中绝大多数今已佚失,因此,其所引材料就显得弥足珍贵。刘注材料丰赡,且"有不言之妙",当然与其学识、为人等因素相关联。

据《梁书·文学传》载,刘孝标名峻,南朝平原(今山东)人,父亲刘珽,刘宋时期曾任始兴内史之职。泰始初年,青州为魏所陷,孝标时年八岁,为魏人掠至中山,后被中山富人刘实以束帛赎下,教以书学。虽然寄人篱下,但刘孝标从小就勤奋好学,"常燎麻炬,从夕达旦,时或昏睡,蓺其发,既觉复读,终夜不寐,其精力如此"。因为勤奋好学,曾被人称为"书淫"。正是由于早年的大量阅读,为其日后注《世说》打下了坚实的学识基础。

不仅如此,刘孝标还是一个"率性而动,不能随众沉浮"的性情中人。《梁书·文学传》载:"高祖招文学之士,有高才者,多被引进,擢以不次。峻率性而动,不能随众沉浮,高祖颇嫌之,故不任用。"这种"不随众沉浮"的个性在为任昉而鸣不平之事上得以集中体现。《梁书》卷十四载,"昉好交结,奖进士友,得其延誉者,率多升擢,故衣冠贵游,莫不争与交好,坐上宾客,恒有数十。时人慕之,号曰任君"。可是,任昉死后,"诸子皆幼,人罕赡恤之"。孝标有感而发,著《广绝交论》以讥其旧交,对任昉"縂帐犹悬,门罕渍酒之彦;坟未宿草,野绝动轮之宾"的遭遇深表同情,对世态炎凉、世路险歧深表悲哀。文章嬉笑怒骂,讽刺热辣,致使任昉生前好友到溉"见其论,抵几于地,终身恨之"。

"率性而动"颇有几分魏晋名士之风范,当然,这样的处世方式是要付出代价的,上文所引"高祖颇嫌之,故不任用",明言其仕宦之不达。对此,刘孝标亦淡然处之。曾作《辨命论》,认为"士之穷通,无非命也",而"命"又是不可预测、更不能改变的,"命也者,自天之命也。定于冥兆,终然不变。鬼神莫能预,圣哲不能谋;触山之力无以抗,倒日之诚弗能感;短则不可缓之于寸阴,长则不可急之于箭漏;至德未能逾,上智所不免"。所以,"君子居正体道,乐天

3

知命。明其无可奈何,识其不由智力。逝而不召,来而不距,生而不喜,死而不戚。瑶台夏屋,不能悦其神;土室编蓬,未足忧其虑。不充诎于富贵,不遑遑于所欲"。正是基于这种对人生命运的通达态度,且性爱山水,"每思濯清濑,息椒丘"(见《东阳金华山栖志》),仕既不达,孝标便干脆以疾去官,游东阳紫岩山,筑室居焉,做一个隐居深山、专于学问的隐士。

注《世说》之前,刘孝标曾在梁安成康王萧秀手下编撰过《类苑》,其书"括综百家,驰骋千载,弥纶天地,缠络万品",被人誉为"述征之妙,扬、班俦也"(见《全梁文》卷五十六所收刘之遴《与刘孝标书》)。这部类书虽然没能流传下来,但可以想象得到,刘义庆在编撰过程中遍览群书的情形,这也为其日后注《世说》打下了基础。《世说新语》以史家实录之笔,生动传神地表现魏晋名士的气韵风度,在一定程度上与刘孝标的品性相契合,从而引发其浓厚兴趣,以致倾力为之作注,使之锦上添花,成为中国文学史上不朽的经典。

二

《世说新语》由一千一百三十则故事组成,全书(包括刘孝标注)所涉及的历史人物有一千五百余人,曾被鲁迅先生称为"一部名士底教科书"(《中国小说史略》)。因为它真实地记录汉魏以来社会名流的言谈举止,生动地表现他们的玄心、洞见、妙赏与深情,再现一个时代的名士风流,故能启人心智,对士人人格的塑造产生深刻影响,从而能起到"教科书"的作用。所以,民间有谚:"家有财产万贯,不如读《世说》一卷。"

《世说新语》的卷数与篇目在历代著录中有所不同,唐人所录有八卷本与十卷本,今所见三卷三十六篇的通行本是由宋代晏殊删定的。上卷包括德行、言语、政事与文学四篇,与"孔门四科"相吻合,而且每篇的篇幅相对较长,四篇占全书三分之一,这样的安排既体现作者对"孔门四科"的高度重视,也反映出进入南朝后,低迷的儒学始见复苏之势;中卷包括方正、雅量、识鉴、赏誉、品藻、规箴、捷悟、夙惠、豪爽九篇,着重于正面的褒扬;下卷包括容止、自新、企羡、伤逝、栖逸、贤媛、术解、巧艺、宠礼、任诞、简傲、排调、轻诋、假谲、黜免、俭啬、汰侈、忿狷、谗险、尤悔、纰漏、惑溺、仇隙二十三篇,其中既有褒扬,也有明显的贬责之意。全书在思想上显得比较驳杂,凸显出汉末以来文化上多元化的时代特征。

王孝伯曾经说过:"名士不必须奇才,但使常得无事,痛饮酒,熟读《离骚》,便可称名士。"(《任诞》篇)这话看似戏言,却在一定程度上道出了魏晋名士的一些基本特征。兹就此三点,作简要的分析。

首先看名士之"常得无事"。我们认为,这里的"无事"可以理解为两层意思:一是由名士的身份地位决定他们无须为衣食而奔波,也就是说,名士多出身于豪强地主阶级,属于社会上层人物,物质生活上的充裕使他们有足够的闲暇去追求精神上的需求；二是由于受到当时玄学"贵无"、"清谈"的深刻影响，名士们所追求的正是"宅心事外"式的超脱。《晋书·王衍传》载："魏正始中，何晏、王弼等祖述《老》《庄》，立论以为：'天地万物皆以无为本。无也者，开物成务，无往不存者也。阴阳恃以化生，万物恃以成形，贤者恃以成德，不肖恃以免身。故无之为用，无爵而贵矣。'衍甚重之。惟裴颜以为非，著论以讥之，而衍处之自若。"何晏、王弼是正始玄学界的核心人物，他们所倡导的"无"，实源于老庄之"道"，不仅被视为天地万物之本，还被视为士人安身立命之本：贤者赖以成德，不肖赖以免身。因为，此一理论在思维上超越多样化的现世实物而直接诉诸本体，这种抽象化的思辨方法正符合当时士人回避现实的心态，因此，一经问世，便得到热烈回应。而盛炽的清谈之风，又将士人引向浮虚之路。

王衍为中朝重臣，推崇"贵无"，"希心玄远"，"妙善玄言，唯谈老庄为事"，"口不论世事，唯雅咏玄虚而已"。于是，"后进之士，莫不景慕放效。选举登朝，皆以为称首。矜高浮诞，遂成风俗焉"（《晋书》卷四十三）。裴颜崇有，对"贵无"论给当时士林所带来的浮虚风尚颇为不满，故"著论以讥之"。《晋书·裴颜传》载，"颜深患时俗放荡，不尊儒术，何晏、阮籍素有高名于世，口谈浮虚，不遵礼法，尸禄耽宠，仕不事事；至王衍之徒，声誉太盛，位高势重，不以物务自婴，遂相放效，风教陵迟，乃著崇有之论以释其蔽"。裴氏在《崇有论》中谓："老子既著五千之文，表摭秽杂之弊，甄举静一之义，有以令人释然自夷，合于《易》之《损》、《谦》、《艮》、《节》之旨。而静一守本，无虚无之谓也；《损》《艮》之属，盖君子之一道，非《易》之所以为体守本无也。观老子之书虽博有所经，而云'有生于无'，以虚为主，偏立一家之辞，岂有以而然哉！"在他看来，"夫至无者无以能生，故始生者自生也。自生而必体有，则有遗而生亏矣。生以有为已分，则虚无是有之所谓遗者也。故养既化之有，非无用之所能全也；理既有之众，非无为之所能循也。……由此而观，济有者皆有也，虚无奚益于已有之群生哉"！因此，对当时浮虚之风予以尖锐批判："是以立言藉于虚无，谓之玄妙；处官不亲所司，谓之雅远；奉身散其廉操，谓之旷达。故砥砺之风，弥以陵迟。放者因斯，或悖吉凶之礼，而忽容止之表，渎弃长幼之序，混漫贵贱之级。其甚者至于裸裎，言笑忘宜，以不惜为弘，士行又亏矣。"

裴颜之言，并非虚谈。"贵无"之弊正在于其空怀玄远、不经世务，致使"学者以老、庄为宗而黜六经，谈者以虚荡为辨而贱名检，行身者以放浊为通而狭节信，进仕者以苟得为贵而鄙居正，当官者以望空为高而笑勤恪"（干宝《晋纪总论》，见《全晋文》卷一百二十七）。譬如，阮籍本有济世志，但在魏晋易代之际，天下多故，便"著《达庄论》，叙无为之贵"，"发言玄远，口不臧否人物"，"不与世事，遂酣饮为常"；嵇康亦"高情远趣，率然玄远"，"乐道闲居，与世无营"（《幽愤诗》）；向秀"在朝不任职，容迹而已"（以上并见于《晋书》卷四十九）；王戎十五岁就与阮籍相友善，参与竹林之游，后来，晋室相乱，戎"慕蘧伯玉之为人，与时舒卷，无寒谔之节。自经典选，未尝进寒素，退虚名，但与时浮沉，户调门选而已”（《晋书》卷四十三，下同）。王澄镇荆州之时，“日夜纵酒，不亲庶事，虽寇戎急务，亦不以在怀”。乐广也是当时清谈名家，“每以约言析理，以厌人之心”，不仅裴楷、王衍自叹不如，就连曾参与正始名士会谈的元老级人物卫瓘也大为称奇，广“与王衍俱宅心事外，名重于时。故天下言风流者，谓王、乐为称首焉”。从上述这些名士的行迹，可见正始以来士林浮虚风气之一斑。而且，这种风气一直贯彻了整个南朝。

可以说，贵无、清谈之风自从它流行之日始，就成为士人规避政治风险的“避风港”。刘勰曾批评东晋文学“世极迍邅而辞意夷泰”（《文心雕龙·时序篇》），这话同样适用于此时的贵无、清谈之风。借助于贵无、清谈，名士便可以名正言顺、堂而皇之地“居官无官官之事，处事无事事之心”，他们“嗤笑徇务之志，崇盛忘机之谈”（《文心雕龙·明诗篇》），优游从容地徜徉于虚幻的玄理世界，“孰弊弊焉以天下为事”（《庄子·逍遥游》）！故曰名士“无事”。

正是因为主观上追求“宅心事外”，魏晋名士开始超越于现实功利，以审美的态度追求精神上的满足，从而促使这一时期审美意识的自觉。主要表现为以下四个方面：其一，日常生活与审美。在日常生活中，魏晋名士开始撇开世俗的实用价值观，从非功利的、纯粹的审美需要出发，去选择个人的喜好与追求。譬如，马的神骏、鹅的风采、鹤的高逸、竹的神韵等等，无不令人倾怀。所以，支道林爱马好鹤，王羲之悦鹅，其子王子猷则钟情于竹，曾称不可一日无竹。（以上见《世说新语》之《言语》、《任诞》诸篇）

其二，山水风景与审美。山水真正作为审美对象出现在人们的视野中，始于魏晋。《世说新语·言语》篇载：“顾长康从会稽还，人问山川之美，顾云：‘千岩竞秀，万壑争流，草木蒙笼其上，若云兴霞蔚。’”“王子敬云：‘从山阴道上行，山川自相映发，使人应接不暇。若秋冬之际，尤难为怀。’”还有，王司州至吴兴印渚中看，叹曰：“非唯使人情开涤，亦觉日月清朗。”从这些描述与感叹之言中，我们可以感受到此时士人对山水风景的浓厚兴趣，山水美景给他们带来审美的愉悦。

其三，各种艺术兴趣与审美。琴棋书画是古代文人的雅好，是书斋生活的重要点缀，此一风气亦始自魏晋。阮籍“嗜酒能啸，善弹琴”，其侄阮咸“妙解音律，善弹琵琶，虽处世不交人事，唯共亲知玄歌酣宴而已”。嵇康“博综伎艺，于丝竹特妙”（向秀《思旧赋》），常常“弹琴咏诗，自足于怀”。相传他曾于洛西华阳亭与神共谈音律，并学得名曲《广陵散》，临刑时不顾惜生命，却感叹《广陵散》从此绝世，因而“顾视日影，索琴弹之”（以上见《晋书》卷四十九《嵇康传》）。不仅如此，阮籍还著有《乐论》，嵇康亦作有《声无哀乐论》，分别从理论上阐述了自己对音乐的理解。王导从弟王廙不仅“工书画”，亦“善音乐”，王徽之、王献之兄弟俱好音乐，《世说新语》载子敬死，子猷前往吊丧而感叹人琴俱亡。又载：“王子猷出都，尚在渚下。旧闻桓子野善吹笛，而不相识。遇桓于岸上过，王在船中，客有识之者，云是桓子野，王便令人与相闻，云：'闻君善吹笛，试为我一奏。'桓时已贵显，素闻王名，即便回下车，踞胡床，为作三调。弄毕，便上车去。客主不交一言。"在这里，主客不交一言，一切尽在悠扬的笛声中，这正是魏晋名士的洒脱与风雅。与桓子野类似，阮瞻对前来听其弹琴者也是有求必应，《晋书》本传载："（瞻）善弹琴，人闻其能，多往求听，不问贵贱长幼，皆为弹之，神气冲和，而不知向人所在。"因为全身心地投入，阮瞻完全沉浸在自己创造的音乐境界之中，因而竟忘了听者，这是一种忘我的境界。因为如此地投入，他们的艺术表演常常能感动人心。如袁山松的歌唱就能催人泪下，《晋书》本传谓之"衿情秀远，善音乐。旧歌有《行路难》曲，辞颇疏质，山松好之，乃文其辞句，婉其节制，每因酣醉纵歌之，听者莫不流涕"。谢安对音乐的爱好也是有名的。《晋书》本传谓之"性好音乐，自弟万丧，十年不听音乐。及登台辅，期丧不废乐。王坦之书喻之，不从，衣冠效之，遂以成俗"。同书《王坦之传》亦谓之"爱好声律，期功之惨，不废妓乐，颇以成俗"。这种"丧期不废乐"的做法，实在是惊世骇俗之举，身为台辅人物，其影响也是可想而知的。士人们对书画的兴趣也是如此，故"二王"的书法、顾恺之的绘画在当时就深受人们的喜爱，谢安甚至说过："顾长康画，有苍生来所无。"（《世说新语·巧艺》篇）

其四，个体形象与审美。魏晋名士不仅以审美的眼光来看自然界的万事万物，而且也非常注重个体的容止仪态之美，当时，俊美的容貌、优雅的谈吐时常招致世人关注的目光，成为人物品藻的重要内容。《世说新语·容止》篇专门记载文士的姿容风度及时人对士人姿容风度的评论，此篇的设置，就体现此时的文人对个体形象的特别关注。其中记载了一些名士讲究个人仪表的修饰和言行举止之美，如，"何平叔美姿仪，面至白。魏明帝疑其傅粉，正夏月，与热汤饼。既啖，大汗出，以朱衣自拭，色转皎然"。刘孝标注引《魏略》云："晏性自喜，动静粉帛不去手，行步顾影。"这些细节的描述中虽不乏夸张的成分，但其爱美之心却是真实可信的。其实，这种爱美之心，在当时是非常普遍的，本篇所载潘岳与左思的不同遭遇，似可证明："潘岳妙有姿容，好神情。少时挟弹出洛阳道，妇人遇者，莫不连手共萦之。左太冲绝丑，亦复效潘游遨。于是群妪齐共乱唾之，委顿而返。"还有号称是"璧人"的卫玠，更是人们簇拥的明星式人物："卫玠从豫章至下都，人久闻其名，观者如堵墙。玠先有羸疾，体不堪劳，遂成病而死，时人谓'看杀卫玠'。"注引《玠别传》云："玠在群伍之中，实有异人之望。龆龀时，乘白羊车于洛阳市上，咸曰：'谁家璧人？'于是家门州党号为'璧人'。"他的舅舅王武子"俊爽有风姿"，然见玠辄叹曰："珠玉在侧，觉我形秽。"所以，对个体形象美的叹赏，是当时"品藻人物"的一大内容。譬如，被时人誉为"飘如游云，矫若惊龙"的王右军一见杜弘治，便赞叹曰："面如凝脂，眼如点漆，此神仙中人。"刘孝标注引《江右名士传》曰："永和中，刘真长、谢仁祖共商略朝中人士。或曰：杜弘治清标令上，为后来之美。

又面如凝脂,眼如点漆,粗可得方诸卫玠。"像这样的"共商略朝中人士",成为当时朝臣聚谈的重要话题,而且,此时的人物品藻常常将人格美与自然美相比照。如:"嵇康身长七尺八寸,风姿特秀,见者叹曰:'萧萧肃肃,爽朗清举。'或云:'肃肃如松下风,高而徐引。'山公曰:'嵇叔夜之为人也,岩岩若孤松之独立,其醉也,傀俄若玉山之将崩。'""潘安仁、夏侯湛并有美容,喜同行,时人谓之'连璧'。""裴令公有俊容仪,脱冠冕,粗服乱头皆好。时人以为'玉人'。见者曰:'见裴叔则如玉山上行,光映照人。'""有人叹王恭形茂者,云:'濯濯如春月柳。'""海西时,诸公每朝,朝堂犹暗,唯会稽王来,轩轩如朝霞举。"这些评语以璧玉、朗月、青松、杨柳、朝霞等光泽明媚或是充满生机活力的物象作比喻,来表现人的风神美。

再看名士之"痛饮酒"。名士之"痛饮酒"始于"竹林七贤",《世说新语·任诞》篇载:"陈留阮籍、谯国嵇康、河内山涛,三人年皆相比,康年少亚之。预此契者,沛国刘伶、陈留阮咸、河内向秀、琅邪王戎。七人常集于竹林之下,肆意酣畅,故世谓'竹林七贤'。"像这样经常性地、群体性地"肆意酣畅",可以说是史无前例。

七人中,阮籍与刘伶饮酒尤为突出。阮籍曾"闻步兵厨营人善酿,有贮酒三百斛,乃求为步兵校尉",而且为了拒绝司马昭提亲之事而创下大醉六十日的记录(《晋书》卷四十九);刘伶曾在神灵面前自称:"天生刘伶,以酒为名。一饮一斛,五斗解酲。"而且,"常乘鹿车,携一壶酒,使人荷锸而随之,谓曰:死便埋我。"又著《酒德颂》,塑造一位"大人先生"形象,他"以天地为一朝,万期为须臾,日月为扃牖,八荒为庭衢。行无辙迹,居无室庐,幕天席地,纵意所如。止则操卮执觚,动则挈榼提壶,惟酒是务,焉知其余"。追求的是一种无功无名、任情自适的逍遥境界,因而遭到贵介公子与晋绅处士的"怒目切齿"(同上)。《世说新语·文学》篇谓"刘伶著《酒德颂》,意气所寄",也就是说,这样的"大人先生"正是刘伶的人格理想。

在此之前,也偶见士人嗜酒。譬如扬雄,"家素贫,嗜酒,人希至其门,时有好事者载酒肴从游学"(《汉书》卷八十七),然其谨慎怕事的个性决定了他饮酒远不至于"痛"的程度。相比之下,倒是陈思王曹植"任性而行,不自雕励,饮酒不节"(《三国志》卷十九),比较接近名士的"痛饮酒"。此所谓"接近",意味着曹植"饮酒不节"与名士"痛饮酒"之间还是有区别的。大致说来,曹植"饮酒不节"主要属于"任性而行"的具体表现,很大程度上是"性"使之然;而名士之"痛饮酒"则属于"伪",更多的是"有意"而为之,换言之,就是特地做给别人看的。

正始以来,司马氏与曹氏之间的权利争斗进入白热化的时候,政治上的凶险首先危及士人的人身安全,致使天下"名士少有全者";与此同时,向来被奉为圭臬的儒家纲常秩序与名教礼法,也在一次次政治阴谋中轰然坍塌。在这样的背景下,酒被派上用场,它逐渐失去传统意义上的"礼仪"之功能,而成

为一些人为凸显其"无礼"的独特道具。譬如,《世说新语·任诞》篇载有如下数条:

> 阮籍遭母丧,在晋文王坐,进酒肉。司隶何曾亦在坐,曰:"明公方以孝治天下,而阮籍以重丧,显于公坐饮酒食肉,宜流之海外,以正风教。"文王曰:"嗣宗毁顿如此,君不能共忧之,何谓?且有疾而饮酒食肉,固丧礼也。"籍饮啖不辍,神色自若。
>
> 阮公邻家妇,有美色,当垆酤酒。阮与王安丰常从妇饮酒,阮醉,便眠其妇侧。夫始殊疑之,伺察,终无他意。
>
> 阮籍当葬母,蒸一肥豚,饮酒二斗,然后临诀,直言:"穷矣!"都得一号,因吐血,废顿良久。
>
> 刘伶尝纵酒放达,或脱衣裸形在屋中。人见讥之,伶曰:"我以天地为栋宇,屋室为裈衣,诸君为何入我裈中?"

像这样饮酒不忌重丧、不避美色,甚至于脱衣裸形,明显有悖于传统礼法,但他们却做得泰然自若,因为他们极度反感于传统名教的虚伪性,他们需要借助于酒,将自己与世间礼法俗士区别开来,通过"痛饮酒"后的极端行为彰显个性,通过醉酒后的颠狂状态实现精神上的超凡脱俗。

同篇又载:"阮步兵丧母,裴令公往吊之。阮方醉,散发坐床,箕踞不哭。裴至,下席于地,哭吊喭毕,便去。或问裴:'凡吊,主人哭,客乃为礼。阮既不哭,君何为哭?'裴曰:'阮方外之人,故不崇礼制。我辈俗中人,故以仪轨自居。'时人叹为两得其中。"在这里,身居重丧的阮籍竟然在别人前来吊丧之际喝得酩酊大醉,且"散发坐床,箕踞不哭",其举动可谓极端"无礼",所以被视为"方外之人",他自己也曾理直气壮地质问别人:"礼岂为我辈设也?"很明显,阮籍是有意将自己与流俗相区别,又巧妙地以醉酒的方式来实现。当然,阮籍醉酒也许只是一种表演性的伪装,但假如没有酒,他连表演的机会都没有。同样,刘伶"放情肆志,常以细宇宙、齐万物为心",嵇康亦"高情远趣,率然玄远",在酒精的作用下,他们往往能实现精神上的超越。所以,王光禄云:"酒正使人人自远。"王卫军亦云:"酒正自引人着胜地。"王佛大叹言:"三日不饮酒,觉形神不复相亲。"(以上均见《任诞》篇)这些话都不约而同地道出酒中真趣。后来,陶渊明也有诗曰:"故老赠余酒,乃言饮得仙。试酌百情远,重觞忽忘天。"(《连雨独酌》)所表现的正是其借助酒而进入"忘天"之妙境。

另一方面,他们也需要以醉酒的方式来规避政治上的灾祸。《晋书》卷四十九载"(阮)籍本有济世志,属魏、晋之际,天下多故,名士少有全者,籍由是不与世事,遂酣饮为常"。尽管其胸中是非分明,但在凶险四伏的环境下,阮籍不得不以醉酒的方式装糊涂,或者以酒浇愁,甚至用酒来麻醉自己,前述其大醉六十日中就包含着这些用意。后来,"钟会数以时事问之,欲因其可否而致之罪,皆以酣醉获免"。由此亦见,酒能化险为夷的独特功能。尽管如此,"忧生之嗟"还是困扰着他,满腹的忧愁更需要酒来消解,所以,王忱说:"阮籍胸中垒块,故须酒浇之。"

经过"竹林七贤"的演绎,"痛饮酒"便成为名士表现其任诞放达个性的最佳方式。"痛饮酒"的独特性就在其"痛"字上,为尽兴而痛快,他们不惜身体健康,甚至连命都不要。譬如《晋书》卷四十九载,阮家喝酒,"不复用杯觞斟酌,以大盆盛酒,圆坐相向,大酌更饮"。喝到兴头,甚至与群猪共饮。还有,胡毋辅之"性嗜酒,任纵不拘小节",常与谢鲲、阮放、毕卓、羊曼、桓彝、阮孚、光逸等人散发裸袒,闭室酣饮,不舍昼夜,时人谓之"八达"。其中,毕卓在任吏部郎期间,"常饮酒废职,比舍郎酿熟,卓因醉夜至其瓮间盗饮之,为掌酒者所缚,明旦视之,乃毕吏部也,遽释其缚。卓遂引主人宴于瓮侧,致醉而去。卓尝谓人曰:'得酒满数百斛船,四时甘味置两头,右手持酒杯,左手持蟹螯,拍浮酒船中,便足了一生矣。'"无论是喝酒用的器具、喝酒所持续的时间,还是喝酒时放达无礼的状态,都体现出"痛"的特征。如此之"痛",有甚于"七贤"辈。

最后看名士之"熟读《离骚》"。陆云《九愍序》曾谓:"昔屈原放逐,而《离骚》之辞兴,自今及古,文雅之士,莫不以其情而玩其辞,而表意焉。"说的就是自古以来《离骚》对文雅之士的深刻影响。班固说得更具体,在他眼里,《离骚》"文弘博丽雅,为辞赋宗","后世莫不斟酌其英华,则象其从容。自宋玉、唐勒、景差之徒,汉兴,枚乘、司马相如、刘向、扬雄,骋极文辞,好而悲之,自谓不能及也"(《离骚序》)。不但指出其"弘博丽雅"的特点,而且充分肯定屈骚的文学成就及其对后世创作的影响。刘勰《文心雕龙》亦谓:"《骚经》《九章》,朗丽以哀志……故能气往轹古,辞来切今,惊采绝艳,难与并能矣。"又说:"其叙情怨,则郁伊而易感;述离居,则怆怏而难怀;论山水,则循声而得貌;言节侯,则披文而见时。是以枚贾追风以入丽,马扬沿波而得奇,其衣披词人,非一代也。故才高者菀其鸿裁,中巧者猎其艳辞,吟讽者衔其山川,童蒙者拾其香草。"(《辨骚》)这些言论也揭示了《离骚》之所以为后世文人所喜好的根本原因,即其浓烈的抒情与华美的词采。而这两点,又是魏晋以来"文学自觉"时代的重要标志,那么,作为这一时代文学创作主体的名士须"熟读《离骚》"也就不难理解了。

魏晋士人之重人情,可以从其"伤逝"中略见一斑。由于各种天灾与人祸,许多人不得终其天年,亲友的去世往往给活着的人留下无限悲伤,于是,"伤逝"也就成为此时人们流露真情的一种常见方式。《世说新语》专辟"伤逝"一篇,其中记载不少感人事例。譬如:王粲死时,曹丕不顾自己的身份与地位,提倡"王好驴鸣,可各作一声以送之"。死者生前好听驴鸣,在生者看来,以此种方式最能表达对死者的哀悼。同样:"孙子荆以有才,少所推服,唯雅敬王武子。武子丧时,名士无不至者。子荆后来,临尸恸哭,宾客莫不垂涕。哭毕，向灵床曰：'卿常好我作驴鸣，今我为卿作。'体似真声，宾客皆笑。孙举头曰：'使君辈存，令此人死！'"哀发则恸哭，兴至而学驴一鸣，率意任情，旁若无人，这就是真情的自然流露，没有搀杂任何世俗礼教的成分。又如："顾彦先平生好琴，及丧，家人常以琴置灵床上。张季鹰往哭之，不胜其恸，遂径上床鼓琴，作数曲竟，抚琴曰：'顾彦先颇复赏此不？'因又大恸，遂不执孝子手而出。"还有："王子猷、子敬俱病笃，而子敬先亡。子猷问左右：'何以都不闻消息？此已丧矣！'语时了不悲。便索舆来奔丧，都不哭。子敬素好琴，便径入坐灵床上，取子敬琴弹，弦既不调，掷地云：'子敬子敬，人琴俱亡！'因恸绝良久，月余亦卒。"张翰珍视友情也好，王子猷看重亲情也好，他们的行为独标于世，也确实能感动后人。其实，琴在这里除具有"情"的双关意义外，历史文化意蕴也赋予它象征意义：知音难觅，自古而然（详见《吕氏春秋·本味》篇所载"钟子期死，伯牙破琴绝弦，终身不复鼓琴"之典故。《列子·汤问》篇亦载"子期死，伯牙绝弦，以无知音者"之事）。所以，琴均自然而然地成了两个人之间真情抒发的触发点。还有，支道林的死在某种意义上，也具有同样的意味："支道林丧法虔之后，精神霣丧，风味转坠。常谓人曰：'昔匠石废斤于郢人，牙生辍弦于钟子，推己外求，良不虚也。冥契既逝，发言莫赏，中心蕴结，余其亡矣！'却后一年，支遂殒。"这就是同窗之间的情谊和痛失知音的哀感！还有，庾亮"感念亡儿，若在初没"，谢鲲哭卫玠而"感动路人"，郗愔丧子"一恸几绝"，等等，从这些材料中都可以看出，"情"在名士心目中的分量。所以王戎道出"情之所钟，正在我辈"。王广钦亦曾大痛哭曰"当为情而死"。

动乱的环境、经常性的"伤逝"，养成魏晋名士以悲为美的审美情趣。《晋书》卷八十三谓袁山松"衿情秀远，善音乐"，"旧歌有《行路难》曲，辞颇疏质，山松好之，乃文其辞句，婉其节制，每因酣醉纵歌之。听者莫不流涕"。又载："初羊昙善唱乐，桓伊能挽歌，及山松《行路难》继之，时人谓之'三绝'。时张湛好于斋前种松柏，而山松每出游，好令左右作挽歌，人谓：'湛屋下陈尸，山松道上行殡。'"那么，屈子的悲剧人生与《离骚》中深挚的哀怨之情，理所当然地成为了魏晋名士所激赏的对象。

不仅如此，诗文的审美价值也是魏晋士人的追求。曹丕首倡"诗赋欲丽"（《典论·论文》），强调诗文作品的审美价值。魏晋士人聚谈，常涉及文学欣赏。《世说新语》中记载有不少这方面的故事。兹录数则，曰："谢公因子弟集聚，问：'《毛诗》何句最佳？'遏称曰：'昔我往矣，杨柳依依；今我来思，雨雪霏霏。'公曰：'讦谟定命，远猷辰告。'谓此句偏有雅人深致。"又曰："袁虎少贫，尝为人佣载运租。谢镇西经船行，其夜清风朗月，闻江渚间估客船上有咏诗声，甚有情致；所诵五言，又其所未尝闻，叹美不能已。即遣委曲讯问，乃是袁自咏其所作《咏史诗》。因此相要，大相赏得。"又曰："孙兴公作《天台赋》成，以示范荣期，云：'卿试掷地，要作金石声。'范曰：'恐子之金石，非宫商中声。'然每至佳句，辄云：'应是我辈语。'"又曰："左太冲作《三都赋》初成，时人互有讥訾,思意不惬。后示张公,张曰:'此《二京》可三。然君文未重于世,宜以经高名之士。'思乃询求于皇甫谧,谧见之嗟叹,遂为作叙。于是先相非贰者,莫不敛衽赞述焉。"关于左思的《三都赋》,还有一个"洛阳纸贵"的典故。《晋书》卷九十二载,经过十年的潜心写作,又藉皇甫谧、张华等社会名流的美言,左思《三都赋》为时人瞩目,"于是豪贵之家竞相传写,洛阳为之纸贵"。"奇文共欣赏",时人传写赋作之目的当然是为了欣赏,那么,"洛阳纸贵"这一现象,就生动地反映了当时士人欣赏文学的巨大热情。

值得注意的是,这种现象晋宋以后也经常发生。譬如,谢灵运山水诗的出现,令世人耳目一新,因此"每有一诗至京邑,贵贱莫不竞写,宿昔之间,士庶皆遍,远近钦慕,名动京师"(见《宋书》卷六十七);梁朝刘孝绰"辞藻为后世所宗,世重其文,每作一文,朝成暮遍,好事者咸讽诵写,流闻绝域"(见《梁书》卷三十三);徐庾父子创作的宫体诗,以"绮艳"著称,时人称之"徐庾体",其影响也是巨大的,以至"当时后进,竞相模范,每有一文,都下莫不传诵"(见《南史·梁本纪下·传论》);徐陵为文"颇变旧体,缉裁巧密,多有新意。每一文出手,好事者已传写成诵,遂被之华夷,家藏其本"(见《陈书》卷二十六)。这些材料表明,魏晋以来文学欣赏越来越为人们所关注,因此,一旦优秀的或者时尚的诗文作品出现,便拥有众多的欣赏者。在这样的背景下,"惊采绝艳"的《离骚》必然备受关注,故"熟读《离骚》"一度成为"名士"的准入条件之一。

要之,王孝伯的一席话,非常准确地概括了魏晋名士的生活状态与精神追求,而《世说新语》又以"实录"之笔,生动地再现了这一时代名士的生活面貌,因此,对于后人认识这个时代、深入研究这个时代无疑具有重要的史料价值。

三

当然,魏晋时代的复杂性远非王孝伯的几句话所能够涵盖得了。在中国文化史上,魏晋南北朝是一个多元化的时代,当时,玄学、儒学、道教、佛教多元并存,且深入渗透到世俗生活的各个层面。这样的时代特征,在《世说新语》中也有不同程度的体现。兹略述如下:

前文已述,玄学"贵无"思想引发晋宋以来士人"宅心事外"、追慕玄远浮虚之风,其重要表现还体现在研究"三玄"上。所谓"三玄",即《周易》、《老子》、《庄子》,也许是这三部著作能给乱世中的士人带来某种程度的心理慰藉,因而备受关注。王弼曾注《易》、《老》,并著有《周易略例》、《老子指略》;何晏也曾注过《老子》,但见王注之精奇,便改作《道德论》(《世说新语·文学》)。此外,阮籍亦有《通易论》、《通老论》、《达庄论》等专题论文;向秀注《庄》之时,注者已有数十家之多,他尚能"于旧注外为解义,妙析奇致",以至嵇康看后惊叹"庄周不死"(《晋书·嵇康传》),此注为玄风的盛行推波助澜;其后,被誉为

"王弼之亚"的郭象也注过《庄子》(《世说新语·文学》注引《文士传》)。

不仅如此,魏晋士人对玄学的兴趣与狂热更集中体现在清谈之风中。士人相聚,常以玄理相论难,场面热烈。对此,《世说新语·文学》篇多有记载,譬如:

> 殷中军、孙安国、王、谢能言诸贤,悉在会稽王许,殷与孙共论《易象妙于见形》,孙语道合,意气干云,一坐咸不安孙理,而辞不能屈。会稽王慨然叹曰:"使真长来,故应有以制彼。"即迎真长,孙意已不如。真长既至,先令孙自叙本理,孙粗说己语,亦觉殊不及向。刘便作二百许语,辞难简切,孙理遂屈。一坐同时拊掌而笑,称美良久。

> 支道林、许、谢盛德共集王家,谢顾谓诸人:"今日可谓彦会。时既不可留,此集固亦难常,当共言咏,以写其怀。"许便问主人:"有《庄子》不?"正得《渔父》一篇。谢看题,便各使四坐通。支道林先通,作七百许语,叙致精丽,才藻奇拔,众咸称善。于是四坐各言怀毕,谢问曰:"卿等尽不?"皆曰:"今日之言,少不自竭。"谢后粗难,因自叙其意,作万余语,才峰秀逸,既自难干,加意气拟托,萧然自得,四坐莫不厌心。支谓谢曰:"君一往奔诣,故复自佳耳。"

> 殷中军为庾公长史,下都,王丞相为之集,桓公、王长史、王蓝田、谢镇西并在。丞相自起解帐带麈尾,语殷曰:"身今日当与君共谈析理。"既共清言,遂达三更。丞相与殷共相往反,其余诸贤略无所关。既彼我相尽,丞相乃叹曰:"向来语乃竟未知理源所归。至于辞喻不相负,正始之音,正当尔耳。"明旦,桓宣武语人曰:"昨夜听殷、王清言,甚佳,仁祖亦不寂寞,我亦时复造心;顾看两王掾,辄翣如生母狗馨。"

上引三例,均发生在过江士人之间,由此亦见东晋士人清谈风气之一斑。记得王衍在被石勒杀害之时曾感叹:"呜呼! 吾曹虽不如古人,向若不祖尚浮虚,戮力以匡天下,犹可不至于今日。"(《晋书·王戎传》)言辞之中,有明显的悔过之意。作为朝廷重臣的他曾经"妙善玄言,唯谈《老》《庄》为事"。"每捉玉柄麈尾,与手同色。义理有所不安,随即改更,世号'口中雌黄'。朝野翕然,谓之'一世龙门'矣"。因为他累居显职,影响巨大,以至"后进之士,莫不景慕放效。选举登朝,皆以为称首。矜高浮诞,遂成风俗焉"(同上)。在其生命最后时刻,终于幡然醒悟:清谈误国。然而,从上述过江之士的表现看,王衍死到临头的悔意并没有唤醒后来者。

当然,与前代相比,东晋玄学也出现了一些新的变化,那就是与佛学趋合的特征愈加明显。当时有不少玄学家研读佛经,也有一些僧人加入清谈的行列。

譬如,上文提及的殷浩在罢职后居东阳而大读佛经。《世说新语·文学》

篇载:"殷中军被废东阳,始看佛经,初视《维摩诘》,疑《般若波罗密》太多;后见《小品》,恨此语少。"又曰:"殷中军读《小品》,下二百签,皆是精微,世之幽滞。尝欲与支道林辩之,竟不得。今《小品》犹存。"注引《语林》有更为详细的记载,谓:"浩于佛经有所不了,故遣人迎林公。林乃虚怀欲往。王右军驻之曰:'渊源思致渊富,既未易为敌,且己所不解,上人未必能通。纵复服从,亦名不益高;若佻脱不合,便丧十年所保。可不须往。'林公亦以为然,遂止。"这位林公就是在当时的清谈界颇有名气的僧人,在他的身上,玄佛合流的烙印更加明显。《世说新语·文学》篇谓:"《庄子·逍遥篇》,旧是难处,诸名贤所可钻味,而不能拔理于郭、向之外。支道林在白马寺中,将冯太常共语,因及《逍遥》。支卓然标新理于二家之表,立异义于众贤之外,皆是诸名贤寻味之所不得。后遂用支理。"又谓:"支道林初从东出,住东安寺中,王长史宿构精理,并撰其才藻,往与支语,不大当对。王叙致作数百语,自谓是名理奇藻。支徐徐谓曰:'身与君别多年,君义言了不长进。'王大惭而退。""支道林、许掾诸人共在会稽王斋头,支为法师,许为都讲。支通一义,四坐莫不厌心;许送一难,众人莫不抃舞。但共嗟咏二家之美,不辩其理之所在。"由此可见,支道林是一个在玄学上很有造诣而自成一家的僧人。再譬如,高僧释道立"以《庄》《老》三玄,微应佛理,颇亦属意焉"。慧远,早年亦"博综六经,尤善《老》、《庄》",殷仲堪曾与他共论《易》体,移景不倦。释僧肇亦"爱好玄微,每以《庄》《老》为心要"(以上并见《高僧传》卷五、六)。

东晋上流社会甚至连一些帝、王都沉醉于玄言佛理,僧人亦受到分外的重视,甚至干预朝政。史载元、明二帝"游心虚玄,托情道味,以宾友礼待法师"(见《世说新语》注引《高逸沙门传》)。尤其是明帝,曾经"手画如来之容,口味三昧之旨"(见习凿齿《致道安书》)。康、穆二代,佛教稍有消歇。至哀帝又"好重佛法",特请竺道潜进宫讲解《大品般若经》(《高僧传·竺道潜传》)。简文帝素善玄言,"履尚清虚,志道无倦"(《晋书》卷九本纪),曾亲临瓦官寺听竺法汰讲《放光般若经》(《高僧传·竺法汰传》),他认为佛教可以陶冶人的性情(《世说新语·文学》篇)。后来,孝武帝也曾"立精舍于殿内,引诸沙门以居之",恭帝深信浮屠道,曾"铸货千万,造丈六金像,亲于瓦官寺迎之,步从十许里"(《晋书·恭帝纪》)。玄学界的名流如王导、王濛、谢尚、王坦、王恭、孙绰、许询之流,"并禀志归依,厝心崇信",在佛学方面亦颇有心得。进入南朝,佛教的影响越来越大,尤其是梁武帝佞佛,致使"处处成寺,家家剃落"。于是有道士撰《三破论》,痛斥佛教"破国"、"破家"、"破身"的弊端,刘勰遂作《灭惑论》予以反驳,表现出"抑道崇佛"的倾向。

其实,儒佛道之争(亦称黑白论)早在刘宋时期就已开始。宗炳曾作《明佛论》,谓孔、老、如来,虽三训殊路,而习善共辙;谢灵运作《辩宗论》,亦折衷孔、释之言。而释慧琳作《黑白论》,重点强调孔、释之异。尽管如此,三教趋合之势从来没有因为这样的争辩而停止过。

　　魏晋时代,也是道教由民间向上流社会发展的重要时期。此时,名士间也流行服食养生之术。史载,何晏、夏侯玄、王弼、嵇康、皇甫谧、裴秀、贺循、王羲之、王忱、王恭等人都曾服食过寒石散。其中,嵇康并作有《养生论》一文,谓:"神仙虽不目见,然记籍所载,前史所传,较而论之,其必有矣。"在他看来,神仙是"特受异气,禀之自然","非积学所能致也"。尽管常人不能修炼成仙,但服食导养可以延年益寿,因此他"性好服食"。阮籍也曾在其《咏怀诗》中感叹"独有延年术,可以慰我心",此"延年术"就是指当时所流行的服食导养之术。何平叔曾谓:"服五石散,非唯治病,亦觉神明开朗。"(《世说新语·言语》篇)道出服食五石散的好处更在于精神上的快意。所以,《世说新语》中记录不少名士服食五石散后"行散"的生活习惯。譬如《德行》篇谓殷觊"尝因行散,率尔去下舍",《言语》篇载太傅司马道子曾绕东府城行散,《文学》篇载"王孝伯在京,行散至其弟王睹户前,问:'古诗中何句为最?'睹思未答。孝伯咏'所遇无故物,焉得不速老':此句为佳。"《赏誉》篇又载他曾行散至京口射堂,见"清露晨流,新桐初引"而想起王忱,感叹"王大故自濯濯"。

　　在道教自下而上的渐变历程中,葛洪当起到重要作用。他早年究览典籍,以儒学知名。然而,他"尤好神仙导养之法",而且,从祖葛玄是吴时著名道士,相传他学道得仙,有炼丹秘术,号称葛仙公。葛洪既有此家学渊源,又先后师从郑隐、鲍玄等,加之勤奋好学,所以"博闻洽深,江左绝伦"。在他看来,"世儒徒知服膺周孔,莫信神仙之书",故"所著子言黄白之事,名曰《内篇》","粗举长生之理"(见《晋书·葛洪传》)。这里的"内篇"指《抱朴子》中的一部分,不仅论述了神仙思想,而且系统地记述了各种服食药物及导养修炼之术,是道教理论的重要典籍。值得注意的是,葛洪的道教理论开始体现出糅合儒道之势。《抱朴子·对俗篇》曾谓:"欲求仙者,要当以忠孝和顺仁信为本,若德行不修,而但务方术,皆不得长生也。"忠孝和顺仁信本为儒家礼教所倡,以此为"本"来修长生之术,足见葛洪糅合儒道之用心。从某种意义上说,正是他将儒家道德引入道教修养理论之中,吸引大批来自上流社会士人的兴趣,从而实现道教的华丽变身。

　　尽管魏晋时期儒学低迷,世族子弟多"尚《庄》、《老》,莫肯用心儒训",然至刘宋,学风始有变化。宋高祖刘裕受禅后,即下诏"选备儒官,弘振儒学"(见《宋书·武帝本纪》),文帝继位,同时设立"四学":玄学、儒学、史学与文学。于元嘉十五年,立儒学馆于北郊鸡笼山,命雷次宗居之,聚徒教授(《宋书·隐逸传》)。因此尚儒之士日渐增多。譬如:雷次宗兼通玄儒,"尤明《三礼》、《毛诗》";臧质"与兄寿并好经籍";裴松之"年八岁,学通《论语》、《毛诗》,博览坟籍";王准之"兼明《礼》、《传》",因此彭城王义康每叹曰:"何须高论玄虚,正得如王准之两三人,天下便治矣。"(以上并见《宋书》各传)齐梁时代,儒学始见复苏之势,甚至出现少有的繁荣局面。建元四年,齐高帝下诏"修建教学,精选儒官"(《南齐书·高帝本纪》),但诏下不久高帝便去世了。后来,武帝在永明三年又诏立国学,并命王俭领国子祭酒。王俭"长于《礼》学,谙究朝仪"(《南齐书·王俭传》),在他的倡导下,儒学有了很大的改观。《南齐书·陆澄传》载:"王俭辅政,长于经礼,朝廷仰其风,胄子观其则,由是家寻孔教,人诵儒书,执卷欣欣,此焉弥盛。"

在这样的背景下,《世说新语》带有儒家思想特征亦理所当然。全书在篇目的编排上,将德行、言语、政事、文学列于卷首,而这四项向来被视为"孔门四科"。郑玄曾谓"仲尼之门考以四科"(《后汉书》卷三十五),《论语·先进篇》载:"德行:颜渊,闵子骞,冉伯牛,仲弓。言语:宰我,子贡。政事:冉有,季路。文学:子游,子夏。"《世说新语》篇目的如此编排足见作者对"孔门四科"的高度重视,且在具体的内容上,亦表现出对儒家所倡导的忠义慈孝等人伦之德的赞赏。

总之,这是一个动乱而复杂的年代,玄、儒、佛、道既相排斥、亦互有渗透,在相生相克中,共同影响着士人的思想与生活方式。这样的社会状况,真实而生动地保存于《世说新语》之中。

四

就整个中国小说史而言,魏晋南北朝属于其中的发轫期,小说创作才刚刚开始,各方面表现得还不够成熟。尽管如此,《世说新语》作为这一时期"志人小说"的代表作,其成就也是显而易见的。大致说来,《世说新语》的文学成就主要体现在写人与语言两大方面。

表现人物形象、凸显个性是《世说新语》在写人方面的重要特征,具体说来,它又有以下几个特点:

一、往往截取生活中的某一片断,通过一件事或一句话来表现人物性格。譬如《雅量》篇载:"嵇中散临刑东市,神色不变,索琴弹之,奏《广陵散》。曲终,曰:'袁孝尼尝请学此散,吾靳固不与,《广陵散》于今绝矣!'太学生三千人上书,请以为师,不许。文王亦寻悔焉。"以临刑前的弹琴与感叹,表现嵇康的从容闲雅与凛然不惧;又载:"王戎七岁,尝与诸小儿游。看道边李树,多子折枝,诸儿竞走取之,唯戎不动。人问之,答曰:'树在道边而多子,此必苦李。'取之信然。"通过对路边之李的判断,表现小王戎的聪慧过人。《纰漏》篇记载了王敦的一件事,曰:"王敦初尚主,如厕,见漆箱盛干枣,本以塞鼻,王谓厕上亦下果,食遂至尽。既还,婢擎金澡盘盛水,琉璃碗盛澡豆,因倒着水中而饮之,谓是干饭。群婢莫不掩口而笑之。"王敦虽出身大家族,但性格简易通脱,不拘小节,且胆大敢为,所以,他并不因为没有见过如此奢华的陈设而缩手缩脚,而是完全按照自己的理解,无所顾忌地做着一切。因此,通过"如厕"一事,尽现王敦之个性。

二、采用对比、烘托之笔,凸显人物个性。《言语》篇载:"钟毓兄弟小时,值父昼寝，因共偷服药酒。其父时觉，且托寐以观之。毓拜而后饮，会饮而不拜。既而问毓何以拜，毓曰：'酒以成礼，不敢不拜。'又问会何以不拜，会曰：'偷本非礼，所以不拜。'"做同样一件事，却有着完全不同的表现，且各据其理。如此的对比，使人物形象相得益彰。《雅量》篇载："夏侯太初尝倚柱作书，时大雨，霹雳破所倚柱，衣服焦然，神色无变，书亦如故。宾客左右皆跌荡不得住。"就是在宾客左右的慌乱与夏侯太初的神色不变的鲜明对比中，突出夏侯氏的从容镇定；又载："郗太傅在京口，遣门生与王丞相书，求女婿。丞相语郗信：'君往东厢，任意选之。'门生归白郗曰：'王家诸郎亦皆可嘉，闻来觅婿，咸自矜持。唯有一郎在东床上坦腹卧，如不闻。'郗公云：'正此好！'访之，乃是逸少，因嫁女与焉。"王家诸郎的"矜持"与王羲之的"坦腹卧"也形成较大的反差；"王子猷、子敬曾俱坐一室，上忽发火，子猷遽走避，不惶取屐；子敬神色恬然，徐唤左右扶凭而出，不异平常。世以此定二王神宇。"即便是同一人物，也可以采用对比，譬如："豫章太守顾劭，是雍之子。劭在郡卒。雍盛集僚属自围棋。外启信至，而无儿书，虽神气不变，而心了其故，以爪掐掌，血流沾褥。宾客既散，方叹曰：'已无延陵之高，岂可有丧明之责！'于是豁情散哀，颜色自若。"在这里，顾雍的神态自若与"以爪掐掌"的细微动作之间形成强烈对比。

三、用铺写、夸张等手法，强化或者放大人物性格中的某一特征。譬如《俭啬》篇对王戎的描写："王戎俭吝，其从子婚，与一单衣，后更责之。""司徒王戎既贵且富，区宅、僮牧、膏田、水碓之属，洛下无比。契疏鞅掌，每与夫人烛下散筹算计。""王戎有好李，常卖之，恐人得其种，恒钻其核。""王戎女适裴颁，贷钱数万。女归，戎色不说。女遽还钱，乃释然。"即通过这四件事的铺写，强化王戎性格中贪财、吝啬的一面，其守财奴的形象便跃然纸上。又如《忿狷》篇载："王蓝田性急。尝食鸡子，以箸刺之，不得，便大怒，举以掷地。鸡子于地圆转未止，仍下地以屐齿碾之，又不得，瞋甚，复于地取内口中，啮破即吐之。王右军闻而大笑曰：'使安期有此性，犹当无一豪可论，况蓝田邪？'"通过吃鸡蛋过程的描写，将王蓝田火爆性子表现得活灵活现。

《世说新语》的语言也颇具特色，鲁迅先生将它概括为："记言则玄远冷隽，记行则高简瑰奇"（《中国小说史略》），袁行霈先生谓之"简约含蓄，隽永传神，透出种种机智和幽默"（《中国文学史》第二卷）。下面略举几例：

简约含蓄者如：《容止》篇谓："刘伶身长六尺，貌甚丑悴，而悠悠忽忽，土木形骸。"寥寥十余字，将刘伶的形象表现得惟妙惟肖。《言语》篇："毛伯成既负其才气，常称：'宁为兰摧玉折，不作萧敷艾荣。'"以兰玉萧艾作比，含蓄地表现人物的人格理想。又载："桓公北征，经金城，见前为琅邪时种柳，皆已十围，慨然曰：'木犹如此，人何以堪！'攀枝执条，泫然流泪。"对桓温神态动作及语言的描写，简约而生动。

机智幽默者如：《言语》篇载，"晋武帝始登阼，探策得一。王者世数，系此多少。帝既不说，群臣失色，莫能有言者。侍中裴楷进曰：'臣闻天得一以清，地得一以宁，侯王得一以为天下贞。'帝说，群臣叹服。"裴楷一言能打破僵局，令四座叹服，足见其机智；又载："顾悦与简文同年，而发蚤白。简文曰：'卿何以先白？'对曰：'蒲柳之姿，望秋而落；松柏之质，经霜弥茂。'"顾氏以蒲柳与松柏为喻，生动而贴切，亦见其才思；又如："桓玄既篡位后，御床微陷，群臣失色。侍中殷仲文进曰：'当由圣德渊重，厚地所以不能载。'时人善之。"则机智与幽默并存。还有："邓艾口吃，语称'艾艾'。晋文王戏之曰：'卿云'艾艾'，定是几艾？'对曰：'凤兮凤兮，故是一凤。'"亦见邓氏的巧对。《惑溺》篇载："王安丰妇常卿安丰，安丰曰：'妇人卿婿，于礼为不敬，后勿复尔。'妇曰：'亲卿爱卿，是以卿卿。我不卿卿，谁当卿卿！'遂恒听之。"尽显夫妻之间的欢谑。

不仅如此，《世说新语》的语言还讲究修辞，富于文采。譬如，《言语》篇："诸名士共至洛水戏，还，乐令问王夷甫曰：'今日戏，乐乎？'王曰：'裴仆射善谈名理，混混有雅致；张茂先论《史》、《汉》，靡靡可听；我与王安丰说延陵、子房，亦超超玄著。'"王氏答词中连续用三个叠词相缀，着意于文采；又如："王武子、孙子荆各言其土地人物之美。王云：'其地坦而平，其水淡而清，其人廉且贞。'孙云：'其山嶵巍以嵯峨，其水㳽渫而扬波，其人磊砢而英多。'"两组排比句不但很好地描述了土地人物之美，而且音韵和谐，词采飞扬。又如："顾长康从会稽还，人问山川之美，顾云：'千岩竞秀，万壑争流，草木蒙笼其上，若云兴霞蔚。'"顾氏答词不足二十字，却同时运用了对仗、比喻修辞方法，绘声绘色，通过其简短的描绘，会稽山川之美，如在目前。

此外，《世说新语》中也时常见到一些口语化的表达。譬如《文学》篇载："殷中军见佛经，云：'理亦应阿堵上。'"又载桓温之言："顾看两王掾，辄翣如生母狗馨。"又载刘恢讥嘲殷浩曰："田舍儿强学人作尔馨语！"《品藻》篇载："王丞相云：'见谢仁祖，恒令人得上。'与何次道语，唯举手指地曰：'正自尔馨。'"《忿狷》篇："王司州尝乘雪往王螭许。司州言气少有牾逆于螭，便作色不夷。司州觉恶，便舆床就之，持其臂曰：'汝讵复足与老兄计？'螭拨其手曰：'冷如鬼手馨，强来捉人臂！'"《政事》篇载王丞相"因过胡人前，弹指云：'兰阇！兰阇'！群胡同笑，四坐并欢。"这些口语或外来语的使用，带有鲜明的时代特征。

因此，《世说新语》在中国文学史上的影响也颇为深远。大致说来，其影响包括两个方面：一方面是其中所写的人物故事，时常为后人所用，成为诗文典故的出处。譬如苏轼有诗曰："七尺顽躯走世尘，十围便腹贮天真。此中空洞浑无物，何止容君数百人。"（《宝山昼睡》）暗用《世说新语》之《容止》篇所谓"庾子嵩长不满七尺，腰带十围，颓然自放"之事，及《排调》篇所载周伯仁与王导之间的戏言："此中空洞无物，然足容卿辈数百人。"其诗《於潜僧绿筠轩》亦谓："可使食无肉，不可居无竹。无肉令人瘦，无竹令人俗。人瘦尚可肥，俗士不可医。"则源于《任诞》篇所载王子猷爱竹之事。辛弃疾词作《水龙吟·登建康赏心亭》中亦有："休说鲈鱼堪脍，尽西风、季鹰归未"、"可惜流年，忧愁风雨，树犹如此"之句，出自《识鉴》篇所载张季鹰千里命驾之事，和《言语》篇所载桓温感叹之言。不仅如此，后世的一些戏曲、小说也取材于《世说》，譬如元代关汉卿《玉镜台》、秦简夫《剪发待宾》，明代杨慎（或题许时泉）《兰亭会》等，都是根据《世说新语》中的故事改编的。《三国演义》中有些情节如杨修解'黄绢幼妇'之辞、望梅止渴、七步成诗等，也取自《世说新语》。"（见袁行霈主编《中国文学史》第二卷第 163 页，下同）另一方面是其作为小说体例的影响，它开创了"世说体"，后世模仿者不断。"如唐代有王方庆《续世说新书》（今佚），刘肃《大唐新语》（一名《唐世说新语》）十三卷，宋代王谠《唐语林》八卷，孔平仲《续世说》十二卷，元代杨瑀《山居新语》四卷……直到民国初年，还有易宗夔《新世说》。"

五

　　《世说新语》问世后，就受到世人的关注，刘孝标注文中时见"一本"、"一作"、"诸本"、"众本"等语，说明当时就流传有不同的版本。前述唐人所录也有八卷本与十卷本之别，但遗憾的是，这些版本今皆不可见。

　　今见最早的版本为唐写本残卷，是日本明治十年（1877 年）发现于京都东寺，后为罗振玉影印回国。宋代以来，《世说新语》开始盛行。据汪藻《世说叙录》载，当时流行有十多种版本：晁（文元）氏本、钱（文僖）氏本、晏（元献）氏本、王（仲至）氏本、黄（鲁直）氏本、章氏本、舅氏本、颜氏本、张氏本、韦氏本、邵氏本、李氏本等，这些版本虽没有直接保存下来，但其中的一些很可能是后世版本的祖本。譬如，晏氏本经晏殊删定，后经董氏整理的三卷三十六篇本，成为后世影响广泛的通行本。至明代有袁褧嘉趣堂本，清代有周心如纷欣阁本，及王先谦思贤讲舍本，民国时期又出现《四部丛刊》本、《四部备要》本、《朱子集成》本等等。

　　《世说新语详解》是朱师碧莲教授晚年的一部心瘁之作，可惜身染沉疴，不能握管，故尚余前言未能完成。今年欣逢先生八十华诞，上海古籍出版社拟隆重推出先生的这部力作，兹谨遵师命草成《前言》以续貂。俭腹未敢自是，尚祈鉴者有以教之。

杨清之谨识于壬辰夏日

目 录

德行第一

一

陈仲举言为士则①，行为世范，登车揽辔②，有澄清天下之志③。⊖为豫章太守④，⊜至，便问徐孺子所在⑤，欲先看之⑥。⊜主簿白⑦："群情欲府君先入廨⑧。"陈曰："武王式商容之闾⑨，席不暇暖⑩。⊗吾之礼贤，有何不可？"⊗

【今译】陈蕃的言谈是士人的准则，行为是世间的典范，登上公车，手执缰绳，怀抱扫除奸佞使天下重归于清平之志向。他出任豫章太守时，刚到治所便问徐稚在哪里，打算先去探望他。主簿禀告说："大家都希望府君您先进官署。"陈蕃说："周武王即位之后，连席都未坐暖，就到商容的住处去拜访致敬。我尊重贤人，有什么不对呢？"

【刘孝标注】⊖《汝南先贤传》曰："陈蕃字仲举，汝南平舆人。有室荒芜不扫除，曰：'大丈夫当为国家扫天下。'值汉桓之末，阉竖用事，外戚豪横。及拜太傅，与大将军窦武谋诛宦官，反为所害。"⊜《海内先贤传》曰："蕃为尚书，以忠正忤贵戚，不得在台，迁豫章太守。"⊜谢承《后汉书》曰："徐稚字孺子，豫章南昌人。清妙高跱，超世绝俗。前后为诸公所辟，虽不就，及其死，万里赴吊。常预炙鸡一只，以绵渍酒中，暴干以裹鸡，径到所赴冢隧外，以水渍绵，斗米饭，白茅为藉，以鸡置前。酹酒毕，留谒即去，不见丧主。"⊗许叔重曰："商容，殷之贤人，老子师也。"车上踞曰式。⊗袁宏《汉纪》曰："蕃在豫章，为稚独设一榻，去则悬之。见礼如此。"

【注释】①陈仲举：陈蕃（？—168），生平详见刘注。士：士子，读书人。②登车揽辔：登上公车，手执缰绳，指赴任做官。辔（pèi），驾驭牲口的缰绳。③有澄清天下之志：指怀抱扫除奸佞使天下重归于清平之志向。另见《后汉书·陈蕃列传》。又《后汉书·范滂列传》："时冀州饥荒，盗贼群起，乃以滂为清诏使，案察之。滂登车揽辔，慨然有澄清天下之志。"④豫章：郡名，治所在今南昌市。⑤徐孺子：徐稚（97—168），字孺子，豫章南昌（今属江西）人。家境贫苦，不满宦官专权，虽多次征聘，终不为官，时称"南州高士"（《后汉书·徐稚传》中郭泰语）。生平另见刘注。⑥看：探望、拜访。⑦主簿：官名，管文书印信，办理事务。⑧府君：汉人对太守的称呼。廨（xiè）：官署。⑨武王：西周武王姬发，周王朝的建立者。式：通"轼"，古代车厢前用做扶手的横木。这里用作动词，人立车中，俯凭车前横木以示敬意。商容：殷纣王贤臣，为纣王所贬。闾（lú）：里门，巷口之门，指住处。⑩席不暇暖：连席子都来不及坐暖。指武王十分繁忙，但还是抽出时间去拜访前朝贤臣。

【评析】陈蕃以周武王为榜样，赴任之初，尚未进府署，即首先向隐居民间不肯为官的高士徐稚致意，足以表现其尊重贤才、以澄清天下为己任的胸怀。同样的事还见于《后汉书·陈蕃列传》：蕃在乐安太守任上时，"郡人周璆，高洁之士。前后郡守招命莫肯至，唯蕃能致焉。字而不名，特为置一榻，去则县之。"可知陈蕃一贯尊重贤人高士。

二

周子居常云①："吾时月不见黄叔度②，则鄙吝之心已复生矣。"⊖

【今译】周乘曾经说："我数月不见黄宪，那么庸俗贪鄙的念头就会再次冒出来了。"

【刘孝标注】㊀ 子居别见。《典略》曰："黄宪字叔度，汝南慎阳人。时论者咸云'颜子复生'。而族出孤鄙，父为牛医。颍川荀季和执宪手曰：'足下吾师范也！'后见袁奉高，曰：'卿国有颜子，宁知之乎？'奉高曰：'卿见吾叔度邪？'戴良少所服下，见宪则自降薄，怅然若有所失。母问：'汝何不乐乎？复从牛医儿所来邪？'良曰：'瞻之在前，忽焉在后，所谓良之师也。'"

【注释】① 周子居：周乘，字子居，汝南安城（今河南正阳东北）人。本书《赏誉》篇刘注引《汝南先贤传》，谓其"天资聪朗，高峙岳立"，与陈蕃、黄宪友善。 ② 时月：数月。黄叔度：黄宪，生平详见刘注。

【评析】周乘称赞黄宪的话，亦见于《后汉书·黄宪列传》。陈蕃与周举两人谈论时亦说："时月之间不见黄生，则鄙吝之萌复存乎心。"同乡人戴良才高倨傲，自称"独步天下"（《后汉书》本传），然对黄宪却敬佩之至，用颜回赞美孔子的"瞻之在前，忽焉在后"来形容黄宪，尊其为师。可知黄宪高尚的人格力量足以使人驱除鄙吝之念，因而得到了同时代人异口同声的赞叹。

三

郭林宗至汝南①，造袁奉高②，㊀车不停轨，鸾不辍轭③；诣黄叔度④，乃弥日信宿⑤。人问其故，林宗曰："叔度汪汪如万顷之陂⑥，澄之不清，扰之不浊，其器深广⑦，难测量也。"㊁

【今译】郭泰到汝南，造访袁阆，车子尚未停稳，车铃声还在震响，就走了；拜访黄宪，竟然盘桓整天，还连住了两夜。别人问其原因，他说："黄宪犹如万顷广阔的水池，不会因为澄清它而显清澈，也不会因为搅扰它而显浑浊，其器度之深沉宽广，实在难以测量。"

【刘孝标注】㊀《续汉书》曰："郭泰字林宗，太原介休人。泰少孤，年二十，行学至城皋屈伯彦精庐，乏食，衣不盖形，而处约味道，不改其乐。李元礼一见，称之曰：'吾见士多矣，无如林宗者也。'及卒，蔡伯喈为作碑，曰：'吾为人作铭，未尝不有惭容，唯为郭有道碑颂无愧耳！'初以有道君子征，泰曰：'吾观乾象、人事，天之所废，不可支也。'遂辞以疾。"《汝南先贤传》曰："袁宏字奉高，慎阳人。友黄叔度于童齿，荐陈仲举于家巷。辟太尉掾，卒。" ㊁《泰别传》曰："薛恭祖问之，泰曰：'奉高之器，譬诸泛滥，虽清易挹也。'"

【注释】① 郭林宗：郭泰（127—169），东汉末太学生的领袖。家世贫贱，事母至孝，博通坟籍，与李膺友善，名动京师。不就官府征召，后归乡里。党锢之祸起，闭门教授，生徒数千人。汝南：今河南上蔡西南。 ② 造：造访，登门拜访。袁奉高：袁阆（làng），字奉高。刘注引《汝南先贤传》作"袁宏"，《后汉书·黄宪传》李贤注作"袁阆"，皆误，应为袁阆。程炎震云："刘攽曰：'袁阆字奉高，袁阆字夏甫。此言奉高，则阆当作阆。'"李慈铭曰："案《后汉书·王龚传》云：'龚迁汝南太守。功曹袁阆字奉高。数辞公府之命。'则奉高乃袁阆。"余嘉锡案曰："《文选集注》百十六李善引范晔《后汉书》，正作袁阆。足见唐初人所见范书并不误。其《文选注》及此注作袁阆者，乃宋时浅人据本范书改之耳。诸家纷纷考辨，虽复与古暗合，然今既见唐本，则此事不待繁言而自解矣。"（中华书局1984版第五页）王先谦《世说新语·校勘小识补》曰："按《后汉书·袁安传》：'阆字夏甫。'又《黄宪传》：'先过袁阆。'刘攽校曰：'袁阆字奉高，阆字夏甫。此下言奉高，则阆当作阆也。'（以上刘语）据安传及刘校，是阆字奉高，而本书屡以阆为奉高，明是注文之误。"　③轨：轨辙，车轮留下的印迹。銮(luán)：古代一种车铃，一般套在车轭的顶端。辍(chuò)：停止。轭(è)：驾车时套在牛马颈上的曲木。　④诣(yì)：拜访。黄叔度：见本篇三注②。　⑤乃：竟。弥日：整天。弥，满。信宿：连宿两夜，表示两夜的时间。　⑥汪汪：水宽广的样子。陂(bēi)：池。　⑦器：度量。

【评析】《后汉书·黄宪传》载郭林宗过袁阆不宿而退，而在宪处累日方还之事。有人问其缘故，郭林宗曰："奉高之器，譬诸氿滥，虽清而易挹。叔度汪汪若千顷陂，澄之不清，淆之不浊，不可量也。"郭泰对两人的器度作了比较，袁阆如小小的泉水，清澈可酌，黄宪则广大如千顷水池，不可测量。对两人都作了评论，有所比较，如此则黄宪器度之深广就更加显示出来了。

四

　　李元礼风格秀整①，高自标持②，欲以天下名教是非为己任③。㊀后进之士④有升其堂者，皆以为登龙门⑤。㊁

【今译】李膺风度秀雅，格调严整，自视很高，要把天下正定名分、判断是非作为自己的使命。后生晚辈读书人，有能够到李膺家厅堂作客的，都认为是登上龙门，身价倍增。

【刘孝标注】㊀薛莹《后汉书》曰："李膺字元礼，颍川襄城人。抗志清妙，有文武俊才。迁司隶校尉，为党事自杀。"　㊁《三秦记》曰："龙门一名河津，去长安九百里，水悬绝，龟鱼之属莫能上，上则化为龙矣。"

【注释】①李元礼：李膺(110—169)，桓帝时官至司隶校尉，执法威严，令宦官生畏。与太学生领袖郭泰结交，反对宦官专权，被太学生誉为"天下楷模李元礼"(《后汉书·党锢列传》)。延熹九年(166)，宦官指其结党诽谤，被捕入狱。后免归乡里，被禁锢。灵帝即位后，外戚窦武当权，以膺为长乐少府，共谋诛宦官，事泄，下狱死。风格秀整：风度秀雅，格调严整。风格，风度格调。　②标持：犹标置。　③名教：以正名定分为主的儒家礼教。　④后进：晚辈。　⑤龙门：一名河津。

【评析】刘注引薛莹《后汉书》谓李膺"抗志清妙，有文武俊才"。他任青州刺史时，守令惧其"威明，多望风弃官"(《后汉书·李膺传》)。为司隶校尉时，宦官无不畏惧，"皆鞠躬屏气，休沐不敢出官"(同上)。为乌桓校尉时，他亲冒矢石，"虏甚惮慑"。为度辽将军时，羌人攻掠边境，"自膺到边，皆望风惧服……声振远域。"他曾教授生徒千人，但当樊陵求为门徒时，却坚拒不受，后陵果然以阿附宦官而位至太尉。荀爽(128—190)十二岁即通《春秋》、《论语》，被杜乔誉为"可为人师"(《后汉书·荀爽传》)，却为能替李膺驾车而感到荣幸。《后汉书·李膺传》："荀爽尝就谒膺，因为其御，既还，喜曰：'今日乃得御李君矣。'"袁山松《后汉书》曰："李膺言出于口，人莫得违也。有难李君之言者，则乡党非之。李君与人同舆载，则名闻天下。"(《太平御览》卷四百六十五)当党锢之祸朝廷要收捕党人时，乡人劝其逃匿，而膺以节义为重，"诣诏狱"，毅然赴狱。故薛莹《后汉书》谓其"为党事自杀"。当时有门徒景顾尚未录入名册，故未受牵连，其父侍御史景毅慨然承认其子与膺为师生，"自表免归，时人义之"(《后汉书·李膺传》)。而另一位列于党人的张俭却完全相反。当朝廷追捕他时，亡命而逃，牵连无其数。许多人"破家相容"，"其所经历，伏重诛者以十数，宗亲并皆殄灭，郡县为之残破"(《后汉书·张俭传》)。为了一己贪生，害人家破人亡，而他则等党禁解除后回家安享富贵，一直活到八十四岁。如此等等，都可见李膺"高自标持，欲以天下名教是非为己任"并非虚语,无怪后进之士都以登其堂为身登龙门,声望倍增,荣幸无比。

五

李元礼尝叹荀淑、钟皓㊀曰①:"荀君清识难尚,钟君至德可师②。"㊁

【今译】李膺曾经赞叹荀淑、钟皓说:"荀君见识高明,难以超过;钟君道德高尚,可为良师。"

【刘孝标注】㊀《先贤行状》曰:"荀淑字季和,颍川颖阴人也。所拔韦褐刍牧之中,执案刀笔之吏,皆为英彦。举方正,补朗陵侯相,所在流化。钟皓字季明,颍川长社人。父祖至德著名。皓高风承世,除林虑长,不之官。人位不足,天爵有余。"㊁《海内先贤传》曰:"颍川先辈为海内所师者,定陵陈稚叔,颖阴荀淑,长社钟皓。少府李膺宗此三君,常言:'荀君清识难尚,陈钟至德可师。'"

【注释】①叹:赞叹。荀淑:荀子十一世孙。少有高行,博学。安帝时征拜郎中,后迁为当涂长,去职还乡,为当代名贤李固、李膺所尊崇。曾上对策讥刺贵幸,为外戚梁冀所忌,出补朗陵侯相。后弃官归隐。钟皓:少以"笃行"(《后汉书》本传。笃行谓切实履行。)著称。不就征召,隐于密山,教授门徒千余人。后为郡功曹,不久即自劾去。后官府又屡屡征召,皆不就。②清识:高明的见识。尚:超过。至德:最高尚的道德。

【评析】荀淑和钟皓齐名。荀淑为官时临事明理,居家时能以产业赡养亲友,无怪李膺叹其"清识难尚"(刘注引文)。钟皓则屡次不应召,推荐比自己年轻的陈寔接替,坚决不肯做官,得到诸儒的赞颂,故李膺赞其"至德可师"(同上)。

六

陈太丘诣荀朗陵①,贫俭无仆役,㊀乃使元方将车,㊁季方持杖后从②,长文尚小③,载著车中。既至,荀使叔慈应门④,慈明行酒⑤,余六龙下食⑥,㊂文若亦小⑦,坐著膝前。于时太史奏⑧:"真人东行⑨。"㊃

【今译】陈寔拜访荀淑,因家境贫穷俭朴,没有仆人可供役使,于是便叫长子陈纪赶车,次子陈谌拿着手杖在车后跟从,孙子陈群还年幼,放在车中。到了荀家,荀淑叫第三子荀靖出来迎候客人,第六子荀爽给客人斟酒,其余六子负责上菜,孙子荀彧也还小,坐在荀淑膝前。当时太史上奏:"有才德之士向东出行,上应天象。"

【刘孝标注】㊀《陈寔传》曰:"寔字仲弓,颍川许昌人。为闻喜令,太丘长,风化宣流。"㊁《先贤行状》曰:"陈纪字元方,寔长子也。至德绝俗,与寔高名并著,而弟谌又配之。每宰府辟召,羔雁成群,世号'三君',百城皆图画。"㊂张璠《汉纪》曰:"淑有八子:俭、绲、靖、焘、汪、爽、肃、敷。淑居西豪里,县令苑康曰:'昔高阳氏有才子八人。'遂署其里为高阳里。时人号曰'八龙'。"㊃檀道鸾《续晋阳秋》曰:"陈仲弓从诸子侄造荀父子,于时德星聚,太史奏:'五百里贤人聚。'"

【注释】①陈太丘:陈寔(104—187),见刘注。党锢之祸起,被牵连,不肯逃亡,自请囚禁,谓:

"吾不就狱,众无所恃。"(《后汉书》本传)党禁解,大将军何进、司徒袁隗招辟,皆不就。死后,赴吊者有三万余人。荀朗陵:即荀淑,见本篇五注①(页4)。 ② 元方:陈寔长子陈纪,字元方。将(jiāng)车:赶车,驾车。将,用作动词。季方:陈寔第六子陈谌(chén),字季方。后从:一作"从后"。 ③ 长文:陈群(?—236),字长文,陈寔之孙,陈纪之子。三国时初为刘备别驾,后归曹操,为司空掾、御史中丞、侍中。曹丕时为尚书,建议选用官吏,实行"九品中正制"。明帝时为司空、录尚书事。 ④ 叔慈:荀靖,字叔慈,荀淑第三子。荀淑有子八人:俭、绲、靖、焘、汪、爽、肃、敷。据本书《品藻》刘注,淑之八子均有才学,"时人谓之八龙"(《后汉书》本传)。荀靖,《后汉书》仅有名而无字,曰:"靖有至行,不仕,年五十而终,号曰玄行先生。"李贤注引皇甫谧《高士传》曰:"靖字叔慈,少有俊才,动止以礼。" ⑤ 慈明:荀爽(128—190),字慈明,荀淑第六子。献帝时任司空,参与王允等谋诛董卓,后病卒。为著名经学家,著有《周易注》。行酒:依次斟酒。 ⑥ 下食:当时习惯用语,上菜称"下食"。 ⑦ 文若:荀彧(yù,163—212),字文若,荀淑之孙,荀绲之子,三国时为操士,参与军国大事,为曹操效力。后以反对曹操称"魏公"而被迫自杀。 ⑧ 太史:官名,掌管国家典籍、天文历法、祭祀等。 ⑨ 真人:指陈、荀两家父子均为至德之人。

【评析】陈寔父子三人同以至德称,故号"三君",为世人所敬仰。《后汉书》本传赞陈寔"凶邪不能以权夺,王公不能以贵骄"。寔有六子,以长子纪与幼子谌最贤。《后汉书》本传谓纪"亦以至德称。兄弟孝养,闺门雍和,后进之士皆推慕其风。及遭党锢,发愤著书数万,号曰《陈子》"。幼子谌,《后汉书》谓"与纪齐德同行"。荀淑八子中以第六子荀爽最著名,"幼而好学,年十二能通《春秋》、《论语》。太尉杜乔见而称之曰:'可为人师。'"(《后汉书》本传)当时颍川为之语曰:'荀氏八龙,慈明无双。'"(同上)皇甫谧《高士传》载许章评靖与爽曰:"皆玉也。慈明外朗,叔慈内润。"孙辈中荀悦和荀彧为最著。由于两家皆为有德之士,故他们相聚就值得赞叹,于是太史也来凑热闹,谓天象有德星(岁星,主祥瑞,故称)聚合,地上有两家才德相聚,果然不同凡响。其实荀氏父子两代人的道路迥然有别,父辈在权贵面前,趋死不避,子孙辈则避祸全身,或事董卓,或事曹操。朱熹对此颇有非议,曰:"近看温公论东汉名节处,觉得有未尽处。但知党锢诸贤趋死不避,为光武、明、章之烈,而不知建安以后,中州士大夫只知有曹氏,不知有汉室,却是党锢杀戮之祸有以驱之也。且以荀氏一门论之,则荀淑正言于梁氏用事之日,而其子爽已濡迹于董卓专命之朝,及其孙彧则遂为唐衡之婿,曹操之臣,而不知以为非矣。盖刚方直大之气,折于凶虐之余,而渐图所以全身就事之计。想其当时父兄师友之间,自有一种议论,文饰盖覆,使骤而听之者,不觉其为非,而真以为是必有深谋奇计,可以活国救民于万分之一也。邪源横流,所以甚于洪水猛兽之害,孟子岂欺予哉!"(《晦庵文集》三十五《答刘之澄书》)

七

客有问陈季方:⊖"足下家君太丘①有何功德而荷天下重名②?"季方曰:"吾家君譬如桂树生泰山之阿③,上有万仞之高④,下有不测之深;上为甘露所沾⑤,下为渊泉所润⑥。当斯之时⑦,桂树焉知泰山之高,渊泉之深? 不知有功德与无也。"

【今译】有人问陈谌:"您的父亲有什么功业德行,而能够担当天下如此大的名声呢?"陈谌说:"我父亲就好比桂树生长在泰山的山坳里,上有万仞高的山峰,下有深不可测的溪谷;上面受到甘甜露水的沾溉,下面又有深邃泉水的滋润。在这时候,桂树哪里知道泰山有多高,渊泉有多深呢? 不知道是有功德呢,还是没有。"

【刘孝标注】 ㊀《海内先贤传》曰："陈谌字季方，寔少子也。才识博达，司空掾公车征，不就。"

【注释】 ① 足下：对人的尊称。家君：对人称自己的父亲。在称呼前加"足下"敬词时，亦用以称对方的父亲。太丘：即陈寔。　② 荷：承受，担当。重名：大名。　③ 阿（ē）：弯曲的地方。④ 仞（rèn）：古时以八尺或七尺为一仞。　⑤ 沾：沾溉。　⑥ 渊泉：深泉。润：滋润。⑦ 斯：这，这个。

【评析】 文中陈谌比喻其父为泰山之阿的桂树，以赞美陈寔的高尚品德。然而对桂树与泰山的喻意却有不同的理解。《世说新语校笺》注"吾家譬如桂树生泰山之阿"曰："玩文义，谌盖以桂树自比，而以泰山比其父，'吾'下疑脱'于'字。"（中华书局 1984 年版第六页）文中主题很清楚，客问的是"足下家君太丘"，明指陈谌之父陈寔，而非"足下"，陈寔只需回答父亲为何样人足矣，没有必要说自己。他未作正面回答，而是用比喻来赞美父亲。陈谌没有必要把自己比作桂树，把父亲比为泰山。是否"桂树生泰山"中有一个"生"字，就成了父生子了？如此推论，则文中所写上有"甘露"，下有"渊泉"又何所指？如果真的补上"于"字，令陈谌自比桂树，比父亲为泰山，那么最后一句话就成了说自己不知有无功德，把客问"足下家君太丘"变成"足下"了，岂非答非所问！一篇主题明确，首尾呼应，结构严谨的好文章，将会变得支离破碎，面目全非。在没有任何根据的情况下，贸然提出"吾"下脱字，妄加"于"字，未免不妥。

八

陈元方子长文①，有英才②，㊀与季方子孝先㊁各论其父功德③，争之不能决。咨于太丘④，太丘曰："元方难为兄⑤，季方难为弟。"㊂

【今译】 陈纪的儿子陈群，有杰出的才智，与陈谌之子陈忠各自论颂自己父亲的功德，互相争论，不能决断。于是便去问祖父陈寔，陈寔说："元方做兄长的不容易，季方做小弟也不容易。"

【刘孝标注】 ㊀《魏书》曰："陈群字长文，祖寔，尝谓宗人曰：'此儿必兴吾宗。'及长，有识度，其所善皆父党。" ㊁《陈氏谱》曰："谌子忠，字孝先。州辟不就。" ㊂ 一作"元方难为弟，季方难为兄"。

【注释】 ① 元方：陈纪。长文：陈群。均见本篇六注②③。　② 英才：杰出的才智。　③ 季方：陈谌。见本篇六注②（页5）。孝先：陈忠，字孝先，陈谌之子。　④ 咨：询问。　⑤ 难为（wéi）：难做。

【评析】 文章写陈家子弟称颂父辈的功德，争执不下，请祖父来评判。陈寔认为纪、谌兄弟皆贤，难分高下，故有兄难为弟亦难为之语。成语"难兄难弟"出此。严复对陈寔说话时的称谓表示怀疑，有云："此记者述太丘语意耳，古无父字其子之事。"（盛氏愚斋藏书《世说新语》眉扎，华东师范大学图书馆藏书）。严复所言极是。古人上辈对下辈称名而不称字，对平辈或长辈则称字而不名。这里陈寔对儿子称字与辈分不符。也许当时盛行五言诗，作者将四字延长为五字，以便诵读时琅琅上口之故。

九

荀巨伯远看友人疾①，㊀值胡贼攻郡②，友人语巨伯曰③："吾今死矣，子可去④。"巨伯曰:"远来相视,子令吾去,败义以求生,岂苟巨伯所行邪?"贼既至⑤,谓巨伯曰:"大军至,一郡尽空,汝何男子,而敢独止?"巨伯曰:"友人有疾,不忍委之⑥,宁以我身代友人命⑦。"贼相谓曰:"我辈无义之人,而入有义之国⑧。"遂班军而还,一郡并获全。

【今译】荀巨伯去很远的地方探望生病的朋友,正遇到胡人军队来攻打郡城,朋友对荀巨伯说:"我今天死定了,您快离开吧。"荀巨伯说:"我从远方来探望您,您却让我离开。败坏道义来苟且偷生,难道是我荀巨伯所能做的吗?"胡人到后,对荀巨伯说:"我们大军一到,满城人都逃空了,你是何等样的汉子,竟然敢独自留下?"荀巨伯说:"朋友有病,不忍心抛下他,宁愿用我自己来代朋友去死。"胡人互相议论说:"我们这些不懂道义的人,却进入了讲道义的地方。"于是就撤军回去了,全城人因此都得以保全。

【刘孝标注】㊀《荀氏家传》曰:"巨伯,汉桓帝时人也,亦出颍川,未详其始末。"

【注释】① 荀巨伯:生平见刘注。 ② 值:遇到。胡:古代称西北少数民族。郡:郡县所在地。 ③ 语(yù):用作动词,告诉。 ④ 子:称对方的敬词,您。去:离开。 ⑤ 既:已经。 ⑥ 委:抛弃。 ⑦ 宁(nìng):宁可,情愿。我身:指自己。 ⑧ 国:指地方。

【评析】据《后汉书·桓帝纪》载,永寿二年(156)、延熹元年(158)、二年(159)、六年(163)、九年(166)、永康元年(167)等,均有鲜卑人扰边。文中所写具体年月、事件不详,无可考。荀巨伯在敌军面前,镇定自若,愿为保全友人而不惜生命,这种舍生取义的精神不仅保全了友人,更令敌军为之震慑,自愧"无义"而退军,遂救了一城之人。文中不着一字赞语,而巨伯之精神力量已充溢其间。

十

华歆遇子弟甚整①,虽闲室之内②,严若朝典③。㊀陈元方兄弟恣柔爱之道④,而二门之里,两不失雍熙之轨焉⑤。

【今译】华歆对待晚辈非常严肃,即使闲暇时在家里,也像在朝堂上参加典礼一样地庄严恭敬。陈纪兄弟之间则无拘无束温和友爱地相处,但是华家和陈家各自的相处之道,又都不失其和谐安乐之度。

【刘孝标注】㊀《魏志》曰:"歆,字子鱼,平原高唐人。"《魏略》曰:"灵帝时,与北海邴原、管宁俱游学相善,时号三人为一龙,谓歆为龙头,宁为龙腹,原为龙尾。"

【注释】① 华歆(huà xīn,157—231):东汉末举孝廉,为尚书郎。献帝时任豫章太守,后征召入京,为尚书令。魏文帝时任司徒,明帝时转拜太尉。遇:对待。子弟:子侄,年轻一辈。整:严肃。 ② 闲室:指闲处在家。 ③ 严:一作"俨",恭敬,庄严。朝典:朝廷举行的典礼。 ④ 恣(zì):任意,不受拘束。柔:柔和,温和。 ⑤ 二门:指华、陈两家。雍熙:和乐的样子。轨:规矩,法度。

【评析】《后汉书·陈寔传》:"有六子,纪、谌最贤。纪字元方,亦以至德称。兄弟孝养,闺门雍和,后进之士皆推慕其风。"文中所称之"陈元方兄弟"即指陈纪、陈谌兄弟二人。

十一

管宁、华歆共园中锄菜①，㊀见地有片金，管挥锄与瓦石不异，华捉而掷去之。又尝同席读书②，有乘轩冕过门者③，宁读如故，歆废书出看④。宁割席分坐，曰："子非吾友也！"㊁

【今译】管宁与华歆两人一起在园中锄地种菜，看到地上有一片金子，管宁照样挥锄，把金子看得同瓦片石头没有什么两样，华歆却把金子捡起来扔掉。管宁和华歆二人又曾经同坐在一张席上读书，有官员乘坐华丽的马车从门外经过，管宁照样读书，华歆却扔下书本跑出去看。于是管宁割断席子与华歆分开来坐，说："你不是我的朋友！"

【刘孝标注】㊀《傅子》曰："宁字幼安，北海朱虚人，齐相管仲之后也。" ㊁《魏略》曰："宁少恬静，常笑邴原、华子鱼有仕宦意。及歆为司徒，上书让宁。宁闻之，笑曰：'子鱼本欲作老吏，故荣之耳。'"

【注释】① 管宁(158—241)：汉末避乱居辽东，聚徒讲学，三十余年始归。魏文帝拜其为大中大夫，明帝拜其为光禄勋，皆固辞不受。华歆：见本篇十注①(页7)。 ② 尝：曾经。同席：坐在同一张席子上。席，古人把席子铺在地上，席地而坐。 ③ 轩冕：古代卿大夫的车服。轩，古代一种前顶较高而有帷幕的车子，供大夫以上的官员乘坐。冕(miǎn)，古代帝王诸侯及卿大夫所戴的礼帽。这里的"轩冕"二字只取"轩"义，为偏义复词。 ④ 废：放、扔。

【评析】从宁、歆对片金和轩冕两件小事的不同反应，足以看出他们不同的志趣和抱负。一则淡泊清高，一则重视爵禄。后来的经历也验证了他们不同的志向。管宁、华歆和邴原三人相善，人称他们为一龙，歆为龙头，宁为龙腹，原为龙尾。实则歆与原都有"仕宦意"，很想当官。歆在文中一是对金子有不舍意，二是对轩冕有羡慕意，已于无意中流露出"仕宦意"了。华歆官做到太尉，也算备尝仕宦之滋味了。史载其为司徒时，"素清贫，禄赐以振施亲戚故人，家无担石之储"(《三国志·魏书》本传)。为豫章太守时，"以为政清静，吏民感而爱之"(同上)。看来华歆还是能做点事的好官。最后在太尉任上，"称病乞退，让位于宁"(同上)，刘注引《魏略》则谓："为司徒，上书让宁。宁闻之，笑曰：'子鱼本欲作老吏，故荣之耳。'"管宁笑华歆官瘾十足，以当官为荣耀，到老也不曾明白自己无意于仕宦的淡泊志趣。管宁始终如一甘于淡泊。《三国志·魏书·管宁传》太仆陶丘一等荐宁曰："宁清高恬泊，拟迹前轨，德行卓绝，海内无偶。"文帝、明帝再三以"安车蒲轮，束帛加璧"征聘，他都坚辞不就，故陈群赞宁"行为世表，学任人师，清俭足以激浊，贞正足以矫时"(裴松之注引《傅子》)。其淡泊之志已显露无遗。可见管宁早年声称华歆不是自己的朋友，与之割席分坐不是偶然的。

十二

王朗每以识度推华歆①。㊀歆蜡日㊁尝集子侄燕饮②，王亦学之。有人向张华说此事③，张曰："王之学华，皆是形骸之外④，去之所以更远。"㊂

【今译】王朗常常推崇华歆的见识度量。华歆曾在年终祭祀百神的日子里，召集子侄一起宴饮，王朗也学着这样做。有人向张华说起这事，张华说："王朗学华歆，都是学外在皮毛的东西，因此他与华歆的距离反而更加远了。"

【刘孝标注】㊀《魏书》曰："朗字景兴，东海郯人，魏司徒。" ㊁《礼记》曰："天子大蜡八。伊耆氏始为蜡。蜡，索也。岁十二月，合聚万物而索飨之。"《五经要义》曰："三代名腊，夏曰嘉平，殷曰清祀，周曰大蜡，总谓之腊。"晋博士张亮议曰："蜡者，合聚百物索飨之，岁终休老息民也。腊者，祭宗庙五祀。《传》曰：'腊，接也，祭则新故交接也。'秦、汉以来，腊之明日为祝岁，古之遗语也。" ㊂王隐《晋书》曰："张华字茂先，范阳人也。累迁司空，而为赵王伦所害。"

【注释】① 王朗（？—228）：本名严，后改为朗（裴松之注引《魏略》），字景兴，三国魏郯（今山东郯城）人。东汉末为会稽太守，曹操征为谏议大夫，参司空军事。文帝时改为司空，进封乐平乡侯。明帝时转为司徒。"著《易》、《春秋》、《孝经》、《周官》传，奏议论记，咸传于世。"（《三国志·魏书》本传）每：常常。识度：见识度量。 ② 蜡（zhà）日：古代年终祭祀百神之日。蜡，古代于农历十二月里合祭众神之称。这一天有宴饮的习俗。燕饮：宴饮。燕通"宴"。 ③ 张华（232—300）：生平见刘注。有《张司空集》、《博物志》。 ④ 形骸（hài）：指人的形体，身体。

【评析】王朗与华歆两人在性格严整、威仪恭俭、淡于财欲方面，没有根本的差别，故《三国志·魏书》将他们合传记。卷末评曰："华歆清纯德素，王朗文博富赡，诚一时之俊伟也。"本文将华歆置于王朗难以企及之高度，称"王之学华，皆是形骸之外"，似有过甚其词之嫌。

十三

华歆、王朗俱乘船避难，有一人欲依附①，歆辄难之②。朗曰："幸尚宽③，何为不可？"后贼追至，王欲舍所携人④。歆曰："本所以疑，正为此耳。既已纳其自托，宁可以急相弃邪⑤？"遂携拯如初。世以此定华、王之优劣。㊀

【今译】华歆和王朗一起乘船逃难，有一个人要求搭船跟他们去，华歆就予以拒绝。王朗说："幸好船中地方还宽裕，为什么不让他搭船？"后来贼兵追来了，王朗就想丢下那个所带的人。华歆说："我本来所担心的就是这种局面。如今既然已经容纳了他，难道可以因为危险就把他丢下吗？"于是便像当初那样仍携带这个人。世人就根据这件事来评定了华歆和王朗的优劣。

【刘孝标注】㊀华峤《谱叙》曰："歆为下邽令，汉室方乱，乃与同志士郑太等六七人避世。自武关出，道遇一丈夫独行，愿得与俱，皆哀许之。歆独曰：'不可。今在危险中，祸福患害，义犹一也。今无故受之，不知其义，若有进退，可中弃乎？'众不忍，卒与俱行。此丈夫中道坠井，皆欲弃之。歆乃曰：'已与俱矣，弃之不义。'卒共还出之而后别。"

【注释】① 依附：跟从。 ② 辄（zhé）：就。难（nàn）之：即"以之为难"，难，用作动词，拒绝他之意。 ③ 幸：幸亏。 ④ 舍：舍弃，丢下。 ⑤ 宁（nìng）：难道。

【评析】这则故事赞美华歆于急难中不弃他人，救人救彻的品格，并谓当时即据此来评定华、王的优劣。然其事之真伪引起后人的怀疑。程炎震云："据华峤《谱叙》，是献帝在长安时事。王朗方从陶谦于徐州，不得同行也。"（余嘉锡《世说新语笺证》）其说有据。

十四

王祥事后母朱夫人甚谨①。㊀家有一李树，结子殊好②，母恒使守之③。时风雨忽至，祥抱树而泣。㊀祥尝在别床眠，母自往暗斫之④；值祥私起⑤，空斫得被。既还⑥，知母憾之不已，因跪前请死。母于是感悟⑦，爱之如己子。㊂

【今译】王祥侍奉后母朱夫人非常恭敬。他家有一棵李树，结的李子特别好，后母经常叫他去守护李树。一时风雨突至，王祥就抱着树哭泣。王祥曾在另一张床上睡，后母暗中拿刀去砍他；碰巧王祥因小便起床了，后母一刀砍空，只砍在被子上。王祥回来后，知道后母为此非常遗憾，便跪在地面前，请求处死自己。后母因此受到感动而醒悟过来，从此疼爱王祥就好像自己的亲生儿子一样。

【刘孝标注】㊀《晋诸公赞》曰："祥字休征，琅邪临沂人。"《祥世家》曰："祥父融，娶高平薛氏，生祥；继室以庐江朱氏，生览。"《晋阳秋》曰："后母数潜祥，屡以非理使祥，弟览辄与祥俱。又虐使祥妇，览妻亦趋而共之。母患，方盛寒冰冻，母欲生鱼，祥解衣将剖冰求之，会有处冰小解，鱼出。"萧广济《孝子传》曰："祥后母忽欲黄雀炙，祥念难卒致。须臾，有数十黄雀飞入其幕。母之所须，必自奔走，无不得焉。其诚至如此。" ㊁萧广济《孝子传》曰："祥后母庭中有李，始结子，使祥昼视鸟雀，夜则趋鼠。一夜风雨大至，祥抱泣至晓。母见之恻然。" ㊂虞预《晋书》曰："祥以后母故，陵迟不仕。年向六十，刺史吕虔檄为别驾。时人歌之曰：'海、沂之康，实赖王祥；邦国不空，别驾之功。'累迁太保。"

【注释】① 王祥（184—268）：生平详见刘注。汉末携母隐居庐江三十余年。后任温令，累迁大司农、司空、太尉。晋代魏后，官至太保。奉后母至孝，为有名的孝子。事：侍奉。谨：恭敬。② 殊：极，很。 ③ 恒：经常。 ④ 斫（zhuó）：砍。 ⑤ 值：遇到，碰上。私起：为小便而起床。 ⑥ 既：已经。 ⑦ 感悟：感动醒悟。

【评析】王祥谨奉后母的孝迹除文中所写之外，刘注所引资料中尚有三事：一为严冬冰冻时，后母欲吃生鱼，王祥便解衣剖冰求之，正好有一处冰层融解，鱼儿跃出。二为后母想吃烤黄雀，本是难以办到的，但是就有黄雀自动飞来，满足其所需。三是为了侍奉后母，王祥年近六旬尚迟迟不肯出仕。此外，《晋书·王祥传》所载尚有："父母有疾，衣不解带，汤药必亲尝。"如此等等，都可见其精诚，最后也使百般习难、虐待他的后母为之感动醒悟，终于爱之若亲子。王祥卧冰求鲤的故事在"二十四孝"事迹中最为感人，流传民间，几乎妇孺皆知。

十五

晋文王称阮嗣宗至慎①，每与之言，言皆玄远，未尝臧否人物②。㊀

【今译】晋文王司马昭说阮籍的为人极其小心谨慎，每次与他谈话，其言论都很玄妙深远，从来未曾评论过他人的长短得失。

【刘孝标注】㊀《魏书》曰："文王讳昭，字子上，宣帝第二子也。"《魏氏春秋》曰："阮籍字嗣宗，陈留尉氏人，阮瑀子也。宏达不羁，不拘礼俗。兖州刺史王昶请与相见，终日不得与言，昶愧叹之，自以不能测也。口不论事，自然高迈。"李康《家诫》曰："昔尝侍坐于先帝，时有三长史俱见。临辞出，上曰：'为官长，当清，当慎，当勤，修此三者，何患不治乎？'并受诏。上顾谓吾等曰：'必不得已而去，于斯三者何先？'或对曰：'清固为本。'复问吾，吾对曰：'清慎之道，相须而成，必不得已，慎乃为大。'上曰：'卿言得之矣。可举近世能慎者谁乎？'吾乃举故太尉荀景倩、尚书董仲达、仆射王公仲。上曰：'此诸人者，温恭朝夕，执事有恪，亦各其慎也。然天下之至慎者，其唯阮嗣宗乎！每与之言，言及玄远，而未尝评论时事，臧否人物，可谓至慎乎！'"

【注释】① 晋文王：司马昭(211—265)，字子上，三国河内温县(今河南温县西)人。司马懿次子，继兄司马师为魏大将军，专国政，并谋代魏。魏帝曹髦曾说："司马昭之心，路人所知也。"后杀髦，立曹奂为帝。又灭蜀汉，自称晋公，后为晋王。死后其子司马炎代魏称帝，建立晋朝，追尊昭为文帝。阮嗣宗：阮籍(210—263)，曾为步兵校尉，世称阮步兵。与嵇康齐名，为"竹林七贤"之一。擅长诗文。在魏晋易代之际的险恶环境中，以醉酒的方式，"至慎"的态度得以免祸全身。有《阮步兵集》。 ② 臧否(zāng pǐ)：褒贬，批评。

【评析】司马昭称阮籍"至慎"，似有无可奈何之意。阮籍"本有济世志，属魏晋之际，天下多故，名士少有全者，籍由是不与世事，遂酣饮为常"(《晋书·阮籍传》)。最突出的事例就是司马昭要与阮籍结亲，籍滥醉六十日，无法通话，方才作罢。《晋书》本传曰："文帝初欲为武帝求婚于籍，籍醉六十日，不得言而止。"又钟会想问阮籍有关时事，找借口来加罪，籍也有赖醉酒得免："钟会数以时事问之，欲因其可否而致之罪，皆以酣醉获免。"(同上)借醉酒避免是非，是"至慎"，文中所说"言皆玄远，未尝臧否人物"，更是"至慎"。司马昭用"至慎"二字来概括阮籍的处世态度，可谓一言中的。由于"至慎"，阮籍终于得以善终。阮籍对待不同的人能作"青白眼"。他崇信老庄，讨厌礼法之士，对以"白眼"，反之则见"青眼"，因此惹起礼法之士的仇视，倒是司马昭保护了他："籍又能为青白眼，见礼俗之士，以白眼对之。及嵇喜来吊，籍作白眼，喜不怿而退。喜弟康闻之，乃赍(lài，送酒)酒挟琴造焉。籍大悦，乃见青眼。由是礼法之士，疾之若仇，而帝每保护之。"(同上)刘注所引《家诫》作者为李秉，而非嵇康，秉与康形近，故误写。严可均《全晋文》五十三李秉《家诫》下及余嘉锡《世说新语笺疏》并正其误。

十六

王戎云①："与嵇康居二十年②，未尝见其喜愠之色③。"⊖

【今译】王戎说："我和嵇康相处了二十年，从未见他脸上有过什么喜悦或怨恨的脸色。"

【刘孝标注】⊖ 康集《叙》曰："康字叔夜，谯国铚人。"王隐《晋书》曰："嵇本姓溪，其先避怨徙上虞，移谯国铚县。以出自会稽，取国一支，音同本奚焉。"虞预《晋书》曰："铚有嵇山，家于其侧，因氏焉。"《康别传》曰："康性含垢藏瑕，爱恶不争于怀，喜怒不寄于颜。所知王濬冲在襄城，面数百，未尝见其疾声朱颜。此亦方中之美范，人伦之胜业也。"《文章叙录》曰："康以魏长乐亭主婿迁郎中，拜中散大夫。"

【注释】① 王戎(234—305)：字濬冲，西晋琅邪临沂(今属山东)人。好清淡，与阮籍、嵇康为竹林之游，为"竹林七贤"之一。惠帝时累官尚书令、司徒。性贪好利，广收八方园田，聚钱不知其数，常自执牙筹，昼夜计算，时人讥为"膏肓之疾"。其家所种李子甘美，在卖与他人时，先钻其核，以免他人得种，其悭吝如此。 ② 嵇康(223—262)：世称嵇中散，与阮籍齐名，康有奇才，卓荦不群，丰神俊逸，博洽多闻。工诗文，善鼓琴，精乐理。崇尚老庄，常言养生服食之事。不满司马氏擅权，非薄汤、武、周、孔，为礼法之士所疾恨。因得罪钟会，为其谗害，被司马昭所杀。有《嵇中散集》。 ③ 喜愠(yùn)之色：喜悦或怨恨的脸色。愠，怨恨。

【评析】文中王戎言与嵇康交往二十年，未曾见其喜愠之色。刘注引《康别传》亦云其"含垢藏瑕，爱恶不争于怀，喜怒不寄于颜"。《三国志·王粲传》裴松之注引《魏氏春秋》亦谓："康寓居河内之山阳县，与之游者，未尝见其喜愠之色。"如果真能如此，何至于得罪钟会，为司马昭所杀！在司马氏高压权力之下，嵇康一般尚能克制自己，而遇到关键时刻，就不免真情流露了。当他受吕安事牵连系狱时，原本"性慎言行"（《晋书》本传）的嵇康，"一旦缧绁，乃作《幽愤诗》"（同上），以表达其幽愤之情。当贵公子钟会挟威势来造访时，正在大树下锻铁的他"不为之礼，而锻不辍"（同上）；当山涛欲荐其代自己任尚书吏部郎时，即作《与山巨源绝交书》与之绝交。其中，他自称有"必不堪者七，甚不可者二"，谓"不喜作书"、"不喜吊丧"、"不喜俗人……心不耐烦"、"又每非汤武而薄周孔"，又称自己"刚肠疾恶，轻肆直言，遇事便发"等等，愠怒之色分明跃出纸面，那长期郁积于心的幽愤愠怒至此喷涌而出，钟会也借此陷害他，"大将军闻而怒焉"（《三国志·王粲传》裴松之注引《魏氏春秋》），终遭杀身之祸。诚如鲁迅所说："嵇、阮二人的脾气都很大。阮籍老年时改得很好，嵇康就始终是极坏的。……后来阮籍竟做到'口不臧否人物'的地步，嵇康却全不改变。结果阮得其天年，而嵇竟丧于司马氏之手，与孔融、何晏等一样，遭到了不幸的杀害。"（《魏晋风度及文章与药及酒之关系》）

十七

王戎、和峤同时遭大丧①，俱以孝称。王鸡骨支床②，和哭泣备礼③。㊀武帝谓刘仲雄曰④：㊁"卿数省王、和不⑤？闻和哀苦过礼，使人忧之。"仲雄曰："和峤虽备礼，神气不损；王戎虽不备礼，而哀毁骨立。臣以和峤生孝，王戎死孝。陛下不应忧峤，而应忧戎。"㊂

【今译】王戎与和峤同时遭遇大丧，两人都以孝顺著称。王戎瘦骨嶙峋，精神委顿，卧床不起，和峤虽然终日痛哭流涕，礼数却很周到。武帝对刘毅说："你常去看望王戎、和峤吗？听说和峤之哀伤痛苦超过了礼数，真令人为他担忧。"刘毅说："和峤虽然礼数周到，人的精神元气并未受损；王戎虽然礼数不周，但哀伤毁损身体以至只剩下一把骨头了。我以为和峤尽孝不会影响性命，而王戎则哀伤过度会危及性命。故陛下不必为和峤担心，倒应为王戎担忧。"

【刘孝标注】㊀《晋诸公赞》曰："戎字濬冲，琅邪人，太保祥宗族也。文皇帝辅政，钟会荐之曰：'裴楷清通，王戎简要。'即俱辟为掾。晋践祚，累迁荆州刺史，以平吴功，封安丰侯。《晋阳秋》曰："戎为豫州刺史，遭母忧，性至孝，不拘礼制，饮酒食肉，或观棋弈，而容貌毁悴，杖而后起。时汝南和峤，亦名士也，以礼法自持。处大忧，量米而食，然颓额哀毁，不逮戎也。" ㊁王隐《晋书》曰："刘毅字仲雄，东莱掖人。汉城阳景王后也。亮直清方，见有不善，必评论之。王公大人望风惮之。侨居阳平，太守杜恕致为功曹，沙汰郡吏三百余人。三魏金曰：'但闻刘功曹，不闻杜府君。'累迁尚书，司隶校尉。" ㊂《晋阳秋》曰："世祖及时谈以此贵戎也。"

【注释】① 和峤（？—292）：字长舆，西晋汝南西平（今属河南）人。为颍川太守，迁中书令，为武帝所器重，曾参与灭吴谋议。惠帝时拜太子太傅。家富性吝，为世所讥，杜预称其有"钱癖"（《晋书·和峤传》）。大丧：父母之丧。《晋书·王戎传》谓当时王戎遭母丧，和峤居父丧。② 鸡骨支床：瘦骨嶙峋，支离床席。鸡骨，形容瘦弱憔悴的样子。支，支离，形容精神萎靡、涣散的样子。 ③ 备礼：礼数完备周到。 ④ 武帝：晋武帝司马炎（236—290），字安世，河内温县（今河南温县西南）人，司马昭之子。后代魏称帝，建立晋朝。刘仲雄：刘毅（？—285），字仲雄，西晋东莱掖（今山东掖县）人。官至司隶校尉、尚书仆射。正直敢言，曾指责武帝卖官鬻爵之非，主张废除九品中正制。 ⑤ 卿：古时君对臣之称。数（shuò）：屡次，常常。省（xǐng）：看望。不（fǒu）：通"否"。

【评析】孔子曰："夫孝，天之经，地之义也。"（《孝经·庶人章》）王戎与和峤都是孝子，但他们表现孝道的方式有异。和峤"以礼法自持","量米而食"(刘注引《晋阳秋》),"哭泣备礼",一切如礼如法,引起了晋武帝的注意。王戎是清谈家,"不拘礼制",饮酒食肉、观棋(刘注引《晋阳秋》)等照常进行,置礼法于不顾,然内心之哀伤却使其形销骨立。两人一重形式,一重内心,严复谓王戎"所重性情而汰落仪节"(华东师范大学图书馆藏盛氏愚斋藏书《世说新语》眉批)。礼法之士尚门面,清谈之士多率直。和峤的"生孝"也是符合礼法的。《孝经·丧亲》曰:"子曰:'教民无以死伤生,毁不灭性。'"王戎差点危及性命的"死孝"则是与礼法违背的。幸亏刘毅敢于直言,对武帝指出王、和二人的区别,改变了武帝的看法,这才有了"世祖(即武帝)及时谈以此贵戎"(刘清引《晋阳秋》)的结果。尽管在孝道问题上王、和两人有重门面与重性情的不同,但他们在贪财吝啬上则是相同的,因而同为世人所讥。

十八

梁王、赵王①,㊀国之近属②,贵重当时。裴令公㊁岁请二国租钱数百万③,以恤中表之贫者④。或讥之曰:"何以乞物行惠?"裴曰:"损有余,补不足,天之道也。"㊂

【今译】梁王和赵王都是皇室的近亲,在当时堪称位重权贵。裴楷每年都要求从两个王爷封地的租税中拿出几百万钱,用来救济中表亲戚中的贫寒者。有人讥讽他说:"为什么要用乞讨来的钱行施恩惠呢?"裴楷说:"减损有余钱的人来补救钱不够的人,正是奉行天道啊。"

【刘孝标注】㊀朱凤《晋书》曰:"宣帝张夫人生梁孝王肜,字子徽,位至太宰;桓夫人生赵王伦,字子彝,位至相国。" ㊁《晋诸公赞》曰:"裴楷字叔则,河东闻喜人,司空秀之从弟也。父徽,冀州刺史,有俊识。楷特精《易》义。累迁河南尹、中书令,卒。" ㊂《名士传》曰:"楷行己取与,任心而动,毁誉虽至,处之晏然,皆此类。"

【注释】① 梁王:司马肜,字子徽,司马懿之子。司马炎称帝后封为梁王。永康初(300)为太宰。赵王:司马伦,字子彝,司马懿之子。晋武帝封其为赵王。惠帝永康初与梁王一起废贾后,次年自立为帝,不久被杀。 ② 近属:近亲。 ③ 裴令公:即裴楷,见刘注。风神高迈,容仪俊爽,博涉群书,精理义,时人称为"玉人"。尤精《老》、《易》。官至中书令、加侍中,与张华、王戎并管机要,故称"裴令公"。二国租钱:梁、赵两个封地的租税钱。 ④ 恤(xù):救济。中表:与祖父、父亲姐妹的子女(称外表)或祖母、母亲兄弟姐妹的子女(称内表)的亲戚关系。

【评析】裴楷不仅取梁、赵二王的租税钱来救济中表之贫者,就连自己的宅园只要亲友喜爱也慷慨赠送。《晋书》本传曰:"每游荣贵,辄取其珍玩,虽车马器服,宿昔之间,便以施诸穷乏。尝营别宅,其从兄衍见而悦之,即以宅与衍。"他所以能如此,因为"性宽厚"(《晋书》本传)、"行己取与,任心而动,毁誉虽至,处之晏然"(刘清引《名士传》)。

十九

王戎云:"太保居在正始中①,不在能言之流②;及与之言,理中清远③。将无以德掩其言④?"㊀

【今译】王戎说:"王祥处在正始年间,不在擅长清谈一类人物之列;等到同他谈论时,他所说的道理无不恰到好处,清雅而又深远。莫非因王祥德行过高,从而掩盖了他善于清谈的能力吗?"

【刘孝标注】㈠《晋阳秋》曰:"祥少有美德行。"

【注释】① 太保:官名,指王祥。见本篇十四注①。正始:三国魏齐王曹芳年号(240—248)。② 能言之流:指王弼、何晏等竞事清谈之士。 ③ 中(zhòng):适宜,得当。 ④ 将无:莫非,揣度之词,这里表示肯定语气。

【评析】王戎是"竹林七贤"之一,尚玄学清谈,自然便以是否善于清谈作为人物的最高境界。他认为王祥不仅德行高,亦且擅长清谈,可惜其"理中清远"之特点未及为人所知,故深为其未能列入正始时期清谈之流而惋惜。王戎是王祥的族孙,难免把王祥誉为既有德行又擅清谈的完美人物。胡三省指出王祥之德有孝顺后母及不拜晋王司马昭两点。其实不拜司马昭是当时他位居三公,彼此地位相当,余嘉锡谓"祥若同拜,将徒为昭所轻","此正可见祥之为人老于世故,亦何足贵"(《世说新语笺疏》22 页),所论中肯。

二十

王安丰遭艰①,至性过人②。裴令往吊之③,曰:"若使一恸果能伤人④,濬冲必不免灭性之讥⑤。"㈠

【今译】王戎遇到父母的丧事,哀痛之情超过一般人。裴楷去吊唁,说:"假如极度悲哀果然能伤害人体的话,那么王戎必定免不了要受到违背圣人教诲的讥讽了。"

【刘孝标注】㈠《曲礼》曰:"居丧之礼,毁瘠不形,视听不衰,不胜丧,乃比于不慈不孝。"《孝经》曰:"毁不灭性,圣人之教也。"

【注释】① 王安丰:即王戎,因平吴有功,进爵安丰县侯,故称。 ② 至性:指孝顺父母之诚信。 ③ 裴令:即裴楷,其为中书令,故称。吊:哀悼、慰问。 ④ 若使:假如。一恸(tòng):指悲哀之极。一,用在动词"恸"之前,表示哀伤程度之深切。 ⑤ 濬冲:即王戎。灭性:刘注引《孝经》"毁不灭性,圣人之教也",详见《孝经·丧亲》。谓哀伤不应危害健康,不能灭绝人性之常,这是圣人的教诲。

【评析】王戎为母丧而哀伤过度,本篇十七已有描述。

二十一

王戎父浑①,有令名②,官至凉州刺史③。㈠浑薨④,所历九郡义故⑤,怀其德惠,相率致赙数百万⑥,戎悉不受。㈡

【今译】王戎的父亲王浑,有美好的名声,官做到凉州刺史。王浑死时,他任职过的各个郡的老部下与旧将,都怀念他的仁德恩惠,相继送出办丧事的费用几百万钱,王戎全都不接受。

【刘孝标注】㊀《世语》曰:"浑字长原。有才望,历尚书、凉州刺史。" ㊁虞预《晋书》曰:"戎由是显名。"

【注释】① 浑:王浑,生平见刘注。 ② 令名:美好的名声。 ③ 凉州:辖境在今甘肃、宁夏和青海、内蒙等部分地区。刺史:官名,州郡长官。 ④ 薨(hōng):古代称诸侯或大官之死。 ⑤ 九郡:指凉州辖境内的各郡。义故:仰慕其令名者及故旧之交。 ⑥ 赙(fù):帮助别人办理丧事的钱财。

【评析】王戎虽然吝啬异常,锱铢必较,然对旧交赠送的赙仪却分文不受,这似乎有些矛盾。虞预《晋书》谓"戎由是显名",透露了其中的消息,可能这就是他邀名的一种手段。房玄龄等撰之《晋书·王戎传》有相反的例子,谓戎征为侍中时,"南郡太守刘肇赂戎筒中细布五十端,为司隶所纠"。不过此事在本书《雅量》之六中,则谓其不受刘肇之赂。

二十二

刘道真尝为徒①。㊀扶风王骏㊁以五百匹布赎之②,既而用为从事中郎③。当时以为美事。

【今译】刘宝曾经是服劳役的犯人。扶风王司马骏用五百匹布把他赎了出来,不久,又任用他为从事中郎。当时人将这件事传为美谈。

【刘孝标注】㊀《晋百官名》曰:"刘宝字道真,高平人。"徒,罪役作者。 ㊁虞预《晋书》曰:"骏字子臧,宣帝第十七子,好学至孝。"《晋诸公赞》曰:"骏八岁为散骑常侍,侍魏齐王讲。晋受禅,封扶风王,镇关中,为政最美。薨,赠武王。西土思之,但见其碑赞者,皆拜之而泣,其遗爱如此。"

【注释】① 刘道真:刘宝,生平见刘注。徒:刑徒,服劳役的罪犯。 ② 扶风王骏:司马骏,字子臧,司马懿第七子。晋武帝封其为汝阴王,后徙封扶风王。刘注引虞预《晋书》谓其为司马懿第十七子,似误。房玄龄等《晋书》曰:"宣帝九男:穆张皇后生景帝、文帝、平原王干,伏夫人生汝南文成王亮、琅邪武王伷、清惠亭侯京、扶风武王骏,张夫人生梁王肜,柏夫人生赵王伦。"可知骏为司马懿之第七子,而非第十七子。赎:用财物来抵消囚犯的罪过。 ③ 既而:不久。从事中郎:官名,将帅的僚属。

【评析】司马骏聪慧好学,五六岁即能属文讽诵经。八岁时为散骑常侍,为魏齐王曹芳侍讲。镇关中时,善于抚御,恩威并用,劝慰农桑,"与士卒分役"(《晋书》本传)。其事母至孝。本文写其为刘宝赎罪,并任为从事中郎。如此等等,都为当时人所称颂。

二十三

王平子、胡毋彦国诸人①,皆以任放为达②,或有裸体者。㊀乐广笑曰③:"名教中自有乐地④,何为乃尔也⑤?"

【今译】王澄、胡毋辅之等人,都把任性放纵当作通达,甚至还有人赤身裸体的。乐广嘲笑他们说:"名教之中本来就有快乐的境地,为什么要这样呢?"

【刘孝标注】㈠《晋诸公赞》曰:"王澄字平子,有达识,荆州刺史。"《永嘉流人名》曰:"胡毋辅之字彦国,泰山奉高人,湘州刺史。"王隐《晋书》曰:"魏末,阮籍嗜酒荒放,露头散发,裸袒箕踞。其后贵游子弟阮瞻、王澄、谢鲲、胡毋辅之之徒,皆祖述于籍,谓得大道之本。故去巾帻,脱衣服,露丑恶,同禽兽。甚者名之为通,次者名之为达也。"

【注释】① 王平子:王澄,琅邪临沂(今山东临沂北)人。王衍弟。惠帝末,官至荆州刺史。在任时日夜纵酒,不理庶务,滥杀无辜。元帝时,征为军咨祭酒。因其盛名在王敦之上,勇力过人,有意侮辱王敦,故当其赴召时,王敦设计使力士搤杀之。胡毋彦国:胡毋辅之,少有高名,有知人之明。性嗜酒,放纵,不拘小节。元帝时官湘州刺史。 ② 任放:任性放纵。达:通达,通晓明白。 ③ 乐广:字彦辅,南阳淯阳(今河南南阳东南)人。少孤贫,王戎举为秀才,后代王戎为尚书令。有远识,寡嗜欲,善谈论。论人必先称其所长,为诸名士所叹美。与王衍齐名。 ④ 名教:指以正定名分为核心的儒家礼教。乐地:快乐的境地。 ⑤ 乃尔:如此,这样。

【评析】乐广虽然出身寒素,由于其识见不凡,善于谈论,能以简要之语剖析事理,故当时的名士如裴楷、王衍等与之交谈后,无不佩服,都自以为不如。尤为难得者,"所论必先称其所长,则所短不言而自见矣。人有过先尽弘恕,然后善恶自彰矣。"(《晋书·乐广传》)他虽然也崇尚玄学清谈,却并不赞同阮籍、嵇康等放纵率性的举动,认为儒家名教还是要遵循的,也是自有乐趣的。可见同是清谈之士,其表现还是各有不同的。

二十四

郗公值永嘉丧乱①,在乡里,甚穷馁②。乡人以公名德③,传共饴之④。公常携兄子迈及外生周翼二小儿往食⑤,乡人曰:"各自饥困,以君之贤,欲共济君耳,恐不能兼有所存。"公于是独往食,辄含饭着两颊边,还,吐与二儿。后并得存,同过江。㈠郗公亡,翼为剡县⑥,解职归,席苫于公灵床头⑦,心丧终三年⑧。㈡

【今译】郗鉴遭遇永嘉之乱,在家乡非常穷困饥饿。乡人因为郗鉴有名望德行,便轮流供给他饭食。郗鉴常常带侄儿郗迈和外甥周翼两个孩子一起去吃,乡人说:"我们各家都饥饿穷困,因为您是贤德之人,所以大家要想办法周济您罢了,恐怕不能够同时养活两个孩子。"郗鉴于是独自一人去吃饭,吃时总是把饭含在腮帮子里,回到家里,再吐出来给两个孩子吃。后来两个孩子都能存活下来,一起渡过长江南下。郗鉴死时,周翼正在剡县县令任上,听说此事,立即辞职回乡,在郗鉴灵床前铺上草垫守孝,再服心丧整整三年,以表示深切的哀悼。

【刘孝标注】㈠《郗鉴别传》曰:"鉴字道徽,高平金乡人。汉御史大夫郗虑后也。少有体正,耽思经籍,以儒雅著名。永嘉末,天下大乱,饥馑相望,冠带以下,皆割己之资供鉴。元皇征为领军,迁司空、太尉。"《中兴书》曰:"鉴兄子迈,字思远,有干世才略。累迁少府、中护军。" ㈡《周氏谱》曰:"翼字子卿,陈郡人。祖奕,上谷太守。父优,车骑咨议。历剡令、青州刺史、少府卿,六十四而卒。"

【注释】① 郗(xī)公:郗鉴,生平详见刘注。值:遇到。永嘉丧乱:永兴元年(304)匈奴刘渊起兵离石(今属山西),国号汉。怀帝永嘉四年(310)刘渊死,子聪继立,次年遣石勒歼灭晋军十余万人于若县平城(今河南鹿邑西南),俘杀太尉王衍等,同年派刘曜率兵破洛阳,俘怀帝,纵兵掠杀。史称"永嘉之乱"。永嘉,晋怀帝年号(307—313)。 ② 穷馁(něi):穷困饥饿。 ③ 名德：名望德行。　④传：轮流。饲：通"饲"，给人吃。　⑤迈：郗迈，详见刘注。外生：即外甥。周翼，详见刘注。　⑥为剡(shàn)县：任职郯县(今浙江嵊县)县令。　⑦席苫(shān)：以草垫子为席。苫，草垫子。按古时礼制，为父母守丧应"寝苫枕块"(《礼记·檀弓上》)，即以草垫为席，土块为枕，表示极度哀痛。周翼因郗鉴的抚育救命之恩，故以父母之礼为之守丧。灵床：为死者虚设的坐卧之具，祭奠时用。　⑧心丧：古时老师死后弟子守丧，不穿丧服，只在心中悼念之称。后来也不限于弟子悼念老师。终：整整。

【评析】《晋书·郗鉴传》中将本文录入，置于传末。有关郗鉴在永嘉之乱中的故事，刘注引《郗鉴别传》谓："永嘉末，天下大乱，饥馑相望，冠带以下，皆割己之资供鉴。"《晋书》本传的前半部分则有较具体的描写，曰："鉴得归乡里。于是所在饥荒，州中之士素有感其恩义者，相与资赡，鉴复分所得以恤宗族及乡曲孤老，赖而全济者甚多。"本文所写与上述事迹颇有出入。"以鉴有名于世"(《晋书》本传)而得到冠带之士的资助是可信的，他分出一部分来周济族人及乡里孤老亦是可信的。想来三则故事中既有事实又有传说，后二则是赞美郗鉴推己及人的品德，前者则突出其辛苦抚育两个孩子的功德，而外甥周翼感念舅父的养育救命之恩，故对舅父之丧一如父母，为之守孝服丧，以示悼念之深切。读者于此亦可知何谓"心丧"。

二十五

顾荣在洛阳①，尝应人请，觉行炙人有欲炙之色②，因辍己施焉③。同坐嗤之④。荣曰："岂有终日执之，而不知其味者乎？"后遭乱渡江⑤，每经危急，常有一人左右己⑥，问其所以⑦，乃受炙人也。㊀

【今译】顾荣在洛阳的时候，曾经应友人之邀赴宴，在宴席上发觉端送烤肉的人有想尝尝烤肉味道的神色，于是便停下不吃而把自己的一份烤肉送给他。同席的人都笑话顾荣。顾荣说："哪有整天拿着烤肉而不知它滋味的道理呢？"后来遭遇永嘉之乱南渡长江，每次遇到危急时，常有一人帮助自己，问他这样做的缘故，原来他就是接受烤肉的那个人。

【刘孝标注】㊀《文士传》曰："荣字彦先，吴郡人。其先越王勾践之支庶，封于顾邑，子孙遂氏焉。世为吴著姓。大父雍，吴丞相。父穆，宜都太守。荣少朗俊机警，风颖标彻。历廷尉正。曾在省与同僚共饮，见行炙者有异于常仆，乃割炙以啖之。后赵王伦篡位，其子为中领军，逼用荣为长史。及伦诛，荣亦被执。凡受戮等辈十有余人。或有救荣者，问其故，曰：'某省中受炙臣也。'荣乃悟而叹曰：'一餐之惠，恩今不忘。古人岂虚言哉！'"

【注释】①顾荣(？—312)：其在吴官黄门侍郎。吴亡，入洛阳，与陆机、陆云兄弟号为"三俊"。入晋，历官尚书郎、太子舍人、廷尉正等。因见晋皇族相互争斗，常纵酒不理事。八王之乱后还吴，支持琅邪王司马睿称帝建立东晋。　②行炙人：端送烤肉的人。炙，烤肉。　③辍：中止、停止。　④同坐：同座的人。嗤：讥笑。　⑤乱：指"永嘉之乱"。　⑥左右：相帮，相助。　⑦所以：指原因。

【评析】本文写顾荣"觉行炙人有欲炙之色，因辍己施焉"。刘注引《文士传》则谓"见行炙者有异于常仆"，指出其与一般仆人有不同之处，就割烤肉给他吃。《晋书·顾荣传》谓"见执炙者貌状不凡，有欲炙之色，荣割炙啖之"。比较起来，《晋书》本传写得最具体，一则执炙者"貌状不同"，二则"有欲炙之色"，所以顾荣才割烤肉给他吃。至于顾荣在何时何地遇到危急情况，也有差异。本文谓"遭乱渡江"，是"永嘉之乱"时发生的危急。《名士传》和《晋书》本传内容相同，谓赵王伦篡位，其子逼顾荣为长史，伦败，荣亦不免,后为执炙者所救。《晋书》本传谓"执炙者为督率,遂救之得免"。比较而言,本文写得较模糊笼统,不及《名士传》及《晋书》本传。

二十六

祖光禄少孤贫①,性至孝,常自为母炊爨作食②。㊀王平北闻其佳名③,以两婢饷之④,因取为中郎⑤。㊁有人戏之者曰⑥:"奴价倍婢⑦。"祖云:"百里奚亦何必轻于五羖之皮邪⑧?"㊂

【今译】祖纳少年时孤苦贫穷,天性极为孝顺,常常亲自为母亲烧火做饭吃。王乂听到祖纳的好名声,就把两个婢女送给他,并且还选用他为中郎。有人对祖纳开玩笑说:"男奴的身价高过女奴一倍。"祖纳说:"百里奚的身价又怎会比五张黑公羊皮轻贱呢?"

【刘孝标注】㊀王隐《晋书》曰:"祖纳字士言,范阳遒人。九世孝廉。纳诸母三兄,最治行操,能清言。历太子中庶子、廷尉卿。避地江南,温峤荐为光禄大夫。" ㊁《王乂别传》曰:"乂字叔元,琅邪临沂人。时寇新平,二将作乱,文帝西之长安,乃征为相国司马,迁大尚书,出督幽州诸军事,平北将军。" ㊂《楚国先贤传》曰:"百里奚字井伯,楚国人。少仕于虞为大夫。晋欲假道于虞以伐虢,谏而不听,奚乃去之。"《说苑》曰:"秦穆公使贾人载盐于虞,诸贾人买百里奚以五羊皮。穆公观盐,怪其牛肥,问其故,对曰:'饮食以时,使之不暴,是以肥也。'公令有司沐浴衣冠之。公孙支让其卿位,号曰'五羖大夫'。"

【注释】① 祖光禄:祖纳,祖逖之兄,详见刘注。 ② 炊爨(cuàn):烧火做饭。 ③ 王平北:王乂(yì),生平详见刘注。 ④ 饷(xiǎng):赠送。 ⑤ 中郎:官名,将帅的幕僚。 ⑥ 戏:开玩笑。 ⑦ 奴:指男性奴仆。婢:女奴。 ⑧ 百里奚:春秋时秦国大夫。原为虞大夫,虞亡时为晋所俘,作为陪嫁之臣送入秦国,他逃至楚。秦穆公闻其贤,以五张黑色公羊皮赎回,用为大夫,称为"五羖大夫"。后成为助秦穆公称霸的功臣。五羖(gǔ):五羖大夫之省称。羖,黑色公羊。何必:反问语气,表示不必。

【评析】本文写祖纳事母至孝。又据刘注王隐《晋书·祖纳传》,他善于清谈,在兄弟六人中"最有操行"(《晋书》本传),故能为平北将军所识赏,赠以二婢,用为中郎。当友人比之为奴,戏谓"奴价倍婢"时,他亦以俏皮话答之。百里奚之"奚"是古代的一种奴隶之称。"奚"与"奴"同义;"皮"与"婢"古音同。(《说文解字》:"皮,符羁切;婢,胡鸡切。")则此句语意双关,与"奴价倍婢"句相映成趣。祖纳并不介意友人比之为奴,而是举出百里奚自诩,于风趣中流露其志趣。由于形势局限,他虽然难有大的作为,但也做了力所能及的事。《晋书》本传称"历官多所驳正,有补于时",其见识处事"朝野叹纳有鉴裁焉"、"州里父党敬而拜之"等等。

二十七

周镇罢临川郡还都①,未及上,住泊青溪渚②,㊀王丞相往看之③。㊁时夏月,暴雨卒至④,舫至狭小⑤,而又大漏,殆无复坐处⑥。王曰:"胡威之清⑦,何以过此!"即启用为吴兴郡⑧。㊂

【今译】周镇被免去临川郡守职务返回都城时，还没来得及上岸住宿，将船停泊在青溪岸边，王导去看望他。当时正当夏天，突然下起了暴雨，周镇的船极为狭小，而且又漏得厉害，差不多没有可坐的地方。王导说："胡威是以清廉闻名的，可怎么能超过周镇这样的情形呢！"遂即举用周镇任吴兴太守。

【刘孝标注】㊀《永嘉流人名》曰："镇字康时，陈留尉氏人也。祖父和，故安令。父震，司空长史。"《中兴书》曰："镇清约寡欲，所在有异绩。" ㊁《丞相别传》曰："王导字茂弘，琅邪人。祖览，以德行称。父裁，侍御史。导少知名，家世约俭，恬畅乐道，未尝以风尘怀也。" ㊂《晋阳秋》曰："胡威字伯虎，淮南人。父质，以忠清显。质为荆州，威自京师往省之。及告归，质赐威绢一匹。威跪曰：'大人清高，于何得此？'质曰：'是吾奉禄之余，故以为汝粮耳！'威受而去。每至客舍，自放驴，取樵爨炊。食毕，复随旅进道。质帐下都督阴赍粮，要之，因与为伴。每事相助经营之，又进少饭，威疑之，密诱问之，乃知都督也，谢而遣之。后以白质，质杖都督一百，除其吏名。父子清慎如此。及威为徐州，世祖赐见，与论边事及平生，帝叹其父清，因谓威曰：'卿清孰与父？'对曰：'臣清不如也。'帝曰：'何以为胜汝邪？'对曰：'臣父清畏人知，臣清畏人不知，是以不如远矣！'"

【注释】① 周镇：见刘注。临川郡：郡名，在今江西。 ② 青溪：水名，三国时吴孙权于赤乌四年(241)开凿，长十余里。六朝时为漕运要道，后逐渐湮没，今仅存秦淮河一段。渚(zhǔ)：水中的小块陆地。 ③ 王丞相：王导(276—339)，西晋末为琅邪王司马睿献策移镇建康(今江苏南京)，为司马睿称帝建立并稳定东晋王朝作出贡献。历仕元、明、成三帝，居宰辅之位，威望甚高，朝野号之为"仲父"。 ④ 卒：同"猝"，突然。 ⑤ 舫(fǎng)：船。 ⑥ 殆(dài)：几乎、差不多。 ⑦ 胡威：魏末咸熙中官至徐州刺史。晋武帝时官至前将军、青州刺史。为官清廉，有治绩，名声远扬。 ⑧ 启用：举用，荐举任用。为吴兴郡：任为吴兴郡守。吴兴郡，郡名，治所在乌程(今浙江湖州德清武康)。

【评析】本文既赞美周镇简朴清廉之风，同时又赞美王导有知人善任之明。关于"胡威之清"，《晋阳秋》写了他省亲过程中的三件事：一为胡威辞别时，其父赐绢一匹，他问明是父亲俸禄收入，这才接受；二是在旅途中，放驴、砍柴、烧饭均亲自动手；三为旅途上得到一人的帮助，引起了他的怀疑，于是便设法问清，知道是父亲部下的都督，他即把父亲赐的绢送给都督(《三国志·魏书》本传所引《晋阳秋》比此文刘注所引要详细得多)，并打发都督走。后他将此事禀告父亲，其父胡质打了都督一百棍子，并将其除名。胡威赞其父"清畏人知"，实则不然。余嘉锡认为胡质听说都督事，"唤都督来，呵斥其非，使知愧悔足矣。此辈小人，何足深责，竟与除名，已嫌稍过；而又杖之一百，岂非欲众口喧传，使人知其清乎？好名之徒，伤于矫激，乃曰'清畏人知'，吾不信也。"(《世说新语笺证》29页，中华书局1983年版)分析入理。胡质处分都督确实造作过分，有邀名之嫌。

二十八

邓攸始避难①，于道中弃己子，全弟子②。㊀既过江③，取一妾④，甚宠爱。历年后⑤，讯其所由⑥。妾具说是北人遭乱⑦，忆父母姓名，乃攸之甥也。攸素有德业，言行无玷⑧，闻之哀恨终身，遂不复畜妾⑨。

【今译】邓攸当初避难时，在半路上丢弃了亲生的儿子，保全了弟弟的儿子。过江后，邓攸娶了一个小妾，非常宠爱她。多年后，邓攸问起小妾的来历。小妾详细地说了她是北方人，遭遇战乱，并回忆父母的姓名，原来她竟是邓攸的外甥女。邓攸向来德行高尚，功业卓著，言行没有丝毫的污点，现在听到小妾竟是自己的外甥女，终身感到悲哀悔恨,从此不再纳妾。

【刘孝标注】㊀《晋阳秋》曰:"攸字伯道,平阳襄陵人。七岁丧父母及祖父母,持重九年。性清慎平简。"邓粲《晋纪》曰:"永嘉中,攸为石勒所获,召见,立幕下与语,说之,坐而饭焉。攸车所止,与胡人邻毂。胡人失火烧车营,勒吏案问胡,胡诬攸,攸度不可与争,乃曰:'向为老姥作粥,失火延逸,罪应万死。'勒知,遣之。所诬胡厚德攸,遗其驴马护送,令得逸。"王隐《晋书》曰:"攸以路远斫坏车,以牛马负妻子以叛,贼又掠其牛马,攸语妻曰:'吾弟早亡,唯有遗民;今当步走,儋两儿尽死,不如弃己儿,抱遗民。吾后犹当有儿。'妇从之。"《中兴书》曰:"攸弃儿于草中,儿啼呼追之,至暮复及。攸明日系儿于树而去,遂渡江,至尚书左仆射,卒。弟子绥,服攸齐衰三年。"

【注释】① 邓攸(? —326):幼年即以恪尽孝道著称。后为河东太守。元帝时为吴郡太守,清廉自持,累官至吏部尚书,迁尚书右仆射。难:指永嘉之乱。　② 弟子:弟之子。　③ 既:已经。　④ 取:娶。　⑤ 历年:经过多年。　⑥ 所由:指出身、来历。由,由来,来历。　⑦ 具说:详细诉说。　⑧ 玷(diàn):白玉上的污点。喻污点。　⑨ 畜:原为畜养禽兽,这里指养妾,是对奴妾的歧视。

【评析】文中所写二事,都值得议论。邓攸在避难的危急关头,舍子存侄,刘注引《中兴书》谓其子"啼呼追之",遂"系儿于树而去"。《晋书》本传有较详的描写,亦谓"其子朝弃而暮及,明日系之于树而去"。并谓"时人义而哀之,为之语曰:'天道无知,使邓伯道无儿。'"(谢安也说过同样的话,见《赏誉》一四二。)然而《晋书》史臣对此颇有异议曰:"攸弃子存侄,以义断恩,若力所不能,自可割情忍痛,何至预加徽缠(捆绑),绝其奔走者乎! 斯岂慈父仁人之所用心也? 卒以绝其嗣,宜哉! 勿谓天道无知,此乃有知矣。"邓攸之子能追上父母,说明其有能力随大人逃难,而邓攸却将其捆绑于树,确实不通人情,难逃不慈之讥。其次为娶妾事。《晋书》本传称其"弃子之后,妻不复孕,过江纳妾",为其取妾找到理由。但他在娶妾后多年才问明小妾的来历,却是很奇怪的。《礼记·曲礼》曰:"取妻不取同姓,故买妾不知其姓,则卜之。"郑玄注曰:"为其近禽兽也。"七岁就为父母及祖母连续守丧九年的大孝子邓攸应懂得礼法,但他到多年后才想起讯问来历。一问之下才知是自己的外甥女,遂造成了"哀恨终身"无可挽回的后果,真是不可思议!

二十九

王长豫为人谨顺①,事亲尽色养之孝②。㊀丞相见长豫辄喜③,见敬豫辄嗔④。㊁长豫与丞相语,恒以慎密为端⑤。丞相还台⑥,及行,未尝不送至车后⑦。恒与曹夫人并当箱箧⑧。长豫亡后,丞相还台,登车后,哭至台门;曹夫人作簏⑨,封而不忍开。㊂

【今译】王悦做人谨慎恭顺,侍奉父母总是和颜悦色曲尽孝道。王导看见王悦就高兴,看见王恬就生气。王悦与王导说话,常把谨慎小心、细密周到看作最根本的事。王导回尚书省衙署,每次走的时候,王悦没有不送到车子后面的。王悦常和母亲曹夫人一起收拾箱子。王悦死后,王导回尚书省,登上车后,直哭到尚书台门口;曹夫人整理箱笼时,则把儿子生前收拾过的箱子封起来,再也不忍心打开。

【刘孝标注】㊀《中兴书》曰:"王悦字长豫,丞相导长子也。仕至中书侍郎。"　㊁《文字志》曰:"王恬字敬豫,导次子也。少卓荦不羁,疾学尚武,不为导所重。至中军将军。多才艺,善隶书,与济阳江彪(bīn)以善弈闻。" ⊜《王氏谱》曰:"导娶彭城曹韶女,名淑。"

【注释】① 王长豫:王悦,年轻时即有高名。少年时侍讲东宫,历官吴王友、中书侍郎。早卒,无子,以弟之子为嗣。 ② 色养:和颜悦色地侍奉父母。《论语·为政》:"子夏问孝。子曰:'色难。'"谓侍奉父母以和颜悦色为难。 ③ 丞相:即王导。 ④ 敬豫:王恬,详见刘注,历官中书郎、后将军、会稽内史等。嗔(chēn):生气。 ⑤ 端:根本。 ⑥ 台:指尚书省衙署,王导当时任丞相领尚书省事。 ⑦ 未尝:没有。 ⑧ 曹夫人:王导夫人,王悦母亲。并当(dàng):料理,收拾。箱箧(qiè):箱子。 ⑨ 作簏(lù):整理箱子。簏,竹箱。

【评析】本文写王悦孝养父母,既概括指出其色养之孝及其话语以慎密为本两点,又具体描写其送别父亲之恭顺,并协助母亲料理家事两点。连孔子都认为色养很难,但王悦做到了。当王悦早亡后,王导触景伤情,曹夫人睹物思人,运用对比手法写出特定场景与生活细节,生动感人。

三十

桓常侍闻人道深公者①,辄曰:"此公既有宿名②,加先达知称③,又与先人至交④,不宜说之。"⊖

【今译】桓彝听到有人议论法深和尚,就说:"这位深公久负盛名,再加上前辈都赞扬称许,且又与先父是至交的朋友,所以不该议论他。"

【刘孝标注】⊖《桓彝别传》曰:"彝字茂伦,谯国龙亢人,汉五更桓荣十世孙也。父颖,有高名。彝少孤,识鉴明朗。避乱渡江,累迁散骑常侍。僧法深,不知其俗姓,盖衣冠之胤也。道徽高扇,誉播山东。为中州刘公弟子。值永嘉乱,投迹扬土,居止京邑。内持法纲,外允具瞻,弘道之法师也。以业慈清净,而不耐风尘,考室剡县东二百里岯山中。同游十余人,高栖浩然。支道林宗其风范,与高丽道人书,称其德行。年七十有九,终于山中也。"

【注释】① 桓常侍:桓彝,元帝时为吏部郎。明帝时王敦专朝政,彝参与讨敦谋议,以功封万宁县男,后任宣城内史。苏峻起兵反晋,彝固守泾县,城陷,为峻将韩晃所杀。深公:名道潜,字法深,晋高僧。俗姓王,琅琊(今山东临沂东南)人,出身世家。十八岁出家,以刘元真为师,善讲佛法,听法者常达五百人。尤精般若学。永嘉初,避乱过江,为元帝、明帝所敬重,支道林极赞其德行。 ② 宿名:久有名望。 ③ 先达:前辈。知称:赞扬称许。 ④ 先人:指去世的父亲。至交:最要好的朋友。

【评析】对前辈长者应怀尊重之心,而不应随意加以褒贬议论。桓彝听到有人议论法深和尚,认为"不宜说之",是尊重前辈的表现。

三十一

庾公乘马有的卢①,⊖或语令卖去。⊜庾云:"卖之必有买者,即复害其主,宁可不安己而移于他人哉②?昔孙叔敖杀两头蛇以为后人③,古之美谈。⊜效之,不亦达乎④?"

【今译】庾亮所乘的马中有一匹的卢马,有人劝他卖掉这匹马。庾亮说:"我卖掉这匹马,必定有买它的人,那又害了它的新主人。难道可以因这马对自己不利就把祸害转移给别人吗?过去孙叔敖杀死两头蛇为后人除害,成为古来的美谈。我仿效他,不也算是通晓事理吗?"

【刘孝标注】㈠《晋阳秋》曰:"庾亮字元规,颍川鄢陵人,明穆皇后长兄也。渊雅有德量,时人方之夏侯太初、陈长文之伦。侍从父琛避地会稽,端拱嶷然,郡人严惮之,觊接之者,数人而已。累迁征西大将军、荆州刺史。"伯乐《相马经》曰:"马白额入口至齿者,名曰榆雁,一名的卢,奴乘客死,主乘弃市。凶马也。" ㈡《语林》曰:"殷浩劝公卖马。" ㈢贾谊《新书》曰:"孙叔敖为儿时,出,道上见两头蛇,杀而埋之。归见其母,泣,问其故,对曰:'夫见两头蛇者,必死。今出见之,故尔。'母曰:'蛇今安在?'对曰:'恐后人见,杀而埋之矣。'母曰:'夫有阴德,必有阳报,尔无忧也!'后遂兴于楚朝,及长,为楚令尹。"

【注释】① 庾公:庾亮(289—340),见刘注。历仕元帝、明帝、成帝三朝。以帝舅与王导辅立成帝,任中书令,执朝政。苏峻、祖约作乱,与温峤推荆州刺史陶侃为盟主,击灭峻、约。陶侃死,代镇武昌,任征西将军。的卢:额部有白色斑点的马,传说为凶马,会给乘坐者带来厄运。 ② 宁(nìng)可:怎么能,岂可。 ③ 孙叔敖:蒍(wěi)氏,名敖,字孙叔,春秋时楚国期思(今河南淮滨东南)人。官令尹(楚相),辅助楚庄王大胜晋军,奠定霸业。 ④ 达:通达,明白事理。

【评析】刘注引《晋阳秋》谓庾亮"渊雅有德量"。《晋书》本传亦谓其"性好庄老,风格峻整","元帝为镇东时,闻其名,辟西曹掾。及引见,风情都雅,过于所望,甚器重之。由是聘亮妹为皇太子妃,亮固让,不许"。均写其德量与器度之不凡。对待的卢马,刘注引《语林》称殷浩劝其卖马。《白氏六帖》二十九曰:"庾亮有的卢,殷浩以不利主,劝卖之。亮曰:'己所不欲,不施于人。'"本文则更写其以孙叔敖为榜样,宁肯自担祸害,而不愿嫁祸于人,可见其胸怀坦荡。

三十二

阮光禄在剡①,曾有好车,借者无不皆给②。有人葬母,意欲借而不敢言。阮后闻之,叹曰:"吾有车,而使人不敢借,何以车为③?"遂焚之。㈠

【今译】阮裕闲居剡县时,曾经有一辆好车子,凡有人来借,没有一个不借给的。有人要安葬母亲,想借车子却又不敢开口。阮裕后来听说了这件事,叹息说:"我有车子却使人不敢借用,要这车子有什么用呢?"于是他就把车子烧掉了。

【刘孝标注】㈠《阮光禄别传》曰:"裕字思旷,陈留尉氏人。祖略,齐国内史。父颛,汝南太守。裕淹通有理识,累迁侍中。以疾,筑室会稽剡山,征金紫光禄大夫,不就。年六十一卒。"

【注释】① 阮光禄:阮裕,详见刘注。曾为王敦主簿,见王敦心存谋逆,便酣饮旷职,被王敦免职。后拜临海、东阳太守。屡辞征召,隐居剡山。因曾征召其为金紫光禄大夫,故称阮光禄。剡(shàn):县名,在今浙江嵊县西南。 ② 无不:没有一个不。给(jǐ):供应,给予。 ③ 何以……为:表示反问语气,有什么用的意思。

【评析】阮裕是阮籍的同族叔伯兄弟,作为似有阮籍之风。其以"德业知名"(《晋书》本传)而被大将军王敦用为主簿,当得知敦有叛逆之心时,"乃终日酣觞,以酒废职"(同上),敦以为其"徒有虚誉"(同上)而免去他的职务。后来王敦叛逆被诛,他得以免祸。《晋书》本传谓其曾说"人不须广学,正应以礼让为先"(同上),本文所写借车、焚车之事，正是其"德业"、"礼让"的具体例子。他能够得到王导、郗鉴、王羲之、刘惔等人的赞许是有道理的。

三十三

谢奕作剡令①，㊀有一老翁犯法，谢以醇酒罚之②，乃至过醉而犹未已③。太傅时年七八岁④，着青布绔⑤，在兄膝边坐，谏曰："阿兄，老翁可念⑥，何可作此？"奕于是改容曰⑦："阿奴欲放去邪⑧？"遂遣之。

【今译】谢奕当剡县县令时，有一位老人犯了法，谢奕罚老人喝烈酒，以致使老人醉酒过量，但谢奕还是不肯罢休。谢安当时才七八岁，穿着青布裤子，坐在兄长膝旁，劝道："阿哥，老人家挺可怜的，怎么可以这样做呢？"谢奕于是脸色缓和下来，说："阿弟要放他走吗？"于是就把老人打发走了。

【刘孝标注】㊀《中兴书》曰："谢奕字无奕，陈郡阳夏人。祖衡，太子少傅。父裒，吏部尚书。奕少有器鉴，辟太尉掾、剡令，累迁豫州刺史。"

【注释】① 谢奕：谢安之兄，谢玄之父。历官剡令、都督豫、兖、冀、并四州军事、安西将军、豫州刺史。 ② 醇酒：味道浓厚的酒。 ③ 已：停止。 ④ 太傅：即谢安(320—385)，字安石，少有重名，年四十余方出仕，孝武帝时官至宰相，有威望，时人比之王导。前秦苻坚南下攻晋时，安为征讨大都督，指挥谢石、谢玄等大破苻坚于淝水，以功拜太保。死后追赠太傅，故称。 ⑤ 着：穿。 ⑥ 可念：可怜。 ⑦ 改容：指由严厉的脸色改变为温和的脸色。容，脸上的神情或气色。 ⑧ 阿奴：当时人对所亲爱者的称呼，这里是兄长称弟弟。

【评析】《晋书》本传称谢安年仅四岁时，桓彝见了就赞叹"此儿风神秀彻"。本文写其七八岁就懂得同情老人，劝阻兄长，可知其识见不凡。可注意者，文中兄弟之间，弟呼兄"阿兄"，兄称弟"阿奴"，保留了当时的俗称口语，切合人物身份，显得生动亲切。

三十四

谢太傅绝重褚公①，常称："褚季野虽不言，而四时之气亦备②。"㊀

【今译】谢安非常看重褚裒，常称赞说："褚裒虽不说话，可是心里却像那四季的气象一样无不具备。"

【刘孝标注】㊀《文字志》曰："谢安字安石，奕弟也。世有学行。安弘粹通远，温雅融畅。桓彝见其四岁时，称之曰：'此儿风神秀彻，当继踪王东海。'善行书。累迁太保，录尚书事，赠太傅。"《晋阳秋》曰："褚裒字季野，河南阳翟人。祖䂮，安东将军。父洽，武昌太守。裒少有简贵之风，冲默之称。累迁江、兖二州刺史，赠侍中、太傅。"

【注释】① 谢太傅：即谢安。绝：极，最。褚公：褚裒(chǔ póu，303—349)，字季野，东晋河南阳翟(今河南禹县)人。女为康帝皇后，官征北大将军，镇京口(今江苏镇江)。永和五年(349)后赵石遵嗣位，他进军驻彭城(今江苏徐州)，兵败于代陂，引咎自贬，惭恨病死。 ② 四时：四季。

【评析】刘注引《晋阳秋》，谓褚裒"少有简贵(简约高贵)之风，冲默(淡泊恬静)之称"。《晋书》本传谓其"有盛名，冠于中兴"、"桓彝见而目之曰：'季野有皮里阳秋。'言其外无臧否，而内有所褒贬也"。(按："皮里阳秋"原为"皮里春秋"，因简文帝母郑太后名春，晋人避讳，改为"皮里阳秋"。)本文谢安的赞语也是同样的意思，都说明褚裒表面寡言少语，不批评他人，而其内心则有所褒贬取舍，是非分明，毫不含糊。

三十五

刘尹在郡①，临终绵惙②，闻阁下祠神鼓舞③，正色曰④："莫得淫祀⑤！"㊀外请杀车中牛祭神，真长答曰："丘之祷久矣⑥，勿复为烦！"㊁

【今译】刘惔在丹阳郡尹任上，临终弥留之际，气息奄奄，听到楼阁下传来祭祀神灵击鼓舞蹈的声音，便神色严厉地说："不要搞违反礼制的祭祀！"外面有人请求杀掉驾车的牛来祭祀，刘惔说："我也好像孔子讲的那样，祈祷已很久了，所以千万不要再搞杀牛祭祀的麻烦事了！"

【刘孝标注】㊀《刘尹别传》曰："惔字真长，沛国萧人也，汉氏之后。真长有雅裁，虽荜门陋巷，晏如也。历司徒左长史、侍中、丹阳尹。为政务镇静信诚，风尘不能移也。"　㊁《包氏论语》曰："祷，请也。"孔安国曰："孔子素行合于神明，故曰'丘之祷久矣'。"

【注释】① 刘尹：刘惔(tán)，晋沛国相(今安徽濉溪西北)人。明帝女婿。善清谈，尤好老庄，与王羲之相友善，为王导所器重。官至丹阳尹，为政清整。死时年三十六岁。　② 绵惙(chuò)：气息微弱，病势危殆。　③ 鼓舞：击鼓舞蹈，巫者祭神的仪式。　④ 正色：神色严厉。⑤ 淫祀：不合礼制的祭祀。　⑥ 丘之祷久矣：见《论语·述而》："子疾病，子路请祷。子曰：'有诸？'子路对曰：'有之。诔曰：祷尔于上下神祇。'子曰：'丘之祷久矣。'"孔安国注："孔子素行合于神明，故曰'丘之祷久矣'。"邢昺疏曰："孔子不许子路，故以此言拒之。"

【评析】《晋书》本传谓刘惔"性简贵"、"为政清整"，且有知人之明，如反对桓温镇守荆州，荐举张凭等，后来桓温叛逆，张凭成为"美士"，"士众以此服其知人"(同上)。他"尤好庄老，任自然趣"(同上)。本文所写惔病重时引用孔子的话来反对祭神祈祷，说明其纯任自然，坦然面对死亡的从容态度。由于其识见高远，言行一致，故为时辈所敬重。卒后，"孙绰为之诔云：'居官无官官之事，处事无事事之心。'时人以为名言。"

三十六

谢公夫人教儿①，问太傅②："那得初不见君教儿③？"答曰："我常自教儿。"㊀

【今译】谢安夫人教导儿子，她问谢安："怎么从来不见您教导儿子？"谢安回答说："我常常用自己的言行来教导儿子。"

【刘孝标注】㊀《谢氏谱》曰："安娶沛国刘耽女。"按太尉刘子真，清洁有志操，行己以礼，而二子不才，并渎货致罪，子坐免官。客曰："子奚不训导之？"子真曰："吾之行事，是其耳目所闻见，而不放效，岂严训所变邪？"安石之旨，同子真之意也。

【注释】① 谢公夫人：谢安夫人。刘注引《谢氏谱》谓"刘耽女"，即刘惔之妹。 ② 太傅：即谢安。 ③ 那得：怎么。初不：从未。

【评析】谢安教育儿子重在以身作则的不言之教，这种潜移默化的教育方式，刘孝标注指出是从刘惔那里学来的。刘惔曾被司马昭封为循阳子，武帝时进爵为伯，为太常转尚书，惠帝时进爵为侯，累迁太子太保，加侍中，领冀州都督，拜司空等。有二子跻和夏。《晋书》本传谓："惔竟坐夏受赂免官，顷之，为大司农，又以夏罪免。"有人劝他严厉训斥，使儿子知而改，刘惔认为儿子耳闻目睹自己的言行而不愿仿效，严训岂能加以改变。谢安说的话与刘惔之语异曲同工。谢安有子瑶与琰，谢瑶袭父爵，早卒，琰历官征虏将军、会稽内史、尚书右仆射、散骑常侍等。可见谢安以言行为儿子表率的做法非常成功。

三十七

晋简文为抚军时①，〇所坐床上，尘不听拂②，见鼠行迹，视以为佳。有参军见鼠白日行③，以手板批杀之④，抚军意色不说⑤。门下起弹⑥，教曰⑦："鼠被害尚不能忘怀，今复以鼠损人，无乃不可乎⑧？"

【今译】简文帝任抚军大将军时，所坐床榻上的尘灰不让拂拭，看见有老鼠爬过的痕迹，认为很好。有位参军看见老鼠白天爬出来，就用手板把它打死了，抚军露出很不高兴的神色。下属便起来弹劾这位参军，抚军的告谕说："老鼠被打死，尚且不能令人忘怀，现在又因为老鼠的事而伤害到人，岂不是更不应该吗？"

【刘孝标注】〇《续晋阳秋》曰："帝讳昱，字道万，中宗少子也，仁闻有智度。穆帝幼冲，以抚军辅政。大司马桓温废海西公而立帝，在位三年而崩。"

【注释】① 晋简文：简文帝司马昱（yù），初封为琅邪王，后徙封会稽王。穆帝即位初，太后临朝，进位抚军大将军，录尚书事。废帝即位初进位丞相，录尚书事，后为大司马桓温拥戴即帝位。在位前后不到两年病卒（371—372）。 ② 床：古时坐、卧之具，这里指坐具。不听：不许，不让。听，听凭，任凭。 ③ 参军：将军府属下的官员。 ④ 手板：即笏，古代官吏上朝或谒见上司时拿在手中的狭长板子，以备记事用。批：击打。 ⑤ 意色：神色。 ⑥ 弹：弹劾，检举、惩办其过错。 ⑦ 教：上对下的告谕。 ⑧ 无乃：岂不是，表示委婉语气。

【评析】本文写简文帝为抚军时的事，他不愿人打扫尘灰，听凭老鼠横行，但当属下打死老鼠时，他虽有不悦之色，倒也推鼠及人，不予追究。《晋书》本传亦谓其"不以居处为意，凝尘满席，湛如也"。他本是玄言家，擅长清谈，从这些不拘小节的琐事中，亦可见其名士风度。

三十八

范宣年八岁①，后园挑菜，误伤指，大啼。人问："痛邪？"答曰："非为痛，身体发肤，不敢毁伤②，是以啼耳。"〇宣洁行廉约③，韩豫章遗绢百匹④，不受；〇减五十匹，复不受。如是减半，遂至一匹，既终不受。韩后与范同载，就车中裂二丈与范云："人宁可使妇无裈邪⑤？"范笑而受之。

【今译】范宣八岁时，一次在后园挑菜，不小心弄伤了手指，就大哭起来。人家问他："痛吗？"他答道："不是为了痛，因为身体发肤不敢损伤，所以才哭的。"范宣品行高洁，为人廉洁俭朴，韩伯送他一百匹绢，他不接受；韩伯减为五十匹，他还是不接受。就这样一再减半，一直减到只剩一匹，最后他还是不接受。韩伯后来与范宣同乘一辆车，就在车中撕下两丈绢给范宣，说："一个人怎么能让自己的妻子没有裤子穿呢？"范宣笑着收下了绢。

【刘孝标注】㈠《宣别传》曰："宣，字子宣，陈留人，汉莱芜长范丹后也。年十岁，能诵诗书。儿童时，手伤，改容，家人以其年幼，皆异之。征太学博士、散骑常侍，一无所就。年五十四卒。"㈡《中兴书》曰："宣家至贫，罕交人事。豫章太守殷羡见宣茅茨不完，欲为改室，宣固辞。羡爱之，以宣贫，加年饥疾疫，厚饷给之，宣又不受。"《续晋阳秋》曰："韩伯字康伯，颍川人。好学，善言理。历豫章太守、领军将军。"

【注释】① 范宣：生平详见刘注。博综众书，尤善三《礼》。以读诵为业，为时人所敬仰。② 身体发肤，不敢毁伤：见《孝经》："身体发肤，受之父母，不敢毁伤，孝之始也。"谓人的身躯、四肢、毛发、皮肤，都是从父母那里承受得来，因此不敢损毁伤残，这是孝顺的第一步。 ③ 洁行廉约：品行高洁，清廉俭朴。约，俭省。 ④ 韩豫章：韩伯，字康伯，晋颍川长社（今河南长葛）人，历官豫章太守、镇军将军等。因其曾任豫章太守，故称韩豫章。遗（wèi）：赠送。⑤ 宁（nìng）可：怎么能。裈（kūn）：裤子。

【评析】本文写了范宣注重孝道与清廉俭朴之事。在《晋书》本传中更具体地写其躬耕养亲的事例，谓"亲殁，负土成坟，庐于墓侧"，恪尽孝道。刘注引《中兴书》谓其家贫，茅茨不全，豫章太守欲为其改建，并馈赠钱物，他辞谢不受。征召他为官，均不就，而是"常以读诵为业"，毕生俭朴，保持了名士的独特本色。

三十九

王子敬病笃①，道家上章，应首过②，问子敬："由来有何异同得失③？"子敬云："不觉有余事，唯忆与郗家离婚。"㈠

【今译】王献之病重，按照道教的规矩，病人请道士代其上表祈求神灵除病消灾，并应当自动陈述罪过。道士问献之："你一直以来有什么过失？"献之说："我不觉得有什么其他的事情，只想起与郗家离婚之事。"

【刘孝标注】㈠《王氏谱》曰："献之娶高平郗昙女，名道茂，后离婚。"《献之别传》曰："祖父旷，淮南太守。父羲之，右将军。咸宁中，诏尚余姚公主，迁中书令，卒。"

【注释】① 王子敬：王献之（344—386），字子敬，羲之第七子，少有盛名，官至中书令，人称"王大令"。工书法，兼擅诸体，尤精行草，与父齐名，并称"二王"。病笃（dǔ）：病重。 ② 道家：指道教。东汉张陵（一名道陵）创五斗米道，凡入道者纳米五斗，故称。奉老子为教主，逐渐形成道教。王氏一门笃信五斗米道。上章：道士上表求神祛病。首过：交代、陈述自己的罪过。③ 由来：从过去到现在、向来。异同得失：偏义复词，着重于异常与过失。

【评析】《晋书·王羲之传》曰："王氏世事张氏五斗米道。"王氏一门均笃信五斗米道，献之亦不例外，本文即写其病笃时求神消灾除病事。米芾《画史》曰："海州刘先生收王献之画符及神咒一卷，小字，五斗米道也。"可知献之还曾亲自画过符，写过神咒，是为其笃信五斗米道之证。至于献之为何与郗氏离婚，则不得而知。献之将"与郗家离婚"作为上表首过的内容,想来其理由必不十分正当,故临终犹心怀歉疚。

四十

殷仲堪既为荆州①,值水俭②,食常五碗盘③,外无余肴④。饭粒脱落盘席间,辄拾以啖之⑤。虽欲率物⑥,亦缘其性真素⑦。每语子弟云⑧:"勿以我受任方州⑨,云我豁平昔时意⑩,今吾处之不易⑪。贫者士之常,焉得登枝而捐其本⑫? 尔曹其存之⑬。"㊀

【今译】殷仲堪任荆州刺史后,遇到水灾,年成歉收,他吃饭时常常只用五碗盘装菜,此外就没有什么荤菜了。吃饭时如有饭粒掉在桌子上,他总是捡起来吃掉。他这样做虽然是想要做大家的表率,却也是源于他本性之自然坦率。殷仲堪常告诉子弟说:"不要认为我担任了大州的长官,就可以抛弃往日的心愿,我现在仍然没有改变。清贫是士人的本分,哪里能一登上高枝就丢掉根本的呢? 你们一定要牢记我的话。"

【刘孝标注】㊀《晋安帝纪》曰:"仲堪,陈郡人,太常融孙也。车骑将军谢玄请为长史,孝武说之,俄为黄门侍郎。自杀袁悦之后,上深为晏驾后计,故先出王恭为北蕃。荆州刺史王忱死,乃中诏用仲堪代焉。"

【注释】① 殷仲堪(?—399):孝武帝时任都督荆、益、宁三州军事、荆州刺史,镇江陵。后桓玄兼并江陵,他战败被俘,自杀。为荆州:任荆州刺史。荆州,在今湖北江陵。 ② 值:遇到。水:水灾。俭:年成歉收。 ③ 五碗盘:当时流行的一种成套的食器,由一只圆形托盘和五只小碗组成。 ④ 肴:指鱼、肉等荤菜。 ⑤ 啖(dàn):吃。 ⑥ 率物:为人表率。率,表率;物,指人。 ⑦ 真素:自然坦率,不做作。 ⑧ 语(yù):告诉,用作动词。 ⑨ 方州:大州。方,大。 ⑩ 豁:舍弃。 ⑪ 易:改变。 ⑫ 捐:舍弃,抛弃。 ⑬ 尔曹:你们。其:助词,表示命令语气。

【评析】本文赞扬殷仲堪本性节俭,并常告诫后辈要保持贫士本色,此事亦写入《晋书》本传。但本传亦谓其"既受腹心之任,居上流之重,朝野属想,谓有异政。及在州纲目不举,而为行小惠""仲堪少奉天师道,又精心事神,不吝财贿,而竞行仁义,啬于周急。及玄来,犹勤请祷。然善取人情,病者自为诊脉分药"等等。身为重镇、大郡的长官,"纲目不举","啬于周急",不行惠政,不关心百姓,只是在饮食方面节俭,不过是"好行小惠""善取人情",博取虚名而已。他一方面事奉"天师道"(即"五斗米道"),"不吝财贿",甚至桓玄来进攻时,还在祷神,另一方面"竞行仁义,啬于周急",行事完全颠倒了,可知本文所称"其性真素",未免言过其实,夸大其词。

四十一

初,桓南郡、杨广共说殷荆州①,宜夺殷觊南蛮以自树②。㊀觊亦即晓其旨③。尝因行散④,率尔去下舍⑤,便不复还,内外无预知者。意色萧然⑥,远同斗生之无愠⑦。时论以此多之⑧。㊁

【今译】当初,桓玄与杨广一起劝说殷仲堪,应当夺取殷觊的南蛮校尉之职与所辖地区,来树立扩大自己的势力范围。殷觊也立即明白了他们的意图。殷觊曾借着出外行散的机会，很随意地离开自己的宅舍，便不再回来，里里外外没有一人预先知道此事。他的意态神色很安详，就像春秋时的令尹子文虽然被罢职而仍然没有怒色那样。当时的舆论都为此赞扬他。

【刘孝标注】㊀《桓玄别传》曰："玄字敬道，谯国龙亢人，大司马温少子也。幼童中，温甚爱之。临终，命以为嗣。年七岁，袭封南郡公，拜太子洗马、义兴太守。不得志，少讨去职，归其国。与荆州刺史殷仲堪素旧，情好甚隆。"周祗《隆安记》曰："广字德度，弘农人，杨震后也。"《晋安帝纪》曰："觊字伯道，陈郡人。由中书郎出为南蛮校尉。觊亦以率易才悟著称，与从弟仲堪俱知名。"《中兴书》："初，仲堪欲起兵，密邀觊，觊不同。杨广与弟佺期劝杀觊，仲堪不许。"㊁《春秋传》曰："楚令尹子文，鬬氏也。"《论语》曰："令尹子文三仕为令尹，无喜色；三已之，无愠色。"

【注释】① 桓南郡：桓玄（369—404），见刘注。后与兖州刺史王恭、荆州刺史殷仲堪起兵反对会稽王司马道子、司马元显父子。元兴元年（402）举兵攻入建康，杀司马元显，掌朝政。次年代晋自立，国号楚。不久为刘裕所败，自杀。杨广：字德度，晋弘农华阴（今属陕西）人。曾官淮南太守，后与弟佺期俱为桓玄所杀。说（shuì）：用言语来打动人，说服人。　② 殷觊（jì）：觊，一作"顗（yǐ）"。《晋书》本传作"顗"，《晋书·杨佺期传》作"觊"。殷仲堪之堂兄，字伯通。性通率，有才气，少时与仲堪俱知名。曾官中书郎，擢为南蛮校尉，有政绩。南蛮：南蛮校尉，军职。③ 旨：意思，目的。　④ 行散（sǎn）：魏晋士人喜欢服一种名为五石散的烈性药物（一名寒食散），服后需走路来发散药性，名为行散。　⑤ 率尔：随意。去：离开。下舍：官员在署衙附近的宅舍。　⑥ 萧然：安静的样子。　⑦ 鬬生：对楚令尹子文的尊称。生，即先生的省称。自汉以来，儒者均称生，六朝人亦沿用。楚成王令尹鬬穀於菟（wū tù），字子文，他自毁其家，以纾困难，为著名的贤相。愠（yùn）：怒，怨恨。《论语·公冶长》："令尹子文，三仕为令尹，无喜色；三已之，无愠色。"谓子文三次任为令尹没有喜色，三次被罢职也没有怨怒之色。　⑧ 多：赞许。

【评析】有关殷觊出走之事，《晋书》本传的记载与本文稍异，可资参考。仲堪自任荆州刺史后，"志望无厌"（《晋书·殷顗传》），有非分之想，故与王恭、桓玄相结，"将兴兵内伐"，殷觊竭力劝阻，仲堪不听。当殷觊得知仲堪排斥异己、树立私党等种种作为后，"因出行散，托病不还。仲堪闻其病出，省之，谓顗曰：'兄病殊为可忧！'顗曰：'我病不过身死，但汝病在灭门。幸熟为虑，勿以我为念也！'仲堪不从，卒与杨佺期、桓玄同下，顗遂以忧卒。"

<h1 style="text-align:center">四十二</h1>

王仆射在江州①，为殷、桓所逐②，奔窜豫章③，存亡未测。㊀王绥在都④，既忧戚在貌，居处饮食，每事有降。时人谓为"试守孝子"⑤。㊁

【今译】王愉在江州刺史任上时，为殷仲堪、桓玄发兵驱逐，狼狈逃亡至南昌，生死不明。王绥在京城听到父亲的消息后，已忧伤满面，又在起居饮食方面有所节制，当时人称他为"试守孝子"。

【刘孝标注】㊀徐广《晋纪》曰："王愉字茂和，太原晋阳人，安北将军坦之次子也。以辅国司马出为江州刺史。愉始至镇，而桓玄、杨佺期举兵以应王恭，乘流奄至。愉无防，惶遽奔临川，为玄所得。玄篡位，迁尚书左仆射。"㊁《中兴书》曰："绥字彦猷，愉子也，少有令誉。自王浑至坦之六世盛德，绥又知名于时，冠冕莫与为比。位至中书令、荆州刺史。桓玄败后，与父愉谋反，伏诛。"

【注释】① 王仆射：王愉，生平见刘注。后刘裕攻破桓玄，他图谋作乱，事泄被杀。　② 殷：殷仲堪。桓：桓玄。　③ 奔窜：狼狈逃亡。豫章：郡名，治所在今江西南昌。　④ 王绥：生平详见刘注。　⑤ 试守：试用。秦汉以来任用官吏时先试用一年，然后正式任用。王绥在父亲生死不明的情况下，就已实行守孝的样子，犹如试用官吏一样，故称。

【评析】本文内容亦载入《晋书》本传中。不过本传又称绥"少有美称，厚自矜迈，实鄙而无行"，但无具体事例说明，则"鄙而无行"，不知何所指。王愉为桓玄之婿，《晋书》本传谓"父子尊宠"、"绥以桓氏甥甚见宠待"，故在桓玄专权时，愉为尚书左仆射，绥为中书令。桓玄败后，两人为刘裕所杀。《晋书》本传谓其原因为"尝轻侮刘裕，心不自安，潜结司州刺史温详，谋作乱，事泄被诛，子孙十余人皆伏法"。刘注引《中兴书》谓绥"与父谋反，伏诛"。而《晋书》本传记载不同："刘裕建义，以为冠军将军，……俄拜荆州刺史，假节，坐父愉之谋，与弟纳并被诛。"可知绥并未与父谋反，而是受到株连被杀的。

四十三

　　桓南郡㊀既破殷荆州①，收殷将佐十许人，咨议罗企生亦在焉②。㊁桓素待企生厚，将有所戮，先遣人语云："若谢我③，当释罪。"企生答曰："为殷荆州吏，今荆州奔亡，存亡未判④，我何颜谢桓公！"㊂既出市⑤，桓又遣人问："欲何言？"答曰："昔晋文王杀嵇康⑥，而嵇绍为晋忠臣⑦。㊃从公乞一弟以养老母。"桓亦如言宥之⑧。桓先曾以一羔裘与企生母胡⑨，胡时在豫章，企生问至⑩，即日焚裘。

【今译】桓玄打败殷仲堪后，收捕了殷的将领僚属十多人，咨议罗企生也在里面。桓玄一向优待企生，当他将要处决一些人时，先派人告诉企生说："你如果向我谢罪，我当免你一死。"企生回答道："我作为殷荆州的属吏，如今他逃亡在外，生死还没有弄清楚，我有什么脸面向桓公谢罪！"当企生已经绑赴刑场时，桓玄又派人去问企生还有什么话要说，企生答道："从前晋文王杀嵇康，而后来他的儿子嵇绍成为晋的忠臣。我想向桓公求一个弟弟事奉老母。"桓玄答应企生的要求赦免其弟。桓玄先前曾经送给企生母亲胡氏一件羔羊皮袍，当时胡氏在豫章郡，当企生被杀的消息传到时，胡氏当天就把皮袍烧掉了。

【刘孝标注】㊀玄也。　㊁《玄别传》曰："玄克荆州，杀殷道护及仲堪参军罗企生、鲍季礼，皆仲堪所亲仗也。"　㊂《中兴书》曰："企生字宗伯，豫章人。殷仲堪初请为府功曹，桓玄来攻，转咨议参军。仲堪多疑少决，企生深忧之，谓其弟遵生曰：'殷侯仁而无断，事必无成。成败天也，吾当死生以之。'及仲堪走，文武并无送者，唯企生从焉。路经家门，遵生绐之曰：'作如此分别，何可不执手？'企生回马授手，遵生便牵下之，谓曰：'家有老母，将欲何行？'企生挥泣曰：'今日之事，我必死之。汝等奉养不失子道。一门之内，有忠与孝，亦复何恨！'遵生抱之愈急。仲堪于路待之，企生遥呼曰：'今日死生是同，愿少见待。'仲堪见其无脱理，策马而去。俄而玄至，人士悉诣玄，企生独不往，而营理仲堪家。或谓之曰：'玄性猜急，未能取卿诚节，若遂不诣，祸必至矣。'企生正色曰：'我殷侯吏，见遇以国士，不能共殄丑逆，致此奔败，何面目就桓求生乎？'玄闻，怒而收之，谓曰：'相遇如此，何以见负？'企生曰：'使君口血未干，而生此奸计。自伤力劣，不能剪定凶逆，我死恨晚尔！'玄遂斩之，时年三十有七。众咸悼之。"　㊃王隐《晋书》曰："绍字延祖，谯国铚人。父康，有奇才俊辩。绍十岁而孤，事母孝谨。累迁散骑常侍。惠帝败于荡阴，百官左右皆奔散，唯绍俨然端冕，以身卫帝。兵交御辇，飞箭雨急，遂以见害也。"

【注释】① 桓南郡：桓玄。殷荆州：殷仲堪。　② 咨议：官名，晋以后王府设咨议参军，以备咨询谋议,简称"咨议"。罗企生:详见刘注。　③ 谢:道歉或认错。　④ 判:判明,弄清楚。
⑤ 市:指刑场。　⑥ 晋文王:司马昭。　⑦ 嵇绍(253—304):详见刘注。　⑧ 宥(yòu):赦
免。　⑨ 羔裘:羔羊皮袍。　⑩ 问:音问,消息。

【评析】刘注引《中兴书》及《晋书》本传均详写罗企生忠于殷仲堪、放弃生还的机会而
慷慨赴死的事迹。企生事先已料到殷仲堪必败,但路经家门而不入,将老母托付兄
弟,自己尽忠,保全弟弟尽孝。当殷仲堪败逃时,"文武无送者,唯企生从焉"。当桓玄
到荆州时,"人士悉诣玄,企生独不往"。桓玄一向待企生不薄,临处决时还给他留一
条生路,但他为了报答殷仲堪"见遇以国士"之恩,宁愿为之赴死。其重义轻死并得到
母亲的支持,这在当时是不多的,故《晋书》本传将其列入《忠义传》,予以褒扬。

四十四

王恭从会稽还①,㊀王大看之②,㊁见其坐六尺簟③,因语恭:"卿东来,故
应有此物,可以一领及我。"恭无言。大去后,即举所坐者送之。既无余席,便
坐荐上④。后大闻之,甚惊曰:"吾本谓卿多,故求耳。"对曰:"丈人不悉恭⑤,
恭作人无长物。"

【今译】王恭从会稽回来,王忱去探望他,看到王恭坐着一条六尺长的竹席,便对他
说:"你从东边来,所以有这东西,可以送一条给我。"王恭没有作声。王忱走了以后,
王恭就把所坐的竹席送给了他。王恭没有多余的席子,就坐在草垫子上。后来王忱
听说这件事,十分惊异地说:"我原本以为你有很多,所以才向你要的。"王恭答道:"这
是您老不了解我,我做人一向没有多余的物品。"

【刘孝标注】㊀ 周祗《隆安记》曰:"恭字孝伯,太原晋阳人。祖父濛,司徒左长史,风流标望。父
蕴,镇军将军,亦得世誉。"《恭别传》曰:"恭清廉贵峻,志存格正,起家著作郎,历丹阳尹、中书
令。出为五州都督、前将军,青、兖二州刺史。"　㊁ 王忱,小字佛大。《晋安帝纪》曰:"忱字元
达,平北将军坦之第四子也。甚得名于当世。与族子恭少相善,齐声见称。仕至荆州刺史。"

【注释】① 王恭:见刘注。司马道子执政,其与殷仲堪、桓玄相结举兵,兵败被杀。会稽:郡名,
治所在今绍兴。　② 王大:王忱,生平见刘注。　③ 簟(diàn):竹席。　④ 荐:草垫子。
⑤ 丈人:对人的尊称。

【评析】王恭、王忱二人齐名,都属于少年英俊、才气过人者,只是他们性格各有不同。
"恭性抗直,深存节义","清操过人,自负才地交华,恒有宰辅之望"、"家无财帛,唯书
籍而已"。而王忱则"自恃才气,放酒诞节"、"性任达不拘,末年尤嗜酒,一饮连月不
醒,或裸体而游"(《晋书》本传)。故当王忱看到王恭坐有竹席时,脱口即向对方索要,
而王恭沉默不语,不作说明,宁愿自己坐草垫子也要奉送。直到王忱问起,才说明白
自己为人身无长物的特点。可知一则随便,一则拘谨。从两人对话时的称谓中亦可
见此特点。王忱两称对方为"卿",显得亲昵而随便,而王恭则称对方为"丈人",客气
而多礼,可谓切合彼此的性格。

四十五

吴郡陈遗①,㊀家至孝。母好食铛底焦饭②,遗作郡主簿③,恒装一囊,每

煮食,辄贮录焦饭④,归以遗母⑤。后值孙恩贼出吴郡⑥,㊀袁府君即日便征⑦。遗已聚敛得数斗焦饭,未展归家⑧,遂带以从军。战于沪渎⑨,败,军人溃散,逃走山泽,皆多饥死,遗独以焦饭得活。时人以为纯孝之报也。

【今译】吴郡陈遗在家极其孝顺。他母亲喜欢吃锅底焦饭,陈遗任职州郡主簿时,常带一只口袋,每次煮饭,总是把焦饭储存起来,回家送给母亲。后来碰到孙恩在吴郡叛乱,袁山松当天即出征讨伐。陈遗已经收存了几斗焦饭,还来不及送回家,就带着这袋焦饭,跟着军队出发了。沪渎一战失败,官兵溃散逃到山林水泽中,大都饿死,只有陈遗靠着所带焦饭活了下来。当时人都认为这是他纯孝所得的好报。

【刘孝标注】㊀未详。 ㊁《晋安帝纪》曰:"孙恩一名灵秀,琅邪人。叔父泰,事五斗米道,以谋反诛。恩逸逃于海上,聚众十万人,攻没郡县。后为临海太守辛昺斩首送之。"

【注释】① 吴郡:郡名,治所在今江苏苏州。陈遗:刘注谓"未详",《南史·孝义传》上有传,谓"宗初吴郡人陈遗,少为郡吏"。 ② 铛(chēng):平底浅锅。 ③ 主簿:官名,负责文书簿籍等事。 ④ 贮录:储藏。录,收藏。 ⑤ 遗(wèi):送给。 ⑥ 孙恩(?—402):生平详见刘注。 ⑦ 袁府君:袁山松(?—401),一名崧,晋阳夏(今河南太康)人。少有才名,博学能文。为吴郡太守,孙恩攻沪渎,山松固守,城陷而死。著《汉书》百篇,已佚,有辑本。府君,对太守的尊称。 ⑧ 未展:未及,来不及。 ⑨ 沪渎(dú):水名,在上海东北吴淞江下游近海处。

【评析】本文所写,《南史·孝义传》亦有记载,只是语句稍异,最后一句"时人……之报也"亦无。在文后尚有一段描写,足见陈遗之纯孝感人。有曰:"母昼夜泣涕,目为失明,耳无所闻。遗还入户,再拜号咽,母豁然即明。"母子二人所有的病痛都不药而愈,堪称感天动地。

四十六

孔仆射为孝武侍中①,豫蒙眷接②。烈宗山陵③,孔时为太常④,形素羸瘦⑤,着重服⑥,竟日涕泗流涟⑦,见者以为真孝子。㊀

【今译】孔安国任孝武帝侍中时,受到过孝武帝的关怀宠遇。孝武帝死时,孔安国当时任太常,他的身体素来瘦弱,这时穿了重孝,整天眼泪鼻涕不断,看到的人都认为他是真孝子。

【刘孝标注】㊀《续晋阳秋》曰:"孔安国字安国,会稽山阴人,车骑愉第六子也。少而孤贫,能善树节,以儒素见称。历侍中、太常、尚书,迁左仆射、特进,卒。"

【注释】① 孔仆射(yè):孔安国,见刘注。孝武:孝武帝司马曜(373—396年在位)。侍中:官名,皇帝的近侍。 ② 眷接:关怀厚待。 ③ 烈宗:晋孝武帝死后的庙号。山陵:比喻皇帝去世。 ④ 太常:官名,管礼乐祭祀等事。 ⑤ 羸(léi)瘦:瘦弱。 ⑥ 重服:重丧时所穿的丧服。重,重孝,指父母死后子女所穿的丧服。 ⑦ 涕泗(sì):眼泪鼻涕。流涟:泪涕不断的样子。

【评析】孝武帝对安国给予宠遇,故当皇帝去世,他亦以为父母去世服重孝之大礼为皇帝守孝。这在当时想必很突出,所以"见者以为真孝子"。结尾两句的语气读来颇有调侃之意。

四十七

吴道助、附子兄弟①居在丹阳郡后②，遭母童夫人艰③，㊀朝夕哭临④。及思至⑤，宾客吊省⑥，号踊哀绝⑦，路人为之落泪。韩康伯时为丹阳尹⑧，母殷在郡，每闻二吴之哭，辄为凄恻，语康伯曰："汝若为选官⑨，当好料理此人⑩。"康伯亦甚相知。韩后果为吏部尚书⑪，大吴不免哀制⑫，小吴遂大贵达。㊁

【今译】吴坦之、隐之兄弟住在丹阳郡府的后面，遭逢母亲童夫人的丧事，早晚都祭拜痛哭流涕。等到守孝期，宾客来吊唁慰问，他们更是大哭顿足，哀痛欲绝，连过路人听了都为之落泪。韩康伯当时任丹阳府尹，母亲殷氏住在府舍里，每当听到兄弟二人的哀哭声，都要为之感到悲痛，她对康伯说："你如当了选官，应当好好照顾他们。"康伯对他们也很了解，后来康伯果然当了吏部尚书，可是哥哥坦之因哀伤过度而死，弟弟隐之最终成为显贵的大官。

【刘孝标注】㊀道助，坦之小字；附子，隐之小字也。《吴氏谱》曰："坦之字处靖，濮阳人。仕至西中郎将功曹。父坚，取东苑童佥女，名秦姬。"㊁郑缉《孝子传》曰："隐之字处默，少有孝行，遭母丧，哀毁过礼。时与太常韩康伯邻居。康伯母，扬州刺史殷浩之妹，聪明妇人也。隐之每哭，康伯母辄辍事流涕，悲不自胜，终其丧如此。谓康伯曰：'汝后若居铨衡，当用此辈人。'后康伯为吏部尚书，乃进用之。"《晋安帝纪》曰："隐之既有至性，加以廉洁，奉禄颁九族，冬月无被。桓玄欲革岭南之敝，以为广州刺史。去州二十里，有贪泉，世传饮之者其心无厌。隐之乃至水上，酌而饮之，因赋诗曰：'石门有贪泉，一歃重千金。试使夷齐饮，终当不易心。'为卢循所攻，还京师。历尚书、领军将军。"《晋中兴书》曰："旧云：往广州饮贪泉，失廉洁之性。吴隐之为刺史，自酌贪泉饮之，题石门为诗云云。"

【注释】①吴道助：吴坦之，详见刘注。附子：吴隐之，详见刘注。　②丹阳：郡名，治所在今江苏南京东南。郡后：郡守府舍的后面。　③遭母童夫人艰：遭逢母亲童夫人之丧。艰，忧，遭父母之丧为丁忧，亦称丁艰。　④哭临：举行哀悼仪式痛哭流涕。　⑤思至：通"缌经"，披麻戴孝着孝服。缌，细麻布，旧式孝服以细麻布制成。经(dié)，旧式丧服系在头上或腰间的麻带。　⑥吊省(xǐng)：祭奠死者，看望家属。　⑦号踊：大哭跺脚。　⑧韩康伯：见本篇三十八注④(页26)。丹阳尹：丹阳郡的行政长官。　⑨选官：负责铨选官员的官。　⑩料理：照顾、安排。　⑪吏部尚书：吏部的长官。吏部主管全国官员的任免、升降、调动等事。　⑫不免哀制：未能避免服丧期内的过度哀伤，因守孝而死。

【评析】本文写吴氏为服丧而哀伤事，令闻者无不为之感动。《艺文类聚》卷二十引宗躬《孝子传》曰："吴坦之，隐之兄也。母葬夕，设九饭祭。坦之每临一祭，辄号恸断绝，至七祭，吐血而死。"可知坦之为母丧而"以死伤生，毁而灭性"，超过了孔子对孝子服丧的要求。

言语第二

一

边文礼见袁奉高①，㊀失次序②。㊁奉高曰："昔尧聘许由③，面无怍色④。㊂先生何为颠倒衣裳⑤？"文礼答曰："明府初临⑥，尧德未彰⑦，是以贱民颠倒衣裳耳㊃。"

【今译】边让见到袁阆时，显得手忙脚乱。袁阆说："古时尧帝聘请许由时，许由面无愧色。先生你为什么慌乱呢？"边让回答道："明府刚刚莅任，如帝尧般的德行尚未明显表现出来，所以我这个小民百姓才会有所慌乱啊。"

【刘孝标注】㊀ 闵也。㊁《文士传》曰："边让字文礼，陈留人。才俊辩逸，大将军何进闻其名，召署令史，以礼见之。让占对闲雅，声气如流，坐客皆慕之。让出就曹，时孔融、王朗等并前为掾，共书刺从让，让平衡与交接。后为九江太守，为魏武帝所杀。" ㊂ 皇甫谧曰："由字武仲，阳城槐里人也。尧、舜皆师而学事焉，后隐于沛泽之中，尧乃致天下而让焉。由为人据义履方，邪席不坐，邪膳不食，闻尧让而去。其友巢父闻由为尧所让，以为污己，乃临池洗耳。池主怒曰：'何以污我水？'由于是遁耕于中岳颍水之阳，箕山之下，终身无经天下色，死葬箕山之巅，在阳城之南十里。尧因就其墓，号曰箕山公神，以配食五岳，世世奉祀，至今不绝也。" ㊃ 按：袁阆卒于太尉掾，未尝为汝南，斯说谬矣。

【注释】① 边文礼：边让，生平详见刘注。袁奉高：袁阆，见《德行》三注②（页2）。 ② 失次序：指举止失措。次序，顺序，条理。 ③ 尧：传说中的古帝陶唐氏之号，为古代理想中的圣君。许由：传说为上古高士，隐于箕山，尧欲将天下相让，由不受；又召其为九州长，由不愿听，洗耳于颍水之滨。 ④ 怍(zuò)色：惭愧的神色。 ⑤ 颠倒衣裳：把衣服穿颠倒了。语出《诗经·齐风·东方未明》"东方未明，颠倒衣裳。"写官吏赶着上朝，东方未明即忙着起身，把衣服都穿颠倒了。古人衣服，上曰衣，下曰裳。这里借以形容边让见袁阆时的慌乱样子。 ⑥ 明府：对太守的尊称。 ⑦ 彰：明显，显著。

【评析】边让见袁阆时，举止失措，袁阆出言不逊，以尧聘许由作比，问他为何慌张"颠倒衣裳"。边让倒也反应敏捷，顺着对方的话题，尊称其为"明府"，因其"尧德未彰"，故自己一介"贱民颠倒衣裳耳"。前《德行》三写郭泰访袁阆，仅仅停留片刻，郭评袁器度仅如"泛滥（小小的水泉）"，远不如黄宪"汪汪如万顷之陂"。从本文所写其对边让咄咄逼人的态度与话语，说明袁阆器度之狭窄。

二

徐孺子㊀年九岁①，尝月下戏，人语之曰："若令月中无物②，当极明邪？"㊁徐曰："不然。譬如人眼中有瞳子③，无此必不明。"

【今译】徐稚九岁时，一次在月光下玩耍。有人对他说："如果月亮中什么东西都没有，该当极其明亮吧？"徐稚说："不是这样的。譬如人的眼睛中有瞳人，没有这东西，眼睛必定不明亮。"

【刘孝标注】㈠稚也。㈡《五经通议》曰："月中有兔、蟾蜍者何？月，阴也；蟾蜍，亦阴也，而与兔并明，阴系于阳也。"

【注释】① 徐孺子：徐稚，见《德行》一注⑤。　② 物：刘注引《五经通议》谓月亮中有兔和三条腿的蟾蜍。　③ 瞳子：瞳人，眼珠的中心。

【评析】徐稚不过九岁，就已知道有关月亮的神话传说，当他人戏谓月无物则更明时，他立即以眼有瞳人却能视物为比加以说明。其知识之博、联想能力之强，及反应之敏捷，值得称道。

三

孔文举㈠年十岁①，随父到洛②。时李元礼有盛名③，为司隶校尉④。诣门者⑤，皆俊才清称及中表亲戚乃通⑥。文举至门，谓吏曰："我是李府君亲⑦。"既通，前坐。元礼问曰："君与仆有何亲⑧？"对曰："昔先君仲尼与君先人伯阳有师资之尊⑨，是仆与君奕世为通好也⑩。"元礼及宾客莫不奇之。太中大夫陈韪后至⑪，人以其语语之⑫。韪曰："小时了了⑬，大未必佳。"文举曰："想君小时，必当了了。"韪大踧踖⑭。㈡

【今译】孔融十岁时，跟随父亲到洛阳。当时李膺享有很高的名望，做司隶校尉。凡是登门造访的，都是杰出有高雅名声之士以及亲戚才能通报进门。孔融到了李府门前，对守门吏说："我是李府君的亲戚。"通报进门后，孔融坐到了前面。李膺问孔融："您和我是什么亲戚？"孔融答道："过去我的祖先仲尼与您的先人伯阳有师生之谊，所以我与您世代为通家之好。"李膺及宾客听了孔融的话无不感到惊奇。太中大夫陈韪晚到，有人把孔融的话告诉他。陈韪说："小的时候聪明伶俐，长大后不见得就很好。"孔融说："想来您小的时候，必定是聪明伶俐的了。"陈韪听了感到非常尴尬。

【刘孝标注】㈠融也。㈡《续汉书》曰："孔融字文举，鲁国人，孔子二十四世孙也。高祖父尚，钜鹿太守。父宙，泰山都尉。"《融别传》曰："融四岁，与兄食梨，辄引小者。人问其故。答曰：'小儿法当取小者。'年十岁，随父诣京师。河南尹李膺有重名，融欲观其为人，遂造之。膺问：'高明父祖尝与仆周旋乎？'融曰：'然。先君孔子与君先人李老君同德比义，而相师友。则融与君累世通家也。'众坐莫不叹息，金曰：'异童子也！'太中大夫陈韪后至，同坐以告。韪曰：'小时了了者，长大未必能奇。'融应声曰：'即如所言，君之幼时，岂实慧乎？'膺大笑，顾谓融曰：'长大必为伟器！'"

【注释】① 孔文举：孔融（153—208），献帝时任北海相，时称孔北海。又任少府、太中大夫等职。恃才负气，因触怒曹操，被杀。"建安七子"之一，原有著作，已散佚，有明辑本《孔北海集》。按：刘注引《续汉书》谓孔融"孔子二十四世孙也"，"四"为衍文。《孔庙碑》谓孔融父宙为"孔子十九世之孙也"，则孔融当为孔子二十世孙。《后汉书》本传亦曰："孔融……孔子二十世孙也。"② 父：孔融父名宙，曾为泰山都尉。洛：洛阳，东汉都城。　③ 李元礼：李膺，见《德行》四注①（页3）。　④ 司隶校尉：官名，督察三辅、三河、弘农七郡，治洛阳。　⑤ 诣（yì）：到。⑥ 俊才清称：杰出之士有高雅的名望者。中表亲戚：泛指内外亲戚。中表，见《德行》十八注④（页13）。通：通报。　⑦ 李府君：李膺曾为河南尹，故称。　⑧ 仆：谦称自己。　⑨ 先君仲尼：祖先仲尼。仲尼，孔子名丘，字仲尼。孔融是孔子二十世孙，故称。伯阳：老子姓李名耳,字伯阳。师资之尊:孔子曾问礼于老子,故老子是孔子的老师。《史记·孔子世家》:"适周问礼,盖见老子云。"　⑩ 奕世:累世,一代接一代。通好:通家之好,指世代交谊深厚,如同一家。　⑪ 太中大夫:官名,主管议论政事。陈韪(wěi):曾任太中大夫。　⑫ 以其语语(yù)之:把孔融的话告诉陈韪。后面的"语"作动词用,告诉。　⑬ 了了:聪明伶俐,明白事理。⑭ 踧踖(cù jí):局促不安的样子。

【评析】《德行》之四写李膺声名极盛,一些晚辈把能到李家作客称为"登龙门"。孔融不过十岁,竟能从容登堂,将祖先孔子曾问礼于老子之事作为通家之好的根据,令满座为之称奇。不仅如此,当陈韪出语倨傲时,他应口而答,弄得陈韪狼狈不堪。可知孔融不仅学识渊博,且智慧敏捷。

四

孔文举有二子①,大者六岁,小者五岁。昼日父眠,小者床头盗酒饮之,大儿谓曰:"何以不拜?"答曰:"偷,那得行礼!"

【今译】孔融有两个儿子,大的六岁,小的五岁。一天他们的父亲白天在睡觉,小儿子在父亲床头偷酒喝,大儿子说:"为什么不先向父亲行礼就喝酒?"小儿子答道:"偷酒喝,哪里还要行礼!"

【注释】① 孔文举:孔融,见本篇三注①(页34)。

【评析】《太平御览》三八五在"何以不拜"前有"酒以行礼"句,说明酒为礼仪所需之物,故应行礼再饮酒。大儿责问小弟不拜失礼,小儿则以偷酒本身不合礼法无需行礼作答,互不相让。本篇之十二钟毓兄弟偷服药酒事,与本篇异曲而同工。

五

孔融被收①,中外惶怖②。时融儿大者九岁,小者八岁,二儿故琢钉戏③,了无遽容④。融谓使者曰:"冀罪止于身⑤,二儿可得全不⑥?"儿徐进曰:"大人岂见覆巢之下,复有完卵乎?"寻亦收至⑦。㊀

【今译】孔融被逮捕,朝廷内外无不惶恐惧怕。当时孔融的大儿子九岁,小儿子八岁,他们照样做琢钉的游戏,完全没有一点惊慌的神色。孔融对派来逮捕的人说:"希望罪过只在我一人之身,两个儿子能否保全性命?"两个儿子慢慢向前对父亲说:"大人难道见过倾覆的鸟窝下会有完好的鸟蛋吗?"不久他们也被逮捕了。

【刘孝标注】㊀《魏氏春秋》曰:"融对孙权使有讪谤之言,坐弃市。二子方八岁、九岁。融被收,弈棋端坐不起。左右曰:'而父见执。'二子曰:'安有巢覆而卵不破者哉?'遂俱见杀。"《世语》曰:"魏太祖以岁俭禁酒,融谓'酒以成礼,不宜禁',由是惑众,太祖收置法焉。二子龆龀,见收,顾谓二子曰:'何以不辟?'二子曰:'父尚如此,复何所辟?'"裴松之以为《世语》云融儿不辟,知必俱死,犹差可安;孙盛之言,诚所未譬。八岁小儿,能悬了祸患,聪明特达,卓然既远,则其忧乐之情,固亦有过成人矣!安有见父被执,而无变容,弈棋不起,若在暇豫者乎?昔申生就命,言不忘父,不以己之将死,而废念父之情也。父安尚犹若兹,而况颠沛哉!盛以此为美谈,无乃贼夫人之子与！盖由好奇情多，而不知言之伤理也。

【注释】① 收：逮捕，拘禁。 ② 中外：指朝廷内外。 ③ 琢钉戏：古时一种儿童游戏。周亮工《因树屋书影》："金陵童子有琢钉戏，画地为界，琢钉其中，先以小钉琢地，名曰签，以签之所在为主。出界者负，彼此不中者负，中而触所主签亦负。按孔北海被收时，两郎方为琢钉戏，乃知此戏相传久矣。" ④ 了：完全。遽（jù）：惊慌。 ⑤ 冀：希望。止：仅，只。 ⑥ 全：保全。不（fǒu）：通"否"。 ⑦ 寻：不久。

【评析】孔融讥讽曹操戒酒，批评曹丕娶袁熙妻甄氏，并称父之于子为情欲所发，子之于母如寄物瓶中等等，得罪曹操，为其所杀。《后汉书》本传谓"妻子皆被诛"。本文即写孔融被捕时二儿从容不迫应对之状。刘注引《魏氏春秋》谓当孔融被执时，二子方弈棋，"端坐不起"，所说的话与本文同。刘注引《世语》则无弈棋事，所说亦有异。刘孝标谓《世语》所写"犹差可安"，还说得过去，而《魏氏春秋》则谓当孔融被捕时，二子"弈棋端坐不起"，镇定超过成人，似悖常理。曰："八岁小儿，……固亦有过成人矣！安有见父被执，而无变容，弈棋不起，若在暇豫者乎？……盖由好奇情多，而不知言之伤理也。"所言不无道理。

六

颍川太守髡陈仲弓①。㊀客有问元方②："府君何如？"元方曰："高明之君也。""足下家君何如？"曰："忠臣孝子也。"客曰："《易》称③：'二人同心，其利断金；同心之言，其臭如兰④。'㊁何有高明之君，而刑忠臣孝子者乎？"元方曰："足下言何其谬也！故不相答。"客曰："足下但因伛为恭，而不能答⑤。"元方曰："昔高宗放孝子孝己⑥，㊂尹吉甫放孝子伯奇⑦，㊃董仲舒放孝子符起⑧。㊄唯此三君，高明之君；唯此三子，忠臣孝子。"客惭而退。

【今译】颍川太守对陈寔用了髡刑的处罚。客人问陈纪："颍川太守为人怎么样？"陈纪说："是高明的府君。"又问："您父亲怎么样？"陈纪说："是忠臣孝子。"客人说："《周易》有名言说：'两个人一条心，如同锋利的刀能斩断坚硬的金属。两个人心意相投，团结一致，则其香气犹如兰草一样芬芳。'哪有高明的府君会对忠臣孝子施刑的呢？"陈纪说："您的话是何等的荒谬啊！所以我不予回答。"客人说："您只不过是把驼背装作是恭敬的样子，而实际上不能回答。"陈纪说："古代殷高宗放逐孝子孝己，尹吉甫放逐孝子伯奇，董仲舒放逐孝子符起。这三位是高明之君，而这三个是忠臣孝子。"客人听了惭愧地走了。

【刘孝标注】㊀按：寔之在乡里，州郡有疑狱不能决者，皆将诣寔。或到而情首，或中途改辞，或托狂悖，皆曰："宁为刑戮所苦，不为陈君所非。"岂有盛德感人，若斯之甚，而不自卫，反招刑辟，殆不然乎？此所谓东野之言耳！ ㊁王廙注《系辞》曰："金至坚矣，同心者其利无不入。兰，芳物也，无不乐者。言其同心者，物无不乐也。" ㊂《帝王世纪》曰："殷高宗武丁有贤子孝己，其母蚤死，高宗惑后妻之言，放之而死，天下哀之。" ㊃《琴操》曰："尹吉甫，周卿也，有子伯奇，母死，更娶，后妻生子曰伯邦。乃谮伯奇于吉甫。于是放伯奇于野。宣王出游，吉甫从，伯奇乃作歌，以言感之。宣王闻之，曰：'此孝子之辞也！'吉甫乃求伯奇于野，而射杀后妻。" ㊄未详。

【注释】① 髡（kūn）：古代剃去头发的刑罚。陈仲弓：陈寔，见《德行》六注①。 ② 元方：陈寔之长子，见《德行》六注②。 ③《易》：《周易》、《易经》，儒家经典之一。 ④ "二人同心"四句：见《周易·系辞上》。臭（xiù）：香味。兰：兰草，一种有香气的草本植物。 ⑤ 伛（yǔ）：驼背。　⑥高宗：商代国君武丁。放：放逐，流放。孝己：高宗之子。刘注引《帝王世纪》谓高宗武丁为后妻所迷惑，放逐孝己致其死亡。　⑦尹吉甫：周宣王大臣。伯奇：尹吉甫之子。刘注引《琴操》，谓尹吉甫也被后妻所惑，把伯奇放逐出去。当尹吉甫随周宣王出游时，伯奇作歌，宣王听了受到感动，认为这是孝子的歌辞。尹吉甫找到伯奇接回家中，便把后妻射杀了。　⑧董仲舒（前179—前104）：西汉广川（今河北枣强东）人。景帝时为博士，武帝拜江都相、胶西王相，后免官家居。推尊儒术，抑黜百家。著有《春秋繁露》。符起：董仲舒子，他为何被放逐，刘注谓"未详"，史无记载。

【评析】关于陈寔受髡刑之事，刘注认为不足信。陈寔在当时德高望重，不可能招致刑罚，这只是民间传说而已。据《后汉书》本传，陈寔入狱两次，第一次是有人杀人，同县杨姓县吏怀疑陈寔，将其逮捕，后来查无其事，将其释放。陈寔"及为督邮，乃密托许令，礼召杨吏，远近闻者，感叹服之"（《后汉书》本传）。陈寔对逮捕自己的杨吏非但不恨，还以礼待之。第二次是党锢之祸起，陈寔受牵连，其他人多逃逸求免，而他则主动请囚，谓"'吾不就狱，众无所恃。'乃请囚焉，遇赦得出"（同上）。两次系狱均无髡刑事，亦与颖川太守无关。可能是根据这两次系狱事加以编排而成的传说。不过此事虽不实，陈纪对答客人语，以古之圣贤虽冤屈孝子，却仍不失为明君，孝子受诬仍为忠臣孝子为比，令发问者惭愧而退。其语含蓄而富于智慧。

七

　　荀慈明与汝南袁阆相见①，㈠问颖川人士，慈明先及诸兄②。阆笑曰："士但可因亲旧而已乎？"慈明曰："足下相难③，依据者何经？"阆曰："方问国士④，而及诸兄，是以尤之耳⑤。"慈明曰："昔者祁奚内举不失其子⑥，外举不失其仇，以为至公。㈡公旦《文王》之诗⑦，不论尧、舜之德而颂文、武者⑧，亲亲之义也⑨。《春秋》之义⑩，内其国而外诸夏⑪。且不爱其亲而爱他人者⑫，不为悖德乎⑬？"

【今译】荀爽与汝南袁阆相见，袁阆问到颖川郡以才德知名的人士，荀爽首先提到自己的几位兄长。袁阆笑道："才德之士只能限于与你有亲属关系的几位就算了吗？"荀爽说："您责难我，所依据的是什么经典？"袁阆说："我方才问的是一国的才德之士，您却只说自己的兄长，因此才责怪的。"荀爽说："古时祁奚荐举人才时，对内不回避自己的儿子，对外不回避自己的仇人，大家都认为公正无私。周公《文王》之诗，不提尧舜的功德而专颂文王、武王，这是合乎热爱亲人的道理的。《春秋》的义理，把周王室尊为亲人，把诸侯国当作外人。况且不爱自己的亲人而爱其他人，难道不是如《孝经》所说的违背道义的吗？"

【刘孝标注】㈠荀爽一名谞。《汉南纪》曰："谞文章典籍无不涉，时人谚曰：'荀氏八龙，慈明无双。'潜处笃志，征聘无所就。"张璠《汉纪》曰："董卓秉政，复征爽，爽欲遁去，吏持之急，起布衣，九十五日而至三公。"　㈡《春秋传》曰："祁奚为中军尉，请老，晋侯问嗣焉，称解狐，其仇也，将立之而卒。又问焉。对曰：'午也可。'其子也。君子谓祁奚可谓能举善矣。称其仇不为谄，立其子不为比。"

【注释】①荀慈明：荀爽，见《德行》六注⑤（页5）。袁阆：见《德行》三注②（页2）。　②诸兄：荀淑有八子：俭、绲、靖、焘、汪、爽、肃、敷，荀爽为第六子。八子均有名望，有"荀氏八龙"之称。　③难（nàn）：责问。　④方：方才。　⑤尤：责怪。　⑥祁奚：春秋晋人，晋悼公时为中军尉，年老告退时，悼公问可代者，祁奚初荐仇人解狐，解未到任死了，又问可代者，奚荐其子祁午，故有"外举不避仇，内举不避子"之称。见《左传·襄公三年》、《国语·晋七》。　⑦公旦：

《世说新语》详解

周公姬旦,周文王子,辅助武王灭纣,建立周王朝。《文王》之诗:《诗经·大雅》第一篇《文王之什》相传为周公所作,均为赞颂周文王和周武王之德业者。 ⑧ 尧舜:唐尧和虞舜,古史相传为圣明之君。文武:周文王姬昌和周武王姬发。 ⑨ 亲亲:热爱亲人。前面的"亲"字用作动词。 ⑩《春秋》:我国第一部编年体史书,相传为孔子所作。义:义理,道理。 ⑪ 内其国而外诸夏:把周王室尊为亲人,而把诸侯国当作外人。内、外,用作动词。诸夏,诸侯国。 ⑫ 不爱其亲而爱他人者:见《孝经·圣治章》:"故不爱其亲而爱他人者,谓之悖德。" ⑬ 悖(bèi):违背。

【评析】荀爽兄弟八人,皆有才学,尤以荀爽最为杰出,故当时有谚语谓:"荀氏八龙,慈明无双。"(刘注引《江南纪》、《后汉书》本传)他十二岁就能通《春秋》、《论语》,后遭党锢之祸,遁迹江海十余年,专心著述,被誉为"硕儒"(《后汉书》本传)。其行事"皆引据大义,正之经典"(同上)。本文所写与袁阆有关颍川人才的答问中,即可见其所言都有经典根据,接连运用《左传》、《诗经》、《春秋》、《孝经》四典,或明指,或暗用,无怪太尉杜乔称赞他"可为人师"(《后汉书》本传)。

八

祢衡被魏武谪为鼓吏①,正月半试鼓②。衡扬枹为《渔阳掺挝》③,渊渊有金石声④,四座为之改容。㊀孔融曰⑤:"祢衡罪同胥靡,不能发明王之梦⑥。"㊁魏武惭而赦之。

【今译】祢衡被曹操贬为击鼓的小吏,定于正月十五日这天大会宾客,命祢衡试鼓。他举起鼓槌击奏《渔阳》之曲,鼓声中含有金属与石制乐器的声响,极其深沉凝重,满座宾客听了,无不为之动容。孔融说:"祢衡的罪过跟傅说相同,可是他那深沉的鼓声却不能启发您的求贤之梦。"曹操听了感到惭愧,便赦免了祢衡。

【刘孝标注】㊀《典略》曰:"衡字正平,平原般人也。"《文士传》曰:"衡不知先所出,逸才飘举。少与孔融作尔汝之交,时衡未满二十,融已五十,敬衡才秀,共结殷勤,不能相违。以建安初北游,或劝其诣京师贵游者,衡怀一刺,遂至漫灭,竟无所诣。融数与武帝笺,称其才,帝倾心欲见,衡称疾不肯往,而数有言论。帝甚忿之,以其才名不杀,图欲辱之,乃令录为鼓吏。后至八月朝会大阅试鼓节,作三重阁,列坐宾客。以帛绢制衣,作一岑牟,一单绞及小裈。鼓吏度者,皆当脱其故衣,着此新衣。次传衡,衡击鼓为《渔阳掺挝》,蹋地来前,蹀躞脚足,容态不常,鼓声甚悲,音节殊妙。坐客莫不忼慨,知必衡也。既度,不肯易衣。吏呵之曰:'鼓吏,何独不易衣?'衡便止,当武帝前,先脱裈,次脱余衣,裸身而立,徐徐乃着岑牟,次着单绞,后乃着裈,毕,复击鼓掺挝而去,颜色无怍。武帝笑谓四坐曰:'本欲辱衡,衡反辱孤。'至今有《渔阳掺挝》,自衡造也。为黄祖所杀。"㊁皇甫谧《帝王世纪》曰:"武丁梦天赐己贤人,使百工写其像,求诸天下。见筑者胥靡衣褐于傅岩之野,是谓傅说。"张晏曰:"胥靡,刑名。胥,相也。靡,从也。谓相从坐轻刑也。"

【注释】① 祢衡(173—198):与孔融交好,融荐于操,因得罪曹操,被操送至刘表处,表又送至黄祖处,后为祖所杀。魏武:曹操(155—220),字孟德,小名阿瞒,东汉谯(今安徽亳县)人。献帝时位至丞相、大将军、封魏王。子曹丕称帝后,追尊父为太祖武帝。 ② 正月半:正月十五日。 ③ 枹(fú):鼓槌。《渔阳》:鼓曲名。掺挝(càn zhuā):一种击鼓的方法。 ④ 渊渊:形容鼓声深沉的样子。 ⑤ 孔融:见本篇三注①。胥靡:服劳役的罪犯。这里借指殷高宗武丁的贤臣傅说(yuè)。传说武丁梦到天赐自己贤人,派人寻访,在傅岩找到服劳役从事版筑的奴隶傅说,用为大臣,辅佐治理国家,使殷朝得以中兴。 ⑥ 明王:贤明的君王。

【评析】刘注引《文士传》和《后汉书》本传均称祢衡"逸才飘举"、"少有才辩",但他性刚傲物,献帝建安初游京师时,他身怀名刺,竟然找不到拜望的对象,最后名刺上的字迹都模糊不清了。衡独与孔融、杨修意气相投,结为忘年之交,然仍谓"大儿孔文举、小儿杨德祖",于此可知其恃才傲物之一斑。孔融爱衡之才,向曹操荐举,也就把他推向了死亡之路。祢衡几次三番得罪曹操。第一次衡自称狂病不肯见操;第二次被贬为鼓吏时,故意裸身慢慢穿鼓吏之服,使操难堪;第三次在操营门外"以杖捶地大骂"(《后汉书》本传)。操碍于其才名,将其送给刘表,刘表又送给黄祖,终为黄祖所杀,死时才二十六岁。文中孔融对曹操说的话,以殷高宗识拔傅说成为明君来期许曹操亦能用才识才,但曹操无此雅量。祢衡写过《吊张衡文》(《全后汉文》卷八十七),中有"昔伊尹值汤,吕望遇旦。嗟矣君生,而独值汉。苍蝇争飞,凤凰已散"等句,吊衡亦以自吊,知其有生不逢时,不遇明君之叹。以其多才而刚烈之性,生于"苍蝇争飞"之乱世,自然没有容身之地。曹操爱才亦忌才,用借刀杀人之计杀之,连衡的至交孔融和杨修后来也难逃厄运。

九

南郡庞士元闻司马德操在颍川①,故二千里候之②。至,遇德操采桑,士元从车中谓曰:"吾闻丈夫处世,当带金佩紫③,焉有屈洪流之量④,而执丝妇之事?"㊀德操曰:㊁"子且下车。子适知邪经之速⑤,不虑失道之迷。昔伯成耦耕⑥,不慕诸侯之荣;㊂原宪桑枢⑦,不易有官之宅。㊃何有坐则华屋,行则肥马,侍女数十,然后为奇? 此乃许、父⑮所以忾慨⑧,夷、齐所以长叹⑨。㊅虽有窃秦之爵⑩,千驷之富⑪,㊆不足贵也。"士元曰:"仆生出边垂⑫,寡见大义,若不一叩洪钟、伐雷鼓⑬,则不识其音响也!"

【今译】南郡庞统听说司马徽在颍川,特地从二千里外赶去拜候他。到了那里,正遇到司马徽在采桑,庞统从车上对他说:"我听说大丈夫生在世上,应当佩带金紫做大官,哪有委屈自己宏大的志向度量去做织妇干的事呢?"司马徽说:"您请先下车。您刚才知道走小路快捷,却没有想到有迷路的危险。古代伯成子高在地里耕种,并不美慕诸侯的荣耀;原宪虽住陋屋,也不去做大官住官宅。哪里有住在华丽的屋中,出行就骑高头大马,身旁围绕着侍女数十位,然后才算是奇特、高人一等呢? 这也就是许由、巢父慷慨辞让天下的原因,也就是伯夷、叔齐长叹的缘故。即使有吕不韦那样从秦国窃取的爵位,有齐景公那样拥有四千匹马的巨富,也是不值得尊贵的。"庞统说:"我生在偏僻的边地,很少听到大道理,如果不是今天叩响大钟,敲打雷鼓,也就不会知道您的音容了!"

【刘孝标注】㊀《蜀志》曰:"庞统字士元,襄阳人。少时朴钝,未有识者。颍川司马徽有知人之鉴,士元弱冠往见徽,徽采桑树上,坐士元树下,共语自昼至夜。徽异之,曰:'生当为南州士人之冠冕。'由是渐显。"《襄阳记》曰:"士元,德公之从子也。年少,未有识者,唯德公重之。年十八,使往见德操,与语,叹曰:'德公诚知人,实盛德也!'后刘备访世事于德操,德操曰:'俗士岂识时务,此间自有伏龙、凤雏。'谓诸葛孔明与士元也。"《华阳国志》曰:"刘备引士元为军师中郎将,从攻洛,为流矢所中,卒,时年三十八。" ㊁《司马徽别传》曰:"徽字德操,颍川阳翟人。有人伦鉴识,居荆州,知刘表性暗,必害善人,乃括囊不谈议。时人有以人物问徽者,初不辨其高下,每辄言'佳',其妇谏曰:'人质所疑,君宜辨论,而一皆言"佳",岂人所以咨君之意乎?'徽曰:'如君所言,亦复佳。'其婉约逊遁如此。尝有妄认徽猪者,便推与之;后得其猪,叩头来还,徽又厚辞谢之。刘表子琮往候徽,遣问在不。会徽自锄园。琮左右问:'司马君在邪?'徽曰:'我是也。'琮左右见其丑陋,骂曰:'死庸! 将军诸郎欲求见司马君,汝何等田奴,而自称是邪?'徽归,刘头着帻出见琮。左右见徽,故是向者翁,恐,向琮道之。琮起,叩头辞谢。徽乃谓曰:'卿真不可。然吾甚羞之，此自锄园，唯卿知之耳。'有人临蚕求簇箔者，徽自弃其蚕而与之。或曰：'凡人损己以赡人者，谓彼急我缓也，今彼此正等，何为与人？'徽曰：'人未尝求己，求之不与，将惭。何以有财物令人惭者？'人谓刘表曰：'司马德操，奇士也，但未遇耳。'表后见之，曰：'世间人为妄语，此直小书生耳。'其智而能愚皆此类。荆州破，为曹操所得，操欲大用，会其病死。"　〔三〕《庄子》曰："尧治天下，伯成子高立为诸侯。禹为天子，伯成辞诸侯而耕于野。禹往见之，趋就下风而问焉，子高曰：'昔尧治天下，不赏而民劝，不罚而民畏。今子赏罚而民且不仁，德自此衰，刑自此立。夫子盍行邪？毋落吾事！'"　〔四〕《家语》曰："原宪字子思，宋人，孔子弟子。居鲁，环堵其室，茨以生草，蓬户不完，桑枢而瓮牖，上漏下湿，坐而弦歌。子贡轩车不容巷，往见之，曰：'先生何病也？'宪曰：'宪闻无财谓之贫，学而不能行谓之病。今宪贫也，非病也。夫希世而行，比周而友，学以为人，教以为己。仁义之慝，舆马之饰，宪不忍为也！'"　〔五〕许由、巢父。　〔六〕《孟子》曰："伯夷、叔齐，目不视恶色，耳不听恶声，与乡人居，若在涂炭，盖圣人之清也。"　〔七〕《古史考》曰："吕不韦为秦子楚行千金货于华阳夫人，请立子楚为嗣。及子楚立，封不韦洛阳十万户，号文信侯。"以诈获爵，故曰窃也。《论语》曰："齐景公有马千驷，民无德而称焉。"孔安国曰："千驷，四千匹。"

【注释】① 南郡：郡名，辖境内有今湖北襄樊、荆门、洪湖等地，治所在今湖北江陵东北。庞士元：庞统（179—214），初与诸葛亮齐名，号凤雏。刘备的谋士，与诸葛亮同任军师中郎将，建安十九年（214）攻雒城时中流矢而死。司马德操：司马徽（？—208），详见刘注。善于知人，被称为"水镜"。　② 故：特，特地。　③ 带金佩紫：佩带金印紫绶带，汉相国、列侯等大官才能佩带金紫。　④ 洪流之量：比喻才能、气度之大如同浩大的水流。　⑤ 适：刚才。　⑥ 伯成：复姓伯成，名子高，尧时立为诸侯。夏禹为天子时，他认为德衰而刑立，不如尧舜，便辞去诸侯回去耕田。耦（ǒu）耕：古代的耕地方式，两人各拿一耜（sì，古代农具名）并肩而耕。　⑦ 原宪：春秋时鲁国人，一说宋人。详见刘注。桑枢（shū）：用桑条编成的门，比喻居处简陋。⑧ 许、父：许由、巢父。许由是上古高士，隐于箕山，尧把天下让给他，许由不接受；尧又召其为九州长，许由连听都不想听，在颍水之滨洗耳。巢父亦为尧时隐士，在树上筑巢而居，人称巢父。尧把天下让给他，不受。　⑨ 夷、齐：伯夷、叔齐，商孤竹君的两个儿子。孤竹君遗命立叔齐为继承人，父死后，叔齐让位给伯夷，伯夷不受，两人先后逃到周。武王伐纣，两人叩马而谏。武王灭商后，他们耻食周粟，饿死首阳山。　⑩ 窃秦之爵：指吕不韦以计谋窃取秦国的爵位。吕不韦（前？—前235），秦阳翟（今河南禹县）大商人。在赵都遇到作为人质的秦公子子楚，认为"奇货可居"，便到秦为子楚活动，使其为秦王的继承人，后继位为庄襄王，以吕不韦为相，封文信侯。秦始皇继位，尊为仲父。　⑪ 驷（sì）：古代一辆车套四匹马，因称四匹马拉的车为驷，亦称一乘（shèng）。《论语·季氏》："齐景公有马千驷。"谓其有马四千匹之多。　⑫ 边垂：通"边陲"，边远偏僻之地。　⑬ 伐：敲打。雷鼓：古乐器名，祀天神时用。

【评析】本文所写之事，在刘注引的《蜀志》和《襄阳记》中有所不同。但两者都写到司马徽十分赏识庞统，给予很高的评价，庞统也因此为人所知。司马徽与庞德年辈相同，徽比德小十岁，徽以兄事德，他们过从甚密，不分彼此。《襄阳记》谓，德外出时徽往访，直入其室，呼德妻为之作粟，不久粟熟，庞德回家就吃，竟不知谁是客人。如此看来，作为庞德叔伯侄子的庞统是司马徽的晚辈，且司马徽对统有知遇之恩。然本文写统远道来，见徽采桑，居然不下车，而是"从车中"对徽说话，且开口就以"丈夫处世当带金佩紫"劝之，这与徽赞其"当为南州士人之冠冕"、"此实盛德也"太不相称了。庞统连起码的礼貌都谈不上，遑论其他。故本文所写未能顾及人物的身份教养，颇有夸大渲染之过。不过司马徽请其下车听自己说话，并以伯成子高、原宪、夷、齐等为典范，而以吕不韦为戒，寓有深意，含有教训意味，倒也不失其淡泊之志，颇具长者之风。

十

刘公幹以失敬罹罪①。〔一〕文帝问曰②："卿何以不谨于文宪③？"桢答曰："臣

诚庸短,亦由陛下网目不疏④。"○

【今译】刘桢因为不敬而遭罪。曹丕问他说:"你为什么在遵奉法规上不谨慎?"刘桢答道:"臣下实在是庸才,见识短浅,但也是由于陛下法网过密之故。"

【刘孝标注】○《典略》曰:"刘桢字公幹,东平宁阳人。建安十六年,世子为五官中郎将,妙选文学,使桢随侍太子。酒酣,坐欢,乃使夫人甄氏出拜,坐上客多伏,而桢独平视。他日,公闻,乃收桢,减死,输作部。"《文士传》曰:"桢性辩捷,所问应声而答,坐平视甄夫人,配输作部使磨石。武帝至尚方观作者,见桢匡坐正色磨石。武帝问曰:'石何如?'桢因得喻以自理,跪而对曰:'石出荆山悬岩之巅,外有五色之章,内含卞氏之珍。磨之不加莹,雕之不增文,禀气坚贞,受之自然。顾其理枉屈纡绕而不得申。'帝顾左右大笑,即日赦之。" ○《魏志》曰:"帝讳丕,字子桓,受汉禅。"按诸书或云,桢被刑魏武之世,建安二十年病亡。后七年文帝乃即位,而谓桢得罪黄初之时,谬矣!

【注释】① 刘公幹(?—217):见刘注。"建安七子"之一。为曹操丞相掾属。五言诗负有盛名,后人将其与曹植并举,称为"曹刘"。作品多散佚,明人辑有《刘公幹集》。以失敬罹罪:因为礼貌不周而遭受罪罚。罹(lí),遭受。 ② 文帝:曹丕(187—226),曹操次子。操死后,袭位为魏王,后代汉称帝,都洛阳,国号魏。有《魏文帝集》。 ③ 文宪:法规。 ④ 网目:法网。按:"网目"很多本子作"纲目",王先谦据袁氏嘉趣堂刻本和清道光周氏纷欣阁刻本加以校订重印,作"网目",从之。

【评析】《颜氏家训·文章篇》曰:"刘桢屈强输作。"谓刘桢性格倔强,不肯顺从,故被配输作部,罚做磨石工。幸亏后来有机会在曹操面前以石为喻,替自己辩白,曹操赦免了他。刘桢的诗亦有此特点。钟嵘《诗品》卷上曰:"其源出于古诗,使气爱奇,动多振绝。真骨凌霜,高风跨俗。但气过其文,雕润恨少。然自陈思以下,桢称独步。"说明其诗如其人,所谓"真骨凌霜,高风跨俗",与其性格之"倔强"不无关系。

十一

钟毓、钟会少有令誉①,○年十三,魏文帝闻之,语其父钟繇○曰②:"可令二子来。"于是敕见③。毓面有汗,帝问:"卿面何以汗?"毓对曰:"战战惶惶,汗出如浆。"复问会:"卿何以不汗?"对曰:"战战栗栗,汗不敢出。"

【今译】钟毓、钟会少年时就有美好的名声,钟毓十三岁时,魏文帝曹丕听说了他们弟兄俩,就对他们的父亲钟繇说:"可叫你两个儿子来见我。"于是下令诏见。钟毓脸上有汗,曹丕说:"你脸上为什么出汗?"钟毓回答:"我胆战心惊,不安恐慌,所以汗出如水浆。"曹丕又问钟会:"你为什么不出汗?"钟会回答:"我心惊肉跳,颤抖恐惧,连汗也不敢出了。"

【刘孝标注】○《魏书》曰:"毓字稚叔,颍川长社人,相国繇长子也。年十四,为散骑侍郎,机捷谈笑,有父风。仕至车骑将军。" ○《魏志》曰:"繇字元常,家贫好学,为《周易》、《老子》训。历大理、相国,迁太傅。"

【注释】① 钟毓:见刘注。累官都督、徐州、荆州诸军事。钟会(225—264):字士季,官至司徒,为司马昭重要谋士,与邓艾分军灭蜀,后谋叛被杀。令誉:美好的声誉。 ② 钟繇(yáo,151—230):东汉末为黄门侍郎。曹操执政时为侍中守司隶校尉,曹丕代汉,为廷尉,明帝时,迁太傅。

工书法、尤精隶楷,与王羲之并称"钟王"。　③敕(chì):皇帝的诏令。

【评析】钟氏兄弟少年即有美誉,毓"机捷谈笑",会则"敏惠夙成"(《三国志·魏书》本传),故魏文帝曹丕要召见他们。二人中,毓面有汗,会则无汗,当文帝问时,二人答语俱佳,但比较起来,会的表现及答语似更优。毓出汗,表明他面对文帝诚惶诚恐,其"战战惶惶,汗出如浆"确为实情。当文帝问钟会为何无汗时,会答以惶恐战抖之下连汗都不敢出。"不敢"二字既恭维了文帝的威势,亦不失孩子的童真。其实钟会何尝恐惧,只是不能照实说,便以"汗不敢出"答之,可见其"敏惠夙成"的特点。

十二

钟毓兄弟小时,值父昼寝,因共偷服药酒①。其父时觉②,且托寐以观之③。毓拜而后饮,会饮而不拜。⊖既而问毓何以拜④,毓曰:"酒以成礼⑤,不敢不拜。"又问会何以不拜,会曰:"偷本非礼,所以不拜。"

【今译】钟毓兄弟俩小时候,遇到他们的父亲白天睡觉,就一起趁机偷药酒喝。钟繇当时正好醒过来,姑且假装睡觉观察他们。钟毓拜了以后再喝酒,钟会喝了酒以后不拜。过后不久,钟繇问钟毓为什么拜了再喝,钟毓说:"酒是用来完成礼节的,我不敢不拜。"又问钟会为什么不拜,钟会说:"偷酒喝本来就不合礼节,所以不拜。"

【刘孝标注】⊖《魏志》曰:"会字士季,繇少子也。敏惠夙成,中护军蒋济著论,谓观其眸子,足以知人。会年五岁,繇遣见济,济甚异之,曰:'非常人也!'及壮,有才数,精练名理,累迁黄门侍郎。诸葛诞反,文王征之,会谋居多,时人谓之子房。拜镇西将军,伐蜀,蜀平,进位司徒。自谓功名盖世,不可复为人下。谓所亲曰:'我淮南以来,画无遗策,四海共知,持此欲安归乎?'遂谋反,见诛,时年四十。"

【注释】①药酒:即五石散(一称寒食散),见《德行》四十一注④(页28)。　②时:当时。③且:姑且,暂时。托寐:假装睡着。　④既而:不久。　⑤酒以成礼:饮酒是用来完成礼节的。语见《左传·庄二十二年》:"酒以成礼,不继以淫,义也。"

【评析】本篇四写孔融小儿偷床头酒喝事,与本文所写大同小异,大约是同一件事而人物有不同而已。不过本文所写更合情理。前者是兄问弟,本文则为父问子。白天午睡期间是容易醒过来的,而孔融竟浑然不知,连儿子的对话也听不见,不免令人惊讶。本文则三人均有表现,钟繇当时就醒了,只是装睡来观察动静,这是符合当时情景的。钟毓兄弟二人的拜与不拜及他们回答父亲的话,与前面文中他们回答曹丕的话语与表现亦相吻合。故比较而言,本文似写得更生动风趣。

十三

魏明帝为外祖母筑馆于甄氏①,⊖既成,自行视,谓左右曰:"馆当以何为名?"侍中缪袭曰②:⊜"陛下圣思齐于哲王③,罔极过于曾、闵④。此馆之兴,情钟舅氏⑤,宜以渭阳为名⑥。"⊜

【今译】魏明帝在甄家后园里为外祖母建造了一座府第,造成后,亲自去察看,他对左右随从说："这府第该叫什么名字才好？"侍中缪袭说："陛下圣明之思虑与贤明之君王相同，孝心无穷无尽远远超过曾参和闵子骞。这座府第的兴建倾注了对舅家的深情厚谊，所以应当用'渭阳'来命名。"

【刘孝标注】㊀《魏本传》曰："帝讳睿，字元仲，文帝太子。以其母废，未立为嗣。文帝与俱猎，见子母鹿。文帝射其母，应弦而倒。复令帝射其子，帝置弓泣曰：'陛下已杀其母，臣不忍复杀其子。'文帝曰：'好语动人心。'遂定为嗣，是为明帝。"《魏书》曰："文昭甄皇后，明帝母也。父逸，上蔡令，烈宗即位，追封上蔡君，嫡孙象袭爵。象薨，子畅嗣，起大第，车驾亲自临之。"㊁《文章叙录》曰："袭字熙伯，东海兰陵人。有才学，累迁侍中、光禄勋。"㊂《秦诗》曰："渭阳，康公念母也。康公之母，晋献公之女。文公遭骊姬之难，未反而秦姬卒，穆公纳文公，康公时为太子，赠送文公于渭之阳，念母之不见也。我见舅氏，如母存焉。"按《魏书》帝于后园为象母起观，名其里曰渭阳。然则象母即帝之舅母，非外祖母也。且渭阳为馆名，亦乖旧史也。

【注释】① 魏明帝：曹睿（ruì，205—239），能诗文，与曹操、曹丕并称魏之"三祖"。甄氏：指曹睿母亲家甄家。 ② 侍中：官名，皇帝近侍。缪袭（186—245）：字熙伯，三国东海兰陵（今山东苍山兰陵镇）人。官至尚书光禄勋。 ③ 圣思：圣明的思虑。哲王：贤明的君主。 ④ 罔极：无穷无尽。曾、闵：曾参、闵子骞。他们都是孔子的学生，是有名的孝子。 ⑤ 情钟：感情专注。 ⑥ 渭阳：《诗·秦风》有《渭阳》篇名，为春秋时秦康公思念母亲之作。秦康公为太子时，其舅父晋公子重耳遭骊姬谗害，出亡在外，由于得到秦穆公帮助可以回国为君。康公送别舅父于渭水北岸，感叹母亲已亡不能再见，故作此诗以寄思母之情。《诗序》谓康公"我见舅氏，如母存焉"。后即以"渭阳"表示母亡之后甥对舅的情谊。

【评析】文中第一句谓"为外祖母筑馆"与事实有出入。魏明帝曹睿为甄后所生。甄后原先为袁绍子袁熙之妻，曹操大败袁绍后，曹丕见甄美貌无比，极为赞羡，曹操闻知，即为之迎娶，生明帝及东乡公主。曹丕即位后不久甄后失宠，因触怒曹丕被赐死。明帝即位后，封母为"文昭甄皇后"，为其建庙，世世享祀奏乐。同时思念舅氏不已，"于其后园为像母起观庙，名其里曰渭阳里，以追思母氏也。"（《三国志·魏书·文昭甄皇后传》)甄像为明帝表兄弟，则像母即明帝舅母，不是外祖母。故刘注特地指出"象母即帝之舅母，非外祖母也"。明帝为舅母筑馆，且取名"渭阳"，以示甥舅情深。一如当年秦康公作《渭阳》诗，用以寄托思母之情。

十四

何平叔云①："服五石散②，非唯治病，亦觉神明开朗。"㊀

【今译】何晏说："服食五石散，不但可以治病，同时也觉得神志清楚，情绪畅快。"

【刘孝标注】㊀《魏略》曰："何晏字平叔，南阳宛人，汉大将军进孙也。或云何苗孙也。尚主，又好色，故黄初时无所事任。正始中，曹爽用为中书，主选举，宿旧者多得济拔。为司马宣王所诛。"秦丞相《寒食散论》曰："寒食散之方，虽出汉代，而用之者寡，靡有传焉。魏尚书何晏首获神效，由是大行于世，服者相寻也。"（按："秦丞相"系"秦承祖"之误。文廷式《纯常子枝语》卷四云："此乃秦承祖之误。承祖医书，《隋志》著录甚多，严铁桥以愍帝曾嗣封秦王，为丞相，因以入之，非也。"）

【注释】① 何平叔：何晏（190—249），生平见刘注，曹操纳其母尹氏，并收养何晏。晏少以才秀知名，娶魏公主，好老庄之言。 ② 五石散：由丹砂、雄黄、白矾、曾青、磁石五种金石类药，再配以其他药物调制而成。因药性猛烈，服后需行走发散，故名五石散。又服者需冷食、衣薄，故亦称寒食散。

【评析】何晏好老庄，和夏侯玄、王弼等人倡导玄学，竞尚清谈，为当时著名的玄学家，首开清谈之风。同时他又是服食五石散的祖师（鲁迅《魏晋风度及文章与药及酒之关系》语），刘注引秦承祖《寒食散论》，谓五石散的药方早在汉代就有了，但很少有人服食。自从何晏服用之后，服用者相继不断，于是便形成了风尚。隋巢元方《诸病源候论》卷六《寒食散发候》曰："皇甫云：'近世尚书何晏，耽声好色，始服此药。心加开明，体力转强。京师翕然，传以相授……晏死之后，服者弥繁，于时不辍。'"可知何晏服药与其耽于声色有关。

十五

稽中散语赵景真①：㊀"卿瞳子白黑分明②，有白起之风③。㊁恨量小狭④。"赵云："尺表能审玑衡之度⑤，㊂寸管能测往复之气⑥。㊃何必在大，但问识如何耳。"

【今译】稽康对赵至说："你的眼珠黑白分明，有白起的风貌。遗憾的是器量狭小了点。"赵至说："一尺长测日影的表可以察知北斗七星运行的度数，寸把宽的竹管能测量乐声出入的气息。何必在乎一个人的器量大不大，只要看他见识怎么样就成了。"

【刘孝标注】㊀稽绍《赵至叙》曰："至字景真，代郡人。汉末，其祖流宕，客缑氏。令新之官，至年二十，与母共道旁看。母曰：'汝先世非微贱之家也，汝后能如此不？'至曰：'可尔耳。'归便就师诵书。蚤闻父耕叱牛声，释书而泣。师问之，答曰：'自伤不能致荣华，而使老父不免勤苦。'年十四，入太学观，时先君在学写石经古文，事讫，去，遂随车问先君姓名。先君曰：'年少何以问我？'至曰：'观君风气非常，故问耳。'先君告之。至年十五，阳病，数数狂走五里三里，为家追得。又灸身体十数处。年十六，遂亡命，径至洛阳，求索先君不得。至邺，沛国史仲和，是魏领军史涣孙也，至便依之，遂名翼，字阳和。先君到邺，至具道太学中事，便逐先君归山阳，经年。至长七尺三寸，洁白，黑发、赤唇、明目，髭须不多，闲详安谛，体若不胜衣。先君尝谓之曰：'卿头小而锐，瞳子白黑分明，视瞻停谛，有白起风。'至论议清辩，有从横才，然亦不以自长也。孟元基辟为辽东从事，在郡断九狱，见称清当。自痛弃亲远游，母亡不见，吐血发病，服未竟而亡。" ㊁严尤《三将叙》曰："白起。平原君劝赵孝成王受冯亭，王曰：'受之，秦兵必至，武安君必将，谁能当之者乎？'对曰：'渑池之会，臣察武安君小头而面锐，瞳子白黑分明，视瞻不转。小头而面锐者，敢断决也；瞳子白黑分明者，见事明也；视瞻不转者，执志强也。可与持久，难与争锋。廉颇为人，勇鸷而爱士，知难而忍耻。与之野战则不如，持守足以当之。'王从其计。" ㊂《周髀》曰："夏至北方二万六千里，冬至南方十三万五千里，日中树表则无影矣。周髀长八尺，夏至，日晷尺六寸。髀，股也。晷，勾也。正南千里，勾尺五寸；正北千里，勾尺七寸。《周髀》之书也。" ㊃《吕氏春秋》曰："黄帝使伶伦自大夏之西，昆仑之阴，取竹之嶰谷生，其窍厚薄均者，断两节间而吹之，以为黄钟之管，制十二箭，以听凤凰之鸣，雄鸣六，雌鸣六，以为律吕。"《续汉书·律历志》曰："十二律之变，至于六十，以律候气。候气之法，为室三重，户闭，涂衅必周，密布缇幔，以木为案，加律其上，以葭莩灰抑其内，为气所动者，其灰散也。以此候之。"

【注释】①稽中散：稽康，见《德行》十六注②。赵景真：赵至，生平详见刘注。 ②瞳子：瞳人，眼珠。 ③白起之风：谓赵至头型、面相、眼睛等长相与白起相像。刘注引《赵至传》，稽康称赵至"头小而锐，瞳子白黑分明"，"有白起之风"。《晋书·赵至传》亦有此语。白起为战国秦昭王时善于用兵之名将。 ④量：器量。 ⑤表：古代立柱形木测量日影的长短。《隋书·天文志》："冬至之日，树八尺之表，日中视其晷景长短。"《淮南子·本经训》："天地之大，可以矩表识也。"玑衡：璇玑玉衡，指北斗七星。《史记·天官书》："北斗七星，所谓璇玑玉衡。" ⑥管：竹制的乐器。蔡邕《月令章句》："管者，形长尺围寸，有孔无底，其器今亡。"往复：出入。

【评析】本文写嵇康与赵至的一番对话。刘注引嵇康子嵇绍为赵至写的传,具体描述其相貌堂堂,才气纵横,善于断狱,而他并不以此自负。他追慕嵇康,有锲而不舍的精神。嵇康既赞其貌如白起,亦指出他尚有器量不大之病。长于辩才的赵至对此未予接受,认为器量不大无所谓,以日影表和乐管为喻,言只要见识高就成了。可是他最后为母亡哀伤而死,证实了嵇康所言的"量小"深中肯綮,死时才三十七岁,他纵有高超的见识亦无可施展了。

十六

司马景王东征①,⊖取上党李喜②以为从事中郎③。因问喜曰:"昔先公辟君不就,④今孤召君,何以来?"喜对曰:"先公以礼见待,故得以礼进退;明公以法见绳⑤,喜畏法而至耳。"⊜

【今译】司马师东征毌丘俭时,招致上党李喜,用为将帅府的从事中郎。司马师于是就问李喜说:"过去先父曾经征召您为官,您推辞不肯就职;现在我征召您,您为什么来呢?"李喜答道:"您先父按礼来对待我,所以我能够按礼来取舍;而您用法令来约束我,我只是害怕法令才来的啊。"

【刘孝标注】⊖《魏书》曰:"司马师字子元,相国宣文侯长子也。以道德清粹重于朝廷,为大将军,录尚书事。毌丘俭反,师自征之。薨谥景王。" ⊜《晋诸公赞》曰:"喜字季和,上党铜鞮人也。少有高行,研精艺学。宣帝为相国,辟喜,喜因辞疾。景帝辅政,为从事中郎,累迁光禄大夫、特进,赠太保。"

【注释】① 司马景王:司马师(207—255),见刘注,司马懿长子。懿死,他继任魏大将军,专国政,后废魏帝曹芳为齐王,立高贵乡公曹髦。司马炎代魏为晋武帝,追尊其为景帝。东征:镇东大将毌(guàn)丘俭反,司马师亲自率兵征讨,按:贯丘俭,复姓贯丘,名俭。毌,"贯"的古字。② 上党:郡名,辖境在今山西长治一带。李喜:详见刘注。 ③ 从事中郎:官名,帅府幕僚。④ 先公:子女称死去的父亲。辟(bì):征召。 ⑤ 明公:对权贵的尊称。绳:约束。

【评析】李喜,《晋书》本传作"李憙(xī)"。刘注引《晋诸公赞》和《晋书》本传均谓其少有高行,博学,本文所写《晋书》亦有记载。文中谓其称司马师"以法见绳",含有被迫应聘的不满之意,可谓敢于直言。《晋书》谓:"与北海管宁以贤良征,不行,累辟三府,不就。宣帝复辟,憙为太傅属,固辞疾,郡县扶舆上道。时憙母疾笃,乃窃逾泫氏城而徒还,遂遭母丧,论者嘉其志。"文中所称司马懿"以礼见待",实亦含强征之意,只是因憙遭母丧,不得不中止而已。李喜自被征召后,深为司马师所重。他"当官正色,不惮强御,百僚震肃焉。荐乐安孙璞,亦以道德显,时人称为知人"(《晋书》本传)。他生活上亦以清素贫俭称,"家无储积,亲旧故人乃至分衣共食,未尝私"(同上),深得史家好评。

十七

邓艾口吃①,语称"艾艾"②。⊖晋文王戏之曰:"卿云'艾艾'③,定是几艾?"对曰:"'凤兮凤兮'④,故是一凤。"⊖

【今译】邓艾有口吃的毛病,对人说话称名时,总是说"艾……艾……"。司马昭同邓艾开玩笑说:"你说艾呀艾的,究竟有几个艾啊?"邓艾答道:"所谓'凤兮凤兮',仅是一只凤啊。"

【刘孝标注】㊀《魏志》曰:"艾字士载,棘阳人。少为农人养犊。年十二,随母至颍川,读故太丘长碑,文曰:'言为士范,行为士则。'遂名范,字士则,后宗族有同者,故改焉。每见高山大泽,辄规度指画军营处所,时人多笑焉。后见司马宣王,王辟为掾,累迁征西将军,伐蜀。蜀平,进位太尉。为卫瓘所害。"㊁朱凤《晋纪》曰:"文王讳昭,字子上,宣帝次子也。"《列仙传》曰:"陆通者,楚狂接舆也,好养性,游诸名山,尝遇孔子而歌曰:'凤兮凤兮,何德之衰!往者不可谏,来者犹可追。'后入蜀,在峨眉山中也。"

【注释】① 邓艾(197—264):生平详见刘注。口吃:说话结巴,字音重复或词句中断。 ② 艾艾:古人与人说话时,自己称名而不称字,以示谦恭。邓艾在称自己之名时,由于结巴,便说:"艾……艾……" ③ 晋文王:司马昭,见《德行》十五注①(页11)。 ④ 凤兮凤兮:见《论语·微子》:"楚狂接舆过而歌孔子,曰:'凤兮凤兮,何而德之衰也!'"喻孔子为凤,谓孔子不能避世退隐,是德行衰败的表现。

【评析】本文写司马昭与邓艾的对答,风趣幽默。邓艾虽患口吃,却反应敏捷,从容答对,以古人之语回答司马昭的戏言,可谓得体而不失礼。《史记·张丞相传》写周昌在高祖刘邦面前为保太子不废,情急之下说:"臣口不能言,然臣期期(jī)知其不可。陛下虽欲废太子,臣期期不奉诏。"后遂以"期期艾艾"作为形容口吃的成语。

十八

嵇中散既被诛①,向子期举郡计入洛②。文王引进③,问曰:"闻君有箕山之志④,何以在此?"对曰:"巢、许狷介之士⑤,不足多慕!"王大咨嗟⑥。㊀

【今译】嵇康被杀以后,向秀被郡守荐举,与上计吏一同到京都洛阳。司马昭召见向秀,问道:"听说你不肯出仕,有隐居之志,为什么会在这里呢?"向秀回答道:"巢父、许由是洁身自好之人,不值得赞许仰慕!"司马昭听了,大为赞赏。

【刘孝标注】㊀《向秀别传》曰:"秀字子期,河内人。少为同郡山涛所知,又与谯国嵇康、东平吕安友善,并有拔俗之韵,其进止无不同,而造事营生,业亦不异。常与嵇康偶锻于洛邑,与吕安灌园于山阳。不虑家之有无,外物不足怫其心。弱冠,著《儒道论》,弃而不录。好事者或存之。或云:'是其族人所作,困于不行,乃告秀,欲假其名。'秀笑曰:'可复尔耳!'后康被诛,秀遂失图,乃应岁举。到京师,诣大将军司马文王,文王问:'闻君有箕山之志,何能自屈?'秀曰:'常谓彼人不达尧意,本非所慕也。'一坐皆说,随次转至黄门侍郎、散骑常侍。"

【注释】① 嵇中散:嵇康,见《德行》十六注②(页11)。 ② 向子期:向秀(约227—272),见刘注。"竹林七贤"之一。为《庄子》作注,《秋水》《至乐》未注完而卒。有辞赋《思旧赋》,为怀念嵇康之名篇。举郡计入洛:《汉书·武帝纪》:"征吏民有明当时之务、习先圣之术者,县次续食,令与计谐。"师古曰:"计者,上计簿使也,郡国每岁遣诣京师上之。谐者,俱也。令所征之人与上计者俱来,而县次给之食。"这个制度一度中断,至东汉末又恢复实行。《后汉书·和殇帝纪》:"是岁初,复郡国上计。"计:上计,秦汉时年终考核地方官员成绩的方法。将郡国钱谷、税收、户口等编为计簿,送呈京师的官员,称为上计吏。 ③ 文王:即司马昭。引进:指召见向秀。 ④ 箕山之志:喻指不肯出仕,隐居之志。箕山,在河南登封东南,相传尧时隐士巢父、许由隐居于此。 ⑤ 狷(juàn)介:洁身自好,不肯同流合污。 ⑥ 多慕:赞许仰慕。多,赞许。咨嗟:赞叹。

【评析】向秀与嵇康、吕安是莫逆之交,本书《简傲》三写嵇康锻铁时,向秀与嵇康拉风箱。《晋书》本传亦谓"康善锻,秀为之佐,相对欣然,旁若无人。又共吕安灌园于山阳",可知他们志趣相投,确有避世之志。不久两位好友都被司马氏罗织罪名杀害。《晋书》本传只用一句话就透露了消息,谓"康既被诛,秀应本郡计入洛",以下文字即为本文所写的内容。可见嵇康被诛在前,他之应征在后,也就意味着向秀之赴京应召为慑于淫威,为迫不得已之举。司马昭之问话含有不怀好意的讥刺之味,故向秀的回答亦强为之辩,理由虽然勉强,却也滴水不漏,使司马昭意想不到,无可奈何,反而大加赞许。从最后的结果也说明向秀出仕之无奈,"在朝不职,容迹而已"(《晋书》本传),向秀未能隐居山林,而是徒有出仕之虚名,借以隐于朝免祸而已。此亦从一个侧面反映其时政治环境之险恶。

十九

晋武帝始登阼①,探策得一②。㊀王者世数③,系此多少④。帝既不说,群臣失色,莫能有言者。侍中裴楷进曰⑤:"臣闻天得一以清,地得一以宁,侯王得一以为天下贞⑥。"帝说,群臣叹服。㊁

【今译】晋武帝即位时,抽签占卜所得数字是"一"。帝王家相传能有多少代,与占卜得到数字的多少相关联。晋武帝卜得数字"一"很不高兴,群臣也都惊慌失色,没有一个人能说得出话来。侍中裴楷上前说:"我听说天得到一就会清明,地得到一就会安宁,侯王得到一就会成为正统。"晋武帝听了很高兴,群臣都很赞叹佩服。

【刘孝标注】㊀《晋世谱》曰:"世祖讳炎,字安宇,咸熙二年受魏禅。" ㊁ 王弼《老子注》云:"一者,数之始,物之极也。各是一物所以为主也。各以其一,致此清、宁、贞。"

【注释】① 晋武帝:司马炎,见《德行》十七注④(页12)。登阼(zuò):即位,登上皇帝宝座。阼,东阶,古以东阶为主位,故皇帝即位时登东阶而上。 ② 探策:即抽签。策,古时用以占卜的上刻文字或符号的竹签。 ③ 世数:世代相传的数目。 ④ 系:关联。 ⑤ 裴楷:见《德行》十八注③(页13)。 ⑥ 天得一以清三句:见《老子》三十九章:"昔之得一者,天得一,以清,地得一以宁,神得一以灵,谷得一以盈,万物得一以生,侯王得一以为天下贞。"清,清明;宁,安宁;贞,通"正",正道,正统。

【评析】在《德行》十八中,刘注引《晋诸公赞》谓裴楷"特精《易》义"。《晋书》本传谓其"尤精《老》、《易》"。本书写晋武帝登基时卜得"一"时,君臣均不悦惶惧,裴楷即引用《老子》语,顿时解决了难题。不仅无需担心皇位只有一代的不祥命运,反而为能得到清明、安宁与正统的祥瑞而欢欣,故君臣转惊为喜。于此可见,谓裴楷精于《老》、《易》,并非虚语。

二十

满奋畏风①,在晋武帝坐,北窗作琉璃屏②,实密似疏,奋有难色。帝笑之,㊀奋答曰:"臣犹吴牛,见月而喘。"㊁

【今译】满奋怕风,一次他侍从在晋武帝座旁,北窗前有琉璃屏风,实际上是密不透风的，可是看上去似乎稀疏透风，满奋不免面露难色。晋武帝就笑话他，满奋说："我就像吴牛一样，看见月亮就要喘息。"

【刘孝标注】○荀绰《冀州记》曰："奋字武秋，高平人，魏太尉宠之孙也。性清平，有识。自吏部郎出为冀州刺史。"《晋诸公赞》曰："奋体量清雅，有曾祖宠之风。迁尚书令，为荀颛所害。"
○今之水牛，唯生江淮间，故谓之吴牛也。南土多暑，而此牛畏热，见月疑是日，所以见月则喘。

【注释】① 满奋：详见刘注。　② 琉璃屏：琉璃做成的屏风。琉璃，一种有色半透明体矿石。一本作"琉璃扇屏风"。

【评析】刘注对"吴牛喘月"作了解释，谓生于南方的水牛称吴牛，畏热，见月疑为日，故见月而喘。这个成语初见于东汉应劭《风俗通》，谓："吴牛喘月，见月则喘，彼之苦于日，见月怖喘矣。"后即以此比喻见类似事物而害怕胆怯者。另据《太平御览》卷三七八引《异苑》曰："晋司隶校尉高平满奋，字武秋。丰肥，肌肉溃裂，每至暑夏，辄膏汗流溢。有爱妾，夜取以燃照，炎灼发于屋表。"是则满奋极为肥胖，且皮肤溃烂，所流之膏汗甚至可以点燃。以极肥之人而又畏风，似乎不可思议。不过满奋以吴牛喘月的成语自喻倒也颇为贴切。

二十一

　　诸葛靓在吴①，于朝堂大会②，○孙皓问③："卿字仲思，为何所思？"对曰："在家思孝，事君思忠，朋友思信。如斯而已。"

【今译】诸葛靓在吴国时，一次在朝堂上参与大朝会，孙皓问他："你的字叫仲思，那么想的是什么呢？"诸葛靓答道："我在家想的是尽孝道，在朝侍奉君主想的是尽忠，与朋友交往想的是诚信。就是这些罢了。"

【刘孝标注】○《晋诸公赞》曰："靓字仲思，琅邪人，司空诞少子也。雅正有才望。诞以寿阳叛，遣靓入质于吴，以靓为右将军、大司马。"

【注释】① 诸葛靓：生平详见刘注。　② 朝堂：君臣议事之所。　③ 孙皓（242—283）：字元春，吴郡富春（今浙江富春）人，孙权之孙，吴国末代君主，专横残暴，荒淫奢侈。晋灭吴，归降，封归命侯。

【评析】诸葛靓回答孙皓之言，谓自己有思孝、思忠、思信之三思。据《方正》篇之十刘注，谓其由于父诸葛诞为司马昭所杀，与晋有仇，故不仕晋。又因是吴的大司马，吴亡，故虽入晋而不仕，做到了文中所说的"在家思孝，事君思忠"。诚为可贵！

二十二

　　蔡洪○赴洛①，洛中人问曰："幕府初开②，群公辟命③，求英奇于仄陋④，采贤俊于岩穴⑤。君吴、楚之士⑥，亡国之余⑦，有何异才而应斯举⑧？"蔡答曰："夜光之珠⑨，不必出于孟津之河⑩；○盈握之璧⑪，不必采于昆仑之山⑫。○大禹生于东夷⑬，文王生于西羌⑭。○圣贤所出，何必常处⑮。昔武王伐纣⑯，迁顽民于洛邑，⑮得无诸君是其苗裔乎⑰？"⑥

【今译】蔡洪被荐举为秀才赴京城洛阳，洛阳人问他："现在衙署刚刚设立，诸大臣受命选拔人才，在出身卑微者中求取英俊杰出之士，从隐居山林者中吸纳贤德能干之人。你是吴地南方人，不过是个亡国遗民，有什么杰出才能而来参加这次荐举贤才的盛事？"蔡浩回答道："夜光珠不一定产于孟津河水中；一把都握不过来的大玉璧，也不一定就出在昆仑山上。大禹就生在东夷，文王生在西羌。圣贤所诞生的地方，不必有固定的场所。古时武王讨伐殷纣王，把殷朝顽劣的遗民迁到了洛阳，莫非你们就是他们的后代吗？"

【刘孝标注】㊀《洪集录》曰："洪字叔开，吴郡人。有才辩。初仕吴朝，太康中，本州从事举秀才。"王隐《晋书》曰："洪仕至松滋令。" ㊁ 旧说云："隋侯出行，有蛇斩而中断者，侯连而续之，蛇遂得生而去，后衔明月珠以报其德，光明照夜同昼，因曰隋珠。"左思《蜀都赋》所谓"隋侯鄙其夜光"也。 ㊂ 韩氏曰："和氏之璧，盖出于井里之中。" ㊃ 按《孟子》曰："舜生于诸冯，东夷人也。文王生于岐周，西戎人也。"则东夷是舜，非禹也。 ㊄《尚书》曰："成周既成，迁殷顽民，作《多士》。"孔安国注曰："殷大夫心不则德义之经，故徙于王都，迩教诲也。" ㊅ 按华令思举秀才，入洛，与王武子相酬对，皆与此言不异。无容二人同有此辞，疑《世说》穿凿也。

【注释】① 蔡洪：见刘注。 ② 幕府：原指将帅在外的营帐，后亦称地方军政大吏的衙署。 ③ 辟(bì)命：皇帝的征召。辟，国君，皇帝。 ④ 英奇：英俊奇异之士。仄(zè)陋：出身卑微。 ⑤ 岩穴：山洞，隐士的居处。 ⑥ 吴楚：泛指南方地区。 ⑦ 亡国之余：指东吴已被灭亡，蔡洪是亡国的遗民。 ⑧ 斯举：指这次荐举人才的盛事。 ⑨ 夜光之珠：一称隋珠，古代传说中之明珠。刘注谓隋侯救治一条大蛇，后大蛇即于江中衔明月珠报答之，遂称为隋珠。 ⑩ 孟津：古黄河渡口名，在今河南孟津东北，孟县西南。 ⑪ 盈握之璧：指玉璧之大，握在手上满满一把。盈，满。 ⑫ 昆仑之山：传说昆仑山盛产美玉。 ⑬ 大禹：夏代开国之君，为治水英雄。东夷：古代对东方诸族的称呼，此指东方。刘注引《孟子》语，谓大禹为舜之误。 ⑭ 文王：姬昌，殷时诸侯，居于岐山之下，其子武王灭纣，建立周王朝。西羌(qiāng)：羌族居住在我国西部，故称。 ⑮ 常处：不变的地方，固定的地方。 ⑯ 武王：周武王，周文王之子姬发，起兵灭纣，建立周王朝，分封诸侯，把不肯顺从的殷朝遗民迁至洛阳，以便教化。纣：殷纣王，殷末代君主，暴虐无比，为武王打败而自杀。 ⑰ 得无：莫非。苗裔(yì)：后代。

【评析】刘注引《洪集录》，谓蔡洪"有才辩"。蔡洪回答洛阳人嘲讽之语，以宝物、圣贤等为喻，并进而反嘲洛阳人为殷顽民之后裔，确实体现其才辩之富。刘注谓文中所说之言，与华谭(字令思)和王济(字武子)对答之语相同，故"疑《世说》穿凿也"，怀疑此文系附会之作。据采于《晋中兴书》(见《北堂书钞》七十九)及干宝《晋纪》所写的《晋书·华谭传》曰："谭素以才学为东土所推，同郡刘颂时为廷尉，见之，叹息曰：'不悟乡里乃有如此才也！'博士王济于众中嘲之曰：'五府初开，群公辟命，采英奇于仄陋，拔贤俊于岩穴。君吴楚之人，亡国之余，有何秀异而应斯举？'谭答曰：'秀异固产于方外，不出于中域也。是以明珠文贝生于江郁之滨，夜光之璞出于荆蓝之下，故以人求之，文王生于东夷，大禹生于西羌。子弗闻乎，昔武王克商，迁殷顽民于洛邑，诸君得非其苗裔乎？'……济甚礼之。"两文内容大同小异，只是华谭与王济之间的答对更为详尽。故刘注认为蔡洪答对洛阳人语有穿凿之嫌，似不无道理。

二十三

诸名士共至洛水戏①，㊀还，乐令㊁问王夷甫曰②："今日戏，乐乎？"㊂王曰："裴仆射善谈名理③，混混有雅致④；四张茂先论《史》、《汉》⑤，靡靡可听⑥；五我与王安丰六说延陵、子房⑦，亦超超玄著⑧。"七

【今译】许多名士一起到洛水边游玩，回来后，乐广问王衍说："你们今天去游玩，高兴吗？"王衍说："裴頠善于高谈名理，雄辩滔滔，很有高雅之意致；张华论说《史记》、《汉书》，细致动听；我与王戎说起季札与张良来，也颇为超脱，深远玄妙。"

【刘孝标注】㊀《竹林七贤论》曰："王济诸人尝至洛水解禊事。明日，或问济曰：'昨游有何语议？'济云云。" ㊁广也。 ㊂虞预《晋书》曰："王衍字夷甫，琅邪临沂人，司徒戎从弟。父乂，平北将军。夷甫蚤知名，以清虚通理称。仕至太尉，为石勒所害。" ㊃《晋惠帝起居注》曰："裴頠字逸民，河东闻喜人，司空秀之少子也。"《冀州记》曰："頠弘济有清识，稽古，善言名理，履行高整，自少知名。历侍中、尚书左仆射。为赵王伦所害。" ㊄《晋阳秋》曰："华博览洽闻，无不贯综。世祖尝问汉事，及建章千门万户，华画地成图，应对如流，张安世不能过也。" ㊅戎也。 ㊆《晋诸公赞》曰："夷甫好尚谈称，为时人物所宗。"

【注释】① 名士：当时唾弃礼法、任情而行，喜好玄言清谈的知名之士。洛水：即今洛河。 ② 乐令：乐广，见《德行》二十三注③（页16）。王夷甫：王衍（256—311），见刘注。美貌如玉，专好玄言，喜谈老庄。 ③ 裴仆射：裴頠（wěi，267—300），生平见刘注。博学多闻，兼通医术，自少知名，辞论丰博，时人称为"言谈之林薮"。忧虑时俗虚浮，不遵儒术，反对"贵无"之说，主张"崇有"之说。著有《崇有论》。名理：指辨别是非、异同、有无等道理。 ④ 混混（gǔn）：水奔流不息的样子，用以形容说话滔滔不绝。 ⑤ 张茂先：张华，见《德行》十二注③（页9）。 ⑥ 靡靡：细致动听。 ⑦ 王安丰：王戎，见《德行》十六注①（页11）。延陵：季札，又称公子札，春秋时吴国公子，封于延陵（今江苏常州），称延陵季子。以多闻著称，对周代传统的音乐诗歌有精辟的评论分析，为孔子所赞赏。子房：张良，字子房，刘邦谋士，助刘邦打败项羽，建立汉朝，封留侯。晚年学神仙长生之术。 ⑧ 超超：高超脱俗。玄著：言论深妙。

【评析】文中提到的乐广、王衍、裴頠、张华、王戎等均为名噪一时擅长清谈之士，他们各有所长。作者通过王衍之口，仅以三言两语就将他们谈论的要点与风貌勾勒出来，极为传神。可知其语言表现力之惊人。

二十四

王武子、㊀孙子荆㊁各言其土地人物之美①。王云："其地坦而平，其水淡而清，其人廉且贞。"孙云："其山崔巍以嵯峨②，其水㳽漫而扬波③，其人磊砢而英多④。"㊂

【今译】王济和孙楚各自夸说自己家乡土地与人物之美好。王济说："我家乡的土地辽阔平整，河水甜美而清纯，人物廉洁而坚贞。"孙楚说："我家乡的山势高峻而巍峨，河水波涛浩淼而荡波，人物才能卓越而杰出。"

【刘孝标注】㊀《晋诸公赞》曰："王济字武子，太原晋阳人，司徒浑第二子也。有俊才，能清言。起家中郎，终太仆。" ㊁《文士传》曰："孙楚字子荆，太原中都人也。"《晋阳秋》曰："楚，骠骑将军资之孙，南阳太守宏之子。乡人王济，豪俊公子，为本州大中正，访问宏为乡里品状，济曰：'此人非乡评所能名，吾自状之。'曰：'天才英特，亮拔不群。'仕至冯翊太守。" ㊂按《三秦记》、《语林》载，蜀人伊籍称吴土地人物，与此语同。

【注释】① 王武子：王济，见刘注。善《易》及《庄》、《老》。晋武帝的女婿。孙子荆：孙楚，详见刘注。　② 嶵(zuǐ)巍：高大的样子。嵯(cuó)峨：山势高峻。　③ 泙渫(yā dié)：水波重叠。④ 磊砢(luǒ)：指才能卓越。英多：才智过人。

【评析】王济与孙楚二人十分友善，他们都有才情纵横、风姿英爽的特点，文中各自夸说家乡土地人物之美即见他们文词之秀茂。两人所说三句都押韵，琅琅上口，堪称抒情而优美。

二十五

　　乐令女适大将军成都王颖①，○一王兄长沙王执权于洛②，○二遂构兵相图③。长沙王亲近小人，远外君子，凡在朝者，人怀危惧。乐令既允朝望④，加有婚亲，群小谮于长沙。长沙尝问乐令，乐令神色自若，徐答曰："岂以五男易一女⑤？"○三由是释然⑥，无复疑虑。

【今译】乐广的女儿嫁给大将军成都王司马颖，司马颖之兄长沙王司马乂当时在洛阳执掌朝政，于是双方出兵交战都想制服对方。长沙王司马乂亲近小人，把他们当自己人，疏远君子，把他们当成外人，凡是在朝做官的，人人都心怀不安与恐惧。乐广在朝廷上既有很高的声望，又加上和成都王司马颖有姻亲关系，一班小人便在长沙王跟前说他的坏话。长沙王曾责问乐广，乐广神色坦然，从容回答道："难道我要用五个儿子来换一个女儿吗？"听到此话，长沙王放下心来，不再猜疑担心乐广了。

【刘孝标注】○一 虞预《晋书》曰："乐广字彦辅，南阳人。清夷冲旷，加有理识。累迁侍中、河南尹。在朝廷用心虚淡，时人重其贞贵，代王戎为尚书令。"《八王故事》曰："司马颖字叔度，世祖第十九子，封成都王、大将军。"　○二《晋百官名》曰："司马乂字士度，封长沙王。"《八王故事》曰："世祖第十七子。"　○三《晋阳秋》曰："成都王之起兵，长沙王猜广，广曰：'宁以一女而易五男？'乂犹疑之，遂以忧卒。"

【注释】① 乐令：乐广，见《德行》二十三注③(页16)。适：嫁。成都王颖：字章度，晋武帝第十六子(刘注所引有误)，封成都王，镇邺(今河南临漳)。长沙王司马乂为东海王司马越所杀后，他据邺，号皇太弟、丞相，曾打败司马越，俘惠帝，入据洛阳。幽州都督王浚与并州都督东嬴公司马腾起兵反司马颖，后为司马越所杀。　② 长沙王：司马乂(yì)，字士度，晋武帝第六子(刘注所引有误)，封长沙王。赵王司马伦杀贾后废惠帝自称帝，司马乂联合齐王司马冏(jiǒng)、成都王司马颖、河间王司马颙起兵攻司马伦，伦败自杀，惠帝复位，司马冏辅政。他与河间王司马颙攻杀司马冏，入据洛阳执政。不久司马颖和司马颙起兵攻司马乂，大战洛阳数月。后司马乂为东海王司马越所杀。　③ 构兵：出兵交战。图：图谋，设法对付。　④ 允：允当、适宜。⑤ 易：交换。　⑥ 释然：形容疑虑消释。

【评析】西晋初武帝大封皇室，他一死即爆发"八王之乱"，相互间争权夺利，互相残杀，前后长达十六年之久。302年，长沙王乂攻杀辅政的齐王司马冏，由司马乂辅政。次年河间王司马颙和成都王司马颖起兵反司马乂，双方大战洛阳。文中所说"构兵相图"即指此。乐广善清谈，有远识，与王衍齐名，"名重于时，天下言风流者谓王、乐为称首"(《晋书》本传)。他"值世道多虞，朝章紊乱"(同上)之时，面对司马颖与司马乂兵戎相持，又有小人拨弄，故对司马乂的责问，便以"岂以五男易一女"的话来保证，不会为了女儿女婿的利益而不顾身家性命，一句话便消除了司马乂的猜疑。可是刘注引《晋阳秋》则谓"乂犹疑之，遂以忧卒"。《晋书》本传亦谓"乂犹以为疑，广竟以忧卒"。争夺权力的斗争是残酷无情的,仅凭乐广的一句话就令司马乂消除疑虑似乎不大可能,故谓乐广最终以忧惧卒是可信的。

二十六

陆机诣王武子①,㊀武子前置数斛羊酪②,指以示陆曰:"卿江东何以敌此③?"陆云:"有千里莼羹④,但未下盐豉耳⑤!"

【今译】陆机去拜访王济,王济案前放着几十斗羊酪,他指着羊酪给陆机看,说:"你们江东有什么吃的东西可以与羊酪匹敌吗?"陆机回答说:"我们家乡到处都有好吃的莼羹,只是还没有加上调料咸豆豉罢了!"

【刘孝标注】㊀《晋阳秋》曰:"机字士衡,吴郡人。祖逊,吴丞相。父抗,大司马。机与弟云并有俊才,司空张华见而说之,曰:'平吴之利,在获二俊。'"《机别传》曰:"博学,善属文,非礼不动。入晋,仕著作郎,至平原内史。"

【注释】① 陆机(261—303):见刘注。晋武帝太康末与弟云同至洛阳,文才倾动一时,称"二陆"。曾任平原内史,世称陆平原。成都王司马颖攻长沙王司马乂时,机为后将军、河北大都督,兵败被谗,为司马颖所杀。工骈文与诗,所作《文赋》为重要的文论。后人辑有《陆士衡集》。王武子:王济,见本篇二十四注①(页51)。 ② 斛(hú):量器名,古时以十斗为斛,后又以五斗为斛。羊酪(lào):用羊奶做成的半凝固食品。 ③ 江东:古称长江芜湖、南京以下的长江南岸地区,亦称三国吴统治下的全部地区。敌:匹敌,相当。 ④ 千里:指江东广大地区;一指湖名,千里湖,在江苏溧阳。莼(chún)羹:用莼菜做的糊状食物。莼,莼菜,一种多年生水草,嫩叶可吃。 ⑤ 盐豉(chǐ):咸豆豉。豆豉系用黄豆或黑豆经发酵而成,有咸淡两种,味鲜,都可用作调料。

【评析】本篇之二十四写王济与孙楚各自夸赞家乡土地人物之美,也是由王济提出话题的。他们都是北方人,所说难分高下。本文则不然,陆机是松江人,是由吴入晋的,王济案上已放置许多羊酪,正散发着香味,他明显占有优势,一副自得之态可以想见。而陆机的回答却把王济给比下去了。用江南水乡的特产莼菜所做的莼菜羹,不加盐豉已是美味,如再加上江南独有之调料咸豆豉,其味之鲜美还用说吗!陆游《戏咏山阴风物》自注云:"莼菜最宜盐豉,所谓'未下盐豉'者,言下盐豉则非羊酪可敌,盖盛言莼菜之美尔。"(《剑南诗稿》卷二十七)有关"千里莼羹"之"千里"有不同的解释。有谓"千里"指位于溧阳之千里湖,那里出产莼菜。谓"溧阳县千里湖产莼"(《太平寰宇记》九十),"千里湖在溧阳县东南十五里,至今产美莼"(《景定建康志》十八)。其说与文意不合。谓千里者,是说莼菜在江南水乡之地随处可见,分布地域很广,正如羊酪在北方到处都有一样,没有必要专指一处。

二十七

中朝有小儿①,父病,行乞药。主人问病,曰:"患疟也。"主人曰:"尊侯明德君子②,何以病疟?"㊀答曰:"来病君子③,所以为疟耳④!"

【今译】西晋有个男孩,他父亲病了,便去乞讨药来治病。主人询问病情,男孩说:"生的是疟疾病。"主人说:"令尊大人是有美德的君子,为什么会患上疟疾呢?"男孩回答道："它来使君子生病，这就是称它为暴虐鬼的原因啊！"

【刘孝标注】㊀ 俗传行疟鬼小，多不病巨人。故光武尝谓景丹曰："尝闻壮士不病疟，大将军反病疟耳。"

【注释】① 中朝：晋南渡后称渡江前的西晋为中朝。　② 尊侯：尊称对方之父。　③ 病：使动用法，使……生病。　④ 所以：表示原因。疟：与"虐"字同音双关，暴虐之意。

【评析】文中主人与男孩的问答中各自暗用了典故。主人的问话，刘注指出是化用《后汉书·景丹传》李贤注引《东观记》光武帝对景丹说的玩笑话。当时景丹"疟发寒慄。上笑曰：'闻壮士不病疟，今汉大将军反病疟耶？'"文中主人变换内容，语含讽刺，谓有德之君何以患疟疾。男孩则暗用《诗经·卫风·淇奥》之语回答之。《淇奥》为赞美卫武公之诗，结尾有曰："有匪君子……善戏谑兮，不为虐兮。""匪"通"斐"，称卫武公是文采斐然的君子，爱说笑，极风趣，待人宽容而不暴虐。男孩亦化用此诗称赞自己的父亲是有德之士，只是为疟疾所苦而已。男孩巧妙地运用"疟"与"虐"同音双关，为父亲辩护。两人话中均用了典故，且不露痕迹，其中以男孩的答语更为出色，说明他年虽小却熟谙诗书，应对如流，聪明智慧。本文的幽默风趣的特点于此可见。

二十八

崔正熊诣都郡①，都郡将姓陈②，问正熊："君去崔杼几世③？"答曰："民去崔杼，如明府之去陈恒④。"㊀

【今译】崔豹去拜都郡太守，郡太守姓陈，问崔豹说："你上距崔杼有几代？"崔豹答道："我距崔杼的世代，如同您上距陈恒的世代差不多。"

【刘孝标注】㊀《晋百官名》曰："崔豹字正熊，燕国人。惠帝时，官至太傅丞。"

【注释】① 崔正熊：崔豹，见刘注，著有《古今注》。都郡：以其他郡的太守来兼本郡军事者。② 都郡将：都郡太守。　③ 去：距离。崔杼(zhù)：春秋时齐国大夫，杀庄公立景公，自己为相，后自缢而死。　④ 明府：对太守的尊称。陈恒：春秋时齐大夫，弑其君简公。

【评析】本文崔豹与都郡守的对话同上文异曲而同工。两人所称之崔杼和陈恒都是春秋齐大夫，也都是弑君者，故当都郡守以崔杼讥为豹的先世时，豹即以陈恒对之。两人均极机敏，熟悉历史掌故，故彼此相戏，旗鼓相当。不过崔、陈之间的结果迥然不同。崔杼弑君后，太史大书"崔杼弑其君"，被杼所杀，太史弟又书，又被杀，成为臭名昭著的暴虐者。而陈恒则弑君后，"以陈氏为田氏"(《史记·田敬仲完世家》，变恒为常，陈恒遂成为田常)，专齐之国政，死后谥田成子。其后代田和由周天子立为诸侯国。

二十九

元帝始过江①，㊀谓顾骠骑曰②："寄人国土③，心常怀惭。"荣跪对曰："臣闻王者以天下为家，是以耿、亳无定处④，㊁九鼎迁洛邑⑤。㊂愿陛下勿以迁都为念⑥。"

【今译】晋元帝刚刚渡过长江时,对顾荣说:"寄住在他人的国土上,心里常常怀有惭愧之感。"顾荣跪下来对答道:"我听说帝王以天下为家,因此殷商先建都在耿,后迁至亳,没有固定的地方,夏禹所铸九鼎到周武王时迁到了洛邑。所以希望陛下不要把迁都之事放在心上。"

【刘孝标注】㈠ 朱凤《晋书》曰:"帝讳睿,字景文。祖伷,封琅邪王。父恭王瑾嗣。帝袭爵为琅邪王,少而明惠。因乱,过江起义,遂即皇帝位。《谥法》曰:'始建国都曰元'。" ㈡《帝王世纪》曰:"殷祖乙徙耿,为河所毁。"今河东皮氏耿乡是也。"盘庚五迁,复南居亳。"今景亳是也。 ㈢《春秋传》曰:"武王克商,迁九鼎于洛邑。"今之偃师是也。

【注释】① 元帝(276—323):司马睿,永嘉元年(307)任安东将军,都督扬州、江南诸军事。王导主谋出镇建康(今江苏南京),愍帝死,即帝位,都建康,是为东晋。后王敦作乱,忧愤而死。 ② 顾骠(piào)骑:顾荣,见《德行》二十五注①(页17)。他死后赠骠骑将军,故称。 ③ 寄人国土:东晋建都建康,这里三国时属于孙吴,东晋的皇室士族从中原渡江而来,故有寄人国土之说。 ④ 耿:一作邢(音耿),古都邑名,在今河南温县东,殷商祖乙迁都于此。亳(bó):古都邑名,商汤时都城,在今河南商丘东南或北。 ⑤ 九鼎:传说夏禹铸造九鼎,象征九州,三代奉为传国之宝,成汤灭夏,迁九鼎于商邑,周武王灭商,迁九鼎于洛邑(即今河南洛阳)。 ⑥ 迁都:西晋都洛阳,东晋迁都建康。

【评析】晋元帝依靠王导的谋划与支持,登上帝位,建立了东晋王朝。王导以其名望、老练的政治才能,不仅吸引了中原渡江而来的人士,还广开仕进之路,联络南方著名人士的首领到朝廷上来,其中就有顾荣在内。文中元帝对顾荣说的话,就有笼络之意,同时也流露了内心的不安情绪。顾荣当然也懂得元帝的意思,故引用商、周屡次迁都为例来宽慰元帝,表示了拥戴之意。文中顾荣称元帝为"陛下",不妥。其时元帝尚未即位。

三十

庾公造周伯仁①,㈠伯仁曰:"君何所欣说而忽肥?"庾曰:"君复何所忧惨而忽瘦?"伯仁曰:"吾无所忧,直是清虚日来②,滓秽日去耳③。"

【今译】庾亮前往拜访周颛,周颛说:"你有什么欣慰愉悦的事使你突然发胖呢?"庾亮说:"那你又有什么忧愁悲痛的事使你突然瘦下去呢?"周颛说:"我没有什么可忧愁的,只是清静虚无之气一天天地增加,污浊肮脏之气一天天地减少而已。"

【刘孝标注】㈠ 虞预《晋书》曰:"周颛字伯仁,汝南安城人,扬州刺史浚长子也。"《晋阳秋》曰:"颛有风流才气,少知名,正体嶷然,侪辈不敢媟(xiè)也。汝南贡泰,渊通清操之士,尝叹曰:'汝、颍固多贤士,自顷凌迟,雅道殆衰。今复见周伯仁,伯仁将祛旧风,清我邦族矣!'举寒素,累迁尚书仆射。为王敦所害。"

【注释】① 庾公:庾亮,见《德行》三十一注①(页22)。造:前往访候。周伯仁:周颛(yǐ),详见刘注。 ② 直:特,只。清虚:清静虚无。日:一天一天地。 ③ 滓(zǐ)秽:污浊肮脏。

【评析】庾亮和周颛在当时都是有令誉的人物。亮以"风格峻整"著称,颛则嗜酒,"性宽容"(《晋书》本传),其尤为人敬重者是生活之俭朴。王敦杀害周颛后,抄其家,"收得素簏数枚,盛故絮而已,酒五甓(wèng),米数石,在位者服其清约"(同上)。文中写亮、颛二人互相戏谑,颛自称"清虚日来"、"滓秽日去",倒并非自夸,而是道出其注重自我修养、不为污浊所染的清高品格。

三十一

过江诸人①,每至美日,辄相邀新亭②,藉卉饮宴③。㊀周侯㊁中坐而叹曰④:"风景不殊,正自有山河之异⑤!"皆相视流泪。唯王丞相㊂愀然变色曰⑥:"当共勠力王室⑦,克复神州⑧,何至作楚囚相对⑨!"㊃

【今译】过江避难的诸位人士,每逢风和日丽的好天气,就相邀一起到新亭,坐在草垫上聚会饮酒。周颛在座中说:"风景没有什么两样,只是山河有了变化!"大家听了周颛的话,都相视流泪。只有王导变色道:"我们应当同心协力扶佐王室,恢复中原,何至于像楚囚那样相对哭泣呢!"

【刘孝标注】㊀《丹阳记》曰:"新亭,吴旧立,先基崩沦。隆安中,丹阳尹司马恢之徒创今地。"㊁颛也。㊂导也。㊃《春秋传》曰:"楚伐郑,诸侯救之。郑执郧公钟仪献晋。景公观军府,见而问之:'南冠而絷者为谁?'有司对曰:'楚囚也。'使税之。问其族,对曰:'怜人也。''能为乐乎?'曰:'先父之职,敢有二事?'与之琴,操南音。范文子曰:'楚囚,君子也!乐操土风,不忘旧也。君盖归之,以合晋楚之成。'"

【注释】① 过江诸人:指从北方南渡到建康来的诸位人士。 ② 新亭:三国时吴建,故址在今江苏南京市南,近江滨,依山而筑,东晋时为朝士游宴之所。 ③ 藉卉(jiè huì):坐卧于草垫之上。藉,坐卧其上;卉,草的总名。 ④ 周侯:周颛,袭父爵武城侯,故称周侯。见本篇三十注②。 ⑤ 正:仅,止。 ⑥ 愀(qiǎo)然:变色的样子。 ⑦ 勠(lù)力:协力。 ⑧ 神州:指中原地区。 ⑨ 楚囚:原指被俘的楚人。刘注引《左传》(成公九年)载楚国伶人钟仪为晋所囚,仍奏楚声,不忘南音。这里比喻过江诸人徒然怀念中原,而悲泣无计。

【评析】文中写渡江诸名士宴饮新亭,面对同样的风景,感念中原的沦丧,相对叹息流泪。新亭对泣、新亭泪,后遂成为典故,用以表示忧时之叹、家国之思。

三十二

卫洗马初欲渡江①,形神惨顿②,语左右云:"见此芒芒③,不觉百端交集。苟未免有情,亦复谁能遣此!"㊀

【今译】卫玠当初要渡江避乱时,面容凄苦,神情忧伤,对身边的人说:"看到如此广阔浩渺的长江,我不禁千头万绪,百感交集。一个人只要有感情的话,面对此景此情,又怎么能排遣得了的呢!"

【刘孝标注】㊀《晋诸公赞》曰:"卫玠字叔宝,河东安邑人。祖父瓘,太尉。父恒,黄门侍郎。"《玠别传》曰:"玠颖识通达,天韵标令。陈郡谢幼舆敬以亚父之礼。论者以为出王眉子、平子、武子之右,世咸谓'诸王三子,不如卫家一儿'。娶乐广女。裴叔道曰:'妻父有冰清之姿,婿有璧润之望,所谓秦晋之匹也。'为太子洗马。永嘉四年,南至江夏,与兄别于梁里涧,语曰:'在三之义,人之所重。今日忠臣致身之运,可不勉乎?'行至豫章,乃卒。"

【注释】① 卫洗马:卫玠(286—312),详见刘注。风姿秀异,有"玉人"之称,好谈玄理。洗马:官名,为东宫属官,太子出行时为前导。渡江:指永嘉之乱时,南渡避难。 ② 颣(cuì):忧伤。 ③ 芒芒:茫茫,远大广阔的样子。

【评析】卫玠与众不同者有二,一为"风神秀异"(《晋书》本传),姿容如珠玉。少时上街,见者都以为"玉人",无不倾倒。二十七岁时,京师人士闻其名,都来围观,使本已瘦弱多病的卫玠因而劳顿过度而死,本书《容止》十九谓为"看杀卫玠"。其次是卫玠好谈玄理,才气过人,令当时名士无不折服,被推为"中兴名士唯王承及玠为当时第一"。不止于此,他还能明辨是非忠奸。王敦非常赏识他,而他则"以王敦豪爽不群,而好居物上,恐非国之忠臣"(同上),认为王敦有不臣之心。后来王敦起兵谋反,果不出其所料。他的表情十分淡定,"终身不见喜愠之容"(同上)。联系本文来看,渡江之初,卫玠"形神惨顇",面对长江,百感交集,而难以排遣,这是家国之忧,身世之感所致。说明他不仅外貌秀异,且情感丰富。

三十三

顾司空未知名①,诣王丞相②。丞相小极③,对之疲睡。顾思所以叩会之④。㊀因谓同坐曰:"昔每闻元公㊁道公协赞中宗⑤,保全江表⑥。㊂体小不安,令人喘息⑦。"丞相因觉,谓顾曰:"此子珪璋特达⑧,机警有锋。"

【今译】顾和还没有出名时,一天去拜望丞相王导。王导当时很困倦,对着来客睡着了。顾和想着用什么方法才能与他问答交谈。于是就对同座的人说:"过去我听族叔元公说起王丞相曾经协同帮助中宗,保全了江南。现在丞相贵体小有不适,实在令人焦急啊。"王导听了因而觉醒过来,对顾和说:"你这人真如珠玉般特出卓异,机灵敏捷,词锋犀利。"

【刘孝标注】㊀《顾和别传》曰:"和字君孝,吴郡人。祖容,吴荆州刺史。父相,晋临海太守。和总角知名,族人顾荣雅相器爱,曰:'此吾家之骐骥也,必振衰族。'累迁尚书令。" ㊁ 顾荣。㊂ 邓粲《晋纪》曰:"导与元帝有布衣之好。知中国将乱,劝帝渡江,求为安东司马,政皆决之,号'仲父'。晋中兴之功,导实居其首。"

【注释】① 顾司空:顾和,生平详见刘注。其死后赠司空,故称顾司空。 ② 王丞相:王导,见《德行》二十七注③。 ③ 小极:困倦。 ④ 所以:表示方法。叩会:叩问交谈。 ⑤ 元公:即顾荣,见《德行》二十五注①(页17),其死后谥元,故称。协赞:协同帮助。中宗:晋元帝庙号。 ⑥ 江表:指长江以南地区。从中原人看来,江南在长江之外,故称。 ⑦ 喘息:原指呼吸急促,这里喻焦急不安意。 ⑧ 珪璋特达:如贵重的玉器一般特出卓异。珪璋,均为贵重之玉器。

【评析】本文所写,《晋书》亦有记载,最后多出几句,谓"不徒东南之美,实为海内之俊。由是遂知名"。语意似更为完整,文章显得首尾呼应。顾和见王导之前"未知名",见了王导,并得其称赞后遂知名,后王导"请为别驾",可知王导对他的赏识与重用。另,文中王导称顾和为"此子",似不妥。顾和虽为后生晚辈,亦不可如此称呼。《晋书》作"卿",则符合当时主宾的身份。

三十四

会稽贺生①,体识清远②,言行以礼。○不徒东南之美③,○实为海内之秀。

【今译】会稽贺循先生,体态清雅,见识高远,一言一行都合乎礼仪。他不仅是东南优异的人才,实在是海内特出的俊杰。

【刘孝标注】○ 贺循,别见。 ○《尔雅》曰:"东南之美者,有会稽之竹箭焉。"

【注释】① 会稽:郡名,治所在今浙江绍兴。贺生:贺循(260—319),字彦先,会稽山阳(今浙江绍兴)人。博览群书,善属文,尤精三《礼》。官至太常,左光禄大夫等。与顾荣同为支持元帝的江南士族元老。生:先生的省称。 ② 体识:体态见识。 ③ 不徒:不只,不仅。

【评析】贺循事迹,另见本书《规箴》篇十三。文中最后两句见《晋书·顾和传》,可能为误植所致。本文前三句仅概括贺循的体识与言行,并无具体描述,刘注亦极简略。《晋书》本传称其"言行进止必以礼让",为阳羡令时,"以宽惠为体",与文中之言相符。

三十五

刘琨虽隔阂寇戎①,志存本朝②。○谓温峤曰③:"班彪识刘氏之复兴④,马援知汉光之可辅⑤。○今晋阼虽衰⑥,天命未改,吾欲立功于河北,使卿延誉于江南⑦,子其行乎⑧?"温曰:"峤虽不敏,才非昔人,明公以桓、文之姿⑨,建匡立之功⑩,岂敢辞命!"○

【今译】刘琨虽然远在山西,中间隔着西戎敌寇,但他的志向是忠于晋朝的。刘琨对温峤说:"班彪当年认识到刘氏汉朝必能复兴,马援深知汉光武帝值得辅佐。现在晋朝的国运虽然衰落,但上天的意旨并没有改变,我想在黄河以北建功立业,让你在长江以南为晋朝称扬传播名声,您会去吗?"温峤说:"我虽然不聪明,才能比不上班彪、马援等前人,您以齐桓、晋文那样的气度,要建立匡复晋朝的伟大功业,我哪敢推辞啊!"

【刘孝标注】○ 王隐《晋书》曰:"琨字越石,中山魏昌人。祖迈,有经国之才。父璠,光禄大夫。琨少称俊朗。累迁司徒长史、尚书右丞。迎大驾于长安,以有殊勋,封广武侯。年三十五,出为并州刺史。为段日磾所害。" ○《汉书·叙传》曰:"彪字叔皮,扶风人,客于天水。陇西隗嚣有窥觎之志,彪作《王命论》以讽之。"《东观汉记》曰:"马援字文渊,茂陵人。从公孙述、隗嚣游。后见光武,曰:'天下反覆,盗名字者不可胜数。今睹陛下寥廓大度,同符高祖,乃知帝王自有真也。'帝甚壮之。" ○ 虞预《晋书》曰:"峤字太真,太原祁人。少标俊清彻,英颖显名。为司空刘琨左司马。是时,二都倾覆,天下大乱。琨闻元皇受命中兴,忼慨幽朔,志存本朝。使峤奉使,峤喟然对曰:'峤虽乏管、张之才,而明公有桓、文之志,敢辞不敏,以违高旨!'以左长史奉使劝进,累迁骠骑大将军。"

【注释】① 刘琨(271—318):生平详见刘注。少与祖逖为友,俱以雄豪著称。永嘉元年(307)为并州刺史,元帝时为侍中、太尉。长期坚守并州,与石勒对抗,兵败投奔段日磾(《晋书》本传作"段匹磾"),后为段缵杀。琨擅诗,与石崇、陆机、陆云等并以文才号"二十四友",有诗传世。隔阂(hé)本朝:指刘琨在并州(今山西)坚守,中间为西戎敌寇所阻隔。 ② 本朝:指晋朝廷。《晋书》本传谓刘琨"忠于晋室"。 ③ 温峤(288—329):见刘注。明帝时拜侍中转中书令,与庾亮等讨平王敦、苏峻之乱。官至骠骑大将军。　④ 班彪(3—54)：见刘注。初依隗(wěi)嚣，东汉初任徐令，病免。专力作西汉史，有《后传》六十五篇，未成。后由其子班固续成《汉书》，未及完成部分由妹班昭及马融补充完成。识刘氏之复兴：班彪在隗嚣处知其有不臣之心，作《王命》以讽之，称扬刘氏受天命之赐，终有复兴之日。　⑤ 马援(前14—49)：见刘注。西汉末为新成大尹。先依隗嚣，后归刘秀，有功任陇守太守，安定西羌。后任伏波将军，出征匈奴、乌桓，以"死于边野"、"马革裹尸"自誓。后病死军中。汉光：东汉王朝的建立者光武帝刘秀(前6—57)，字文叔，南阳蔡阳(今湖北枣阳西南)人，建武元年(25)称帝，建都洛阳。　⑥ 晋祚(zuò)：晋朝的国运。祚，皇位国运。　⑦ 延誉：称扬美德，使名誉远播。　⑧ 其：祈使语气。　⑨ 明公：对有名位者的尊称。桓、文：春秋时的两位霸主齐桓公、晋文公。姿：气度。　⑩ 匡立：匡复晋朝，建功立业。匡，匡复，挽救将亡之国，使转危为安。

【评析】《晋书》本传称刘琨"与祖纳俱以雄豪著名"。其与祖纳之弟祖逖情好莫逆，曾共被同寝，夜半闻鸡起舞，为四海沸腾、晋室不振而焦虑难寝。本文写其与温峤相约欲效法班彪、马援，为匡复晋室而立功，"雄豪"之气跃然纸上。惜乎其为段匹磾所害，赍志而殁。

三十六

温峤初为刘琨使来过江①。于时，江左营建始尔②，纲纪未举③。温新至，深有诸虑。既诣王丞相④，陈主上幽越、社稷焚灭、山陵夷毁之酷，有《黍离》之痛⑤。温忠慨深烈⑥，言与泗俱⑦；丞相亦与之对泣。叙情既毕，便深自陈结，丞相亦厚相酬纳⑧。既出，欢然言曰："江左自有管夷吾⑨，此复何忧！"〇

【今译】温峤当初作为刘琨的使者渡江而来。在当时，江东的东晋王朝刚刚开始创建，法度法令等都没有订立。温峤刚到江东时，内心忧虑重重。不久他去拜访王导，向他陈述了愍帝被囚禁远方，社稷宗庙被焚毁，帝王陵墓被夷为平地等等惨酷之状，真有《黍离》篇所写的亡国之痛。温峤忠诚慷慨，深沉刚烈，说话时涕泪交流，王丞相也与他一起相对落泪。温峤叙述情况完毕后，就诚恳地诉说与丞相深相结交之意，丞相也真挚地酬答接纳他。温峤辞别丞相出来后，很高兴地说："我们江东已经有了管仲这样的贤相，我还有什么可忧虑的！"

【刘孝标注】〇《史记》曰："管仲夷吾者，颍上人。相齐桓公，九合诸侯，一匡天下。"《语林》曰："初，温奉使劝进，晋王大集宾客见之。温公始入，姿形甚陋，合坐尽惊。既坐，陈说九服分崩，皇室弛绝，晋王君臣莫不歔欷。及言天下不可以无主，闻者莫不踊跃，植发穿冠。王丞相深相付托。温公既见丞相，便游乐不住，曰：'既见管仲，天下事无复忧。'"

【注释】① 温峤：见本篇三十五注③(页57～58)。刘琨：见本篇三十五注①(页57)。　② 江左：指长江下游以东地区，古以东为左，以西为右，故江东亦称江左。尔：语尾助词。　③ 纲纪：法度，法令。　④ 既：不久。王丞相：见《德行》二十七注③(页19)。　⑤ 陈：陈述。主上：指晋愍帝。刘曜于建兴四年(316)攻长安，愍帝投降。第二年为刘聪所杀。幽：囚禁。越：远。社稷：古代帝王所祭祀的土神和谷神，后用作国家的代称。山陵：指帝王坟墓。夷毁：夷为平地，摧毁殆尽。《黍离》：《诗经·王风》篇名，有句曰："彼黍离离，彼稷之苗。"《毛诗序》认为是周平王东迁洛阳后，周大夫经过西周都城，目睹西周宗庙宫室夷为田野，长满禾黍，彷徨不忍离去而作此篇。后即用称亡国之痛。　⑥ 忠慨深烈：忠诚慷慨，深沉刚烈。　⑦ 泗：鼻涕。　⑧ 酬纳：酬答接待。　⑨ 管夷吾：管仲(？—前645)，名管夷吾，字仲，改革齐政，辅佐齐桓公

成为春秋时第一位霸主,被齐桓公尊称为"仲父"。

【评析】温峤其人聪明有识,博学能文,风仪秀整,美于谈论。在家是孝子,在朝为忠臣(《晋书》本传)。西晋破亡后,他奉刘琨之命出使江东,"奉表劝进"(同上)。当其陈说时,"辞旨慷慨,举朝属目"(同上),后又亲见王导有经国之才,至为欣慰。本文所写亦载入《晋书》本传,足见其对创建东晋王朝有拥立之功。后在弥平王敦、苏峻之乱中亦立有战功,是东晋初一位文武兼擅之大臣。

三十七

王敦兄含,为光禄勋①。㊀敦既逆谋,屯据南州②,含委职奔姑孰③。㊁王丞相诣阙谢④。㊂司徒、丞相、扬州官僚问讯⑤,仓卒不知何辞⑥。顾司空时为扬州别驾⑦,援翰曰⑧:"王光禄远避流言⑨,明公蒙尘路次⑩,群下不宁⑪,不审尊体起居何如⑫?"

【今译】王敦之兄王含任光禄勋之职。王敦起兵谋反后,率兵占据姑孰,王含丢弃官职到姑孰投奔王敦。王导是王敦的族弟,到宫门前向晋元帝请罪。司徒、丞相、扬州刺史府的僚属去问候时,匆忙之下不知该怎么措词才好。顾司空当时担任扬州别驾,拿起笔来写道:"王含远远地避开流言,您却为此天天在道途中奔忙受累,我们众下属十分不安,不知贵体日常生活起居怎么样?"

【刘孝标注】㊀《含别传》曰:"含字处弘,琅邪临沂人。累迁徐州刺史、光禄勋。与弟敦作逆,伏诛。" ㊁ 邓粲《晋纪》曰:"初,王导协赞中兴,敦有方面之功。敦以刘隗为间己,举兵讨之,故含南奔武昌,朝廷始警备也。" ㊂《中兴书》曰:"导从兄敦举兵讨刘隗,导率子弟二十余人,旦旦到公车泥首谢罪。"

【注释】① 王敦(266—324):字处仲,晋琅邪临沂(今属山东)人。王导族兄。西晋末支持司马睿移镇建康(今江苏南京),任扬州刺史,都督征讨诸军事,以镇压杜弢之功升镇东将军,都督江、扬、荆等州诸军事,握重兵屯武昌。西晋亡,与堂弟王导拥戴司马睿为帝,建立东晋王朝,迁大将军、荆州牧。后以元帝信任刘隗、刁协抑制王氏势力,于永昌元年(322)起兵攻入建康,杀刁协、周顗等人,自任丞相,回屯武昌。明帝立,移镇姑孰。后二年,明帝乘其病危下诏征伐,他遂再次进兵建康,终死于军中。含:王含,王敦之兄,详见刘注。光禄勋:官名,掌管宿卫侍从之官。 ② 南州:即姑孰,故址在今安徽当涂,为长江重要渡口。 ③ 委职:丢弃官职。 ④ 王丞相:即王导。诣阙谢:到皇宫前向元帝请罪。诣(yì),到。阙,宫门前两边供瞭望用的建筑,借指皇宫。谢,谢罪,道歉。 ⑤ 司徒、丞相、扬州:指王导当时担任的官职。他在王敦谋反之时,任司空、丞相、扬州刺史,明帝即位时(322),迁司徒,故此处"司徒"应作"司空"。官僚:指王导官府里的僚属。问讯:问候。 ⑥ 仓卒:匆忙。 ⑦ 顾司空:顾和,见本篇三十三注①(页56)。扬州别驾:扬州刺史的属官。 ⑧ 援翰:拿起笔。翰,笔。 ⑨ 王光禄:即王含。远避流言:指王含投奔姑孰为躲避流言。流言,没有根据的话。 ⑩ 明公:对刺史的尊称。蒙尘路次:指王导在王敦谋反之初,天天到皇宫前请罪。蒙尘,高官或有地位名望者遭受风尘之苦。路次,路途中。 ⑪ 群下:下属们。 ⑫ 不审:不知。起居:日常生活。

【评析】王敦和王导对晋元帝有拥立之功,对晋王室有中兴之功,所以元帝即位后封王敦为大将军,王导为丞相。一文一武,势力很大,却又为元帝所猜忌,于是元帝便用刘隗、刁协等为心腹,对王氏加以抑制。本就桀骜不驯的王敦便以"清君侧"为名起兵谋反。这时"刘隗劝帝悉诛王氏"(《晋书·王导传》)。王含与王导表现不同,王含投奔王敦，附逆谋反，王导则"率群从昆弟子侄二十余人，每旦诣台待罪。帝以导忠节有素，特还朝服召见之"（同上）。由于王导的隐忍退让，一场危机得以化解。本文对王导的"诣阙谢"一笔带过，着重写属下像问候时难以措词的窘境，幸亏顾和应对裕如，把王含的附逆不忠写成委婉的"远避流言"，把王导的谢罪称作"蒙尘路次"，属下因此而"不宁"，来问候"贵体起居"。可谓面面俱到，体贴入微。足见顾和之机敏。

三十八

郗太尉拜司空①，语同坐曰："平生意不在多，值世故纷纭②，遂至台鼎③。朱博翰音④，实愧于怀⑤。"㊀

【今译】太尉郗鉴被授予司空时，对同座的人说："我生平的愿望并不高，只是正好遇到这动荡不定的时世，才做到三公的高位。就像西汉的朱博一样徒有虚名而已，内心实在感到惭愧。"

【刘孝标注】㊀《汉书》曰："朱博字子元，杜陵人。为丞相，临拜，延登受策，有大声如钟鸣。上问杨雄、李寻，对曰：'《洪范》所谓鼓妖者也。人君不聪，空名得进，则有无形之声。'博后坐事自杀。"故《序传》曰："博之翰音，鼓妖先作。"《易·中孚》曰："上九，翰音登于天，贞凶。"王弼注曰："翰，高飞也；飞者，音飞而实不从也。"

【注释】① 郗太尉：即郗鉴，见《德行》二十四注①（页16）。拜：以一定的礼仪授予官职。司空：主管水土之事。东汉以后以太尉、司空、司徒为三公。　② 值：遇到。世故：世事。纷纭：杂乱、混乱。　③ 台鼎：喻指三公。台，星名，有上台、中台、下台，称三台；鼎，古代为国之重器，有三足，称三足鼎。　④ 朱博：见刘注，慷慨好结交，历官县令、刺史、御史大夫，代孔光为丞相，封阳乡侯，后因得罪傅太后下诏狱，自杀。翰音：飞向高空的声音，比喻徒有虚名，居非其位。

【评析】郗鉴在家乡时躬耕陇亩，博学多识，吟咏不倦，"以儒雅著名"（《晋书》本传）。在饥荒中，吐食喂养侄儿与外甥，为时人所敬佩。东晋初建时，在平定王敦、苏峻之乱中立了大功，《晋书》本传赞其"谋敦剪峻"，是稳定东晋王朝的大功臣之一，故进位司空。但他却称自己犹如汉代的朱博那样只是徒有虚名而已，言下之意他是没有资格当三公的。朱博为官时，政迹亦受到赞扬，只是得罪了傅太后被猜疑，而成了囚徒，导致自杀的下场。郗鉴在平苏峻之乱的过程中，"太后口诏进鉴为司空"（同上）。在荣耀的背后不免隐藏着危机，他谦称自己名实不符是颇费心思的，故能避免朱博的悲剧命运而得以善终。

三十九

高坐道人不作汉语①。或问此意，简文曰②："以简应对之烦③。"㊀

【今译】高座法师不讲汉语。有人问这样做的用意，简文帝说："这是为了省去应酬对答的麻烦。"

【刘孝标注】㊀《高坐别传》曰："和尚胡名尸黎密，西域人。传云国王子，以国让弟，遂为沙门。永嘉中始到此土，止于大市中。和尚天姿高朗，风韵遒迈，丞相王公一见奇之，以为吾之徒也。周仆射领选，抚其背而叹曰：'若选得此贤，令人无恨！'俄而周侯遇害，和尚对其灵坐，作胡祝数千言,音声高畅,既而挥涕收泪,其哀乐废兴皆此类。性高简,不学晋语。诸公与之言,皆因传译,然神领意得,顿在言前。"《塔寺记》曰:"尸黎密冢曰高坐,在石子冈,常行头陀,卒于梅冈,即葬焉。晋元帝于冢边立寺,因名高坐。"

【注释】① 高坐道人:即帛尸梨密多罗,晋时人敬称为高座法师。原为西域龟兹(qiū cí)国王子。博通经论,兼通密法。永嘉年间来华,后避乱渡江。与王导、周颛等结交,得到王、周等的崇敬,一时贤达争着与他结交。卒于成帝咸康中,年八十余。道人:和尚的旧称。 ② 简文:简文帝司马昱,见《德行》三十七注①。 ③ 简:简略,省去。

【评析】慧皎《高僧传》卷一谓帛尸梨密多罗高僧不学汉语,与王导、周颛等交谈时,都是通过翻译进行的,但彼此之间"神领意得",心意相通。他深通密法咒语,当周颛被王敦杀害后,他即到周家探视遗孤,对着周的灵座,高诵咒语数千言,响彻云天,以示哀悼。当时密法咒语尚未传入,他即译出《孔雀王经》,并授弟子觅历高声唱诵梵呗之法,一直流传至今。本文写其不说汉语,与他高洁简易的性格有关,简文帝说他是为了省去应对之烦,可谓深中肯綮。

四十

周仆射雍容好仪形①。诣王公②,初下车,隐数人③,王公含笑看之。既坐,傲然啸咏④。王公曰:"卿欲希嵇、阮邪⑤?"答曰:"何敢近舍明公,远希嵇、阮!"㊀

【今译】周颛态度落落大方,仪表堂堂,相貌美好。他去拜访王导,刚下车时,扶着几个人走路,王导含笑看着他。周颛坐定后,态度随便,满不在乎地歌咏起来。王导说:"您想效法嵇康、阮籍吗?"周颛答道:"我哪敢抛开近处明公的榜样,而去追慕遥远的嵇康、阮籍呢?"

【刘孝标注】㊀ 邓粲《晋纪》曰:"伯仁仪容弘伟,善于俯仰应答,精神足以荫映数人。深自持,能致人而未尝往焉。"

【注释】① 周仆射:周颛,曾任尚书左仆射,故称。雍容:形容态度大方,从容不迫。仪形:仪表相貌。 ② 王公:即王导。 ③ 隐(yìn):倚,靠。 ④ 傲然:原指坚强不屈的样子。此指态度随便的样子。啸咏:啸歌。啸,魏晋以来士人特有的风貌,撮口发出长而脆的声音。 ⑤ 希:通"晞",企望,仰慕。嵇:嵇康,见《德行》十六注②(页12)。阮:阮籍,见《德行》十五注①(页11)。

【评析】王导见周颛一派名士风度,便含笑看着他,表示欣赏之意,并谓周追慕嵇、阮之风。周则表示不会舍近求远,要学的是眼前的王导,而非遥远的嵇、阮。王导虽然也是大名士,好玄学,挥麈清谈,但毕竟是讲求实际的政治家,而周颛则醉酒任性,率性啸咏,恰如阮籍;他敢言直谏,则像嵇康。他曾在朝堂上厉声驳斥称颂皇帝为尧舜之说,谓"何得复比圣世",为此惹恼元帝,差点被杀头(《晋书》本传)。最后被叛乱的王敦杀害也似嵇康。故他虽然声称学王导,实则兼有嵇、阮之风。

四十一

庾公尝入佛图①,见卧佛②,㊀曰:"此子疲于津梁③。"于时以为名言。

【今译】庾亮曾到佛寺,看见卧佛,说:"这位先生因普渡众生而疲劳了。"当时人都把这话当作名言。

【刘孝标注】㈠《涅槃经》云:"如来背痛,于双树间北首而卧。"故后之图绘者为此象。

【注释】① 庾公:庾亮,见《德行》三十一注①(页22)。佛图:佛寺。 ② 卧佛:释迦牟尼佛圆寂时头北面西、右肋而卧之相,即以右手托腮,双膝稍屈,左手放在左腿上,侧身而卧。 ③ 津梁:桥梁。指释迦牟尼佛以佛法普渡众生,犹如桥梁,使众生脱离烦恼的苦海。

【评析】庾亮历仕元、明、成三帝,成帝时更以国舅的身份掌朝政,故地位高,名声大。他"喜谈论,性好庄老"(《晋书》本传),往往一句评论,流传开来便成名言。他称释迦牟尼佛为"子"似有尊敬意,古称开宗立派有成就者为"子",然在前加"此"字却又含有不敬之意,于此可知其"性好庄老",而信佛则并不十分虔诚。

四十二

　　挚瞻曾作四郡太守、大将军户曹参军①,复出作内史②,㈠年始二十九。尝别王敦,敦谓瞻曰:"卿年未三十,已为万石③,亦太蚤。"瞻曰:"方于将军④少为太早⑤,比之甘罗⑥已为太老。"㈡

【今译】挚瞻曾经做过四个郡的太守、大将军王敦的户曹参军,后又调动出任内史,年纪才二十九岁。挚瞻曾向王敦告别,王敦对挚瞻说:"你年纪未满三十岁,已经做到万石大官,也太早了点吧。"挚瞻说:"我和将军比起来,稍稍早了些,可和甘罗比,已经是太老了。"

【刘孝标注】㈠《挚氏世本》曰:"瞻字景游,京兆长安人,太常虞兄子也。父育,凉州刺史。瞻少善属文,起家著作郎。中朝乱,依王敦为户曹参军,历安丰、新蔡、西阳太守。见敦以故坏裘赐老病外部都督,瞻谏曰:'尊裘虽故,不宜与小吏。'敦曰:'何为不可?'瞻时因醉曰:'若上服皆可用赐,貂蝉亦可赐下乎?'敦曰:'非喻所引,如此不堪二千石。'瞻曰:'瞻视去西阳如脱屣耳!'敦反,乃左迁随郡内史。" ㈡《挚氏世本》曰:"瞻高亮有气节,故以此答敦。后知敦有异志,建兴四年,与第五琦据荆州以距敦,竟为所害。"《史记》曰:"甘罗,秦相茂之孙也。年十二,而秦相吕不韦欲使张唐相燕,唐不肯行,甘罗说而行之。又请车五乘以使赵,还报秦。秦封甘罗为上卿,赐以甘茂田宅。"

【注释】① 挚瞻:详见刘注。四郡太守:刘注引《挚氏世本》只写瞻曾历仕安丰、新蔡、西阳三郡太守,而不是四郡太守,可能有误。大将军:即王敦。户曹参军:官名,管农户、农桑等。 ② 内史:官名,王敦将挚瞻从太守调为随郡内史,管王国民政。 ③ 万石:汉代凡一门有五人以上俸禄二千石者之称,后即以称一门多官、俸禄与万石相当者。汉代郡守的俸禄为二千石。挚瞻曾作过四个郡的太守,后又调任内史,俸禄均为二千石,加起来为万石,故称。 ④ 方:比。 ⑤ 少:微,稍微。 ⑥ 甘罗:战国楚国下蔡(今安徽凤台)人。十二岁为秦相吕不韦家臣,自请出使赵国,说服赵王割五城与秦等,以功封为上卿。

【评析】有关挚瞻事迹,刘注引《挚氏世本》,谓挚为王敦所害,李慈铭认为有误,曰:"王敦此时方为元帝所倚信,未有反逆。要之挚瞻自以忤敦而死。"(《越缦堂日记》二十三册,光绪元年九月二十四日)根据《挚氏世本》所载,可知挚敢于提出不同意见,本文应对王敦之语,亦于婉转中寓锋芒,提出自己比不上甘罗,言下之意亦欲效法甘罗为国立功,这对于王敦目无晋室、拥兵自重的行为未尝不是批评,王敦当然听得懂这弦外之音。故其忤逆之言必然导致最终为暴戾的王敦所害的结局,《挚氏世本》称"瞻高亮有气节",于此可见。

四十三

梁国杨氏子九岁①,其聪惠②。孔君平⊖诣其父③,父不在,乃呼儿出。为设果④,果有杨梅。孔指以示儿曰:"此是君家果。"儿应声答曰:"未闻孔雀是夫子家禽⑤。"

【今译】梁国杨家的孩子才九岁,非常聪明有智慧。孔坦去拜访他父亲,其父不在家,家里人就叫孩子出来。孩子为客人摆设果品,其中有杨梅。孔坦指着杨梅给孩子看,说道:"这是你们家的家果。"孩子随声答道:"我没有听说过孔雀是先生家的家禽。"

【刘孝标注】⊖ 王隐《晋书》曰:"孔坦字君平,会稽山阴人。善《春秋》,有文辩。历太子舍人,累迁廷尉卿。"

【注释】① 梁国:郡国名,治所睢阳(今商丘市南)。 ② 聪惠:聪明,有智慧。惠,通"慧"。 ③ 孔君平:孔坦,见刘注。为人方直,有名望。佐王导平苏峻,官至侍中。成帝时因忤王导出为廷尉,后以病去职。诣:拜访。 ④ 设:摆设。 ⑤ 夫子:对长者的尊称。

【评析】孔坦与杨家子各以姓氏戏谑。杨家子以九岁童子而能脱口应对,其语句并无模仿痕迹,而是以迂回语气来回应,显得活泼风趣,确实聪明而有智慧。此一事有不同的传闻记载。据《太平御览》百二十八引《郭子》,杨、孔二人为杨修与孔融,敦煌本《残类书》亦作杨修与孔融。修与融均非晋时人,二书误记。

四十四

孔廷尉以裘与从弟沈①,⊖沈辞不受。廷尉曰:"晏平仲之俭②,祠其先人,豚肩不掩豆③,犹狐裘数十年。⊜卿复何辞此!"于是受而服之。

【今译】孔坦送给堂弟孔沈一件皮衣,孔沈推辞不接受。孔坦说:"古代晏婴的节俭是出了名的,他祭祀先人时,用作祭品的猪蹄膀没有装满一碗,但还穿了三十年的狐皮外衣。你又何必推辞穿皮衣呢!"于是孔沈接受了皮衣穿在身上。

【刘孝标注】⊖《孔氏谱》曰:"沈字德度,会稽山阴人。祖父奕,全椒令。父群,鸿胪卿。沈至琅邪王文学。" ⊜ 刘向《别录》曰:"晏平仲,名婴,东莱夷维人。事齐灵公、庄公,以节俭力行重于齐。"《礼记》曰:"晏平仲祀其先人,豚肩不掩豆,君子以为俭也。"又曰:"晏子一狐裘三十年,晏子焉知礼?"《注》:"豚,俎实也。豆径尺。言并豚之两肩,不能掩豆,喻少也。"

【注释】① 孔廷尉:即前一则中的孔坦,曾为廷尉,故称。裘:皮衣。从弟:堂弟。沈:孔沈,曾被荐为王导的丞相司徒,琅邪王文学,皆不就。 ② 晏平仲:晏婴(? —前500),历仕灵公、庄公、景公三世。 ③ 豚肩:猪蹄膀。豆:古代盛肉或其他食品的器皿,亦用来祭祀盛物。

【评析】本文内容亦载入《晋书》本传。本文刘注引《孔氏谱》与《晋书》本传有出入。

《孔氏谱》谓"沈至琅邪王文学",《晋书》则称其"辟丞相司徒掾、琅邪王文学,并不就",似以《晋书》本传为确。又,刘注引《礼记》分别见于《礼记》之《杂记下》、《礼器》及《檀弓下》。文中"晏平仲之俭",化用了《礼记·礼器》"君子以为隘","俭"与"隘"在这里意思差不多。

四十五

佛图澄与诸石游①,㊀林公曰②:"澄以石虎为海鸥鸟③。"㊁

【今译】佛图澄与石勒、石虎交往做朋友,支遁说:"佛图澄把石虎当作海鸥鸟一样看待,毫无虚情假意。"

【刘孝标注】㊀《澄别传》曰:"道人佛图澄,不知何许人,出于敦煌,好佛道,出家为沙门。永嘉中至洛阳,值京师有难,潜遁草泽。闻石勒雄异好杀害,因勒大将军郭默略见勒,以麻油涂掌,占见吉凶数百里外;听浮图铃声,逆知祸福。勒甚敬信之。虎即位,亦师澄,号'大和尚'。自知终日,开棺无尸,唯袈裟法服在焉。" ㊁《赵书》曰:"虎字季龙,勒从弟也。征伐每斩将搴旗。勒死,诛勒诸儿袭位。"《庄子》曰:"海上之人好鸥者,每旦之海上从鸥游,鸥之至者数百而不止。其父曰:'吾闻鸥鸟从汝游,取来玩之。'明日之海上,鸥舞而不下。"

【注释】① 佛图澄(232—348):西晋,后赵高僧。本姓帛,西域龟兹(今新疆库车一带)人。西晋怀帝永嘉四年(310)到洛阳,以法术深得石勒、石虎信任,常参议军政大事。在他的影响下,石勒允许汉人出家为僧,佛教大兴,建寺数百所,受业弟子前后达万人,著名者有道安、法雅、法汰、法和等。诸石:指石勒、石虎。 ② 林公:支遁(314—366),字道林,世称"支公"、"林公"。本姓关,陈留(今河南开封市南)人。家世事佛,二十五岁出家。尤精《般若道行品经》。与谢安、王羲之等交游,以好谈玄理闻名于世,所注《庄子·逍遥游》为群儒叹服。刘注见本篇六十三(页75)。 ③ 石虎(295—349):见刘注。其登位后为政苛暴,死去不久,后赵即灭亡。海鸥鸟:语出《列子·黄帝第二》。刘注误。

【评析】刘注"海鸥鸟"谓语出《庄子》,有误,应为《列子·黄帝》。故事谓海上之人在海上常与海鸥游玩,其父欲捉一只海鸥来玩,后他去海上时,海鸥就"舞而不下"了。张湛注曰:"心动于内,形变于外,禽鸟犹觉人理,岂可诈哉!"支遁的话说佛图澄是把石虎当作海鸥鸟了。这是赞美佛图澄以菩萨心肠看待石虎。石虎生性残忍,杀人无数,暴戾异常,佛图澄总是劝导他"不杀"、"不好暴虐"、"不害无辜"(《高僧传》卷九),石虎并不听劝。而佛图澄依然以佛菩萨慈悲心怀待他,这种忘我的精神只有支遁这样的高僧才能理解。

四十六

谢仁祖年八岁①,谢豫章㊀将送客②。尔时语已神悟③,自参上流。诸人咸共叹之,曰:"年少,一坐之颜回④。"仁祖曰:"坐无尼父⑤,焉别颜回?"㊀

【今译】谢尚八岁时,谢鲲带着他送客。那时他在言谈中已表现出奇异的领悟能力,跻身于上流社会。大家都很赞美他,说:"小小年纪,已是一座之中的颜回。"谢尚说:"座中没有孔子,哪里去识别颜回呢?"

【刘孝标注】㊀鲲子，别见。 ㊁《晋阳秋》曰："谢尚字仁祖，陈郡人，鲲之子也。龆龀丧兄，哀恸过人。及遭父丧，温峤唁之，尚号叫极哀，既而收涕告诉，有异常童。峤奇之。由是知名。仕至镇西将军、豫州刺史。"

【注释】① 谢仁祖：谢尚(308—357)，见刘注。自幼聪颖，博综众艺，深得王导赏识。 ② 谢豫章：谢鲲(280—322)，字幼舆，少知名，通简有高识。好《老》、《易》，能歌，善鼓琴。王敦引为长史，知敦有谋逆之意，不可谏劝，遂不屑政事，优游于丘壑之间。后出豫章太守，为政清简，受到百姓爱戴。将：带、领。 ③ 尔时：那时。 ④ 颜回(前521—前490)：字子渊，春秋时鲁国人，孔子的得意门生，以德行著称。 ⑤ 尼父：即孔子(前551—前479)，名丘，字仲尼，春秋鲁国陬邑(今山东曲阜)人。孔子周游列国，都不为时君所用。他长期聚徒讲学，首开私人讲学之风，传说有三千弟子，身通六艺者七十二人。

【评析】谢尚小小年纪便跟着父亲与当时的名士酬应，并表现出神奇的领悟能力，文中的对答，便已足见其"神悟"。

四十七

　　陶公疾笃①，都无献替之言②，朝士以为恨③。㊀仁祖闻之④，曰："时无竖刁⑤，故不贻陶公话言⑥。"㊁时贤以为德音⑦。

【今译】陶侃病危时，没有讲过一句有关献可替否的话语，朝中官员都为此感到遗憾。谢尚听到后说："现在朝中没有像竖刁那样的小人，所以陶公就不必留下遗言了。"当时的才德之士都认为这句话是善言。

【刘孝标注】㊀《陶氏叙》曰："侃字士衡，其先鄱阳人，后徙寻阳。侃少有远概、纲维宇宙之志。察孝廉，入洛，司空张华见而谓曰：'后来匡主宁民，君其人也！'刘弘镇沔南，取为长史。谓侃曰：'昔吾为羊太傅参佐，见语云："君后当居身处。"今相观，亦复然矣。'累迁湘、广、荆三州刺史，加羽葆鼓吹，封长沙郡公、大将军，赞拜不名，剑履上殿。进太尉，赠大司马，谥桓公。"按王隐《晋书》载侃临终表曰："臣少长孤寒，始愿有限，过蒙先朝历世异恩。臣年垂八十，位极人臣，启手启足，当复何恨？但以余寇未诛，山陵未复，所以愤慨兼怀，唯此而已。犹冀犬马之齿，尚可少延，欲为陛下北吞石虎，西诛李雄。势遂不振，良图永息。临书拒腕，涕泗横流。伏愿遴选代人，使必得良才，足以奉宣王猷，遵成志业。则虽死之日，犹生之年。"有表若此，非无献替。 ㊁《吕氏春秋》曰："管仲病，桓公问曰：'子如不讳，谁代子相者？竖刁何如？'管仲曰：'自宫以事君，非人情，必不可用。'后果乱齐。"

【注释】① 陶公：陶侃(259—334)，见刘注。早年孤贫，为县吏，以军功历任荆州刺史、广州刺史。苏峻叛乱，被推为盟主，平峻乱，封长沙郡公，都督八州军事。勤于政事，有声望。疾笃：病重。 ② 献替：献可替否或献替可否之简称，指臣下对君主劝善规过、议论兴废等。 ③ 朝士：朝廷官员。 ④ 仁祖：即谢尚。 ⑤ 竖刁：春秋时齐桓公所宠幸的宦官，他自己施行宫刑入宫服侍桓公，深得桓公宠幸。当管仲病危时，桓公问他死后能否用竖刁为相。管仲谓这种自宫为宦官的人不近人情，绝不能任用。后来竖刁果然使齐国蒙受祸乱。 ⑥ 贻：留。话言：指遗嘱。 ⑦ 时贤：当时的才德之士。德音：善言。

【评析】文中谓陶侃临终时没有留下劝善规过、兴利除弊的遗言，对此，刘注引王隐《晋书》本传所引之《临终表》，房玄龄《晋书》也谓其病危时"上表逊位"，两者内容大同小异。陶侃愤慨"余寇未诛，山陵未复"，欲"北吞石虎，西诛李雄"，故"临书拒腕，涕泗横流"。他希望"遴选代人，使必得良才"代替自己继续完成未竟之事业。为此，刘孝标谓"有表若此,非无献替",指出本文所写似与事实有出入。谢尚之语虽然解释了陶侃没有遗言的原因,谓不必为其没有遗言而遗憾,但他的话多少有无视现实、粉饰太平之意。

四十八

竺法深在简文坐①,刘尹问②:"道人何以游朱门③?"答曰:"君自见其朱门,贫道如游蓬户④。"㊀或云卞令⑤。㊁

【今译】竺法深在简文帝座上作客,刘惔问他:"和尚为什么与富贵人家交游?"法深答道:"在您看来是富贵人家,而在我眼里却同与贫寒人家交游没什么两样。"有人说是卞令问的。

【刘孝标注】㊀《高逸沙门传》曰:"法师居会稽,皇帝重其风德,遣使逆焉。法师暂出应命。司徒会稽王天性虚淡,与法师结殷勤之欢。师虽升履丹墀,出入朱邸,泯然旷达,不异蓬宇也。"㊁别见。

【注释】① 竺法深:晋高僧道潜,见《德行》三十注①(页21)。简文:晋简文帝司马昱,见《德行》三十七注①(页25)。 ② 刘尹:刘惔,见《德行》三十五注①(页24)。 ③ 道人:僧,和尚。朱门:王侯豪门之家大门漆作红色,故以朱门代称王侯豪门之家。 ④ 贫道:当时僧人自称之谦词。蓬户:以蓬草编成门户,指贫寒之家。 ⑤ 卞令:即卞壶(kǔn)。刘注于文下谓"别见"。《赏誉》五十四刘注引《卞壶别传》(页288),谓卞壶曾任尚书令,故称。

【评析】本文所写刘惔与竺法深答对之语亦载入《高僧传》卷四,字句略有不同。本文谓"刘尹问",《高僧传》则谓"惔嘲曰",表示刘惔之语有讥笑意。本文不着"嘲"字,似亦无妨话语本身已含讥嘲意。当时司马昱虽未做皇帝,但其为元帝少子,地位显赫,竺法深与其交游,刘惔言外之意,指和尚与世俗人一样,亦喜攀龙附凤。竺法深答语出人意料,以不分贫富、众生平等的精神来解释,表现了出家人置身于势利之外的本色。

四十九

孙盛为庾公记室参军①,㊀从猎,将其二儿俱行②,庾公不知。忽于猎场见齐庄③,时年七八岁,庾谓曰:"君亦复来邪?"应声答曰:"所谓'无小无大,从公于迈'④。"

【今译】孙盛当庾亮的记室参军的时候,曾跟随庾亮去打猎,他带着两个儿子一起去,庾亮事先不知道。忽然在猎场上见到孙盛的小儿子齐庄,当时齐庄只有七八岁,庾亮对他说:"你也来了吗?"齐庄随声回答道:"这就是《诗经》所说的'无论大人还是小孩,都跟着明公出游'啊。"

【刘孝标注】㊀《中兴书》曰:"盛字安国,太原中都人。博学强识,历著作郎、浏阳令。庾亮为荆州,以为征西主簿,累迁秘书监。"

【注释】① 孙盛(约306—378)：见刘注。善言名理，与殷浩齐名。著有《魏氏春秋》《晋阳秋》。庾公：庾亮，见《德行》三十一注①(页22)。记室参军：官名，管文书，为王公、将军等幕府中之幕僚。　② 将：带领。　③ 齐庄：孙盛次子，名放，字齐庄，官至长沙王相。　④ 无小无大，从公于迈：见《诗经·鲁颂·泮水》，原义为百官不分大小尊卑，都跟着鲁僖公出行。于，往；迈，行。

【评析】本文所写亦载入《晋书》本传，谓其"幼称令慧"。齐庄小小年纪就能活用典故，恰到好处。"无小无大"原指官位无论大小，齐庄巧妙地用来指大人小孩，将父亲和自己包括进去，同时又以"公"称颂庾亮，既切合当时的场景，又不失风趣，表现了齐庄聪慧早熟的特点。

五十

孙齐由、齐庄二人，小时诣庾公①。公问齐由何字②，答曰："字齐由。"公曰："欲何齐邪③？"曰："齐许由④。"㊀齐庄何字，答曰："字齐庄。"公曰："欲何齐？"曰："齐庄周⑤。"公曰："何不慕仲尼而慕庄周⑥？"对曰："圣人生知⑦，故难企慕⑧。"庾公大喜小儿对。㊁

【今译】孙潜、孙放兄弟二人小时候去拜见庾亮。庾亮问孙潜的字是什么，孙潜答道："字齐由。"庾亮说："你要向什么人看齐呢？"孙潜说："向许由看齐。"庾亮又问孙放的字是什么，孙放答道："字齐庄。"庾亮说："要向什么人看齐？"齐放答道："向庄周看齐。"庾亮说："为什么不仰慕孔子而仰慕庄子啊？"齐放答道："孔子是圣人，是生而知之的天才，所以难以仰慕。"庾亮非常喜欢小孩子的对答。

【刘孝标注】㊀《晋百官名》曰："孙潜字齐由，太原人。"《中兴书》曰："潜，盛长子也。豫章太守殷仲堪下讨王国宝，潜时在郡，逼为咨议参军，固辞不就，遂以忧卒。"　㊁《孙放别传》曰："放字齐庄，监君次子也。年八岁，太尉庾公召见之。放清秀，欲观试，乃授纸笔令书，放便自疏名字。公题后问之曰：'为欲慕庄周邪？'放书答曰：'意欲慕之。'公曰：'何故不慕仲尼而慕庄周？'放曰：'仲尼生而知之，非希企所及；至于庄周，是其次者，故慕耳。'公谓宾客曰：'王辅嗣应答恐不能胜之。'卒长沙王相。"

【注释】① 孙齐由：孙潜，孙盛长子。官豫章太守。生平详见刘注。齐庄：见本篇四十九注③(页67)。庾公：即庾亮，见《德行》三十一注①(页22)。　② 字：古人有名有字，根据名中的字义另取别名叫字，故名与字之间的意义有一定关系。自称时用名不用字，表示谦虚；称他人时则用字不用名，表示尊敬。　③ 齐：看齐的意思。　④ 许由：见本篇一注③(页33)。　⑤ 庄周(约前369—前286)：战国时宋国蒙(今河南商丘东北)人。做过蒙地的漆园吏。著《庄子》十万言，主张清静无为，独尊老子，排斥儒墨。　⑥ 仲尼：孔子(前551—前479)，名丘，字仲尼，鲁国陬邑(今山东曲阜)人。儒家创始人，政治家，教育家，著《论语》。　⑦ 圣人生知：谓圣人生下来就知道。《论语·季氏》："生而知之者，上也。"孔颖达《正义曰》："生而知之者，上也，谓圣人也。"　⑧ 企慕：仰慕。

【评析】古人取名字，名与字之间往往有联系，孙潜和孙放的名与字就是如此。潜有深藏不露意，许由是隐居山林的高士，名潜、字齐由就是欲其像许由一样不慕名利。放有放达意，庄子就是放达任性的典范，名放字齐庄欲其效法庄子。孙氏兄弟对自己名字的含义十分清楚，特别是孙放对庾亮的提问，能活用《论语》孔子的话来回答。《晋书》本传谓"亮大奇之"，可知孙放熟谙经典，应对自如。

五十一

张玄之、顾敷是顾和中外孙①,皆少而聪惠。和并知之,而常谓顾胜②,亲重偏至,张颇不厌③。 ⊝于时,张年九岁,顾年七岁,和与俱至寺中,见佛般泥洹像④,弟子有泣者,有不泣者。和以问二孙。玄谓:"被亲故泣,不被亲故不泣。"敷曰:"不然。当由忘情故不泣⑤,不能忘情故泣。" ⊜

【今译】张玄之和顾敷是顾和的外孙和孙子,两人都是小时候就很聪明。顾和对他们都很赏识,但常说顾敷胜过张玄之,所以对顾敷特别亲近偏爱,张玄之对此颇为不满。这时,张玄之九岁,顾敷七岁,顾和带他们一起到寺庙里,看到释迦牟尼佛的涅槃像,佛身边的弟子有的在哭泣,有的没有哭。顾和就以这场景问两位孙辈为何如此。张玄之说:"得到佛亲近的弟子就哭泣,没有得到佛亲近的所以就不哭。"顾敷说:"不是这样的。应当是因为能淡忘常情的人就不哭,不能忘掉喜怒哀乐常情的人所以就哭了。"

【刘孝标注】 ⊝ 敷,别见。《续晋阳秋》曰:"张玄之字祖希,吴郡太守澄之孙也。少以学显,历吏部尚书,出为冠军将军、吴兴太守。会稽内史谢玄同时之郡,论者以为'南北之望'。玄之名亚谢玄,时亦称'南北二玄'。卒于郡。" ⊜《大智度论》曰:"佛在阴庵罗双树间,入般涅槃,卧北首,大地震动。诸三学人愆然不乐,郁伊交涕。诸无学人,但念诸法,一切无常。"

【注释】 ① 张玄之:一作张玄,详见刘注。顾敷:刘注曰:"敷别见。"本书《凤惠》四注引《顾恺之家传》,谓敷字祖根,吴郡吴人,仕至著作郎。他天才早慧,年仅二十三岁即卒。顾和:见本篇三十三注①(页56)。中外孙:孙子与外孙。儿子所生子称中孙,女儿所生子称外孙。 ② 胜:胜过,超过。 ③ 厌:满足,满意。 ④ 般泥洹像(bō niè huán):梵文音译,亦译为涅槃,意译为入灭、圆寂。意谓释迦牟尼佛随缘教化众生,缘尽圆寂于印度的拘尸那拉城跋提河岸沙罗双树间,最后对围绕身边的弟子说《大般涅槃经》毕,即头北面西,右胁而卧,示现灭度。此像即为卧佛像。 ⑤ 忘情:对于常人的喜怒哀乐的感情淡然若忘。

【评析】两位年仅九岁、七岁的孩子能对佛将涅槃时弟子中有哭与不哭的不同表现作出解释,确实不同凡响,"皆少而聪慧"。尤以顾敷的话似更有悟性,更符合佛家超然出世的精神。

五十二

庾法畅造庾太尉①,握麈尾至佳②。公曰:"此至佳,那得在③?"法畅曰:"廉者不求④,贪者不与,故得在耳。" ⊝

【今译】康法畅拜访庾亮时,手里拿的麈尾极好。庾亮说:"这麈尾好极了,何以还能在你手上呢?"法畅说:"廉洁的人不会向我贪求,贪婪的人我不会给他,所以这柄麈尾得以留在我手中。"

【刘孝标注】 ⊝ 法畅氏族所出未详。法畅著《人物论》,自叙其美云:"悟锐有神,才辞通辩。"

【注释】 ① 庾法畅:为"康法畅"之误。《高僧传》卷四《康僧渊传》中说到法畅,谓其有才思,著《人物如义论》,善执麈尾,清谈终日。刘注谓未详其氏族所出,其著《人物论》称美自己"悟锐有神,才辞通辩",则知其所说之法畅即为康法畅,东晋之高僧。庾太尉:庾亮,见《德行》三十一注①(页22)。 ② 麈(zhǔ)尾:拂尘,以鹿一类动物的尾巴做成。魏晋人清谈时常执手中以示风度之洒脱。　③那得：何以。　④求：贪图，求取。

【评析】本文所写亦载入《高僧传》卷四《康僧渊传》，只是个别字句有出入而已，有曰："晋成之世，与康法畅、支敏度等俱过江。畅亦有才思，善为往复，著《人物始义论》等。畅常执麈尾行，每值名宾，辄清谈尽日。庾元规谓畅曰：'此麈尾何以常在？'畅曰：'廉者不取，贪者不与，故得常在也。'"可知东晋时，僧人亦受清谈风气之影响，善于清谈，与名士交往，常清谈终日，不知疲倦，支道林、康法畅即是如此。

五十三

庾稚恭为荆州①，㊀以毛扇上武帝②，武帝疑是故物。㊁侍中刘劭曰③：㊂"柏梁云构④，工匠先居其下；管弦繁奏⑤，钟夔先听其音⑥。㊃稚恭上扇⑦，以好不以新。"庾后闻之，曰："此人宜在帝左右。"

【今译】庾翼当荆州刺史时，把羽毛扇进献给武帝，武帝怀疑此扇是用过的旧扇。侍中刘劭说："柏梁台是高耸入云的伟大建筑，建造该台的工匠就是先在下面建起来的；管弦合奏的乐声，也是钟子期和夔这样知音的乐官首先听的。庾翼进献这把羽扇是因为它好，而不在新不新。"庾翼后来听到这些话便说："像这样的人适宜在皇帝的身边。"

【刘孝标注】㊀《庾翼别传》曰："翼字稚恭，颍州鄢陵人也。少有大度，时论以经略许之。兄太尉亮薨，朝议推才，乃以翼都督七州，进征南将军、荆州刺史。"　㊁傅咸《羽扇赋序》曰："昔吴人直截鸟翼而摇之，风不减方、圆二扇，而功无加。然中国莫有生意者。灭吴之后，翕然贵之，无人不用。"按庾怿以白羽扇献武帝，帝嫌其非新，反之。不闻翼也。　㊂《文字志》曰："劭字彦祖，彭城丛亭人。祖讷，司隶校尉。父松，成皋令。劭博识好学，多艺能，善草隶。初仕领军参军。太傅出东，劭谓京洛必危，乃单马奔扬州。历侍中、豫章太守。"　㊃钟，钟期也。夔，舜乐正。

【注释】① 庾稚恭：庾翼（305—345），庾亮之弟，亮死，代镇武昌，任都督江、荆等六州军事。有大志，以灭胡平蜀为己任。后为后赵击败，病死。　② 毛扇：羽毛扇。武帝：误，应作"成帝"。东晋成帝司马衍，326—341 年在位。　③ 侍中：官名，侍从皇帝左右，出入宫廷。刘劭：详见刘注。　④ 柏梁：台名，汉武帝建此台，故址在长安城中北门内。武帝曾在柏梁台上置酒，诏群臣和诗，能七言诗者才能上台。云构：形容柏梁台高耸入云的建筑面貌。　⑤ 管弦：管乐器和弦乐器。繁奏：一起演奏。繁，杂。　⑥ 钟：钟子期，春秋时楚人，精于音律。夔（kuí）：舜时的乐官。钟夔合称指善辩乐音的人。　⑦ 稚恭上扇：刘孝标注谓献羽扇者为庾怿，不是庾翼。怿为庾亮之大弟，翼为庾亮之幼弟。《晋书·庾怿传》亦谓献扇者为怿而非翼，受扇者为成帝而非武帝。本文与刘注称"武帝"，形似而误。

【评析】本文所写亦收入《晋书·庾怿传》，献扇者为庾怿，受扇者为成帝而非武帝。刘注亦谓庾怿献扇，只是受者亦同本文为武帝。"成"与"武"形近易误，当从《晋书》作"成帝"为是。文中侍中刘劭之语极有见识，刘注引《文字记》谓其"博识好学"，从其说献扇者"以好不以新"之语，并举古人古事为例，足见其识见之不凡，宜乎得到庾氏之赞赏。

五十四

何骠骑亡后①，㊀征褚公入②。既至石头③，王长史、刘尹同诣褚④。褚

曰："真长，何以处我⑤？"真长顾王曰："此子能言。"褚因视王，王曰："国自有周公⑥。"㈡

【今译】骠骑将军何充去世后，朝廷征召褚裒入都。褚裒到达石头城后，王濛、刘惔一同来拜访褚裒。褚裒说："真长，你看朝廷会怎样安排我啊？"刘惔回头看王濛说："这位先生很善言辞。"褚裒于是注视王濛，王濛说："国中本来就有周公那样的人在。"

【刘孝标注】㈠ 何充，别见。 ㈡《晋阳秋》曰："充之卒，议者谓太后父褚裒宜秉朝政。裒自丹徒入朝，吏部尚书刘遐劝裒曰：'会稽王令德，国之周公也，足下宜以大政付之。'裒长史王胡之亦劝归藩，于是固辞归京。"

【注释】① 何骠(piào)骑：刘注曰："何充别见。"见《政事》十七刘注。何充：字道次，庐江灊(qián，今安徽霍山东北)人。王导妻之秭子，少与导善。曾任骠骑将军、会稽内史、吏部尚书等。选用人才不以私恩，而以社稷为重，深受好评。性好佛典。 ② 褚公：褚裒，见《德行》三十四注①(页23)。 ③ 石头：石头城，故址在今江苏南京清凉山。 ④ 王长史：王濛(309—347)，字仲祖，小字阿奴，晋太原晋阳(今山西太原西南)人。晋哀帝靖皇后之父。少时放纵不羁，晚年则克己励行，以清约见称，与刘惔齐名。王导辟为掾。历官长山令、中书郎、司徒左长史。善隶书，能言理。刘尹：刘惔，见《德行》三十五注①(页24)。 ⑤ 处：处置，安排。 ⑥ 周公：姓姬名旦，周文王子，武王弟。助武王灭纣，建立周朝。武王死，子成王年幼，由其摄政，制礼乐，平叛乱，功勋卓著。此以周公借指司马昱。

【评析】褚裒之女为康帝的皇后，康帝死，穆帝即位，年仅二岁，皇太后临朝摄政。褚裒作为外戚十分注意避嫌，康帝在位时即不肯在朝中任职而要求外任。何充去世后，皇太后召褚裒入朝，他到达石头城即征求王濛和刘惔的意见，他们以"国自有周公"一语即使他固辞归藩，而将大权让给觊觎皇位的会稽王司马昱(元帝之少子)。说明褚裒无意于擅权，《晋书》本传称其"在官清约，虽居方伯，恒使私童樵采"。刘注引《晋阳秋》，谓吏部尚书刘遐劝其以大政交付会稽王，王濛亦劝之。《晋书》本传亦谓刘遐而非刘惔，文字与本文略异。

五十五

桓公北征①，经金城②，见前为琅邪时种柳③，皆已十围④，慨然曰："木犹如此，人何以堪⑤！"攀枝执条，泫然流泪⑥。㈠

【今译】桓温北征前燕时，路过金城，看到自己以前当琅邪内史时所种的柳树，都已长成十围粗的大树了，他感慨地说："树木尚且这样，人又怎能忍受这岁月的流逝啊！"他攀着树枝拿着柳条，禁不住流下泪来。

【刘孝标注】㈠《桓温别传》曰："温字元子，谯国龙亢人，汉五更桓荣后也。父彝，有识鉴。温少有豪迈风气，为温峤所知。累迁琅邪内史，进征西大将军，镇西夏。时逆胡未诛，余烬假息。温亲勒郡卒，建旗致讨，清荡伊、洛，展敬园陵。薨谥宣武侯。"

【注释】① 桓公：桓温(312—373)，见刘注。明帝司马绍之婿。永和元年(345)任荆州刺史，握兵权。后定蜀，进位征西大将军。三年灭成汉，后又攻前秦入关中。十二年收复洛阳。太和四年(369)攻前燕，因军粮不继，受挫而返。六年废海西公，立简文帝，专擅朝政，图谋受禅，未成病死。北征：指太和四年北征前燕。 ② 金城：在今江苏句容北。 ③ 琅邪：郡名。东晋太兴三年(320)设置侨州、侨郡、侨县等安置北方渡江而来的士庶。咸康元年(335)分江乘县地置琅邪郡,治所在金城。咸康七年(341),桓温为琅邪内史,出镇金城。 ④围:计量圆周的约略单位,两手拇指和食指合拢的长度,亦指两臂合抱的长度。 ⑤堪:忍受,能支持。 ⑥泫(xuàn)然:流泪的样子。

【评析】桓温手握兵权,怀有"攘除群凶,扫平祸乱"(《晋书》本传引其上疏语)之雄心。他曾积极出兵,灭成汉,克洛阳,伐前燕等等,为国家做了好事。本文所写,表达其为时光流逝、功业未成所发的感慨。"木犹如此"两句,从此成为后人感叹未能一展怀抱、蹉跎岁月的典故。庾信《枯树赋》有"树犹如此,人何以堪"句,辛弃疾《水龙吟·登建康赏心亭》有"可惜流年,忧愁风雨,树犹如此"句,都写出他们在国势危难中功业未就的抑郁情怀。

五十六

简文作抚军时①,尝与桓宣武俱入朝②,更相让在前。宣武不得已而先之,因曰:"伯也执殳,为王前驱③。"㊀简文曰:"所谓'无小无大,从公于迈④。'"

【今译】简文帝当抚军大将军时,曾与桓温一起上朝,他们互相谦让,要对方走在前面。桓温不得已只好在前面走,于是说:"哥哥手上拿着殳,为王打前锋。"简文帝说:"这就是所谓的官儿无论小或大,我都是跟着明公在行进。"

【刘孝标注】㊀《卫诗》也。殳,长一丈二尺,无刃。

【注释】① 简文:简文帝司马昱,见《德行》三十七注①。司马昱于永和元年(345)进位抚军大将军。抚军:将军称号,抚军大将军的简称。 ② 桓宣武:桓温,死后谥号宣武侯,故称。③"伯也执殳"二句:见《诗经·卫风·伯兮》。《伯兮》为卫国妇人思念其丈夫远征之诗。伯,妇人称呼其丈夫之词。殳(shū),一种长一丈二尺无刃的武器。前驱,先锋。两句谓:夫君拿着武器为国王打先锋。这里借以指自己为会稽王作前锋,故走在前面,以示其谦恭。 ④"无小无大"两句:见本篇四十九注④(页67),谓不论官位大小,跟着您明公前行。

【评析】简文帝久有取代皇位之心,他虽贵为会稽王,又进位抚军大将军,但对手握兵权的桓温却不得不仰承其鼻息,故在入朝时辞让桓温先走。桓温毕竟不能当仁不让,总要谦让一番,于是便引用《伯兮》诗句谓自己是为王前驱,以示谦恭,用典还是恰当的。简文帝当然也要加以回应,便以"无小无大,从公于迈"答之,看来谦恭,用典却不伦,与自己的身份不合。还不如那位七八岁的小儿孙放,同样引用这两句诗,却一语双关,略带幽默,似更切合当时的场景。

五十七

顾悦与简文同年①,而发蚤白②。㊀简文曰:"卿何以先白?"对曰:"蒲柳之姿③,望秋而落④;松柏之质,经霜弥茂⑤。"㊁

【今译】顾悦和简文帝同龄,但头发早就白了。简文帝说:"你为什么头发白得比我早?"顾悦回答道:"我是蒲柳一样的体态,向着秋天树叶就掉落了;您是松柏一般的质地,经受了秋霜反而更加茂盛。"

《世说新语》详解

【刘孝标注】㊀《中兴书》曰:"悦字君叔,晋陵人。初为殷浩扬州别驾。浩卒,上疏理浩。或谏以浩为太宗所废,必不依许。悦固争之,浩果得申。物论称之。后至尚书左丞。" ㊁顾恺之为父传曰:"君以直道,陵迟于世。入见王,王发无二毛,而君已斑白。问君年,乃曰:'卿何偏蚤白?'君曰:'松柏之姿,经霜犹茂;臣蒲柳之质,望秋先零。受命之异也。'王称善久之。"

【注释】① 顾悦:一作顾悦之。详见刘注。 ② 蚤:通"早"。 ③ 蒲柳:水杨,是秋天很早就凋零的树木。用以谦称自己体质衰弱或地位低下。 ④ 望:向。 ⑤ 经:经受。弥:更加。

【评析】顾悦与简文帝之间的对话,刘注引顾悦之子顾恺之所作之传文,与本文略有不同,比较起来,顾文似更精彩。简文帝问悦"卿何以先白",顾文则为"卿何偏蚤白",前者直白,而后者含有更多的好奇与不解的成分。本文悦之答语是先说自己后说对方,顾文是先说对方后说自己,似更合乎礼貌。不过顾文最后两句似有蛇足之嫌,不如本文将其略去,更显简洁。

五十八

桓公入峡①,绝壁天悬,腾波迅急,㊀乃叹曰:"既为忠臣,不得为孝子②,如何③!"㊁

【今译】桓温进入三峡,只见两岸高耸的峭壁悬在空中,下有奔腾汹涌的波涛迅猛疾流,于是叹息道:"我既然做了忠臣,就不能当孝子了,有什么办法啊!"

【刘孝标注】㊀《晋阳秋》曰:"温以永和二年,率所领七千余人伐蜀,拜表辄行。" ㊁《汉书》曰:"王阳为益州刺史,行部至邛崃(bó)九折坂,叹曰:'奉先人遗体,奈何数乘此险!'以病去官。后王尊为刺史,至其坂,问吏曰:'非王阳所畏之道邪?'吏曰:'是。'叱其驭曰:'驱之! 王阳为孝子,王尊为忠臣。'"

【注释】① 桓公:桓温,见本篇五十五注①。入峡:进入三峡。桓温于永和二年(346)率领七千余人伐蜀。 ② "既为忠臣"两句:刘注引《汉书》,见《汉书·王尊传》。忠臣句指汉代的王尊,愿为国尽忠冒险进蜀。孝子句指汉代王阳,宁在家奉养父母也不肯进蜀冒险。

【评析】桓温于明帝时为安西将军、荆州刺史,率兵伐蜀。自古蜀道号称天险,西汉的王阳至此畏惧不前,愿回家奉养父母做孝子;王尊则宁为忠臣而涉险长驱前进。桓温率兵伐蜀,学王尊为忠臣而不做王阳那样的孝子,确非等闲之辈。

五十九

初,荧惑入太微①,寻废海西②;㊀简文登阼③,复入太微④,帝恶之。㊁时郗超为中书,在直⑤。㊂引超入曰:"天命修短,故非所计。政当无复近日事不⑥?"超曰:"大司马方将外固封疆⑦,内镇社稷,必无若此之虑。臣为陛下以百口保之⑧。"帝因诵庾仲初诗㊃曰⑨:"志士痛朝危,忠臣哀主辱⑩。"声甚凄厉。郗受假还东,帝曰:"致意尊公⑪,家国之事,遂至于此⑫。由是身不能以道匡卫⑬,思患预防。愧叹之深,言何能喻⑭!"因泣下流襟。⑮

【今译】当初,荧惑星进入太微垣,不久桓温废晋废帝为海西公;等到简文帝即位,荧惑星再次进入太微垣,简文帝十分厌恶这种不祥的征兆。当时郗超作为中书侍郎正好在宫内值班。简文帝便把郗超招进来说:"人命有长有短,这本不是我所要考虑的,只是不知会再发生前些日子的废立之事吗?"郗超说:"大司马正要对外巩固边疆,对内安定社稷,必定不会有这样的打算。我愿用全家百口人的性命为陛下担保。"简文帝于是吟诵庾阐的诗句道:"有志之士为朝廷的危险而痛苦,耿直的忠臣为主上的屈辱而哀伤。"声音非常凄惨哀伤。郗超得到假期东归会稽,简文帝对他说:"向您父亲致意,国家的事情,竟已到了这种地步。由于我不能以正道匡正保卫国家,想着随时防范祸患的发生。惭愧感慨之深痛,哪能用言语来表达!"说着眼泪落下,沾湿衣襟。

【刘孝标注】㊀《晋阳秋》曰:"泰和六年闰十月,荧惑守太微端门;十一月,大司马桓温废帝为海西公。"《晋安帝纪》曰:"桓温于枋头奔败,知民望之去也,乃屠袁真于寿阳。既而谓郗超曰:'足以雪枋头之耻乎?'超曰:'未厌有识之情也。公六十之年,败于大举;不建高世之勋,未足以镇厌民望。'因说温以废立之事。时温凤有此谋,纳纳超言,遂废海西。" ㊁ 徐广《晋纪》曰:"咸安元年十二月,荧惑逆行入太微,至二年七月犹在焉。帝惩海西之事,心甚忧之。" ㊂《中兴书》曰:"超字景兴,高平人,司空愔之子也。少而卓荦不羁,有旷世之度。累迁中书郎、司徒左长史。" ㊃ 庾阐《从征》诗也。 ㊄《续晋阳秋》曰:"帝外压强臣,忧愤不得志,在位二年而崩。"

【注释】① 荧惑:即火星,呈红色,亮度常变化,运行规律亦多变,令人迷惑,故称。古人视作灾星。太微:太微垣,在北斗之南,古人以之为天帝南宫,与人间朝廷相对应。 ② 寻:不久。废海西:海西公司马奕,字延龄,365 年即位,371 年被桓温废为海西县公,称废帝。 ③ 简文登阼(zuò):简文帝即位称帝。阼,君主之位。 ④ 复入太微:指荧惑星再次进入太微垣。刘注引《晋阳秋》和《晋纪》谓太和六年(371)荧惑星进入太微垣;海西公被废去皇位,过了一年,荧惑星又进入太微垣,简文帝害怕自己会遭受同样的命运,故忧心忡忡。 ⑤ 郗超(336—377):见刘注。曾任桓温参军,深获信任。桓温专政,他任中书侍郎等职,参与废立密谋。在直:正在值班。 ⑥ 政当:只是。政,通"正";只,仅。 ⑦ 大司马:桓温曾任大司马,故称。封疆:疆界,此指边疆、边防。 ⑧ 百口:指全家、整个家族的人。 ⑨ 庾仲初:庾阐,字仲初,晋颍川鄢陵人。历仕尚书郎、彭城内史、郗鉴从事中郎、散骑常侍、领大著作、出补零陵太守、给事中等。九岁即能文,有集十卷。 ⑩《从征》诗,此诗仅存此两句。 ⑪ 尊公:敬称对方的父亲。郗超父亲郗愔(yīn)忠于晋室,当时任会稽内史,郗超请假东去探亲,故简文帝对郗超说这番话。 ⑫ 遂:竟。 ⑬ 身:晋人多以"身"作第一人称代词。匡卫:匡正保卫。纠正过失,保卫国家。 ⑭ 喻:说明。

【评析】刘注引《晋安帝纪》谓桓温北伐枋头(在今河南浚县西东枋城、西枋城)大败,他自知失去民心,为了慑服百官,重振声威,便采纳郗超之谋,借荧惑入太微的天象行废立之事。简文帝虽当了皇帝,由于"外压强臣,忧愤不得志"(《续晋阳秋》),"常惧废黜"(《晋书》本传),忧心忡忡。本文形象地描写其畏惧重蹈海西公之覆辙,而惶惶不可终日的处境。

六十

简文在暗室中坐①,召宣武②。宣武至,问上何在。简文曰:"某在斯③!"时人以为能④。㊀

【今译】简文帝坐在暗室里,召见桓温。桓温来了,问皇上在哪里。简文帝说:"我在这里!"当时人以为简文帝善于言辞,很有才能。

【刘孝标注】㊀《论语》曰:"师冕见,及阶,子曰:'阶也。'及席,子曰:'席也。'皆坐,子告之曰:'某在斯,某在斯。'"注:"历告坐中人也。"

【注释】① 简文:简文帝。　② 宣武:桓温死后谥号宣武。　③ 某在斯:指自己在这里。④ 能:有才能,善言辞。

【评析】《晋书》本传谓简文帝"清心寡欲"、"留心典籍",本文即为具体的例证。简文帝在暗室中静坐时召见桓温,温看不到他人时发问,他即引用《论语·卫灵公》中孔子的话来回答。桓温虽非盲人,但走进暗室,自然看不清楚,故简文帝暗用典故。刘注引《论语》这段话谓:孔子告诉盲乐师注意他已走到台阶了,又到了坐席前了。师冕与大家都坐定后,孔子再告诉他"某人在这里","某人在这里",一个一个地介绍在座的人。可知孔子对盲乐师的关照是多么周到!简文帝的答语称得上是熟谙典籍,妙用典故。

六十一

　　简文入华林园①,顾谓左右曰:"会心处不必在远②,翳然林水③,便自有濠、濮间想也④,㊀觉鸟兽禽鱼自来亲人。"

【今译】简文帝到了华林园,回头对身边的侍人说:"领略大自然的韵致无需跑到远处寻求,置身于郁郁葱葱幽深的林木水流的怀抱中,便令人自然思慕庄子所追求的濠、濮间逍遥自在的境界,觉得飞鸟走兽、水禽游鱼都会主动来与人亲近。"

【刘孝标注】㊀濠、濮,二水名也。《庄子》曰:"庄子与惠子游濠梁水上。庄子曰:'鲦鱼出游从容,是鱼乐也。'惠子曰:'子非鱼,安知鱼之乐邪?'庄子曰:'子非我,安知我之不知鱼之乐也?'""庄周钓在濮水,楚王使二大夫造焉,曰:'愿以境内累庄子。'庄子持竿不顾,曰:'吾闻楚有神龟者,死已三千年矣,巾笥而藏于庙。此宁曳尾于涂中,宁留骨而贵乎?'二大夫曰:'宁曳尾于涂中。'庄子曰:'往矣!吾亦宁曳尾于涂中。'"

【注释】① 简文:简文帝。华林园:故址在今南京鸡鸣山南古台城内,三国吴建。　② 会心:领悟、领会,指人对自然心领神会的感悟。　③ 翳然:遮蔽的样子。　④ 濠、濮间想:谓思慕濠梁、濮水间的逍遥自在的生活境界。濠、濮,见《庄子·秋水》,谓庄子曾与惠施游于濠水桥梁之上,羡慕游鱼自由自在之乐;亦曾垂钓于濮水,拒绝楚王的招聘,不愿为官。想,思慕之意。

【评析】简文帝善于玄言,本文写其在华林园的一段话,可知其对庄子所追求的人与自然融洽无间的境界深有体会。于中似亦隐含其徒有虚位,只能优游于园林间的寂寞心态。这段话已成为典故而广为后人引用。

六十二

　　谢太傅语王右军曰①:"中年伤于哀乐②,与亲友别,辄作数日恶③。"王曰:㊀"年在桑榆④,自然至此,正赖丝竹陶写⑤,恒恐儿辈觉损欣乐之趣。"

【今译】谢安告诉王羲之说:"人到中年,常为哀伤情绪而伤怀,每当与亲友离别,总会有几天感到不快。"王羲之说:"人到晚年,自然会有这种情景,正需要依赖音乐来陶冶性情,抒发忧思。只是常怕子侄们知道了,会减少欣喜快乐的情趣。”

【刘孝标注】㊀《文字志》曰:“王羲之字逸少,琅邪临沂人。父旷,淮南太守。羲之少朗拔,为叔父廙所赏。善草隶。累迁江州刺史、右军将军、会稽内史。”

【注释】① 谢太傅:谢安,见《德行》三十三注④(页23)。王右军:王羲之(321—379,一作303—361),详见刘注。工于书法,善于博采众长,推陈出新,备精诸体,尤擅行书,为历代所宗尚,被尊为“书圣”,影响极大。 ② 哀乐:偏义复词,指哀伤。 ③ 作:兴起,生出。 ④ 桑榆:原指落日余晖照在桑树、榆树的梢头,比喻人的晚年。 ⑤ 丝竹:指音乐。丝为弦乐器,竹为管乐器。陶写:陶冶性情,抒发忧思。

【评析】本文载入《晋书·王羲之传》。谢安和王羲之年辈相仿,志趣相投,都是喜与山水亲近的名士,两人对人生亦有相似的领悟。王羲之的“正赖丝竹陶写”之语,历来深获士子之心而成为典故。

六十三

支道林常养数匹马①。或言道人畜马不韵②。支曰:“贫道重其神骏③。”㊀

【今译】支道林曾经养有几匹马。有人说和尚养马不太风雅。支道林说:“我着重于它的神采焕发。”

【刘孝标注】㊀《高逸沙门传》曰:“支遁字道林,河内林虑人。或曰陈留人,本姓关氏。少而任心独往,风期高亮,家世奉法。尝于余杭山沉思道行,泠然独畅。年二十五,始释形入道。年五十三,终于洛阳。”

【注释】① 支道林(314—366):名遁,以字行,见刘注。从师改姓,世称支道。二十五岁出家,后至建康(今南京)讲经,与谢安、王羲之等交游,好谈玄理。为般学大家之一,有集十卷行世。 ② 道人:和尚的旧称。韵:风雅。 ③ 贫道:和尚谦称之词。神骏:神采焕发的样子。骏,良马。

【评析】本文写支道林养马重其神骏事,《高僧传》卷四本传亦载,谓:“人尝有遗遁马者,遁爱而养之。时或有讥之者。”遁曰:“爱其神骏,聊复畜耳。”与本文所称主动养马不同,似以《高僧传》为优。支道林不仅深通佛学,亦好玄言,对《庄子》颇有研究,曾在洛阳白马寺与诸名士谈《庄子·逍遥游》,其注解为时人所叹服。无怪当时一代名流如谢安、王羲之等均与之交游。

六十四

刘尹与桓宣武共听讲《礼记》①。桓云:“时有入心处②,便觉咫尺玄门③。”刘曰:“此未关至极④,自是金华殿之语⑤。”㊀

【今译】刘惔与桓温一起听讲《礼记》。桓温说:“时常有打动人心的地方,于是感觉距离最高境界已不远了。”刘惔说:“这还没有涉及道家的最高境界,只不过是儒生金华殿的常谈而已。"

【刘孝标注】 ㊀《汉书·叙传》曰:"班伯少受《诗》于师丹,大将军王凤荐伯于成帝,宜劝学,召见宴昵,拜为中常侍。时上方向学,郑宽中、张禹朝夕入说《尚书》、《论语》于金华殿,诏伯受之。"

【注释】 ① 刘尹:刘惔,见《德行》三十五注①(页24)。桓宣武:桓温,见本篇五十五注①(页70)。《礼记》:书名,儒家经典之一,是研究中国古代社会、儒家学说和礼乐制度的参考书。相传为西汉戴圣编纂,今本为东汉郑玄注本。 ② 入心:打动人心。 ③ 咫尺:指距离很近。咫,古代指八尺。玄门:玄妙之门,道家学说。《老子》:"玄之又玄,众妙之门。"此喻指道家最高境界。 ④ 关:涉及。至极:达到极点,指最高境界。 ⑤ 金华殿之语:指儒生常谈。刘注引《汉书·叙传》,谓西汉成帝时,郑宽中、张禹每天在金华殿讲说《尚书》、《论语》。金华殿,殿名,在未央宫中。

【评析】 桓温雄才大略,进取立功,觊觎权位,故听讲《礼记》,便以为距玄妙之门不远了。而爱好老庄的刘惔则认为《礼记》所说并未涉及最高境界,仅仅只是儒生的常谈而已。寥寥数言,即可看出桓、刘两人不同的志趣与追求。

六十五

羊秉为抚军参军①,少亡,有令誉②,夏侯孝若为之叙③,极相赞悼④。㊀羊权为黄门侍郎⑤,侍简文坐。帝问曰:"夏侯湛㊁作《羊秉叙》,绝可想⑥。是卿何物⑦? 有后不⑧?"㊂权潸然对曰⑨:"亡伯令问凤彰⑩,而无有继嗣;虽名播天听⑪,然胤绝圣世⑫。"帝嗟慨久之。

【今译】 羊秉曾任抚军参军,年纪轻轻就死了,享有美名,夏侯湛为他写叙,极力赞美并表示哀悼。羊权当时为黄门侍郎,侍候在简文帝身旁。简文帝问道:"夏侯湛写的《羊秉叙》,非常值得赞赏。他是你的什么人? 有后代吗?"羊权流着泪回答道:"他是我故世的伯父,一向美名卓著,但他没有后代;他的名声虽然传到了皇上的耳中,却在这圣明之世绝了后。"简文帝听了久久地嗟叹感慨。

【刘孝标注】 ㊀《羊秉叙》曰:"秉字长达,太山平阳人。汉南阳太守续曾孙。大父魏郡府君,即车骑掾元子也。府君夫人郑氏无子,乃养秉。龆龀而佳,小心敬慎。十岁而郑夫人薨,秉思容尽哀。俄而公府掾及夫人卒,秉群从父率礼相承,人不间其亲,雍雍如也。仕参抚军将军事。将奋千里之足,挥冲天之翼,惜乎春秋三十有二而卒。昔罕虎死,子产以为无与为善。自夫子之没,有子产之叹矣! 亡后有子男,又不育。是何行善而祸繁也,岂非司马生之所惑欤?" ㊁ 别见。 ㊂《羊氏谱》曰:"权字道舆,徐州刺史悦之子也。仕至尚书左丞。"

【注释】 ① 羊秉:见刘注。以小心谨慎著称,年仅三十二岁而卒。抚军参军:官名,抚军大将军属下。 ② 令誉:美好的名声。 ③ 夏侯孝若:夏侯湛(243—291),字孝若,晋谯县(今安徽亳州)人。官至散骑常侍,美姿容,与潘岳友善,时人称为连璧。有文才,文章宏富,善构新词。原有集,已佚,明人辑有《夏侯常侍集》。 ④ 赞悼:赞美哀悼。 ⑤ 羊权:见刘注。 ⑥ 可想:值得称赞。 ⑦ 何物:什么,何人。 ⑧ 不:通"否"。 ⑨ 潸(shān)然:流泪的样子。 ⑩ 令问:美好的名声。凤彰:早就显著。 ⑪ 天听:指皇帝的听闻。 ⑫ 胤(yìn):后代。

【评析】刘注引夏侯湛为羊秉记述生平事迹的叙文,言简意赅,文字优美。如"将奋千里之中,挥冲天之翼,惜乎春秋三十有二而卒"句,赞赏羊秉才能之余饱含哀悼之情,以至感动了爱好文辞的简文帝,为羊秉没有后代而慨叹惋惜。可知夏侯湛文字之感人。

六十六

王长史与刘真长别后相见①,㊀王谓刘曰:"卿更长进②。"答曰:"此若天之自高耳③。"㊁

【今译】王濛与刘惔分别以后再相见,王濛对刘惔说:"你在学问和品行上更有进步了。"刘惔回答说:"这就好像天的自然高罢了。"

【刘孝标注】㊀《王长史别传》曰:"濛字仲祖,太原晋阳人。其先出自周室,经汉、魏,世为大族。祖父佐,北军中侯。父讷,叶令。濛神气清韶,年十余岁,放迈不群。弱冠检尚,风流雅正,外绝荣竞,内寡私欲。辟司徒掾、中书郎,以后父赠光禄大夫。" ㊁《语林》曰:"仲祖语真长曰:'卿近大进。'刘曰:'卿仰看邪?'王问何意,刘曰:'不尔,何以测天之高也?'"

【注释】① 王长史:见本篇五十四注④(页70)。刘真长:刘惔,见《德行》三十五注①(页24)。② 长进:在学问、品行等方面有进步。 ③ 若天之自高句:语见《庄子·田子方》:"若天之自高,地之自厚,日月之自明,夫何修焉!"意谓:像天自然地高,地自然地厚,日月自然地光明,哪里需要修饰呢!

【评析】王濛与刘惔当时齐名,均好老庄,善清谈。简文帝为丞相时,二人同为其谈客,受到上宾的礼遇。他们互相友善相知。"惔常称濛性至通,而自然有节。濛每云刘君知我胜我。"(《晋书·王濛传》)本文写二人别后再见时之语,刘惔以天自比,是否狂诞呢?《晋书》刘惔本传有类似的话,谓:"桓温尝问惔会稽王谈更进邪?惔曰:'极进,然第三流耳。'温曰:'第一复谁?'惔曰:'故在我辈。'其高自标置如此。"谓其自视甚高。本文刘惔以天自比,也是"高自标置"之例。不过本文所写似为莫逆之交间的戏谑语。对于"尤好老庄,任自然趣"(《晋书》刘惔本传)的刘惔来说,用《庄子》语来回答好友的话也是很自然的,信手拈来,不无幽默。

六十七

刘尹云①:"人想王荆产佳②,此想长松下当有清风耳!"㊀

【今译】刘惔说:"人们都想象王微很好,这就好比想象高大的松树下该当有清风罢了。"

【刘孝标注】㊀荆产,王微小字也。《王氏谱》曰:"微字幼仁,琅邪人。祖父义,平北将军。父澄,荆州刺史。微历尚书郎、右军司马。"

【注释】① 刘尹:刘惔,见《德行》三十五注①(页24)。 ② 王荆产:王微,见刘注,一作王徽,小字荆产。

【评析】《晋书·王澄传》谓王微(《晋书》作徽)为王澄之次子。王澄为王戎的堂弟,王衍之弟,曾官荆州刺史。王澄父王乂曾官平北将军,可谓一门显贵。按照门第观念,有显赫家世为背景的王微当然不同凡响,天生就是美好的。他历仕尚书郎、右军司马便与此有关。他小名荆产,亦刻下其出生于父亲荆州刺史任上的印记。

六十八

王仲祖闻蛮语不解①,茫然曰:"若使介葛卢来朝②,故当不昧此语③。"〇

【今译】王濛听到南方少数民族的方言,一点也不懂,他茫无头绪地说:"如果让春秋时的介葛卢来朝见,一定不会不明白这种话。"

【刘孝标注】〇《春秋传》曰:"介葛卢来朝鲁,闻牛鸣,曰:'是生三牺,皆用之矣。其音云。'问之而信。"杜预注曰:"介,东夷国;葛卢,其君名也。"

【注释】① 王仲祖:王濛,见本篇五十四注④(页70)。蛮语:指南方少数民族的方言。蛮,古称南方少数民族。 ② 介葛卢:春秋时东夷国之国君,据说通牛语。介,东夷国,葛卢为其国君之名。 ③ 故当:当然,肯定。不昧:明白。昧,不明。

【评析】有关介葛卢懂牛语之事,刘注引《左传》为据,见《左传·二十九年》:"介葛卢来……礼之加燕好。介葛卢闻牛鸣曰:'是生三牺,皆用之矣。其音云。'问之而信。"介葛卢听到牛叫的声音谓:生了三头小牛,都用做祭祀的祭品了。问了别人,果然如此。东晋的君臣从北方渡江而来,听不懂南方话。战国时的孟子比之为"南蛮鴃(jué)舌",以为与鸟语差不多。王濛比之为牛语,除了确实听不懂南方话之外,恐亦含有歧视南方土著、北方人高人一头的优越感在内。

六十九

刘真长为丹阳尹①,许玄度出都②,就刘宿,〇床帷新丽,饮食丰甘。许曰:"若保全此处,殊胜东山③。"刘曰:"卿若知吉凶由人,吾安得不保此!"〇王逸少在坐④,曰:"令巢、许遇稷、契⑤,当无此言。"二人并有愧色。

【今译】刘惔任丹阳尹时,许询到京城,到刘惔处住宿。床帐既新又华丽,饮食丰盛且味美。许询说:"如果能够保全这样的住处,享受这般生活,那就远远胜过在东山隐居了。"刘惔说:"你如知道吉凶祸福都由人自己来定的话,我怎么能不保全由官职俸禄而来的这个住处呢?"王羲之当时在座,说:"如果当年的高士巢父、许由遇到稷、契那样的明君,也许不会说出这种话来。"许询和刘惔二人听了,都面有惭色。

【刘孝标注】〇《续晋阳秋》曰:"许询字玄度,高阳人,魏中领军允玄孙。总角秀惠,众称神童。长而风情简素,司徒掾辟,不就,蚤卒。" 〇《春秋传》曰:"吉凶无门,唯人所召。"

【注释】① 刘真长:刘惔,见《德行》三十五注①(页24)。丹阳尹:丹阳的行政长官。 ② 许玄度:许询,见刘注。善属文,与孙绰齐名。与刘惔、王羲之等清谈往返,文字交游。好游山水,乐于隐遁。有集,今亡。出都:到都城。魏晋南北朝文献中习惯用"出都"表示赴京都,到京城之意,而非离开京都之意。 ③ 东山:在今浙江上虞西南,风景秀美,是谢安隐居优游之地,也成

为当时及以后名士向往隐居的地方。　④ 王逸少：王羲之，见本篇六十二注①（页75）。
⑤ 巢、许：巢父与许由，见本篇九注⑧。稷：后稷，周之始祖，传说曾任尧之农官。契（xiè）：商
之始祖，传说为舜之大臣，助禹治水有功。

【评析】刘注引《续晋阳秋》谓司徒蔡谟征召许询为掾，他不就，不愿为官，似无意于功
名，刘惔亦性好老庄，但从他们的对话中，还是透露了他们难以割舍爵禄而流连于奢
华生活的心思。王羲之以巢父、许由作比的一番话，令他们感到惭愧。可知许询并未
超脱于名利之外，而刘惔也不是真正的老庄信徒。

七十

　　王右军与谢太傅共登冶城①，㊀谢悠然远想，有高世之志②。王谓谢曰：
"夏禹勤王③，手足胼胝④；㊁文王旰食⑤，日不暇给⑥。㊂今四郊多垒⑦，㊃宜人
人自效。而虚谈废务，浮文妨要，恐非当今所宜。"谢答曰："秦任商鞅⑧，二世
而亡⑨，㊄岂清言致患邪⑩？"

【今译】王羲之与谢安一起登上冶城，谢安悠闲自在地沉湎于遐想中，似有超世脱俗
的志趣。王羲之说："夏禹为国事操劳，手脚都长满了茧子；文王忙到晚上才吃饭，没
有一点儿空闲时间。现在战事不断，每个人都应为国效力。而如果空谈荒废了政务，
浮华的文风妨碍了国事，恐怕与当前国势不适应吧。"谢安答道："秦用商鞅的严刑峻
法，仅仅两代就灭亡了，难道是清谈造成的祸患吗？"

【刘孝标注】㊀《扬州记》曰："冶城，吴时鼓铸之所，吴平，犹不废。王茂弘所治也。"　㊁《帝王
世纪》曰："禹治洪水，手足胼胝。"世传禹病偏枯，足不相过。今称"禹步"是也。　㊂《尚书》曰：
"文王自朝至于日昃，不遑暇食。"　㊃《礼记》曰："四郊多垒，卿大夫之辱也。"　㊄《战国策》
曰："卫商鞅，诸庶孽子，名鞅，姓公孙氏。少好刑名学，为秦孝公相，封于商。"

【注释】① 王右军：王羲之，见本篇六十二注①（页75）。谢太傅：谢安，见《德行》三十三注④
（页23）。冶城：故址在今江苏南京朝天宫一带，相传春秋时夫差（一说三国吴）于此冶铸，故
名。　② 高世：高出世俗之上。　③ 夏禹：我国历史上第一个朝代夏的创建者。传说帝尧
时，洪水滔天，尧用鲧治水不成，再用舜之子禹继续治水。禹勤于公事，以至于手脚上都磨出了
跰（jiǎn）子来，在外十多年，过家门而不入，终于治服了洪水。　④ 胼胝（pián zhī）：手上脚上
因劳动而磨出的硬皮。　⑤ 文王旰（gàn）食：谓周文王勤于政事迟至晚上才吃饭。文王，商末
周族领袖，姬姓，名昌，周武王的父亲，谥号文王。旰食，心忧事繁延迟到晚上才吃饭。　⑥ 日
不暇给：形容事多时间不够用。给（jǐ），供应。　⑦ 四郊多垒：四郊多的是军事营垒，指战事
频繁。　⑧ 商鞅（约前390—前338）：战国时卫国人，说服秦孝公变法图强，任左庶长，实行变
法，为秦的富强奠定了基础。封于商，号商君。秦孝公死后，为贵族诬害，车裂而死。　⑨ 二世
而亡：秦始皇于公元前221年统一中国，前210年死，子胡亥继位，称二世，至前207年，胡亥自
杀，前后十五年而亡。　⑩ 清言：指崇尚庄老的清谈之风。

【评析】谢安好清谈玄学，虽为朝廷大臣亦乐此不疲。王羲之亦为名士风流，却有务
实之心。当二人登上冶城，谢安沉湎于庄老出世的境界，发思古之想时，王羲之便以
夏禹、文王为榜样，提出清谈、浮华之风于平乱治国有害无益之说，谢安却不以为然，
举出秦用商鞅二世而亡为例，说明清谈不会误国。谢安好清谈于此可见一斑。

七十一

谢太傅寒雪日内集①，与儿女讲论文义②。俄而雪骤③，公欣然曰："白雪纷纷何所似？"兄子胡儿曰④：㊀"撒盐空中差可拟⑤。"兄女曰："未若柳絮因风起⑥。"公大笑乐。即公大兄无奕女⑦，左将军王凝之妻也⑧。㊁

【今译】谢安在寒冷的雪天把一家人聚集到一起，给儿女们讲论文章的义理。一会儿雪下得又大又急，谢安高兴地说："这白雪纷飞像什么呢？"侄儿谢朗说："好比是把盐撒到空中一样。"侄女谢道韫说："还不如说是柳絮凭借风势在空中起舞。"谢安听了大笑，感到十分快乐。这位侄女就是谢安长兄谢奕的女儿，左将军王凝之的妻子。

【刘孝标注】㊀ 胡儿，谢朗小字也。《续晋阳秋》曰："朗字长度，安次兄据之长子。安甚知之，文义艳发，名亚于玄。仕至东阳太守。" ㊁《王氏谱》曰："凝之，字叔平，右将军羲之第二子也。历江州刺史、左将军、会稽内史。"《晋安帝纪》曰："凝之事五斗米道。孙恩之攻会稽，凝之谓民吏曰：'不须备防，吾已请大道。许遣鬼兵相助，贼自破矣。'既不设备，遂为恩所害。"《妇人集》曰："谢夫人名道韫，有文才，所著诗、赋、诔、颂传于世。"

【注释】① 谢太傅：谢安。内集：家庭内的聚会。 ② 文义：文章的义理。 ③ 雪骤：雪下得又大又急。 ④ 胡儿：谢朗，详见刘注。 ⑤ 差：尚，略。拟：相比。 ⑥ 因：凭借。 ⑦ 大兄无奕女：谢安长兄无奕之女谢道韫。无奕，见《德行》三十三注①（页23）。谢道韫，王羲之次子王凝之妻。聪慧有才辩，善清谈，时人称其颇有"竹林七贤"的名士风度。原有集，今亡。 ⑧ 左将军王凝之：王凝之，详见刘注。工草隶。

【评析】谢朗之咏雪句着重喻雪之白与细，虽有"撒盐空中"的动作，却是境界狭小，诗意不浓。而谢道韫之句则诗意盎然，紧扣"雪骤"的情景，形容大雪如柳絮随风起舞，漫天飞扬，迷离轻灵；且由"柳絮"而带来春的消息，故此句堪称咏雪一绝。无怪谢安对道韫极为赞赏，称其有"雅人深致"（《晋书·谢道韫传》）。

七十二

王中郎令伏玄度、习凿齿㊀论青、楚人物①，㊁临成②以示韩康伯③，韩康伯都无言。王曰："何故不言？"韩曰："无可无不可④"。㊂

【今译】王坦之要伏滔、习凿齿两人评论青州、荆州的历史人物，将近评论完时，便拿给韩伯去看，韩伯什么话都不说。王坦之说："为什么不说话？"韩伯说："无所谓可以不可以。"

【刘孝标注】㊀《王中郎传》曰："坦之字文度，太原晋阳人。祖东海太守丞，清淡平远。父述，贞贵简正。坦之器度淳深，孝友天至，誉辑朝野，标的当时。累迁侍中、中书令，领北中郎将，徐、兖二州刺史。"《中兴书》曰："伏滔字玄度，平昌安丘人。少有才学，举秀才，大司马桓温参军，领大著作，掌国史，游击将军，卒。习凿齿字彦威，襄阳人。少以文称，善尺牍，桓温在荆州，辟为从事。历治中、别驾，迁荥阳太守。" ㊁ 滔集载其论，略曰："滔以春秋时鲍叔、管仲、隰朋、召忽、轮扁、宁戚、麦丘人、逢丑父、晏婴、涓子、战国时公羊高、孟轲、邹衍、田单、荀乡、邹奭、莒大夫、田子方、檀子、鲁连、淳于髡、盻子、田光、颜歜、黔子、於陵仲子、王叔、即墨大夫、前汉时伏微君、终军、东郭先生、叔孙通、万石君、东方朔、安期先生、后汉时大司徒、伏三老、江革、逢萌、禽庆、承幼子、徐防、薛方、郑康成、周孟玉、刘祖荣、临孝存、侍其元矩、孙宝硕、刘仲谋、刘公山、王仪伯、郎宗、祢正平、刘成国，魏时管幼安，邴根矩、华子鱼、徐伟长、任昭先、伏高阳，此皆青士有才德者也。凿齿以神农生于黔中；《召南》咏其美化，《春秋》称其多才，《汉广》之风，不同《鸡鸣》之篇；子文、叔敖，羞与管、晏比德；接舆之歌《凤兮》，渔父之咏《沧浪》，汉阴丈人之折子贡，市南宜僚、屠羊说之不为利回；鲁仲连不及老莱夫妻，田光之于屈原（《渚宫旧事》作"田光不及屈原"），邓禹、卓茂无敌于天下；管幼安不胜庞公，庞士元不推华子鱼；何、邓二尚书独步于魏朝，乐令无对于晋世。昔伏羲葬南郡，少昊葬长沙，舜葬零陵。比其人则准的如此，论其土则群圣之所葬，考其风则诗人之所歌，寻其事则未有赤眉、黄巾之贼。此何如青州邪？"滔与相往反，凿齿无以对也。⊜马融注《论语》曰："唯义所在。"

【注释】① 王中郎：王坦之，详见刘注。年轻时与郗超齐名，时人称其为"江东独步"。简文帝为抚军将军，辟为掾。后历仕领左卫将军，迁公书令，领丹阳令，都督徐、兖、青三州军事等。颇尚刑名学，著《废庄论》。忠心慷慨，言不及私，为朝野推重。伏玄度：伏滔，生平详见刘注。习凿齿：生平详见刘注。青、楚：指青州和荆州一带地方。青州，东晋时治所在东阳城（今山东青州）。楚，指长江中下游一带，古属楚国，故称。 ② 临成：将近完成时。 ③ 韩康伯：韩伯，见《德行》三十八注④（页 26）。 ④ 无可无不可：语出《论语·子微》，孔子谓自己"无可无不可"，没有什么可以不可以。

【评析】刘注引伏滔和习凿齿的具体评论。伏滔列举青州古代六十一位青州贤士，习凿齿举出楚地近二十位贤人，两人反复辩论，最后习凿齿无言答对。本文进一步写王坦之请韩伯发表自己的意见。韩伯用孔子评论七位人物后说自己与他们不同，是"无可无不可"语，不发表意见，采取置身事外，模棱两可，无所谓的态度。这也是当时清谈家的一种作风。

七十三

刘尹云①："清风朗月，辄思玄度②。"㊀

【今译】刘惔说："每逢清风朗月之日，总是令人思念许询。"

【刘孝标注】㊀《晋中兴士人书》曰："许珣（应作'询'）能清言，于时士人皆钦慕仰爱之。"

【注释】① 刘尹：刘惔，见《德行》三十五注①（页 24）。 ② 玄度：许询，见本篇六十九注②（页 78）。

【评析】许询与孙绰齐名，好游山水，有隐遁之意，与谢安、刘惔、支遁等时相过从，亦为清谈高手，受到同辈士人的"钦慕仰爱"（见刘注引语）。故刘惔当清风朗月之时，就会思念许询，以能与之赏月对谈为快。

七十四

荀中郎在京口①，㊀登北固望海云②：㊁"虽未睹三山③，便自使人有凌云意④。若秦、汉之君⑤，必当褰裳濡足⑥。"㊂

【今译】荀羡在京口时，登上北固山遥望东海，说道："我虽然没有亲眼看到海上的三座神山，就已经自然而然地令人仿佛有直冲云霄的意境了。如果像秦始皇和汉武帝那样追求长生不老的皇帝置身于此，必定会撩起下衣赤脚下海了。"

【刘孝标注】 ㊀《晋阳秋》曰:"荀羡字令则,颍川人,光禄大夫崧之子也。清和有识裁。少以主婿为驸马都尉。是时,殷浩参谋百揆,引羡为援,频莅义兴、吴郡。超授北中郎将、徐州刺史,以蕃屏焉。"《中兴书》曰:"羡年二十八,出为徐、兖二州,中兴方伯之少,未有若羡者也。" ㊁《南徐州记》曰:"城西北有别岭入江,三面临水,高数十丈,号曰北固。" ㊂《史记·封禅书》曰:"蓬莱、方丈、瀛洲,此三山世传在海中,去人不远。尝有至者,言诸仙人不死药在焉。黄金白银为宫阙,草物禽兽尽白,望之如云。及至,反居水下,欲到即风引船而去,终莫能至。秦始皇登会稽,并海上,冀遇三神山之奇药。汉武帝既封泰山,无风雨变至,方士更言蓬莱诸药可得,于是上欣然东至海,冀获蓬莱者。"

【注释】 ① 荀中郎:荀羡(322—359),见刘注。年十五将尚公主,不肯,远遁,被追回,不得已尚寻阳公主,拜附马都尉,历官建威将军、吴国内史,除北中郎将、徐州刺史,监徐、兖二州及扬州之晋陵诸军事。殷浩以为有能名,故居以重任,时年二十八岁,东晋中兴方伯中未有如羡之年少者。与王洽齐名,刘惔、王濛、殷浩等与之交好。京口:今江苏镇江,为当时军事重镇。② 北固:北固山,在镇江东北江滨。主峰三面临江,凌空而立,形势险固。 ③ 三山:蓬莱、方丈、瀛洲,传说东海中的三座神山。 ④ 凌云:直上云霄。 ⑤ 秦、汉之君:指秦始皇和汉武帝。他们都追求长生不老,秦始皇曾派徐市带三千童男童女入三神山求仙。汉武帝亦曾东巡海上,令方士数千人求蓬莱仙人。 ⑥ 褰(qiān)裳濡(rú)足:撩起下衣、沾湿双足。裳(cháng),遮蔽下体的衣裙。

【评析】《晋书·荀羡传》谓其七岁时甚为苏峻喜爱,常放置膝上。羡回家告诉母亲很想有一把利刀杀贼,母忙掩其口,小小年纪即有为国除害之大志。二十八岁即出为徐、兖二州长官,确为难得之才。褚裒赞其"资逸群之气,将有冲天之举"。惜乎未遇其时,故荀羡难有"冲天之举"。本文写其登北固遥望而生飘然凌云出世之意,并追思当年秦皇、汉武求仙之迹,足见其感慨之深。

七十五

谢公云①:"圣贤去人②,其间亦迩③。"子侄未之许④。公叹曰:"若郗超闻此语⑤,必不至河汉⑥。"㊀

【今译】 谢安说:"圣贤与一般人的距离也是很近的。"他的子侄们都不赞同他的意见。谢安叹道:"如果郗超听到我的话,必定不会以为是不着边际、不可凭信的空话的。"

【刘孝标注】 ㊀《超别传》曰:"超精于理义,沙门支道林以为一时之俊。"《庄子》曰:"肩吾问于连叔曰:'吾闻言于接舆,大而无当,往而不反,怪怖其言,犹河汉而无极也。'"

【注释】 ① 谢公:谢安。 ② 去:距离。 ③ 迩:近。 ④ 未之许:未许之,不赞同他。 ⑤ 郗超:见本篇五十九注⑤。 ⑥ 河汉:银河,比喻不着边际、不可凭信的空话。语见《庄子·逍遥游》,谓接舆之言令人惊骇,好像天上的银河一样漫无边际。

【评析】谢安认为圣贤与常人之间有时相距很近,并不遥远。可是他的子侄们对此不予认同,因而引发他对"精于理义"、被支道林誉为"一时之俊"(见刘孝标注)的郗超的赞许,认为他必能领悟圣贤也是人,人与人之间难免有相似之处,所以不会说是漫无边际之言。

七十六

支公好鹤①,住剡东岇山②。㊀有人遗其双鹤③,少时翅长欲飞,支意惜之,乃铩其翮④。鹤轩翥不复能飞⑤,乃反顾翅垂头,视之如有懊丧意。林曰:"既有陵霄之姿,何肯为人作耳目近玩⑥!"养令翮成,置使飞去。

【今译】支道林喜爱鹤,住在剡县东面的岇山。有人送给他一对鹤,不久鹤的翅膀长硬了想飞起来,支道林心里舍不得它们,便剪去它们的翅茎。鹤张开翅膀却不再能飞了,就回过头看着翅膀,垂下头来,看上去好像很懊丧的样子。支道林说:"它们既然有直上云霄的姿态,怎么肯成为人们当作耳目观赏的玩物呢!"于是把鹤喂养到翅膀长好后,放它们飞翔而去。

【刘孝标注】㊀《支公书》曰:"山去会稽二百里。"

【注释】① 支公:支道林,见本篇四十五注②。好(hào):爱,喜欢。 ② 剡(shàn):县名,在今浙江嵊(shèng)县。岇(àng)山:在今浙江江嵊县东。 ③ 遗(wèi):赠送。 ④ 铩(shā):摧残,伤残。翮(hé):鸟羽的茎状部分。 ⑤ 轩翥(xuān zhù):飞举的样子。 ⑥ 近玩:亲近的玩物、宠物。

【评析】本文写支道林从爱鹤而残其翅,到不忍其懊丧,而养成其翅使飞翔而去的经过。伤翅之举与佛法相违,这对于一位高僧来说是不可思议之事,故不可信,恐为误传所致。此事《高僧传》本传亦有记载,内容较为可信,有曰:"后有饷鹤者,遁曰:'尔冲天之物,宁为耳目之玩乎?'遂放之。"

七十七

谢中郎经曲阿后湖①,问左右:"此是何水?"㊀答曰:"曲阿湖。"㊁谢曰:"故当渊注渟著②,纳而不流。"

【今译】谢万经过曲阿后湖时,问左右随从:"这是什么水?"随从答道:"这是曲阿湖。"谢万说:"难怪深水流入停滞于此,只是容纳而不流动了。"

【刘孝标注】㊀《中兴书》曰:"谢万字万石,太傅安弟也。才气高俊,矗知名。历吏部、西中郎将、豫州刺史、散骑常侍。" ㊁《太康地记》曰:"曲阿本名云阳,秦始皇以有王气,凿北阮山以败其势,截其直道,使其阿曲,故曰曲阿也。吴还为云阳,今复名曲阿。"

【注释】① 谢中郎:谢万,详见刘注。工言论,善属文。历仕豫州刺史,领淮南太守,监司、豫、冀、并四州军事。后受任北征,因矜豪傲物,以啸咏自高,不恤士卒,诸将恨之,战败溃散,废为庶人。后复为散骑常侍。曲阿后湖:即曲阿湖,一名练湖,在今江苏丹阳城北。 ② 渊注:深水灌注。渟著(tíng zhuó):水停滞。著,着落,归宿。

【评析】秦始皇晚年曾说"东南有天子气,于是因东游以厌之","高祖(刘邦)即自疑,亡匿"(《史记·高祖本纪》),可知秦始皇害怕东南方有人造反危及他的皇位。刘注引《太康地记》谓其对"有王气"的云阳水道以加改造,凿下北阮山,截断云阳水的直道,使其成为弯曲状,破坏了水势,成为只能容纳而不能畅通的曲阿。实则秦始皇虽然破坏了这里的"风水",却未能改变秦亡的命运,徒然留下一湾湖水,引来谢万的感慨而已。

七十八

晋武帝每饷山涛恒少①。谢太傅□以问子弟②，车骑□答曰③："当由欲者不多，而使与者忘少④。"□

【今译】晋武帝每次赐给山涛的东西总是很少。谢安拿这件事问子侄们，谢玄回答说："想必是因为接受的人所需不在多，致使赠送者也忘了所送的东西少了。"

【刘孝标注】□安也。　□玄也。　□《谢车骑家传》曰："玄字幼度，镇西奕第三子也。神理明俊，善微言。叔父太傅尝与子侄燕集，问：'武帝任山公以三事，任以官人，至于赐予，不过斤合，当有旨不？'玄答有辞致也。"

【注释】① 饷(xiǎng)：赠送，赐给。山涛(205—283)：字巨源，西晋河内怀县(今河南武陟西)人。与阮籍、嵇康等交游，为"竹林七贤"之一。好老庄哲学。晋初任吏部尚书、尚书右仆射等职。选用官吏，亲作评论，当时号为"山公启事"。原有集，已佚，有辑本。　② 谢太傅：刘注谓"安也"，即谢安。　③ 车骑：刘注"玄也"，即谢玄(343—388)，见刘注。谢安为相时，任他为建武将军、兖州刺史、领广陵相，组织北府兵，以御前秦。在淝水之战中，与谢石等大破前秦苻坚军，并收复徐、兖、青、豫诸州，以功封康乐县公。死后追赠车骑将军，故称。　④ 与者：给予的人。

【评析】与阮籍、嵇康作竹林之游的山涛"有器量，介然不群"(《晋书》本传)，对皇帝的赐予也同样体现了名士风度，从不计较。对此事，谢玄用一句话来解释，可谓深知山涛之言。谢玄是善于率兵的将才，但他"神理明俊，善微言"(刘注引《谢车骑家传》)。所谓"微言"，即精深微妙之言。本文写其对赐物之武帝与受物之山涛之语，即为其"善微言"之显例。

七十九

谢胡儿语庾道季①：□"诸人莫当就卿谈②，可坚城垒③。"庾曰："若文度来④，我以偏师待之⑤；康伯来⑥，济河焚舟⑦。"□

【今译】谢朗对庾龢说："大家可能会到你这里来清谈，你可得加固自己的防线啊。"庾龢说："如果王坦之来，我只用偏师就能对付他了；如果韩伯来，我就要渡河焚舟了。"

【刘孝标注】□道季，庾龢小字。徐广《晋纪》曰："龢字道季，太尉亮子也。风情率悟，以文谈致称于时。历仕至丹阳尹，兼中领军。"　□《春秋传》曰："秦伯伐晋，济河焚舟。"杜预曰："示必死。"

【注释】① 谢胡儿：谢朗，见本篇七十一注④(页80)。庾道季：庾龢(hé)，详见刘注。　② 莫：可能，也许，揣测之词。就：靠近。　③ 坚城垒：加固防线。　④ 文度：王坦之，见本篇七十二注①(页81)。　⑤ 偏师：指在主力军翼侧协助作战的部队。　⑥ 康伯：韩伯，见《德行》三十八注④(页26)。　⑦ 济河焚舟：渡过黄河便烧掉船只。语见《左传·文公三年》，谓秦穆公领兵伐晋，济河焚舟，表示作战有必死的决心，后果然战胜了。

【评析】东晋名士崇尚清谈，主客论难，争强好胜，犹如临阵对敌一般。故当谢朗得知诸人欲赴庾龢家清谈时，即事先告知他预作准备，以免措手不及。庾龢胸有成竹，认为对付王坦之无需全力投入；而对韩伯则需拼死搏杀，才能战而胜之。可知当时清谈对手之间相互了解之深。

八十

李弘度常叹不被遇①，㊀殷扬州㊁知其家贫②，问："君能屈志百里不③？"李答曰："《北门》之叹④，久已上闻；㊂穷猿奔林⑤，岂暇择木？"遂授剡县⑥。

【今译】李充常常感叹自己没有机遇得到赏识提拔，殷浩知道他家境贫困，问他："你能不能屈就一个百里小县的县令呢？"李充答道："我有像《北门》那样贫穷不得志的感叹，上面早就听闻了；如今我就像一只穷途末路的猿猴逃奔到树林一样，哪有什么空闲时间去择木而栖呢？"于是就授他为剡县县令之职。

【刘孝标注】㊀《中兴书》曰："李充字弘度，江夏郾人也。祖秉，父矩，皆有美名。充初辟丞相掾、记室参军，以贫求剡县，迁大著作、中书郎。" ㊁殷浩，别见。 ㊂《卫诗·北门》，刺仕不得志也。

【注释】① 李弘度：李充，见刘注。充任大著作郎时，因典籍混乱，遂在西晋荀勖分类的基础上，分作经、史、子、诗赋四部，我国图书目录以经史子集分部，实始于充。著有《尚书注》、《翰林论》等及文集十四卷。被遇：得到机遇，指得到赏识拔擢。 ② 殷扬州：殷浩，当过扬州刺史，故称。见后《政事》二十二注①(页115)。 ③ 屈志：委曲其志，指迁就，大材小用。百里：古时一县辖地约百里，用指县令。 ④《北门》：《诗经·邶风》的一篇，第一章云："出自北门，忧心殷殷。终窭(jù)且贫，莫知我艰。已焉哉，天实为之，谓之何哉！"《毛诗序》谓："北门，刺仕不得志也，言卫之忠臣不得其志尔。"李弘引此诗以指自己的贫困不遇。 ⑤ 穷猿：走投无路的猿猴。穷，穷途，无路可走。 ⑥ 剡(shàn)县：今浙江嵊(shèng)州市西南。

【评析】刘注引《中兴书》与本文不同，谓李充"以贫，求剡县"。《晋书》本传亦谓其自求为县令，内容略于本文而详于《中兴书》，对话之人不是殷浩，而是褚衰。有曰："褚衰引为参军。充以家贫，苦求外出。衰将许之为县，试问之。充曰：'穷猿投林，岂暇择木？'乃除剡县令。"

八十一

王司州至吴兴印渚中看①，㊀叹曰："非唯使人情开涤②，亦觉日月清朗。"

【今译】王胡之到吴兴印渚去观赏景物，赞叹道："这里不仅使人心胸开阔，心情清净，也令人感到日月都清亮明朗起来。"

【刘孝标注】㊀《王胡之别传》曰："胡之字修龄，琅邪临沂人，王廙(yì)之子也。历吴兴太守，征侍中、丹阳尹、秘书监，并不就。拜使持节、都督司州诸军事、西中郎将、司州刺史。"《吴兴记》曰："於潜县东七十里，有印渚，渚傍有白石山，峻壁四十丈，印渚盖众溪之下流也。印渚已上至县，悉石濑恶道，不可行船；印渚已下，水道无险，故行旅集焉。"

【注释】① 王司州：王胡之，详见刘注。印渚(zhǔ)：详见刘注。 ② 非唯：不仅，不只。

【评析】王胡之也是善于清谈的名士,其言行品德得到谢安、刘惔、支遁等的赞赏。本文写其观赏印渚景物的感受,谓优美的景色不仅开阔、涤除人的心胸情感,就连日月天地也为之净化而变得清朗了,这是他对山水景观的独到会心。

八十二

谢万作豫州都督①,新拜②,当西之都邑③,相送累日④,谢疲顿⑤。于是高侍中往⑥,⊖径就谢坐,因问:"卿今仗节方州⑦,当疆理西蕃⑧,何以为政?"谢粗道其意。高便为谢道形势,作数百语。谢遂起坐⑨。高去后,谢追曰⑩:"阿酃故粗有才具⑪。"⊖谢因此得终坐。

【今译】谢万出任豫州都督,新受官职,当向西到治所去时,送行者连日不断,他觉得疲劳不堪躺着休息。这时候侍中高崧到谢万处,径直走到谢万身旁坐下,便问:"你现在手执符节为地方长官,将治理成为朝廷西部屏障的地区,有什么施政打算?"谢万大略地说了一些想法。高崧便向谢万讲了当时的形势,长达数百言。谢万于是起身恭坐倾听。高崧走了以后,谢万回想说:"阿酃这人原本就有几分才能。"谢万为此才得以奉陪恭听到结束。

【刘孝标注】⊖《中兴书》曰:"高崧字茂琰,广陵人。父悝,光禄大夫。崧少好学,善史传。累迁吏部郎、侍中,以公累免官。" ⊖ 阿酃(líng),崧小字也。

【注释】① 谢万:见本篇七十七注①。都督:官名,军事长官或领兵将帅之称。 ② 拜:授官,任官。 ③ 之:往,到。 ④ 累日:连日。 ⑤ 疲顿:疲乏,疲劳。 ⑥ 高侍中:高崧,详见刘注。径:径直,直接。 ⑦ 仗节:手执符节。节,符节,古代朝廷用以传达命令、调兵遣将的凭证。派遣地方长官亦用符节为凭证。方州:地方州郡。 ⑧ 疆理:治理。蕃:通"藩",屏障。谢万曾任豫州刺史、领淮南太守、监司豫冀并四州军事,集军政大权于一身,故高崧称他为西部的屏障,关系朝廷的安危。 ⑨ 起坐:从床上起来坐着,表示恭听。 ⑩ 追:追溯,回想。 ⑪ 故:本来。粗:略微。才具:才能。

【评析】刘注引《中兴书》谓高崧"少好学,善史传",是一位博学多识之士。他去见谢万时胸有成竹,只是大略听了谢万的打算,即能滔滔不绝地分析形势,为谢万出谋划策,令本已疲惫不堪的谢万忘了疲劳,起身恭坐而听。此事亦载于《晋书·陈崧传》,文字略异,却交代得很清楚。有曰:"是时谢万为豫州都督,疲于亲宾相送,方卧在室。崧径造之,谓曰:'卿今疆理西藩,何以为政?'万粗陈其意。崧便为叙刑政之要数百言。万遂起坐,呼崧小字曰:'阿酃,故有才具邪!'"谢万为人倨傲,不善听人之言,最后导致他失去将士之心,在北征中大败。而本文则写其虚心听取高崧之言,并赞其"粗有才具",虽然其语仍蕴含傲气,但已属不易。可知高崧识见之不凡。

八十三

袁彦伯为谢安南司马①,⊖都下诸人送至濑乡②。将别,既自凄惘③,叹曰:"江山辽落④,居然有万里之势⑤!"⊖

【今译】袁宏出任谢奉的司马时,京城的朋友们送他到了濑乡。临别时,本来就已经感到怅惘的他,至此不觉感叹道:"江山如此辽远空旷,的确令人感到有万里的气势。"

【刘孝标注】㊀ 安南,谢奉,别见。 ㊁《续晋阳秋》曰:"袁宏字彦伯,陈郡人,魏郎中令焕六世孙也。祖猷,侍中。父勖,临汝令。宏起家建威参军、安南司马、记室。太傅谢安赏宏机捷辩速,自吏部郎出为东阳郡,乃祖之于冶亭,时贤皆集。安欲卒迫试之,执手将别,顾左右取一扇而赠之。宏应声答曰:'辄当奉扬仁风,慰彼黎庶。'合坐叹其要捷。性直亮,故位不显也。在郡卒。"

【注释】① 袁彦伯:袁宏(328—376),小字虎,详见刘注。曾任桓温记室。有才学,文章绝美。著有《后汉记》、《竹林名士传》、《东征赋》、《北征赋》、《三国名臣颂》等。谢安南:谢奉,字弘道,东晋会稽山阴(今浙江绍兴)人,历仕安南将军、广州刺史、吏部尚书。刘注别见《雅量》三十三(页237)。司马:官名,将军府的属官,综理一府之事,参与军事计划。 ② 都下:指京城。濑乡:古地名,在今江苏溧阳境内。 ③ 凄惘:怅惘,失意。 ④ 辽落:辽远空旷的样子。 ⑤ 居然:的确,确实。

【评析】袁宏文思敏捷,常能应声而出,被誉为"当今文章之美,故当共推此生"、"一时文宗"(《晋书》本传)。本文所写"江山辽落,居然有万里之势"之叹,即为值得回味之一例。

八十四

孙绰赋《遂初》①,筑室畎川②,自言见止足之分③。㊀斋前种一株松,恒自手壅治之④。高世远时亦邻居⑤,㊁语孙曰:"松树子非不楚楚可怜⑥,但永无栋梁用耳!"孙曰:"枫柳虽合抱⑦,亦何所施?"

【今译】孙绰作了《遂初赋》来寄托情怀,在畎川建了房屋居住,自己说是懂得了知止和知足的本分。书斋前种了一棵松树,常常自己亲手培土养育它。高柔当时也与他相邻而居,对孙绰说:"小松树并非不娇弱可爱,只是永远不够用作栋梁而已!"孙绰说:"枫树、柳树虽长得有两臂围拢那么粗,又有什么用处呢?"

【刘孝标注】㊀《中兴书》曰:"绰字兴公,太原中都人。少以文称。历太学博士、大著作、散骑常侍。"《遂初赋》叙曰:"余少慕老庄之道,仰其风流久矣。却感於陵贤妻之言,怅然悟之,乃经始东山,建五亩之宅,带长阜,倚茂林,孰与坐华幕、击钟鼓者同年而语其乐哉!" ㊁ 世远,高柔字也,别见。

【注释】① 孙绰(314—371):详见刘注。少爱隐居,喜游山林。博学善属文,以文才著称。作有《遂初赋》、《天台赋》等。《遂初》:即孙绰所作《遂初赋》。刘注引其叙,自谓仰慕老庄之道,建五亩之宅,悠然隐居之乐。 ② 畎(quǎn)川:古地名,未详。 ③ 止足:语见《老子》四十四章:"知足不辱,知止不殆,可以长久。"意为:知道满足就不会受到屈辱,知道适可而止就不会带来危险,这样才可以保持长久。分(fèn):本分。 ④ 壅(yōng)治:施肥培土,养育树木。 ⑤ 高世远:高柔,字世远,东晋乐安(今浙江仙居西)人。官至冠军参军。善诗。刘注见《轻诋》十三(页552)。 ⑥ 楚楚可怜:娇柔的样子十分可爱。怜,爱。 ⑦ 合抱:两臂围拢。

【评析】当时名士之间好戏谑。《晋书·孙绰传》谓:"绰性通率,好讥调。尝与习凿齿共行,绰在前,顾谓凿齿曰:'沙之汰之,瓦石在后。'凿齿曰:'簸之扬之,糠秕在前。'"两人互相戏谑,各不相让。本文所写高柔对孙绰说的话中"楚楚可怜",含有孙绰乃祖孙楚之名讳,玩笑开得有点过分,为大不敬。反应敏捷的孙绰立即反唇相讥,答以"枫柳虽合抱,亦何所施",想来必有高柔祖父的名讳在内,只是有关的资料阙如,难以证实而已。

八十五

桓征西治江陵城甚丽①，㊀会宾僚出江津望之②，云："若能目此城者③，有赏。"顾长康时为客在坐④，目曰："遥望层城⑤，丹楼如霞。"桓即赏以二婢。

【今译】桓温把江陵城修建得非常壮丽，他聚集宾客僚属们来到长江边渡口，眺望江陵景色，说道："如果有人能品题此城，有赏。"顾恺之当时作为客人也在座中，随口品题说："遥望江陵，如昆仑之层城；红楼高耸，灿如彩霞。"桓温听了，立即赏给他两个婢女。

【刘孝标注】㊀盛弘之《荆州记》曰："荆州城临汉江，临江王所治，王被征，出城北门而车轴折。父老泣曰：'吾王去，不还矣！'从此不开北门。"

【注释】① 桓征西：桓温，曾为征西大将军，故称。治：治理，营建。江陵：县名，在今湖北江陵，为南郡的治所。 ② 会：会聚。宾僚：宾客与僚属。江津：江边渡口。 ③ 目：品题，评论高下。 ④ 顾长康：顾恺之（约345—409），字长康，小字虎头，东晋陵无锡（今属无锡）人。曾为桓温及殷仲堪参军，官至通直散骑常侍。多才艺，工诗赋，尤精绘画，有"才绝、画绝、痴绝"之称。著有《论画》、《魏晋胜流画赞》等，对中国画的发展有很大的影响。 ⑤ 层城：古代神话中昆仑山有层城九重，最上层叫层城，此喻指江陵。

【评析】顾恺之博学有才气，先后为桓温、殷仲堪的参军，得到他们的赏重。本文写其于桓温座上品题江陵城，用典恰当，诗句如画，巧妙地赞美了桓温把江陵城修治得壮观美丽。

八十六

王子敬语王孝伯曰①："羊叔子自复佳耳②，然亦何与人事，㊀故不如铜雀台上妓③。"㊁

【今译】王献之对王恭说："羊祜确是很好，但和世上的事没什么关系，所以还不如铜雀台上的歌舞妓能娱人耳目。"

【刘孝标注】㊀《晋诸公赞》曰："羊祜字叔子，太山平阳人也。世长吏二千石，至祜九世，以清德称。为儿时，游汶滨，有行父止而观焉，叹息曰：'处士大好相，善为之。未六十，当有重功于天下。即富贵，无相忘！'遂去，莫知所在。累迁都督荆州诸军事。自在南夏，吴人说服，称曰羊公，莫敢名者。南州人闻公丧，号哭罢市。" ㊁魏武《遗令》曰："以吾妾与妓人皆着铜雀台上，施六尺床，繐帷，月朝十五日，辄使向帐作伎！"

【注释】① 王子敬：王献之，见《德行》三十九注①（页26）。王孝伯：王恭，见《德行》四十四注①（页30）。 ② 羊叔子：羊祜（221—278），见刘注。西晋大臣，官至尚书左仆射，都督荆州诸军事。与晋武帝筹划灭吴，临终，举杜预自代。为官清俭，为时人敬重。 ③ 铜雀台：曹操所建，在今河北临漳西南古邺城西北隅。曹操临终遗言，死后命妾伎在台上早晚供食，每月初一、十五弹奏歌唱。妓：伎，指能歌善舞之女侍。

【评析】王献之为人高迈不群，少言寡语。《晋书》本传谓其与兄长徽之、操之一起到谢安家，两位兄长说了很多家常话，独有他只是问安而已。他们走后，有人问王氏兄弟优劣，谢安认为献之话少是"吉人"，谓"吉人之辞寡，以其少言，故知之"。而本文写其对羊祜之语不仅多言,且有不敬之意。当然这与其"高迈不羁"(《晋书》本传)倒是一致的。

八十七

林公见东阳长山曰①:"何其坦迤②!"㊀

【今译】支道林看到东阳的长山时说:"这山是多么地平坦而绵长啊!"

【刘孝标注】㊀《会稽土地志》曰:"山靡迤而长,县因山得名。"

【注释】① 林公:支道林,见本篇四十五注②(页64)。东阳:郡名,今浙江金华。长山:山名,见刘注。 ② 何其:多么。坦迤(yí):形容山势平坦而绵长。

【评析】东阳长山以其平坦而绵延的风姿得到高僧支道林的赞赏,即以之为县名。从此,长山的美丽因之而彰显,令后人为之倾倒。

八十八

顾长康从会稽还①,人问山川之美,顾云:"千岩竞秀②,万壑争流③,草木蒙笼其上,若云兴霞蔚④。"㊀

【今译】顾恺之从会稽回来,人们问他那里的山川水流的风光怎样美丽,顾恺之说:"千座山峰竞相比赛秀丽,万条溪流泉水争着奔流而下,繁茂的花草树木覆盖在上面,仿佛是兴起了云彩,放射出灿烂的霞光。"

【刘孝标注】㊀ 丘渊之《文章录》曰:"顾恺之字长康,晋陵人。父悦,尚书左丞。恺之,义熙初为散骑常侍。"

【注释】① 顾长康:顾恺之,见本篇八十五注④(页88)。会稽:郡名,治所在今浙江绍兴。② 千岩:群山,指山之多。 ③ 万壑(hè):众多溪流。 ④ 蒙笼:覆盖。云兴霞蔚:形容绚烂美丽,丰富多彩。

【评析】本文所写顾恺之描绘会稽山川之言,语言精练,对偶整齐,音调和谐,上下映照,比喻贴切,如诗如画,生动有致,已成为经典名句而广为人们所引用。

八十九

简文崩①,孝武年十余岁②,立,至暝不临③。㊀左右启:"依常应临。"帝曰:"哀至则哭,何常之有④?"

【今译】简文帝逝世,当时孝武帝才十多岁,立为皇帝,他直至黄昏也不去哭吊。左右侍从禀告说:"按照常理应当去哭吊了。"孝武帝说:"悲哀到极点就会哭的,有什么常理可说?"

【刘孝标注】㊀ 宋明帝《文章志》曰:"孝武皇帝讳昌明,简文第三子也。初,简文观谶书曰:'晋氏祚尽昌明。'及帝诞育,东方始明,故因生时以为讳,而相与忘告简文。问之,乃以讳对。简文流涕曰:'不意我家昌明便出。'帝聪惠,推贤任才。年三十五崩。"

【注释】① 简文:简文帝司马昱,见《德行》三十七注①(页25)。崩:古称帝王之死。 ② 孝武:孝武帝司马曜(362—396),字昌明。简文帝第三子,372—396年在位。猜忌谢安,委政于弟司马道子,又忌道子,擢用王恭、殷仲堪等。后为宠妃张贵人害死。年十余岁:按虚数计,孝武帝生于362年,于372年即位,当为十一岁。 ③ 暝:黄昏。临(lìn):哭吊。 ④ 何常之有:有什么常理。何……之有,反问句式,有什么……之意。

【评析】本文谓孝武帝立为皇帝时"年十余岁"。《晋书·孝武帝传》曰:"咸元二年秋七月已未,立为皇太子。是日,简文帝崩,太子即皇帝位。""太元二十一年秋九月庚申,帝崩于清暑殿,时年三十五。"则孝武帝生于哀帝隆和年(362),即位于咸元二年(372),死于太元二十一年(396),故简文帝死时,孝武帝当为十一岁。

九十

孝武将讲《孝经》①,谢公兄弟与诸人私庭讲习②。㊀车武子难苦问谢③,㊁谓袁羊曰④:"不问则德音有遗⑤,多问则重劳二谢⑥。"㊂袁曰:"必无此嫌。"车曰:"何以知尔?"袁曰:"何尝见明镜疲于屡照,清流惮于惠风⑦?"

【今译】孝武将要讲论《孝经》,谢安、谢石兄弟与其他几位先在家里讨论研习。车武子为反复多次向谢氏兄弟提问请教而感到为难,对袁羊说:"不去问他们吧,怕会遗漏他们的真知灼见;多去问他们吧,就要增加二谢的辛劳。"袁羊说:"你一定不要为此有所疑虑。"车武子说:"你怎么知道是这样的呢?"袁羊说:"你哪里见过明亮的镜子会因为反复照而疲倦,清澈的水流会因为和风的吹拂而害怕呢?"

【刘孝标注】㊀《续晋阳秋》曰:"宁康三年九月九日,帝讲《孝经》,仆射谢安侍坐,吏部尚书陆纳、兼侍中卞耽读,黄门侍郎谢石、吏部袁宏兼执经,中书郎车胤、丹阳尹王混摘句。" ㊁ 车胤,别见。 ㊂ 袁羊,乔小字也。《袁氏家传》曰:"乔字彦升,陈郡人。父瓌,光禄大夫。乔历尚书郎、江夏相。从桓温平蜀,封湘西伯,益州刺史。"

【注释】① 孝武:孝武帝司马曜,见本篇八十九注②(本页)。《孝经》:论述孝道的儒家经典,为孔门后学所作。 ② 谢公弟:谢安和谢石兄弟。谢安,见《德行》三十三注④(页23)。谢石(327—389),字石奴,谢安之弟。太元八年(387)任都督,统兵御前秦,赖侄谢玄和刘牢之力战,取得淝水之战的胜利。为人聚敛无厌,世人讥之。诸人:刘注引文谓当时讲经者除谢安兄弟外,尚有陆纳、卞耽、袁宏、车胤、王混等人。私庭:私人宅院之中庭。讲习:讲论研习。 ③ 车武子:车胤(yìn),字武子,东晋南平(今湖北公安西南)人。幼时苦学,家贫无油点灯,便在夏夜收集萤火虫装在白绢口袋里照书夜读。以博学著称。官至吏部尚书。因反对司马道子之子骄纵不法,被逼令自杀。难苦问谢:因屡次向谢安兄弟请教提问而感到为难。苦,反复,屡次。 ④ 袁羊:袁乔,见刘注。按:文中袁羊系袁宏之误。详见本段"评析"。 ⑤ 德音:善言,指谢氏对经义的高明见解。 ⑥ 重劳:增加辛劳。 ⑦ 惠风:和风。

【评析】本文之袁羊系袁宏之误。刘注引《续晋阳秋》谓:"黄门侍郎谢石、吏部袁宏兼执经",而文中的名字却为"袁羊",刘注并于"袁羊"下引《袁氏家传》载其生平。《晋书·袁乔传》谓其"寻卒,年三十六,温甚惜之",则其在桓温生前即已死去,而桓温死于孝武帝宁康元年(373)。孝武帝讲经事,据刘注引《续晋阳秋》在"宁康三年九月九日",《晋书·孝武帝纪》亦谓:"宁康三年九月,帝讲《孝经》。"可知讲经时桓温已死两年,死于桓温之前的袁乔当然也不可能参加讲经了。刘注在第一条引文中既谓袁宏和谢石执经,第二条引文中又介绍袁羊生平,未免失察。

九十一

王子敬云①:"从山阴道上行②,㊀山川自相映发③,使人应接不暇④。若秋冬之际,尤难为怀。"㊁

【今译】王献之说:"在山阴道上行走,山景水色交相映衬,美景繁多,令人眼花缭乱,来不及观赏。如果是在秋冬之交,那美丽的景色更加令人难以忘怀。"

【刘孝标注】㊀《会稽土地志》曰:"邑在山阴,故以名焉。" ㊁《会稽郡记》曰:"会稽境特多名山水。峰嶂隆峻,吐纳云雾。松栝枫柏,擢干竦条。潭壑镜彻,清流写注。王子敬见之,曰:'山水之美,使人应接不暇。'"

【注释】① 王子敬:王献之,见《德行》三十九注①(页26)。 ② 山阴:县名,今浙江绍兴。③ 映发:辉映衬托。 ④ 应接不暇:形容美景太多,令人眼花缭乱,应付不过来。应,应付,对待。暇,空闲。

【评析】刘注所引《会稽郡记》对郡内山川胜景作了具体描绘,但得到王献之的评论,更足以引发人们为之倾倒神往,景物与评语可谓相得益彰。从此,"如行山阴道中"、"山川映发"、"应接不暇"等语,脍炙人口,广为运用,会稽美景更是蜚声天下。

九十二

谢太傅问诸子侄①:"子弟亦何预人事②,而正欲使其佳?"诸人莫有言者,车骑㊀答曰③:"譬如芝兰玉树④,欲使其生于阶庭耳。"

【今译】谢安问他的子侄们:"子侄后辈同世事有什么关系,长辈们为什么一定要使他们优秀呢?"大家都没有说话,谢玄回答道:"譬如芝兰玉树这样美好的香草珍木,想让它们生长在自家门庭台阶边罢了。"

【注释】① 谢太傅:谢安。 ② 预:参与,干预。 ③ 车骑:谢玄,谢安之侄。见本篇七十八注③(页84)。 ④ 芝兰玉树:比喻才质优秀的子弟。芝兰,香草名。玉树,天界的神树。

【刘孝标注】㊀谢玄。

【评析】《德行》三十六写谢安对子弟实行"不言之教",以自己的言行为后代树立榜样。本文亦采用启发提问的方式,要子侄们体会长辈期盼后辈成才的苦心。谢玄的答语正合其意,故《晋书·谢玄传》谓在众多子侄中安最器重玄和朗二人。后在抗击前秦符坚时,安不避嫌疑,亲自举荐谢玄为将,为打败符坚立了大功,可知安有知人之明。《晋书·谢玄传》亦载入本文,并在谢玄答语之后多了谢安的反映,谓"安悦"。

"芝兰玉树"之语,从此成为优秀子弟的比喻。

九十三

道壹道人好整饰音辞①,㊀从都下还东山②,经吴中③。已而会雪下④,未甚寒,诸道人问在道所经。壹公曰:"风霜固所不论,乃先集其惨澹⑤。郊邑正自飘瞥⑥,林岫便已皓然⑦。"

【今译】道壹和尚喜欢修饰言辞,话语往往富于音韵,他从京都回到东山,路经吴郡。不久遇上下雪,天不太冷,和尚们问他路上所经过的地方景物如何。道壹说:"路上的风霜本不必说,雪珠下时竟是天色无光。城郊内外飘飘扬扬,洁白的大雪覆盖着,林木山峦一片白茫茫。"

【刘孝标注】㊀ 王珣《游严陵濑诗叙》曰:"道壹姓竺氏。"《名德沙门题目》曰:"道壹文锋富赡。孙绰为之赞曰:'驰骋游说,言固不虚,唯兹壹公,绰然有余。譬若春圃,载芬载敷,条柯猗蔚,枝干扶疏。'"

【注释】① 道壹道人:东晋高僧,俗姓陆,居京城瓦官寺,从竺法太求学,讲解经论倾动京师,深得简文帝器重。后居虎丘山,博通内外,律行清严,为四方僧尼所钦仰。道人,和尚的别称。整饰(chì):整顿修饰。 ② 都下:京都。东山:在浙江上虞县西南,谢安隐居地。 ③ 吴中:吴郡的别称,治所在今苏州。 ④ 已而:不久。会:正当。 ⑤ 惨澹:谓天色暗淡无光。这里几句话用《诗经·小雅·頍弁》的"如彼雨霰,先集其霰"句。意谓如同下雪一样,先集起细粒的雪珠,然后才下大片的雪。 ⑥ 郊邑:郊外城内。飘瞥:形容大雪飘扬。 ⑦ 林岫(xiù):树林山峰。皓然:洁白的样子。

【评析】刘注引文谓道壹"文锋富赡"。本文写其路上遇雪,以整齐的六言句描摹先下雪珠,遂后天色昏暗,再下大雪的过程,复以大雪洁白茫茫、覆盖林峦写出雪景。层次有先后,色调有明暗,亦能活用《诗经》有关诗句暗示下雪的过程。其音调和谐,与文内第一句"好整饰音辞"相照应。

九十四

张天锡为凉州刺史①,称制西隅②。既为苻坚所禽③,用为侍中④。后于寿阳俱败⑤,至都,㊀为孝武所器⑥。每入言论,无不竟日⑦。颇有嫉己者,于坐问张:"北方何物可贵?"张曰:"桑椹甘香⑧,鸱鸮革响⑨,㊁淳酪养性⑩,人无嫉心。"㊂

【今译】张天锡任凉州刺史时,在西部边陲地区自称君主。不久他为苻坚擒获,任为侍中。后来在寿阳与苻坚一起被打败,到了东晋都城,受到孝武帝的器重。他每次入宫谈论,没有不一整天的。当时很有些嫉妒他的人,就在座上问张天锡:"北方有什么东西可贵的?"张天锡说:"桑树的果实又甜又香,猫头鹰振翅作响,纯正的奶酪怡养人性,北方人无有嫉妒之心。"

【刘孝标注】㊀ 张资《凉州记》曰:"天锡字公纯嘏,安定乌氏人,张耳后也。曾祖轨,永嘉中为凉州刺史,值京师大乱,遂据凉土。天锡篡位,自立为凉州牧。苻坚使将姚苌攻没凉州,天锡归长安,坚以为侍中、比部尚书、归义侯。从坚至寿阳。坚军败,遂南归,拜散骑常侍、西平公。"《中兴书》曰:"天赐后以贫拜卢江太守,薨赠侍中。" ⊜《诗·鲁颂》曰:"翩彼飞鸮,集于泮林。食我桑椹,怀我好音。" ⊜《西河旧事》曰:"河西牛羊肥,酪过精好,但写酪置草上,都不解散也。"

【注释】① 张天锡(346—406):见刘注,小字独活。兴宁元年(363)杀侄玄靓自立,称凉州牧、西平公,在位十三年。荒于声色。太元元年(376)前秦攻凉,战败降秦,封归义侯。淝水之战时,随军南下,乘败之机奔晋,后任散骑常侍。桓玄时为凉州刺史。 ② 称制:自称帝王。西隅:西部边陲之地。 ③ 既:不久。苻坚(338—385):字永固,一名文玉,略阳临渭(今甘肃天水东)人,氐族,十六国时前秦国君,357—385年在位。先后攻灭前燕、前凉、代国,统一北方大部分地区。建元十九年(383)率军攻晋,在淝水大败,后为羌族首领姚苌所杀。禽:同"擒"。 ④ 侍中:官名,侍从皇帝左右。 ⑤ 寿阳:今安徽寿县。 ⑥ 孝武:孝武帝司马曜。见本篇八十九注②。 ⑦ 竟日:终日。 ⑧ 桑椹(shèn):桑树结的果实。 ⑨ 鸮鸮(chī xiāo):猫头鹰。革:鸟翅。响:指猫头鹰振翅发出的声响。 ⑩ 淳酪:纯正的奶酪。淳,通"纯"。

【评析】张天锡回答嫉妒者的话,语出《诗·鲁颂·泮水》,曰:"翩彼飞鸮,集于泮水,食我桑椹,怀我好音。"意谓:翩翩飞翔的猫头鹰,栖集在泮水岸边的树林。吃了我甘甜的桑椹,回报给我悦耳的声音。这是一首赞美僖公战胜淮夷后祝捷庆功的诗,张天锡引用来以比兴手法婉转地表达对器重自己的孝武帝的感恩之心。下面两句则直接地回答北方可贵的奶酪,足以怡情养性,令人无嫉妒之心。以诗意的语言对嫉妒者表示不满。《晋书·张天锡传》亦载本文,只是问者是会稽王司马道子,与本文有所不同。

九十五

　　顾长康拜桓宣武墓①,作诗云:"山崩溟海竭②,鱼鸟将何依。"⊖人问之曰:"卿凭重桓乃尔③,哭之状其可见乎?"顾曰:"鼻如广莫长风④,眼如悬河决溜⑤。"⊜或曰:"声如震雷破山,泪如倾河注海。"

【今译】顾恺之去祭拜桓温墓,作诗谓:"高山崩塌,大海枯竭,飞鸟游鱼,失去依靠。"别人问他说:"你如此依靠看重桓温,那么你哭吊的情景可以让我们见识一下吗?"顾恺之道:"我哭时鼻息如空旷之野的大风,眼泪如瀑布一般急流而下。"换句话说:"哭声像惊雷般震破山岳,眼泪如倾泻的河水注入大海。"

【刘孝标注】⊖宋明帝《文章志》曰:"恺之为桓温参军,甚被亲昵。" ⊜《春秋考异邮》曰:"距不周风四十五日,广莫风至。广莫者,精大备也,盖北风也。一曰寒风。"

【注释】① 顾长康:顾恺之,见本篇八十五注④(页88)。桓宣武:桓温,见本篇五十五注①。 ② 溟:海。 ③ 凭重:依靠重视。乃尔:如此。 ④ 广莫:辽阔空旷。《庄子·逍遥游》:"何不树之于无何有之乡,广莫之野。" ⑤ 悬河:瀑布。决溜:形容瀑布如决口般急流而下。溜,急流。

【评析】顾恺之仕桓温为司马,"甚被亲昵"(刘注引文),《晋书》本传亦谓其"甚见亲昵"。俗传其有三绝:才绝、画绝、痴绝。桓温死后他形容自己哀痛之状,以极其夸张的语言渲染自己的涕泪交加,非一般人所能为,足见其为深情专注、回报知遇之恩的痴绝之人。

九十六

毛伯成既负其才气①，常称："宁为兰摧玉折②，不作萧敷艾荣③。"㊀

【今译】毛玄自负自己很有才华，常常宣称："我宁可做被摧残的香草美玉，也不作繁荣茂盛的萧艾野草。"

【刘孝标注】㊀《征西寮属名》曰："毛玄字伯成，颍川人。仕至征西行军参军。"

【注释】① 毛伯成：见刘注。　② 宁(nìng)：宁可，情愿。兰摧玉折：为保持高洁而不惜一死。兰，一种香草。玉，质细坚硬的一种矿物。古代君子佩玉或戴香草囊代表高洁。　③ 萧、艾：恶草，比喻品质低劣的恶人、小人。敷、荣：开花。

【评析】兰草和玉佩都是大诗人屈原诗篇中赞美的高洁珍贵之物，用以象征自己的胸怀。而萧艾则为恶草，它们犹如恶人谗人专门中伤高洁之士。《离骚》中诗人写到自己培育的人才由于未能坚持修养，经不起谗人的诱惑而变质，终于同谗人同流合污。有句曰："何昔日之芳草兮，今直为此萧艾也！岂其有他故兮，莫好修之害也。"毛玄之言足见其立身之正，德行之高。

九十七

范宁作豫章①，㊀八日请佛有板②，众僧疑或欲作答。有小沙弥在坐末③，曰："世尊默然④，则为许可。"众从其义。

【今译】范宁作豫章太守时，在四月初八佛诞日恭请佛像，有礼佛之文写在木简上，众和尚见了有点疑惑，也有和尚以为要对礼佛之文作回答。坐在末座的小和尚说："佛祖沉默之语，就是许可的意思。"大家都同意他的意见。

【刘孝标注】㊀《中兴书》曰："宁字武子，慎阳县人，博学通览，累迁中书郎、豫章太守。"

【注释】① 范宁：见刘注。其为余杭令及豫章太守时，兴办学校，课读五经，勤于经学，为东晋以来所未曾有。孝武帝雅好文学，甚被亲爱，他指斥朝士，直言不讳。曾为《春秋谷梁传》作注解。豫章：豫章太守。豫章郡治在今江西南昌。　② 八日：农历四月初八为释迦牟尼佛的生日。此日寺庙多以香汤浴佛，举行法会。礼佛者则恭请佛像供奉。板：木简，将礼佛之文书写在木简上。　③ 沙弥：初出家已受戒的小和尚。　④ 世尊：佛教徒对释迦牟尼佛的尊称。

【评析】范宁精于儒学，同时又是一位虔诚的佛教徒。《高僧传·慧持传》曰："豫章太守范宁请讲《法华昆昙》，于是四方云聚，千里遥集。"本文写其于佛诞日礼佛的情形。小沙弥"世尊默然，则为许可"之语，富于智慧，深得佛家三昧。《高僧传》卷十《杯度传》亦有类似语。有曰："时潮沟有朱文殊者，少奉法，度多来其家。文殊谓度云：'弟子脱舍身没苦，愿见救济，脱在好处，愿为法侣。'度不答，文殊喜曰：'佛法默然，已为许矣。'"

九十八

司马太傅斋中夜坐①，㊀于时天月明净，都无纤翳②，太傅叹以为佳。谢景重在坐③，㈠答曰："意谓乃不如微云点缀。"太傅因戏谢曰："卿居心不净，乃复强欲滓秽太清邪④！"

【今译】一天夜里，司马道子在书斋中闲坐，当时天空清朗，月光皎洁，没有一丝云彩，司马道子为这绝好的景色而赞叹。谢重当时在座，答话道："我认为还不如有一点点云彩点缀天空更美。"司马道子就跟谢重开玩笑说："你啊心地不清净，竟想强行污染这清朗的天空吗？"

【刘孝标注】㈠《孝文王传》曰："王讳道子，简文皇帝第五子也。封会稽王，领司徒、扬州刺史，进太傅。为桓玄所害。赠丞相。"　㈡《续晋阳秋》曰："谢重字景重，陈郡人。父朗，东阳太守。重明秀有才会，终骠骑长史。"

【注释】① 司马太傅：司马道子(365—403)，见刘注。太元十年(365)都督中外诸军事，控制朝政，与子元显大肆聚敛，奢侈无度，后父子皆为桓玄所杀。　② 翳：遮盖。　③ 谢景重：详见刘注。　④ 滓(zǐ)秽：污染，玷污。太清：天空。

【评析】司马道子为孝武帝所亲信，委以朝政，势倾天下，后"为长夜之宴，蓬首昏目，政事多阙"、"政无大小，一委元显"、"聚敛不已，富过帝室"(《晋书》本传)，搞得朝政混乱不堪。本文则写其于书斋内欣赏"天月明净"的美好夜景，及他对谢重所说"居心不净"之言，倒有几分书卷气，有那么一点"少以清谈，为谢安所称"的遗意。惜乎其利欲熏心，害国害人又害己，与其所赞之景色形成强烈的反差。

九十九

王中郎甚爱张天锡①，问之曰："卿观过江诸人，经纬江左轨辙②，有何伟异③？后来之彦④，复何如中原？"张曰："研求幽邃⑤，自王、何以还⑥；因时修制，荀、乐之风⑦。"㈠王曰："卿知见有余⑧，何故为苻坚所制⑨？"㈡答曰："阳消阴息⑩，故天步屯蹇⑪，否剥成象⑫，岂足多讥？"

【今译】王坦之很看重张天锡，问他道："你看渡江南下的这些人，规划江东的法度有什么特别的地方？后起的才德之士与中原人士比较又怎么样啊？"张天锡说："深入研究，努力探求，从王导、何充以来就已如此；根据时势制定法令，则是荀颢、荀勖、乐广的风范。"王坦之说："你的知识见解绰有余裕，可为何被苻坚制服呢？"张天锡答道："凡事皆有阴阳盛衰，故国运危艰，出现了不断衰败的迹象，这难道也值得多加讥讽吗？"

【刘孝标注】㈠ 荀颢、荀勖修定法制。乐则未闻。　㈡ 张资《凉州记》曰："天锡明鉴颖发，英声少著。"

【注释】① 王中郎：王坦之，见本篇七十二注①(页81)。张天锡：见本篇九十四注①(页93)。② 经纬：谋划，治理。江左：江东地区，东晋的辖区。轨辙：车轮的痕迹，比喻准则、法则。③ 伟异：特异。　④ 彦：有才德者。　⑤ 幽邃：深而远。　⑥ 王、何：王导、何充。王导，见《德行》二十七注③。何充，见本篇五十四注①。以还：以来。　⑦ 荀、乐：荀颢、荀勖、乐广。荀颢，字景倩，官至侍中、太尉。荀勖(？—289)，字公曾，颍阴(今河南许昌)人。初仕魏，入晋后领秘书监，进光禄大夫，掌管乐事。乐广，见《德行》二十三注③(页16)。按：乐广没有参与修定法令之事。　⑧ 知见：知识见解。　⑨ 苻坚：见本篇九十四注③。　⑩ 阴阳：万物化生，凡天地、日月、昼夜、男女，以至腑脏皆分阴阳。消息：万物生灭、盛衰互相更替。消，消亡。息，生长，繁殖。　⑪ 天步：国运，时运。屯蹇（zhūn jiǎn）：《周易》的两个卦名。屯与蹇都是艰难困苦之意，后因称挫折不顺为屯蹇。　⑫ 否（pǐ）剥：《周易》的两个卦名。否，指上下隔阂，闭塞不通。剥，指剥落，衰败。两者均为时运不利的意思。象：象征。《周易》用卦、爻等符号象征自然的变化和人事的吉凶。

【评析】文中张天锡所说的"王、何"为谁，刘注没有注明，有以为指王弼和何晏者，似与文意不合。王坦之问"后来之彦，复何如中原"，这"后起之彦"即指前面所说的"过江诸人"，而不是西晋的中原人士，更不是三国时的魏人。何况王弼和何晏只是开清谈之风，是玄学家，并未执掌朝廷大权。故"王、何"应为东晋的杰出人物，王导和何充都是东晋初的元老重臣，对建立东晋王朝、稳定朝政有重要作用，刘孝标不注是有道理的。

一○○

　　谢景重女适王孝伯儿①，二门公甚相爱美。㊀谢为太傅长史②，被弹③，王即取作长史，带晋陵郡④。太傅已构嫌孝伯⑤，不欲使其得谢，还取作咨议⑥，外示縶维⑦，而实以乖间之⑧。及孝伯败后，太傅绕东府城行散⑨，㊁僚属悉在南门，要望候拜⑩。时谓谢曰："王宁异谋⑪，㊂云是卿为其计。"谢曾无惧色⑫，敛笏对曰⑬："乐彦辅有言⑭：'岂以五男易一女⑮。'"太傅善其对，因举酒劝之曰："故自佳，故自佳。"

【今译】谢重的女儿嫁给王恭的儿子，两位亲家公相互敬爱。谢重作太傅司马道子的长史时，被人弹劾，王恭即请谢重作自己的长史，并且兼任晋陵郡的太守。当时司马道子已与王恭结怨，不想让王恭得到谢重，就再让谢重回来作咨议，表面上显示挽留人才之意，实际上是用这个办法来离间他们的关系。等到王恭起兵被打败后，司马道子绕东府城行散时，部属们都到南门迎接拜候。当时司马道子对谢重说："王恭谋反，听说是你为他出谋划策的。"谢重却毫无畏惧之色，收起手板对答道："乐广曾经说过这样一句话：'难道用五个儿子去换一个女儿吗？'"司马道子认为他的对答非常好，于是举杯为他劝酒，说："你本来就好，本来就好。"

【刘孝标注】㊀《谢氏谱》曰："重女月镜，适王恭子愔之。"　㊁《丹阳记》曰："东府城西有简文为会稽王时第，东则孝文王道子府。道子领扬州，仍住先舍，故俗称东府。"　㊂阿宁，王恭小字也。

【注释】① 谢景重：谢重，见本篇九十八注③。适：出嫁。王孝伯：王恭，见《德行》四十四注①。　② 太傅：指司马道子，谢重曾为司马道子长史。　③ 弹（tán）：弹劾，检举违法失职的官吏。　④ 晋陵郡：治所在今镇江。　⑤ 构嫌：结怨。　⑥ 还：再，又。咨议：王府中官，掌咨询谋议。　⑦ 縶（zhí）维：原为留住贤人之马不让离去之意，后指罗致挽留人才。《诗·小雅·白驹》："皎皎白驹，食我场苗。縶之维之，以永今朝。"郑笺："爱之，欲留之。"　⑧ 乖间（jiàn）：分隔、离间。　⑨ 行散：见《德行》四十一注④。　⑩ 要（yāo）望：迎候。　⑪ 王宁：即王恭，小字阿宁，故称。异谋：指王恭参与桓玄起兵反对司马道子失败事。　⑫ 曾：竟。　⑬ 笏（hù）：古时大臣上朝时拿的手板。　⑭ 乐彦辅：即乐广，见《德行》二十三注③（页16）。　⑮ 岂以五男易一女：乐广回答司马乂之语。见本篇二十五（页51）。

一〇一

桓玄义兴还后①，见司马太傅②。太傅已醉，坐上多客。问人云："桓温来欲作贼③，如何？"㊀桓玄伏不得起。谢景重时为长史④，举板答曰："故宣武公黜昏暗⑤，登圣明⑥，功超伊、霍⑦。纷纭之议⑧，裁之圣鉴⑨。"太傅曰："我知，我知。"即举酒云："桓义兴⑩，劝卿酒。"桓出谢过。㊁

【今译】桓玄从义兴回来后，去拜见司马道子。司马道子当时已经喝醉了，座上有很多客人。司马道子问大家说："桓温晚年要谋反，怎么办？"桓玄听到此话，拜伏在地上不敢起来。谢重当时担任长史，举起手板答道："已故世的宣武公桓温废黜昏君废帝，拥立圣明之君简文帝，他的功劳超过伊尹、霍光。对那些乱七八糟的议论，希望能得到太傅英明的审察来裁决。"司马道子说："我知道，我知道。"随即拿起酒杯说："桓玄，我敬你一杯酒。"桓玄离席向司马道子谢罪。

【刘孝标注】㊀《晋安帝纪》曰："温在姑孰，讽朝廷求九锡。谢安使吏部郎袁宏具其草以示仆射王彪之，彪之作色曰：'丈夫岂可以此事语人邪？'安徐问其计，彪之曰：'闻其疾已笃，且可缓其事。'安从之，故不行。"　㊁檀道鸾论之曰："道子可谓易于由言，谢重能解纷纭矣。"

【注释】① 桓玄：见《德行》四十一注①（页28）。义兴：郡名，治所在今江苏宜兴。　② 司马太傅：即司马道子。　③ 贼：指谋反。此句《晋书·会稽文孝王道子传》作"桓温晚涂欲作贼，云何"，本文脱"晚"字，似以《晋书》为佳。　④ 谢景重：谢重，注见本篇九十八注③（页95）。　⑤ 宣武公：桓温的谥号。黜（chù）昏暗：指废黜废帝（司马奕）。　⑥ 登圣明：指拥立简文帝（司马昱）。　⑦ 伊、霍：伊尹、霍光。伊尹，商汤之贤相。汤死，伊尹立汤之孙太甲。太甲昏暗无道，伊尹将其放逐于桐宫，后太甲悔过自责，修德，伊尹迎之复位。霍光，汉武帝大臣，受武帝遗诏立年幼的昭帝。昭帝死，迎立昌邑王，昌邑王淫乱无道，又废之，迎立宣帝。　⑧ 纷纭：杂乱。　⑨ 裁：裁决。圣鉴：英明的审察。　⑩ 桓义兴：即桓玄，他作过义兴太守，故称。

【评析】司马道子执掌朝政，对野心勃勃的桓玄是猜忌的，故在府中聚会时，借着酒劲当众宣称桓玄之父桓温晚年欲行禅让图谋不轨的谋逆行为。羽翼未丰的桓玄听到这样严厉的话，顿时拜伏在地。深得司马道子信任的谢重出来称颂桓温当年黜废帝立简文帝的功劳。作为简文帝第五子的道子当然知道没有桓温的废立之举就没有自己当前的权势，于是就势为桓玄敬酒，一场尴尬就此化解。刘注引文谓道子轻易发言，谢重能解纷除乱。这段描写颇有鸿门宴的余韵。

一〇二

宣武移镇南州①，制街衢平直②。人谓王东亭曰③：㊀"丞相初营建康④，无所因承⑤，而制置纡曲，方此为劣⑥。"㊁东亭曰："此丞相乃所以为巧⑦。江左地促⑧，不如中国⑨。若使阡陌条畅⑩，则一览而尽；故纡余委曲⑪，若不可测。"

【今译】桓温把治所移到南州后，所修建的街道平坦又笔直。有人对王珣说："丞相王导当初营建京城建康时，没有什么现成的东西可资沿袭继承，所以修建布置得纡回曲折，比起南州来就差了。"王珣说："这正是王丞相如此做的巧妙所在。江东地方狭窄，不如中原地区辽阔。如果把街道造得笔直通畅，就会一览无余；有意把街道造得纡回曲折，那就会令人感到深不可测了。"

【刘孝标注】㊀《王司徒传》曰："王珣字元琳,丞相导之孙,领军洽之子也。少以清秀称。大司马辟为主簿,从讨袁真,封交趾望海县东亭侯,累迁尚书左仆射,领选,进尚书令。"㊁《晋阳秋》曰:"苏峻既诛,大事克平之后,都邑残荒。温峤议徙都豫章以即丰全。朝士及三吴豪杰谓可迁都会稽。王导独谓:'不宜迁都。建业往之秣陵,古者既有帝王所治之表,又孙仲谋、刘玄德俱谓是王者之宅。今虽凋残,宜修劳来旋定之道,镇静群情。且百堵皆作,何患不克复乎?'终至康宁,导之策也。"

【注释】① 宣武:桓温谥号。桓温,见本篇五十五注①。南州:一名姑孰,故址在今安徽当涂,为长江要津,京城建康之门户。 ② 制:修建。街衢:街道。 ③ 王东亭:王珣(xún),详见刘注。 ④ 丞相:指王导。 ⑤ 因承:沿袭承继。 ⑥ 方:比。 ⑦ 所以:表示原因。 ⑧ 促:狭窄。 ⑨ 中国:指中原地区。 ⑩ 阡陌:原指田间小路,此指街道。 ⑪ 委曲:曲折。

【评析】刘注引文赞美王导力排众议建造京城之功。本文则写王珣婉转称颂其祖父营造京城不求"阡陌条畅",而以"纡余委曲"见长,显示"若不可测"的帝都气象,把王导因地制宜的治理之道说得很透彻。同时对桓温的造南州道路追求"街衢平直"亦不无批评之意,虽然桓温是他的上司,他仍然巧妙地提出自己的不同看法。

一〇三

桓玄诣殷荆州①,殷在妾房昼眠,左右辞不之通②。桓后言及此事,殷云:"初不眠,纵有此③,岂不以贤贤易色也④?"㊀

【今译】桓玄去拜访殷仲堪,殷当时在小妾房内白天睡觉,左右侍从推辞不肯为他通报。桓玄后来说起这件事,殷仲堪说:"我原本没有睡,即使睡了,难道不能做到孔子所说的'爱贤如同爱色一样'吗?"

【刘孝标注】㊀孔安国注《论语》曰:"言以好色之心好贤人则善。"

【注释】① 桓玄:见《德行》四十一注①(页28)。殷荆州:殷仲堪,担任过荆州刺史,故称。见《德行》四十注①。 ② 不之通:不为他通报。之,代词,指代桓玄。 ③ 纵:即使。 ④ 贤贤易色:语见《论语·学而》。孔安国注谓用好色之心来好贤人就好了。这里第一个"贤"字为动词,爱好之意,第二个"贤"字指贤人。易,如同之意。贤贤易色,也即"好德如好色"意。

【评析】殷仲堪是著名的清谈家,与韩康伯齐名。他还是闻名于世的孝子,为了替父亲治病,衣不解带地躬学医术,因此而瞎了一只眼。他深得孝武帝的亲爱,被授予都督荆、益、宁三州军事,荆州刺史,镇江陵,但他"纲目不举,而好行小惠"(《晋书》本传),缺少担当重任的能力。他与桓玄之间时分时合,从互相利用到互相争斗,最后被桓玄所俘,被逼自杀。本文写殷仲堪对桓玄说自己可以做到"贤贤易色",将桓玄当做贤人对待,未免过誉了,他未曾料到日后逼死自己的就是这位"贤人"!

一〇四

桓玄问羊孚①:㊀"何以共重吴声②?"羊曰:"当以其妖而浮③。"

【今译】桓玄问羊孚:"为什么大家都看重吴声歌曲?"羊孚说:"大概大家都认为它们妖媚而浮艳吧。"

【刘孝标注】㊀《羊氏谱》曰："孚字子道，泰山人。祖楷，尚书郎。父绥，中书郎。孚历太学博士、州别驾、太尉参军。年四十六卒。"

【注释】① 羊孚：见刘注。 ② 吴声：指乐府中的吴声歌曲，多为恋歌，今存《乐府诗集》中。 ③ 妖而浮：妩媚而浮艳。

【评析】吴地的歌曲音乐在北方士人大举南迁后逐渐受到了重视，羊孚对吴声的评价非常之精到。

一〇五

谢混问羊孚①："何以器举瑚琏②？"㊀羊曰："故当以为接神之器。"

【今译】谢混问羊孚："为什么说到器皿时就要举出瑚琏？"羊孚说："当然因为它是用来迎接神灵的器具的缘故。"

【刘孝标注】㊀《晋安帝纪》曰："混字叔源，陈郡人，司空琰少子也。文学砥砺立名。累迁中书令、尚书左仆射。坐党刘毅，伏诛。"《论语》："子贡问曰：'赐也何如？'子曰：'汝器也。'曰：'何器也？'曰：'瑚琏也。'"郑玄《注》曰："黍稷器，夏曰瑚，殷曰琏。"

【注释】① 谢混（？—412）：见刘注。谢安之孙，娶孝武帝女晋陵公主。因与刘毅交往亲密，毅败被杀。谢混擅诗，其诗一改东晋玄言诗的风尚。原有集，今存诗三首。羊孚：见本篇一〇四刘注（页 99）。 ② 瑚琏：古代宗庙中盛黍稷的礼器。亦用以比喻人有立朝执政的才能。

【评析】孔子器重子贡，所以将其比作瑚琏，羊孚显然深谙夫子之意。

一〇六

桓玄既篡位后①，御床微陷②，群臣失色。侍中殷仲文进曰③：㊀"当由圣德渊重④，厚地所以不能载⑤。"时人善之。

【今译】桓玄篡位做皇帝后，皇帝宝座稍微有点下陷，群臣都大惊失色。侍中殷仲文进言道："这大概因为圣上德行深重，就连深厚的大地也承载不起吧。"当时人都认为他的话说得好。

【刘孝标注】㊀《续晋阳秋》曰："仲文字仲文，陈郡人。祖融，太常。父康，吴兴太守。仲文闻玄平京邑，弃郡投焉，玄甚说之，引为咨议参军。时王谧见礼而不亲，卞范之被亲而少礼，其宠遇隆重，兼于王、卞矣。及玄篡位，以佐命亲贵，厚自封崇，舆马服，穷极绮丽，后房妓妾数十，丝竹不绝音。性甚贪吝，多纳贿赂，家累千金，常若不足。玄既败，先投义军。累迁侍中、尚书。以罪伏诛。"

【注释】① 篡位：指桓玄于元兴二年（403）代晋自立事。 ② 御床：皇帝的坐榻。床，坐卧之具，古亦称坐榻为床。 ③ 殷仲文（？—407）：详见刘注。殷仲堪之堂弟，桓玄之姐夫。曾随桓玄举兵，任左卫将军。玄败投晋，任东阳太守。后以谋反罪为刘裕所杀。擅文辞，原有集，今仅存诗两首。 ④ 渊重：深重。 ⑤ 所以：表示原因。

【评析】 本文所写亦载于《晋书·殷仲文传》，词语略异。本文称"微陷"，本传谓"忽陷"；本文称"时人善之"，本传谓"玄大悦"比较而言，"忽陷"，故"群臣失色"。而对殷仲文阿谀取媚称"善"，实属夸大失实。《晋书·桓玄传》载玄在篡位前后之所作所为："性贪鄙，好奇异，尤爱宝物，珠玉不离于手。人士有法书好画及佳园宅者，悉欲归己"、"性好畋游"、"骄奢荒侈，游猎无度，以夜继昼"、"百姓疲苦，朝野劳瘁，怨怒思乱者，十室八九焉"、"于是朝野失望，人不安生"、"自知怨满天下"等等。对这样的人加以吹捧，竟能得到"时人善之"吗，实在不妥，故以《晋书》本传"玄大悦"为佳，切合当时殷仲文取悦桓玄，而桓玄果然大悦的情景。

<h2 style="text-align:center">一〇七</h2>

桓玄既篡位，将改置直馆①，问左右："虎贲中郎省应在何处②？"有人答曰："无省。"当时殊忤旨③。问："何以知无？"答曰："潘岳《秋兴赋》叙曰④：'余兼虎贲中郎将，寓直散骑之省⑤。'"〇玄咨嗟称善⑥。〇

【今译】 桓玄篡位当了皇帝后，准备重新布置值班的馆舍，就问左右侍从："虎贲中郎的衙署应该设在哪里？"有个人回答道："没有这个馆舍。"当时这样回答是十分违背圣旨的。桓玄问："你怎么知道没有呢？"这人回答道："潘岳的《秋兴赋》叙说：'我兼任虎贲中郎将，寄住在散骑省值班。'"桓玄听了赞叹他答得好。

【刘孝标注】 〇岳，别见。其赋叙曰："晋十有四年，余年三十二，始见二毛。以太尉掾兼虎贲中郎将，寓直散骑之省。高阁连云，阳景罕曜。仆野人也，猥厕朝列，譬犹池鱼笼鸟，有江湖山薮之思。于是染翰操纸，慨然而赋。于时秋至，故以《秋兴》命篇。" 〇刘谦之《晋纪》曰："玄欲复虎贲中郎将，疑应直与不。访之僚佐，咸莫能定。参军刘简之对曰：'昔潘岳《秋兴赋》叙云："余兼虎贲中郎将，寓直于散骑之省。"以此言之，是应直也。'玄欢然从之。"此语微异，又答者未知姓名，故详载之。

【注释】 ① 直馆：值班的官署。直，通"值"。 ② 虎贲（bēn）中郎省：虎贲中郎的官署。虎贲中郎，官名，宿卫宫廷，统领为虎贲中郎将。省，官署。 ③ 忤（wǔ）旨：违背圣旨。忤，不顺从、违背。 ④ 潘岳（247—300）：字安仁，晋荥阳中牟（今属河南）人。历任河南令、著作郎、给事黄门侍郎等职。谄事权贵贾谧，后为赵王司马伦及孙秀所杀。长于诗赋，与陆机齐名。原有集，已佚，后人辑有《潘黄门集》。《秋兴赋》：潘岳所作，抒写其悲秋情怀及向往山水林泉之思。见《文选》卷十三。 ⑤ 寓直：寄住在别的衙署值班。散骑：散骑常侍，侍从皇帝之官。 ⑥ 咨嗟：赞叹之意。

【评析】 本文写回答桓玄之人为"有人"，未写名姓，刘注引刘谦之《晋纪》则谓对答者为参军刘简之，交代其官职、姓名较清楚。然对答之语似以本文为优，问答之词富有意趣。结尾句本文为"玄咨嗟称善"，亦较注文"玄欢然从之"为优，似更切合桓玄当时的身份地位。

<h2 style="text-align:center">一〇八</h2>

谢灵运好戴曲柄笠①，〇孔隐士谓曰②："卿欲希心高远③，何不能遗曲盖之貌④？"〇谢答曰："将不畏影者未能忘怀⑤？"〇

【今译】谢灵运喜欢戴曲柄斗笠,孔淳之对他说:"你有仰慕高洁旷远的情操,为何不能抛掉高官所用的曲盖状的形貌呢?"谢灵运答道:"莫非像那个害怕影子的人,始终念念不忘影子吗?"

【刘孝标注】㊀丘渊之《新集录》曰:"灵运,陈郡阳夏人。祖玄,车骑将军。父焕,秘书郎。灵运历秘书监、侍中、临川内史,以罪伏诛。"㊁《宋书》曰:"孔淳之字彦深,鲁国人。少以辞荣就约,征聘无所就。元嘉初,散骑郎征,不到,隐上虞山。"㊂《庄子》云:"渔父谓孔子曰:'人有畏影恶迹而去之走者,举足逾数而迹逾多,走逾疾而影不离,自以尚迟,疾走不休,绝力而死,不知处阴以休影,处静以息迹,愚亦甚矣。子修心守真,还以物与人,则无异矣。不修身而求之人,不亦外事者乎!'"

【注释】①谢灵运(385—433):见刘注。幼时寄养于外,族人名为客儿,世称谢客。袭封康乐公,故称谢康乐。入宋,任永嘉太守、侍中、临川内史等职,后被诬谋反处死。性爱山水,擅长山水诗,创山水诗一派,影响深远。曲柄笠:状如曲盖(帝王、高官出行时仪仗用的曲柄伞)的斗笠。②孔隐士:孔淳之,详见刘注。③希心:指有所仰慕之心。希,仰慕。④遗:抛弃。⑤将不:得无,莫非。畏影者:见《庄子·渔父》,谓有害怕自己的影子与足迹者,欲以拼命奔跑来丢弃影子与足迹。他脚步愈多足迹亦愈多,跑得再快影子亦不离身。他还以为自己跑得太慢,便更加不停地快跑,终于力竭而死。

【评析】本文写谢灵运与孔淳之之间由于谢灵运好戴半柄笠而引起的相互讥讽。孔淳之的话是切合谢灵运实际的。据《宋书》本传,谢灵运虽然性爱山水,有高远之志,但他并未忘情仕途。如当其出为永嘉太守时,"既不得志,遂肆意游遨,……民间所讼,不复关怀","自谓才能宜参权要,既不见知,常怀愤愤"。看到不如他的人受宠遇时,"灵运意不平,多称疾不朝直"等等。斗笠是野人高士所戴,谢灵运在笠上加柄,使其曲而后垂,颇似达官贵人出行时仪仗所用之曲盖,于无意中透露其不能忘怀富贵的消息,当然要引起讥议,孔淳之语可谓一针见血。而谢灵运之答语除了反映其敏于应对之特点外,与孔淳之的实际却不符。《宋书》本传谓其三辞征辟而不就,最后逃到上虞山,不知所终。他的事迹收入《隐逸传》,因为他是真隐士,隐没于其"茅屋、蓬户、庭草、芜径"之间,与山水融为一体。

政事第三

一

　　陈仲弓为太丘长①，时吏有诈称母病求假，事觉，收之②，令吏杀焉。主簿请付狱考众奸③，仲弓曰："欺君不忠，病母不孝④，不忠不孝，其罪莫大。考求众奸，岂复过此！"㊀

【今译】陈寔当太丘县令时，属吏中有一人谎称母亲生病要求请假，事情被发觉，陈寔就逮捕他，下令把他杀了。主簿请求把他交付狱吏考问其他更多的罪行，陈寔说："欺骗君上，就是不忠；谎称母病，就是不孝。不忠不孝，他的罪行没有比这更大的了。考问其他的罪行，难道还能超过这个大罪吗！"

【刘孝标注】㊀ 陈寔，已别见。

【注释】① 陈仲弓：陈寔，见《德行》六注①（页4～5）。太丘：故址在今河南永城西北。　② 收：逮捕。　③ 主簿：官名，主管文书簿籍等。狱：狱吏。考：考问。众奸：众多罪行。　④ 病母：把母亲说成有病。病，作动词用。

【评析】陈寔担任太丘长时，"修德清静，百姓以安"（《后汉书》本传），讲求以德治民。其属下谎称母病，既诅咒了母亲，又欺骗了长官，这在当时已属大逆不道之行，故陈寔将其处死。

二

　　陈仲弓为太丘长，有劫贼杀财主①，主者捕之②。未至发所③，道闻民有在草不起子者④，回车往治之。主簿曰："贼大，宜先按讨⑤。"仲弓曰："盗杀财主，何如骨肉相残？"㊀

【今译】陈寔当太丘县令时，有强盗抢劫财物杀了人，主管者逮捕了强盗。陈寔便前往处理，还未到达案发地，半路上听到民间有人生了孩子不肯养育，即掉转车头去处理这事。主簿说："强盗杀人事大，应当首先予以查验惩处。"陈寔道："强盗劫财杀人，哪里比得上亲生骨肉相残？"

【刘孝标注】㊀ 按：后汉时贾彪有此事，不闻寔也。

【注释】① 劫贼：盗贼。　② 主者：指主管捕盗的官吏。　③ 发所：案发的场所。　④ 在草不起：指生了孩子不肯养育。在草，指临产分娩。草，指草席。古时妇女分娩时垫的草席。不起，不育。　⑤ 按讨：查验惩处。

【评析】本文所写之事，刘注谓"后汉贾彪有此事，不闻寔也"。事见《后汉书·贾彪传》，文字略异，且更加具体写贾彪对不养子者制定严格的制度，规定其"与杀人同罪"。《陈寔传》则未见记载，可知为误植。《贾彪传》曰："贾彪……补新息长。小民困贫，多不养子，彪严为其制，与杀人同罪。城南有盗劫害人者，北有妇人杀子者，彪出案发，而掾吏欲引南。彪怒曰：'贼寇杀人，此则常理；母子相残，逆天违道。'遂驱车北行，案验其罪。"

三

陈元方年十一时①，□候袁公②。袁公问曰："贤家君在太丘③，远近称之，何所履行④？"元方曰："老父在太丘，强者绥之以德⑤，弱者抚之以仁⑥，恣其所安⑦，久而益敬。"□袁公曰："孤往者尝为邺令⑧，正行此事。不知卿家君法孤⑨，孤法卿父？"□元方曰："周公、孔子，异世而出，周旋动静⑩，万里如一。周公不师孔子⑪，孔子亦不师周公。"

【今译】陈纪十一岁时，去拜候袁公。袁公问他说："令尊在太丘为官，远近都称赞他，不知他都实行了什么？"陈纪道："家父在太丘时，对强者用恩德来安抚他们，对于弱者用仁义来抚慰他们，让他们都能安居乐业，时间久了，人们就更加敬重他了。"袁公说："我过去曾经做过邺县县令，也正是实行了这种做法。不知道是令尊效法我，还是我效法令尊？"陈纪说："周公和孔子出现在不同的时代，应对举动，虽相隔遥远，却是一样的。所以周公没有仿效孔子，孔子也没有仿效周公。"

【刘孝标注】㊀ 陈纪，已见。 ㊁ 袁宏《汉纪》曰："寔为太丘，其政不严而治，百姓敬之。" ㊂ 检众《汉书》，袁氏诸公，未知谁为邺令，故阙其文，以待通识者。

【注释】① 陈元方：陈纪，陈寔长子，见《德行》六注②（页5）。 ② 袁公：不详。刘注谓翻遍各种《汉书》，也不知哪一位袁公当过邺令。 ③ 贤家君：对对方父亲的敬称。 ④ 履行：实施，实行。 ⑤ 绥：安抚。 ⑥ 抚：慰问，抚慰。 ⑦ 恣：听任。 ⑧ 孤：王侯自称，袁公自称孤，当为王侯。邺：故址在今河北临漳西南。 ⑨ 法：效法。 ⑩ 周旋动静：应对举措，指处置世事的举动措施。周旋：应酬。 ⑪ 师：仿效。

【评析】陈寔任太丘长时，以"修德清静"使百姓安宁，"竟无讼者"，后因"沛相赋敛违法，乃解印绶去，吏人追思之"（《晋书》本传），确实值得赞扬。陈纪以十一岁的年龄，总结其父对"强者""绥之以德"、对"弱者""抚之以仁"的措施，并对袁公的互相效法说作了周公与孔子的比喻，说明他对父亲有深切的了解。《后汉书》本传谓其能传承父亲的德行，"亦以至德称"，其与弟陈谌"齐德同行，父子并称高名，时号三君"（同上），这是难能可贵的。

四

贺太傅作吴郡，初不出门①，吴中诸强族轻之②，乃题府门云："会稽鸡，不能啼③。"㊀贺闻，故出行，至门反顾，索笔足之曰④："不可啼，杀吴儿。"于是至诸屯邸⑤，检校诸顾、陆役使官兵及藏逃亡⑥，悉以事言上，罪者甚众。陆抗时为江陵都督⑦，㊁故下请孙皓⑧，然后得释。

【今译】贺邵当吴郡太守时，起初不出门，吴郡各个豪门世族都轻视他，竟在府门题字谓："会稽鸡，不能啼。"贺邵听到后，故意出门，到了府门口回过头来看，要来笔补上两句谓："不可啼，杀吴儿。"贺邵于是到顾、陆各个豪族子弟们的驻地与居所，察看他们驱使官兵服劳役以及藏匿逃亡农户等情况，把事实都报告给朝廷，因此而获罪的人很多。陆抗当时担任江陵都督，为此特地从驻地顺流而下向孙皓求情，然后才得以赦免。

【刘孝标注】㊀ 环济《吴纪》曰："贺邵字兴伯，会稽山阴人。祖齐，父景，并历美官。邵历散骑常侍，出为吴郡太守，后迁太子太傅。" ㊁《吴录》曰："抗字幼节，吴郡人，丞相逊子，孙策外孙也。为江陵都督，累迁大司马、荆州牧。"

【注释】① 贺太傅：贺邵，详见刘注。作吴郡：当吴郡太守。吴郡，治所在今江苏苏州。 ② 诸强族：各个豪强世族。 ③ 会稽鸡两句：因贺邵为会稽人，故蔑称其为会稽鸡，徒有其貌而已。 ④ 足：补足。 ⑤ 屯邸：当时吴地世家子弟多带兵屯戍在外，而他们的居舍却在吴郡，故称之为屯邸。屯，驻军防守；邸，指郡国豪族子弟的居所。 ⑥ 检校：查核，考察。顾、陆：顾雍、陆逊。他们是江东世家大族的代表人物，顾雍为相掌朝政，陆逊为将掌兵权。役使官兵：指顾、陆等豪门驱使官兵为他们服劳役。藏逋(bū)亡：指豪门藏匿逃避赋税徭役的农户。这些事都是违法的。 ⑦ 陆抗(226—274)：详见刘注。东吴名将。江陵：今荆州市。都督：官名，东吴的军事长官或领兵统帅。 ⑧ 故：特地。下：指从长江上游的江陵下到东吴都城建业(在长江下游)。孙皓(242—283)：东吴末代皇帝，孙权之孙，字元宗，又字皓宗，264—280年在位。专横残暴，亡于晋，封归命侯。

【评析】据《三国志·吴书》本传，贺邵为官"奉公贞正，亲近所惮"，对皇帝孙皓的暴政敢于直谏。他上疏称孙皓"自登位以来，法禁转苛，赋调益繁，……老幼饥寒，家户菜色……"孙皓因此"深恨之"。后贺邵中风，口不能言，而孙皓竟怀疑他是假装，把他拷掠至死。本文写其调查顾、陆等士族子弟役使官兵、藏匿逃亡的犯法事实，向朝廷如实禀报。陆抗作为统军将帅，深知厉害，故到京都求情。此事可证贺邵"奉公贞正"之一斑。

五

山公以器重朝望①，年逾七十，犹知管时任②。㊀贵胜年少若和、裴、王之徒③，并共宗咏④。有署阁柱曰⑤："阁东有大牛，和峤鞅⑥，裴楷鞦⑦，王济剔嬲不得休⑧。"㊁或云潘尼作之⑨。㊂

【今译】山涛因其才能在朝廷上有很高的声望，年纪过了七十，还在主持朝中官员的任免事宜。一些显贵而年轻的官员如和峤、裴楷、王济这些人都对他推崇赞叹。有人在尚书省官署的柱子上题字谓："官署东面有大牛，和峤是牛颈上的鞅，裴楷是牛后部的鞦，王济纠缠不得休。"有人说这是潘尼写的。

【刘孝标注】㊀ 虞预《晋书》曰："山涛字巨源，河内怀人。祖本，郡孝廉。父曜，冤句令。涛蚤孤而贫，少有器量，宿士犹不慢之。年十七，宗人谓宣帝曰：'涛当与景、文共纲纪天下者也。'帝戏曰：'卿小族，那得此快人邪？'好庄老，与嵇康善。为河内从事，与石鉴共传宿，涛夜起蹋鉴曰：'今何等时而眠也，知太傅卧何意？'鉴曰：'宰相三日不朝，与尺一令归第，君何虑焉！'涛曰：'咄！石生，无事马蹄间也。'投传而去。果有曹爽事，遂隐身不交世务。累迁吏部尚书、仆射、太子少傅、司徒。年七十九薨，谥康侯。" ㊁ 王隐《晋书》曰："初，涛领吏部，潘岳内非之，密为作谣曰：'阁东有大牛，王济鞅，裴楷鞦，和峤刺促不得休。'"《竹林七贤论》曰："涛之处选，非望路绝,故贻是言。" 〔三〕《文士传》曰:"尼字正叔,荥阳人。祖勖,尚书左丞。父满,平原太守。并以文学称。尼少有清才,文词温雅。初应州辟,终太常卿。"

【注释】① 山公:山涛,见《言语》七十八注①(页84)。朝望:在朝廷中有威望。 ② 知管:主持掌管。知,主持。时任:指山涛七十余岁,仍然担任吏部尚书,照样亲自主持官员的任免之事。 ③ 贵胜年少:显贵并年轻者。和峤,见《德行》十七注①(页12)。裴:裴楷,见《德行》十八注③(页13)。王:王济,见《言语》二十四注①(页51)。 ④ 宗咏:尊仰咏叹。宗,推崇,景仰。 ⑤ 署:题字。阁:官署,指尚书省官署。 ⑥ 鞅(yāng):牛马拉车时套在牛马颈上的皮子。 ⑦ 鞧(qiū):同"鞧"(qiū),拴在牛马屁股上的皮带。 ⑧ 剔嬲(niǎo):纠缠烦扰。 ⑨ 潘尼(约250—约311):详见刘注。与叔父潘岳以文学齐名,世称"两潘"。

【评析】山涛善于选拔人才,得到朝廷上下的一致赞许。《晋书》本传谓其在冀州刺史任上,"甄拔隐屈,搜访贤才,旌命三十余人,皆显名当时"。后他长期担任吏部尚书,"前后选举,周遍内外,而并得其才"。本文写其得到有名当世的"贵胜年少"者和峤、裴楷、王济等人的敬仰赞誉,可知其具有识才、选才之能。但是潘尼所作之歌谣却分明含有揶揄嘲讽之意,刘注引王隐《晋书》称此歌谣为潘岳所作,又引《竹林七贤论》,谓山涛能选才,使得心存非分之想者断绝了进取之路,所以写此歌谣以讽之,潘岳正是对山涛不满者。房玄龄等在《晋书》中亦持此说,与本文大同小异,曰:"岳才名冠世,为众所疾,遂栖迟十年。出为河阳令,负其才而郁郁不得志。时尚书仆射山涛、领吏部王济、裴楷等并为帝所亲遇,岳内非之,乃题阁道为谣曰:'阁道东,有大牛。王济鞅,裴楷鞧,和峤刺促不得休。'"如此看来,应为潘岳作此讥讽之歌谣。《晋书》潘尼本传中并无不满山涛之语。可能潘尼为岳之侄,本文误"岳"为"尼"了。

六

贾充初定律令①,〔一〕与羊祜共咨太傅郑冲②。〔二〕冲曰:"皋陶严明之旨③,非仆暗懦所探④。"羊曰:"上意欲令小加弘润⑤。"冲乃粗下意⑥。〔三〕

【今译】贾充当初拟定法令时,与羊祜一起向太傅郑冲咨询意见。郑冲说:"皋陶制定法令时的严肃公正之意,不是我这样愚昧无能的人所能探究的。"羊祜说:"上头的意思是想让你稍加扩充润色。"郑冲才粗略地说了自己的意见。

【刘孝标注】〔一〕《晋诸公赞》曰:"充字公闾,襄陵人。父逵,魏豫州刺史。充起家为尚书,迁廷尉,听讼称平。晋受禅,封鲁郡公。充有才识,明达治体,加善刑法,由此与散骑常侍裴楷共定科令,蠲除密网,以为《晋律》。薨赠太宰。" 〔二〕 王隐《晋书》:"冲字文和,荥阳开封人。有核练才,清虚寡欲,喜论经史,草衣缊袍,不以为忧。累迁司徒太保。晋受禅,进太傅。" 〔三〕《续晋阳秋》曰:"初,文帝命荀勖、贾充、裴秀等分定礼仪律令,皆先咨郑冲,然后施行也。"

【注释】① 贾充(217—282):见刘注。三国魏时任大将军司马,廷尉,为司马氏心腹,指使人杀魏帝曹髦,参与司马氏代魏的密谋。晋初任司空、侍中、尚书令,一女为太子妃,一女为齐王妃,宠信无比。 ② 羊祜:见《言语》八十六注②(页88)。咨:咨询,征求意见。郑冲:见刘注。出身寒微,卓尔立操,博究儒术及百家之言。魏时任尚书郎、陈留太守、散骑常侍、司空、司徒、太保等。入晋,拜太傅,进爵为公。 ③ 皋陶(yáo):传说中的东夷族首领,曾被舜任为掌管刑法之官。古时制定律令以皋陶为典范,故称。 ④ 仆:自谦之词。暗懦:愚昧无能。探:探测,推究。 ⑤ 上意:指掌权的司马昭。弘润:扩充润色。 ⑥ 粗下意:粗略地提出自己的意见。

【评析】郑冲"卓尔立操,清恬寡欲",又精通经史,"博究儒术及百家之言"(《晋书》本传），得到掌权的司马昭的信任。在任命贾充等修订律令时，司马昭要求他们先向郑冲请教咨询。本文中的"上"即指时为晋王的司马昭，贾充、郑冲等改繁琐的汉律为简明实用的晋律，颇有贡献。《晋书·刑法志》曰："文帝为晋王，患前代律令本注烦杂，……于是令贾充定法律，令与太傅郑冲，司徒荀顗、中书监荀勖、中军将军羊祜、中护军王业、廷尉杜友、守河南尹杜预、散骑侍郎裴楷、颍川太守周权、齐相郭颀、都尉成公绥、尚书郎柳轨及吏部令史荣邵等十四人典其事，就汉九章增十一篇，……合二十篇，六百二十条，二万七千六百五十七言。蠲其苛秽，存其清约，事从中典，归于益时。"

七

山司徒前后选①，殆周遍百官②，举无失才，凡所题目③，皆如其言；唯用陆亮④，是诏所用⑤，与公意异，争之，不从。亮亦寻为贿败⑥。㊀

【今译】山涛前后任职选官，所用的人几乎遍及百官，所选的人没有一个是不当的，凡是他所评论过的人都像他所说的那样；只有一个陆亮，是皇帝下诏命任用的，与山涛的意见不同，山涛为此争辩过，皇帝不听。不久陆亮也因为受贿而罢官。

【刘孝标注】㊀《晋诸公赞》曰："亮字长兴，河内野王人，太常陆乂兄也。性高明而率至，为贾充所亲待。山涛为左仆射，领选。涛行业即与充异，自以为世祖所敬，选用之事，与充咨论，充每不得其所欲。好事者说充宜授心腹人为吏部尚书，参同选举，若意不齐，事不得谐，可不召公与选，而实得叙所怀。充以为然，乃启亮公忠无私。涛以亮将与己异，又恐其协情不允。累启亮可为左丞，初非选官才。世祖不许，涛乃辞疾还家。亮在职，果不能允，坐事免官。"

【注释】① 山司徒：山涛。前后选：指山涛先后两次担任选拔官员之职。 ② 殆：几乎，差不多。周遍：普遍，遍及。 ③ 题目：品题，评论人物。 ④ 陆亮：见刘注。 ⑤ 诏：皇帝的命令。 ⑥ 寻：不久。贿(huì)：指接受贿赂。

【评析】《晋书》本传谓"涛再居选职十有余年"、"涛所奏甄拔人物，各为题目，时称《山公启事》"。《全晋文》收集散见于各种典籍中的《启事》五十余篇，均可见其品题之识见不凡。如与本文有关之《赏誉》篇十二写山涛荐举阮咸之品题，《通典》二十三注曰："帝以咸耽酒浮虚，遂用陆亮。"可知晋武帝不喜山涛荐举的阮咸，执意用陆亮，而陆亮终以受贿罢官。可知山涛确实可当"举无失才"之誉。

八

嵇康被诛后①，山公举康子绍为秘书丞②。㊀绍咨公出处③，㊁公曰："为君思之久矣。天地四时，犹有消息，而况人乎④！"㊂

【今译】嵇康被杀后，山涛荐举嵇康的儿子嵇绍担任秘书丞。嵇绍便向山涛征询出处进退。山涛说："我为你考虑很久了。天地一年四季，还有阴晴寒暑的变化，何况是人呢！"

【刘孝标注】㊀《山公启事》曰："诏选秘书丞，涛荐曰：'绍平简温敏，有文思，又晓音，当成济也。犹宜先作秘书郎。'诏曰：'绍如此，便可为丞，不足复为郎也。'"《晋诸公赞》曰："康遇事后二十年，绍乃为涛所拔。"王隐《晋书》曰："时以绍父康被法，选官不敢举。年二十八，山涛启用之，世祖发诏以为秘书丞。" ㊂《竹林七贤论》曰:"绍惧不自容,将解褐,故咨之于涛。" ㊂ 王隐《晋书》曰:"绍字延祖,雅有文才。山涛启武帝云云。"

【注释】① 稽康:见《德行》十六注②(页11)。 ② 康子绍:稽康之子稽绍,见《德行》四十三注⑦(页30)。秘书丞:官名,秘书省属官,官位高于秘书郎,掌管图书典籍。 ③ 出处:进或退,指出仕还是隐退。 ④ 四时:指一年四季。消息:指生与灭,盛与衰。消,消减;息,增长。语出《周易·丰卦·象》曰:"日出则昃(zè),月盈则食。天地盈虚,与时消息,而况于人乎,况于鬼神乎!"谓:日正当中,就会有偏斜之时;月亮盈满,就会有渐渐消蚀的现象。天地的道理,盈满或空虚,皆随时而消减生息,何况于人呢,何况于鬼神呢!

【评析】稽康被司马昭诛杀,对于稽绍来说,代魏而立的司马氏是杀父仇人,自是不共戴天,故当山涛荐举他出仕时,就颇费踌躇了。山涛以《周易》有发生灭盛衰的道理说服之,稽绍不仅接受,而且在八王之乱时,还为护卫惠帝而被乱箭射死,成为晋朝的忠臣,载入《晋书·忠义传》。为此,顾炎武从其反清复明的立场出发予以斥责,称"其败义伤教,至于率天下而无父也。夫绍之于晋,非其君也。忘其父而事其非君,当其未死,三十余年之间,为无父之人,亦已久矣。而荡阴之死,何足以赎其罪乎?"(《日知录》十三《正始》条)陈寅恪则从当时名教与自然相同来加以分析,指出:"曹魏、西晋之际此名教与自然相同一问题,实为当时士大夫出处大节所关,如山涛劝稽康子绍出仕司马氏之语,为顾亭林所痛恨而深鄙者,顾氏据正谊之观点以立论,其苦心固极可钦敬,然于当日士大夫思想蜕变之隐微似犹未达一间。……天地四时即所谓自然也。犹有消息者,即有阴晴寒暑之变易也。出仕司马氏,所以成其名教之分义,即当日何曾之流所谓名教也。自然既有变易,则人亦宜仿效其变易,改节易操,出仕父仇矣。"(《陈寅恪史学论文选集·陶渊明之思想与清谈之关系》,上海古籍出版社1992年7月版)

九

王安期为东海郡①,㊀小吏盗池中鱼,纲纪推之②。王曰:"文王之囿③,与众共之。㊁池鱼复何足惜!"

【今译】王承任东海郡太守时,有小吏偷了水池里的鱼,主簿查究这件事。王承说:"古时文王的苑囿与百姓共同享用。小小的池鱼又有什么值得可惜的!"

【刘孝标注】㊀《名士传》曰:"王承字安期,太原晋阳人。父湛,汝南太守。承冲淡寡欲,无所循尚。累迁东海内史,为政清静,吏民怀之。避乱渡江,是时道路寇盗,人怀忧惧,承每遇艰险,处之怡然。元皇为镇东,引为从事中郎。" ㊁《孟子》曰:"齐宣王问:'文王之囿方七十里,有诸?若是其大乎?'对曰:'民犹以为小也。'王曰:'寡人之囿方四十里,民犹以为大,何邪?'孟子曰:'文王之囿,刍荛者往焉,与民同之。民以为小,不亦宜乎?今王之囿,杀麋鹿者如杀人罪,是以四十里为阱于国中也。民以为大,不亦宜乎?'"

【注释】① 王安期:王承(275—320),见刘注。王述之父。西晋时为东海王司马越记室参军、东海太守。南渡后为元帝镇东府从事中郎。少有重誉,为政清静。当时名臣王导、卫玠、周颛、庾亮等皆出其下。为东海郡:任东海郡太守。 ② 纲纪:古称综理州郡之事的官员,即主簿。推:推究,查究。 ③ 文王之囿(yòu):周文王养禽兽的园子。囿,古代天子畜育禽的园子。语见《孟子·梁孝王下》,孟子回答齐宣王有关文王之囿的问题,阐述侯王之囿不在大小,应与民同享的道理。

【评析】刘注引文谓王承"为政清静，吏民怀之"。本文所写之事足以说明其通情达理，体恤民情，这在当时的乱世尤为难得，无怪吏民会怀念他。

十

王安期作东海郡，吏录一犯夜人来①。王问："何处来？"云："从师家受书还，不觉日晚。"王曰："鞭挞宁越以立威名②，恐非致理之本③。"○使吏送令归家。

【今译】王承任东海郡太守时，郡吏逮捕了一个违犯宵禁令的人。王承问他："从什么地方来？"该人回答："从老师家听课读书回家，不知不觉间天已晚了。"王承说："鞭打像宁越那样的苦学者来树立威名，恐怕不是达到治理的根本办法。"便派郡吏把该人送回家去。

【刘孝标注】○《吕氏春秋》曰："宁越者，中牟鄙人也。苦耕稼之劳，谓其友曰：'何为可以免此苦也？'其友曰：'莫如学也。学，三十岁则可以达矣！'宁越曰：'请以十五岁。人将休，吾不敢休；人将卧，吾不敢卧。'学十五岁，而为周威公之师也。"

【注释】① 录：逮捕。犯夜：指深夜还在外面走动，违犯当地夜行之禁令。　② 宁（níng）越：战国赵人，见刘注。原为农民，因努力求学，只用了十五年即成为周威公（周考王所分封的小国西周之君）的老师。　③ 致理之本：达到治理的根本途径。理，应作"治"，唐代因避高宗李治的名讳而改"治"为"理"。

【评析】前文与本文都是写王承在东海太守任上之事。《晋书》本传亦有记载，以此二事谓其从政"尚清静，不为细察"、"从容宽恕"，"尽弘恕之理，故众咸亲爱焉"。事情虽小，却显示了其不苛求、善体谅的宽宏风范。

十一

成帝在石头①，○任让在帝前戮侍中钟雅、○右卫将军刘超②。○帝泣曰："还我侍中！"让不奉诏，遂斩超、雅。○事平之后，陶公与让有旧③，欲宥之④。许柳○儿思妣者至佳⑤，诸公欲全之⑥。○若全思妣，则不得不为陶全让，于是欲并宥之。事奏，帝曰："让是杀我侍中者，不可宥！"诸公以少主不可违⑦，并斩二人。

【今译】成帝被苏峻劫持在石头城，任让在成帝面前杀戮护卫在成帝身边的侍中钟雅和右卫将军刘超。成帝哭道："还我侍中！"任让不听皇帝的命令，还是杀了刘超和钟雅。苏峻叛乱平定后，陶侃与任让原有老交情，想要赦免他。跟随苏峻作乱的叛军许柳之子许永才貌极好，朝廷的大臣们都想保全他。但是如果保全许永，就不得不为陶侃保全任让，于是就想同时赦免这两个人。此事上奏成帝，成帝说："任让是杀我侍中的人，不可赦免！"诸位大臣认为少主的话不能违抗，就把两个人一起杀了。

【刘孝标注】○《晋世谱》曰："帝讳衍，字世根，明帝太子，年二十二崩。"　○《晋阳秋》曰："让，乐安人,诸任之后。随苏峻作乱。"《雅别传》曰:"雅字彦胄,颍川长社人,魏太傅钟繇弟仲常曾孙也。少有才志,累迁至侍中"。 ㊂《晋阳秋》曰:"超字世逾,琅邪人。汉成阳景王六世孙,封临沂慈乡侯,遂家焉。父徽,为琅邪国上将军。超为县小吏,稍迁记室掾、安东舍人。忠清慎密,为中宗所拔。自以职在中书,绝不与人交关书疏,闭门不通宾客,家无儋石之储。讨王敦有功,封零阳伯,为义兴太守;而受拜及往还朝,莫有知者。其慎默如此。迁右卫大将军。" ㊃《雅别传》曰:"苏峻逼主上幸石头,雅与刘超并侍帝侧匡卫,与石头中人密期拔至尊出,事觉,被害。" ㊄《许氏谱》曰:"柳字季祖,高阳人。祖允,魏中领军。父猛,吏部郎。"刘谦之《晋纪》曰:"柳妻,祖狄子涣女。苏峻招祖约为逆,约遣柳以众会。峻既克京师,拜丹阳尹,后以罪诛。" ㊅《许氏谱》曰:"永字思妣。"

【注释】① 成帝:司马衍(321—342),见刘注,325—342 年在位。五岁被立为皇帝,尊母庾氏为皇太后,临朝称制,王导、庾亮辅政。八岁时苏峻作乱,攻破建康,成帝被劫持至石头城(在今南京清凉山)。经四年,苏峻乱始平。 ② 任让:见刘注。随苏峻作乱,苏峻死后,又拥戴峻弟苏逸为主,乱平,被诛。钟雅:见刘注。刘超:见刘注。 ③ 陶公:陶侃,见《言语》四十七注①(页 65)。旧:旧交,交情。 ④ 宥(yòu):赦免。 ⑤ 许柳:见刘注。思妣(bǐ):许永,字思妣,许柳之子。 ⑥ 全:保全。 ⑦ 少主:指年少的成帝。

【评析】本文所写,《资治通鉴》卷九十四咸和四年(329)亦有记载,在用词方面似更准确,富有层次。谓:"右卫将军刘超、侍中钟雅与建康令管旆等谋奉帝出赴西军,事泄,苏逸使其将平原任让将兵入宫收超、雅。帝抱持悲泣曰:'还我侍中、右卫!'让夺而杀之。"

十二

王丞相拜扬州①,宾客数百人并加沾接②,人人有说色。唯有临海一客姓任㊀及数胡人为未洽③。公因便还到过任边,云:"君出,临海便无复人。"任大喜说。因过胡人前,弹指云:"兰阇④!兰阇!"群胡同笑,四坐并欢⑤。㊁

【今译】王导被任为扬州刺史时,来的宾客有几百人,全都受到他的亲切款待,人人都面带笑容。只有临海一位姓任的来宾及几位胡人脸上没有融洽的神情。王导于是找个机会回过去到任姓客人身边说:"您出来做官,临海就不再有贤人了。"任姓客人听了大为高兴。王导随即便到了胡人前,弹着手指说:"兰阇!兰阇!"几位胡人听了这赞誉之言便都笑了,四座宾客都很高兴。

【刘孝标注】㊀《语林》曰:"任名颙,时官在都,预王公坐。" ㊁《晋阳秋》曰:"王导接诱应会,少有牾者。虽疏交常宾,一见多输款诚,自谓为导所遇,同之旧昵。"

【注释】① 拜扬州:被任命为扬州刺史官职。拜,授官,任官。 ② 沾接:指受到亲切款待。③ 临海:郡名,治所在今浙江临海。姓任:该宾客姓任名颙(yóng),当时在京城做官。胡人:这里指印度来的僧人。洽:和谐,融洽。 ④ 弹指:佛家常用弹指的动作,表示欢喜或许诺。《增一阿含经》:"如来许请,或默然,或弹指。"兰阇(shè):古代印度赞誉别人的话,亦曰"兰奢"。《康熙字典》:"西竺誉人曰兰奢。"

【评析】本文写王导在款待宾客时所表现出来的善于周旋,不使一人向隅的风度。当宾客中有人露出不悦之色时,能及时地针对不同的对象赞美之,任颙听到王丞相赞其为贤人时当然高兴。对胡僧,王导不仅用梵语誉之,且辅以"弹指"的表示欢喜的动作,遂使不和谐的气氛立即得到调整,博得满座欢笑。刘注引《晋阳秋》谓王导接应宾客,很少与宾客抵触,即使是没有什么交情的,也都诚心诚意对待,因此宾客都把王导当成老朋友。朱熹谓:"王导为相,只周旋过一生。谓胡僧曰:'兰奢!兰奢!'乃胡语之褒誉者也。"(《朱子语类》百三十六)

十三

陆太尉诣王丞相咨事①,过后辄翻异②,王公怪其如此。后以问陆,㊀陆曰:"公长民短,临时不知所言,既后觉其不可耳。"

【今译】陆玩到王导那里去请示处理公事,说好的事过后往往推翻改变,王导奇怪陆玩为什么这样。后来拿这件事问陆玩,陆玩说:"您见识长,我见识短,当时不知道自己说些什么,事后才觉得那样做是不对的罢了。"

【刘孝标注】㊀《陆玩别传》曰:"玩字士瑶,吴郡吴人。祖瑁,父英,仕郡有誉。玩器量淹雅,累迁侍中、尚书左仆射、尚书令,赠太尉。"

【注释】① 陆太尉:陆玩,见刘注,陆机的叔伯兄弟。 ② 翻异:指推翻或改变说法。

【评析】陆氏家族为江东有名的世族,而陆玩却没有一般世家子弟的傲气。为人有器量,"请允平当"(《晋书》本传),颇有美名。他晚年登上公辅的高位,"所辟皆寒素有行之士","诱纳后进,谦若布衣"。本文写他对丞相王导的意见虽然尊重听取,但事后慎重推敲,不肯盲从,觉得不妥,仍然予以推翻改变。

十四

丞相尝夏月至石头看庾公①,庾公正料事②。丞相云:"暑,可小简之③。"庾公曰:"公之遗事④,天下亦未以为允⑤。"㊀

【今译】丞相王导曾在夏天到石头城去看望庾冰,庾冰正在处理政事。王导说:"大热的暑天,政事何妨稍稍简省一些。"庾冰说:"您清静不办事,天下人也未见得认为合适呢。"

【刘孝标注】㊀《殷羡言行》曰:"王公薨后,庾冰代相,网密刑峻。羡时行,遇收捕者于途,慨然叹曰:'丙吉问牛喘,似不尔。'尝从容谓冰曰:'卿辈自是网目不失,皆是小道小善耳。至如王公,故能行无理事。'谢安石每叹咏此唱。庾赤玉曾问羡:'王公治何似?讵是所长?'羡曰:'其余令绩不复称论。然三捉三治,三休三败。'"

【注释】① 丞相:王导。庾公:庾冰(296—344),字季坚,东晋颍川鄢陵(今河南鄢陵西北)人,庾亮之弟,兄弟皆以外戚显贵,继王导为相。任威刑,勤于公务。死时室无妾媵,家无私积,为世所称。 ② 料事:料理事情。 ③ 小简:稍微简省些。简,简略,简省。 ④ 遗事:指王导为相,以清静宽惠为治,许多事都搁置不理。 ⑤ 允:允当,适当。

【评析】王导在东晋初建时,在北方过江的皇室、大臣与江东的世族之间起了调和平衡的作用,采用无为而治的办法使局面得以安定。而庾冰则相反,事必躬亲,勤于公务。王导死后,庾冰为相,《晋书》本传谓"既当重任,经纶时务,不舍昼夜"。谓"导辅政，每从宽惠。冰颇任威刑"。本文所写正体现两人不同的作风。王导以为庾冰过繁，应该从简。庾冰则以为导之清静无为未必允当。两句简短的话概括了两人不同的办事方式。

十五

　　丞相末年①，略不复省事②，正封箓诺之③。自叹曰："人言我愦愦④，后人当思此愦愦⑤。"⊖

【今译】王导晚年，几乎不再处理政务，只在封好的簿籍文书上画诺。他自己叹息说："人们都说我糊涂，后代人当会思念这种糊涂呢。"

【刘孝标注】⊖ 徐广《历纪》曰："导阿衡三世，经纶夷险，政务宽恕，事从简易，故垂遗爱之誉也。"

【注释】① 末年：晚年。　② 略：大体，大概。省（xǐng）事：指办事，办公。　③ 正：仅、只。箓：簿籍文书。　④ 愦愦（kuì）：糊涂。

【评析】刘注引《历纪》谓王导辅佐元帝、明帝、成帝三代，处理国家大事有顺利亦有艰险，奉行宽恕之道，尽量简易，获得了后人的赞誉。本文写他的自叹，说明他自知就是靠宽恕与糊涂赢得了东晋初期几十年的稳定，可见他并不糊涂。

十六

　　陶公性检厉，勤于事①。⊖作荆州时，敕船官悉录锯木屑②，不限多少。咸不解此意。后正会③，值积雪始晴，听事前除雪后犹湿④，于是悉用木屑覆之，都无所妨。官用竹，皆令录厚头⑤，积之如山。后桓宣武伐蜀⑥，装船，悉以作钉。又云，尝发所在竹篙⑦，有一官长连根取之，仍当足⑧，乃超两阶用之⑨。

【今译】陶侃性情检点严厉，办事勤勉。他任荆州刺史时，命令造船的官员把木屑全部收集起来，不管多少都要。属下都不明白他的用意。后来正月初一聚会时，正好碰到接连下雪刚刚放晴，厅堂前台阶上除雪后还是湿的，于是陶侃命人全部用木屑盖在上面，这样人们进进出出一点也没有妨碍。官府要用毛竹时，陶侃总是命人把锯下的毛竹头收集起来，堆得像山一样。后来桓温讨伐蜀中的成汉，装配船只时，全部用这些毛竹头做成钉来用。又听说，陶侃曾征调当地的竹篙，有一位主管官员，连毛竹根一起拔出来，就把毛竹根当成竹篙的足，陶侃知道了就把这位官员连升两级加以任用。

【刘孝标注】⊖《晋阳秋》曰："侃练核庶事，勤务稼穑，虽戎陈武士，皆劝厉之。有奉馈者，皆问其所由。若力役所致，欢喜慰赐；若他所得，则呵辱还之。是以军民勤于农稼，家给人足。性纤密好问，颇类赵广汉。尝课营种柳，都尉夏施盗拔武昌郡西门所种。侃后自出，驻车施门，问：'此是武昌西门柳，何以盗之？'施惶怖首伏，三军称其明察。侃勤而整，自强不息，又好督劝于人。常云：'民生在勤。大禹圣人，犹惜寸阴；至于凡俗，当惜分阴。岂可游逸！生无益于时，死无闻于后，是自弃也。'又：'《老》《庄》浮华，非先王之法，言而不敢行。君子当正其衣冠，摄以威仪，何有乱头养望，自谓宏达邪？'"《中兴书》曰："侃尝检校佐吏，若得樗蒱博弈之具，投之曰：'樗蒱，老子入胡所作，外国戏耳。围棋，尧、舜以教愚子。博弈，纣所造。诸君国器，何以为此？若王事之暇，患邑邑者，文士何不读书？武士何不射弓？'谈者无以易也。"

【注释】① 陶公：陶侃，见《言语》四十七注①（页65）。检厉：检点严厉。 ② 敕（chì）：命令。船官：负责造船的官员。录：采取、收集。 ③ 正（zhēng）会：指正月初一的大聚会。 ④ 除：台阶。 ⑤ 厚头：指毛竹锯剩下的头子。 ⑥ 桓宣武：桓温，见《言语》五十五注①（页70）。伐蜀：指穆帝永和三年，桓温率兵讨伐成汉，次年灭之。 ⑦ 发：征调。 ⑧ 仍当足：指就用毛竹的根当作支撑用的铁足。 ⑨ 超：越级提升官职。

【评析】本文以三件事说明陶侃"性检厉，勤于事"的特点。刘注引《晋阳秋》、《中兴书》中事例，谓其教民爱惜寸阴，勤于农稼；扔掉赌具，督责吏佐不得赌博等。《晋书》本传亦有记载，谓其事无巨细皆勤力而为，实在无事，也在室内、室外搬运砖头，为致力中原而锻炼身体。其"励志勤力"，殊为难得。

十七

何骠骑作会稽①，㈠虞存弟謇作郡主簿②，㈡以何见客劳损，欲白断常客③，使家人节量择可通者④。作白事成⑤，以见存。存时为何上佐⑥，正与謇共食，语云："白事甚好，待我食毕作教⑦。"食竟⑧，取笔题白事后云："若得门庭长如郭林宗者⑨，当如所白。㈢汝何处得此人？"謇于是止。

【今译】何充担任会稽内史时，虞存的弟弟虞謇正担任郡主簿，因为何充会见宾客太多，劳累过度，就想禀告何充拒绝一般客人，让仆役斟酌，选择可以见的客人才通报。他写成禀报文书，先拿去给虞存看。虞存当时担任何充的高级佐官，正和虞謇一起吃饭，他告诉虞謇说："你写的文书很好，等我吃好饭作出批复。"吃完饭，虞存拿过笔来在文书后写道："如果能得到像郭林宗那样的人来做门亭长，就可以照你写的文书所说的办。可是你到哪里去得到这样的人呢？"虞謇于是就此不提他的建议了。

【刘孝标注】㈠《晋阳秋》曰："何充字次道，庐江人。思韵淹通，有文义才情。累迁会稽内史、侍中、骠骑将军、扬州刺史，赠司徒。" ㈡ 孙统《存诔叙》曰："存字道长，会稽山阴人也。祖阳，散骑常侍。父伟，州西曹。存幼而卓拔，风情高逸，历卫军长史、尚书吏部郎。"范汪《棋品》曰："謇字道真，仕至郡功曹。" ㈢《泰别传》曰："泰字林宗，有人伦鉴识。题品海内之士，或在幼童，或在里肆，后皆成英彦，六十余人。自著书一卷，论取士之本，未行，遭乱亡失。"

【注释】① 何骠骑：何充，见《言语》五十四注①（页70）。作会稽：任会稽内史。 ② 虞存：见刘注。謇（jiǎn）：虞謇，见刘注。主簿：官名，管文书簿籍。 ③ 白：禀告。按："白"字据王先谦校订本加（上海古籍出版社1982年据光绪十七年思贤讲舍刻本影印）。常客：一般客人。 ④ 家人：指家中仆役。节量：节制衡量。 ⑤ 白事：陈述事情的文书。 ⑥ 上佐：郡的高级佐官。 ⑦ 作教：作出批示。 ⑧ 竟：终了，完毕。 ⑨ 门庭长：一作"门亭长"，州郡属吏，主管传达、接待。郭林宗：郭泰，见《德行》三注①（页2）。

【评析】何充接待宾客来者不拒，虞謇原拟上书劝阻其加以选择，勿致过度劳累，但虞存认为没有人能阻止，謇就此作罢。《晋书》本传谓何充"有器局"，当了宰相后能"以社稷为己任"、"谈者以此重之"。他的不足之处是"所暱庸杂，信任不得其人"。本书《品藻》二十七亦谓"人有讥其信任不得其人"，刘注引《晋阳秋》称其"所暱庸杂，以此损名"。

十八

王、刘与林公共看何骠骑①,骠骑看文书,不顾之。㊀王谓何曰:"我今故与林公来相看,望卿摆拨常务②,应对玄言③,那得方低头看此邪④?"何曰:"我不看此,卿等何以得存?"诸人以为佳。

【今译】王濛、刘惔和支道林一起去探望何充,何充正在看文书,没有答理他们。王濛对何充说:"我们现在特地与林公一起来探望,希望您能把日常事务放在一边,与我们一道来谈论玄理,您怎么还在埋头看这些东西呢?"何充说:"我不看这些文书,你们这些人怎么能生存呢?"大家认为何充说得好。

【刘孝标注】㊀《晋阳秋》曰:"何充与王濛、刘惔好尚不同,由此见讥于当世。"

【注释】① 王:王濛,见《言语》五十四注④。刘:刘惔,见《德行》三十五注①(页24)。林:支道林,见《言语》六十三注①(页75)。一说"林公"为"深公"之误,深公,即法深,见《德行》三十注①(页21)。 ② 摆拨:摆脱、搁置。常务:日常事务。 ③ 应对:答对。玄言:一作"共言"。指清谈玄学精微玄妙之言。王濛、刘惔等均为清谈名士。 ④ 那得:何以,为何。

【评析】上文谓何充接待宾客过多对健康不利,属下虞謇心有不忍,拟建议其予以选择然后接待,而此文则写对造访者不予置理。三位来宾都是当时的名流,特别是支道林,系名僧,亦为清谈家,何充笃信佛教,《晋书》本传谓其"性好释典,崇修佛寺,供给沙门以百数,糜费巨亿而不吝也",岂能以看文书为由而予以冷落,更不会说出令客人难堪的话。如果真有此事,倒不如把何充的话当作玩笑戏谑之言更为恰当。桓温亦说过类似之言。《资治通鉴》卷九十七《穆帝永和元年》有曰:"桓温尝乘雪欲猎,先过刘惔,惔见其装束甚严,谓之曰:'老贼欲持此何为?'温笑曰:'我不为此,卿安得坐谈乎?'"

十九

桓公在荆州①,全欲以德被江、汉②,耻以威刑肃物③,㊀令史受杖④,正从朱衣上过。桓式年少⑤,从外来,㊁云:"向从阁下过⑥,见令史受杖,上捎云根⑦,下拂地足⑧。"意讥不着⑨。桓公云:"我犹患其重。"

【今译】桓温在荆州刺史任上时,全力想用恩德来加惠江、汉地区的士庶,认为用威力刑法惩治人是可耻的,令史受到杖刑的处罚时,也只是从红衣上轻轻一带而过。桓式当时年纪还小,从外边进来,便说:"刚才我从官署经过,看到令史受杖刑,那杖高高地举起像是捎带到云边,轻轻地落下,又像是拂过地面。"意思是讽刺根本没有打着令史的身上。桓温说:"我还怕打得太重了。"

【刘孝标注】㊀《温别传》曰:"温以永和元年自徐州迁荆州刺史,在州宽和,百姓安之。"㊁式,桓歆小字也。《桓氏谱》曰:"歆字叔道,温第三子。仕至尚书。"

【注释】① 桓公:桓温。 ② 全:一心,全力。被:覆盖,遍及。江、汉:长江、汉水,指荆州一带地区。 ③ 肃物:惩治人。 ④ 令史:低级官吏,县令所属办事人员。 ⑤ 桓式:桓歆,见刘注。 ⑥ 向:刚才。 ⑦ 捎(shāo):带。云根:云边云脚。 ⑧ 地足:地面。 ⑨ 不着(zháo):指没打着。

【评析】本文写桓温任荆州刺史时以德治为尚之事,似与其"雄武"(《晋书》本传)之风不合,他曾说过"既不能流芳后世,不足复遗臭万载邪"的话。余嘉锡疑文中之"桓公"为桓温之弟桓冲之误(《世说新语笺疏·政事第三》)。冲"谦虚爱士"、"尽忠王室"(《晋书》本传),亦曾任荆州刺史。其说可资参考。

二十

简文为相①,事动经年②,然后得过。桓公甚患其迟③,常加劝勉。太宗曰:"一日万机,那得速④!"㊀

【今译】简文帝作丞相时,处理事务总是要经过一年的光景才能完成。桓温很嫌他办事缓慢,常常加以劝告勉励。简文帝说:"每天都有成千上万的事情等着办理,我哪里能够快得起来啊!"

【刘孝标注】㊀《尚书·皋陶谟》:"一日万机。"孔安国曰:"几,微也。言当戒惧万事之微。"

【注释】① 简文:简文帝司马昱,见《德行》三十七注①(页25)。 ② 动:辄,总是。经年:经过一年。 ③ 桓公:桓温。 ④ 太宗:简文帝的庙号。万机:指繁忙的事务。机,指事务,政务。

【评析】本文写司马昱在任丞相时即为无能之辈,桓温也为此而忧虑。但他后来却又偏偏迎立司马昱为皇帝,于此亦可知桓温专擅朝政的用心了。

二十一

山遐去东阳①,王长史就简文索东阳②,云:"承藉猛政③,故可以和静致治④。"㊀

【今译】山遐离开东阳太守之任后,王濛去向简文帝要求继任,说:"我承继凭借山遐的苛猛之治后做太守,自可以用温和清静的做法来达到太平盛世。"

【刘孝标注】㊀《东阳记》云:"遐字彦林,河内人。祖涛,司徒。父简,仪同三司。遐历武陵王友、东阳太守。"《江惇传》曰:"山遐为东阳,风政严苛,多任刑杀,郡内苦之。惇隐东阳,以仁恕怀物,遐感其德,为微损威猛。"

【注释】① 山遐:见刘注。针对当时法禁松弛,他为政严猛,郡境因而肃然。东阳:指东阳太守,治所在今浙江金华。 ② 王长史:王濛,见《言语》五十四注④(页70)。索:求取。③ 承藉:继承凭借。 ④ 故:本,自。致治:达到太平盛世。

【评析】《晋书》本传谓山遐初为余姚令时,当时"法令宽弛,豪族多挟藏户口,以为私附,遐绳以峻法",其中有虞喜者犯法当斩,"诸豪强莫不切齿于遐",以其"辄造县舍,遂陷其罪",即被免官。后为东阳太守,"为政严猛",康帝为此责问他,"遐处之自若,郡境肃然",可知他在余姚令任上严惩犯法的豪族及东阳任上的严猛之治还是有效果的。而刘注引《江惇传》则称其"风政严苛,多任刑杀,郡内苦之",《晋书》只说"严猛",无"多任刑杀"语。一则谓"郡境肃然",一则称"郡内苦之",两书文字有异,评价不同。

二十二

殷浩始作扬州①,㊀刘尹行②,日小欲晚③,便使左右取襆④。人问其故,答曰:"刺史严,不敢夜行。"

【今译】殷浩刚做扬州刺史时,刘惔要外出,太阳即将下山,他让左右随从去取包有衣被的行李。有人问他这样做的缘故,他答道:"刺史严明得很,我不敢夜间行路。"

【刘孝标注】㊀《浩别传》曰:"浩字渊源,陈郡长平人。祖识,濮阳相。父羡,光禄勋。浩少有重名,仕至扬州刺史、中军将军。"《中兴书》曰:"建元初,庾亮兄弟、何充等相寻薨,太宗以抚军辅政,征浩为扬州,从民誉也。"

【注释】① 殷浩(? —356):见刘注。善玄言,好《老》、《易》。任扬州刺史,都督扬、豫、徐、兖、青五州军事,统军取中原,为前秦所败。后为桓温弹劾,废为庶人。 ② 刘尹:刘惔曾任丹阳尹,故称。 ③ 小:稍微。 ④ 襆(fú):用色布包扎衣被等物。

【评析】本文以刘惔不敢夜间行路,反衬出扬州刺史殷浩的执法严明。

二十三

谢公时①,兵厮遘亡②,多近窜南塘下诸舫中③。或欲求一时搜索④,谢公不许,云:"若不容置此辈,何以为京都⑤?"㊀

【今译】谢安执政时,士兵与仆役逃亡,多数就藏在秦淮河南塘下的船只中。有人想请求谢安同时将这些人搜查出来,谢安不允许这么做,说:"如果不能容纳安置这些人,怎么能算是京城呢?"

【刘孝标注】㊀《续晋阳秋》曰:"自中原丧乱,民离本域,江左造创,豪族并兼;或客寓流离,名籍不立。太元中,外御强氏,搜简民实,三吴颇加澄检,正其里伍。其中时有山湖遁逸,往来都邑者。后将军安方接客,时人有于坐言宜纠舍藏之失者。安每以厚德化物,去其烦细。又以强寇入境,不宜加动人情。乃答之云:'卿所忧在于客耳,然不尔,何以为京都?'言者有惭色。"

【注释】① 谢公:即谢安。 ② 兵厮:士兵和仆役。遘(bū)亡:逃亡。 ③ 窜:藏匿。南塘:指秦淮河之南塘岸。舫(fǎng):船。 ④ 一时:同时。 ⑤ 京都:一称京师,京城。语见《公羊·桓公九年》:"京师者何? 天子之居也。京者何? 大也。师者何? 众也。天子之居,必以众大之辞言之。"

【评析】刘注引《续晋阳秋》谓东晋时,从北方逃到南方不少难民,很多人没有登记在册,为豪族所藏匿,成为他们的私产,显然这是违法的。故有人向谢安建议把他们找出来,但遭到谢安的反对。他沿用王导采取的"镇之以静"(《晋书·王导传》)的做法,予以包容,这对平衡朝廷与世家大族之间的关系不无好处。

二十四

王大为吏部郎①,㊀尝作选草②,临当奏,王僧弥来③,聊出示之④。㊁僧弥得,便以己意改易所选者近半。王大甚以为佳,更写即奏⑤。

【今译】王忱当吏部郎时,曾写过一份选任官员的名单草稿,正准备去启奏皇帝,王珉来了,就随意拿出来给王珉看。王珉拿到名单后,就按自己的意思改动所选官员近一半的人名。王忱认为改得很好,经重新写定后即上奏朝廷。

【刘孝标注】㊀ 王忱,已见。 ㊁ 僧弥,王珉小字也。《珉别传》曰:"珉字季琰,琅邪人,丞相导孙,中领军洽少子。有才艺,善行书,名出兄珣右,累迁侍中、中书令。赠太常。"

【注释】① 王大:王忱,见《德行》四十四注②(页30)。吏部郎:官名,掌管选拔官员。 ② 选草:指选拔官员时所拟之名单草稿。 ③ 王僧弥:王珉,见刘注。历仕著作、散骑郎、国子博士、黄门侍郎、侍中,代王献之为中书令。与王献之齐名,世称王献之为"大令",王珉为"小令"。 ④ 聊:姑且,随意的意思。 ⑤ 更(gēng):改动。

【评析】王忱与王珉二人均为世家子弟,忱"弱冠知名",珉"少有才艺"(《晋书》本传),都是享誉一时的才子。本文所写两人都有不拘小节的名士之风。王忱随便地将草拟的名单交给王珉看,王珉竟按已意予以改动,且改动多至近半,而王珉还极为赞赏。一则不以为忌,一则不以为忤,可知他们相知之深。

二十五

王东亭与张冠军善①。㊀王既作吴郡,人问小令曰②:㊁"东亭作郡,风政何似③?"答曰:"不知治化何如④,唯与张祖希情好日隆耳⑤。"

【今译】王珣与张玄相友好。王珣任吴郡太守后,有人问王珉说:"王珣担任郡太守,教化治绩怎么样?"王珉答道:"我不知道他的治绩教化怎么样,只知他与张玄的情谊一天比一天深厚罢了。"

【刘孝标注】㊀ 张玄,已见。 ㊁《续晋阳秋》曰:"王献之为中书令,王珉代之,时人曰大、小王令。"

【注释】① 王东亭:王珣,见《言语》一〇二注③(页98)。张冠军:张玄,见《言语》五十一注①(页68)。 ② 小令:王珉,见本篇二十四注③(本页)。 ③ 风政:教化政绩。 ④ 治化:治绩教化。 ⑤ 张祖希:张玄。日隆:一天比一天深厚。

【评析】王珉是王珣的兄弟,当有人问起他兄长在吴郡太守任上的治绩时,他不便直接称赞,只说兄长与张玄友谊日隆而已。原来张玄曾为吴兴太守,名望甚高,与谢玄齐名,时人称为"南北二玄",故王珉借张玄与王珣间的交情巧妙地赞扬了兄长的政绩不凡。

二十六

殷仲堪当之荆州①,王东亭问曰②:"德以居全为称③,仁以不害物为名④。方今宰牧华夏⑤,处杀戮之职,与本操将不乖乎⑥?"殷答曰:"皋陶造刑辟之

制⑦,不为不贤;〇孔丘居司寇之任⑧,未为不仁⑨。"〇

【今译】殷仲堪将到荆州任刺史,王珣问道:"具有完美的品格称为德行,不伤害人称为仁爱。现在你要去治理荆州重镇,处于掌握生杀大权的职位上,这与你原本主张的操守不是违背吗?"殷仲堪回答说:"皋陶制定了用刑法治罪的制度,不能算不贤德;孔子担任司寇的职位,不能算不仁爱。"

【刘孝标注】〇《古史考》曰:"庭坚号曰皋陶,舜谋臣也。舜举之于尧,尧令作士,主刑。"〇《家语》曰:"孔子自鲁司空为大司寇,七日而诛乱法大夫少正卯。"

【注释】① 殷仲堪:见《德行》四十注①(页27)。之:往,到。 ② 王东亭:即王珣。 ③ 居全:指具有完美的品格。 ④ 害物:伤害人。 ⑤ 宰牧:治理。华夏:指荆州地区,为东晋的重镇。 ⑥ 本操:一贯的志向行为。操,操守。乖:违背。 ⑦ 皋陶(yáo):相传舜时担任刑法之官。刑辟:用刑法治罪。 ⑧ 孔丘(前551—前479):孔子,见《言语》四十六注⑤(页65)。曾任司寇。司寇:官名,掌刑狱、纠察等事。

【评析】仁政与法治非但不矛盾,且能相辅相成,殷仲堪之言可谓深谙为政之道。

文学第四

一

　　郑玄在马融门下①,三年不得相见,高足弟子传授而已②。尝算浑天不合③,诸弟子莫能解。或言玄能者,融召令算,一转便决④,众咸骇服⑤。及玄业成辞归,既而融有"礼乐皆东"之叹⑥,恐玄擅名而心忌焉⑦。玄亦疑有追,乃坐桥下,在水上据屐⑧。融果转式逐之⑨,告左右曰:"玄在土下水上而据木,此必死矣。"遂罢追。玄竟以得免。

【今译】郑玄在马融门下学习,三年都见不到老师,仅由马融的高足弟子传授罢了。马融曾推算浑天的天象,但是与实际情况不符合,众多弟子也都不能解决。有人说郑玄能算得出来,马融便让他来推算,郑玄把盘子一转立即便解决问题,大家全都惊讶佩服。等到郑玄学业完成辞别老师回归家乡,不久马融就有了"礼乐都向东去了"的感叹,他怕郑玄独享盛名因而心里忌恨郑玄。郑玄也怀疑有人追来,便在桥底下凭借着木屐浮在水面上。马融果然转动栻盘推算郑玄的去向来追赶他,然后告诉左右侍从说:"郑玄在土下水上又依托着木头,这是必死之兆了。"于是就停止了追赶,郑玄竟然因此得以免祸。

【刘孝标注】㊀融《自叙》曰:"融字季长,右扶风茂陵人。少而好问,学无常师。大将军邓骘召为舍人,弃游武都。会羌虏起,自关以西道断。融以谓'古人有言:"左手据天下之图,而右手刎其喉,愚夫不为。"何则?生贵于天下也。岂以曲俗咫尺之羞,灭无限之身哉?'因往应之,为校书郎,出为南郡太守。" ㊁《高士传》曰:"玄字康成,北海高密人。八世祖崇,汉尚书。"《玄别传》曰:"玄少好学书数,十三诵五经,好天文、占候、风角、隐术。年十七,见大风起,诣县曰:'某时当有火灾。'至时果然,智者异之。年二十一,博极群书,精历数图纬之言,兼精算术。遂去吏,师故兖州刺史第五元先。就东郡张恭祖受《周礼》、《礼记》、《春秋传》。周流博观,每经历山川,及接颜一见,皆终身不忘。扶风马季长以英儒著名,玄往从之,参考同异。季长后戚,嫚于待士,玄不得见,住左右,自起精庐。既因绍介得通。时涿郡卢子干为门人冠首,季长又不解剖裂七事,玄思得五,子干得三。季长谓子干曰:'吾与汝皆弗如也。'季长临别执玄手曰:'大道东矣,子勉之!'后遇党锢,隐居著述,凡百余万言。大将军何进辟玄,乃缝掖相见。玄长八尺余,须眉美秀,姿容甚伟。进待以宾礼,授以几杖。玄多所匡正,不用而退。袁绍辟玄,及去,饯之城东,欲玄必醉。会者三百余人,皆离席奉觞,自旦及暮,度玄饮三百余杯,而温克之容,终日无怠。献帝在许都,征为大司农,行至元城,卒。" ㊂马融,海内大儒,被服仁义;郑玄,名列门人,亲传其业,何猜忌而行鸩毒乎?委巷之言,贼夫人之子。

【注释】① 郑玄(127—200):见刘注。入太学受业,又从张恭祖学,最后从马融学古文经。游学归里后,聚徒讲学,有弟子数百千人。因党锢事被禁,潜心著述,遍注群经,形成郑学,为整理古文献作出了贡献。晚年为汉献帝大司农,后为袁绍强征随军,中途病死。马融(79—166):见刘注。东汉经学家、文学家。曾任校书郎、议郎、南郡太守等职。遍注群经,使古文经学达到成熟的境地。 ② 高足弟子:成就高的学生。 ③ 浑天:古代一种解释宇宙的学说,认为天地的关系好像鸟卵壳包着卵黄、天的形体浑圆如弹丸。天和日月星辰每天绕南北极不停地旋转。不合:指不符合,不准确。 ④ 转:指转动推算用的栻。栻:即下文的"式"。 ⑤ 骇服:叹服。骇,惊讶。 ⑥ 既而:不久。 ⑦ 擅名:独享盛名。 ⑧ 据:凭靠。 ⑨ 转式:转动栻盘推算。式，一作栻，古代占卜用具，形状似罗盘，上圆下方，可以转动。

【评析】郑玄在马融门下学习三年不得见老师，马融只让高足弟子教他，郑玄学成归家时，马融慨叹礼乐东去，此二事《后汉书》本传亦载。然马融怕郑玄盛名超过自己心生妒忌，进而加以追杀之事，《后汉书》未见记载。刘注谓马融身为大儒，服膺仁义，不可能因猜忌而下毒手，这仅是里巷之传言而已。此说有理。从郑玄辞别归家，马融慨叹"礼乐皆东"之语，可知马融对郑玄，只有赞许之意，而无猜忌之心。

二

郑玄欲注《春秋传》①，尚未成。时行与服子慎遇②，宿客舍。先未相识，服在外车上与人说己注《传》意，⊖玄听之良久，多与己同。玄就车与语曰③："吾久欲注，尚未了。听君向言④，多与吾同，今当尽以所注与君。"遂为《服氏注》。

【今译】郑玄想注释《左传》，还未及完成。在一次外出时，与服虔相遇，两人同时住宿在一家旅舍里。先前两人并不相识，服虔在店外的车上与别人说起自己注《左传》的大意，郑玄听了很久，觉得其见解多数与自己相同。郑玄就靠近车子对服虔说："我很久以来就想注《左传》，尚未完成。听您刚才所说，很多见解与我相同，我应该把自己所作的注释送给您。"于是服虔完成了《服氏注》。

【刘孝标注】⊖《汉南纪》曰："服虔字子慎，河南荥阳人。少行清苦，为诸生，尤明《春秋左氏传》，为作训解。举孝廉，为尚书郎、九江太守。"

【注释】① 郑玄：见本篇一注①。《春秋传》：指《春秋左氏传》，简称《左传》。 ② 服子慎：服虔，见刘注。信古文经学，撰《春秋左氏传解谊》。 ③ 就：靠近。 ④ 向：刚才。

【评析】郑玄和服虔对《左传》都深有研究，都要为之作注。两人本不认识，只是由于偶然的机缘，郑玄听到了服虔的高论，所见与自己不谋而合，于是即慷慨地把自己所作的注释送给服虔，促成他完成了《左传》的注解。这种气度足为后世楷模。

三

郑玄家奴婢皆读书①。尝使一婢，不称旨②，将挞之③，方自陈说，玄怒，使人曳着泥中④。须臾，复有一婢来，问曰："胡为乎泥中⑤?"⊖答曰："薄言往愬，逢彼之怒⑥。"⊜

【今译】郑玄家里的奴婢都读书。郑玄曾经差遣一个婢女做事，所做的事不合他的心意，将要鞭打她，这婢女正要说明事情的经过，郑玄发怒，差人把她拉到泥水中。过了一会儿，又有一个婢女来，问道："你为什么在泥水中啊?"那婢女答道："我要去诉说心中的怨苦，正遇到他大发雷霆之怒。"

【刘孝标注】⊖《卫·式微》诗也。毛公曰："泥中，卫邑名也。" ⊜《卫邶·柏舟》之诗。

【注释】① 郑玄：见本篇一注①。　② 称（chèn）旨：符合心意。称，适合；旨，意思。　③ 挞（tà）：鞭打。　④ 曳着：拉到。曳，拉。　⑤ 胡为乎泥中：为什么在泥水中。语见《诗经·邶风·式微》："式微式微，胡不归？微君之躬，胡为乎泥中？"这首诗写黎侯流亡在卫国，随从之臣劝其归国之词。这里借用一句来问询。　⑥"薄言往愬（sù）"二句：语见《诗经·邶风·柏舟》："亦有兄弟，不可以据。薄言往愬，逢彼之怒。"诗写女子诉说其不为丈夫所容的忧苦之情，这里借以表示对主人的不满。薄言，发语词。愬，即"诉"。按：文中所引两段诗均见于今本《毛诗·邶风》，而刘注仍沿用三家诗旧说。

【评析】文中写郑玄家的奴婢都读书，应对皆能运用《诗经》之句，且异常贴切，颇具幽默感，足证主人渊博，连婢女亦深谙诗、书。不仅于此，传说连郑家的牛亦能触墙成字。白居易《双鹦鹉诗》有句曰："郑玄识字吾常叹，丁鹤能歌尔亦知。"自注引谚云："郑玄家牛触墙成八字。"（马元调本《白氏长庆集》卷二十六）这一传说更丰富了郑玄作为东汉一代大儒的形象。

四

　　服虔既善《春秋》①，将为注，欲参考同异②。闻崔烈集门生讲传③，㊀遂匿姓名，为烈门人赁作食④。每当至讲时，辄窃听户壁间。既知不能逾己⑤，稍共诸生叙其短长。烈闻，不测何人。然素闻虔名，意疑之。明蚤往，及未寤⑥，便呼："子慎⑦！子慎！"虔不觉惊应，遂相与友善⑧。

【今译】服虔擅长《左传》，将为之作注，想要参考比较各种意见。听说崔烈聚集门生讲《左传》，便隐姓埋名，作为崔烈门人的佣工替他们做饭。每当到了崔烈讲授时，他就在门外偷听。随后得知崔烈所说并没有超过自己的地方，就逐渐同崔烈的门生谈论他所说的短处与长处。崔烈听到后，猜测不出是什么人。但他素来听说过服虔的名声，心里怀疑是他。第二天一早崔烈就去服虔处，趁着他没有睡醒，就叫喊："子慎！子慎！"服虔听到不觉惊醒过来答应，两人因此相互间成了好朋友。

【刘孝标注】㊀ 挚虞《文章志》曰："烈字威考，高阳安平人，骃之孙，瑗之兄子也。灵帝时，官至司徒、太尉，封阳平亭侯。"

【注释】① 服虔：见本篇二注②（页119）。《春秋》：即《左传》，一称《春秋左氏传》。　② 参考：指查阅、考察、比较等。　③ 崔烈：详见刘注。　④ 赁（lìn）：雇佣。　⑤ 逾：超过。　⑥ 寤（wù）：睡醒。　⑦ 子慎：服虔字子慎。　⑧ 相与：相互。

【评析】崔烈系崔骃之孙。崔骃与班固齐名，年十三即"能通《诗》、《易》、《春秋》"（《晋书》本传）。父崔瑗"锐志好学，尽传其父业"，曾"从侍中贾逵质正大义"（同上），而贾逵亦善《左传》。可知崔烈父祖均以《春秋左传》传家，故崔烈对门生讲授《左传》，正得之于家学渊源。对《春秋》深有研究的服虔为注释此书当了崔烈门生的佣工，因而与崔烈成为至友，事颇具传奇色彩。

五

　　钟会撰《四本论》始毕①，甚欲使嵇公一见②。置怀中，既定③，畏其难④，怀不敢出，于户外遥掷，便回急走。㊀

【今译】钟会撰写《四本论》刚完成,很想让嵇康看一看。他把文章放在怀里,已经走到了嵇康的住所,又害怕见了面被他诘责,就不敢把放在怀里的文章拿出来当面给他,只是在门外远远地扔进去,就回转身急急忙忙地跑了。

【刘孝标注】㊀《魏志》曰:"会论才性同异,传于世。"四本者,言才性同,才性异,才性合,才性离也。尚书傅嘏论同,中书令李丰论异,侍郎钟会论合,屯骑校尉王广论离。文多不载。

【注释】① 钟会:见《言语》十一注①(页41)。《四本论》:钟会所作文章篇名,论说人的才能与德性的同、异、合、离的问题。刘注谓论同者为傅嘏,论异者为李丰,论合者为钟会,论离者为王广。 ② 嵇公:即嵇康,见《德行》十六注②(页11)。 ③ 既定:《太平御览》作"既诣"(卷三百九十四),《续谈助》引《小说》作"诣宅"(卷四)。徐震堮《世说新语校笺》疑为"既诣宅"之脱误,曰:"案'定'字无义。作'见'亦非,下云'于户外遥掷',则未见嵇也。疑此文本作'既诣宅',脱去'诣'字,又误'宅'为'定'耳。" ④ 难(nàn):诘责,质问。

【评析】这则故事形象地刻画出了钟会诚惶诚恐的心态。

六

何晏为吏部尚书①,有位望,时谈客盈坐。㊀王弼未弱冠②,往见之。晏闻弼名,㊁因条向者胜理语弼曰③:"此理仆以为极④,可得复难不⑤?"弼便作难,一坐人便以为屈。于是弼自为客主数番⑥,皆一坐所不及⑦。

【今译】何晏任吏部尚书时,既有地位又有声望,到他家来清谈的宾客常常座无虚席。王弼还不满二十岁,去拜见他。何晏听到王弼的名字,就把先前所说的最精妙的玄理逐条告诉王弼说:"这道理我以为是玄理的最高境界了,你能够再加以驳难吗?"王弼就一条条地予以驳难,满座宾客都认为理屈。于是王弼就自问自答,反复几次下来,他所说之理都是在座者所难以企及的。

【刘孝标注】㊀《文章叙录》曰:"晏能清言,而当时权势、天下谈士多宗尚之。"《魏氏春秋》曰:"晏少有异才,善谈《易》、《老》。" ㊁《弼别传》曰:"弼字辅嗣,山阳高平人。少而察惠,十余岁,便好庄老,通辩能言,为傅嘏所知。吏部尚书何晏甚奇之,题之曰:'后生可畏。若斯人者,可与言天人之际矣。'以弼补台郎。弼事功雅非所长,益不留意,颇以所长笑人,故为时士所嫉。又为人浅而不识物情。初与王黎、荀融善,黎夺其黄门郎,于是恨黎;与融亦不终好。正始中,以公事免。其秋,遇厉疾亡,时年二十四。弼之卒也,晋景帝嗟叹之累日,曰:'天丧予!'其为高识悼惜如此。"

【注释】① 何晏:见《言语》十四注①(页43)。 ② 王弼(226—249):见刘注。少年即有高名,好谈儒道,辞才逸辩,与何晏、夏侯玄等同开玄学清谈之风,竞事清谈,称为"正始之音"。主"贵无"而"贱有"。著有《周易注》、《老子注》等。弱冠:古代男子二十岁行冠礼,表示已经成人,后即指二十岁左右的年纪。 ③ 条:分条陈述。向者:往昔,先前。胜理:精深之理。 ④ 仆:自谦之词。极:极致,最高境界。 ⑤ 难(nàn):驳难。 ⑥ 自为客主:一般清谈时,一方为客,提出驳难,另一方为主,予以解答。王弼则自己提问,自己作答。数番:几次,几遍。番,遍数。

【评析】何晏与王弼均以少年才秀知名,都好老庄,喜欢谈儒论道,同开清谈之风。二人各有短长。《三国志·魏书·钟会传》注引何劭《王弼传》谓"其论道傅会文辞,不如何晏"。然何晏"辞妙于理",即长于言而短于理。王弼则有器量浅薄之嫌,刘注引文谓弼"颇以所长笑人,故为时士所嫉",然亦有"天才卓出,当其所得,莫能夺也"之长。

故本文写其以理夺人,所作之驳难使何晏及满座门客皆为之所屈。

七

何平叔注《老子》始成①,诣王辅嗣②,见王注精奇,乃神伏,曰:"若斯人,可与论天人之际矣③!"因以所注为《道》、《德》二论。㊀

【今译】何晏注《老子》刚刚完成,去拜访王弼。看到王弼的注释极其精彩奇妙,便心悦诚服地说:"像这样的人,可以与他讨论天人之间的关系问题了!"于是便把自己所注的书称为《道》、《德》二论。

【刘孝标注】㊀《魏氏春秋》曰:"弼论道约美不如晏,自然出拔过之。"

【注释】① 何平叔:即何晏。《老子》:书名,亦称《道德经》、《老子五千文》,春秋末老子著,道家的主要经典。有西汉河上公及魏王弼注。1973 年在马王堆三号墓出土的帛书为目前所知最古的《老子》抄本。 ② 王辅嗣:即王弼。 ③ 天人之际:天道和人道,自然和人为之间的关系。

【评析】刘注引《魏氏春秋》对何晏、王弼之《老子》注释作了言简意赅的评说,极其精当,谓何晏以文字简约优美在王弼之上,而王弼则以义理的自然卓越超过何晏。

八

王辅嗣弱冠诣裴徽①,㊀徽问曰:"夫无者②,诚万物之所资③,圣人莫肯致言④,而老子申之无已,何邪?"㊁弼曰:"圣人体无⑤,无又不可以训⑥,故言必及有;老、庄未免于有,恒训其所不足。"

【今译】王弼二十岁时去拜谒裴徽,裴徽问他说:"所谓'无'是万物生长的根据,圣人没有发表意见,而老子不断地加以申说,这是为什么?"王弼说:"圣人仔细体察'无','无'又不可以解释清楚,所以说到'无'时必定涉及'有';老子、庄子也免不了说到'有',常常解释'无'所含词义的不足之处。"

【刘孝标注】㊀《永嘉流人名》曰:"徽字文季,河东闻喜人,太常潜少弟也。仕至冀州刺史。"
㊁《弼别传》曰:"弼父为尚书郎,裴徽为吏部郎,徽见异之,故问。"

【注释】① 王辅嗣:即王弼。裴徽:见刘注。 ② 无者:"无"和"有"是《老子》中相对立的哲学概念。第一章曰:"'无',名天地之始,'有',名万物之母。"译为:"'无'是天地的本始;'有'是万物的根源。"(陈鼓应《老子今注今译》五十页,台湾商务印书馆 1981 年版)第四十章曰:"天下万物生于'有','有'生于'无'。" ③ 诚:确实。资:凭借。 ④ 致言:指发表意见。 ⑤ 体:体察。 ⑥ 训:解释词义。

【评析】裴徽"才理清明,能释玄虚"(《三国志·魏书·管辂传》注引《辂别传》),也是一位好言老、庄的清谈家。本文写裴、王相互讨论《老子》有关"有"与"无"的问题,《三国志·魏书·钟会传》注引此文,前半部分相同,后半部分略异,曰:"弼曰:'圣人体无,无又不可以训,故不说也。老子是有者也,故恒言无所不足。'"

九

傅嘏善言虚胜①,㊀荀粲谈尚玄远②,㊁每至共语,有争而不相喻③。裴冀州释二家之义④,通彼我之怀⑤,常使两情皆得⑥,彼此俱畅。㊂

【今译】傅嘏擅长论说玄虚之理的佳妙境界,荀粲的言论崇尚玄奥深远之理,每到两人一起清谈说理时,总是争论不休而不能互相理解。裴徽就解释两人清谈的含义,沟通彼此之间的心怀,常常使双方的心意契合,彼此都感到很舒畅。

【刘孝标注】㊀《魏志》曰:"嘏字兰硕,北地泥阳人,傅介子之后也。累迁河南尹、尚书。嘏尝论才性同异,钟会集而论之。"《傅子》曰:"嘏既达治好正,而有清理识要,如论才性,原本精微,鲜能及之。司隶钟会年甚少,嘏以明知交会。" ㊁《粲别传》曰:"粲字奉倩,颍川颍阴人,太尉彧少子也。粲诸兄儒术论议各知名。粲能言玄远,常以子贡称'夫子之言性与天道,不可得而闻也'。然则六籍虽存,固圣人之糠秕。能言者不能屈。" ㊂《粲别传》曰:"粲太和初到京邑,与傅嘏谈,善名理,而粲尚玄远,宗致虽同,仓卒时或格而不相得意。裴徽通彼我之怀,为二家释。顷之,粲与嘏善。"《管辂传》曰:"裴使君有高才逸度,善言玄妙也。"

【注释】① 傅嘏(gǔ,209—255):见刘注。历官尚书郎、黄门侍郎、河南尹、尚书。善清谈,重事功。主张才性同。虚胜:指玄虚之理的佳妙境界。胜,佳美。 ② 荀粲:见刘注。好老庄之言,与傅嘏、夏侯玄交往友善。玄远:指玄奥幽远之理。 ③ 喻:明白,了解。 ④ 裴冀州:即裴徽,曾任冀州刺史,故称。 ⑤ 怀:心怀。 ⑥ 得:相得,契合。

【评析】虚胜与玄远都是老庄率虚之理,大同而小异。但傅、荀二人相对清谈时,却彼此不解,争得不可开交。而裴徽却能解释两人所说之理,使他们互相沟通,彼此理解,大家的心情因此畅快,真不愧为"才理清明,能释玄虚"(《三国志·魏书·管辂传》注引)的清谈家。

十

何晏注《老子》未毕①,见王弼自说注《老子》旨②。何意多所短③,不复得作声,但应诺诺④,遂不复注,因作《道德论》。㊀

【今译】何晏注释《老子》,还没有完成,遇到王弼说起自己注释《老子》的要旨。何晏的见解多有不足之处,不能再开口说话,只是"诺诺"连声而已,于是他不再注释,就写了《道德论》。

【刘孝标注】㊀《文章叙录》曰:"自儒者论以老子非圣人,绝礼弃学。晏说'与圣人同',著论行于世也。"

【注释】① 何晏:见《言语》十四注①(页43)。 ② 王弼:见本篇六注②。旨:意思,意旨。 ③ 短:不足,欠缺。 ④ 诺诺:应答之声。

【评析】本文谓"何晏注《老子》未毕",而前文七则谓"何平叔注《老子》始成";本文谓"遂不复注,因作《道德论》",前文则谓"因以所注为《道》、《德》二论",一事而有不同的记载。大约当时有两种不同的传说,作者便都予以记载,以便参考。

十一

　　中朝时有怀道之流①，有诣王夷甫咨疑者②，值王昨已语多③，小极④，不复相酬答，乃谓客曰："身今少恶⑤，裴逸民亦近在此⑥，君可往问。"㊀

　　【今译】西晋时有些向往道家玄学的人，其中有一位去拜访王衍咨询疑难问题，正遇到王衍前一天谈话已经很多了，稍感疲倦，不想再与客人应酬谈话了，便对来客说："我今天略感不适，裴頠也住在近处，您可以去问他。"

　　【刘孝标注】㊀《晋诸公赞》曰："裴頠谈理，与王夷甫不相推下。"

　　【注释】① 中朝：指西晋。东晋南渡后称建都于中原的西晋为中朝。怀道：向往道家玄学。怀，归向，向往。　② 王夷甫：王衍，见《言语》二十三注②（页50）。咨疑：咨询疑难问题。③ 值：遇。　④ 极：困惫，疲倦。　⑤ 身：第一人称代词，即"我"。恶：指身体不适。⑥ 裴逸民：裴頠，见《言语》二十三注③（页50）。

　　【评析】《言语》二十三写王衍对游宴于洛水诸名士的评论，其中就赞裴頠"善谈名理，混混有雅致"。虽然裴頠不以王衍的浮诞之风为然，但并不影响王衍对裴頠的欣赏。本文写王衍因接待谈客过于劳累，即荐裴頠以自代，可知其对裴頠之推崇。

十二

　　裴成公作《崇有论》①，时人攻难之②，莫能折，唯王夷甫来③，如小屈④。时人即以王理难裴，理还复申⑤。㊀

　　【今译】裴頠撰写《崇有论》，当时一些主张"贵无论"的人便来驳斥诘责他，没有一个人能够折服他，只有王衍来和他辩论时，似乎使他稍感理亏。于是"崇无论"者便用王衍说的道理来诘责裴頠，但是裴頠还是再次申述他的理论。

　　【刘孝标注】㊀《晋诸公赞》曰："自魏太常夏侯玄、步兵校尉阮籍等皆著《道德论》，于时，侍中乐广、吏部郎刘汉亦体道而言约。尚书令王夷甫讲理而才虚，散骑常侍戴奥以学道为业，后进庾敳之徒，皆希慕简旷。頠疾世俗尚虚无之理，故著《崇有》二论以折之，才博喻广，学者不能究。后乐广与頠清闲，欲说理，而頠辞喻丰博，广自以体虚无，笑而不复言。"《惠帝起居注》曰："頠著二论，以规虚诞之弊，文词精富，为世名论。"

　　【注释】① 裴成公：裴頠死后谥"成"，故称。《崇有论》：裴頠著，收入《晋书》本传。此文反对魏晋盛行的"贵无说"，提倡"崇有论"，认为世界上一切有形有象的具体存在物，即"有"的存在，"无"不能生"有"。　② 时人：指当时崇尚虚无的人。攻难（nàn）：驳斥诘责。　③ 王夷甫：即王衍。　④ 如：似。屈：理亏。　⑤ 申：申说，说明。

　　【评析】《晋书》本传对裴頠作《崇有论》的缘起作了说明，谓："頠深患时俗放荡，不尊儒术，何晏、阮籍素有高名于世，口谈浮虚，不尊礼法，尸禄耽宠，仕不事事。至王衍之徒，声誉太盛，位高势重，不以物务自婴，遂相放效，风教陵迟，乃著《崇有》之论以释其蔽。"《三国志·魏书·裴潜传》注引陆机《惠帝起居注》曰："頠理具渊博，赡于论难，著《崇有》、《贵无》二论，以矫虚诞之弊，文辞精富，为世名论。"可知裴頠是针对魏晋盛行的虚诞风气而作《崇有论》的。他提出"形象着分，有生之本"，世上一切有形有象之物，即"有"的存生。并提出"至无者，无以能生，故始生者，自生也"、"济有者，皆有也，虚无奚益于已有之群生”,否定了"有生于无"的说法,认为虚无对于现实生活是无益的。敢于对盛极一时的"贵无说"提出挑战,难能可贵。

十三

诸葛玄年少不肯学问①,始与王夷甫谈②,便已超诣③。王叹曰:"卿天才卓出④,若复小加研寻⑤,一无所愧。"玄后看《庄》、《老》,更与王语,便足相抗衡。㊀

【今译】诸葛玄年轻时,不肯向他人学习求教,可刚开始与王衍谈论时,就已经达到超越一般人的境界。王衍感叹道:"您天才绝超,如再稍加研习探求,就再也不会有什么遗憾了。"诸葛玄听到后就看了《庄子》、《老子》,再去与王衍谈论,便足够与王衍相抗衡了。

【刘孝标注】㊀ 王隐《晋书》曰:"玄字茂远,琅邪人,魏雍州刺史绪之子。有逸才,仕至司空主簿。"

【注释】① 诸葛玄(hóng):一作"诸葛宏",见刘注。 ② 王夷甫:王衍。 ③ 超诣:指学问超越常人的境界。 ④ 卓出:超越常人。卓、出,均有超越的意思。 ⑤ 研寻:研讨探求。

【评析】诸葛玄有其天赋,并在王衍的开导下潜心老庄之学,达到了高层次的境界。可见惟有天赋加学问,才能最终有所成就。

十四

卫玠总角时,问乐令梦①。乐云:"是想。"卫曰:"形神所不接而梦,岂是想邪?"乐云:"因也②。未尝梦乘车入鼠穴,捣齑啖铁杵③,皆无想无因故也。"㊀卫思因经日不得,遂成病。乐闻,故命驾为剖析之④,卫即小差⑤。乐叹曰:"此儿胸中当必无膏肓之疾⑥。"㊁

【今译】卫玠童年时问乐广,人为什么会做梦。乐广说:"梦是有所思才有的。"卫玠说:"形体与精神没有接触的东西也会入梦,难道是有所思造成的吗?"乐广说:"总是有原因的。人从来不会梦见乘着车子进入鼠穴,把菜末捣碎却吃下铁棒,这些都是没有所思没有原因的缘故。"卫玠就去琢磨形成梦的原因,一整天也没琢磨出来,就得病了。广乐听说后,特意命人驾车去为他分析解释这个问题,卫玠的病即刻有所好转,乐广感叹说:"这孩子心中必定不会有郁结于心的疑难。"

【刘孝标注】㊀《周礼》有六梦:一曰正梦,谓无所感动,平安而梦也;二曰噩梦,谓惊愕而梦也;三曰思梦,谓觉时所思念也;四曰寤梦,谓觉时道之而梦也;五曰喜梦,谓喜说而梦也;六曰惧梦,谓恐惧而梦也。按乐所言"想"者,盖思梦也;"因"者,盖正梦也。 ㊁《春秋传》曰:"晋景公有疾,求医于秦,秦伯使医缓为之。未至,公梦疾为二竖子,曰:'彼良医也,惧伤我焉。'其一曰:'居肓之上,膏之下,若我何?'医至,曰:'疾不可为也。在肓之上,膏之下,攻之不可达,刺之不可及,药不至焉。'公曰:'良医也!'"注:"肓,鬲也。心下为膏。"

【注释】① 卫玠：见《言语》三十二注①（页56）。总角：古代未成年的人把头发扎成髻，借指童年。乐令：乐广，见《德行》二十三注③（页16）。 ② 因：原因。 ③ 捣虀（jī）：指捣碎姜、蒜、菜等细粉。 ④ 命驾：吩咐人驾车出发。 ⑤ 差：同"瘥"（chài），病愈。 ⑥ 膏肓（huāng）之疾：难以治愈之病。膏，古代医学上称心尖脂肪；肓，心脏和隔膜之间。古人认为都是药力达不到的地方。这里借指卫玠有疑问不会郁积心中，而是及时加以解决。

【评析】卫玠小小年纪即好学深思，为了解释成梦的原因，请乐广释疑。他听过后还是继续探究，以致病倒。乐广为他进一步剖析，他的病才稍好。据《晋书》本传，卫玠长大后，"好言玄理。其后多病体羸，母恒禁其语，遇有胜日，亲友时请一言，无不咨嗟，以为入微"。因其擅长清谈，故当时人皆欲闻其一言而后快，累坏了身体，加上姿容出众，为人仰慕，观者如堵，死时年仅二十七岁。

十五

庾子嵩读《庄子》①，开卷一尺许便放去②，曰："了不异人意③。"㊀

【今译】庾敳诵读《庄子》时，展开书卷才一尺多就放下了，说："完全没有什么与我不同的意思。"

【刘孝标注】㊀《晋阳秋》曰："庾敳字子嵩，颍川人，侍中峻第三子。恢廓有度量，自谓是老庄之徒。曰：'昔未读此书，意尝谓至理如此；今见之，正与人意暗同。'仕至豫州长史。"

【注释】① 庾子嵩：庾敳（ái），见刘注。好老庄，静默无为。历官陈留相、豫州刺史、吏部郎等。为王衍所重，后与衍俱为石勒所杀。《庄子》：战国哲学家庄子及其后学所著，道家经典之一。 ② 卷（juàn）：书卷，唐以前书都为卷轴，读时展开，不读时卷起来。 ③ 了：完全。

【评析】《晋书》本传谓敳"雅有远韵"、"从容酣畅"，雅好《老》、《庄》，谓其"尝读《老》、《庄》，曰：'正与人意暗合。'"与本文所载相合。

十六

客问乐令"旨不至"者①，乐亦不复剖析文句，直以麈尾柄确几曰②："至不③?"客曰："至。"乐因又举麈尾曰："若至者那得去?"㊀于是客乃悟服。乐辞约而旨达④，皆此类。

【今译】有位客人问乐广"旨不至"是什么意思，乐广也不再解释文句的含义，只是用麈尾敲击小桌子说："到达了吗?"客人说："到达了。"乐广又举起麈尾说："如果到达的话，怎么能离开呢?"于是这位客人就领悟过来表示佩服。乐广的言辞简单而意思表示得明白，都是这样。

【刘孝标注】㊀夫藏舟潜往，交臂恒谢。一息不留，忽焉生灭。故飞鸟之影莫见其移，驰车之轮曾不掩地。是以去不去矣，庸有至乎? 至不至矣，庸有去乎? 然则前至不异后至，至名所以生；前去不异后去，去名所以立。今天下无去矣，而去者非假哉! 既为假矣，而至者岂实哉?

【注释】① 乐令：乐广，见《德行》二十三注③（页16）。旨不至：语见《庄子·天下》："指不至，至不绝。"谓指事不能达到物的实际，即使达到也不能绝对地穷尽。旨，通"指"，即事物的名称、概念。至，到达。　②直：只是。麈(zhǔ)尾：见《言语》五十二注②(页68)。确：疑为"摧"字(徐震谔《世说新语校笺》上册111页)。摧(què)，敲击。　③不：通"否"。　④辞约而旨达：言辞简单却意义明白。约，简单。旨，意义。达，明白。

【评析】"旨不至，至不绝"两句是战国时惠施说的话，认为万物流变不息，任何东西都不可能是永恒固定的，都是相对的，没有绝对的区别。这也是晋时清谈家争论不休的话题。从本文看，乐广是赞成惠施之说的，只是他不忙用言辞来解释，而是以麈尾敲击茶几的动作，极其简单地说无所谓"至"，也无所谓"去"，令问者折服。《晋书》本传谓乐广"以约言析理"，连王衍也自愧弗如，认为自己与人说话已很简单，等见了乐广，"便觉己之烦"。

十七

初，注《庄子》者数十家，莫能究其旨要①。向秀于旧注外为解义②，妙析奇致③，大畅玄风。㊀唯《秋水》、《至乐》二篇未竟，而秀卒。秀子幼，义遂零落④，然犹有别本⑤。郭象者⑥，为人薄行⑦，有俊才⑧，㊁见秀义不传于世，遂窃以为己注，乃自注《秋水》、《至乐》二篇，又易《马蹄》一篇⑨，其余众篇，或定点文句而已⑩。㊂后秀义别本出，故今有向、郭二《庄》，其义一也。

【今译】当初，注释《庄子》的有几十家，没有一家能推求出它的要领。向秀在旧注之外为其解释义理，精妙地分析其奇特的意趣，大大地张扬了玄理之风。只有《秋水》、《至乐》两篇注释尚未完成，向秀就去世了。向秀之子当时年幼，其所阐述的《庄子》义理因此散佚，但还有另外的抄本。郭象这人，为人行为轻薄，有过人的才智，看到向秀的解义之作不传于世，便剽窃过来作为自己的注释，他于是自己注释《秋水》、《至乐》两篇，又改换了《马蹄》一篇的注释，其余各篇，有的只是把文字句读修改一下而已。后来向秀解义之作的另一个本子流传开来，所以现在有向秀、郭象两种《庄子》注本，它们的意思是一样的。

【刘孝标注】㊀《秀别传》曰："秀与嵇康、吕安为友，趣舍不同。嵇康傲世不羁，安放逸迈俗，而秀雅好读书，二子颇以此嗤之。后秀将注《庄子》，先以告康、安，康、安咸曰：'此书讵复须注，徒弃人作乐事耳。'及成，以示二子，康曰：'尔故复胜不？'安乃惊曰：'庄周不死矣！'后注《周易》，大义可观，而与汉世诸儒互有彼此，未若隐《庄》之绝伦也。"《秀本传》或言："秀游托数贤，萧屑卒岁，都无注述，唯好《庄子》，聊应崔譔所注，以备遗忘"云。《竹林七贤论》云："秀为此义，读之者无不超然，若已出尘埃而窥绝冥，始了视听之表，有神德玄哲，能遗天下，外万物。虽复使动竞之人顾观所徇，皆怅然自有振拔之情矣。"　㊁《文士传》曰："象字子玄，河南人。少有才理，慕道好学，托志老庄，时人咸以为王弼之亚。辟司空掾、太傅主簿。"　㊂《文士传》曰："象作《庄子注》，最有清辞遒旨。"

【注释】①旨要：主旨，要领。　②向秀：见《言语》十八注②(页46)。　③奇致：奇特的意趣。　④零落：衰败，散失。　⑤别本：另外的抄本。　⑥郭象(？—312)：见刘注。官至黄门侍郎。好老庄，善清谈。在向秀所注《庄子》基础上作《庄子注》，阐扬老庄思想。　⑦薄行：行为轻薄。　⑧俊才：才智过人。　⑨易：改变，变动。　⑩定点：《晋书·郭象传》作"点定"。指整理，修订。

【评析】本文所写，《晋书·郭象传》亦载。郭象注《庄子》是否剽窃向秀注，《四库全书总目》卷一四六《庄子注》提要引张湛注《列子》及陆德明《释文》语加以对照，谓秀和象之注有"绝不相同"者，有"郭本皆无"者、有"互相出入"者、有"向、郭相同者"、有"一字不异"者、有"郭注多七字"者、有"郭注无者"、有"郭改其末句"者、有"郭增其首十六字，尾五十一字"者等等，认为"是所谓窃据向书，点定文句者，殆非无证"、"盖其亡已久，今不可复考矣"云。

十八

阮宣子有令闻①。太尉王夷甫见而问曰②："老庄与圣教同异③？"对曰："将无同④。"太尉善其言，辟之为掾⑤。世谓"三语掾"⑥。卫玠嘲之曰⑦："一言可辟，何假于三⑧！"宣子曰："苟是天下人望⑨，亦可无言而辟，复何假一！"遂相与为友。㊀

【今译】阮修有美好的声誉。太尉王衍见到他就问道："老、庄与儒家学说是相同还是不同？"阮修答道："也许是相同的吧！"王衍认为他说得好，就任用他做僚属。当时人称阮修凭着三个字就被征辟为属官的人。卫玠嘲笑他道："只须说一个字就可以被任命为官，何必凭借三个字！"阮修道："如果是天下所敬仰之人，也可以一字不说就被任用，又何必再说一个字！"两人于是相互成为朋友。

【刘孝标注】㊀《名士传》曰："阮修字宣子，陈留尉氏人。好《老》、《易》，能言理，不喜见俗人，时误相逢，即舍去。傲然无营，家无担石之储，晏如也。琅邪王处仲为鸿胪卿，谓曰：'鸿胪丞差有禄，卿常无食，能作不？'修曰：'为复可耳。'遂为鸿胪丞、太子洗马。"

【注释】① 阮宣子：阮修，见刘注。阮籍之侄。好《老》、《易》，善清谈，为时人所叹服。南渡时为贼人所害。令闻：美好的名声。 ② 王夷甫：王衍，见《言语》二十三注②（页50）。 ③ 圣教：指儒家学说。 ④ 将无：测度语意，表示大概，也许。 ⑤ 辟（bì）：征聘，任用。 ⑥ 三语掾（yuàn）：靠三个字就被任命的属官。掾，属官。 ⑦ 卫玠：见《言语》三十二注①（页56）。 ⑧ 假：凭借，利用。 ⑨ 望：景仰。

【评析】本文所载，《晋书·阮瞻传》谓系王戎与阮瞻之间的对答，文曰："见司徒王戎，戎问曰：'圣人贵名教，老庄明自然，其旨同者？'瞻曰：'将无同。'戎咨嗟良久，即命辟之，时人谓之'三语掾'。"阮瞻为阮籍的孙子，而阮修则是阮籍的侄子，《晋书·阮修传》谓阮修率直任性，家贫，喜酒，善清谈，"言寡而旨畅"，为王衍所叹服，当系一事之异闻。

十九

裴散骑娶王太尉女①，婚后三日，诸婿大会，㊀当时名士、王裴子弟悉集。郭子玄在坐②，挑与裴谈③。子玄才甚丰赡④，始数交，未快⑤。郭陈张甚盛⑥，裴徐理前语，理致甚微⑦，四坐咨嗟称快⑧。㊁王亦以为奇，谓诸人曰："君辈勿为尔⑨，将受困寡人女婿⑩。"

【今译】裴遐娶了王衍的女儿，婚后第三天，几个女婿在一起聚会，当时的名士以及王、裴两家的子弟全都来了。郭象在座，带头与裴遐清谈。郭象才华横溢，开头几次交锋，尚未令人称快。郭象谈论铺陈张扬气势很盛，而裴遐则缓缓地梳理说过的话题,义理情趣都很精妙,四座宾客一致赞叹,无不称快。王衍也为之称奇,就对大家说:"诸位不要再这样辩下去了,否则诸位将被我女婿难倒。"

【刘孝标注】㈠《晋诸公赞》曰:"裴遐字叔道,河东人。父纬,长水校尉。遐少有理称,辟司空掾、散骑郎。"《永嘉流人名》:"衍字夷甫,第四女适遐也。" ㈡邓粲《晋纪》曰:"遐以辩论为业,善叙名理,辞气清畅,泠然若琴瑟。闻其言者,知与不知无不叹服。"

【注释】①裴散骑:裴遐,见刘注。善言玄理,与郭象谈论,一坐嗟服。东海王司马越引为主簿。后为越子毗所害。王太尉:王衍。 ②郭子玄:郭象。 ③挑:挑头,带头。 ④丰赡(shàn):丰富,充足。 ⑤快:痛快,爽快。 ⑥陈张:铺陈张扬。 ⑦理致:义理情趣。 ⑧咨嗟:赞叹。 ⑨尔:如此。 ⑩寡人:晋人喜欢自称寡人。

【评析】本文写裴遐清谈之理致精妙,令当时满座宾客赞叹称快。刘注引《晋纪》谓其"以辩论为业,善叙名理,辞气清畅,泠然若琴瑟",说明他的清谈不仅以名理服人,更以辞气清新流畅,音韵如琴瑟和谐引人,难怪连首开清谈之风的王衍亦以之为奇。

二十

卫玠始度江①,见王大将军②。㈠因夜坐,大将军命谢幼舆③。㈡玠见谢,甚说之④,都不复顾王,遂达旦微言⑤,王永夕不得豫⑥。玠体素羸⑦,恒为母所禁。尔夕忽极⑧,于此病笃⑨,遂不起。㈢

【今译】卫玠当初渡江南下时,去拜见王敦。因为夜坐清谈,所以王敦召来谢鲲。卫玠看到谢鲲,非常高兴,都不再回头去看王敦了,就与谢鲲通宵达旦地清谈玄理,王敦整夜都未能插上话。卫玠体质向来瘦弱,常被他母亲禁止清谈。这天夜里他忽然感到疲倦,从此病势沉重,终于卧床不起。

【刘孝标注】㈠《敦别传》曰:"敦字处仲,琅邪临沂人。少有名理,累迁青州刺史。避地江左,历侍中、丞相、大将军、扬州牧,以罪伏诛。" ㈡《晋阳秋》曰:"谢鲲字幼舆,陈郡人。父衡,晋硕儒。鲲性通简,好《老》《易》,善音乐,以琴书为业。避乱江东,为豫章太守,王敦引为长史。"《鲲别传》曰:"鲲四十三卒,赠太常。" ㈢《玠别传》曰:"玠少有名理,善《易》《老》,自抱羸疾,初不于外擅相酬对,时友叹曰:'卫君不言,言必入真。'武昌见大将军王敦,敦与谈论,咨嗟不能自已。"

【注释】①度:通"渡"。 ②王大将军:王敦,见《言语》三十七注①(页59)。 ③命:召。谢幼舆:谢鲲,见《言语》四十六注②(页65)。 ④说:即"悦",高兴,喜悦。 ⑤都:全。微言:指谈论精微之玄理。 ⑥永夕:整夜。豫:参与。 ⑦羸(léi):瘦弱。 ⑧极:困惫,疲倦。 ⑨病笃:病势沉重。

【评析】本文所写卫玠与谢鲲对谈而不顾王敦事,《晋书·谢鲲传》亦有类似的记载,只是对谈者是谢鲲与王澄,而不是卫玠。文曰:"迁敦大将军长史。时王澄在座,见鲲谈论无倦,唯叹谢长史可与言,都不眄(miǎn,斜视)敦,其为人所慕如此。"

二十一

旧云,王丞相过江左①,止道声无哀乐②、㈠养生③、㈡言尽意㈢三理而已④，然宛转关生⑤，无所不入。

【今译】过去传说，王导渡江到了南方后，只谈论声无哀乐、养生、言尽意这三个玄理论题而已。但是这三个论题却能辗转推演生发开去，几乎是无所不包的。

【刘孝标注】㊀嵇康《声无哀乐论》略曰："夫殊方异俗，歌笑不同，使错而用之，或闻哭而欢，或听歌而戚，然哀乐之情均也。今用均同之情，发万殊之声，斯非音声之无常乎？"㊁嵇叔夜《养生论》曰："夫虱着头而黑，麝食柏而香，颈处险而瘿，齿居晋而黄。岂唯蒸之使重无使轻，芬之使香勿使延哉？诚能蒸以灵芝，润以醴泉，无为自得，体妙心玄，庶与羡门比寿，王乔争年，何为不可养生哉？"㊂欧阳坚石《言尽意论》略曰："夫理得于心，非言不畅；物定于彼，非名不辨。名逐物而迁，言因理而变，不得相与为二矣。苟无其二，言无不尽矣。"

【注释】①王丞相：王导。江左：江东。　②止：只。声无哀乐：嵇康作《声无哀乐论》，文见《全三国文》卷四十九。嵇康在文中肯定了音乐的深刻感染力，人对音乐的精神需求。声音本身无所谓哀与乐，人的内心有哀与乐，于是就通过声音表现出来。　③养生：嵇康有《养生论》，见《全三国文》卷四十八。刘注摘要引录嵇康此论。嵇康于文中讨论了养生问题及与此相关的形神问题。认为人只要"导养得理"，清虚寡欲，借助"呼吸吐纳"的锻炼与药物调理，即可长寿。并认为形与神两者不可分离，养生必须使"形神相来，表里俱济"。　④言尽意：欧阳建作《言尽意论》，见《全晋文》卷一百九。言，语言；意，思想。欧阳建针对荀粲、王弼为代表的"言不尽意"之说，认为语言能够完整准确地表达思想，没有语言，则思想无法表达。三理：指魏晋时期"声无哀乐"、"养生"、"言尽意"三种玄学理论。　⑤宛转：辗转。关生：关联推演。

【评析】王导对"无哀乐"、"养生"和"言尽意"的问题最为擅长，所以他在清谈时只谈这三个话题。不过这三个话题其实包罗了各种人生哲理，所以王导都能由此推演到各个方面。

二十二

殷中军为庾公长史①，㊀下都②，王丞相为之集，桓公、王长史、王蓝田、㊁谢镇西并在③。丞相自起解帐带麈尾，语殷曰："身今日当与君共谈析理④。"既共清言，遂达三更。丞相与殷共相往反⑤，其余诸贤略无所关⑥。既彼我相尽，丞相乃叹曰："向来语乃竟未知理源所归⑦。至于辞喻不相负⑧，正始之音⑨，正当尔耳。"明旦，桓宣武语人曰⑩："昨夜听殷、王清言，甚佳。仁祖亦不寂寞⑪，我亦时复造心⑫；顾看两王掾⑬，㊂辄翣如生母狗馨⑭。"

【今译】殷浩担任庾亮的长史时，从荆州东下京城，王导为他举行集会，桓温、王濛、王述、谢尚等都在座。王导亲自起身解下挂在帐带上的麈尾，对殷浩说："我今天要与您一起谈论辨析玄理。"他们便一起清谈，一直谈到了半夜三更。王导与殷浩两个人反复辨难，其余几位名士毫无插嘴的余地。他们彼此都已把道理说尽后，王导叹息道："一直以来所说的，竟然不知玄理的本源之所在。至于辞语之意比喻的运用并不违背，正始之音，正应当是如此的吧。"第二天早晨，桓温对人说："昨夜听殷浩、王导清谈，非常美妙。谢尚也不感到寂寞，我也常常心有所悟；回头看两位王姓属官，就像那怕生的母狗一样。"

【刘孝标注】㊀按《庾亮僚属名》及《中兴书》，浩为亮司马，非为长史也。　㊁《王述别传》曰："述字怀祖，太原晋阳人。祖湛，父承，并有高名。述蚤孤，事亲孝谨。箪瓢陋巷，宴安永日。由是为有识所知，袭爵蓝田侯。" ⊜ 王濛、王述，并为王导所辟。

【注释】① 殷中军：殷浩，见《政事》二十二注①（页115）。庾公：庾亮，见《德行》三十一注① （页22）。 ② 下都：指从荆州沿长江东下到京城。 ③ 桓公：桓温。王长史：王濛。王蓝 田：王述，见刘注。官扬州刺史、尚书令。袭爵蓝田侯，故称。谢镇西：谢尚，见《言语》四十六注 ①（页65）。 ④ 身：晋人自称，第一人称代词。 ⑤ 往反：反复辩难。 ⑥ 略无所关：毫无关 联，指不参与辩难。关，关涉、牵连。 ⑦ 向来：过去以来。理源：玄理的本源。归：归向。 ⑧ 辞喻：言辞与比喻。相负：欠缺、违背。 ⑨ 正始之音：指以何晏、王弼为首的名士，用老庄 思想糅合儒家经义，谈玄析理，放达不羁，所开创的玄学清谈之风。 ⑩ 桓宣武：桓温。 ⑪ 仁 祖：谢尚字仁祖。 ⑫ 造心：指心有所悟。造，至、到达。 ⑬ 两王掾（yuàn）：王濛、王述当时 都是王导的属官，故称。掾，属官。 ⑭ 婪（shà）……馨：当时口语，语助词，与"样"、"般"同。

【评析】"正始"为三国魏齐王曹芳的年号（240—249），是魏晋玄学的开创时期，后人 遂将当时的言谈风尚称为"正始之音"。

二十三

殷中军见佛经①，云："理亦应阿堵上②。"⊖

【今译】殷浩见到佛经，说："玄理也应包含在这个上面。"

【刘孝标注】⊖ 佛经之行中国尚矣，莫详其始。《牟子》曰："汉明帝夜梦神人，身有日光。明日， 博问群臣通人。傅毅对曰：'臣闻天竺有道者号曰佛，轻举能飞，身有日光。殆将其神也。'于是 遣羽林将军秦景、博士弟子王遵等十二人之大月氏国，写取佛经四十二部，在兰台石室。"刘子 政《列仙传》曰："历观百家之中，以相检验，得仙者百四十六人，其七十四人已在佛经，故撰得 七十，可以多闻博识者遐观焉。"如此即汉成、哀之间已有经矣，与《牟子》传记便为不同。《魏略· 西戎传》曰："天竺城中有临儿国。《浮屠经》云：'其国王生浮图。浮图者，太子也。父曰屑头 邪，母曰莫邪。浮图者，身服色黄，发如青丝，爪如铜。其母梦白象而孕，及生，从右胁出而有 髻，坠地能行七步。天竺又有神人曰沙律。'昔汉哀帝元寿元年，博士弟子景虑受大月氏王使伊 存口传《浮屠经》。曰复豆者，其人也。"《汉武故事》曰："昆邪王杀休屠王，以其众来降，得其金 人之神，置之甘泉宫。金人皆长丈余，其祭不用牛羊，唯烧香礼拜。上使依其国俗祀之。"此神 全类于佛，岂当汉武之时，其经未行于中土，而但神明事之邪？故验刘向、鱼豢之说，佛至自哀、 成之世明矣。然则牟传所言四十二者，其文今存非妄。盖明帝遣使广求异闻，非是时无经也。

【注释】① 殷中军：殷浩。 ② 阿堵：当时口语，即这，这个。

【评析】一般都认为佛教自东汉明帝时传入中国，至魏晋时，佛教经义与儒道互相渗 透，许多高僧与当时名士交往密切，彼此相得，如《言语》篇所提到的佛图澄、竺法深、 支道林等都是清谈的高手。刘注则历述佛像与佛经传入的历史，并据《列仙传》、《浮 屠经》、《汉武故事》等传说，则更谓早在汉武帝时，即因昆邪王率众来降而带来佛像供 于宫中，佛经则于汉成帝、哀帝时已传入了。

二十四

谢安年少时，请阮光禄道《白马论》①，⊖为论以示谢。于时谢不即解阮 语，重相咨尽。阮乃叹曰："非但能言人不可得，正索解人亦不可得②。"⊜

【今译】谢安年轻时,请阮裕讲授《白马论》,阮裕就写了一篇论说该论的文章给谢安看。当时谢安没有立即理解阮裕的话,就一再询问务求详尽的理解。阮裕于是感叹道:"现在不仅能讲授的找不到了,就是要寻求解释的人也难以找到了。"

【刘孝标注】㊀《孔丛子》曰:"赵人公孙龙云:'白马非马。马者所以命形,白者所以命色。夫命色者,非命形。故曰白马非马也。'" ㊁《中兴书》曰:"裕甚精论难。"

【注释】① 阮光禄:阮裕,见《德行》三十二注①(页22)。《白马论》:战国时赵人公孙龙著。公孙龙,字子秉,曾在平原君家当门客,善辩论,倡"白马非马"说。 ② 索解:寻求解释。

【评析】公孙龙是战国时名辩学派的代表人物,"白马非马"为其所著《白马论》阐述的著名论题。他认为"白马"和"马"存在特殊与一般的差别,"马"以形状命名,"白马"以颜色命名,是不同的概念,不能混淆。东晋时"白马非马"之说仍然具有影响,只是已很少有人能予以深入而通达地讲解了,所以阮裕感叹不仅无人能言,就连寻求理解的人亦不可得,以此赞扬谢安好学深思、努力索解的精神。

二十五

褚季野语孙安国㊀云①:"北人学问,渊综广博②。"孙答曰:"南人学问,清通简要③。"支道林闻之④,曰:"圣贤固所忘言⑤,自中人以还⑥,北人看书如显处视月,南人学问如牖中窥日⑦。"㊁

【今译】褚裒对孙安国说:"北方人做学问,深厚综合,广阔博大。"孙盛答道:"南方人做学问,清楚通达,简明扼要。"支道林听到后说:"圣贤之人本来就只须意会无须言词,从中等以下的人来看,北方人看书,好像在显亮的地方看月亮,南方人做学问,好像透过窗户看太阳。"

【刘孝标注】㊀褚裒、孙盛,并已见。 ㊁支所言但譬成孙、褚之理也。然则学广则难周,难周则识暗,故如显处视月;学寡则易核,易核则智明,故如牖中窥日也。

【注释】① 褚季野:褚裒,见《德行》三十四注①(页23)。孙安国:孙盛,见《言语》四十九注①(页67)。 ② 渊综:深厚能综合。 ③ 清通简要:清楚通达,简明扼要。 ④ 支道林:见《言语》六十三注①。 ⑤ 忘言:语见《庄子·外物》:"言者所以在意,得意而忘言。"意谓言词是用来表达意义的,既得其意就不需要言词了。 ⑥ 中人:中等之人,一般人。以还:以下。 ⑦ 牖(yǒu):窗户。窥:从小孔看视。

【评析】褚裒和孙盛对北人、南人的为学特点作了言简意赅的概括,一则"渊综广博",一则"清通简要",即北人渊博,南人专精,各有特点。支道林则以形象的比喻形容其特点与缺点。刘注谓"显处视月"的优点是"学广",月有圆缺,月色暗淡,故缺点是"难周"、"识暗"。"牖中窥日",则视野不广,故"学寡",日光强烈明亮,故"易核"而"智明"。总之,他们均以为北人为学博而不精,南人为学精而不博。

二十六

刘真长与殷渊源谈①,刘理如小屈②,殷曰:"恶③,卿不欲作将善云梯

仰攻④?"⊝

【今译】刘惔与殷浩谈论玄理,刘惔的道理稍稍处于下风,殷浩说:"嗨,您不想制作上等的云梯来仰攻吗?"

【刘孝标注】⊝《墨子》曰:"公输般为高云梯,欲以攻宋。墨子闻之,自鲁往,裂裳裹足,日夜不休,十日十夜而至于郢。见楚王曰:'闻大王将攻宋,有之乎?'王曰:'然。'墨子曰:'请令公输般设攻宋之具,臣请试守之。'于是公输般设攻宋之计,墨子绦带守之。输九攻之,而墨子九却之,不通人,遂辍兵。"

【注释】① 刘真长:刘惔,见《德行》三十五注①(页24)。殷渊源:殷浩,见《政事》二十二注①(页115)。 ② 屈:指理亏。 ③ 恶(wū):感叹词,嗟叹声。 ④ 卿:古时对人的敬称。作将:指制作。云梯:古代攻城时攀登城墙的长梯。

【评析】本文写刘、殷二人辩论,刘惔稍处劣势,殷浩即引墨子与公输般攻守之事为喻,请对方仿效公输般设攻城之具来攻城,自己则如墨子一样稳守却敌。可知当时清谈玄理双方之辩论恰如作战一般激烈。

二十七

殷中军云①:"康伯未得我牙后慧②。"⊝

【今译】殷浩说:"韩伯没有能够领会我言外之意趣。"

【刘孝标注】⊝《浩别传》曰:"浩善《老》、《易》,能清言。康伯,浩甥也,甚爱之。"

【注释】① 殷中军:殷浩,见《政事》二十二注①(页115)。 ② 康伯:韩伯,见《德行》三十八注④(页26)。牙后慧:指言外之意趣。后谓沿用或抄袭他人言论为"拾人牙慧"。

【评析】殷浩以善于玄言为朝野推服,韩伯因"清和有思理"(《晋书》本传)曾得到殷浩的称赞,谓:"康伯能自标置,居然是出群之器。"(同上)韩伯是殷浩的外甥,能得到舅舅的赞赏,当非凡庸之辈。然殷浩仍认为外甥"未得我牙后慧",即虽善清谈,却只会重复自己之言,而未能领会自己的言外之旨。"拾人牙慧"之成语也由此衍生。

二十八

谢镇西少时①,闻殷浩能清言,故往造之②。殷未过有所通③,为谢标榜诸义④,作数百语,既有佳致⑤,兼辞条丰蔚⑥,甚足以动心骇听⑦。谢注神倾意⑧,不觉流汗交面⑨。殷徐语左右:"取手巾与谢郎拭面。"⊝

【今译】谢尚年轻时,听说殷浩善于清谈,便特地去拜访他。殷浩没有过多地阐发,只是为谢尚揭示许多义理,说了几百句话,这些话既有美好的情趣,又兼具言词通达、文采华美的特点,很足以激动人心,骇人听闻。谢尚听时全神贯注,集中注意力,不知不觉地汗流满面。殷浩从容地对左右侍从说:"拿手巾来给谢郎揩脸。"

【刘孝标注】○按：殷浩大谢尚三岁，便是时流，或当贵其胜致，故为之挥汗。

【注释】① 谢镇西：谢尚，见《言语》四十六注①（页65）。　② 造：前往，造访。　③ 过：过分。　通：阐发。　④ 标榜：揭示。　⑤ 佳致：美好的情趣。　⑥ 辞条丰蔚：指言词通达，文采华美。　⑦ 动心骇听：形容听了激动人心，感到吃惊。　⑧ 注神倾意：指神情贯注，注意力集中。倾，尽全力。　⑨ 流汗交面：指汗流满面。交，交错。

【评析】谢尚造访殷浩，聆听其清言，只是听了数百言，已是"流汗交面"。刘注揣摩其意，认为殷浩只大谢尚三岁，却已是名流，清谈之妙已达出神入化之境，故谢尚感动与感愧交织，不觉汗流满面。此说不无道理。

二十九

宣武集诸名胜讲《易》①，○日说一卦②。简文欲听③，闻此便还，曰："义自当有难易④，其以一卦为限邪⑤？"

【今译】桓温召集许多名流讲解《周易》，每天解说一卦。简文帝本来要去听的，听说每天只讲一卦就回来了，说："义理自然应当是有难有易的，怎么能以一天说一卦为限定呢？"

【刘孝标注】○《易乾凿度》曰："孔子曰：《易》者，易也，变易也，不易也。三成德，为道包籥者，易也。其德也，光明四通，日月星辰布，八卦序，四时和也。变也者，天地不变，不能成朝；夫妇不变，不能成家。不易者，其位也。天在上，地在下；君南面，臣北面；父坐子伏，此其不易也。故《易》者，天地人道也。"郑玄序《易》曰："《易》之为名也，一言而函三义，简易一也，变易二也，不易三也。"《系辞》曰："《乾》《坤》，《易》之蕴也，《易》之门户也。"又曰："《乾》，确然示人易矣；《坤》，隤然示人简矣。易则易知，简则易从。"此言其简易法则也。又曰："其为道也屡迁，变动不居，周流六虚，上下无常，刚柔相易。不可以为典要，唯变所造。"此则言其从时出入移动也。又曰：'天尊地卑，乾坤定矣。卑高以陈，贵贱位矣。动静有常，刚柔断矣。"此则言其张设布列不易也。据此三义，而说《易》之道，广矣，大矣。

【注释】① 宣武：桓温，见《言语》五十五注①（页70）。名胜：名流。《易》：《周易》，亦称《易经》，儒家和道家都奉为经典。内容包括《经》和《传》两部分。前者主要是六十四卦和三百八十四爻，各有说明，为占卦之用；后者是对《经》最早的解说，旧传为孔子所作。　② 卦：《易经》中象征自然现象和人事变化的一套符号，以占吉凶，以阳爻与阴爻相配合而成。　③ 简文：简文帝司马昱，见《德行》三十七注①（页25）。　④ 自当：自然应当。　⑤ 其：岂，怎么，难道。

【评析】这则故事说明简文帝对义理之学也极具功底。

三十

有北来道人好才理①，与林公相遇于瓦官寺②，讲《小品》③。于时竺法深、孙兴公悉共听④。此道人语，屡设疑难。林公辩答清析，辞气俱爽。此道人每辄摧屈⑤。孙问深公："上人当是逆风家⑥，向来何以都不言？"○深公笑而不答。林公曰："白旃檀非不馥⑦，焉能逆风？"○深公得此义，夷然不屑⑧。

【今译】有位北方来的和尚喜欢谈论玄理,和支道林在瓦官寺相遇,讲解《小品经》。当时竺法深、孙绰都去听讲。这位和尚的话中,常设下疑难问题。支道林辩论对答清晰,言辞语气都很爽利。这位和尚每次总是受挫屈服。孙绰问竺法深:"上人应当是逆风而进的人,刚才为什么一言不发?"竺法深笑而不答。支道林说:"白檀木并非不香,但是逆风怎能闻到它的香气呢?"竺法深听到这样的话,泰然自若、毫不在意。

【刘孝标注】㊀庾法畅《人物论》曰:"法深学义渊博,名声蚤著,弘道法师也。"㊁《成实论》曰:"波利质多天树,其香则逆风而闻。"

【注释】①道人:和尚。才理:指玄理。②林公:支遁,字道林,见《言语》六十三注①(页75)。瓦官寺:东晋名寺,在今南京西南。③《小品》:指《道行经》。《高僧传》卷四《康渊传》曰:"诵《放光》、《道行》二波若,即大小品也。"④竺法深:道潜,见《德行》三十注①(页21)。孙兴公:孙绰,见《言语》八十四注①(页87)。⑤摧屈:受挫屈服。⑥上人:和尚的尊称。逆风家:逆风而进的人。⑦白旃(zhān)檀:即檀香,一名白檀、旃檀,极香,原产印度、非洲等地。馥:香。⑧夷然不屑:泰然自若、毫不在意的样子。

【评析】竺法深始以"笑而不答"回应孙绰,继以"夷然不屑"来对应支道林的话,可见其气度之不凡。

三十一

孙安国往殷中军许共论①,往反精苦②,客主无间③。左右进食,冷而复暖者数四。彼我奋掷麈尾,悉脱落满餐饭中,宾主遂至莫忘食④。殷乃语孙曰:"卿莫作强口马⑤,我当穿卿鼻!"孙曰:"卿不见决鼻牛⑥,人当穿卿颊!"㊀

【今译】孙盛到殷浩住处共同谈论,两人反复辩论竭尽全力,主客之间毫无隔阂。左右侍从送上饭菜,冷了再热,热了再冷反复多次。双方对辩时都奋力挥动麈尾,麈尾都脱落下来,饭菜中都掉满了毛,宾主双方直到傍晚都忘了吃饭。殷浩就对孙盛说:"您不要做强口马,我要穿你的鼻子了!"孙盛说:"您不见决鼻牛吗,人家要穿您的面颊了!"

【刘孝标注】㊀《续晋阳秋》曰:"孙盛善理义。时中军将军殷浩擅名一时,能与剧谈相抗者,唯盛而已。"

【注释】①孙安国:孙盛,见《言语》四十九注①(页67)。殷中军:殷浩,见《政事》二十二注①(页115)。许:处所,住处。②往反:指反复辩难。精苦:指用尽心思。③无间(jiàn):没有隔阂。④莫:即"暮",傍晚。⑤强(jiàng)口马:指口中不肯套上嚼子的倔强的马。⑥决鼻牛:指挣断鼻缰绳的犟牛。

【评析】《晋书》本传谓殷浩"尤善玄言"、"朝野推伏",孙盛亦"善理义",与之齐名,故刘注引《续晋阳秋》,谓能与殷浩"剧谈相抗者,唯盛而已"。文中两人清谈终日,无暇饮食,互相挥舞麈尾,连毛都落满饭菜中,其辩论之剧可以想见。

三十二

《庄子·逍遥篇》①,旧是难处,诸名贤所可钻味②,而不能拔理于郭、向之外③。支道林在白马寺中④,将冯太常共语⑤,㈠因及《逍遥》。支卓然标新理于二家之表⑥,立异义于众贤之外,皆是诸名贤寻味之所不得⑦。后遂用支理。㈡

【今译】《庄子·逍遥游》,过去一直是难解之篇,众多知名贤士一直钻研玩味,但是他们所说的义理都不能超出郭象和向秀之外。支遁在白马寺中,与冯怀一起谈论,便谈到了《逍遥游》。支遁在郭象、向秀二家之外,卓越地揭示新的义理,在各家贤人之外,提出不同的义理,都是各位知名贤人探索时所不能得到的。后人于是就采用支遁所阐明的义理。

【刘孝标注】㈠《冯氏谱》曰:"冯怀字祖思,长乐人。历太常、护国将军。" ㈡ 向子期、郭子玄《逍遥义》曰:"夫大鹏之上九万,尺鷃之起榆枋,小大虽差,各任其性,苟当其分,逍遥一也。然物之芸芸,同资有待,得其所待,然后逍遥耳。唯圣人与物冥而循大变,为能无待而常通。岂独自通而已。又从有待者不失其所待,不失则同于大通矣。"支氏《逍遥论》曰:"夫逍遥者,明至人之心也。庄生建言大道,而寄指鹏鷃,鹏以营生之路旷,故失适于体外;鷃以在近而笑远,有矜伐于心内。至人乘天正而高兴,游无穷于放浪。物物而不物于物,则遥然不我得;玄感不为,不疾而速,则逍然靡不适。此所以为逍遥也。若夫有欲,当其所足,足于所足,快然有似天真,犹饥者一饱,渴者一盈,岂忘烝尝于糗粮,绝觞爵于醪醴哉?苟非至足,岂所以逍遥乎?"此向、郭之注所未尽。

【注释】①《庄子·逍遥篇》:即《庄子·逍遥游》,《庄子》第一篇的篇目,主旨谓人当看破功、名、利、禄、权、势等的束缚,使精神达到优游自在、无挂无碍的境地。 ② 名贤:知名之贤士。钻味:钻研玩味。 ③ 拔:超出。郭、向:郭象和向秀。分别见本篇十七注⑥(页127)、《言语》十八注②(页46)。 ④ 支道林:支遁,见《言语》六十三注①(页75)。白马寺:原指河南洛阳东郊,建于东汉明帝永平十一年(68)之洛阳白马寺,为佛教传入中国后兴建的第一座寺院,后魏晋各地寺院多有以"白马寺"命名者。此指余杭之白马寺。 ⑤ 将:与。冯太帝:冯怀,见刘注。 ⑥ 卓然:卓越、高超的样子。标:揭出、显出。表:外。 ⑦ 寻味:探索。

【评析】支遁之《逍遥论》,刘注予以引用,并指出都是向秀和郭象所没有说到的,支遁的新解异说于此可见一斑。有关支遁隐居余杭,并在白马寺阐述注释《逍遥游》之事,《高僧传》卷四亦有提及,曰:"支遁……隐居余杭山,深思道行之品,委曲慧印之经,卓焉独拔,得自天心……遁尝在白马寺,与刘系之等谈《庄子·逍遥篇》云……于是退而注《逍遥篇》,群儒旧学莫不叹服。"

三十三

殷中军㈠尝至刘尹所①,清言良久,殷理小屈,游辞不已②,刘亦不复答。殷去后,乃云:"田舍儿③强学人作尔馨语④!"㈡

【今译】殷浩曾到刘惔那里,两人清谈了很久,殷浩所说的义理处于劣势,但他还是不停地说些毫无根据不着边际的话,刘惔不再加以答辩。殷浩走了以后,刘惔就说:"乡巴佬,勉强学人家也讲这样的话!"

【刘孝标注】㈠ 浩也。 ㈡ 刘惔,已见。

【注释】① 殷中军:殷浩,见《政事》二十二注①(页115)。刘尹:刘惔,见《德行》三十五注①

（页 24）。 ② 游辞：指无根据、不着边际的话。 ③ 田舍儿：没有学养之田家子,鄙薄之称。
④ 尔馨：如此,这样,晋时口语。

【评析】本篇二十六则写刘惔与殷浩清谈,刘惔理稍亏,殷浩当面要刘学学公输般去
造攻城的云梯,言外之意以墨子自居。本则恰好相反,两人清谈时,殷浩理亏,却还要
说些不着边际的话,刘惔等殷走后,轻蔑地称其为"田舍儿",只会勉强说出这样的话
来。看来,殷、刘之间时有胜负,难分伯仲。

三十四

殷中军虽思虑通长①,然于才性偏精②,忽言及《四本》③,便若汤池铁
城④,无可攻之势。㊀

【今译】殷浩虽然在思辨考虑方面全都擅长,然而在才性关系上的见解尤为精到,有
时无意之间说到《四本论》,就像坚固难攻的汤池铁城一样,几乎找不到可攻击的
地方。

【刘孝标注】㊀《神农书》曰:"夫有石城七仞,汤池百步,带甲百万而无粟者,不能自固也。"

【注释】① 殷中军：即殷浩。思虑：思辨考虑。通长：全部擅长。通,全。 ② 才性：三国魏
末清谈命题之一,指才能与性格的相互关系。 ③ 忽：无心,不经意。《四本》：《四本论》,钟
会所作文章篇名,见本篇五刘注及注①（页 121）。 ④ 汤池铁城：滚水般的城池,铁铸般的城
墙,形容防守严密、坚固难攻的城池。

【评析】魏晋时善于清谈之士各有专长,殷浩对才性关系特别有研究,所以有时随意
谈到《四本论》,也会雄辩滔滔,令人无懈可击。足证清谈双方之论辩,就像激烈之战
斗,如有精到独特的见解,则战无不胜,攻无不克。

三十五

支道林造《即色论》①,㊀论成,示王中郎②,㊁中郎都无言。支曰:"默而识
之乎③?"㊂王曰:"既无文殊④,谁能见赏⑤?"㊃

【今译】支遁作《即色论》,完成后,给王坦之看,王坦之一句话都不说。支遁说:"默默
地记在心里吗?"王坦之说:"既然没有文殊菩萨那样的慧眼,谁还能赏识呢?"

【刘孝标注】㊀《支道林集·妙观章》云:"夫色之性也,不自有色,色不自有,虽色而空。故曰:
'色即为空,色复异空。'" ㊁ 王坦之,已见。 ㊂《论语》曰:"默而识之,诲人不倦,何有于我
哉?" ㊃《维摩诘经》曰:"文殊师利问维摩诘云:'何者是菩萨入不二法门?'时维摩诘默然无
言,文殊师利叹曰:'是真入不二法门也。'"

【注释】① 支道林：支遁。造：作、写。《即色论》：支遁所作,阐述"色即是空"之说。色与空均
为佛教术语。色指一切能使人感触到的东西,相当于物质。空指事物的虚幻不实,一切事物、
现象都由因缘和合而成,刹那生灭,假而不空,故谓"色即是空","空复异色"。 ② 王中郎：王
坦之,见《言语》七十二注①（页 81）。 ③ 默而识(zhì)之：默记在心里。识,记住。语出《论

语·述而》："默而识之,学而不厌。" ④ 文殊:文殊师利之略称,佛教菩萨名,侍于释迦牟尼佛之左,代表智慧。 ⑤ 见赏:被赏识。见,被。

【评析】支道林写完《即色论》后,拿给王坦之看,想听到他的赞语,而王坦之的"无言"似出乎意料。支遁想到的是孔子"默而志之"的话。刘注引王坦之以《维摩诘经》中维摩诘以"无言"对应文殊菩萨关于什么是"菩萨不二法门"之问,文殊菩萨当即赞叹维摩诘"是真入不二法门也"。不二法门是佛教用以称直接入道,不可言传之门径、方法。王坦之见支遁用孔子之语来理解自己的"无言",即以"既无文殊"二句,婉转指出其误解自己的"无言"。其实无言胜于有言,可惜支遁不是文殊,所以不能悟其意。

三十六

王逸少作会稽①,初至,支道林在焉。孙兴公谓王曰②:"支道林拔新领异③,胸怀所及乃自佳,卿欲见不④?"王本自有一往隽气⑤,殊自轻之⑥。后孙与支共载往王许⑦,王都领域⑧,不与交言。须臾支退。后正值王当行,车已在门,支语王曰:"君未可去,贫道与君小语⑨。"因论《庄子·逍遥游》。支作数千言,才藻新奇⑩,花烂映发⑪。王遂披襟解带⑫,留连不能已⑬。⊖

【今译】王羲之任会稽内史,刚到任上,支遁正在那里。孙绰对王羲之说:"支遁标新理立异义,胸中所本就佳妙,您想见他吗?"王羲之原本就有一股俊逸的气概,很轻视支遁。后来孙绰与支遁一起乘车到王羲之住处,王羲之总是保持距离,不跟支遁交谈。一会儿支遁就告退了。后来有一次正当王羲之要外出,车已备好在门口,支遁对王羲之说:"请不要走,我要与您稍讲几句话。"于是就谈论《庄子·逍遥游》。支遁讲了洋洋数千言,才思文采新鲜奇特,如繁花烂漫,交相辉映。王羲之于是敞开衣襟,解开衣带,恋恋不舍,不忍离去。

【刘孝标注】⊖《支法师传》曰:"法师研十地,则知顿悟于七住;寻庄周,则辩圣人之逍遥。当时名胜,咸味其音旨。《道贤论》以七沙门比竹林七贤,遁比向秀,雅尚《庄》、《老》,二子异时,风尚玄同也。"

【注释】① 王逸少:王羲之,见《言语》六十二注①(页75)。作会稽:任会稽内史。 ② 孙兴公:孙绰,见《言语》八十四注①(页87)。 ③ 拔新领异:独出新意,标举不同见解。 ④ 不:同"否"。 ⑤ 一往:满腹。隽气:指超脱、不同凡响之气概。隽,同"俊"。 ⑥ 殊:很。 ⑦ 许:住处。 ⑧ 都:总。邻域:指自设领域,拒人于千里之外。 ⑨ 贫道:和尚自称的谦词。小语:稍讲几句话。 ⑩ 才藻:才思文采。 ⑪ 映发:交相辉映。 ⑫ 披襟解带:敞开衣襟,解开衣带,指无拘无束地坦诚相待。 ⑬ 留连:指恋恋不舍。

【评析】本文所写,《高僧传》卷四《支遁传》亦有记载,其中文字稍异,曰:"王羲之时在会稽,素闻遁名,未之信,谓人曰:'一往之气何足言!'后遁既还剡,经由于郡,王故诣遁,观其风力。既至,王谓遁曰:'《逍遥游》可得闻乎?'遁乃作数千言,标揭新理,才藻惊绝。王遂披矜解带,流连不能已。仍请往灵嘉寺,意存相近。"

三十七

三乘佛家滞义①,支道林分判②,使三乘炳然③。诸人在下坐听,皆云可

通。支下坐，自共说，正当得两④，入三便乱。今义弟子虽传，犹不尽得。㊀

【今译】三乘是佛教教义中晦涩难懂的部分，支遁予以分析辨别，使得三乘的教义非常明显。众人在下边座位上听讲，都说能够通晓。支遁走下座来，各人便一起来解说，但也只能懂得两乘，进入三乘就搞乱了。现今的教义弟子们虽然仍在传承，但还是不能全部理解。

【刘孝标注】㊀《法华经》曰："三乘者，一曰声闻乘，二曰缘觉乘，三曰菩萨乘。声闻者，悟四谛而得道也。缘觉者，悟因缘而得道也。菩萨者，行六度而得道也。然则罗汉得道，全由佛教，故以声闻为名也。辟支佛得道，或闻因缘而解，或听环佩而悟，神能独达，故以缘觉为名也。菩萨者，大道之人也。方便则止行六度，真教则通修万善，功不为己，志存广济，故以大道为名也。"

【注释】① 三乘：佛教术语。乘为运载工具，指引导教化众生达到得道解脱的三种途径、方法。刘注引《法华经》谓声闻乘、缘觉乘、菩萨乘为三乘。声闻乘悟四谛（指苦、集、灭、道。苦谓世间一切本性都是苦；集谓苦由贪、嗔、痴造成；灭谓断灭诸苦；道谓修道才能证得寂静的境界）得阿罗汉果。缘觉乘悟因缘而得辟支佛果。菩萨乘修六度（指布施、持戒、忍辱、精进、禅定、智慧）而得成菩萨、佛。前二者旨在自度，唯求一己之解脱，故称为小乘；后者自度度人，上求佛道，下化众生，故称大乘。滞义：指晦涩难解的含义。　② 支道林：支遁。分判：分析辨别。　③ 炳然：显明的样子。　④ 正：止，仅。

【评析】支遁分判佛教三乘义理精微独到，并有著作行世。宋明帝勑中书侍郎陆澄撰《法论目录》载："《辩三乘论》，支道林。"（释僧佑《出三藏记集录》卷十二）另，释道宣《大唐内典录》卷十载："沙门支道林撰《辩三乘论》。"并有生平事迹介绍，有曰："谢安、王洽、刘恢、殷浩……一代名流，皆著尘外之狎""道林法师，神理所通，玄拔独悟，数百年来绍明大法令真理不绝者，一人而已……有集十卷，盛行于世。"

三十八

许掾㊀年少时①，人以比王苟子②，㊁许大不平。时诸人士及支法师并在会稽西寺讲③，王亦在焉。许意甚忿，便往西寺与王论理，共决优劣，苦相折挫④，王遂大屈。许复执王理，王执许理，更相覆疏⑤，王复屈。许谓支法师曰："弟子向语何似？"支从容曰："君语佳则佳矣，何至相苦邪？岂是求理中之谈哉⑥？"

【今译】许询年轻时，人们都把他比作王修，许询大为不服。当时很多名士以及支遁都在会稽的西寺清谈，王修也在那里。许询心中很不服气，便去西寺与王修辩论玄理，要决出个胜负来，他竭尽全力要折服挫败对方，王修于是大受挫折。许询又持王修的道理，王修则持许询的道理，再一次互相反复辩论，王修又一次输了。许询对支遁说："我刚才的言辞怎么样？"支遁不慌不忙地说："您的言辞好是好的，但何至于苦苦相逼呢？难道这是恰到好处的玄理之论辩吗？"

【刘孝标注】㊀询也。　㊁苟子，王修小字也。《文字志》曰："修字敬仁，太原晋阳人。父濛，司徒左长史。修明秀有美称，善隶行书，号曰流奕清举。起家著作佐郎、琅邪王文学，转中军司马，未拜而卒，时年二十四。昔王弼之没，与修同年，故修弟熙乃叹曰：'无愧于古人，而年与之齐也。'"

【注释】① 许掾：许询，见《言语》六十九注②（页78）。 ② 王苟子：王修，详见刘注。 ③ 支法师：支遁。"支"字原文作"於"字，误，影宋本及沈校本都作"支"，且下文亦有"支法师"，应为同一人，应从影宋本及沈校本。西寺：光相寺，在会稽（今浙江绍兴）城西。讲：谈论，指清谈。 ④ 苦相折挫：竭尽全力要折服挫败对方。 ⑤ 覆疏：指反复辩论。 ⑥ 理中：得理之中，指玄谈之理不偏不倚恰到好处。

【评析】许询喜欢隐居，乐游山水，不肯出仕，然又爱丰衣美食。《言语》六十九写他到丹阳尹刘惔处，爱其"床帷新丽，饮食丰甘"，希望"保全"这样的住所，永远享受豪华的生活。当时王羲之在座，便讽刺他们两人贪图富贵，许询并非真隐士。本文则写其争强斗胜，务要在辩论中使王修折服。王修输了一次他还不罢手，还要互换角色，苦相逼，一再挫败之，并为此自鸣得意，向在座的支遁炫耀。支遁毕竟是出家人，婉转地指出其得理不饶人，有失君子风度。

三十九

林道人诣谢公①，东阳时始总角②，新病起，体未堪劳，与林公讲论，遂至相苦。⊖母王夫人在壁后听之，再遣信令还③，而太傅留之④。王夫人因自出，云："新妇少遭家难⑤，一生所寄，唯在此儿。"因流涕抱儿以归。谢公语同坐曰："家嫂辞情慷慨⑥，致可传述⑦，恨不使朝士见！"⊜

【今译】支遁去拜访谢安，谢朗当时还小，刚刚病好，身体还经不起劳累，他与支遁谈论玄理，以至于互相辩驳毫不相让。他母亲王夫人在壁后听到后，两次派人传话让他回去，但谢安却留住他不放。王夫人于是亲自出来说："我年轻时家门就遭到不幸，一生希望都寄托在这个孩子身上了。"她因此流着泪抱儿子回去了。谢安对在座的人说："家嫂言辞情意都很激昂，极值得传扬称道，遗憾不能让朝中人士听见啊！"

【刘孝标注】⊖ 东阳，谢朗也，已见。《中兴书》曰："朗博涉有逸才，善言玄理。" ⊜《谢氏谱》曰："朗父据，取太康王韬女，名绥。"

【注释】① 支道林：支遁，字道林，世称支公、林公；或支法师、林道人。见《言语》四十五注②（页64）。谢公：谢安，见《德行》三十三注④（页23）。 ② 东阳：谢朗，官至东阳太守，故称。见《言语》七十一注④（页80）。总角：古代男女未成年时束发为两结，形如角，故称。后借指童年。 ③ 再：两次。遣信：传信，传话。 ④ 太傅：谢安。 ⑤ 新妇：古时已婚妇女自称之谦词。家难：家庭遭遇不幸，指其丈夫谢据故世，王夫人年纪轻轻即守寡。 ⑥ 慷慨：激昂。 ⑦ 致：通"至"，极，最。

【评析】本文写谢朗小小年纪即能善言玄理，能与支遁辩难，相互抗衡，可谓少年才俊。其母王夫人关爱体恤儿子的拳拳之心亦跃然纸上，令谢安佩服，欲朝士见之而为之传述。可知谢安对谢朗母子的赞赏之情。本文所写内容，《晋书·谢朗传》亦载，文字稍有出入。

四十

支道林、许掾诸人共在会稽王⊖斋头①，支为法师，许为都讲②。⊜支通一义，四坐莫不厌心③；许送一难，众人莫不抃舞④。但共嗟咏二家之美⑤，不辩其理之所在。

【今译】支遁和许询等人一起在会稽王的静室里，支遁为法师，许询为都讲，开讲佛经。每当支遁阐明一条义理，满座人无不感到心满意足；每当许询提出一个疑难问题，众人莫不鼓掌欢呼。大家只是共同赞美两人讲解唱诵的美妙，并不去分辨他们所说所诵的义理是什么。

【刘孝标注】㊀ 简文。　㊁《高逸沙门传》曰："道林时讲《维摩诘经》。"

【注释】① 许掾(yuàn)：许询，见《言语》六十九注②(页78)。会稽王：刘注曰："简文。"即简文帝司马昱，原为会稽王，见《德行》三十七注①(页25)。斋头：指清净身心之静室。头，语尾助词，无义。　② 支为法师，许为都讲：魏晋时佛教仪规，凡和尚开讲佛经，一人唱经，称为都讲，一人讲解，主讲者称为法师。　③ 厌心：心里感到满足。厌，通"餍"，满足。　④ 抃(biàn)舞：鼓掌跳跃。抃，鼓掌。　⑤ 嗟咏：赞美。

【评析】本文谓支、许等人在会稽王静室诵经解经，刘注引文谓当时讲《维摩诘经》。《高僧传》卷四本传亦有记载，内容有所不同，曰："晚出山阴，讲《维摩诘经》，遁为法师，许询为都讲。遁通一义，众人咸谓询无以厝(cuò，安置)难(指提出疑难)；询设一难，亦谓遁不复能通。如此至竟，两家不竭。凡在听者，咸谓审得遁旨，回令自说，得两，三反便乱。"这里写支、许二人之辩难，竟是旗鼓相当，难分高下。最后是听者的反应，当时似乎领略了支遁之意，但过后仍然搞不明白。本文则围绕听者的反应来写，听支遁之一义，"莫不厌心"，听许询之一难，"莫不抃舞"，然而听众仅仅赞叹"二家之美"而已，至于二家的"理之所在"却分辨不出来，以此来烘托支、许二人令人折服之超群辩才。

四十一

谢车骑在安西艰中①，㊀林道人往就语②，将夕乃退。有人道上见者，问云："公何处来？"答云："今日与谢孝剧谈一出来③。"㊁

【今译】谢玄在为父亲守丧期间，支遁去他家与他清谈，将近傍晚才告退。有人在路上遇见他，问道："您从哪里来？"支遁答道："今天是与谢孝子畅谈一番回来的。"

【刘孝标注】㊀ 安西，谢奕，已见。　㊁《玄别传》曰："玄能清言，善名理。"

【注释】① 谢车骑：谢玄，见《言语》七十八注③(页84)。安西：谢奕，谢玄之父，谢安兄。见《德行》三十三注①(页23)。艰中：谢玄在父丧的居丧期中。艰，指父母之丧。　② 林道人：支遁。　③ 谢孝：谢孝子，指谢玄。为父母守丧穿孝服期间，称孝子。剧谈：畅谈。一出：一番，一次。

【评析】谢玄为父亲服丧期间，支遁去他家清谈，直至日落西山方散。《孝经》曰："孝子之事亲也，居则致其敬……丧则致其哀。"谢玄与支遁谈玄不可能"致哀"，是不合礼法的。于此可知当时谈玄风气是何等盛行，以至名士对礼法毫不在意！

四十二

支道林初从东出①，住东安寺中②，㊀王长史宿构精理③，并撰其才藻④，

《世说新语》详解

往与支语,不大当对⑤。王叙致作数百语,自谓是名理奇藻⑥。支徐徐谓曰:"身与君别多年⑦,君义言了不长进⑧。"王大惭而退。

【今译】支遁刚从会稽到建康,住在京城东安寺中,王濛预先构思了精深的玄理,并且选好了富有才思的辞藻,到支遁那里与支遁谈论玄理,却不能与其匹敌。王濛叙述旨趣事理,说了几百句,自以为是玄理中的奇妙言辞。支遁慢条斯理地说:"我与您分别多年,您的义理之言全然没有长进。"王濛大感惭愧地告退了。

【刘孝标注】㊀《高逸沙门传》曰:"遁居会稽,晋哀帝钦其风味,遣中使至东迎之。遁遂辞丘壑,高步天邑。"

【注释】① 东:指在京都建康东面。当时支遁在会稽,故称。 ② 东安寺:寺名,在今江苏南京。 ③ 王长史:王濛,见《言语》五十四注④(页70)。宿构:预先构想,计划。精理:精深之理。 ④ 撰(xuǎn):通"选"。才藻:才思文采。 ⑤ 当对:相当,相匹敌。 ⑥ 叙致:叙述旨趣事理。名理:考核名实和辨名析理之学,魏晋清谈的一种思潮。 ⑦ 身:第一人称代词。 ⑧ 义言:义理之言论。了:全。

【评析】魏晋时人好像爱说"长进"字样,《言语》六十六写王濛与刘惔别后相见,王濛就对刘惔说"卿更长进"。王濛虽是玩笑话,但颇有居高临下之势,而刘惔也并不介意,反而借此标榜自己"若天之自高耳"。本文中支遁更加高人一头,对论辩中败下阵来的王濛说得更加不客气:"君义言了不长进",这次王濛被说得"大惭而退"。

四十三

殷中军读《小品》①,㊀下二百签②,皆是精微,世之幽滞③。尝欲与支道林辩之,竟不得。今《小品》犹存。㊁

【今译】殷浩读《小品》,在书中加了两百多个书签作标记,都是些精妙微细、世人感到深奥难通的地方。他曾经想与支遁辩论这些问题,竟然未能如愿。现在《小品》还在。

【刘孝标注】㊀释氏《辨空经》有详者焉,有略者焉。详者为《大品》,略者为《小品》。 ㊁《高逸沙门传》曰:"殷浩能言名理,自以有所不达,欲访之于遁,遂邂逅不遇,深以为恨。其为名识赏重,如此之至焉。"《语林》曰:"浩于佛经有所不了,故遣人迎林公。林乃虚怀欲往,王右军驻之曰:'渊源思致渊富,既未易为敌,且己所不解,上人未必能通。纵复服从,亦名不益高;若佻脱不合,便丧十年所保。可不须往。'林公亦以为然,遂止。"

【注释】① 殷中军:殷浩,见《政事》二十二注①(页115)。《小品》:详见刘注。 ② 签:作用类似书签,读经时有疑难处,即加签作标记。 ③ 幽滞:深奥难通。

【评析】殷浩和支遁都是谈玄的高手,本篇多处写到他们与诸多名士论辩的情景。殷浩曾使谢尚"流汗交面"(二十八则),使刘惔"理如小屈"(二十六则),与庾亮谈论"达三更",使亮如闻"正始之音"(二十二则)。只有一次"小屈"于刘惔的记载(三十三则)。支遁与人谈玄论理则更是无往而不胜。本文写殷浩在读《小品》的过程中,标出两百处世人难解之处,欲与支遁论辩,却始终找不到机会。可知清谈之士相互间争胜的欲望是很强烈的。

四十四

佛经以为祛练神明①,则圣人可致②。⊖简文云③:"不知便可登峰造极不④? 然陶练之功⑤,尚不可诬。"

【今译】佛经认为去除烦恼,修炼智慧,就可以成佛了。简文帝说:"不知道立刻就可以达到登峰造极的境界吗? 然而陶冶修炼的功效,还是不可以抹杀的。"

【刘孝标注】⊖ 释氏经曰:"一切众生,皆有佛性,但能修智慧,断烦恼,万行具足,便成佛也。"

【注释】① 祛(qū)练:指去除烦恼,修炼智慧。祛,去除。神明:精神。 ② 圣人:指佛。佛教认为佛是智慧最卓越、人格最完善、能力最高强的人。致:达到。 ③ 简文:简文帝司马昱。 ④ 不(fǒu):同"否"。 ⑤ 陶练:陶冶修炼。

【评析】简文帝身为皇帝,毫无济世大略,谢安称其为"惠帝之流",只是尚能清谈,颇有名士风度而已。从本文他说的话,可知他对佛的境界还是向往的,最好是"便可登峰造极",即刻成佛。刘注引佛经谓众生皆有佛性,但应修智慧,断烦恼,万行具足,才能成佛,可见"祛练神明"是成佛的必由之路。从简文帝的"便可登峰造极不"之问,亦可知其缺乏"陶练"的决心。

四十五

于法开始与支公争名①,后情渐归支②,意甚不分③,遂遁迹剡下④。遣弟子出都⑤,语使过会稽。于时支公正讲《小品》。开戒弟子:"道林讲,比汝至⑥,当在某品中⑦。"因示语攻难数十番⑧,云:"旧此中不可复通。"弟子如言诣支公。正值讲,因谨述开意,往反多时,林公遂屈,厉声曰:"君何足复受人寄载来⑨!"⊖

【今译】于法开当初与支遁争名,后来大家的心意都归向支遁,他心里很不服气,便隐居到剡县。他派弟子法威到京都去,告诉弟子要经过会稽。当时支遁正在讲《小品》。于法开告诫弟子说:"支遁正在宣讲佛经,等你到了那里时,该当讲到某一章了。"于是就为弟子演示驳斥非难的问题有几十个回合,并说:"这些问题老的说法是不可能讲通的。"弟子按照他的话去拜访支遁。正好碰到支遁在宣讲,于是他就小心地陈述了于法开的意见,与支遁反复论辩很久,支遁终于败下阵来,厉声说:"你何必受人指使呢!"

【刘孝标注】⊖《名德沙门题目》曰:"于法开,才辩从横,以数术弘教。"《高逸沙门传》曰:"法开初以义学著名,后与支遁有竞,故遁居剡县,更学医术。"

【注释】① 于法开:东晋高僧,才辩纵横,擅长讲《放光经》、《法华经》。妙通医法,与谢安友善。常与支遁争论即色空义(《高僧传》本传)。 ② 情:指人心。支:支遁。 ③ 分(fèn):不平,不服气。 ④ 遁迹:指隐居。剡(shàn)下:剡县,今浙江嵊县。 ⑤ 弟子:名法威。《高僧传》卷四《于汉开传》："开有弟子法威，清悟有枢辩。"出都：往京都。　⑥ 比(bǐ)：及，等到。
⑦ 品：佛家经论之篇章。　⑧ 攻难(nàn)：驳斥非难。数十番：数十次，数十个回合。番，一次，一来一往，一个回合。　⑨ 寄载：指受人委托。

【评析】于法开和支遁都是当时的高僧，但于法开的名声不及支遁大。为了赌这口气，于法开隐居剡县，深入经藏，力求在与支遁的论辩中占上风。他的弟子法威"清悟有枢辩"（《高僧传》卷四《于法开传》），具有与支遁对抗的能力，于是他就让弟子法威来担当与支遁争胜的角色。他预先精心设计好论辩的内容和步骤。支遁在明处，他在暗处，后来"果如open言"（同上），"林公遂屈"。这是支遁难得一次的败阵。聪明透顶的支遁深知法威所说得自师父的设计与授意，否则自己是不会败北的，故情急之下厉声责问法威。

四十六

　　殷中军问①："自然无心于禀受②，何以正善人少③，恶人多？"诸人莫有言者。刘尹答曰④："譬如写水着地⑤，正自纵横流漫⑥，略无正方圆者。"一时绝叹，以为名通⑦。㊀

【今译】殷浩问："大自然本来无心授予人某种品性，为何偏偏是善人少，恶人多呢？"众人没有一个说话的。刘惔回答说："譬如把水倾泻在地上，仅仅是自然地四处纵横流淌，一点也没有恰好是方的或圆的形状。"当时人极为赞赏此话，认为是名言。

【刘孝标注】㊀《庄子》曰："天籁者，吹万不同，而使其自已也。"郭子玄注曰："无既无矣，则不能生有；有之未生，又不能为生。然则生生者谁哉？块然而自生耳，非我生也。我不生物，物不生我，则自然而已，然谓之天然，天然非为也。故以天言之，所以明其自然故也。"

【注释】① 殷中军：殷浩，见《政事》二十二注①（页115）。　② 自然：天然，大自然。禀受：承受，领受，原指人从大自然承受的体性或气质。这里指大自然授予人以某种气质、品性。③ 正：恰好，偏偏。　④ 刘尹：刘惔，见《德行》三十五注①（页24）。　⑤ 写：通"泻"。⑥ 正：止，仅。　⑦ 名通：名言，名论。通，解说义理，使其通畅。晋、宋时人以讲经谈理通畅者，都称为通。

【评析】本篇三十三写殷浩至刘惔处清谈，殷"理小屈"，不敌刘惔。据《晋书》本传，刘惔尤好老庄，任自然趣。本文写殷浩问何以善人少恶人多，四座无人作答，刘惔以水泻地并无一定的形状，来譬喻人之秉性各自不同，不是自然有意赐予的，这话正是他"尤好老庄，任自然趣"的具体表现，故深得四座赞叹，被誉为名言。

四十七

　　康僧渊初过江①，未有知者，恒周旋市肆②，乞索以自营③。忽往殷渊源许④，值盛有宾客，殷使坐，粗与寒温⑤，遂及义理⑥，语言辞旨⑦，曾无愧色，领略粗举⑧，一往参诣⑨。由是知之⑩。㊀

【今译】康僧渊刚刚过江时，没有什么人知道他，常常出入集市，靠乞讨自谋营生。一天他突然到殷浩那里去，正遇到殷家宾客盈门，殷浩让他入座，稍稍与他寒暄几句，便讲到了玄学名理的论题。康僧渊在言谈中，无论是语言还是言辞之意趣，比起他人来，毫无愧色，他凭着领悟能力，略加阐释，就直接达到了玄理的最高境界。从此大家就都知道他了。

【刘孝标注】㊀ 僧渊氏族所出未详，疑是胡人。尚书令沈约撰《晋书》，亦称其有义学。

【注释】① 康僧渊：东晋名僧，本为西域人，生于长安，晋成帝时过江，后与殷浩交往清谈。在豫章山立寺讲经，听者云集。 ② 周旋：指出入，来往。市肆：市场，集市。 ③ 乞索：乞讨。自营：自己谋生。 ④ 殷渊源：殷浩，见《政事》二十二注①（页115）。许：处所。 ⑤ 寒温：寒暄，见面时谈天气冷暖之类的应酬话。 ⑥ 义理：指玄学名理。 ⑦ 辞旨：言谈之意趣。 ⑧ 领略：领会，理会。粗举：粗略阐释。 ⑨ 一往参诣：指直接进入玄理的至高境界。参，探究并领会。诣，学术所达到的境界。

【评析】《高僧传》卷四本传亦记此事，只是写与殷浩论辩的文字有异，可资比较。有曰："浩始问佛经深远之理，却辩俗书性情之义。自昼至曛，浩不能屈，由是改观。"

四十八

殷、谢诸人共集①。㊀谢因问殷："眼往属万形②，万形来入眼不③？"㊁

【今译】殷浩、谢安诸人一起聚会，谢安便问殷浩："眼睛去注视万物的形状，万物会进入眼睛中来吗？"

【刘孝标注】㊀ 殷浩、谢安。 ㊁《成实论》曰："眼识不待到而知，虚尘假空与明，故得见色。若眼到色到，色间则无空明。如眼触则不能见彼，当知眼识不到而知。"依如此说，则眼不往，形不入，遥属而见也。谢有问，殷无答，疑阙文。

【注释】① 殷、谢：殷浩、谢安。 ② 属(zhǔ)：注目，注意看。万形：万物的形状。 ③ 不：同"否"。

【评析】本文写谢安就眼识能否见物提出问题，即没下文。刘注谓"谢有问，殷无答，疑阙文"，此话未必恰当。《成实论》为鸠摩罗什所译，在后秦王姚兴时译成于长安，约当东晋安帝隆安五年(401)至义熙四年(408)，此时谢安已死多年。谢安未能看到全豹，大约只是从其他僧人处听说有关眼识的经文，故提出问题。而殷浩也未必能回答，故有问无答亦并非不可能。刘孝标处在梁武帝时代，正是佛教兴盛期，故引用《成实论》有关眼识的章节加以补充。不过所引之文与原文略有不同，且有缺失之处，可参《大正藏》第三十二卷268页。

四十九

人有问殷中军①："何以将得位而梦棺器②，将得财而梦矢秽③？"殷曰："官本是臭腐，所以将得而梦棺尸；财本是粪土，所以将得而梦秽污。"时人以为名通④。

【今译】有人问殷浩："为什么将要得到官职时就会梦见棺材？将要得到钱财就会梦见

粪便等秽物?"殷浩说:"官职本是发臭腐烂之物,所以将得到官职就会梦见棺材中的尸体;钱财本是粪土一类,所以将得到时就会梦见污秽之物。"当时人都认为是名言。

【注释】① 殷中军:殷浩。 ② 得位:指得到官位。棺器:棺材。 ③ 矢:通"屎"。 ④ 名通:名言,名论。

【评析】《晋书》殷浩本传谓"浩识度清远"、"好《老》、《易》",本文所写亦载入传中。其将官职与钱财喻为"臭腐"与"粪土",识见不凡,无愧"清远"之誉。《晋书·艺术·索统传》则载索充将梦棺之事请善于解梦之索统为之解释。有曰:"索充初梦天上有二棺落充前。统曰:'棺者,职也,当有京师贵人举君。二官者,频再迁。'俄而司徒王戎书属太守使举充,太守先署充功曹而举孝廉。"殷浩以官职为臭腐作解,此则以"棺、官"相同为说,二者的境界完全不同。

五十

殷中军被废东阳①,㊀始看佛经。初视《维摩诘》②,㊁疑"般若波罗密"太多③;后见《小品》④,恨此语少。㊂

【今译】殷浩被削职为民住在东阳,才开始看佛经。初看《维摩诘经》时,为"般若波罗密"这话太多而疑惑不解;后来读了《小品》经,又为这话太少而感到遗憾。

【刘孝标注】㊀浩黜废事,别见。 ㊁僧肇注《维摩经》曰:"维摩诘者,秦言净名。盖法身之大士,见居此土以弘道也。" ㊂波罗密,此言到彼岸也。经云:"到者有六焉:一曰檀,檀者,施也;二曰毗黎,毗黎者,持戒也;三曰羼提,羼提者,忍辱也;四曰尸罗,尸罗者,精进也;五曰禅,禅者,定也;六曰般若,般若者,智慧也。然则五者为舟,般若为导。导则俱绝有相之流,升无相之彼岸也。故曰波罗密也。"渊源未畅其致,少而疑其多;已而究其宗,多而患其少也。

【注释】① 殷中军:殷浩。被废东阳:指殷浩被废为庶人,徙居东阳(今浙江金华)。详见《政事》二十二注①并刘注㊀(页115)。 ②《维摩诘》:佛经名。全称为《维摩诘所说经》,亦称《维摩诘经》。通行鸠摩罗什译本,三卷(见《大正藏》第十四卷)。主要阐扬大乘般若性空思想,认为达到解脱境界不一定要过严格的出家修行生活,关键在于主观修养。维摩诘,简称维摩,是一位与释迦牟尼同时代的居士,极善应机化导。曾以称病为由,向释迦牟尼派来问病的舍利弗、文殊等阐扬大乘佛教的深奥义理,为佛典中现身说法的代表人物。 ③ 般若波罗密:梵文音译,般若义为智慧,波罗密义为到彼岸。意为智慧如船,能将众生从生死之此岸,渡到不生不灭之涅槃彼岸。 ④《小品》:指《道行经》,见本篇三十注③(页135)。

【评析】对佛教术语,刘注引佛经予以解释。所说之檀、毗黎等均为梵语音译,合称为"六度"、"六波罗密",指可以生死苦恼此岸得渡到涅槃安乐彼岸的法门。汉译为布施、持戒、忍辱、精进、禅定、般若,前五者为船,后者为导。当殷浩初读佛经时,一知半解,所以即使经中并没有很多"般若波罗密"的话,他也疑其多。后来他推究经中主旨,懂得了多了,理解深了,即使"般若波罗密"讲得多了,也怕它说得少了。从对一句"般若波罗密"的感觉多与少,可知殷浩对佛经逐步深入理解的情况。

五十一

支道林、殷渊源俱在相王许①,㊀相王谓二人:"可试一交言②,而才性殆是渊源崤函之固③，㊁君其慎焉！"支初作，改辙远之④；数四交，不觉入其玄中⑤。相王抚肩笑曰："此自是其胜场⑥，安可争锋！"

【今译】支遁、殷浩都在相王司马昱府中，司马昱对他们两人说："你们可以试着辩论玄理，而有关才性问题恐怕是殷浩像崤山、函谷关那样坚固难攻的强项，你可要小心啊！"支遁刚开始辩论时，改变话题远远避开才性问题；但是交锋了几个回合后，不知不觉地被引入了殷浩所擅长的玄理范围中。司马昱拍着支遁的肩膀说："这本来就是殷浩擅长的话题，你怎么能与他争锋斗强呢！"

【刘孝标注】㊀简文。 ㊁崤谓二陵之地；函，函谷关也。并秦之险塞，王者之居。左思《魏都赋》曰："崤、函，帝王之宅。"

【注释】① 支道林：支遁。殷渊源：殷浩。相王：简文帝司马昱，当时以会稽王居相位，故称。许：处所。 ② 交言：交谈，谈论玄理。 ③ 才性：才能与德性，见本篇五注①（页121）。殆：几乎，差不多。崤、函：崤山、函谷关。崤山位于河南省西部，函谷关位于河南灵宝东部，都是易守难攻的险要关隘。 ④ 改辙：指改变话题。辙，车辙，车行的一定路线。 ⑤ 玄中：指玄理范围中。 ⑥ 胜场：擅长的领域。

【评析】殷浩对才性这个当时热门的话题十分精通，在本篇三十四就说到过，谓："殷中军……于才性偏精，忽言及《四本》，便若汤池铁城，无可攻之势。"本文写支遁与殷浩辩论时，司马昱提醒他"才性殆是渊源崤、函之固"。支遁因此在开始交谈时有意地避开。可是到最后，仍然不知不觉被诱入殷浩所设定的才性玄理中。支遁精于佛经，也是辩才无碍的高僧，在殷浩面前却难以施展身手。这是他继于法开师徒之后的又一次败阵。

五十二

谢公因子弟集聚①，问："《毛诗》何句最佳②？"遏称曰③：㊀"昔我往矣，杨柳依依；今我来思，雨雪霏霏④。"公曰："讦谟定命，远猷辰告⑤。'㊁谓此句偏有雅人深致⑥。"

【今译】谢安趁着子弟们聚会时，问："《诗经》里哪一句最好？"谢玄称引道："昔我往矣，杨柳依依；今我来思，雨雪霏霏。"谢安说："讦谟定命，远猷辰告。"认为这句最具高雅之人的深远情致。

【刘孝标注】㊀谢玄小字，已见。 ㊁《大雅》诗也。毛苌注曰："讦，大也；谟，谋也；辰，时也。"郑玄注曰："猷，图也。大谋定命，谓正月始和，布政于邦国都鄙。"

【注释】① 谢公：谢安。因：趁。 ②《毛诗》：即《诗经》，是我国最早的诗歌总集。西汉初为《诗经》作注的有四家，以毛苌和毛亨所注最为盛行，流传至今，称为《毛诗》。 ③ 遏：谢玄，小字遏，谢安之侄。见《言语》七十八注③（页84）。 ④ "昔我往矣"四句：《诗经·小雅·采薇》中的四句诗。这首诗写士兵出征之苦及归途之所见所思。此四句写其回想当初出征时正值杨柳依依的初春，回家时已是大雪纷飞的严冬。依依，轻柔的样子。思，语末助词。霏霏，雪盛多的样子。 ⑤ "讦谟定命"两句：《诗经·大雅·抑》中的两句。这首诗写卫武公的自责自励。此两句谓：以伟大的谋略，安定国家的命运，有远大的政策，就随时宣告。讦（xū），大。谟（mó），计谋，谋略。猷（yóu），谋划。辰告，及时宣告。 ⑥ 偏：特别，最。雅人：高雅之人。深致：深远的情致。

【评析】谢玄于四十一岁时率军大破苻坚于淝水,是一位智勇双全的将才。他少时颖悟,"好佩紫罗香囊"(《晋书》本传)。当谢安问"子弟亦何豫人事,而正欲使其佳"时,"诸人莫有言者",而谢玄则谓"譬如芝兰玉树,欲使其生于庭阶耳"(《言语》九十二)为喻,足见其深有文学修养。本文其所称之四句诗,情景交融,是"以乐景章写哀,以哀景写乐,一倍增其哀乐"(王夫之《姜斋诗话》卷上)的范例。谢玄特拈出这四句,可谓独具会心。而谢安,却偏标举出"讦谟定命"两句,可知其以家国为念的政治家风度。

五十三

张凭举孝廉①,出都,负其才气②,谓必参时彦③。欲诣刘尹④,乡里及同举者共笑之。张遂诣刘,刘洗濯料事⑤,处之下坐,唯通寒暑,神意不接。张欲自发无端⑥。顷之,长史诸贤来清言⑦,客主有不通处,张乃遥于末坐判之⑧,言约旨远⑨,足畅彼我之怀,一坐皆惊。真长延之上坐,清言弥日,因留宿至晓。张退,刘曰:"卿且去,正当取卿共诣抚军⑩。"张还船,同侣问何处宿,张笑而不答。须臾,真长遣传教觅张孝廉船,同侣惋愕⑪。即同载诣抚军,至门,刘前进谓抚军曰:"下官今日为公得一太常博士妙选⑫。"既前,抚军与之话言,咨嗟称善⑬,曰:"张凭勃窣为理窟⑭。"即用为太常博士。○

【今译】张凭被荐为孝廉后,来到京都,他凭借自己的才气,认为必定能置身于当时才学名流之列。他想去拜访刘惔,同乡人及同时被举荐的孝廉都笑话他。张凭于是就去拜访刘惔,刘惔正在洗濯处理一些事务,把他安排在下座,只是与他寒暄了几句,神情意态之间并不把他放在眼里。张凭想自己引出话题却没有头绪。不久,王濛等众名士都来清谈,主客双方有搞不通的地方,张凭就远远地在下座加以分析评判,言语简要含义深远,足以使彼此之间的胸怀感到舒畅痛快,满座宾客都很惊讶。刘惔就请张凭到上座来坐,清谈了一整天,又留他住宿到天亮。张凭告辞,刘惔说:"您暂且回去,我即将邀请您同去拜访抚军。"张凭回到船上,同伴们问他在哪里住宿,张凭笑而不答。不多久,刘惔派了郡吏找到张凭的船,同伴们都叹惜惊讶。刘惔就和张凭同乘一辆车去拜访抚军司马昱,到了门口,刘惔先进去对抚军说:"我今天为您觅得一位太常博士最佳的人选。"张凭就上前拜见,抚军与他谈话,赞叹称好,说:"张凭才华横溢,义理集于一身。"立即任用他为太常博士。

【刘孝标注】○ 宋明帝《文章志》曰:"凭字长宗,吴郡人。有意气,为乡闾所称。学尚所得,敏而有文。太守以才选举孝廉,试策高第,为惔所举,补太常博士,累迁吏部郎、御史中丞。"

【注释】① 张凭:详见刘注。孝廉:汉代以后选官吏的一种科目,州郡每年可荐举孝顺父母和清廉者各一名,经考核后授以一定的官职。 ② 负:倚靠,仗恃。 ③ 参:参与,加入。时彦:当时有才学之士。 ④ 刘尹:刘惔,字真长,官丹阳尹,故称。 ⑤ 洗濯(zhuó):清洗。料事:料理事务。 ⑥ 自发:自己引发话题。端:头绪。 ⑦ 长史:指王濛,见《言语》五十四注④(页70)。 ⑧ 判:评判。 ⑨ 言约旨远:言语简要而含义深远。 ⑩ 正当:即将,将要。抚军:指简文帝,曾任抚军大将军,故称。 ⑪ 传教:郡吏,传达教令者,故称。惋愕:叹惜惊讶。 ⑫ 太常博士:官名,定礼仪,行礼时导引帝王等。妙选:最好的人选。 ⑬ 咨嗟:赞叹之意。 ⑭ 勃窣(sū):形容才华由内而外迸发而出。理窟:富于义理,集于一身之意。

【评析】一席清谈使得才气横溢的张凭从默默无闻之士一跃而为刘惔的座上宾,得到时彦的赞赏,受到抚军的器重,立即委以太常博士之职。本文写来层次分明,生动如绘,引人入胜。

五十四

汰法师云①:"六通三明同归②,正异名耳③。"㊀

【今译】 法汰法师说:"'六通'、'三明',同一归向,只是名称不同而已。"

【刘孝标注】 ㊀《安法师传》曰:"竺法太者,体器弘简,道情冥到,法师友而善焉。"一说法汰即安公弟子也。经云:"六通者,三乘之功德也。一曰天眼通,见远方之色;二曰天耳通,闻障外之声;三曰身通,飞行隐显;四曰它心通,水镜万虑;五曰宿命通,神知已往;六曰漏尽通,慧解累世。三明者,解脱在心,朗照三世者也。"然则天眼、天耳、身通、它心、漏尽,此五者,皆见在心之明也。宿命,则过去心之明也。因天眼发未来之智,则未来心之明也。同归异名,义在斯矣。

【注释】 ① 汰法师:竺法汰,东晋高僧。东莞(今山东莒县)人,少与道安同学。讲经深受欢迎,简文帝、王侯公卿莫不亲临听讲,声名远播。法师:对僧人的尊称。 ② 六通:佛家语,指六种神通:一为天眼通,能透视无碍;二为天耳通,听闻无碍;三为身通(一称神足通),飞行隐现,往来自在无碍;四为他心通,能知他人心念而无碍;五为宿命通,能知自身及六道众生之过去而无碍;六为漏尽道,断尽一切烦恼得自在无碍。三明:指六通中的宿命、天眼、漏尽三通。一宿命明,知自身、他身宿世之生命相;二天眼明,知自身、他身未来之生死相;三漏尽明,知现在之苦相,断一切烦恼之智。归:趋向。 ③ 正:仅,只。

【评析】 "六通"、"三明"是佛教中得道的圣者所具有的神通和智慧。两者角度不同,故名称有异,其实质没有什么不同。可能当时清谈者各执一词,相持不下,而法汰只用一句话就予以澄清了。《高僧传》卷五本传称其"含吐蕴借,词若兰芳","开讲之日,黑白观听,士女成群",得到了谢安等的"钦敬"。

五十五

支道林、许、谢盛德共集王家①,㊀谢顾谓诸人:"今日可谓彦会②。时既不可留,此集固亦难常,当共言咏③,以写其怀④。"许便问主人:"有《庄子》不?"正得《渔父》一篇⑤。㊁谢看题,便各使四坐通⑥。支道林先通,作七百许语,叙致精丽,才藻奇拔⑦,众咸称善。于是四坐各言怀毕,谢问曰:"卿等尽不?"皆曰:"今日之言,少不自竭。"谢后粗难⑧,因自叙其意,作万余语,才峰秀逸,㊂既自难干⑨,加意气拟托⑩,萧然自得⑪,四坐莫不厌心⑫。支谓谢曰:"君一往奔诣⑬,故复自佳耳。"

【今译】 支遁、许询、谢安等有美德的人士共同聚集在王濛家,谢安环顾四座对大家说:"今天可说是群贤聚会。时光既不可留驻,如此之雅会本来也难以常有,大家应当一起来谈论吟咏,以抒写各自的怀抱。"许询就问主人王濛:"有《庄子》吗?"主人拿来《庄子》正好翻到《渔父》一篇。谢安看到题目,就请四座各自阐发见解发表高论。支遁首先阐述,讲了七百多句话,叙述情致精细优美,才情辞藻都很秀异特出,大家都同声称好。于是四座之人各抒己见,完了以后,谢安问道:"诸位尽兴说完了吗?"诸人都说:"今天所说,很少有言不尽意的。"谢安随后粗略地加以驳难,于是就叙述了自己的意见,说了万余言,文才秀逸,既难以反驳,又加上意思气概有所寄托,显出潇洒得意的样子,令满座名士都感到心满意足。支遁对谢安说:"您说的话要言不烦,深中肯綮,所以自然佳妙无比。"

【刘孝标注】 ㊀许询、谢安、王濛。 ㊁《庄子》曰:"孔子游乎缁帷之林,休坐乎杏坛之上。孔子弦歌鼓琴,奏曲未半,有渔者下船而来,须眉交白,被发揄袂,行原以上,距陆而止。左手据膝,右手持颐以听。曲终而招子贡、子路语曰:'彼何为者也?'曰:'孔氏。'曰:'孔氏何治?'子贡曰:'服忠信,行仁义,饰礼乐,选人伦,孔氏之所治也。'曰:'有土之君欤?'曰:'非也。'渔父曰:'仁则仁矣,恐不免其身。'孔子闻而求问之,遂言八疵、四病,以诫孔子。" ㊂《文字志》曰:"安神情秀悟,善谈玄远。"

【注释】① 支道林:支遁,字道林。见《言语》四十五注②(页64)。许:许询,见《言语》六十九注②(页78)。谢:谢安,见《德行》三十三注④(页23)。盛德:美德。王家:王濛家。王濛,见《言语》五十四注④(页70)。 ② 彦会:贤士聚会。彦,对士的美称。 ③ 言咏:谈论吟咏。 ④ 写:抒发。 ⑤《渔父》:《庄子》中的一篇,写孔子与渔父对话,渔父劝诫孔子弃绝仁义礼乐,返真归朴。 ⑥ 通:解释,阐述。 ⑦ 才藻奇拔:才情和辞藻都很秀异特出。 ⑧ 粗难(nàn):粗略地加以驳难。 ⑨ 干:干犯,冒犯,指反驳。 ⑩ 拟托:比拟寄托。 ⑪ 萧然自得:潇洒得意的样子。 ⑫ 厌心:心满意足。厌,满足。 ⑬ 一往奔诣:指直接阐明要领,达到很高境界。

【评析】支遁、王濛、许询等都是一时名流,清谈高手,鲜有人能与之抗衡,但在谢安面前,却都不免逊色。支、王等都对《渔父》一篇提出自己的见解,支遁更得众人称赏,而最后说话的谢安却与众不同,不仅对上述诸人所说的提出驳难,且阐述个人独到之见。不但语言"才峰秀逸",令人难以企及,而且风度潇洒自得,使诸人获得精神上的满足。其实他四岁时就被誉为"风神秀彻"(《晋书》本传),及年长,其闲雅的风度更为诸名士所推服,本文所写仅为一例而已。

五十六

殷中军、孙安国、王、谢能言诸贤①,悉在会稽王许②。殷与孙共论《易象妙于见形》③,㊀孙语道合,意气干云,一坐咸不安孙理,而辞不能屈。会稽王慨然叹曰:"使真长来,故应有以制彼。"即迎真长,孙意已不如。真长既至④,先令孙自叙本理,孙粗说己语,亦觉殊不及向。刘便作二百许语,辞难简切⑤,孙理遂屈。一坐同时拊掌而笑⑥,称美良久。

【今译】殷浩、孙盛、王濛、谢尚等善于清谈的众名士,都在会稽王司马昱处聚会。殷浩与孙盛一起谈论《易象妙于见形论》,孙盛所说与义理相结合,便意气飞扬,傲视众人,满座名士都不同意他所说之理,但言辞上又不能使之屈服。会稽王感慨地叹息道:"如果刘惔来,就应该有办法制服他。"随即派人去迎接刘惔,孙盛感到自己不如刘惔。刘惔到后,先让孙盛自己叙述原来的义理,孙盛粗略地说了自己的意见,也感觉大大比不上先前所说的。刘惔于是就讲了两百多句话,言辞、驳难都简明贴切,孙盛理亏就被折服了。满座名士同时拍掌而笑,称赞了很久。

【刘孝标注】 ㊀其论略曰:"圣人知观器不足以达变,故表圆应于著龟;圆应不可为典要,故寄妙迹于六爻。六爻周流,唯化所适。故虽一画而吉凶并彰,微一则失之矣。拟器托象而庆咎交著,系器则失之矣。故设八卦者,盖缘化之影迹也。天下者,寄见之一形也。圆影备未备之象,一形兼未形之形。故尽二仪之道，不与《乾》、《坤》齐妙；风雨之变，不与《巽》、《坎》同体矣。"

【注释】① 殷中军：殷浩，见《政事》二十二注①（页 115）。孙安国：孙盛，见《言语》四十九注①（页 67）。王：王濛，见《言语》五十四注④（页 70）。谢：谢尚，见《言语》四十六注①（页 65）。② 会稽王：简文帝司马昱曾封会稽王，故称。许：指住所。 ③《易象妙于见形》：《晋书·孙盛传》作《易象妙于见形论》，孙盛作，全文已佚，唯存刘注所引部分。 ④ 真长：刘惔。⑤ 辞难：言辞驳难。简切：简明贴切。 ⑥ 拊掌：拍掌。拊（fǔ），拍。

【评析】本文所写之事亦见于《晋书·刘惔传》，文字简要，姑录之以资比较："以惔雅善言理，简文帝初作相，与王濛并为谈客，俱蒙上宾礼。时孙盛作《易象妙于见形论》，帝使殷浩难之，不能屈。帝曰：'使真长来，故应有以制之。'乃命迎惔。盛素敬服惔，及至，便与抗答，辞甚简至，盛理遂屈。一坐抚掌大笑，咸称美之。"惔传所写有几处似比本文清楚：一、本文谓殷与孙共论《易象妙于见形》，不如惔传交代孙盛作该文，司马昱使殷浩难之，前因后果明明白白。二、本文写孙盛在迎刘惔时，即"意己不如"，刘惔来后他只说了几句话，即"觉绝不及向"，不知其为何无端气馁？而惔传以"盛素敬服惔"一句话便说明其"理遂屈"不是偶然的。本文的结束语"称美"的对象是刘惔还是包括孙、刘二人，亦很难说清。应该说参与清谈的诸名士均为善言名理者，互相辩难虽甚激烈，而当理屈之时亦颇具名士风度，对事不对人，"抚掌大笑者"当包括孙、刘二人在内。彼此辩难，大笑开怀，此即清谈之乐也。

五十七

僧意在瓦官寺中①，㊀王苟子来②，㊁与共语，便使其唱理③。意谓王曰："圣人有情不？"王曰："无。"重问曰："圣人如柱邪？"王曰："如筹算④。虽无情，运之者有情。"僧意云："谁运圣人邪？"苟子不得答而去。㊂

【今译】僧意在瓦官寺中，王修来到，与他一起清谈，就请他先发表玄理。僧意对王修说："圣人有感情吗？"王修道："没有。"又问道："圣人像柱子吗？"王修说："像筹码，虽然没有感情，运用它的人却是有情的。"僧意道："那又是谁来运用圣人呢？"王修回答不出来就离开了。

【刘孝标注】㊀未详僧意氏族所出。 ㊁苟子，王修小字。 ㊂诸本无僧意最后一句，意疑其阙。庆校众本皆然，唯一书有之，故取以成其义。然王修善言理，如此论特不近人情，犹疑斯文为谬也。

【注释】① 僧意：东晋僧人，生不详。 ② 王苟子：王修，见本篇三十八刘注（页 139）。③ 唱理：首先谈论玄理。唱，通"倡"。 ④ 筹算：计算用的筹码。

【评析】王修十三岁就作《贤人论》（本篇八十三，《晋书》本传作"年十二作《贤全论》"）。其父王濛以此论示刘惔，并赞其"足以参微言"（《晋书》本传），认为其善参玄理。王修还得到支遁的赞赏，誉为"超悟人"（《赏誉》一二三）。本文写僧意连续问了王修几个问题，最后王修竟然回答不出来而败阵，说明僧意之驳难更胜一筹。

五十八

司马太傅问谢车骑①："惠子其书五车②，何以无一言入玄？"谢曰："故当

是其妙处不传。"㊀

【今译】司马道子问谢玄:"惠施著书有五车之多,为什么没有一个字涉及玄理?"谢玄说:"或许是其中奥妙之处没有流传下来之故吧。"

【刘孝标注】㊀《庄子》曰:"惠施多方,其书五车,其道舛驳,其言不中。谓卵有毛,鸡三足,马有卵,犬可为羊,火不热,目不见,龟长于蛇,丁子有尾,白狗黑,连环可解。能胜人之口,不能服人之心,盖辩者之囿也。"

【注释】① 司马太傅:司马道子,见《言语》九十八注①(页95)。谢车骑:谢玄,见《言语》七十八注③(页84)。 ② 惠子:惠施,战国时宋人,哲学家,名学的代表人物,与庄子为友。知识渊博,以善辩为名,对先秦逻辑学的发展有贡献。有《惠子》一书,已佚,仅散见于《庄子》、《荀子》等书。其书五车:形容惠施读书著书之多。

【评析】本文写司马道子和谢玄的对话,讨论惠施为何没有谈及玄理,谢玄认为可能是年久失传之故。这个推测不无道理。惠施的言论散见于《庄子》、《荀子》等书中,《庄子·天下》所引保留了惠施较多的资料,弥足珍贵。刘注所引当中一些话是惠施之言,开头四句与结尾三句是庄子的看法。认为其学术广博,著作数量多,道理驳杂,言辞也不中肯,能够胜过人之口,却不能折服人之心,这是辩言的局限。刘注引录虽简,却把惠施的主要观点及庄子的看法介绍出来了。

五十九

殷中军被废①,徙东阳,大读佛经,皆精解,唯至事数处不解②。㊀遇见一道人③,问所签④,便释然⑤。

【今译】殷浩被罢官废为庶人后,迁居东阳,大量阅读佛经,都能精通理解,只有读到带有数字的术语时不能理解。后遇见一位僧人,向他请教作有记号的疑难问题,心中的疑惑便消除了。

【刘孝标注】㊀ 事数,谓若五阴、十二入、四谛、十二因缘、五根、五力、七觉之属。

【注释】① 殷中军:殷浩。被废:见本篇五十注①(页146)。 ② 事数:佛教术语。刘注谓"五阴、十二入、四谛、十二因缘、五根、五力、七觉之属"。 ③ 道人:即和尚。 ④ 签:类似书签,读经时有疑难,即加签作记号。 ⑤ 释然:心中疑问消除的样子。

【评析】殷浩被削职为民后,便一心向佛,研读佛经。但是佛典中艰深的名词术语索解甚难,他便做了标记。一旦遇见精研佛典的僧人,便虚心求教,心中积聚的疑问终于冰释。足见其好学不倦的精神。

六十

殷仲堪精核玄论①,人谓莫不研究。殷乃叹曰:"使我解《四本》②,谈不翅尔③。"㊀

【今译】殷仲堪精心考察研究玄学理论，人们说他没有什么不研究的。殷仲堪却感慨地说："假使我能够解释《四本》，我的谈论就不只是现在这样了。"

【刘孝标注】㊀周祗《隆安记》曰："仲堪好学而有理思也。"

【注释】① 殷仲堪：见《德行》四十注①（页27）。精核：精心考察。 ②《四本》：钟会所作，论说才性同、异、合、离等问题。 ③ 不翅：不只，不止。翅，同"啻"。尔：如此。

【评析】刘注引文谓殷仲堪"好学而有理思"，其研究玄学成就深为人们所佩服。而他仍认为自己对钟会的《四本论》尚未透彻理解，故难以深入地谈玄论理，可知其对玄学理论之好学不倦。本篇六十三写其谓自己三日不读《道德经》，便觉舌根僵硬，亦体现其研读玄学精进不已的精神。

六十一

殷荆州曾问远公①：㊀"《易》以何为体②？"答曰："《易》以感为体③。"殷曰："铜山西崩④，灵钟东应，便是《易》耶？"㊁远公笑而不答。

【今译】殷仲堪曾经问慧远："《周易》以什么为本体？"慧远答道："《周易》以感应为本体。"殷仲堪说："铜山在西边崩塌了，灵钟在东边就有感应，这就是《周易》吗？"慧远笑而不答。

【刘孝标注】㊀张野《远法师铭》曰："沙门释惠远，雁门楼烦人。本姓贾氏，世为冠族。年十二，随舅令狐氏游许、洛。年二十一，欲南渡就范宣子学，道阻不通，遇释道安，以为师，抽簪落发，研求法藏。释昙翼每资以灯烛之费。诵鉴淹远，高悟冥赜。安常叹曰：'道流东国，其在远乎？'襄阳既没，振锡南游，结宇灵岳。自年六十，不复出山。名被流沙，彼国僧众皆称汉地有大乘沙门，每至，然香礼拜，辄东向致敬。年八十三而终。" ㊁《东方朔传》曰："孝武皇帝时，未央宫前殿钟无故自鸣，三日三夜不止。诏问太史待诏王朔，朔言：'恐有兵气。'更问东方朔，朔曰：'臣闻铜者，山之子；山者，铜之母。以阴阳气类言之，子母相感，山恐有崩弛者，故钟先鸣。《易》曰："鸣鹤在阴，其子和之。"精之至也，其应在后五日内。'居三日，南郡太守上书言山崩，延袤二十余里。"《樊英别传》曰："汉顺帝时，殿下钟鸣。问英，对曰：'蜀岷山崩，山于铜为母，母崩子鸣，非圣朝灾。'后蜀果上山崩，日月相应。"二说微异，故并载之。

【注释】① 殷荆州：殷仲堪，见《德行》四十注①（页27）。远公：慧远（334—416），东晋高僧。本姓贾，雁门楼烦（今山西宁武附近）人。早年博通六经，尤善庄老，后从道安出家。四十八岁入庐山东林寺，广收弟子，弘扬般若学和禅学，使禅学流行于江南各地。相传于十八高贤共结莲社，同修净业，倡导净土法门，净土宗尊为初祖。 ② 体：本体。 ③ 感：感应，交感相应。 ④ "铜山西崩"两句：刘注引《东方朔传》，谓汉武帝时未央宫前殿钟无故自鸣，东方朔称系阴阳之气相感所致，不出三日蜀山崩，果然应验。又引《樊英别传》谓汉顺帝时殿下之钟鸣，樊英称系蜀山崩造成的感应，后果然应验。

【评析】《高僧传》卷六《慧远传》谓其"少为诸生，博综六经，尤善庄老"，其对《周易》当亦深有造诣。本文写殷仲堪问慧远有关《周易》本体问题，远概括为一个"感"字，可谓言简而意赅。殷仲堪复举例问之，远笑而不答，即深表赞同之意。他们讨论《易》体的问题，《高僧传》卷六远本传亦有记载，谓："殷仲堪之荆州，过山展敬，与远共临北涧，论《易》体，移景不倦。"

六十二

羊孚弟娶王永言女①,㈠及王家见婿,孚送弟俱往。时永言父东阳尚在②,㈡殷仲堪是东阳女婿,亦在坐。㈢孚雅善理义③,乃与仲堪道《齐物》④,㈣殷难之。羊云:"君四番后当得见同⑤。"殷笑曰:"乃可得尽,何必相同。"乃至四番后一通。殷咨嗟曰:"仆便无以相异。"叹为新拔者久之⑥。

【今译】羊孚弟羊辅娶王永言的女儿为妻,等到王家要见女婿的时候,羊孚送弟弟一同到王家。当时王永言的父亲东阳太守王临之还在世,殷仲堪是王临之的女婿,也在座。羊孚极善谈论玄理,就与殷仲堪谈《庄子·齐物论》,殷仲堪对他加以驳难。羊孚说:"您到了四个回合后就会与我的见解相同了。"殷仲堪笑道:"我会一直辩到底,又何必要见解相同呢?"等辩难到四个回合以后见解竟然相通。殷仲堪叹息说:"我实在提不出什么不同的见解了。"他为羊孚新颖特出的见解而久久慨叹。

【刘孝标注】㈠ 孚弟,辅也。《羊氏谱》曰:"辅字幼仁,泰山人。祖楷,尚书郎。父绥,中书郎。辅仕至卫军功曹,娶琅邪王讷之女,字僧首。" ㈡《王氏谱》曰:"讷之字永言,琅邪人。祖彪之,光禄大夫。父临之,东阳太守。讷之历尚书左丞、御史中丞。" ㈢《殷氏谱》曰:"仲堪娶琅邪王临之女,字英彦。" ㈣《庄子》篇也。

【注释】① 羊孚:见《言语》一〇四刘注(页99)。弟:羊辅,详见刘注。王永言:王讷之,详见刘注。 ② 东阳:王临之,王永言之父,官东阳太守,故称。 ③ 雅:极,甚。 ④《齐物》:《庄子》篇名,一名《齐物论》。 ⑤ 番:遍数,回合。 ⑥ 新拔:新颖特出。

【评析】羊孚和殷仲堪都是雅善玄理者,殷的名望当时高于羊孚,可能有轻敌思想,而羊孚则根据殷仲堪之驳难,已料到四个回合后两人之见会趋向一致,故殷不服羊之言,认为他过于乐观了。谁知事情果如羊孚所料,四个回合后两人意见相通。殷仲堪倒也敢于面对事实,承认一致,并为羊孚的新颖特出的见解赞叹不已。可知其既善言理,且有服输的雅量。

六十三

殷仲堪云①:"三日不读《道德经》②,便觉舌本间强③。"㈠

【今译】殷仲堪说:"三天不读《道德经》,就觉得舌根发硬。"

【刘孝标注】㈠《晋安帝纪》曰:"仲堪有思理,能清言。"

【注释】① 殷仲堪:见《德行》四十注①(页27)。 ②《道德经》:即《老子》,道家的主要经典。 ③ 舌本:舌根。强(jiàng):僵硬,迟钝。

【评析】殷仲堪的话很有代表性,说明老庄思想在魏晋士人中极有影响。

六十四

提婆初至①,为东亭第讲《阿毗昙》②,㈠始发讲,坐裁半③,僧弥便云④:

"都已晓。"即于坐分数四有意道人⑤，更就余屋自讲。提婆讲竟，东亭问法冈道人曰⑥：㈡"弟子都未解，阿弥那得已解⑦？所得云何?"曰："大略全是，故当小未精核耳⑧。"㈢

【今译】僧加提婆初到京都时，在东亭侯王珣家为他讲《阿毗昙》。开讲后，才到中途，王珉就说："我全都明白了。"随即就在座上分出几位有见识的僧人，另外到其他屋中由自己来讲解。提婆讲完后，王珣问法冈和尚道："我都未能全部理解，他阿弥哪里就能都懂了呢？他到底懂了多少?"法冈说："大体上他都讲对了，只是还没有精细详尽地理解而已。"

【刘孝标注】㈠《出经叙》曰："僧伽提婆，罽宾人，姓瞿昙氏。俊朗有深鉴。苻坚至长安，出诸经。后渡江，远法师请译《阿毗昙》。"远法师《阿毗昙叙》曰："《阿毗昙心》者，三藏之要领，咏歌之微言。源流广大，管综众经，领其宗会，故作者以心为名焉。有出家开士字法胜，以《阿毗昙》源流广大，卒难寻究，别撰斯部，凡二百五十偈，以为要解，号之曰'心'。罽宾沙门僧伽提婆少玩斯文，因请令译焉。"《阿毗昙》者，晋言大法也。道标法师曰："《阿毗昙》者，秦言无比法也。"㈡法冈，未详氏族。㈢《出经叙》曰："提婆以隆安初游京师，东亭侯王珣迎至舍，讲《阿毗昙》。提婆宗致既明，振发义奥，王僧弥一听，便自讲，其明义易启人心如此。未详年卒。"

【注释】① 提婆：僧伽提婆，东晋高僧。本姓瞿昙，西域罽宾国(今克什米尔一带)人。前秦建元(365—385)中来长安，与竺佛念共译《阿毗昙八犍度论》。后应慧远邀请至庐山，译出《阿毗昙心论》等。隆安元年(397)游京都，深得王公及风流名士的敬重。后重译《中阿含经》。所译众经百余万言。② 东亭：王珣，封东亭侯，故称。见《言语》一〇二注③(页98)。《阿毗昙》：即《阿毗达磨》，译为大法，无比法，系慧远邀请僧伽提婆共同译出，后称《阿毗昙心论》四卷，见《大正新修大藏经》卷二八。③ 裁：通"才"。④ 僧弥：王珉，小字僧弥，王珣之弟，见《政事》二十四注③(页116)。⑤ 数四：指三、四个人。有意道人：有见识的僧人。⑥ 法冈道人：东晋僧人名法冈，生世不详。⑦ 阿弥：即僧弥的昵称。⑧ 精核：精细详尽。

【评析】本文所写之事，《晋书·王珉传》和《高僧传》卷一《僧伽提婆传》亦有记载，内容稍异，详略不同。兹摘录于此，可作比较。《晋书·王珉传》曰："时有外国沙门，名提婆，妙解法理，为珉兄弟讲《毗昙经》。珉时年幼，讲未半，便云已解，即于别室与沙门法纲等数人自讲。法纲叹曰：'大义皆是，但小未精耳。'"《高僧传·僧伽提婆传》曰："隆安元年，来游京师，晋朝王公及风流名士莫不造席致敬。时卫军东亭侯琅邪王珣渊懿有深信，荷持正法，建立精舍，广招学众。提婆既至，珣即延请，仍于其舍讲《阿毗昙》。名僧毕集，提婆宗致既精，词旨明晰，振发义理，众咸悦悟。时王弥亦在座听，后于别屋自讲。珣问法纲道人：'阿弥所得云何？'答曰：'大略全是，小未精核耳。'其敷析之明易启人心如此。"

六十五

桓南郡与殷荆州共谈①，每相攻难②，年余后但一两番，桓自叹才思转退③，殷云："此乃是君转解④。"㈠

【今译】桓玄与殷仲堪一起谈论玄理，常常互相辩驳诘难，过了一年多以后再谈论时，只不过辩驳诘难一两次而已，桓玄自己感叹才思逐渐减退，殷仲堪说："这是您理解力逐渐提高之故。"

【刘孝标注】㊀ 周祗《隆安记》曰："玄善言理，弃郡还国，常与殷荆州仲堪终日谈论不辍。"

【注释】① 桓南郡：桓玄，见《德行》四十一注①(页 28)。殷荆州：殷仲堪，见《德行》四十注①(页 27)。 ② 攻难：辩驳诘难。 ③ 才思：才气与思想。转：逐渐。

【评析】刘注引《隆安记》，谓桓玄常与殷仲堪终日谈论不辍，本文即可证桓殷谈论之进展状况，从"每相攻难"到"但一两番"。而桓玄对自己的玄言程度的提高并不明白，还以为自己才思减退了，殷仲堪指出其在谈论过程中理解力提高了，而不是什么才思减退了。殷仲堪毕竟是名噪当时的清谈高手，故能一言中的。

六十六

文帝尝令东阿王七步中作诗①，不成者行大法②。应声便为诗曰："煮豆持作羹，漉菽以为汁③。萁在釜下然④，豆在釜中泣。本自同根生，相煎何太急！"帝深有惭色。㊀

【今译】魏文帝曹丕曾经命令东阿王曹植在七步之间作一首诗，如果做不成就要问死罪。曹植应声就作成一首诗，曰："煮豆持作羹，漉菽以为汁。萁在釜下然，豆在釜中泣。本自同根生，相煎何太急！"魏文帝听了感到非常惭愧。

【刘孝标注】㊀《魏志》曰："陈思王植，字子建，文帝同母弟也。年十余岁，诵诗论及辞赋数万言。善属文，太祖尝视其文曰：'汝倩人邪？'植跪曰：'出言为论，下笔成章。顾当面试，奈何倩人？'时邺铜雀台新成，太祖悉将诸子登之，使各为赋。植援笔立成，可观。性简易，不治威仪。舆马服饰，不尚华丽。每见难问，应声而答。太祖宠爱之，几为太子者数矣。文帝即位，封鄄城侯，后徙雍丘，复封东阿。植每求试不得，而国亟迁易，汲汲无欢。年四十一薨。"

【注释】① 文帝：魏文帝曹丕，见《言语》十注②(页 41)。东阿王：曹植(192—232)，曾封为东阿王，故称。富于才学，为曹操宠爱。曹丕、曹睿相继为帝，备受猜忌，郁郁而死。又封陈王，谥号思，世称陈思王。善辞赋，原有集，已佚，后人辑有《曹子建集》。 ② 大法：指死刑。 ③ 漉(lù)：水慢慢渗下。菽：豆类。 ④ 萁(qí)：豆茎。

【评析】曹丕和曹植兄弟二人在文学上都很有成就。曹丕的《燕歌行》是我国文学史上现存最早的一首七言诗，《典论·论文》则是我国现存最早的文学批评专论。曹植五言诗的艺术成就更得到人们的高度赞扬。谢灵运赞美曹植的天才卓越为"天下才共有一石，曹子建独得八斗"(《蒙求集注》)。而在权力斗争上，曹丕和曹睿父子俩对曹植极尽迫害之能事，使得曹植过早地抑郁而终。

六十七

魏朝封晋文王为公①，备礼九锡②，文王固让不受。公卿将校当诣府敦喻③，司空郑冲㊀驰遣信就阮籍求文④。籍时在袁孝尼家⑤，㊁宿醉扶起，书札为之，无所点定⑥，乃写付使。时人以为神笔。㊂

【今译】魏朝封晋文王司马昭为晋公，准备颁赐给他九锡之礼，司马昭坚决辞谢不肯接受。朝中文武百官将到他府中去劝请，司空郑冲急忙派信使到阮籍处求他写一篇劝进的文章。阮籍当时在袁孝尼家，隔夜酣饮的余醉尚未消退即被扶起身来，在木札上书写文稿，一字不改，写定交给来使。当时人都认为他是神来之笔。

【刘孝标注】㊀冲，已见。　㊁《袁氏世纪》曰："准字孝尼，陈郡阳夏人。父涣，魏郎中令。准忠信居正，不耻下问，唯恐人不胜己也。世事多险，故恬退不敢求进。著书十万余言。"荀绰《兖州记》曰："准有俊才，太始中，位给事中。"　㊂顾恺之《晋文章记》曰："阮籍劝进，落落有宏致，至转说徐而摄之也。"一本注：阮籍《劝进文》略曰："窃闻明公固让，冲等眷眷，实怀愚心，以为圣王作制，百代同风，褒德赏功，其来久矣。周公藉已成之业，据既安之势，光宅曲阜，奄有龟、蒙。明公宜奉圣旨，受兹介福也。"

【注释】① 晋文王：司马昭，见《德行》十五注①（页11）。为公：封为晋公。　② 备礼九锡：魏王准备为之颁赐九锡之礼。九锡，古代帝王尊礼大臣所给的九种器物。汉末曹操掌朝政，汉献帝赐曹操九锡。后历代篡位者相袭沿用，成为建立新朝前的前奏曲。九种礼物为车马、衣服、乐器、朱户、纳陛、虎贲、弓矢、鈇钺、秬鬯（chàng，祭神用的酒）。　③ 敦喻：督促开导。　④ 司空：官名，三公之一，参谋国事。郑冲：见《政事》六注②。阮籍：见《德行》十五注①（页11）。求文：求阮籍写一篇劝说司马昭接受魏王赏赐之文。　⑤ 袁孝尼：袁准，见刘注。　⑥ 札：古代写字用的木片。点定：指改定文字。

【评析】有关司马昭受封事，《三国志·三少帝纪》裴注引《汉晋春秋》：高贵乡公曹髦"见威权日去，不胜其忿。乃召侍中王沈……谓曰：'司马昭之心，路人所知也。'"他深知司马昭图谋篡位，借封赐之机步步紧逼，不得不忍，不敢不封。据《三国志》本传和《晋书·文帝纪》，曹髦前后五次进封司马昭为公，赐九锡，而司马昭却偏偏"九让，乃止"、"又让不受"、"固辞"、"又固辞"。最后一次是景元四年（263）赐封，"公卿将校皆诣府喻旨，帝以礼辞让"，"司空郑冲率群官劝进"，司马昭这才终于"受命"（《晋书·文帝纪》）。阮籍的劝进文载入郑冲的奏言中。本文刘注略引开头结尾共十三句，顾恺之称其"落落有宏致，至转说徐而摄之也"（同上），本文更赞为"神笔"，都是过誉之词。其实不过是阮籍为"免杀身之祸"（陈寅恪《陶渊明之思想与清谈之关系》，《陈寅恪史学论文集》，上海古籍出版社1992年版）的应景文字而已。

六十八

　　左太冲作《三都赋》初成①，㊀时人互有讥訾②，思意不惬③。后示张公④，㊁张曰："此《二京》可三⑤，然君文未重于世，宜以经高名之士。"思乃询求于皇甫谧⑥，㊂谧见之嗟叹，遂为作叙。于是先相非贰者⑦，莫不敛衽赞述焉⑧。㊃

【今译】左思作《三都赋》刚完成时，当时就有人不断地加以讥刺诋毁，左思心里很不愉快。后来把赋拿给张华看，张华说："此赋可与《两都赋》、《二京赋》鼎足而三，但是现在您的文名尚未能为世人所重，应该通过享有盛名之士的推荐才好。"左思就去请教拜求皇甫谧，皇甫谧见了此赋后大为赞叹，于是为之作序。于是先前那些非议此赋的人，没有一个不恭恭敬敬地赞美称扬它。

【刘孝标注】㊀《思别传》曰："思字太冲，齐国临淄人。父雍，起于笔札，多所掌练，为殿中御史。思蚤丧母，雍怜之，不甚教其书学。及长，博览名文，遍阅百家。司空张华辟为祭酒，贾谧举为秘书郎。谧诛，归乡里，专思著述。齐王冏请为记室参军，不起，时为《三都赋》未成也。后数年，疾终。其《三都赋》改定，至终乃止。初作《蜀都赋》云：‘金马电发于高冈，碧鸡振翼而云披。鬼弹飞丸以礌礤，火井腾光以赫曦。’今无‘鬼弹’，故其赋往往不同。思为人无吏干，而有文才，又颇以椒房自矜，故齐人不重之。" ⊖张华，已见。 ⊜王隐《晋书》曰："谧字士安，安定朝那人，汉太尉嵩曾孙也。祖叔献，灞陵令。父叔侯，举孝廉。谧族从皆累世富贵，独守寒素。所养叔母叹曰：‘昔孟母以三徙成子，曾父以烹豕存教。岂我居不卜邻，何尔鲁之甚乎？修身笃学，自汝得之，于我何有？’因对之流涕，谧乃感激。年二十余，就乡里席坦受书，遭人而问，少有宁日。武帝借其书二车，遂博览。太子中庶子、议郎征，并不就，终于家。" ⊗《思别传》曰："思造张载，问岷、蜀事。交接亦疏。"皇甫谧西州高士，挚仲治宿儒知名，非思伦匹。刘渊林、卫伯舆并蚤终，皆不为思赋序注也。凡诸注解，皆思自为，欲重其文，故假时人名姓也。

【注释】① 左太冲：左思（约250—约305），见刘注。其貌不扬，且又口吃。但为文辞藻壮丽。曾官秘书郎，后退出仕途，专意典籍。其构思十年所作之《三都赋》，洛阳为之纸贵。《咏史》等诗作，亦深得好评。《三都赋》：赋篇名，分《蜀都赋》《吴都赋》《魏都赋》三篇，分别描写蜀都成都、吴都建业、魏都邺城的山川、风俗、物产等，见《文选》卷四、卷五、卷六。 ② 讥訾（zǐ）：讥刺诋毁。 ③ 不惬（qiè）：不愉快。 ④ 张公：张华。 ⑤《二京》：指班固的《两都赋》和张衡的《二京赋》。班、张二赋都是描写西汉都城长安和东汉都城洛阳的。 ⑥ 皇甫谧（mì，215—282）：见刘注，幼名静，号玄晏先生。晋武帝屡下诏征，都称病不就，终身不仕。中年患风痹，乃钻研医学，著有《甲乙经》，总结了此前针灸学成就。 ⑦ 非贰：非议。 ⑧ 敛衽（rèn）：整整衣襟，表示恭敬。

【评析】左思作《三都赋》可谓殚精竭虑，《晋书》本传曰："遂构思十年，门庭藩溷皆著笔纸，偶得一句，即便疏之……及赋成，时人未之重。思自以其作不谢班、张，恐以人废言，安定皇甫谧有高誉，思造而示之。谧称善，为其赋序。张载为注《魏都》，刘逵注《吴》《蜀》而序之。……陈留卫权又为思赋作《略解》……于是豪贵之家竞相传写，洛阳为之纸贵。初，陆机入洛，欲为此赋，闻思之，抚掌而笑，与弟云书曰：‘此间有伧父，欲作《三都赋》，须其成，当以覆酒甕耳。’及思赋出，机绝叹伏，以为不能加也，遂辍笔焉。"刘注引《思别传》，提到张载、皇甫谧、挚虞等人，谓张载与左思交情疏远，挚虞远在左思之下，刘渊林和卫伯舆早已去世，故他们都不可能为左思赋作序、注。谓"凡诸注解，皆思自为，欲重其文，故假时人名姓也"。严可均认为此说失实，不足取信，曰："案：《别传》失实，《晋书》所弃，其可节取者仅耳……贾谧本姓韩……至惠帝时用事，思之为秘书郎久矣，非谧所举……皇甫高名，一经品题，声价十倍。挚虞虽宿儒，与思同在贾谧二十四友中，要是伦匹。刘逵元康中尚书郎，累迁至侍中。卫权，卫贵妃兄子，元康初尚书郎，两人即早卒，何不可为思赋序、注？况刘、卫后进，名出皇甫下远甚，何必假其名姓？今皇甫序、刘注在《文选》，刘序、卫序在《晋书》，皆非苟作。《魏志·卫臻传》注云：‘权作左思《吴都赋序》及注、序粗有文辞，至为注了无所发明，直为尘秽纸墨，不合传写。’如裴此说，权贵游好名，序不嫌空疏，而顾于为注，使思自为，何至尘秽纸墨！《别传》道听途说，无足为凭。《晋书》汇十八家旧书，兼取小说，独弃《别传》不采，斯史识也。"（《全上古三代秦汉三国六朝文》）

六十九

刘伶著《酒德颂》①，意气所寄。⊖

【今译】刘伶作《酒德颂》，将自己的志向情趣都寄托在其中了。

【刘孝标注】⊖《名士传》曰："伶字伯伦，沛郡人。肆意放荡，以宇宙为狭。常乘鹿车，携一壶酒,使人荷锸随之,云:‘死便掘地以埋。’土木形骸,遨游一世。"《竹林七贤论》曰:"伶处天地间,悠悠荡荡,无所用心。尝与俗士相牾,其人攘袂而起,欲必筑之。伶和其色曰:‘鸡肋岂足以当尊拳!’其人不觉废然而返。未尝措意文章,终其世,凡著《酒德颂》一篇而已。其辞曰:‘有大人先生者,以天地为一朝,万期为须臾,日月为扃牖,八荒为庭衢。行无辙迹,居无室庐,幕天席地,纵意所如。行则操卮执瓢,动则挈榼提壶,唯酒是务,焉知其余。有贵介公子,缙绅处士,闻吾风声,议其所以。乃奋袂攘襟,怒目切齿,陈说礼法,是非锋起。先生于是方捧罂承槽,衔杯漱醪,奋髯箕踞,枕麹藉糟,无思无虑,其乐陶陶。兀然而醉,慌尔而醒。静听不闻雷霆之声,熟视不见太山之形。不觉寒暑之切肌,利欲之感情,俯观万物之扰扰,如江汉之载浮萍。二豪侍侧焉,如蜾蠃之与螟蛉。'"

【注释】① 刘伶:见刘注,"竹林七贤"之一。曾为建威将军,后被罢免。嗜酒,蔑视礼法,宣扬老庄思想和纵酒放诞的生活。《酒德颂》:刘注引全文,亦见《晋书》本传、《文选》卷四十七。

【评析】刘伶不善交游,但与阮籍、嵇康友善,亦为"竹林七贤"之一。他们均以藐视礼法著称。嵇康以违逆权贵获罪,阮籍以醉酒与不臧否人物得以寿终。刘伶之放浪形骸为七贤之最,《晋书》本传谓其"常乘鹿车,携一壶酒,使人荷锸而随之,谓曰:‘死便埋我。’其遗形骸如此。"其与酒之缘分如此!刘伶很少作文,只写了一篇《酒德颂》,以天地、日月、八荒为活动的空间,任情纵意,抛弃一切,以酒为务,确实寄托了他的志趣,可谓深得庄子无用之旨,故最后得以寿终。本传曰:"泰始初对策,盛言无为之化。时辈皆以高第得调,伶独以无用罢。竟以寿终。"

七十

　　乐令善于清言①,而不长于手笔②。将让河南尹③,请潘岳为表④。㊀潘云:"可作耳,要当得君意⑤。"乐为述己所以为让⑥,标位二百许语⑦,潘直取错综⑧,便成名笔⑨。时人咸云:"若乐不假潘之文,潘不取乐之旨,则无以成斯矣⑩。"

【今译】乐广善于清谈,却并不擅长写文章。当他想要辞去河南尹的官职时,便请潘岳为他来写奏章。潘岳说:"我可以代写,但应当知道您的意思才行。"乐广就为他讲述了自己辞官的原因,阐释了两百来句话,潘岳只是把乐广的意思加以综合,便写成了一篇佳作。当时人都说:"如果乐广不借重潘岳的文章,潘岳不采用乐广的意思,那就无法写成这样的美文了。"

【刘孝标注】㊀《晋阳秋》曰:"岳字安仁,荥阳人。夙以才颖发名。善属文,清绮绝世,蔡邕未能过也。仕至黄门侍郎,为孙秀所害。"

【注释】① 乐令:乐广,曾为尚书令,故称。　② 手笔:指写作文章。　③ 让:指辞去官职。河南尹:河南郡的行政长官,治所在今河南洛阳。　④ 潘岳:见《言语》一○七注④(页100)。表:奏章。　⑤ 要当:应当。　⑥ 所以:表示原因。　⑦ 标位:指阐释。位,一作"忙"。　⑧ 直:特,只。错综:交错综合。　⑨ 名笔:名作,佳作。　⑩ 斯:这个,指潘岳为乐广所作之奏章。

【评析】刘注引文谓潘岳"善属文"、"清绮绝世",可与蔡邕比肩。《晋书》本传谓其少时即"号为奇童",后"才名冠世"。只是人品不佳,趋炎附势,成为贾谧"二十四友"之首。由于文名之盛,他常为人捉刀。(《晋书》本传)本文写其根据乐广之意代撰辞官表文,成为一代名笔,可知其文才之富赡。

七十一

夏侯湛作《周诗》成①，㊀示潘安仁②，安仁曰："此非徒温雅，乃别见孝悌之性③。"㊁潘因此遂作《家风诗》。㊂

【今译】夏侯湛写成《周诗》后，拿给潘岳看。潘岳说："这诗不仅写得温文尔雅，且更体现了孝悌之天性。"潘岳于是就为此写了《家风诗》。

【刘孝标注】㊀《文士传》曰："湛字孝若，谯国人，魏征西将军夏侯渊曾孙也。有盛才，文章巧思，善补雅词，名亚潘岳。历中书侍郎。"湛集载其叙曰："《周诗》者，《南陔》、《白华》、《华黍》、《由庚》、《崇丘》、《由仪》六篇，有其义而亡其辞。湛续其亡，故云《周诗》也。" ㊁ 其诗曰："既殷斯虔，仰说洪恩。夕定辰省，奉朝侍昏。宵中告退，鸡鸣在门。孳孳恭诲，夙夜是敦。" ㊂ 岳《家风诗》，载其宗祖之德，及自戒也。

【注释】① 夏侯湛：见《言语》六十五注③（页76）。《周诗》：《诗经·小雅》中有《南陔》、《白华》、《华黍》、《由庚》、《崇丘》、《由仪》六篇诗有义无文，夏侯湛按其意续作，称之为《周诗》。其诗见刘注引。 ② 潘安仁：潘安。 ③ 非徒：不只，不仅。孝悌（tì）：奉事父母为孝，敬爱兄弟为悌。

【评析】刘注引《文士传》谓夏侯湛"有盛才，文章巧思，善补雅词，名亚潘岳"，夏、潘二人均为诗文高手。潘岳见了夏之续作《周诗》后，亦作《家风诗》一首（见《艺文类聚》卷二十三），兹引录于此，以资比较，曰："绾发绾发，发亦鬌止。日祇日祇，敬亦慎止。靡专靡有，受之父母。鸣鹤匪和，析薪弗荷。隐忧孔疚，我堂靡拘。义方既训，家道颖颖。岂敢荒举，一日三省。"

七十二

孙子荆除妇服①，作诗以示王武子②。㊀王曰："未知文生于情，情生于文?㊁览之凄然，增伉俪之重③。"

【今译】孙楚为亡妻服丧期满后，写了一首诗拿给王济看。王济说："不知道文采是由感情生发出来的，还是感情由文采表现出来的？看了这首诗感到凄凉，更增添了夫妇间的深重情义。"

【刘孝标注】㊀孙楚集云："妇，胡毋氏也。"其诗曰："时迈不停，日月电流。神爽登遐，忽已一周。礼制有叙，告除灵丘。临祠感痛，中心若抽。" ㊁ 一作"文于情生，情于文生"。

【注释】① 孙子荆：孙楚，见《言语》二十四注①（页51）。除：指服丧期满脱去丧服。妇：指孙楚之妻。 ② 王武子：王济，见《言语》二十四注①（页51）。 ③ 伉俪：夫妻。

【评析】孙楚所作哀诗八句见刘注所引，他另有一首《胡毋夫人哀辞》亦写得哀婉感人，最后四句曰："冀享永年，偕老一世。景命伊何，忽然长逝。"可知他们伉俪情深，遽尔丧偶，至为哀伤。故好友王济读了也为之凄然，感悟"伉俪之重"。王济所说之"文生于情，情生于文"具有普遍意义，后来刘勰《文心雕龙·情采篇》的"昔诗人什篇，为情而造文，辞人赋颂，为文而造情"，即从这两句演化而出。

七十三

太叔广甚辩给①,而挚仲治长于翰墨②,俱为列卿③。每至公坐④,广谈,仲治不能对;退,著笔难广⑤,广又不能答。㊀

【今译】太叔广口才非常敏捷,而挚虞则擅长于写文章,两人都官居卿位。每次到公开聚会的场合,太叔广谈论时,挚虞不能答对;他回去后,就写文章驳难太叔广,太叔广又不能回答。

【刘孝标注】㊀ 王隐《晋书》曰:"广字季思,东平人。拜成都王为太弟,欲使诣洛。广子孙多在洛,虑害,乃自杀。挚虞字仲治,京兆长安人。祖茂,秀才。父模,太仆卿。虞少好学,师事皇甫谧,善校练文义,多所著述。历秘书监、太常卿,从惠帝至长安,遂流离鄠、杜间。性好博古,而文籍荡尽。永嘉五年,洛中大饥,遂饿而死。"虞与广名位略同,广长口才,虞长笔才,俱少政事。众坐广谈,虞不能对;广退,笔难广,广不能答。于是更相嗤笑,纷然于世。广无可记,虞多所录,于斯为胜也。

【注释】① 太叔广:复姓太叔,名广,见刘注。曾任太常博士。成都王司马颖拜为太弟时,令其赴洛阳,因其子孙多在洛阳,怕为司马颖所害而自杀。长于口才。辩给(jǐ):口才敏捷。② 挚仲治:挚虞,详见刘注。擅长文笔,著述颇多。翰墨:笔墨,指文辞。 ③ 列卿:具有卿的爵位的高级官员。 ④ 公坐:公开聚会。坐,通"座"。 ⑤ 著笔:写文章。笔,指无韵之散文。

【评析】本文写太叔广和挚虞二人各有特长,广有口才,虞富文辞。在大庭广众的场合,广雄辩滔滔,出尽风头;当虞退而用笔墨予以辩难时,广就辞屈不能对。《晋书》本传谓挚虞著有《思游赋》,为世所称。另有《文章志》、《三辅决录》、《文章流别集》等作。毕竟文章是"经国之大业,不朽之盛事"(曹丕《典论·论文》),著作富赡的挚虞还是略胜太叔广一筹的。

七十四

江左殷太常父子并能言理①,亦有辩讷之异②。扬州口谈至剧③,太常辄云:"汝更思吾论。"㊀

【今译】东晋殷融和殷浩叔侄俩都能言玄谈理,也有敏捷与迟钝的差异。殷浩言谈至为锋利,殷融总是说:"你再想想我的立论。"

【刘孝标注】㊀《中兴书》曰:"殷融字洪远,陈郡人。桓彝有人伦鉴,见融,甚叹美之。著《象不尽意》、《大贤须易论》,理义精微,谈者称焉。兄子浩,亦能清言,每与浩谈,有时而屈。退而著论,融更居长。为司徒左西属。饮酒善舞,终日啸咏,未尝以世务自婴。累迁吏部尚书、太常卿,卒。"

【注释】① 江左:指长江下游南岸地区,亦指东晋。殷太常父子:指殷融和殷浩叔侄。太常,九卿之一,掌宗庙礼仪及选试博士。殷融,见刘注。官至太常卿,故称。殷浩,见《政事》二十二注①(页115)。父子,汉、晋时江南人士亦称叔侄为父子。 ② 辩:指口才敏捷。讷(nè):不善言辞。 ③ 扬州:指殷浩,曾任扬州刺史,故称。剧:指言辞锋利。

【评析】殷融与殷浩叔侄俩虽然都善于清谈,"俱好《老》、《易》"(《晋书·殷浩传》),但比较起来，还是有"辩讷之异"，各有特长。刘注引文谓融与浩口谈"有时而屈"，而"退而论著，融更居长"。《晋书·殷浩传》亦谓二人"融与浩口谈则辞屈，著篇则融胜"。可知浩在谈论上占优，融在动笔时取胜。

七十五

庾子嵩作《意赋》成①，㊀从子文康见②，问曰："若有意邪，非赋之所尽；若无意邪，复何所赋？"答曰："正在有意无意之间③。"

【今译】庾敳写成《意赋》后，他的侄子庾亮看见，就问道："如果是有意的话，不是赋所能尽情表现得出来的；如果是无意的话，又要写赋做什么呢？"庾敳回答道："恰好在有意与无意之间。"

【刘孝标注】㊀《晋阳秋》曰："敳，永嘉中为石勒所害。先是，敳见王室多难，知终婴其祸，乃作《意赋》以寄怀。"

【注释】① 庾子嵩：庾敳，见本篇十五注①（页126）。《意赋》：庾敳所作赋名，见《晋书》本传。② 从子：侄子。文康：庾亮，见《德行》三十一注①（页22）。 ③ 正：恰。

【评析】庾敳作《意赋》的目的是见到王室内讧，自知凶多吉少，为了免祸，就作《意赋》以寄托自己的怀抱。刘注引文及《晋书》本传都说到其作赋的意图。《晋书》本传更指出此赋"犹贾谊之《鹏鸟》也"。贾谊不得善终，庾敳最后亦在石勒之乱中被害，他们都未能免祸。

七十六

郭景纯诗云①："林无静树，川无停流。"㊀阮孚云②：㊁"泓峥萧瑟③，实不可言。每读此文，辄觉神超形越④。"

【今译】郭璞诗有句云："森林中没有静止的树，河流中没有停止的水。"阮孚说："水深山高，林木萧瑟，实在难以形容。每当读到这些诗句，总会觉得会让精神与形体有所超越。"

【刘孝标注】㊀王隐《晋书》曰："郭璞字景纯，河东闻喜人。父瑗，建平太守。"《璞别传》曰："璞奇博多通，文藻粲丽，才学赏豫，足参上流。其诗赋诔颂，并传于世。而讷于言，造次咏语，常人无异。又不持仪检，形质颓索，纵情嫚惰，时有醉饱之失。友人干令升戒之曰：'此伐性之斧也。'璞曰：'吾所受有分，恒恐用之不尽，岂酒色之能害？'王敦取为参军。敦纵兵都辇，乃咨以大事，璞极言成败，不为回屈。敦忌而害之。"诗，璞《幽思篇》者。 ㊁阮孚，别见。

【注释】① 郭景纯：郭璞（276—324），见刘注。博学有高才，而讷于言论。词赋为中兴之冠。好古文奇字，妙于阴阳历算，精于卜筮。东晋初为著作佐郎，后王敦任为记室参军。王敦欲令其卜筮，璞谓必败，为敦所杀。追赠弘农太守。所著《尔雅注》、《尔雅音》、《尔雅图》，集《尔雅》学之大成。 ② 阮孚：字遥集，晋陈留尉氏（今属河南）人。历官安东参军、黄门侍郎、散骑常侍、侍中、丹阳尹等。蓬发饮酒，终日酣饮。性疏放，好屐。颇有阮籍（孚之叔祖）之风。 ③ 泓峥：水深山高。萧瑟：形容风吹树木的声音。

【评析】刘注谓这两句诗是《幽思篇》之句。两句诗于平淡之中寓深意,透着一股仙气。阮孚的评论揭示其描写山水的生生不息及幽邃之意境,令人回味无穷。

七十七

庾阐始作《扬都赋》①,道温、庾云②:"温挺义之标③,庾作民之望④。方响则金声⑤,比德则玉亮。"庾公闻赋成,求看,兼赠贶之⑥。阐更改"望"为"俊",以"亮"为"润"云⑦。㊀

【今译】庾阐开始撰写《扬都赋》,讲到温峤、庾亮时说:"温峤树起道义的标准,庾亮为百姓所景仰。比拟声音就像是金钟发出的铿锵之声,比拟德行就像是宝玉似的透亮。"庾亮听说赋已写成,便请求拜读,并赠送财物给庾阐。庾阐就改换赋中的"望"字为"俊"字,改"亮"字为"润"字。

【刘孝标注】㊀《中兴书》曰:"阐字仲初,颖川人,太尉亮之族也。少孤,九岁便能属文。迁散骑侍郎,领大著作,为《扬都赋》,邈绝当时。五十四卒。"

【注释】① 庾阐:见《言语》五十九注⑨(页73)。《扬都赋》:庾阐所作赋名,模仿班固、张衡、左思诸赋,描写扬州治所建康(今南京)的山川风貌、都市繁华等景象。见《艺文类聚》卷六十一,有删节。 ② 温:温峤,见《言语》三十五注③(页57～58)。庾:庾亮,见《德行》三十一注①(页22)。 ③ 挺义:指树起道义。 ④ 望:指景仰之人。 ⑤ 方:比方,比拟。响:声音。金声:指金属制作的乐器发出的声音。 ⑥ 贶(kuàng):赠与。 ⑦ 更改:改换。

【评析】本文谓庾阐在《扬都赋》中称赞温、亮二人,对他们推崇备至。庾亮看过赋后,他便改动了两个字。因阐与亮为同族,不应在赋中直写"亮"字,犯了庾亮的名讳。《晋书·文苑传》本传谓其"作《扬都赋》,为世所称",刘注引文称该赋"邈绝当时",可知当时评价之高。

七十八

孙兴公作《庾公诔》①,袁羊曰②:"见此张缓③。"于是以为名赏。㊀

【今译】孙绰写《庾公诔》,袁乔说:"我终于见到了张弛有致、富有节奏感的好文章了。"这话当时被认为是有名的鉴赏之言。

【刘孝标注】㊀《袁氏家传》曰:"乔有文才。"

【注释】① 孙兴公:孙绰,见《言语》八十四注①。《庾公诔》:哀悼庾亮的文章。诔(lěi),叙述死者生平表示哀悼的文章。 ② 袁羊:袁乔,见《言语》九十注④(页90)。 ③ 张缓:《礼记·杂记下》:"文武之道,一张一弛。"弓上弦叫张,卸弦叫弛。张缓与张弛同意。比喻善于调节的意思。这里指文章的叙写有节奏地进行,张缓有致。

【评析】《晋书·孙绰传》谓其"少以文才垂称,于时文士,绰为其冠。温、王、郗、庾诸公之薨,必须绰为碑文,然后刊石焉"。赞称"彬彬藻思,绰冠其英"。袁乔则谓其"博学有文才,注《论语》及《诗》,并诸文笔皆行于世"。可知二人均以文才著称,而孙绰尤为卓绝，温峤、王导、郗鉴、庾亮诸人死后，都得由孙绰写碑文。本文所指绰作《庾公诔》全文，参见本书《方正》四十八刘孝标注。孙绰之诔文得到袁乔之评更为生色，诔文与评赏可谓相得益彰。

七十九

庾仲初作《扬都赋》成[1]，以呈庾亮[2]，亮以亲族之怀[3]，大为其名价，云可三《二京》、四《三都》[4]。于此人人竞写，都下纸为之贵。谢太傅云[5]："不得尔[6]，此是屋下架屋耳[7]，事事拟学，而不免俭狭[8]。"一

【今译】庾仲写成《扬都赋》后，把它呈送给庾亮看，庾亮出于同宗亲族的情意，给予很高的评价，说这篇赋简直可以与班固的《两都赋》、张衡的《二京赋》鼎足而三，与左思的《三都赋》并列为四。于是人人争相抄写，京城里的纸价也因此贵了起来。谢安说："不应该如此，这叫做屋下架屋，只知重复摹仿罢了，处处仿照学别人，就不免内容贫乏狭窄了。"

【刘孝标注】一 王隐论扬雄《太玄经》曰："《玄经》虽妙，非益也，是以古人谓其屋下架屋。"

【注释】① 庾仲初作《扬都赋》：庾阐撰写《扬都赋》，见本篇七十七注①（页163）。 ② 庾亮：见《德行》三十一注①（页22）。 ③ 怀：情怀。 ④《二京》、《三都》：见本篇六十八注①、⑤（页158）。 ⑤ 谢太傅：谢安，见《德行》三十三注④（页23）。 ⑥ 尔：如此。 ⑦ 屋下架屋：比喻事物的重复，只知摹仿，毫无新意。 ⑧ 俭狭：指内容贫乏狭窄。俭，贫乏。

【评析】本篇六十八写庾阐完成《扬都赋》后，受到当时人的讥议，可见评价不高。庾亮主动要求看，但未予评论。本文则谓庾阐完稿后，主动呈送给庾亮看。庾亮出于亲族之谊大加赞赏，誉之为可与《二京》、《三都》媲美，于是造成人人争写，"洛阳纸贵"之势。而谢安则据实评论，认为此赋不过是"屋下架屋"的摹拟之作，是不足取的。其论见解卓绝，十分难得。

八十

习凿齿史才不常[1]，宣武甚器之[2]，未三十，便用为荆州治中[3]。凿齿谢笺亦云[4]："不遇明公[5]，荆州老从事耳[6]。"后至都见简文[7]，返命，宣武问："见相王何如[8]？"答云："一生不曾见此人。"从此忤旨[9]，出为衡阳郡[10]，性理遂错[11]。于病中犹作《汉晋春秋》[12]，品评卓逸。一

【今译】习凿齿的史学才识不同寻常，桓温很器重他，不到三十岁，就任用他为荆州治中。习凿齿在感谢桓温的信中也说："如果不是遇到明公，我只不过一辈子是个荆州的老从事罢了。"后来习凿齿到都城谒见了司马昱，回来复命，桓温问："见到了相王，你认为他怎么样？"他回答说："我一生中没有见过这样的人。"从这件事开始就忤逆了桓温的心意，被调出荆州任职衡阳郡守，于是他的神志就错乱了。在病中他还在写《汉晋春秋》，评论史实和人物，见识卓越不凡。

【刘孝标注】一《续晋阳秋》曰："凿齿少而博学，才情秀逸，温甚奇之。自州从事，岁中三转，至

治中。后以忤旨，左迁户曹参军、衡阳太守。在郡著《汉晋春秋》，斥温觊觎之心也。"凿齿集载其论，略曰："静汉末累世之交争，廓九域之蒙晦，大定千载之盛功者，皆司马氏也。若以魏有代王之德，则不足；有静乱之功，则孙、刘鼎立。共王秦政犹不见叙于帝王，况暂制数州之众哉。且汉有系周之业，则晋无所承魏之迹矣。春秋之时，吴、楚称王，若推有德，彼必自系于周，不推吴、楚也。况长辔庙堂，吴、蜀两定，天下之功也。"

【注释】① 习凿齿：见《言语》七十二刘注（页80）。　② 宣武：桓温，见《言语》五十五注①（页70）。　③ 荆州治中：荆州刺史属下的治中职务。荆州，桓温当时担任荆州刺史。治中，官名，刺史的助理，主管文书。　④ 笺：书信。　⑤ 明公：对有名位者的尊称。　⑥ 从事：州刺史的佐吏。习凿齿原为州从事，桓温赏识其才，在一年中提拔他三次，升其为治中。　⑦ 简文：简文帝司马昱，见《德行》三十七注①（页25）。　⑧ 相王：简文帝司马昱当时以会稽王的身份担任丞相，故称。　⑨ 忤旨：指违逆桓温的意思。　⑩ 出：指调出荆州。衡阳郡：在今湖南东部，治所在湘乡。　⑪ 性理：性情理智，神志。　⑫《汉晋春秋》：习凿齿作的史书，记述东汉光武帝至西晋愍帝间的历史。记三国事，以蜀汉为正统，魏为篡逆，贬抑曹魏。

【评析】刘注引文谓习凿齿"少而博学，才情秀逸"，得到桓温的赏识，由从事提拔为治中，本文写其感恩之心。但他并未因此而对桓温的篡位图谋视而不见，在所著的《汉晋春秋》中借曹魏代汉事加以斥责。刘注引文即指出"斥温觊觎之心也"。司马昱是桓温一手扶植起来为其篡位作阶梯的傀儡，但习凿齿却不说奉迎话，还说了违忤之言，即使在病中仍坚持著史，发表独到之见。这种精神颇为难得。

八十一

孙兴公云①："《三都》②、《二京》③，五经鼓吹④。"一

【今译】孙绰说："《三都赋》和《二京赋》，是宣扬五经之作。"

【刘孝标注】一 言此五赋，是经典之羽翼。

【注释】① 孙兴公：孙绰，见《言语》八十四注①（页87）。　②《三都》：左思所作赋名。见本篇六十八注①（页158）。　③《二京》：指张衡的《二京赋》。　④ 五经：五部儒家经典，即《诗》、《书》、《礼》、《易》、《春秋》。鼓吹：宣扬，宣传。

【评析】刘注谓"言此五赋是经典之羽翼"。五赋即指左思的《三都赋》，由《蜀都赋》、《吴都赋》、《魏都赋》三首组成；张衡的《二京赋》，由《西京赋》和《东京赋》二首组成。羽翼指辅佐、维护。这句话谓这五篇赋是维护辅佐儒家经典的作品，对左思和张衡的赋作给予极高的评价。

八十二

谢太傅问主簿陆退①：一"张凭何以作母诔，而不作父诔②？"退答曰："故当是丈夫之德③，表于事行④；妇人之美，非诔不显。"二

【今译】谢安问主簿陆退："张凭为什么只写哀悼母亲的诔文，而不写哀悼父亲的诔文？"陆退回答说："应当是男人的德行，表现在事业上；而妇人的美德，没有诔文就不

能得到表彰。"

【刘孝标注】㊀《陆氏谱》曰："退字黎民，吴郡人。高祖凯，吴丞相。祖仰，吏部郎。父伊，州主簿。退仕至光禄大夫。" ㊁《陆氏谱》曰："退，凭婿也。"

【注释】① 谢太傅：谢安，见《德行》三十三注④（页23）。主簿：官府，大臣幕府中的重要僚属。陆退：详见刘注。 ② 张凭：见本篇五十三注①（页148）。诔（lěi）：哀悼死者的文章。③ 丈夫：男子的通称。 ④ 事行：指事业。

【评析】谢安对张凭只为母作诔而不为父作诔有疑问，便问了张凭之婿陆退。陆退的答语很得体，切合情理。

八十三

王敬仁年十三作《贤人论》①，长史送示真长②，真长答云："见敬仁所作论，便足参微言③。"㊀

【今译】王修十三岁时写了《贤人论》，他父亲王濛把这篇文章送给刘惔看，刘惔答道："看到王修所写的文章，就足够参透领悟精深的玄理了。"

【刘孝标注】㊀ 修集载其论曰："或问：《易》称贤人黄裳元吉，苟未能暗与理会，何得不求通？求通则有损，有损则元吉之称将虚设乎？答曰：贤人诚未能暗与理会，当居然人从，比之理尽，犹一豪之领一梁。一豪之领一梁，虽于理有损，不足以挠梁。贤有情之至寡，豪有形之至小，豪不至挠梁，于贤人何有损之者哉！"

【注释】① 王敬仁：王修，见本篇三十八刘注（页139）。《贤人论》：王修所作文章名，见刘注所引。 ② 长史：指王修之父王濛，曾任司徒左长史，故称。真长：刘惔，见《德行》三十五注①（页24）。 ③ 参：参破，彻底领会。微言：指清谈中所说的精深玄妙的言辞。

【评析】王修小小年纪就写了《贤人论》，显然是受到父亲王濛的影响。王濛对儿子的文章大约很满意，所以送给刘惔看，而刘惔也予以称赞。其实王修之论并未讲出有关贤人的大道理，只是摘取《周易》中的片言只语，再加些如"一豪领一梁"之类晦涩费解之语，就算是"足参微言"了。这也是当时所谓的清谈玄理的一个具体例证吧。

八十四

孙兴公云①："潘文烂若披锦②，无处不善；㊀陆文若排沙简金③，往往见宝。"㊁

【今译】孙绰说："潘岳的文章，灿烂如同披上锦缎一样，没有一处不好；陆机的文章如同排开沙子选金子，常常能见到珍宝。"

【刘孝标注】㊀《续文章志》曰："岳为文，选言简章，清绮绝伦。" ㊁《文章传》曰："机善属文，司空张华见其文章，篇篇称善，犹讥其作文大治。谓曰：'人之作文，患于不才，至子为文，乃患太多也。'"

【注释】① 孙兴公：孙绰。　② 潘：潘岳，见《言语》一〇七注④（页 100）。　③ 陆：陆机，见《言语》二十六注①（页 52）。简：选择。

【评析】从孙绰的评语看，似潘略优于陆。钟嵘在《诗品》中亦引用本文所写，只是把孙绰说的话错成"谢混"说的了。钟嵘则认为陆胜于潘。曰："余常言陆才如海，潘才如江。"

八十五

简文称许掾云①："玄度五言诗，可谓妙绝时人。"㊀

【今译】简文帝称赞许询的诗说："许询的五言诗，可以说是美妙无比，压倒了当时的诗人。"

【刘孝标注】㊀《续晋阳秋》曰："询有才藻，善属文。自司马相如、王褒、扬雄诸贤，世尚赋颂，皆体则诗、骚，傍综百家之言。及至建安，而诗章大盛。逮乎西朝之末，潘、陆之徒虽时有质文，而宗归不异也。正始中，王弼、何晏好庄老玄胜之谈，而世遂贵焉。至过江，佛理尤盛，故郭璞五言始会合道家之言而韵之，询及太原孙绰转相祖尚。又加以三世之辞，而诗骚之体尽矣。询、绰并为一时文宗，自此作者悉体之。至义熙中，谢混始改。"

【注释】① 简文：简文帝司马昱，见《德行》三十七注①（页 25）。许掾：许询，字玄度，曾为司徒掾，故称。见《言语》六十九注②（页 78）。

【评析】刘注引文简述自汉至晋，赋颂由盛而衰，玄谈盛行，至郭璞引入道家神仙家言，玄言诗盛行，许询和孙绰成为一时之宗。简文帝亦好清谈，故赞许询之诗为"妙绝时人"。实则许、孙等的玄言诗枯燥无味，平淡无奇，钟嵘就批评其诗"淡乎寡味"。《诗品》自序曰："永嘉时，贵黄老，稍尚虚谈。于时篇什，理过其辞，淡乎寡味。爰及江表，微波尚传，孙绰、许询、桓、庾诸公诗，皆平典似《道德论》，建安风力尽矣。"

八十六

孙兴公作《天台赋》成①，以示范荣期②，㊀云："卿试掷地，要作金石声③。"范曰："恐子之金石，非宫商中声④。"然每至佳句，㊁辄云："应是我辈语。"

【今译】孙绰写成《天台赋》后，拿给范荣期看，说："您试着把赋掷到地上，一定会发出金石之声。"范荣期说："恐怕您说的金石之声，不是宫商角徵羽当中的音律吧。"但是每逢读到美妙的文句时，就说："这应当是我们这类人所说的话。"

【刘孝标注】㊀《中兴书》曰："范启字荣期，慎阳人。父坚，护军。启以才义显于世，仕至黄门郎。"　㊁"赤城霞起而建标，瀑布飞流而界道。"此赋之佳处。

【注释】① 孙兴公：孙绰。《天台赋》：一名《游天台山赋》，孙绰所作赋名，见《文选》第十一卷。　② 范荣期：范启，见刘注。　③ 金石声：钟磬之类的乐器发出的声音，用以称誉文辞优美，声调铿锵。　④ 宫商：指符合五音之声。古代把音阶定为宫、商、角、徵（zhǐ）、羽五音（一称五声），这里以"宫商"代表五音。

【评析】孙绰《天台山赋》的佳句,刘注特地摘引"赤城霞起而建标,瀑布飞流而界道",谓为"此赋之佳处"。上句写出山势高耸之美姿,下句写了瀑布流泻之动感,山与水,一上一下,高低辉映,有声有色,确为佳句。然从全赋看,仍多因袭,平淡有余而创意不足。

八十七

桓公见谢安石作简文谥议①,看竟②,掷与坐上诸客曰:"此是安石碎金③。"㊀

【今译】桓温见到谢安写的关于简文帝谥号的奏议,看完后,丢给在座的众多宾客说:"这是谢安的短篇佳作。"

【刘孝标注】㊀ 刘谦之《晋纪》载安议曰:"谨按谥法,一德不懈曰简,道德博闻曰文。易简而天下之理得,观乎人文,化成天下,仪之景行,犹有仿佛。宜尊号曰太宗,谥曰简文。"

【注释】① 桓公:桓温,见《言语》五十五注①(页70)。谢安石:谢安,见《德行》三十三注④(页23)。简文:简文帝。谥议:议定死后谥号的文书。谥(shì),古时帝王将相、贵族等上层人物死后,按其生前事迹评定褒贬给予的称号。 ② 竟:完毕。 ③ 碎金:以零碎的金子比喻短篇佳作。

【评析】简文帝是桓温一手迎立的傀儡皇帝,"温志在篡夺"(《晋书》本传)、"初望简文临终禅位于己"(同前),而简文帝临终时却诏桓温效仿诸葛亮辅佐少主的故事来辅佐自己的儿子司马曜,"故甚愤怨"(同上)。谢安为简文帝写的谥议,刘注引了全文,本文即写他看了谢安的"谥议"后的表现。虽然他认为谢安之文是"碎金",似有表扬之意,但一个"掷"字却泄露了他愤怨的心态。所幸不久桓温就死了,他的篡夺之心也随之而灭。

八十八

袁虎少贫①,㊀尝为人佣载运租②。谢镇西经船行③,其夜清风朗月,闻江渚间估客船上有咏诗声④,甚有情致;所诵五言,又其所未尝闻,叹美不能已。即遣委曲讯问⑤,乃是袁自咏其所作《咏史诗》⑥。因此相要⑦,大相赏得⑧。㊁

【今译】袁宏年轻时很穷,曾经被人雇用运送租粮。镇西将军谢尚乘船经过,那天夜里清风明月,听到江中小洲边商船上有吟诗声,很有情趣,所吟诵的五言诗,又是自己从来没有听到过的,便赞美不止。谢尚立即派人把情况问清楚,原来是袁宏在吟诵自己作的《咏史诗》。于是就邀请袁宏来,大加赏识,彼此很融洽。

【刘孝标注】㊀ 虎,袁宏小字也。 ㊁《续晋阳秋》曰:"虎少有逸才,文章绝丽。曾为《咏史》诗,是其风情所寄。少孤而贫,以运租为业。镇西谢尚时镇牛渚,乘秋佳风月,率尔与左右微服泛江。会虎在运租船中讽咏,声既清会,辞又藻拔,非尚所曾闻,遂往听之。乃遣问讯,答曰:'是袁临汝郎,诵诗即其咏史之作也。'尚佳其率有胜致,即遣要迎,谈话申旦。自此名誉日茂。"

【注释】① 袁虎:袁宏,字彦伯,小字虎,见《言语》八十三注①(页87)。 ② 佣:受人雇用,雇工。 ③ 谢镇西:谢尚曾为镇西将军,故称。 ④ 江渚(zhǔ):江中间的小块陆地。估客:商贩。　　⑤委曲：详尽，详细。　　⑥《咏史诗》：见《艺文类聚》卷五十五《杂文部·史传》。
⑦要(yāo)：通"邀"，邀请。　　⑧赏得：赏识相得。

【评析】本文所写内容亦见于《晋书·文苑传》袁宏本传，语句稍异，与刘注所引《续晋
阳秋》同。其中"声既清会，辞文藻拔"以下，比之本文所写更为生动活泼。袁宏著述
富赡，"撰《后汉纪》三十卷及《竹林名士传》三卷，诗、赋、诔、表等杂文凡三百首，传于
世"(《晋书》本传)。故被赞为"文章绝美"、"当今文章之美，故当共推此生"(同上)。

八十九

孙兴公云①："潘文浅而净②，陆文深而芜③。"

【今译】孙绰说："潘岳的文章虽浅近，但很洁净；陆机的文章虽然深刻，但很芜杂。"

【注释】①孙兴公：孙绰，见《言语》八十四注①(页 87)。　　②潘：潘岳，见《言语》一〇七注④
(页 100)。　　③陆：陆机，见《言语》二十六注①(页 52)。

【评析】孙绰在本篇八十四文中，已称赞潘岳文章优于陆机文章，本文又称潘文"浅而
净"，谓陆文"深而芜"。这一点深为刘勰所认同。在《文心雕龙》中亦称"潘文敏给，辞
自和畅"、"陆机才欲窥深，辞务索广"(《才略篇》)，潘优于陆。在《熔裁篇》，又说陆机
"缀辞尤繁"，可见刘勰是赞同孙绰之说的。钟嵘《诗品》则谓"陆才如海，潘才如江"，
虽然也是从深与浅的角度着眼，但却认为陆优于潘。

九十

裴郎作《语林》①，始出，大为远近所传。时流年少，无不传写，各有一
通②。载王东亭作《经王公酒垆下赋》③，甚有才情。㊀

【今译】裴启写《语林》，书刚问世，就被远近的人大加传看。当时的名流和年轻人，没
有人不传抄的，人人都有一本。书中记载了王珣写的《经王公酒垆下赋》，很有才华。

【刘孝标注】㊀《裴氏家传》曰："裴荣字荣期，河东人。父稚，丰城令。荣期少有风姿才气，好论
古今人物，撰《语林》数卷，号曰《裴子》。"檀道鸾谓裴松之以为启作《语林》。荣岂别名启乎？

【注释】①裴郎：裴启，一名荣，详见刘注。所作《语林》多为《世说新语》所取材。《语林》：古小
说集，十卷，记汉魏两晋上层人士的轶事和言谈，文辞简洁。鲁迅《古小说钩沉》中有辑本。
②通：量词，用于书、报等。　　③王东亭：王珣，见《言语》一〇二注③(页 98)。　　④《经王公
酒垆下赋》：赋名。王：当作"黄"。参见本书《轻诋》二十四刘注所引《续晋阳秋》(页 557)。

【评析】《隋书·经籍志》曰："《语林》十卷，东晋处士裴启撰，亡。"知《语林》在唐初已散佚。

九十一

谢万作《八贤论》①，与孙兴公往反②，小有利钝③。㊀谢后出以示顾君

齐④,□顾曰:"我亦作,知卿当无所名⑤。"

【今译】谢万写了《八贤论》,与孙绰反复辩论,小有胜负。后来谢万拿文章给顾夷看,顾夷说:"我也写了一篇,知道您也没有什么可以命名的。"

【刘孝标注】□《中兴书》曰:"万善属文,能谈论。"万集载其叙四隐四显为《八贤》之论,谓渔父、屈原、季主、贾谊、楚老、龚胜、孙登、嵇康也。其旨以处者为优,出者为劣。孙绰难之,以谓体玄识远者,出处同归。文多不载。 □《顾氏谱》曰:"夷字君齐,吴郡人。祖廞,孝廉。父霸,少府卿。夷辟州主簿,不就。"

【注释】① 谢万:见《言语》七十七注①(页83)。《八贤论》:篇名,见刘注所引。 ② 孙兴公:孙绰。往反:指反复辩论。 ③ 利钝:指胜负。 ④ 顾君齐:顾夷,见刘注。 ⑤ 名:命名,授予名称。

【评析】《八贤论》已佚,《初学记》卷十七仅存其中有关屈原和楚老之颂。刘注谓谢万在集中说了八贤的名字,八贤中四人出仕,四人隐居,并认为隐居者为优,出仕者为劣。而孙绰则认为只要能体悟玄远之意,无论出仕还是隐居,其旨趣都是一样的,并无优劣之分。从本文来看,顾夷的看法与孙绰的意见相同,都认为出仕与隐居无所谓优劣。

九十二

桓宣武命袁彦伯作《北征赋》①,□既成,公与时贤共看,咸嗟叹之。时王珣在坐②,云:"恨少一句。得'写'字足韵当佳③。"袁即于坐揽笔益云④:"感不绝于余心,溯流风而独写⑤。"公谓王曰:"当今不得不以此事推袁⑥。"□

【今译】桓温要袁宏写《北征赋》,完成后,桓公与当时的名流一起看,大家都一致赞美此赋。当时王珣在座,说:"可惜少了一句,如果能用'写'字来补足韵脚应当更好。"袁宏马上在座中就拿起笔来加上去道:"我心中充满感慨,迎着流风而独自抒发情怀。"桓温对王珣说:"当今不得不以这篇文章来推崇袁宏了。"

【刘孝标注】□《续晋阳秋》曰:"宏从温征鲜卑,故作《北征赋》,宏文之高者。" □宏集载其赋云:"闻所闻于相传,云获麟于此野,诞灵物以瑞德,奚授体于虞者!悲尼父之恸泣,似实恸而非假,岂一物之足伤,实致伤于天下。感不绝于余心,溯流风而独写。"《晋阳秋》曰:"宏尝于王珣、伏滔同侍温坐。温令滔续其赋,至'致伤于天下',于此改韵,云:'此韵所咏,慨深千载。今于'天下'之后便移韵,于写送之致,如为未尽。'滔乃云:'得益写一句,或当小胜。'桓公语宏:'卿试思益之。'宏应声而益,王、伏称善。"

【注释】① 桓宣武:桓温,见《言语》五十五注①(页70)。袁彦伯:袁宏,见《言语》八十三注①(页87)。《北征赋》:袁宏所作,见《晋书》本传,刘注引《续晋阳秋》所见之片段,《太平御览》卷二十七、九百四十,及《初学记》卷六等片段。 ② 王珣:见《言语》一〇二注(页98)。 ③ 得"写"字足韵:能用"写"字来补足音韵。 ④ 益:增加。 ⑤ 流风:指化人之风。 ⑥ 推:推许,称赞。

【评析】赋是从诗发展而来的一种文体,既有诗的韵味,亦有散文的情致,亦诗亦文,韵散相间。袁宏的《北征赋》今仅存片断,难以知其全豹,但从本文所写,即知其从善如流。其才之捷,文之美,果然不负"当今文章之美,故当共推此生"(《晋书》本传)之誉。

九十三

孙兴公道①："曹辅佐才如白地明光锦②，㊀裁为负版绔③，㊁非无文采，酷无裁制④。"

【今译】孙绰说道："曹毗的文才好像白底子的明光锦，裁成了服役者穿的裤子，并不是没有文采，实在是一点儿也没有像样的裁制啊。"

【刘孝标注】㊀《中兴书》曰："曹毗字辅佐，谯国人。魏大司马休曾孙也。好文籍，能属词。累迁太学博士、尚书郎、光禄勋。" ㊁《论语》曰："孔子式负版者。"郑氏注曰："版谓邦国籍也；负之者，贱隶人也。"

【注释】① 孙兴公：孙绰。 ② 曹辅佐：曹毗(pí)，详见刘注。白地：白色的底子。 ③ 负版绔：服役者穿的裤子。负版，为官府背文书图籍的服役人。 ④ 酷：极，很。裁制：比喻写文章对材料的取舍安排。

【评析】《晋书》本传谓曹毗"善属词赋"、"甚有文彩"，有"文笔十五卷"，可知作品很多。孙绰评其文才如锦，但如只是做成服贱役者穿的裤子，没有什么剪制可言，就是白白地浪费了如锦之才了。这个评论对于如何取舍材料，如何作文是颇有参考意义的。

九十四

袁伯彦作《名士传》成①，㊀见谢公②，公笑曰："我尝与诸人道江北事③，特作狡狯耳④，彦伯遂以著书。"

【今译】袁宏写成《名士传》后，拿去见谢安，谢安笑道："我曾经和大家谈论江北的许多事情，只是说着好玩罢了，袁宏竟然用来写成了书。"

【刘孝标注】㊀ 宏以夏侯太初、何平叔、王辅嗣为正始名士，阮嗣宗、嵇叔夜、山巨源、向子期、刘伯伦、阮仲容、王濬仲为竹林名士，裴叔则、乐彦辅、王夷甫、庾子嵩、王安期、阮千里、卫叔宝、谢幼舆为中朝名士。

【注释】① 袁彦伯：袁宏，见《言语》八十三注①（页 87）。《名士传》：刘注谓袁宏所作，有正始名士、竹林名士、中朝（西晋）名士十八位名士之传。 ② 谢公：谢安。 ③ 江北：长江以北地区，指南渡前的西晋。 ④ 狡狯(kuài)：游戏，玩笑。

【评析】本文写袁宏根据谢安说的南渡前的事情写成了《文士传》。《晋书》本传谓"《竹林名士传》三卷"，现存有《七贤序》一文，见《太平御览》卷四百四十七。

九十五

王东亭到桓公吏①，既伏阁下②，桓令人窃取其白事③。东亭即于阁下更作④，无复向一字。㊀

【今译】王珣到桓温那里去做属吏，拜伏在官署前时，桓温派人偷走他陈事的报告。王珣随即在官署前重写，其中没有一个字与先前写的那份重复。

【刘孝标注】㈠《续晋阳秋》曰："珣学涉通敏，文高当世。"

【注释】① 王东亭：王珣曾封东亭侯，故称。见《言语》一〇二刘注（页98）。到桓公吏：到桓温那里做属吏。桓公，桓温。 ② 伏阁下：拜伏在官署前。阁，指官署。按：属吏赴长官处报告事情，都要伏阁请示。 ③ 白事：指陈述事情的文书。 ④ 更作：重写。

【评析】本文写桓温当王珣来禀告时，派人偷取王珣的文书，有意为难他。但王珣毫不在意，立即重写一份，文字与前一份没有重复之处，确实当得起"学涉通敏，文高当世"（刘注引文）之誉。

九十六

桓宣武北征①，㈠袁虎时从②，被责免官。会须露布文③，唤袁倚马前令作。手不辍笔，俄得七纸④，殊可观。东亭在侧⑤，极叹其才。袁虎云："当令齿舌间得利⑥。"

【今译】桓温北征时，袁宏当时也跟随出征，因事被责罚免去官职。恰巧急需写一篇紧急文书，就叫袁宏靠在马前让他写。袁宏手不停笔，很快就写好了七张纸，极其出色。王珣在旁边，非常赞叹他的文才。袁宏说："也应当让我在夸赞中得到一点好处啊。"

【刘孝标注】㈠《温别传》曰："温以太和四年，上疏自征鲜卑。"

【注释】① 桓宣武：桓温，见《言语》五十五注①（页70）。北征：晋废帝太和四年（369），桓温北征前燕。 ② 袁虎：袁宏，见《言语》八十三注①（页87）。 ③ 会：恰巧，适逢。露布：古代指檄文、紧急文书等，因不加封缄，故称。 ④ 俄：短时间，不久。 ⑤ 东亭：王珣。 ⑥ 齿舌：指赞赏，夸奖。

【评析】本书《轻诋》十一写桓温入洛过淮、泗北境时，登楼眺望中原，认为中原失守，王衍当负其责。袁宏则认为"运有废兴"，王衍未必有过，他为此得罪了桓温。本文谓"被责免官"，即指此事。袁宏对此自是心中不平。桓温要他倚马书露布时，他文不加点，顷刻之间即写成七纸，且写得极其出色，显示了敏捷的才思，所以得到了王珣的极口赞叹。

九十七

袁宏始作《东征赋》①，都不道陶公②。胡奴诱之狭室中③，临以白刃，㈠曰："先公勋业如是，君作《东征赋》，云何相忽略？"宏窘蹙无计④，便答："我大道公，何以云无？"因诵曰："精金百炼，在割能断。功则治人⑤，职思靖乱⑥。长沙之勋⑦，为史所赞。"㈡

【今译】袁宏当初写《东征赋》时，一点儿都没有提到陶侃。陶范把他骗到一间小屋中，拿一把锋利的刀对着他，说："先父长沙郡公有如此辉煌的功勋业绩，你写《东征赋》，为什么把他忽略掉？"袁宏感到困窘，没有办法，就回答："我是大大地称道了长沙郡公，怎么说一点没提呢？"于是就朗诵道："精美的金属经过千锤百炼，能切割亦能切断任何物品。陶公的功德是使人心安定，长沙郡公的功勋，值得史家赞颂。"

【刘孝标注】 ㊀ 胡奴，陶范，别见。 ㊁《续晋阳秋》曰："宏为大司马记室参军。后为《东征赋》，悉称过江诸名望。时桓温在南州，宏语众云：'我决不及桓宣城。'时伏滔在温府，与宏善，苦谏之。宏笑而不答。滔密以启温，温甚忿。以宏一时文宗，又闻此赋有声，不欲令人显问之。后游青山，饮酌既归，公命宏同载，众为危惧。行数里，问宏曰：'闻君作《东征赋》，多称先贤，何故不及家君？'宏答曰：'尊公称谓，自非下官所敢专，故未呈启，不敢显之耳。'温乃云：'君欲何辞？'宏即答云：'风鉴散朗，或搜或引。身虽可亡，道不可陨。则宣城之节，信为允也。'温泫然而止。"二说不同，故详载焉。

【注释】①《东征赋》：袁宏作，见《全上古三代秦汉三国六朝文·全晋文》卷五十七。 ②陶公：陶侃，见《言语》四十七注①（页65）。 ③胡奴：陶范，字道则，小字胡奴，陶侃之子，官尚书秘书监。见《方正》五十二刘注（页210）。 ④窘蹙（cù）：窘迫，为难。 ⑤治人：安定人心。 ⑥职：执掌，主管。靖：平定。 ⑦长沙：陶侃曾封长沙郡公，故称。

【评析】本文写陶范责问袁宏为何在《东征赋》中没有提及自己的父亲。刘注引《续晋阳秋》则谓桓温责问袁宏为何不提其父桓彝之功，并谓"二说不同，故详载焉"。《晋书》本传则将此二事同时载入传中，先叙桓彝事，后写陶侃事，二说并存。其实二事并不矛盾，完全可能确有其事，故二文中人物不同，文辞各异。袁宏对桓彝和陶侃二人的颂辞能应声而答，且文辞绝美，可知其应变敏捷，不愧为"一时文宗"（《晋书》本传）之称。

九十八

或问顾长康①："君《筝赋》何如嵇康《琴赋》②？"顾曰："不赏者作后出相遗，深识者亦以高奇见贵。"㊀

【今译】有人问顾恺之："您的《筝赋》比嵇康的《琴赋》怎么样？"顾恺之说："不赏识的人，认为它是后出的就遗弃它；深有见识的人，则认为它高超奇特而予以重视。"

【刘孝标注】 ㊀《中兴书》曰："恺之博学有才气，为人迟钝而自矜尚，为时所笑。"宋明帝《文章志》曰："桓温云：'顾长康体中痴黠各半，合而论之，正平平耳。'世云有三绝，画绝、文绝、痴绝。"《续晋阳秋》曰："恺之矜伐过实，诸年少因相称誉以为戏弄。为散骑常侍，与谢瞻连省，夜于月下长咏，自云得先贤风制。瞻每遥赞之，恺之得此，弥自力忘倦。瞻将眠，语槌脚人令代，恺之不觉有异，遂几申旦而后止。"

【注释】① 顾长康：顾恺之，见《言语》八十五注④（页88）。 ②《筝赋》：顾恺之所作赋名，今不存。

【评析】本文所写之内容，《晋书》本传亦有记载，不过不是有人问他，而是他自己主动说的，可知他对自己的赋作信心十足。《晋书》本传曰："恺之博学有才气，尝为《筝赋》成，谓人曰：'吾赋之比嵇康《琴》，不赏者必以后出相遗，深识者亦当以高奇见贵。'"

九十九

殷仲文天才宏赡①，㊀而读书不甚广博，亮叹曰②：㊁"若使殷仲文读书半

《世说新语》详解

袁豹③，㊂才不减班固④。"㊃

【今译】殷仲文天生文才富赡，但读书不很广博，傅亮感叹说："如果殷仲文读书能有袁豹的一半，他的文才当不亚于班固。"

【刘孝标注】㊀《续晋阳秋》曰："仲文雅有才藻，著文数十篇。" ㊁亮，别见。 ㊂丘渊之《文章叙》曰："豹字士蔚，陈郡人。祖耽，历阳太守。父质，琅邪内史。豹隆安中著作佐郎，累迁太尉长史、丹阳尹。义熙九年卒。" ㊃《续汉书》曰："固字孟坚，右扶风人。幼有俊才，学无常师。善属文，经传无不究览。"

【注释】① 殷仲文：见《言语》一〇六注③（页99）。宏赡：丰富。 ② 亮：傅亮。本书《识鉴》二十五刘孝标注引丘渊之《文章录》曰："亮字季友，迪弟也。历尚书令。仕光禄大夫。元嘉三年，以罪伏诛。"傅亮，南朝宋北地灵州（今甘肃宁武）人。因助刘裕代晋有功，封建成县公。博涉经史，长于文辞。 ③ 袁豹：见刘注。博学，善文辞，为刘裕所重。 ④ 班固(32—92)：见刘注。历史学家，《汉书》的主要作者。善作赋，有《两都赋》等。

【评析】本文所写亦载《晋书》本传，只是内容稍有出入，"亮"作"谢灵运"。其他亦有所不同，兹录于此，以资比较。有曰："仲文善属文，为世所重，谢灵运尝云：'若殷仲文读书半袁豹，则文才不减班固。'言其文多而见书少也。"

一〇〇

羊孚作《雪赞》云①："资清以化②，乘气以霏③，遇象能鲜，即洁成辉。"桓胤遂以书扇④。㊀

【今译】羊孚写的《雪赞》说："白雪凭借清寒而化生，乘着流动的大气而漫天纷飞，遇到不同的景象能使其鲜丽，碰到洁白的东西能使其发出光辉。"桓胤于是就把《雪赞》写在了扇子上。

【刘孝标注】㊀《中兴书》曰："胤字茂祖，谯国人。祖冲，太尉。父嗣，江州刺史。胤少有清操，以恬退见称。仕至中书令。玄败，徙安成郡，后见诛。"

【注释】① 羊孚：见《言语》一〇四刘注（页99）。《雪赞》：羊孚作，见《艺文类聚》卷二。 ② 资：凭借。清：清冷，清爽寒凉。化：化生。 ③ 霏：纷飞。 ④ 桓胤：见刘注。

【评析】羊孚写雪的四句，写出它的化生过程，纷飞的动态，使万物鲜丽，发出洁白的光辉等，使人如置身于大雪纷飞的清凉世界。桓胤用以书扇，颇有化炎热为凉爽之效。

一〇一

王孝伯在京①，行散至其弟王睹户前②，㊀问："古诗中何句为最？"睹思未答。孝伯咏"所遇无故物③，焉得不速老④"："此句为佳。"

【今译】王恭在京城,服药后行散,走到他弟弟王睹门前,问道:"古诗中哪句最好?"王睹在思考未及回答。王恭吟咏"所遇无故物,焉得不速老"道:"这句最好。"

【刘孝标注】㊀ 睹,王爽小字也。《中兴书》曰:"爽字季明,恭第四弟也。仕至侍中。恭事败,赠太常。"

【注释】① 王孝伯:王恭,见《德行》四十四注①(页30)。 ② 行散(sǎn):魏晋文人喜服"五石散",服食这样的烈性药后,须走路以散发药性,故称。王睹:王爽,见刘注。 ③ 故物:旧物,过去之物。 ④ 焉得:怎么能。"焉得不速老"两句诗,见《古诗十九首·回车驾言迈》。意谓:一路上所见都不是旧物,事物都在变,人怎能不迅速地衰老?

【评析】《古诗十九首·回车驾言迈》诗曰:"回车驾言迈,悠悠涉长道。四顾何茫茫,东风摇北草。所遇无故物,焉得不速老? 盛衰各有时,立身苦不早。人生非金石,岂能长寿考? 奄忽随物化,荣名以为宝。"写诗人于旅途中深感时光流逝,人生易老,故当及时努力,早建功业。《晋书》本传谓恭"清操过人,自负才地高华,恒有宰辅之望",值司马道子执政,"恭正色直言,道子深惮而忿之","每言及时政,辄厉声色",可知王恭借赏此诗以表其深慨。

一〇二

桓玄尝登江陵城南楼①,云:"我今欲为王孝伯作诔②。"因吟啸良久③,随而下笔,一坐之间④,诔以之成。㊀

【今译】桓玄曾经登上江陵城的南楼,说:"我现在想要为王恭写一篇诔文。"于是吟咏歌啸了好久,随之动笔,只是片刻工夫诔文就写成了。

【刘孝标注】㊀《晋安帝纪》曰:"玄文翰之美,高于一世。"玄集载其诔叙曰:"隆安二年九月十七日,前将军青、兖二州刺史太原王孝伯薨。川岳降神,哲人是育。既爽其灵,不贶其福。天道茫昧,孰测倚伏? 犬马反噬,豺狼翘陆。岭摧高梧,林残故竹。人之云亡,邦国丧牧。于以诔之,爰旌芳郁。"文多,不尽载。

【注释】① 桓玄:见《德行》四十一注①(页28)。江陵:在今湖北江陵。 ② 王孝伯:王恭,见《德行》四十四注①。诔(lěi):叙述死者事迹以示哀悼之文。 ③ 吟啸:吟咏歌啸。 ④ 一坐之间:不过是坐着的一会儿时间,指时间之短。

【评析】桓玄为王恭写的诔文见刘注所引。《晋书》本传称桓玄"风神疏朗,博综艺术,善属文",从本文所写,知其才思敏捷,吟啸之时已打好腹稿,随即下笔成文。王恭是与桓玄一同起兵反对司马道子而被杀的,后来桓玄执政,便为王恭上表请封,还代为抚养其庶子。可见他们的关系非同一般。

一〇三

桓玄初并西夏①,领荆、江二州、二府、一国②。㊀于时始雪,五处俱贺,五版并入③。玄在听事上,版至,即答版后,皆粲然成章④,不相揉杂⑤。

【今译】桓玄刚刚占据中原西部地区时,统领二州军事、担任二府长官,还封有郡国。当时初降大雪,五个处所同时祝贺,五处贺笺一起送达。桓玄在厅堂上,贺笺一到,立即在贺笺后面作答,都写得满纸灿烂,斐然成章,内容互不混杂。

【刘孝标注】㊀《玄别传》曰:"玄既克殷仲堪后,杨佺期遣使讽朝廷,朝廷以玄都督八州,领江州、荆州二刺史。"

【注释】① 桓玄:见《德行》四十一注①(页28)。西夏:华夏之西,指中原地区西部。 ② 领荆、江二州:指桓玄统领荆州与江州。二府:指八州都督府及后将军府二府。八州为荆、司、雍、秦、梁、益、宁、江八州军事。一国:指桓温死后,以玄继承南郡公的封号。 ③ 五版:指上述二州、二府、一国五处的贺笺。版,写在木板上的贺信。 ④ 粲然:有文采的样子。 ⑤ 揉杂:混杂在一起。

【评析】本文与前一则有相同之处,也是写桓玄敏捷的才思。他不仅援笔立成,且文采斐然,所写各篇的内容均不混同。这对于一位身任要职、军政事务缠身的军政长官来说,殊属不易。

<h1 style="text-align:center">一〇四</h1>

桓玄下都①,羊孚时为兖州别驾②,从京来诣门,笺云:"自顷世故瞑离③,心事沦蕴④。明公启晨光于积晦⑤,澄百流以一源⑥。"桓见笺,驰唤前云:"子道,子道,来何迟!"即用为记室参军⑦。孟昶㊀为刘牢之主簿⑧,㊁诣门谢⑨,见云:"羊侯⑩,羊侯,百口赖卿⑪。"

【今译】桓玄攻下京都后,羊孚当时担任兖州别驾,从京都来到桓府拜访,在诣见信中说:"最近以来遭逢变故离散,心事郁闷积聚。您为漫漫长夜开启了曙光,用清澈的水源澄清了百条浊流。"桓玄见了诣见信,赶快叫他前来说:"子道,子道,你为什么来得这么晚!"立即任用他为记室参军。孟昶当时担任刘牢之的主簿,便到羊孚家来谢罪,见了羊孚就说:"羊侯,羊侯,我全家老少百口的性命全靠您了。"

【刘孝标注】㊀ 别见。 ㊁《续晋阳秋》曰:"牢之字道坚,彭城人,世以将显。父遁,征虏将军。牢之沉毅多计数,为谢玄参军。苻坚之役,以骁猛成功。及平王恭,转徐州刺史。桓玄下都,以牢之为前锋,行征西将军。玄至,归降,用为会稽内史。欲解其兵,奔而缢死。"

【注释】① 桓玄:见《德行》四十一注①(页28)。下都:指桓玄于晋安帝元兴元年(402)攻入建康(南京),废安帝,自立为帝,国号楚,玄"自篡盗至败,时凡八旬"(《晋书》本传)。 ② 羊孚:字子道,见《言语》一〇四刘注(页99)。兖(yǎn)州:东晋所置之州名,初治所在京口(今江苏镇江),后移至广陵(今江苏扬州)。别驾:州刺史之佐吏。 ③ 世故:指变故。瞑离:离散。 ④ 沦蕴(yùn):沉积。 ⑤ 明公:对桓玄的尊称。晨光:曙光。积晦:长夜。 ⑥ 澄(dèng):使浑浊之水变清。 ⑦ 记室参军:将军府中管文书的幕僚。 ⑧ 孟昶(chǎng):字彦达,桓玄称帝,与刘裕合谋讨玄。裕举兵,以昶为长史。官至吏部尚书,加尚书右仆射。后自杀。其事迹见《企羡》六刘注。刘牢之(? —402):见刘注。以骁勇为谢玄选为北府兵将领。淝水之战时,率兵败敌,因功任龙骧将军、彭城内史。后兵权为桓玄所夺,自杀。主簿:管文书的属吏。 ⑨ 谢:谢罪。 ⑩ 羊侯:对羊孚的尊称。 ⑪ 百口:指全家老少。

【评析】据《晋书》本传称,桓玄攻下京都后,倒行逆施,不得人心,"陵侮朝廷,幽摈宰辅,豪奢纵欲,众务繁兴,于是朝野失望,人不安业"。在这种情况下,羊孚竟在求见笺中吹捧桓玄是开启积晦的"晨光",是澄清百流的"一源"。难怪桓玄一见如获至宝,急忙召其前来,嫌其姗姗来迟,立即予以重用。足见羊孚攀援之心何等强烈!在为桓玄所忌的刘牢之属下任职的孟昶深为自己的命运担心,便将自己一家老小的性命拜托给了羊孚,请其庇护。文中桓玄称羊孚之字,以示亲近与信任,而孟昶尊称羊孚为"侯",以示其请求与企盼之心的殷切。

方正第五

一

陈太丘与友期行①,期日中②,过中不至,太丘舍去③,去后乃至。元方时年七岁④,门外戏。○客问元方:"尊君在不⑤?"答曰:"待君久不至,已去。"友人便怒,曰:"非人哉!与人期行,相委而去⑥。"元方曰:"君与家君期日中。日中不至,则是无信;对子骂父,则是无礼。"友人惭,下车引之⑦,元方入门不顾。

【今译】陈寔与朋友约定时间一起外出,约好是在正午,过了正午朋友还不来,陈寔便不顾他自己走了,走后朋友才来。陈纪当时七岁,正在门外玩耍。客人问陈纪:"令君在家吗?"陈纪回答道:"等了您好久不来,已经走了。"友人就大怒道:"真不是人啊!与别人约定一起走的,却丢下别人自己走了。"陈纪说:"您与我父亲约定正午时间。而到了正午不来,就是不讲信用;当着别人儿子的面骂他的父亲,就是无礼。"友人感到惭愧,就下车来拉他的手,陈纪却跑进大门不去管他。

【刘孝标注】○陈寔及纪,并已见。

【注释】① 陈太丘:陈寔,见《德行》六注①(页 4~5)。期行:约定时间同行。期,约定时间。② 日中:正午。 ③ 舍去:不顾而自行离开。 ④ 元方:陈纪,陈寔的长子。 ⑤ 尊君:尊称对方父亲。 ⑥ 委:抛弃,舍弃。 ⑦ 引:拉。

【评析】陈寔与两个儿子(长子纪、次子谌)"齐德同行,父子并著高名,时号'三君'"(《晋书》本传)。当时宦官当道,时政昏暗,士风败坏,而陈寔父子则始终注重德行的修养。本文所写之事虽小,亦能见其一斑,宜乎为史所称。

二

南阳宗世林①,魏武同时②,而甚薄其为人③,不与之交。及魏武作司空④,总朝政,从容问宗曰:"可以交未?"答曰:"松柏之志犹存。"世林既以忤旨见疏,位不配德。文帝兄弟每造其门⑤,皆独拜床下⑥。其见礼如此。○

【今译】南阳宗承,与曹操是同时代人,但很看不起曹操的为人,不肯与曹操结交。等到曹操做了司空,总揽朝政,就不慌不忙地问宗承道:"可以同我结交了吗?"宗承答道:"我的松柏一样的志气仍然还在。"宗承就因为违背曹操的旨意被疏远,官位与他的德行不相匹配。曹丕与曹植兄弟每次到他家拜访,都各自拜在他的坐榻下。他受到的礼遇就像这样。

【刘孝标注】○《楚国先贤传》曰:"宗承字世林,南阳安众人。父资,有美誉。承少而修德雅正,确然不群,征聘不就,闻德而至者如林。魏武弱冠,屡造其门,值宾客猥积,不能得言;乃伺承起,往要之,捉手请交,承拒而不纳。帝后为司空,辅汉朝,乃谓承曰:'卿昔不顾吾,今可为交未?'承曰:'松柏之志犹存。'帝不说,以其名贤,犹敬礼之。敕文帝修子弟礼,就家拜汉中太守。武帝平冀州,从至邺,陈群等皆为之拜。帝犹以旧情介意,薄其位而优其礼,就家访以朝政,居宾客之右。文帝征为直谏大夫。明帝欲引以为相,以老固辞。"

【注释】① 南阳:郡名,治所在宛县(在今河南南阳)。宗世林:宗承,见刘注。 ② 魏武:曹操,死后追尊为魏武帝,故称。 ③ 薄:轻视,看不起。 ④ 司空:三公之一,参议国事。 ⑤ 文帝兄弟:指曹丕、曹植等兄弟。文帝,指曹丕。 ⑥ 床:指坐榻。

【评析】本文写宗承看不起曹操,不肯与之结交,即使曹操做了司空,大权在握,仍然坚持"松柏之志",令曹操下不了台。刘注引文谓曹操"不说(悦)",很不高兴。由于承是有名的"贤人",不得不以礼相待,实则"薄其位",就是文中写到的使其"位不配德"。但曹操仍然要求曹丕兄弟对承执弟子之礼,故他们造访宗承时,都拜在承的坐榻下。因承坚持"松柏之志",故惯于以威势压人的曹操也奈何他不得。

三

魏文帝受禅①,陈群有戚容②。帝问曰:"朕应天受命③,卿何以不乐?"群曰:"臣与华歆服膺先朝④,今虽欣圣化⑤,犹义形于色⑥。"㊀

【今译】魏文帝曹丕接受禅让登上帝位后,陈群面带悲苦之色。文帝问道:"我顺应天命登上皇位,你为什么闷闷不乐?"陈群道:"我和华歆都曾衷心拥戴汉朝,如今虽然欣逢圣明教化之治,但对前朝的情义还是不由自主地要流露出来。"

【刘孝标注】㊀ 华峤《谱叙》曰:"魏受禅,朝臣三公以下并受爵位。华歆以形色忤时,徙为司空,不进爵。文帝久不怿,以问尚书令陈群曰:'我应天受命,百辟莫不说喜,形于声色,而相国及公独有不怡者,何邪?'群起离席长跪曰:'臣与相国曾事汉朝,心虽说喜,义干其色,亦惧陛下实应见憎。'帝大悦,叹息久之,遂重异之。"

【注释】① 魏文帝:曹丕,见《言语》十注②(页41)。受禅:指曹丕迫使汉献帝把帝位让给他,却美其名曰接受禅让。禅,禅让,指帝王让位给别人。 ② 陈群:见《德行》六注③。戚容:悲苦的脸色。 ③ 朕:帝王自称。应天受命:曹丕自称登上帝位是顺应天命,受命于天。 ④ 华歆:见《德行》十注①(页10)。服膺(yīng):指衷心拥戴。先朝:指汉朝。 ⑤ 圣化:称颂文帝之治为圣明的教化。 ⑥ 义形于色:正义之气现于神色。

【评析】陈群与华歆都是曹丕极其亲信的重臣。《三国志·魏书》本传谓曹丕"即王位,封群昌武亭侯,徙为尚书。制九品官人之法,群所建也。及践祚,迁尚书仆射,加侍中,徙尚书令,进爵颍乡侯"。华歆则"文帝即王位,拜相国,封安乐乡侯。及践祚,改为司徒"。故本文所写"陈群有戚容",及陈群所言他与华歆二人"服膺先朝"、"义形于色"云云,实不足信。

四

郭淮作关中都督①,甚得民情,亦屡有战庸②。㊀淮妻,太尉王凌之妹③,坐凌事④,当并诛。㊁使者征摄甚急⑤。淮使戒装⑥,克日当发⑦。州府文武及百姓劝淮举兵,淮不许。至期遣妻,百姓号泣追呼者数万人。行数十里,淮乃命左右追夫人还，于是文武奔驰，如徇身首之急⑧。既至，淮与宣帝书曰⑨："五子哀恋，思念其母。其母既亡，则无五子；五子若殒⑩，亦复无淮。"宣帝乃表特原淮妻⑪。⑤

【今译】郭淮担任关中都督，深得民心，也多次立有战功。郭淮的妻子，是太尉王凌的妹妹，因王凌犯罪受株连应当一起处死。使者来捉拿她追得很急。郭淮便让她准备行装，按限定的日期出发。州府里的文武官员及百姓都劝郭淮起兵抗拒，郭淮不答应。到了期限，他就打发妻子上路，百姓号哭追赶呼叫的有几万人。走了几十里地，郭淮才让左右侍从把夫人追回来，于是文武官员急忙奔驰，就像去营救即将被斩首者那样地紧急。妻子回来后，郭淮上书司马懿说："我的五个儿子哀痛眷恋，思念他们的母亲。他们的母亲如果死了，那么五个儿子也就没有了；五个儿子如果死了，也就不再有我郭淮了。"司马懿看到后就上表魏帝，特赦了郭淮的妻子。

【刘孝标注】㊀《魏志》曰："淮字伯济，太原阳曲人。建安中，除平原府丞。黄初元年，奉使贺文帝践阼，而稽留不及。群臣欢会，帝正色责之曰：'昔禹会诸侯于涂山，防风氏后至，便行大戮。今溥天同庆，而卿最留迟，何也？'淮曰：'臣闻五帝先教，导民以德，夏后政衰，始用刑辟。今臣遭唐、虞之世，是以知免防风氏之诛。'帝悦之，擢为雍州刺史，迁征西将军。淮在关中三十余年，功绩显著，迁仪同三司，赠大将军。"㊁《魏略》曰："凌字彦云，太原祁人。历司空、太尉、征东将军。密欲立楚王彪，司马宣王自讨之，凌自缚归罪，遥谓太傅曰：'卿直以折简召我，我当不至邪！'太傅曰：'以卿非肯逐折简者也。'遂使人送至西。凌自知罪重，试索棺钉以观太傅意，太傅给之。凌行至项城，夜呼掾属与决曰：'行年八十，身名俱灭。命邪？'遂自杀。"㊂《世语》曰："淮妻当从坐，侍御史往收，督将及羌胡渠帅数千人，叩头请淮上表留妻，淮不从。妻上道，莫不流涕，人人扼腕，欲劫留之。淮五子叩头流血请淮，淮不忍视，乃命追之。于是，数千骑往追还。淮以书白司马宣王曰：'五子哀母，不惜其身。若无其母，是无五子；五子若亡，亦无淮也。今辄追还，若于法未通，当受罪于主者。'书至，宣王乃表原之。"

【注释】① 郭淮：见刘注。封都乡侯。关中：指东至函谷关，西至散关，南至武关，北至萧关的地带，即今之陕西省。都督：地方军政长官，都督诸州军事，兼任所驻地之州刺史。　② 战庸：战功。庸，功。　③ 太尉：官名，汉魏时与司徒、司空并称三公。王凌：见刘注。曹操时辟为丞相掾属。曹丕为帝时，拜散骑常侍，伐吴有功，封宜城亭侯，加建武将军等。在扬州、豫州刺史任上颇得民心。后迁车骑将军、仪同三司、司空等。司马懿当权时，以其为太尉。他拟迎立楚王曹彪为帝，而废齐王曹芳，为人告发，于时王凌服毒自杀。司马懿诛其三族。　④ 坐：因……连坐。　⑤ 征摄：指捉拿。　⑥ 戒装：指准备行装。　⑦ 克日：限定时间。　⑧ 徇：营救。　⑨ 宣帝：司马懿(179—251)，字仲达，河内温县(今河南温县西)人，魏之重臣，后杀曹爽，专国政。后其孙司马炎代魏称帝，追尊懿为皇帝。　⑩ 殒(yǔn)：死亡。　⑪ 表：指司马懿上表给魏帝。原：宽恕，赦免。

【评析】本文所写之事，《三国志·魏书》本传裴注引《世语》，尚有"淮五子叩头流血请淮，淮不忍视，乃命左右追妻"等语，对其五子哀痛之情写得更为具体。本传谓郭淮战功显赫，对关中的安定殊有贡献，谓"关中始定，民得安乐"。其对来降之敌亦能安抚："每羌、胡来降，淮辄先使人推问其亲理，男多女少，年岁长幼；及见，一二知其款曲，讯问周至，咸称神明。"其他如打刘备、败诸葛亮等战功亦令人瞩目，故为司马懿所赏识。其战功和治绩是其得到破例宽免的原因。

五

诸葛亮之次渭滨①，关中震动②。㊀魏明帝深惧晋宣王战③，乃遣辛毗为军司马④。㊀宣王既与亮对渭而陈⑤,亮设诱谲万方⑥。宣王果大忿,将欲应之以重兵。亮遣间谍觇之⑦,还曰:"有一老夫,毅然仗黄钺⑧,当军门立,军不得出。"亮曰:"此必辛佐治也。"㊁

【今译】诸葛亮率军驻扎在渭水之滨,关中为之震动。魏明帝很怕司马懿出兵应战,就派辛毗任军师。宣王已经与诸葛亮隔着渭水对阵,诸葛亮千方百计设计诱骗对方出战。司马懿果然大怒,准备用重兵来应战。诸葛亮派间谍去探看对方的动静,间谍回来报告说:"有一位老人,神情坚毅地手拿黄钺,在军营门口站着,军队无法出来。"诸葛亮说:"这人必定是辛毗了。"

【刘孝标注】㊀《蜀志》曰:"亮字孔明,琅邪阳都人。客于荆州,躬耕陇亩,好为《梁甫吟》。长八尺,每自比管仲、乐毅,时人莫之许也,唯博陵崔州平、颍川徐远直谓为信然。先主屯新野,徐庶见先主曰:'诸葛孔明,卧龙也。将军岂愿见之乎?'先主曰:'君与俱来。'庶曰:'此人可就见,不可屈致也。'先生遂诣亮,谓关羽、张飞曰:'孤之有孔明,犹鱼之有水也。'累迁丞相、益州牧。率众北征,卒于渭南。" ㊁《魏志》曰:"毗字佐治,颍川阳翟人。累迁卫尉。" ㊂《晋阳秋》曰:"诸葛亮寇于郿,据渭水南原,诏使高祖拒之。亮善抚御,又戎政严明,且侨军远征,粮运艰涩,利在野战。朝廷每闻其出,欲以不战屈之,高祖亦以为然。而拥大军御侮于外,不宜远露怯弱之形,以亏大势,故秣马坐甲,每见吞并之威。亮虽挑战,或遗高祖巾帼,巾帼,妇女之饰,欲以激怒,冀获曹咎之利。朝廷虑高祖不胜忿愤,而卫尉辛毗骨鲠之臣,帝乃使毗仗节为高祖军司马。亮果复挑战,高祖乃奋怒,将出应之。毗仗节中门而立,高祖乃止。将士闻见者,益加勇锐。识者以人臣虽拥众千万,而屈于王人。大略深长,皆如此之类也。"

【注释】① 诸葛亮(181—234):见刘注。初隐居隆中,留心世事,被称为"卧龙"。后刘备三顾茅庐,遂出山,成为刘备的主要谋士,提出联吴抗曹之策,取得赤壁之战的胜利,占领荆州、益州,建立蜀汉政权。曹丕代汉后,拥刘备称帝,任丞相。刘备死,竭尽心力辅佐刘禅。在与司马懿对峙中,病死于五丈原军中。次渭滨:驻扎在渭水旁。次,指军队驻扎。 ② 关中:指今陕西省。 ③ 魏明帝:曹睿,字元仲,三国魏第二代君主,在位十余年,谥为明皇帝。晋宣王:司马懿,见本篇四注⑨(页180)。 ④ 辛毗(pí):见刘注。军司马:应作"军师"。晋人避司马师之名讳,故改为"军司"。"马"为衍字。 ⑤ 对渭而陈:隔着渭水对阵。陈,同"阵",列阵。 ⑥ 设诱谲:指设计诱骗对方。谲(jué),欺骗。万方:千方百计。 ⑦ 觇(chān):窥视,察看。 ⑧ 黄钺(yuè):古兵器,圆刃或平刃,形似斧,有木柄,用以砍剁。

【评析】魏明帝太和二年(228),诸葛亮率兵十余万远征曹魏,屯于渭水之南,利在速战。明帝命司马懿不得出战,以观其变。本文所写亦见于《晋书·宣帝纪》,只是《晋书》写得更详尽,特别是诸葛亮对姜维说的一段话,表明司马懿上表请战并非真欲应战,只是借朝廷之命以缓和坚守不战的尴尬局面而已。于此亦可知司马懿之老谋深算。其文曰:"帝(即司马懿)怒,表请决战,天子不许,乃遣骨鲠、卫尉辛毗杖节为军师以制之……亮曰:'彼本无战心,所以固请者,以示武于其众耳。将在军,君命有所不受,苟能制吾,岂千里而请战邪!'"两军对垒百余日后,诸葛亮劳累过度,病死于军中。

六

夏侯玄既被桎梏①,㊀时钟毓为廷尉②,钟会先不与玄相知③,因便狎之④。玄曰:"虽复刑余之人⑤,未敢闻命!"㊁考掠初无一言⑥,临刑东市⑦,颜色不异。㊂

《世说新语》详解

【今译】夏侯玄被捕戴上脚镣手铐后，当时钟毓担任廷尉，钟会先前和夏侯玄并没有什么交情，现在就趁机戏辱夏侯玄。夏侯玄说："我虽然是犯了罪的人，也不敢遵命！"拷打他也根本不说一句话，解赴刑场将要行刑之时，还是面不改色。

【刘孝标注】㊀《魏氏春秋》曰："玄字太初，谯国人，夏侯尚之子，大将军前妻兄也。风格高朗，弘辩博畅。正始中，护军曹爽诛，征为太常。内知不免，不交人事，不畜笔研。及太傅薨，许允谓玄曰：'子无复忧矣！'玄叹曰：'士宗，卿何不见事乎？此人尤能以通家年少遇我，子元、子上不吾容也。'后中书令李丰恶大将军执政，遂谋以玄代之。大将军闻其谋，诛丰，收玄送廷尉。"干宝《晋纪》曰："初，丰之谋也，使告玄，玄答曰：'宜详之尔！'不以闻也，故及于难。" ㊁《世语》曰："玄至廷尉，不肯下辞。廷尉钟毓自临履玄，玄正色曰：'吾当何辞，为令史责人邪？'卿便为吾作。'毓以玄名士，节高不可屈；而狱当竟，夜为作辞，令与事相附，流涕以示玄，玄视之曰：'不当若是邪！'钟会年少于玄，玄不与交。是日，于毓坐狎玄，玄正色曰：'钟君何得如是！'"《名士传》曰："初，玄以钟毓志趣不同，不与之交。玄被收时，毓为廷尉，执玄手曰：'太初何至于此？'玄正色曰：'虽复刑余之人，不可得交。'"按郭颁，西晋人，时世相近，为《晋魏世语》，事多详核。孙盛之徒，皆采以著书，并云玄距钟会。而袁宏《名士传》最后出，不依前史，以为钟毓，可谓谬矣！ ㊂《魏志》曰："玄格量弘济，临斩，颜色不异，举止自若。"

【注释】① 夏侯玄（209—254）：见刘注。为早期玄学领袖。曾任魏征西将军，都督雍、凉州诸军事。中书令李丰等拟谋杀司马师，而以夏侯玄取代，夺取司马氏权力，事泄被杀。桎梏（zhì gù）：脚镣和手铐。 ② 钟毓（yù）：见《言语》十一注①（页41）。廷尉：掌刑狱之官。 ③ 钟会：见《言语》十一注①（页41）。相知：互相交好。 ④ 因便：乘机，顺便。狎（xiá）：亲近而态度不庄重，意指戏辱。 ⑤ 刑余之人：指犯罪之人。 ⑥ 考掠：拷打。初：根本，从来。 ⑦ 东市：汉代在长安东市处死犯人，后即指刑场。

【评析】夏侯玄是曹爽之姑子，曹爽为司马懿所杀，曹氏与司马氏之间的斗争更加白热化。至正元元年（254）中书令李丰等拟谋杀司马师，夺回大权，以夏侯玄辅政，终为司马师所杀。李丰等均被诛三族，夏侯玄亦难免一死。他与何晏同是玄学的倡导者，同开一代清谈之风，两人都是曹魏的拥戴者，先后死于司马氏之手。何晏为司马懿所杀，夏侯玄则为司马师所杀。

七

夏侯泰初与广陵陈本善①，本与玄在本母前宴饮，㊀本弟骞㊁行还②，径入至堂户。泰初因起曰："可得同，不可得而杂。"㊂

【今译】夏侯玄与广陵陈本很友好，陈本和夏侯玄一起在陈本母亲跟前喝酒，陈本弟弟陈骞外出回家，径直朝里走，到了母亲住的堂屋门口。夏侯玄于是就起身说："我可以与志趣相同者交往，但不能与不相投的人杂处。"

【刘孝标注】㊀《世语》曰："本字休元，临淮东阳人。"《魏志》曰："本，广陵东阳人。父矫，司徒。本历郡守、廷尉，所在操纲领，举大体，能使群下自尽，有率御之才，不亲小事，不读法律，而得廷尉之称。迁镇北将军。" ㊁《晋阳秋》曰："骞字休渊，司徒第二子。无骞谔风，滑稽而多智谋。仕至大司马。" ㊂《名士传》曰："玄以乡党贵齿，本不论德位，年长者必为拜。与陈本母前饮，骞来而出，其可得同，不可得而杂者也。"

【注释】① 夏侯泰伯：即夏侯玄。广陵：郡名，治所汉代在今扬州，三国魏时移治淮阴（今江苏淮阴市西南甘罗城）。陈本：见刘注。 ② 骞（qiān）：陈骞，见刘注。

【评析】前一则写夏侯玄被拷打时不发一言,临刑时面不改色,表现其凛然无惧。本文写其对陈本兄弟的不同态度,与陈本友善,而对其弟则不愿与其相处。刘注引《晋阳秋》谓陈骞"无謇(jiǎn)谔风",即没有正直敢言之风,而这正是夏侯玄所不齿的,故拒绝与之交往相处。说明夏侯玄的正直是一以贯之的。

八

高贵乡公薨①,内外喧哗②。㊀司马文王问侍中陈泰曰③:㊁"何以静之?"泰云:"唯杀贾充以谢天下④。"文王曰:"可复下此不⑤?"对曰:"但见其上,未见其下⑥。"㊂

【今译】高贵乡公曹髦被杀后,朝廷内外议论纷纷。司马昭问侍中陈泰说:"用什么办法使局势安定下来?"陈泰说:"只有杀掉贾充来向天下人谢罪这个办法。"司马昭说:"可以再想一个次一等的办法吗?"陈泰答道:"只有比这更重的处置,而不可能有比这更轻的处置了。"

【刘孝标注】㊀《魏志》曰:"高贵乡公讳髦,字彦士,文帝孙,东海定王霖之子也。初封剡县高贵乡公。好学夙成。齐王废,群臣迎之即皇帝位。"《汉晋春秋》曰:"自曹芳事后,魏人省彻宿卫,无复铠甲,诸门戎兵,老弱而已。曹髦见威权日去,不胜其忿。召侍中王沈、尚书王经、散骑常侍王业,谓曰:'司马昭之心,路人所知也。吾不能坐受废辱,今日当与卿自出讨之。'王经谏,不听,乃出怀中板令投地,曰:'行之决矣。正使死,何所恨!况不必死邪!'于是入白太后。沈、业奔走告昭,昭为之备。髦遂率僮仆数百,鼓噪而出。昭屯骑校尉伷入,遇髦于东止车门;左右诃之,伷众奔走。中护军贾充又逆髦战于南阙下,髦自用剑。众欲退,太子舍人成济问充曰:'事急矣,当云何?'充曰:'公畜汝等,正为今日。今日之事,无所问也。'济即前刺髦,刃出于背。"《魏氏春秋》曰:"帝将诛大将军,诏有司复进位相国,加九锡。帝夜自将冗从仆射李昭、黄门从官焦伯等下陵云台,铠仗授兵,欲因际会,遣使自出致讨。会雨而却。明日,遂见王经等出黄素诏于怀曰:'是可忍也,孰不可忍!今当决行此事。'帝遂拔剑升辇,率殿中宿卫苍头官僮击战鼓,出云龙门。贾充自外而入,帝师溃散,帝犹称天子,手剑奋击,众莫敢逼。充率厉将士,骑督成倅弟济以矛进,帝崩于师。时暴雨,雷电晦冥。" ㊁《魏志》曰:"泰字玄伯,司空群之子也。" ㊂干宝《晋纪》曰:"高贵乡公之杀,司马文王召朝臣谋其故。太常陈泰不至,使其舅荀颛召之,告以可不。泰曰:'世之论者,以泰方于舅;今舅不如泰也。'子弟内外咸共逼之,垂涕而入。文王待之曲室,谓曰:'玄伯,卿何以处我?'对曰:'可诛贾充以谢天下。'文王曰:'为吾更思其次。'泰曰:'唯有进于此,不知其次。'文王乃止。"《汉晋春秋》曰:"曹髦之薨,司马昭闻之,自投于地曰:'天下谓我何?'于是召百官议其事,昭垂涕问陈泰曰:'何以居我?'泰曰:'公光辅数世,功盖天下,谓当并迹古人,垂美于后。一旦有杀君之事,不亦惜乎!速斩贾充,犹可以自明也。'昭曰:'公闾不可得杀也,卿更思余计。'泰厉声曰:'意唯有进于此耳,余无足委者也!'归而自杀。"《魏氏春秋》曰:"泰劝大将军诛贾充,大将军曰:'卿更思其他。'泰曰:'岂可使泰复发后言。'遂呕血死。"

【注释】①高贵乡公:曹髦(241—260),见刘注。三国魏国皇帝,曹丕之孙。初封高贵乡公,嘉平六年(254),司马师废曹芳,立其为帝。因不甘做司马昭的傀儡,率领数百宿卫攻司马昭,为司马昭亲信贾充率将士杀死。死后无号,史称高贵乡公。薨(hōng):古称帝王之死。 ②内外:指朝廷内外。 ③司马文王:司马昭。侍中:侍候皇帝左右的官员。陈泰:见刘注,颍川许昌(今属河南)人,陈群之子。官至尚书右仆射、光禄大夫。 ④贾充:见《政事》六注①(页105)。谢:认罪。 ⑤下此:指比杀死贾充次一等的办法。 ⑥上:指更重的处理。下:指更轻的处理。

【评析】曹髦被司马师扶上皇位时只有十四岁,但却不愿当傀儡,说出了"司马昭之心,路人皆知"的名言。明知势单力薄,却以必死之心率僮仆数百人与司马昭拼命,结果当然被杀害。而陈泰也明知贾充是司马昭的亲信,仍然坚持请诛贾充,被司马昭拒绝后,竟呕血而死。在曹氏三少帝中,前面的曹芳被司马师所废,后面的曹奂将帝位拱手相让,只有曹髦敢于以卵击石,还是小有骨气的。

九

和峤为武帝所亲重①,语峤曰:"东宫顷似更成进②,卿试往看。"还,问何如。答云:"皇太子圣质如初③。"㊀

【今译】和峤为武帝所亲近敬重,武帝对和峤说:"太子最近好像更加成熟长进了,你试着去看一看。"和峤看了回来,武帝问他:"怎么样?"和峤答道:"太子的资质和当初一样。"

【刘孝标注】㊀《晋诸公赞》曰:"峤字长舆,汝南西平人。父逌,太常,知名。峤少以雅量称,深为贾充所知,每向其祖称之。历尚书、太子少傅。"干宝《晋纪》曰:"皇太子有醇古之风,美于信受。侍中和峤数言于上曰:'季世多伪,而太子尚信,非四海之主。忧太子不了陛下家事,愿追思文、武之祚。'上既重长适,又怀齐王,朋党之论弗入也。后上谓峤曰:'太子近入朝,吾谓差进,卿可与荀侍中共详言。'及颛奉诏还,对上曰:'太子明识弘新,有如明诏。'问峤,峤对曰:'圣质如初。'上默然。"《晋阳秋》曰:"世祖疑惠帝不可承继大业,遣和峤、荀勖往观之。既见,勖称叹曰:'太子德更进茂,不同于故。'峤曰:'皇太子圣质如初。此陛下家事,非臣所尽。'天下闻之,莫不称峤为忠,而欲灰灭勖也。"按荀颛清雅,性不阿谀。校之二说,则孙盛为得也。

【注释】① 和峤:见《德行》十七注①(页12)。武帝:晋武帝司马炎,见《德行》十七注④(页12)。 ② 东宫:太子所居之官,亦指太子。太子司马衷(259—307),字正度,以痴呆著称。290—306年在位。初由贾后专权,引起"八王之乱",诸王相继执政,形同傀儡。后被毒死。顷:短时间。成进:成熟长进。 ③ 圣质:指太子的资质。

【评析】惠帝司马衷为太子时,《晋书·惠帝纪》谓朝廷上下都知其不懂政事,连武帝也怀疑起来,派人考察太子。太子妃贾氏或派人代其回答问题,或抄录由他人起草的稿子蒙混,"武帝览而大悦,太子遂安"。当"天下荒乱,百姓饿死",他竟然说出"何不食肉糜"这样的话来。于此可知,太子固然愚痴,武帝亦并不高明,故史臣称"武皇不知其子也"(同上)。

十

诸葛靓后入晋①,除大司马②,召不起。以与晋室有仇③,常背洛水而坐。与武帝有旧④,帝欲见之而无由,乃请诸葛妃呼靓⑤。既来,帝就太妃间相见。礼毕,酒酣,帝曰:"卿故复忆竹马之好不⑥?"靓曰:"臣不能吞炭漆身⑦,今日复睹圣颜。"因涕泗百行⑧。帝于是惭悔而出。㊀

【今译】诸葛靓后来到了晋朝,拜官大司马,他却不肯担任。因为他与晋朝王室有杀父之仇,所以常常背对洛水而坐不愿面向洛阳。他与武帝司马炎过去有交情,武帝想见他又没有什么理由,就请诸葛妃把诸葛靓叫来。诸葛靓来后,武帝就到太妃这里来和他相见。见过礼后，大家畅快地饮酒，武帝说："你还记得我们儿时的友情吗?"诸葛靓说："我不能像豫让那样吞炭漆身为父报仇，所以今天才得以再见到圣上的容颜。"说着涕泪满面。武帝于是就惭愧悔恨而去。

【刘孝标注】㊀《晋诸公赞》曰："吴亡，靓入洛，以父诞为太祖所杀，誓不见世祖。世祖叔母琅邪王妃，靓之姊也。帝后因靓在姊间，往就见焉，靓逃于厕中。于是以至孝发名。时嵇康亦被法，而康子绍死荡阴之役。谈者咸曰：'观绍、靓二人，然后知忠孝之道区以别矣。'"

【注释】① 诸葛靓：见《言语》二十一刘注(页48)。入晋：诸葛靓仕吴为右将军、大司马，吴为晋所灭，他到了晋的都城洛阳。　② 除：拜官授职。大司马：官名，上公之一，位在三公之上。③ 与晋室有仇：靓之父诸葛诞原为魏将，后为吴臣，被司马昭所杀，故与晋有杀父之仇。④ 旧：指旧交，交情。　⑤ 诸葛妃：司马懿子琅邪王伷(zhòu)的王妃，为诸葛靓之姊，也是司马炎的叔母。后文之"太妃"即为诸葛妃。　⑥ 竹马之好：指儿时的友情。竹马为儿童玩具，当马骑的竹竿。　⑦ 吞炭漆身：事见《战国策·赵策》。战国时韩、魏、赵合力杀智伯，智伯的门客豫让为替其报仇，漆身为癞，吞炭为哑，改变容貌声音，想刺杀赵襄子，事败而死。后即喻指矢志复仇。　⑧ 涕泗(sì)：眼泪鼻涕。

【评析】本文内容亦载于《晋书·诸葛恢传》中，恢为靓之子，仕于晋，西晋末渡江，与荀闿、蔡谟号为"中兴三明"，官至尚书右仆射。传中所载内容将本文和刘注所引《晋诸公赞》融合在一起，后半段谓："靓逃于厕中，帝又逼见之，谓曰：'不谓今日复得相见。'靓流涕曰：'不能漆身皮面，复睹圣颜！'诏以为侍中，固辞不拜，归于乡里，终身不向朝廷而坐。"就记叙的生动而言，当以本文为胜。

十一

　　武帝语和峤曰①："我欲先痛骂王武子②，然后爵之③。"峤曰："武子俊爽，恐不可屈。"帝遂召武子苦责之，因曰："知愧不?"㊀武子曰："尺布斗粟之谣④，常为陛下耻之。㊁它人能令疏亲⑤，臣不能使亲疏⑥，以此愧陛下！"

【今译】武帝对和峤说："我要先痛骂王济，然后再给他封爵位。"和峤道："王济这人俊迈豪爽，恐怕不能使他屈服。"武帝就召见王济，狠狠地责骂他一通，于是问他说："知道羞愧吗?"王济道："汉代有'尺布斗粟'之谣，我常常替陛下感到耻辱。别人能叫疏远的人亲近，我却不能使亲近的人疏远，为此我愧对陛下！"

【刘孝标注】㊀《晋诸公赞》曰："齐王当出藩，而王济谏请无数，又累遣常山主与妇长广公主共入，稽颡陈乞留之。世祖甚恚，谓王戎曰：'我兄弟至亲，今出齐王，自朕家计。而甄德、王济连遣妇入来生哭人邪，济等如尔，况余者乎！'济自此被责，左迁国子祭酒。"　㊁《汉书》曰："淮南厉王长，高祖少子也。有罪，文帝徙之于蜀，不食而死。民作歌曰：'一尺布，尚可缝；一斗粟，尚可舂；兄弟二人，不能相容。'"瓒注曰："言一尺布帛，可缝而衣之；一斗米粟，可舂而共食。况以天下之广，而不相容也。"

【注释】① 武帝：晋武帝司马炎，见《德行》十七注④(页12)。和峤：见《德行》十七注①(页12)。　② 王武子：王济，见《言语》二十四注①(页51)。　③ 爵之：封给他爵位。　④ 尺布斗粟之谣：见《史记·淮南衡山列传》，记汉文帝弟淮南厉王刘长以谋反罪被流放，途中绝食而死。民谣讽之曰："一尺布，尚可缝；一斗粟，尚可舂；兄弟二人，不能相容。"讥讽汉文帝不能容纳兄弟。当时武帝命同母弟齐王司马攸离开京城以封地，情况类似，故王济举汉民谣以刺之。⑤ 令疏亲：使疏远的人亲近。　⑥ 使亲疏：使亲近的人疏远。

【评析】本文所写之事为王济力谏武帝勿遣齐王离京就藩而引起。齐王司马攸固"才华出武帝之右"(《晋书》本传)而先后得到司马懿和司马昭的器重,十八岁时就"甚有威惠"(同上)。司马炎称帝后,封为齐王,他"总统军事,抚宁内外,莫不景附焉"(同上)。而太子愚痴,其他诸子均软弱无能,故朝廷内外都把希望寄托在他身上,遂令司马炎猜忌不安,再加左右亲信进谗,便把司马攸逐出朝廷。王济竭力反对,还派妻子进宫劝阻,这更引起司马炎的不满,所以痛骂王济。王济则不仅不为所屈,还引用汉文帝放逐兄弟时的民谣来喻指武帝不容兄弟,并为武帝而感到耻辱,为自己不能力阻而感到惭愧。文章前后呼应,极其精彩生动地写出了王济"俊爽"、"不屈"的风采。

十二

杜预之荆州①,顿七里桥②,朝士悉祖③。㊀预少贱,好豪侠,不为物所许④。杨济既名氏雄俊⑤,不堪⑥,不坐而去。㊁须臾⑦,和长舆来⑧,问:"杨右卫何在⑨?"客曰:"向来不坐而去。"长舆曰:"必大夏门下盘马⑩。"往大夏门,果大阅骑,长舆抱内车⑪,共载归,坐如初。

【今译】杜预到荆州赴任,屯驻在七里桥,朝廷人士都来为他送行。杜预年轻时地位低贱,好行侠义,不为世人所赞许。杨济既是出身名门的杰出英俊之士,不能忍受这种情况,到了那里没有落座就走了。不一会儿,和峤来了,问道:"杨右卫将军在哪里?"有宾客说:"刚才来过,没有落座就走了。"和峤说:"他必定在大夏门下骑马盘旋。"于是便前往大夏门,果然杨济在那里检阅骑兵,和峤就将杨济抱入车里,一起乘车回到七里桥,像之前那样坐下来参加宴饮。

【刘孝标注】㊀王隐《晋书》曰:"预字元凯,京兆杜陵人,汉御史大夫延年十一世孙。祖畿,魏太保。父恕,幽州、荆州刺史。预智谋渊博,明于治乱,常称:'立德者非所企及,立功、立言,所庶几也。'累迁河南尹,为镇南将军,都督荆州诸军事,镇襄阳。以平吴勋,封当阳侯。预无伎艺之能,身不跨马,射不穿札,而每有大事,辄在将帅之限。赠征南将军、仪同三司。"㊁《八王故事》曰:"济字文通,弘农人,杨骏弟也。有才识,累迁太子太保。与骏同诛。"

【注释】① 杜预(222—284):详见刘注。司马昭妹夫,多谋略,号称"杜武库"。博学多通,参与制定《晋律》,所著《春秋左氏经传集解》流传至今,收入《十三经注疏》。 ② 顿:屯驻。七里桥:在洛阳东郊。 ③ 祖:原称祭祀路神,后亦指送行。 ④ 物:人,世人。许:赞许,认可。 ⑤ 杨济:见刘注,为武帝皇后父亲杨骏之弟。雄俊:杰出英俊之士。 ⑥ 不堪:不能忍受。 ⑦ 须臾:片刻,一会儿。 ⑧ 和长舆:和峤,见《德行》十七注①(页12)。 ⑨ 杨右卫:杨济。 ⑩ 大夏门:位于洛阳城北的城门。盘马:骑着马盘旋。 ⑪ 内(nà):通"纳"。

【评析】杜预出身世家之后,为西汉名臣杜延年之后,父、祖仕魏,亦显贵,本文谓其"少贱",指"其父与皇帝不相能,遂以幽死"(《晋书》本传)。即其父杜恕与司马懿感情不洽,被囚禁而死。杜预因此受到压抑,为朝臣所轻视。即使受武帝之命赴任都督荆州诸军事,朝士都去饯行,但作为皇后叔父的杨济仍然瞧不起这个罪人之子,不愿与其同坐,还是和峤把他硬拖来才入座的。于此可知当时皇后娘家杨氏之骄横。

十三

杜预拜镇南将军,朝士悉至,皆在连榻坐①,㊀时亦有裴叔则②。羊稚舒后至③，曰："杜元凯乃复连榻坐客④！"不坐便去。㊀杜请裴追之，羊去数里住马，既而俱还杜许⑤。

【今译】杜预担任镇南将军时，朝廷人士都来祝贺，大家都在连榻上落座。当时入座的还有裴楷。羊琇后到，说："杜元凯竟然让客人坐在连榻上！"他没有入座就走了。杜预请裴楷去追羊琇，他走了几里路勒住了马，不久两人一起回到了杜预处。

【刘孝标注】㊀《语林》曰："中朝方镇还，不与元凯共坐；预征吴还，独榻不与宾客共也。"㊁《晋诸公赞》曰："羊琇字稚舒，泰山人。通济有才干，与世祖同年相善，谓世祖曰：'后富贵时，见用作领、护军各十年。'世祖即位，累迁左将军、特进。"

【注释】① 连榻：可坐数人的坐榻。　② 裴叔则：裴楷，见《德行》十八注③（页13）。　③ 羊稚舒：羊琇，见刘注。司马师妻羊氏的叔父。少与司马炎亲狎，为司马炎谋划。使其得以立为太子，故为武帝所宠信。官至左卫将军、中护军、加散骑常侍。　④ 杜元凯：杜预字元凯，故称。　⑤ 既而：不久。许：处所。

【评析】前面一则写杜预赴荆州任时，杨济不坐而去，本则为羊琇不坐而去。杨济为武帝杨皇后的叔父，羊琇是司马师妻羊氏的堂叔，杜预为司马昭的妹夫，说起来皆为皇亲国戚，只是杨、羊二人是武帝的亲信，权势特大，恃贵而骄，杜预之父冒犯了司马懿成了罪人，他们便歧视杜预。当时坐榻分为连榻和独榻两种，刘注引文谓杜预坐独榻，羊琇对自己与他人共坐连榻便至为恼怒，不坐而去。幸有和峤、裴楷把杨济、羊琇拉回来就座，故编撰者赞扬和、裴二人，将他们编入《方正》篇。

十四

晋武帝时，荀勖为中书监①，㊀和峤为令②。故事③，监、令由来共车④。峤性雅正⑤，常疾勖谄谀⑥。㊁后公车来⑦，峤便登，正向前坐，不复容勖。勖方更觅车⑧，然后得去。监、令各给车⑨，自此始。㊂

【今译】晋武帝时，荀勖担任中书监，和峤担任中书令。按照惯例，中书监和中书令一向是同乘一辆车的。和峤性格方正，常常痛恨荀勖的奉承讨好。后官车来到，和峤就先上车，正对着前面端坐，再也容不下荀勖坐了。荀勖这才重新找车，然后才能走。为中书监和中书令各自提供一辆车子，就是从此开始的。

【刘孝标注】㊀虞预《晋书》曰："勖字公曾，颍川颍阴人，汉司空爽曾孙也。十余岁能属文，外祖钟繇曰：'此儿当及其曾祖。'为安阳令，民生为立祠。累迁侍中、中书监。"　㊁王隐《晋书》曰："勖性佞媚，誉太子，出齐王。当时私议：损国害民，孙、刘之匹也，后世若有良史，当著《佞幸传》。"　㊂曹嘉之《晋纪》曰："中书监、令常同车入朝，至和峤为令，而荀勖为监，峤意强抗，专车而坐。乃使监、令异车，自此始也。"

【注释】① 荀勖（xù，？—289）：见刘注。初仕魏，入晋后领秘书监，进光禄大夫，尚书令等。中书监：官名。中书在汉朝时由宦官担任，总管宫廷文书奏章。魏文帝改为中书令，增设中书监，同掌机密。　② 和峤：见《德行》十七注①（页12）。　③ 故事：成例，旧日的典章制度。④ 由来：向来。　⑤ 雅正：方正，端方正直。　⑥ 疾：恨。谄谀（chǎn yú）：奉承，巴结。⑦ 公车：官车。　⑧ 方：才。　⑨ 给（jǐ）车：供应车子。

【评析】本文写和峤不愿与荀勖共车之事，刘注引文及《晋书》本传亦载，只是文字略异而已。两人处理政务的作风亦迥异。和峤为颍川太守时，"为政清简，甚得百姓欢心"（《晋书·和峤传》）。而荀勖则以保全宠禄，一味秉承人主的旨意为能事，"探得人主微旨，不犯颜近争，故得始终全其宠禄"（《晋书·荀勖传》）。

十五

山公大儿着短帢①，车中倚。武帝欲见之，山公不敢辞，问儿，儿不肯行。时论乃云胜山公。㊀

【今译】山涛的长子戴着一顶便帽，正靠在车中。武帝想见他，山涛不敢推辞，就去问儿子，儿子不肯去。当时人评论就认为儿子胜过山涛。

【刘孝标注】㊀《晋诸公赞》曰："山该字伯伦，司徒涛长子也。雅有器识，仕至左卫将军。"

【注释】① 山公：山涛，见《言语》七十八注①（页84）。大儿：长子，名该，见刘注。着：穿，戴。短帢(qià)：古代士人戴的一种便帽。

【评析】短帢是曹操模拟古代的帽子用缣（细绢）帛裁制而成的，比较简易随便，适合非正规的场合戴。《三国志·魏书·武帝纪》注引《傅子》曰："魏太祖以天下凶荒，资财乏匮，拟古皮弁，裁缣帛以为帢，合于简易随时之义。"又引《曹瞒传》曰："太祖为人佻易无威重，……或冠帢帽以见宾客。"后曹操戴的这种帽子便成为士人所戴的一种便帽。在朝见皇帝时戴这种帽子是不够庄重的，不合适的，故山该不肯去见武帝。山该在武帝召见的情况下并没有忘形，仍能以礼仪为重，难怪时论认为他胜过山涛。

十六

向雄为河内主簿①，有公事不及雄，而太守刘淮横怒②，遂与杖遣之③。雄后为黄门郎④，刘为侍中⑤，初不交言。武帝闻之，敕雄复君臣之好⑥。雄不得已，诣刘再拜曰："向受诏而来，而君臣之义绝⑦，何如？"于是即去。武帝闻尚不和，乃怒问雄曰："我令卿复君臣之好，何以犹绝？"㊀雄曰："古之君子，进人以礼，退人以礼。今之君子，进人若将加诸膝，退人若将坠诸渊。臣于刘河内不为戎首⑧，亦已幸甚，安复为君臣之好？"武帝从之。㊁

【今译】向雄担任河内主簿时，有一件公事没有送到向雄处，而太守刘淮暴怒，便处以杖责并加革职。向雄后来担任黄门侍郎，刘淮担任侍中，起初两人互不说话。武帝听说此事，就命令向雄与刘淮恢复原来的关系。向雄没有办法，便到刘淮那里，再拜行礼后说："我受皇帝的诏命而来，而原来我们之间的上下级情义已经断绝，你认为怎么样？"说完就走了。武帝听说他们还是不和，就怒问向雄说："我命你去恢复关系，为什么还是绝交呢？"向雄说："古代的君子，举荐人时合乎礼仪，贬退人时也合乎礼义。现在的君子，举荐人时像要把他放在膝上似地疼爱，贬退人时像要把他推落深渊似地仇视。我对于刘河内，不做挑起事端者，就已是很幸运的了，怎么可能再去恢复上下级的旧好呢？"武帝只好随他去了。

【刘孝标注】㈠《汉晋春秋》曰:"雄字茂伯,河内人。"《世语》曰:"雄有节概,仕至黄门郎、护军将军。"按王隐《孙盛不与故君相闻议》曰:"昔在晋初,河内温县领校向雄送御牺牛,不先呈郡,辄随比送洛,直天大热,郡送牛多喝死。台法甚重,太守吴奋召雄与杖,雄不受杖,曰:'郡牛者亦死也,呈牛者亦死也。'奋大怒,下雄狱,将大治之。会司隶辟雄都官从事。数年,为黄门侍郎,奋为侍中,同省,相避不相见。武帝闻之,给雄酒礼,使诣奋解。雄乃奉诏。"此则非刘淮也。《晋诸公赞》曰:"淮字君平,沛国杼秋人。少以清正称,累迁河内太守、侍中、尚书仆射、司徒。"

㈡《礼记》曰:"穆公问于子思曰:'为旧君反服,古邪?'子思曰:'古之君子,进人以礼,退人以礼,故有旧君反服之礼。今之君子,进人若将加诸膝,退人若将坠诸渊,无为戎首,不亦善乎,又何反服之有?'"郑玄曰:"为兵主来攻伐,故曰戎首也。"

【注释】① 向雄:详见刘注。官至黄门侍郎、泰州刺史、河南尹。后因固谏忤旨,忧愤而死。河内:郡名,治所在今河南沁阳市。主簿:州郡重要僚属,参与机要,总领府事。 ② 刘淮:见刘注。淮,应作"準",详见本段评析。横怒:暴怒。 ③ 杖遣:处以杖责并予驱逐。 ④ 黄门郎:黄门侍郎,皇帝身边侍从、传达诏命的官。 ⑤ 侍中:亦是皇帝身边侍从、出入皇宫的亲信之官。 ⑥ 敕(chì):命令。 ⑦ 君臣:指上下级、长官与属史之间的关系。 ⑧ 刘河内:刘淮(準)曾为河内太守,故称。戎首:指发动战争的祸首,亦指挑起事端者。

【评析】本文所写事亦载于《晋书·向雄传》,称"太守刘毅尝以非罪笞雄"云云。而《晋书·刘毅传》中所写,刘毅既未任河内太守,亦未为侍中,可知其说有误。刘注引《晋诸公赞》谓"淮字君平",此"淮"字系"準"字之误。古人取名与字在意义上有一定的联系,"淮"与"君平"风马牛不相及,而"準"与"君平"则有关系,"準"字有"水平"之义,可知刘淮即刘準也。刘準在《晋书》中无传,只有两处提及。《惠帝纪》有"征东将军刘準遣广陵度支陈敏击冰"句,《周玘传》有"玘称疾不行,密遣使告镇东将军刘準"句。《晋书·向雄记》所载大致与本文同,但向雄对武帝所说的话中有与本文相反者,谓"刘河内于臣戎首,亦已幸甚",与本文的"臣于刘河内不为戎首"意思完全不同。两相比较,似以前者为优,更合情理,与"杖遣之"呼应。

十七

　　齐王冏为大司马①,辅政,㈠嵇绍为侍中②,诣冏咨事③。冏设宰会④,召葛旟、㈡董艾等㈢共论时宜⑤。旟等白冏:"嵇侍中善于丝竹⑥,公可令操之。"遂送乐器,绍推却不受。冏曰:"今日共为欢,卿何却邪?"绍曰:"公协辅皇室,令作事可法⑦。绍虽官卑,职备常伯⑧,操丝比竹盖乐官之事⑨,不可以先王法服为伶人之业⑩。今逼高命⑪,不敢苟辞⑫,当释冠冕⑬,袭私服⑭,此绍之心也。"旟等不自得而退。

【今译】齐王司马冏担任大司马,辅佐朝政时,嵇绍担任侍中,到司马冏那里去请示公事。司马冏设宴邀请僚属来集会,召来葛旟、董艾等一起讨论适合时势的措施。葛旟等报告司马冏说:"嵇侍中擅长丝竹管弦乐器,主公可以让他弹奏一曲。"于是叫人送上乐器,嵇绍推辞不肯接受。司马冏说:"今天大家共同欢乐,您何必推辞呢?"嵇绍说:"您协助辅佐皇室,所作的事应该值得效法。我虽然官职卑微,也算忝列皇帝的近臣,弹奏音乐,原本是乐官的事,我不能身穿先王制定的官服,来做伶人的事情。现在我迫于尊命,不敢随便推辞,应当脱去官服,穿上便装,这就是我的心愿了。"葛旟等不能得逞只好退席。

【刘孝标注】㈠虞预《晋书》曰:"冏字景治,齐王攸子也。少聪惠,及长,谦约好施。赵王伦篡

《世说新语》详解

位，同起义兵诛伦，拜大司马，加九锡，政皆决之；而恣用群小，不复朝觐，遂为长沙王所诛。" ㊁《齐王官属名》曰："旗字虚旗，齐王从事中郎。"《晋阳秋》曰："齐王起义，转长史。既克赵王伦，与董艾等专执威权。同败见诛。" ㊂《八王故事》曰："艾字叔智，弘农人。祖遇，魏侍中。父缓，秘书监。艾少好功名，不修士检。齐王起义，艾为新汲令，赴军，用艾领右将军。王败见诛。"

【注释】 ① 齐王同：见刘注。 ② 嵇绍：见《德行》四十三注⑦刘注（页29）。 ③ 咨事：请示公事。 ④ 宰会：设宴邀请僚属聚会。宰，指朝中官员。《晋书·嵇绍传》作"宴会"。 ⑤ 葛旗(yú)：见刘注。董艾：见刘注。他与葛旗同为司马同的亲信，起兵杀赵王司马伦后，司马同辅政，他们即专执威权。时宜：指适合当时的措施。 ⑥ 嵇侍中：嵇绍任侍中，故称。丝竹：弦乐器和管乐器。 ⑦ 法：仿效，效法。 ⑧ 备：充当，充任。常伯：指皇帝近臣。 ⑨ 操丝比竹：指演奏乐器。 ⑩ 法服：古代礼法规定的官服。伶人：乐师。 ⑪ 高命：尊命。 ⑫ 苟辞：随便推辞。 ⑬ 冠冕：官员所戴的礼帽，此指官服。 ⑭ 袭：穿。

【评析】 齐王同诛赵王司马伦辅政后，大权在握，据《晋书》本传，谓其"大筑第馆"、"后房施钟悬，前庭舞八佾，沉于酒色，不入朝见"、"惟宠亲昵"、"骄恣日甚"等。嵇绍曾上书谏其"宜省起造之烦，深思谦损之理"，但"卒不能用"。本文所写之事亦载于《晋书·嵇绍传》，在嵇绍推辞不愿演奏的话之后，并有"旗大惭"、"顷之，以公事免，同以为左司马"等语。说明司马同对嵇绍不肯弹奏丝竹立即施以报复，无怪"朝廷侧目，海内失望"（《晋书·齐王传》）。此事仅为司马同亲昵葛旗等小人之一例而已。

十八

卢志于众坐㊀问陆士衡①："陆逊、陆抗是君何物②？"㊁答曰："如卿于卢毓、卢珽③。"㊂士龙失色④。㊃既出户，谓兄曰："何至如此！彼容不相知也⑤。"士衡正色曰："我父、祖名播海内，宁有不知⑥？鬼子敢尔⑦！"㊄议者疑二陆优劣，谢公以此定之⑧。

【今译】 卢志在众人聚会的场合问陆机："陆逊、陆抗是你什么人？"陆机答道："就像你和卢毓、卢珽的关系一样。"陆云听了大惊失色。出门之后，他对兄长说："何必要弄成这样呢！他也许不知道我们的身世呢。"陆机严肃地说："我们的父亲和祖父英名扬天下，他岂有不知之理？这鬼子鬼孙竟敢这样！"当时舆论对二陆的优劣难以分辨，谢安即根据此事来判定他们的优劣。

【刘孝标注】 ㊀《世语》曰："志字子通，范阳人，尚书珽少子。少知名，起家邺令，历成都王长史、卫尉卿、尚书郎。" ㊁抗，已见。《吴书》曰："逊字伯言，吴郡人，世为冠族。初领海昌令，号'神君'，累迁丞相。" ㊂《魏志》曰："毓字子家，涿人。父植，有名于世。累迁吏部郎，尚书选举，先性行而后言才。进司空。珽，咸熙中为泰山太守，字子笏，位至尚书。" ㊃云，别见。 ㊄《孔氏志怪》曰："卢充者，范阳人。家西三十里有崔少府墓。充先冬至一日出家西猎，见一獐，举弓而射，即中之。獐倒而复起，充逐之，不觉远。忽见一里门如府舍，门中一铃下，有唱客前。充问：'此何府也？'答曰：'少府府也。'充曰：'我衣恶，那得见贵人？'即有人提袄新衣迎之。充着，尽可体。便进见少府，展姓名。酒炙数行，崔曰：'近得尊府君书，为君索小女婚，故相延耳。'即举书示充。充父亡时虽小，然已见父手迹，便歔欷无辞。崔即敕内，令女郎庄严，使充就东廊。充至，妇已下车，立席头共拜。为三日毕，还见崔。崔曰：'君可归矣！女有娠相，生男当以相还，生女当留自养。'敕外严车送客。崔送至门，执手零涕，离别之感，无异生人。复致衣一袭，被褥一副。充便上车，去如电逝，须臾至家。家人相见，悲喜推问，知崔是亡人，而入其墓，追以懊惋。居四年，三月三日临水戏。忽见一犊车，乍浮乍没。既上岸，充往开车后户，见崔氏女与三岁男儿共载。充见之,忻然欲捉其手。女举手指后车曰:'府君见人。'即见少府。充往问讯,女抱儿还充,又与金碗,别,并赠诗曰:'煌煌灵芝质,光丽何猗猗!华艳当时显,嘉异表神奇。含英未及秀,中夏罹霜萎。荣曜长幽灭,世路永无施。不悟阴阳运,哲人忽来仪。会浅离别速,皆由灵与祇。何以赠余亲?金碗可颐儿。爱恩从此别,断绝伤肝脾!'充取儿、碗及诗,忽不见二车处。将儿还,四坐谓是鬼魅,佥遥唾之,形如故。问儿'谁是汝父?'儿径就充怀。众初怪恶,传省其诗,慨然叹死生之玄通也。充诣市卖碗,高举其价,不欲速售,冀有识者。欻有一老婢问充得碗之由,还报其大家,即女姨也。遣视之,果是。谓充曰:'我姨姊崔少府女,未嫁而亡,家亲痛之,赠一金碗着棺中。今视卿碗甚似。得碗本末可得闻不?'充以事对。即诣充家迎儿。儿有崔氏状,又似充貌。姨曰:'我舅甥三月末间产。父曰:"春暖温也,愿休强也。"即字温休,"温休",盖幽婚也。其兆先彰矣!'儿遂成为令器,历数郡二千石,皆著绩。其后生植,为汉尚书。植子毓,为魏司空。冠盖相承至今也。"

【注释】① 卢志:详见刘注。陆士衡:陆机,见《言语》二十六注①(页52)。 ② 陆逊(183—245):见刘注。陆机祖父。本名议,三国吴之名将。善谋略,曾打败刘备,取得夷陵之战的胜利,官至丞相。陆抗(226—274):陆机父亲。字幼节,亦为吴名将,孙皓时任大司马、荆州牧。何物:什么人。 ③ 卢毓:见刘注。卢志祖父。卢珽:见刘注。卢志父亲。 ④ 士龙:陆云(262—303),字士龙,陆机之弟,曾任清河内史转大将军右司马等职。陆机遇害后亦被杀。⑤ 容:也许、或许。 ⑥ 宁(nìng):岂,难道。 ⑦ 鬼子:鬼的子孙。按:刘注引《孔氏志怪》的传说,谓卢志的祖先卢充在郑外入崔少府墓,与崔氏亡女成婚,三日后回家。崔氏怀孕生子,四年后送子还给卢充。此儿生卢植,后为马融之高足,历仕博士、九江、庐江太守、尚书。卢植即为卢毓的父亲,也就是卢志的曾祖。尔:如此。 ⑧ 谢公:谢安。

【评析】在"鬼子"语后,刘注引《孔氏志怪》有关卢氏祖光的传说,应为魏晋间对卢氏不满者所为,荒诞不经,不足征信。《晋书·陆机传》亦载此事,即无"鬼子敢尔"之语。东晋南朝极为看重门第,亦极重避讳,卢志当着众人之面直呼陆机父祖之名,可谓无礼之极,故陆机立即反唇相讥,亦直呼其父祖之名,而陆云却为此而大惊失色。谢安因此而以机为优,以云为劣。后来卢志在成都王司马颖前说了陆机的坏话,再加上陆机兵败河桥,受到宦官孟玖的诬害,遂为司马颖所杀。陆云为此受到牵连,卢志和孟玖力劝司马颖杀陆云,陆云亦被害。

十九

羊忱性甚贞烈①。赵王伦为相国②,忱为太傅长史③,乃版以参相国军事④。使者卒至⑤,忱深惧豫祸⑥,不暇被马⑦,于是帖骑而避⑧。使者追之,忱善射,矢左右发,使者不敢进,遂得免。㊀

【今译】羊忱的性子非常正直刚烈。赵王伦当相国时,羊忱担任太傅长史,就下版诏授给羊忱以参相国军事之职。使者突然来了,羊忱生怕受祸害牵连,来不及给马加上鞍勒,就贴着马背骑上马逃避。使者追他,羊忱善于射箭,就忽左忽右地放箭,使者不敢追逼,羊忱这才得以脱身。

【刘孝标注】㊀《文字志》曰:"忱字长和,一名陶,泰山平阳人。世为冠族。父繇,车骑掾。忱历太傅长史、扬州刺史,迁侍中。永嘉五年,遭乱被害,年五十余。"

【注释】① 羊忱(? —311):详见刘注。 ② 赵王伦:赵王司马伦,见《德行》十八注①(页13)。相国:司马伦于永康元年(300)四月,杀贾后及大臣张华等,自为相国,都督中外诸军,专朝政。③ 太傅长史:太傅的属官。太傅,大臣的加衔。 ④ 版:指书写于木版上之文书。时赵王伦专朝政,故用版诏的形式授以官职。参相国军事:官名,相国府属下的参军事官,亦称参军。
⑤ 卒(cù):同"猝",忽然。　⑥ 豫祸:参与到祸事中,受祸害牵累。豫,通"与",参与。
⑦ 被马:给马加上鞍勒。　⑧ 帖骑:指骑上没有鞍勒之马,贴身在马背上骑。

【评析】羊忱是羊祜的堂侄(羊祜伯父羊秘之孙)。《晋书·羊祜传》:"祜伯秘,……秘孙亮,……亮弟陶,为徐州刺史。"刘注引文亦作忱"一名陶"。羊忱秉性贞烈,本文写其预知赵王伦有篡位之心,故不受伦之命。使者来时,连马鞍都来不及备,即上马而避之,终于逃过一劫。

二十

王太尉不与庾子嵩交①,㊀庾卿之不置②。王曰:"君不得为尔③。"庾曰:"卿自君我④,我自卿卿。我自用我法,卿自用卿法。"

【今译】王衍不和庾敳交往,庾敳却不停地用"卿"来称呼他。王衍说:"你不可以如此称呼我。"庾敳说:"你自用君来称呼我,我自用卿来称呼你。我自用我的叫法,你自用你的叫法。"

【刘孝标注】㊀ 王夷甫、庾敳。

【注释】① 王太尉:王衍,见《言语》二十三注②(页50)。庾子嵩:庾敳,见《文学》十五注①(页126)。　② 卿之:称他为"卿"。卿,第二人称,你。之,代词,他。不置:不停止。　③ 尔:如此。　④ 君:指用"君"称呼。

【评析】本文写王衍和庾敳就互相称呼之词争论。"卿"是相互之间亲昵而不拘礼数之称,或者对地位、名望不如自己者亦可称之。王衍不与庾敳交往,自然谈不上亲近;在地位、名望上王衍又尊于庾敳,故庾更不能以"卿"称王了。然庾敳为人"从容酣畅……处众人中,居然独立","王衍雅重之"(《晋书·庾敳传》)。可知庾敳不受世俗束缚,以名士风度来对待王衍,并不在乎王衍的不满。本文所写亦载于《晋书·庾敳传》,结尾有"衍甚奇之"之语。

二十一

阮宣子伐社树①,㊀有人止之,宣子曰:"社而为树,伐树则社亡;树而为社,伐树则社移矣②。"

【今译】阮修砍伐土地庙的树,有人制止他,阮修说:"如果土地神就是树,那砍伐了树,土地神就不存在了;如果树就是土地神,那砍伐了树,土地神也就搬走了。"

【刘孝标注】㊀ 阮修,已见。《春秋传》曰:"共工氏有子曰勾龙,为后土,后土为社。"《风俗通》曰:"《孝经》称社者土也,广博不可备敬,故风土以为社而祀之,报功也。"然则社自祀勾龙,非土之祭也。

【注释】① 阮宣子:阮修,见《文学》十八刘注(页128)。社:土地神,此指土地神庙或土地神坛。

【评析】本文与下一则所写事亦载于《晋书·阮修传》，只是顺序不同，下一则在前，本文则后。阮修是阮籍的堂侄，颇有阮籍之风，"善清言""性简任，不修人事""至酒店，便独酣畅。虽当世富贵而不肯顾，家无儋石之储，宴如也"（《晋书》本传）。当时有人说有鬼神，独有他认为没有鬼神。他以砍伐社树的行动来证明蔑视鬼神，以衣服无鬼来反驳死后鬼犹穿生前服的谬说，表现了特立独行、不与世俗同流的卓异姿态。

二十二

阮宣子论鬼神有无者①。或以人死有鬼，宣子独以为无，曰："今见鬼者云，着生时衣服，若人死有鬼，衣服复有鬼邪？"⊖

【今译】阮修谈论鬼神有没有的问题。有人认为人死后有鬼，只有阮修认为没有，他说："现在那些自称见到鬼的人，说鬼穿着生前的衣服，如果人死了有鬼，那衣服也有鬼吗？"

【刘孝标注】⊖《论衡》曰："世谓人死为鬼，非也。人死不为鬼，无知，不能害人。如审鬼者死人精神，人见之，宜从裸袒之形，无为见衣带被服也。何则？衣无精神也。由此言之，见衣服象人，则形体亦象人，象人，知非死人之精神也。凡天地之间有鬼，非人死之精神也。"

【注释】① 此句《晋书·阮修传》作"尝有论鬼神有无者"，似较本文"阮宣子论……"更合文义。

【评析】刘注引《论衡》有关无神论的文字，足以说明阮修之论与王充的人死神灭之说是一脉相承的。《晋书》本传亦载此事，有"论者服焉"之语，说明阮修说的话颇有说服力，故使持有鬼论者折服。

二十三

元皇帝既登阼①，以郑后之宠②，欲舍明帝而立简文③。时议者咸谓舍长立少，既于理非伦④，且明帝以聪亮英断，益宜为储副⑤。周、王诸公并苦争恳切⑥，⊖唯刁玄亮独欲奉少主以阿帝旨⑦。元帝便欲施行，虑诸公不奉诏，于是先唤周侯、丞相入⑧，然后欲出诏付刁。⊖周、王既入，始至阶头，帝逆遣传诏遏使就东厢⑨。周侯未悟，即却略下阶⑩。丞相披拨传诏⑪，径至御床前⑫，曰："不审陛下何以见臣⑬？"帝默然无言，乃探怀中黄纸诏裂掷之。由此皇储始定。周侯方慨然愧叹曰："我常自言胜茂弘⑭，今始知不如也！"⊜

【今译】晋元帝登上帝位后，因为宠爱郑后，就想废掉长子司马绍改立郑后所生的司马昱。当时议论者都认为舍弃长子改立幼子，不仅在道理上不合伦常，并且司马绍聪明果断，更适宜于立为太子。周颛、王导等诸位大臣，都竭力恳切地争辩，只有刁协一人想拥戴幼主，以迎合元帝的心意。元帝于是想实施这个主意，又怕诸位大臣不肯接受诏令，就先叫周颛、王导入朝，然后准备拿出诏书交给刁协。周颛、王导进来后，刚走到台阶前，元帝预先派遣传诏者，让他们到东厢房去。周颛尚未醒悟过来，就倒退着下了台阶。王导则用手拨开传诏者，径直走到皇帝坐榻前说："不知道陛下为什么召见臣下？"元帝默然无言，就从怀里拿出黄色诏书来撕碎扔掉它。从此太子才确定下来。周颉这才感慨惭愧地叹道:"我常自认为胜过王导,现在才知道不如他啊!"

【刘孝标注】㊀《中兴书》曰:"郑太后字阿春,荥阳人。少孤,先嫁田氏,夫亡,依舅吴氏。时中宗敬后虞氏先崩,将纳吴氏。后与吴氏女游后园,有言之于中宗者,纳为夫人,甚宠,生简文帝。即位,尊之曰文宣太后。" ㊁刁协。 ㊂《中兴书》曰:"元皇以明帝及琅邪王裒并非敬后所生,而谓裒有大成之度,胜于明帝。因从容问王导曰:'立子以德不以年。今二子孰贤?'导曰:'世子、宣城俱有爽明之德,莫能优劣,如此,故当以年。'于是更封裒为琅邪王。"而此与《世说》互异,然法盛采摭典故,何以为实?且从容讽谏,理或可安,岂有登阶一言,曾无奇说,便为之改计乎?

【注释】① 元皇帝:晋元帝司马睿,见《言语》二十九注①(页54)。登阼(zuò):指即位。阼,帝王嗣位时所上的台阶。 ② 郑后:郑阿春,见刘注。元帝纳为琅邪夫人,得宠,生简文帝司马昱。孝武帝时追尊为简文太后。 ③ 明帝:晋明帝司马绍,元帝长子,323—326年在位。简文:即简文帝,见《德行》三十七注①(页25)。 ④ 非伦:不合伦理道德。 ⑤ 益:更。储副:储君,太子。 ⑥ 周、王:周颉、王导。周颉,见《言语》三十刘注(页54)。王导,见《德行》二十七注③(页19)。苦:竭力。 ⑦ 刁玄亮:刁协(?—322),字玄亮,东晋渤海饶安(今河北盐山西南)人。元帝心腹,任尚书令。为人刚悍,崇上抑下,为朝臣所侧目。阿(ē):迎合。 ⑧ 周侯:周颉。丞相:王导。 ⑨ 逆:预先。遏(è):阻止。 ⑩ 却略:倒退着走。 ⑪ 披拨:用手拨开。 ⑫ 御床:皇帝的坐榻。 ⑬ 审:知道。 ⑭ 茂弘:王导字茂弘。

【评析】据《晋书·明帝纪》,谓司马绍"幼而聪哲,为元帝所宠异,年数岁,尝坐置膝前",可知其从小就为元帝所宠爱。元帝即位时绍即为太子,时年十九岁。《明帝纪》:"元帝为晋王,立为晋王太子,及帝即尊位,立为皇太子……钦贤爱客,雅好文辞。当时名臣,自王导、庾亮、温峤……咸见亲待……又习武艺,善抚将士。于是东朝济济,远近属心焉。"因此,元帝准备另立太子的意图遭到群臣的反对也就在所难免了。

二十四

王丞相初在江左①,欲结援吴人②,请婚陆太尉③。对曰:"培塿无松柏④,薰莸不同器⑤。㊀玩虽不才⑥,义不为乱伦之始⑦。"㊁

【今译】王导刚到江东时,想结交吴地的士人,便去向陆玩请求通婚。陆玩回答他道:"小土丘上长不出松柏这样的大树,香草和臭草不能放在同一个器皿里。我虽然无才,道义上也不能够第一个做有违门第的事。"

【刘孝标注】㊀杜预《左传注》曰:"培塿,小阜;松柏,大木也。薰,香草;莸,臭草。" ㊁玩,已见。

【注释】① 王丞相:王导见《德行》二十七注③(页19)。江左:江东。 ② 结援:以结交来求得援助。吴人:指南方的士族。 ③ 请婚:请求通婚。陆太尉:陆玩,见《政事》十三注①(页110)。 ④ 培塿(pǒu lǒu):小土丘。 ⑤ 薰莸(yóu):香草和臭草。 ⑥ 不才:无才,自谦之词。 ⑦ 乱伦:这里指门第不相当。

【评析】以王导为首的北方士族跑到南方来建立东晋王朝,必定要取得南方士族的支持才能立住脚,而在西晋时南方士族是被北方士族排斥的。故王导便以向陆玩请婚的办法来联络感情,陆玩则以两个自谦的比喻加以拒绝,实则表达了南方士族对北方士族的抵触及轻视的情绪。

二十五

诸葛恢大女适太尉庾亮儿①，㊀次女适徐州刺史羊忱儿②。㊁亮子被苏峻害③，改适江虨④。㊂恢儿娶邓攸女⑤。㊃于时谢尚书求其小女婚⑥。恢乃云："羊、邓是世婚，江家我顾伊⑦，庾家伊顾我，不能复与谢哀儿婚⑧。"㊄及恢亡，遂婚。㊅于是王右军往谢家看新妇⑧，犹有恢之遗法，威仪端详，容服光整。王叹曰："我在遣女，裁得尔耳⑨！"

【今译】诸葛恢的大女儿嫁给太尉庾亮的儿子，二女儿嫁给徐州刺史羊忱的儿子。庾亮的儿子被苏峻杀害后，诸葛恢的大女儿改嫁江虨。诸葛恢的儿子娶了邓攸的女儿。当时尚书谢哀请求诸葛恢把小女儿嫁给自己的儿子。诸葛恢说："羊家、邓家和我们是世代通婚的姻亲，江家是我顾念他，庾家是他顾念我，我家不能再与谢哀儿子结为婚姻了。"等到诸葛恢死后，两家才通婚。当时王羲之去谢家看新娘子，新娘子还有诸葛恢留下的气度，行为举止端庄安详，仪容服饰华丽整齐。王羲之叹道："我在嫁女儿时，才不过得以如此而已！"

【刘孝标注】㊀《恢别传》曰："恢字道明，琅邪阳都人。祖诞，司空。父靓，亦知名，恢少有令问，称为明贤。避难江左，中宗召补主簿，累迁尚书令。"《庾氏谱》曰："庾亮子会，娶恢女，名文彪。"庾会别见。 ㊁《羊氏谱》曰："羊楷字道茂。祖繇，车骑掾。父忱，侍中。楷仕至尚书郎，娶诸葛恢次女。" ㊂虨，别见。 ㊃《诸葛氏谱》曰："恢子衡，字峻文。仕至荥阳太守。娶河南邓攸女。" ㊄《永嘉流人名》曰："哀字幼儒，陈郡人。父衡，博士。哀历侍中、吏部尚书、吴国内史。" ㊅《谢氏谱》曰："哀子石，娶恢小女，名文熊。"《中兴书》曰："石字石奴，历尚书令，聚敛无厌，取讥当世。"

【注释】① 诸葛恢：见刘注。元帝时为江宁令。愍帝时为尚书郎、会稽太守。元帝太兴初，以政绩第一受赏。明帝时拜为侍中、吏部尚书。成帝加侍中、金紫光禄大夫等。适：出嫁。庾亮：见《德行》三十一注①（页22）。 ② 羊忱：见本篇十九刘注（页191）。 ③ 苏峻（？—328）：字子高，东晋长广挺县（今山东莱阳南）人。元帝时为鹰扬将军，以平王敦之功进冠军将军，有锐卒二万。庾亮执政，谋解除其兵权，征入朝为大司农。后为与祖约起兵讨亮，攻入京城，专擅朝政，为温峤、陶侃等击败而死。 ④ 江虨（bīn）：字思玄，东晋陈留（今河南开封东北）人。博学知名，善弈为一时之冠。官至尚书左仆射、护军将军。 ⑤ 邓攸：见《德行》二十八注①（页20）。 ⑥ 谢尚书：谢哀（póu），见刘注，谢安之父。 ⑦ 伊：他，第三人称。 ⑧ 王右军：王羲之，见《言语》六十二注①（页73）。看新妇：古礼结婚时有看新妇的礼俗。俞正燮《癸巳存稿》卷十一曰："看新妇，古礼也。后亦有之。《世说》云：'王右军往谢家看新妇。'" ⑨ 裁：通"才"。尔：如此。

【评析】诸葛恢是江东大族，东晋初与王导、庾亮齐名，并称"王葛"。当时谢家功业无闻。在重视门第的风气下，诸葛恢乐意与庾家、羊家、邓家通婚，却不愿与谢家结亲。他所说的一番话直白地表示其轻视谢家之意。后谢氏渐渐兴起，而诸葛恢死后家世衰微，从"王葛"齐名变为"王谢"并称，葛谢两家才得以结亲。从此事可知世事代谢、家族兴替之难以逆料。

二十六

周叔治作晋陵太守①，周侯、仲智往别②。叔治以将别，涕泗不止。仲智恚之曰③："斯人乃妇女，与人别，唯啼泣。"便舍去。㊀周侯独留与饮酒言话，临

别流涕,抚其背曰:"奴好自爱④。"㊀

【今译】周谟赴任晋陵太守时,周颉、周嵩去送别。周谟因为兄弟将要分别,止不住涕泪交流。周嵩对此很恼怒,说:"你是妇人,与人分别,只知道哭哭啼啼的。"说完就先走了。周颉单独留下来,和周谟喝酒说话,临别流着眼泪,拍着弟弟的背说:"小弟,你要好自珍重啊。"

【刘孝标注】㊀邓粲《晋纪》曰:"周谟字叔治,颉次弟也。仕至中护军。嵩字仲智,谟兄也,性狷直果侠,每以才气陵物。颉被害,王敦使人吊焉。嵩曰:'亡兄天下有义人,为天下无义人所杀,复何所吊?'敦甚衔之。犹取为从事中郎。因事诛嵩。"《晋阳秋》曰:"嵩事佛,临刑犹诵经。"㊁阿奴,谟小字。

【注释】①周叔治:周谟,见刘注,周颉的二弟。晋陵:治所在今江苏常州。 ②周侯:周颉,见《言语》三十刘注(页54)。仲智:周嵩,见刘注,周颉弟,周谟之兄。曾官御史中丞。性格正直侠义。 ③恚(huì):恨,怒。 ④奴:长兄对小弟的昵称。

【评析】本文周颉称小弟为"阿奴",刘注称"阿奴"是周谟的小字,这是误解。当时兄称弟为"奴"的例子很多,如《德行篇》谢奕即昵称其弟谢安为"阿奴"。另,东晋时亦有父昵称子为"奴"者。

二十七

周伯仁为吏部尚书①,在省内②,夜疾危急。时刁玄亮为尚书令③,营救备亲好之至④,良久小损⑤。㊀明旦,报仲智⑥,仲智狼狈来⑦。始入户,刁下床对之大泣⑧,说伯仁昨危急之状。仲智手批之⑨,刁为辟易于户侧⑩。既前,都不问病⑪,直云:"君在中朝⑫,与和长舆齐名⑬,那与佞人刁协有情⑭!"径便出。

【今译】周颉担任吏部尚书时,一天夜里在吏部官署里发病,病情很危急。当时刁协当尚书令,设法全力营救病人表现得极为亲密友好。过了很久周颉的病情才稍有减轻。第二天早上,通报了周嵩,周嵩慌忙赶来。刚刚进门,刁协就下了坐榻对着周嵩大哭起来,说了周颉昨天晚上病情危急的状况。周嵩听后就打了刁协一个巴掌,刁协被打得退到了门边。周嵩走到周颉面前,完全不问病情,直截了当地对周颉说:"你在洛阳时与和峤齐名,哪里与专门奉承人的刁协有什么交情!"说完就径直出来走了。

【刘孝标注】㊀虞预《晋书》曰:"刁协字玄亮,渤海饶安人。少好学,虽不研精,而多所博涉。中兴制度,皆禀于协。累迁尚书令。中宗信重之。为王敦所忌,举兵讨之。奔至江南,败死。"

【注释】①周伯仁:周颉,见《言语》三十刘注(页54)。吏部尚书:吏部的长官,掌全国官吏任免、升降、调动等。 ②省:指官署。 ③刁玄亮:刁协,见本篇二十三注⑦(页194)。尚书令:官名,尚书省长官,负责政令。 ④备:指全力、竭力。至:极。 ⑤损:指病情减缓。 ⑥仲智:周嵩。 ⑦狼狈:指慌忙。 ⑧床:坐榻。 ⑨批:用手掌打。 ⑩辟(bì)易:退避。 ⑪都:完全。 ⑫中朝:指西晋。 ⑬和长舆:和峤,见《德行》十七注①(页12)。 ⑭那(nǎ):何,疑问词。佞(nìng)人:善以花言巧语奉承他人者。

【评析】虽说刁协对病中的周颙呵护备至，但因其以善于阿谀奉承著称，所以周嵩毫不留情面地打了刁协，认为刁协的虚情假意会影响他们兄弟清高的名声。于此可知周嵩对交友的慎重。

二十八

王含作庐江郡①，贪浊狼籍②。王敦护其兄③，故于众坐称："家兄在郡定佳，庐江人士咸称之。"时何充为敦主簿④，在坐，正色曰："充即庐江人，所闻异于此。"敦默然。旁人为之反侧⑤，充晏然⑥，神意自若。㊀

【今译】王含担任庐江郡太守时，贪污腐败，声名很不好。王敦袒护他哥哥，特意在大庭广众中称赞道："家兄在郡内必定政绩很好，庐江人士都称颂他。"当时何充担任王敦的主簿，也在座，严肃地说："我何充就是庐江人，所听到的就与这个说法不一样。"王敦默不作声。旁边的人都为他感到不安，何充却神态安详自如。

【刘孝标注】㊀《中兴书》曰："王敦以震主之威，收罗贤俊，辟充为主簿。充知敦有异志，遂巡疏外。及敦称含有惠政，一坐畏敦，击节而已，充独抗之。其时，众人为之失色。由是忤敦，出为东海王文学。"

【注释】① 王含：见《言语》三十七刘注（页59）。 庐江郡：治所在舒（今安徽庐江西南）。 ② 狼籍：亦作"狼藉"，散乱，不可收拾，此指行为不检点，名声极坏。 ③ 王敦：见《言语》三十七注①（页59）。 护：庇护。 ④ 何充：见《言语》五十四注①（页70）。 ⑤ 反侧：转侧，形容不安。 ⑥ 晏然：安详的样子。

【评析】何充是王导妻之外甥，王敦是王导的堂兄，王、何两家有亲戚关系。王敦明知兄长王含在庐江任上声名狼藉，却偏偏当众称颂之，在座者畏惧王敦，随声附和，独有何充一人反对其说。此事亦载于《晋书·何充传》，与刘注所引《中兴书》一样，有"由是忤敦"，被贬为东海王文学等语。

二十九

顾孟著尝以酒劝周伯仁①，伯仁不受。顾因移劝柱，而语柱曰："讵可便作栋梁自遇②！"周得之欣然，遂为衿契③。㊀

【今译】顾显曾经向周颙劝酒，周颙推辞不喝。顾显于是就转身向柱子劝酒，并对柱子说道："怎么可以就把自己当作栋梁来对待呢！"周颙听了这话很高兴，便和顾显成为情投意合的好朋友。

【刘孝标注】㊀徐广《晋纪》曰："顾显字孟著，吴郡人，骠骑荣兄子。少有重名。泰兴中，为骑郎。蚤卒，时为悼惜之。"

【注释】① 顾孟著：顾显，见刘注。 周伯仁：周颙。 ② 讵：岂，怎。 遇：对待。 ③ 衿（jīn）契：情投意合的好朋友。

【评析】刘注引徐广《晋纪》谓顾显字孟著,顾荣兄子。而《三国志·吴书·顾雍传》裴注引《晋书》谓"荣兄子禺,字孟著"。前者名"显",后者名"禺",二字形近易讹,未知何者为是。

三十

明帝在西堂会诸公饮酒①,未大醉,帝问:"今名臣共集,何如尧、舜时②?"周伯仁为仆射③,因厉声曰:"今虽同人主,复那得等于圣治!"帝大怒,还内,作手诏满一黄纸,遂付廷尉令收④,因欲杀之。⊖后数日,诏出周,群臣往省之⑤,周曰:"近知当不死,罪不足至此。"

【今译】晋明帝在西堂会集诸位大臣在一起饮酒,还不到大醉的程度,他问道:"今天名臣共集一堂,比起尧、舜时的盛况怎么样?"当时周颛作为尚书左仆射,便高声严厉地说道:"如今虽然同为人主,又怎么能够与古时的圣明之治等同起来呢!"明帝大怒,回到内宫,亲手写了满满一张黄纸的诏书,就交给廷尉命令逮捕周颛,想因此杀了他。过了几天,又下诏书释放周颛,大臣们都去看望他,周颛说:"我早知道自己不应当死,我的罪过还不到死的地步。"

【刘孝标注】⊖ 按明帝未即位,颛已为王敦所杀。此说非也。

【注释】① 明帝:司马绍,见本篇二十三注③(页194)。 ② 尧、舜:唐尧、虞舜为古代传说中的圣明帝王,有许多贤臣辅佐。 ③ 周伯仁:周颛,见《言语》三十刘注(页54)。仆射(yè):尚书仆射,当时分左右仆射,周颛任左仆射。 ④ 廷尉:官名,掌刑狱。收:逮捕。 ⑤ 省(xǐng):看望。

【评析】本文称"明帝"云云,刘注谓明帝尚未即位,周颛已被王敦杀害,以为此说非是。知"明帝"当为"元帝"之误。

三十一

王大将军当下①,时咸谓无缘尔②。伯仁曰③:"今主非尧、舜,何能无过?且人臣安得称兵以向朝廷④?处仲狼抗刚愎⑤,王平子何在⑥?"⊖

【今译】大将军王敦将要领兵东下京城,当时人都认为他没有理由这样做。周颛说:"如今的皇上不是尧、舜,怎么能没有过错?况且臣下怎么能举兵向朝廷进攻呢?王敦为人狂妄自大,倔强任性,那王澄如今又在哪里?"

【刘孝标注】⊖《颛别传》曰:"王敦讨刘隗时,温太真为东宫庶子,在承华门外,与颛相见曰:'大将军此举有在,义无有滥?'颛曰:'君年少,希更事。未有人臣若此而不作乱,共相推戴数年而为此者乎!处仲狼抗而强忌,平子何在?'"《晋阳秋》曰:"王澄为荆州,群贼并起,乃奔豫章,而恃其宿名,犹陵侮敦。敦伏勇士路戎等搤而杀之。"《裴子》曰:"平子从荆州下,大将军因欲杀之。而平子左右有二十人,甚健,皆持铁楯、马鞭。平子恒持玉枕。大将军乃犒荆州文武,二十人积饮食,皆不能动。乃借平子玉枕,便持下床。平子手引大将军带绝,与力士斗甚苦,乃得上屋上,久许而死。"

【注释】① 王大将军：王敦，见《言语》三十七注①（页 59）。下：指王敦于元帝永昌年间（322）以除刘隗（wěi）、刁协为名起兵，从武昌东下建康。　② 缘：缘由，原因。尔：如此。　③ 伯仁：周顗。　④ 称兵：起兵。　⑤ 处仲：王敦字处仲。狼抗：骄傲，怪戾。刚愎（bì）：倔强任性。　⑥ 王平子：王澄，为王敦所杀。见《德行》二十三注①（页 16）。

【评析】本文所写亦载于《晋书·周顗传》，文有不同，曰："人臣岂可得举兵以胁主！共相推戴，未能数年，一旦如此，岂云非乱乎！处仲刚愎强忍，狼抗无上，其意宁有限邪！"

三十二

王敦既下①，住船石头②，欲有废明帝意③。宾客盈坐，敦知帝聪明，欲以不孝废之。每言帝不孝之状，而皆云："温太真所说④。温尝为东宫率⑤，后为吾司马⑥，甚悉之。"须臾，温来，敦便奋其威容，问温曰："皇太子作人何似？"温曰："小人无以测君子。"敦声色并厉，欲以威力使从己，乃重问温："太子何以称佳？"温曰："钩深致远⑦，盖非浅识所测。然以礼侍亲，可称为孝。"〇

【今译】王敦领兵东下后，把船只停泊在石头城，有想要废黜明帝的意图。当宾客满座时，王敦知道明帝很聪明，就想用不孝的罪名废掉他。他便常讲明帝不孝的情况，而且都称："这是温峤说的。温峤曾经当过东宫率，后来做我的司马，很熟悉这些情形。"一会儿，温峤来了，王敦便拼命板起威严的脸色，问温峤道："皇太子为人怎么样？"温峤说："小人无法测度君子。"王敦声色俱厉，想用威力迫使温峤顺从自己，就重新问温峤："你凭什么称太子好？"温峤说："太子钩求深远之术，获致远大的前途，那不是我浅薄的见识所能测度的。但是他能按礼数来侍奉双亲，可以称得上是恪尽孝道。"

【刘孝标注】〇 刘谦之《晋纪》曰："敦欲废明帝，言于众曰：'太子子道有亏，温司马昔在东宫，悉其事。'峤既正言，敦忿而愧焉。"

【注释】① 王敦：见《言语》三十七注①（页 59）。下：指举兵顺长江而下。　② 石头：城名，故址在今江苏南京清凉山。　③ 明帝：司马绍，见本篇二十三注③（页 194）。　④ 温太真：温峤，见《言语》三十五注③（页 57～58）。　⑤ 东宫率：太子的侍卫官。东宫，太子所居之宫。⑥ 司马：将军府属官，综理一府之事。　⑦ 钩深致远：见《周易·系辞上》："探赜（zé）索隐，钩深致远。"意谓探究深奥的义理，搜索隐秘的事迹，钩求深远之术，获致远大的前途。《资治通鉴》卷九十二元帝永昌元年胡三省注谓："言太子既有钩深致远之才，而又尽事亲之礼，所以解敦不孝之诬也。"

【评析】本文之事亦载于《晋书·明帝纪》。在叙述与对话上，本文较《晋书》丰富，且有层次。而在结尾部分，《晋书》有"众皆以为信然，敦谋遂止"等语，则较本文完整。

三十三

王大将军既反①，至石头②，周伯仁往见之③。谓周曰："卿何以相负④？"对曰："公戎车犯正⑤，下官忝率六军⑥，而王师不振⑦，以此负公。"〇

《世说新语》详解

【今译】王敦谋反后，到了石头城，周颛前去看他。王敦对周颛说："你为什么辜负我？"周颛回答道："您兴兵冒犯朝廷，我惭愧地率领六军迎战，只是王师不能奋勇作战，因此而辜负了您。"

【刘孝标注】㊀《晋阳秋》曰："王敦既下，六军败绩。颛长史郝嘏及左右文武劝颛避难。颛曰：'吾备位大臣，朝廷倾挠，岂可草间求活，投身胡虏邪？'乃与朝士诣敦。敦曰：'近日战有余力不？'对曰：'恨力不足，岂有余邪？'"

【注释】① 王大将军：王敦。 ② 石头：石头城。 ③ 周伯仁：周颛。 ④ 卿何以相负句：王敦指责周颛辜负了他。《资治通鉴》卷九十二"永昌元年(322)三月"亦记此事，胡三省注曰："愍帝建兴元年(313)，颛为杜弢所困，投敦于豫章，故敦以为德。"即九年前周颛为杜弢所困时，曾投奔王敦，王敦收留了他，便以为自己有恩于周颛，故见到周颛时指责其辜负自己。 ⑤ 戎车犯正：指起兵谋反。戎车，兵车。 ⑥ 下官：官吏自谦之称。忝(tiǎn)：谦辞，表示辱没他人，自己惭愧。六军：指朝廷的军队。 ⑦ 振：奋起，振作。

【评析】王敦攻下石头城时，周颛等公卿百官奉命去见王敦，作为败军之将，周颛在王敦咄咄逼人的威势下，对其"相负"的指责予以反驳，当面斥之为"戎兵犯正"，是大逆不道的造反，自己作为抗击反贼的领兵之将不能奋起保卫朝廷，这就是自己辜负王敦之所在。这番话义正词严，置生死于度外，表现其正义刚烈之性。而与周颛同时去见王敦的戴渊就令人遗憾了。当王敦问他"吾今此举，天下以为何如"时，他说："见形者谓之逆，体诚者谓之忠。"惹得王敦笑曰："卿可谓能言。"(《资治通鉴》卷九十二，《晋书·戴若思传》文字稍异。)对比之下，优劣自见。

三十四

苏峻既至石头①，百僚奔散②，㊀唯侍中钟雅独在帝侧③。或谓钟曰："见可而进，知难而退④，古之道也。君性亮直⑤，必不容于寇雠，何不用随时之宜⑥，而坐待其弊邪⑦？"钟曰："国乱不能匡⑧，君危不能济⑨，而各逊遁以求免⑩，吾惧董狐将执简而进矣⑪。"

【今译】苏峻的叛军到了石头城后，朝中百官都逃散了，只有侍中钟雅一个人随侍在成帝身旁。有人对钟雅说："作战时要见机而动，形势允许时就前进，形势不利时就退却，这是自古以来的道理。您生性诚实正直，必定不能为仇敌所容，何不用随时适合的办法来应对，而要坐以待毙呢？"钟雅说："国家混乱不能匡扶，君主危急不能救助，却各自退避以求免祸，我怕董狐就要拿竹简前来记载了。"

【刘孝标注】㊀ 王隐《晋书》曰："峻字子高，长广掖人。少有才学，仕郡主簿，举孝廉。值中原乱。招合流旧三千余家，结垒本县，宣示王化，收葬枯骨，远近感其恩义，咸共宗焉。讨王敦有功，封公，迁历阳太守，峻外营将表云：'鼓自鸣。'峻自研鼓曰：'我乡里时，有此则空城。'有顷，诏书征峻。峻曰：'台下云我反，反岂得活邪？我宁山头望廷尉，不能廷尉望山头。'乃作乱。"《晋阳秋》曰："峻率众二万，济自横江，至于蒋山，王师败绩。"

【注释】① 苏峻：见本篇二十五注③(页195)。石头：石头城。 ② 僚：官吏。 ③ 侍中：侍从皇帝左右的官。钟雅：见《政事》十一刘注㊀(页109)。帝：晋成帝司马衍。 ④ 见可而进，知难而退：语见《左传·宣公十二年》："见可而退，知难而进，军之善政也。"可，合适。 ⑤ 亮直：诚实正直。 ⑥ 宜：适合，适当。 ⑦ 弊：通"毙"。 ⑧ 匡：匡扶，辅佐。 ⑨ 济：救助。　⑩逊遁：退避。　⑪董狐：春秋时晋国的史官，为古代良史的代表。《左传·宣公二年》载，晋灵公十四年(公元前607)晋卿赵盾因避灵公杀害而出走，未出境，其族人赵穿杀灵公。董狐认为责任在赵盾，故在史书上写："赵盾弑其君。"孔子誉之为"良史"。简：古代用来写字的竹片。

【评析】《政事》十一写了助苏峻起兵谋反的任让当着成帝的面杀了右卫将军刘超和侍中钟雅。成帝哭着喊"还我侍中"，事平后又说"让是杀我侍中者"，对任让不予赦免。可知成帝对钟雅特别看重。本文是苏峻率叛军刚到石头城时，百官奔散，成帝身边只有钟雅不畏叛军，坚持侍奉在幼帝身边，最终遇难。

三十五

庾公临去①，顾语钟后事②，深以相委③。钟曰："栋折榱崩④，谁之责邪？"庾曰："今日之事，不容复言，卿当期克复之效耳⑤。"钟曰："想足下不愧荀林父耳⑥。"㊀

【今译】庾亮在离开京城时，回头告诉钟雅今后的事情，殷切地委托。钟雅说："朝廷倾覆，是谁的责任呢？"庾亮说："今天的事，不允许再说了，您只应当期望打败叛军，收复京都的结果而已。"钟雅说："想来您不愧为荀林父那样的主帅吧。"

【刘孝标注】㊀《春秋传》曰："楚庄王围郑，晋使荀林父率师救郑，与楚战于邲，晋师败绩。桓子归，请死，晋平公将许之，士贞子谏而止。后林父败赤狄于曲梁，赏桓子狄臣子室，亦赏士伯以瓜衍之田，曰：'吾获狄田，子之功也。微子，吾丧伯氏矣。'"

【注释】①庾公：庾亮，见《德行》三十一注①(页22)。　②顾：回头。钟：钟雅。　③深：深切。委：委托，托付。　④栋折榱(cuī)崩：梁椽折坏，比喻国家倾覆。栋，房屋正梁。榱，椽子。　⑤期：盼望，期望。克复：指打败苏峻叛军，收复京都。　⑥荀林父：春秋时晋国大臣，曾带兵出战，为楚所败，但晋侯纳谏未予惩处。三年后率军大败赤狄，晋侯予以重赏。

【评析】庾亮是明帝皇后之兄，明帝死后成帝即位，太后临朝，政事都取决于庾亮，他解除了苏峻的兵权，苏峻即以讨亮为名与祖约举兵谋反。本文与上一则在时间上连接，即当苏峻攻至石头城时，"百僚奔散"，只有钟雅侍奉帝侧。这时庾亮也无暇回答钟雅追问责任的问题，只是要求他期待乱平的消息，钟雅希望他能像荀林父那样平乱复国。庾亮无奈之下求助于陶侃，与温峤一起出兵平定了苏峻之乱。

三十六

苏峻时①，孔群在横塘，为匡术所逼②。王丞相保存术③，㊀因众坐戏语，令术劝群酒，以释横塘之憾④。群答曰："德非孔子，厄同匡人⑤。㊁虽阳和布气⑥，鹰化为鸠⑦，至于识者，犹憎其眼。"㊂

【今译】苏峻叛乱时，孔群在横塘被匡术逼迫。丞相王导保全了匡术，一次趁众人在座说笑谈话时，王导叫匡术向孔群劝酒，来消除彼此在横塘时结下的仇怨。孔群回答说："我的德行不如孔子，而遭遇的困厄却同他受到匡人的逼迫一样。虽然早春二月融和之气布撒大地，鹰鸟变为布谷鸟，但对于能识别者来说，还是憎恶它的

《世说新语》详解

眼睛。"

【刘孝标注】 ㊀ 会稽《后贤记》曰:"群字敬休,会稽山阴人。祖竺,吴豫章太守。父奕,全椒令。群有智局,仕至御史中丞。"《晋阳秋》曰:"匡术为阜陵令,逃亡无行。庾亮征苏峻,术劝峻诛亮,遂与峻同反,后以宛城降。" ㊁《家语》曰:"孔子之宋,匡简子以甲士围之。子路怒,奋戟将战,孔子止之。曰:'夫《诗》、《书》之不讲,礼乐之不习,是丘之过也。若述先王之道,而为咎者,非丘罪也,命也夫!歌,予和汝。'子路弹剑,孔子和之。曲三终,匡人解甲罢。" ㊂《礼记·月令》曰:"仲春之月,鹰化为鸠。"郑玄曰:"鸠,播谷也。"《夏小正》曰:"鹰则为鸠。鹰也者,其杀之时也;鸠也者,非杀之时也。善变而之仁,故具之。"

【注释】 ① 苏峻:见本篇二十五注③(页195)。时:指苏峻举兵攻入京城之时。 ② 孔群:见刘注。横塘:在今南京西南。匡术:原为阜陵令,后随苏峻反叛,得宠。苏峻攻入京城后,逼成帝迁入石头城,将百姓聚于后苑,命匡术防守。苏峻败,匡术归降晋室。 ③ 王丞相:王导。 ④ 释:消除。憾:仇恨。 ⑤ 德非孔子二句:谓自己在德行上比不上孔子,但所受到的困厄却与孔子被匡人围困时一样。孔子厄于匡人,见刘注引《孔子家语》,谓孔子到宋国,匡简子命士兵围困之。子路怒欲战,孔子阻止,让子路弹剑,自己唱歌相和,终于使匡人解除了围困。 ⑥ 阳和气:谓早春二月融和的春气布撒大地。 ⑦ 鹰化为鸠:鹰鸟变形为布谷鸟。鸠,布谷鸟。《礼记·月令》:"仲春之月,……鹰化为鸠。"《大戴礼·夏小正》:"鹰则为鸠。鹰也者,其杀之时也。鸠也者,非其杀之时也。善变而之仁,故其言之也。"谓鹰性凶猛,是在凶杀之时。鸠性仁慈,不是在凶杀之时。这是赞美鸟由凶猛变为仁慈,所以那样讲它。

【评析】 本文所写事与本篇第三十八则雷同,所不同者把"孔群在横塘为匡术所逼"的内容具体化了,孔群对王导的劝解以"鹰化为鸠"讽之。两文所写为同一件事,只是文字稍异而已。

三十七

苏子高事平①,㊀王、庾诸公欲用孔廷尉为丹阳②。㊁乱离之后,百姓凋弊③,孔慨然曰:"昔肃祖临崩④,诸君亲升御床⑤,并蒙眷识⑥,共奉遗诏。孔坦疏贱,不在顾命之列⑦。既有艰难,则以微臣为先,今犹俎上腐肉⑧,任人脍截耳⑨!"于是拂衣而去,诸公亦止。㊂

【今译】 苏峻之乱平定后,王导、庾亮等大臣想任孔坦为丹阳尹。那时正是战乱流离之后,老百姓生活困苦,孔坦感慨地说:"过去肃祖临终之时,诸位都亲临皇帝床前,一起蒙受皇上的顾念赏识,共同接受遗诏。孔坦我既疏远又微贱,不在接受遗诏之列。现在有了艰难,就把我这小臣放在最前面,我就像砧板上的一块腐肉,任凭别人切割罢了!"说完就拂袖而去,诸位大臣也就此作罢。

【刘孝标注】 ㊀《灵鬼志·谣征》曰:"明帝初,有谣曰:'高山崩,石自破。'高山,峻也;硕,峻弟也。后诸公诛峻,硕犹据石头,溃散而逃,追斩之。" ㊁ 孔坦。 ㊂ 按王隐《晋书》:"苏峻事平,陶侃欲坦上,用为豫章太守,坦辞母老不行。台以为吴郡,吴郡多名族,而坦年少,乃授吴兴内史。"不闻尹京。

【注释】 ① 苏子高:苏峻,见本篇二十五注③(页195)。事平:指苏峻之乱平定。 ② 王、庾诸公:指王导、庾亮等。孔廷尉:孔坦,见《言语》四十三注③。为丹阳:担任丹阳尹。 ③ 凋弊:困苦,衰败。 ④ 肃祖:晋明帝庙号。崩:称帝王之死。 ⑤ 御:对皇帝所用之物的敬称。 ⑥ 眷识:顾念赏识。 ⑦ 顾命:《尚书》有《顾命》篇,记周成王临终遗命,后即指皇帝的遗诏。

⑧ 俎(zǔ):切肉的砧板。　⑨ 脍(kuài)截:切割。脍,细切的鱼肉。

【评析】本文内容亦载入《晋书·孔坦传》中。孔坦"少方直,有雅望"(《晋书》本传)。当苏峻之乱平定后,王导、庾亮等便要用之为丹阳尹。但孔坦对成帝"委政王导,坦每发愤,以国事为己忧"(同上),并建言成帝"博纳朝臣",因此而"忤导,出为廷尉,快快不悦,以疾去职"(同上)。可知本文孔坦对王、庾所说的话是有感而发,表现其性格之"方直"。

三十八

　　孔车骑与中丞共行①,㊀在御道②,逢匡术③,宾从甚盛。因往与车骑共语。中丞初不视,直云:"鹰化为鸠,众鸟犹恶其眼④。"术大怒,便欲刃之。车骑下车抱术曰:"族弟发狂⑤,卿为我宥之⑥!"始得全首领。

【今译】孔愉与孔群一起同行,在御道上遇到了匡术,后面跟着的宾客、随从很多,匡术便前去和孔愉说话。孔群不看匡术,只是说:"老鹰虽然变成了布谷鸟,其他鸟还是憎恶它的眼睛。"匡术听了大怒,就想杀了他。孔愉下了车,抱着匡术说:"我的同族兄弟发疯了,您看在我的分上宽恕他吧!"孔群这才得以保全性命。

【刘孝标注】㊀《孔愉别传》曰:"愉字敬康,会稽山阴人。初辟中宗参军,讨华轶有功,封余不亭侯。愉少时,尝得一龟,放于余不溪中,龟中路左顾者数过。及后铸印,而龟左顾,更铸,犹如此。印师以闻,愉悟,取以佩焉。累迁尚书左仆射,赠车骑将军。"中丞,孔群也。

【注释】① 孔车骑:孔愉,见刘注。与同郡张茂字伟康、丁潭字世康齐名,时人号为"会稽三康"。官尚书仆射、会稽内史等,死后赠车骑将军。中丞:孔群,见本篇三十六则注②。　② 御道:皇帝车骑通行的道路。　③ 匡术:见本篇三十六注②(页202)。　④ "鹰化为鸠"二句:见本篇三十六注⑦(页202)。　⑤ 族弟:同高祖的兄弟。　⑥ 宥(yòu):原谅,宽恕。

【评析】本文与本篇三十六则为同一事之异闻,可互为参看。

三十九

　　梅颐尝有惠于陶公①,后为豫章太守,有事,王丞相遣收之②。侃曰:"天子富于春秋③,万机自诸侯出④,王公既得录⑤,陶公何为不可放?"乃遣人于江口夺之。㊀颐见陶公拜,陶公止之。颐曰:"梅仲真膝,明日岂可复屈邪?"

【今译】梅颐曾经对陶侃有过恩惠,后来梅颐担任豫章太守,出了事,王导派人逮捕了他。陶侃说:"皇上年纪很轻,日常繁忙的公务都由大臣来定,王导既然能够逮捕梅颐,我陶侃为什么不能把他放掉?"他便派人在江口夺回梅颐。梅颐见到陶侃,跪拜,陶侃制止了他。梅颐说:"我梅仲的双膝,明天难道可以再下跪吗?"

【刘孝标注】㊀《晋诸公赞》曰:"颐字仲真,汝南西平人。少好学隐退,而求实进止。"《永嘉流人名》曰:"颐,领军司马。颐弟陶,字叔真。"邓粲《晋纪》曰:"初有僭侃于王敦者,乃以从弟廙代侃为荆州,左迁侃广州。侃文武距廙而求侃,敦闻,大怒。及侃将莅广州,过敦,敦陈兵欲害侃,敦咨议参军梅陶谏敦,乃止,厚礼而遣之。"王隐《晋书》亦同。按二书所叙,则有惠于陶是梅陶,非颐也。

【注释】① 梅颐:详见刘注。陶公:陶侃,见《言语》四十七注①(页65)。 ② 王丞相:王导。 ③ 富于春秋:年轻的婉转说法。 ④ 万机:指朝廷日常纷繁的政务。诸侯:古时天子统辖下的列国君主之称,此指有权势的大臣高官如王导等。 ⑤ 录:逮捕。

【评析】刘注引《晋纪》,谓有恩于陶侃的是梅颐之弟梅陶,而非梅颐。梅陶救侃之事亦见《晋书·陶侃传》。其实陶侃受惠于梅陶,回报其兄梅颐,把他从王敦手中解救出来,兄弟有骨肉之亲,这也是报答梅陶的一种表现。

四十

王丞相作女伎①,施设床席。蔡公先在坐②,不说而去③,王亦不留。㊀

【今译】丞相王导安排了女伎表演歌舞,铺设了坐榻席位。蔡谟事先就已在座,这时候很不高兴地走了,王导也不挽留他。

【刘孝标注】㊀《蔡司徒别传》曰:"谟字道明,济阳考城人。博学有识,避地江左。历左光禄,录尚书事,扬州刺史。薨赠司空。"

【注释】① 王丞相:王导。伎:歌舞,艺人。 ② 蔡公:蔡谟,见刘注。历官侍中、太常、征北将军、都督徐兖青州诸军事、徐州刺史等,性方雅、博学、深谋远虑,为时所重。 ③ 说:通"悦"。

【评析】本文亦载于《晋书·蔡谟传》,开头有"谟性方雅",结尾作"导亦不止之"。蔡谟曾坚决辞让侍中、司徒之职,以致被免为庶人,他从此"杜门不出,终日讲诵,教授子弟"。可知蔡谟自奉谨慎,不好歌舞声色。

四十一

何次道、庾季坚二人并为元辅①。㊀成帝初崩②,于是嗣君未定③。何欲立嗣子④,庾及朝议以外寇方强,嗣子冲幼⑤,乃立康帝⑥。㊁康帝登阼⑦,会群臣,谓何曰:"朕今所以承大业,为谁之议?"何答曰:"陛下龙飞⑧,此是庾冰之功,非臣之力。于时用微臣之议,今不睹盛明之世。"㊂帝有惭色。

【今译】何充、庾冰二位同时担任辅政大臣。成帝刚去世,当时继位的君主尚未确定。何充想立嫡长子为帝,庾冰及朝臣的议论认为外敌正强盛,嫡长子年纪幼小,于是便立了康帝。康帝即位时,会见群臣,对何充说:"我现在所以能够继承大业,是谁的提议?"何充答道:"陛下登上皇位,这是庾冰的功劳,不是我的力量。当时如果用了我的建议,那么今天就看不到现在的太平盛世了。"康帝听了,面有惭愧之色。

【刘孝标注】㊀《晋阳秋》曰:"庾冰字季坚,太尉亮之弟也。少有检操,兄亮常器之曰:'吾家晏平仲。'累迁车骑将军、江州刺史。" ㊁《中兴书》曰:"帝讳岳,字世同,成帝同母弟也。成帝崩,即位,年二十二。" ㊂《晋阳秋》曰:"初,显宗临崩,庾冰议立长君,何充谓宜奉皇子。争之不得,充自不安,求处外任。及冰出镇武昌,充自京驰还,言于帝曰:'冰不宜出。昔年陛下龙飞,使晋德再隆者,冰之勋也。臣无与焉。'"

【注释】① 何次道:何充,见《言语》五十四注①(页 59)。庾季坚:庾冰,见《政事》十四注①(页110)。元辅:指辅佐皇帝的大臣。 ② 成帝:晋成帝司马衍,见《政事》十一注①(页 109)。③ 嗣君:继承帝位的君主。 ④ 嗣子:嫡长子。 ⑤ 冲幼:幼小。 ⑥ 康帝:司马岳,见刘注,343—344 在位。 ⑦ 登阼(zuò):即位。 ⑧ 龙飞:比喻皇帝即位。语出《易·乾》:"九五,飞龙在天。"

【评析】本篇二十九则写王敦不顾其兄声名狼藉的事实而加以赞美,何充以主簿的身份敢于顶撞。本文写其作为辅政大臣,在立谁为皇帝的问题上与庾冰意见不同。当康帝后来问及此事时,他不贪功,不掠美,老实承认拥戴康帝即位的是庾冰而非自己。《晋书》本传亦载此事,在评论何充时,谓其"临朝正色,以社稷为己任"、"不以私恩树亲戚,谈者以此重之",赞其正直,所言不虚。

四十二

江仆射年少①,王丞相呼与共棋②。王手尝不如两道许③,而欲敌道戏④,试以观之。江不即下。王曰:"君何以不行?"江曰:"恐不得尔。"㊀傍有客曰:"此年少戏乃不恶。"王徐举首曰:"此年少,非唯围棋见胜⑤。"㊁

【今译】江虨年轻时,丞相王导叫他一起来下围棋。王导的棋艺曾经比江虨差两子左右,而这次他想与对方对等下棋,看看对方怎么样。江虨没有立即下子。王导说:"你为什么不走?"江虨说:"恐怕不能这样。"旁边有位宾客说:"这位年轻人的棋艺居然不错。"王导慢慢地抬头说:"这位年轻人不只是以围棋见长而已。"

【刘孝标注】㊀ 徐广《晋纪》曰:"江虨字思玄,陈留人。博学知名,兼善弈,为中兴之冠。累迁尚书左仆射、护军将军。" ㊁ 范汪《棋品》曰:"虨与王恬等棋第一品,导第五品。"

【注释】① 江仆射:江虨曾任尚书仆射,故称。见本篇二十五注④(页 195)。 ② 王丞相:王导。 ③ 手:指棋艺。道:指围棋的格子,一道格子一颗棋,故以道称棋子。许:表示大约估计的词。 ④ 敌道戏:指下棋时双方对等,互不让子。 ⑤ 非唯:非但,不仅。

【评析】刘注引文谓江虨"棋第一品,导第五品",可知江、王的棋艺不在一个档次上。而王导这次下棋偏不要江让子,想与之下对等棋,显然是不自量力,故江迟迟不肯落子。王导从这件事上遂知其"非唯围棋见胜"。据《晋书》本传,简文帝在丞相任上,江虨任仆射多年,简文帝"每访政事,虨多所补益"。

四十三

孔君平疾笃①,庾司空为会稽②,省之③,㊀相问讯甚至④,为之流涕。庾既下床,孔慨然曰:"大丈夫将终,不问安国宁家之术,乃作儿女子相问!"庾闻,回谢之⑤,请其话言。㊀

【今译】孔坦病重,庾冰当时任会稽内史,前去看望他,庾冰问候的话极为周到,还为孔坦流了泪。庾冰离开坐榻后,孔坦感慨地说:"大丈夫将死,你不问安国宁家的办法,却做出一般小儿女的样子来问候我!"庾冰听到后,转身向孔坦道歉,请他说出临终遗言。

【刘孝标注】㈠ 庾冰。 ㈡ 王隐《晋书》曰:"坦方直而有雅望。"

【注释】① 孔君平:孔坦,见《言语》四十三注③(页63)。疾笃:病重。 ② 庾司空:庾冰,见《政事》十四注①(页110)。为会稽:任会稽内史。 ③ 省(xǐng):看望。 ④ 问讯:问候。至:周到,恳切。 ⑤ 谢:道歉。

【评析】孔坦以安国宁家之术为己任,即使病危临终时亦如此,使得庾冰大为感动,请他留下遗言。《晋书·孔坦传》载其临终给庾亮书,其中有希望庾亮使"四海一统,封京观于中原"等语,可知其"以国事为己忧"(《晋书》本传),念念不忘统一事业。

四十四

桓大司马诣刘尹①,卧不起。桓弯弹弹刘枕,丸迸碎床褥间。刘作色而起曰②:"使君,如馨地宁可斗战求胜③!"㈠桓甚有恨容。㈠

【今译】大司马桓温去拜访刘惔,刘惔躺着不起床。桓温就拿弹弓弹射刘惔的枕头,弹丸迸碎后掉在被褥之间。刘惔变了脸色起床说:"使君,难道打仗可以用这样的办法来求胜吗?"桓温脸上露出很恼恨的神色。

【刘孝标注】㈠《中兴书》曰:"温曾为徐州刺史,沛国属徐州,故呼温使君,斗战者,以温为将也。" ㈡ 刘尹,真长。已见。

【注释】① 桓大司马:桓温,见《言语》五十五注①(页70)。刘尹:刘惔,曾为丹阳尹,故称。见《德行》三十五注①(页24)。 ② 作色:变色。 ③ 使君:对州郡长官的尊称。如馨:如此,这样。宁(nìng)可:岂可,怎么能。

【评析】刘惔与桓温虽然年轻时很友善,但二人志趣大异。刘惔是真名士,而桓温则是野心家,二人自然难以融洽。

四十五

后来年少多有道深公者①,深公谓曰:"黄吻年少②,勿为评论宿士③。昔尝与元明二帝、王庾二公周旋④。"㈠

【今译】后辈年轻人有很多议论竺法深的,竺法深对他们说:"黄口小儿,不要评论前辈名士。我过去曾经与元帝、明帝两位皇帝以及王导、庾亮两位前辈名士交往应酬过。"

【刘孝标注】㈠《高逸沙门传》曰:"晋元、明二帝,游心玄虚,托情道味,以宾友礼待法师;王公、庾公倾心侧席,好同臭味也。"

【注释】① 深公：竺法深，见《德行》三十注①(页21)。 ② 黄吻：指黄口小儿，年轻人。吻，口边、唇边。 ③ 宿士：指有声望、有学问的前辈。宿，年老的，久经其事的。 ④ 元明二帝：晋元帝和晋明帝。王庾二公：王导和庾亮。周旋：交际应酬。

【评析】本文写竺法深对那些不懂尊重前辈的年轻后辈予以教育事。刘注引文即谓元、明二帝及王导、庾亮以宾友待之。《高僧传·竺法深传》亦谓元帝、明帝及王、庾"并钦其风德，友而敬焉"。可见当时年轻后辈的无知与无礼。

四十六

王中郎年少时①，㊀江虨为仆射②，领选③，欲拟之为尚书郎④。有语王者，王曰："自过江来，尚书郎正用第二人⑤，何得拟我！"江闻而止。㊁

【今译】王坦之年轻的时候，江虨担任尚书左仆射，掌管选取官员之事，准备提议他为尚书郎。有人告诉王坦之，王坦之说："自从过江以来，尚书郎只用第二流人物来担任，怎么可能用我呢！"江虨听到后就不提此事了。

【刘孝标注】㊀坦之，已见。 ㊁按《王彪之别传》曰："彪之从伯导谓彪之曰：'选曹举汝为尚书郎，幸可作诸王佐邪！'"此知郎官寒素之品也。

【注释】① 王中郎：王坦之，见《言语》七十二注①(页81)。 ② 江虨：见本篇二十五注④(页195)。仆射(yè)：有左、右仆射，江虨曾任尚书左仆射。仆射与尚书令同居宰相之任。 ③ 领选：掌管选取官员之事。 ④ 拟：拟议。尚书郎：尚书属官，主管文书起草。 ⑤ 正：止，仅。第二人：指第二流人物。

【评析】本文写王坦之不愿为尚书郎，认为这是第二流人物才充当的，自己是不屑为的。其实东汉时的尚书郎，多为孝廉、博士等担任的要职，其中不少人后来成为名公巨卿。王坦之的曾祖王湛就曾任尚书郎。但自视甚高的王坦之却不屑于担任这种职务，认为与自己的名望不符。

四十七

王述转尚书令①，事行便拜②。文度曰③："故应让杜、许④。"蓝田云："汝谓我堪此不⑤？"文度曰："何为不堪，但克让自是美事⑥，恐不可阙⑦。"蓝田慨然曰："既云堪，何为复让？人言汝胜我，定不如我。"㊀

【今译】王述调任尚书令，任命一下就立即授官。王坦之说："总应当让位给杜许吧。"王述说："你说我能胜任这职务吗？"王坦之道："为什么不能胜任，但是能够谦让自然是好事，恐怕是不可以缺少的。"王述感慨地说："既然说能胜任，又为什么要谦让？别人说你胜过我，我说你必定不如我。"

【刘孝标注】㊀《述别传》曰："述尝以谓人之处世，当先量己而后动，义无虚让。是以应辞便当固执。其贞正不逾，皆此类。"

《世说新语》详解

【注释】① 王述：见《文学》二十二注③（页131）。转：迁调官职。 ② 拜：授官，拜官。 ③ 文度：王坦之，字文度，王述之子。 ④ 故：固，毕竟。杜许：不详为何人。刘孝标无注。 ⑤ 蓝田：王述袭父爵为蓝田侯，故称。堪：胜任。 ⑥ 克让：谦让。 ⑦ 阙：古代用作"缺"字。

【评析】刘注引文谓王述为人处世总是量力而行，如有所辞就一定不肯接受，反之就决不推辞。《晋书》本传亦载本文所写，作为其"不为虚让"之例。其"真率"之为人，受到简文帝及谢安等大臣的叹美。

四十八

孙兴公作《庾公诔》①，文多托寄之辞。㊀既成，示庾道恩②，庾见，慨然送还之，曰："先君与君自不至于此。"㊀

【今译】孙绰写了一篇《庾公诔》，文章中寄托了很多深情厚谊之辞。文章写成后，拿给庾羲看，庾羲看了，很有感慨地送还给孙绰，说："先父与您，原本并没有如此深厚的情谊。"

【刘孝标注】㊀ 绰集载诔文曰："咨予与公，风流同归。拟量托情，视公犹师。君子之交，相与无私。虚中纳是，吐诚诲非。虽实不敏，敬佩弦韦。永戢话言，口诵心悲。" ㊁ 道恩，庾羲小字。徐广《晋纪》曰："羲字叔和，太尉亮第三子。拔尚率到，位建威将军、吴国内史。"

【注释】① 孙兴公：孙绰，见《言语》八十四注①（页84）。庾公诔（lěi）：哀悼庾亮的文章。诔，叙述死者生平以示哀悼的文章。 ② 庾道恩：庾羲，见刘注。

【评析】孙绰善属文，在当时文士中"绰为其冠"、"温、王、郗、庾诸公之薨，必须绰为碑文，然后刊石焉"（《晋书》本传），可知其碑文声名之盛。刘注引其诔文，文中表示其与庾亮之间"风流同归"、"视公犹师"、"相与无私"等，似与庾亮为深交。然庾羲却并不领情，以为是夸大失实之词。由此可见庾羲为人之率真。

四十九

王长史求东阳①，抚军不用②。㊀后疾笃，临终，抚军哀叹曰："吾将负仲祖③。"于此命用之。长史曰："人言会稽王痴④，真痴。"㊁

【今译】王濛请求担任东阳郡太守，抚军司马昱不用他。后来王濛病重，将要离世了，抚军司马昱哀叹说："我将会对不起王濛了。"在这时候下令任用他。王濛说："人说会稽王痴，是真的痴啊。"

【刘孝标注】㊀ 简文。 ㊁ 王濛，已见。

【注释】① 王长史：王濛，曾任司徒左长史。见《言语》五十四注④（页70）。求东阳：请求做东阳郡太守。 ② 抚军：指简文帝司马昱，曾任抚军大将军。 ③ 仲祖：王濛字仲祖。 ④ 会稽王：司马昱曾封会稽王。

【评析】本书《政事》二十一谓"山遐去东阳，王长史就简文索东阳"。本文谓王濛临终被命用。《晋书》本传则曰："晚求为东阳,不许。及濛病,乃恨不用之。濛闻之曰:'人言会稽王痴,竟痴也!'"三者所写有同亦有异,可互参。

五十

刘简作桓宣武别驾①,后为东曹参军②,⊖颇以刚直见疏。尝听记③,简都无言。宣武问:"刘东曹何以不下意④?"答曰:"会不能用⑤。"宣武亦无怪色。

【今译】刘简任宣武侯桓温的别驾,后来担任东曹参军,因为性格刚烈正直受到疏远。他曾经听取桓温有关教、命等公文的指示,刘简什么都不说。桓温问:"刘东曹你为什么不发表一点意见啊?"刘简答道:"想来是不会被采用的。"桓温听了也没有责怪的神色。

【刘孝标注】⊖《刘氏谱》曰:"简字仲约,南阳人。祖乔,豫州刺史。父挺,颍川太守。简仕至大司马参军。"

【注释】① 刘简:见刘注。桓宣武:桓温死谥宣武,故称。见《言语》五十五注①(页70)。别驾:官名,刺史的佐吏。② 东曹参军:州郡属官。③ 记:教、命等公文。④ 下意:指发表意见。⑤ 会:当然,应当。

【评析】刘简因其刚直的性格,故敢于直言"会不能用"。而桓温听了却没有责怪之色,倒也颇有"豪爽"(《晋书》本传)之风。

五十一

刘真长、王仲祖共行①,日旰未食②。有相识小人贻其餐③,肴案甚盛④,真长辞焉。仲祖曰:"聊以充虚⑤,何苦辞⑥?"真长曰:"小人都不可与作缘⑦。"⊖

【今译】刘惔、王濛一同出行,到天晚了还没有吃饭。有个相识的小人送给他们饭食,菜肴很丰盛,刘惔推辞不吃。王濛说:"暂且用来充饥,何必推辞?"刘惔说:"小人全都不可以与他们打交道。"

【刘孝标注】⊖孔子称:"唯女子与小人为难养,近之则不逊,远之则怨。"刘尹之意,盖从此言也。

【注释】① 刘真长:刘惔,见《德行》三十五注①(页24)。王仲祖:王濛,见《言语》五十四注④(页70)。② 日旰(gàn):天晚。③ 小人:指人格低下者。贻(yí):赠给。④ 肴案:指菜肴。案,端饭菜用的木盘。⑤ 充虚:充饥。⑥ 何苦:何必,不值得。⑦ 作缘:指结交,交往。

【评析】魏晋南北朝时期的士人非常注重个人品行的修炼,一些品格不高者往往会在社交中受到排斥。刘惔甚至在饥饿时都不愿意吃"小人"送来的食物,可见虽逢乱世,但当时的社会主流阶层仍能恪守传统的道德规范。

五十二

　　王修龄尝在东山①,甚贫乏。㊀陶胡奴为乌程令②,㊁送一船米遗之③。却不肯取④,直答语:"王修龄若饥,自当就谢仁祖索食⑤,不须陶胡奴米。"

【今译】王胡之曾经在东山住,生活很贫困。陶范当乌程县令时,送了一船米赠给他。王胡之退还不受,直率地回话说:"我王胡之如果挨饿,自然会到谢尚那里讨吃的,不需要陶范的米。"

【刘孝标注】㊀ 司州,已见。 ㊁ 胡奴,陶范小字也。《陶侃别传》曰:"范字道则,侃第十子也,侃诸子中最知名。历尚书秘书监。"何法盛以为第九子。

【注释】① 王修龄:王胡之,见《言语》八十一刘注(页85)。东山:在今浙江上虞,为当时名士隐居之地。 ② 陶胡奴:陶范,小字胡奴,陶侃之子。见《文学》九十七注③(页173)。乌程:在今浙江湖州市南。 ③ 遗(wèi):赠与。 ④ 却:拒绝,推辞。 ⑤ 谢仁祖:谢尚,见《言语》四十六注①(页65)。

【评析】陶范为名将陶侃之子,本文写其送米给王胡之,王不仅拒绝,还说了无礼的话。究其原因,是瞧不起陶范的出身。陶侃因平王敦和苏峻有功,拜为大将军,剑履上殿,入朝不趋,并非等闲之辈。然其出身寒微,"望非世族"(《晋书·陶侃传》),系从行伍中脱颖而出的,"拔萃陬落之间"(同上),因此为王、谢等世家大族所轻视。

五十三

　　阮光禄㊀赴山陵①,至都,不往殷、刘许②,过事便还。诸人相与追之,阮亦知时流必当逐己③,乃遄疾而去④,至方山不相及⑤。㊁刘尹时为会稽⑥,乃叹曰:"我入,当泊安石渚下耳⑦,不敢复近思旷傍⑧。伊便能捉杖打人⑨,不易。"

【今译】阮裕去赴成帝的葬礼。到了京都,不到殷浩、刘惔的住所去,参加过葬礼就回家了。许多名士一起去追赶他,阮裕也知道当时的名流一定会来追赶自己,便急速地离开了,一直到方山也没有赶上。刘惔当时正要求到会稽任职,就叹息说:"我东下进入会稽,应当把船停泊在谢安住所旁的小洲岸边,不敢再靠近阮裕身旁了。他即便能拿着拐杖来打人,也不那么容易打到我了。"

【刘孝标注】㊀ 阮裕,已见。 ㊁《中兴书》曰:"裕终日颓然,无所错综,而物自宗之。"

【注释】① 阮光禄:阮裕,见《德行》三十二注①(页22)。赴山陵:指去赴成帝的葬礼。山陵,帝王的坟墓。《晋书·阮裕传》:"成帝崩,裕赴山陵,事毕便还。" ② 殷、刘:殷浩、刘惔。许:处所。 ③ 时流:当时的名流。 ④ 遄(chuán)疾:急速。 ⑤ 方山:在今江苏江宁县东。 ⑥ 刘尹:刘惔曾为丹阳尹,故称。为会稽:一作"索会稽"。《晋书》本传没有刘惔为会稽官员的记载。 ⑦ 入:《晋书》本传作"东入",本文漏"东"字。泊:停船靠岸。安石:谢安。渚(zhǔ):水中间的小块陆地。 ⑧ 思旷:阮裕字思旷。傍:通"旁"。 ⑨ 伊:他。捉:握,拿。

【评析】阮裕和谢安同时隐于会稽,但二人的表现不同。阮裕"少无宦情,兼拙于人间",独来独往,屡屡固辞征聘,是真的看破世俗。而谢安高卧东山,为的是待机而动,故其常携妓游赏,与名流交往,与人同乐。刘惔愿在谢安身旁,而不敢亲近阮裕,一则其与谢安为连襟,再则志趣相投,故有此番感叹。本文亦载《晋书·阮裕传》,文字稍异。

五十四

王、刘与桓公共至覆舟山看①,酒酣后,刘牵脚加桓公颈,桓公甚不堪,举手拨去。既还,王长史语刘曰②:"伊讵可以形色加人不③?"㊀

【今译】王濛、刘惔与桓温一同到覆舟山去游览,畅饮之后,刘惔提起脚来架在桓温的脖子上,桓温难以忍受,举起手来把刘惔的脚拨开。回来之后,王濛对刘惔说:"他难道可以拿脸色给人看吗?"

【刘孝标注】㊀《温别传》曰:"温有豪迈风气也。"

【注释】① 王、刘:王濛、刘惔。桓公:桓温。覆舟山:在今江苏南京东北,钟山西足形如覆舟,故名。 ② 王长史:即王濛。 ③ 形色:指脸色。

【评析】刘惔与王濛二人当时齐名友善,都是清谈家。王濛"不修小洁"(《晋书》本传),刘惔则以"少清远",以善言名理为名流所重。刘惔年轻时和桓温十分友善。可知三人都是朋友,都有不拘小节而又豪爽的特点,因此三人一起去覆舟山观赏风光,在喝足酒后,刘惔忘情地把脚架到了桓温的脖颈上,这是东晋士人放浪形骸的习惯动作之一,用以表示相互间的亲近。但桓温感到难受就毫不客气地把脚拨开了,以致事后王濛责备桓温不该给人看脸色,为刘惔鸣不平。

五十五

桓公问桓子野①:"谢安石料万石必败②,何以不谏?"㊀子野答曰:"故当出于难犯耳③。"桓作色曰④:"万石挠弱凡才⑤,有何严颜难犯!"

【今译】桓温问桓伊:"谢安料到谢万必定会被打败,为什么不劝告他?"桓伊回答道:"大概是由于他难以接受不同的意见吧。"桓温变了脸色说:"谢万是懦弱的庸才,有什么威严的辞色令人难以违逆的呢!"

【刘孝标注】㊀ 子野,桓伊小字也。《续晋阳秋》曰:"伊字叔夏,谯国铚人。父景,护军将军。伊少有才艺,又善声律,加以标悟省率,为王濛、刘惔所知。累迁豫州刺史,赠右将军。"

【注释】① 桓公:桓温。桓子野:桓伊,字叔夏,小字子野,东晋谯国铚(今属安徽)人。官至豫州刺史。 ② 谢安石:谢安。万石:谢万,字万石,谢安弟,见《言语》七十七注①(页83)。 ③ 犯:抵触,违逆。 ④ 作色:变色。 ⑤ 挠弱:懦弱。

【评析】桓温与桓伊对谢安的议论并不正确,《简傲》十四即写谢万北征时,未能抚慰将士,谢安劝其宴请诸将。可知谢安未尝不谏,只是谢万难改其傲慢之态,得罪了将士,导致失败。

五十六

罗君章曾在人家①,主人令与坐上客共语,答曰:"相识已多,不烦复尔。"㊀

《世说新语》详解

【今译】罗含曾在别人家里做客，主人让他与在座的宾客一起说话，罗含答道："相识之人够多了，不必再如此烦劳了。"

【刘孝标注】㊀《罗府君别传》曰："含字君章，桂阳枣阳人。盖楚熊姓之后，启土罗国，遂氏族焉，后寓湘境，故为桂阳人。含，临海太守彦曾孙，荥阳太守绥少子也。桓宣武辟为别驾，以官廨喧扰，于城西池小洲上立茅茨，伐木为床，织苇为席，布衣蔬食，晏若有余。桓公尝谓众坐曰：'此自江左之清秀，岂唯荆楚而已。'累迁散骑常侍、廷尉、长沙相，致仕中散大夫，门施行马。含自在官舍，有一白雀栖集堂宇；及致仕还家，阶庭忽兰菊挺生。岂非至行之征邪？"

【注释】① 罗君章：罗含，见刘注。有文才，初为州主簿，后为桓温推重，官至廷尉，长沙相。

【评析】罗含以文才与庾亮、谢尚、桓温等交往，得到他们的交口称道，桓温甚至赞为"江左之清秀"。刘注引文和《晋书》本传均谓其官舍内白雀栖集，阶庭前兰菊挺生，象征其德行之高。并谓其退休后"门施行马"，即其门前施行马匹通行之禁令，以示官品之贵。从本文罗含之语亦可见其自傲之态。

五十七

韩康伯病①，拄杖前庭消摇②。㊀见诸谢皆富贵③，轰隐交路④，叹曰："此复何异王莽时⑤！"㊁

【今译】韩康伯病了，扶着拐杖在前院怡然自得。看到谢安家族富贵荣华，门前车马轰响来往不绝，便感叹道："这和王莽时候又有什么不同！"

【刘孝标注】㊀ 韩伯，已见。　㊁《汉书》曰："王莽宗族，凡十侯、五大司马。"

【注释】① 韩康伯：韩伯，见《德行》三十八注④（页26）。　② 拄：用手扶。消摇：同"逍遥"，自由自在，怡然自得。　③ 诸谢：指谢安与弟谢石及侄谢玄等人。　④ 轰隐交路：指车马来往于道路，发出隆隆响声。　⑤ 王莽（前45—23）：字巨君，魏郡元城（今河北大名）人，汉元帝皇后之侄。西汉末，以外戚掌握政权，后毒死平帝，称假皇帝。初始元年（8）称帝，改国为新，在位十五年。赤眉、绿林等农民起义军攻入长安时被杀。

【评析】谢安当宰相时，符坚强盛，率兵进犯，晋军连战连败。后谢安派弟谢石、侄谢玄、子谢琰出征，大获全胜，受到封赏。谢安封建昌县公，谢石封南康郡公，谢琰封望蔡公，谢玄封东兴县侯，一门富贵。据本书《识鉴》二十三所写，谓韩康伯称谢玄北征"好名，未必能战"。可知韩康伯对谢氏一门极反感，故见到谢家门前车马轰鸣、门庭若市，便将其比为独霸专权之王莽。此说比拟不伦，不免挟嫌妄语之讥。

五十八

王文度为桓公长史时①，桓为儿求王女，王许咨蓝田②。㊀既还，蓝田爱念文度③，虽长大，犹抱著膝上。文度因言桓求己女婚。蓝田大怒，排文度下膝。曰："恶见文度已复痴④，畏桓温面，兵，那可嫁女与之！"文度还报曰："下官家中先得婚处。"桓公曰："吾知矣，此尊府君不肯耳。"后桓女遂嫁文

度儿。㊀

【今译】王坦之当桓温长史的时候，桓温为自己的儿子向王坦之的女儿求婚，王坦之答应去向父亲蓝田侯王述征询。王坦之回到家后，王述非常怜爱王坦之，即使儿子长大成人了还是抱着他放在膝上。王坦之便借机说了桓温为儿子向自己女儿求婚的事。王述听了大怒，把王坦之推下膝，说："你怎么竟又发痴了，你怕伤了桓温的面子，一个当兵的人，怎么可以把女儿嫁给他呢！"王坦之回报桓温道："我家里先前已经给女儿找到夫家了。"桓温说："我知道了，这是令尊不肯罢了。"后来桓温的女儿便嫁给了王坦的儿子。

【刘孝标注】㊀ 王坦之、王述，并已见。　㊁《王氏谱》曰："坦之子恺，娶桓温第二女，字伯子。"《中兴书》曰："恺字茂仁，历吴国内史、丹阳尹，赠太常。"

【注释】① 王文度：王坦之，见《言语》七十二注①（页81）。桓公：桓温。长史：将军府的属官。② 蓝田：王述，封蓝田侯，王坦之的父亲。咨：征询。　③ 爱念：怜爱。　④ 恶：怎么。

【评析】桓温的权势、地位不可谓不高，但他家不在名门世家之列。其父桓彝虽然当过宣城太守，但上辈却默默无闻，故仍为名流所排斥，与陶侃的情况类似，他们俩身为大将军，仍属寒门。当时名门望族之女不能下嫁寒族之子，而寒门之女则可高攀名门之子，故王述拒绝桓温之女做孙媳妇。

五十九

王子敬数岁时①，尝看诸门生樗蒱②，见有胜负，因曰："南风不竞③。"㊀门生辈轻其小儿，乃曰："此郎亦管中窥豹④，时见一斑。"子敬瞋目曰⑤："远惭荀奉倩⑥，近愧刘真长⑦。"遂拂衣而去。㊁

【今译】王献之才几岁时，曾看家里门下人玩赌博游戏，见到有胜有负，就说："南风不竞。"门下人轻视他是个小孩子，便说："这位小郎也只是用管子窥豹，只见一点斑纹罢了。"王献之瞪大眼睛说："远一点的人我只会对着荀粲感到羞惭，近点的人我只会面对刘惔感到羞愧！"说完就拂袖而去。

【刘孝标注】㊀《春秋传》曰："楚伐郑。师旷曰：'不害，吾骤歌南风，南风不竞，多死声，楚必无功。'"杜预曰："歌者吹律以咏八风，南风音微，故曰不竞也。"　㊁ 荀、刘已见。

【注释】① 王子敬：王献之，见《德行》三十九注①（页26）。　② 门生：指依附于世家大族门下的寒士。樗（chū）蒱：古代的一种赌博游戏。　③ 南风不竞：南风，南方的音乐；不竞，乐声低微。喻指竞赛的一方力量不强。语出《左传·襄公十八年》，谓师旷能从乐声中测出楚师士气不振，没有战斗力。　④ 郎：指王献之。　⑤ 瞋（chēn）目：瞪大眼睛以示愤怒。　⑥ 荀奉倩：荀粲，字奉倩，三国魏人。　⑦ 刘真长：刘惔，字真长。

【评析】荀粲和刘惔因慎于交游而为史所称。本书《惑溺》二文注引《粲别传》谓"粲简贵，不与常人交接，所交者一时俊杰"。《晋书·刘惔传》谓刘惔"为政清整，门无杂宾"。王献之针对门下人对自己的轻视无礼，即以对荀粲、刘惔羞惭之语反唇相讥，可知其小小年纪，气度已是不凡。

六十

谢公闻羊绥佳①,致意令来②,终不肯诣。○后绥为太学博士③,因事见谢公,公即取以为主簿④。

【今译】谢安听说羊绥这人很优秀,就请人传达意思让他来,但他始终不肯登门拜访。后来羊绥做了太学博士,因有事见到谢安,谢安立即用他当主簿。

【刘孝标注】○《羊氏谱》曰:"绥字仲彦,太山人。父楷,尚书郎。绥仕至中书侍郎。"

【注释】① 谢公:谢安。羊绥:见刘注。 ② 致意:传达意思。 ③ 太学博士:学官名,当时的大学教授官。 ④ 主簿:官名,大臣幕府中的重要僚属。

【评析】羊绥不愿攀附,始终不肯拜访谢安,可知称其优秀绝非虚誉。但谢安并不因此生气,反而在见到羊绥后立即加以重用,亦可知谢安之爱才若渴。

六十一

王右军与谢公诣阮公①,○至门,语谢:"故当共推主人②。"谢曰:"推人正自难③。"

【今译】王羲之与谢安去拜访阮裕,到了阮裕家门口,王羲之对谢安说:"应当一起推崇主人。"谢安说:"推崇别人恰好是件难事。"

【刘孝标注】○阮思旷也。

【注释】① 王右军:王羲之。谢公:谢安。阮公:阮裕,见《德行》三十二注①(页22)。 ② 故当:一定。推:推崇,赞许。 ③ 正:恰好。

【评析】本书《德行》三十二写有人欲借阮裕的车而不敢言,阮知道后即焚其车。《晋书》本传谓其屡辞征辟,隐于剡山,王羲之赞其"不惊宠辱"。本文写王羲之与谢安同去拜访阮裕时,王提议一起赞许主人,阮裕应是当之无愧的。而谢安却将"推人"视为难事,足见其方正直言的性格。

六十二

太极殿始成①,○王子敬时为谢公长史②,谢送版使王题之③。王有不平色,语信云④:"可掷著门外。"谢后见王,曰:"题之上殿何若? 昔魏朝韦诞诸人亦自为也⑤。"王曰:"魏祚所以不长⑥。"谢以为名言。○

【今译】太极殿刚刚建成,王献之当时担任谢安的长史,谢安令人把用作匾额的木板送来,让王献之书写。王献之露出愤愤不平的脸色,对使者说:"可以把它扔在门外。"谢安后来见到王献之,说:"把匾额挂上殿去书写怎么样? 过去魏朝韦诞等人,也都写过的。"王献之说:"这就是魏朝国运不长的原因。"谢安认为这是名言。

【刘孝标注】 ㊀ 徐广《晋纪》曰:"孝武宁康二年,尚书令王彪之等启改作新宫。太元三年二月,内外军六千人始营筑,至七月而成。太极殿高八丈,长二十七丈,广十丈。尚书谢万监视,赐爵关内侯;大匠毛安之关中侯。" ㊁ 宋明帝《文章志》曰:"太元中,新宫成,议者欲屈王献之题榜,以为万代宝。谢安与王语次,因及魏时起陵云阁,忘题榜,乃使韦仲将县凳上题之,比下,须发尽白,裁余气息。还语子弟云:'宜绝楷法!'安欲以此风动其意,王解其旨,正色曰:'此奇事。韦仲将魏朝大臣,宁可使其若此,有以知魏德之不长。'安知其心,乃不复逼之。"

【注释】① 太极殿:东晋武帝初建成的宫殿。参刘注。 ② 王子敬:王献之,见《德行》三十九注①。谢公:谢安。 ③ 版:指用作匾额的木板。 ④ 信:使者。 ⑤ 韦诞诸人:指魏明帝时的书法家韦诞及东汉灵帝时书法家梁鹄。 ⑥ 祚(zuò):指国运。

【评析】《晋书·王献之传》亦载此事,对话稍异,姑录以参考:"太元中,新起太极殿,安欲使献之题榜,以为万代宝,而难言之,试谓曰:'魏时陵云殿榜未题,而匠者误订之,不可下,乃使韦仲将悬橙(应作"梯")书之。比讫,须鬓尽白,裁余气息。……'献之揣知其旨,正色曰:'仲将,魏之大臣,宁有此事!使其若此,有以知魏德之不长。'安遂不之逼。"

六十三

王恭欲请江卢奴为长史①,晨往诣江,江犹在帐中。王坐,不敢即言,良久乃得及。江不应,㊀直唤人取酒,自饮一碗,又不与王。王且笑且言:"那得独饮?"江云:"卿亦复须邪?"更使酌于王。王饮酒毕,因得自解去。未出户,江叹曰:"人自量,固为难。"㊁

【今译】王恭想聘请江敳担任长史,一早就前去拜访江敳,江敳还在床帐中高卧未起。王恭坐在那里,不敢立即言明来意,过了很久才说了出来。江敳没有反应,只是叫人拿酒来,独自喝了一碗,也不给王恭喝。王恭边笑边说:"哪里可以一人独自喝酒呢?"江敳说:"您也需要喝吗?"就再叫人斟酒给王恭。王恭喝完了酒,借机脱身而去。王恭尚未出门,江敳就叹息道:"一个人能够估量自己,原来是很难的。"

【刘孝标注】 ㊀ 卢奴,江敳小字也。《晋安帝纪》曰:"敳字仲凯,济阳人。祖正,散骑常侍。父彪,仆射。并以义正器素,知名当世。敳历位内外,简称。历黄门侍郎、骠骑咨议。" ㊁《宋书》曰:"敳,即湘州江夷之父也。夷字茂远,湘州刺史。"

【注释】① 王恭:见《德行》四十四注①。江卢奴:江敳(ái)的小字。敳,见刘注。长史:将军府的属官。

【评析】刘注引文谓江敳以"简退著称"。所谓"简退",意谓性情坦率和易,不拘礼节。王恭为晋武帝皇后之兄,曾为平北将军,青州、兖州二州刺史,受到朝廷器重,也是"清操过人"(《晋书》本传)的名士。但是江敳自视甚高,不肯屈于人下,所以对王恭之请不留情面地加以拒绝了。

六十四

孝武问王爽①:"卿何如卿兄②?"王答曰:"风流秀出③,臣不如恭,忠孝亦

可以假人④！"㊀

【今译】孝武帝问王爽："你和你的兄长相比怎么样？"王爽答道："风度优美出众,我不如王恭,而忠孝两字也是可以借给别人的吗！"

【刘孝标注】㊀《中兴书》曰："爽忠孝正直。烈宗崩,王国宝夜开门入,为遗诏。爽为黄门郎,距之曰:'大行晏驾,太子未立,敢有先入者斩！'国宝惧,乃止。"

【注释】① 孝武:东晋孝武帝司马曜,见《言语》八十九注②。王爽:王恭之弟,见《文学》一〇一注②。　② 卿兄:即王爽之兄王恭。　③ 风流:风度。秀出:优美出众。　④ 假人:借给别人。

【评析】王爽称其兄"风流秀出",确实不虚。《晋书》本传即谓"恭美姿仪,人多爱悦"。王爽于"忠孝"二字则当仁不让,坦陈自己不能以此"假人",即在兄之上。后来的事实证实其说。刘注引文谓孝武帝死后,奸佞之徒王国宝欲入宫图谋不轨时,他把守宫门拒其入内,当得起"忠孝"二字。而王恭则以诛王国宝为由起兵,为桓玄所败,被杀,连王爽亦被杀。后桓玄执政,上表谥恭为"忠简",爽赠太常。

六十五

王爽与司马太傅饮酒①,太傅醉,呼王为"小子"。王曰:"亡祖长史②,与简文皇帝为布衣之交③;亡姑、亡姊,伉俪二宫④。何小子之有？"㊀

【今译】王爽和司马道子一起喝酒,司马道子喝醉了,叫王爽为"小子"。王爽说："我先祖父长史,与简文帝是布衣之交;已去世的姑母和姐姐,是两宫的皇后。哪是什么小子呢？"

【刘孝标注】㊀《中兴书》曰："王濛女讳穆之,为哀帝皇后。王蕴女讳法惠,为孝武皇后。"

【注释】① 司马太傅:司马道子,见《言语》九十八注①(页95)。　② 亡祖长史:指王濛,官至司徒左长史,见《言语》五十四注④(页70)。　③ 简文皇帝:司马昱,见《德行》三十七注①(页25)。　④ 亡姑:王濛女穆之为晋哀帝皇后。亡姊:指王爽姊法惠(《晋书》作"法慧")为晋孝武帝皇后。伉俪:夫妻,配偶。

【评析】司马道子是孝武帝的同母弟,深得孝武帝的宠信,总揽朝政,然他是只知醉饮的酒徒。《晋书》本传多有"酣歌为务"、"日饮醇酒"、"昏醉"、"更为长夜之饮"等语。本文写其与王爽饮酒,醉呼王爽为"小子"。而王爽立即反唇相讥,其刚直的性格已跃然纸上。

六十六

张玄与王建武先不相识①,㊀后遇于范豫章许②,范令二人共语。㊁张因正坐敛衽③,王孰视良久④,不对。张大失望,便去。范苦譬留之⑤,遂不肯住。范是王之舅,㊂乃让王曰⑥:"张玄,吴士之秀,亦见遇于时⑦,而使至于此,深不可解⑧。"王笑曰:"张祖希若欲相识,自应见诣。"范驰报张,张便束带造之⑨。遂举觞对语,宾主无愧色。

【今译】张玄和王忱先前并不相识,后来在范宁那里遇到,范宁让两人一起说说话。张玄就整好衣襟正襟危坐,王忱却久久地注目细看张玄,没有答对。张玄非常失望,便要离开。范宁极力解劝他留下,张玄终于不肯留下来。范宁是王忱的舅父,就责备王忱说:"张玄是吴地士人中的优秀人物,也为时贤所赏识敬重,而你却使他到了这种地步,很令人不可理解。"王忱笑道:"张玄如果想与我相识,自然应当来见我。"范宁赶快把话报知张玄,张玄就穿戴整齐来拜访王忱。两人便举杯对话,宾主两人都没有什么惭愧的神色。

【刘孝标注】㊀ 张玄,已见。建武,王忱也。《晋安帝纪》曰:"忱初作荆州刺史,后为建武将军。" ㊁ 范宁,已见。 ㊂《王氏谱》曰:"王坦之娶顺阳郡范汪女,名盖,即宁妹也,生忱。"

【注释】① 张玄:一作张玄之,字祖希,见《言语》五十一刘注(页68)。王建武:王忱,见《德行》四十四刘注㊀(页30)。 ② 范豫章:范宁,见《言语》九十七注①(页94)。许:处所。 ③ 敛衽(rèn):整整衣襟,表示恭敬。 ④ 熟视:注目细看。 ⑤ 苦譬:极力譬解。 ⑥ 让:责备。 ⑦ 见遇于时:为当时人所赏识。遇,遇合,为人所赏识。 ⑧ 深:极,很。 ⑨ 束带:腰中束带、穿着整齐,以示郑重。造:拜访。

【评析】范宁是王忱的舅父,然甥舅二人志趣却迥异,范宁"崇儒抑俗"、"洁己修礼,志行之士莫不宗之"(《晋书》本传)。而王忱则放诞任性,不拘小节,"尤嗜酒,经常一饮几日不醒,或裸体而游,每叹三日不饮,便觉形神不相亲"(《晋书》本传)。本文所写之事亦载于《晋书·王忱传》,语句稍异。"自应见诣"至"范驰报张"之间多了二人之间的对话,有曰:"宁谓曰:'卿风流隽望,真后来之秀。'忱曰:'不有此舅,焉有此甥!'"

雅量第六

一

　　豫章太守顾劭①，⊖是雍之子②。劭在郡卒，雍盛集僚属自围棋。⊜外启信至，而无儿书，虽神气不变，而心了其故③，以爪掐掌，血流沾褥。宾客既散，方叹曰："己无延陵之高④，岂可有丧明之责⑤！"⊜于是豁情散哀⑥，颜色自若。

【今译】 豫章太守顾劭，是顾雍的儿子。顾劭在郡守的任上去世了，顾雍正在大请同僚部属聚会，和他们下围棋。外面禀报信使来了，却没有儿子的信，顾雍虽然神色不变，但心里已明白其中的原因了，他用指甲掐自己的手掌，掐得血流出来沾染了坐垫上的褥子。等到宾客都散去后，才叹息道："我已经没有季札那样的高尚旷达了，难道可以再受因丧子而哭瞎失明的责备吗！"于是顾雍就排除悲痛和哀伤的情绪，神色坦然自如。

【刘孝标注】 ⊖ 环济《吴纪》曰："劭字孝则，吴郡人。年二十七起家为豫章太守，举善以教民，风化大行。" ⊜《江表传》曰："雍字元叹，曾就蔡伯喈，伯喈赏异之，以其名与之。"《吴志》曰："雍累迁尚书令，封阳遂乡侯，拜侯还第，家人不知。为人不饮酒，寡言语。孙权尝曰：'顾侯在坐，令人不乐。'位至丞相。" ⊜《礼记》曰："延陵季子适齐，及其反也，其长子死，葬于嬴、博之间。孔子曰：'延陵季子，吴之习于礼者也。'往而观其葬焉。其坎深不至于泉，其敛以时服。既葬而封，广轮掩坎，其高可隐也。既封，左袒，右还其封，且号者三，曰：'骨肉归复于土，命也，若魂气则无不之也。'而遂行。孔子曰：'延陵季子之于礼也，其合矣乎！'""子夏丧其子而丧其明，曾子吊之曰：'朋友丧明则哭之。'曾子哭，子夏亦哭，曰：'天乎，予之无罪也！'曾子怒曰：'商，汝何无罪也？吾与汝事夫子于洙、泗之间，退而老于西河之上。使西河之民疑汝于夫子，尔罪一也；丧尔亲，使民未有闻焉，尔罪二也；丧尔子，丧尔明，尔罪三也。'夏子投其杖而拜曰：'吾过矣，吾过矣！'"

【注释】 ① 顾劭：见刘注。 ② 雍：顾雍（168—243），见刘注。孙权时历任会稽太守、尚书令，后任丞相，执政达十九年。 ③ 了：明白。 ④ 延陵之高：指季礼行事高尚旷达。延陵，季札，又称公子札，春秋时吴国贵族，封于延陵（今江苏常州），称延陵季子。其评论《诗经》与处理长子之丧等均得到孔子的赞赏。本文所写季札事如刘注引，见于《礼记·檀弓下》。 ⑤ 丧明之责：指子夏受到死了儿子而哭瞎眼睛的指责。如刘注引，事见《礼记·檀弓上》。 ⑥ 豁：消散，消除。

【评析】 顾雍为人十分严肃，"不饮酒，寡言语，举动时当"（《三国志·吴书》本传）。在公众场合，左右都不敢尽情畅饮，怕有什么不当，连孙权都怕他。本文写其在与僚属聚会时，恰逢其长子顾劭死于任上的噩耗传来，他仍然"神气不变"，直到宾客散去，才说出心中的感叹。他以季札丧子时的高蹈超脱、子夏哭子失明而勇于认错作为榜样，排除掉哀痛之情，坦然自若地面对现实，可见其善于克制感情。

二

　　嵇中散临刑东市①，神气不变，索琴弹之，奏《广陵散》②。曲终，曰："袁孝

尼尝请学此散③，吾靳固不与④，《广陵散》于今绝矣！"㊀太学生三千人上书⑤，请以为师，不许。文王亦寻悔焉⑥。㊁

【今译】嵇康将在东市被处死时，神色不变，他要来琴弹奏，弹了一曲《广陵散》。弹完后，说："袁准曾经请求跟我学奏此曲，当时我舍不得，便坚拒不教给他，《广陵散》从此要绝响了！"太学生三千人向朝廷上书，请求以嵇康为师，不被准许。嵇康死后不久司马昭也后悔了。

【刘孝标注】㊀《晋阳秋》曰："初，康与东平吕安亲善。安嫡兄逊淫安妻徐氏，安欲告逊遣妻，以咨于康，康喻而抑之。逊内不自安，阴告安挝母，表求徙边。安当徙，诉自理，辞引康。"《文士传》曰："吕安罹事，康诣狱以明之。钟会庭论康曰：'今皇道开明，四海风靡，边鄙无诡随之民，街巷无异口之议。而康上不臣天子，下不事王侯；轻时傲世，不为物用；无益于今，有败于俗。昔太公诛华士，孔子戮少正卯，以其负才乱群惑众也。今不诛康，无以清洁王道。'于是录康闭狱。临死，而兄弟亲族咸与共别。康颜色不变，问其兄曰：'向以琴来不邪？'兄曰：'以来。'康取调之，为《太平引》。曲成，叹曰：'《太平引》于今绝也！'"㊁ 王隐《晋书》曰："康之下狱，太学生数千人请之。于时豪俊皆随康入狱，悉解喻，一时散遣。康竟与安同诛。"

【注释】① 嵇中散：嵇康，见《德行》十六注②（页11）。东市：汉代长安行刑之场所，后用指刑场。　② 《广陵散（sǎn）》：琴曲名，又称《广陵止息》，嵇康以善弹此曲著称。　③ 袁孝尼：袁准，见《文学》六十七注⑤刘注㊀（页157）。　④ 靳（jìn）固：吝惜固执。　⑤ 太学生：在太学里就读的学生。　⑥ 文王：司马昭，见《德行》十五注①（页11）。

【评析】本文写嵇康临刑前弹奏《广陵散》的情景。刘注引文谓其受友人吕安案的牵连，钟会借机诬陷他"上不臣天子，下不事王侯，轻时傲世，不为物用，无益于今，有败于俗……今不诛康，无以清洁王道"，嵇康终于为一向听信钟会的司马昭所杀。《晋书》本传亦载此事，只是在文末尚有"海内之士，莫不痛之。帝寻悟而恨焉"之语。较之本文，司马昭"悟而恨"比"悔"字多了一点觉醒的意味。

三

夏侯太初尝倚柱作书①，时大雨，霹雳破所倚柱，衣服焦然②，神色无变，书亦如故。宾客左右皆跌荡不得住③。㊀

【今译】夏侯玄曾经靠在柱子上写字，当时正下大雨，一声惊雷击破了他所靠的柱子，衣服都烧焦了，但他神色不变，照样写字。宾客和左右的人都东倒西歪控制不住自己。

【刘孝标注】㊀见顾恺之《书赞》。《语林》曰："太初从魏帝拜陵，陪列于松柏下。时暴雨，霹雳正中所立之树，冠冕焦坏。左右睹之皆伏，太初颜色不改。"臧荣绪又以为诸葛诞也。

【注释】① 夏侯太初：夏侯玄，字太初，见《方正》六注①（页182）。　② 焦然：烧焦的样子。　③ 跌荡：指神色慌乱，摇摇晃晃，不能遵循礼节，难以控制自己。

【评析】夏侯玄首开清谈之风，被称为"一时之杰士"（《晋书》本传），被目为"朗朗如日月之入怀"（本书《容止》三）；前篇《方正》六谓其赴刑场就死之时，"颜色不异"。他周围的人与宾客"跌荡不得住"之失态状，与他的镇定自若形成了强烈的对比。

四

王戎七岁①,尝与诸小儿游。看道边李树,多子折枝,诸儿竞走取之,唯戎不动。人问之,答曰:"树在道边而多子,此必苦李。"取之信然。㊀

【今译】王戎七岁的时候,曾经与很多小孩子游玩。他们看到路边的李树上长满了李子,把树枝都要压断了,孩子们都抢着跑过去摘李子,只有王戎一个人站着不动。有人问他,他答道:"李树在路边却有这么多李子,说明这必定是苦李。"摘下李子来尝一尝,果真是这样。

【刘孝标注】㊀《名士传》:"戎由是幼有神理之称也。"

【注释】① 王戎:见《德行》十六注①(页11)。

【评析】刘注引《文士传》,谓王戎"由是幼有神理之称",指其对事物有异乎寻常的悟性。

五

魏明帝于宣武场上断虎爪牙①,纵百姓观之②。王戎七岁,亦往看。虎承间攀栏而吼,其声震地,观者无不辟易颠仆③,戎湛然不动④,了无恐色⑤。㊀

【今译】魏明帝在宣武场把老虎的爪牙包裹起来,听任老百姓来看。王戎当时七岁,也前去观看。老虎乘机攀住围栏大吼起来,吼声震地,观看的人没有不退避跌倒的,王戎安然不动,毫无恐惧之色。

【刘孝标注】㊀《竹林七贤论》曰:"明帝自阁上望见,使人问戎姓名,而异之。"

【注释】① 魏明帝:曹睿,见《言语》十三注①(页43)。宣武场:操练场,在洛阳宣武观北面。断:隔断。《竹林七贤论》作"苞"。苞,通"包",裹。《竹林七贤论》曰:"魏明帝于宣武场上为栏,苞虎牙,使力士袒裼(xī,脱去上衣露出内衣),迭与之博,纵百姓观之,戎年七岁,亦往观焉。"(严可均《全晋文》卷一百三十七) ② 纵:放纵,听任。 ③ 辟(bì)易:避开,退避。颠仆(pū):跌倒。 ④ 湛(zhàn)然:安适的样子。 ⑤ 了:全。

【评析】王戎观虎而安然不惧事亦见于戴逵《竹林七贤论》,《晋书》本传则将本则与前则两事放在一起写,以具体说明其"幼而颖悟,神彩秀彻"。《晋书》与《竹林七贤论》并有明帝"见而奇(异)之"等字,本文则无。

六

王戎为侍中①,南郡太守刘肇遗筒中笺布五端②,戎虽不受,厚报其书③。㊀

【今译】王戎担任侍中时,南郡太守刘肇送给他五匹细布,王戎虽然没有接受,却写了书信表示深切答谢之意。

【刘孝标注】㊀《晋阳秋》曰："司隶校尉刘毅奏：南郡太守刘肇以布五十匹、杂物遗前豫州刺史王戎，请槛车征付廷尉治罪，除名终身。戎以书未达，不坐。"《竹林七贤论》曰："戎报肇书，议者金以为议。世祖患之，乃发口诏曰：'以戎之为士，义岂怀私？'议者乃息。戎亦不谢。"

【注释】① 侍中：官名，地位重要，魏晋时相当于宰相。 ② 南郡：治所在今湖北省江陵。刘肇：曾为廷尉，生世不详。刘注引《晋阳秋》，谓其送给王戎五十匹布及杂物，事发被治罪，除名不用。遗(wèi)：赠送。笺中笺布：一种精美的细布。《晋书》本传作"笥中细布"。端：古代布帛长度名。二丈为一端，相当于一匹。 ③ 厚：深，重。报：答谢。

【评析】王戎虽未接受刘肇的赠物，但写信答谢实际上有领情的意味，故为时人所议。刘注引文谓晋武帝认为他并无私心，议者就不提此事了；王戎对武帝也不言谢。《晋书》本传的写法却不同，谓"帝虽以是言释之，然为清慎者所鄙，由是损名"，说明议者并不接受武帝的解释，仍然鄙视王戎，王戎的名声因此大减。本传的记载似更切合实际情况。

七

裴叔则被收①，神气无变，举止自若②。求纸笔作书。书成，救者多，乃得免。后位仪同三司③。㊀

【今译】裴楷被逮捕，神态不变，举动如常。他索取纸笔来写信，书信写成后，营救他的人很多，才得以免罪。后来他官位做到仪同三司。

【刘孝标注】㊀《晋诸公赞》曰："楷息瓒，取杨骏女，骏诛，以楷婚党，收付廷尉。侍中傅祗证楷素意，由此得免。"《名士传》曰："楚王之难，李肇恶楷名重，收将害之。楷神色不变，举动自若。诸人请救得免。"《晋阳秋》曰："楷与王戎俱加仪同三司。"

【注释】① 裴叔则：裴楷，见《德行》十八注③(页13)。收：逮捕。 ② 举止：举动。 ③ 仪同三司：指非三公(太尉、司徒、司空)而给予三公的待遇。

【评析】本文写裴楷被捕而未说明原因，刘注引文二则，说法不一。《晋诸公赞》谓其子娶杨骏女，两家系儿女亲家，杨骏被杀后他受到牵连而被捕。而《名士传》则谓其受楚王司马玮(晋武帝第五子)牵连，为李肇所恶而下狱。《晋书》本传所载则将本文内容与《晋诸公赞》合而为一，似较平实合理。有曰："楷子瓒娶杨骏女，然楷素轻骏，与之不平。骏既执政，乃转为卫尉，迁太子少师，优游无事，默如也……及骏诛，楷以婚亲收付廷尉，将加法。是日事起仓卒，诛戮纵横，众人为之震恐。楷容色不变，举动自若，索纸笔与亲故书。赖侍中傅祗救护得免，犹坐去官。"

八

王夷甫尝属族人事①，经时未行②。遇于一处饮燕③，因语之曰："近属尊事，那得不行？"族人大怒，便举樏掷其面④。夷甫都无言，盥洗毕⑤，牵王丞相臂⑥，与共载去。在车中照镜，语丞相曰："汝看我眼光，乃出牛背上⑦。"㊀

【今译】王衍曾经托付族人办事,过了好久也没有办。后在一处宴会上喝酒时遇到,就对那位族人说:"前些日子托付您办事,怎么没有办啊?"族人听了大怒,便拿起食盒来就扔到他的脸上。王衍一言不发,盥洗干净后,拉着丞相王导的手臂,和他一起坐车离去。在车子里王衍照着镜子对王导说:"你看我的眼光,竟超出牛背之上。"

【刘孝标注】㊀ 王夷甫盖自谓风神英俊,不至与人校。

【注释】① 王夷甫:王衍,见《言语》二十三注②(页50)。属(zhǔ):通"嘱",托付,请托。② 经时:指很多时间。 ③ 燕:通"宴"。 ④ 樏(lěi):食盒,有底有隔。 ⑤ 盥(guàn)洗:洗手洗脸。 ⑥ 王丞相:王导。 ⑦ "汝看我"两句:谓自己风采神韵英俊超迈,不与他人计较。

【评析】王衍盛才美丽,风姿详雅,被人称为"宁馨儿",他自己也以此自负。他是当时著名的清谈家,常要改动自己所说的义理,被称为"口中雌黄"。本文写其为族人以食盒掷面而隐忍不发,直至车中才对王导解释自己眼光在牛背之上。此话隐晦难懂,刘注谓其自称风神英俊,不与他人计较。不过,《晋书》本传却有"然心不能平"之语,说明他并不像自己所说的那样潇洒,只是外表没有暴露出来而已。

九

　　裴遐在周馥所①,馥设主人②。㊀遐与人围棋,馥司马行酒③,遐正戏,不时为饮④,司马恚⑤,因曳遐坠地。遐还坐,举止如常,颜色不变,复戏如故。王夷甫问遐:"当时何得颜色不异?"答曰:"直是暗当故耳⑥!"㊁

【今译】裴遐在周馥家中,周馥设宴当东道主。裴遐与人下围棋,周馥的司马依次给客人斟酒,裴遐正忙于下棋,没有及时喝酒,这位司马很恼怒,便把裴遐拉倒在地。裴遐回到座位上,举动如常,神色不变,又照老样子下棋。王衍问裴遐:"你当时怎么能做到神色一点儿也不变呢?"裴遐答道:"他正是愚昧无知才会如此罢了。"

【刘孝标注】㊀ 邓粲《晋纪》曰:"馥字祖宣,汝南人。代刘淮为镇东将军,镇寿阳。移檄四方,欲奉迎天子。元皇使甘卓攻之,馥出奔,道卒。" ㊁ 一作"暗故当耳",一作"真是斗将故耳"。

【注释】① 裴遐:见《文学》十九注①(页129)。周馥:见刘注。惠帝时为平东将军,都督扬州诸军事,因讨陈敏有功封永宁伯。后与东海王司马越交恶,元帝派将攻之,兵败,忧愤发病而死。 ② 设主人:准备酒肴当东道主。设,准备食物。 ③ 行酒:依次斟酒。 ④ 时:按时,及时。 ⑤ 恚(huì):恨,怒。 ⑥ 直是句:刘注曰:"一作暗故当耳,一作真是斗将故耳。"直,正,暗,愚昧。此句颇为难解。似以前一说为好,谓该司马愚昧无知才会如此。一说为"默默忍受"。

【评析】《文学》十九写裴遐以善谈"理致",不仅四座宾客"称快",连其岳父王衍也大夸其精妙。本文所写亦载《晋书》本传,只是最后两句不同,谓"其性虚和如此",赞其心如虚空,性格和善,故能包容,神色自如,写出其名士本色。比之本文"直是暗当故耳"之语直白易懂,不致产生歧义。

十

　　刘庆孙在太傅府①,于时人士多为所构②,唯庾子嵩纵心事外③,无迹可间④。后以其性俭家富，说太傅令换千万⑤，冀其有吝，于此可乘。⊖太傅于众坐中问庾，庾时颓然已醉⑥，帻堕几上⑦，以头就穿取，徐答云："下官家故可有两娑千万⑧，随公所取。"于是乃服。后有人向庾道此，庾曰："可谓以小人之虑，度君子之心⑨。"

【今译】刘舆在太傅司马越那里任职时，当时有很多人士被他设计陷害，只有庾敳一人放纵心意在世事之外，所以没有什么空子可以利用。以后因为庾敳生性俭省而家里很富有，就劝说太傅向庾敳借钱一千万，希望他吝啬不借，在这里找可乘之机。太傅在众人场合问庾敳，庾敳当时已经喝得酩酊大醉，头巾掉在几案上，便用头凑上去戴起来，缓缓地回答说："我家里原有个两三千万，随便公等需要去拿就是。"这时刘舆才真的服了。后来有人向庾敳说到这件事，庾敳说："这就是所谓以小人之心，度君子之腹。"

【刘孝标注】⊖《晋阳秋》曰："刘舆字庆孙，中山人。有豪侠才算，善交结。为范阳王虓所昵，虓薨，太傅召之，大相委仗，用为长史。"《八王故事》曰："司马越字元超，高密王泰长子。少尚布衣之操，为中外所归。累迁司空、太傅。"

【注释】① 刘庆孙：刘舆，见刘注。刘琨之兄，两人齐名。历官散骑侍郎、中书侍郎、颍川太守、魏郡太守等。太傅：东海王司马越，讨杨骏有功，封东海王。怀帝永嘉初为丞相，专擅威权，图谋不轨，导致上下离心，忧惧成疾而死。　② 构：挑拨离间，陷害。　③ 庾子嵩：庾敳，见《文学》十五注①（页126）。纵心：放任其心意。　④ 间(jiàn)：空隙，裂缝。　⑤ 说(shuì)：劝说。　⑥ 颓然：醉酒的样子。　⑦ 帻(zé)：头巾。　⑧ 两娑(sà)千万：两三千万。娑，当时口语，即"三"之重读。　⑨ 度(duó)：推测。

【评析】本文之事亦载于《晋书·庾敳传》，只是开头与结尾不同。开头谓"时刘舆见任于越"，结尾谓"越甚悦，因曰：'不可以小人之虑度君子之心。'"较之本文结构更合理。庾敳"雅有远韵"、"未尝以事婴心，从容酣畅，寄通而已"（《晋书·庾敳传》），故能超然洒脱。

十一

王夷甫与裴景声志好不同①，景声恶欲取之②，卒不能回③。乃故诣王肆言极骂，要王答己，欲以分谤④。王不为动色，徐曰："白眼儿遂作⑤。"⊖

【今译】王衍与裴邈志趣爱好不同，裴邈很厌恶王衍要任用自己，但最终不能改变王衍的主意。他便特意去拜访王衍，放言大骂王衍，要王答复自己，想借此来与王衍共同承受他人的诽谤。王衍不动声色，缓缓地说："翻白眼的家伙终于发作了。"

【刘孝标注】⊖《晋诸公赞》曰："邈字景声，河东闻喜人。少有通才，从兄颇器赏之，每与清言，终日达曙。自谓理构多如，辄每谢之，然未能出也。历太傅从事中郎、左司马，监东海王军事。少为文士，而经事为将，虽非其才，而以罕重称也。"

【注释】① 王夷甫：王衍，见《言语》二十三注②（页50）。裴景声：裴邈，见刘注。　② 恶(wù)：厌憎。　③ 卒：终于。　④ 分谤：共同承受诽谤。　⑤ 白眼儿：指人生气时爱翻白眼。儿，轻蔑之辞。

《世说新语》详解

【评析】王衍是清谈领袖,裴遐也是清谈的高手,刘注引文谓其得到裴颜的器重赏识,"每与清言,终日达曙"。但是这两位名士却"志好不同"。裴遐既不愿在王衍处任职,又不想独自承当责任,便想出放肆骂人以图引起王衍回应的招数。"明悟若神"(《晋书》本传)的王衍岂能不知,故不为所动。

十二

王夷甫长裴成公四岁①,不与相知②。时共集一处,皆当时名士,谓王曰:"裴令令望何足计③?"王便卿裴④,裴曰:"自可全君雅志⑤。"㊀

【今译】王衍大裴颜四岁,两人彼此不是知交。当时同在一处,都是当时的名士,有人对王衍说:"裴令公裴楷的名望哪里值得一提!"王衍便用"卿"来称呼裴颜。裴颜说:"我当然可以成全你的愿望了。"

【刘孝标注】㊀ 裴颜,已见。

【注释】① 王夷甫:王衍。裴成公:裴颜,见《言语》二十三注③(页50)。裴颜死后谥曰成,故称"裴成公"。 ② 相知:指相互交往,彼此情谊深厚。 ③ 裴令:裴楷,见《德行》十八注③(页13)。因任中书令,时称"裴令公"。令望:美好的名望。 ④ 卿裴:用"卿"来称呼裴颜。 ⑤ 雅:尊称对方的敬词。

【评析】古时"卿"与"君"均为第二人称代词。"卿"一般用于同辈间有亲密关系或地位不如自己者的昵称,关系一般者称"君"。本文中的王衍年辈高于裴颜,是王戎的堂弟,"裴颜,戎之婿也"(《晋书·王戎传》)。而且王衍的年龄也大于裴颜。王衍用"卿"来称呼裴颜照理亦无不可。但是他们相互之间并无交往,更谈不上关系亲密。且据《晋书·王衍传》谓王衍赞同何晏、王弼的"贵无"说,"惟裴颜以为非,著论以讥之"。《晋书·裴颜传》亦谓裴颜"乃著崇有之论以释其蔽"。可知两人在思想志趣上迥然有异。本文称他们"不与相知",故王衍以"卿"称裴颜是为了显示自己高人一等的身份,而裴颜以"君"称王衍,则是不甘示弱的表现。

十三

有往来者云①:"庾公有东下意②。"或谓王公③:"可潜稍严④,以备不虞⑤。"王公曰:"我与元规虽俱王臣,本怀布衣之好⑥。若其欲来,吾角巾径还乌衣⑦,㊀何所稍严⑧!"㊁

【今译】有来往于京都的人说:"庾亮有东下京都的意图。"有人对王导说:"应当暗地里稍加防备,以备不测。"王导说:"我与庾亮虽然都是朝廷大臣,原本就有故交情谊。如果他想来,我即刻回到乌衣巷隐居,说什么稍加防备!"

【刘孝标注】㊀《丹阳记》曰:"乌衣之起,吴时乌衣营处所也。江左初立,琅邪诸王所居。"㊁《中兴书》曰:"于是风尘自消,内外缉穆。"

【注释】① 往来者:指往来于京都的人。 ② 庾公:庾亮,见《德行》三十一注①(页22)。东下意：指带兵镇守武昌的庾亮，有准备顺长江东下京城罢黜辅政的丞相王导的意图。　③王公：王导。　④潜：暗中。严：指严密防备。　⑤不虞：不测。虞，猜测，预料。　⑥布衣之好：指故交。布衣，平民百姓。未做官时穿布衣，故称。　⑦角巾：隐士常戴的一种有棱角的头巾，借指退隐。乌衣：乌衣巷，在今南京市东南，以兵士服乌衣而得名，东晋时王、谢家族居此。⑧何所：有什么。

【评析】《晋书》王导本传谓"导为政务在清静"、"镇之以静，群情自安"，以此来化解矛盾，求得平衡。这在当时还很管用，本文即为一例。刘注引文即谓谣言平息，朝廷上下趋于和睦。同样的事亦载于《晋书·王导传》，只是文字省略。不同之处在于事件平息之后，尚写到王导的不平，谓"于是谗间遂息。时亮虽居外镇，而执朝廷之权，既据上流，拥强兵，趣向者多归之。导内不能平，常遇西风尘起，举扇自蔽，徐曰：'元规尘污人。'"说明其表面镇静，内心对时局还是很担忧的。

十四

王丞相主簿欲检校帐下①，公语主簿："欲与主簿周旋②，无为知人几案间事③。"

【今译】丞相王导的主簿要查核丞相府僚属的情况，王导对主簿说："我要与主簿打交道，不要知道人家处理公文案卷等事情。"

【注释】①王丞相：王导。主簿：官名，负责文书簿籍，掌管印鉴等，为属官之首。检校：查核。帐下：指丞相府的僚属。　②周旋：应酬，打交道。　③无为：不要，不必。几案间事：指处理公文案卷等。几案，文书等放在几案上，故称。

【评析】本文所写之事亦为王导为政"务在清静"的具体例子。

十五

祖士少好财①，阮遥集好屐②，并恒自经营③。同是一累④，而未判其得失⑤。㊀人有诣祖，见料视财物⑥，客至，屏当未尽⑦，余两小簏⑧，着背后，倾身障之⑨，意未能平。或有诣阮，见自吹火蜡屐⑩，因叹曰："未知一生当着几量屐⑪！"神色闲畅。于是胜负始分。㊁

【今译】祖约爱钱财，阮孚爱木屐，他们都常常亲自料理。对他们来说两者同样是一种牵累，因而未能判定他们的得失优劣。有人去拜访祖约，看到他正在查点钱财，客人来了，他还没有收拾完，尚有两只小竹箱放在背后，便侧着身子遮挡住它们，意态上不能保持平静。有人去拜访阮孚，看见他正在吹火给木屐上蜡，还感叹道："不知道这辈子还能穿几双木屐？"说时神态安详适意。于是两人之间的高低优劣才得以清楚明白。

【刘孝标注】㊀《祖约别传》曰："约字士少，范阳遒人。累迁平西将军、豫州刺史，镇寿阳。与苏峻反，峻败，约投石勒。约本幽州冠族，宾客填门。勒登高望见车骑，大惊。又使占夺乡里先人田地，地主多恨。勒恶之，遂诛约。"《晋阳秋》曰："阮孚字遥集，陈留人，咸第二子也。少有智调,而无俊异。累迁侍中、吏部尚书、广州刺史。" ㊁《孚别传》曰:"孚风韵疏诞,少有门风。"

【注释】① 祖士少:祖约(？—330),见刘注,祖逖弟。逖死后,继任平西将军、豫州刺史,领逖旧部。后与苏峻起兵,失败后投奔后赵,为石勒所杀。 ② 阮遥集:阮孚,见《文学》七十六注②(页162)。屐(jī):一种有齿的木头鞋。 ③ 经营:经手,料理。 ④ 累:连累,牵累。 ⑤ 判:分别,辨别。 ⑥ 料视:料理查看。 ⑦ 屏当:收拾,料理。 ⑧ 簏(lù):竹箱。 ⑨ 倾:斜,歪。 ⑩ 蜡屐:给木屐上蜡。 ⑪ 量:通"緉"(liǎng),量词,双。

【评析】祖约和阮孚各有嗜好,如何评其优劣,确是不易。本文从两人对待客人的动作与话语来比较。祖约精于计算,当着客人的面躲躲藏藏,鬼鬼祟祟;而阮孚则神态自若,只是牵挂一生还能穿几双屐,似乎洒脱得多了。由此显示他们的高低。写得相当生动。不过他们最大的不同,在祖约不仅贪财,更贪权贪势,夺人田地(见刘注引文),后随苏峻谋反。而阮孚为人"疏放"、"蓬头饮酒"、"终日酣纵"(《晋书》本传),颇有阮籍之风。

十六

许侍中、顾司空俱作丞相从事①,尔时已被遇②,游宴集聚,略无不同。㊀尝夜至丞相许戏③,二人欢极,丞相便命使入己帐眠。顾至晓回转④,不得快孰⑤。许上床便咍台大鼾⑥。丞相顾诸客曰:"此中亦难得眠处。"㊁

【今译】许璪、顾和都在丞相王导手下担任从事,当时都已被赏识重用,凡是参加游乐宴饮聚会等,两人都没有一点不同。有一次晚上他们到王导家游玩,二人玩得极其开心,王导便让他们到自己帐中睡觉。顾和直到天亮辗转反侧,难以熟睡。许璪一上床就呼呼入睡,鼾声大作。王导回头对其他宾客说:"这里也是难以安睡的地方。"

【刘孝标注】㊀《晋百官名》曰:"许璪字思文,义兴阳羡人。"《许氏谱》曰:"璪祖艳,字子良,永兴长。父裴,字季显,乌程令。璪仕至吏部侍郎。" ㊁ 顾和字君孝,少知名。族人顾荣曰:"此吾家骐骥也,必兴吾宗!"仕至尚书令。五子:治、隈、淳、履之。

【注释】① 许侍中:许璪(zǎo),见刘注。顾司空:顾和,见《言语》三十三注①(页226)。 ② 遇:遇合,指被赏识重用。 ③ 许:住所。 ④ 回转:指翻来覆去不能入睡。 ⑤ 孰:通"熟"。 ⑥ 咍(hāi)台:打鼾声。鼾:睡熟打呼噜。

【评析】本文谓顾和与许璪二人职位相同,受王导知遇相同,游乐聚会无不相同,唯有在王导帐中眠卧的状态大不同。顾和一夜难寐,思绪万千,许璪倒头大睡,什么心思都没有。刘注引文只说许之官职而不及其他,而谓顾"少知名",顾荣赞其为"吾家骐骥"。据《晋书》本传,王导誉其为"不徒东南之美,实为海内之俊"。王敦、桓温亦无不对其赞赏有加。

十七

庾太尉风仪伟长①,不轻举止,时人皆以为假。亮有大儿数岁,雅重之质,便自如此,人知是天性。温太真尝隐幔怛之②,此儿神色恬然,乃徐跪曰:"君侯何以为此③?"论者谓不减亮。苏峻时遇害④。㊀或云:"见阿恭⑤,知元规

非假。"□

【今译】庾亮风度仪容魁梧高大,举止稳重,当时都认为他是假装出来的。庾亮有个大儿子只有几岁,文雅稳重的气质,生来就是这样,人们知道这是天性。温峤曾经躲藏在帐幔后面吓唬他,这孩子神色安闲的样子,竟然缓缓地跪下说:"君侯为什么要做这样的事?"议论者认为他不比庾亮差。后他在苏峻起兵作乱时被害。有人说:"见到阿恭,就知道庾亮不是假装的。"

【刘孝标注】□《庾氏谱》曰:"会字会宗,太尉亮长子,年十九,咸和六年遇害。" □阿恭,会小字也。

【注释】①庾太尉:庾亮,见《德行》三十一注①(页22)。风仪:风度和仪容。 ②温太真:温峤,见《言语》三十五注③。幔:帐幕。怛(dá):惊吓。 ③君侯:对达官贵人的尊称。④苏峻:见《方正》二十五注③(页195)。 ⑤阿恭:庾亮长子名会,字会宗,小字阿恭。

【评析】关于庾亮之外表仪容,《晋书》本传极赞其"美姿容"、"动由礼节"、"风情都雅",陶侃尤为称叹其"非惟风流,更兼有为政之实",这些都与本文所写一致。本文只谓"亮有大儿",而未提名字,刘注谓其名"会,字会宗,太尉亮长子"。《晋书》本传却称庾亮"三子:彬、羲、龢。"本传有关庾亮长子之事亦有记载,只是极简略,曰:"彬年数岁,雅量过人。温峤尝隐暗怛之,彬神色恬如也,乃徐跪谓峤曰:'君侯何至于此!'论者谓不减于亮。苏峻之乱,遇害。"

十八

褚公于章安令迁太尉记室参军①,□名字已显而位微,人未多识。公东出,乘估客船②,送故吏数人,投钱唐亭住③。□尔时,吴兴沈充为县令④,□当送客过浙江⑤,客出⑥,亭吏驱公移牛屋下。潮水至,沈令起彷徨⑦,问:"牛屋下是何物⑧?"吏云:"昨有一伧父来寄亭中⑨,□有尊贵客,权移之⑩。"令有酒色,因遥问:"伧父欲食饼不?姓何等?可共语。"褚因举手答曰:"河南褚季野⑪。"远近久承公名,令于是大遽⑫,不敢移公,便于牛屋下修刺诣公⑬,更宰杀为馔具⑭,于公前鞭挞亭吏,欲以谢惭。公与之酌宴,言色无异,状如不觉。令送公至界。

【今译】褚裒由章安县令升为太尉的记室参军,他的名声已很大但官位还低,人们还多不认识他。当时他向东出发,乘的是商贩船,送行的几位属吏与他一起投宿在钱塘驿亭。这时候吴兴县人沈充担任县令,遇到他送客过钱塘江,客人到了,亭吏就把褚裒赶出来移到牛屋里住。夜里潮水涌来,沈充起床来回徘徊,问:"牛屋里是什么人?"亭吏说:"昨天有一个北方佬来亭中寄宿,因有尊贵的客人来了,暂时把他移到牛屋里。"沈充有了几分酒醉之意,便远远地问:"北方佬要吃饼吗?姓什么?可过来一起谈谈啊。"褚裒就举手答道:"河南褚季野。"远近的人早已久闻褚裒的大名,沈充这时便大为惊慌,不敢再劳动褚裒搬过来,便在牛屋下写好帖子去拜见褚裒,而且宰杀禽畜备办酒食,摆放在褚裒面前,同时当着褚裒的面鞭打亭吏,想借此认错表示惭愧之意。褚裒和他一起喝酒吃饭,言谈神色没有什么异样,仿佛毫无察觉似的。沈充后来把褚裒一直送到了县界边。

【刘孝标注】 ㊀ 按庾亮《启参佐名》："衰时直为参军，不掌记室也。" ㊁《钱唐县记》曰："县近海，为潮漂没，县诸豪姓，敛钱雇人，辇土为塘，因以为名也。" ㊂ 未详。 ㊃《晋阳秋》曰："吴人以中州人为伧。"

【注释】 ① 褚公：褚衰，见《德行》三十四注①（页23）。章安令：章安县令。章安，在今浙江临海东。太尉：据刘注引，谓衰当时在庾亮处任参军而不掌记室。《晋书·庾亮传》称庾亮死后"追赠太尉"。记室参军：将军府的重要幕僚。 ② 估客：商贩。 ③ 钱唐：钱塘，旧县名，治在今浙江杭州市西。亭：驿亭，古时供行旅途中歇宿的处所。 ④ 吴兴：郡名，治在今浙江湖州。沈充：事迹不详。 ⑤ 浙江：水名，即钱塘江。 ⑥ 出：来到。 ⑦ 彷徨：来回徘徊。 ⑧ 何物：轻蔑语，哪一个，什么人。 ⑨ 伧（cāng）父：鄙贱之人，南人对北人的蔑称。 ⑩ 权：暂且。 ⑪ 褚季野：褚衰字季野。 ⑫ 遽：惊慌。 ⑬ 修刺：写好名帖。刺，名帖，名片。 ⑭ 馔（zhuàn）：指菜肴等食物。具：摆设，供置。

【评析】 本文写褚衰在上任途中被钱塘亭吏移入牛屋，后又受到吴兴县令的盛情款待，亭吏受到鞭打，等等，他都毫无异色，雍容大度，只作不知。《晋书》本传载桓彝见了他，谓"'季野有皮里阳秋'。言其外无臧否，而内有所褒贬也。"本文是否为其"皮里阳秋"之例呢？文中"牛屋中是何物"句，《四部丛刊》本和《诸子集成》本均为"牛屋中是何物人"，多了一个"人"字。按："何物"有哪一个、什么人之意，含有轻蔑语气，故"人"当系衍字。如《晋书·王衍传》："（王衍）总角尝造山涛，嗟叹良久，目而送之曰：何物老妪，生宁馨儿！然误天下者，未必非此人也。"本书《言语》六十五曰："羊权为黄门侍郎，侍简文帝坐。帝问曰：'夏侯湛作《羊秉叙》，绝可，想是卿何物，有后不？'"这是皇帝对臣下说的。可知"何物"就是指什么人而言，无需画蛇添足地再加上一个"人"字。

十九

郗太傅在京口①，遣门生与王丞相书②，求女婿。丞相语郗信③："君往东厢，任意选之。"门生归白郗曰："王家诸郎亦皆可嘉，闻来觅婿，咸自矜持④。唯有一郎在东床上坦腹卧，如不闻。"郗公云："正此好⑤！"访之，乃是逸少⑥，因嫁女与焉。㊀

【今译】 郗鉴在京口时，派门生送信给王导，想在王家子侄中找一位女婿。王导对郗鉴的信使说："你到东厢房去，任意挑选一位。"这位门生回去，报告郗鉴说："王家诸位郎君，都值得称道，他们听说找女婿，都显得很拘谨庄重。只有一位郎君，在床榻上袒胸裸腹地躺着，好像什么都没听见。"郗鉴说："恰恰是这一位好！"再去打听，原来是王羲之，郗鉴就把女儿嫁给他了。

【刘孝标注】 ㊀《王氏谱》曰："逸少，羲之小字。羲之妻太傅郗鉴女，名璿，字子房。"

【注释】 ① 郗太傅：郗鉴，见《德行》二十四注①（页16）。京口：古城名，故址在今江苏镇江。 ② 门生：依附于世家豪族供差遣的人。王丞相：王导。 ③ 信：使者，即上文送信的门生。 ④ 矜持：指拘谨，做出端庄严肃的样子。 ⑤ 正：恰，表情态之词。 ⑥ 逸少：王羲之字逸少，为王导之堂房侄子。

【评析】 王羲之"讷于言"（《晋书》本传）而精于书法，其隶书被称为"古今之冠"、"论者称其笔势，以为飘而浮云，矫若惊龙"（同上），故为王导、王敦等所器重。有此成就，当与他淡泊名利、纵情山水,并与谢安、支遁等名士高人往来不无关系。本文所写郗鉴求婿,王氏子弟都拘谨做作,独羲之洒脱不羁,坦腹东床,遂为郗鉴所称。《晋书》本传亦载此事,郗鉴语为:"正此佳婿邪!"据此事,后即称人佳婿为"坦腹"、"东床",可知王羲之之不同凡俗。

二十

过江初,拜官舆饰供馔①。羊曼拜丹阳尹②,客来蚤者③,并得佳设④。日晏渐罄⑤,不复及精。随客早晚,不问贵贱。㊀羊固拜临海⑥,竟日皆美供⑦,虽晚至,亦获盛馔。时论以固之丰华,不如曼之真率。㊁

【今译】朝廷南渡初期,授任官职的人都要整治备办酒宴招待宾客。羊曼出任丹阳尹时,宾客来得早的,都能吃到精美的饮食。天色晚了东西慢慢吃完了,就不再有精美的食物可供应了。他是随着客人到的早或晚来招待的,而不管客人的身份是贵还是贱。羊固出任临海太守时,全天都有精美的食物供应客人,即使来晚了,也能吃到丰盛的酒菜。当时人议论认为羊固宴席的丰盛精美,比不上羊曼的真诚坦率。

【刘孝标注】㊀《曼别传》曰:"曼字延祖,泰山南城人。父暨,阳平太守。曼颓纵宏任,饮酒诞节,与陈留阮放等号'兖州八达'。累迁丹阳尹,为苏峻所害。" ㊁《明帝东宫僚属名》曰:"固字道安,太山人。"《文字志》曰:"固父坦,车骑长史。固善草行,著名一时。避乱渡江,累迁黄门侍郎,褒其清俭,赠大鸿胪。"

【注释】① 拜官:授任官职。舆:都,皆。饰:整治。 ② 羊曼:见刘注。历官黄门侍郎、尚书吏部郎、晋陵太守、丹阳尹等。 ③ 蚤:通"早"。 ④ 佳设:指精美的饮食。设,陈设饮食。 ⑤ 晏:晚。罄(qìng):尽,空。 ⑥ 羊固:见刘注。官临海太守、黄门侍郎。 ⑦ 竟日:终日。美供:精美的饮食。

【评析】同样是担任地方长官,同样是招待宾客,羊曼不问来客贵贱,只以佳肴招待早来者,于后来者不免怠慢。而羊固则全天以盛宴待客。究其缘由为羊曼放纵任性,不拘小节,而羊固则面面俱到,在当时崇尚名士风度的环境下,时论自然以羊曼的真率为优了。此事亦载《晋书·羊曼传》。

二十一

周仲智饮酒醉①,瞋目还面,谓伯仁曰②:"君才不如弟,而横得重名③!"须臾,举蜡烛火掷伯仁,伯仁笑曰:"阿奴火攻④,固出下策耳!"㊀

【今译】周嵩喝醉了酒,怒目圆睁转脸对周颛说:"你的才能不如我这个老弟,却凭空获得了大名!"不一会儿,他举起点着火的蜡烛掷向周颛,周颛笑道:"阿奴用火来攻我,的确是使出了下策啊!"

【刘孝标注】㊀《孙子兵法》曰:"火攻有五:一曰火人,二曰火积,三曰火车,四曰火军,五曰火队。凡军必知五火之变,故以火攻者,明也。"

【注释】① 周仲智：周嵩，见《方正》二十六注②（页196）。 ② 瞋（chēn）目：瞪大眼睛怒目相向。伯仁：周颉，见《言语》三十刘注（页54）。周嵩之兄。 ③ 横：指不正常的，意外的。④ 阿奴：兄对弟的爱称。

【评析】周颉"少有重名"、"获海内盛名"、"性宽裕"（《晋书》本传），其弟周嵩"狷直果侠"（见本书《方正》二十六、《晋书》本传），两人性格大相径庭。于是在一次醉酒之余弟弟便对兄长不仅瞋目怒向，且以烛火掷兄，借此发泄郁闷之气。对于周嵩的出言不逊，周颉却以幽默之笑言予以化解。此事亦载《晋书·周颉传》，只是开头以"颉性宽裕而友爱过人"领起，显得中心明确。

二十二

　　顾和始为扬州从事①，月旦当朝②，未入顷③，停车州门外。周侯诣丞相④，历和车边⑤。㈠和觅虱，夷然不动⑥。周既过，反还，指顾心曰："此中何所有？"顾搏虱如故⑦，徐应曰："此中最是难测地。"周侯既入，语丞相曰："卿州吏中有一令仆才⑧。"㈡

【今译】顾和刚担任扬州刺史从事的时候，每月初一逢到聚会时，在尚未进入州府之时，把车停在州府门外。周颉这时来拜访丞相王导，经过顾和车旁。顾和正在捉虱子，一动不动地很泰然的样子。周颉已经走过去后，又回转来，指着顾和的心说："这中间有什么？"顾和照老样子捉虱子，慢慢地回答说："这中间是最难推测的地方。"周颉进入州府后，对王导说："你的属吏中有一位足以担当尚书令或仆射之位的人才。"

【刘孝标注】㈠《语林》曰："周侯饮酒已醉，着白袷，凭两人来诣丞相。" ㈡《中兴书》曰："和有操量，弱冠知名。"

【注释】① 顾和：见《言语》三十三注①（页226）。 ② 月旦：阴历每月初一。朝：聚会。③ 顷：指短时间。 ④ 周侯：周颉。《晋书》本传："弱父爵武城侯。"丞相：王导，此时担任扬州刺史。 ⑤ 历：经过。 ⑥ 夷然：坦然，泰然。 ⑦ 搏：捕捉。 ⑧ 令仆：尚书令和仆射之简称，同居宰相之任。

【评析】周颉嗜酒如命，气度宽容，家无余财，得到王导的器重。他从顾和的搏虱与应答语中即知其心胸广大，是堪为三公之才，故立即向王导推荐。《晋书·顾和传》亦载此事，以"导亦以为然"结尾，说明王导亦同意周颉的看法。后顾和果然做到了尚书令。

二十三

　　庾太尉与苏峻战①，败，率左右十余人乘小船西奔。㈠乱兵相剥掠②，射，误中舵工，应弦而倒，举船上咸失色分散③。亮不动容，徐曰："此手那可使着贼④！"众乃安。

【今译】庾亮与苏峻作战，被打败，率领了左右侍从十几个人，乘上小船向西逃跑。这时苏峻的叛军正在抢劫掠夺，小船上庾亮的侍从就向乱兵射箭，误中船上的舵工，舵工应声而倒,整个船上的人都惊慌失色,都想各自逃散。庾亮却毫不变色,慢慢地说:"我这双手怎么可以叫它去杀贼呢!"大家这才安下心来。

【刘孝标注】㈠《晋阳秋》曰:"苏峻作逆,诏亮都督征讨。战于建阳门外,王师败绩。亮于陈携三弟奔温峤。"

【注释】① 庾太尉:庾亮,见《德行》三十一注①(页22)。苏峻:见《方正》二十五注③(页195)。② 乱兵:指苏峻叛乱之士兵。剥掠:抢劫掠夺。 ③ 举船:全船。 ④ 那可:怎么可以。着贼:指射中贼兵。

【评析】庾亮所说之语,意谓如自己放箭的话,贼人是难以抵挡的。他的话使得误中舵工的射手及其他侍从的情绪稳定下来,不再惊慌失措。于中可知庾亮处变不惊,不失大将风度。

二十四

庾小征西尝出未还①。妇母阮,是刘万安妻②,㈠与女上安陵城楼上③。俄顷④,翼归,策良马⑤,盛舆卫⑥。阮语女:"闻庾郎能骑,我何由得见?"妇告翼,㈡翼便为于道开卤簿盘马⑦,始两转,坠马堕地,意色自若。

【今译】庾翼一次外出尚未回到家。他的岳母阮氏是刘绥的妻子,与女儿一起登上安陵城的城楼。不一会儿庾翼回家,骑着骏马,身边有盛大的车马卫队簇拥。阮氏对女儿说:"听说庾郎擅长骑马,我怎么才得以看到他的骑术呢?"庾翼的妻子告诉了庾翼,庾翼就为岳母在大道上摆开仪仗队骑马驰骋盘旋,才转了两圈,就掉下马背摔倒在地,但他却神情泰然自若。

【刘孝标注】㈠《刘氏谱》曰:"刘绥妻,陈留阮蕃女,字幼娥。"绥,别见。 ㈡《庾氏谱》曰:"翼娶高平刘绥女,字女静。"

【注释】① 庾小征西:庾翼,见《言语》五十三注①(页63)。庾翼官任征西将军,其兄庾亮亦为征西将军,为了区别,故以翼为小征西将军。 ② 妇母:妻子的母亲。阮:阮姓,阮蕃之女,字幼娥。刘万安:刘绥,字万安。东晋高平(今山东巨野南)人,官至骠骑长史。 ③ 安陵:当作"安陆",是江夏之郡治,在今湖北安陆市北。 ④ 俄顷:转眼,短时间。 ⑤ 策:鞭打马。⑥ 舆卫:车马卫兵。 ⑦ 卤簿:仪仗队。盘马:骑马驰骋盘旋。

【评析】《晋书》本传赞其"慷慨"、"风仪秀伟",本文所写之事即其一例。

二十五

宣武㈠与简文、太宰㈡共载①,密令人在舆前后鸣鼓大叫。卤簿中惊扰②,太宰惶怖求下舆。顾看简文,穆然清恬③。宣武语人曰:"朝廷间故复有此贤。"㈢

【今译】桓温和司马昱、司马晞同乘一辆车出行,桓温暗地里叫人在车子的前后击鼓大叫。仪仗队中有人受到惊扰,司马晞感到惊慌恐怖要求下车。回头看司马昱,却是神情镇定清静安适的样子。桓温对人说："朝廷上原来还有如此贤能之人。"

【刘孝标注】㊀桓温。 ㊁武陵王晞。 ㊂《续晋阳秋》曰："帝性温深，雅有局镇。尝与桓温、太宰武陵王晞同乘，至板桥，温密敕令无因鸣角鼓噪，部伍并惊驰。温阳骇异，晞大震，帝举止自若，音颜无变。温每以此称其德量。故论者谓温服惮也。"

【注释】① 宣武：桓温，见《言语》五十五注①（页 70）。简文：简文帝司马昱，见《德行》三十七注①（页 25）。太宰：武陵王司马晞，字道升，晋元帝第四子，封武陵王，曾官太宰，后徙新安。② 卤簿：仪仗队。 ③ 穆然：镇静的样子。清恬：清静安适。

【评析】本文以司马晞在突发的鸣鼓声中惊慌之态来衬托司马昱的镇定安详。他们俩为兄弟，晞为元帝之四子，昱为元帝之少子，桓温据他们的不同表现判定昱为贤才。据本书《黜免》八刘注引《司马晞传》，谓其"少不好学，尚武凶恣"、"以宗长不得执权，常怀愤慨"。《晋书》简文帝本传称桓温"奏废太宰、武陵王晞"、"武陵王等谋反"、"有司承其旨，奏诛武陵王晞"。后来简文帝总算没有杀乃兄，而是将其"徙于新安"。可见兄弟之间的争斗非同一般。

二十六

王劭、王荟共诣宣武①，㊀正值收庾希家②。㊁荟不自安，逡巡欲去③；劭坚坐不动，待收信还④，得不定⑤，乃出。论者以劭为优。

【今译】王劭、王荟一起去拜访桓温，正遇到桓温命人到庾希家去逮捕庾希。王荟感到心里不安，徘徊顾忌想离开；王劭则坚坐那里不为所动，等到去逮捕的使者回来，得知逮捕庾希之事尚未确定，这才告辞出来。当时议论的人都认为王劭优于王荟。

【刘孝标注】㊀《劭荟别传》曰："劭字敬伦，丞相导第五子。清贵简素，研味玄颐，大司马桓温称为'凤雏'。累迁尚书仆射、吴国内史。荟字敬文，丞相最小子。有清誉，夷泰无竞，仕至镇军将军。"㊁《中兴书》曰："希字始彦，司空冰长子。累迁徐、兖二州刺史。希兄弟贵盛，桓温忌之，讽免希官。遂奔于暨阳。初，郭璞筮冰子孙必有大祸，唯固三阳可以有后。故希求镇山阳，弟友为东阳，希自家暨阳。及温诛希弟柔、倩，闻希难，逃于海陵，后还京口聚众，事败，为温所诛。"

【注释】① 王劭：见刘注。王荟：见刘注。宣武：桓温。 ② 收：逮捕。庾希：见刘注，官至北中郎将、徐兖二州刺史。庾家为皇亲国戚，兄弟均显贵，被桓温忌恨陷害，希为桓温所杀。 ③ 逡（qūn）巡：有所顾忌而徘徊。 ④ 信：使者。 ⑤ 得不定：指得知逮捕庾希之事尚未确定。

【评析】刘注引《中兴书》谓桓温诛希，弟柔及倩听到此事即逃到海陵。《晋书》本传则谓"桓温陷倩及柔以武陵王党，杀之，希闻难，便与弟邈及子攸之逃于海陵陂泽中"，则桓温杀庾柔、庾倩在前，庾希听到二位弟弟被害后逃至海陵。后庾希"夜入京口城"、"放城内囚徒数百人……宣令云逆贼桓温废帝杀王，称海西公密旨，诛除凶逆……温遣东海太守周少孙讨之，城陷，被擒。希、邈及子侄五人斩于建康市。"写得很具体，故刘注引文似有误。

二十七

桓宣武与郗超议芟夷朝臣①，条牒既定②，其夜同宿。㊀明晨起，呼谢安、王坦之入③，掷疏示之，郗犹在帐内。谢都无言，王直掷还，云："多④。"宣武取笔欲除，郗不觉，窃从帐中与宣武言。谢含笑曰："郗生可谓入幕宾也⑤。"○

【今译】桓温与郗超商议铲除一些朝廷大臣，条款文书都已拟定后，这一夜他们就一起歇息。第二天早晨起来，桓温叫谢安、王坦之进来，把拟好的奏疏丢给他们看，郗超这时还睡在床帐内。谢安一句话都没说，王坦之径直把奏疏丢还给桓温，说："太多了。"桓温拿过笔来想删除些朝臣的名字，这时郗超悄悄地私下里与桓温说话。谢安含笑说："郗先生真可称得上是入幕之宾啊。"

【刘孝标注】○《续晋阳秋》曰："超谓温雄武，当乐推之运，遂深自委结，温亦深相器重，故潜谋密计，莫不预焉。" ○"帐"，一作"帷"。

【注释】① 桓宣武：桓温，见《言语》五十五注①（页70）。郗超：见《言语》五十九注⑤（页73）。芟（shān）夷：铲除，消灭。 ② 条牒：条款文书。牒，文书，证件。 ③ 谢安：见《德行》三十三注④（页23）。王坦之：见《言语》七十二注①（页81）。 ④ 多：指铲除的人太多了。 ⑤ 生：即先生之简称。幕宾：将军府的僚属。这里语意双关，既谓郗超是桓温的亲信僚属，又借指他在幕后为桓温出谋划策。

【评析】本文内容亦载《晋书·郗超传》，曰："温怀不轨，欲立霸王之基，超为之谋。谢安与王坦之尝诣温论事，温令超帐中卧听之，风动帐开，安笑曰：'郗生可谓入幕之宾矣。'"可知郗超为桓温极其亲密之谋士。后即以"入幕宾"指称参与机密、为人出谋划策者。

二十八

谢太傅盘桓东山时①，与孙兴公诸人泛海戏②。○风起浪涌，孙、王诸人色并遽③，便唱使还④。太傅神情方王⑤，吟啸不言⑥。舟人以公貌闲意说⑦，犹去不止。既风转急，浪猛，诸人皆喧动不坐。公徐云："如此将无归⑧？"众人即承响而回⑨。于是审其量⑩，足以镇安朝野。

【今译】谢安隐居在东山时，与孙绰等人乘船到海上游玩。海面上风起浪涌，孙绰、王羲之等人的神色全都惊惧不已，就高呼让船开回去。谢安却兴致正高，吟诗啸呼，不说回去。船夫因为谢安面色闲静，意态愉悦，就还是向前行驶不停。转瞬间风势更急，浪头更猛，船上人都大喊躁动坐不住了。谢安才缓缓地说："既然这样，是不是还是回去？"大家即刻应声附和而回。从这件事可知谢安的气量，足以稳定朝野上下。

【刘孝标注】○《中兴书》曰："安元居会稽，与支道林、王羲之、许询共游处，出则渔弋山水，入则谈说属文，未尝有处世意也。"

【注释】① 谢太傅：谢安。盘桓：逗留。东山：谢安早年隐居之地，在今浙江上虞西南。 ② 孙兴公：孙绰，见《言语》八十四注①（页87）。泛海戏：乘船到海上游玩。 ③ 孙、王：孙绰、王羲之。遽：惊惧。 ④ 唱：高呼。 ⑤ 王（wàng）：指精神旺，兴致高。 ⑥ 吟啸：吟诗与啸呼。啸，撮口发出长而清脆的声音。 ⑦ 闲：闲静。说（yuè）：愉悦。 ⑧ 将无：大概、恐怕。 ⑨ 承响：应声。 ⑩ 审：知悉。量：气量。

【评析】谢安处变不惊的事例不少，本文即为其一。此事《晋书》本传亦载，字句稍有不同。本文以撰者之言结尾，有议论的特点；《晋书》本传则以"众咸服其雅量"结尾，从当事者的眼光着笔。

二十九

桓公伏甲设馔①，广延朝士，因此欲诛谢安、王坦之。〇王甚遽②，问谢曰："当作何计？"谢神意不变，谓文度曰③："晋祚存亡④，在此一行。"相与俱前。王之恐状，转见于色。谢之宽容，愈表于貌，望阶趋席⑤，方作洛生咏⑥，讽"浩浩洪流"⑦。桓惮其旷远⑧，乃趣解兵⑨。〇王、谢旧齐名，于此始判优劣。

【今译】桓温预先埋伏了穿甲的士兵摆好了酒席，广泛招请朝中官员，想要趁机杀掉谢安、王坦之。王坦之很惊慌，问谢安说："应当做什么打算？"谢安神态一点也不变，对王坦之说："晋朝的存亡，就在于我们这次怎么对待了。"两人一起前去赴宴。王坦之恐惧的样子，更加表现在神色上。谢安的从容镇定，也越发表现在面容上。他看着台阶快步走向坐席，还模仿起洛生咏的声韵，吟诵"浩浩洪流"诗句。桓温惧怕他开阔超脱的胸襟，便赶快撤走伏兵。王坦之、谢安过去齐名，从这件事上才分出了高下。

【刘孝标注】〇《晋安帝纪》曰："简文晏驾，遗诏桓温依诸葛亮、王导故事。温大怒，以为黜其权，谢安、王坦之所建也。入赴山陵，百官拜于道侧，在位望者，战栗失色。"或云自此欲杀王、谢。 〇按宋明帝《文章志》曰："安能作洛下书生咏，而少有鼻疾，语音浊。后名流多学其咏，弗能及，手掩鼻而吟焉。桓温止新亭，大陈兵卫；呼安及坦之，欲于坐害之。王入失厝，倒执手版，汗流沾衣。安神姿举动不异于常，举目遍历温左右卫士，谓温曰：'安闻诸侯有道，守在四邻，明公何有壁间著阿堵辈？'温笑曰：'正自不能不尔。'于是矜庄之心顿尽，命却左右，促燕行觞，笑语移日。"

【注释】① 桓公：桓温。伏甲：埋伏兵士。甲，武装的兵士。设馔（zhuàn）：备好酒食。馔，饮食。 ② 遽：惊惧。 ③ 文度：王坦之字文度。 ④ 祚（zuò）：指皇位，国运。 ⑤ 趋：快步走。 ⑥ 方：模仿。洛生咏：指仿效西晋首都洛阳读书之音的吟诗声，当时名士间盛行。 ⑦ 浩浩洪流：嵇康《赠秀才入军五首》第四首第一句，谓大河流水浩浩荡荡奔腾不息。见《文选》卷二十四。 ⑧ 旷远：指胸襟开阔超脱。 ⑨ 趣（cù）：赶快。解兵：撤走伏兵。

【评析】心怀篡夺野心的桓温欲借宴会之机，除掉王坦之、谢安。谢安以洛生咏表现其从容镇定、旷达洒脱的气度使桓温望而却步，从而化险为夷。后又有张融亦凭洛生咏得以死里逃生。《南齐书·张融传》曰："张融……吴郡吴人也……出为封溪令……广越嶂岭。獠贼执融，将杀食之。融神色不动，方作洛生咏，贼异之，而不害也。"可知北方语言随着中原士人渡江而来，南方士人无不习用，谢安之作洛生咏即为显例。陈寅恪据此谓："江东士族不独操中原之音，且亦学洛下之咏。张融本吴人，而临危难仍能作洛生咏，虽由于其心神镇定，异乎常人，要必平日北音习熟，否则决难致此无疑也。"（《东晋南朝之吴语》、《陈寅恪史学论文选集》300页，上海古籍出版社1992年版）何谓"洛生咏"？本书《轻诋》二十六刘注指出其特点为"音重浊"。而从本文刘注引文得知谢安少有鼻疾，故"语音浊"，发出之音恰与洛生咏的中原音韵"音重浊"近似。以谢安的地位与名望，影响所及，当时名流无不东施效颦，掩鼻而吟，蔚成风气。由谢安患鼻炎而引出的洛生咏，亦可视为语音史上的佳话。

三十

谢太傅与王文度共诣郗超①,日旰未得前②。王便欲去,谢曰:"不能为性命忍俄顷③?"㊀

【今译】谢安与王坦之一起去拜访郗超,等到天色晚了还未能得到接见。王坦之就想离开走了,谢安说:"难道就不能为了性命再忍耐一会儿吗?"

【刘孝标注】㊀超得宠桓温,专杀生之威。

【注释】① 谢太傅:谢安。王文度:王坦之。郗超:见《言语》五十九注⑤(页73)。 ② 日旰(gàn):天色晚。 ③ 俄顷:瞬间,短时间。

【评析】郗超是桓温的心腹,为温之篡权出谋划策,刘注谓其"得宠桓温,专杀生之威"。本文即写其有意弄权迟迟不见谢安、王坦之。对于郗超之傲慢,王坦之难以忍受;而谢安则从长远考虑,以一个"忍"字对之,足见谢安当得起"众皆服其雅量"之誉。本文所载之事亦入郗超本传,以"其权重当时如此"结尾,作为郗超权重之事例。

三十一

支道林还东①,㊀时贤并送于征虏亭②。㊁蔡子叔前至③,坐近林公;㊂谢万石后来④,坐小远⑤。蔡暂起,谢移就其处。蔡还,见谢在焉,因合褥举谢掷地⑥,自复坐。谢冠帻倾脱⑦,乃徐起,振衣就席⑧,神意甚平,不觉瞋沮⑨。坐定,谓蔡曰:"卿奇人,殆坏我面⑩。"蔡答曰:"我本不为卿面作计⑪。"其后二人俱不介意。

【今译】支遁将回到东边,当时的名士全到征虏亭送行。蔡系先到,座位靠近支遁;谢万后来,坐得稍远。蔡系临时起身离开,谢万就移坐到蔡系坐过的位子上。蔡系回来后,看到谢万坐在自己的座位上,就把谢万连同坐垫举起来扔到地上,自己重新坐回原来的位子。谢万的帽子头巾都歪斜脱落下来,他就慢慢起来,拂去衣服上的灰尘,回到席位上,神色意态都很平静,一点也看不出生气懊丧的样子。谢万坐好后,对蔡系说:"你是个怪人,几乎摔坏了我的脸。"蔡系答道:"我原本就不曾为你的脸作过打算。"此后,两人都没把这事放在心上。

【刘孝标注】㊀《高逸沙门传》曰:"遁为哀帝所迎,游京邑久,心在故山,乃拂衣王都,还就岩穴。" ㊁《丹阳记》曰:"太安中,征虏将军谢安立此亭,因以为名。" ㊂《中兴书》曰:"蔡系字子叔,济阳人,司徒谟第二子。有文理,仕至抚军长史。"

【注释】① 支道林:支遁,见《言语》四十五注②(页64)。还东:回到东边。《高僧传·支遁传》:"哀帝即位,频遣两使,征请出都,止东安寺,……遁淹留京师,涉将三载,乃还东山。"(《大正藏》第五十卷) ② 征虏亭:在今江苏江宁东,刘注引文谓征虏将军谢安所立,故名。 ③ 蔡子叔:蔡系,见刘注。 ④ 谢万石:谢万,见《言语》七十七注①(页83)。 ⑤ 小:稍微。 ⑥ 褥:指坐垫。 ⑦ 帻(zé):裹头发的头巾。 ⑧ 振衣:拂拭衣服上的灰尘。 ⑨ 瞋沮:生气懊丧。 ⑩ 殆:几乎,差不多。 ⑪ 作计:作打算。

【评析】蔡系有"才学文义"(《晋书》本传),谢万为谢安之弟,"才器隽秀,器量不及安,而善自衔曜"(《晋书》本传),两人均为有家学渊源的名士。只是谢万"善自衔曜",故当靠近支遁而坐的蔡系暂时离席之时,坐得稍远的他就不客气地移至蔡系的座位上。谁知蔡系回来竟毫不容情地连人带坐垫把谢万扔到地上,弄得他冠帻脱落。然而谢万却并不在意,无瞋沮之色。此事载于《晋书·谢万传》,词语有异,文字较之本文明晰。如"系推万落床,冠帽倾脱。万徐拂衣就席,神意自若"等。末了以"时亦以此称之"结尾,多了一句评论性语句,说明他们二人因此得到了时人的赞许。

三十二

郗嘉宾钦崇释道安德问①,⊝饷米千斛②,修书累纸③,意寄殷勤④。道安答直云⑤:"损米⑥,愈觉有待之为烦。"

【今译】 郗超佩服尊重道安和尚的道德声望,赠送给他千斛米,写了好几张纸的信,信中表达了十分周到的情意。道安仅仅回答道:"何必破费自己的米送人呢,还又写来长信,愈发感到你待人如此殷勤,真是不胜其烦啊。"

【刘孝标注】 ⊝《安和上传》:"释道安者,常山薄柳人。本姓卫,年十二作沙门。神性聪敏,而貌至陋,佛图澄甚重之。值石氏乱,于陆浑山木食修学,为慕容俊所逼,乃住襄阳。以佛法东流,经籍错谬,更为条章,标序篇目,为之注解。自支道林等皆宗其理。无疾卒。"

【注释】 ① 郗嘉宾:郗超,见《言语》五十九注⑤(页73)。钦崇:佩服尊重。释道安(314—385):东晋、前秦时僧人。俗姓卫,常山扶柳(今河北冀州西)人。十二岁出家受戒后,师事佛图澄。长期在襄阳传法注经,为般若学六大家之一。后至长安,在五重寺主持译场,著译甚多。主要总结汉以来流行的禅法与般若两系学说,整理新旧译经,编纂目录,确立戒规,主张僧侣以"释"为姓,为后世所遵行。德问:道德声誉。问,通"闻",声誉。 ② 饷(xiǎng):赠送。斛(hú):量器名,古代十斗为一斛。 ③ 累纸:好几张纸。累,重叠。 ④ 殷勤:周到。⑤ 直:仅,只。 ⑥ 损:减少。

【评析】 最后一句话颇为难懂,是道安所说,还是文章叙事之结语,难把握。此事亦载于《高僧传》卷五道安本传(《大正藏》第五十卷)。从上下文来看,应为道安所说。对郗超赠米再加"修书累纸",他并无赞赏之意。文中谓其"直云",实话实说,谓郗超之举有"待之为烦",写出了出家人之率真。

三十三

谢安南免吏部尚书,还东①;⊝谢太傅赴桓公司马,出西②。相遇破冈③,既当远别,遂停三日共语。太傅欲慰其失官,安南辄引以它端。虽信宿中涂④,竟不言及此事。太傅深恨在心未尽⑤,谓同舟曰:"谢奉故是奇士。"

【今译】 谢奉被免去吏部尚书官职后东归会稽,谢安赴任桓温的司马之职往西边来。两人在破冈相遇,当此将要久别之时,他们便停留了三天一起叙谈。谢安想对他免去官职一事加以安慰,谢奉总是以别的话语引开去。虽然两人在途中连住了两夜,竟然没有说到这件事。谢安深感遗憾未能把心意说出来,对同船的人说:"谢奉本来就是个奇人。"

【刘孝标注】㊀《晋百官名》曰："谢奉字弘道，会稽山阴人。"《谢氏谱》曰："奉祖端，散骑常侍。父凤，丞相主簿。奉历安南将军、广州刺史、吏部尚书。"

【注释】① 谢安南：谢奉，见刘注和《言语》八十三注①（页 87）。还东：指从京城建康回到东边会稽。　② 谢太傅：谢安。桓公司马：出任桓温的司马一职。桓公，桓温。出西：往西边来。③ 破冈：三国时孙权发兵所凿之航道，自句容（在今江苏）至云阳（今江苏丹阳）。　④ 信宿：连宿两夜。信，住两夜的意思。中涂：路途中。　⑤ 恨：遗憾。

【评析】谢安在同辈名士中以纵情丘壑、从容脱俗而著称，然而面对谢奉不以免官为意，绝口不提此事，谢安因此为未能表达安慰之意而耿耿于心，并由衷地对谢奉加以赞叹。

三十四

戴公从东出①，谢太傅往看之②。谢本轻戴，见，但与论琴书，戴既无吝色③，而谈琴书愈妙。谢悠然知其量④。㊀

【今译】戴逵从东边会稽往京城来，谢安去看望他。谢安本来轻视戴逵，见面后只是与他谈论琴书，戴逵既没有表现出不乐意的神色，而谈论起琴艺书画来愈发精妙。谢安这才深深地发觉到了戴逵具有超然脱俗的气度。

【刘孝标注】㊀《晋安帝纪》曰："戴逵字安道，谯国人。少有清操，恬和通任，为刘真长所知。性甚快畅，泰于娱生。好鼓琴，善属文，尤乐游燕，多与高门风流者游。谈者许其通隐。屡辞征命，遂著高尚之称。"

【注释】① 戴公：戴逵（约 326—396），见刘注。少博学，好谈论，善属文，能鼓琴，工书画。擅画人物、山水、走兽，亦画宗教画和雕铸铜像。他为瓦官寺所塑之《五世佛》，与顾恺之的壁画《维摩诘像》、狮子国（斯里兰卡）送来的玉佛，当时并称"三绝"。性高洁，常以琴书自娱，不就国子祭酒、散骑常侍之征召。　② 谢太傅：谢安。　③ 吝色：指不乐意的神色。　④ 悠然：深远的样子。量：气度。

【评析】谢安为当时名士第一，能在风起浪涌的海上吟啸自若，时人服其雅量，声名卓著。戴逵虽然琴书画艺无不毕综（《晋书》本传），然其性高洁，不好张扬，故不为谢安所重。当戴逵来都时，谢安只是来看看同乡，论论琴书而已。戴逵对此却毫不介意，谈起琴书来越发高妙，终于令谢安"悠然知其量"。可知戴逵之气质不在谢安之下。

三十五

谢公与人围棋①，俄而谢玄淮上信至②，看书竟，默然无言，徐向局③。客问淮上利害④，答曰："小儿辈大破贼⑤。"意色举止，不异于常。㊀

【今译】谢安和人下围棋，不一会儿谢玄从淮河前线派来的信使到了，谢安看完来信后，默默地不说话，慢慢地转向棋局。客人问他淮上胜负消息，谢安答道："小孩子们大破贼军。"说话时的神态举动，与平时一点没有什么不同。

【刘孝标注】㊀《续晋阳秋》曰:"初,苻坚南寇,京师大震。谢安无惧色,方命驾出墅,与兄子玄围棋。夜还乃处分,少日皆办。破贼又无喜容。其高量如此。"《谢车骑传》曰:"氐贼苻坚倾国大出,众号百万。朝廷遣诸军距之,凡八万。坚进屯寿阳。玄为前锋都督,与从弟琰等选精锐决战,射伤坚,俘获数万计,得伪辇及云母车,宝器山积,锦罽万端,牛、马、驴、骡、驼十万头匹。"

【注释】① 谢公:谢安。 ② 俄而:不久。谢玄:见《言语》七十八注③(页84)。淮上:淮河上。晋孝武帝太元年(383)前秦苻坚以八十七万大军南下攻晋,晋相谢安派谢玄等率八万军迎战,以少胜多,大破前秦苻坚,是为淝水之战。淝水为淮河上游之支流,故称。信:信使。 ③ 徐:缓慢。局:棋局。 ④ 利害:指胜负。 ⑤ 小儿辈:谢安被任为征讨大都督,他派遣弟谢石、侄谢玄、子谢琰率军北上拒敌,诸谢多为其子侄,故称。

【评析】本文所写亦载于《晋书》谢安本传。前面叙事部分语句大同小异,结尾部分则不同,既有叙事,亦有评论。在"小儿辈遂已破贼"下有曰:"既罢,还内,过户限,心甚喜,不觉展齿之折,其矫情镇物如此。"以简要之语,有层次而又生动地写出谢安表面上的镇定,难以掩盖其内心的激荡。

三十六

　　王子猷、子敬曾俱坐一室①,上忽发火,子猷遽走避②,不惶取屐③;㊀子敬神色恬然④,徐唤左右扶凭而出⑤,不异平常。㊁世以此定二王神宇⑥。

【今译】王徽之、王献之曾经同坐在一间屋内,房上忽然起火。王徽之急忙跑开躲避,都来不及穿上木屐;而王献之神色安闲,从容不迫地叫左右侍从把他搀扶着靠在他们身上走出来,与平常没有什么不同。当时人就用这件事来评定二王神情气度的优劣高下。

【刘孝标注】㊀《晋百官名》曰:"王徽之字子猷。"《中兴书》曰:"徽之,羲之第五子,卓荦不羁,欲为傲达。仕至黄门侍郎。" ㊁《续晋阳秋》曰:"献之虽不修赏贯,而容止不妄。"

【注释】① 王子猷(yóu):王徽之(?—388),见刘注。子敬:王献之,字子敬,王羲之第七子。 ② 遽:急。 ③ 惶:通"遑",闲暇。屐(jī):木头鞋。 ④ 恬然:安闲的样子。 ⑤ 扶:搀。凭:靠。 ⑥ 神宇:神情器宇。

【评析】本文所写亦载于《晋书》王献之本传,无最后两句。徽之其人,刘注引文和《晋书》本传均谓其"卓荦不羁"、"傲达"。《晋书》王献之本传称献之"少有盛名"、"高迈不羁"、"风流为一时之冠"。兄弟二人曾拜访谢安,徽之多言俗事,献之只是问候而已。后来客问兄弟之优劣,谢安以献之辞寡少言谓"小者佳"。可知谢安还是有眼光的。

三十七

　　苻坚游魂近境①,㊀谢太傅谓子敬曰②:"可将当轴③,了其此处④。"

【今译】苻坚像游魂似地侵扰边境,谢安对王献之说:"可以抓住我在朝官居要职的机会,把苻坚消灭在边境之上。"

【刘孝标注】㊀ 坚,别见。

【注释】① 符坚:见《言语》九十四注③(页 93)。游魂:比喻符坚不能长久,如飘荡不定的鬼魂。　② 谢太傅:谢安。子敬:王献之。　③ 当轴:官居要职者。　④ 了:结束,消灭。

【评析】桓温死后,谢安执掌朝政,上继王导的做法,"每镇以和靖,御以长算"(《晋书》本传),与桓温之弟桓冲一同辅佐孝武帝,使朝廷获得暂时的安宁。就在符坚强盛时,谢安遣其弟谢石及侄谢玄等"应机征讨,所在克捷"(《晋书》本传)。后当符坚率领百万之兵来犯时,朝廷加安"征讨大都督",谢玄等受命迎敌,终于以少胜多,以八万之兵战胜了符坚百万乌合之众。本文谢安的"可将当轴,了其此处"的预言,果然实现了。

三十八

王僧弥、谢车骑共王小奴许集①,㊀僧弥举酒劝谢云:"奉使君一觞②。"谢曰:"可尔。"㊁僧弥勃然起,作色曰:"汝故是吴兴溪中钓碣耳③,何敢诪张④!"㊂谢徐抚掌而笑曰:"卫军⑤,僧弥殊不肃省⑥,乃侵陵上国也⑦!"

【今译】王珉和谢玄一起在王荟家聚会,王珉举杯向谢玄劝酒说:"敬使君一杯酒。"谢玄道:"该当如此。"王珉听了勃然大怒地站起来,变了脸色道:"你本来就是吴兴溪涧中一个钓鱼的碣奴罢了,怎么敢欺骗人!"谢玄缓缓地拍手笑道:"卫军,王珉太不恭敬检点了,这是侵犯上国诸侯啊!"

【刘孝标注】㊀ 王珉、谢玄,并已见。小奴,王荟小字也。　㊁ 谢玄曾为徐州,故云使君。　㊂ 玄叔父安,曾为吴兴,玄少时从之游,故珉云然。

【注释】① 王僧弥:王珉的小字,见《政事》二十四注③(页 116)。谢车骑:谢玄,字幼度,小字遏(亦作羯),见《言语》七十八注③(页 84)。王小奴:王荟的小名,见本篇二十六刘注㊀(页 232)。许:处所。　② 使君:谢玄曾任徐州刺史,故称。　③ 吴兴:郡名,今浙江湖州。谢安曾任吴兴刺史,谢玄少时曾住吴兴。钓碣:钓鱼的羯奴。谢玄性好钓鱼,小名羯,碣通"羯",故称。　④ 诪(zhōu)张:欺骗,作伪。　⑤ 卫军:称王荟,他死后赠"卫将军"。　⑥ 肃省(xǐng):恭敬检点。　⑦ 上国:春秋时齐、晋等中原诸侯国尊称为"上国",南方吴、楚等国则被蔑称为蛮夷。

【评析】王珉向谢玄敬酒,谢玄坦然受之,这是王珉未曾想到的,所以他才会暴怒,破口骂其为"钓碣"。谢玄对此不以为怒,确实够得上称为雅量。

三十九

王东亭为桓宣武主簿①,既承藉②,有美誉,公甚敬其人地,为一府之望③。初见谢失仪④,而神色自若,坐上宾客即相贬笑⑤,公曰:"不然。观其情貌,必自不凡,吾当试之。"后因月朝阁下伏⑥,公于内走马直出突之⑦,左右皆宕仆⑧,而王不动。名价于是大重⑨,咸云"是公辅器也⑩"。㊀

【今译】王珣担任桓温的主簿职务,他凭借祖上的名位,已经拥有美好的名声,桓温很希望他在人才与门第上成为整个大司马府有名望的人。王珣上任之初，进见桓温时答谢有失礼仪，但他神色坦然自如，座上的宾客随即贬抑嘲笑他，桓温说："不是这样的。看他的神态面貌，必定不是寻常之人，我要试试他。"后来趁着初一属吏朝见长官，拜伏在官署阁下之时，桓温从官署内骑马奔驰直冲出来，左右其他人都摇摇晃晃向前跌倒，而王珣在原地一动也不动。他的名声于是大大地提高，人们都说他"是具有三公丞相才干的人才"。

【刘孝标注】㊀《续晋阳秋》曰："珣初辟大司马掾，桓温至重之，常称：'王掾必为黑头公，未易才也。'"

【注释】① 王东亭：王珣，见《言语》一〇二刘注㊀（页98）。桓宣武：桓温。　② 承藉：继承凭借。王珣是王导的孙子，名门望族之后，故称。　③ 人地：人才与门第。一府：指桓温大司马府。望：指有名望的人。　④ 见谢：指进见桓温答谢时。失仪：失礼。　⑤ 贬笑：贬抑嘲笑。　⑥ 月朝：指官府下属每月初一按例朝见长官。　⑦ 走马：骑马奔驰。　⑧ 宕（dàng）仆：摇摇晃晃向前跌倒。　⑨ 名价：名声。　⑩ 公辅：三公、丞相。器：才干。

【评析】从本文所写，桓温不以王珣失仪之小节而轻视之，经过亲自试验，知其处变不惊。据《晋书》王珣本传，其为桓温主簿时，深得器重，"军中机务并委珣焉。文武数万人，悉识其面"。可知桓温在识才、用才上与众不同，独具慧眼。

四十

太元末①，长星见②，孝武心甚恶之③。㊀夜，华林园中饮酒④，举杯属星云⑤："长星，劝尔一杯酒，自古何时有万岁天子？"

【今译】太元末年，彗星出现，孝武帝心里很厌恶它。夜间，在华林园中饮酒，他举起酒杯来向彗星劝酒道："彗星啊，敬你一杯酒。自古以来什么时候有过万年的天子？"

【刘孝标注】㊀ 徐广《晋纪》曰："太元二十年九月，有蓬星如粉絮，东南行，历须女至央星。"按太元末，唯有此妖，不闻长星也。且汉文八年，有长星出东方。文颖注曰："长星有光芒，或竟天，或长十丈，或二三丈，无常也。"此星见，多为兵革事。此后十六年，文帝乃崩。盖知长星非关天子，《世说》虚也。

【注释】① 太元：东晋孝武帝年号（376—396）。　② 长星：彗星的别称。见：同"现"，出现。　③ 孝武：东晋孝武帝司马曜，见《言语》八十九注②（页90）。　④ 华林园：宫苑名，故址在今南京古台城内。　⑤ 属（zhǔ）：请托。

【评析】彗星古称"妖星"，俗称"扫帚星"，主不祥之兆。《晋书·天文志》曰："太元……二十年九月，有蓬星如粉絮，东南行，历女虚，至哭星。……二十一年九月，帝崩。"此事亦载《晋书·孝武帝纪》，谓其"溺于酒色，殆为长夜之饮"，又谓其宠信张贵人，"向夕，帝醉，遂暴崩"。可知孝武帝实死于酒色，而与彗星无关。刘注谓彗星现，"多为兵革事"、"非关天子"。此说未免过于拘泥。《晋书》孝武帝本传在文后即谓"地震水旱为变者相属"，《天文志》则谓"不出三年，必有乱臣戮死于市"。这些均为不祥之兆，都与王者之治有关，均为凶兆无疑，不必专指兵革之事也。故当孝武帝得知彗星现，即"心甚恶之"，立即与自己的寿命联系起来，想到自古以来从无万岁之天子，自己亦难逃一死。这种不顾性命纵情酒色的情况，在两晋时期是非常多见的。

四十一

殷荆州有所识作赋①，是束皙慢戏之流②，㊀殷甚以为有才，语王恭③："适见新文，甚可观。"便于手巾函中出之④。王读，殷笑之不自胜⑤；王看竟，既不笑，亦不言好恶，但以如意帖之而已⑥。殷怅然自失⑦。

【今译】殷仲堪有位相熟悉的人，写了一篇赋，属于束皙那种游戏辞赋之类。殷仲堪认为很有才气，对王恭说："刚才见到一篇新作，很值得一看。"便从手巾套子里拿出赋来。王恭便读起赋来，殷仲堪则在一旁笑得克制不住自己；王恭看完赋，既没笑，也不说这篇赋的好坏，只是用如意来把这篇赋作压压平罢了。殷仲堪见此情景怅然若失。

【刘孝标注】㊀《文士传》曰："皙字广微，阳平元城人，汉太子太傅疎广后也。王莽末，广曾孙孟达自东海避难元城，改姓，去'疎'之'足'以为束氏。皙博学多识，问无不对。元康中，有人自嵩高山下得竹简一枚，上两行科斗书。司空张华以问皙，皙曰：'此明帝显节陵中策文也。'检校果然。曾为《饼赋》诸文，文甚俳谐。三十九岁卒，元城为之废市。"

【注释】①殷荆州：殷仲堪，见《德行》四十注①（页27）。②束皙（约264—约303）：见刘注。官尚书郎。精通古文字，著述甚多，皆不传，明人辑有《束广微集》。《全晋文》卷八十七载有《贫家赋》、《读书赋》、《近游赋》、《劝农赋》、《饼赋》等。慢戏：轻率游戏，不庄重。③王恭：见《德行》四十四注①（页30）。④函：套子。⑤自胜：克制自己。⑥如意：用竹、玉、骨等制成的供搔背或观赏等用的器物。帖：通"贴"，妥帖，平伏。⑦怅然：失意不乐的样子。自失：若有所失。

【评析】殷仲堪对熟人的游戏文章，不仅推荐给王恭看，且在一边笑得不能自禁。而王恭对这种游戏之作则并没有任何失态的反应，可见其雅量远在殷仲堪之上。

四十二

羊绥第二子孚①，少有俊才，与谢益寿相好②。㊀尝蚤往谢许③，未食。俄而王齐、王睹来④，㊁既先不相识，王向席有不说色，欲使羊去。羊了不畻⑤，唯脚委几上⑥，咏瞩自若⑦。谢与王叙寒温数语毕⑧，还与羊谈赏⑨，王方悟其奇，乃合共语。须臾食下，二王都不得餐，唯属羊不暇。羊不大应对之，而盛进食，食毕便退。遂苦相留，羊义不住⑩，直云："向者不得从命⑪，中国尚虚⑫。"二王是孝伯两弟。

【今译】羊绥的第二个儿子羊孚，年轻时就有着卓越超人的才智，与谢混互相友好。他曾经一大早到谢混家去，当时还未吃过饭。一会儿王熙和王爽也来了，他们先前互相都不认识，王氏兄弟落座时就面露不悦之色，想让羊孚离开。羊孚却连看也不看他们一眼，只是把脚搁在小几上，神情自在地专注于吟咏诗句上。谢混与二王兄弟寒暄了几句后，回过头来与羊孚谈论玩赏，二王兄弟这才明白羊孚的奇特，于是便同他一起谈话。不一会儿饭菜上来了，二王兄弟都顾不得吃饭，只是不停地劝羊孚多吃。羊孚不大搭理他们，而大口大口地吃饭，吃完了就告退。二王竭力地挽留，羊孚坚决不留下，直截了当地说："先前我不能遵命离开这里，是因为我腹中空空尚未进食。"二王兄弟是王恭的两位弟弟。

【刘孝标注】㊀ 益寿,谢混小字也。　㊁ 王睹已见。齐,王熙小字也。《中兴书》曰:"熙字叔和,恭次弟,尚鄱阳公主,太子洗马,早卒。"

【注释】① 羊绥:见《方正》六十刘注(页 214)。孚:羊孚,见《言语》一〇四刘注(页 99)。② 谢益寿:谢混之小字,见《言语》一〇五注①(页 99)。　③ 蚤:通"早"。许:处所。　④ 王齐:王熙,字叔和,小字齐,王恭弟,官太子洗马。王睹:王爽,小字睹,王恭弟,见《文学》一〇一刘注(页 175)。　⑤ 了不眄(miàn):完全不看。了,完全。眄,斜着眼睛看。　⑥ 委:放,置。几:小矮桌。　⑦ 瞩:专注。自若:神情闲适。　⑧ 寒温:寒暄。　⑨ 谈赏:谈论玩赏。⑩ 义:正理,正道。　⑪ 向者:先前。从命:听从吩咐,遵命。　⑫ 中国尚虚:指腹内尚空。以中国比腹心,以四肢比夷狄,为当时人口语。

【评析】王恭为孝武帝定皇后之兄,得到孝武帝的钦重。作为恭弟的王爽、王熙自然也是高人一头的,他们在谢混家遇到不相识的羊孚时,便面露不悦之色,想要他离开,而羊孚却吟咏自在,全然不予理会。及至谢混与羊孚谈赏,二王才知其不凡,而羊孚饱餐之后立即告辞,并说明自己所以不离去者,为的是尚未吃饭之故。二王前倨而后恭,羊孚则毫不在意,并且坦言不走的原委。可知双方都有雅量。

识鉴第七

一

曹公少时见乔玄①，玄谓曰："天下方乱，群雄虎争，拨而理之②，非君乎？然君实是乱世之英雄，治世之奸贼。恨吾老矣，不见君富贵，当以子孙相累③。"㊀

【今译】曹操年轻时去见乔玄，乔玄对他说："天下正在动荡不安，各路英雄如虎相争，整顿治理天下，不是要靠您吗？但是您实在是乱世的英雄，治世的奸贼。遗憾的是我已老了，看不到您富贵发达了，只有把子孙交给您麻烦您照顾了。"

【刘孝标注】㊀《续汉书》曰："玄字公祖，梁国睢阳人。少治《礼》及严氏《春秋》，累迁尚书令。玄严明有才略，长于知人。初，魏武帝为诸生，未知名也，玄甚异之。"《魏书》曰："玄见太祖曰：'吾见士多矣，未有若君者。天下将乱，非命世之才不能济也。能安之者，其在君乎？'"按《世语》曰："玄谓太祖：'君未有名，可交许子将。'太祖乃造子将，子将纳焉。"孙盛《杂语》曰："太祖尝问许子将：'我何如人？'固问，然后子将答曰：'治世之能臣，乱世之奸雄。'太祖大笑。"《世说》所言谬矣。

【注释】① 曹公：曹操，见《言语》八注①（页38）。乔玄：见刘注。 ② 拨：整顿。 ③ 累：劳累，麻烦。

【评析】本文乔玄所说的两段话，刘注分别引《世语》、《杂语》，认为"《世说》所言谬矣"。据《后汉书》许劭本传，谓"劭与靖俱有高名，好共核论乡党人物，每月辄更其名题，故汝南俗有'月旦评'焉。"可知当时得到劭与靖品题的人都会立即扬名。后因称品评人物为"月旦评"，或省称"月旦"。曹操为了达到扬名的目的逼许劭为自己品题，劭不得已称其为"清平之奸贼，乱世之英雄"。曹操得到如此的品题，扬名的目的达到了，故"大悦而去"，说明其用心之深沉。本文前半所写见于《后汉书·桥玄传》，谓："初，曹操微时，人莫知者。尝往候玄，玄率见而异焉，谓曰：'今天下将乱，安生民者其在君乎！'操感其知己。"本文将前后三段话联接在一起，都作为乔玄之语，且最后还不忘以子孙后代相嘱，中间用"然"、"恨"、"当"等字转折，语气倒也连贯自然。

二

曹公问裴潜曰①："卿昔与刘备共在荆州②，卿以备才如何？"潜曰："使居中国③，能乱人，不能为治；若乘边守险，足为一方之主。"㊀

【今译】曹操问裴潜道："你当初与刘备一起在荆州的时候，你认为刘备的才能怎么样？"裴潜说："如果让他占有中原地区，会把人心搅乱，局面不能得到治理；如果让他驻守边境扼守险要，那么他足以成为一方的霸主。"

【刘孝标注】㊀《魏志》曰："潜字文行，河东人。避乱荆州，刘表待之宾客礼。潜私谓王粲、司马

243

芝曰：'刘牧非霸王之才，而欲以西伯自处，其败无日矣。'遂南渡，适长沙。"

【注释】① 曹公：曹操。裴潜：见刘注。曹操定荆州，以潜参丞相军事。后为代郡太守，迁兖州刺史。曹丕为文帝，入为散骑常侍，迁荆州刺史。赐爵关内侯。明帝时入为尚书令。 ② 刘备（161—223）：字玄德，涿郡涿县（今河北涿州）人。三国时蜀汉的建立者。幼贫，与母贩鞋织席为业，曾先后依附公孙瓒、曹操、刘表等。后用诸葛亮联吴抗曹之策，于建安十三年（208）联合孙权，大败曹操于赤壁，占领荆州。后又夺取益州、汉中，公元221年称帝，不久病死。 ③ 中国：指中原地区。

【评析】刘注引文谓裴潜避乱荆中，刘表待以宾客之礼。潜私谓王粲、司马芝说刘表非霸王之才，乃欲以西伯自处，必败无疑。他对刘表有霸王之心而无霸王之才的评价后为事实证明确是如此。在刘表手下时，他也曾与刘备相处过，故当曹操问他刘备之才时，能随口说出。他说的前一半属于推想，不知为何说刘备只能乱人而不能为治。后一半说刘备乘边守险，足为一方之主，倒也符合后来三分天下之势。大约他是根据曹、孙、吴三方势均力敌，一时无法独统天下，只能鼎足而立的既有形势而言的。

三

何晏、邓飏、夏侯玄并求傅嘏交①，而嘏终不许。㊀诸人乃因荀粲说合之②，谓嘏曰："夏侯太初一时之杰士③，虚心于子，而卿意怀不可交。合则好成，不合则致隙④。二贤若穆⑤，则国之休⑥。此蔺相如所以下廉颇也⑦。"㊁傅曰："夏侯太初志大心劳⑧，能合虚誉⑨，诚所谓利口覆国之人⑩。何晏、邓飏有为而躁，博而寡要⑪，外好利而内无关籥⑫，贵同恶异⑬，多言而妒前⑭。多言多衅⑮，妒前无亲。以吾观之，此三贤者皆败德之人尔，远之犹恐罹祸⑯，况可亲之邪？"后皆如其言。㊂

【今译】何晏、邓飏、夏侯玄都希望与傅嘏结交，而傅嘏始终不答应。几个人就通过荀粲来促成此事，荀粲对傅嘏说："夏侯玄是当代杰出之士，他对您很虚心，而您心中却不愿意。大家互相交好就能办成事，不能交好就会造成隔阂，两位贤者如能和睦相处，就是国家之福。这也就是蔺相如为什么向廉颇退让的原因。"傅嘏说："夏侯玄志向远大费尽心思，能够聚集虚名于一身，真是古人说的能言巧辩足以导致国家败亡的人。何晏、邓飏有作为却很浮躁，学识虽广博却不得要领，对外爱好钱财而内心却毫不检点，看重意见相同的人而厌恶意见不同者，喜欢虚谈而妒忌超过自己的人。言多必失，招来事端，妒忌超过自己的人必定无人亲近。照我看来，这三位贤者都是败坏道德的人而已。我疏远他们还怕遭到连累，何况去亲近他们呢？"后来他们三人的结局都与傅嘏说的一样。

【刘孝标注】㊀《魏略》曰："邓飏字玄茂，南阳宛人，邓禹之后也。少得士名。明帝时，为中书郎，以与李胜等为浮华被斥。正始中，迁侍中尚书。为人好货，臧艾以父妾与飏，得显官。京师为之语曰：'以官易富邓玄茂。'何晏选不得人，颇由飏。以党曹爽诛。" ㊁《史记》曰："相如以功大拜上卿，位在廉颇右。颇怒，欲辱之。相如每称疾，望见，引车避匿。其舍人欲去之，相如曰：'夫以秦王之威，而吾廷叱之。何畏廉将军哉？顾秦强赵弱，秦以吾二人，故不敢加兵于赵。今两虎斗，势不俱生。吾以公家急而后私仇也。'颇闻谢罪。" ㊂《傅子》曰："是时，何晏以才辩显于贵戚之间；邓飏好交通，合徒党，鬻声名于闾阎；夏侯玄以贵臣子，少有重名。皆求交于嘏，嘏不纳也。嘏友人荀粲有清识远志,然犹劝嘏结交云。"

【注释】① 何晏:见《言语》十四注①(页43)。邓飏:见刘注。明帝时官颍川太守、侍中尚书。夏侯玄:见《方正》六注①(页182)。傅嘏:见《文学》九注①(页123)。 ② 荀粲:见《文学》九注②(页123)。说合:从中介绍,促成他人之事。 ③ 夏侯太初:夏侯玄。杰士:才智出众者。 ④ 致隙:导致隔阂。 ⑤ 穆:和睦。 ⑥ 休:美善,福禄。 ⑦ 蔺相如、廉颇:两人均为战国赵人。秦昭王欲以十五城换赵之和氏璧,相如自请赴秦,以计完璧归赵。又在渑池会上挫败秦王,以功封上卿,地位在名将廉颇之上。颇自负功高,欲当众辱之。相如以国家为重,再三退让,廉颇受感动,遂负荆请罪。二人成为刎颈之交。 ⑧ 心劳:指思虑过多,费尽心思。 ⑨ 合:聚,会。虚誉:虚名。 ⑩ 利口覆国:指能言善辩会导致国家败亡。语见《论语·阳货》:"恶利口之覆邦家者。"利口,能言善辩。覆,失败,毁灭。 ⑪ 寡要:不得要领。 ⑫ 关籥(yuè):关门之锁,引申为检点、约束。 ⑬ 贵同恶异:看重意见相同者而厌恶意见不同的人。 ⑭ 妒前:忌妒胜过自己的人。 ⑮ 衅:争端,事端。 ⑯ 罹(lí)祸:遭到祸害。罹,遭遇。

【评析】本文所写之事涉及曹魏与司马氏之间的权利之争。何晏是曹操的养子,夏侯玄是曹爽的表兄弟,曹爽执政时他们二人与邓飏一起都是曹爽的腹心。傅嘏则与何晏有隙,《三国志·魏书》本传谓曹爽执政时,"晏等遂与嘏不平,因微事以免嘏官"。傅嘏因而成为司马氏党,曹爽之诛,他积极参与。而何晏等三人则为司马氏之敌。从傅嘏对三人的评论中已显出不满之意,后三人均为司马氏所杀。本文结尾所说之"后皆如其言",已透露其与何晏等三人为敌的消息。

四

晋武帝讲武于宣武场①。帝欲偃武修文②,亲自临幸③,悉召群臣。山公谓不宜尔④。因与诸尚书言孙、吴用兵本意⑤,遂究论⑥,举坐无不咨嗟⑦,皆曰:"山少傅乃天下名言⑧。"㊀后诸王骄汰⑨,轻遘祸难⑩,于是寇盗处处蚁合⑪,郡国多以无备不能制服,遂渐炽盛,皆如公言。时人以谓"山涛不学孙、吴,而暗与之理会"。王夷甫亦叹云⑫:"公暗与道合。"㊁

【今译】晋武帝在宣武场上讲论武事。他想停息武备,振兴文教,故亲自莅临,把群臣全都召集起来。山涛认为不适宜这么做,便与各位尚书说孙武、吴起用兵的本意,并因此加以深入的推究论述,满座的人听后全都赞叹,都说:"山涛所说是天下的至理名言。"后来分封到各地的诸王过于骄纵,轻易地酿成祸乱灾难,于是四处盗贼蜂起,各地郡县封国多数因为没有防备,不能予以制服,分裂割据势力便逐渐强大起来了,都像山涛所说的那样。当时人认为山涛虽然不学孙、吴的兵法,但他的见解却与孙、吴兵法暗中相通。王衍也感叹道:"山公的看法与道理暗合。"

【刘孝标注】㊀《史记》曰:"孙武,齐人;吴起,卫人,并善兵法。"《竹林七贤论》曰:"咸宁中,吴既平,上将以桃林华山之事,息役弭兵,示天下以大安。于是州郡悉去兵,大郡置武吏百人,小郡五十人。时京师犹讲武,山涛因论孙、吴用兵本意。涛为人常简默,盖以为国者不可以忘战,故及之。"《名士传》曰:"涛居魏、晋之间,无所标明。尝与尚书卢钦言用兵本意,武帝闻之,曰:'山少傅名言也。'" ㊁《竹林七贤论》曰:"永宁之后,诸王构祸,狡虏歘起,皆如涛言。"《名士传》曰:"王夷甫推叹涛'晻晻为与道合,其深不可测',皆此类也。"

【注释】① 晋武帝:司马炎,见《德行》十七注④(页12)。宣武场:操练场,在洛阳宣武观北。② 偃(yǎn)武修文:止息武备,振兴文教。 ③ 临幸:皇帝亲临。 ④ 山公:山涛,见《言语》

七十八注①(页84)。　⑤ 孙、吴：孙武、吴起，春秋时著名兵家，孙武著有《孙子兵法》，吴起著有《吴子》。　⑥ 究论：详细推究论述。　⑦ 咨嗟：赞叹。　⑧ 山少傅：山涛曾为太子少傅，故称。　⑨ 诸王：指晋武帝即位后大封宗室为王，各有封地，后互相争权夺利，史称"八王之乱"。骄汰(tài)：过分骄纵。汰，过分。　⑩ 遘(gòu)：通"构"，构成。　⑪ 蚁合：像蚂蚁般地聚合，形容极多。　⑫ 王夷甫：王衍，见《言语》二十三注②(页50)。

【评析】本文所写晋武帝偃武修文及山涛谓不宜事，刘注引《竹林七贤论》与《名士传》予以具体化。事亦载《晋书》山涛本传，只是结尾处写得更明了，谓"帝称之曰：'天下名言也。'而不能用。及永宁之后，屡有变难，寇贼焱起，郡国皆以无备不能制，天下遂以大乱，如涛言也"。把晋武帝大封皇族，偃武修文，但因酿成八王之乱，以致天下大乱的局面交代得很清楚，可知山涛有先见之明。

<h1 style="text-align:center">五</h1>

　　王夷甫父义①，为平北将军，有公事，使行人论②，不得。时夷甫在京师，命驾见仆射羊祜③、尚书山涛。夷甫时总角④，姿才秀异，叙致既快⑤，事加有理，涛甚奇之。既退，看之不辍，乃叹曰："生儿不当如王夷甫邪？"羊祜曰："乱天下者，必此子也。"㊀

【今译】王衍的父亲王义担任平北将军时，有一件公事，想派使者去说明情况却找不到这样的使者。当时王衍在京城，便吩咐仆人驾车送他去见仆射羊祜、尚书山涛。王衍当时年纪还小，姿容才能优秀出众，叙述事理既很畅快，再加道理说得头头是道，山涛感到很惊奇。王衍走了，他还是不停地看，于是叹息道："生儿子不应当像王衍这样吗？"羊祜说："将来搅乱天下的，必定是这个人。"

【刘孝标注】㊀《晋阳秋》曰："夷甫父义，有简书，将免官。夷甫年十七，见所继从舅羊祜，申陈事状，辞其俊伟。祜不然之，夷甫拂衣而起。祜顾谓宾客曰：'此人必将以盛名处当世大位，然败俗伤化者，必此人也！'"《汉晋春秋》曰："初，羊祜以军法欲斩王戎，夷甫又忿祜言其必败，不相贵重。天下为之语曰：'二王当朝，世人莫敢称羊公之有德。'"

【注释】① 王夷甫：王衍，见《言语》二十三注②(页50)。义：王义，王衍父，见《德行》二十六刘注㊀(页18)。　② 行人：使者的通称。　③ 命驾：吩咐仆人驾车。仆射(yè)羊祜：见《言语》八十六注②(页88)。羊祜曾任尚书左仆射，故称。　④ 总角：古时未成年人将头发扎成髻，借指幼年。　⑤ 叙致：指叙述事理。

【评析】本文所写事分别见于《晋书》羊祜和王衍本传。羊祜本传所言与刘注引文仿佛，而王衍本传则以误苍生之语为山涛所说。谓："总角尝造山涛，涛嗟叹良久，既去，目而送之曰：'何物老妪，生宁馨儿！然误天下苍生者，未必非此人也。'"据《晋书》王衍本传，王衍终日清谈，"矜高浮诞，遂成风俗焉"。他最后为石勒所破，为求自免，竟劝石勒称尊号，石勒怒而使人夜排墙填杀。将死之时，王衍谓自己"向若不祖尚浮虚，戮力以匡天下，犹可不至今日"。

<h1 style="text-align:center">六</h1>

　　潘阳仲见王敦小时①，谓曰："君蜂目已露②，但豺声未振耳③。必能食

人,亦当为人所食。"○

【今译】 潘滔见到王敦小时的模样,对他说:"您的眼睛已经如蜂一样露出凶光了,只是豺狼之声尚未振响而已。你必定能吃人,也会被人吃掉。"

【刘孝标注】 ○《晋阳秋》曰:"潘滔字阳仲,荥阳人,太常尼从子也。有文学才识。永嘉末,为河南尹,遇害。"《汉晋春秋》曰:"初,王夷甫言东海王越,转王敦为扬州。潘滔初为太傅长史,言于太傅曰:'王处仲蜂目已露,豺声未发,今树之江外,肆其豪强之心,是贼之也。'"《晋阳秋》曰:"敦为太子舍人,与滔同僚,故有此言。"习、孙二说,便小迁异。《春秋传》曰:"楚令尹子上谓世子商臣'蜂目而豺声,忍人也'。"

【注释】 ① 潘阳仲:潘滔,详见刘注,石勒之乱时遇害。王敦:见《言语》三十七注①(页59)。② 蜂目:眼睛如蜂,比喻人的相貌凶恶。 ③ 豺(chái)声:声音如豺,比喻恶人的声音。

【评析】 本文潘滔所说"蜂目豺声"之语出于《左传·文公元年》,谓"楚子将以商臣为太子,访诸令尹子上。子上曰:'是人也,蜂目而豺声,忍人也。'"潘滔所说"能食人,亦当为人所食"语出《汉书·王莽传》,谓:"是时有用方技待诏黄门者,或问以莽形貌,待诏曰:'莽所谓鸱目虎吻豺狼之声者也。故能食人,亦当为人所食。'"商臣弑父自立为王,王莽则篡位为帝。王莽杀人无数,最后自己亦被杀,王敦与之近似。

七

石勒不知书①,○使人读《汉书》②。闻郦食其劝立六国后③,刻印将授之,大惊曰:"此法当失,云何得遂有天下!"至留侯谏④,乃曰:"赖有此耳!"○

【今译】 石勒不识字,叫人读《汉书》给他听。当听到郦食其劝刘邦封立六国后代为王,刻了印章将要授给他们时,大惊说:"这个办法大错,说什么这样就能得到天下!"当又听到留侯张良进谏劝阻时,石勒便说:"全靠有他进谏啊!"

【刘孝标注】 ○《石勒传》曰:"勒字世龙,上党武乡人,匈奴之苗裔也。雄勇好骑射。晋元康中,流宕山东,与平原茌平人师欢家庸,耳恒闻鼓角鞞铎之音,勒私异之。初,勒乡里原上地中生石,日长,类铁骑之象;国中生人参,葩叶甚盛。于时父老相者皆云:'此胡体貌奇异,有不可知。'劝邑人厚遇之,人多哂而不信。永嘉初,豪杰并起,与胡王阳等十八骑诣汲桑为左前督。桑败,共推勒为主,攻下州县,都于襄国。后僭正号,死,谥明皇帝。" ○ 邓粲《晋纪》曰:"勒手不能书,目不识字,每于军中令人诵读,听之皆解其意。《汉书》曰:"项羽急围汉王于荥阳,汉王与郦食其谋挠楚权。食其劝立六国后,王令趣刻印。张良入谏,以为不可。辍食吐哺,骂郦生曰:'竖儒,几败乃公事!'趣令销印。"

【注释】 ① 石勒(274—333):详见刘注。羯族。初为刘渊大将,联合汉族失意官僚发展为割据势力。319年自称赵王,建立政权,史称后赵。329年灭前赵,取得北方大部分地区,建都襄国(今河北邢台),称帝。 ②《汉书》:班固著,记载西汉历史的史书。 ③ 郦食其(lì yì jī)(? —前203):秦汉之际陈留高阳乡(今河南杞县)人。自称"高阳酒徒"见刘邦,献计攻克陈留,封广野君。后为齐王田广烹死。 ④ 留侯:张良(? —前189),字子房,相传为城父(今河南宝丰东)人。刘邦的主要谋士,汉朝建立,封留侯。

《世说新语》详解

【评析】刘注引文谓石勒虽然目不识丁,但常使人诵读史书,都能理解其意。本文所写,即为一例。此事亦载《晋书·石勒传》,且更具体详细。前有"勒亲临大小学,考诸学生经义,尤高者赏帛有差。勒雅好文学,虽在军旅,常令儒生读史书而听之,每以其意论古帝王善恶,朝贤儒士听者莫不归美焉"。于文末亦有"其天资莫达如此"的评价。可知石勒在位时,颇能重视教育、文学,并能从史书上吸取经验教训,故谓其"莫达",卓识过人,明白事理。

八

卫玠年五岁①,神衿可爱②。祖太保曰③:"此儿有异,顾吾老④,不见其大耳!"○

【今译】卫玠五岁的时候,神态胸襟都很可爱。他的祖父太保卫瓘说:"这孩子非同寻常,只是我老了,见不到他长大成人了!"

【刘孝标注】○《晋诸公赞》曰:"瓘字伯玉,河东安邑人。少以明识清允称,傅嘏极贵重之,谓之宁武子。仕至太保,为楚王玮所害。"《玠别传》曰:"玠有虚令之秀,清胜之气,在群伍之中,有异人之望。祖太保见玠五岁,曰:'此儿神爽聪令,与众大异,恐吾年老,不及见尔。'"

【注释】① 卫玠:见《言语》三十二注①(页56)。 ② 神衿(jīn):神态胸怀。衿,胸怀,胸襟。③ 祖太保:卫玠的祖父瓘(guàn),官至太保,故称。生平详见刘注。 ④ 顾:但。

【评析】卫玠不但形貌出众,而且清谈玄理也非常出色,以至见者赞为"玉人",闻者"叹息绝倒"。而其体质之弱则禁不住围观,导致"劳疾遂甚",到二十七岁即被"看杀"(《晋书》本传)。作为乃祖的卫瓘自然知道孙子的卓异不凡。这年卫瓘七十二岁,不久即去世,果然不及见孙子长大成人。

九

刘越石云①:"华彦夏识能不足②,强果有余③。"○

【今译】刘琨说:"华轶这个人见识才能不足,刚强果断有余。"

【刘孝标注】○虞预《晋书》曰:"华轶字彦夏,平原人,魏太尉歆曾孙也。累迁江州刺史,倾心下士,甚得士欢心。以不从元皇命见诛。"《汉晋春秋》曰:"刘琨知轶必败,谓其自取之也。"

【注释】① 刘越石:刘琨,见《言语》三十五注①(页57)。 ② 华彦夏:华轶,见刘注。识能:见识才能。 ③ 强果:刚强果断。

【评析】刘注引文谓华轶在江州刺史任上,"倾心下士,甚得士欢心"。《晋书》本传亦谓其在州甚有威惠,"得江表之欢心"。但他不顾大局,不听郡县之劝,一再拒绝元帝之命,终为王敦击溃。有"经国之才"(《晋书·刘琨传》)的刘琨评说华轶"识能不足,强果有余"是有根据的。《晋书·华轶传》谓其"不能祗承元帝教命"、"帝承制改易长吏,轶又不从命",无不说明刘琨有先见之明。

十

张季鹰辟齐王东曹掾①,在洛,见秋风起,因思吴中菰菜羹、鲈鱼脍②,曰:"人生贵得适意尔③,何能羁宦数千里以要名爵④?"遂命驾便归。俄而齐王败,时人皆谓为见机⑤。㊀

【今译】张翰被任命为齐王司马冏的东曹掾,在洛阳,看到秋风起了,于是就想念家乡吴地的菰菜羹、鲈鱼脍,说:"人生可贵的是使自己愉快而已,怎能为了求得名位而在数千里外做官呢?"于是他就命人驾车回乡。不久齐王冏兵败被杀,当时人都说他料事如神。

【刘孝标注】㊀《文士传》:"张翰字季鹰。父俨,吴大鸿胪。翰有清才美望,博学善属文,造次立成,辞义清新。大司马齐王冏辟为东曹掾。翰谓同郡顾荣曰:'天下纷纷未已,夫有四海之名者,求退良难。吾本山林间人,无望于时久矣。子善以明防前,以智虑后。'荣捉其手,怆然曰:'吾亦与子采南山蕨,饮三江水尔!'翰以疾归,府以辄去除吏名。性至孝,遭母艰,哀毁过礼。自以年宿,不营当世,以疾终于家。"

【注释】① 张季鹰:张翰,吴郡(今江苏苏州)人,生平参见刘注。存诗六首,集已佚。辟(bì):征召。齐王:司马冏,见《方正》十七刘注㊀(页190)。东曹掾(yuàn):东曹的属官。曹,官署中分科办事的机构。 ② 吴中:吴地,苏州。菰菜:茭白,生长于长江以南的低洼地,作蔬菜食用。鲈鱼脍(kuài):鲈鱼切片或切碎做的菜。 ③ 尔:罢了,而已。 ④ 羁宦:在异乡做官。要(yāo):求。爵:官位。 ⑤ 见机:在事前即已察知其结果。

【评析】刘注引文称张翰"有清才"、"善属文",《晋书》本传谓其"纵任不拘,时号为'江东步兵'"。本文写其在洛阳为齐王冏属官时,见秋风起而思食家乡的菰菜羹、鲈鱼脍,即命驾而归。当然其中亦含有对齐王冏的不满,故为了适意而舍弃名利,其洒脱不羁之风直追阮籍。此事亦载《晋书》本传,思念之物多了一样"莼菜",谓"乃思吴中菰菜、莼羹、鲈鱼脍"。后即以"莼羹鲈脍"或"莼鲈"作为辞官归乡或乡国之思的典故。

十一

诸葛道明初过江左①,自名道明,名亚王、庾之下②。㊀先为临沂令③,丞相谓曰④:"明府当为黑头公⑤。"㊁

【今译】诸葛恢刚刚渡江到江南时,自己起名叫道明,名声居于王导、庾亮之下。他起先担任临沂县令,丞相王导对他说:"您必定能在青壮之年位至三公。"

【刘孝标注】㊀《中兴书》曰:"恢避难过江,与颍川荀道明、陈留蔡道明俱有名誉,号曰'中兴三明'。时人为之语曰:'京都三明各有名,蔡氏儒雅荀葛清。'" ㊁《语林》曰:"丞相拜司空,诸葛道明在公坐,指冠冕曰:'君当复著此。'"

【注释】① 诸葛道明:诸葛恢,见《方正》二十五注①(页195)。江左:江南。 ② 亚:低,低于。王、庾:王导、庾亮。 ③ 临沂:在今山东。令:县令。 ④ 丞相:王导。 ⑤ 明府:汉时对郡守的尊称,后沿用,亦可用以称县令。黑头公:指年轻人未到老年头发花白之时,已升至三公高位。

【评析】诸葛恢的名声虽在王导之下,但王导当其任县令时即已知他才干非凡,认为

《世说新语》详解

他很快即能位列三公。果然当"大兴初,以政绩第一增秩中二千石",明帝时"以恢为侍中,讨王含有功,封建安伯,吏部尚书、尚书令","成帝践祚,加侍中、金紫光禄大夫"(《晋书》本传)。前后不过数年,诸葛恢即升至朝廷大臣之列。

十二

王平子素不知眉子①,曰:"志大其量,终当死坞壁间②。"㊀

【今译】王澄一向不赏识王玄,说:"王玄志向大于他的气量,最后必定死在小城堡中。"

【刘孝标注】㊀《晋诸公赞》曰:"王玄字眉子,夷甫子也。东海王越辟为掾,后行陈留太守,大行威罚,为坞人所害。"

【注释】① 王平子:王澄,见《德行》二十三注①(页16)。知:知遇,赏识。眉子:王玄,王衍之子,生平见刘注。少有俊才,与卫玠齐名。 ② 坞壁:防御用的土堡,土障。

【评析】王澄是王衍之弟,"生而警悟,虽未能言,见人举动,便识其意"(《晋书·王澄传》)。王玄是他的侄子,当然十分了解,故根据其"志大其量"的特点,便知他必死于非命。后王玄果然"为盗所害"(同上)。

十三

王大将军始下①,杨朗苦谏不从②,遂为王致力③。乘中鸣云露车径前④,曰:"听下官鼓音,一进而捷。"王先把其手曰:"事克,当相用为荆州⑤。"既而忘之⑥,以为南郡⑦。㊀王败后,明帝收朗⑧,欲杀之;帝寻崩,得免。后兼三公⑨,署数十人为官属⑩。此诸人当时并无名,后皆被知遇⑪。于时称其知人。

【今译】大将军王敦起初起兵进攻京都建康时,杨朗苦苦劝谏,王敦不听从,杨朗不得已便为王敦效力。他乘上中鸣云露车勇往直前,说:"听我的鼓音,奋勇向前,一战告捷。"王敦预先就拉住他的手许诺道:"事成之后,必当用你为荆州刺史。"不久他就忘了自己说过的话,任用杨朗为南郡太守。王敦失败后,晋明帝逮捕了杨朗,准备处死他;不久明帝死了,他才得以免去一死。后来他兼任三公曹,委任了几十人做属官。这些人当时并没有什么名气,后来都受到了赏识。当时人都称赞他能知人善任。

【刘孝标注】㊀《晋百官名》曰:"朗字世彦,弘农人。"《杨氏谱》曰:"朗祖器,典军校尉。父淮,冀州刺史。"王隐《晋书》曰:"朗有器识才量,善能当世。仕至雍州刺史。"

【注释】① 王大将军:王敦,见《言语》三十七注①(页59)。下:指王敦于永昌元年(322)起兵从武昌沿江而下进攻建康(今江苏南京)。 ② 杨朗:见刘注。 ③ 致力:效力。 ④ 中鸣云露车:一种战车,车上有层楼,车中置锣鼓,可观察敌情,指挥军队或进或退。径前:勇往直前。 ⑤ 相用为荆州:指任为荆州刺史。 ⑥ 既而:不久。 ⑦ 南郡:治在今湖北江陵。 ⑧ 明帝:晋明帝司马绍,见《方正》二十三注③(页194)。收:逮捕。 ⑨ 三公:即三公曹,主管选拔官吏。 ⑩ 署:委任。 ⑪ 知遇:赏识。

【评析】王敦初攻京城时，杨朗苦谏而不听，遂替王敦效命，一战而捷。王敦感动之余欲委以重镇荆州刺史的重任，但事后浑然忘记。王敦失败，杨朗当受重罚，幸而明帝死才得以幸免。杨朗又能明察知人，委任几十人为属官，使他们得以受到赏识发挥才干，可知其鉴识之力与知人之明不同凡响。

十四

周伯仁母①，冬至举酒赐三子曰②："吾本谓度江托足无所③，尔家有相④，尔等并罗列吾前，复何忧！"周嵩起⑤，长跪而泣曰："不如阿母言。伯仁为人志大而才短，名重而识暗⑥，好乘人之弊，此非自全之道；嵩性狼抗⑦，亦不容于世；唯阿奴碌碌⑧，当在阿母目下耳。"㊀

【今译】周颚的母亲在冬至节这天拿酒赐给三个儿子说："我本以为渡江后没有地方可以立足安身，幸而你们家有吉相，你们都在我跟前，我还有什么忧虑呢？"周嵩站起来，长跪在母亲面前哭泣道："并不像母亲所说的。周颚为人志向虽大而才能不足，名声很重而见识短浅，又喜欢乘人之危，这并非保全自己的办法；我的性格傲慢，也不能为世人所容纳；只有老三阿奴碌碌无为的样子，他应当可以守护在母亲跟前。"

【刘孝标注】㊀ 邓粲《晋纪》曰："阿奴，嵩之弟周谟也。"三周，并已见。

【注释】① 周伯仁：周颚，见《言语》三十刘注（页54）。 ② 冬至：二十四节气之一，在阳历十二月二十二日或二十三日。此日夜最长，昼最短。有祭祖、宴饮的习俗。 ③ 度江：渡江。托足：立足，安身。 ④ 相：吉相。 ⑤ 周嵩：周颚弟，见《方正》二十六注②（页196）。 ⑥ 暗：愚昧，糊涂。 ⑦ 狼抗：骄傲，乖戾。 ⑧ 阿奴：周谟，周颚、周嵩之弟。碌碌：平庸无所作为的样子。

【评析】周嵩评说自家三兄弟之言，说得最准的还是他自己。本文自谓"性狼抗，亦不容于世"。《晋书》本传称其"狷直果侠，每以才气陵物"。他曾"褒贬朝士"，连元帝都不能容忍，责其"卿矜豪傲慢，敢轻忽朝廷"，遂将其收付廷尉，因其兄周颚"方贵重"之故，才未加深究。后周嵩为王敦所害。至于周嵩论周颚，谓其"志大而才短"、"名重而识暗"，"志大"、"名重"是事实，而"才短"、"识暗"则未必。周颚为王敦所杀由王导贪生怕死及误会所造成，周颚暗中救王导而不愿说破，正说明其置生死于度外而不愿表功的梗直性格，不能视作"才短"、"识暗"。至于周谟，平平稳稳做官，死后还封为西平侯，将其视作"碌碌"亦无不可。

十五

王大将军既亡①，王应欲投世儒②，世儒为江州③；王含欲投王舒④，舒为荆州⑤。含语应曰："大将军平素与江州云何，而汝欲归之？"应曰："此乃所以宜往也。㊀江州当人强盛时，能抗同异⑥，此非常人所行。及睹衰厄，必兴愍恻⑦。㊁荆州守文⑧，岂能作意表行事⑨！"含不从，遂共投舒，舒果沉含父子于江。㊂彬闻应当来，密具船以待之，竟不得来，深以为恨。㊃

《世说新语》详解

【今译】王敦病死之后，王应想投奔王彬，王彬当时担任江州刺史；王含想投奔王舒，王舒当时担任荆州刺史。王含对王应说："大将军一向与王彬关系怎么样，而你却想归附于他？"王应说："这正是应当去的原因。王彬正当人家强盛的时候，能直言不讳地提出不同意见，这不是一般人所能做到的，等到看见人家衰败困厄时，必定生出恻隐之心。王舒遵守成法，怎么能作出意料之外的事情呢？"王含不听他的话，于是就一起投奔王舒，王舒果然把王含父子沉于长江。王彬听说王应要来，就秘密地准备船只等待他们，王应父子终于没能来，他为此深感遗憾。

【刘孝标注】㈠《晋阳秋》曰："应字安期，含子也。敦无子，养为嗣，以为武卫将军，用为副贰，伏诛。"㈡《王彬别传》曰："彬字世儒，琅邪人。祖览，父正，并有名德。彬爽气出侪类，有雅正之韵。与元帝姨兄弟，佐佑皇业，累迁侍中。从兄敦下石头，害周伯仁，彬与颛素善，往哭其尸，甚恸。既而见敦，敦怪其有惨容而问之，答曰：'向哭周伯仁，情不能已。'敦曰：'伯仁自致刑戮，汝复何为者哉！'彬曰：'伯仁清誉之士，有何罪？'因数敦曰：'抗旌犯上，杀戮忠良！'音辞慷慨，与泪俱下。敦怒甚，丞相在坐，代为之惧，命彬曰：'拜谢。'彬曰：'有足疾。比来见天子，尚不能拜。何跪之有？'敦曰：'脚疾何如颈疾？'以亲故，不害之。累迁江州刺史、左仆射，赠卫将军。"㈢《王舒传》曰："舒字处明，琅邪人。祖览，知名。父会，御史。舒器业简素，有文武干。中宗用为北中郎将、荆州刺史、尚书仆射，出为会稽太守。以父名会，累表自陈。讨苏峻有功，封彭泽侯，赠车骑大将军。"㈣含之投舒，舒遣军逆之，含父子赴水死。昔郦寄卖友见讥，况贩兄弟以求安，舒非人矣。

【注释】① 王大将军：王敦。　② 王应：见刘注。世儒：王彬，王敦的堂弟，官至江州刺史、左仆射。　③ 江州：指江州刺史。　④ 王含：王敦之兄，见《言语》三十七刘注（页59）。⑤ 舒：王舒，见刘注。王敦堂弟。为王敦赏识，用为荆州刺史。后讨苏峻有功，封彭泽侯。⑥ 抗：抗论，直言不阿。同异：主要指异，不同的意见，偏义复词。　⑦ 愍恻：哀怜，恻隐。⑧ 守文：遵守成法。　⑨ 意表：意外。行事：行为。

【评析】王含是王敦之兄，王应为其子，因王敦无子，养为嗣子。王彬和王舒都是王敦的堂弟，他们可说是一家人，但他们的表现却迥异。王彬"为人素朴方直"（《晋书》本传）。刘注引文亦谓其"爽气出侪类"。当王敦杀了救过王导的周颛后，他当面痛斥王敦杀害忠良的行径。后得知王含父子来投奔自己时，便早早地准备迎候他们。但王含父子俩却去投奔王舒，被王舒所害，他只能遗憾而已。王舒其人由于深得王敦的赏识提拔，官至荆州刺史。王敦死后，王含父子来投奔他，他竟"遣军逆之，并沉于江"（《晋书·王舒传》），此事在《晋书》王敦传、王彬传中均有记载。刘孝标为此还特地予以谴责，谓"贩兄弟以求安，舒非人矣"，认为王舒出卖兄弟以求一己之安于理难容！西汉初郦寄受周勃之骗无意中帮了周勃的忙，使其得以入据北军，为诛灭诸吕提供方便，天下称其卖主。而王舒有过之而无不及，当堂兄父子来投奔时，竟有意地把他们沉入江中，刘孝标斥其"非人"，诚不为过。

十六

武昌孟嘉作庾太尉州从事①，已知名。褚太傅有知人鉴②，罢豫章③，还过武昌，问庾曰："闻孟从事佳，今在此不④？"庾云："试自求之。"褚昈睬良久⑤，指嘉曰："此君小异，得无是乎⑥？"庾大笑曰："然。"于时既叹褚之默识，又欣嘉之见赏。㈠

【今译】武昌孟嘉任庾亮的州从事，已经出了名。褚裒有鉴别人物的洞察力，他从豫章太守任上免官回家,经过武昌,问庾亮:"听说孟从事人极好,今天在这里吗?"庾亮说:"请试着自己来找他。"褚裒四处察看了很久,指着孟嘉说:"这位先生稍有不同,莫非就是这位吗?"庾亮大笑道:"是的。"当时人既赞叹褚裒有观察识别的能力,又为孟嘉受到赏识而高兴。

【刘孝标注】㊀《嘉别传》曰:"嘉字万年,江夏鄳人。曾祖父宗,吴司空。祖父揖,晋庐陵太守。宗葬武昌阳新县,子孙家焉。嘉少以清操知名。太尉庾亮领江州,辟嘉部庐陵从事。下都还,亮引问风俗得失,对曰:'待还当问从事吏。'亮举麈尾,掩口而笑,语弟翼曰:'孟嘉故是盛德人。'转劝学从事。太傅褚裒有器识,亮正旦大会,裒问亮:'闻江州有孟嘉,何在?'亮曰:'在坐,卿但自觅。'裒历观久之,指嘉曰:'将无是乎?'亮欣然而笑,喜裒得嘉,奇嘉为裒所得,乃益器之。后为征西桓温参军。九月九日,温游龙山,参蓟毕集,时佐史并着戎服,风吹嘉帽堕落,温戒左右勿言,以观其举止。嘉初不觉,良久如厕。命取还之,令孙盛作文嘲之,成,着嘉坐。嘉还,即答,四座嗟叹。嘉喜酣畅,愈多不乱。温问:'酒有何好,而卿嗜之?'嘉曰:'明公未得酒中趣尔。'又问:'听伎,丝不如竹,竹不如肉,何也?'答曰:'渐近自然。'转从事中郎,迁长史。年五十三而卒。"

【注释】① 武昌:郡名,治在今湖北鄂城。孟嘉:见刘注。庾太尉:庾亮,见《德行》三十一注①(页22)。 ② 褚太傅:褚裒,见《德行》三十四注①(页23)。鉴:察照的能力。 ③ 罢豫章:被罢免豫章太守之官职。 ④ 不:同"否"。 ⑤ 眄睐(miàn lài):斜视,眷顾,这里指四处察看。 ⑥ 得无:莫非。

【评析】本文写褚裒有知人之鉴,他虽闻孟嘉之名,却未曾谋面,然能在庾亮的满座高朋中认出孟嘉,此事亦载《晋书·孟嘉传》。结尾句稍异,谓"亮欣然而笑,喜裒得嘉,奇嘉为裒所得,乃益器焉"。本文结尾称"于时"系泛指,而《晋书》则特指庾亮既喜裒得嘉,又奇嘉为裒所得。比较之下,似以《晋书》为佳。

十七

戴安道年十余岁①,在瓦官寺画②。王长史见之③,曰:"此童非徒能画,㊀亦终当致名④。恨吾老,不见其盛时耳!"

【今译】戴逵十多岁时,在瓦官寺作画。王濛看见他,说:"这孩子非但能作画,最终还必能成名。遗憾的是我老了,看不到他享有盛名的时候罢了!"

【刘孝标注】㊀《续晋阳秋》曰:"逵善图画,穷巧丹青也。"

【注释】① 戴安道:戴逵,见《雅量》三十四注①(页237)。 ② 瓦官寺:佛寺名,在今南京。 ③ 王长史:王濛,见《言语》五十四注④(页70)。 ④ 致名:成名。

【评析】刘注引文谓戴逵善于作画,《晋书》本传亦谓其"少博学,好谈论,善属文,能鼓琴,工书画,其余巧艺靡不毕综",在文艺方面可谓无所不精,引人注目。只是王濛死时才三十九岁,其生前却称自己为年老,可知当时名士之风尚。

十八

王仲祖、谢仁祖、刘真长俱至丹阳墓所省殷扬州①,殊有确然之志②。㊀既反,王、谢相谓曰:"渊源不起③,当如苍生何?"深为忧叹。刘曰:"卿诸人真忧渊源不起邪?"

【今译】王濛、谢尚、刘惔一起到丹阳墓地拜望殷浩,他退隐的志向非常坚定。回来后,王濛和谢尚相互议论说:"殷浩不肯出来做官,该把天下老百姓怎么办呢?"他们为此深深地忧虑叹息。刘惔说:"你们诸位真的忧虑殷浩不出来当官吗?"

【刘孝标注】㈠《中兴书》曰:"浩栖迟积年,累聘不至。"

【注释】① 王仲祖:王濛,见《言语》五十四注④(页70)。谢仁祖:谢尚,见《言语》四十六注①(页65)。刘真长:刘惔,见《德行》三十五注①(页24)。省(xǐng):拜望。殷扬州:殷浩,见《政事》二十二注①。他曾任扬州刺史,故称。 ② 确然之志:指退隐之志坚定不移。语见《易·乾·文言》曰:"不易乎世,不成乎名。遁世无闷,不见是无闷。乐则行之,忧则违之,确乎其不可拔,潜龙也。" ③ 渊源:殷浩字渊源。起:指出仕。

【评析】殷浩弱冠时即有美名,尤善玄言,屡次不就庾翼之请。本文所写《晋书》本传交代较具体,谓"遂屏居墓所,几将十年,于时拟之管、葛。王濛、谢尚犹伺其出处,以卜江左兴亡,因相与省之"云云。后殷浩在简文帝时受拜出仕。本文刘惔的话说明他对殷浩必将出仕的了解远超过王、谢二人。

十九

小庾临终①,自表以子园客为代②。㈠朝廷虑其不从命,未知所遣,乃共议用桓温③。刘尹曰④:"使伊去⑤,必能克定西楚⑥,然恐不可复制。"㈡

【今译】庾翼临终时,自己向朝廷表奏用儿子庾爰之代替他担任荆州刺史之职。朝廷担心他不肯听从任命,不知该派遣谁去,便一起商议任用桓温。丹阳尹刘惔说:"派他去,必定能平定西楚地区,但是恐怕不可能再控制他了。"

【刘孝标注】㈠ 园客,爰之小字也。《庾氏谱》曰:"爰之字仲真,翼第二子。"《中兴书》曰:"爰之有父翼风,桓温徙于豫章。年三十六而卒。" ㈡《陶侃别传》曰:"庾翼薨,表其子爰之代为荆州。何充曰:'陶公重勋也,临终高让。丞相未薨,敬豫为四品将军,于今不改。亲则道恩,优游散骑,未有超卓若此之授。'乃以徐州刺史桓温为安西将军、荆州刺史。"宋明帝《文章志》曰:"翼表其子代任,朝廷畏惮之。议者欲以授桓温,时简文辅政,然之。刘惔曰:'温去,必能定西楚,然恐不能复制。愿大王自镇上流,惔请为从军司马。'简文不许。温后果如惔所算也。"

【注释】① 小庾:庾翼,庾亮的弟弟,故称。 ② 园客:庾爰之,见刘注。 ③ 桓温:见《言语》五十五注①(页70)。 ④ 刘尹:指刘惔,曾任丹阳尹,故称。 ⑤ 伊:他,第三人称代词。 ⑥ 西楚:指荆州一带,这里古属楚,在京都西面,故称。

【评析】当朝廷共议用桓温为刺史时,刘惔认为他必能平定西楚一带,只是其羽翼丰满后就难以控制了。《晋书·刘惔传》谓"惔每奇温才,而知其有不臣之迹"、"及后竟如其言"——"自此内外大权一归温矣"、"乃废帝而立简文帝"、"温志在篡夺,事未成而死,幸之也"。

二十

桓公将伐蜀①,在事诸贤②,咸以李势在蜀既久③,承藉累叶④,且形据上流,三峡未易可克。唯刘尹云⑤:"伊必能克蜀。观其蒲博⑥,不必得则不为。"㊀

【今译】桓温将带兵攻打成汉,朝廷的官员们都认为李势在蜀地已经很久了,他凭借祖宗几代的基业,而且在地形上占据长江上游,三峡地区不能轻易攻克。只有刘惔说:"他必定能攻克蜀地。看他赌博就知道,没有必胜的把握就不会去做。"

【刘孝标注】㊀《华阳国志》曰:"李势字子仁,洛阳临渭人,本巴西宕渠宾人也。其先李特,因晋乱据蜀。特子雄,称号成都。势祖骧,特弟也。骧生寿,寿篡位自立。势即寿子也。晋安西将军伐蜀,势归降,迁之扬州。自起至亡,六世,三十七年。"《温别传》曰:"初,朝廷以蜀处险远,而温众寡少,悬军深入,甚以忧惧。而温直指成都,李势面缚。"《语林》曰:"刘尹见桓公每嬉戏必取胜,谓曰:'卿乃尔好利,何不焦头?'及伐蜀,故有此言。"

【注释】① 桓公:桓温。蜀:指成汉,十六国之一。② 在事诸贤:指在朝掌权的大官们。③ 李势:见刘注,成汉的国君。④ 承藉:凭借,依靠。累叶:累世,不止一代。叶,世代。⑤ 刘尹:刘惔。⑥ 蒲博:即樗(chū)蒲,古代的一种赌博游戏。

【评析】成汉国君李势承继祖业,从李特到他历经六世,已有三十多年历史,且又雄踞长江上游,想要攻克是有难度的,故朝中大臣颇有顾虑。独有刘惔却深信桓温既然发兵必有攻克的把握,即以赌博为例。果然桓温出兵以少胜多,"三战三胜"(《晋书》本传),使得李势面缚而降。刘惔由此及彼,由小及大,判断桓温"不必得则不为",可谓卓识。

二十一

谢公在东山畜妓①,简文曰②:"安石必出,既与人同乐,亦不得不与人同忧。"㊀

【今译】谢安在隐居东山时养了一班歌伎舞女,简文帝说:"谢安必定会出山当官,他既然能与人同乐,也就不得不与人同忧。"

【刘孝标注】㊀ 宋明帝《文章志》曰:"安纵心事外,疏略常节,每畜女妓,携持游肆也。"

【注释】① 谢公:谢安,字安石,见《德行》三十三注④(页23)。东山:谢安出仕前的隐居地,在今浙江上虞西南。妓:指表演音乐、歌舞的侍女。② 简文:简文帝司马昱,见《德行》三十七注①(页25)。

【评析】简文帝司马昱为桓温所立,虽有皇帝之尊,大权却在桓温手里。但他很清楚谢安畜妓隐居只是等待出山的时机而已,故谓谢安既与人同乐,亦不得不与人同忧,为国尽力。《晋书》谢安本传亦载此事,较本文具体,谓:"安虽放情丘壑,然每游赏,必以妓女从。既累辟不就,简文帝时为相,曰:'安石既与人同乐,必不得不与人同忧,召之必至。'"

二十二

郗超与谢玄不善①。苻坚将问晋鼎②,既已狼噬梁、岐③,又虎视淮阴矣④。─于时朝议遣玄北讨，人间颇有异同之论⑤。唯超曰："是必济事⑥。吾昔尝与共在桓宣武府⑦，见使才皆尽，虽履屐之间⑧，亦得其任。以此推之，容必能立勋⑨。"元功既举⑩，时人咸叹超之先觉，又重其不以爱憎匿善。─

【今译】郗超与谢玄关系不好。苻坚将要图谋夺取晋朝的天下，他已经侵吞了梁、岐一带，又虎视眈眈地想攫取淮阴地区。这时朝廷决定派遣谢玄领军北伐，人们对此颇有不同看法。只有郗超说："这样必定能成功。我过去曾经与他一起在桓宣武幕府共事，看他用人时都能人尽其才，即使遇到极细小的事，也都能处理得当。因此来推论，他完全可能建立功勋。"淝水之战大功告成后，当时人都赞叹郗超的先见之明，又敬重他不以自己的好恶来掩盖他人的长处。

【刘孝标注】─ 车频《秦书》曰："苻坚字永固，武都氐人也。本姓蒲，祖父洪，诈称谶文，改曰苻。言己当王，应符命也。坚初生，有赤光流其室。及诞，背赤色，隐起若篆文。幼有美度。石虎司隶徐正名知人，坚六岁时，尝戏于路，正见而异焉，问曰：'苻郎，此官街，小儿行戏，不畏缚邪？'坚曰：'吏缚有罪，不缚小儿。'正谓左右曰：'此儿有王霸相。'石氏乱，伯父健及父雄西入关，健梦天神使者朱衣冠，拜肩头为龙骧将军。肩头，坚小字也。健即拜为龙骧，以应神命。后健僭帝号死，子生立，凶暴，群臣杀之而立坚。坚立十五年，遣长乐公丕攻没襄阳。十九年，大兴师伐晋，众号百万，水陆俱进，次于项城。自项城至长安，连旗千里，首尾不绝。乃遣告晋曰：'已为晋君于长安城中建广夏之室，今故大举渡江相迎，克日入宅来。'" ─《中兴书》曰："于时氐贼强盛，朝议求文武良将可镇靖北方者。卫大将军安曰：'唯兄子玄可任此事。'中书郎郗超闻而叹曰：'安违众举亲，明也。玄必不负其举。'"

【注释】① 郗超：见《言语》五十九注⑤（页73）。谢玄：见《言语》七十八注③（页84）。 ② 苻坚：见《言语》九十四注③（页93）。问晋鼎：图谋夺取晋朝政权。 ③ 狼噬：像狼似地吞食。梁：梁州，治所在今陕西汉中。岐：岐山，今陕西岐山东北。 ④ 虎视：如虎之视，指将欲有所攫取。淮阴：指淮河以南地区。 ⑤ 异同：指不同，偏义复词。 ⑥ 济：成事。 ⑦ 桓宣武府：桓温幕府。 ⑧ 履屐(jī)：泛指鞋子，这里喻指小事。屐，木头鞋。 ⑨ 容：也许，或许。 ⑩ 元功：大功。此指谢玄在淝水之战中，率军大破苻坚南侵之军，立了大功。

【评析】本文开头即指出郗超与谢玄不睦，此事在《晋书》郗超本传中有交代，谓："常谓其父名公之子，位遇应在谢安右，而安入掌机权，愔（郗愔是郗超之父）优游而已，恒怀愤愤，发言慷慨，由是与谢氏不穆。"郗超为自己的父亲官位待遇在谢安之下而不平，为此与谢家不睦，而谢安也恨他。本文所写事亦见于《晋书》谢安本传，只是较为简略，然亦多了其赞叹谢安贤不避亲之语。郗超知道谢安举谢玄为将时曰："安违众举亲，明也。玄必不负举，才也。"可知郗超不为感情所蔽，对不睦之谢氏父子，仍然以国家大事为重，予以正确的评价，体现了难能可贵的气度。

二十三

韩康伯与谢玄亦无深好①，玄北征后，巷议疑其不振②。康伯曰："此人好名，必能战。"─玄闻之，甚忿，常于众中厉色曰："丈夫提千兵入死地，以事君亲故发③，不得复云为名！"

【今译】韩伯与谢玄也没有很深的交情，谢玄率军北伐后，街谈巷议都怀疑他不能奋力作战。韩伯说："这人很看重自己的名声，必定能奋力作战。"谢玄听到这话很气愤，曾在大庭广众中声色俱厉地说:"大丈夫率领千军万马出生入死,为的是效忠君王这才出征的,不能再说什么是为了扬名!"

【刘孝标注】㊀《续晋阳秋》曰:"玄识局贞正,有经国之才略。"

【注释】① 韩康伯:韩伯,见《德行》三十八注④(页26)。 ② 巷议:指路人互相议论所见闻之事。 ③ 君亲:指君王,偏义复词。

【评析】《晋书》谢玄本传谓玄"有经国才略"。作为乃叔的谢安当然知道谢玄的才干,故当朝廷求文武良将抵御苻坚的侵略时,即举贤不避亲荐举谢玄。谢玄果然不负所望,为国建功。而韩伯则称其为"好名"而戳。谢玄便在大庭广众中为自己正名,谓自己为国君效力而非为一己扬名。其言堂堂正正,颇具大丈夫气概。

二十四

褚期生少时①,谢公甚知之,恒云:"褚期生若不佳者,仆不复相士②!"㊀

【今译】褚爽年轻时,谢安很赏识他,总是说:"褚爽如果不优秀的话,我就不再鉴别人才了!"

【刘孝标注】㊀ 期生,褚爽小字也。《续晋阳秋》曰:"爽字茂弘,河南人,太傅裒之孙,秘书监韶之子。太傅谢安见其少时,叹曰:'若期生不佳,我不复论士。'及长,果俊迈有风气。好老庄之言,当世荣誉,弗之屑也,唯与殷仲堪善。累迁中书郎、义兴太守。女为恭帝皇后。"

【注释】① 褚期生:褚爽,见刘注,《晋书》本传作"弘茂"。少有美称,为谢安所重。 ② 相士:鉴别人才。

【评析】《晋书》本传亦载本文事,此外只简介其官职、赠号等,文字过于简略。而本文之刘注引文则对褚爽作了较详的介绍,叙其年长时的风度一如谢安之言,并述其性情、交友等事,可补《晋书》本传之不足。

二十五

郗超与傅瑗周旋①。瑗见其二子,并总发②,超观之良久,谓瑗曰:"小者才名皆胜,然保卿家,终当在兄。"即傅亮兄弟也③。㊀

【今译】郗超与傅瑗有应酬来往。傅瑗让两个儿子出来拜见郗超,两个人都还年幼,郗超对他们看了很久,对傅瑗说:"小的一位才学和名声都将超过哥哥,但是保全您全家的,终归还应当靠哥哥。"这两个孩子就是傅亮兄弟。

【刘孝标注】㊀《傅氏谱》曰:"瑗字叔玉,北地灵州人,历护军长史、安城太守。"《宋书》曰:"迪字长猷,瑗长子也。位至五兵尚书,赠太常。"丘渊之《文章录》曰:"亮字季友,迪弟也,历尚书令、左光禄大夫。元嘉三年,以罪伏诛。"

【注释】① 郗超:见《言语》五十九注⑤(页73)。傅瑗:见刘注。周旋:应酬,打交道。 ② 总发：古时未成年人把头发扎成髻，借指幼年。　　③ 傅亮兄弟：傅瑗的两个儿子傅迪和傅亮。详见刘注。

【评析】本文事亦载《宋书·傅亮传》，叙事较之本文为详，兹录以资比较："超尝造瑗，瑗见其二子迪及亮。亮年四五岁，超令人解亮衣使左右持去，初无吝色。超谓瑗曰：'卿小儿才名位宦当远逾于兄，然保家传祚，终在大者。'"

二十六

　　王恭随父在会稽①，王大自都来拜墓②，㊀恭暂往墓下看之③。二人素善，遂十余日方还。父问恭："何故多日？"对曰："与阿大语，蝉连不得归④。"因语之曰："恐阿大非尔之友，终乖爱好⑤。"果如其言。㊁

【今译】王恭跟随父亲在会稽，王忱从京城来会稽扫墓，王恭不久到墓地去看他。他们俩一向很好，于是在一起十多天才回家。王恭父亲问他："为什么去了这么多天？"王恭答道："与王忱说话非常投机，一时不能回来。"他父亲于是对他说："恐怕王忱不是你的朋友，你们的爱好志趣最终是不能和谐的。"结果真的像他所说的那样。

【刘孝标注】㊀ 恭父蕴、王忱，并已见。　　㊁ 忱与恭为王绪所间，终成怨隙。别见。

【注释】① 王恭：见《德行》四十四注①（页30）。　　② 王大：王忱，见《德行》四十四刘注㊀（页30）。　　③ 暂：指不久。　　④ 蝉连：接连不断。　　⑤ 乖：不相合，不和谐。

【评析】王忱与王恭为同族，互相之间一向很友善，有说不完的话，本文写他们一谈就是十多天，可见十分投机。但是王忱对王恭的为人知之甚少。《德行》四十四写王忱向王恭讨取六尺竹席，王恭等他走后就把所坐之席送给王忱，自己则坐在草垫子上。后王忱知道了大惊，原来王恭"作人无长物"，可知王忱对王恭的了解十分肤浅。本书《赏誉》一五三写他们被袁悦离间，以致产生嫌隙，诚如恭父所言"终乖爱好"。

二十七

　　车胤父作南平郡功曹①，太守王胡之避司马无忌之难②，置郡于酆阴③。是时胤十余岁，胡之每出，尝于篱中见而异焉。谓胤父曰："此儿当致高名。"后游集，恒命之。胤长，又为桓宣武所知④，清通于多士之世⑤，官至选曹尚书⑥。㊀

【今译】车胤的父亲担任南平郡功曹的时候，太守王胡之为避开司马无忌的报复，把郡治设在澧水之南。此时车胤十多岁，王胡之每每出行时，曾在篱笆中见到他，认为他很优异。便对车胤父亲说："这孩子当会得到很高的名声。"后来在游览集会时，经常叫他来参加。车胤长大后，又被桓温所赏识，在人才众多的时代里，以清明通达崭露头角，官职做到吏部尚书。

【刘孝标注】㊀《续晋阳秋》曰："胤字武子，南平人。父育，为郡主簿。太守王胡之有知人识裁，见，谓其父曰：'此儿当成卿门户，宜资令学问。'胤就业恭勤，博览不倦。家贫，不常得油，夏月，则练囊盛数十萤火以继日焉。及长,风姿美劭,机悟敏率。桓温在荆州,取为从事,一岁至治中。胤既博学多闻,又善于激赏,当时每有盛坐,胤必同之。皆云:'无车公不乐。'太傅谢公游集之日,开筵以待之。累迁丹阳尹、护军将军、吏部尚书。"

【注释】① 车胤:见《言语》九十注③(页90)。南平郡:治所在今湖南安乡北。功曹:郡守属官。 ② 王胡之:见《言语》八十一刘注(页85)。司马无忌之难:司马无忌,字公寿,晋王室,司马承之子。王敦叛乱时,司马承受命讨伐,后被王敦所遣王廙杀害。王胡之是王廙之子,怕司马无忌为父报仇,故想避开他。 ③ 鄳阴:影宋本作"澧阴",澧水之南。澧水,在湖南北部,流入洞庭湖。 ④ 桓宣武:桓温。 ⑤ 清通:清明通达。多士:人才众多。 ⑥ 选曹尚书:吏部尚书,主管官吏选拔等事。

【评析】刘注引文谓车胤因贫缺少灯油,夏月以练囊盛萤火虫照书刻苦夜读,好学不倦,博学多通,故有乡曲之誉。此事亦载于《晋书》本传,谓其于幼童时即被太守赞赏,后又以辨识义理为桓温所重,征西长史,显于朝廷,以致当时凡有盛会而胤不在,即令在座者不乐。

二十八

　　王忱死①,西镇未定②,朝贵人人有望③。时殷仲堪在门下④,虽居机要,资名轻小⑤,人情未以方岳相许⑥。晋孝武欲拔亲近腹心⑦,遂以殷为荆州。事定,诏未出。王珣问殷曰⑧:"陕西何故未有处分⑨?"殷曰:"已有人。"王历问公卿⑩,咸云:"非。"王自计才地⑪,必应任己。复问:"非我邪?"殷曰:"亦似非。"其夜,诏出用殷。王语所亲曰:"岂有黄门郎而受如此任!仲堪此举,乃是国之亡征。"㊀

【今译】王忱死后,荆州刺史的人选尚未确定,朝中大臣人人都有当刺史的愿望。当时殷仲堪在门下省任职,虽然位居机密要务,但是他资历浅名望低,人们不认为他能胜任地方长官的要职。孝武帝要提拔自己的心腹,便使用殷仲堪担任荆州刺史。事情确定后,诏书尚未发出。王珣问殷仲堪说:"荆州的事为什么没有处置?"殷仲堪说:"已经有人选了。"王珣一个个地举出公卿的名字来问,殷仲堪都说:"不是。"王珣自己估计无论才能与门第,必定应当是自己。便再问:"莫非是我吗?"殷仲堪说:"似乎也不是。"这天晚上,诏书发出任用的是殷仲堪。王珣告诉亲信说:"哪有黄门侍郎能得到如此重任!任命殷仲堪的举动,是亡国的征兆。"

【刘孝标注】㊀《晋安帝纪》曰:"孝武深为晏驾后计,擢仲堪代王忱为荆州。仲堪虽有美誉,议者未以方岳相许也。既受腹心之任,居上流之重,议者谓其殆矣。终为桓玄所败。"

【注释】① 王忱:见《德行》四十四注②(页30)。 ② 西镇未定:指荆州刺史之职尚未确定。西镇,荆州为西部重镇,故称。 ③ 朝贵:指朝中大臣。 ④ 殷仲堪:见《德行》四十注①(页27)。门下:门下省,皇帝的顾问机构。 ⑤ 资名:资历名望。 ⑥ 方岳:四方之高山,喻指地方长官。许:期望。 ⑦ 晋孝武:晋孝武帝司马曜,见《言语》八十九注②(页90)。拔:提拔。腹心:喻指亲信。 ⑧ 王珣:见《言语》一〇二刘注㊀(页98)。 ⑨ 陕西:喻指荆州。西周初治陕西西部以辅佐王室,此以之喻指重镇荆州。处分:处置。 ⑩ 历问:遍问,一个一个地问。 ⑪ 才地:才能与门第。

【评析】荆州地势险要,刺史之职事关朝廷的安危,王忱死后此职由谁来担任便成为焦点。殷仲堪和王珣等"并以才学文章见昵于帝"(《晋书·王珣传》)。但未几孝武帝"召殷仲堪为太子中庶子,甚相亲爱"、"复领黄门郎,宠任转隆"(《晋书·殷仲堪传》)。本文写朝中大臣关注谁来任刺史事。王珣则更为急切,总以为自己才能出众,身为尚书左仆射,又是王导之孙,门第高人一等,似非他莫属。谁知诏书发出,竟是各方面都不如他的殷仲堪,只靠孝武帝宠信便任此要职,故极言此"乃是国之亡征"。殷仲堪后来除了"不吝财赂"、"好行小惠"(同上),并未做出什么治国安民的大事,最后被桓玄击败,逼令自杀。但于文中可见朝中权力争斗之激烈,写来颇有戏剧意味。

赏誉第八

一

陈仲举常叹曰①："若周子居者②，真治国之器③。⊖譬诸宝剑，则世之干将④。"⊜

【今译】陈蕃曾赞叹地说："像周乘这样的人，是真具有治国才能的人才。用宝剑来比喻的话，那就是闻名于世的干将。"

【刘孝标注】⊖《汝南先贤传》曰："周乘字子居，汝南安城人。天姿聪明，高峙岳立，非陈仲举、黄叔度之俦则不交也。仲举尝叹曰：'周子居者，真治国之器也。'为太山太守，甚有惠政。"
⊜《吴越春秋》曰："吴王阖闾请干将作剑。干将者，吴人，其妻曰莫邪。干将采五山之精，六金之英，候天地，伺阴阳，百神临视，而金铁之精未流。夫妻乃剪发及爪而投之炉中，金铁乃濡，遂成二剑。阳曰'干将'，而作龟文，阴曰'莫邪'，而作漫理。干将匿其阳，出其阴，以献阖闾，阖闾甚宝重之。"

【注释】① 陈仲举：陈蕃，见《德行》一注①（页1）。　② 周子居：周乘，见《德行》二注①（页2）。　③ 器：人才。　④ 干将：宝剑名。据《吴越春秋》载，传说春秋时吴国干将与妻莫邪精心铸成阴阳宝剑，阳者名干将，阴者名莫邪，为世所宝。

【评析】本文写陈蕃极赞周乘为治国之才，犹如宝剑中之神品干将，可谓极赏誉之能事。刘注引文赞其"为太山太守，甚有惠政"。《太平御览》卷二百三十引《续汉书》，谓其"拜侍御史、公车司马令，不畏强暴，以是见怨于幸臣"。是则周乘甚有治绩，不畏强暴，确为治国之器。

二

世目李元礼①："谡谡如劲松下风②。"⊖

【今译】当代的人品评李膺："他的风度犹如劲松下的风。"

【刘孝标注】⊖《李氏家传》曰："膺岳峙渊清，峻貌贵重。华夏称曰：'颍川李府君，颙颙如玉山。汝南陈仲举，轩轩如千里马。南阳朱公叔，飖飖如行松柏之下。'"

【注释】① 目：品评。李元礼：李膺，见《德行》四注①（页3）。　② 谡谡（sù）：风起的样子。

【评析】魏晋清谈家好以简要语言，运用比喻的手法来勾画士人的风貌，言简意赅，生动形象。本文所写之李膺据《后汉书》本传，能文能武，执法如山，受人敬仰。为乌桓校尉时，鲜卑犯塞，他"常蒙矢石，每破走之，虏甚惮慑"。后为司隶校尉，又不畏权势，把贪残无道的张朔绳之以法，皇帝责问他，也被他说服，"自此诸黄门常侍皆鞠躬屏气……帝怪问其故，并叩头泣曰：'畏李校尉。'"在朝廷混乱、纲纪废弛之时，李膺"独特风裁,风声名自高。士有被其容接者,名为登龙门"(《晋书》本传)。人们的品题与其人品、政绩正相契合。

三

谢子微见许子将兄弟曰①:"平舆之渊②,有二龙焉。"见许子政弱冠之时③,叹曰:"若许子政者④,有干国之器⑤。正色忠謇⑥,则陈仲举之匹⑦;㊀伐恶退不肖⑧,范孟博之风⑨。"㊁

【今译】谢甄见到许劭兄弟时说:"平舆的深水之中,有两条龙在。"见到二十来岁的许虔时,赞叹道:"像许虔这样的人,具有国家栋梁的才具。态度严肃,神色严厉,与陈蕃相当;打击恶人,斥退不贤之人,又有范滂之风。"

【刘孝标注】㊀《汝南先贤传》曰:"谢甄字子微,汝南邵陵人。明识人伦,虽郭林宗不及甄之鉴也。见许子将兄弟弱冠时,则曰:'平舆之渊有二龙。'仕为豫章从事。许虔字子政,平舆人。体尚高洁,雅正宽亮,谢子微见虔兄弟叹曰:'若许子政者,干国之器也。'虔弟劭,声未发时,时人以谓不如虔。虔恒抚髀称劭,自以为不及也。释褐为郡功曹,黜奸废恶,一郡肃然。年三十五卒。"《海内先贤传》曰:"许劭字子将,虔弟也。山峙渊停,行应规表。邵陵谢子微高才远识,见劭十岁时,叹曰:'此乃希世之伟人也。'初,劭拔樊子昭于市肆,出虞承贤于客舍,召李叔才于无闻,擢郭子瑜于小吏。广陵徐孟本来临汝南,闻劭高名,召功曹。时袁绍以公族为濮阳长,弃官还,副车从骑,将入郡界,乃叹曰:'许子将秉持清格,岂可以吾舆服见之邪?'遂单马而归。辟公府掾,敕辟皆不就。避地江南,卒于豫章也。" ㊁张璠《汉纪》曰:"范滂字孟博,汝南伊阳人。为功曹,辟公府掾。升车揽辔,有澄清天下之志。百城闻滂高名,皆解印绶去。为党事见诛。"

【注释】① 谢子微:谢甄,见刘注。善谈论,与郭泰谈,连日达夜,郭泰称其"英才有余",不拘小节,为时所毁。许子将兄弟:许劭及兄许虔。许劭(150—195),见刘注。少有重名,善知人,与郭泰并称"许郭"。许虔,见刘注,许劭之兄,亦知名当世。 ② 渊:深水。 ③ 弱冠:指二十岁。古人二十岁男人行冠礼,以示成人。 ④ 许子政:许虔。 ⑤ 干国:国之栋梁。 ⑥ 正色:指态度严肃,神色严厉。忠謇(jiǎn):忠诚正直。 ⑦ 匹:匹敌。 ⑧ 伐恶:打击恶人。不肖:不贤之人。 ⑨ 范孟博:范滂(137—169),见刘注,东汉汝南征羌(治在今河南郾城东南)人。为清诏使时,贪赃枉法者望风解印而去。反对宦官专权,在党锢之祸中,自动投案,死于狱中。

【评析】本文写谢甄对许劭兄弟极为赞赏称誉,尤其夸许虔有治国之器,称其兼有陈蕃与范滂之长,可谓极赞美之能事。刘注引文对劭亦有具体描写。不过,《晋书》本传写许劭事较多,而对许虔只是一语带过,仅"平舆渊有二龙焉"一句而已,详于劭而略于虔,恰与本文之详于虔而略于劭相反。

四

公孙度目邴原①:"所谓云中白鹤,非燕雀之网所能罗也②。"㊀

【今译】公孙度品评邴原:"他就是人们所说的云中白鹤,不是用捕捉燕雀的小网所能捉得到的。"

【刘孝标注】㊀《魏书》曰："度字叔济,襄平人。累迁冀州刺史、辽东太守。"《邴原别传》曰："原字根矩,东管朱虚人。少孤,数岁时过书舍而泣。师问曰:'童子何泣也?'原曰:'凡得学者,有亲也。一则愿其不孤,二则羡其得学,中心感伤,故泣耳。'师恻然曰:'苟欲学,不须资也。'于是就业。长则博览洽闻,金玉其行。知世将乱,避地辽东。公孙度厚礼之,中国既宁,欲还乡里,为度禁绝。原密自治严,谓部落曰:'移北近郡,以观其意。'皆曰:'乐移。'原旧有捕鱼大船,请村落,皆令熟醉,因夜去之。数日,度乃觉,吏欲追之。度曰:'邴君所谓云中白鹤,非鹑鷃之网所能罗也。'魏王辟祭酒,累迁五官中郎长史。"

【注释】① 公孙度:见刘注。东伐高句骊,西击乌桓,南取东莱诸县,威行海外,自立为辽东侯、平州牧。曹操表其为永宁乡侯。目:品评、评价。邴原:见刘注。后避乱至辽东,公孙度厚礼之。后设计离开,公孙度不再阻挠,予以放行。 ② 罗:张网捕捉。

【评析】本文所写亦见于刘注引《邴原别传》,见于《三国志·魏书·邴原传》裴注引。本传谓邴原少时以"操尚称",有"勇略雄气",名重一时。荀彧称之为"一世异人,士之精藻",为士大夫之所倾心,深得曹操敬重。公孙度赞赏邴原为"云中白鹤",不是过誉之词。

五

钟士季目王安丰①:"阿戎了了解人意②。"㊀谓:"裴公之谈③,经日不竭。"㊁吏部郎阙④,文帝问其人于钟会⑤。会曰:"裴楷清通⑥,王戎简要⑦,皆其选也⑧。"于是用裴。㊂

【今译】钟会评论王戎:"阿戎聪明懂事,善解人意。"说:"裴楷的清谈,整天都说不尽。"吏部郎的官员缺人,晋文帝向钟会问询谁是适合的人选。钟会说:"裴楷清明通达,王戎简明扼要,他们都是吏部郎合适的人选。"于是就任用了裴楷。

【刘孝标注】㊀ 王隐《晋书》曰:"戎少清明晓悟。" ㊁ 裴颜已见。 ㊂ 按诸书皆云钟会荐裴楷、王戎于晋文王,文王辟以为掾,不闻为吏部郎。

【注释】① 钟士季:钟会,见《言语》十一注①(页41)。王安丰:王戎,见《德行》十六注①(页11)。 ② 阿戎:对王戎的昵称。了了:聪明懂事。 ③ 裴公:刘注谓指裴颜,但从上下文钟会所言,应指裴颜的堂叔裴楷为是。裴楷,见《德行》十八注③(页13)。 ④ 阙:通缺,空缺。 ⑤ 文帝:晋文帝司马昭。 ⑥ 清通:清明通达。 ⑦ 简要:简明扼要。 ⑧ 选:指人选。

【评析】本文钟会所说之"裴公",刘注谓"裴颜",非是。据《晋书·裴楷传》谓楷"明悟有识量,弱冠知名"、"少与王戎齐名"、"钟会荐之于文帝"、"楷善宣吐,左右属目,听者忘倦"、"吏部郎缺,文帝问其人于钟会。会曰:'裴楷清通,王戎简要,皆其选也。'于是以楷内吏部郎。"本传所写语气连贯,前谓裴楷与王戎齐名,钟会荐之于文帝,谓楷善清谈,听者忘倦,后钟会又向文帝推荐楷为吏部郎。可见刘注谓"裴公"为"裴颜"有误,应从《晋书》本传为裴楷。

六

王濬冲、裴叔则二人总角诣钟士季①。须臾去,后客问钟曰:"向二童何

如?"钟曰:"裴楷清通,王戎简要。后二十年,此二贤当为吏部尚书②,冀尔时天下无滞才③。"⊖

【今译】王戎、裴楷两人童年时去拜访钟会。不久他们离去,后走的客人问钟会说:"刚才两位童子怎么样?"钟会说:"裴楷清明通达,王戎简明扼要。二十年过后,这两位贤人当做吏部尚书,希望那时候天下再没有被滞阻的人才。"

【刘孝标注】⊖《晋阳秋》曰:"戎为儿童,钟会异之。"

【注释】① 王濬冲:王戎。裴叔则:裴楷。总角:指童年,古时儿童的发髻向上分开的样子。诣:拜访。钟士季:钟会。 ② 吏部尚书:吏部长官。吏部掌全国官吏任免、考课、升降、调动等事。 ③ 冀:希望。尔时:那时。滞才:被滞阻的人才。

【评析】本文所写只是后人根据钟会对裴楷、王戎的评价,及他们都当过吏部尚书的记载附会而成的。《晋书》本传写王戎为吏部尚书后,并未写他有何政绩,提拔过或罢黜过任何人,只说他性至孝,不拘礼制等。裴楷亦无政绩可言,只记其风神、容仪、博识、不乐势利等。故钟会所说的"尔时天下无滞才"之语只是一句空话而已。

七

谚曰①:"后来领袖有裴秀②。"⊖

【今译】谚语说:"后辈领袖有裴秀。"

【刘孝标注】⊖虞预《晋书》曰:"秀字季彦,河东闻喜人。父潜,魏太常。秀有风操,八岁能著文。叔父徽,有声名。秀年十余岁,有宾客诣徽,出则过秀。时人为之语曰:'后进领袖有裴秀。'大将军辟为掾。父终,推财与兄。年二十五,迁黄门侍郎。晋受禅,封巨鹿公。后累迁左光禄、司空。四十八薨,谥元公,配食宗庙。"

【注释】① 谚:谚语。 ② 后来:指后辈。裴秀(224—271):见刘注。晋武帝时官至司空,曾总结前人制图经验,在《禹贡地域图序》中提出"制度六体",在世界地图史上也有重要地位。

【评析】本文所写亦见刘注引文及《晋书》本传。特别值得一提的是裴秀对晋官制与历史地图的建设多有贡献。《晋书》本传谓:"秀议五等之爵,自骑督已上六百余人皆封"、"以《禹贡》山川地名,从来久远,多有变易,后世说者或强牵引,渐以暗昧。于是甄擿旧文,疑者则阙,古有名而今无者,皆随事注列,作《禹贡地域图》十八篇"、"秀创制朝仪,广陈刑政,朝廷多遵用之,以为故事"。

八

裴令公目夏侯太初①:"肃肃如入廊庙中②,不修敬而人自敬③。"⊖一曰④:"如入宗庙,琅琅但见礼乐器⑤。见钟士季⑥,如观武库⑦,但睹矛戟⑧。见傅兰硕⑨,汪廧靡所不有⑩。见山巨源⑪,如登山临下,幽然深远。"⊖

【今译】裴楷评论夏侯玄说:"看到他严正的样子就像进入朝廷,不修整敬重而人们自然会敬重他。"另一种说法是:"好像进入宗庙,只看见琳琅满目的礼乐之器熠熠生辉。见到钟会,就像参观武器库,只看见到处都是矛戟等武器。见到傅嘏,令人感到宽广无边,无所不用。见到山涛,就像登山从高处望下看,幽幽的样子深远无边。"

【刘孝标注】㊀《礼记》曰:"周礼谓鲁哀公曰:'宗庙社稷之中,未施敬而民自敬。'" ㊁玄、会、嘏、涛,并已见上。

【注释】① 裴令公:裴楷。夏侯太初:夏侯玄,见《方正》六注①(页182)。 ② 肃肃:严正的样子。廊庙:指朝廷。 ③ 修:整治。 ④ 一:另一。 ⑤ 琅琅:形容玉石的光彩。 ⑥ 钟士季:钟会。见《言语》十一注①(页41)。 ⑦ 武库:藏兵器的地方。 ⑧ 矛戟(jǐ):两种古兵器。 ⑨ 傅兰硕:傅嘏,见《文学》九注①(页123)。 ⑩ 汪廧(qiáng):"廧"原作"江",据影宋本改。汪廧,同"汪翔",与"汪洋"同义,指宽广无边的样子。 ⑪ 山巨源:山涛,见《言语》七十八注①(页84)。

【评析】本文所赞誉之四位人物,夏侯玄是玄学的领军人物,其特点是严正,故令人肃然起敬;或又如玉石之礼器光辉夺目。钟会则是善于统兵领军之将才,同时又论《易》习刑名,曾著《道论》二十篇,故裴楷评其为武库中之矛戟,锋芒毕露。傅嘏善言道家虚无之境,自然浩瀚无涯了。山涛为"竹林七贤"一员,学识之奥博可谓深不可测。裴楷的品评针对被评者的特长巧用比喻,一语中的。

九

羊公还洛①,郭奕为野王令②。㊀羊至界,遣人要之③,郭便自往。既见,叹曰:"羊叔子何必减郭太业④!"复往羊许,小悉还⑤,又叹曰:"羊叔子去人远矣!"羊既去,郭送之弥日⑥,一举数百里,遂以出境免官。复叹曰:"羊叔子何必减颜子⑦!"

【今译】羊祜回到洛阳,郭奕当时担任野王县令。羊祜到了野王县界后,郭奕派人把他拦住,然后就自己去拜会他了。见面之后,郭奕赞叹道:"羊祜不见得比我郭奕差!"他再次到羊祜处,很快就回来了,又赞叹道:"羊祜远远地超过一般人啊!"羊祜离开后,郭奕送了羊祜一整天,一送就送了几百里地,因为超出了野王县境范围而被免去了官职。他再次赞叹道:"羊祜不见得比颜回逊色!"

【刘孝标注】㊀《晋诸公赞》曰:"奕字泰业,太原阳曲人。累世旧族。奕有才望,历雍州刺史、尚书。"

【注释】① 羊公:羊祜,见《言语》八十六注②(页88)。洛:洛阳。 ② 郭奕:见刘注。年轻时名气就很大。后深得武帝赏识。野王:县名,在今河南沁阳。 ③ 要(yāo):拦阻,拦截。 ④ 何必:不必。减:减色,逊色。 ⑤ 小悉:少顷,一会儿。 ⑥ 弥日:一整天。 ⑦ 颜子:颜回,字子渊,孔子的学生,孔子极其赞赏他的德行。

【评析】郭奕三赞羊祜,一次比一次升级。先是赞其不比自己逊色,其次又赞其超过常人,再次更极赏其不比颜回逊色,赞誉之意无以复加。且郭奕为送羊祜不知不觉地越出县界,并为此免官,可知二人感情之融洽。《晋书·郭奕传》谓奕"高简有雅量",能如此由衷地赞赏他人,没有高尚简要的性格与宽广的气度是难以做到的。

十

王戎目山巨源①:"如璞玉浑金②,人皆钦其宝③,莫知名其器④。"㊀

【今译】王戎评论山涛:"他像是未经雕琢的玉石,未经冶炼的金子,人人都敬重它是宝物,但就是不能形容它的气度。"

【刘孝标注】㊀ 顾恺之《画赞》曰:"涛无所标明,淳深渊默,人莫见其际,而其器亦入道。故见者莫能称谓,而服其伟量。"

【注释】① 王戎:见《德行》十六注①(页11)。山巨源:山涛,见《言语》七十八注①(页84)。② 璞(pú)玉浑金:未雕琢之玉,未冶炼之金,比喻人品真诚质朴。 ③ 钦:钦佩,敬重。④ 器:器量,度量。

【评析】刘注引顾恺之《画赞》,极赞其器"伟量",谓"见者莫能称谓"。《晋书》本传亦称其"少有器量,介然不群"。在冀州刺史任上,"甄拔隐屈,披访贤才,旌命三十余人,皆显名当时,人怀慕尚,风俗颇革"。在吏部任上,"前后选事,周遍内外,而并得其才"。

十一

羊长和父繇与太傅祜同堂相善①,仕至车骑掾②,早卒。长和兄弟五人幼孤。㊀祜来哭,见长和哀容举止,宛若成人,乃叹曰:"从兄不亡矣③!"

【今译】羊忱的父亲羊繇与太傅羊祜是堂兄弟,彼此友善,官职做到车骑掾,很早就死了。羊忱兄弟五人幼年就成了孤儿。羊祜来到羊繇家哭丧,看到羊忱悲哀的面容和神情举动,仿佛成年人一样,就感叹道:"堂兄没有死啊!"

【刘孝标注】㊀《羊氏谱》曰:"繇字堪甫,太山人。祖续,汉太尉,不拜。父祕,京兆太守。繇历车骑掾,娶乐国桢女,生五子:秉、洽、式、亮、忱也。"

【注释】① 羊长和:羊忱,见《方正》十九刘注(页191)。繇:羊繇,见刘注。太傅祜:羊祜。同堂:堂房的兄弟。 ② 车骑掾:车骑将军的属官。 ③ 从兄:堂兄。

【评析】儒家最重孝道,孝是"天之经,地之义"(《汉书·艺文志》),"始于事亲,中于事君,终于立身"(《孝经》)。故古代历朝皇帝都提倡以孝治国。本文羊祜来哭吊羊繇,见羊忱犹如成年人一般,因而赞叹堂兄后继有人,感到无比欣慰。

十二

山公举阮咸为吏部郎①,目曰:"清真寡欲,万物不能移也②。"㊀

【今译】山涛荐举阮咸为吏部郎,评论道:"他纯洁质朴,节制欲望,万事万物都不能改变他的性情。"

【刘孝标注】㊀《名士传》曰:"咸字仲容,陈留人,籍兄子也。任达不拘,当世皆怪其所为。及与之处,少嗜欲,哀乐至到,过绝于人,然后皆忘其向议。为散骑侍郎。山涛举为吏部,武帝不用。太原郭奕见之心醉,不觉叹服。解音,好酒以卒。"《山涛启事》曰:"吏部郎史曜出处缺,当选。涛荐咸曰:'真素寡欲,深识清浊,万物不能移也。若在官人之职,必妙绝于时。'诏用陆亮。"《晋阳秋》曰:"咸行已多违礼度。涛举以为吏部郎,世祖不许。"《竹林七贤论》曰:"山涛之举阮咸,固知上不能用,盖惜旷世之俊,莫识其意故耳。夫以咸之所犯,方外之意,称其清真寡欲,则迹外之意自见耳。"

【注释】① 山公:山涛,见《言语》七十八注①(页84)。阮咸:见刘注。"竹林七贤"之一,阮籍之侄,与籍并称为"大小阮"。旷放不拘礼节,善弹琵琶,历官散骑郎,补始平太守。 ② 清真:纯洁质朴。寡欲:节制私欲。移:改变。

【评析】本文事亦见《晋书》本传,山涛赞赏阮咸的荐词多了几句,谓"阮咸贞素寡欲,深识清浊,万物不能移。若在官人之职,必绝于时","武帝以咸耽酒浮虚,遂不用"。比之本文写得更具体。阮咸的旷达放任甚至超过乃叔阮籍,曾与群猪共饮一瓮酒。如此放肆当然不为武帝所用了。

十三

王戎目阮文业①:"清伦有鉴识②,汉元以来③,未有此人。"㊀

【今译】王戎评论阮武:"人品清高,有精辟的见解,从汉代建国以来,未曾见有这样的人才。"

【刘孝标注】㊀ 杜笃《新书》曰:"阮武字文业,陈留尉氏人。父谌,侍中。武阔达博通,渊雅之士。"《陈留志》曰:"武,魏末清河太守。族子籍,年总角未知名,武见而伟之,以为胜己。知人多此类。著书十八篇,谓之《阮子》,终于家。"郭泰友人宋子俊称泰:"自汉元以来,未有林宗之匹。"

【注释】① 王戎:见《德行》十六注①(页11)。阮文业:阮武,见刘注。阮籍族兄,官至清河太守。著有《阮子》。 ② 清伦:人品清高。鉴识:精辟的见识。 ③ 汉元:指汉初建国以来。

【评析】王戎的品评著名于当时,《晋书》本传记其评过山涛、王衍、裴颜、荀勖、陈道宁等。经其品评过的人,事后无不如其言,故本传谓其有"鉴赏先见"。不过本文赞阮武"清伦有鉴识",刘注引文谓其赞赏阮籍超过自己,称其有"知人"之明,亦未尝不可;而谓其为"汉元以来,未有此人",则有过誉不实之嫌。

十四

武元夏目裴、王曰①:"戎尚约②,楷清通。"㊀

【今译】武陔评论裴楷、王戎说:"王戎崇尚简约,裴楷清明通达。"

【刘孝标注】㊀ 虞预《晋书》曰:"武陔字元夏,沛国竹邑人。父周,魏光禄大夫。陔及二弟歆、茂皆总角见称,并有器望,乡人诸父,未能觉其多少。时同郡刘公荣名知人,尝造周,周见其三子。

《世说新语》详解

公荣曰：'君三子皆国士。元夏器量最优，有辅佐之风，力仕宦，可为亚公。叔夏、季夏不减常伯纳言也。'陔至左仆射。"

【注释】① 武元夏：武陔(gāi)，见刘注。裴、王：裴楷、王戎。　② 尚约：崇尚简约。

【评析】本篇第五、第六、第十四都写到人们赞誉王戎"简要"(或"简约")，裴楷"清通"，可知他们各自的特点已被普遍认同了。

十五

※ 庾子嵩目和峤①："森森如千丈松②，虽磊砢有节目③，施之大厦，有栋梁之用。"⊖

【今译】庾敳评论和峤："他就像繁密茂盛的千丈高的大松树，虽然树上多节，枝干交叉，但如果建造大厦，却可以用它来做栋梁。"

【刘孝标注】⊖《晋诸公赞》曰："峤常慕其舅夏侯玄为人，故于朝士中峨然不群，时类惮其风节。"

【注释】① 庾子嵩：庾敳，见《文学》十五注①(页126)。和峤：见《德行》十七注①(页12)。② 森森：树木茂盛的样子。　③ 磊砢：树木多节的样子。节目：树木枝干交接之处为节，纹理纠结不顺的部分为目。

【评析】本文亦载《晋书》和峤与庾敳二传。二传中的"峤"，一指温峤(《庾敳传》)，一指和峤(《和峤传》)，应以和峤为是。文字上《和峤传》亦优于《庾敳传》及本文。谓："……见而叹曰：'峤森森……'贾充亦重之，称于武帝，入为给事黄门侍郎，迁中书令，帝深器遇之。"前面只多了寥寥数语，后面多了受到重用情况，显得完整。一则多了几分赞誉的色彩；二则主语明确，赞誉的对象为和峤；三则交代了赞誉的效果，得到贾充的响应，向武帝荐举，从而得到了器重。

十六

王戎云①："太尉神姿高彻②，如瑶林琼树③，自然是风尘外物④。"⊖

【今译】王戎说："王衍丰采超脱通达，就像传说中仙界的瑶林玉树，自然是世俗之外的人物。"

【刘孝标注】⊖《名士传》曰："夷甫天形奇特，明秀若神。"《八王故事》曰："石勒见夷甫，谓长史孔苌曰：'吾行天下多矣！未尝见如此人，当可活不？'苌曰：'彼晋三公，不为我用。'勒曰：'虽然，要不可加以锋刃也。'夜使推墙杀之。"

【注释】① 王戎：见《德行》十六注①(页11)。　② 太尉：王衍，见《言语》二十三注②(页50)。神姿：丰采。高彻：超脱通达。　③ 瑶林琼树：比喻人之品格如美玉般高洁。瑶、琼，均为美玉。　④ 风尘：世俗，尘世。

【评析】魏晋时清谈之士多以美玉比喻容貌美好的文士，见者无不赞叹围观，甚至还发生过"看杀卫玠"（见《容止》十九）的悲剧。王衍的美貌亦令人瞩目，《晋书》本传谓其"盛才美貌"、"玉柄麈尾，与手同色"，则其不仅美貌，且肤色可比美玉。本文亦赞其丰采如琼瑶美玉，如尘世外的仙人。

十七

王汝南既除所生服①，遂停墓所。兄子济每来拜墓②，略不过叔③，叔亦不候。济脱时诣④，止寒温而已。后聊试问近事⑤，答对甚有音辞⑥，出济意外，济极惋愕。仍与语，转造精微。济先略无子侄之敬，既闻其言，不觉懔然⑦，心形俱肃⑧。遂留共语，弥日累夜。济虽俊爽，自视缺然⑨，乃喟然叹曰⑩："家有名士，三十年而不知！"济去，叔送至门。济从骑有一马⑪，绝难乘，少能骑者。济聊问叔："好骑乘不？"曰："亦好尔。"济又使骑难乘马。叔姿形既妙，回策如萦⑫，名骑无以过之。济益叹其难测，非复一事。⊖既还，浑问济⑬："何以暂行累日⑭？"济曰："始得一叔⑮。"浑问其故，济具叹述如此⑯。浑曰："何如我？"济曰："济以上人。"武帝每见济，辄以湛调之曰⑰："卿家痴叔死未？"济常无以答。既而得叔后⑱，武帝又问如前。济曰："臣叔不痴。"称其实美。帝曰："谁比？"济曰："山涛以下⑲，魏舒以上⑳。"⊖于是显名，年二十八始宦。

【今译】王湛脱去为父母守丧期间所穿的丧服后，就留住在坟墓旁。他兄长的儿子王济每次来墓地祭拜，几乎不来探望叔叔，叔叔也不去问候他。王济偶尔来探望一次，只是寒暄几句而已。后来王济姑且试问近来的事，王湛答对的言辞很有意味，王济听了出乎意料之外，极为惊讶。继续谈论下去，逐渐进入精细微妙之境。王济先前完全没有子侄对长辈的敬意，听了王湛的话后，不觉肃然起敬，从内心到外表都严肃起来。于是便留下来同王湛一起谈论，夜以继日，连续几天。王济虽然才高俊迈性格爽朗，但比起王湛来也自觉有所欠缺，便喟然长叹道："我们家里就有名士，却是三十年来都不知道！"王济告辞离去时，叔叔送他到门口。王济随从中有一匹马，极难骑乘，很少人能骑它的。王济姑且问叔叔："喜欢骑马吗？"王湛说："也喜欢骑的。"王济便让他骑这匹难骑的马。叔叔不仅骑马的姿态绝妙，挥起马鞭来盘旋萦回，就是著名的骑手也不能超过他。王济更加感叹他高深莫测，不只一件事情如此。王济回家后，父亲王浑问他："怎么出去一下却在外面好几天？"王济说："我刚才得到了一位叔叔。"王浑问其中的原因，王济便赞叹讲述了以上的情况。王浑说："与我比怎么样？"王济说："是在我以上的人。"过去晋武帝每次见到王济，总拿王湛来取笑他说："你家的痴叔死了没有？"王济常常无言答对。经此"得到"叔叔以后，武帝又像以前那样问他，王济说："臣下的叔叔不痴。"他称赞叔叔确实很优秀。武帝说："可以与谁比较？"王济说："在山涛以下，魏舒以上。"王湛从此名声远扬，到了二十八岁才出山做官。

【刘孝标注】⊖邓粲《晋纪》曰："王湛字处冲，太原人。隐德，人莫之知，虽兄弟宗族，亦以为痴，唯父昶异焉。昶丧，居墓次，兄子济往省湛，见床头有《周易》，谓湛曰：'叔父用此何为？颇曾看不？'湛笑曰：'体中佳时，脱复看耳。今日当与汝言。'因共谈《易》。剖析入微，妙言奇趣，济所未闻，叹不能测。济性好马，而所乘马骏驶，意甚爱之。湛曰：'此虽小驶，然力薄不堪苦。近见督邮马，当胜此，但养不至耳。'济取督邮马谷食十数日，与湛试之。湛未尝乘马，卒然便驰骋，步骤不异于济，而马不相胜。湛曰：'今直行车路，何以别马胜不？唯当就蚁封耳！'于是就蚁封

《世说新语》详解

盘马,果倒踣,其俊识天才乃尔。"〇《晋阳秋》曰:"济有人伦鉴识,其雅俗是非,少所优润。见湛,叹服其德宇。时人谓湛:'上方山涛不足,下比魏舒有余。'湛闻之曰:'欲以我处季孟之间乎?'"王隐《晋书》曰:"魏舒字阳元,任城人。幼孤,为外氏宁家所养。宁氏起宅,相者曰:'当出贵甥。'外祖母意以盛氏甥小而惠,谓应相也。舒曰:'当为外氏成此宅相。'少名迟钝。叔父衡使守水碓,每言:'舒堪八百户长,我愿毕矣。'舒不以介意。身长八尺二寸,不修常人近事。少工射,着韦衣入山泽,每猎大获。为后将军钟毓长史,毓与参佐射戏,舒常为坐画筹。后值朋人少,以舒充数,于是发无不中,加博措闲雅,殆尽其妙。毓叹谢之曰:'吾之不足,尽卿如此射矣!'转相国参军。晋王每朝罢,目送之曰:'魏舒堂堂,人之领袖!'累迁侍中、司徒。"

【注释】① 王汝南:王湛,见刘注。少有识度,少言语,宗族兄弟都以为他是痴子,只有他父亲王昶赏识他。后为侄子王济所知,向武帝推荐,历官尚书郎,太子中庶子,出为汝南内史,称王汝南。除所生服:脱去为父母守丧期间所穿的孝服。所生,指生养自己的父母。 ② 济:王济,见《言语》二十四注①(页51)。 ③ 略不:完全不,几乎不。 ④ 脱:偶或。 ⑤ 聊:姑且。 ⑥ 音辞:指言辞很有意味。 ⑦ 懔(lǐn)然:肃然起敬的样子。 ⑧ 心形:内心与外表。 ⑨ 缺然:有所欠缺的样子。 ⑩ 喟(kuì)然:叹气的样子。 ⑪ 从骑:随从的马。 ⑫ 策:马鞭。萦:盘旋,回绕。 ⑬ 浑:王浑,字玄冲,王济之父,王湛之兄,官至录尚书事。 ⑭ 累日:连日,几天。 ⑮ 始:方才。 ⑯ 具:俱,全,都。 ⑰ 调(tiáo):调笑,开玩笑。 ⑱ 既而:不久。 ⑲ 山涛:见《言语》七十八注①(页84)。 ⑳ 魏舒:见刘注。不修常人之节,性好骑射,为司马昭器重,称"魏舒堂堂,人之领袖"(《晋书》本传)。入晋,官至司徒。

【评析】本文所写王湛事情节生动,引人入胜。首先写王济与王湛初次晤谈,始知自家的叔叔原来就是名士。其次写王湛骑术之美妙精湛,无人能及。类似难测之事非此一端。再次,王济向父亲说及得叔经过,并坦承湛在自己之上。最后写武帝以王湛之痴调侃,王济为之澄清,并评其在山涛以下、魏舒以上。全文完整,写出了王济与王湛叔侄由冷淡而亲密无间的过程,风趣盎然。同时亦描绘了王湛既善言辞又精骑术的事例。本文内容亦载《晋书》本传,比之本文写得更曲折具体。

十八

裴仆射①,时人谓为言谈之林薮②。〇

【今译】裴頠,当时人认为他是言谈聚集的地方。

【刘孝标注】〇《惠帝起居注》曰:"頠理甚渊博,赡于论难。"

【注释】① 裴仆射:裴頠,见《言语》二十三注④(页50)。 ② 林薮(sǒu):指聚集之处。

【评析】本文所写亦见《晋书》本传,并说明其来历,谓:"乐广尝与頠清言,欲以理服之,而頠辞论丰博,广笑而不言。时人谓頠为言谈之林薮。"比本文丰富。裴頠反对何晏、王衍的"贵无"学说,并著《崇有论》以释之,雄辩滔滔,"王衍之徒攻难交至,并莫能屈"(《晋书》本传)。

十九

张华见褚陶①,语陆平原曰②:"君兄弟龙跃云津③,顾彦先凤鸣朝阳④,谓东南之宝已尽,不意复见褚生。"陆曰:"公未睹不鸣不跃者耳。"〇

【今译】张华见到了褚陶,对陆机说:"您兄弟俩就像腾跃在江、汉水中的双龙,顾荣犹如迎着朝阳长鸣的凤凰,我认为东南的珍宝都已囊括尽了,没想到今天再能见到褚先生。"陆机说:"只因为您没见到不长鸣、不腾跃的人才罢了。"

【刘孝标注】㊀《褚氏家传》曰:"陶字季雅,吴郡钱塘人,褚先生后也。陶聪惠绝伦,年十三,作《鸥鸟》、《水碓》二赋。宛陵严仲弼见而奇之曰:'褚先生复出矣!'弱不好弄,清淡幽默,以坟典自娱。语所亲曰:'圣贤备在黄卷中,舍此何求?'州郡辟不就。吴归命世祖,补台郎、建忠校尉。司空张华与陶书曰:'二陆龙跃于江、汉,彦先凤鸣于朝阳,自此以来,常恐南金已尽,而复得之于吾子!故知延州之德不孤,渊、岱之宝不匮。'仕至中尉。"

【注释】① 张华:见《德行》十二注③(页9)。褚陶:见刘注。少聪慧,十三岁作《鸥鸟》、《水碓》二赋,为人所奇,入晋官至九真太守。 ② 陆平原:陆机,见《言语》二十六注①(页52)。 ③ 兄弟:指陆机、陆云二兄弟。云津:指江、汉之水。亦指陆氏兄弟之家乡华亭(今上海松江,古称云间)。 ④ 顾彦先:顾荣,见《德行》二十五注①(页17)。

【评析】张华爱才、惜才之名为众所推服,就连凶妒如虎的贾后亦"知敬重华"(《晋书》本传)。"至于穷贱候门之士有一介之善者,便咨嗟称咏,为之延誉"(同上)。本文所写即其爱才惜才的事例。张华未见陆机兄弟之面已重其名,称之为"二俊","荐之诸公"(同上)。见到褚陶后,就有了本文所写的对话,其重才、爱才之切溢于言表!本文亦见于《晋书·褚陶传》。

二十

有问秀才①:"吴旧姓何如②?"答曰:"吴府君③,圣王之老成④,明时之俊乂⑤;朱永长⑥,理物之至德⑦,清选之高望⑧;严仲弼⑨,九皋之鸣鹤⑩,空谷之白驹⑪;顾彦先⑫,八音之琴瑟⑬,五色之龙章⑭;张威伯⑮,岁寒之茂松,幽夜之逸光⑯;陆士衡、士龙⑰,鸿鹄之裴徊⑱,悬鼓之待槌。㊀凡此诸君:以洪笔为钽耒⑲,以纸札为良田,以玄默为稼穑⑳,以义理为丰年,以谈论为英华㉑,以忠恕为珍宝,著文章为锦绣,蕴五经为缯帛㉒,坐谦虚为席荐㉓,张义让为帷幕,行仁义为室宇,修道德为广宅。"㊀

【今译】有人问蔡洪:"吴中的世家大族怎么样?"蔡洪说:"吴展是圣明君主的阅历多而深通世故的大臣,是太平盛世的贤才;朱诞是治理人民的有德者,在高官中有崇高的名望;严隐似曲折深远的沼泽中长鸣的大鹤,是在空谷中奔驰的小白马;顾荣是乐器中的琴瑟,五色中的龙纹;张畅是寒冬中茂盛的松柏,黑夜里清朗的月光;陆机、陆云是盘旋飞翔的天鹅,是悬挂着等待敲打的大鼓。所有上述诸位,都是用大笔当农具,用纸张做良田,用沉默寡言来种植收获,用义理来当作丰年,用谈论来作为美丽的草木,用忠恕当作珍宝,写文章当成锦绣,积聚五经当丝绸,把谦虚当作草垫来坐,伸张仁义礼让当作帷幕,推行仁义当作屋宇,修养道德作为宽大的住所。"

【刘孝标注】㊀ 秀才,蔡洪也。《集》载洪与刺史周俊书曰:"一日侍坐,言及吴士,询于刍荛,遂见下问。造次承颜,载辞不举,敕令条列名状,退辄思之。今称疏所知:吴展字士季,下邳人。忠足矫非,清足厉俗,信可结神,才堪干世。仕吴为广州刺史、吴郡太守。吴平,还下邳,闭门自守,不交宾客。诚圣王之老成,明时之俊乂也。朱诞字永长,吴郡人。体履清和,黄中通理。吴朝举贤良,累迁议郎,今归在家。诚理物之至德,清选之高望也。严隐字仲弼,吴郡人。禀气清纯,思度渊伟。吴朝举贤良,宛陵令。吴平,去职。九皋之鸣鹤,空谷之白驹也。张畅字威伯,吴郡人。禀性坚明,志行清朗,居磨涅之中,无淄磷之损。岁寒之松柏,幽夜之逸光也。"《陆云别传》曰:"云字士龙,吴大司马抗之第五子,机同母之弟也。儒雅有俊才,容貌瑰伟,口敏能谈,博闻强记。善著述,六岁便能赋诗,时人以为项托、扬乌之俦也。年十八,刺史周俊命为主簿。俊常叹曰:'陆士龙当今之颜渊也!'累迁太子舍人、清河内史。为成都王所害。" ㊀ 按:蔡所论士十六人,无陆机兄弟,又无"凡此诸君"以下,疑益之。

【注释】① 秀才:才能秀美者,这里指蔡洪。　② 旧姓:指世家大族。　③ 吴府君:吴展,见刘注。　④ 老成:指阅历多而通于世故者。　⑤ 俊乂(yì):贤能的人。　⑥ 朱永长:朱诞,见刘注。　⑦ 理物:治理人民。至德:最高的德行。　⑧ 清选:指高尚之贵官。高望:崇高的名望。　⑨ 严仲弼:严隐,见刘注。　⑩ 九皋之鸣鹤:语见《诗经·小雅·鹤鸣》。鹤,比喻严仲弼为隐居之贤人。皋,沼泽。九,喻沼泽曲折深远。　⑪ 空谷之白驹:语见《诗经·小雅·白驹》:"皎皎白驹,在彼空谷。"谓皎洁的小白马,在那空谷中奔驰。亦为思念贤友之意。　⑫ 顾彦先:顾荣,见《德行》二十五注①(页17)。　⑬ 八音:中国古代乐器,指金、石、丝、木、竹、匏(páo)、土、革。琴瑟:两种乐器名。　⑭ 五色:青、黄、赤、白、黑为五色,这里泛指各种颜色。龙章:龙形花纹。　⑮ 张威伯:张畅,见刘注。　⑯ 逸光:指清朗的月光。　⑰ 陆士衡、士龙:陆机、陆云。鸿鹄(hú):天鹅。　⑱ 裴徊:指盘旋飞翔。　⑲ 洪笔:大笔。钼耒(lěi):锄头和木叉,农具。　⑳ 玄默:深沉寡言。稼穑:种植和收割。　㉑ 英华:草木之美者。　㉒ 蕴:积聚。缯帛:丝织物的总称。　㉓ 席荐:草垫。

【评析】本文写蔡浩答人问,列举吴地世族大姓七人,皆一时之望,极赞他们为国之栋梁,治民之贤才,可谓文才武略、道德文章、文理清谈等无所不备。据《晋书》载,顾荣等"为南土著姓"、"此土之望"。他与陆机、陆云兄弟号为"三俊"。元帝渡江之初,王导建议任顾荣为常侍,"凡所谋画,皆以咨焉"、"荣既南州望也,躬处右朝,朝野甚推敬"(《晋书·顾荣传》)。东晋王朝由于有了吴地望族的支持,得以立足稳固。当然本文所写极尽夸张之能事。

二十一

人问王夷甫①:"山巨源义理何如②?是谁辈?"王曰:"此人初不肯以谈自居,然不读《老》、《庄》,时闻其咏,往往与其旨合。"㊀

【今译】有人问王衍:"山涛探究名理的学问怎么样?是与谁同级别的?"王衍说:"这个人当初不肯以善于清谈自居,但他虽不读《老子》、《庄子》,却时常听到他的吟咏之声,每每与《老子》、《庄子》的旨趣相符合。"

【刘孝标注】㊀ 顾恺之《画赞》曰:"涛有而不恃,皆此类也。"

【注释】① 王夷甫:王衍,见《言语》二十三注②(页50)。　② 山巨源:山涛,见《言语》七十八注①(页84)。义理:探究名理的学问。

【评析】本文写王衍对山涛的赞赏,谓其不以清谈自居,不读《老》、《庄》,却时时吟咏,与《老》、《庄》之旨相合。《晋书·山涛传》称山涛"性好《庄》、《老》,每隐身自晦"。所谓"隐身自晦",大约就是本文"不以清谈自居,不读《老》、《庄》……与其旨合"之意吧。

二十二

洛中雅雅有三嘏①：刘粹字纯嘏②，宏字终嘏③，漠字冲嘏④，是亲兄弟，王安丰甥⑤，并是王安丰女婿。宏，真长祖也⑥。㊀洛中铮铮冯惠卿⑦，名荪，是播子。㊁荪与邢乔俱司徒李胤外孙⑧，及胤子顺并知名⑨。时称"冯才清，李才明，纯粹邢⑩"。㊂

【今译】洛阳城中温文娴雅的人物中有"三嘏"：刘粹字纯嘏，刘宏字终嘏，刘漠字冲嘏，他们是亲兄弟，是王戎的外甥，又都是他的女婿。刘宏是刘悛的祖父。洛阳城中刚正不阿的是冯惠卿，他名叫荪，是冯播的儿子。冯荪与邢乔都是司徒李胤的外孙，他们与李胤的儿子李顺都很出名。当时人称赞"冯荪才学清通，李胤才学明了，纯净精美的是邢乔"。

【刘孝标注】㊀《晋诸公赞》曰："粹，沛国人。历侍中、南中郎将。宏，历秘书监、光禄大夫。"《晋后略》曰："漠少以清识为名，与王夷甫友善，并好以人伦为意，故世人许以才智之名。自相国右长史出为襄州刺史。以贵简称。"按刘氏谱：刘邠妻，武周女，生粹、宏、漠。非王氏甥。㊁《晋后略》曰："播字友声，长乐人。位至大宗正，生荪。"《八王故事》曰："荪少以才悟，识当世之宜。蚤历清职，仕至侍中。为长沙王所害。"㊂《晋诸公赞》曰："乔字曾伯，河间人。有才学，仕至司隶校尉。顺字曼长，仕至太仆卿。"

【注释】① 洛中：洛阳。雅雅：温文娴雅。 ② 刘粹：字纯嘏(gǔ)，见刘注。 ③ 宏：刘宏，字终嘏，见刘注。 ④ 漠：刘漠，字冲嘏，见刘注。 ⑤ 王安丰：王戎。王戎曾督率大军与吴军作战，"吴平，进爵安丰县侯"(《晋书·王戎传》)，故称其为王安丰。 ⑥ 真长：刘悛，见《德行》三十五注①(页24)。 ⑦ 铮铮：形容人刚正不阿。冯惠卿：名荪，字惠卿，西晋长乐(今河南安阳东)人。见刘注。 ⑧ 邢乔：见刘注。李胤：字宣伯，辽东襄平(今辽宁辽阳)人，官至司徒。 ⑨ 顺：李顺，见刘注。 ⑩ 纯粹：纯一不杂，精美无瑕。

【评析】本文刘注引《刘氏谱》，谓刘邠妻为武周女，生粹、宏、漠，他们不是王戎的外甥。有关刘宏兄弟的简况，《晋书·刘悛传》中亦有记载，谓："祖宏，字终嘏，光禄勋。宏兄粹，字纯嘏，侍中。宏弟潢，字冲嘏，吏部尚书。并有名中朝。时人语曰：'洛中雅雅有三嘏。'"宏弟"潢"，本文作"漠"，莫衷一是。

二十三

卫伯玉为尚书令①，见乐广与中朝名士谈议②，奇之曰："自昔诸人没已来，常恐微言将绝③，今乃复闻斯言于君矣！"命子弟造之，曰："此人，人之水镜也④，见之若披云雾睹青天。"㊀

【今译】卫瓘担任尚书令时，见乐广与洛阳的名士清谈议论，对此表示奇怪，说："自从当初诸位名士去世以来，常常担心清谈中的微言即将断绝了，如今竟然又从您这里听到了这些话啊！"便让子弟去拜访乐广，说："这人，是人中的水镜，看到他就像拨开云雾见到了青天。"

【刘孝标注】㊀《晋阳秋》曰："尚书令卫瓘见广曰：'昔何平叔诸人没，常谓清言尽矣，今复闻之于君！'"王隐《晋书》曰："卫瓘有名理，及与何晏、邓飏等数共谈讲，见广奇之曰：'每见此人，则莹然犹廓云雾而睹青天。'"

【注释】 ① 卫伯玉：卫瓘，见《识鉴》八注③（页248）。 ② 乐广：见《德行》二十三注③（页16）。中朝：晋南渡以后，称西晋为中朝，因西晋建都在洛阳，为中原之故。 ③ 微言：指清谈中的精微之言。 ④ 水镜：以水和镜子的清明比喻人的明鉴或性格开朗。

【评析】 乐广年八岁时，桓玄就认为他"当为名士"（《晋书·乐广传》）。后乐广果然"尤善谈论"（同上），出类拔萃。本传中就说到裴楷自叹不如，王戎举其为秀才，卫瓘"见广而奇之"，王衍亦"自言：'与人语甚简至，及见广，便觉己之烦。'"本文所写亦载本传，最后尚有"其为识者所叹美"语，说明其得众多名士的赏誉，文字更为完整。

二十四

王太尉曰①："见裴令公精明朗然②，笼盖人上③，非凡识也④。若死而可作，当与之同归。⑤"或云王戎语。○

【今译】 王衍说："看到裴楷精细明察，高出于众人之上，不是见识平凡的人。如果人死了可以再活过来的话，我定当跟他在一起。"有人说这是王戎说的话。

【刘孝标注】 ○《礼记》曰："赵文子与叔誉观于九原，文子曰：'死者如可作也，吾谁与归？'"郑玄曰："作，起也。"

【注释】 ① 王太尉：王衍。 ② 裴令公：裴楷，见《德行》十八注③（页13）。精明：精细明察。朗然：爽朗的样子。 ③ 笼盖：高出在上。 ④ 凡识：平凡的见识。 ⑤ 作：起来，指活过来。死而可作：语见《礼记·檀弓下》："文子曰：'死者如可作也，吾谁与归？'"谓死人如能复活，我要跟从谁呢？作，起来，指活过来。归：归附，跟从。

【评析】 裴楷与王戎、王衍年辈相近。裴楷不仅容貌、仪表俊爽，风神高迈，且博览群书，特精理义，被称为"玉人"。王戎与裴楷齐名，神采秀彻，名噪一时。王衍之神情、风姿亦获"宁馨儿"之誉。本文写王衍极誉裴楷之精明朗然在常人之上，故愿归附于他。可知他们之间彼此仰慕、赞誉之意。

二十五

王夷甫自叹①："我与乐令谈②，未尝不觉我言为烦。"○

【今译】 王衍自己感叹："我和乐广清谈时，没有不觉得我的话不是烦琐的。"

【刘孝标注】 ○《晋阳秋》曰："乐广善以约言厌人心，其所不知，默如也。太尉王夷甫、光禄大夫裴叔则能清言，常曰：'与乐君言，觉其简至，吾等皆烦。'"

【注释】 ① 王夷甫：王衍。 ② 乐令：乐广。

【评析】 《晋书》本传中本文之语与卫瓘之语（见本篇二十三）连接。王衍自言："与人语甚简至，及见广，便觉己之烦。"王衍自以为与别人清谈时，自己的话非常简要，及至见到乐广，便觉得自己的话烦琐，不得要领。于此可见号称"一世龙门"（《晋书·王衍传》），引领清谈风骚的王衍对乐广的钦佩之意。

二十六

郭子玄有俊才①，能言《老》、《庄》，庾敳尝称之②，每曰："郭子玄何必减庾子嵩③！"⊖

【今译】郭象有卓越的才智，善于谈论《老子》、《庄子》，庾敳曾称赞他，常说："郭象不见得比我庾子嵩逊色！"

【刘孝标注】⊖《名士传》曰："郭象字子玄，自黄门郎为太傅主簿，任事用势，倾动一府。敳谓象曰：'卿自是当世大才，我畴昔之意，都已尽矣！'其伏理推心，皆此类也。"

【注释】① 郭子玄：郭象，见《文学》十七注⑥（页127）。俊才：卓越的才智。　② 庾敳：字子嵩。见《文学》十五注①。　③ 何必：不必，不见得。

【评析】刘注引文谓庾敳对郭象赞誉有加，称其为"当世大才"。文内庾敳赞郭象可与自己比肩。据《晋书·郭象传》，谓其"好《老》、《庄》，能清言"，故得到王衍、东海王司马越等的赏识。但有一事，郭象似乎为人所不齿。本传谓："向秀于旧注外而为解义，妙演奇致，大畅玄风，惟《秋水》、《至乐》二篇未竟而秀卒。秀子幼，其义零落，然颇有别本迁流。象为人行薄，以秀义不传于世，遂窃以为己注，乃自注《秋水》、《至乐》二篇，又易《马蹄》一篇，其余众篇或点定文句而已。其后秀义别本出，故今有向、郭二《庄》，其义一也。"

二十七

王平子目太尉①："阿兄形似道②，而神锋太俊③。"太尉答曰："诚不如卿落落穆穆④。"⊖

【今译】王澄评论太尉王衍："哥哥外貌像是有道之人，只是神采气概太俊秀了。"王衍答道："我的样子确实不如你疏淡端庄。"

【刘孝标注】⊖ 王隐《晋书》曰："澄通朗好人伦，情无所系。"

【注释】① 王平子：王澄，见《德行》二十三注①（页16）。太尉：王衍。　② 道：有道者。③ 神锋：谓气概，有风度俊迈之意。　④ 落落穆穆：疏淡端庄貌。

【评析】王澄是王衍的弟弟，特别善于品题人物。王衍当时名重一时，"时人许以人伦之鉴"（《晋书·王澄传》），但他对王澄的品题也是予以认可的。本文所写亦见于《晋书》本传，结尾处有"澄由是显名。有经澄所题目者，衍不复言，辄云'已经平子矣'"。

二十八

太傅府有三才①：刘庆孙长才②，⊖潘阳仲大才③，裴景声清才④。⊜

【今译】东海王司马越太傅府中有三才：刘舆是有专长之才，潘滔是博学之才，裴邈是清廉之才。

【刘孝标注】㊀《晋阳秋》曰："太傅将召刘舆，或曰：'舆犹腻也，近将污人。'太傅疑而御之。舆乃密视天下兵簿诸屯戍及仓库处所，人谷多少，牛马器械，水陆地形，皆默识之。是时军国多事，每会议事，自潘滔以下皆不知所对。舆便屈指筹计，所发兵杖处所，粮廪运转，事无凝滞。于是太傅遂委仗之。" ㊁《八王故事》曰："刘舆才长综核，潘滔以博学为名，裴邈强立方正，皆为东海王所暗，俱显一府。故时人称曰：舆长才，滔大才，邈清才也。"

【注释】① 太傅：指东海王司马越，见《雅量》十注①（页233）。 ② 刘庆孙：刘舆，见《雅量》十注①（页233）。 ③ 潘阳仲：潘滔，见《识鉴》六注①。 ④ 裴景声：裴邈，见《雅量》十一一刘注（页223）。

【评析】本文所写之三才，似有所不足。《雅量》十谓"刘庆子在太傅府，于时人士多为所构"，一个专门挑拨离间陷害他人之人，即使其有较强的记忆力（见刘注引），亦算不得人才。裴邈不想与王衍共事，借骂人的办法激怒王衍，似有一点智慧。潘滔，见《识鉴》六刘注，称其"有文学才识"，后为石勒所害。他见到王敦时，从其眼光和声音即指出他"必能食人，亦当为人所食"，事实果如其所言，故称潘滔是博学之才，还是不错的。

二十九

林下诸贤①，各有俊才子②：籍子浑③，器量弘旷④；㊀康子绍⑤，清远雅正⑥；㊁涛子简⑦，疏通高素⑧；㊂咸子瞻⑨，虚夷有远志⑩，瞻弟孚⑪，爽朗多所遗⑫；㊃秀子纯、悌⑬，并令淑有清流⑭；㊄戎子万子⑮，有大成之风，苗而不秀⑯，㊅唯伶子无闻⑰。凡此诸子，唯瞻为冠，绍、简亦见重当世。

【今译】竹林诸位贤士，都有才能卓越的儿子：阮籍的儿子阮浑，度量宽广开朗；嵇康的儿子嵇绍，志向高远，本性正直；山涛的儿子山简，通达高洁；阮咸的儿子阮瞻，谦虚平易，有远大的志向；阮瞻的弟弟阮孚，性格爽朗，而对世务多不放在心上；向秀的儿子向纯、向悌，都很美好善良，是具有时望的清高的名士。王戎的儿子王万子，颇有成就大器的风度，可惜未及长成而早天；只有刘伶的儿子默默无闻。所有这些人的儿子，只有阮瞻堪称第一，嵇绍、山简也被当代人所推重。

【刘孝标注】㊀《世语》曰："浑字长成，清虚寡欲，位至太子中庶子。" ㊁已见。 ㊂虞预《晋书》曰："简字季伦，平雅有父风。与嵇绍、刘漠等齐名。迁尚书，出为征南将军。" ㊃《名士传》曰："瞻字千里，夷任而少嗜欲，不修名行，自得于怀。读书不甚研求，而识其要。仕至太子舍人。年三十卒。"《中兴书》曰："孚风韵疏诞，少有门风。初为安东参军，蓬发饮酒，不以王务婴心。" ㊄《竹林七贤论》："纯字叔悌，位至侍中。悌字叔逊，位至御史中丞。"《晋书公赞》曰："洛阳败，纯、悌出奔，为贼所害。" ㊅《晋诸公赞》曰："王绥字万子，辟太尉掾，不就。年十九卒。"《晋书》曰："戎子万，有美号而太肥，戎令食糠，而肥愈甚也。"

【注释】① 林下诸贤：指竹林七贤。魏晋间的嵇康、阮籍、山涛、向秀、阮咸、王戎、刘伶，相互友善，游于竹林，号为七贤。 ② 俊才子：指他们的儿子均有卓越的才能。 ③ 籍子浑：阮籍的儿子阮浑，见刘注㊀。 ④ 弘旷：宽广开朗。 ⑤ 康子绍：嵇康的儿子嵇绍，见《德行》四十三刘注㊃（页29）。 ⑥ 清远雅正：志向高远，本性正直。 ⑦ 涛子简：山涛的儿子山简，见刘注㊂。 ⑧ 疏通高素：通达高洁。 ⑨ 咸子瞻：阮咸的儿子阮瞻，见刘注㊃。 ⑩ 虚夷：谦虚平易。 ⑪ 孚：阮孚，见《文学》七十六注②（页162）。 ⑫ 遗：指超脱世俗。《晋书·阮孚传》：“蓬发饮酒，不以王务婴心。”谓其终日饮酒，不把世务放在心上。　⑬ 秀子纯、悌：向秀之子向纯、向悌。详见刘注⑮。　⑭ 令淑：美好善良。清流：指具有时望的清高的名士。　⑮ 戎子万子：王戎之子万子，名绥，详见刘注。　⑯ 苗而不秀：语见《论语·子罕》：“苗而不秀者，有矣夫！”孔子为痛惜学生颜渊早逝而发，后即喻人之未长成而早夭。秀，指庄稼吐穗开花。　⑰ 伶子：刘伶之子。

【评析】本文介绍竹林七贤的八位子侄，他们身上都有七贤的遗风。如阮浑，“有父风少慕通达，不饰小节”（《晋书》本传）。山简“性温雅，有父风”（同上），等等。他们都有“俊才”，才能卓越，正直美好，度量宽广，清高超脱，志向高远等，其中尤以阮瞻为诸人之冠，可见魏晋名士父子相继，绵延不绝。不过他们却有不愿子承父风者。如阮籍就不准儿子阮浑沿袭自己的作风，说：“仲容（侄子阮咸）已豫吾此流，汝不得复尔！”（同上）可知阮籍之放达、饮酒有其难以言说之苦衷，故不许儿子也来凑这个热闹。

三十

庾子躬有废疾①，甚知名。家在城西，号曰“城西公府”。㊀

【今译】庾琮身有残疾，很有名气。他家住在城西，号称“城西公府”。

【刘孝标注】㊀ 虞预《晋书》曰：“琮字子躬，颍川人，太常峻第二子，仕至太尉掾。”

【注释】① 庾子躬：庾琮，见刘注。废疾：残疾。

【评析】“公府”，指三公的官府。太尉为三公之一，其官府可称公府，然庾琮只是太尉的属官，称其住所为“公府”，可能是他“甚知名”之故，或许也有调侃的意味。另，谓庾琮为庾峻之子，也颇为可疑。《晋书·庾峻传》称庾峻“二子：珉、敳”，并无“琮”之名，不知何故。而刘注引文则谓琮为“太常第二子”。又本篇四十刘注谓：“子躬，子嵩兄也。”子嵩即庾敳之字，则庾峻应有三子，长子珉，次子琮，三子敳。故想来有琮其人，只是《晋书》失载而已。

三十一

王夷甫语乐令①：“名士无多人，故当容平子知②。”㊀

【今译】王衍告诉乐广：“名士没有多少人，所以应当等待王澄来识别。”

【刘孝标注】㊀《王澄别传》曰：“澄风韵迈达，志气不群。从兄戎、兄夷甫，名冠当年。四海人士，一为澄所题目，则二兄不复措意，云‘已经平子’，其见重如此。是以名闻益盛，天下知与不知，莫不倾注。澄后事迹不逮，朝野失望。及旧游识见者，犹曰‘当今名士也’。”

【注释】① 王夷甫：王衍。乐令：乐广。　② 容：须，等待之意。知：识别。

【评析】王澄是王衍的弟弟，生而警悟，见人举动，便识其意，深为王衍所赏识，评为“阿平第一”（见《晋书》本传）。凡是经过王澄品评的人物，王衍就认可了。刘注引文与《晋书》意思相同，于此可见王澄在王衍心目中的地位了。

三十二

王太尉云①：“郭子玄语议如悬河写水②，注而不竭③。”─

【今译】王衍说：“郭象的玄语论议就像瀑布灌注倾泻，滔滔不绝。”

【刘孝标注】─《名士传》曰：“子玄有俊才，能言《庄》、《老》。”

【注释】① 王太尉：王衍。 ② 郭子玄：郭象，见《文学》十七注⑥（页127）。写：通“泻”，水向下流。 ③ 注：灌入。

【评析】本文写王衍赞誉郭象玄谈言论如瀑布下注一般滔滔不绝，极其生动。亦见《晋书》本传。

三十三

司马太傅府多名士①，一时俊异②。庾文康云③：“见子嵩在其中④，常自神王⑤。”─

【今译】司马越太傅府内有很多名士，都是当时才智出众不同凡响之士。庾亮说：“看到庾敳在这些人中，常常不由自主地精神旺盛起来。”

【刘孝标注】─《晋阳秋》曰：“敳为太傅从事中郎。”

【注释】① 司马太傅：指东海王司马越，见《雅量》十注①（页223）。 ② 俊异：才智出众，不同凡响。 ③ 庾文康：庾亮，见《德行》三十一注①（页22）。 ④ 子嵩：庾敳，见《文学》十五注①（页126）。 ⑤ 神王：精神旺盛。王，即“旺”。

【评析】刘注引文谓庾敳为东海王司马越的太傅从事中郎，《晋书》本传谓其“有重名，为搢绅所推”、“时越府多俊异，敳在其中，常自袖手”。本文庾亮所说“见子嵩在其中，常自神往”，可知敳在座中即使不说话，亦能使庾亮精神焕发。

三十四

太傅东海王镇许昌①，以王安期为记室参军②，雅相知重③。敕世子毗曰④：“夫学之所益者浅，体之所安者深⑤。闲习礼度⑥，不如式瞻仪形⑦；讽味遗言⑧，不如亲承音旨⑨。王参军人伦之表⑩，汝其师之⑪！”或曰：“王、赵、邓三参军⑫，人伦之表，汝其师之！”谓安期、邓伯道、赵穆也。─袁宏作《名士传》⑬，直云王参军⑭。或云赵家先犹有此本。

【今译】太傅东海王司马越出镇许昌时，以王承为记室参军，非常赏识敬重他。司马越告诫世子司马毗说：“从学习中所得到的益处很肤浅，从亲身体验感到合适的就很深刻。熟习礼节仪式，不如瞻仰法式作为模范；诵读玩味古训，不如亲身领受言谈意旨。王承是人们的表率，你要学习他！”有人说：“王、赵、邓三位参军，是人们的表率，你应学习他!"说的就是王承、邓攸、赵穆。袁宏写《名士传》,只说王参军。有人说赵家先前还有这个本子。

【刘孝标注】㈠《赵吴郡行状》曰:"穆字季子,汲郡人。贞淑平粹,才识清通。历尚书郎、太傅参军。后太傅越与穆及王承、阮瞻、邓攸书曰:'《礼》:八岁出就外傅,十年曰幼学,明可以渐先王之教也。然学之所受者浅,体之所安者深。是以闲习礼度,不如式瞻轨仪;讽味遗言,不如亲承辞旨。小儿毗既无令淑之资,未闻道德之风,欲屈诸君,时以闲豫,周旋燕诲也。'穆历晋明帝师、冠军将军、吴郡太守,封南乡侯。"

【注释】① 太傅东海王:司马越。许昌:县名,在今河南许昌东。 ② 王安期:王承,见《政事》九注①。记室参军:王府和将军府属官。 ③ 雅:很。 ④ 敕(chì):告诫。世子:王侯的嫡子,王位的继承者。毗(pí):司马毗。 ⑤ 体:指体察、体会、体验等。安:适合。 ⑥ 闲习:熟习。 ⑦ 式瞻:瞻仰。式,发语词。仪形:一作"仪刑",指法式,作为模范。 ⑧ 讽味:诵读玩味。遗言:指古训。 ⑨ 音旨:言谈意旨。 ⑩ 王参军:王承。表:表率。 ⑪ 师:学,习。 ⑫ 王、赵、邓:王承、赵穆、邓攸三人均为参军。赵穆,见刘注。邓攸,字伯道,见《德行》二十八注①(页20)。 ⑬ 袁宏:见《言语》八十三注①(页87)。 ⑭ 直:仅,只。

【评析】本书《政事》九中写王承在担任太守期间,有小吏偷鱼,主簿要加以查究,他以文王为榜样,认为无需查办。据此可知其开明通达,非一般官员所能及。本文写东海王司马越告诫世子,赞誉、推重王承重亲身实践、体验,比肤浅的学习来得深刻,故为人伦之表,值得好好学习。以这样的观点来教育世子,说明司马越的识见不凡。只可惜他自己没有做到,在八王之乱中勾心斗角,争权夺利,不得善终。

三十五

庾太尉少为王眉子所知①,庾过江,叹王曰:"庇其宇下②,使人忘寒暑。"㈠

【今译】庾亮年轻时被王玄所赏识。庾亮渡江南下后,赞叹王玄说:"在他的屋檐下受到庇护,使人忘记了天气的冷暖。"

【刘孝标注】㈠《晋诸公赞》曰:"玄少希慕简旷。"《八王故事》曰:"玄为陈留太守。或劝玄过江投琅邪王,玄曰:'王处仲得志于彼,家叔犹不免害,岂能容我?'谓其器宇不容于敦也。"

【注释】① 庾太尉:庾亮。王眉子:王玄,见《识鉴》十二注①(页16)。 ② 宇下:屋檐下。

【评析】王玄为王衍之子,本书《识鉴》十二写王澄谓王玄"志大其量",难以善终,后果然如此。本文写庾亮赞誉王玄庇护士人,令人如坐春风,忘了寒暑。他们从不同角度看问题,前者从志向来评,志向大往往会做难以做到的事,故凶多吉少。后者从关怀士人的角度来看,令庾亮感动,故予以赞叹。

三十六

谢幼舆曰①:"友人王眉子清通简畅②,嵇延祖弘雅劭长③,董仲道卓荦有致度④。"㈠

【今译】谢鲲说："友人王玄清静明朗、简易疏放；嵇绍宽弘高雅，美好优秀；董养超越出众，很有风度。"

【刘孝标注】〇 王隐《晋书》曰："董养字仲道，太始初，到洛下，干禄求荣。永嘉中，洛城东北角步广里中地陷，中有二鹅，苍者飞去，白者不能飞。问之博识者，不能知。养闻，叹曰：'昔周时所盟会狄泉，此地也。卒有二鹅，苍者胡象，后胡当入洛，白者不能飞，此国讳也。'"谢鲲《元化论序》曰："陈留董仲道于元康中见惠帝废杨悼后，升太学堂叹曰：'建此堂也，将何为乎？每见国家赦书，谋反逆皆赦，孙杀王父母，子杀父母不赦，以为王法所不容。奈何公卿处议，文饰礼典以至此乎？天人之理既灭，大乱斯起。'顾谓谢鲲、阮孚曰：'《易》称：知几其神乎！君等可深藏矣！'乃与妻荷担入蜀，莫知其所终。"

【注释】① 谢幼舆：谢鲲，见《言语》四十六注②（页 65）。　② 王眉子：王玄，见《识鉴》十二注①（页 12）。　③ 嵇延祖：嵇绍，见《德行》四十三刘注（页 29）。弘雅：宽弘高雅。劭长：美好优秀。　④ 董仲道：董养，字仲道，见贾后专权，天下大乱将至，便自荷担，妻推鹿车，入于蜀山，不知所终。卓荦(luò)：超越出众。致度：风度。

【评析】谢鲲与他所赞誉的王玄、嵇绍、董养三位友人都是当时为人所慕的名士，本文对三位友人的品题不仅言简意赅，且都切合三人各自的特点。

三十七

王公目太尉①："岩岩清峙②，壁立千仞③。"〇

【今译】王导品评王衍道："他高高地耸立，仿佛千仞峭壁似地矗立着。"

【刘孝标注】〇 顾恺之《夷甫画赞》曰："夷甫天形瑰特，识者以为岩岩秀峙，壁立千仞。"

【注释】① 王公：王导，见《德行》二十七注③（页 19）。太尉：王衍，见《言语》二十三注②（页 50）。　② 岩岩：高峻的样子。清峙：清峻地耸立。　③ 壁立：如峭壁一样地耸立。千仞：极言其高，一仞八尺。

【评析】王衍因其貌美与风姿天成，从童年开始即受到山涛、羊祜、王戎等的赏识赞叹，王戎甚至谓当世无人可与相比，后进之士莫不仰慕仿效之。可是他后来"虽居宰辅之重，不以经国为念，而思自全之计"。最后为石勒所破，他为了自免，竟然劝石勒称尊号。可知其盛名之下，只是个贪生怕死之徒而已！本文所写，《晋书》本传王导作王敦，赞语则为顾恺之画赞，谓："王敦过江，常称之曰：'夷甫处众中，如珠玉在瓦石间。'顾恺之作画赞，亦称衍'岩岩清峙，壁立千仞'。其为人所尚如此。"

三十八

庾太尉在洛下①，问讯中郎②。〇中郎留之云："诸人当来。"寻温元甫、〇刘王乔、〇裴叔则俱至③，酬酢终日④。庾公犹忆刘、裴之才俊，元甫之清中⑤。

【今译】庾亮在洛阳时，前去问候庾敳。庾敳挽留他说："还有许多人会来的。"不久温几、刘畴、裴楷都来了，主宾之间互相敬酒应对了整整一天。庾亮后来还能回忆起刘

畴、裴楷的卓越才能,温几的清婉平和。

【刘孝标注】㊀庾敳。 ㊁《晋诸公赞》曰:"温几字元甫,太原人。才性清婉。历司徒右长史、湘州刺史,卒官。" ㊂曹嘉之《晋纪》曰:"刘畴字王乔,彭城人。父讷,司隶校尉。畴善谈名理。曾避乱坞壁,有胡数百欲害之。畴无惧色,援笳而吹之,为《出塞》、《入塞》之声,以动其游客之思。于是群胡皆泣而去之。位至司徒左长史。"

【注释】①庾太尉:庾亮。 ②问讯:问候。中郎:指庾敳,见《文学》十五注①(页126)。 ③寻:不久。温元甫:温几,见刘注。刘王乔:刘畴,见刘注。裴叔则:裴楷,见《德行》十八注③(页13)。 ④酬酢(zuò):筵席上主宾相互敬酒。 ⑤清中:清婉平和。

【评析】文中诸人都是当时善于清谈、名噪一时的名士,在庾敳家酬酢,自是兴味盎然,盘桓终日,不知时之已暮。他们的才能与风度给庾亮留下了深刻的印象,使他久久难忘。

三十九

蔡司徒在洛①,见陆机兄弟住参佐廨中②,三间瓦屋,士龙住东头,士衡住西头。士龙为人,文弱可爱;士衡长七尺余,声作钟声,言多慷慨③。㊀

【今译】蔡谟在洛阳的时候,看到陆机兄弟俩住在属官的官署中,三间瓦屋,陆云住在东头,陆机住在西头。陆云为人文雅柔弱,十分可爱;陆机身长七尺多,声如洪钟,言辞多慷慨激昂。

【刘孝标注】㊀《文士传》曰:"云性弘静,怡怡然为士友所宗。机清厉有风格,为乡党所惮。"

【注释】①蔡司徒:蔡谟,见《方正》四十注②(页204)。 ②陆机兄弟:陆机、陆云。陆机字士衡,陆云字士龙。参佐:属官。廨(xiè):官署。 ③慷慨:指情绪激昂。

【评析】刘注引文谓陆机"清厉有风格,为乡党所惮",而陆云则"性弘静",为士人所敬仰,说明兄弟俩性格迥异。《晋书》本传亦谓陆机"身长七尺,其声如钟"、"辞藻宏丽",而陆云则"爱才好士,多所贡达"。二人性格可谓相反相成,与本文所写切合。

四十

王长史是庾子躬外孙①,㊀丞相目子躬云②:"入理泓然③,我已上人④。"㊁

【今译】王濛是庾琮的外孙,王导品评庾琮道:"他深入玄理,犹如清澈的深水,是在我之上的人。"

【刘孝标注】㊀《王氏谱》曰:"濛父讷,娶颍川庾琮之女,字三寿也。" ㊁子躬,子嵩兄也。

【注释】①王长史:王濛,见《言语》五十四注④(页70)。庾子躬:庾琮,见本篇三十刘注(页277)。 ②丞相:王导。 ③泓然:水深清澈的样子。 ④已上:以上。

【评析】当时的名士大都自命不凡，而王导都认为庾琮能深入玄理，超过自己，其谦虚的品质颇为难得。

四十一

庾太尉目庾中郎①："家从谈谈之许②。"㊀

【今译】庾亮品评庾敳："我家堂叔是清谈之祖。"

【刘孝标注】㊀《名士传》曰："敳不为辨析之谈，而举其旨要。太尉王夷甫雅重之也。"一作"家从谈之祖"。从，一作诵。许，一作辞。

【注释】① 庾太尉：庾亮。庾中郎：庾敳。 ② 家从：我家堂叔。从，堂房叔伯的通称。庾敳是庾亮的堂房叔伯。谈谈之许：刘注："一作'谈之祖'。"指庾敳是清谈之祖。

【评析】文中"谈谈之许"，从刘注之"一作谈之祖"，即可知当时有不同的版本。《晋书》王衍传谓衍"妙善玄言，唯谈《老》、《庄》为事"。而庾敳亦好《老》、《庄》，"尝读《老》、《庄》，曰：'正与人意暗同。'太尉王衍雅重之"（《晋书》本传）。王衍在当时被誉为"一世龙门"（同上），庾敳能得到王衍的尊重，故称其为清谈之祖亦无不可。

四十二

庾公目中郎①："神气融散②，差如得上③。"㊀

【今译】庾亮品评庾敳："他神情气度恬适疏淡，能够超拔向上。"

【刘孝标注】㊀《晋阳秋》曰："敳颓然渊放，莫有动其听者。"

【注释】① 庾公：庾亮。中郎：庾敳。 ② 融散：恬适疏淡。 ③ 差如：颇为。得上：能超拔向上。

【评析】文中庾亮从神情气度上评论庾敳，赞其恬适疏淡，能超拔向上。刘注引文亦谓其深沉放达，没有人能打动他，正与庾亮所言一致。

四十三

刘琨称祖车骑为朗诣①，曰："少为王敦所叹②。"㊀

【今译】刘琨称赞祖逖很开朗通达，说："他年轻时为王敦所赞叹。"

【刘孝标注】㊀虞预《晋书》曰："逖字士稚，范阳遒人。豁荡不修仪检，轻财好施。"《晋阳秋》曰："逖与司空刘琨俱以雄豪著名。年二十四，与琨同辟司州主簿，情好绸缪，共被而寝。中夜闻鸡鸣，俱起曰：'此非恶声也。'每语世事，则中宵起坐，相谓曰：'若四海鼎沸，豪杰共起，吾与足下相避中原耳!'为汝南太守,值京师倾覆,率流民数百家南度,行达泗口,安东板为徐州刺史。逖既有豪才,常慷慨以中原为己任,乃说中宗雪复神州之计,拜为豫州刺史,使自招募。逖遂率部曲百余家,北度江,誓曰:'祖逖若不清中原而复济此者,有如大江!'攻城略地,招怀义士,屡摧石虎,虎不敢复窥河南,石勒为逖母墓置守吏。刘琨与亲旧书曰:'吾枕戈待旦,志枭逆虏,常恐祖生先吾著鞭耳!'会其病卒。先有妖星见豫州分,逖曰:'此必为我也!天未欲灭寇故耳!'赠车骑将军。"

【注释】① 刘琨:见《言语》三十五注①(页57)。祖车骑:祖逖(266—321),见刘注。慷慨有节操,博览古今书记,官豫章从事中郎。晋室大乱,率部曲百余家渡江,中流击楫而誓。元帝时为豫州刺史,自募军,收复黄河以南为晋土。朗诣:开朗通达。　② 王敦:见《言语》三十七注①。

【评析】刘注引文谓刘琨与祖逖情好异常,曾共被而眠,中夜闻鸡起舞,誓复中原。祖逖后来所建功绩深得人心,为百姓感悦,故刘琨不仅自己赞美祖逖,还转述王敦叹美祖逖之意,足见祖逖之为人所推重。

四十四

时人目庾中郎①:"善于托大②,长于自藏③。"㊀

【今译】当时人品评庾敳:"他的特点是襟怀宽广,不把世事放在心上,又会隐蔽自己,不露锋芒。"

【刘孝标注】㊀《名士传》曰:"敳虽居职任,未尝以事自婴,从容博畅,寄通而已。是时天下多故,机事屡起,有为者拔奇吐异,而祸福继之。敳常默然,故忧喜不至也。"

【注释】① 庾中郎:庾敳。　② 托大:托身于玄默之大道,指襟怀宽广,不把世事放在心上。③ 自藏:指韬晦,隐蔽自己,不露锋芒。

【评析】刘注引文谓庾敳在职时,不关心世务,而是"从容博畅,寄通而已"、"天下多故,敳常默然,故忧喜不至也",《晋书》本传亦有类似记载。但庾敳其实未能置身世外,"聚敛积实,谈者讥之"、"其性俭家富"(《晋书》本传)。爱财成癖者似难"从容博畅"。他后为石勒所害,也未能做到"忧喜不至"。

四十五

王平子迈世有俊才①,少所推服②。每闻卫玠言③,辄叹息绝倒④。㊀

【今译】王澄超脱世俗有卓越的才能,很少有他所推崇佩服的人。可他每次听到卫玠的玄言清谈,总要赞叹,极为佩服倾倒。

【刘孝标注】㊀《玠别传》曰:"玠少有名理,善通《庄》、《老》。琅邪王平子高气不群,迈世独傲,每闻玠之语议,至于理会之间,要妙之际,辄绝倒于坐。前后三闻,为之三倒,时人遂曰:'卫君谈道,平子三倒。'"

【注释】① 王平子:王澄,见《德行》二十三注①(页16)。迈世:超脱世俗。　② 推服:推崇佩服。　③卫玠：见《言语》三十二注①（页56）。　④绝倒：极为佩服倾倒。

【评析】王衍曾把王澄排名为天下士人第一名（《晋书》本传）。在盛名之下，王澄很少有佩服的人，但他对比自己小得多而"好言玄理"的卫玠之言却极为倾倒，甚至"三闻"、"三倒"（刘注引），这是很难得的。本文所写亦见于《晋书》本传，只是结尾略异，谓"故时人为之语曰：'卫玠谈道，平子绝倒。'"

四十六

王大将军与元皇表云①："舒风概简正②，允作雅人③，自多于邃④，㊀最是臣少所知拔⑤。中间夷甫、澄见语⑥：'卿知处明、茂弘⑦。茂弘已有令名⑧，真副卿清论⑨；处明亲疏无知之者。吾常以卿言为意，绝未有得，恐已悔之。'臣慨然曰：'君以此试。'顷来始乃有称之者⑩，言常人正自患知之使过，不知使负实⑪。"㊁

【今译】王敦呈给晋元帝的表章上说："王舒的风度气概清简端正，确实称得上是高雅人士，自然超过王邃，他是臣下年轻时最为赏识提拔的。这中间王衍、王澄告诉我说：'你赏识王舒、王导。王导已经有美名了，正符合你的高论；王舒在亲近或疏远的人中没有人赏识他。我常把你的话放在心上，可你绝对没有说对，恐怕你已经后悔说过这样的话了吧。'臣下感慨地说：'你拿这件事来试试吧。'近来才有了称赞他的人，说常人总怕赏识他人过了头，却没有考虑到不知遇就会辜负了他的实际才能。"

【刘孝标注】㊀王舒已见。《王邃别传》曰："邃字处重，琅邪人，舒弟也。意局刚清，以政事称。累迁中领军、尚书左仆射。"舒、邃，并敦从弟。　㊁"使"一作"便"。

【注释】① 王大将军：王敦，见《言语》三十七注①（页59）。元皇：东晋元帝司马睿，见《言语》二十九注①（页54）。　② 舒：王舒，见《识鉴》十五注⑤（页252）。风概：风度气概。简正：清简端正。　③ 允：确实。雅人：高雅之人。　④ 多：超过。邃：王邃，见刘注，王舒之弟。　⑤ 知拔：赏识提拔。　⑥ 夷甫：王衍，见《言语》二十三注②。澄：王澄，见《德行》二十三注①（页16）。　⑦ 处明：王舒。茂弘：王导，见《德行》二十七注③（页19）。　⑧ 令名：美名。　⑨ 副：符合。清论：高论。　⑩ 顷来：近来。　⑪ 负实：违背事实。

【评析】王舒是王导的堂弟，年轻时潜心于学业。王敦为青州刺史时，府中多的是辎重金宝，"亲宾无不竞取，惟舒一无所眄，益为王敦所赏"（《晋书》本传）。直到四十多岁王舒才出仕。刘注引文称其"意局刚清，以政事称"，可知王舒既有修养又有从政才能。王敦对王导和王舒都很赏识，只是王导成名得早，而王舒成名得晚而已。王敦在称誉王舒这一点上还是颇有眼光的。

四十七

周侯于荆州败绩还①，未得用。王丞相与人书曰②："雅流弘器③，何可得遗④？"㊀

【今译】周顗在荆州大败而归后，没有被朝廷任用。王导在写给别人的书信中说："周颠是高雅一流之人,具有大才干,怎么可以遗弃不用?"

【刘孝标注】㊀ 邓粲《晋纪》曰:"颠为荆州,始至,而建平民傅密等叛逆蜀贼。颠狼狈失据,陶侃救之,得免。颠至武昌投王敦,敦更选侃代颠,颠还建康,未即得用也。"

【注释】① 周侯:周颠,见《言语》三十刘注(页54)。败绩:大败。 ② 王丞相:王导。 ③ 雅流:高雅之辈。弘器:指有大才干的人。 ④ 遗:遗弃。

【评析】本文写王导为周颠惨败后未被朝廷重用而鸣不平,在书信中极赞其"雅流弘器"。这是极高的评价,谓其品德高雅,更是治国之栋梁。但是后来当其堂兄王敦举兵谋反时,他以为周颠并未在明帝前为自己求情,故当王敦要处死周颠征求他的意见时,王导竟然保持沉默,一言不发,致使周颠死于敦手。后王导看到了周颠向皇帝求情的奏章时,才知事实真相,然已后悔莫及。这说明王导对于"性宽容而友爱过人"(《晋书》本传)的周颠并不真正了解。

四十八

时人欲题目高坐而未能①,桓廷尉以问周侯②。周侯曰:"可谓卓朗③。"桓公曰:"精神渊著④。"㊀

【今译】当时想要品评高坐道人而未能找到合适的评语,桓彝拿此事问周颠。周颠说:"可以是卓越开朗。"桓温说:"他的精神既深沉又显明。"

【刘孝标注】㊀《高坐传》曰:"庾亮、周颠、桓彝,一代名士,一见和尚,披衿致契。曾为和尚作目,久之未得。有云:'尸利密可称卓朗。'于是桓始咨嗟,以为标之极似。宣武尝云:'少见和尚,称其精神渊著,当年出伦。'其为名士所叹如此。"

【注释】① 题目:品评。高坐:高坐道人(当时和尚通称道人),见《言语》三十九注①(页61)。 ② 桓廷尉:桓彝,见《德行》三十注①(页21)。周侯:周颠,见《言语》三十刘注(页54)。 ③ 卓朗:卓越开朗。 ④ 桓公:桓温,桓彝之子。渊著:既深沉又显明。

【评析】《高僧传》本传(《大正大藏经》卷五十)谓高坐为西域人,于永嘉中到中国,丞相王导一见而奇之,以为与自己是一类人,当时的名士"见之终日累叹"(同上),无不佩服赞叹。本文写众名士欲品评他而找不到合适的评语,还是周颠和桓温说了。他们抓住了高坐的卓越、超脱、深沉的精神风貌,与《言语》三十九所写高坐不说汉语是为了用来省去"应对之烦"一致,可知其道行之高尚,心境之清净,无怪乎能得到众名士的赞誉。

四十九

王大将军称其儿云①:"其神候似欲可②。"㊀

【今译】王敦称赞他的养子说:"他的精神状态似乎还可以。"

【刘孝标注】㊀ 王应也。

【注释】① 王大将军：王敦，见《言语》三十七注①（页59）。儿：刘注谓："王应也。"本书《识鉴》十五刘注引《晋阳秋》曰："应字安期，含子也。敦无子，养为嗣，以为武卫将军，用为副贰，伏诛。" ② 神候：精神状态。

【评析】《晋书》本传："敦无子，养含子应。"本文写其称赞王应"神候似欲可"，大约以为王应能够继承他篡逆之任吧，但他看走了眼。当王敦病重时，他嘱咐道："我亡后，应便即位，先立朝廷百官，然后乃营葬事。"而王敦死后，"应秘不发丧，裹尸以席，蜡涂其外，埋于厅事中，与诸葛瑶等恒纵酒淫乐"。可知王应不过是个只知淫乐的纨绔子弟而已。

五十

卞令目叔向①："朗朗如百间屋②。"〇

【今译】卞壶品评叔向："他胸怀坦荡，犹如上百间房屋那样广大敞亮。"

【刘孝标注】〇《春秋左氏传》曰："叔向，羊舌肸也。晋大夫。"

【注释】① 卞令：卞壶（kǔn），字望之。刘注介绍详见本篇五十四。卞壶曾任尚书令，故称卞令。叔向：春秋时晋国大夫羊舌肸（xī）。 ② 朗朗：指胸怀开朗坦荡。

【评析】关于文中"叔向"，前人有认为品题古人与体例不合。清末文廷式曰："《世说》皆当时语。若评论古人，不当收入。疑'叔向'二字有误。注则明人妄增也。"（《纯常子枝语》卷五）其说似有理。本书所评人物皆为亲见、亲闻之人，并无品题古人之例，独有此篇引出古人，与体例不合。再者，本书品评人物的文字风格都是对熟悉之人的比喻形容，偏重于精神风貌，不是亲见亲历是难以捕捉体会的。但是卞壶有无叔父名向者，亦无从确证。兹姑从刘注所言解释。

五十一

王敦为大将军①，镇豫章②。卫玠避乱③，从洛投敦。相见欣然，谈话弥日。于时谢鲲为长史④，敦谓鲲曰："不意永嘉之中⑤，复闻正始之音⑥。阿平若在⑦，当复绝倒⑧。"〇

【今译】王敦担任大将军时，镇守在豫章。卫玠为躲避战乱，从洛阳来投奔王敦。两人见面后很高兴，谈了一整天的话。这时谢鲲在王敦幕府任长史，王敦对谢鲲说："想不到在永嘉年间，又能听到正始之音。王澄如果在座，必定又要佩服倾倒了。"

【刘孝标注】〇《玠别传》曰："玠至武昌见王敦，敦与之谈论，弥日信宿。敦顾谓僚属曰：'昔王辅嗣吐金声于中朝，此子今复玉振于江表，微言之绪，绝而复续。不悟永嘉之中，复闻正始之音。阿平若在，当复绝倒。'"

【注释】① 王敦：见《言语》三十七注①（页59）。 ② 豫章：治在今江西南昌。 ③ 卫玠：见《言语》三十二注①（页56）。避乱：指西晋末的战乱。 ④ 谢鲲：见《言语》四十六注②（页65）。 ⑤ 永嘉：西晋怀帝的年号（307—313）。 ⑥ 正始之音：三国魏齐王芳正始年间（240—249），崇尚玄学清谈，后人称当时的风尚言论为"正始之音"。 ⑦ 阿平：王澄，字平子。

⑧ 绝倒：极端佩服倾倒。

【评析】本文亦见于《晋书·卫玠传》，文字略有不同，兹录以参照："是时大将军王敦镇豫章，长史谢鲲先雅重玠，相见欣然，言论弥日。敦谓鲲曰：'昔王辅嗣吐金声于中朝，此子复玉振于江表，微言之绪，绝而复续。不意永嘉之末，复闻正始之音，何平叔若在，当复绝倒。'"文中的"阿平"（王澄）作"何平叔（何晏）"，显然有误。据刘注引《玠别传》，王澄听卫玠谈道，曾三次绝倒，并未见何晏绝倒的记载。

五十二

王平子与人书①，称其儿"风气日上②，足散人怀③"。㊀

【今译】王澄在写给别人的信里，称赞自己的儿子"风度气质一天天地向上，足以使人的胸怀得到排遣"。

【刘孝标注】㊀《永嘉流人名》曰："澄第四子微。"《澄别传》曰："微迈上有父风。"

【注释】① 王平子：王澄，见《德行》二十三注①（页16）。 ② 风气：风度气质。 ③ 散：排遣。怀：心情，胸怀。

【评析】王澄其子，据《晋书》本传："长子詹，早卒。次子徽，右军司马。"本文刘注引文则谓"微"，此恐为"徽"字之误。

五十三

胡毋彦国吐佳言如屑①，后进领袖。㊀

【今译】胡毋辅之言谈时说出来的佳言妙语，犹如锯木时出来的木屑那样绵绵不绝，是后辈中的领袖人物。

【刘孝标注】㊀ 言谈之流，靡靡如解木出屑也。

【注释】① 胡毋彦国：胡毋辅之，见《德行》二十三注①（页16）。

【评析】《德行》二十三刘注引文谓胡毋辅之与王澄、谢鲲等皆为贵游子弟，上承阮籍，以脱衣裸露为通达。本文则赞其佳言妙语绵绵不绝如木屑，比喻可谓新颖，更加突出其放任通达之风貌。

五十四

王丞相云①："刁玄亮之察察②，戴若思之岩岩③，㊀卞望之之峰距④。"㊁

【今译】王导说："刁协分析明辨，戴俨态度严峻，卞壶锋芒毕露。"

《世说新语》详解

【刘孝标注】 ㊀虞预《晋书》曰:"戴俨字若思,广陵人。才义辩济,有风标锋颖。累迁征西将军,为王敦所害。赠左光禄大夫,仪同三司。" ㊁《卞壶别传》曰:"壶字望之,济阴冤句人。父粹,太常卿。壶少以贵正见称,累迁御史中丞,权门屏迹,转领军尚书令。苏峻作乱,率众距战,父子二人俱死王难。邓粲《晋纪》曰:"初,咸和中,贵游子弟能谈嘲者,慕王平子、谢幼舆等为达。壶厉色于朝曰:'悖礼伤教,罪莫斯甚! 中朝倾覆,实由于此!'欲奏治之。王导、庾亮不从,乃止。其后皆折节为名士。《语林》曰:"孔坦为侍中,密启成帝,不宜往拜曹夫人。丞相闻之曰:'王茂弘驽痖耳! 若卞望之岩岩,刁玄亮之察察,戴若思之峰距,当敢尔不?'"此言殊有由绪,故聊载之耳。

【注释】 ① 王丞相:王导。 ② 刁玄亮:刁协,见《方正》二十三注⑦(页 194)。察察:分析明辨。 ③ 戴若思:戴俨,见刘注。岩岩:态度严峻的样子。 ④ 卞望之:卞壶(kǔn),见刘注。峰距:喻人之严峻有锋芒。

【评析】 王导品评三人之言,《晋书》本传亦载,并多了一点说明,可与刘注引文互参。有曰:"时王导以勋德辅政,成帝每幸其宅,尝拜导妇曹氏。侍中孔坦密表不宜拜。"导闻之曰:"王茂弘驽痖耳,若卞望之之岩岩,刁玄亮之察察,戴若思之峰距,当敢尔邪!"

五十五

大将军语右军①:"汝是我佳子弟,㊀当不减阮主簿②。"㊁

【今译】 王敦对王羲之说:"你是我家的好子侄,应当不比阮裕差。"

【刘孝标注】 ㊀按《王氏谱》:"羲之是敦从父兄子。" ㊁《中兴书》曰:"阮裕少有德行,王敦闻其名,召为主簿,知敦有不臣之心,纵酒昏酣,不综其事。"

【注释】 ① 大将军:王敦。右军:王羲之,见《言语》六十二注①(页 73)。 ② 阮主簿:阮裕,见《德行》三十二注①(页 22)。

【评析】 刘注引文谓王敦为王羲之的堂伯父。王敦赞誉王羲之语亦见《晋书·王羲之传》,语句稍详,有曰:"时陈留阮裕有重名,为敦主簿。敦尝谓羲之曰:'汝是吾家佳子弟,当不减阮主簿。'"

五十六

世目周侯①:"嶷如断山②。"㊀

【今译】 世人品评周颛:"他峻拔的样子如同高高耸立的孤山。"

【刘孝标注】 ㊀《晋阳秋》曰:"颛正情嶷然,虽一时侪类,皆无敢媟近。"

【注释】 ① 周侯:周颛,见《德行》三十刘注(页 54)。 ② 嶷(nì):高峻,高耸。断山:高耸孤立的山。

【评析】 周颛以"神彩秀彻"(《晋书》本传)而得到重名,"以雅望获海内盛名"(同上)而受到王导的器重。桀骜不驯的王敦则怕其义正词严而让他三分。本文写世人对他的品评,赞誉其高峻突出的精神风貌,颇为神似。

五十七

王丞相招祖约夜语①,至晓不眠。明旦有客,公头鬓未理②,亦小倦③。客曰:"公昨如是,似失眠。"公曰:"昨与士少语④,遂使人忘疲。"

【今译】王导邀请祖约晚上来叙谈,直到天亮也没睡。第二天一早有客人来,王导的头发鬓毛还未梳理,也感到有些疲倦。客人说:"您昨晚如此疲倦,似乎失眠了。"王导说:"昨天晚上我和祖约叙谈,就令人忘了疲倦了。"

【注释】① 王丞相:王导。祖约:见《雅量》十五注①(页226)。 ② 鬓:脸旁边靠近耳朵的头发。 ③ 小倦:稍感疲倦。 ④ 士少:祖约字士少。

【评析】祖逖与祖约为兄弟,但为人方面却相去甚远。祖逖"慷慨有节尚","常怀振复之志"(《晋书》本传),留下了著名的"闻鸡起舞"、"中流击楫"的典故。而祖逖之弟祖约竟随苏峻起兵进攻京都,失败后奔后赵,为石勒所杀。本文写王导与祖约夜谈忘倦,想来谈得十分投机。

五十八

王大将军与丞相书①,称杨朗曰②:"世彦识器理致③,才隐明断④。既为国器⑤,且是杨侯淮之子⑥。㊀位望绝为陵迟⑦,卿亦足与之处。"

【今译】王敦给王导写信,称赞杨朗说:"杨朗有见识器度,有思想情趣,才学深远,明于决断。他既为治国之大器,且又是杨准之子。可是他的地位名望却过于衰落不振,你也是值得与他交往的。"

【刘孝标注】㊀《世语》曰:"淮字始立,弘农华阴人。曾祖彪、祖修,有名前世。父嚣,典军校尉。淮元康末为冀州刺史。"荀绰《冀州记》曰:"淮见王纲不振,遂纵酒不以官事规意,消摇卒岁而已。成都王知淮不治,犹以其名士,惜而不遣,召为军咨议祭酒,府散停家。关东诸侯欲以淮补三事,以示怀贤尚德之事,未施行而卒。时年二十有七矣。"

【注释】① 王大将军:王敦。丞相:王导。 ② 杨朗:见《识鉴》十三刘注(页250)。 ③ 识器:见识度量。理致:思想情趣。 ④ 才隐:指才学深远。 ⑤ 国器:治国之器。 ⑥ 杨侯淮:杨淮。"淮"系"准"之误,杨准为杨修之孙,官至冀州刺史。《晋书·乐广传》谓乐广"少与弘农杨准相善"。侯,士大夫之尊称。 ⑦ 位望:地位名望。陵迟:衰落。

【评析】刘注引文谓杨朗的高祖杨彪、曾祖杨修、父亲杨准都是有名前世之名士,可是到杨朗这里声名一蹶不振。王敦从杨朗的器度、才学等赞其为治国人才,祖上又都是名士,故认为堂弟王导值得与之交往。这说明王敦也是颇为爱才惜才的。

五十九

何次道往丞相许①,丞相以麈尾指坐②,呼何共坐曰:"来,来,此是君坐。"㊀

【今译】何充前往王导处,王导用拂尘指着座位,叫何充来与自己一起坐,说:"来,来,这是您的座位。"

【刘孝标注】㊀何充,已见。

【注释】① 何次道:何充,见《言语》五十四注①。丞相:王导。许:处所。 ② 麈(zhǔ)尾:拂尘。魏晋时名士清谈时常执的一种拂子,用麈(兽名)的尾毛制成。

【评析】何充是王导的外甥。本文与下面一则在《晋书》本传中连在一起记载,文字略有增减。但本文所写王导语富于生活气息。多了"来,来"两个字,王导的语气就显得亲切。"此是君坐",语含双关。据下文刘注引文,知何充以"文义才情"为王导所器重与提拔。王导有意要何充继任自己丞相之位,并屡次将此意告知左右之人,故"此是君坐"不仅指座位而已,亦含有丞相之位的意思。下文更明白地说整修刺史官署是为何充准备的。在王导的荐拔下,何充后亦为扬州刺史,最后果然做到宰相:"充居宰相,虽无澄正改革之能,而强力有器局,临朝正色,以社稷为己任,凡所选用,皆以功臣为先,不以私恩树亲戚,谈者以此重之。"(《晋书》本传)

六十

丞相治扬州廨舍①,按行而言曰②:"我正为次道治此尔③!"何少为王公所重,故屡发此叹。㊀

【今译】王导修整扬州刺史官署,在视察巡行时说:"我只是为何充修整这个官署罢了!"何充年轻时就受到王导的器重,所以王导不止一次地发出这样的感叹。

【刘孝标注】㊀《晋阳秋》曰:"充,导妻姊之子,明穆皇后之妹夫也。思韵淹济,有文义才情,导深器之。由是少有美誉,遂历显位,导有副贰己使继相意,故屡显此指于上下。"

【注释】① 丞相:王导。治:整修。扬州廨(xiè)舍:指扬州刺史官署。 ② 按行:视察巡行。 ③ 正:仅,只。次道:何充。

【评析】本文可见王导对何充的器重和期待之情。

六十一

王丞相拜司徒而叹曰①:"刘王乔若过江②,我不独拜公。"㊀

【今译】王导被授予司徒之职时感叹说:"刘畴如果过江南下,我就不会独自一人担任三公之位了。"

【刘孝标注】㊀曹嘉之《晋纪》曰:"畴有重名,永嘉中为阎鼎所害。司徒蔡谟每叹曰:'若使刘王乔得南渡,司徒公之美选也。'"

【注释】① 王丞相:王导。司徒:官名,与司空、太尉合称三公。司徒在晋时相当于丞相。 ② 刘王乔:刘畴,见本篇三十八刘注㊀(页281)。

【评析】文中王导对刘畴的赞誉及蔡谟的赞誉并载于《晋书》本传中,并以"其为名流之所推服如此"结尾,可知刘王乔享有"美誉"(《晋书》本传)并非虚得。

六十二

王蓝田为人晚成①,时人乃谓之痴。⊖王丞相以其东海子②,辟为掾③。常集聚④,王公每发言,众人竞赞之。述于末坐曰:"主非尧、舜⑤,何得事事皆是?"丞相甚相叹赏。◎

【今译】王述成名比较迟,当时人甚至于认为他是痴子。王导因为他是东海太守王承的儿子,征召他为属官。大家曾经聚集在一起,王导每次发言,大家都竞相称赞。坐在末座的王述说:"长官不是尧、舜,怎么可能事事都是对的呢?"王导对他的话非常赞赏。

【刘孝标注】⊖《晋阳秋》曰:"述体道清粹,简贵静正,怡然自足,不交非类。虽群英纷纷,俊乂交驰,述独蔑然,曾不慕羡。由是名誉久蕴。" ◎言非圣人,不能无过。意讥赞述之徒。

【注释】① 王蓝田:王述,袭封为蓝田侯,故称。见《文学》二十二注③(页131)。晚成:成就较迟。 ② 东海:王述父王承曾任东海太守,故称。 ③ 辟(bì):征召。掾(yuàn):属官。 ④ 常:曾经。 ⑤ 主:主人,对长官的尊称,指王导。

【评析】本文内容《晋书·王述传》亦载,文字稍详,较之本文具体而生动。有曰:"少袭父爵。年三十,尚未知名,人或谓之痴。司徒王导以门地辟为中兵属。既见,无他言,惟问以江东米价。述但张目不答。导曰:'王掾不痴,人何言痴也?'尝见导每发言,一坐莫不赞美,述正色曰:'人非尧、舜,何得每事尽善?'导致容谢之。"王述当着王导的面,讥刺竞相赞美王导之徒,可谓耿直不阿。王导能赞叹王述之言,胸襟可谓宽阔。而王导主要因王述为名门望族之后才征召其为属官,亦足以反映当时重视门第出身之风。

六十三

世目杨朗①:"沉审经断②。"蔡司徒云③:"若使中朝不乱④,杨氏作公方未已。"谢公云:"朗是大才。"⊖

【今译】世人品评杨朗:"深沉谨慎。"蔡谟说:"如果中朝不乱,杨氏一门担任公卿的将会连续不断。"谢安说:"杨朗是大才。"

【刘孝标注】⊖《八王故事》曰:"杨准有六子,曰:乔、髦、朗、琳、俊、伸,皆得美名。论者以谓悉有台辅之望。文康庾公每追叹曰:'中朝不乱,诸杨作公未已也。'"

【注释】① 杨朗:见《识鉴》十三刘注(页250)。 ② 沉审:深沉谨慎。 ③ 蔡司徒:蔡谟,见《方正》四十注②(页204)。 ④ 中朝:指西晋王朝。

【评析】在《识鉴》十三中,谓王敦准备出兵攻打京都时,杨朗"苦谏不从,遂为王效力",说明杨朗助纣为虐,背叛朝廷。这样的人能称作"大才"吗,能作"三公"吗?可知蔡谟、谢安等人在评论杨朗时,没有什么是非观念。

六十四

刘万安①,即道真从子②,庾公○所谓"灼然玉举"③。又云:"千人亦见,百人亦见。"□

【今译】刘绥是刘宝的侄子,就是庾琮所说的"他鲜明的样子就像挺立的玉一样"。又说:"他在千人之中也能显现出来,在百人中也能显现出来。"

【刘孝标注】○ 琮字子躬。 □《刘氏谱》曰:"绥字万安,高平人。祖奥,太祝令。父斌,著作郎。绥历骠骑长史。"

【注释】① 刘万安:刘绥,见刘注。 ② 道真:刘宝,见《德行》二十二刘注○(页15)。从子:侄儿。 ③ 庾公:庾琮,见本篇三十刘注(页277)。灼(zhuó)然:鲜明的样子。

【评析】庾琮以鲜明如挺立的玉来比喻刘绥,又以即使在千百人中亦能显现出来加以形容,颇为新颖。

六十五

庾公为护军①,属桓廷尉觅一佳吏②,乃经年③。桓后遇见徐宁而知之④,遂致于庾公曰:"人所应有,其不必有;人所应无,己不必无。真海岱清士⑤!"○

【今译】庾亮担任护军将军时,嘱托桓彝寻觅一位好的属吏,竟然过了整整一年尚未找到。桓彝后来遇见徐宁并赏识他,便推荐给庾亮说:"人们所应当有的,他不一定有;人们所应当没有的,他不一定没有。他真是海岱一带的高雅之士!"

【刘孝标注】○《徐江州本事》曰:"徐宁字安期,东海郯人。通朗有德素,少知名。初为舆县令。谯国桓彝有人伦鉴识,尝去职无事,至广陵寻亲旧,遇风,停浦中累日,在船忧邑,上岸消摇,见一空宇,有似廨署,彝访之。云:'舆县廨也,令姓徐名宁。'彝既独行,思逢悟赏,聊造之。宁清惠博涉,相遇怡然。遂停宿,因留数夕,与宁结交而别。至都,谓庾亮曰:'吾为卿得一佳吏部郎。'亮问所在,彝即叙之。累迁吏部郎、左将军、江州刺史。"

【注释】① 庾公:庾亮。护军:护军将军,掌军职的选用,为重要军事长官之一。 ② 属(zhǔ):嘱托。桓廷尉:桓彝,见《德行》三十注①(页21)。 ③ 乃:竟。 ④ 徐宁:见刘注。 ⑤ 海岱:指东海和泰山之间的地区。清士:高雅之士。

【评析】刘注引文载有桓彝及其与徐宁结交的事迹,《晋书·桓彝传》亦载本文所写,文字稍异,文前并交代其与徐宁的交往经过,兹录于此,以资参考:"尝过舆县,县宰东海徐宁字安期,通朗博涉,彝遇之,欣然停留累日,结交而别。先是,庾亮每属彝觅一佳吏部,及至都,谓亮曰:'为卿得一吏部矣。'亮问所在,彝曰:'人所应有而不必有,人所应无而不必无。徐宁真海岱清士。'因为叙之,即迁吏部郎,竟历显职。"

六十六

桓茂伦云①："褚季野皮里阳秋②。"谓其裁中也③。⊖

【今译】桓彝说："褚裒是皮里阳秋。"就是说他表面上不作评论而心里却是有所褒贬的。

【刘孝标注】⊖《晋阳秋》曰："裒简穆有器识。"故为彝所目也。

【注释】① 桓茂伦：桓彝。　② 褚季野：褚裒(póu)，见《德行》三十四注①(页23)。皮里阳秋：表面上不作评论而心里却有所褒贬。皮里阳秋，原作皮里春秋，因晋简文帝母名春，故晋人避讳，以"阳"代"春"。　③ 裁中：指表面上不作评论，而内心却有褒贬。

【评析】桓彝品评褚裒的话，亦见于《晋书·褚裒传》。传中对褚裒"皮里阳秋"的评论作了解释，谓："谯国桓彝见而目之曰：'季野有皮里阳秋。'言其外无臧否，而内有所褒贬也。"

六十七

何次道尝送东人①，瞻望，见贾宁在后轮中曰②："此人不死，终为诸侯上客③。"⊖

【今译】何充曾经送别从东边吴郡、会稽来的人，放眼远望，看到贾宁在后面的车辆上，便说："这人不死的话，最终会成为诸侯的座上客。"

【刘孝标注】⊖《晋阳秋》曰："宁字建宁，长乐人，贾氏孽子也。初自结于王应、诸葛瑶。应败，浮游吴会，吴人咸侮辱之。闻京师乱，驰出投苏峻，峻甚昵之，以为谋主。及峻闻义军起，自姑孰执屯于石头，是宁之计。峻败，先降。仕至新安太守。"

【注释】① 何次道：何充，见《言语》五十四注①(页70)。东人：指建康以东，吴郡、会稽一带人。　② 贾宁：见刘注。后轮：指后面的车辆。　③ 诸侯：指治理一方的行政长官。

【评析】贾宁其人反复无常，见异思迁。据刘注引文，知其初结于王应、诸葛瑶，苏峻起兵后，又为苏峻出谋划策。峻败，归降朝廷，官做到新安太守。果然如何充所说，"为诸侯上客"。其人可谓朝三暮四！

六十八

杜弘治墓崩①，哀容不称②。庾公顾谓诸客曰③："弘治至羸④，不可以致哀⑤。"⊖又曰："弘治哭不可哀。"

【今译】杜乂的祖坟崩塌了，他并不显得十分悲哀。庾亮回头对诸位宾客说："杜乂身体极其衰弱，不能尽哀。"又说："杜乂哭的时候不能太哀伤。"

【刘孝标注】⊖《晋阳秋》曰："杜乂字弘治，京兆人。祖预、父锡，有誉前朝。乂少有令名，仕丹阳丞，蚤卒。成帝纳乂女为后。"

《世说新语》详解

【注释】① 杜弘治：杜乂，见刘注。墓崩：指祖坟崩塌。　② 不称(chèn)：不相称，不适合。
③ 庾公：庾亮。顾：回头。　④ 羸(léi)：瘦弱。　⑤ 致哀：尽哀。

【评析】古时祖坟坍塌是很严重的事，作为子孙应极其哀痛才是。但杜乂的表情似与
之不相称。杜乂年轻时即有美名，如此表现宾客们自然会不满。庾亮以三个"不可"
称其身体羸弱，再三为之解释，缓和了宾客们的情绪，其爱才惜才之心意于此可见。

六十九

世称"庾文康为丰年玉①，稚恭为荒年谷②。"庾家论云："是文康称恭为荒
年谷，庾长仁为丰年玉③。"〇

【今译】世人称赞"庾亮是丰年的美玉，庾翼是荒年的稻谷"。庾家的评论则说："这是
庾亮称赞庾翼为荒年的稻谷，庾统为丰年的美玉。"

【刘孝标注】〇谓亮有廊庙之器，翼有匡世之才，各有用也。

【注释】① 庾文康：庾亮，谥号文康。丰年玉：庆丰收之玉器，比喻太平之世的人才。　② 稚
恭：庾翼，字稚恭，庾亮弟弟，见《言语》五十三注①(页69)。荒年谷：荒年歉收之谷，比喻乱世
能济时救世之人才。　③ 庾长仁：庾统，字长仁，小字赤玉，庾亮的侄子。

【评析】对庾氏兄弟子侄三人，世人的评论与庾家自己的评论大致相同，都认为他们
一则可担任朝廷要职，一则能为国立功。诚如刘注所赞誉的："亮有廊庙之器，翼有匡
世之才，各有用也。"

七十

世目："杜弘治标鲜①，季野穆少②。"〇

【今译】世人品评："杜乂仪表清秀俊美，褚裒处世宁静淡泊。"

【刘孝标注】〇《江左名士传》曰："乂，清标令上也。"

【注释】① 杜弘治：杜乂，见本篇六十八刘注(页293)。标鲜：指仪表清秀俊美。　② 季野：
褚裒，见《德行》三十四注①(页69)。穆少：宁静淡泊。

【评析】《晋书》本传谓杜乂"性纯和，美姿容"。王羲之谓其"肤若凝脂，眼如点漆，此
神仙中人也"。褚裒则"少有简贵之风"(同上)。二人"俱有盛名，冠于中兴"(同上)。
本文所写当时人之评论，正与上述所载一致。

七十一

有人目杜弘治①："标鲜清令②，盛德之风③，可乐咏也。"〇

【今译】有人品评杜乂："他的仪表清秀俊美，秀雅美好，高尚品德之风貌，值得歌咏。"

【刘孝标注】㊀《语林》曰："有人目杜弘治，标鲜甚清令，初若熙怡，容无韵，盛德之风，可乐咏也。"

【注释】① 杜弘治：杜乂。　② 标鲜：指仪表清秀俊美。清令：秀雅美好。　③ 盛德：高尚的德行。

【评析】本文进一步赞誉杜乂之仪态风貌，令人可歌可咏。

七十二

庾公云①："逸少国举②。"故庾倪为碑文云③："拔萃国举④。"㊀

【今译】庾亮说："王羲之是全国推戴的人。"所以庾倩为他所写的碑文说："出类拔萃，为国人所推戴。"

【刘孝标注】㊀ 倪，庾倩小字也。徐广《晋纪》曰："倩字少彦，司空冰子，皇后兄也。有才具，仕至太宰长史。桓温以其宗强，使下邳王晃诬与谋反而诛之。"

【注释】① 庾公：庾亮。　② 逸少：王羲之，见《言语》六十二注①（页73）。国举：全国推戴。③ 庾倪：庾倩，见刘注，小字倪，庾冰之子。　④ 拔萃：出众超群。

【评析】庾亮是庾倪的伯父，所以庾倪在为王羲之写的碑文里也就沿用了"国举"的评价。

七十三

庾稚恭与桓温书称①："刘道生日夕在事②，大小殊快③。义怀通乐既佳④，且足作友，正实良器。推此与君同济艰不者也⑤。"㊀

【今译】庾翼写信给桓温说："刘恢日日夜夜忙于公事，上下左右的人都很称心。他为人道义胸怀通达乐观各方面都很好，又值得结为朋友，确实是位优秀的人才。我把他推荐给你，可以同你共同度过艰难困苦。"

【刘孝标注】㊀ 宋明帝《文章志》曰："刘恢字道生，沛国人。识局明济，有文武才。王濛每称其思理淹通，蕃屏之高选。为车骑司马。年三十六卒，赠前将军。"

【注释】① 庾稚恭：庾翼，见《言语》五十三注①（页69）。　② 刘道生：刘恢，见刘注。日夕：日夜。在事：办事，忙于公务。　③ 快：畅快，称心。　④ 义怀：道义胸怀。通乐：通达乐观。⑤ 艰不(pǐ)：艰难困苦。

【评析】文中的刘道生即刘恢，据刘注引文谓"刘恢字道生"。而《三国志·魏书·管辂传》引《晋诸公赞》，则称"恢字真长，尹丹阳"，《晋书·刘惔传》云："刘惔字真长"、"累迁丹阳尹"。本文刘注引文称其"年三十六卒"，《晋书》本传亦云"年三十六卒官"。另，有关刘惔家世，《晋书》本传与《晋诸公赞》相同。于此可知，刘恢与刘惔恐系同一人，"恢"为"惔"之误。

七十四

王蓝田拜扬州①,主簿请讳②,教云:"亡祖先君,名播海内,远近所知。内讳不出于外③,⊖余无所讳。"

【今译】王述担任扬州刺史时,主簿请示该避讳的字,王述批示道:"我去世的祖父,已故的父亲,名扬天下,远近无人不知。内讳从不传出门外。其余就没有什么可避讳的了。"

【刘孝标注】⊖《礼记》曰:"妇人之讳不出门。"

【注释】① 王蓝田:王述,见《文学》二十二注③(页131)。拜扬州:受任扬州刺史。 ② 请讳(huì):请示该避讳的字。旧时对于君主或尊长的名字避免说出或写出而改用其他的字,称避讳。晋人尤重家讳,故新官上任时属吏要请示避讳的字。 ③ 教:指大臣的指示。内讳:指家内女性长辈的名字。《礼记·曲礼上》:"妇讳不出门。"

【评析】从本文所写,可知晋人看重门第与家讳的情况。

七十五

萧中郎①,孙丞公妇父②。刘尹在抚军坐③,时拟为太常④,刘尹云:"萧祖周不知便可作三公不⑤?自此以还⑥,无所不堪⑦。"⊖

【今译】萧轮是孙统的岳父。刘惔在司马昱抚军座上做客时,准备让萧轮担任太常一职,刘惔说:"萧轮不知可以担任三公吗?从三公以下,他没有什么不能胜任的。"

【刘孝标注】⊖《晋百官名》曰:"萧轮字祖周,乐安人。"刘谦之《晋纪》曰:"轮有才学,善三《礼》,历常侍、国子博士。"

【注释】① 萧中郎:萧轮,见刘注。 ② 孙丞公:孙统,字承公,历任鄞令、吴宁令、余姚令。妇父:妻子的父亲,即岳父。 ③ 刘尹:刘惔,见《德行》三十五注①(页24)。抚军:指简文帝司马昱,时任抚军大将军,见《德行》三十七注①(页25)。 ④ 太常:官名,九卿之一,掌宗庙礼仪。 ⑤ 三公:太尉、司徒、司空之合称,共同负责军政的最高长官。 ⑥ 以还:以下。 ⑦ 堪:胜任。

【评析】刘惔以善言玄理为王导等名流所敬重。他在司马昱前推荐萧轮堪作三公,至于三公以下的职位不在话下。想必萧轮定有过人的才智,才能得到刘惔的赞誉。刘注引文谓萧轮有才学,善三《礼》,历官常侍、国子博士,未见有任职三公的记载。

七十六

谢太傅未冠①,始出西②,诣王长史③,清言良久。去后,苟子问曰④:⊖"向客何如尊⑤?"长史曰:"向客亹亹⑥,为来逼人。"

【今译】谢安尚未成年时,刚到西边京城建康,拜望王濛,清谈玄理很多时候。谢安走后,王濛的儿子王修问道:"刚才的客人比起父亲怎么样?"王濛说:"刚才的客人勤勉不倦的样子,清言玄理咄咄逼人。"

【刘孝标注】㊀王濛、子修并已见。

【注释】① 谢太傅:谢安。未冠:尚未成年。 ② 出西:往西边,指去京城。谢安出仕前住会稽,到京城是向西,故称。 ③ 王长史:王濛,见《言语》五十四注④(页70)。 ④ 苟子:王修,字敬仁,小字苟子,王濛之子。 ⑤ 尊:尊称父亲。 ⑥ 亹亹(wěi):勤勉不倦的样子。

【评析】本文亦载《晋书·谢安传》,字句大体相同。然其中王修与王濛的对话,均称名而不称官名与小字,谓"濛子修曰",交代似较本文清楚。又王濛答语谓"此客"而不称"向客",切合王濛的身份。一字之差,较本文为优。

七十七

王右军语刘尹①:"故当共推安石②。"刘尹曰:"若安石东山志立③,当与天下共推之。"㊀

【今译】王羲之对刘惔说:"我们应当共同推举谢安。"刘惔说:"如果谢安确立了隐居东山之志,我们应当与天下人共同推举他。"

【刘孝标注】㊀《续晋阳秋》曰:"初,安家于会稽上虞县,优游山林,六七年间,征召不至,虽弹奏相属,继以禁锢,而晏然不屑也。"

【注释】① 王右军:王羲之,见《言语》六十二注①(页73)。刘尹:刘惔,见《德行》三十五注①(页24)。 ② 故当:当然。安石:谢安。 ③ 东山志:指不愿出仕隐居东山的志趣。

【评析】谢安在未成年时已受到当时名士王濛、王导等的器重。他寓居会稽、高卧东山,与王羲之、支遁等放情山水,"出则渔弋山水,入则言咏属文,无处世意"(《晋书》本传)。他拒绝征召,直至四十余岁,"始有仕进志"(同上)。本文写王羲之、刘惔要联合天下人共同推举谢安。可知其深为时人推戴,他的出山实为众望所归。

七十八

谢公称蓝田①:"掇皮皆真②。"㊀

【今译】谢安称誉王述:"他这人摘去外表露出的都是本真。"

【刘孝标注】㊀徐广《晋纪》曰:"述贞审,真意不显。"

【注释】① 谢公:谢安。蓝田:王述,见《文学》二十二注③(页23)。 ② 掇(duō):拾,摘。

【评析】谢安称誉王述之言,刘注引文谓"述贞审,真意不显"。贞,正也;审,审慎,正大意。谓王述为人审慎正大,真意并不显露。《晋书》本传称王述"性沉静,每坐客驰辨,异端竞起,而述处之恬如也",与刘注引文之意仿佛。本文即指王述本质上是一片率真,只是外表不明显而已。

七十九

桓温行经王敦墓边过,望之云:"可儿①! 可儿!"〇

【今译】桓温出行从王敦墓边经过,望着王敦的墓说:"令人满意的人! 令人满意的人!"

【刘孝标注】〇 孙绰《与庾亮笺》曰:"王敦可人之目,数十年间也。"

【注释】① 可儿:即可人,即使人满意的人。

【评析】王敦其人,据《晋书》本传,谓其初"务自矫厉,雅尚清谈,品不言财色",故能得到孙绰"可人"的品评(见刘注引文)。但他后来野心膨胀,成为谋逆者,"遂欲专制朝廷,有问鼎之心"(《晋书》本传)。桓温对于这种背叛朝廷、为人所不齿的逆贼,居然发出"可儿"的赞叹声,可知其把王敦引为同类,亦欲行谋逆,其所包藏的祸心暴露无余。

八十

殷中军道王右军云①:"逸少清贵人②,吾于之甚至③,一时无所后。"〇

【今译】殷浩称道王羲之说:"逸少是清高尊贵之人,我对于他可说是情义深至,一时无人可为其后。"

【刘孝标注】〇《文章志》曰:"羲之高爽有风气,不类常流也。"

【注释】① 殷中军:殷浩,见《政事》二十二注①(页 115)。道:称道。王右军:王羲之。② 逸少:王羲之字逸少。清贵人:清高尊贵之人。 ③ 于:对于。之:代词,指王羲之。至:指情义深至。

【评析】《晋书》王羲之传谓其"少有美誉,朝廷公卿皆爱其才器,频召为侍中、吏部尚书,皆不就"。"扬州刺史殷浩素雅重之,劝使应命"。后殷浩将北伐,"羲之以为必败,以书止之,言甚切至……果为姚襄所败"。可知二人相知相交不同一般。文中殷浩称自己对于羲之情义深至、无人可为其后的赞誉,确实不虚。

八十一

王仲祖称殷渊源①:"非以长胜人,处长亦胜人②。"〇

【今译】王濛称誉殷浩:"他非但以长处胜过他人,在对待自己的长处上也胜过他人。"

【刘孝标注】㊀《晋阳秋》曰:"浩善以通和接物也。"

【注释】① 王仲祖:王濛,见《言语》五十四注④(页70)。殷渊源:殷浩,见《政事》二十二注①(页115)。　② 处:对待。

【评析】王濛称道殷浩不仅以自己的长处胜过他人,而且还善于对待自己的长处。这后一点比前者更令人注目。刘注引文谓殷浩"善以通和接物",即他以通达温和的态度与人交往。《晋书》本传谓其"识度清远",故为王濛、谢尚等所赞赏,都力劝其早日出仕就职,说"渊源不起,当如苍生何"!(《晋书》本传)可知其获得时人称誉并不偶然。

八十二

王司州与殷中军语①,叹云:"己之府奥②,早已倾写而见③;殷陈势浩汗④,众源未可得测。"㊀

【今译】王胡之与殷浩清谈,叹息道:"我自己胸中所有的,早就已经倾泻出来了;而殷浩谈论的阵势浩大无边,众多的源头还未可测量呢。"

【刘孝标注】㊀ 徐广《晋纪》曰:"浩清言妙辩玄致,当时名流,皆为其美誉。"

【注释】① 王司州:王胡之,见《言语》八十一刘注(页85)。殷中军:殷浩,字渊源。　② 府奥:指胸中所有。　③ 倾写:即倾泻。写,通"泻"。　④ 陈势:阵势。陈,通"阵"。浩汗:广大辽阔的样子。

【评析】本文刘注引文称殷浩"清言妙辩玄致",谓其清言论辩美妙幽深,充满旨趣,故深得当时名流的美誉。文中王胡之的话语含双关,巧妙地将殷浩的名字"浩"和"源"二字包含其中,颇为幽默风趣。

八十三

王长史谓林公①:"真长可谓金玉满堂②。"林公曰:"金玉满堂,复何为简选③?"王曰:"非为简选,直致言处自寡耳④。"㊀

【今译】王濛对支遁说:"刘惔的清谈真是金玉满堂,丰富多彩。"支遁说:"既然是金玉满堂,又为什么要选择言辞呢?"王濛说:"不是选择,只是言辞本来就少而已。"

【刘孝标注】㊀ 谓吉人之辞寡,非择言而出也。

【注释】① 王长史:王濛。林公:支遁,见《言语》四十五注②(页64)。　② 真长:刘惔。金玉满堂:语出《老子》,比喻言辞丰富多彩。　③ 简选:挑选,选择。　④ 直:但,只。致言:发言。

【评析】文中王濛称誉刘惔之言辞犹如金玉满堂,丰富多彩,故发言少而精。刘注引《周易·系辞下》之语加以诠释,认为刘惔正如古代有修养的人,说话少而精,自然说出,不必选择才说。刘惔在当时以善于"口谈"而为"风流谈论者宗"(《晋书》本传),于此可见。

八十四

王长史道江道群①："人可应有,乃不必有;人可应无,己必无。"㊀

【今译】王濛称道江灌："别人所应有的,他不一定有;别人所应当没有的,自己必定没有。"

【刘孝标注】㊀《中兴书》曰："江灌字道群,陈留人,仆射彪从弟也。有才器,与从兄逌名相亚。仕尚书、中护军。"

【注释】① 王长史:王濛。江道群:江灌,见刘注。历官吏部郎、抚军司马、御史中丞、吴兴太守、吴郡太守等。

【评析】《晋书》本传谓江灌"性方直,视权贵蔑如也,为大司马桓温所恶"。可知其不畏权贵,端方正直。本文所言,所谓有者,指名位权势之类,他予以蔑视,不必拥有。所谓无者,指人品道德修养,他十分重视,必定不作违背礼义、道德之事,故为野心家桓温所恶。本篇六十五桓彝推荐徐宁时,亦说过类似的话,只是后半句不同,"人所应无,己不必无",写的是名士风度,不守礼法,自由自在,与本文所写的对象不同。

八十五

会稽孔沈、魏颜、虞球、虞存、谢奉并是四族之俊①,于时之杰。㊀孙兴公目之曰②："沈为孔家金,颜为魏家玉,虞为长、琳宗③,谢为弘道伏④。"㊁

【今译】会稽孔沈、魏颜、虞球、虞存、谢奉同是四个家族中的英才,当时的杰出人物。孙绰品评他们说："孔沈是孔家的金子,魏颜是魏家的宝玉,虞家尊崇虞存和虞球,谢奉为谢家所佩服。"

【刘孝标注】㊀ 沈、存、颜、奉并别见。《虞氏谱》曰："球字和琳,会稽余姚人。祖授,吴广州刺史。父基,右军司马。球仕至黄门侍郎。" ㊁ 长、琳,即存及球字也。弘道,谢奉字也。言虞氏宗长、琳之才,谢氏伏弘道之美也。

【注释】① 孔沈:见《言语》四十四注①(页63)。魏颜:字长齐,东晋会稽(治在今绍兴)人。官至山阴令。虞球:见刘注。虞存:字道长,见《政事》十七刘注㊀(页112)。谢奉:字弘道,见《言语》八十三注①(页87)。四族:指上述之孔、魏、虞、谢四个家族。 ② 孙兴公:孙绰,字兴公,见《言语》八四注①(页87)。 ③ 宗:宗仰,尊崇。 ④ 伏:佩服。

【评析】本文赞誉五人为四族的俊杰,《晋书》孔沈本传亦载。以文名冠于当时的孙绰以诗一般的语言为他们品题,更令世人为之瞩目。

八十六

王仲祖、刘真长造殷中军谈①,谈竟,俱载去。刘谓王曰："渊源真可②。"王曰："卿故堕其云雾中③。"㊀

【今译】王濛、刘惔同去拜访殷浩清谈，谈论完后，两人一起乘车离去。刘惔对王濛说："殷浩真行。"王濛说："你肯定掉入他布下的云雾中了。"

【刘孝标注】㈠《中兴书》曰："浩能言理，谈论精微，长于《老》、《易》，故风流者皆宗归之。"

【注释】① 王仲祖：王濛。刘真长：刘惔。造：拜访。殷中军：殷浩。　② 可：表示赞许。③ 云雾：喻指言论如云遮雾罩，令人迷惑。

【评析】王濛和刘惔在当时都是简文帝为相时的"谈客"，"号为入室之宾"（《晋书》王濛、刘惔本传），都是善于清谈的名士。本文写他们与殷浩清谈后，刘极赞殷浩，王濛则认为刘被殷的言辞所迷惑。可知在善于玄言方面，殷浩更胜一筹，故刘注言"风流者皆宗归之"。

八十七

刘尹每称王长史云①："性至通而自然有节②。"㈠

【今译】刘惔常称赞王濛说："他的性格很通达而且自然有节制。"

【刘孝标注】㈠《濛别传》曰："濛之交物，虚己纳善，恕而后行，希见其喜愠之色。凡与一面，莫不敬而爱之。然少孤，事诸母甚谨，笃义穆族，不修小洁，以清贫见称。"

【注释】① 刘尹：刘惔。王长史：王濛。　② 通：通达。节：节制。

【评析】王濛之为人，刘注引文记之甚详，《晋书》本传亦载。本文写刘惔赞誉王濛之言，亦见于《晋书》本传，文后并有王濛之言云："刘君知我，胜我自知。"可知刘惔之赞深获濛心。

八十八

王右军道谢万石①："在林泽中，为自遒上②"；叹林公"器朗神俊③"；㈠道祖士少"风领毛骨④，恐没世不复见如此人⑤"；道刘真长"标云柯而不扶疏⑥"。㈡

【今译】王羲之称道谢万"在山林隐逸之中，可谓强健挺拔"；赞叹支遁"器宇开朗，神态秀雅"；称道祖约"风姿骨相不同凡俗，恐怕一辈子再也见不到这样的人了"；称道刘惔如"枝干高耸入云的大树而枝叶却并不显得繁茂"。

【刘孝标注】㈠《支遁别传》曰："遁任心独往，风期高亮。"　㈡《刘尹别传》曰："惔既令望，姻娅帝室，故屡居达官。然性不偶俗，心淡荣利。虽身登显列，而每挹降，闲静自守而已。"

【注释】① 王右军：王羲之。谢万石：谢万，字万石，见《言语》七十七注①（页83）。　② 遒（qiú）上：强健挺拔。　③ 林公：支道林。器朗神俊：器宇开朗，神态秀雅。　④ 祖士少：祖约，字士少，见《雅量》十五注①（页226）。风领毛骨：形容风姿毛发骨相不同凡俗。　⑤ 没世：终身。⑥ 刘真长：刘惔。标：高扬，高耸。云柯：凌云的高枝。扶疏：形容树枝繁茂分披的样子。

【评析】王羲之赞誉谢万、支遁、刘惔等的外表风度、精神面貌，尚能勾勒出他们的名士之风。但祖约是与苏峻联合起兵的叛乱者，连石勒都"薄其为人"（《晋书》本传），而王羲之却赞其"风领毛骨，恐没世不复见如此人"。如此不分是非，实在不伦不类，令人啼笑皆非。

八十九

简文目庾赤玉①："省率治除②。"谢仁祖云③："庾赤玉胸中无宿物④。"一

【今译】简文帝品评庾统："他爽直坦率，修身自爱。"谢尚说："庾统胸中坦荡，毫无芥蒂。"

【刘孝标注】一赤玉，庾统小字。《中兴书》曰："统字长仁，颍川人，卫将军怿子也。少有令名，仕至寻阳太守。"

【注释】① 简文：简文帝司马昱，见《德行》三十七注①（页25）。庾赤玉：庾统，见本篇六十九注③（页294）。 ② 省率：爽直坦率，不拘礼节。治除：修养自己，去除不良习气。 ③ 谢仁祖：谢尚，见《言语》四十六注①（页65）。 ④ 宿物：隔夜的东西。

【评析】刘注引文称庾统为"卫将军择子"，"择"字为"怿"字之误。《晋书》本传谓庾亮之弟怿死"赠侍中、卫将军，谥曰简。子统嗣"。庾统"少有令名，司空、太尉辟，皆不就。调补抚军、会稽王司马，出为建威将军、宁夷护军、寻阳太守。年二十九，卒。时人称其才器，甚痛惜之"。所说的情况与本文简文帝和谢尚品评之赞语相近。

九十

殷中军道韩太常曰①："康伯少自标置②，居然是出群器③。及其发言遣辞④，往往有情致⑤。"一

【今译】殷浩称道韩伯说："韩伯年轻时就很自负，确实是出类拔萃的人才。到了他发言用辞时，常常充满意趣风致。"

【刘孝标注】一《续晋阳秋》曰："康伯清和有思理，幼为舅殷浩所称。"

【注释】① 殷中军：殷浩。韩太常：韩伯，字太伯，见《德行》三十八注④（页26）。 ② 标置：标榜，自负。 ③ 居然：确实。出群：超群，出类拔萃。器：比喻人才。 ④ 遣辞：说话，运用词语。 ⑤ 情致：意趣风致。

【评析】本文所写，《晋书》本传亦载，只是少了后面两句，而多了韩伯的特点，谓："及长，清和有思理，留心文艺。舅殷浩称之曰：'康伯能自标置，居然是出群之器。'"所谓"文艺"，指文章写作之事。可知韩伯著文或议论不仅有内容，亦讲究修辞，说话多情致，故得到了舅舅殷浩的赞誉。

九十一

简文道王怀祖①："才既不长,于荣利又不淡②,直以真率少许③,便足对人多多许④。"㊀

【今译】简文帝称道王述:"他在才能上既不擅长,在名位利禄方面又并不淡泊,只是凭着少许的真诚坦率,就足够抵得上他人许许多多了。"

【刘孝标注】㊀《晋阳秋》曰:"述少贫约,箪瓢陋巷,不求闻达,由是为有识所重。"

【注释】① 王怀祖:王述,见《文学》二十二注③(页131)。 ② 荣利:名位利禄。 ③ 直:但,求。真率:真诚坦率。

【评析】本文内容亦载《晋书》本传,谓:"简文帝每言述才既不长,直以真率便敌人耳。"关于王述的"真率",《晋书》本传有二例:王述家贫,为宛陵令时,"颇受赠遗,而修家具,为州司所检,有一千三百条"。当王导派人去问时,王述答曰:"足自当止。"说足够了自然就会停止的。另谓"每爱职,不为虚让,其有所辞,必于不受"。他儿子认为应按惯例推辞,他谓能胜任就不必让,不能担任必定不接受。王述的这种真率的处世精神确实难能可贵。

九十二

林公谓王右军云①："长史作数百语②,无非德音③,如恨不苦④。"㊀王曰:"长史自不欲苦物⑤。"

【今译】支遁对王羲之说:"王濛讲了几百句话,没有一句不是善言,只是遗憾说话不能令对方辞穷。"王羲之说:"王濛本来不想为难人。"

【刘孝标注】㊀ 苦,谓穷人以辞。

【注释】① 林公:支遁。王右军:王羲之。 ② 长史:王濛。 ③ 德音:善言,敬称对方之言。 ④ 如:奈,只是。苦:刘注谓"穷人以辞"。意指用言辞话语使人感到困窘。 ⑤ 物:指人。

【评析】支遁与王濛、王羲之都是经常交往的谈友,《大正大藏》卷五十《高僧传》卷四有支遁与王濛的一段对话,与本文或有关联,兹引以对照:"太原王濛,宿构精理,撰其才词,往诣遁作数百语,自谓遁莫能抗。遁乃徐曰:'贫道与君别来多年,君语了不长进。'濛惭而退焉。"

九十三

殷中军与人书①,道谢万:"文理转遒②,成殊不易③。"㊀

【今译】殷浩给人写信,称道谢万:"写文章文辞义理越来越遒劲,他的成就很不容易。"

【刘孝标注】㊀《中兴书》曰："万才器俊秀,善自炫耀,故致有时誉。兼善属文,能谈论,时人称之。"

【注释】① 殷中军:殷浩。② 谢万:见《言语》七十七注①(页83)。文理:文辞义理。转:更加。遒(qiú):遒劲,指笔意老练。

【评析】本文称道谢万为文日益遒劲,刘注引文和《晋书》本传亦都赞其言谈与属文兼擅。其成就在于"转遒",能精益求精,不断提高。

九十四

王长史云①:"江思悛思怀所通②,不翅儒域③。"㊀

【今译】王濛说:"江惇思想上所通晓的,不止在儒学的领域。"

【刘孝标注】㊀ 徐广《晋纪》曰:"江惇字思悛,陈留人,仆射彪弟也。性笃学,手不释书,博览坟典,儒道兼综,征聘无所就,年四十九而卒。"

【注释】① 王长史:王濛。② 江思悛(quān):江惇(dūn),见刘注。著《通道崇俭论》,为世所称。庾亮请为儒林参军,征拜博士、著作郎,皆不就。思怀:指思想、思虑。③ 不翅:不止。翅,同"啻"(chì)。

【评析】《晋书》本传谓惇"性好学,儒玄并综";"东阳太守阮裕、长山令王濛,皆一时名士,并与惇游处,深相钦重"。可知王濛对江惇的人品学问十分钦佩,深知其对儒道兼通,故赞其思想上所通不止儒学一门而已。

九十五

许玄度送母始出都①,人问刘尹②:"玄度定称所闻不③?"刘曰:"才情过于所闻④。"㊀

【今译】许询送母亲才到京都,有人问刘惔:"许询究竟与所传闻的相称吗?"刘惔道:"他的才华超过所传闻的。"

【刘孝标注】㊀《许氏谱》曰:"玄度母,华轶女也。"按询集,询出都迎姊,于路赋诗,《续晋阳秋》亦然。而此言送母,疑缪矣。

【注释】① 许玄度:许询,见《言语》六十九注②(页78)。出都:指到京都,赴京都。② 刘尹:刘惔。③ 定:到底,究竟。称:符合,相称。不(fǒu):同"否"。④ 才情:才华。

【评析】许询与刘惔为至交,《言语》六十九就写许询到刘惔处住宿时的对话,故刘惔赞誉许询才情之语是可信的。

九十六

阮光禄云①："王家有三年少：右军②、安期③、长豫④。"㊀

【今译】阮裕说："王家有三位少年：王羲之、王应、王悦。"

【刘孝标注】㊀ 阮裕、王悦、安期、王应并已见。

【注释】① 阮光禄：阮裕，见《德行》三十二注①（页22）。 ② 右军：王羲之，见《言语》六十二注①（页73）。 ③ 安期：王应，见《识鉴》十五刘注㊀（页252）。 ④ 长豫：王悦，见《德行》二十九注①（页21）。

【评析】文中阮裕赞誉王氏三少年之语亦见于《晋书·王羲之传》，只是"王应"作"王承"。谓："裕亦目羲之与王承、王悦为王氏三少。"

九十七

谢公道豫章①："若遇七贤②，必自把臂入林③。"㊀

【今译】谢安称道谢鲲："他如果碰到七贤，一定会与他们拉着手臂进入竹林，成为他们中的一员。"

【刘孝标注】㊀《江左名士传》曰："鲲通简有识，不修威仪。好迹逸而心整，形浊而言清。居身若秽，动不累高。邻家有女，尝往挑之。女方织，以梭投，折其两齿。既归，傲然长啸曰：'犹不废我啸歌'，其不事形骸如此。"

【注释】① 谢公：谢安。豫章：谢鲲，曾为豫章太守，故称。见《言语》四十六注②（页65）。 ② 七贤：即竹林七贤。 ③ 把臂：握持手臂，表示亲密。入林：指加入竹林七贤的队伍。

【评析】刘注引文介绍谢鲲为人放浪形骸，不拘形迹。《晋书》本传亦谓其"不修威仪，好《老》、《易》"。当王敦执政时，他知"敦有不臣之迹，显于朝野。鲲知不可以道匡弼，乃优游寄遇，不屑政事，从容讽议，卒岁而已"，"每与……等纵酒"。其行确有竹林七贤之风。故谢安赞其如遇七贤，定会与他们把臂入林。

九十八

王长史叹林公①："寻微之功②，不减辅嗣③。"㊀

【今译】王濛赞叹支遁："他探寻精微玄理的能力，不比王弼逊色。"

【刘孝标注】㊀《支遁别传》曰："遁神心警悟，清识玄远。尝至京师，王仲祖称其造微之功，不异王弼。"

【注释】① 王长史：王濛。林公：支遁，字道林，故称。 ② 寻微：探寻精微之玄理。 ③ 辅嗣：王弼，见《文学》六注②（页121）。

【评析】刘注引文谓王濛称道支遁造微之功,"不异王弼",《大正大藏·高僧传》卷四与本文同,前并有交代,曰:"太原王濛甚重之,曰:'造微之功,不减辅嗣。'"

九十九

殷渊源在墓所几十年①。于时朝野以拟管、葛②,起不起③,以卜江左兴亡④。⊖

【今译】殷浩在祖先墓地隐居了将近十年。当时朝廷内外都把他比拟为管仲、诸葛亮,根据他的出仕与否,来预测东晋的兴亡。

【刘孝标注】⊖《续晋阳秋》曰:"时穆帝幼冲,母后临朝,简文亲贤民望,任登宰辅。桓温有平蜀、洛之勋,擅强西陕。帝自料文弱,无以抗之。陈郡殷浩,素有盛名,时论比之管、葛。故征浩为扬州,温知意在抗己,甚忿焉。"

【注释】① 殷渊源:殷浩。几:将近。 ② 拟:比拟。管、葛:管仲、诸葛亮。均为历史上的名相。 ③ 起不起:指出仕与不出仕。 ④ 卜:预测。江左:指东晋。

【评析】《识鉴》十八与本文所写可结合起来看。殷浩擅长清谈,名声极大,实则徒有虚名而已。后来他真的受命统兵北征时,即一败涂地,最终被废为庶人。是知清谈不能救国,朝野人士(据《晋书》本传,有简文帝司马昱及王濛、谢尚等)对他赞誉过了头。

一〇〇

殷中军道右军①:"清鉴贵要②。"⊖

【今译】殷浩称道王羲之:"他有高明的见解,而又尊贵显要。"

【刘孝标注】⊖《晋安帝纪》曰:"羲之风骨清举也。"

【注释】① 殷中军:殷浩。右军:王羲之。 ② 清鉴:高明的见解。贵要:尊贵显要。

【评析】殷浩的评价可以很好地反映出王羲之的气质非同寻常。

一〇一

谢太傅为桓公司马①。⊖桓诣谢,值谢梳头,遽取衣帻②。桓公云:"何烦此?"因下共语至暝③。既去,谓左右曰:"颇曾见如此人不?"

【今译】谢安出任了桓温的司马。桓温去拜访谢安,正碰上谢安梳头,谢安急忙取来衣服和包头巾。桓温说:"何必烦劳这样做呢?"于是就下车与谢安一起谈论到傍晚。桓温离开后,对左右侍从说:"你们曾经见过这样的人物吗?"

【刘孝标注】⊖《续晋阳秋》曰:"初,安优游山水,以敷文析理自娱。桓温在西藩,钦其盛名,讽朝廷请为司马。以世道未夷,志存匡济。年四十,起家应务也。"

【注释】① 谢太傅:谢安。桓公:桓温。　② 遽(jù):急。帻(zé):包头巾。　③ 暝(míng):黄昏。

【评析】本文内容亦见《晋书》本传,只是前后次序不同,谢安取帻,桓温令着帽,亦不同。兹录以比较:"既到,温甚喜,言生平,欢笑竟日。既出,温问左右:'颇尝见我有如此客不?'温后诣安,值其理发。安性迟缓,久而方罢,使取帻。温见,留之曰:'令司马着帽进。'其见重如此。"

<h2 style="text-align:center">一〇二</h2>

　　谢公作宣武司马①,属门生数十人于田曹中郎赵悦子②。⊖悦子以告宣武,宣武云:"且为用半③。"赵俄而悉用之④,曰:"昔安石在东山⑤,缙绅敦逼⑥,恐不豫人事⑦。况今自乡选⑧,反违之邪?"

【今译】谢安担任桓温司马时,把几十个门生嘱托给田曹中郎赵悦。赵悦把这件事告诉桓温,桓温说:"暂时任用一半。"不久赵悦全部任用了他们,说:"过去谢安隐居在东山时,缙绅们催逼他出仕,就怕他不肯参预世事。何况如今是他亲自从乡里选拔来的人才,我反而要违背他的意愿吗?"

【刘孝标注】⊖ 伏滔《大司马寮属名》曰:"悦字悦子,下邳人。历大司马参军、左卫将军。"

【注释】① 谢公:谢安。宣武:桓温。　② 属(zhǔ):嘱托。田曹中郎:官名,管理农事。赵悦子:赵悦,见刘注。　③ 且:暂时。　④ 俄而:不久。　⑤ 东山:山名,在今浙江上虞县西南,谢安早年隐居于此。　⑥ 缙绅:古代大官插笏垂绅,后指官僚士大夫。敦逼:催促逼迫。⑦ 豫:参预。豫,同"预"。人事:世事。　⑧ 乡选:在乡里选拔人才。

【评析】本文既赞誉谢安不拘一格选人才,把他们托付给主管农事的赵悦录用,更赞扬赵悦置桓温的话于不顾,而将谢安嘱托的人全部予以录用,实属难得。

<h2 style="text-align:center">一〇三</h2>

　　桓宣武表云①:"谢尚神怀挺率②,少致民誉③。"⊖

【今译】桓温呈上的奏章说:"谢尚胸怀直爽坦率,年轻时就获得人们的赞誉。"

【刘孝标注】⊖ 温集载其《平洛表》曰:"今中州既平,宜时绥定。镇西将军豫州刺史尚,神怀挺率,少致人誉,是以入赞百揆,出蕃方司。宜进据洛阳,抚宁黎庶。谓可本官都督司州诸军事。"

【注释】① 桓宣武:桓温。表:奏章。　② 谢尚:见《言语》四十六注①(页65)。神怀:胸怀。挺率:直爽坦率。　③ 少:年轻时。致:获致,得到。

【评析】桓温上奏章举荐谢尚为都督司州诸军事,赞誉其"神怀挺率,少致人誉"。《晋书》本传亦载桓温上疏请尚为都督司州诸军事之事,只是"以疾病不行"。可知桓温十分赞赏谢尚之才干。

一〇四

世目谢尚为"令达"①。阮遥集云②:"清畅似达③。"或云:"尚自然令上④。"○

【今译】世人都品评谢尚为"美好通达"。阮孚说:"他高雅疏放似乎很通达。"有人说:"谢尚不做作而美好卓越。"

【刘孝标注】○《晋阳秋》曰:"尚率易挺达,招悟令上也。"

【注释】① 谢尚:见《言语》四十六注①(页65)。令达:美好通达。 ② 阮遥集:阮孚,见《文学》七十六注②(页162)。 ③ 清畅:高雅疏放。 ④ 令上:美好卓越。

【评析】谢尚得到世人的赞誉,不是偶然的。《晋书》本传谓其"开率颖秀,辨悟绝伦,脱略细行,不为流俗之事",可作为本文所谓的"令达"的注脚。

一〇五

桓大司马病①,谢公往省病②,从东门入③。○桓公遥望叹曰:"吾门中久不见如此人!"

【今译】桓温生病,谢安去探望,从涂城东门进去。桓温远远看见,感叹道:"我的门中已经很久看不到这样高雅的人物了!"

【刘孝标注】○ 温时在姑孰。

【注释】① 桓大司马:桓温。 ② 谢公:谢安。省(xǐng):探望。 ③ 东门:指姑孰(今安徽当涂)东门。

【评析】桓温不止一次地赞誉谢安为"如此人物",可知其对谢安的赏识与敬重。

一〇六

简文目敬豫为"朗豫①"。○

【今译】司马昱品评王恬是"开朗和悦"的人。

【刘孝标注】○ 王恬已见。《文字志》:"恬识理明贵,为后进冠冕也。"

【注释】① 简文:简文帝司马昱。敬豫:王恬,字敬豫,见《德行》二十九注④(页21)。朗豫:开朗和悦。

【评析】《德行》二十九谓王导见到长子王悦就欢喜高兴,见到次子王恬就要生气。《晋书》本传亦有此记载。而本文写简文帝品评王恬为开朗和悦之人。那么见到这样开朗和悦的人自然不会令人生气了。可知对王恬,简文帝和王导的感受完全不同。

一〇七

孙兴公为庾公参军①,共游白石山②,卫君长在坐③。⊖孙曰:"此子神情都不关山水,而能作文。"庾公曰:"卫风韵虽不及卿诸人④,倾倒处亦不近⑤。"孙遂沐浴此言⑥。

【今译】孙绰担任庾亮的参军时,他们一起去游览白石山,卫永当时也在座。孙绰说:"这人的神情毫不关注山水风光,却能写文章。"庾亮说:"卫永的风度韵致虽然及不上你们诸位,可令人佩服的地方亦复不同凡响。"这话使孙绰深深浸润体味。

【刘孝标注】⊖《卫氏谱》曰:"永字君长,成阳人,位至左军长史。"

【注释】① 孙兴公:孙绰。庾公:庾亮。 ② 白石山:在今江苏溧水北。 ③ 卫君长:卫永,见刘注。 ④ 风韵:风度韵致。 ⑤ 倾倒:令人佩服。近:浅近、平凡。 ⑥ 沐浴:借指身受其润,浸润其中。

【评析】刘勰《文心雕龙·物色》论及诗人的创作与山水景色的密切关系,谓"春秋代序,阴阳惨舒,物色之动,心亦摇焉……若乃山林皋壤,实文思之奥府,略语则阙,详说则繁。然屈平所以能洞鉴风骚之情者,抑亦江山之助乎"? 本文孙绰称卫永对山水毫不关心,却能作文,对之表示不解。而庾亮则指出其虽然外表不及他人,却另有其令人倾倒、不同凡响之处,言外之意其能作文并非偶然。素以善于品题人物著称的孙绰闻听此言,受到启发,不由浸润其中而回味不已。

一〇八

王右军目陈玄伯①:"垒块有正骨②。"⊖

【今译】王羲之品评陈泰:"他胸中有郁结不平之气而品格刚正。"

【刘孝标注】⊖ 陈泰已见。

【注释】① 王右军:王羲之。陈玄伯:陈泰,见《方正》八注③(页183)。 ② 垒块:指胸中郁结不平。正骨:指刚正的品格。

【评析】王羲之品题陈泰之语,可与本书《方正》八结合起来看。《方正》八谓其反对贾充杀死高贵乡公曹髦,提出应杀贾充以谢天下,可知陈泰之品格刚正不阿。

一〇九

王长史云①:"刘尹知我②,胜我自知。"⊖

【今译】王濛说:"刘惔了解我,超过我对自己的了解。"

【刘孝标注】⊖《濛别传》曰:"濛与沛国刘惔齐名,时人以濛比袁曜卿,惔比荀奉倩,而共交友,甚相知赏也。"

【注释】① 王长史：王濛。 ② 刘尹：刘惔。

【评析】本文内容亦见于《晋书·王濛传》："惔常称濛性至通，而自然有节，濛每云：'刘君知我，胜我自知。'"

一一〇

　　王、刘听林公讲①，王语刘曰："向高坐者②，故是凶物③。"复更听④，王又曰："自是钵釪后王、何人也⑤。"㊀

【今译】王濛、刘惔听支道林讲经，王濛对刘惔说："刚才坐在台上宣讲的人，原来是不吉之人。"再听下去，王濛又说："他本来是佛门中的王弼、何晏啊。"

【刘孝标注】㊀《高逸沙门传》曰："王濛恒寻遁，遇祇洹寺中讲，正在高坐上，每举麈尾，常领数百言，而情理俱畅。预坐百余人，皆结舌注耳。濛云：'听讲众僧，向高坐者，是钵釪后王、何人也。'"

【注释】① 王、刘：王濛、刘惔。林公：支道林。 ② 向：刚才。 ③ 凶物：不吉之人。物，指人。 ④ 复：原作"东"，据影宋本改。 ⑤ 钵釪（bó yú）：僧人的食器，此指僧徒。釪，即"盂"之借用字。王、何：王弼、何晏，魏晋玄学清谈之风的开创人。

【评析】据《高僧传》卷四本传（《大正大藏经》第五十卷）载，支道林不仅精于佛理，于庄子《逍遥游》，亦有精辟之见，善言玄理，深得当时名士如谢安、殷浩、王羲之、王濛等的赞赏、仰慕。本文所写，本传亦有类似记载，其结尾语作"实缁钵之王、何也"，文义似较之本文为佳。

一一一

　　许玄度言①："《琴赋》所谓'非至精者②，不能与之析理'，刘尹其人③；'非渊静者④，不能与之闲止⑤'，简文其人⑥。"㊀

【今译】许询说："《琴赋》所说的'不是最精通玄理的人，不能同他辨析玄理'，刘惔就是这样的人；'不是沉静恬淡的人，不能同他安静地相处'，简文帝就是这样的人。"

【刘孝标注】㊀ 稽叔夜《琴赋》也。刘惔真长，丹阳尹。

【注释】① 许玄度：许询，见《言语》六十九注②（页78）。 ②《琴赋》：稽康所作的一篇赋。 ③ 刘尹：刘惔。 ④ 渊静：沉静恬淡。 ⑤ 闲止：指安静地相处。 ⑥ 简文：简文帝司马昱。

【评析】稽康的《琴赋》见《文选》十八："非夫渊静者，不能与之闲止……非夫至精者，不能与之析理也。"许询引用稽康赋中之言来赞誉刘惔善于玄言、简文帝沉静恬淡。

一一二

魏隐兄弟少有学义①,㊀总角诣谢奉②。奉与语,大说之曰:"大宗虽衰③,魏氏已复有人。"

【今译】魏隐兄弟从小就有才学,童年时去拜望谢奉。谢奉同他们说话,十分喜欢他们,说:"他们的家族虽然衰落了,但魏家已经有了继承人了。"

【刘孝标注】㊀《魏氏谱》曰:"隐字安时,会稽上虞人。历义兴太守、御史中丞。弟遐,黄门郎。"

【注释】① 魏隐兄弟:指魏隐和魏遐(tí)兄弟俩。详见刘注。学义:才学。　② 总角:古时未成年人把头发扎成髻,借指幼年。谢奉:见《言语》八十三注①(页87)。　③ 大宗:尊称他人家族。

【评析】谢奉从幼年的魏氏兄弟的谈话中即知他们有出息,后他们果然都当了官。可知谢奉的赞誉不虚。

一一三

简文云①:"渊源语不超诣简至②,然经纶思寻处③,故有局陈④。"

【今译】简文帝说:"殷浩的话语并不高超也不简要精到,但是在组织条理方面,他的话确实讲究格局法度。"

【注释】① 简文:简文帝司马昱。　② 渊源:殷浩。超诣:高超。简至:简要精到。　③ 经纶:整理丝缕,理出丝绪叫经,编丝成绳叫纶,引申为筹划治理之意。思寻:思索,思考。④ 局陈:局阵。陈,通"阵"。指说话布置有法。

【评析】简文帝赞殷浩说话如行军布阵,比喻极其新颖,无怪刘惔成为简文帝的"谈客"、"蒙上宾礼"(《晋书·刘惔传》)。

一一四

初,法汰北来①,未知名,㊀王领军供养之②。㊁每与周旋行来③,往名胜许④,辄与俱。不得汰,便停车不行。因此名遂重⑤。㊂

【今译】当初,竺法汰从北方来,没有什么名气,王洽供养他。王洽常常与他应酬交往,到名流处去,总要与他一起去。法汰不能去,王洽就停下车来不走。因此法汰的名望就高起来了。

【刘孝标注】㊀ 车频《秦书》曰:"释道安为慕容晋所掠,欲投襄阳,行至新野,集众议曰:'今遭凶年,不依国主,则法事难举。'乃分僧众,使竺法汰诣扬州,曰:'彼多君子,上胜可投。'法汰遂渡江,至扬土焉。"　㊁《中兴书》曰:"王洽字敬和,丞相导第三子,累迁吴郡内史,为士民所怀。征拜中领军,寻加中书令,不拜。年二十六而卒。"　㊂《名德沙门题目》曰:"法汰高亮开达。"孙绰为《汰赞》曰:"凄风拂林,明泉映壑。爽爽法汰,校德无作。事外潇洒,神内恢廓。实从前起,名随后跃。"《泰元起居注》曰:"法汰以十二卒。烈宗诏曰:'法汰饰丧逝,哀痛伤怀,可赠钱十万。'"

【注释】① 法汰：竺法太，见《文学》五十四注①（页149）。北来：从北方来。　② 王领军：王洽，字敬和，王导第三子。历官吴郡内史、中领军。　③ 周旋：应酬，往来。行来：往来，交往。④ 名胜：有名望的人，名流。许：处。

【评析】王洽是王导诸子中最为知名的一个，他十分钦佩竺法汰。《大正藏》第五十卷《高僧传》本传谓："领军王洽、东亭王珣、太傅谢安，并钦敬无极。"

<h2 style="text-align:center">一一五</h2>

王长史与大司马书①，道渊源"识致安处②，足副时谈③"。

【今译】王濛给桓温写信，称道殷浩"他的见识情致和日常居处，足以与当时人的评论相称。"

【注释】① 王长史：王濛。大司马：桓温。　② 渊源：殷浩。识致：见识情致。安处：日常居处。　③ 副：相称。时谈：当时的评论。

【评析】《晋书·殷浩传》谓浩有美名，时人"拟之管、葛"，王濛、谢尚等都很钦佩他。简文帝因其有盛名，便欲用其来对抗桓温。本文写王濛给桓温的信中，极赞殷浩之为人，亦有此意。

<h2 style="text-align:center">一一六</h2>

谢公云①："刘尹语审细②。"㊀

【今译】谢安说："刘惔的言论谨慎精细。"

【刘孝标注】㊀ 孙绰为惔诔叙曰："神犹渊镜，言必珠玉。"

【注释】① 谢公：谢安。　② 刘尹：刘惔。审细：谨慎精细。

【评析】刘惔为永和名士之首，长于清谈。谢安的评价可以说明刘惔之清言注重逻辑，故能缜密入微。

<h2 style="text-align:center">一一七</h2>

桓公语嘉宾①："阿源有德有言②，向使作令仆③，足以仪刑百揆④，朝廷用违其才耳⑤。"㊀

【今译】桓温对郗超说："殷浩既有美德又有嘉言，当初如果让他做尚书令或仆射，足以做百官的模范，而现在朝廷任用他却是违背他的才能啊。"

【刘孝标注】㊀ 嘉宾，郗超小字也。阿源，殷浩也。

【注释】① 桓公：桓温。嘉宾：郗超，小字嘉宾，见《言语》五十九注⑤。　② 阿源：殷浩，子渊源。有德有言：有美德有嘉言。　③ 向：从前。令仆：尚书令、仆射。　④ 仪刑：法式，模范。百揆(kuí)：百官。　⑤ 用：任用。

【评析】《晋书·殷浩传》谓简文帝以殷浩"有盛名，朝野推伏，故引为心膂以抗于温"。后即征浩"为尚书仆射，不拜"，复又"以浩为……五州军事。浩既受命……上疏北征许洛"。只善玄言不懂军事的殷浩一败涂地，被废为庶人。本文亦见于《殷浩传》。桓温借赞誉殷浩的德、言表达其对殷浩军事才能的轻视，亦表示其对简文帝用非其人的不满。

一一八

简文语嘉宾①："刘尹语末后亦小异②，回复其言③，亦乃无过。"

【今译】简文帝司马昱对郗超说："刘惔谈论的最后部分与前面所说也小有不同，但反复回味他的话，也竟没有什么差错。"

【注释】① 简文：简文帝司马昱。嘉宾：郗超。　② 刘尹：刘惔。　③ 回复：指反复回味。

【评析】刘惔"以雅善言理"(《晋书》本传)成为简文帝的座上客，"蒙上宾礼"(同上)。本文写简文帝赞赏刘惔的话语，可知刘惔的谈论经得起回味推敲。

一一九

孙兴公、许玄度共在白楼亭①，㊀共商略先往名达②。林公既非所关③，听讫云："二贤故自有才情④。"

【今译】孙绰、许询同在白楼亭，一起评论先前的名流贤达。支道林既然对这些并不关心，听了之后说道："二位贤士确实有才华。"

【刘孝标注】㊀《会稽记》曰："亭在山阴，临流映壑也。"

【注释】① 孙兴公：孙绰，见《言语》八十四注①(页87)。许玄度：许询，见《言语》六十九注②(页78)。白楼亭：驿亭名，在今浙江绍兴。　② 商略：讨论，筹划。先往：先前，以往。名达：名流贤达。　③ 林公：支道林。　④ 故自：的确，确实。

【评析】孙绰少以文才著称，号为文士之冠(《晋书》本传)，而许询亦以神童著称(见《言语》六十九刘注引)，他们一起评论先贤，必定非常精辟，故支道林赞誉他们二位确有才情。

一二〇

王右军道东阳①："我家阿林②，章清太出③。"㊀

【今译】王羲之称道王临之："我们家的阿临，才华横溢，实在太显著突出了。"

【刘孝标注】㊀ "林"应为"临"。《王氏谱》曰："临之字仲产，琅邪人，仆射彪之子。仕至东阳太守。"

【注释】① 王右军：王羲之。东阳：王临之，见刘注。 ② 阿林："林"，当作"临"。阿临、王临之的昵称。 ③ 章清太出：指显著突出。

【评析】王羲之与王临之都是琅邪王氏家族的成员。羲之的辈分高于临之，是临之的父辈，故称临之为"我家阿临"。称道临之"章清太出"，不难看出他颇以有这样的子侄而感到自豪。

一二一

王长史与刘尹书①，道渊源②："触事长易③。"

【今译】王濛写信给刘惔，称道殷浩："处理事情常常很平和。"

【注释】① 王长史：王濛。刘尹：刘惔。 ② 渊源：殷浩。 ③ 触事：指处理事情。长：通"常"。易：平易，平和。

【评析】王濛称誉殷浩处理事情平和，《晋书》本传谓其"识度清远"，正与其处世之平和相表里。

一二二

谢中郎云①："王修载乐托之性②，出自门风③。"㊀

【今译】谢万说："王耆之放浪不羁的性格，来自他的家风。"

【刘孝标注】㊀《王氏谱》曰："耆之字修载，琅邪人，荆州刺史廙第三子。历中书郎、鄱阳太守、给事中。"

【注释】① 谢中郎：谢万，见《言语》七十七注①（页83）。 ② 王修载：王耆之，见刘注。乐（luò）托：通"落托"、"落拓"，指放浪不羁，不拘小节。 ③ 门风：家风，家族世传之风尚。

【评析】王耆之是王廙的第三子。王廙曾为叛逆的王敦助纣为虐，不足称道。本文所写王耆之落拓之事，刘注未记，而只交代其官职。但其二兄王胡之倒有与谢安同游林泽之事（见本篇一二五），由此可推知兄弟二人可能都有落拓之性，与同族的王羲之相似，故称其落拓之性"出自门风"亦无不可。

一二三

林公云①："王敬仁是超悟人②。"㊀

【今译】支道林说:"王修是有超常领悟能力的人。"

【刘孝标注】㊀《文字志》曰:"修之少有秀令之称。"

【注释】① 林公:支道林。 ② 王敬仁:王修,见《文学》三十八刘注(页139)。超悟:超常悟性。

【评析】王修是王濛之子,《晋书》有传,谓其"明秀有美称",年十二即作《贤全论》,知其聪明颖悟非同寻常。可惜二十四岁即卒。

一二四

刘尹先推谢镇西①,谢后雅重刘曰②:"昔尝北面③。"㊀

【今译】刘惔先前推崇谢尚,谢尚后来非常敬重刘惔说:"我过去曾经对他执弟子之礼。"

【刘孝标注】㊀按:谢尚年长于惔,神颖夙彰,而曰北面于刘,非可信。

【注释】① 刘尹:刘惔。推:推崇。谢镇西:谢尚,见《言语》四十六注①(页665)。 ② 后:影宋本无"后"字。雅:很。 ③ 北面:指弟子敬师之礼。

【评析】刘惔和谢尚彼此赞赏推崇,固然值得称道,但本文谓谢尚曾北面师事刘惔,则似过分。故刘注以为谢尚年长于刘,且其年仅八岁即"神悟凤成"(《晋书》本传),而为人瞩目,本文之说不足信。刘注的分析是有道理的。

一二五

谢太傅称王修龄曰①:"司州可与林泽游②。"㊀

【今译】谢安称道王胡之说:"王胡之这人值得与他共游山水名胜之地。"

【刘孝标注】㊀《王胡之别传》曰:"胡之常遗世务,以高尚为情,与谢安相善也。"

【注释】① 谢太傅:谢安。王修龄:王胡之,见《言语》八十一刘注(页85)。 ② 司州:王胡之曾任司州刺史,故称。林泽:山林水泽。亦指隐者所居之地。

【评析】刘注称王胡之"常遗世务,以高尚为情",有不重名利、不拘小节、寄情山水的名士之风,无怪得到谢安的称道。

一二六

谚曰:"扬州独步王文度①,后来出人郗嘉宾②。"㊀

【今译】谚语说:"扬州地区独一无二的人是王坦之,后辈中出人头地的是郗超。"

【刘孝标注】㊀《续晋阳秋》曰:"超少有才气,越世负俗,不循常检。时人为一代盛誉者,语曰:'大才槃槃谢家安,江东独步王文度,盛德日新郗嘉宾。'"其语小异,故详录焉。

【注释】① 独步:独一无二。王文度:王坦之,见《言语》七十二注①(页81)。 ② 后来:指后辈。出人:超卓于人。郗嘉宾:郗超。

【评析】从谚语之盛赞可知王坦之和郗超均为享誉一时的人物。可参《言语》七十二。

一二七

人问王长史江虨兄弟群从①,王答曰:"诸江皆复足自生活。"㊀

【今译】有人问王濛有关江虨兄弟及堂房子弟的情况,王濛答道:"江家诸位兄弟子侄都能够自己立足于世。"

【刘孝标注】㊀ 虨及弟淳,从灌,并有德行,知名于世。

【注释】① 王长史:王濛。江虨(bīn):见《方正》二十五注④(页195)。群从:指同族子弟,即刘注所指的江虨、弟江淳及堂房子弟江灌等。

【评析】《晋书·江统传》谓江统有二子:虨、惇,则刘注"弟淳",应作"弟惇"。《晋书》本传谓简文帝时江虨任仆射时,"每访政事,虨多所补益"。江惇"孝友淳粹,高节迈俗",不就征辟,阮裕、王濛等名士"并与惇游处,深相钦重"。本文写王濛对他们的赞誉,确实不虚。

一二八

谢太傅道安北①:"见之乃不使人厌。然出户去,不复使人思。"㊀

【今译】谢安说王坦之:"看见他并不令人讨厌。但是出门离开了,也不再令人思念。"

【刘孝标注】㊀ 安北,王坦之也。《续晋阳秋》曰:"谢安初携幼稚同好,养志海滨,襟情超畅,尤好声律。然抑之以礼,在哀能至,弟万之丧,不听丝竹者将十年。及辅政,而修室第园馆,丽车服,虽期功之惨,不废妓乐。王坦之因苦谏焉。"按:谢公盖以王坦之好直言,故不思尔。

【注释】① 谢太傅:谢安。安北:王坦之死后追赠安北将军,故称。

【评析】本篇一二六谚语称王坦之为"江东独步",而本文谢安仅称见面不使人厌,而离开了也不再思念,似乎评价不高。刘注谓谢安不满王坦之直谏,耿耿于怀,故不思念。此话似有理。

一二九

谢公云①："司州造胜遍决②。"㊀

【今译】谢安说："王胡之玄谈能达到美妙的境界,普遍解决疑难问题。"

【刘孝标注】㊀ 宋明帝《文章志》曰："胡之性简,好达玄言也。"

【注释】① 谢公:谢安。 ② 司州:王胡之,见《言语》八一注①(页85)。造胜:指玄言达到了美妙的境界。造,达到。胜,优,佳。遍决:指普遍解决疑难。

【评析】刘注引文谓王胡之性格简易,善玄言。本文则赞其玄谈时能达到佳胜之境,能解决疑难问题。

一三〇

刘尹云①："见何次道饮酒②,使人欲倾家酿③。"㊀

【今译】刘惔说："看到何充饮酒,就会让人要把家中所有自造的酒都拿出来请他喝。"

【刘孝标注】㊀ 充饮酒能温克。

【注释】① 刘尹:刘惔。 ② 何次道:何充,见《言语》五十四注①(页70)。 ③ 家酿:家中自己酿造的酒。

【评析】本文所写亦见于《晋书·何充传》："充能饮酒,雅为刘惔所贵。惔每云:'见次道饮,令人欲倾家酿。'言其能温克也。"较之本文更清楚、生动。刘注语与之相同,谓何充饮酒虽醉而能自控。可知其不仅酒量大且酒德好,故赢得人们的喜爱,得到刘惔的赞誉。

一三一

谢太傅语真长①："阿龄于此事②,故欲太厉。"㊀刘曰:"亦名士之高操者③。"㊁

【今译】谢安对刘惔说："王胡之对于个人品格修养方面,确实像过于严厉了。"刘惔说："他也是名士中有高尚节操的人。"

【刘孝标注】㊀ 修龄,王胡之小字也。 ㊁《胡之别传》曰："胡之治身清约,以风操自居。"

【注释】① 谢太傅:谢安。真长:刘惔。 ② 阿龄:王胡之字修龄,故称。 ③ 高操:指高尚品格。

【评析】文中所说"此事",未写具体之事,但从刘注看,似说王胡之看重个人修身操守。谢安谓其"太厉",刘惔称其"高操者",刘注谓其清廉俭约,以风范操守自居。这

《世说新语》详解

些都是对王胡之重于修身的赞誉。

一三二

王子猷说①:"世目士少为朗②,我家亦以为彻朗③。"㊀

【今译】王徽之讲:"世人品评祖约开朗,我也认为他通达爽朗。"

【刘孝标注】㊀《晋诸公赞》曰:"祖约少有清称。"

【注释】① 王子猷:王徽之,见《雅量》三十六注①(页238)。说:讲,叙说。 ② 士少:祖约,见《雅量》十五注①。 ③ 我家:我。彻:通达爽朗。

【评析】本文写王徽之赞誉祖约之语,刘注引文亦证实之,大约是指早期的祖约而言。后祖约与苏峻联手攻入建康,为陶侃、温峤击破,投奔石勒。"勒薄其为人"(《晋书》本传),杀之。

一三三

谢公云①:"长史语甚不多②,可谓有令音③。"㊀

【今译】谢安说:"王濛的话不是很多,但可称得上有美好的言辞。"

【刘孝标注】㊀《王濛别传》曰:"濛性和畅,能清言,谈道贵理中,简而有会。商略古贤,显默之际,辞旨劭令,往往有高致。"

【注释】① 谢公:谢安。 ② 长史:王濛。 ③ 令音:指美好的言辞。音,指言辞。

【评析】谢安赞王濛之语,与刘注引文及《晋书》本传一致,都称其善清言,"简而有会","辞旨劭令……有高致",亦即本文"语甚不多"、"有令音"之意。

一三四

谢镇西道敬仁①:"文学镞镞②,无能不新。"㊀

【今译】谢尚称道王修:"他的辞章修养非常杰出,如果没有才能就不会有新意。"

【刘孝标注】㊀《语林》曰:"敬仁有异才,时贤皆重之。王右军在郡迎敬仁,叔仁辄同车,常恶其迟。后以马迎敬仁,虽复风雨,亦不以车也。"

【注释】① 谢镇西:谢尚,见《言语》四十六注①(页65)。敬仁:王修。见《文学》三十八刘注(页140)。 ② 文学:辞章修养。镞镞(zú):杰出的样子。

【评析】谢尚称道王修的辞章非常杰出,刘注引文亦谓当时贤士都很推重他,王羲之即以马迎之。《晋书》本传谓其年十二即著《贤全论》,得到王濛的赞赏。可惜他年寿不永,死时才二十四岁。

一三五

刘尹道江道群①:"不能言而能不言②。"㊀

【今译】刘惔称道江灌:"他不擅长清谈而能够不谈。"

【刘孝标注】㊀ 江灌已见。

【注释】① 刘尹:刘惔。江道群:江灌,见本篇八十四刘注(页300)。　② 言:指玄言,清谈。

【评析】江灌不善玄言而不谈,颇有自知之明,故得到刘惔的赞誉。

一三六

林公云①:"见司州警悟交至②,使人不得住③,亦终日忘疲。"㊀

【今译】支道林说:"看到王胡之敏捷与悟性一起呈现出来,令人应接不暇,也令人终日忘记疲劳。"

【刘孝标注】㊀《王胡之别传》曰:"胡之少有风尚,才器率举,有秀悟之称。"

【注释】① 林公:支道林。　② 司州:王胡之曾为司州刺史,故称。警悟:敏捷有悟性。交至:一起来。　③ 不得住:停不下来,指应接不暇。

【评析】刘注引文极赞王胡之有才器,有秀悟之称,可知本文的赞誉真实可信。

一三七

世称苟子秀出①,阿兴清和②。㊀

【今译】世人称道王修明秀出众,王蕴清朗平和。

【刘孝标注】㊀ 苟子已见。阿兴,王蕴小字。

【注释】① 苟子:王修,见《文学》三十八刘注(页140)。　② 阿兴:王蕴字叔仁,小字阿兴,王修弟,官至会稽内史。

【评析】王修与王蕴均为王濛之子。《晋书》本传谓"明秀有美称",弟王蕴"性平和","以和简为百姓所悦"。世人的称道与《晋书》本传一致。

一三八

简文云①:"刘尹茗柯有实理②。"㊀

【今译】简文帝说:"刘惔貌似醉酒的样子而实际上说话很有道理。"

【刘孝标注】㊀ 柯,一作杘,又作仃,又作打。

【注释】① 简文:简文帝司马昱。 ② 刘尹:刘惔。茗柯:即茗芋,酩酊,大醉。

【评析】简文帝初作相时,刘惔和王濛同为简文帝座上谈客,从本文之赞即可知简文帝不重外表而重内涵。

一三九

谢胡儿作著作郎①,尝作《王堪传》②,㊀不谙堪是何似人③,咨谢公④。谢公答曰:"世胄亦被遇⑤。堪,烈之子⑥,㊁阮千里姨兄弟⑦,潘安仁中外⑧。安仁诗所谓'子亲伊姑,我父唯舅⑨',是许允婿⑩。"㊂

【今译】谢朗担任著作郎,曾作《王堪传》,不熟悉王堪是什么样人,去询问谢安。谢安答道:"王堪也曾经受到过恩遇。王堪是王烈的儿子,是阮瞻的姨表兄弟,是潘岳的中表兄弟,就是潘岳诗中所说的'你母亲是我姑母,我父亲是你舅父',他是许允的女婿。"

【刘孝标注】㊀《晋诸公赞》曰:"堪字世胄,东平寿张人,少以高亮义正称。为尚书左丞,有准绳操。为石勒所害,赠太尉。" ㊁《晋诸公赞》曰:"烈字阳秀,早知名。魏朝为治书御史。" ㊂《岳集》曰:"堪为成都王军司马。岳送至北邙别,作诗曰:'微微发肤,受之父母。峨峨王侯,中外之首。子亲伊姑,我父唯舅。'"

【注释】① 谢胡儿:谢朗,字长度,小字胡儿,见《言语》七十一刘注(页80)。著作郎:官名,主编纂国史。 ② 王堪:见刘注。 ③ 谙:熟悉。何似:怎么样。 ④ 咨:咨询。谢公:谢安。 ⑤ 遇:指得到君主的恩遇赏识。 ⑥ 烈:王烈,见刘注。 ⑦ 阮千里:阮瞻,见本篇二十九刘注㊀(页376)。 ⑧ 潘安仁:潘岳,见《言语》一〇七注④(页100)。中外:指中表兄弟,中指舅父子女,外指姑母子女。 ⑨ 子亲伊姑两句:见潘岳《北芒送别王世胄诗》首章。《艺文类聚》卷二十九只载末章。《文馆词林》卷一百五十二载全篇。这两句见于首章,谓你母亲是我姑母,我父亲是你舅父。伊,你。唯,句中语助词。 ⑩ 许允:字士宗,三国魏人,官至吏部郎,后为晋司马师所杀。

【评析】《晋书·职官志》谓:"著作郎始到职,必撰《名臣传》一人。"谢朗任职之始,按例应写名人传一篇。谢朗是谢安的侄子,"文辞艳发"(《晋书》本传),说明著作郎一职很适合他。但他对所写的王堪其人知之不多,故谢安将王堪的亲属关系告知他。

一四〇

谢太傅重邓仆射①,常言:"天地无知,使伯道无儿。"㊀

【今译】谢安很敬重邓攸,常常说:"天地无知,竟然使邓攸没有儿子。"

【刘孝标注】㊀《晋阳秋》曰:"邓攸既弃子,遂无复继嗣,为有识伤惜。"

【注释】① 谢太傅:谢安。邓仆射:邓攸,字伯道,官至尚书右仆射,故称。见《德行》二十八注①。

【评析】谢安为邓攸之无儿而抱不平,似没有必要。可参看《德行》二十八之评析。

一四一

谢公与王右军书曰①:"敬和栖托好佳②。"㊀

【今译】谢安给王羲之写信说:"王洽身心寄托甚好。"

【刘孝标注】㊀《中兴书》曰:"洽于公子中最知名,与颖川荀羡俱有美称。"

【注释】① 谢公:谢安。王右军:王羲之。 ② 敬和:王洽,见本篇一一四注②(页312)。栖托:寄托,安身。

【评析】王洽是王导六个儿子中最为知名的,深得穆帝的器重。文中谢安的赞誉,亦指其人品美好之意。

一四二

吴四姓旧目云①:"张文,朱武,陆忠,顾厚。"㊀

【今译】对吴郡四姓大家庭,过去的品评说:"张姓崇文,朱姓尚武,陆姓忠诚,顾姓宽厚。"

【刘孝标注】㊀《吴录士林》曰:"吴郡有顾、陆、朱、张为四姓。三国之间,四姓盛焉。"

【注释】① 吴:吴郡。四姓:指张、朱、陆、顾四姓的大家族。

【评析】文中所说吴四姓,张为张昭,得孙策信任,后辅立孙权,官至辅吴将军,并著有《春秋左氏传解》、《论语注》(今佚)。朱指朱治、朱然父子,助孙权定东南,封侯。陆指陆逊,忠诚于孙氏。顾指顾雍,宽厚待人。四大家族在三国时盛极一时。

一四三

谢公语王孝伯①:"君家蓝田②,举体无常人事③。"㊀

【今译】谢安对王恭说:"你们家的蓝田侯,所做的全部事情都不是常人能做的。"

【刘孝标注】⊖按：述虽简，而性不宽裕，投火怒蝇，方之未甚。若非太傅虚相褒饰，则《世说》谬设斯语也。

【注释】① 谢公：谢安。王孝伯：王恭，见《德行》四十四注①（页30）。　② 蓝田：蓝田侯，王述，见《文学》二十二注③（页131）。　③ 举体：全身，浑身。举，全。

【评析】文中谢安对王述评价甚高，《晋书》本传对其言行有较具体的描述，如孝母、安贫、真率、不畏权贵等等，谢安所说应该是符合实际的。但刘注却不以为然，认为谢安是"虚相褒饰"。这是攻其一点，不及其余，似不足取。

<h1 style="text-align:center">一四四</h1>

许掾尝诣简文①，尔夜风恬月朗②，乃共作曲室中语③。襟情之咏④，偏是许之所长⑤，辞寄清婉⑥，有逾平日。简文虽契素⑦，此遇尤相咨嗟⑧，不觉造膝⑨，共叉手语⑩，达于将旦。既而曰⑪："玄度才情，故未易多有许⑫。"⊖

【今译】许询曾去拜见简文帝，这夜风静月朗，于是就一起在密室谈论。作诗抒发情怀，最是许询所擅长，他诗中所寄托的辞意清丽婉转，超过了平日。简文帝虽然与许询素来意气相投，但对这次晤谈尤其赞叹，两人不知不觉地促膝而坐，握手而谈，直到天将亮。过后简文帝说："像许询这样的才华，确实不易多得。"

【刘孝标注】⊖《续晋阳秋》曰："询能言理，曾出都迎姊，简文皇帝、刘真长说其情旨及襟怀之咏。每造膝赏对，夜以系日。"

【注释】① 许掾：许询，字玄度，见《言语》六十九注②（页78）。简文：简文帝司马昱。　② 尔夜：此夜。恬：安静。　③ 曲室：密室。　④ 襟情之咏：抒发怀抱之诗。咏，指诗歌。　⑤ 偏：最，特别。　⑥ 清婉：清丽婉转。　⑦ 契素：素来意气相投。　⑧ 咨嗟：叹赏，赞赏。　⑨ 造膝：促膝，膝与膝相接，表示亲近。　⑩ 叉手：指相互拉着手，形容亲近。　⑪ 既而：不久，过后。　⑫ 许：这样。

【评析】许询其人，《晋书》无传，据《言语》六十九刘注知其早慧，有"神童"之称。不就征辟，早死。本文写其与简文帝二人促膝谈论，通宵达旦，可知其才情极为简文帝所赞赏。

<h1 style="text-align:center">一四五</h1>

殷允出西①，郗超与袁虎书云②："子思求良朋，托好足下③，勿以开美求之④。"⊖世目袁为"开美"，故子敬诗曰⑤："袁生开美度⑥。"

【今译】殷允往西边去，郗超写信给袁宏说："殷允要寻求好朋友，想与您结交，请不要以你的开朗美好来要求他。"世人品评袁宏为"开朗美好"，所以王献之有诗句说："袁生有开朗美好的气度。"

【刘孝标注】⊖《中兴书》曰："允字子思，陈郡人，太常康第六子。恭素谦退，有儒者之风。历吏部尚书。"

【注释】① 殷允：见刘注。 ② 郗超：见《言语》五十九注⑤（页73）。袁虎：袁宏，小字虎，见《言语》八十三注①。 ③ 托好：结交，交好。足下：对人的敬称。 ④ 开美：开朗美好。⑤ 子敬：王献之，见《德行》三十九注①（页26）。 ⑥ 度：气度。

【评析】《晋书·袁宏传》谓袁宏"文章绝美"，为"一时文宗"，故殷允要与之结交，郗超、王献之和世人都赞其具有开朗美好的气度。

一四六

谢车骑问谢公①："真长性至峭②，何足乃重③？"答曰："是不见耳！阿见子敬④，尚使人不能已。"⊖

【今译】谢玄问谢安："刘惔的性情极为严峻，哪里值得如此敬重？"谢安回答道："这是你没有见到他罢了！我见到王献之，尚且不能自制地敬重他，何况见到刘惔呢。"

【刘孝标注】⊖《语林》曰："羊骑因酒醉，抚谢左军谓太傅曰：'此家讵复后镇西？'太傅曰：'汝阿见子敬，便沐浴为论兄辈。'"推此言意，则安以玄不见真长，故不重耳。见子敬尚重之，况真长乎？

【注释】① 谢车骑：谢玄，见《言语》七十八注③（页84）。谢公：谢安。 ② 真长：刘惔。峭：严峻。 ③ 乃：如此。 ④ 阿：我。子敬：王献之。

【评析】刘惔与谢安是亲戚，刘惔是谢安妻子之兄，两人又都善于玄言，故谢安对刘惔非常了解。本文写谢安对刘惔的赞誉，写法十分巧妙，不直说刘惔值得敬重，却以王献之作陪衬，说见了王献之尚且令人情不自禁地敬重，言下之意更何况见了刘惔呢。这样的赞誉可谓意味深长。

一四七

谢公领中书监①，王东亭有事②，应同上省③。王后至，坐促④，王、谢虽不通⑤，太傅犹敛膝容之。⊖王神意闲畅，谢公倾目⑥。还谓刘夫人曰⑦："向见阿瓜⑧，故自未易有⑨，⊜虽不相关，正自使人不能已已⑩。"

【今译】谢安兼任中书监，王珣有事，照例应当与谢安一同赴中书省去。王珣后到，座位窄小拥挤，王、谢两家虽然互不通问，谢安还是收拢双膝容纳王珣同坐。王珣神态闲适舒畅，谢安注目看他。回到家谢安对刘夫人说："刚才见到王珣，他确实是位难得的人才，我们之间虽然没有婚姻关系了，只是总是令人心情难以平静啊。"

【刘孝标注】⊖ 王、谢不通事，别见。 ⊜ 按王珣小字法护，而此言阿瓜，未为可解，觉小名有两耳。

【注释】① 谢公：谢安。领：兼任。中书监：官名，中书省长官，掌机要。 ② 王东亭：王珣，见《言语》一○二注③(页98)。　③ 上省：赴中书省。　④ 坐促：指座位窄小,不宽。　⑤ 不通：指不交往,不通问。　⑥ 倾目：注目。　⑦ 刘夫人：谢安夫人刘氏,刘惔之妹。　⑧ 阿瓜：王珣小字。　⑨ 故自：确实。　⑩ 正自：只是。已：止。已：句末语气词。

【评析】文中所写王、谢不通,及谢安所说"虽不相关"语,两家从亲戚到互相仇视的情况,《晋书·王珣传》谓："珣兄弟皆谢氏婿,以猜嫌致隙。太傅安既与珣绝婚,又离珉妻,由是二族遂成仇衅。"王、谢虽有芥蒂,但遇到同行的尴尬场面,谢安仍能谦让容纳王珣,并对夫人赞叹王珣为难得的人才,自己的心情难以平静。可知其不计私仇,心胸豁达宽广。

一四八

王子敬语谢公①："公故萧洒②。"谢曰："身不萧洒③。君道身最得④,身正自调畅⑤。"㊀

【今译】王献之对谢安说："您的风度确实潇洒。"谢安说："我并不潇洒。只是您的评论我最满意,我真的感到调和畅达。"

【刘孝标注】㊀《续晋阳秋》曰："安弘雅有气,风神调畅也。"

【注释】① 王子敬：王献之。谢公：谢安。　② 故：确实。　③ 身：我。　④ 道：品评,评论。得：得意,满意。　⑤ 正自：真,确实。调畅：调和畅达。

【评析】王献之最为谢安所"钦爱"(《晋书》本传),故谢安对其"萧洒"之赞,在谦让之余又最为满意,并承认其语深获己心。可知二人成为知己并非偶然。

一四九

谢车骑初见王文度曰①："见文度,虽萧洒相遇②,其复恬恬竟夕③。"

【今译】谢玄初次见到王坦之,说："见到了王坦之,虽然是偶然相遇,但他仍然整夜都是那种安闲和悦的样子。"

【注释】① 谢车骑：谢玄,见《言语》七十八注③(页84)。王文度：王坦之,见《言语》七十二注①(页81)。　② 萧洒：无意,偶然。　③ 恬恬(yīn)：安闲和悦的样子。竟夕：整夜。

【评析】谢玄第一次见到王坦之就赞其安闲和悦的风度。可知王坦之不愧"江东独步"(《晋书》本传)之称。

一五○

范豫章谓王荆州①：㊀"卿风流俊望②,真后来之秀。"王曰："不有此舅,焉有此甥③?"

【今译】范宁对王忱说:"你仪表出众,名望很高,真是后起之秀。"王忱说:"没有这样的舅舅,哪里会有这样的外甥?"

【刘孝标注】㊀范宁、王忱并已见。

【注释】① 范豫章:范宁,曾任豫章太守,故称,见《言语》九十七注①(页94)。王荆州:王忱,曾任荆州刺史,故称,见《德行》四十四刘注㊀(页30)。 ② 风流:仪表出众。俊望:名望很高。 ③ 舅、甥:范宁为王忱之舅,王忱是范宁外甥。

【评析】文中所写,亦见《晋书·王忱传》,传中并交代了前因后果,可参看。

一五一

子敬与子猷书道①:"兄伯萧索寡会②,遇酒则酣畅忘反,乃自可矜③。"

【今译】王献之写给王徽之的信中说:"兄长孤寂少与人投合,但一遇到酒就兴致酣畅痛饮忘返,这是值得夸赞的。"

【注释】① 子敬:王献之。子猷:王徽之,献之的哥哥。 ② 萧索:孤寂。寡会:寡合,同别人难以投合。 ③ 矜:指夸赞,尊敬。

【评析】《晋书》本传谓徽之"性卓荦不羁",曾于夜半见月色清朗,独酌咏诗,忽忆戴逵,即乘小船去拜访,但到了戴府门前即返回,足以说明其性之放诞。本文写王献之之评乃兄孤寂寡合,对其嗜酒酣畅忘返表示夸赞,可谓知兄莫如弟。

一五二

张天锡世雄凉州①,以力弱诣京师,虽远方殊类②,亦边人之桀也。㊀闻皇京多才③,钦羡弥至④。犹在渚住⑤,司马著作往诣之⑥,㊁言容鄙陋⑦,无可观听。天锡心甚悔来,以遐外可以自固⑧。王弥有俊才美誉⑨,当时闻而造焉⑩。㊂既至,天锡见其风神清令⑪,言话如流,陈说古今,无不贯悉⑫。又谙人物氏族中表⑬,皆有证据。天锡讶服。

【今译】张天锡世代雄踞凉州,因为势力衰弱投奔京都,他虽然是远方的异族,但也是边境地区的豪杰之士。他听说京都有很多人才,更加钦佩羡慕。当他还住在江边时,司马著作去拜访他,此人言论粗俗,容貌丑陋,没有什么可看可听的。张天锡心里很后悔到京都来,认为在边远地区自己可以固守下去。王珉有卓越的才干又有好名声,当时听说张天锡之名即去拜访他。到后,张天锡看到王珉的风度文采高雅美好,言谈话语滔滔不绝,论古说今,没有不贯通熟悉的。他又熟悉有关人物的宗族谱系和中表姻亲关系,说出来都是有根有据的。张天锡听了非常惊讶佩服。

【刘孝标注】㊀天锡已见。 ㊁未详。 ㊂《续晋阳秋》曰:"珉风情秀发,才辞富赡。"

【注释】① 张天锡:见《言语》九十四注①(页93)。世雄:世代雄踞。凉州:治所在今甘肃武威。　②殊类：异族。　③皇京：京都，指建康。　④弥至：愈甚，更加。　⑤渚（zhǔ）：指江边。　⑥司马著作：刘注谓"未详"。指姓司马，担任著作职务的人。　⑦言容：言语容貌。　⑧遐外：指边远地区。遐：远。　⑨王弥：王珉，小字僧弥，见《政事》二十四注③。　⑩造：造访。　⑪风神：风度文采。清令：高雅美好。　⑫贯悉：贯通熟悉。　⑬谙：熟记，熟悉。氏族：宗族，指同宗同族的人。中表：原作"中来"。"来"系"表"之误写，据李慈铭批校改，见余嘉锡《世说新语笺疏》。按：六朝人特别重视婚姻中表亲关系，可参看本篇一三九"谢胡儿作著作郎"条（页320）。

【评析】本文写张天锡对东晋都城的人才从钦羡到失望再到讶服的过程。王珉是王导的孙子，刘注引文称其"风情秀发，才辞富赡"，《晋书》本传谓其与王献之齐名。

一五三

王恭始与王建武甚有情①，后遇袁悦之间②，遂致疑隙③。㊀然每至兴会④，故有相思。时恭尝行散至京口射堂⑤，于时清露晨流，新桐初引⑥，恭目之曰："王大故自濯濯⑦。"

【今译】王恭当初与王忱很有感情，后来遭到袁悦的离间，于是就造成了隔阂。但是每当兴致来的时候，还是很想念的。王恭曾经行散到京口射堂，这时清澄的露水在晨曦中闪烁，初生的桐叶刚刚萌芽，王恭品评王忱说："王大的确是清新脱俗啊。"

【刘孝标注】㊀《晋安帝纪》曰："初，忱与族子恭少相善，齐声见称。及并登朝，俱为主相所待，内外始有不咸之论。恭独深忧之，乃告忱曰：'悠悠之论，颇有异同，当由骠骑简于朝觐故也。将无从容切言之邪？若主相谐睦，吾徒得勠力明时，复何忧哉？'忱以为然，而虑弗见令，乃令袁悦具言之。悦每欲间恭，乃于王座责让恭曰：'卿何妄生同异，疑误朝野？'其言切厉。恭虽惋怅，谓忱为构己也。忱虽心不负恭，而无以自亮。于是情好大离，而怨隙成矣。"

【注释】①王恭：见《德行》四十四注①（页30）。王建武：王忱，见《德行》四十四注②（页30）。②袁悦：《晋书》本传作"袁悦之"。字元礼，东晋阳夏（今河南太康）人。初为会稽王司马道子所宠，不久被诛。间（jiàn）：离间。③疑隙：因猜疑而造成的隔阂。④兴会：兴致所至。⑤行散：指服食五石散后须出外散步，使药性散发。京口：今江苏镇江。射堂：练习射箭的场所。⑥引：萌发。⑦王大：王忱小字佛大，故称。故自：的确。濯濯：光明清新的样子。

【评析】王恭是王忱的叔伯侄子，二人"齐名友善"（《晋书·王恭传》），有很深的感情。据刘注引文谓由于袁悦的挑拨，二人间有了隔阂，但还是时常想念，故王恭见到清晨的美景时，不由自主地赞赏王忱如清晨的露水、新长的桐叶那样澄明清新。可知二人之间的感情还是很深的。文中"清露晨流，新桐初引"写景句，富于诗情画意。

一五四

司马太傅为二王目曰①："孝伯亭亭直上②，阿大罗罗清疏③。"㊀

【今译】司马道子对王恭、王忱品评说："王恭高高耸立向上，王忱狂放不羁清朗疏达。"

【刘孝标注】 〇恭,正亮沉烈;忱,通朗诞放。

【注释】 ① 司马太傅:司马道子,见《言语》九十八刘注〇(页95)。二王:指王恭、王忱。目:品评。　② 孝伯:王恭。亭亭:高耸的样子。　③ 阿大:王忱。罗罗:狂放不羁。清疏:清朗疏放。

【评析】《晋书·王恭传》谓其"性抗直深存节义",刘注亦谓恭"正亮沉烈"。《王忱传》谓忱"任达不拘","尤嗜酒",刘注谓其"通朗诞放"。本文司马道子对二人的品评,切合二人的特点,可谓深中肯綮。

一五五

王恭有清辞简旨①,能叙说②,而读书少,颇有重出③。〇有人道:"孝伯常有新意④,不觉为烦。"

【今译】王恭的谈论言辞清新意思简明,善于陈述,但是他读书少,有很多重复的地方。有人说:"王恭的看法常常有新意,并不觉得烦琐。"

【刘孝标注】〇《中兴书》曰:"恭虽才不多,而清辩过人。"

【注释】① 清辞:清新的言辞。简旨:简明的意思。　② 叙说:陈述。　③ 重出:重复出现。　④ 孝伯:王恭。

【评析】文中赞王恭的言谈有其特点也有其重复处。可另有人则认为其言谈新意迭出并无烦琐之病。刘孝标似也同意此说,引文赞其"清辩过人"。可谓见仁见智,不一而是。

一五六

殷仲堪丧后①,桓玄问仲文②:"卿家仲堪,定是何似人③?"仲文曰:"虽不能休明一世④,足以映彻九泉⑤。"〇

【今译】殷仲堪死后,桓玄问殷仲文:"您家的仲堪,到底是什么样的人?"殷仲文说:"他虽然不能像您这样美好清明于一世,但也足以令九泉生辉。"

【刘孝标注】〇《续晋阳秋》曰:"仲堪,仲文之从兄也,少有美誉。"

【注释】① 殷仲堪:见《德行》四十注①(页27)。　② 桓玄:见《德行》四十一注①(页28)。仲文:殷仲文,殷仲堪堂弟,见《言语》一〇六注③(页99)。　③ 定:到底,究竟。　④ 休明:美好清明。　⑤ 九泉:黄泉,指阴间。

【评析】殷仲堪是被桓玄逼令自杀的。文中桓玄问仲文他的堂兄究竟为何等样人?仲文的回答先抑后扬,不失分寸。

全本·评注·精译

世說新語

详解

[南朝宋] 刘义庆 撰

[南朝梁] 刘孝标 注

朱碧莲 详解

上海古籍出版社

品藻第九

一

　　汝南陈仲举、颍川李元礼二人①，共论其功德，不能定先后。蔡伯喈㊀评之曰②："陈仲举强于犯上③，李元礼严于摄下④。犯上难，摄下易。"㊁仲举遂在"三君"之下，㊂元礼居"八俊"之上。㊃

【今译】对于汝南陈蕃、颍川李膺两个人，大家共同议论他们的功业德行，不能确定谁高谁低。蔡邕品评他们说："陈蕃敢于冒犯上司，李膺管束下属很严厉。冒犯上司困难，管束下属容易。"于是陈蕃就排在"三君"之下，李膺居于"八俊"之上。

【刘孝标注】㊀《续汉书》曰："蔡伯喈，陈留圉人。通达有俊才，博学善属文，伎艺术数，无不精综。仕至左中郎将，为王允所诛。"　㊁张璠《汉纪》曰："时人为之语曰：'不畏强御陈仲举，天下模楷李元礼。'"　㊂谢沈《汉书》曰："三君者，一时之所贵也。窦武、刘淑、陈蕃少有高操，海内尊而称之，故得因以为目。"　㊃薛莹《汉书》曰："李膺、王畅、荀绲、朱寓、魏朗、刘佑、杜楷、赵典为八俊。"《英雄记》曰："先是张俭等相与作衣冠纠弹，弹中人相调，言：'我弹中诚有八俊、八乂，犹古之八元、八凯也。'"谢沈《书》曰："俊者，卓出之名也。"姚信《士纬》曰："陈仲举体气高烈，有王臣之节。李元礼忠壮正直，有社稷之能。海内论之未决，蔡伯喈抑一言以变之，疑论乃定也。"

【注释】① 陈仲举：陈蕃，见《德行》一注①（页1）。李元礼：李膺，见《德行》四注①（页3）。② 蔡伯喈：蔡邕（132—192），字伯喈（jiē），东汉陈留圉（今河南杞县南）人。官至中郎将，因依附董卓被杀。　③ 犯上：指冒犯或违抗尊长。　④ 摄下：指管束下属。摄，通"慑"。

【评析】陈蕃和李膺都是东汉末年的直臣、名臣，一个敢于抗上，一个善于驭下，都值得赞誉。但究竟孰高孰低，一时难定。本文写蔡邕之评论，刘注引文谓"疑论乃定也"，蔡邕之言遂为时论所接受。可知蔡邕"犯上难"、"摄下易"之评恰到好处。

二

　　庞士元至吴①，吴人并友之②，㊀见陆绩、㊁顾劭、全琮③，㊂而为之目曰："陆子所谓驽马有逸足之用④，顾子所谓驽牛可以负重致远。"或问："如所目，陆为胜邪？"曰："驽马虽精速，能致一人耳。驽牛一日行百里，所致岂一人哉？"吴人无以难。"全子好声名，似汝南樊子昭⑤。"㊃

【今译】庞统到了吴地，吴地人都来和他交朋友。他看到陆绩、顾劭、全琮，就对他们加以评论说："陆绩就好比劣马有为人代步之用，顾劭就好比笨牛可以负重跑远路。"有人问："如你所评论的，陆绩更胜一筹吗？"他说："劣马比起笨牛来虽然速度很快，但只能承载一人而已。笨牛一天能行百里，但所承载的又岂是一个人呢？"吴人无话可以反驳。庞统接着又说:"全琮看重名声,好像汝南的樊子昭。"

【刘孝标注】㈠《蜀志》曰:"周瑜领南郡,士元为功曹。瑜卒,士元送丧至吴,吴人多闻其名,及当还西,并会昌门与士元言。" ㈡《文士传》曰:"绩字公纪,幼有俊朗才数,博学多通。庞士元年长于绩,共为交友。仕至郁林太守。自知亡日,年三十二而卒。" ㈢环济《吴纪》曰:"琮字子黄,吴郡钱塘人。有德行义概,为大司马。" ㈣蒋济《万机论》曰:"许子将褒贬不平,以拔樊子昭而抑许文休。刘晔难曰:'子昭拔自贾竖,年至七十,退能守静,进不苟竞。'济答曰:'子昭诚自幼至长,容貌完洁。然观其插齿牙,树颊颏,吐唇吻,自非文休之敌。'"

【注释】① 庞士元:庞统,见《言语》九注①(页40)。 ② 友之:与他交朋友。友:作动词。 ③ 陆绩(187—219):字公纪,三国吴郡吴县(今江苏苏州)人。仕吴,官至郁林太守,通天文、历算。作《浑天图》,注《易》,撰《太玄经注》。顾劭:字孝则,吴郡吴县(江苏苏州)人。顾雍之子,陆绩之甥,与绩齐名,官至豫章太守。全琮:字子黄,吴郡钱塘(今浙江杭州)人。官至大司马、左军师。 ④ 驽马:跑不快的马,劣马。逸足:使足安逸。逸,安乐,安闲。 ⑤ 樊子昭:东汉末汝南人,出身贫贱,为许劭所赏识。

【评析】本文写庞统品评陆绩、顾劭、全琮三人。谓全琮"好声名",被排在三人之末位。他着重比较陆绩和顾劭二人,以驽马和驽牛比喻他们。荀子《劝学篇》曰:"骐骥一跃,不能十步。驽马十驾,功在不舍。"驽马以其功在不舍而为人所用,然比起驽牛来,却又不如它的负重致远。故知陆绩、顾劭二人虽各有所长,而就其实用有效而言,顾较陆为优。顾任豫章太守时,"风化大行"(《三国志·吴书》本传),而陆在郁林太守任上,"著述不废"(《三国志·吴书》本传),又早死,政绩不如顾。

三

顾劭尝与庞士元宿语①,问曰:"闻子名知人②,吾与足下孰愈③?"曰:"陶冶世俗④,与时浮沉⑤,吾不如子。㈠论王霸之余策⑥,览倚伏之要害⑦,吾似有一日之长⑧。"劭亦安其言⑨。㈡

【今译】顾劭曾和庞统夜谈,问庞统道:"听说你以知人闻名,我与你之间谁更强些?"庞统说:"在熏陶化育社会风尚、追随世俗变化方面,我不如你;在论说儒家王霸之道、观察祸福之间的因果关系方面,我似乎比你略胜一筹。"顾劭也认为庞统之言说得非常稳妥。

【刘孝标注】㈠《吴志》曰:"劭好乐人伦,自州郡庶几及四方人事,往来相见,或讽议而去,或结友而别,风声流闻,远近称之。" ㈡《吴录》曰:"劭安其言,更亲之。"

【注释】① 顾劭:见前则注③。庞士元:庞统,见《言语》注①(页40)。 ② 名知人:以知人而闻名。知人,有眼光能体察人之品行与才能。 ③ 愈:贤,胜过。 ④ 陶冶:熏陶化育。 ⑤ 浮沉:指追随世俗,随波逐流。 ⑥ 王霸:先秦儒家称以仁义治天下为王道,以武力平天下为霸道。 ⑦ 倚伏:原作"倚仗",不通,据影宋本改。《老子》曰:"祸兮福之所倚,福兮祸之所伏。"谓祸福之间互相依存。 ⑧ 一日之长:指自己略胜一筹。 ⑨ 安:指稳妥。

【评析】庞统评论顾劭和自己各有长短,顾劭听了亦坦承庞说公允。刘注引文更谓劭不仅"安其言",且"更亲之"。可知二人胸襟之坦荡。

四

诸葛瑾、弟亮及从弟诞①，㊀并有盛名，各在一国。于时以为蜀得其龙，吴得其虎，魏得其狗。诞在魏，与夏侯玄齐名②。瑾在吴，吴朝服其弘量③。㊁

【今译】诸葛瑾与弟弟诸葛亮、族弟诸葛诞都享有盛名，各自在一国任职。当时人认为蜀国得到其中的龙，吴国得到其中的虎，魏国得到其中的狗。诸葛诞在魏国，与夏侯玄齐名；诸葛瑾在吴国，吴国朝廷都佩服他宏大的器量。

【刘孝标注】㊀《吴书》曰："瑾字子瑜，其先葛氏，琅邪诸县人。后徙阳都，阳都先有姓葛者，时人谓'诸葛'，因为氏。瑾少以至孝称。累迁豫州牧，六十八卒。"《魏志》曰："诞字公休，为吏部郎，人有所属讬，辄显其言而亟用之。后有当不，则公议其得失以为褒贬。自是群寮莫不慎其所举。累迁扬州刺史、镇东将军、司空，谋逆伏诛。"㊁《吴书》曰："瑾避乱渡江，大皇帝取为长史，遣使蜀，但与弟亮公会相见，反无私面。而又有容貌思度，时人服其弘量。"

【注释】① 诸葛瑾（174—241）：字子瑜，诸葛亮之兄，三国琅邪阳都（今山东沂南南）人。孙权称帝后，官至大将军。亮：诸葛亮，见《方正》五注①（页181）。从弟：堂弟，族弟。诞：诸葛诞，字公休，诸葛瑾的族弟，在魏担任镇东将军、司空，后因谋逆被诛。② 夏侯玄：见《方正》六注①（页182）。③ 弘量：宏大的器量。

【评析】本文将诸葛亮、诸葛瑾称为龙与虎，将诸葛诞称为狗，为什么狗能与龙、虎并提呢？《六韬》以文、武、龙、虎、豹、犬的次序排列，可知古人以犬排在龙虎之后，并无贬意，只是排名稍后而已。故《史记·萧相国世家》称能追杀走兽的狗为"功狗"。本文喻三人为龙、虎、狗，指他们分别在三国任职，均有功于国，都是值得赞颂的国之功臣。

五

司马文王问武陔①："陈玄伯何如其父司空②？"陔曰："通雅博畅③，能以天下声教为己任者④，不如也；明练简至⑤，立功立事，过之。"㊀

【今译】司马昭问武陔："陈泰与他父亲比怎么样？"武陔说："在明达雅正、渊博通畅、能把天下的声威教化作为自己的责任方面，不如他父亲；而在精明干练、简要周到、建功立业方面，超过他父亲。"

【刘孝标注】㊀《魏志》曰："陔与泰善，故文王问之。"

【注释】① 司马文王：司马昭，见《德行》十五注①（页11）。武陔：见《赏誉》十四刘注（页268）。② 陈玄伯：陈泰，见《方正》八注③（页183）。司空：陈泰之父陈群任魏之司空，故称。见《德行》六注③（页5）。③ 通雅：明达雅正，渊博通畅。④ 声教：声威教化。⑤ 明练：精明干练。简至：简要周到。

【评析】文中对陈氏父子所作的褒扬未免多溢美之词。刘注谓武陔与陈泰"善"，故在司马昭前为之吹捧。

六

正始中①，人士比论②，以五荀方五陈③，荀淑方陈寔④，荀靖方陈谌⑤，㊀荀爽方陈纪⑥，荀彧方陈群⑦，㊁荀颢顗方陈泰⑧。㊂又以八裴方八王⑨：裴徽方王祥⑩，裴楷方王夷甫⑪，裴康方王绥⑫，㊃裴绰方王澄⑬，㊄裴瓒方王敦⑭，㊅裴遐方王导⑮，裴颜方王戎⑯，裴邈方王玄⑰。

【今译】正始年间，名士们品评人物，以五荀比拟五陈：荀淑比拟陈寔，荀靖比拟陈谌，荀爽比拟陈纪，荀彧比拟陈群，荀颢顗比拟陈泰。又以八裴比拟八王：裴徽比拟王祥，裴楷比拟王衍，裴康比拟王绥，裴绰比拟王澄，裴瓒比拟王敦，裴遐比拟王导，裴颜比拟王戎，裴邈比拟王玄。

【刘孝标注】㊀《逸士传》曰："靖字叔慈，颍川人。有俊才，以孝著名。兄弟八人，号'八龙'。隐身修学，动止合礼。弟爽，亦有才学，显名当世。或问汝南许章：'爽与靖孰贤？'章曰：'二人皆玉也。慈明外朗，叔慈内润。'太尉辟不就，年五十终，时人惜之，号玄行先生。"㊁《典略》曰："彧字文若，颍川人。为汉侍中，守尚书令。彧为人英伟，折节待士，坐不累席。其在台阁间，不以私欲挠意。年五十薨，谥曰敬侯。以其名德高，追赠太尉。"㊂《晋诸公赞》曰："颢顗字景倩，彧之子。蹈礼立德，思义温雅，加深识国体，累迁光禄大夫。晋受禅，封临淮公。典朝仪，刊正国式，为一代之制。转太尉，为台辅，德望清重，留心礼教。卒，谥康公。"㊃《晋百官名》曰："康字仲豫，徽之子。"《晋诸公赞》曰："康有弘量，历太子左率。"㊄《王朝目录》曰："绰字仲舒，楷弟也，亚于楷。历中书黄门侍郎。"㊅《晋诸公赞》曰："瓒字国宝，楷之子。才气爽俊，终中书郎。"

【注释】① 正始：三国魏齐王曹芳的年号（240—249）。 ② 人士：有名的人。比论：比较评论。 ③ 五荀：指下文的荀淑、荀靖、荀爽、荀彧、荀颢顗五位荀氏门中人。方：比拟。五陈：指下文的陈寔、陈谌、陈纪、陈郡、陈泰五位陈氏门中人。 ④ 荀淑：见《德行》五注①（页4）。陈寔：见《德行》六注①（页4）。 ⑤ 荀靖：字叔慈，荀淑第三子，有才学，不就征聘。陈谌：陈寔少子，字季方，见《德行》六注②（页5）。 ⑥ 荀爽：见《德行》六注⑤（页5）。陈纪：见《德行》六注②（页4）。 ⑦ 荀彧（yù，163—212）：字文若，荀淑之孙，见《德行》六注⑦（页5）。陈群：字长文，陈纪之子，见《德行》六注③（页5）。 ⑧ 荀颢顗：字景倩，荀彧之子，曹魏时官至光禄大夫，晋时官至太尉。 ⑨ 八裴：指下文八位裴姓门中人。八王：指下文八位王姓门中人。 ⑩ 裴徽：见《文学》八刘注㊀（页122）。王祥：见《德行》十四注①（页10）。 ⑪ 裴楷：见《德行》十八注③（页13）。王夷甫：王衍，见《言语》二十三注②（页50）。 ⑫ 裴康：裴徽之子，字仲豫，官太子左率。王绥：字彦猷，王愉之子，《晋书》本传谓其"少有美称"，"实鄙而无行"。官至荆州刺史，因王愉谋乱被诛。 ⑬ 裴绰：字仲舒，裴楷之弟，名气较楷次一等，官中书黄门侍郎。 ⑭ 裴瓒：字国宝，裴楷之子，才气爽俊，官至中书郎。王敦：见《言语》三十七注①（页59）。 ⑮ 裴遐：见《文学》十九注①（页129）。王导：见《德行》二十七注③（页19）。 ⑯ 裴颜：见《言语》二十三注④（页50）。王戎：见《德行》十六注①（页11）。 ⑰ 裴邈：见《雅量》十一刘注（页223）。王玄，见《识鉴》十二注①（页250）。

【评析】本文写正始年间文士们喜欢比较评论人物，成为风气，此即为显例。

七

冀州刺史杨淮二子乔与髦①，俱总角为成器②。淮与裴颜、乐广友善③，遣见之。颜性弘方④，爱乔之有高韵⑤，谓淮曰："乔当及卿，髦小减也⑥。"广性清淳,爱髦之有神检⑦,谓淮曰:"乔自及卿,然髦尤精出⑧。"淮笑曰:"我二儿之优劣,乃裴、乐之优劣。"论者以为乔虽高韵,而检不匝⑨,乐言为得。然并为后出之俊。⊖

【今译】冀州刺史杨淮的两个儿子杨乔与杨髦,都是在童年时就成材了。杨淮与裴颜、乐广很友好,就让两个儿子去见他们。裴颜性格旷达正直,喜欢杨乔高雅的气质,对杨淮说:"杨乔应当赶得上你,杨髦稍稍不如你。"乐广性格高洁淳朴,喜欢杨髦有精神操守,对杨淮说:"杨乔自当赶得上你,但是杨髦尤其优秀杰出。"杨淮笑道:"我两个儿子的优劣,竟然是裴颜、乐广的优劣。"当时议论者评论他们,认为杨乔虽然有高雅的气质,但操守不完备,乐广的话还是对的。不过兄弟俩都是后起之秀。

【刘孝标注】⊖ 荀绰《冀州记》曰:"乔字国彦,爽朗有远意。髦字士彦,清平有贵识。并为后出之俊,为裴颜、乐广所重。"《晋诸公赞》曰:"乔似淮而疏,皆为二千石。髦为石勒所害。"

【注释】① 杨淮:见《赏誉》五十八注⑥(页289)。乔:杨乔,字国彦,官至二千石。髦:杨髦,字士彦,官至二千石。 ② 总角:借指童年。成器:喻指成材。 ③ 裴颜:见《言语》二十三注④(页50)。乐广:见《德行》二十三注③(页16)。 ④ 弘方:旷达正直。 ⑤ 高韵:高雅的气质。 ⑥ 减:不如,差。 ⑦ 清淳:高洁淳朴。神检:精神操守。 ⑧ 精出:优秀杰出。 ⑨ 匝:周遍,完备。

【评析】从裴颜和乐广对杨淮儿子的评论中可以看出他们各自的性格志向。性格弘方的裴颜偏向杨乔,认为他更优秀,而性情清淳的乐广则认为杨髦更杰出。一般议论者亦偏重精神操守,故同意乐广之言。

八

刘令言始入洛①,⊖见诸名士而叹曰:"王夷甫太解明②,乐彦辅我所敬③,张茂先我所不解④,周弘武巧于用短⑤,⊜杜方叔拙于用长⑥。"⊜

【今译】刘纳刚到洛阳时,见到众名士就感叹道:"王衍太聪颖精明,乐广是我敬佩的人,张华是我所不理解的,周恢巧妙地用他的短处,杜育不善于发挥他的长处。"

【刘孝标注】⊖《刘氏谱》曰:"纳字令言,彭城丛亭人。祖瑾,乐安长。父魁,魏洛阳令。纳历司隶校尉。" ⊜ 王隐《晋书》曰:"周恢字弘武,汝南人。祖斐,永宁少府。父隆,州从事。恢仕至秦相,秩中二千石。" ⊜《晋诸公赞》曰:"杜育字方叔,襄城邓陵人,杜袭孙也。育幼便岐嶷,号神童。及长,美风姿,有才藻,时人号曰'杜圣'。累迁国子祭酒。洛阳将没,为贼所杀。"

【注释】① 刘令言:刘纳(《晋书》本传作"讷"),字令言,西晋彭城(江苏徐州)人。官司隶校尉。 ② 王夷甫:王衍,见《言语》二十三注②(页50)。解明:聪颖精明。解:《晋书》本传作"鲜"。 ③ 乐彦辅:乐广,见《德行》二十三注③(页16)。 ④ 张茂先:张华,见《德行》十二注③(页9)。 ⑤ 周弘武:周恢,字弘武,西晋汝南(在今河南)人,官至秦相。 ⑥ 杜方叔:杜育,字方叔,西晋襄城邓陵(在今河南)人。官至国子祭酒。

【评析】本文内容亦载《晋书》本传。本传谓刘令言"有人伦鉴识",其子刘畴少有美誉,善谈名理,为蔡谟、王导等名流所推服。本文写其对王衍等五人的看法,就自己的了解作实事求是的评论,殊为不易。

九

王夷甫云①:"闾丘冲⊖优于满奋、郝隆②。⊜此三人并是高才,冲最先达③。"⊜

【今译】王衍说:"闾丘冲比满奋、郝隆好。这三个人都是高才,闾丘冲最为优秀显达。"

【刘孝标注】⊖荀绰《兖州记》曰:"冲字宾卿,高平人,家世二千石。冲清平有鉴识,博学有文义。累迁太傅长史,虽不能立功盖世,然闻义不惑,当世莅事,务于平允,操持文案,必引经诰,饰以文采,未尝有滞。性尤通达,不矜不假。好音乐,侍婢在侧,不释弦管。出入乘四望车,居之甚夷,不以亏损恭素之行,淡然肆其心志。论者不以为侈,不以为僭,至于白首,而清名令望,不渝于始。为光禄勋,京邑未溃,乘车出,为贼所害,时人皆痛惜之。"⊜《晋诸公赞》曰:"隆字弘始,高平人。为人通亮清识。为吏部郎、扬州刺史。齐王冏起义,隆应檄稽留,为参军王邃所杀。"⊜《兖州记》曰:"于是高平人士偶盛,满奋、郝隆达在冲前,名位已显,而刘宝、王夷甫犹以冲之虚贵,足先二人。"

【注释】①王夷甫:王衍。 ②闾丘冲:字宾卿,西晋高平(今山东巨野南)人。官至光禄勋。满奋:见《言语》二十刘注⊖(页48)。郝隆:字弘始,官至扬州刺史,后为王邃所杀。 ③先达:优秀显达。

【评析】本文的"郝隆"当为"郗隆"之误。《晋书·郗隆传》谓隆为郗鉴之叔父,字弘始,官至扬州刺史,后为王邃所杀。刘注引文所写郝隆之生平事迹与《晋书·郗隆传》所写大同小异,故应从《晋书》作"郗隆"。

十

王夷甫以王东海比乐令①,⊖故王中郎作碑云②:"当时标榜,为乐广之俪③。"

【今译】王衍把王承比作乐广,所以王坦之作碑文道:"当时的品评,王承是和乐广并列的。"

【刘孝标注】⊖《江左名士传》曰:"承言理辩物,但明其旨要,不为辞费,有识伏其约而能通。太尉王夷甫一世龙门,见而雅重之,以比南阳乐广。"

【注释】①王夷甫:王衍。王东海:王承,字安期,曾任东海太守,故称。见《政事》九注①(页107)。乐令:乐广。 ②王中郎:王坦之,王承的孙子,见《言语》七十二注①(页81)。③标榜:品评,称扬。俪(lì):并列。

【评析】乐广以善谈论、能析理著称,为裴楷、王戎、夏侯玄、王衍等所叹美。本文刘注引文谓王承"约而能通",亦为王衍所重。作为王承的孙子,王坦之就把王衍的乐、王并列之言写进了碑文。本文之语亦载《晋书·乐广传》,文字少异,曰:"有识者服其约而能通。弱冠知名。太尉王衍雅贵异之,比南阳乐广焉。"

十一

庾中郎与王平子雁行①。㊀

【今译】庾敳与王澄并列齐名,不分高下。

【刘孝标注】㊀《晋阳秋》曰:"初,王澄有通朗称,而轻薄无行。兄夷甫有盛名,时人许以人伦鉴识。常为天下士目曰:'阿平第一,子嵩第二,处仲第三。'敳故以澄、敦莫己若也。及澄丧敦败,敳世誉如初。"

【注释】① 庾中郎:庾敳,字子嵩,见《文学》十五注①(页126)。王平子:王澄,见《德行》二十三注①(页16)。雁行(háng):喻指齐名并重。

【评析】庾敳和王澄都为王衍所推重,《晋书》王澄传,衍以弟王澄为第一,庾敳为第二,刘注引文亦载,只是庾敳认为王澄和王敦都不如自己。本文称庾敳与王澄二人并列齐名,难分高下,可谓持平之论。

十二

王大将军在西朝时①,见周侯辄扇障面不得住②。㊀后度江左③,不能复尔④。王叹曰:"不知我进伯仁退⑤?"㊁

【今译】王敦在西晋时,看见周颛总是用扇子不停地遮脸。后来渡江南下江东,不能够再这样了。王敦感叹说:"不知道是我进步了,还是周颛后退了?"

【刘孝标注】㊀敦性强梁,自少及长,季伦斩妓,曾无异色,若斯傲狠,岂惮于周颛乎?此言不然也。 ㊁沈约《晋书》曰:"周颛,王敦素惮之,见辄面热,虽复腊月,亦扇面不休,其惮如此。"

【注释】① 王大将军:王敦,见《言语》三十七注①(页59)。西朝:指西晋。 ② 周侯:周颛,见《言语》三十刘注(页54)。住:停止。 ③ 江左:江东,指东晋。 ④ 尔:如此。 ⑤ 伯仁:周颛,字伯仁。

【评析】本文写王敦见到周颛总是以扇遮面,虽未写原因,但刘注反对是王敦惧怕周颛之说。本书《汰侈》一写石崇当着王敦之面斩杀三位美妓而王敦却不为所动,故敦不可能怕周颛。刘注又引沈约《晋书》谓"王敦素惮"周颛,故"扇面不休"。房玄龄等著《晋书》亦载此事,谓"敦素惮故,每见颛辄面热,虽复冬月,扇面手不得休"。所谓邪不胜正,难怪心存谋逆的王敦见到"以雅望获海内盛名"(《晋书》本传)的周颛都不禁要害怕了。

十三

会稽虞骙①,元皇时与桓宣武同侠②,其人有才理胜望③。㊀王丞相尝谓骙曰④:"孔愉有公才而无公望⑤,丁潭有公望而无公才⑥。㊁兼之者,其在卿乎?"骙未达而丧⑦。㊂

【今译】会稽虞𫘬，晋元帝时与桓彝是同僚，这人有才思名望。王导对虞𫘬说："孔愉有您的才思却没有您的名望，丁潭有您的名望却没有您的才思，这两方面兼而有之的恐怕就是您了吧！"虞𫘬未及显贵就去世了。

【刘孝标注】㊀《虞光禄传》曰："𫘬字思行，会稽余姚人。虞𫘬曾孙，右光禄潭兄子也。虽机干不及潭，而至行过之。历吏部郎、吴兴太守，征为金紫光禄大夫，卒。" ㊁愉已见。《会稽后贤记》曰："潭字世康，山阴人，吴司徒固曾孙也。沈婉有雅望，少与孔愉齐名。仕至光禄大夫。"《晋阳秋》曰："孔敬康、丁世康、张伟康俱著名，时谓'会稽三康'。伟康名茂，尝梦得大象，以问万雅。雅曰：'君当为大郡，而不善也。象，大兽也。取其音狩，故为大郡，然象以齿丧身。'后为吴郡，果为沈充所杀。" ㊂《虞光禄传》曰："𫘬未登台鼎，时论称屈。"

【注释】① 虞𫘬(fēi)：字思行，东晋会稽余姚(今属浙江)人。官至金紫光禄大夫。 ② 元皇：指晋元帝司马睿。桓宣武：当为"桓宣城"之误，指桓温父亲宣城内史桓彝。《晋书·虞𫘬传》："与国桓彝俱为吏部郎，情好甚笃。彝遣温拜𫘬，𫘬使子谷拜彝。"虞𫘬与桓彝同为吏部郎，且感情甚好，两人互遣其子拜候，故知"宣武"为"宣城"之误。同侠：当为"同僚"之误。余嘉锡《世说新语》笺疏案："同侠盖同僚"之误。 ③ 才理胜望：指才思名望。 ④ 王丞相：王导。 ⑤ 孔愉：字敬康，见《方正》三十八注①(页203)。 ⑥ 丁潭：字世康，东晋山阴(今浙江绍兴)人，官至光禄大夫。 ⑦ 达：显达，显贵。

【评析】本文所载亦见于《晋书·虞𫘬传》，兹录王导之言及结尾部分，以资比较："王导尝谓𫘬曰：'孔愉有公才而无公望，丁潭有公望而无公才，兼之者其在卿乎？'官未达而丧，时人惜之。"

十四

明帝问周伯仁①："卿自谓何如郗鉴②？"周曰："鉴方臣，如有功夫③。"复问郗，郗曰："周顗比臣，有国士门风④。"㊀

【今译】晋明帝问周顗："你自己认为比郗鉴怎么样？"周顗说："郗鉴和我比，他好像更有修养。"明帝再问郗鉴，郗鉴说："周顗和我相比，有国士家风。"

【刘孝标注】㊀ 邓粲《晋纪》曰："伯仁清正凝然，以德望称之。"

【注释】① 明帝：东晋明帝司马绍，见《方正》二十三注③(页194)。周伯仁：周顗。 ② 郗鉴：见《德行》二十四注①(页16)。 ③ 功夫：修养，造诣。 ④ 国士：国中有才德声望的人。门风：家风。

【评析】郗鉴和周顗均为东晋大臣，他们能够互相赞许对方，颇显风范。

十五

王大将军下①，庾公问②："闻卿有四友，何者是？"答曰："君家中郎、我家太尉、阿平、胡毋彦国③。㊀阿平故当最劣。"庾曰："似未肯劣④。"庾又问："何者居其右⑤？"王曰："自有人。"又问："何者是？"王曰："噫！其自有公论。"左右蹴公⑥，公乃止。㊁

【今译】王敦东下京城，庾亮问："听说你有四位朋友，他们是什么人？"王敦答道："你家的庾敳、我家的太尉、王澄、胡母彦国。王澄在其中该当是最差的。"庾亮说："他似乎不一定是最差的。"庾亮又问："哪一位居首位呢？"王敦说："自然有人。"庾亮又问："是哪位？"王敦说："噫！那是自有公论。"左右的人踩庾亮的脚，庾亮才停止发问。

【刘孝标注】㈠《王八故事》曰："胡母辅之少有雅俗鉴识，与王澄、庾敳、王敦、王夷甫为四友。"今故答也。　㈡敦自谓右者在己也。

【注释】① 王大将军：王敦，见《言语》三十七注①（页59）。下：指东下京都建康。　② 庾公：庾亮，见《德行》三十一注①（页22）。　③ 中郎：指庾敳，见《文学》十五注①（页126）。太尉：指王衍，见《言语》二十三注②（页507）。阿平：指王澄，王衍弟，见《德行》二十三注①（页16）。胡母彦国：见《德行》二十三注①（页16）。　④ 肯：必，一定。　⑤ 右：上。古以右为尊。⑥ 蹴：踩。

【评析】本文写庾亮和王敦的问答，问者刨根究底，答者吞吞吐吐。王敦称王澄在四人中"最劣"，而王衍却称王澄在庾敳和王敦之上（见本篇十一刘注）。当庾亮问到谁排名第一时，王敦谓"自有公论"。刘注认为这是"敦自谓右者在己也"，庾亮偏不领会，还想再问，经左右蹴足提醒才不再问了。这段问答颇富戏剧意味。

十六

人问丞相①："周侯何如和峤②？"答曰："长舆嵯嶭③。"㈠

【今译】有人问王导："周颛与和峤相比怎么样？"王导答道："和峤超群出众。"

【刘孝标注】㈠虞预《晋书》曰："峤厚自封殖，嶷然不群。"

【注释】① 丞相：指王导。　② 周侯：周颛。和峤：字长舆。见《德行》十七注①（页54）。③ 嵯嶭（cuó niè）：山高峻的样子，此指人超群出众。

【评析】本文写王导赞美和峤超群出众，言下之意，周颛当然不如和峤了。和、周二人一在西晋初，一在东晋初。和峤固然"有盛名于世"（《晋书》本传），为朝野所称许。而周颛也"以雅望获海内盛名"（《晋书》本传）。他们的处境颇有巧合之处，和峤时有大奸臣贾充专横于世，但他对和峤"亦重之，称于武帝"（同上）。周颛时有野心家王敦，本篇十二写其见到周颛就怕得扇面不止。周颛是王导的救命恩人，几次写表章救王导而从不声张。当王敦问王导如何处置周颛时，王导一言不发听凭王敦处死周颛。事后看到周颛的表章时才悔恨交加地说了"伯仁由我而死"的话。周颛死后王敦抄了周颛的家，仅有"素簏数枚"、"酒五瓮，米数石"（同上）而已。和峤则"家产丰富，拟于王者，然性至吝，以是获讥于世，杜预以为峤有钱癖"（同上）。可知峤贪颛廉。王导居然闭目塞听，赞美和峤，贬抑周颛，显非知人之论。

十七

明帝问谢鲲①："君自谓何如庾亮②？"答曰："端委庙堂③，使百僚准则④，臣不如亮；一丘一壑⑤，自谓过之。"㈠

【今译】晋明帝问谢鲲："你自己认为比庾亮怎么样?"谢鲲答道："在朝廷上穿着朝服办事,使百官效法,我不如庾亮;放情于山水之间,自认为超过他。"

【刘孝标注】㈠《晋阳秋》曰:"鲲随王敦下,入朝,见太子于东宫,语及夕,太子从容问鲲曰:'论者以君方庾亮,自谓孰愈?'对曰:'宗庙之美,百官之富,臣不如亮。纵意丘壑,自谓过之。'"邓粲《晋纪》曰:"鲲与王澄之徒,慕竹林诸人,散首披发,裸袒箕踞,谓之八达。故邻家之女,折其两齿。世为谣曰:'任达不已,幼舆折齿。'鲲有胜情远概,为朝廷之望,故时以庾亮方焉。"

【注释】① 明帝:晋明帝司马绍,见《方正》二十三注③(页193)。谢鲲,见《言语》四十六注②(页65)。 ② 庾亮:见《德行》三十一注①(页22)。 ③ 端委:朝服之端正而宽长者,此指穿着朝服。庙堂:指朝廷。 ④ 准则:学习、效法。 ⑤ 一丘一壑:指隐居不仕,放情山水。

【评析】谢鲲有高识,喜怒不形于色,为当时人所仰慕。他为王敦长史时,知王敦有不臣之心,便优游放达,日与桓彝、阮孚等纵酒。本文亦见《晋书》本传。他承认自己在匡弼朝政上不及庾亮,而寄情山水上则远过之,可知他只能以优游山水表示不满,对自己的无所作为很无奈,可谓有自知之明。

十八

王丞相二弟不过江①,曰颖②,曰敞③。时论以颖比邓伯道④,敞比温忠武⑤。议郎、祭酒者也。㈠

【今译】王导的两个弟弟没有渡江南来,一个叫王颖,一个叫王敞。当时议论把王颖比为邓攸,把王敞比为温峤。他们分别担任议郎、祭酒。

【刘孝标注】㈠《王氏谱》曰:"颖字茂英,位至议郎,年二十卒。敞字茂平,丞相祭酒,不就。袭爵堂邑公,年二十有二而卒。"

【注释】① 王丞相:王导。不过江:指西晋末年没有渡江南来。 ② 颖:王颖,字茂英,官至议郎。 ③ 敞:王敞,字茂平,被召为丞相祭酒,未过江即早死。 ④ 邓伯道:邓攸,字伯道,见《德行》二十八注①(页20)。 ⑤ 温忠武:温峤,死后谥号忠武,故称。见《言语》三十五注③(页57~58)。

【评析】本文刘注引文对王导的两个弟弟作了简介,《晋书·王导传》亦载:"二弟颖、敞,少与导俱知名,时人以颖方温太真,以敞比邓伯道,并早卒。"

十九

明帝问周侯①:"论者以卿比郗鉴②,云何?"周曰:"陛下不须牵颙比。"㈠

【今译】晋明帝问周颙:"议论者把你和郗鉴相比,怎么样?"周颙说:"陛下无须拿周颙来相比。"

【刘孝标注】㈠按:颙死弥年,明帝乃即位。《世说》此言妄矣。

【注释】① 明帝：晋明帝司马绍。周侯：周颢。　② 郗鉴：见《德行》二十四注①（页16）。

【评析】此条所写与前十四条似有重复。周颢回答称明帝为"陛下"亦欠妥,刘注谓周颢死后一年,明帝才即位,故称"陛下"为妄言。

二十

王丞相云①："顷下论以我比安期、千里②,亦推此二人;唯共推太尉③,此君特秀④。"⊖

【今译】王导说："洛阳的议论把我比为王承、阮瞻,我也推崇这两个人,只是应当共同推崇王衍,他特别优秀杰出。"

【刘孝标注】⊖《晋诸公赞》曰："夷甫性矜峻,少为同志所推。"

【注释】① 王丞相：王导。　② 顷下：《太平御览》四百四十七引《郭子》,"顷下"作"雒下","雒"通"洛",当是。安期：王承,字安期,见《政事》九注①（页107）。千里：阮瞻,字千里,见《赏誉》二十九注⑨（页276）。　③ 太尉：王衍。　④ 秀：突出,优秀。

【评析】本文"亦推此二人"句,余嘉锡《世说新语笺疏》引《御览》四百四十七《郭子》,谓此句当作"我亦不推此二人",表明王导不推崇王、阮,故下文推崇王衍。徐震堮《世说新语校笺》亦引该文,谓"《郭子》有'我'字,是,当据补。"二说可作参考。

二十一

宋袆曾为王大将军妾①,后属谢镇西②。镇西问袆："我何如王?"答曰："王比使君③,田舍贵人耳④。"镇西妖冶故也⑤。⊖

【今译】宋袆曾经是王敦的姬妾,后归属谢尚,谢尚问宋袆："我比王敦怎么样?"宋袆回答道："王敦比起你来,不过是乡巴佬比大贵人罢了。"这是谢尚长得妖艳动人之故啊。

【刘孝标注】⊖ 未详宋袆。

【注释】① 宋袆（yī）：据《太平御览》三百八十一引《俗说》,知其为石崇宠姬绿珠的弟子,貌美,善吹笛,先后属晋明帝、阮孚、王敦、谢尚等。王大将军：王敦。　② 谢镇西：谢尚,曾任镇西将军,故称。　③ 使君：指谢尚,他曾任江州刺史。　④ 田舍：乡巴佬。　⑤ 妖冶：艳丽。

【评析】谢尚"好衣刺文裤","善音乐,博综众艺","着衣帻而舞。导令坐者抚掌击节,尚俯仰在中,傍若无人"（《晋书》本传）。宋袆亦美貌善吹笛,美女遇到美男子,又有同样的爱好,两情相悦是自然的了,无怪宋袆将王敦与谢尚比为"田舍贵人"。

二十二

明帝问周伯仁①："卿自谓何如庾元规②?"对曰："萧条方外③,亮不如臣;

从容廊庙④,臣不如亮。"⊖

【今译】晋明帝问周顗:"你认为自己比庾亮怎么样?"周顗回答:"超脱自在于世俗之外,庾亮不如我;优游自在于朝廷上,我不如庾亮。"

【刘孝标注】⊖ 按:诸书皆以谢鲲比亮,不闻周顗。

【注释】① 明帝:晋明帝司马绍。周伯仁:周顗。 ② 庾元规:庾亮。 ③ 萧条:超脱自在。方外:世俗之外。 ④ 从容:悠闲,自在。廊庙:指朝廷。

【评析】庾亮为明帝皇后之父,与王导受遗诏辅幼主,故能从容周旋于朝廷之上。周顗则以好饮出名,以宽容、友爱过人而得到重名,为保全王导甚至不惜性命,故其自称超脱自在于方外胜过庾亮,符合事实,确有自知之明。刘注认为时人均以谢鲲比庾亮,不见以周顗来比,说明此则记载较为特殊。

二十三

王丞相辟王蓝田为掾①,庾公问丞相②:"蓝田何似?"王曰:"真独简贵③,不减父祖,旷然淡处④,故当不如尔。"⊖

【今译】王导征召王述为属官,庾亮问王导:"王述怎么样?"王导说:"真率突出、简约尊贵方面,不比他父亲祖父差,但心胸开阔、淡泊名利方面,当然不如他们啊。"

【刘孝标注】⊖ 王述狷隘故也。

【注释】① 王丞相:王导。辟(bì):征召。王蓝田:王述,见《文学》二十二注③(页131)。掾(yuàn):属官。 ② 庾公:庾亮。 ③ 真独:真率突出。简贵:简约尊贵。父祖:王述之父王承,祖父王湛。 ④ 旷然:心胸开阔的样子。淡处:淡于名利。

【评析】王导称王述"真独简贵,不减父祖",而"旷然淡处"不如他们。对于后一点,刘注亦谓其"狷隘"。所谓"狷隘",意为性急而狭隘。《晋书》本传亦谓其"性急为累",所说与王导之言近似。

二十四

卞望之云①:"郗公体中有三反②:方于事上③,好下佞己④,一反;治身清贞⑤,大修计较⑥,二反;自好读书,憎人学问⑦,三反。"⊖

【今译】卞壹说:"郗鉴身上有三件相互矛盾的事:侍奉皇上正直,却喜欢下属谄媚自己,这是第一件矛盾的事;自己修身清廉正派,而对他人则斤斤计较,这是第二件矛盾的事;自己爱好读书,却讨厌他人学习好问,这是第三件矛盾的事。"

【刘孝标注】⊖ 按:太尉刘寔论王肃方于事上,好下佞己,性嗜荣贵,不求苟合,治身不秽,尤惜财物。王、郗志性优亦同乎?

【注释】① 卞望之：卞壸(kǔn)，见《赏誉》五十四刘注⊖(页288)。　② 郗公：郗鉴。反：相反的，矛盾的。　③ 方：正直。事上：指侍奉皇帝。　④ 佞：谄媚。　⑤ 治身：修身。清贞：清廉正派。　⑥ 修：指讲究。计校：计较。　⑦ 学问：指学习。

【评析】郗鉴是东晋初的大臣，三朝元老，但他多有言行不一、自相矛盾之处。卞壸为御史中丞时，《晋书》本传谓其"忠于事上，权贵屏迹"。对王导称病不朝，却私自送郗鉴事奏导"亏法从私，无大臣之节"、"虽事寝不行，举朝震肃。壸断裁切直，不畏强御，皆此类也"。本文批评郗鉴"有三反"，亦可知言行如一之难。

二十五

世论温太真是过江第二流之高者①。时名辈共说人物②，第一将尽之间，温常失色。⊖

【今译】世人评论温峤是渡江南下人物第二流中的佼佼者。当时名流们一起议论人物，说到第一流人物将要完时，温峤常会失色。

【刘孝标注】⊖《温氏谱序》曰："晋大夫郤至封于温，子孙因氏，居太原祁县，为郡著姓。"

【注释】① 温太真：温峤，见《言语》三十五注③(页57～58)。　② 名辈：名流。

【评析】温峤自视甚高，对时人的评论也相当在意。《晋书》本传谓温峤少时即以孝悌博学能文著称，"见者皆爱悦之"。渡江后与王导、郗鉴、庾亮等同受顾命，在平息王敦之乱中发挥了作用。当病卒时，"江州士庶闻之，莫不相顾而泣"。可知其智勇兼备，足堪第一流人物之称，而世论却评其为"第二流之高者"，甚为不公。

二十六

王丞相云①："见谢仁祖②，恒令人得上③。与何次道语④，唯举手指地曰：'正自尔馨⑤。'"⊖

【今译】王导说："见到谢尚，常令人意气超脱凡俗积极向上。与何充说话，只是举手指着地说：'正是如此。'"

【刘孝标注】⊖ 前篇及诸书皆云王公重何充，谓必待己相。而此章以手指地，意如轻诋。或清言析理，何不逮谢故邪？

【注释】① 王丞相：王导。　② 谢仁祖：谢尚，见《言语》四十六注①(页65)。　③ 得上：指超脱凡俗上进。　④ 何次道：何充，见《言语》五十四注①(页59)。　⑤ 尔馨：如此，这样。

【评析】刘注谓本文王导以手指地，对何充有"轻诋"之意，与前《赏誉》五十九、六十器重何充，准备提拔其担任相位不同。这是错会王导之意了。王导与外甥何充说话，很投机，何充之言深获其心，故举手指地说"正是如此"，并无轻诋意。

二十七

何次道为宰相①，人有讥其信任不得其人②。㊀阮思旷慨然曰③："次道自不至此④。但布衣超居宰相之位⑤，可恨唯此一条而已。"㊁

【今译】何充担任宰相，有人指责他信任了不该信任的人。阮裕感慨地说："何充本来不至这样，但他以平民身份越级而高居宰相之位，可遗憾的就是这一点而已。"

【刘孝标注】㊀《晋阳秋》曰："充所昵庸杂，以此损名。" ㊁《语林》曰："阮光禄闻何次道为宰相，叹曰：'我当何处生活？'"此则阮未许何为鼎辅，二说便相符也。

【注释】① 何次道：何充，见《言语》五十四注①（页70）。 ② 不得其人：指用人不当。③ 阮思旷：阮裕，见《德行》三十二注①（页22）。 ④ 自：本来。 ⑤ 布衣：指平民，地位低下者。

【评析】据《晋书》本传，何充为王导的外甥，一向受到王导、庾亮的推重，共同向成帝荐其"器局方概，有万夫之望"。王导以其为宰相的接班人，后何充果然做了宰相。在用人方面，他"以社稷为己任，凡所选用，皆以功臣为先，不以私恩树亲戚，谈者以此重之"。只是"所昵庸杂，信任不得其人"，与本文所言同。

二十八

王右军少时①，丞相云②："逸少何缘复减万安邪③？"㊀

【今译】王羲之年轻时，王导说："王羲之为什么还不如刘绥呢？"

【刘孝标注】㊀ 刘绥已见。

【注释】① 王右军：王羲之，字逸少，见《言语》六十二注①（页73）。 ② 丞相：王导。 ③ 何缘：为什么。减：不如，差。万安：刘绥，见《赏誉》六十四刘注㊀（页292）。

【评析】王羲之"少有美誉"（《晋书》本传），是王导的侄子，被王敦赞为"吾家佳子弟"（同上）。而刘绥被庾琮赞为"灼然玉举"（《赏誉》六十四）。本文王导认为王羲之不在刘绥之下，所以为之鸣不平。

二十九

郗司空家有伧奴①，知及文章②，事事有意③。王右军向刘尹称之④，刘问："何如方回⑤？"㊀王曰："此正小人有意向耳⑥，何得便比方回？"刘曰："若不如方回，故是常奴耳。"

【今译】郗鉴家有个北方籍的奴仆，懂得文章，样样事都能领会点意趣。王羲之向刘惔称赞他，刘惔问："他比郗愔怎么样？"王羲之说："这只是小人有志向而已，怎么就能和郗愔比呢？"刘惔说："如果他不如郗愔，那也只是个平常的奴仆而已。"

【刘孝标注】㊀《郗愔别传》曰:"愔字方回,高平金乡人,太宰鉴长子也。渊靖纯素,无执无竞,简私昵,罕交游。历会稽内史、侍中、司徒。"

【注释】① 郗司空:郗鉴,见《德行》二十四注①(页16)。伧(cāng)奴:当时南方人对北方人的称呼,有轻视之意。 ② 知:懂得。 ③ 意:指意趣。 ④ 王右军:王羲之。刘尹:刘惔,见《德行》三十五注④(页24)。 ⑤ 方回:郗愔,字方回,郗鉴之长子,历官会稽内史、侍中、司徒。 ⑥ 正:只,仅。意向:志向。

【评析】王羲之是郗鉴的女婿,郗愔的姐夫,故对郗家情况很熟悉,特向刘惔称道他所欣赏的北方仆人,而刘惔却以其不如郗大公子为由称其为常奴。在对待仆人的态度上,王羲之较之刘惔要开明得多。本文亦载《晋书·刘惔传》,文字较之本文更简练明白。

三十

　　时人道阮思旷①:"骨气不及右军②,简秀不如真长③,韶润不如仲祖④,思致不如渊源⑤,而兼有诸人之美。"㊀

【今译】当时人称道阮裕:"气质风韵不如王羲之,简约杰出不如刘惔,美好温润不如王濛,才思情趣不如殷浩,但他兼有上述众人之美。"

【刘孝标注】㊀《中兴书》曰:"裕以人不须广学,正应以礼让为先,故终日颓然,无所修综,而物自宗之。"

【注释】① 阮思旷:阮裕,见《德行》三十二注①(页22)。 ② 骨气:气质风韵。右军:王羲之。 ③ 简秀:简约杰出。真长:刘惔,见《德行》三十五注①(页24)。 ④ 韶润:美好温润。仲祖:王濛,见《言语》五十四注④(页70)。 ⑤ 思致:才思情趣。渊源:殷浩,见《政事》二十二注①(页115)。

【评析】阮裕为阮籍的族弟,淡泊名利,处于纷争之世而能以智慧保全自己,颇有族兄阮籍之风。阮裕知王敦有谋逆之心,便终日酣醉,得以躲过劫难。他固辞王导、郗鉴等的征召,只做过短期的临海、东阳太守,自谓只是为"私计故耳"。本文诸人之评亦载《晋书》本传。

三十一

　　简文云①:"何平叔巧累于理②,嵇叔夜俊伤其道③。"㊀

【今译】简文帝说:"何晏巧言虚夸,牵累到他所说的真率之理;嵇康才智出众,伤害其虚澹自然之道。"

【刘孝标注】㊀ 理本真率,巧则乖其致;道唯虚澹,俊则违其宗。所以二子不免也。

【注释】① 简文:简文帝司马昱。 ② 何平叔:何晏,见《言语》十四注①(页43)。理:指真率之理。 ③ 嵇叔夜:嵇康,见《德行》十六注②(页11)。俊:指才智出众。道:指虚澹自然之道。

【评析】刘注寥寥数语，即概括了何晏和嵇康的优缺点及其不幸的结局（何因与曹爽结党为司马懿所杀，嵇以吕安事为司马昭所杀）。

三十二

时人共论晋武帝出齐王之与立惠帝①，其失孰多？㊀多谓立惠帝为重。桓温曰②："不然。使子继父业，弟承家祀，有何不可？"㊁

【今译】当时共同议论晋武帝把齐王司马攸赶出朝廷和立惠帝司马衷为太子这两件事，哪件事失误更大，多数人认为立惠帝为太子这事失误更大。桓温说："不是这样。让惠帝以儿子名义继承父亲的事业，以让齐王弟弟身份承袭家族的香火，有什么不可以？"

【刘孝标注】㊀《晋阳秋》曰："齐王攸，字大猷，文帝第二子。孝敬忠肃，清和平允，亲贤下士，仁惠好施。能属文，善尺牍。初，荀勖、冯𬘘为武帝亲幸，攸恶勖之佞，勖惧攸或嗣立，必诛己，且攸甚得众心，朝贤景附。会帝有疾，攸及皇太子入问讯，朝士皆属目于攸，而不在太子。至是，勖从容曰：'陛下万年后，太子不得立也。'帝曰：'何故？'勖曰：'百僚内外，皆归心于齐王，太子安得立乎？陛下试诏齐王归国，必举朝谓之不可。若然，则臣言征矣。'侍中冯𬘘又曰：'陛下必欲建诸侯，成五等，宜从亲始，亲莫若于齐王。'帝从之。于是下诏，使攸之国。攸闻勖、𬘘间己，忿怨不知所为。入辞，出，欧血薨。帝哭之恸，冯𬘘侍曰：'齐王名过其实，而天下归之。今自薨殒，陛下何哀之甚？'帝乃止。刘毅闻之，故终身称疾焉。"㊁武帝兆祸乱，覆神州，在斯而已。舆隶且知其若此，况宣武之弘俊乎？此言非也。

【注释】① 晋武帝：司马炎，见《德行》十七注④（页12）。出齐王：指司马攸被赶出朝廷回到封地事。司马攸，字大猷，司马昭第二子，司马炎之弟，因司马师无子，过继给司马师为子。后受到奸臣的挑拨，出朝回封地，忧愤而死。立惠帝：指立司马衷为太子。司马衷，字正度，司马昭之长子，昏庸愚痴。　② 桓温：见《言语》五十五注①（页70）。

【评析】司马衷和司马攸虽然都是司马炎的儿子，但攸过继给司马师，就算是司马师之子了。刘注引文谓其"清和平允，亲贤下士"，深得朝廷人士之心。司马衷则为昏庸愚痴之人，司马炎却以其为长子立为太子，又听信谗言把司马攸赶到封地去，以致酿成恶果，葬送了西晋王朝。当时人都认为出齐王与立惠帝以后者为重，而桓温却偏认为这是"子承父业"、"弟承家祀"。刘注谓司马炎之举为"兆祸乱，覆神州"，连车夫差役都懂的道理，堂堂的桓温都不懂吗？实则其言暴露了他"久怀异志"、"志在篡夺"（《晋书》本传）的祸心与野心。

三十三

人问殷渊源①："当世王公以卿比裴叔道②，云何？"殷曰："故当以识通暗处③。"㊀

【今译】有人问殷浩："当代的达官贵人把您比为裴遐，你认为怎么样？"殷浩说："当然是我们都能用才识通晓隐秘幽深的玄理了。"

【刘孝标注】㊀遐与浩并能清言。

【注释】① 殷渊源：殷浩，见《政事》二十二注①(页115)。　② 裴叔道：裴遐，见《文学》十九注①(页129)。　③ 暗处：指隐秘幽深的玄理。

【评析】刘注谓裴遐与殷浩"并能清言"。当人们问殷浩时，浩以裴遐为同道，认为二人都能通晓奥妙玄理之故。将自己与对方相提并论，不分高下，心平气和，可谓平实之论。

三十四

抚军问殷浩①："卿定何如裴逸民②？"良久答曰："故当胜耳。"

【今译】司马昱问殷浩："你比裴颜到底怎么样？"过了很久裴颜回答道："当然超过他了。"

【注释】① 抚军：晋文帝司马昱，他曾任抚军大将军，故称。　② 定：到底，究竟。裴逸民：裴颜，见《言语》二十三注④(页50)。

【评析】《晋书》本传谓乐广与裴颜清言，欲以理服之，而裴颜"辞论丰博"，乐广笑而不言，"时人谓颜为言谈之林薮"。是知颜亦为清谈之高手，就是"尤善玄言"的殷浩恐怕未见得就能胜过裴颜。

三十五

桓公少与殷侯齐名①，常有竞心②。桓问殷："卿何如我？"殷云："我与我周旋久③，宁作我④。"

【今译】桓温年轻时与殷浩齐名，常有争胜之心。桓温问殷浩："你比我怎么样？"殷浩说："我和我自己交往了很久，我宁可作我自己。"

【注释】① 桓公：桓温，见《言语》五十五注①(页70)。殷侯：对殷浩的尊称。　② 竞心：争胜之心。　③ 周旋：指交往，交际应酬。　④ 宁(nìng)：宁可，宁愿。

【评析】桓温问殷浩的话含有傲慢的口气，殷浩巧妙而幽默地拒绝比较，保持自我的本色，维护了自己的尊严。

三十六

抚军问孙兴公①："刘真长何如②？"曰："清蔚简令③。""王仲祖何如④？"曰："温润恬和⑤。"⊖"桓温何如⑥？"曰："高爽迈出⑦。""谢仁祖何如⑧？"曰："清易令达⑨。""阮思旷何如⑩？"曰："弘润通长⑪。""袁羊何如⑫？"曰："洮洮清便⑬。""殷洪远何如⑭？"曰："远有致思⑮。""卿自谓何如？"曰："下官才能所经，悉不如诸贤。至于斟酌时宜⑯，笼罩当世⑰，亦多所不及。然以不才，时复托怀玄胜⑱,远咏《老》、《庄》,萧条高寄⑲,不与时务经怀⑳,自谓此心无所与让也㉑。"

【今译】司马昱问孙绰:"刘惔怎么样?"孙绰答道:"他清高有才思,简约而美好。""王濛怎么样?"答道:"他温润柔顺,安适和畅。""桓温怎么样?"答道:"他杰出豪爽,超群出众。""谢尚怎么样?"答道:"他清高简易,美好通达。""阮裕怎么样?"答道:"他胸怀宽广,通达和善。""袁乔怎么样?"答道:"他人品高洁,清通条畅。""殷融怎么样?"答道:"他志向高远,富于情趣。""您自己认为怎么样?"答道:"我的才学能力及我的经历,都不如上述诸位贤人。至于衡量时势所需,控制时局,也有很多及不上他们。但是以我这样不成才的人,时常在玄理美妙的境界中寄托情怀,吟咏古代的《老子》、《庄子》,超然物外,寄托高远,不把世事放在心上,自己认为这种心态是没有什么可以谦让的。"

【刘孝标注】㊀徐广《晋纪》曰:"凡称风流者,皆举王、刘为宗焉。"

【注释】① 抚军:司马昱。孙兴公:孙绰,见《言语》八十四①。　② 刘真长:刘惔。　③ 清蔚简令:清高有才思,简约而美好。　④ 王仲祖:王濛,见《言语》五十四注④(页70)。　⑤ 温润恬和:温和柔顺,安适和畅。　⑥ 桓温:见《言语》五十五注①(页70)。　⑦ 高爽迈出:杰出豪爽,超群出众。　⑧ 谢仁祖:谢尚。　⑨ 清易令达:清高简易,美好通达。　⑩ 阮思旷:阮裕。　⑪ 弘润通长:胸怀宽广,通达和善。　⑫ 袁羊:袁乔,见《言语》九十注④(页90)。　⑬ 洮洮(táo):形容人品高洁。清便:谓清通条畅。　⑭ 殷洪远:殷融,字洪远,殷浩叔父。见《文学》七十四刘注(页161)。　⑮ 远有致思:志向高远,富于情趣。致思,即思致,指思想性情。　⑯ 斟酌:衡量,反复考虑。时宜:时势所需。　⑰ 笼罩:把握,控制。　⑱ 托怀:寄托情怀。玄胜:指玄理殊胜的境界。　⑲ 萧条:超脱,闲逸。高寄:寄托高远。　⑳ 经怀:经心,操心。　㉑ 让:谦让。

【评析】文中孙绰共品评了刘惔等名士七人,并自评了缺点和长处。对自己的褒贬倒也恰当。《晋书》本传谓其居会稽时,"游放山水,十有余年","以文才垂称,于时文士,绰为其冠。温、王、郗、庾诸公之薨,必须绰为碑文"。可知孙绰高自标榜不为无因。

三十七

桓大司马下都①,问真长曰②:"闻会稽王语奇进③,尔邪④?"㊀刘曰:"极进,然故是第二流中人耳。"桓曰:"第一流复是谁?"刘曰:"正是我辈耳。"

【今译】桓温来到都城,问刘惔说:"听说会稽王清谈很有进步,是这样吗?"刘惔说:"极有进步,但仍然是第二流中的人物而已。"桓温说:"第一流人物又是谁呢?"刘惔说:"正是我们这些人啊!"

【刘孝标注】㊀《桓温别传》曰:"兴宁九年,以温克复旧京,肃静华夏,进都督中外诸军事、侍中、大司马,加黄钺,使入参朝政。"

【注释】① 桓大司马:桓温。下都:指到都城。　② 真长:刘惔。　③ 会稽王:司马昱。语:指清谈。奇:很。　④ 尔:如此,这样。

【评析】简文帝为相时,刘惔以善言玄理和王濛成为他的谈客,被敬为上宾。简文帝也爱清谈，但谢安谓其"清谈差胜"，即清谈尚可，故刘惔称其属于第二流。

三十八

殷侯既废①，桓公语诸人曰②："少时与渊源共骑竹马③，我弃去，已辄取之④，故当出我下。"㊀

【今译】殷浩已被废为庶人后，桓温对大家说："我小时候与殷浩一道骑竹马玩，我骑好后丢弃了的，他总是拿回去，所以他该当在我之下。"

【刘孝标注】㊀《续晋阳秋》曰："简文辅政，引殷浩为扬州，欲以抗桓。桓素轻浩，未之惮也。"

【注释】① 殷侯：殷浩，见《政事》二十二注①（页115）。废：指殷浩率军北伐大败，被废为庶人。② 桓公：桓温。 ③ 竹马：儿童的玩具，当马骑的竹竿。 ④ 己：用作第三人称代词，相当于他。

【评析】本文内容亦载《晋书·殷浩传》。此系桓温编造的故事，用以攻击殷浩，抬高自己，不足凭信。兹引《晋书》所载以资参考："浩少与温齐名，而每心竞。温尝问浩：'君何如我?'浩曰：'我与君周旋久，宁作我也。'温既以雄豪自许，每轻浩，浩不之惮也。至是，温语人曰：'少时我与浩共骑竹马，我弃去，浩辄取之，故当出我下也。'"

三十九

人问抚军①："殷浩谈竟何如?"答曰："不能胜人，差可献酬群心②。"

【今译】有人问司马昱："殷浩的清谈到底怎么样?"司马昱答道："不能超过别人，但还可以满足大家的心思。"

【注释】① 抚军：司马昱，曾为抚军大将军，故称。 ② 差：略，尚。献酬：原指主人向客人敬酒，此指酬报，满足。

【评析】《晋书》本传谓殷浩"尤善玄言"、"为风流谈论者所宗"，可见殷浩的清谈能力非同一般。而本文所写简文帝却认为其仅能满足一般人之心而不能超过他人，评价并不是很高。

四十

简文云①："谢安南清令不如其弟②，㊀学义不及孔岩③，㊁居然自胜。"㊂

【今译】简文帝司马昱说："谢奉在高洁美好方面不如他的弟弟谢聘，在学问上赶不上孔严，但是他竟然以其放任率真胜过他们二人。"

【刘孝标注】㊀ 安南，谢奉也。已见。《谢氏谱》曰："奉弟聘，字弘远。历侍中、廷尉卿。"

㊀《中兴书》曰:"岩字彭祖,会稽山阴人。父俭,黄门侍郎。岩有才学,历丹阳尹、尚书、西阳侯,在朝多所匡正。为吴兴太守,大得民和,后卒于家。" ㊁言奉任天真也。

【注释】① 简文:简文帝司马昱。 ② 谢安南:谢奉,见《雅量》三十三注①(页237)。清令:高洁美好,清新美好。其弟:指谢奉弟谢聘,字弘远,历官侍中、廷尉卿。 ③ 学义:学问,学识。孔岩:《晋书》本传作"孔严",应从《晋书》。孔严,字彭祖,会稽山阴(今浙江绍兴)人。官至吴兴太守,深得民心。

【评析】谢聘和孔严二人各有所长,而谢奉却胜过他们二人,刘注谓"奉任天真也",指其具有放任率真的本性。在崇尚老、庄逍遥自在的晋代,这当然是值得赞美的。

四十一

未废海西公时①,王元琳问桓元子②:"箕子、比干迹异心同③,不审明公孰是孰非④?"曰:"仁称不异⑤,宁为管仲⑥。"㊀

【今译】还没有废黜海西公司马奕时,王珣问桓温:"箕子、比干事迹有异而用心相同,不知您认为谁对谁不对?"桓温答道:"仁人的称呼没有不同,我宁愿做管仲那样的仁人。"

【刘孝标注】㊀《论语》曰:"微子去之,箕子为之奴,比干谏而死。子曰:'殷有三仁焉。'""子路曰:'桓公杀公子纠,召忽死之,管仲不死,曰未仁乎?'子曰:'桓公九合诸侯,一匡天下,不以兵车,管仲之力。如其仁! 如其仁!'"

【注释】① 海西公:晋废帝司马奕,见《言语》五十九注②(页73)。 ② 王元琳:王珣,见《言语》一〇二刘注(页98)。桓元子:桓温字元子。 ③ 箕子:殷纣王之叔,封于箕(今山西太谷东北)。纣王暴虐,箕子谏不听,便披发佯狂为奴,为纣王所囚。比干:殷纣王伯父。纣王淫乱,比干犯颜强谏,纣王怒,剖其心而死。 ④ 审:知道。明公:尊称有地位的人。 ⑤ 仁称:仁人的称呼。 ⑥ 宁(nìng):宁可。管仲:见《言语》三十六注⑨(页58)。

【评析】刘注引《论语》谓孔子称微子、箕子、比干为敢于直谏的"三仁"。管仲初事公子纠,后相齐桓公,九合诸侯,一匡天下,使齐桓公成为春秋五霸之首,孔子称其为"仁"。桓温宁愿做管仲,即流露其要废黜司马奕而另立简文帝司马昱,从而操纵朝政的野心。

四十二

刘丹阳、王长史在瓦官寺集①,桓护军亦在坐②,㊀共商略西朝及江左人物③。或问:"杜弘治何如卫虎④?"桓答曰:"弘治肤清⑤,卫虎奕奕神令⑥。"王、刘善其言。㊁

【今译】刘惔、王濛在瓦官寺聚会,桓伊也在座,一起评论西晋和江东的人物。有人问:"杜乂与卫玠相比怎么样?"桓伊答道:"杜乂外貌漂亮,卫玠神采焕发。"王濛、刘惔认为他的话说得好。

【刘孝标注】㊀ 桓伊，已见。 ㊁ 虎，卫玠小字。《玠别传》曰："永和中，刘真长、谢仁祖共商略中朝人。或问：'杜弘治可方卫洗马不？'谢曰：'安得比！其间可容数人。'"《江左名士传》曰："刘真长曰：'吾请评之，弘治肤清，叔宝神清。'论者谓为知言。"

【注释】① 刘丹阳：刘惔，曾任丹阳尹，故称。王长史：王濛。瓦官寺：故址在今南京附近。集：聚会。 ② 桓护军：桓伊，曾任护军将军，见《方正》五十五注①（页211）。 ③ 商略：评论，品评。西朝：指西晋。江左：指东晋。 ④ 杜弘治：杜乂，见《赏誉》六十八注①（页293）。卫虎：卫玠，小名虎，见《言语》三十二注①（页56）。 ⑤ 肤清：外貌漂亮。 ⑥ 奕奕神令：指神采焕发。

【评析】《晋书》本传谓杜乂"美姿容"，卫研"风神秀异"，都是为时人所赞之美男。本文亦见《晋书·杜乂传》，文字略异，录以参考。谓："王羲之见而目之曰：'肤若凝脂，眼如点漆，此神仙人也。'桓彝亦曰：'卫玠神清，杜乂形清。'"

四十三

刘尹抚王长史背曰①："阿奴比丞相②，但有都长③。"㊀

【今译】刘惔拍着王濛的背说："你和丞相王导比起来，只是外表美貌忠厚罢了。"

【刘孝标注】㊀ 阿奴，濛小字也。都，美也。《司马相如传》曰："闲雅甚都。"《语林》曰："刘真长与丞相不相得，每曰：'阿奴比丞相，条达清长。'"

【注释】① 刘尹：刘惔。王长史：王濛。 ② 阿奴：对王濛的爱称。丞相：王导。 ③ 都长：美貌忠厚。

【评析】《晋书》本传谓王濛"美姿容"，他揽镜自照，亦自赞长相美。王濛与刘惔"齐名友善"，王濛称"刘君知我，胜我自知"，可知二人为至交。文中刘惔称王濛为"阿奴"，似有玩笑意。

四十四

刘尹、王长史同坐①，长史酒酣起舞。刘尹曰："阿奴今同不复减向子期②。"㊀

【今译】刘惔、王濛坐在一起，王濛酒喝得很畅快，便欣然起舞。刘惔说："你今天不比向秀逊色。"

【刘孝标注】㊀ 类秀之任率也。

【注释】① 刘尹：刘惔。王长史：王濛。 ② 阿奴：见前则注②。

【评析】上一则刘惔把王濛与王导相比，本文则将王濛与向秀相比，刘注称王濛在放任方面与向秀类似。刘惔一再称王濛为"阿奴"，可知他们之间关系非常亲昵。

四十五

桓公问孔西阳①："安石何如仲文②?"㊀孔思未对,反问公曰:"何如?"答曰:"安石居然不可陵践③,其处故乃胜也④。"

【今译】桓温问孔岩:"谢安与殷仲文比怎么样?"孔岩想了想没有回答,反问桓温说:"你觉得怎么样?"桓温回答说:"谢安居然不可欺凌,他的处世之道确实超过殷仲文。"

【刘孝标注】㊀ 西阳即孔岩也。

【注释】① 桓公:桓温。孔西阳:孔岩,封西阳侯,故称。 ② 安石:谢安,字安石。仲文:殷仲文,桓温的女婿。 ③ 陵践:欺凌。 ④ 处:指处世之道。故乃:确实。

【评析】《晋书》本传谓"玄之姊,仲文之妻也"。玄为桓温之子,则仲文为桓温之婿。谢安与桓温同辈,仲文就是晚辈了,故当桓温问孔岩谢安何如仲文时,孔岩一时难以回答,即反问桓温。桓温可能知道自己比拟不当,故以谢安为胜。

四十六

谢公与时贤共赏说①,遏、胡儿并在坐②。公问李弘度③:"卿家平阳④,何如乐令⑤?"㊀于是李潸然流涕曰⑥:"赵王篡逆⑦,乐令亲授玺绶⑧。㊁亡伯雅正⑨,耻处乱朝,遂至仰药⑩,恐难以相比。此自显于事实,非私亲之言。"㊂谢公语胡儿曰:"有识者果不异人意。"

【今译】谢安与当时的贤士共同品评人物,谢玄、谢朗同时在座。谢安问李充说:"你家的李重比乐广怎么样?"这时李充泪流不止地说:"赵王篡逆,废帝自立,乐广亲自授给他玺绶。先伯父为人正直,以处于乱朝为耻,就服毒自尽了,他们恐怕难以相比。这是很明显的事实,并非我偏袒亲人之言。"谢安对谢朗说:"有见识的人果然说中我的心思。"

【刘孝标注】㊀《晋诸公赞》曰:"李重字茂曾,江夏钟武人。以清尚见称。历吏部郎、平阳太守。" ㊁《晋阳秋》曰:"赵王伦篡位,乐广与满奋、崔随进玺绶。" ㊂《晋诸公赞》曰:"赵王为相国,取重为左司马,重以伦将篡,辞疾不就。敦喻之,重不复自治,至于笃甚。扶曳受拜,数日卒。时人惜之,赠散骑常侍。"

【注释】① 谢公:谢安。时贤:名流,贤达。赏说:谈论,品评人物。 ② 遏:谢玄小字遏,谢安之侄,见《言语》七十八注③(页84)。胡儿:谢朗之小字,见《言语》七十一刘注㊀(页80)。 ③ 李弘度:李充。见《言语》八十注①(页85)。 ④ 平阳:李重,字茂曾,江夏钟武(今河南信阳东南)人。历官吏部郎、平阳太守。 ⑤ 乐令:乐广,见《德行》二十三注③(页16)。 ⑥ 潸(shān)然:流泪的样子。 ⑦ 赵王:赵王司马伦,见《德行》十八注①(页13)。篡逆:指赵王司马伦废惠帝自立为帝事。 ⑧ 玺(xǐ)绶:古代印玺上必有组绶,因称印玺为玺绶。此指皇帝之印玺。 ⑨ 亡伯:李重,字茂曾,江夏(今湖北安陆市北)人,官至吏部郎、平阳太守。雅正:正派,正直。 ⑩ 仰药:服毒自杀。

【评析】李重为官"以清尚见称","家贫"(《晋书》本传),死后连殡敛之地都没有。刘注引文谓其知赵王伦将篡时,辞疾不就相国左司马之职,也不再治病,致病重而死;

《晋书》本传谓其"以忧逼成疾而卒",两说相近。故李充认为亲自为篡逆的赵王授玺绶的乐广是难以与自己的伯父相提并论的,此言得到谢安的赞赏。

四十七

王修龄问王长史①:"我家临川②,何如卿家宛陵③?"长史未答。修龄曰:"临川誉贵④。"长史曰:"宛陵未为不贵。"○

【今译】王胡之问王濛:"我家王羲之比你家王述怎么样?"王濛尚未回答,王胡之就说:"王羲之的声誉更高贵。"王濛说:"王述也未见得不高贵。"

【刘孝标注】○《中兴书》曰:"羲之自会稽王友,改授临川太守。王述从骠骑功曹,出为宛陵令。述之为宛陵,多修为家之具,初有劳苦之声。丞相王导使人谓之曰:'名父之子,屈临小县,甚不宜尔。'述答曰:'足自当止。'时人未之达也。后屡临州郡,无所造作,世始叹之。"

【注释】① 王修龄:王胡之,见《言语》八十一刘注(页85)。王长史:王濛,见《言语》五十四注④(页70)。 ② 临川:指王羲之,曾任临川太守,故称。 ③ 宛陵:指王述,曾任宛陵令,故称。④ 誉:声誉。

【评析】王胡之与王羲之是堂房兄弟,王濛与王述是堂房兄弟,各人都夸自家兄弟,也在情理中。

四十八

刘尹至王长史许清言①,时苟子年十三②,倚床边听。既去,问父曰:"刘尹语何如尊③?"长史曰:"韶音令辞不如我④,往辄破的胜我⑤。"○

【今译】刘惔到王濛处清谈,当时王修十三岁,靠在床边听。刘惔离开后,王修问父亲道:"刘尹的谈论比父亲怎么样?"王濛说:"在美好的音调和言辞方面,他不如我;辩论起来他总能切中要害方面,他胜过我。"

【刘孝标注】○《刘惔别传》曰:"惔有俊才,其谈咏虚胜,理会所归,王濛略同,而叙致过之,其词当也。"

【注释】① 刘尹:刘惔。王长史:王濛。许:处。清言:清谈。 ② 苟子:王修,小字苟子,王濛之子。 ③ 尊:对父亲的敬称。 ④ 韶音:美好的音调。令辞:美好的言辞。 ⑤ 往:指与对方辩难。的:原指箭靶中心,此指要害。

【评析】王濛和刘惔"齐名友善"(《晋书·王濛传》),同为简文帝的"入室之宾"(同上)。从本文王濛之语可知二人各有所长,而且分析客观,所以刘注亦认同濛之言。

四十九

谢万寿春败后①,简文问郗超②:"万自可败,那得乃尔失卒情③?"超曰:

"伊以率任之性④,欲区别智勇。"〇

【今译】谢万在寿春大败后,简文帝问郗超:"谢万本应失败,但怎么会如此失去士卒之心呢?"郗超说:"他凭着随意放任的性子,想要把智谋和勇敢区分开来。"

【刘孝标注】〇《中兴书》曰:"万之为豫州,氐、羌暴掠司、豫,鲜卑屯结并、冀,万既受方任,自率众入颍,以援洛阳。万矜豪傲物,失士众之心。北中郎郗昙以疾还彭城,万以为贼盛致退,便向还南,遂自溃乱,狼狈单归。太宗责之,废为庶人。"

【注释】① 谢万:谢安弟,见《言语》七十七注①(页83)。寿春:今安徽寿县。 ② 简文:简文帝司马昱。郗超:见《言语》五十九注⑤(页73)。 ③ 那得:怎么,为什么。乃尔:如此。 ④ 伊:他,第三人称代词。率任:随意放任。

【评析】刘注引文对谢万的失败指出两点,一是"矜豪傲物",一是误以为郗昙的因病退兵是因为敌方强盛。他先失士众之心,后又造成混乱,遂被废为庶人。此事《晋书》本传亦载,失败的原因亦同。可知谢万虽有名士矜才傲物的风度,但不适合率兵作战,失败是必然的结果。

五十

刘尹谓谢仁祖曰①:"自吾有四友②,门人加亲③。"谓许玄度曰④:"自吾有由⑤,恶言不及于耳⑥。"二人皆受而不恨。〇

【今译】刘惔对谢尚说:"自从我有了颜回后,门生弟子都更加亲近我了。"又对许询说:"自从我有了仲由后,恶言恶语就再也听不到了。"两人都欣然接受,没有遗憾。

【刘孝标注】〇《尚书大传》曰:"孔子曰:'文王有四友,自吾得回也,门人加亲,是非胥附邪? 自吾得赐也,远方之士至,是非奔走邪? 自吾得师也,前有辉,后有光,是非先后邪? 自吾得由也,恶言不入于耳,是非御侮邪?'"

【注释】① 刘尹:刘惔。谢仁祖:谢尚。 ② 四友:四位相知的朋友。刘注引《尚书大传》谓孔子以颜回、端木赐(子贡)、颛孙师(子张)、仲由(子路)为四友。据上下文,此"四友"当为"回"字之误。《尚书大传》曰:"文王有四友,自吾得回也,门人加亲……自吾得由也,恶占不入于耳。"颜回:字子渊,孔子学生,甘于贫贱而不改其乐,得到孔子的赞赏。 ③ 门人:弟子,门生。 ④ 许玄度:许询,见《言语》六十九注②(页78)。 ⑤ 由:仲由,字子路,孔子弟子,有勇力。 ⑥ 恨:遗憾,不满。

【评析】刘惔引用孔子之言赞赏谢尚和许询。将尚比为颜回,询比为子路,不仅高抬尚、询,更以孔子自居,似有狂妄之嫌。

五十一

世目殷中军①:"思纬淹通②,比羊叔子③。"〇

【今译】世人品评殷浩："他的才思学识广博通达，可以与羊祜相比。"

【刘孝标注】○ 羊祜德高一世，才经夷险。渊源蒸烛之曜，岂喻日月之明也。

【注释】① 殷中军：殷浩，曾任中军将军，故称。 ② 思纬：才思学识。淹通：广博通达。③ 羊叔子：羊祜，见《言语》八十六注②（页88）。

【评析】文中世人将殷浩比为羊祜，刘注不同意其说，认为羊祜德才之高犹如日月之明，绝非殷浩微弱之烛光可以相比。殷浩虽亦为名流所重，有一定的才德，但究竟是难以与羊祜相提并论的。刘注不随波逐流而能指出世人的错误，体现出了其价值所在。

五十二

有人问谢安石、王坦之优劣于桓公①。桓公停欲言②，中悔曰："卿喜传人语，不能复语卿。"

【今译】有人向桓温问谢安和王坦之两人的优劣。桓温正想说，中途又后悔道："你喜欢传播别人的话，我不能再对你说了。"

【注释】① 谢安石：谢安。王坦之：见《言语》七十二注①（页81）。桓公：桓温。 ② 停：正，副词。

【评析】当时私下论说是非的风气颇盛，桓温在上疏陈事中，就曾提到"朋友雷同，私议沸腾"（《晋书》本传）。所以桓温有意不发私议。

五十三

王中郎尝问刘长沙曰①："我何如荀子②？"○刘答曰："卿才乃当不胜荀子②，然会名处多③。"王笑曰："痴。"

【今译】王坦之曾经问刘奭："我比王修怎么样？"刘奭答道："你的才学应当不会超过王修，但是领悟名理处却比他多。"王修笑着说："痴。"

【刘孝标注】○《大司马官属名》曰："刘奭，字文时，彭城人。"《刘氏谱》曰："奭祖昶，彭城内史。父济，临海令。奭历车骑咨议、长沙相、散骑常侍。"

【注释】① 王中郎：王坦之。刘长沙：刘奭(shì)，字文时，彭城（今江苏徐州）人。历官车骑咨议、长沙相、散骑常侍。 ② 荀子：王修，见《文学》三十八注②（页352）。 ③ 会名处：领悟名理的地方。

【评析】《晋书》本传谓王修年十二岁所作之文即得到其父王濛的称赞，可知才学非同一般。而王坦之与谢安共事，甚为相得，自然亦善言玄理，故刘奭称其领悟名理多于王修。

五十四

支道林问孙兴公①："君何如许掾②?"孙曰："高情远致③,弟子早已服膺④;一吟一咏⑤,许将北面⑥。"

【今译】支道林问孙绰："你比起许询来怎么样?"孙绰说："他的高尚情操,深远的志趣,我早已衷心佩服;至于吟咏诗赋方面,他将拜我为师。"

【注释】① 支道林:见《言语》六十三注①并刘注(页75)。孙兴公:孙绰,见《言语》八十四注①(页87)。 ② 许掾(yuàn):许询,曾被征为司徒掾,不就,故称。 ③ 高情远致:高尚的情操,深远的志趣。 ④ 服膺(yīng):指衷心佩服。膺,胸。 ⑤ 一吟一咏:吟诗作赋。 ⑥ 北面:指服输,折服于人。

【评析】本文亦载《晋书·孙绰传》,并谓绰"少与高阳许询俱有高尚之志"、"绰与询一时名流,或爱询高迈,则鄙于绰;或爱绰才藻,而无取于询"。

五十五

王右军问许玄度①："卿自言何如安石②?"许未答,王因曰："安石故相与雄③,阿万当裂眼争邪④?"⊖

【今译】王羲之问许询："你自己认为比谢安、谢万怎么样?"许询没有回答,王羲之就说:"谢安当然和你一起称雄,谢万却应当瞪大眼睛来争雄呢!"

【刘孝标注】⊖《中兴书》曰:"万器量不及安石,虽居藩任,安在私门之时,名称居万上也。"

【注释】① 王右军:王羲之。许玄度:许询。 ② 安石:当作"安、万",指谢安与谢万。 ③ 相与雄:一起称雄。 ④ 阿万:谢万,谢安弟。裂眼:瞪大眼睛。

【评析】谢万为谢安之弟,本文刘注引文谓谢万器量不及谢安。《晋书》本传谓万北征时"未尝抚众",以致"诸将益恨之"。他率军未及与敌人交战即溃散,被废为庶人。故本文王羲之认为他不能与谢安、许询相比。

五十六

刘尹云①："人言江虨田舍②,江乃自田宅屯。"⊖

【今译】刘惔说:"人说江虨是乡巴佬,江虨本来就拥有很多的田地家产。"

【刘孝标注】⊖ 谓能多出有也。

【注释】① 刘尹:刘惔。 ② 江虨(bīn):见《方正》二十五注④(页195)。田舍:乡巴佬,言人土里土气。

【评析】刘注谓"能多出有也",意谓江虨本来就是土生土长拥有田产的人,自然是有乡气的,不足为怪。

五十七

谢公云①:"金谷中苏绍最胜②。"绍是石崇姊夫③,苏则孙④,愉子也⑤。㊀

【今译】谢安说:"金谷园聚会中,苏绍最优秀。"苏绍是石崇的姊夫,苏则的孙子,苏愉的儿子。

【刘孝标注】㊀ 石崇《金谷诗叙》曰:"余从元康六年,从太仆卿出为使,持节监青徐诸军事、征虏将军。有别庐在河南县界金谷涧中,或高或下,有清泉茂林,众果竹柏,药草之属,莫不毕备。又有水碓、鱼池、土窟,其为娱目欢心之物备矣。时征西大将军祭酒王诩当还长安,余与众贤共送往涧中,昼夜游宴,屡迁其坐。或登高临下,或列坐水滨。时琴瑟笙筑,合载车中,道路并作。及住,令与鼓吹递奏。遂各赋诗,以叙中怀。或不能者,罚酒三斗。感性命之不永,惧凋落之无期。故具列时人官号、姓名、年纪,又写诗著后。后之好事者,其览之哉!凡三十人,吴王师、议郎、关中侯、始平武功苏绍字世嗣,年五十,为首。"《魏书》曰:"苏则字文师,扶风武功人。刚直疾恶,常慕汲黯之为人。仕至侍中、河东相。"《晋百官名》曰:"愉字休豫,则次子。"山涛《启事》曰:"愉忠义有智意,位至光禄大夫。"

【注释】① 谢公:谢安。 ② 金谷:金谷园,在今河南洛阳东北,石崇所筑。苏绍:字世嗣,石崇的姊夫,官至议郎。 ③ 石崇(249—300):字季伦,西晋渤海南皮(今属河北)人。历官散骑常侍、荆州刺史。曾劫远使客商致富,筑金谷园,与贵戚争奢斗靡。附事贾后。贾后诛后,为赵王伦所杀。 ④ 苏则:字文师,官至河南相,苏绍之祖父。 ⑤ 愉:苏愉,字休豫,苏则次子,苏绍之父。官至光禄大夫。

【评析】本文写谢安评论金谷园聚会中苏绍诗作最胜,并简介其世系。刘注引金谷园主人石崇的诗叙,记载聚会于元康六年(296)进行。石崇将诸人所作编成集子并加叙言,描绘园内胜景如画,说明赋诗三十人,其中以苏绍为首。此叙记载金谷园之盛况,殊为难得。

五十八

刘尹目庾中郎①:"虽言不愔愔似道②,突兀差可以拟道③。"㊀

【今译】刘惔品评庾敱:"他所说之言虽然不像老、庄义理那样和悦,但是言语突出尚能与得道之语相比拟。"

【刘孝标注】㊀《名士传》曰:"敱颓然渊放,莫有动其听者。"

【注释】① 刘尹:刘惔。庾中郎:庾敱,见《文学》十五注①(页126)。 ② 愔(yīn)愔:和悦的样子。道:指《老》、《庄》学说的义理。 ③ 突兀:突出,独立不群的样子。差:略,尚。

【评析】刘惔的评价说明庾敱的言谈虽然看似较为突兀,但其实质还是与老庄思想相吻合的。

五十九

孙承公云①:"谢公清于无奕②,㊀润于林道③。"㊁

【今译】孙统说:"谢安比谢奕清纯,比陈逵温雅。"

【刘孝标注】⊖《中兴书》曰:"孙统字承公,太原人。善属文。时人谓其有祖楚风。仕至余姚令。" ⊜《陈逵别传》曰:"逵字林道,颍川许昌人。祖淮,太尉。父畛,光禄大夫。逵少有才干,以清敏立名。袭封广陵公,黄门郎、西中郎将,领梁、淮南二郡太守。"

【注释】① 孙承公:孙统,见《赏誉》七十五注②(页296)。 ② 谢公:谢安。清:清纯,高雅。无奕:谢奕,谢安之兄,见《德行》三十三注①(页23)。 ③ 润:柔润,温雅。林道:陈逵,字林道,东晋颍川许昌(今属河南)人。官至西中郎将,梁、淮南二郡太守。

【评析】谢安向来处事从容淡定,故有温雅之誉。

六十

或问林公①:"司州何如二谢②?"林公曰:"故当攀安提万③。"⊖

【今译】有人问支道林:"王胡之比二谢怎么样?"支道林说:"当然是上面高攀谢安,下面提携谢万了。"

【刘孝标注】⊖《王胡之别传》曰:"胡之好谈谐,善属文辞,为当世所重。"

【注释】① 林公:支道林。 ② 司州:王胡之,曾被召为司州刺史,故称。二谢:谢安、谢万。③ 攀:高攀。提:提携。

【评析】高攀,指王胡之不及谢安;提携,指其在谢万之上。

六十一

孙兴公、许玄度皆一时名流①。或重许高情②,则鄙孙秽行③;或爱孙才藻④,而无取于许。⊖

【今译】孙绰、许询都是当时的名流。有的人敬重许询的高尚情操,就鄙视孙绰的污浊行为;有的人喜爱孙绰的才思文采,而认为许询一无可取。

【刘孝标注】⊖宋明帝《文章志》曰:"绰博涉经史,长于属文,与许询俱有负俗之谈。询卒不降志,而绰婴纶世务焉。"《续晋阳秋》:"绰虽有文才,而诞纵多秽行,时人鄙之。"

【注释】① 孙兴公:孙绰。许玄度:许询。 ② 高情:高尚的情操。 ③ 秽行:污浊的行为。④ 才藻:才思文采。

【评析】《晋书》中有孙绰传而无许询传,本文之事亦见于孙绰传。只是本文所说之"孙秽行",刘注引文所说之"绰婴纶世务"、"诞纵多秽行"等,《晋书》本传皆无载。

六十二

郗嘉宾道①："谢公造膝虽不深彻②,而缠绵纶至③。"又曰："右军诣嘉宾④。"嘉宾闻之云："不得称诣,政得谓之朋耳⑤。"谢公以嘉宾言为得⑥。㊀

【今译】郗超品评谢安："他的谈论虽然不很深刻透彻,但是却周详备至,条理分明。"又有人说："王羲之比郗超有造诣。"郗超听到后说："不能称他造诣高,只能说是同等而已。"谢安认为郗超的话是正确的。

【刘孝标注】㊀ 凡彻、诣者,盖深核之名也。谢不彻,王亦不诣。谢、王于理,相与为朋俦也。

【注释】① 郗嘉宾:郗超,见《言语》五十九注⑤(页73)。谢公:谢安。 ② 造膝:促膝,原指谈话亲近,此谓交谈,谈论。 ③ 缠绵:指情意深厚,此谓周详备至。纶至:指思路明晰,有条理。 ④ 右军:王羲之。诣:造诣,指学问或艺术所达到的程度。 ⑤ 政:通"正",只。朋:同等,齐同。 ⑥ 得:对,正确。

【评析】郗超评谢安在议论的透彻方面超过王羲之,而在造诣上则二人不分上下,谢安不客气地认同其说。刘注则谓"谢不彻,王亦不诣",认为二人还不到"彻"和"诣"的程度,在谈论名理上才相互为"朋俦"(同类为友者),无分彼此。

六十三

庾道季云①："思理伦和②,吾愧康伯③;志力强正④,吾愧文度⑤。自此以还⑥,吾皆百之⑦。"㊀

【今译】庾龢说："论思路有条理,我自愧不如韩伯;论意志之坚强,我自愧不如王坦之。除此以外,我都超过他们百倍。"

【刘孝标注】㊀ 庾龢已见。

【注释】① 庾道季:庾龢,见《言语》七十九刘注㊀(页84)。 ② 思理:指思路。伦和:指有条理。 ③ 康伯:韩伯,见《德行》三十八注④(页26)。 ④ 志力:意志力。强正:坚强。 ⑤ 文度:王坦之。 ⑥ 以还:以外。 ⑦ 百:百倍。

【评析】《言语》七十八写庾龢对王坦之和韩伯清谈的评价,对前者认为无需全力投入,对后者则应拼死搏杀,可知他对二人的态度还是有所区别的。而本文则谓其对二人各有所愧,其余人均不在话下,可见他自视甚高。

六十四

王僧恩轻林公①,蓝田曰②："勿学汝兄③,汝兄自不如伊。"㊀

【今译】王祎之轻视支遁,王述说："不要学你哥哥王坦之,你哥哥本就不如他。"

【刘孝标注】㊀ 僧恩,王祎之小字也。《王氏世家》曰:"祎之字文劭,述次子。少知名,尚寻阳公主。仕至中书郎，未三十而卒。坦之悼念，与桓温称之，赠散骑常侍。"

【注释】① 王僧恩：王祎之，字文劭，小字僧恩，东晋太原晋阳（今山西太原）人。王述次子，官至中书郎。林公：支遁。　② 蓝田：王述，见《文学》二十二注③（页 131）。　③ 汝兄：指王坦之。

【评析】本书《轻诋》二十一写到王坦之和支遁不能融洽相处，本文写王述告诫次子不要学乃兄样，并认为长子王祎之不如支遁。这种"真率"（《晋书》本传）不护短的态度十分可贵。

六十五

简文问孙兴公①："袁羊何似②?"答曰："不知者不负其才③，知之者无取其体④。"㈠

【今译】简文帝问孙绰："袁乔这人怎么样?"孙绰回答道："不了解他的人不会舍弃他的才能，了解他的人不会选取他的品德。"

【刘孝标注】㈠ 言其有才而无德也。

【注释】① 简文：简文帝司马昱。孙兴公：孙绰。　② 袁羊：袁乔。　③ 负：指舍弃。④ 体：指品德。

【评析】孙绰对袁乔的才和德了解得很清楚，故对答简文帝的问询时如实地说明袁乔有才而无德。

六十六

蔡叔子云①："韩康伯虽无骨干②，然亦肤立③。"

【今译】蔡系说："韩伯的身材看上去虽无骨架子，但其外表的样子也还过得去。"

【注释】① 蔡叔子：蔡系，字叔子，见《雅量》三十一刘注㈢（页 235）。　② 韩康伯：韩伯，见《德行》三十八注④（页 26）。骨干：骨架。　③ 肤立：指外表形象尚能树立。

【评析】本书《轻诋》二十八谓韩伯"无风骨"，刘注引文谓"韩康伯似肉鸭"，形容其长得肥胖。本文亦言其无风骨，外表形象看上去仅仅过得去而已。

六十七

郗嘉宾问谢太傅曰①："林公谈何如嵇公②?"谢云："嵇公勤著脚③，裁可得去耳④。"㈠又问："殷何如支⑤?"谢曰："正尔有超拔⑥，支乃过殷。然覃覃论辩⑦，恐殷欲制支。"

【今译】郗超问谢安说:"支遁清谈比嵇康怎么样?"谢安道:"嵇康努力向前,才能赶上去啊。"郗超又问:"殷浩比支遁怎么样?"谢安说:"恰好支遁有超凡脱俗的风度,才能超过殷浩。但是在滔滔不绝的论辩方面,恐怕殷浩可以胜过支遁。"

【刘孝标注】㊀《支遁传》曰:"遁神悟机发,风期所得,自然超迈也。"

【注释】① 郗嘉宾:郗超。谢太傅:谢安。 ② 林公:支遁字道林,故称。嵇公:嵇康。 ③ 勤著脚:指努力赶向前。 ④ 裁:通"才"。 ⑤ 殷:殷浩,见《政事》二十二注①(页115)。 ⑥ 正尔:正好。超拔:指超凡拔俗的风度。 ⑦ 亹亹(wěi):形容谈话不绝的样子。

【评析】刘注引文赞叹支遁。本文亦载《高僧传·支遁传》,文字稍异,并录郗超赞美之语曰:"林法师神理所通,玄拔独悟,实数百年来绍明大法,令真理不绝,一人而已。"

六十八

庾道季云①:"廉颇、蔺相如虽千载上死人②,懔懔恒如有生气③;㊀曹蜍、㊁李志③虽见在④,厌厌如九泉下人⑤。人皆如此,便可结绳而治⑥,但恐狐狸猯狢啖尽⑦。"㊃

【今译】庾龢说:"廉颇、蔺相如虽然死了千年以上,但是仍然正气懔然勃勃有生气;曹蜍、李志虽然现在活着,却精神萎靡不振像死人一样。如果人人都像曹、李这样,不如就回到结绳而治的远古时代,但那样的话恐怕人都要被野兽吃光了。"

【刘孝标注】㊀《史记》曰:"廉颇者,赵良将也。以勇气闻诸侯。蔺相如者,赵人也。赵惠文王时,得楚和氏璧,秦昭王请以十五城易之。赵遣相如送璧,秦受之,无还城意。相如请璧示其瑕。因持璧却立倚柱,怒发上冲冠曰:'王欲急臣,臣头今与璧俱碎。'秦王谢之。后秦王使赵王鼓瑟,相如请秦王击缶。赵以相如功大,拜上卿,位在廉颇上。" ㊁ 蜍,曹茂之小字也。《曹氏谱》曰:"茂之字永世,彭城人也。祖韶,镇东将军司马。父曼,少府卿。茂之仕至尚书郎。"㊂《晋百官名》曰:"志字温祖,江夏钟武人。"《李氏谱》曰:"志祖重。散骑常侍。父慕,纯阳令。志仕至员外常侍、南康相。" ㊃ 言人皆如曹、李质鲁淳愨,则天下无奸民,可结绳致治。然才智无闻,功迹俱灭,身尽于狐狸,无擅世之名也。

【注释】① 庾道季:庾龢,见《言语》七十九刘注㊀(页84)。 ② 廉颇、蔺相如:战国时赵国将相,见《识鉴》三注⑦(页245)。 ③ 懔懔(lǐn):严正的样子。 ④ 曹蜍(chú):生平见刘注。李志:生平见刘注。 ⑤ 厌厌(yān):精神不振的样子。九泉:黄泉,指死人埋葬处。 ⑥ 结绳而治:原指文字产生前帮助记忆的方法,相传大事打大结,小事打小结。语出《易·系辞下》:"上古结绳而治,后世圣人易之以书契。"此谓上古时代民风纯朴,易于治理。 ⑦ 猯(tuān):猪獾。狢(hé):亦称狗獾。啖(dàn):吃。

【评析】刘注谓本文所说之意为:如人人都像曹、李一样资质愚钝的话,那么天下就没有奸民,就如回到远古一样,那就不要才能智慧,也无需建功立业,当然也没有什么声望传世了。也就是说,人们当学廉、蔺积极进取,为国立功,则虽死犹生;反之如曹、李般苟且而活,则虽生犹死。

六十九

卫君长是萧祖周妇兄①，谢公问孙僧奴②：㊀"君家道卫君长云何③？"孙曰："云是世业人④。"谢曰："殊不尔，卫自是理义人⑤。"于时以比殷洪远⑥。

【今译】卫永是萧轮的妻兄，谢安问孙腾："您说卫永怎么样？"孙腾说："是建功立业的人。"谢安说："根本不是如此，卫永本是擅长名理、经义的人。"当时都把他比为殷融。

【刘孝标注】㊀ 僧奴，孙腾小字也。《晋百官名》曰："腾字伯海，太原人。"《中兴书》曰："腾，统子也。博学。历中庶子、廷尉。"

【注释】① 卫君长：卫永，见《赏誉》一〇七刘注（页309）。萧祖周：萧轮，见《赏誉》七十五刘注（页296）。 ② 谢公：谢安。孙僧奴：生平见刘注。 ③ 君家：即君，尊称。 ④ 世业：指建功立功。 ⑤ 理义：名理、经义。 ⑥ 殷洪远：殷融，见《文学》七十四刘注（页161）。

【评析】有关孙腾，刘注引文曰："腾，统子也，博学。"似误，当作孙统子。《晋书·孙统传》："统……子腾嗣，以博学著称，位至廷尉。"

七十

王子敬问谢公①："林公何如庾公②？"谢殊不受，答曰："先辈初无论，庾公自足没林公③。"㊀

【今译】王献之问谢安："支遁比庾亮怎么样？"谢安很不愿意接受这样的比较，回答道："先辈们当初没有议论过，庾亮本来就足以超过支遁。"

【刘孝标注】㊀《殷羡言行》曰："时有人称庾太尉理者。羡曰：'此公好举宗本槌人。'"

【注释】① 王子敬：王献之，见《德行》三十九注①（页26）。谢公：谢安。 ② 林公：支道林。庾公：庾亮。 ③ 没：超过，胜过。

【评析】所谓"先辈初无论"，说明东晋士人不认为庾亮和支遁在同一层次，所以谢安也不愿意对这两人进行对比，而只是简单地表明庾亮在支遁之上。

七十一

谢遏诸人共道"竹林"优劣①，谢公云②："先辈初不臧贬七贤。"㊀

【今译】谢玄等人一起评论竹林七贤的优劣，谢安说："前辈们当初并没有褒贬七贤。"

【刘孝标注】㊀《魏氏春秋》曰："山涛通简有德，秀、咸、戎、伶朗达有德才。于时之谈，以阮为首，王戎次之，山、向之徒，皆其伦也。"若如盛言，则非无臧贬，此言谬也。

【注释】① 谢遏：谢玄，见《言语》七十八注③（页84）。竹林：指竹林七贤，指嵇康、阮籍、山涛、向秀、阮咸、王戎、刘伶七人。 ② 谢公：谢安。臧贬：褒贬，评论。臧，善，称许。

【评析】对于谢安所说先辈当初并无褒贬七贤之言,孙盛《魏氏春秋》却认为七贤还是有高下优劣之分的。其实,谢安是就当时情况而言,而孙盛则是就后人对七贤的评说而论,且未尽妥当。如嵇康,其人犹独立之孤松,素为后人敬仰,孙盛却并未提及。可见其论不足为据,无怪刘注斥其为谬。

七十二

有人以王中郎比车骑①。车骑闻之曰②:"伊掘掘成就③。"⊖

【今译】有人拿王坦之来比谢玄。谢玄听到这话说:"他勤奋努力,故有成就。"

【刘孝标注】⊖《续晋阳秋》曰:"坦之雅贵有识量,风格峻整。"

【注释】① 王中郎:王坦之,见《言语》七十二注①(页81)。 ② 车骑:指谢玄,死后追赠车骑将军。 ③ 掘掘:当作"掘掘",勤奋的样子。

【评析】谢玄在淝水之战中,为保卫国家立了大功。王坦之亦曾在简文帝临终欲诏桓温依周公摄政故事的危急时刻,毁掉诏书,使简文帝改诏,保住了晋室的安定。二人颇有异曲同工之妙。故谢玄称赞王坦之的话,也是他自己的写照。

七十三

谢太傅谓王孝伯①:"刘尹亦奇自知②,然不言胜长史③。"

【今译】谢安对王恭说:"刘惔也很有自知之明,但他不说自己超过王濛。"

【注释】① 谢太傅:谢安。王孝伯:王恭,见《德行》四十四注①(页30)。 ② 刘尹:刘惔。奇:极,甚。 ③ 长史:指王濛,他任司徒左长史,故称。

【评析】谢安妻是刘惔之妹,二人为郎舅关系,故谢安对刘惔应有相当的了解。他对王恭说的话,似有弦外之音,即刘惔胜过王濛,只是不说而已。

七十四

王黄门兄弟三人俱诣谢公①,子猷、子重多说俗事②,⊖子敬寒温而已③。既出,坐客问谢公:"向三贤孰愈④?"谢公曰:"小者最胜。"客曰:"何以知之?"谢公曰:"吉人之辞寡,躁人之辞多⑤。推此知之。"

【今译】王徽之兄弟三人一起去拜访谢安,王徽之、王操之多说世俗的事,王献之只是寒暄几句而已。他们辞别出去后,在座的宾客问谢安:"刚才离去的三位贤人中哪一位最好?"谢安说:"小的那位最好。"宾客说:"凭什么知道他最好?"谢安说:"美善之人的言辞少而精,浮躁之人的言辞多而杂。按此理推论得知。"

【刘孝标注】⊖《王氏谱》曰："操之字子重,羲之第六子。历秘书监、侍中、尚书、豫章太守。"

【注释】① 王黄门:王徽之,官至黄门侍郎,故称。见《雅量》三十六刘注⊖(页238)。兄弟三人:指王徽之、王操之、王献之兄弟三人。谢公:谢安。 ② 子猷:王徽之,王羲之第五子。子重:王操之,王羲之第六子。 ③ 子敬:王献之,王羲之第七子,见《德行》三十九注①(页26)。寒温:寒暄,说客气话。 ④ 向:刚才。孰:谁,哪一个。愈:优,强。 ⑤ "吉人之辞寡"两句:语见《周易·系辞下》:"吉人之辞寡,躁人之辞多。"谓善人真诚正直,所以说话少;浮躁的人轻浮,所以说话多。

【评析】谢安从王献之的稳重寡言推知其为兄弟中之佼佼者,可谓独具慧眼。

七十五

谢公问王子敬①:"君书何如君家尊?"答曰:"固当不同②。"公曰:"外人论殊不尔。"王曰:"外人那得知?"⊖

【今译】谢安问王献之:"您的书法比令尊怎么样?"王献之回答道:"当然不一样。"谢安说:"外边的评论完全不是这样。"王献之说:"外人怎么懂呢?"

【刘孝标注】⊖ 宋明帝《文章志》曰:"献之善隶书,变右军法为今体。字画秀媚,妙绝时伦,与父俱得名。其章草疏弱,殊不及父。或讯献之云:'羲之书胜不?''莫能判。'有问羲之云:'世论卿书不逮献之?'答曰:'殊不尔也。'他日见献之,问:'尊君书何如?'献之不答。又问:'论者云,君固当不如。'献之笑而答曰:'人那得知也。'"

【注释】① 谢公:谢安。王子敬:王献之。 ② 固当:当然。

【评析】王羲之书法博采众长,推陈出新,一变汉魏以来质朴古风,成为妍美流便的新体,备精诸体,影响很大,为学书者所宗尚。他最小的儿子王献之在书法上亦有很大的成就,《晋书》本传谓其"工草隶"。他在继承的基础上进一步改变当时古拙的书风,有"破体"之称。王献之以英俊豪迈的气势与其父王羲之并称"二王"。

七十六

王孝伯问谢太傅①:"林公何如长史②?"太傅曰:"长史韶兴③。"问:"何如刘尹④?"谢曰:"噫!刘尹秀。"王曰:"若如公言,并不如此二人邪?"谢云:"身意正尔也⑤。"

【今译】王恭问谢安:"支遁比王濛怎么样?"谢安说:"王濛有美好的兴致。"又问:"和刘惔相比怎么样?"谢安说:"噫!刘惔优秀。"王恭说:"如果像你说的这样,他都不如这两个人吗?"谢安说:"我的意思正是这样啊。"

【注释】① 王孝伯:王恭,见《德行》四十四注①(页30)。谢太傅:谢安。 ② 林公:支遁,字道林,故称。长史:王濛曾任司徒左长史,故称。 ③ 韶兴:美好的兴致。 ④ 刘尹:刘惔。 ⑤ 身:我,第一人称代词。

【评析】王恭问谢安王濛、刘惔比支遁怎么样,谢安不直接说支遁怎样,只说王濛如何,刘惔如何,语意宛转。《晋书》本传谓谢安"性迟缓",盖即谓此。

七十七

人有问太傅①:"子敬可是先辈谁比②?"谢曰:"阿敬近撮王、刘之标③。"㊀

【今译】有人问谢安:"王献之可以与先辈中哪一位相比?"谢安说:"王献之就近聚集了王濛、刘惔的格调。"

【刘孝标注】㊀《续晋阳秋》曰:"献之文义并非所长,而能撮其胜会,故擅名一时,为风流之冠也。"

【注释】① 太傅:谢安。 ② 子敬:王献之。 ③ 撮(cuō):聚集。王:王濛。刘:刘惔。标:格调,风度。

【评析】《晋书》本传谓谢安对王献之"钦爱之,请为长史",更喜欢他的书法,新建的太极殿欲使献之题榜。本文谢安赞王献之集中了王濛和刘惔的长处,可知谢安对其评价之高。

七十八

谢公语孝伯①:"君祖比刘尹②,故为得逮③。"孝伯云:"刘尹非不能逮,直不逮④。"㊀

【今译】谢安对王恭说:"令祖父比起刘惔来,一定是赶得上的。"王恭说:"刘惔不是不能赶,只是我祖父不想赶罢了。"

【刘孝标注】㊀ 言濛质,而惔文也。

【注释】① 谢公:谢安。孝伯:王恭。 ② 君祖:指王恭的祖父王濛。刘尹:刘惔。 ③ 逮:及,赶得上。 ④ 直:只是,仅仅。

【评析】刘注以简练之言概括王、刘的特点,"濛质"而"惔文"。"质"与"文"相对,即王濛质实,刘惔则富文采,两人各有所长,故王恭认为祖父不必要去赶刘惔。

七十九

袁彦伯为吏部郎①,子敬与郗嘉宾书曰②:"彦伯已入③,殊足顿兴往之气④。故知捶挞自难为人⑤,冀小却⑥,当复差耳。"

【今译】袁宏担任吏部郎,王献之给郗超写信说:"袁宏已经进入吏部任职了,这足以挫伤他锐气的。他当然知道如果受到笞刑就难以做人了,只是希望过些日子情况会好转罢了。"

【注释】① 袁彦伯：袁宏，见《言语》八十三注①（页 87）。　② 子敬：王献之。郗嘉宾：郗超。③ 已入：指袁宏已进入吏部担任吏部郎。　④ 顿：顿挫，挫伤。兴往之气：指锐意行事的气概。　⑤ 捶挞：指笞刑。东汉以来当郎官者一旦犯错，要受笞刑，即用荆条或小竹板打犯人的臀、腿或背的刑罚。　⑥ 小却：稍后，过些时候。

【评析】从东汉以来，吏部郎官很容易因过错而受笞刑。《晋书·王濛传》就谓其"以此职有谴则应受杖"而固辞，诏书特为他停止这一处罚，但他还是不肯就职。可知这个难免令人受辱的吏部郎官使人望而生畏。而袁宏却并未推辞，《晋书》本传谓袁宏"性强正亮直"，王献之怕他被挫伤"兴往之气"，不是没有缘由的。幸亏此事并未发生，据本传称谢安"为扬州刺史，宏自吏部郎出为东阳郡"，终于脱离了这个让人为之担心的职务。

八十

王子猷、子敬兄弟共赏《高士传》人及赞①，子敬赏"井丹高洁②"，子猷云："未若'长卿慢世③'。"○

【今译】王徽之、王献之兄弟一起欣赏《高士传》中的人物及赞语。献之欣赏"井丹高洁"之赞，徽之说："不如'长卿慢世'更好。"

【刘孝标注】○ 嵇康《高士传》曰："丹字大春，扶风郿人。博学高论，京师为之语曰：'五经纷纶井大春，未尝书刺谒一人。'北宫五王更请，莫能致。新阳侯阴就使人要之，不得已而行。侯设麦饭、葱菜，以观其意，丹推却曰：'以君侯能供美膳，故来相过，何谓如此！'乃出盛馔。侯起，左右进辇，丹笑曰：'闻桀、纣驾人车，此所谓人车者邪？'侯即去辇。越骑梁松，贵震朝廷，请交丹，丹不肯见。后丹得时疾，松白将医视之。病愈久之，松失大男磊，丹一往吊之，时宾客满廷，丹裘褐不完，入门，坐者皆悚，望其颜色。丹四向长揖，前与松语。客主礼毕后，长揖径坐，莫得与语。不肯为吏，径出，后遂隐遁。其赞曰：'井丹高洁，不慕荣贵。抗节五王，不交非类。显讥辇车，左右失气。被褐长揖，义陵君萃。'""司马相如者，蜀郡成都人，字长卿。初为郎，事景帝。梁孝王来朝，从游说士邹阳等，相如说之，因病免，游梁。后过临邛，富人卓王孙女文君新寡，好音，相如以琴心挑之，文君奔之，俱归成都。后居贫，至临邛买酒舍，文君当垆，相如著犊鼻裈，涤器市中。为人口吃，善属文。仕宦不慕高爵，常托疾不与公卿大事。终于家。其赞曰：'长卿慢世，越礼自放。犊鼻居市，不耻其状。托疾避官，蔑此卿相。乃赋《大人》，超然莫尚。'"

【注释】① 王子猷：王徽之。子敬：王献之。《高士传》：书名，有两种《高士传》。一为三国魏嵇康撰，已佚，清严可均辑一卷。本文刘注引文即为嵇康撰。一为晋皇甫谧撰，三卷。原载七十二人，今本九十六人，由后人杂取他书附盖之。人及赞：指《高士传》中的人物传记及附于文后之赞语。赞语一般用韵文赞扬传主。　② 井丹：字大春，东汉扶风郿（今属陕西）人。刘注引文详载其事迹并有赞语，称其"高洁"。　③ 长卿：司马相如。西汉成都（今属四川）人。口吃，辞赋大家，不慕高爵。与富人卓王孙之女文君相恋，同归成都，卖酒为生，泰然处之。慢世：任性不拘礼法。

【评析】本书《忿狷》六刘注引文谓"王献之性甚整峻"，而《任诞》四十六刘注引文谓"徽之卓荦不羁"。献之欣赏井丹之"高洁"，徽之则赞美相如之"慢世"，于此可知他们兄弟俩不同的个性与处世态度。

八十一

有人问袁侍中⊖曰①："殷仲堪何如韩康伯②?"答曰："理义所得③,优劣乃复未辨④。然门庭萧寂⑤,居然有名士风流⑥,殷不及韩。"故殷作诔云⑦："荆门昼掩⑧,闲庭晏然⑨。"

【今译】有人问袁恪之说："殷仲堪比韩伯怎么样?"袁恪之答道："在名理经义的心得方面,两人的优劣竟然不能辨别。但是在门庭冷落寂寞、显示有名士风度方面,则殷仲堪比不上韩伯。"所以殷仲堪为韩伯作诔文说："贫寒之门白昼紧闭,清闲的庭院一派宁静。"

【刘孝标注】⊖《袁氏谱》曰："恪之字元祖,陈郡阳夏人。祖王孙,司徒从事中郎。父纶,临汝令。恪之仕黄门侍郎,义熙初为侍中。"

【注释】① 袁侍中:生平见刘注。 ② 韩康伯:韩伯,字康伯。 ③ 理义:名理经义。④ 乃复:竟,竟然。 ⑤ 萧寂:冷落寂寞。 ⑥ 居然:显然。风流:风度。 ⑦ 诔(lěi):记叙死者生平以示哀悼的文字。 ⑧ 荆门:用荆条编的门,状其简陋。 ⑨ 晏然:平静的样子。

【评析】殷仲堪为韩伯所作的诔文赞赏了他的名士风度和淡泊的性情。

八十二

王子敬问谢公①："嘉宾何如道季②?"答曰："道季诚复钞撮清悟③,嘉宾故自上④。"⊖

【今译】王献之问谢安："郗超比庾龢怎么样?"谢安答道："庾龢之清谈确实集中了各家之说,悟性高,但郗超本来就很杰出。"

【刘孝标注】⊖ 谓超拔也。

【注释】① 王子敬:王献之。谢公:谢安。 ② 嘉宾:郗超。道季:庾龢,见《言语》七十九刘注⊖(页84)。 ③ 诚复:确实,的确。钞撮:摘抄,撮取。清悟:指悟性高。 ④ 上:超过别人,杰出。

【评析】谢安先赞庾龢"钞撮清悟",后赞郗超"故自上"。刘注对后一句概括为"超拔"二字,就是以自然超拔取胜,谓其深得玄谈名理之意。此说合乎谢安之评。

八十三

王珣疾①,临困②,问王武冈曰③:⊖"世论以我家领军比谁④?"武冈曰:"世以比王北中郎⑤。"东亭转卧向壁⑥,叹曰:"人固不可以无年⑦!"⊖

【今译】王珣生病,到了病重时,问王谧说:"世人评论把我家王洽比作哪一位?"王谧道:"世人把他比为王坦之。"王珣转过身面向墙壁,叹息说:"人真是不能短寿啊!"

【刘孝标注】 ○《中兴书》曰："谧字雅远，丞相导孙，车骑劭子。有才器，袭爵武冈侯，位至司徒。" ○ 领军王洽，珣之父也。年二十六卒。珣意以其父名德过坦之而无年，故致此论。

【注释】① 王珣：见《言语》一〇二刘注○（页98）。 ② 困：病重。 ③ 王武冈：生平见刘注。 ④ 领军：指王洽，王珣之父，王导之子，曾征拜领军，故称。 ⑤ 王北中郎：王坦之曾任北中郎将，故称。 ⑥ 东亭：王珣封东亭侯，故称。 ⑦ 无年：无年寿，寿命不长。

【评析】王珣临终时尚念念难忘世人对父亲的评论，当听到人们将其与王坦之相比时，竟面壁而叹。刘注谓其认为父亲王洽的名望才德超过王坦之，只是年寿不永，未登高位，才会导致与坦之比肩。于此可知晋人对世论之计较态度。刘注称王洽"年二十六卒"，误。《晋书》本传谓"升平二年卒于官，年三十六"，当从《晋书》。

八十四

王孝伯道①："谢公浓至②。"又曰："长史虚③，刘尹秀④，谢公融。"○

【今译】王恭称道谢安："浓厚深沉。"又说："王濛谦虚，刘惔优秀，谢安融合通达。"

【刘孝标注】 ○ 谓条畅也。

【注释】① 王孝伯：王恭。 ② 谢公：谢安。 ③ 长史：王濛。 ④ 刘尹：刘惔。

【评析】王恭赞美谢安"浓至"后，后又赞其"融"，意犹未尽，一赞再赞。所谓"融"，刘注谓"条畅也"，即通达、畅达之意。

八十五

王孝伯问谢公①："林公何如右军②？"谢曰："右军胜林公。林公在司州前③，亦贵彻④。"○

【今译】王恭问谢安："支遁比王羲之怎么样？"谢安说："王羲之胜过支遁。支遁在王胡之之上，也算得尊贵通达。"

【刘孝标注】 ○ 不言若羲之，而言胜胡之。

【注释】① 王孝伯：王恭。谢公：谢安。 ② 林公：支遁字道林，故称。右军：王羲之曾任右军将军，故称。 ③ 司州：指王胡之。 ④ 贵彻：尊贵通达。

【评析】本文写谢安评论支遁不如王羲之却胜过王胡之。一定要将他们分出高下来是很难的，他们各有所长。如王羲之在书法上的成就无与伦比，而支遁注《庄子》为时人所叹服，讲经说法更是世人所难以企及。至于王胡之，支遁就赞"见司州警悟交至"（《赏誉》一三六），谢安赞王胡之"造胜遍决"（同上一二九），谓其玄言之妙能普遍解决疑难问题，故难以简单地作比较。

八十六

桓玄为太傅①,大会,朝臣毕集。坐裁竟②,问王桢之曰③:"我何如卿第七叔④?"一于时宾客为之咽气⑤。王徐徐答曰:"亡叔是一时之标⑥,公是千载之英。"一坐欢然。

【今译】桓玄担任太尉时,大会宾客,朝廷大臣都聚集在一起。刚刚坐定,桓玄问王桢之说:"我比你七叔王献之怎么样?"这时宾客们都为王桢之紧张得屏住了气。王桢之却从容不迫地回答道:"我亡叔是一时的典范,桓公则是千载难遇的英豪。"满座宾客无不喜悦。

【刘孝标注】㈠《王氏谱》曰:"桢之字公幹,琅邪人,徽之子。历侍中、大司马长史。"第七叔,献之也。

【注释】① 桓玄:见《德行》四十一注①(页28)。太傅:《晋书·王桢传》作"太尉",应从《晋书》,作太尉。 ② 裁:通"才",刚刚。 ③ 王桢之:生平见刘注。 ④ 第七叔:即王献之。 ⑤ 咽气:屏住气,不敢出气,状紧张。 ⑥ 标:楷模,典范。

【评析】桓玄是有谋逆之心的野心家,面对他不怀好意的发问,当时气氛极其紧张,连宾客们都紧张得透不过气来,王桢之不慌不忙,回答得体,既不得罪桓玄,又维护了叔叔的尊严,遂令满座欣然。本文亦载《晋书》本传。

八十七

桓玄问刘太常曰①:"我何如谢太傅②?"一刘答曰:"公高,太傅深。"又曰:"何如贤舅子敬③?"答曰:"楂梨橘柚,各有其美。"㈡

【今译】桓玄问刘瑾:"我比谢安怎么样?"刘瑾答道:"您高远,谢安深沉。"桓玄又问:"我比令舅献之怎么样?"刘瑾答道:"山楂、梨、橘子、柚子,各有自己的美味。"

【刘孝标注】㈠《刘瑾集叙》曰:"瑾字仲璋,南阳人。祖遐,父畅。畅娶王羲之女,生瑾。瑾有才力,历尚书、太常卿。" ㈡《庄子》曰:"楂、梨、橘、柚,其味相反,皆可于口也。"

【注释】① 刘太常:刘瑾,王羲之的外孙。详见刘注。 ② 谢太傅:谢安。 ③ 子敬:王献之。

【评析】刘瑾对桓玄的问题回答得很有智慧。对第一个问题,他各以一个字来概括桓玄和谢安的特点,非常得当。第二个问题是提出与王献之的比较,原来桓玄不仅爱好书法,且对二王毕生景仰,凡"人士有法书好画","悉欲归己"(《晋书》本传)。文中他竟然要在书法上与王献之一比高低,但刘毅引用了《庄子·天运》中"譬三皇五帝之礼义法度,其犹楂梨橘柚邪!其味相反,而皆可于口"之语来回答,巧妙而机智。

八十八

旧以桓谦比殷仲文①。一桓玄时,仲文入,桓于庭中望见之,谓同坐曰:"我家中军②,那得及此也!"

【今译】过去拿桓谦比殷仲文。桓玄执政时,殷仲文从外面进门,桓玄在庭院中望见他,对同座的人说:"我家的桓谦,哪里赶得上这个人呢!"

【刘孝标注】㊀《中兴书》曰:"谦字敬祖,冲第三子。尚书仆射、中军将军。"《晋安帝纪》曰:"仲文有器貌才思。"

【注释】① 桓谦:桓玄的堂兄弟。详见刘注。殷仲文:桓玄的姐夫,见《言语》一〇六注③(页99)。 ② 我家中军:指桓谦。

【评析】《晋书》本传谓殷仲文"少有才藻,美容貌",本文刘注引文,亦谓其"有器貌才思",再加上殷仲文对桓玄极尽吹捧奉迎之能事(见《言语》一〇六条),故桓玄见到他才会极口称赞。

规箴第十

一

汉武帝乳母尝于外犯事①，帝欲申宪②。乳母求救东方朔③，㊀朔曰："此非唇舌所争④，尔必望济者⑤，将去时，但当屡顾帝⑥，慎勿言，此或可万一冀耳⑦。"乳母既至，朔亦侍侧，因谓曰："汝痴耳！帝岂复忆汝乳哺时恩邪？"帝虽才雄心忍，亦深有情恋，乃凄然愍之⑧，即敕免罪。㊁

【今译】汉武帝的乳母曾经在外面犯了法，武帝想要依法惩办，乳母向东方朔求救。东方朔说："这不是靠言辞所能够争辩的，你唯一的希望，是在你将要离开时，只应当频频回头看，千万不要说话，这样或许有万一的机会。"乳母来见武帝告别时，东方朔也在武帝身边侍立，于是就对乳母说："你真愚笨啊！皇帝哪里再能回想起小时候你给他哺乳的恩情呢？"武帝虽然才能出众，心狠手辣，但对乳母也深有情感，于是悲伤怜悯她，随即下令赦免了她的罪。

【刘孝标注】㊀《汉书》曰："朔字曼倩，平原厌次人。"《朔别传》曰："朔，南阳步广里人。"《列仙传》曰："朔是楚人。武帝时上书说便宜，拜郎中。宣帝时，弃官而去，共谓岁星也。"　㊁《史记·滑稽传》曰："汉武帝少时，东武侯母尝养帝，后号大乳母。其子孙从奴，横暴长安中，当道夺人衣物。有司请徙乳母于边，奏可。乳母入辞，帝所幸倡郭舍人发言陈辞，虽不合大道，然令人主和说，乳母乃先见，为下泣。舍人曰：'即入辞，勿去，数还顾。'乳母如其言。舍人疾言骂之曰：'咄！老女子，何不疾行，陛下已壮矣，宁尚须乳母活邪？'于是人主怜之。诏止母徙，罚请者。"

【注释】① 汉武帝：刘彻（前156—前87），西汉皇帝。犯事：犯罪。　② 申宪：依法惩办。③ 东方朔（前154—前93）：生平见刘注。性谈谐滑稽，曾以辞赋谏武帝奢侈，陈农战强国之策，终不为用。　④ 唇舌：指言辞。　⑤ 济：指成功。　⑥ 顾：回头看。　⑦ 冀：希望。⑧ 愍（mǐn）：怜悯。

【评析】据《史记·滑稽列传》，实则乳母求救于郭舍人，而非东方朔，故知本文系误植所致。

二

京房与汉元帝共论①，因问帝："幽、厉之君何以亡②？ 所任何人？"答曰："其任人不忠。"房曰："知不忠而任之，何邪？"曰："亡国之君各贤其臣，岂知不忠而任之？"房稽首曰③："将恐今之视古，亦犹后之视今也。"㊀

【今译】京房与汉元帝一起谈论，于是就问元帝："周幽王、周厉王这样的国君为什么会亡国？他们所任用的都是些什么人？"元帝答道："他们所任用的人不忠。"京房说："知道不忠还要任用他们，是为什么呢？"元帝说："亡国之君各自认为他们的臣子是贤能的,哪里是知道他们不忠还任用他们呢?"京房叩头说:"恐怕我们今人看古人,也就像后人看今人一样呢。"

【刘孝标注】㊀《汉书》曰:"京房字君明,东郡顿丘人,尤成好钟律,知音声,以孝廉为郎。是时中书令石显专权,及友人五鹿充宗为尚书令,与房同经,论议相是非,而此二人用世。房尝宴见,问上曰:'幽、厉之君何以亡? 所任何人?'上曰:'君亦不明,而臣巧佞。'房曰:'知其巧佞而任之邪? 将以为贤邪?'上曰:'贤之。'房曰:'然则今何以知其不贤?'上曰:'以其时乱而君危知之。'房曰:'是任贤而理,任不肖而乱,自然之道也。幽、厉何不觉悟而更纳贤? 何为卒任不肖以至亡?'于是上曰:'乱亡之君,各贤其臣。令皆觉悟,安得乱亡之君?'房曰:'齐桓、二世亦不以幽、厉疑之,而任竖刁、赵高,政治日乱邪?'上曰:'唯有道者能以往知来耳。'房曰:'自陛下即位,盗贼不禁,刑人满市'云云,问上曰:'今治也? 乱也?'上曰:'然愈于彼。'房曰:'前二君皆然。臣恐后之视今,犹今之视前也。'上曰:'今为乱者谁?'房曰:'上所亲与图事帷幄中者。'房指谓石显及充宗。显等乃建言,宜试房以郡守,遂以房为东郡。显发其私事,坐弃市。"

【注释】① 京房(前77—前37):生平见刘注。西汉今文《易》学《京氏学》的开创者。曾学《易》于焦延寿,以通变说《易》,好讲灾异。元帝时立为博士,屡次上疏,以灾异推论时政得失,因劾奏石显等专权,出为魏郡太守,不久下狱死。著作今传《京氏易传》三卷。汉元帝:刘奭(前75—前33),汉宣帝子,好儒术,先后以贡禹、薛广德、匡衡等为相。宦官弘恭、石显专权,任石显为中书令,又重用外戚史氏、许氏。期间赋役繁重,西汉遂由盛走向衰落。 ② 幽、厉之君:周幽王和周厉王,均为无道昏君。幽王荒淫,为犬戎所杀;厉王暴虐,为国人所逐。 ③ 稽(qǐ)首:古时一种最恭敬的跪拜礼,叩头到地。

【评析】汉元帝亲信重用宦官与外戚,使朝政陷于混乱。京房借古喻今,直问元帝幽、厉之君何以任人不忠,元帝认为他们"各贤其臣"。可谓问得尖锐,而答语切中要害。颇具讽刺意味的是问者最终死于奸佞之手,而答者则仍沉迷不悟,成为汉朝由盛走向衰落的昏君。

三

陈元方遭父丧①,哭泣哀恸,躯体骨立②。其母愍之③,窃以锦被蒙上④。郭林宗吊而见之⑤,谓曰:"卿海内之俊才,四方是则⑥,如何当丧⑦,锦被蒙上? 孔子曰:'衣夫锦也,食夫稻也。于汝安乎⑧?'㊀吾不取也!"奋衣而去⑨。自后宾客绝百所日⑩。㊁

【今译】陈纪遭遇父亲的丧事,哭泣哀痛,瘦得只剩下骨架子了。他母亲怜悯他,私下里用锦缎被子盖在他身上。郭林宗来吊丧看见了,对他说:"你是国内杰出的人才,四面八方的人士都以你为榜样,你怎么服丧时却盖上锦被? 孔子说:'穿着锦衣,吃着米饭,在你能安心吗?'我是看不起这种人的!"说完拂袖而去。此后宾客不上门吊丧有一百多天。

【刘孝标注】㊀《论语》曰:"宰我问:'三年之丧,期已久矣。'子曰:'食夫稻,衣夫锦,于汝安乎? 夫君子居丧,食旨不甘,闻乐不乐,居处不安,故不为也。今汝安,则为之。'" ㊁ 所,一作许。

【注释】① 陈元方:陈纪,见《德行》六注②。 ② 骨立:形容人消瘦到极点,只剩下骨架子。 ③ 愍:怜悯。 ④ 窃:私下,暗地。 ⑤ 郭林宗:郭泰,见《德行》三注①(页2)。吊:吊丧。 ⑥ 则:准则,模范。 ⑦ 当:面对。 ⑧ "衣夫锦也"几句:见《论语·阳货》"宰我问:'三年之丧,其已久矣! ……'子曰:'食夫稻,衣夫锦,于汝安乎?'" ⑨ 奋衣:摔开衣服,以示激动。
⑩ 所:许,表示约数。

【评析】古时特别重视丧礼制度。本文写郭泰用孔子之语批评陈纪盖锦被有违披麻
戴孝之礼制。郭泰是当时太学生的领袖,影响力很大,他的话果然起了作用,宾客们
百日不来吊丧。

四

孙休好射雉①,至其时,则晨去夕反。群臣莫不止谏②:"此为小物,何足
甚耽③。"休曰:"虽为小物,耿介过人④,朕所以好之。"㊀

【今译】孙休爱好射野鸡,到了射猎的季节,就早出晚归地去狩猎。臣子们都加以劝
阻:"这是小东西,哪里值得过于入迷?"孙休说:"虽然是小东西,但它有节操超过一般
人,我所以喜欢它。"

【刘孝标注】㊀环济《吴纪》曰:"休字子烈,吴大帝第六子。初封琅邪王,梦乘龙上天,顾不见
尾。孙琳废少主,迎休立之。锐意典籍,欲毕览百家之事。颇好射雉,至春,晨出莫反,唯此时
舍书。崩,谥景皇帝。"《条例吴事》曰:"休在位烝烝,无有遗事,唯射雉可讥。"

【注释】① 孙休:字小烈,孙权第六子,初封琅邪王,258 年即位,死谥景帝。雉(zhì):野鸡。
② 止谏:指劝阻出猎之谏。 ③ 耽:沉溺,入迷。 ④ 耿介:有节操,正直。

【评析】刘注引文谓孙休为帝时,锐意典籍,欲毕览百家之事,只有在射雉时才放下书
本。他在位时没什么缺失,唯有射雉一事值得讥刺。其实这个爱好与他父亲孙权有
关,"权数射雉,浚谏权……权由是自绝,不复射雉"(《吴志·潘濬传注》引《江表传》)。
在射雉这点上,孙休可谓子承父业。不同的是孙权接受了臣下之谏"不复射雉"(同
上),而孙休则拒谏饰非,不及乃父之知过即改。

五

孙皓问丞相陆凯曰①:"卿一宗在朝有几人②?"陆曰:"二相、五侯、将军十
余人。"皓曰:"盛哉!"陆曰:"君贤臣忠,国之盛也;父慈子孝,家之盛也。今政
荒民弊,覆亡是惧,臣何敢言盛!"㊀

【今译】孙皓问丞相陆凯:"你们家族在朝廷当官的有几个人?"陆凯说:"两个丞相,五
个侯爵,十多个将军。"孙皓说:"真兴旺啊!"陆凯说:"国君贤明,臣下忠诚,是国家的
兴旺;父母慈爱,儿子孝顺,是家庭的兴旺。如今政务荒废,民众疲困,惧怕的是国家
覆亡,我怎么敢说兴旺呢!"

【刘孝标注】㊀《吴录》曰:"凯字敬风,吴人,丞相逊族子。忠鲠有大节,笃志好学。初为建忠校
尉,虽有军事,手不释卷。累迁左丞相。时后主暴虐,凯正直强谏,以其宗族强盛,不敢加
诛也。"

《世说新语》详解

【注释】① 孙皓：三国吴末代君主，见《言语》二十一注③（页48）。陆凯：生平见刘注。　② 在朝：指在朝为官。

【评析】孙皓是三国吴的末代皇帝，刘注引文谓其"暴虐"，而赞美陆凯"忠鲠有大节"，孙皓难以容忍他的"正直强谏"，却又顾忌陆氏宗族强盛而不敢加诛。与本文所写吻合。

六

何晏、邓飏令管辂作卦①，云："不知位至三公不②？"卦成，辂称引古义，深以戒之。飏曰："此老生之常谈。"㊀晏曰："知几其神乎③，古人以为难；交疏而吐诚④，今人以为难。今君一面，尽二难之道，可谓'明德惟馨⑤'。《诗》不云乎：'中心藏之，何日忘之⑥！'"㊁

【今译】何晏、邓飏让管辂卜卦，说："不知道我们能升到三公之位吗？"卜卦完成后，管辂引经据典，语重心长地劝诫他们。邓飏说："这是老生常谈。"何晏说："预知细微征兆就能达到神妙境界，古人认为很难；交情疏远却能吐露真诚，今人认为很难。现在你与我们只是一面之交，却能解决这两个难题，可称得上是'完美的德行馨香远播'。《诗经》不是说过吗？'思念之情藏心里，哪有一天忘记你！'"

【刘孝标注】㊀《辂别传》曰："辂字公明，平原人也。"明《周易》，声发徐州。冀州刺史裴徽举秀才，谓曰："何、邓二尚书有经国之略，于物理无不精也。何尚书神明精彻，殆破秋豪，君当慎之。自言不解《易》中九事，必当相问，比至洛，宜善精其理。'辂曰：'若九事皆以义，不足劳思。若阴阳者，精之久矣。'辂至洛阳，果为何尚书问九事，皆明。何曰：'君论阴阳，此世无双也。'时邓尚书在，曰：'此君善《易》，而语初不论《易》中辞义，何邪？'辂答曰：'夫善《易》者，不论《易》也。'何尚书含笑赞之曰：'可谓要言不烦也。'因谓辂曰：'闻君非徒善论《易》，至于分蓍思爻，亦为神妙，试为作一卦，知位当至三公否？又顷梦青蝇数十来鼻头上，驱之不去，有何意故？'辂曰：'鸱鸮，天下贱鸟也。及其在林食桑椹，则怀我好音。况辂心过草木，情注葵藿，敢不尽忠？唯察之尔。昔元、凯之相重华，宣慈惠和，仁义之至也。周公之翼成王，坐以待旦，敬慎之至也。故能流光六合，万国咸宁，然后据鼎足而登金铉，调阴阳而济兆民，此履道之休应，非卜筮之所明也。今君侯位重山岳，势若雷霆，望云赴景，万里驰风。而怀德者少，畏威者众，殆非小心翼翼，多福之士。又鼻者，艮也，此天中之山，高而不危，所以长守贵也。今青蝇臭恶之物，而集之焉。位峻者颠，轻豪者亡，必之之分也。夫变化虽相生，极则有害。虚满虽相受，溢则有竭。圣人见阴阳之性，明存亡之理，损益以为衰，抑进以为退。是故山在地中曰《谦》，雷在天上曰《大壮》。谦则裒多益寡，大壮则非礼之履。伏愿君侯上寻文王六爻之旨，下思尼父象象之义，则三公可决，青蝇可驱。'邓曰：'此老生之常谈。'辂曰：'夫老生者，见不生。常谈者，见不谈也。'"　㊁《名士传》曰："是时曹爽辅政，识者虑有危机。晏有重名，与魏姻戚，内虽怀忧，而无复退也。著五言诗以言志曰：'鸿鹄比翼游，群飞戏太清。常畏大网罗，忧祸一旦并。岂若集五湖，从流唼浮萍。永宁旷中怀，何为怵惕惊？'盖因辂言，惧而赋诗。"

【注释】① 何晏：见《言语》十四注①（页43）。邓飏：见《识鉴》三注①（页245）。管辂（lù，209—256）：字公明，平原（今山东平原西南）人，官至少府丞。幼好天文，长通《易》和占卜，为三国魏术士。《三国志》本传和《三国演义》中均载有他卜筮应验的传说。　② 三公：太尉、司徒、司空的合称。此指与三公官位相当的高官。　③ 知几其神乎：《周易·系辞下》："知几其神乎？"谓预知细微迹兆之理就能达到神妙境界。几，细微，迹兆。　④ 交疏：交情疏远。吐诚：吐露真诚。　⑤ 明德惟馨：语见《左传·僖公上》引《周书》："黍稷非馨，明德惟馨。"谓祭祀所用的谷物不一定香，只有君王完美的德行才能香气远播。　⑥ "中心藏之"两句：见《诗经·小雅·

隰桑》，谓思念之情藏心里，哪有一天忘记你！

【评析】何晏官尚书，荐举邓飏为官，而邓飏"为人好货"，是个大贪官，何晏荐举失当。后两人因依附曹爽而被司马懿所杀。本文所写亦见《三国志·魏书》管辂本传。他们问卜，可知欲登三公之位，管辂借释卦象之机称引古义以诚之，本传中有详尽记载。邓飏以老生常谈视之，表示不屑之意，而何晏倒能体会其苦心，亦引经据典以示衷心铭记之意，果然卜卦之后"十余日，晏、飏皆诛"。

七

晋武帝既不悟太子之愚①，必有传后意②，诸名臣亦多献直言。帝尝在陵云台上坐③，卫瓘在侧④，欲申其怀⑤，因如醉，跪帝前，以手抚床曰："此坐可惜！"帝虽悟，因笑曰："公醉邪？"㊀

【今译】晋武帝对太子的愚痴没有觉查，就必然有将帝位传给他的意思，诸位名臣也多直言进谏。武帝曾在陵云台上坐，卫瓘陪在旁边，想要申说他自己的心意，便像喝醉似地跪在武帝前，用手抚摸武帝的坐榻说："这个座位多么可惜啊！"武帝虽然明白他的意思，却笑着说："你喝醉了吗？"

【刘孝标注】㊀《晋阳秋》曰："初，惠帝之为太子，咸谓不能亲政事。卫瓘每欲陈启废之而未敢也。后因会醉，遂跪床前曰：'臣欲有所启。'帝曰：'公所欲言者何邪？'瓘欲言而复止者三，因以手抚床曰：'此坐可惜。'帝意乃悟，因谬曰：'公真大醉也。'帝后悉召东宫官属大会，令左右赍尚书处事以示太子，令处决。太子不知所对。贾妃以问外人，代太子对，多引古词义。给使张弘曰：'太子不学，陛下，宜以见事断，不宜引书也。'妃从之，弘具草奏，令太子书呈，帝大说，以示瓘。于是贾充语妃曰：'卫瓘老奴，几败汝家。'妃由是怨瓘，后遂诛之。"

【注释】① 晋武帝：司马炎，见《德行》十七注④（页12）。太子：司马衷，见《方正》九注②（页184）。 ② 传后意：指武帝死后将帝位传给太子的心意。 ③ 陵云台：台名，故址在今河南洛阳东。 ④ 卫瓘：见《识鉴》八注③。 ⑤ 怀：想法，心意，指规劝武帝废太子之意。

【评析】与本文有关事，刘注引文记载较详。贾妃与张弘串通一气弄虚作假，骗倒了武帝，他竟然"大悦"而无视臣子们的劝谏，由此而种下了天下大乱的祸根。

八

王夷甫妇①，郭泰宁女②，㊀才拙而性刚，聚敛无厌③，干豫人事④。夷甫患之而不能禁。时其乡人幽州刺史李阳⑤，京都大侠，㊁犹汉之楼护⑥，㊂郭氏惮之。夷甫骤谏之⑦，乃曰："非但我言卿不可，李阳亦谓卿不可。"郭氏小为之损⑧。

【今译】王衍的妻子是郭泰的女儿，才能笨拙而性格倔强，搜刮财物没有满足的时候，喜欢干涉别人的事情。王衍很不满意她的行为但又不能禁止她。当时他的同乡人幽州刺史李阳是京都有名的大侠，就像汉代的楼护那样，郭氏很怕他。王衍屡次劝谏郭氏，就说："不只是我说你不能这样，就是李阳也说你不可以如此。"郭氏听了才稍微收敛了一点。

【刘孝标注】 ㊀《晋诸公赞》曰:"郭豫字太宁,太原人。仕至相国参军,知名,早卒。" ㊁《晋百官名》曰:"阳字景祖,高平人。武帝时为幽州刺史。"《语林》曰:"阳性游侠,盛暑,一日诣数百家别,宾客与别,常填门,遂死于几下,故惧之。" ㊂《汉书·游侠传》曰:"护字君卿,齐人。学经传,甚得名誉。母死,送葬车三千两。仕至天水太守。"

【注释】 ① 王夷甫:王衍,见《言语》二十三注②(页50)。 ② 郭泰宁:生平见刘注。 ③ 聚敛:搜刮财物。无厌:不满足。厌,满足。 ④ 干豫人事:强行干涉他人之事。 ⑤ 李阳:生平见刘注。 ⑥ 楼护:字君卿,西汉齐(治所在今山东淄博)人,官至天水太守。 ⑦ 骤:屡次。 ⑧ 小为之损:因此稍微收敛。

【评析】 王衍妻子郭氏与惠帝皇后贾后是表姐妹,故其"借中宫之势,刚愎贪戾"(《晋书·王衍传》)。王衍也无奈她何,只好借老乡具有仗义行侠之誉的幽州刺史李阳来威慑她。这一招果然有效,郭氏的气焰才稍微收敛了一点。

九

王夷甫雅尚玄远①,常嫉其妇贪浊②,口未尝言"钱"字。㊀妇欲试之,令婢以钱绕床,不得行。夷甫晨起,见钱阂行③,呼婢曰:"举却阿堵物④!"

【今译】 王衍向来崇尚深奥精微的玄理,常常厌恶他妻子的贪婪污浊,所以口中从来不说"钱"字。妻子想试探他,便命婢女用钱围绕在床边,让他无法下床行走,王衍早晨起床,看见钱阻碍他走路,就叫婢女说:"拿掉这个东西!"

【刘孝标注】 ㊀《晋阳秋》曰:"夷甫善施舍,父时有假贷者,皆与焚券,未尝谋货利之事。"王隐《晋书》曰:"夷甫求富贵得富贵,资财山积,用不能消,安须问钱乎? 而世以不问为高,不亦惑乎!"

【注释】 ① 王夷甫:王衍。雅:素来,向来。尚:高尚。玄远:指深奥精微的玄理。 ② 嫉:憎恨,厌恶。 ③ 阂(hé):阻碍,阻隔。 ④ 举却:拿掉。阿堵:这个,六朝人口语。

【评析】 刘注引王隐《晋书》谓王衍家中资财堆积如山,自然不必说"钱"字了,而世人"以不问为高",好像他比妻子要高明得多似的,颇为令人不解! 其言可谓一针见血! 王衍的所谓"雅尚玄远",实质是"矜高浮诞"(《晋书》本传),在他的影响下,当时"遂成风俗焉"(同上)。王衍临死前说:"向若不祖尚浮虚,勠力以匡天下,犹可不至今日。"(同上)虽然死到临头才知清谈误国,但总比不觉悟好。本文将钱财称为"阿堵物",后成为著名的典故而流传至今。

十

王平子年十四五①,见王夷甫妻郭氏贪,欲令婢路上儋粪②。平子谏之,并言不可。郭大怒,谓平子曰:"昔夫人临终③,以小郎嘱新妇④,不以新妇嘱小郎。"㊀急捉衣裾⑤,将与杖。平子饶力⑥,争得脱,逾窗而走。

【今译】王澄十四五岁时，看到王衍妻子郭氏贪婪，品质低劣，想让婢女到路上去担粪。王澄就去劝谏她，并且说不可以这样做。郭氏听了大怒，对王澄说："过去老夫人临终时，把你托付给我，而没有把我托付给你。"就很快地抓住王澄的衣襟，准备拿杖打他。王澄力气大，挣扎脱身，跳窗逃跑了。

【刘孝标注】⊖《永嘉流人名》曰："澄父义，第三，娶乐安任氏女，生澄。"

【注释】① 王平子：王澄，王衍弟，见《德行》二十三注①（页16）。　② 儋："擔（担）"的古体字。③ 夫人：指她的婆婆，王衍、王澄兄弟之母。　④ 小郎：称小叔子即丈夫之弟。新妇：当时已婚妇女的自称。　⑤ 裾（jū）：衣服的大襟。　⑥ 饶力：指力气大。

【评析】王衍妻子除了贪婪之外，还很凶悍。此事亦见《晋书·王澄传》，并谓"衍妻郭性贪鄙"。

十一

元帝过江犹好酒①，王茂弘与帝有旧②，常流涕谏。帝许之，命酌酒一酺③，从是遂断。⊖

【今译】元帝渡江南下后仍然爱喝酒，王导与元帝有老交情，常常流着眼泪劝谏。元帝答应戒酒，叫人斟酒来再痛快地喝一次，从此以后便戒酒不再喝了。

【刘孝标注】⊖ 邓粲《晋纪》曰："上身服俭约，以先时务。性素好酒，将渡江，王导深以谏，帝乃令左右进觞，饮而覆之，自是遂不复饮，克己复礼，官修其方，而中兴之业隆焉。"

【注释】① 元帝：司马睿，见《言语》二十九注①（页54）。　② 王茂弘：王导。有旧：旧相识，老交情。《晋书·王导传》："元帝为琅邪王，与导素相亲善。"　③ 酺：酒喝得很痛快。

【评析】晋元帝听从王导劝谏，痛饮一番后即戒酒，这一点还是不错的。

十二

谢鲲为豫章太守①，从大将军下至石头②。敦谓鲲曰："余不得复为盛德之事矣③！"鲲曰："何为其然？但使自今已后④，日亡日去耳⑤。"⊖敦又称疾不朝，鲲谕敦曰⑥："近者明公之举，虽欲大存社稷⑦，然四海之内，实怀未达⑧。若能朝天子，使群臣释然⑨，万物之心⑩，于是乃服。仗民望以众怀，尽冲退以奉主上⑪，如斯则勋侔一匡⑫，名垂千载。"时人以为名言。⊖

【今译】谢鲲任豫章太守，跟随王敦大将军的叛军顺流而至石头城。王敦对谢鲲说："我不能再做建功立业的盛德之事。"谢鲲说："为什么这样呢？只要从今往后，一天天忘却过去君臣之间的嫌隙就可以了。"王敦又称病不朝见晋元帝，谢鲲劝告王敦说："近来你的举动，虽然想用力保存国家社稷，但在全国，你的真实心意并未表达出来。如果你能去朝见天子，让群臣的疑虑消除，万众之心就会敬服。倚靠百姓的愿望顺从众人的心意，竭尽谦和退让的态度来侍奉主上，像这样你的功勋就与一匡天下的管仲相等，就能永垂千古了。"当时人都认为他的话是至理名言。

【刘孝标注】㊀《鲲别传》曰："鲲之讽切雅正，皆此类也。" ㊁《晋阳秋》曰："鲲为豫章太守，王敦将肆逆，以鲲有时望，逼与俱行。既克京邑，将旋武昌，鲲曰：'不就朝觐，鲲惧天下私议也。'敦曰：'君能保无变乎？'对曰：'鲲近日入觐，主上侧席，迟得见公，宫省穆然，必无不虞之虑。公若入朝，鲲请侍从。'敦曰：'正复杀君等数百，何损于时？'遂不朝而去。"

【注释】① 谢鲲：见《言语》四十六注②（页65）。 ②"从大将军下"句：《晋书·谢鲲传》谓："借共才望，副与俱下。"指王敦叛逆时借重谢鲲的才德名望，逼谢鲲一起沿江东下到石头城。大将军，王敦。石头，石头城，故址在今南京清凉山。 ③"不得复为盛德"句：指不再为皇上效力立功。《资治通鉴》卷九十二胡注曰："敦无君之心，形于言也。" ④ 已后：以后。 ⑤ 日亡日去：指一天又一天，渐渐忘记过云君臣之间不愉快之事。 ⑥ 谕：劝告。 ⑦ 大存社稷：指用力保存社稷。 ⑧ 实怀：实际用意。怀，本怀，用意，心意。 ⑨ 释然：指疑虑消除。 ⑩ 万物：指万众，众人。 ⑪ 冲退：谦和退让。 ⑫ 侔（móu）：相等。一匡：指辅佐王室，匡正天下之功。匡，匡正。语见《论语·宪问》："子曰：'管仲相桓公，霸诸侯，一匡天下，民至于今受其赐。'"

【评析】谢鲲素有名望，为当时名流所慕，王敦引为长吏。鲲知其有谋逆野心，时加讽议。本文即写二人之间的对话，王敦暴露其无君之心，鲲以大义劝之，谓应学管仲，安社稷，朝天子，顺民心，使国家安定统一，从而名垂青史，不应斤斤于个人的恩怨得失。一番话可谓大义凛然，故赢得时人的赞誉。

十三

元皇帝时①，廷尉张闿㊀在小市居②，私作都门③，早闭晚开，群小患之④，诣州府诉，不得理；遂至挝登闻鼓⑤，犹不被判。闻贺司空出⑥，至破冈⑦，连名诣贺诉。㊁贺曰："身被征作礼官⑧，不关此事。"群小叩头曰："若府君复不见治⑨，便无所诉。"贺未语。令且去，见张廷尉当为之。张闻，即毁门，自至方山迎贺⑩。贺出见，辞之曰⑪："此不必见关，但与君门情⑫，相为惜之。"张愧谢曰："小人有如此，始不即知，早已毁坏。"

【今译】晋元帝时，廷尉张闿住在小集市，私自建造了都中里门，每天关门早开门晚，老百姓都为此事担忧，到州衙门去告状，得不到审理；老百姓便到朝堂外去击打登闻鼓，还是没有得到判处。听说贺循出行，到了破冈，便联名到贺循处申诉。贺循说："我被任命为礼官，与此事无关。"百姓们叩头道："如果府君再不受理，我们就无处申诉了。"贺循没说话。只是让他们暂时离开，说自己见到张廷尉时会提到此事的。张闿听说后，立即拆去总门，亲自到方山来迎候贺循。贺循出来见张闿，告诉他说："此事本不与我相关，只是我家与你家有世交之谊，相互间要爱惜这份情。"张闿惭愧地道歉说："百姓有此等情形，当初我没有立即告知，否则早已把门拆毁了。"

【刘孝标注】㊀葛洪《富民塘颂》曰："闿字敬绪，丹阳人，张昭孙也。"《中兴书》曰："闿，晋陵内史，甚有威德。转至廷尉卿。" ㊁《贺循别传》曰："循字彦先，会稽山阴人。本姓庆，高祖纯，避汉帝讳，改为贺氏。父邵，吴中书令，以忠正见害。循少婴家祸，流放荒裔，吴平乃还，秉节高举，元帝为安东王，循为吴国内史。"

【注释】① 元皇帝：晋元帝。 ② 廷尉：掌管刑狱的官。张闿（kǎi）：字敬绪，丹阳（今江苏南京)人。历官晋陵内史、廷尉卿。小市：指小集市。 ③ 都门：指都中里门。 ④ 群小：普通百姓的蔑称。患：忧虑，厌恶。 ⑤ 挝（zhuā）：击。登闻鼓：古时帝王在朝堂外悬鼓，臣民如有冤情或谏议可击鼓上闻。登闻鼓之名则始于魏晋之间。 ⑥ 贺司空：贺循，见《言语》三十四注①（页57）。 ⑦ 破冈：即破冈渎，水渠名。 ⑧ 征：召，征聘。礼官：掌礼仪之官。 ⑨ 府君：对官员的尊称。 ⑩ 方山：山名，在江苏江宁县东南。 ⑪ 辞：辞谢。 ⑫ 门情：指门第间有情谊，即世交之意。贺循祖父贺齐为吴之将军，张闿之祖父张昭为吴相，两人颇有交情，故两家堪称世交。

【评析】贺循处理此事相当讲究策略，既照顾到张闿的面子，又为百姓解决了问题，可谓两全其美。此事亦见《晋书》贺循本传，开头多了"将夺左右近宅以广其居"句，指出张闿私造都门不只是方便自家的问题，而是掠夺民居扩大自己住所的问题，不过其他部分本文似写得更生动具体。

十四

郗太尉晚节好谈①，既雅非所经②，而甚矜之③。㊀后朝觐④，以王丞相末年多可恨⑤，每见必欲苦相规诫。王公知其意，每引作他言⑥。临还镇⑦，故命驾诣丞相⑧。翘须厉色上坐便言⑨："方当乖别⑩，必欲言其所见。"意满口重，辞殊不流。王公摄其次曰⑪："后面未期⑫，亦欲尽所怀⑬，愿公勿复谈。"郗遂大瞋，冰衿而出⑭，不得一言。

【今译】郗鉴晚年喜欢谈论，这不是他所擅长的，而他对此却很夸耀。后来朝见皇帝时，因为王导晚年宽容江南士族事多有遗憾，每次见面必定要苦苦规劝告诫。王导知道他的意思，每次都用其他的话题引开去。到了要回去之时，郗鉴便特地让人驾车去拜访王导。郗鉴翘起胡子，怒容满面，一坐下就说："正当离别之时，我定要说出所见到的情况。"他想说的意思很多却口齿迟钝，说话很不流畅。王导随后说："以后见面的日期不知何时，也想把我心里要说的都说出来，希望你不要再谈了。"郗鉴听了大为恼怒，脸色阴沉态度傲慢地走了，再也不说一句话。

【刘孝标注】㊀《中兴书》曰："鉴少好学博览，虽不及章句，而多所通综。"

【注释】① 郗太尉：郗鉴，见《德行》二十四注①（页16）。晚节：晚年。 ② 雅：向来，素来。经：擅长。 ③ 矜（jīn）：夸耀。 ④ 朝觐（jìn）：朝见君主。 ⑤ 王丞相：王导。末年多可恨：指王导晚年对江南的世家大族多宽容放任事。 ⑥ 引：指把话题引开。 ⑦ 还镇：指回到镇守之地。 ⑧ 故：故意，特地。命驾：令人驾车。 ⑨ 翘须：翘起胡子。厉色：怒容满面。 ⑩ 乖别：离别 ⑪ 摄（niè）：通"蹑"，随。 ⑫ 期：期限，约定时间。 ⑬ 怀：指心意。 ⑭ 冰衿：指脸色阴沉，态度傲慢。

【评析】本文"故命驾诣丞相"下一句原谓"丞相翘须厉色上坐便言"，唐写本无后一句"丞相"二字。两个"丞相"重复，与上下文亦不协，且"翘须厉色"之人应为郗鉴，而不可能是王导，故此处从唐写本，删去后一句"丞相"二字。郗鉴博览群籍，以儒雅著称，他吐哺养育侄子与外甥之事很感动人（见《德行》二十四），但谈论并非其长，却偏要在晚年雅好此道，弃长就短，要说服王导放弃行之有效的政策。王导宽容江南士族为当时形势所必需，而不能为从北方南下的郗鉴所理解，于是就有了本文所写之事。郗鉴终于反被王导所讥，可谓自讨没趣。

十五

王丞相为扬州①，遣八部从事之职②。顾和时为下传还③，同时俱见。诸从事各奏二千石官长得失④，至和独无言。王问顾曰："卿何所闻？"答曰："明公作辅⑤，宁使网漏吞舟⑥，何缘采听风闻⑦，以为察察之政⑧？"丞相咨嗟称佳⑨，诸从事自视缺然也⑩。

【今译】王导任丞相时兼领扬州刺史，派遣八位刺史属官到职。顾和当时作为属官乘驿车到下面视察回来，同其他从事一起进见。诸位从事各自奏说二千石官长的得失，轮到顾和时唯独他无话可说。王导问顾和道："你听到些什么？"顾和回答说："您担任宰辅，宁可让吞舟之鱼漏网，为何要采集传闻之辞，用这种手段来实行严苛琐碎的政令呢？"王导对此赞叹说好，其他从事为此感到自己非常欠缺。

【注释】① 王丞相：王导。为扬州：指兼任扬州刺史。 ② 八部从事：州刺史属官。扬州刺史统领丹阳、会稽、吴、吴兴、宣城、东阳、临海、新安八部，故分别派遣部从事八人。之职：到职。 ③ 顾和：见《言语》三十三注①（页226）。下传(zhuàn)：指顾和作为刺史属官乘驿车到下面去视察。传，指驿车。 ④ 二千石：对郡守的通称。汉时郡守俸禄为二千石，故称。 ⑤ 辅：宰相为辅佐帝王之人，故称。 ⑥ 网漏吞舟：谓渔网太疏会漏掉吞舟之大鱼，比喻法令过宽会漏掉大奸大恶之人。 ⑦ 何缘：为何。风闻：传闻。 ⑧ 察察之政：严苛细小之政。 ⑨ 咨嗟：指赞赏。 ⑩ 自视缺然：自己认为有缺点。

【评析】据《晋书·顾和传》，王导十分欣赏顾和的才能，称其为"海内之俊"。本文之事亦见本传。顾和对身负宰辅大任的王导不抓国家大事，而满足于以视察为政提出尖锐的意见，确实不负俊杰之赞，而王导能对顾和之言咨嗟称佳，亦颇有宰辅之量。

十六

苏峻东征沈充①，㊀请吏部郎陆迈与俱②。㊁将至吴③，密敕左右④，令入阊门放火以示威⑤。陆知其意，谓峻曰："吴治平未久，必将有乱。若为乱阶⑥，请从我家始。"峻遂止。

【今译】苏峻东征沈充，请吏部郎陆迈与他一起去。将要到吴郡时，苏峻密令左右随从，让他们进入阊门放火来显示军威。陆迈知道他的用意，对苏峻说："吴郡安定平静不久，必定将有祸乱发生。如果要制造祸端，请从我家放火烧起。"苏峻听了就放弃放火的打算了。

【刘孝标注】㊀《晋阳秋》曰："充字士居，吴兴人。少好兵，诣事王敦。敦克京邑，以充为车骑将军，领吴国内史。明帝伐王敦，充率众就王含，谓其妻曰：'男儿不建豹尾，不复归矣！'敦死，充将吴儒斩首于京都。" ㊁《陆碑》曰："迈字功高，吴郡人。器识清敏，风检澄峻。累迁振威太守、尚书吏部郎。"

【注释】① 苏峻：见《方正》二十五注③（页195）。东征：指王敦谋反攻克京都时，以沈充为车骑将军，领吴国内史，后苏峻率军破沈充事。沈充：字士居，东晋吴兴（今浙江湖州）人，诣事王敦，敦反叛攻下京都，以充为车骑将军，领吴国内史。敦死，为其将吴儒所杀。 ② 陆迈：字功高，吴郡人，历官振威太守，尚书吏部郎。 ③ 吴：吴郡，治所在今江苏苏州。 ④ 敕(chì)：命令。 ⑤ 阊门：苏州城西门。 ⑥ 乱阶：祸端。

【评析】本文写陆迈于不动声色之中巧妙制止了一场祸乱，使一方土地与百姓免遭劫难，十分难得。

十七

陆玩拜司空①，㊀有人诣之索美酒②，得便自起，泻著梁柱间地③，祝曰："当今乏才，以尔为柱石之用④，莫倾人栋梁⑤。"玩笑曰："戢卿良箴⑥。"

【今译】陆玩被授予司空之职，有人拜访他索要美酒，拿到酒后这人自己站起来，把酒倒在梁柱之间的地上，祝祷说："如今缺乏人才，用你担当国之重用，切莫倾覆人家的栋梁啊！"陆玩笑道说："我会记住你美好的箴言。"

【刘孝标注】㊀《玩别传》曰："是时王导、郗鉴、庾亮相继薨殂，朝野忧惧，以玩德望，乃拜司空。玩辞让不获，乃叹息谓朋友曰：'以我为三公，是天下无人矣。'时人以为知言。"

【注释】① 陆玩：见《政事》十三注①（页110）。拜：授予官职。司空：官名，三公（大尉、司徒、司空）之一，掌工程。　② 索：索取，讨取。　③ 泻：倾倒。　④ 柱石：柱子及其下面的基石，比喻担当国家重任。　⑤ 倾：倾覆。　⑥ 戢（jí）：收藏，引申为记住。箴（zhēn）：规劝。

【评析】陆玩是陆机的堂弟，亦为江南望族。东晋朝廷的大权均掌握在北方东渡人士之手，他们一向轻视江南士子。当王导、郗鉴、庾亮等相继去世之后，无人堪继其后，陆玩有德行名望，便授予三公之位。从本文有人借酒洒地所说之言可知他们对陆玩很不放心，陆玩却并不反唇相讥，而是从容笑言记住对方之箴言，可知并非等闲之辈。本文亦载《晋书》本传。

十八

小庾在荆州①，公朝大会②，问诸僚佐曰："我欲为汉高、魏武，何如③？"㊀一坐莫答，长史江虨曰④："愿明公为桓、文之事⑤，不愿作汉高、魏武也。"

【今译】庾翼在荆州刺史任上时，在下属参拜长官的大会上，问诸位僚属："我想做一番汉高祖、魏武帝那样的事业，怎么样？"满座的人没有一个回答，长史江虨说："希望您做齐桓公、晋文公那样的事业，而不希望您成为汉高祖、魏武帝那种人。"

【刘孝标注】㊀翼别见。宋明帝《文章志》曰："庾翼名辈，岂应狂狷如此哉？若有斯言，亦传闻者之谬矣。"

【注释】① 小庾：庾翼，见《言语》五十三注①（页69），庾亮弟，故称。在荆州：指在荆州刺史任上。　② 公朝：指僚属参拜长官。　③ 汉高：汉高祖刘邦，西汉的开国皇帝。魏武：魏武帝曹操，三国魏时封魏王，其子曹丕称帝后，追尊操为魏太祖武皇帝。　④ 江虨（bīn）：见《方正》二十五注④（页195）。　⑤ 桓：齐桓公，春秋时齐国君，前685—前643在位，任用管仲使国力强盛，安定东周王室内乱，多次大会诸侯，订立盟约，成为春秋时第一位霸主。文：晋文公，春秋时晋国君，前636—前628在位，改革内政，国力强盛，平定周的内乱，迎周襄王复位，大会诸侯，成为霸主。

【评析】本文记庾翼之言,其欲篡夺帝位之心昭然若揭。但《晋书》本传谓其"雅有大志,欲以灭胡平蜀为己任",可谓志向高远,刘注亦谓"若有斯言,亦传闻之谬矣",可知本文所写之事不足信。

十九

罗君章为桓宣武从事①,㊀谢镇西作江夏②,往检校之③。㊁罗既至,初不问郡事④,径就谢数日饮酒而还⑤。桓公问:"有何事?"君章云:"不审公谓谢尚何似人⑥?"桓公曰:"仁祖是胜我许人⑦。"君章云:"岂有胜公人而行非者?故一无所问。"桓公奇其意而不责也。

【今译】罗含担任桓温的僚属时,谢尚镇守江夏,罗含前去视察。他到了江夏,完全不过问郡里的事,直接到谢尚那里喝了几天酒就回来了。桓温问:"有什么事吗?"罗含说:"不知您认为谢尚是何等样人?"桓温说:"谢尚是超过我的人。"罗含道:"哪里有超过您的人却会去做坏事呢?所以我什么政事都不去问。"桓温觉得他说的话很奇怪,但没有责怪他。

【刘孝标注】㊀《含别传》曰:"刺史庾亮初命含为部从事,桓温临州,转参军。" ㊁《中兴书》曰:"尚为建武将军、江夏相。"

【注释】① 罗君章:罗含,见《方正》五十六注①(页212)。桓宣武:桓温,死谥宣武,故称。从事:官名,刺史僚属。 ② 谢镇西:谢尚,见《言语》四十六注①(页65)。作:指担任官职。江夏:郡名,治所在安陆(今湖北云梦),此指谢尚任江夏相。 ③ 检校:检查。 ④ 初:从来,完全,表示程度的副词。 ⑤ 径:指直接行事。 ⑥ 审:知道。 ⑦ 胜:超过。许:这样。

【评析】本文亦载《晋书·罗含传》,文字稍异。本传谓"谢尚与含为方外之好",指两人之友好超乎世俗之外,可知含对尚有相当的了解。他巧妙地让桓温说出谢尚之为人而赞同其不加过问的意见,从而减除了桓温对谢尚的疑虑。

二十

王右军与王敬仁、许玄度并善①,二人亡后,右军为论议更克②。孔岩诚之曰③:"明府昔与王、许周旋有情④,及逝没之后,无慎终之好⑤,民所不取。"右军甚愧。

【今译】王羲之与王修、许询相交甚好,王、许二人死后,王羲之议论起他们来变得苛刻,孔岩劝诫他说:"您过去与王修、许询来往有交情,到了他们去世之后,就不再尊重并正确对待死去的人,这是我不赞成的。"王羲之听了感到很惭愧。

【注释】① 王右军:王羲之,见《言语》六十二注①(页73)。王敬仁:王修,见《文学》三十八刘注(页139)。许玄度:许询,见《言语》六十九注②(页78)。 ② 克:苛刻。 ③ 孔岩:见《品藻》四十注③(页347)。 ④ 明府:对郡太守的尊称。王羲之曾任会稽内史,故称之。孔岩亦为会稽人,故下文自称为民。周旋:交往。 ⑤ 慎终:语出《论语·学而》:"慎终追远。"谓对父母的丧事要办得谨慎合理,祖先虽远,须依礼追祭。此指能尊重和正确对待死去的人。

【评析】王羲之对死去的朋友议论不当,但一经别人指出即有所醒悟,还是难能可贵的。

二十一

谢中郎在寿春败①,临奔走,犹求玉帖镫②。太傅在军③,前后初无损益之言④。尔日犹云⑤:"当今岂须烦此⑥?"㊀

【今译】谢万在寿春打了败仗,临逃跑时,还在找用玉装饰的马镫。谢安当时跟随在军中,从来没有说过什么功谏的话。这天还说:"如今哪里需要麻烦找这东西?"

【刘孝标注】㊀ 按:万未死之前,安犹未仕,高卧东山,又何肯轻入军旅邪?《世说》此言,迂谬已甚。

【注释】① 谢中郎:谢万,曾任西中郎将,故称。在寿春败:见《品藻》四下九刘注引文。② 玉帖镫:以玉为饰的马镫。镫,挂在马鞍两旁供骑马时踏脚用的器具。 ③ 太傅:谢安。④ 初:从来,副词,表程度。损益:指批评或净谏。 ⑤ 尔日:这天。 ⑥ 须:需要。

【评析】本文所写恐非事实,刘注已言其非。《晋书·谢安传》亦谓:"万黜废,安始有仕进志,时年已四十余矣。"可知文中所谓"太傅在军"云云,没有根据。

二十二

王大语东亭①:"卿乃复论成不恶②,那得与僧弥戏③?"㊀

【今译】王忱对王珣说:"对您的评论想不到已经形成,评论不坏,怎么能与弟弟僧弥开玩笑呢?"

【刘孝标注】㊀《续晋阳秋》曰:"珉有俊才,与兄珣并有名,而声出珣右。故时人为之语曰:'法护非不佳,僧弥难为兄。'"

【注释】① 王大:王忱,小字佛大,故称。见《德行》四十四注②(页30)。东亭:王珣,王导孙,袭封东亭侯,故称。见《言语》一〇二注③(页98)。 ② 乃复:竟,竟然。论成:指世论已成。不恶:不坏。 ③ 僧弥:王珉小字,王珣弟。见《政事》二十四注③(页116)。

【评析】刘注引文谓弟弟王珉有俊才,与其兄王珣齐名,名声甚至超出乃兄。所以当时人形容他们兄弟说:"兄长法护并非不佳,只是老弟僧弥也很好,他们兄弟俩实在难分高下。"《晋书·王珉传》亦载此语,并谓王珉"少有才艺,善行书,名出珣右"。

二十三

殷颛病困①,看人政见半面②。殷荆州兴晋阳之甲③,㊀往与颛别,涕零,属以消息所患④。颛答曰:"我病自当差⑤,正忧汝患耳!"㊁

《世说新语》详解

【今译】殷颛病重，看人时只能看到半边脸。殷仲堪以清君侧名义起兵，前去与殷颛告别，禁不住泪流满面，便叮嘱他调养病体。殷颛答道："我的病自然会痊愈的，我只忧虑你的祸患啊！"

【刘孝标注】㊀《春秋公羊传》曰："晋赵鞅取晋阳之甲，以逐荀寅、士吉射，寅、吉射者，君侧之恶人。" ㊁《晋安帝纪》曰："殷仲堪举兵，颛勿与同，且以己居小任，唯当守局而已；晋阳之事，非所宜豫也。仲堪每邀之，颛辄曰：'吾进不敢同，退不敢异。'遂以忧卒。"

【注释】① 殷颛：见《德行》四十一注②（页28）。病困：病重。 ② 政：通"正"，只。 ③ 殷荆州：殷仲堪，见《德行》四十注①（页27）。兴晋阳之甲：事见《春秋公羊传·定公十三年》。后即此喻指以清君侧为号召的起兵。文中所写殷仲堪起兵就是为了清除晋安帝身边的尚书左仆射王国宝。 ④ 属（zhǔ）：通"嘱"，叮嘱。消息：休息，调养。患：病患。 ⑤ 差（chài）：指病愈。

【评析】殷颛与殷仲堪为堂兄弟。据《晋书·殷颛传》，殷颛坚决不同意殷仲堪以清君侧名义兴兵，又深知仲堪排斥异己，树置所亲，可能无奈之下故意服寒食散致病，于是便有了本文所载之事，只是文字更简明，兹录以比较："知仲堪当逐异己，树置所亲，因出行散，托疾不还。仲堪闻其病，出省之，谓颛曰：'兄病殊为可忧。'颛曰：'我病不过身死，但汝病在灭门，幸熟为虑，勿以我为念也。'……颛遂以忧卒。后桓玄兼并荆州时，殷仲堪为桓玄追兵所获，逼令自杀。"

二十四

远公在庐山中①，㊀虽老，讲论不辍②。弟子中或有堕者③，远公曰："桑榆之光④，理无远照；但愿朝阳之晖⑤，与时并明耳。"执经登坐，讽诵朗畅⑥，词色甚苦⑦。高足之徒⑧，皆肃然增敬。

【今译】慧远在庐山时，虽然年纪老了，但讲论佛经没有停止。弟子中有偷懒的，慧远说："我像日暮的夕阳，照理不会久远照耀了；但愿你们如清晨朝阳之光，能随着时光的推移而越发明亮啊。"他手执经卷登上讲坛，背诵经文之声响亮流畅，言辞神色都很恳切，他的高足弟子都对他更加肃然起敬。

【刘孝标注】㊀《豫章旧志》曰："庐俗字君孝，本姓匡，夏禹苗裔，东野王之子。秦末，百越君长与吴芮助汉定天下，野王亡军中。汉八年，封俗鄱阳男，食邑兹部，印曰庐君。俗兄弟七人，皆好道术，遂寓于洞庭之山，故世谓庐山。孝武元封五年，南巡狩，浮江，亲睹神灵，乃封俗为大明公，四时秩祭焉。"远法师《庐山记》曰："山在江州寻阳郡，左挟彭泽，右傍通川，有匡俗先生，出自殷、周之际，遁世隐时，潜居其下。或云：匡俗受道于仙人，而共游其岭，遂托室崖岫，即岩成馆，故时人谓为神仙之庐而命焉。"法师《游山记》曰："自托此山二十三载，再践石门，四游南岭，东望香炉峰，北眺九江。传闻有石井方湖，中有赤鳞踊出，野人不能叙，直叹其奇而已矣。"

【注释】① 远公：慧远，见《文学》六十一注①（页153）。庐山：山名，亦称匡庐，在今江西九江南。 ② 辍：停止。 ③ 堕：通"惰"，懒惰，懈忌。 ④ 桑榆之光：日落时照在桑榆树上的阳光，比喻人的晚年。 ⑤ 晖：阳光。 ⑥ 讽诵：背诵。朗畅：响亮流畅。 ⑦ 苦：指恳切。 ⑧ 高足之徒：指学业优秀的学生。

【评析】慧远大师教导弟子之言"桑榆之光……与时并明"几句，既富诗意，亦具禅理，耐人寻味。谓自己虽已年老日暮，犹知努力讲诵，则年轻如朝晖的弟子们，更应珍惜时光，勤修苦诵。如诗如禅的话语赢得了弟子们的敬仰，无愧为净宗法门的初祖。

二十五

桓南郡好猎①，每田狩②，车骑甚盛，五六十里中，旌旗蔽隰③，骋良马，驰击若飞，双甄所指④，不避陵壑⑤。或行陈不整⑥，麏兔腾逸⑦，参佐无不被系束⑧。桓道恭⑨，玄之族也，一时为贼曹参军⑩，颇敢直言。常自带绛绵绳着腰中⑪，玄问："此何为？"答曰："公猎，好缚人士，会当被缚，手不能堪芒也。"玄自此小差⑫。

【今译】桓玄喜欢狩猎，每次出去打猎，随从的车马非常多，绵延五六十里范围内，旌旗遍野，良马驰骋，奔击如飞，左右两翼所向之处，不避山陵沟壑。有时行列队形不整齐，或獐子、兔子逃跑了，僚属就统统都被捆绑起来。桓道恭是桓玄的同族人，当时担任贼曹参军，很敢直言。他常常自带深红色的绵绳系在腰间，桓玄问他："你带这个干什么？"桓道恭答道："您打猎时喜欢绑人，轮到我被绑时，我的手可不能忍受绑绳上的芒刺啊。"桓玄的脾气从此以后略有好转。

【刘孝标注】一《桓氏谱》曰："道恭字祖猷，彝同堂弟也。父赤之，太学博士。道恭历淮南太守，伪楚江夏相。义熙初，伏诛。"

【注释】① 桓南郡：桓玄，袭爵南郡公，故称。见《德行》四十一注①（页28）。 ② 田狩：打猎，特指冬猎。 ③ 隰(xí)：低湿的地方，泛指原野。 ④ 双甄(zhēn)：左翼右翼，合称双甄。打猎犹如作战，故称。 ⑤ 陵壑：山陵沟壑。 ⑥ 行陈(háng zhèn)：军队的行列队形。陈，同"阵"。 ⑦ 麏(jūn)：獐子。腾逸：逃跑。 ⑧ 参佐：僚属。系束：捆绑。 ⑨ 桓道恭：字祖猷，官淮南太守，桓玄篡位时，官江夏相。 ⑩ 贼曹参军：军府中掌管盗贼事务的属官。 ⑪ 绛：深红色。 ⑫ 小差：略有好转。

【评析】本文写桓玄打猎，稍不称心，即捆绑部下，同族人桓道恭巧妙进谏，使其专横暴戾之态稍有收敛。《晋书》本传亦载其喜怒无常，游猎无度，导致朝野怨怒之状，曰："玄自篡盗之后，骄奢荒侈，游猎无度，以夜继昼。兄伟葬日，旦哭晚游，或一日之中屡出驰骋。性又急暴，呼召严速，直官咸系马省前……于是百姓疲苦，朝野劳瘁，怨怒思乱者十室八九焉。"

二十六

王绪、王国宝相为唇齿①，并上下权要②。一王大不平其如此③，乃谓绪曰："汝为此歘歘④，曾不虑狱吏之为贵乎⑤？"二

【今译】王绪、王国宝互相勾结，把持权柄，卖弄权势。王忱对他们的所作所为愤愤不平，就对王绪说："你们这样气焰嚣张，竟然不想想有朝一日会体会到狱吏的尊贵吗？"

【刘孝标注】一《王氏谱》曰："绪字仲业，太原人。祖延，父乂，抚军。"《晋安帝记》曰："绪为会稽王从事中郎，以佞邪亲幸。王珣、王恭恶国宝与绪乱政，与殷仲堪克期同举，内匡朝廷。及恭表至，乃斩绪以说诸侯。国宝，平北将军坦之第三子。太傅谢安，国宝妇父也，恶而抑之不用。安薨，相王辅政，迁中书令，有妾数百。从弟绪有宠于王，深为其说，国宝权动内外，王珣、王恭、殷仲堪为孝武所待，不为相王所昵。恭抗表讨之，车胤又争之。会稽王既不能拒诸侯兵，遂委罪国宝，付廷尉赐死。" 二《史记》曰："有上书告汉丞相欲反，文帝下之廷尉。勃既出，叹曰：'吾尝将百万之军，安知狱吏之为贵也！'"

【注释】① 王绪：字仲业，东晋太原（今山西太原）人。任会稽王司马道子从事中郎，他与堂兄王国宝勾结弄权，为司马道子所宠幸，后二王为王恭等所杀。王国宝：王坦之第三子，堂妹为会稽王司马道子之妃。司马道子辅政，得宠，用为侍中、中书令、中领军等，权倾内外，后与王绪一起被王恭所杀。唇齿：比喻相互依赖的关系。　② 上下：指弄权。唐写本作"弄"。"卡"为"弄"之异体字，后误写为"上下"二字（徐震堮《世说新语校笺》上）。权要：权势，权力。　③ 王大：王忱，见《德行》四十四注②（页30）。不平：愤慨，不满。　④ 欻欻（xū）：盛气貌。　⑤ 曾：竟。狱吏之为贵：语见《史记·绛侯周勃世家》，谓西汉文帝时绛侯周勃为人诬告谋反而下狱，出狱后叹息而说此语。

【评析】王国宝与王绪为堂兄弟，两人互相勾结弄权，扰乱朝政，"威震内外"、"并为时之所疾"（《晋书·王国宝传》）。王忱是王国宝之弟，对他们的作为十分不平，警告他们将会遭致牢狱之灾。在王恭、殷仲堪等的讨伐下，原来倚重他们为心腹的司马道子委罪于王国宝，果如王忱所说，将其"付廷尉，赐死，并斩绪于市"（同上）。

二十七

桓玄欲以谢太傅宅为营①，谢混曰②："召伯之仁③，犹惠及甘棠④；⊖文靖之德⑤，更不保五亩之宅⑥？"玄惭而止。

【今译】桓玄想用谢安的老宅作军营，谢混说："召伯的仁爱，还能使甘棠树受到恩惠。文德公谢安的德行，难道就不能保住他小小的五亩住宅吗？"桓玄听后感到惭愧，就中止了此事。

【刘孝标注】⊖《韩诗外传》曰："昔周道之隆，召伯在朝，有司请召民。召仁曰：'以一身劳百姓，非吾先君文王之志也。'乃暴处于棠下，而听讼焉。诗人见召伯休息之棠，美而歌之曰：'蔽芾甘棠，勿剪勿伐，召伯所芟。'"

【注释】① 谢太傅：谢安曾为太傅，故称。　② 谢混：谢安的孙子，见《言语》○五注①（页99）。　③ 召（shào）伯：周代燕国始祖，姓姬，名奭（shì），初封于召（今陕西岐山县西南）。佐武王灭商，后封于燕，与周公共同辅政。　④ 甘棠：召伯循行南国，以布文王之政，歇息于甘棠树下。后人思其德，故爱其树而不忍伤害之。后即以之称颂地方官吏之有惠政于民者。《诗经·召南·甘棠》即怀念、赞美召伯之政。　⑤ 文靖：谢安死后谥文靖，故称。　⑥ 五亩之宅：泛指一户之家的住所。

【评析】东晋孝武帝时，谢安为宰相，朝廷内呈现出一派和睦气象，其最大的功劳是大破苻坚南侵之军，和召伯佐周公灭商并与周公共同辅政有异曲同工之处，桓玄在其死后欲占其住宅为军营，被谢安孙子谢混断然拒绝是理所当然的。此事亦载《晋书·谢混传》。

捷悟第十一

一

杨德祖为魏武主簿①,时作相国门②,始构榱桷③,魏武自出看,使人题门作"活"字,便去。杨见,即令坏之④。既竟⑤,曰:"'门'中'活','阔'字,王正嫌门大也⑥。"㊀

【今译】杨修担任曹操的主簿,当时正建造相国府的大门,刚刚搭建屋椽,曹操亲自出来察看,让人在门上题了一个"活"字,就离开了。杨修看到后,立即命令把门拆了。拆掉后,说:"'门'中加'活'字,就是'阔'字,魏王正是嫌门太大啊。"

【刘孝标注】㊀《文士传》曰:"杨修字德祖,弘农人,太尉彪子。少有才学思干。魏武为丞相,辟为主簿。修常白事,知必有反覆教,豫为答对数纸,以次牒之而行。敕守者曰:'向白事,必教出相反覆,若按此次第连答之。'已而风吹纸次乱,守者不别,而遂错误。公怒推问,修惭惧,然以所白甚有理,终亦是修。后为武帝所诛。"

【注释】① 杨德祖:杨修(175—219),生平详见刘注。有才学,聪明过人,为曹操所忌,被杀。魏武:曹丕称帝后追尊曹操为武帝,故称。主簿:官名,丞相府重要僚属,总领府事,参与机要。② 相国门:相国府的门。 ③ 构:建,搭。榱桷(cuī jué):椽子,屋椽。 ④ 坏:拆毁。⑤ 竟:完毕,终了。 ⑥ 王:曹操,曾被封为魏王。

【评析】杨修的思虑与聪慧超常,对他来说并非好事,反而引来杀身之祸。曹操的心思一般人难以捉摸,而杨修偏能明了,越是如此,就越为操所忌。本文及下面几则所写之事都是例子。刘注引文谓其"为武帝所诛",即为此。《文选集注》七十九《答临淄侯笺注》引《典略》云曹操对杨修"猜而恶焉","虑修多谲,恐终为祸乱","遂因事诛之"。

二

人饷魏武一杯酪①,魏武啖少许②,盖头上题"合"字以示众。众莫能解。次至杨修,修便啖曰:"公教人啖一口也③,复何疑?"

【今译】有人送给曹操一杯乳酪,曹操吃了一点点,在杯盖上题了"合"字给大家看。大家都不懂是什么意思。按次序轮到杨修,他就吃了一口,说:"曹公让每人吃一口,还怀疑什么?"

【注释】① 饷(xiǎng):赠送。酪(lào):用牛或羊乳制成的乳浆。 ② 啖(dàn):吃。 ③ 啖一口:曹操题"合"字,拆开"合"字,即为"人一口"。

三

魏武尝过曹娥碑下①,杨修从②。碑背上见题作"黄绢幼妇,外孙齑臼"八字③,魏武谓修曰:"解不④?"答曰:"解。"魏武曰:"卿未可言,待我思之。"行三十里,魏武乃曰:"吾已得。"令修别记所知。修曰:"黄绢,色丝也,于字为'绝';幼妇,少女也,于字为'妙';外孙,女子也,于字为'好';齑臼,受辛也⑤,于字为'辞'⑥:所谓'绝妙好辞'也。"魏武亦记之,与修同,乃叹曰:"我才不及卿,乃觉三十里⑦。"〇

【今译】曹操曾经过曹娥碑下,杨修跟随着他。见到碑的背面题了"黄绢幼妇,外孙齑臼"八个字,曹操对杨修说:"你理解吗?"杨修回答说:"理解。"曹操说:"你先不要说出来,等我想想。"走了三十里,曹操才说:"我已经解出来了。"让杨修另外记下自己所理解的意思。杨修说:"黄绢,意谓有颜色的丝,合起来就是一个'绝'字;幼妇,少女之意,合起来就是一个'妙'字;外孙,就是女儿之子,合起来就是一个'好'字;齑臼,意谓受辛,合起来就是一个'辤'(辞)字:四个字就是'绝妙好辞'之意。"曹操也记下自己所解之意,与杨修完全相同,于是感叹道:"我的才思比不上你,竟相差了三十里。"

【刘孝标注】〇《会稽典录》曰:"孝女曹娥者,上虞人。父盱,能抚节按歌,婆娑乐神。汉安二年,迎伍君神,溯涛而上,为水所淹,不得其尸。娥年十四,号慕思盱,乃投瓜于江,存其父尸曰:'父在此,瓜当沉。'旬有七日,瓜偶沉,遂自投于江而死。县长度尚悲怜其义,为之改葬,命其弟子邯郸子礼为之作碑。"按曹娥碑在会稽中,而魏武、杨修未尝过江也。《异苑》曰:"陈留蔡邕避难过吴,读碑文,以为诗人之作,无诡妄也。因刻石旁作八字。魏武见而不能了,以问群僚,莫有解者。有妇人浣于汾渚,曰:'第四车解。'既而,祢正平也。衡即以离合义解之。或谓此妇人即娥灵也。"

【注释】① 魏武:曹操。曹娥碑:曹娥的墓碑。曹娥,东汉上虞(今属浙江)人。其父曹盱被水淹死,十四岁的曹娥为寻父尸,投江而死。县令度尚悲怜孝女,命弟子邯郸淳撰文,为之立碑。碑今已不存。 ② 杨修:见本篇一注①(页384)。 ③ 齑(jī):切(捣)成细末的腌菜。臼(jiù):用石头制成的舂东西的器具。 ④ 不(fǒu):同"否"。 ⑤ 受辛:古时用石臼舂菜时,常加大蒜等辛辣的佐料,故石臼要承受辛辣之味,即谓之"受辛"。 ⑥ 辞:繁体字为"辤",即"辤"之异体字。 ⑦ 觉:通"较",相差之意。

【评析】前二则都是写杨修很快领悟曹操的字谜,而此则是曹操和杨修二人同时看到曹娥碑上留下的字谜,杨修立即明白其意,而曹操直等走了三十里地才明白,所以连曹操都感叹自己的才思不及杨修。《曹娥碑》上的字谜为蔡邕所题,见《后汉书注》引《会稽典录》。

四

魏武征袁本初①,治装②,余有数十斛竹片③,咸长数寸。众云并不堪用,正令烧除。太祖思所以用之④,谓可为竹椑楯⑤,未显其言。驰使问主簿杨德祖⑥,应声答之,与帝心同⑦。众伏其辩悟⑧。

【今译】曹操征讨袁绍时,整治备办军队的装备,还剩下几十斛竹片,每片都只有几寸

长。大家都说不能用了，正要叫人烧掉。曹操在思考着利用这些竹片的方法，认为可以做成椭圆形的竹盾牌，只是没有明显地把话说出来。他派人骑马去问杨修，杨修随声就答复来人，与曹操的心思相同。大家都佩服杨修既善言而悟性又高。

【注释】① 魏武：曹操。袁本初：袁绍(? —202)，东汉末汝南汝阳(今河南商水西北)人，字本初，出身于四世三公的世家大族。董卓专擅朝政时，他起兵讨卓，称冀州牧，后占有冀、青、幽、并等地，成为割据势力，建安五年(200)，在官渡被曹操打败，后病死。　② 治装：整治、备办军队的装备。　③ 斛(hú)：古代量器，十斗为一斛。　④ 太祖：指曹操。　⑤ 竹椑楯(pí dùn)：椭圆形的竹盾牌。椑，椭圆形。楯，同"盾"，盾牌。　⑥ 杨德祖：杨修，见本篇一注①(页384)。⑦ 帝：指曹操。　⑧ 辩悟：善言有悟性。

【评析】前面几则写的是杨修通过猜测曹操写的字或前人的字谜表现其超常的捷悟，而此则曹操并未写或说，杨修仅凭使者说的曹操不肯舍弃竹片之事，随口即说出其心中所思所想，不得不令众人佩服得五体投地。

五

王敦引军，垂至大桁①。明帝自出中堂②。温峤为丹阳尹③，帝令断大桁，故未断④，帝大怒瞋目⑤，左右莫不悚惧⑥。㊀召诸公来，峤至不谢⑦，但求酒炙⑧。王导须臾至⑨，徒跣下地谢曰⑩："天威在颜⑪，遂使温峤不容得谢。"峤于是下谢，帝乃释然⑫。诸公共叹王机悟名言⑬。

【今译】王敦率领军队将到大桁桥，明帝司马绍亲自到了中堂驻军之地。当时温峤担任丹阳尹，明帝命他拆断大桥，可是大桥仍然没有断，明帝瞪着眼睛大怒，左右随从没有不害怕的。明帝召集大臣们来，温峤来了却不谢罪，只是索要酒肉。王导过一会儿来了，他赤脚过来伏在地上谢罪说："皇上天颜震怒，就使得温峤没有机会能够谢罪了。"温峤于是乘机跪拜谢罪，明帝这才消除了怒气。大臣们都赞叹王导说的话是机警有悟性的名言。

【刘孝标注】㊀ 按：《晋阳秋》、《邓纪》皆云：敦将至，峤烧朱雀桥以阻其兵。而云未断大桁，致帝怒，大为讹谬。一本云"帝自劝峤入"，一本作"啖饮，帝怒"，此则近也。

【注释】① 王敦：见《言语》三十七注①(页59)。引军：率领军队。垂：将，快。大桁(háng)：桥名，即朱雀桥，在建康(今南京)南朱雀门外，故名。　② 明帝：司马绍，见《方正》二十三注③(页194)。中堂：都城屯军之处，在建康宣阳门外。　③ 温峤：见《言语》三十五注③(页57～58)。　④ 故：仍然。　⑤ 瞋(chēn)目：瞪大眼睛。　⑥ 悚(sǒng)惧：恐惧。　⑦ 谢：道歉，赔罪。　⑧ 炙(zhì)：烤肉。　⑨ 王导：见《德行》二十七注③(页19)。　⑩ 徒跣(xiǎn)：赤足步行，以示谢罪。　⑪ 天威：天子的威严，指皇帝发怒。　⑫ 释然：指怒气消除。⑬ 机悟：机警聪明。

【评析】刘注引文谓温峤烧了朱雀桥以阻断王敦之兵，而文中则说其不听明帝之言，未断大桥，致使明帝大怒，这是"大为讹谬"的。《晋书·温峤传》所写与刘注引文同，兹录以比较："峤烧朱雀桁以挫其锋，帝怒之，峤曰：'今宿卫寡弱，征兵未至，若贼豕突，危及社稷，陛下何惜一桥？'"

六

郗司空在北府①，桓宣武恶其居兵权②。㊀郗于事机素暗③，遣笺诣桓④："方欲共奖王室⑤，修复园陵。"世子嘉宾出行⑥，于道上闻信至，急取笺，视竟，寸寸毁裂，便回。还更作笺，自陈老病不堪人间⑦，欲乞闲地自养。宣武得笺大喜，即诏转公督五郡、会稽太守⑧。㊁

【今译】郗愔在京口时，桓温憎恶他掌握兵权。郗愔对于事势机巧等一向糊里糊涂，他派人送信给桓温说："正要与你共同辅助王室，修复先帝的陵园。"他的长子郗超出门在外，在路上听说信使来了，便急忙拿过信，看完后，把信一寸一寸地撕毁，就回来了。郗超重新代写了一封信，陈述自己年老多病难以承受世事，只想求一块清闲之地来养老。桓温看到这封信后非常高兴，立即代拟诏书调动郗愔担任都督五郡军事、会稽太守的职务。

【刘孝标注】㊀《南徐州记》曰："徐州人多劲悍，号精兵，故桓温常曰：'京口酒可饮，箕可用，兵可使。'"　㊁《晋阳秋》曰："大司马将讨慕容暐，表求申劝平北愔及袁真等严办。愔以羸疾求退，诏大司马领愔所任。"按：《中兴书》，愔辞此行，温责其不从，转授会稽。《世说》为谬。

【注释】① 郗司空：郗愔，见《品藻》二十九注⑤（页342）。北府：指军府所在地京口。当时郗超兼任徐、衮二州刺史，徐州刺史移镇京口，故称京口为北府。　② 桓宣武：桓温，见《言语》五十五注①（页70）。恶（wù）：憎恨。　③ 事机：指事势机巧。素：素来，一向。暗：昏暗不明。④ 笺：书信。　⑤ 奖：指辅助。　⑥ 世子：古代天子，诸侯的嫡长子之称。郗愔袭爵南昌郡公，故其长子郗超亦可称世子。郗超，字嘉宾，时任桓温手下参军之职。　⑦ 人间：指世事，担任官职。　⑧ 转：调任。

【评析】刘注引《中兴书》谓郗愔以疾求退，认为此说谬误。本文所写之事《晋书·郗超传》亦载，文字稍异。郗愔"忠于王室"，郗超"实党桓氏"，只是郗超瞒着父亲，不让他知道而已。当郗超看到父亲信中之言，便立即改写，这才帮父亲逃过一劫。不仅如此，当他早于父亲病危将死时，预先将收有与桓温来往信件的箱子交代门生，如果父亲过于伤心，就交给父亲看；反之则烧掉。后郗愔果然哀悼成疾，门生呈上这些信件，郗愔便不再悲伤了。

七

王东亭作宣武主簿①，尝春月与石头兄弟乘马出郊②。时彦同游者连镳俱进③，㊀唯东亭一人常在前，觉数十步④，诸人莫之解。石头等既疲倦，俄而乘舆回⑤，诸人皆似从官⑥，唯东亭奕奕在前⑦，其悟捷如此。

【今译】王珣担任桓温主簿时，曾在春天里与桓熙兄弟骑马到郊外游玩。当时名流并辔与他们同游并进，只有王珣一人常常在前面，相差几十步的距离，大家都不理解他为什么如此。桓熙兄弟等人玩得疲倦了，一会儿就乘车子回来了，同行的名士们都像随从一样跟在后面，只有王珣神采焕发地在前面。他的敏捷颖悟往往如此。

【刘孝标注】㊀ 石头，桓遐小字。《中兴书》曰："遐字伯道，温长子也。仕至豫州刺史。"

【注释】① 王东亭：王珣，见《言语》一〇二注③（页98）。宣武：桓温。　② 石头：桓温长子桓熙,小字石头。　③时彦:当时的名流。彦,有才学之士。连镳:并辔。镳,马嚼子,指马。
④觉:通"较",相差。　⑤俄而:一会儿,不久。　⑥从官:下属官吏,侍从官。　⑦奕奕:
神采焕发的样子。

【评析】桓温长子名熙,刘注则谓桓退。桓温六子,为熙、济、歆、祎、伟、玄,无有名退
者。大约是将"熙"字误为"退"字了。

夙惠第十二

一

宾客诣陈太丘宿①，太丘使元方、季方炊②。客与太丘论议，二人进火，俱委而窃听③，炊忘着箄④，饭落釜中⑤。太丘问："炊何不馏⑥?"元方、季方长跪曰⑦："大人与客语，乃俱窃听，炊忘着箄，饭今成糜⑧。"太丘曰："尔颇有所识不⑨?"对曰："仿佛志之⑩。"二子俱说，更相易夺⑪，言无遗失。太丘曰："如此，但糜自可，何必饭也!"

【今译】宾客拜访陈寔，住宿在他家，陈寔叫儿子陈纪、陈谌烧火做饭。客人与陈寔正在谈论，二人烧上火后，就跑开了去偷听，蒸饭时忘了放上竹箄，饭全都掉落在了蒸锅里。陈寔问："做饭为什么不捞出来蒸呢?"两个儿子挺身跪着说："大人与客人说话，我们俩都在偷听，所以做饭时忘了放竹箄了，干饭现在成了粥了。"陈寔说："你们还记得些什么吗?"两人答道："大概记得。"他们便一起叙说，互相订正补充，把听到的话毫无遗漏地说出来了。陈寔说："既然这样，只要粥就可以了，何必要吃饭呢!"

【注释】① 陈太丘：陈寔，见《德行》六注①（页4～5）。 ② 元方：陈纪，陈寔之子，见《德行》六注②（页5）。季方：陈谌，见《德行》六注②（页5）。炊：烧火做饭。 ③ 委：舍弃，抛开。 ④ 着箄(bì)：放置蒸饭用的竹制盛器。箄，竹制的蒸饭用的盛器。 ⑤ 釜：古炊器。 ⑥ 馏(liù)：蒸熟。 ⑦ 长跪：挺直上身而跪。 ⑧ 糜(mí)：粥。 ⑨ 识(zhì)：记住。 ⑩ 仿佛：大略。 ⑪ 易夺：订正补充。

【评析】陈寔六子，以"纪、谌最贤"（《后汉书·陈寔传》）。兄弟俩"齐德同行"，与父号为"三君"。本文极赞陈纪、陈谌兄弟俩有超常之记忆力，过耳不忘，复述时能毫无遗漏，堪称夙惠。

二

何晏七岁①，明惠若神②，魏武奇爱之③。因晏在宫内④，欲以为子。晏乃画地令方⑤，自处其中。人问其故，答曰："何氏之庐也。"魏武知之，即遣还。㊀

【今译】何晏七岁时，聪明过人如有神助。曹操非常喜欢他，因为何晏长在宫里，想认他为子。何晏就在地上画了一个方形框框，自己就在里面。有人问他为什么，他答道："这是何家的房屋。"曹操知道这事后，立即把他遣送回家。

【刘孝标注】㊀《魏略》曰："晏父蚤亡，太祖为司空时纳晏母。其时秦宜禄、何鳏亦随母在宫，并宠如子，常谓晏为假子也。"

【注释】① 何晏：见《言语》十四注①（页43）。 ② 明惠：聪明。惠，通"慧"。 ③ 魏武：曹操。奇：极，很。 ④ 因晏在宫内：何晏父死后，曹操娶何晏母尹氏为夫人，故何晏长于宫中。

⑤ 画地令方：在地上画成方形。令方，使其成方形。

【评析】何晏年仅七岁，即不愿攀附曹操做其养子，而是通过画地为方处身其中，借此表示自己是何家人。曹操虽有认其为子的想法，也只得作罢。可知何晏之夙慧。

三

晋明帝数岁①，坐元帝膝上②。有人从长安来，元帝问洛下消息③，潸然流涕④。明帝问何以致泣，具以东渡意告之⑤。因问明帝："汝意谓长安何如日远？"答曰："日远。不闻人从日边来，居然可知⑥。"元帝异之。明日，集群臣宴会，告以此意，更重问之。乃答曰⑦："日近。"元帝失色曰："尔何故异昨日之言邪？"答曰："举目见日，不见长安。"

【今译】晋明帝只有几岁的时候，坐在元帝膝上。有人从长安来，元帝就问询洛阳方面的消息，不由流下了眼泪。明帝问为什么会流泪，元帝就把西晋灭亡东渡南下的事告诉他。于是元帝就问明帝："你认为长安与太阳相比哪更远？"明帝答道："太阳更远。没听说有人从太阳那边来，这是很明显就知道的。"元帝对他的回答感到惊异。第二天，元帝召集群臣举行宴会，把明帝说的话告诉他们，又重新问明帝。明帝竟答道："太阳比长安近。"元帝听了大惊失色说："你为什么与昨天说的不一样呢？"明帝说："抬头张眼就能见到太阳，却见不到长安。"

【注释】① 晋明帝：司马绍，见《方正》二十三注③（页194）。 ② 元帝：司马睿，见《言语》二十九注①（页54）。 ③ 洛下：指洛阳，西晋京城。 ④ 潸(shān)然：流泪的样子。 ⑤ 东渡：指西晋灭亡，司马睿东渡，在建康（今江苏南京）重建政权，史称东晋。 ⑥ 居然：显然。 ⑦ 乃：竟。

【评析】明帝答有关长安与日之远近语，唐写本注以为出自桓谭《新论》，其文曰："孔子东游，见两小儿辩，问其远近，日中时远，一儿以日初出远，日中近者，日初出大如车盖，日中裁如盘，盖此远小而近大也。言远者日月初出，沧沧凉凉，及中如探汤。此近热远沧乎？"

四

司空顾和与时贤共清言①，张玄之、顾敷是中外孙②，年并七岁，㊀在床边戏。于时闻语，神情如不相属③。暝于灯下④，二儿共叙客主之言，都无遗失。顾公越席而提其耳曰："不意衰宗复生此宝⑤。"

【今译】顾和与当代名流共同清谈，张玄之、顾敷是他的外孙、孙子，年龄都是七岁，正在坐榻旁玩耍。当时听长辈们说话，神情似乎毫不关注。当顾和在灯下闭目养神时，两个孩子一起叙述客人与主人的对话，一句也不漏地说出来。顾和离开坐席就提起他们的耳朵说："想不到我们这个衰落的家族又能生出这样的宝贝。"

【刘孝标注】㊀《顾恺之家传》曰："敷字祖根，吴郡吴人。滔然有大成之量。仕至著作郎，二十三卒。"

【注释】① 顾和：见《言语》三十三注①（页56）。清言：清谈。　② 张玄之：见《言语》五十一注①（页68）。顾敷：见《言语》五十一注①（页68）。中外孙：孙子和外孙。儿子所生为中，女儿所生为外。　③ 属(zhǔ)：关注。　④ 瞑(míng)：闭目。　⑤ 衰宗：谦称自己家族为衰落之家族。

【评析】顾和于无意中听到孙子、外孙竟能一字不漏地复述主客对话，其欣喜之情于提耳的动作中表现出来了。提耳由耳提面命而来，语出《诗经·大雅·抑》，曰："匪面命之，言提其耳。"状其教诲之殷勤恳切。本文言张玄之、顾敷"年并七岁"，而本书《言语》五十一谓"于是张年九岁，顾年七岁"，则张大顾二岁。二说有异，姑存疑。

五

　　韩康伯数岁①，家酷贫，至大寒，止得襦②。母殷夫人自成之，令康伯捉熨斗③，谓康伯曰："且着襦，寻作复裈④。"儿云："已足，不须复裈也。"母问其故，答曰："火在熨斗中而柄热，今既着襦，下亦当暖，故不须耳。"母甚异之，知为国器⑤。

【今译】韩伯只有几岁的时候，家里极为贫穷，到了大冷天时，只能穿一件短袄。他母亲殷夫人亲自缝制短袄时，叫韩伯拿着熨斗，对他说："你暂时先穿短袄，随后就给你做夹裤。"韩伯说："已经够了，不需要夹裤了。"母亲问他什么原因？回答说："火在熨斗里面，但是熨斗的柄也是热的，现在我已经穿上短袄了，所以不需要再穿夹裤了。"母亲对他的话深感惊异，认为儿子具有治国之才。

【注释】① 韩康伯：韩伯，见《德行》三十八注④（页26）。　② 襦(rú)：短袄。　③ 捉：拿，握。　④ 复裈(kūn)：夹裤。裈，有裆的裤。　⑤ 国器：治国之才。

【评析】只有几岁的韩伯体贴母亲之艰辛，他手握熨斗，即知熨斗中有火柄即热，喻劝母亲省去缝制夹裤之劳。儿子小小年纪即有逻辑推理能力，母亲亦善于小中见大，从儿子的体贴孝亲及比喻中推知其将来必成大器。本文亦见《晋书》本传，殷浩为韩伯之舅，亦赞其是"出群之器"。

六

　　晋孝武年十二①，时冬天，昼日不着复衣②，但着单练衫五六重③，夜则累茵褥④。谢公谏曰⑤："圣体宜令有常⑥。陛下昼过冷，夜过热，恐非摄养之术⑦"。帝曰："昼动夜静。"㊀谢公出叹曰："上理不减先帝⑧。"㊁

【今译】晋孝武帝十二岁那年，在冬天时，白天不穿夹衣，只穿五六层白绢单衣，夜里睡觉时却铺上好几层垫褥。谢安劝谏说："皇上保养圣体应当有规律。陛下白天过冷，夜晚过热，恐怕不是调理保养的办法。"孝武帝说："白天活动不觉冷，夜晚静卧则需热。"谢安出来后感叹道："皇上谈论玄理不亚于先帝。"

【刘孝标注】㊀《老子》曰："躁胜寒，静胜热。"此言夜静寒，宜重肃也。　㊁ 简文帝善言理也。

【注释】① 晋孝武：司马曜，见《言语》八十九注②（页90）。　② 复衣：夹衣。　③ 单练衫：单层白绢上衣。练，白色熟绢。衫，上衣。　④ 累：重叠，茵垫：垫褥。　⑤ 谢公：谢安。　⑥ 常：规律。　⑦ 摄养：调理保养。　⑧ 理：指玄理。先帝：去世的皇帝，指简文帝。

【评析】晋孝武帝"昼动夜静"语合乎玄理，得到谢安的赞赏。《晋书》本传中另有一则事，谢安亦赞其"精理不减先帝"，但他只会耍弄小聪明。不久即"溺于酒色，殆为长夜之饮"，后为宠姬张贵人害死。说明他也只是一个昏君而已。

七

桓宣武薨①，桓南郡年五岁②，服始除③，桓车骑与送故文武别④，㊀因指语南郡："此皆汝家故吏佐⑤。"玄应声恸哭，酸感傍人⑥，车骑每自目己坐曰："灵宝成人⑦，当以此坐还之。"㊁鞠爱过于所生⑧。

【今译】桓温死时，桓玄才五岁，丧服刚刚脱去。桓冲与送丧的文武官员们道别，便指着他们对桓玄说："这些人都是你家的旧部属。"桓玄听了随声痛哭，悲痛之情感人。桓冲常看着自己的座位说："等桓玄长大成人，我要把这个座位还给他。"抚育爱护之情超过自己的亲生孩子。

【刘孝标注】㊀《桓冲别传》曰："冲字玄叔，温弟也。累迁车骑将军。都督七州诸军事。"㊁灵宝，玄小字也。

【注释】① 桓宣武：桓温，见《言语》五十五注①（页70）。薨（hōng）：指品级的官员之死。　② 桓南郡：桓玄，桓温子，见《德行》四十一注①（页28）。　③ 服：丧服。　④ 桓车骑：桓冲（328—384），字幼子，桓温弟，官至车骑将军。谢安执政，出镇京口（今江苏镇江）等地，与谢安协力防御前秦，积极筹划防守，配合谢安打败前秦。送故：指送丧。文武：文武官员。　⑤ 故吏佐：旧部属。吏佐，泛指将帅府中的幕僚。　⑥ 酸：悲痛。傍人：别人。　⑦ 灵宝：桓玄小字。　⑧ 鞠爱：抚育爱护。

【评析】桓温以大司马专政，废海西公，立简文帝。及至桓玄则进而逼晋帝禅位，代晋自立，国号楚，后为刘裕所灭。桓冲与谢安配合打败前秦，有大功于晋，与桓温父子不同。《晋书》谓其在"温诸弟中最淹识"，"温甚器之"，后"代温居任，尽忠王室"，且能"言不及私"。本文所记，《晋书》本传只载前一小部分，谓桓玄"年七岁"，而不是"五岁"，不载"以此坐还之"之语。

豪爽第十三

一

王大将军年少时①，旧有田舍名②，语音亦楚③。武帝唤时贤共言伎艺事④，人皆多有所知，唯王都无所关⑤，意色殊恶⑥。自言知打鼓吹⑦，帝令取鼓与之。于坐振袖而起，扬槌奋击，音节谐捷⑧，神气豪上⑨，傍若无人，举坐叹其雄爽⑩。㊀

【今译】王敦年轻时，向来有乡巴佬的名声，说话中也带有楚地的乡音。晋武帝召唤当时名流共同谈论技能才艺的事，别人都知道很多，只有他毫不关心，表情神色非常不好。他自己说懂得击鼓，晋武帝叫人拿鼓给他。他就从座位上挥袖而起，拿起鼓槌奋力击打，音节和谐敏捷，神气豪迈向上，旁若无人，满座人都赞叹他雄壮豪爽。

【刘孝标注】㊀或曰：敦尝坐武昌钓台，闻行船打鼓，嗟称其能。俄而一挝小异，敦以扇柄撞几曰："可恨！"应侍侧曰："不然，此是回驷枻。"使视之，云："船人入夹口。"应知鼓，又善于敦也。

【注释】①王大将军：王敦。　②田舍：指乡巴佬，庄稼汉，有轻视意。　③楚：指楚音。按：王敦为琅邪临沂（今山东改临北）人，其地属鲁，战国时鲁为楚所灭，故算是受南蛮楚音的影响，为北方洛阳士人所鄙视。　④伎艺：技能、才艺。　⑤关：关涉。　⑥意色：表情神色。　⑦鼓吹：指鼓，击鼓。　⑧谐捷：和谐敏捷。　⑨豪上：豪迈向上。　⑩雄爽：雄壮毫爽。

【评析】本文写王敦的击鼓技术炉火纯青，这与他的豪爽之风一致。刘注谓当他人击鼓时，一槌击打小异，他亦能听得出，可谓技高一筹！

二

王处仲①，世许高尚之目②，尝荒恣于色③，体为之弊④。左右谏之，处仲曰："吾乃不觉尔，如此者甚易耳！"乃开后阁⑤，驱诸婢妾数十人出路，任其所之，时人叹焉。㊀

【今译】王敦这人，当时人赞许他，给他高尚的评价。他曾经放纵于声色，身体为此疲乏困顿。左右人劝谏他，王敦说："我却没有这样的感觉，如果是这样的话很容易啊！"于是就打开后阁小楼，把几十个婢妾赶上路，任凭她们到哪里去，当时人都赞赏他的做法。

【刘孝标注】㊀邓粲《晋纪》曰："敦性简脱，口不言财，其存尚如此。"

【注释】①王处仲：王敦。　②许：赞许。目：品评，评价。　③荒恣：放纵。　④弊：疲困。　⑤后阁：后阁小楼，女子妾妇所居。

【评析】王敦一度沉溺于女色，但他在别人劝谏之后能及时醒悟。王敦将婢妾驱赶出门,这在今天看来虽不免有些冷酷,不过在妇女受人轻视的当时,这种做法确实颇为豪爽。

三

王大将军自目①:"高朗疏率②,学通《左氏》③。"㊀

【今译】王敦自我评论:"豁达开朗,爽快直率,学问上精通《春秋左氏传》。"

【刘孝标注】㊀《晋阳秋》曰:"敦少称高率通朗,有鉴裁。"

【注释】① 王大将军:王敦。 ② 高朗:豁达开朗。疏率:爽朗直率。 ③《左氏》:指《左氏春秋传》。

【评析】刘注引文与《晋书》本传所载近似。《晋书》多了"学通《左氏》"语,与本文同。只是刘注引文与《晋书》语都是客观记叙,而本文则成了王敦的自我夸耀,倒也不失豪爽之风。

四

王处仲第酒后①,辄咏"老骥伏枥②,志在千里。烈士暮年③,壮心不已④"。㊀以如意打唾壶⑤,壶口尽缺。

【今译】王敦每次喝酒以后,总是吟咏曹操"老骥伏枥,志在千里。烈士暮年,壮心不已"的诗句。并用如意敲打唾壶,壶口被敲打得都是缺口。

【刘孝标注】㊀魏武帝《乐府诗》。

【注释】① 王处仲:王敦。 ②"老骥伏枥"等句:曹操《步出夏门行·龟虽寿》中的诗句。骥,千里马。伏枥,伏在马厩里。 ③ 烈士:胸怀建功立业之志者。暮年:晚年。 ④ 壮心:雄心。不已:不止。 ⑤ 如意:器物名。用竹、玉、骨等制成,头作灵芝或云叶形,柄微曲,供搔背或赏玩等用。唾壶:痰盂。

【评析】本文亦见《晋书》本传,只是还交代了酒后吟咏曹操诗的缘起,谓王敦"既素有重名,又立大功于江左,专任阃外,手控强兵……遂欲专制朝廷,有问鼎之心"云云,可知王敦吟咏曹操诗,于豪爽之气中流露其"问鼎"晋室之志,仿效曹操之篡位野心耳。

五

晋明帝欲起池台①,元帝不许②。帝时为太子,好武养士。一夕中作池,比晓便成③。今太子西池是也。㊀

【今译】晋明帝想建造池沼台榭,晋元帝不同意。明帝当时还是太子,喜欢养一些武士,就让他们用一个晚上造池沼,等到天亮就造成了。这就是现在的太子西池。

【刘孝标注】㊀《丹阳记》曰:"西池者,孙登所创,吴史所称西苑也,明帝修复之耳。"

【注释】① 晋明帝:司马绍,见《方正》二十三注③(页194)。池台:池沼台榭。 ② 元帝:司马睿,明帝之父。 ③ 比晓:等到天亮。

【评析】刘注引文谓西池为孙登(孙权长子,后立为皇太子,早卒)所创,当时称"西苑",至晋明帝时加以修复。文中则谓明帝为太子时命武士作池,一夕即成,当为夸张之词。

六

王大将军始欲下都处分树置①,先遣参军告朝廷②,讽旨时贤③。祖车骑尚未镇寿春④,瞋目厉声语使人曰⑤:"卿语阿黑⑥,㊀何敢不逊⑦,催摄面去⑧,须臾不尔⑨,我将三千兵槊脚令上⑩!"王闻之而止。

【今译】王敦原要沿江东下到京都,对朝政之事作安排处置,便先派参军去报告朝廷,向当时的名流暗示自己的意图。祖逖当时还没有镇守寿春,便瞪大眼睛声色俱厉地对使者说:"你去告诉阿黑,他怎么敢如此不恭!叫他速速转身向回去,如果稍有耽误不照办,我就率领三千兵马刺他的脚后跟,赶他回去!"王敦听后就停止东下京都之举了。

【刘孝标注】㊀ 敦小字也。

【注释】① 王大将军:王敦。下都:指沿长江东下至东晋都城建康。处分树置:安排处置。 ② 参军:王敦军府之属官。 ③ 讽旨:以委婉的语言暗示意图。时贤:当时的名流贤达。 ④ 祖车骑:祖逖,见《赏誉》四十三注①(页283)。寿春:今安徽寿县。 ⑤ 瞋目:瞪大眼睛以示愤怒。 ⑥ 阿黑:刘注谓王敦之小字。 ⑦ 逊:恭顺。 ⑧ 催摄:指快速。面:背向,转面。 ⑨ 须臾:片刻,一会儿。不尔:不是如此。 ⑩ 将:率领。槊(shuò):长矛,这里用作动词,指戳,刺。

【评析】祖逖是要求北伐、誓复中原、深得人心的名将,文中他对王敦觊觎晋室的野心予以痛斥,把王敦东下的嚣张气压了下去,豪爽气概大快人心!

七

庾稚恭既常有中原之志①,文康时②,权重未在己。及季坚作相③,忌兵畏祸,与稚恭历同异者久之④,乃果行。倾荆、汉之力⑤,穷舟车之势,师次于襄阳⑥,㊀大会参佐⑦,陈其旌甲⑧,亲授弧矢曰⑨:"我之此行,若此射矣!"遂三起三叠⑩。徒众属目⑪,其气十倍。

【今译】庾翼早就有收复中原的志向,庾亮执政时,大权不在他自己手里。等到庾冰作丞相时,他顾忌出兵惹来祸乱,与庾翼持不同意见已很久了,最后才发兵北伐。庾翼倾尽荆州地区和汉水流域的全力,发动所有车船,出兵驻扎在襄阳,大会部属,陈列旗帜与全副武装的士兵,亲自拿起弓箭来说:"我这次出征就像这回射箭一样!"说毕便三发三中。部属全都注目,于是士气高昂,十倍于前。

【刘孝标注】㊀《汉晋春秋》曰:"翼风仪美劭,才能丰赡,少有经纬大略。及继兄亮居方州之任,有匡维内外、扫荡群凶之志。是时,杜乂、殷浩诸人盛名冠世,翼未之贵也。常曰:'此辈宜束之高阁,俟天下清定,然后议其所任耳!'其意气如此。唯与桓温友善,相期以宁济宇宙之事。初,翼辄发所部奴及车马万数,率大军入沔,将谋伐狄,遂次于襄阳。"《翼别传》曰:"翼为荆州,雅有大志。每以门地威重,兄弟宠授,不陈力竭诚,何以报国。虽蜀阻险塞,胡负凶力,然皆无道酷虐,易可乘灭。当此时,不能扫除二寇,以复王业,非丈夫也。于是征役三州,悉其帑实,成众五万,兼率荒附,治戎大举,直指魏、赵,军次襄阳,耀威汉北也。"

【注释】① 庾稚恭:庾翼,见《言语》五十三注①(页 69)。中原之志:指恢复中原的志向。② 文康:庾亮死后之谥号。 ③ 季坚:庾冰,庾亮之弟,庾翼之兄。见《政事》十四注①(页 110)。 ④ 同异:偏义复词,偏指"异"。 ⑤ 荆、汉:指荆州地区和汉水流域。 ⑥ 次:驻扎。襄阳:今湖北襄樊。 ⑦ 参佐:下属。 ⑧ 陈:陈列。旌甲:旗帜与穿戴盔甲的士兵。⑨ 授:唐本原为"授",拿起弧。弧矢:弓箭。 ⑩ 三起三叠:指三发三中。起,古时以发射为起。叠,指击鼓。古时阅兵射箭中的以击鼓为号。 ⑪ 属(zhǔ):关注,注目。

【评析】庾亮与弟庾冰、庾翼都是力主收复中原的干将。本文所写后半部内容亦载《晋书》本传,而且写得更具体,谓"翼时有众四万",并谓兄庾冰与其互为呼应,并不如本文所写二人"历同异者久之",而曰:"初,翼迁襄阳,举朝谓之不可⋯⋯唯兄冰意同⋯⋯至是,冰求镇武昌,为翼继援。"可知兄弟同心。本文所写庾翼三发三中之举确实体现其"雅有大志,欲以灭胡平蜀为己任,言论慷慨,形于辞色"(《晋书》本传)的报国胸怀与气概。

八

桓宣武平蜀①,集参僚置酒于李势殿②,巴、蜀缙绅莫不来萃③。桓既素有雄情爽气,加尔日音调英发④,叙古今成败由人,存亡系才。其状磊落⑤,一坐叹赏。既散,诸人追味余言。于时寻阳周馥曰⑥:"恨卿辈不见王大将军⑦。"㊀

【今译】桓温平定蜀地以后,在李势殿上召集部下僚属,置办酒席,巴、蜀地区的官僚士大夫全都来参与聚会。桓温本来就有雄壮豪爽的气概,加上这天说话的音调英武奋发,谈论古往今来的成败取决于人、人才的优劣关系到国家的存亡等。当时桓温的状貌英武,气概不凡,满座的人都感叹赞赏。酒宴散了,大家还在追忆回味他的言论。这时寻阳周馥说:"遗憾的是你们没有见到过王敦大将军。"

【刘孝标注】㊀《中兴书》曰:"馥,周抚孙也,字湛隐。有将略,曾作敦掾。"

【注释】① 平蜀:指桓温平定成汉事。 ② 李势:成汉第二代国主,降晋,封归义侯。 ③ 巴、蜀:巴、蜀二郡,指今四川地区。缙绅:指官僚士大夫。萃(cuì):聚集。 ④ 尔日:这天。英发:英武奋发。 ⑤ 磊落:形容人的状貌英武,气概不凡的样子。 ⑥ 周馥:周馥,字湛隐,曾为王敦的属官,寻阳(今江西九江)人。 ⑦ 王大将军:王敦。

《世说新语》详解

【评析】本文写参加宴会的宾客赞叹桓温豪迈之概,也有人赞王敦更为豪爽的。温与敦之豪爽不过是他们谋权篡位野心的一种外在表现而已。桓温说的"成败由人,存亡系才"很有道理,可惜他最后落得"事未成而死"(《晋书》本传)的下场。

九

桓公读《高士传》①,至於陵仲子便掷去②,曰:"谁能作此溪刻自处③!"○

【今译】桓温读《高士传》时,读到於陵仲子的事迹就把书丢开了,说:"谁能做出这样苛刻对待自己的事!"

【刘孝标注】○ 皇甫谧《高士传》曰:"陈仲子字子终,齐人。兄戴相齐,食禄万钟。仲子以兄禄为不义,乃适楚,居于陵。曾乏粮三日,匍匐而食井李之实,三咽而后能视。身自织履,令妻擗纑,以易衣食。尝归省母,有馈其兄生鹅者。仲子嚬蹙曰:'恶用此鶃鶃为哉?'后母杀鹅,仲子不知而食之。兄自外入曰:'鶃鶃肉邪?'仲子出门,哇而吐之。楚王闻其名,聘以为相,乃夫妇逃去,为人灌园。"

【注释】① 桓公:桓温,见《言语》五十五注①(页70)。《高士传》:见《品藻》八十注①(页363)。② 於(wū)陵仲子:陈仲子,生平详见刘注。 ③ 溪刻:苛刻。处:对待。

【评析】桓温是"负其才力,欠怀异志"(《晋书》本传),发誓"既不能流芳后世,不足复遗臭万载"(同上)的野心家,这样的人来读洁身自好、遗世独立的於陵仲子传,恰如冰炭不容,当然难以理解,所以认为他是苛待自己,而把书扔掉了!

十

桓石虔①,司空豁之长庶也②,○小字镇恶。年十七八,未被举③,而童隶已呼为镇恶郎④。尝住宣武斋头⑤。从征枋头⑥,车骑冲没陈⑦,左右莫能先救。宣武谓曰:"汝叔落贼,汝知不?"石虔闻之,气甚奋⑧。命朱辟为副⑨,策马于数万众中,莫有抗者,径致冲还⑩,三军叹服。河朔后以其名断疟⑪。○

【今译】桓石虔是司空桓豁的庶出长子,小字镇恶。到了十七八岁时,还没有被正式承认身份,但是家里的童仆都已称他为镇恶郎了。他曾经住在桓温书斋中。后随桓温北征至枋头,车骑将军桓冲陷入敌阵,左右将士没有人能前去救他。桓温对石虔说:"你叔叔陷落在贼寇阵中,你知道吗?"石虔听到后,气势非常振奋,他命令朱辟为副将,就策马在数万敌军中驰骋,没人能够抵挡他,径直把桓冲救了回来,三军将士无不叹服。河朔地区后来即用他的名字来驱逐疟疾鬼。

【刘孝标注】○《豁别传》曰:"豁字朗子,温之弟。累迁荆州刺史,赠司空。" ○《中兴书》曰:"石虔有才干,有史学,累著战功。仕至豫州刺史,赠后军将军。"

【注释】① 桓石虔:小字镇恶,桓温之侄。有才干,矫捷勇武,官至豫州刺史。 ② 司空豁:桓豁,字朗子,桓温之弟。官征西大将军。长(zhǎng)庶:指妾所生子中的长子。 ③ 举:指正式承认身份地位。按:当时看重门第,并严分长庶。庶出者须经其父正式承认方能确立身份,否则即备受歧视。　　④童隶：童仆。郎：奴仆对主人的称呼。　　⑤宣武：桓温死后谥号，故称。斋头：书斋。　　⑥枋头：地名，在今河南浚县西南。　　⑦车骑冲：桓冲，曾任车骑将军，故称，见《凤惠》七注④(页292)。没陈(zhèn)：指陷入敌阵。　　⑧奋：振作。　　⑨朱辟：桓石虔的副将。　　⑩径：直接。　　⑪河朔：指黄河以北地区。

【评析】有关桓石虔跃马敌阵救出桓冲事，《晋书》本传有较详的记载，谓："冲为苻健所围，垂没，石虔跃马赴之，拔冲于数万众之中而还，莫敢抗者。三军叹息，威震敌人。时有患疟疾者，谓曰'桓石虔来'以怖之，病者多愈，其见畏如此。"

十一

陈林道在西岸①，㊀都下诸人共要至牛渚会②。陈理既佳③，人欲共言折，陈以如意拄颊④，望鸡笼山叹曰⑤："孙伯符志业不遂⑥！"㊁于是竟坐不得谈。⑦

【今译】陈逵驻守在长江西岸时，京都的友人们一起相约到牛渚山来聚会。陈逵所谈的玄理很精彩，大家都想与他一同谈论。陈逵用如意撑住脸颊，望着鸡笼山感叹说："孙伯符的志向、事业都没有成功！"于是满座的人都谈不下去了。

【刘孝标注】㊀《晋阳秋》曰："逵为西中郎将，领淮南太守，戍历阳。"　㊁《吴录》曰："长沙桓王讳策，字伯符，吴郡富春人。少有雄风气，年十九而袭业，众号孙郎。平定江东，为许贡客射破其面，引镜自照，谓左右曰：'面如此，岂可复立功乎？'乃谓张昭曰：'中国方乱，夫以吴越之众，三江之固，足以观成败。公等善相吾弟。'呼大皇帝授以印绶曰：'举江东之众，决机于两阵之间，卿不如我；任贤使能，各尽其心，我不如卿。慎勿北渡！'语毕而薨，年二十有六。"

【注释】①陈林道：陈逵，字林道，见《品藻》五十九注③(页355)。　②都下：指京都建康。要(yāo)：通"邀"，相约。牛渚：山名，在安徽当涂西北，山脚突入长江部分叫采石矶。　③陈理：谓陈逵所谈论的玄理。　④如意：古代器物名，带在身边以图吉利，亦可作各种用途。拄：支撑。　⑤鸡笼山：在今南京西北，山形如鸡笼，故名。　⑥孙伯符：孙策(175—200)，字伯符，东汉末吴郡富春(今浙江富阳)人，乘当时大乱，占据江东，为吴国的建立奠定基业。遂：成功。　⑦竟坐：满座。

【评析】陈逵领兵驻守在京城要地，面对鸡笼山，不由想起曾在此创业而早死的孙策，发出其志业未获成功的感叹，表现其收复中原、建功立业之心。豪爽的语气中透露出一丝野心，使得与会者既不能附和，又不能反对，唯有缄默不语了。

十二

王司州在谢公坐①，咏"入不言兮出不辞②，乘回风兮载云旗"。㊀语人云："当尔时③，觉一坐无人。"

【今译】王胡之在谢安处做客时，吟咏"入不言兮出不辞，乘回风兮载云旗"诗句。他对人说："当这个时候，我感觉满座空无一人。"

《世说新语》详解

【刘孝标注】㊀《离骚》、《九歌·少司命》之辞。

【注释】① 王司州：王胡之，见《言语》八十一刘注（页85）。谢公：谢安。 ②"人不言兮"二句：屈原《九歌·少司命》中的两句诗，写少司命（主宰人类子嗣之神）与恋人匆匆定情之后，既没有说话，也不及告辞，就乘着旋风、驾着云旗飘然而去。 ③ 尔时：此时。

【评析】本书《言语》八十一写王胡之观吴兴印渚时感叹其地景物殊胜，使人心胸开阔，心境清净，日月明朗。本文写其吟咏屈赋时的独特感受，体现其不同凡响的名士风度。

十三

桓玄西下①，入石头，外白司马梁王奔叛②。㊀玄时事形已济③，在平乘上笳鼓并作④，直高咏云⑤："箫管有遗音，梁王安在哉⑥?"㊁

【今译】桓玄西下，进入石头城，外面报告说司马梁王逃跑了。桓玄当时认为自己的势力已成，便在大船上吹笳击鼓，乐声大作，他自己只是高声吟咏阮籍的诗句："箫管有遗音，梁王安在哉?"

【刘孝标注】㊀《续晋阳秋》曰："梁王珍之字景度。"《中兴书》曰："初，桓玄篡位，国人有孔璞者，奉珍之奔寻阳。义旗既兴，归朝廷，仕至太常卿，以罪诛。" ㊁阮籍《咏怀诗》也。

【注释】① 桓玄：见《德行》四十一注①（页28）。西下：指桓玄于安帝元兴元年（402）年作乱，入京都建康（石头城），第二年底称帝。 ② 白：禀告，报告。司马梁王：司马珍之，字景度，晋宗室，封梁王。奔叛：逃亡，逃跑。 ③ 事形：形势。济：成。 ④ 平乘：一种大船。笳：胡笳，类似笛子，我国北方民族的一种乐器。 ⑤ 直：仅仅，只是。 ⑥"箫管有遗音"二句：阮籍《咏怀诗》三十一中的诗句。全诗凭吊战国时魏国的古迹吹台，借古喻今，感慨时政腐败。箫管，管乐器。遗音，指战国魏时流传下来的音乐。梁王，指战国魏王婴。因魏都大梁，故又称魏王为梁王。两句诗谓：至今箫管吹奏的音乐还留有战国魏时的乐声，可是梁王到如今又在哪里呢?

【评析】桓玄西下进入京城，梁王司马珍之逃亡，于是桓玄满怀得意之情，便在船上大奏其乐，借用阮籍凭吊战国魏王之诗来讥刺梁王司马珍之。可惜好景不长，他很快即被刘裕所灭，阮籍的诗句对他自己倒也很合适。

容止第十四

一

魏武将见匈奴使①,自以形陋,不足雄远国②,⊖使崔季珪代③,帝自捉刀立床头④。既毕,令间谍问曰:"魏王何如?"匈奴使答曰:"魏王雅望非常⑤,⊜然床头捉刀人,此乃英雄也。"魏武闻之,追杀此使。

【今译】魏武帝曹操将要接见匈奴使者,自认为相貌丑陋,不足以在远方国家的使者面前称雄,便让崔琰来代替,自己就握刀站在床榻旁。接见过后,派间谍去问道:"魏王怎么样?"匈奴使者回答说:"魏王高雅的仪容风采非同寻常,但是床榻旁的握刀人,才是真英雄啊。"曹操听了这话,派人追杀了这个使者。

【刘孝标注】⊖《魏氏春秋》曰:"武王姿貌短小,而神明英发。" ⊜《魏志》曰:"崔琰字季珪,清河东武城人。声姿高畅,眉目疏朗,鬓长四尺,甚有威重。"

【注释】① 魏武:魏武帝曹操。匈奴:我国古代北方的少数民族。 ② 雄:称雄,威慑。③ 崔季珪:崔琰,字季珪,三国魏东武城(今山东武城西)人,眉目疏朗,鬓长四尺,很有威仪,连曹操也敬畏他。后被曹操赐死。 ④ 帝:指曹操。捉刀:握刀。 ⑤ 雅望:高雅的仪容风采。

【评析】本文写曹操与崔琰换位的故事,纯系小说家之言。大约因为崔琰相貌堂堂,而曹操尽管气质不凡却是貌不惊人的五短身材,于是便有了这则故事,也因此有了"捉刀"的典故。

二

何平叔美姿仪①,面至白。魏明帝疑其傅粉②,正夏月,与热汤饼③。既啖④,大汗出,以朱衣自拭,色转皎然⑤。⊖

【今译】何晏姿态仪容很美,脸很白皙。明帝怀疑他搽了粉,正当夏天,就给他吃热汤面。何晏吃完后,出了大汗,便用红色衣服来揩拭,脸色更加洁白了。

【刘孝标注】⊖《魏略》曰:"晏性自喜,动静粉帛不去手,行步顾影。"按:此言则晏之妖丽本资外饰。且晏养自宫中,与帝相长,岂复疑其形姿,待验而明也。

【注释】① 何平叔:何晏,见《言语》十四注①(页43)。 ② 魏明帝:曹睿,见《言语》十三注①(页43)。傅粉:搽粉。 ③ 汤饼:指汤面。 ④ 啖:吃。 ⑤ 皎然:洁白的样子。

【评析】魏晋时士子们喜好以粉傅面,何晏显得更为特别,他"好服妇人之服"(《宋书·五行志》),日常"粉帛不去手"(刘注引文)。此则故事说明何晏天生面白,又喜欢傅粉。刘注谓作为曹操的养子自幼在宫中长大的何晏,其面色洁白,明帝应该知道,根本不必通过测试来验证。其实这只是一种夸张的写法而已。

三

魏明帝使后弟毛曾与夏侯玄共坐①,时人谓"蒹葭倚玉树"②。㊀

【今译】魏明帝让皇后的弟弟毛曾与夏侯玄坐在一起,当时人认为是"芦苇倚靠着玉树"。

【刘孝标注】㊀《魏志》曰:"玄为黄门侍郎,与毛曾并坐。玄甚耻之,不说,形于色。明帝恨之,左迁玄为羽林监。"

【注释】① 魏明帝:曹叡。毛曾:魏明帝毛皇后之弟,官驸马都尉,散骑侍郎。夏侯玄:见《方正》六注①(页182)。 ② 蒹葭:芦苇一类草本植物。玉树:传说的仙树,比喻姿容美好之人。

【评析】夏侯玄为玄学领袖,崇尚自然,对于仰仗皇后得官的毛曾自然是鄙视的。刘注引文谓玄以与毛曾并坐为耻,而毛曾却喜形于色。《三国志·魏书》本传亦谓玄与毛曾并坐而耻之,"不悦,形之于色",明帝为此怀恨而降了他的职。本文谓时人喻毛为蒹葭,玄为玉树,不无道理。

四

时人目夏侯太初"朗朗如日月之入怀①",李"安国颓唐如玉山之将崩②"。㊀

【今译】当时人品评夏侯玄"容貌光彩照人像日月投入怀抱",李丰则"精神萎靡不振如玉山将要崩塌"。

【刘孝标注】㊀《魏略》曰:"李丰字安国,卫尉李义子也。识别人物,海内注意。明帝得吴降人,问江东闻中国名士为谁?以安国对之。是时丰为黄门郎,改名宣。上问安国所在?左右公卿即具以丰对。上曰:'丰名乃被于吴,越邪?'仕至中书令,为晋王所诛。"

【注释】① 夏侯太初:夏侯玄。朗朗:明亮的样子。 ② 李安国:李丰,字安国,仕至中书令,后为司马昭所杀。颓唐:精神萎靡不振的样子。玉山:比喻仪容美好如美玉之山。崩:倒塌。

【评析】夏侯玄和李丰虽然都是名士,李丰甚至名闻江东,但二人仪容风度却截然不同,前者光彩照人,后者萎靡不振。二人同时被诛时,夏侯玄"临斩东市,颜色不变,举动自若"(《三国志·魏书·夏侯玄传》),可谓一以贯之,临危犹不失名士风度。

五

嵇康身长七尺八寸①,风姿特秀。㊀见者叹曰:"萧萧肃肃②,爽朗清举③。"或云:"肃肃如松下风④,高而徐引⑤。"山公曰⑥:"嵇叔夜之为人也,岩岩若孤松之独立⑦;其醉也,傀俄若玉山之将崩⑧。"

【今译】嵇康身高七尺八寸，风度容貌出众美好。看到的人都赞叹道："他风度潇洒严正，开朗直爽，清高脱俗。"有人说："他畅快有力犹如飒飒作响的松下之风，高远而绵长。"山涛说："嵇康的为人，高大威武像孤松昂然独立的样子，喝醉酒时，倾颓如玉山将要崩塌的样子。"

【刘孝标注】㊀《康别传》曰："康长七尺八寸，伟容色，土木形骸，不加饰厉，而龙章凤姿，天质自然。正尔在群形之中，便自知非常之器。"

【注释】① 嵇康：见《德行》十六注②（页 11）。　② 萧萧肃肃：形容风度潇洒严正的样子。③ 清举：清高脱俗的样子。　④ 肃肃：形容风声畅快有力的样子。　⑤ 高而徐引：高远而绵长。　⑥ 山公：山涛，见《言语》七十八注①（页 84）。　⑦ 岩岩：高大威武的样子。　⑧ 傀（guī）俄：倾颓的样子。

【评析】本文描写嵇康风貌仪容之特秀，并通过见者、他人及山涛之口极赞其姿容风度，用多种比喻形容其气质之不同凡响。刘注引文及《晋书》本传亦同样赞美嵇康"高情远趣"、"率然玄远"、"龙章凤姿，天质自然"等。

六

裴令公目王安丰①："眼烂烂如岩下电②。"㊀

【今译】裴楷品评王戎："他眼睛炯炯有神，就像山岩下的闪电。"

【刘孝标注】㊀ 王戎形状短小，而目甚清炤，视日不眩。

【注释】① 裴令公：裴楷，官中书令，故称。王安丰：王戎，封安丰县侯，故称。　② 烂烂：明亮的样子。电：闪电。

【评析】有关王戎眼睛明亮貌，刘注与《晋书》本传都谓其"视日不眩"，这无非是形容其眼睛明亮的样子，如真的"视日"，眼睛难免受损了。

七

潘岳妙有姿容①，好神情②。㊀少时挟弹出洛阳道③，妇人遇者，莫不连手共萦之④。左太冲绝丑⑤，㊁亦复效岳游遨⑥。于是群妪齐共乱唾之⑦，委顿而返⑧。㊂

【今译】潘岳有美好的仪容和神态。少年时带着弹弓走在洛阳的街道上，妇女们遇到他，全都手拉手围观他。左思相貌极丑，也仿效潘岳出游，结果妇女们都朝他吐唾沫，最后疲乏困顿而归。

【刘孝标注】㊀《岳别传》曰："岳姿容甚美，风仪闲畅。"　㊁《续文章志》曰："思貌丑顇，不持仪饰。"　㊂《语林》曰："安仁至美，每行，老妪以果掷之，满车。张孟阳至丑，每行，小儿以瓦石投之，亦满车。"二说不同。

【注释】① 潘岳：见《言语》一〇七注④（页100）。　② 神情：神态风度。　③ 弹：弹弓。　④ 萦：围绕。　⑤ 左太冲：左思，见《文学》六十八注①（页158）。　⑥ 游遨：游玩。　⑦ 妪（yù）：妇人。　⑧ 委顿：颓丧，疲困。

【评析】本文谓潘岳由于貌美为妇人围绕，左冲因貌丑为群妪唾之，刘注引文则谓老妪以果掷潘岳，岳满载而归；丑人非左冲而为张载，小儿以瓦石投之。《晋书》本传则将两者合而为一，对潘岳既绕之又投之以果。丑人亦为张载，投以瓦石与刘注引文同。于此可知时人对美丑的情感表露非常直接。

八

王夷甫容貌整丽①，妙于谈玄②。恒捉白玉柄麈尾③，与手都无分别④。

【今译】王衍容貌端正美好，擅长谈论玄理。常拿着白玉柄的麈尾，那白玉的颜色与手完全没有分别。

【注释】① 王夷甫：王衍，见《言语》二十三注②（页50）。整丽：端正美好。　② 妙：精熟，擅长。　③ 麈（zhǔ）尾：形似扇，以麈（鹿类动物）尾制成的拂尘，当时名士喜执之清谈，以示高雅。　④ 都：完全。

【评析】王衍的手与麈尾的白玉柄之色同，则其手堪称"玉手"。可惜此手徒然"祖尚浮虚"（《晋书》本传），而不能"勠力以匡天下"（同上），则玉手又有何用！不过于此可知当时的审美观以男貌接近女相为美。

九

潘安仁、夏侯湛并有美容①，喜同行，时人谓之"连璧②"。㊀

【今译】潘岳、夏侯湛都有漂亮的容貌，喜欢一起同行，当时人称他们为"连在一起的璧玉"。

【刘孝标注】㊀《八王故事》曰："岳与湛著契，故好同游。"

【注释】① 潘安仁：潘岳，见《言语》一〇七注④（页100）。夏侯湛：见《言语》六十五注③（页76）。　② 连璧：并列的美玉，比喻并美的人或物。

【评析】潘岳和夏侯湛都有美容，亦同有盛才，只是处事、品德上还是有差别的。《晋书》本传谓岳"性轻躁，趋世利……谄事贾谧"，而湛虽"性颇豪侈，侯服玉食，穷滋极珍"，但临终时却"遗命小棺薄敛，不修封树"。能做到俭约薄葬，在当时亦非易事。

十

裴令公有俊容姿①，一旦有疾，至困，惠帝使王夷甫往看②。裴方向壁卧，闻王使至，强回视之。王出，语人曰："双眸闪闪若岩下电③，精神挺动，体中故

小恶④。"㊀

【今译】裴楷有俊美的容貌,有一天生病,到了病重的程度,晋惠帝派王衍去看望。裴楷正面向墙壁躺着,听到使者王衍来了,勉强回过头来看他。王衍出来后,对人说:"他双眼闪闪发光如岩下之闪电,而精神灵活,他体内确有小恙。"

【刘孝标注】㊀《名士传》曰:"楷病困,诏遣黄门郎王夷甫省之,楷回眸属夷甫云:'竟未相识。'夷甫还,亦叹其神俊。"

【注释】① 裴令公:裴楷,见《德行》十八注③(页13)。 ② 王夷甫:王衍。 ③ 岩下电:岩下的闪电。 ④ 挺动:灵活,活动。恶:指疾病。

【评析】本文写病重中的裴楷尚且双眼闪闪,何况无病之时,可知其容貌之俊美。《晋书》本传谓楷"病笃"时,诏遣王衍去省疾,"衍深叹其神俊",与刘注引文同。

十一

有人语王戎曰①:"嵇延祖卓卓如野鹤之在鸡群②。"答曰:"君未见其父耳。"㊀

【今译】有人对王戎说:"嵇绍突出的样子就像野鹤在鸡群当中一样。"王戎答道:"您还没有见过他的父亲啊。"

【刘孝标注】㊀ 康已见上。

【注释】① 王戎:见《德行》十六注①(页11)。 ② 嵇延祖:嵇绍,嵇康之子,见《德行》四十三刘注㊃(页29)。卓卓:突出的样子。

【评析】文内所写亦载《晋书·嵇绍传》,文字稍异,谓"昨于稠人中始见嵇绍,昂昂然如野鹤之在鸡群"。将嵇绍与众人相比,似更能突出其不同凡响之风貌。成语"鹤立鸡群"亦由此而来。

十二

裴令公有俊容仪①,脱冠冕②,粗服乱头皆好③。时人以为"玉人"。见者曰:"见裴叔则,如玉山上行,光映照人。"

【今译】裴楷有美好的容貌仪表,就是脱下礼帽,穿着粗劣的衣服,蓬乱着头发也都很美好。当时人认为他是"玉人"。见到他的人说:"见到裴叔则,就像在玉山上行走,光彩照人。"

【注释】① 裴令公:裴楷,字叔则,见《德行》十八注③(页13)。 ② 冠冕:礼帽。 ③ 粗服乱头:粗劣的衣服,蓬乱的头发,形容仪容不整的样子。

【评析】本文赞颂裴楷的容仪举止十分俊美,即使不修边幅亦很美好。"粗服乱头"的成语即由此而来。

十三

刘伶身长六尺①,貌甚丑悴②,而悠悠忽忽③,土木形骸④。⊖

【今译】刘伶身高六尺,容貌非常丑陋憔悴,但是他悠然自得,神情恍恍惚惚的,他把自己的身体看作土木,听其自然,不加修饰。

【刘孝标注】⊖ 梁祚《魏国统》曰:"刘伶,字伯伦,形貌丑陋,身长六尺;然肆意放荡,悠焉独畅。自得一时,常以宇宙为狭。"

【注释】① 刘伶:见《文学》六十九注①(页159)。 ② 丑悴(cuì):丑陋憔悴。 ③ 悠悠忽忽:悠然自得,神情恍惚。 ④ 形骸:指人的身体躯壳。

【评析】当时的风气,是重外貌修饰的,士人傅粉饰面,习以为常。但刘伶却相反,他天生丑陋,个子矮小,还从不修饰,"肆意放荡,悠焉独畅","自得一时,常以宇宙为狭",说明他不在乎外表,心胸宽广,看重内在修养。

十四

骠骑王武子是卫玠之舅①,俊爽有风姿②。见玠,辄叹曰:"珠玉在侧,觉我形秽③。"⊖

【今译】骠骑将军王济是卫玠的舅父,长得俊美而豪爽,且风采不凡。他见到卫玠,总是叹说:"珠玉就在我身旁,我觉得自己的相貌很丑陋。"

【刘孝标注】⊖《玠别传》曰:"骠骑王济,玠之舅也。尝与同游,语人曰:'昨日吾与外生共坐,若明珠之在侧,朗然来照人。'"

【注释】① 骠(piào)骑:将军名号。王武子:王济,见《言语》二十四注①(页51)。卫玠:见《言语》三十二注①(页56)。 ② 俊爽:俊美豪爽。 ③ 形秽:指相貌丑陋。

【评析】王济无论是容貌还是举止都相当引人注目,但在卫玠面前,犹感自惭形秽,可知卫玠的容止是何等出色!成语"自惭形秽"即从"觉我形秽"而来。

十五

有人诣王太尉①,遇安丰、大将军、丞相在坐②;往别屋,见季胤、平子③。⊖还,语人曰:"今日之行,触目见琳琅珠玉④。"

【今译】有人去拜访王衍,遇见王戎、王敦、王导在座;到另一间屋里去,又见到王诩、王澄。回来后,对人说:"今天这一次出去,见到的满眼都是珠宝美玉。"

【刘孝标注】㊀ 石崇《金谷诗叙》曰:"王诩字季胤,琅邪人。"《王氏谱》曰:"诩,夷甫弟也,仕至修武令。"

【注释】① 王太尉:王衍。 ② 安丰:王戎封安丰侯,故称。大将军:指王敦。丞相:指王导。③ 季胤:王诩,字季胤,王衍之弟,官至修武令。平子:王澄,字平子,王衍之弟。 ④ 触目:目光所及。琳琅:美玉。

【评析】文中所写的王衍、王戎、王敦、王导等六人都是琅邪王氏家族,不是亲兄弟,就是堂兄弟,都是大权在握的高官。此人到王家一次就见到这么多王氏家人,自是欣喜不已。"琳琅满目"之成语即由此而来。

十六

王丞相见卫洗马曰①:"居然有羸形②,虽复终日调畅③,若不堪罗绮。④"㊀

【今译】王导见到卫玠后说:"他显然很瘦弱的样子,虽然整天调养得很好,但好像连轻软的丝绸衣服也承受不起。"

【刘孝标注】㊀《玠别传》曰:"玠素抱羸疾。"《西京赋》曰:"始徐进而羸形,似不胜乎罗绮。"

【注释】① 王丞相:王导。卫洗马:卫玠,因官太子洗马,故称。见《言语》三十二注①(页56)。② 居然:显然。羸:瘦弱的样子。 ③ 虽复:虽然。调畅:指调养得很舒畅。 ④ 不堪:不能承受。罗绮:以轻而软的丝织品做的衣服。

【评析】《晋书》本传谓卫玠"多病体羸",他母亲禁止他说话。本文更写其连穿丝绸都经受不起,可谓弱不胜衣。

十七

王大将军称太尉①:"处众人中,似珠玉在瓦石间。"

【今译】王敦称赏王衍:"他处在众人中间,就像是珍珠宝玉在瓦片石头中间一样。"

【注释】① 王大将军:王敦。太尉:王衍。

【评析】本文亦见《晋书》本传,并谓其为时人所尚。但山涛既赞其为"宁馨儿",亦预言其将"误天下苍生"。王衍只是徒有其表而已,后果如其所言。

十八

庾子嵩长不满七尺①,腰带十围②,颓然自放③。

【今译】庾敳身高不足七尺,腰带倒有十围之粗,一副意气潇洒、自由放纵的样子。

【注释】① 庾子嵩:庾敳,见《文学》十五注①(页126)。 ② 围:量词,指两手拇指与食指合拢的长度,比喻其大。 ③ 颓然自放:意志消沉、自由放纵的样子。

【评析】本文内容,亦见《晋书》本传,只是第三句本传谓其"雅有远韵",赞其气韵不凡,似较本文为胜。

十九

卫玠从豫章至下都①,人久闻其名,观者如堵墙②。玠先有羸疾③,体不堪劳,遂成病而死。时人谓"看杀卫玠"。㊀

【今译】卫玠从豫章郡来到建康,建康人早就听到他的名声,围观的人多得像墙壁似的。卫玠原先就瘦弱多病,这样一来体力上更加难以承受劳累,于是便病重而死。当时人都说,是"看死卫玠"。

【刘孝标注】㊀《玠别传》曰:"玠在群伍之中,实有异人之望。龆龀时,乘白羊车于洛阳市上,咸曰:'谁家璧人?'于是家门州党号为'璧人'。"按:《永嘉流人名》曰:"玠以永嘉六年五月六日至豫章,其年六月二十日卒。"此则玠之南度豫章四十五日,岂暇至下都而亡乎?且诸书皆云玠亡在豫章,而不云在下都也。

【注释】① 卫玠:见《言语》三十二注①(页56)。豫章:郡名,治所在今江西南昌。下都:指东晋都城建康,相对于西晋都城洛阳(称上都)而言。 ② 堵墙:墙壁,比喻人多而密集。③ 羸疾:瘦弱多病。

【评析】刘注引文和《晋书》本传谓卫玠的姿容甚美,称其为"璧人"、"玉人"、"明珠",且好言玄理,闻者无不叹服。可惜他身体病弱,至京城时被围观,体力不支,致被看杀,"时年二十七"(《晋书》本传),可知当时人崇尚美姿容的情形。

二十

周伯仁道桓茂伦①:"嵚崎历落可笑人②。"或云谢幼舆言③。

【今译】周颛评论桓彝:"他品格奇特,洒脱不拘,为人所笑。"有人说这话是谢鲲说的。

【注释】① 周伯仁:周颛,见《言语》三〇刘注(页54)。道:品评,评论。桓茂伦:桓彝,见《德行》三十注①(页20)。 ② 嵚崎(qīn qí):山高峻的样子,喻指品格特异,不同于人。历落:磊落,洒脱不拘。 ③ 谢幼舆:谢鲲,见《言语》四十六注②(页65)。

【评析】《晋书》本传亦有类似描写。周颛赞叹桓彝的人品,且写得更为清楚明白,有曰:"(桓彝)少与庾亮深交,雅为周颛所重。颛尝叹曰:'茂伦嵚崎历落,固可笑人也。'"

二十一

周侯说王长史父①：㊀"形貌既伟②，雅怀有概③，保而用之，可作诸许物也④。"

【今译】周顗评说王濛的父亲："他的形貌既壮美，情怀高尚又有气概，如保护、任用他，就可以做许多事情。"

【刘孝标注】㊀《王氏谱》曰："讷字文开，太原人。祖默，尚书。父祐，散骑常侍。讷始过江，仕至新淦令。"

【注释】① 周侯：周顗。王长史父：王濛的父亲王讷。王长史，王濛曾任长史。王讷，字文开，官至新淦令。　② 伟：壮美。　③ 雅怀：高尚的情怀。概：气概。　④ 诸许物：指许多事情。

【评析】王濛之父王讷的官阶虽不高，但周顗从其形貌与气质看出他有非凡的才华。

二十二

祖士少见卫君长云①："此人有旄仗下形②。"

【今译】祖约看到卫永说："这人颇有仪仗下的将帅形象。"

【注释】① 祖士少：祖约，见《雅量》十五注①（页226）。卫君长：卫永，见《赏誉》一〇七刘注（页309）。　② 旄（máo）仗下形：指具有站在仪仗下的将帅形象。旄仗：仪仗。

【评析】执掌仪仗的人当然是百里挑一的，可见卫永仪容伟岸。

二十三

石头事故①，朝廷倾覆。㊀温忠武与庾文康投陶公求救②，陶公云："肃祖顾命不见及③，且苏峻作乱④，衅由诸庾⑤，诛其兄弟，不足以谢天下。"㊁于是庾在温船后闻之⑥，忧怖无计。别日，温劝庾见陶，庾犹豫未能往，温曰："溪狗我所悉⑦，卿但见之，必无忧也！"庾风姿神貌，陶一见便改观。谈宴竟日⑧，爱重顿至⑨。

【今译】苏峻、祖约声讨庾亮发动叛乱时，朝廷遭到了倾覆。温峤与庾亮投奔陶侃向他求救，陶侃说："明帝当初的遗诏中未曾提到我，况且苏峻作乱，罪在庾氏兄弟，即使诛杀庾氏兄弟，也不足以向天下人谢罪。"此时庾亮在温峤船后听到这些话，感到忧惧恐怖，没有办法。另外一天，温峤劝庾亮去见陶侃，庾亮犹豫不决未能前往，温峤说："那溪狗是我所熟悉的，你尽管去见他，一定不要担心！"庾亮的风度神态，使得陶侃一见就改变了原来的看法。两人叙谈宴饮了一整天，陶侃立即对庾亮喜爱推重到了极点。

【刘孝标注】㊀《晋阳秋》云："苏峻自姑孰至于石头，逼迁天子。峻以仓屋为宫，使人守卫。"《灵

《世说新语》详解

鬼志·谣征》曰:"明帝末,有谣歌曰:'侧力,放马出山侧。大马死,小马饿。'后峻迁帝于石头,御膳不具。" ○ 徐广《晋纪》曰:"肃祖遗诏,庾亮、王导辅幼主而进大臣官,陶侃、祖约不在其例。侃、约疑亮寝遗诏也。"《中兴书》曰:"初庾亮欲征苏峻,卞壶不许,温峤及三吴欲起兵卫帝室,亮不听,下制曰:'妄起兵者诛。'故峻得作乱京邑也。"

【注释】① 石头事故:指苏峻、祖约之乱。他们于咸和二年(327)联合举兵声讨庾亮。攻入京城建康,迁成帝于石头城,专擅朝政。后二人均为陶侃、温峤击败而死。 ② 温忠武:温峤死谥忠武,故称。庾文康:庾亮死谥文康,故称。陶公:陶侃。见《言语》四十七注①(页65)。 ③ 肃祖:晋明帝司马绍庙号。顾命:指皇帝的遗诏。 ④ 苏峻:见《方正》二十五注③(页195)。 ⑤ 衅(xìn):罪责。诸庾:指庾亮、庾翼等兄弟。 ⑥ 庾:庾亮。见《德行》三十一注①(页22)。 ⑦ 溪狗:六朝时北方的世家大族对江西一带人的蔑称。陶侃是江西人,又出身寒微,故温峤以此蔑称之。溪,一作"傒"。 ⑧ 但:尽管,只管。竟日:终日,整日。 ⑨ 顿:顿时,立刻。

【评析】陶侃出身贫寒,依靠自身奋斗做到掌控兵权的刺史,但是仍然被北方的世家大族出身的温峤、庾亮等瞧不起。温、庾等虽然有求于侃,却还是蔑称其为"溪狗",当时门第观念之根深蒂固于此可见一斑!

二十四

庾太尉在武昌①,秋夜气佳景清,使吏殷浩、王胡之之徒登南楼理咏②。音调始遒③,闻函道中有屐声甚厉④,定是庾公。俄而率左右十许人步来⑤,诸贤欲起避之,公徐云:"诸君少住,孝子于此处兴复不浅。"因便据胡床与诸人咏谑⑥,竟坐甚得任乐⑦。后王逸少下⑧,与丞相言及此事⑨,丞相曰:"元规尔时风范不得不小颓⑩。"右军答曰:"唯丘壑独存⑪。"○

【今译】庾亮在武昌时,一天秋夜,天气美好,景色清朗,属官殷浩、王胡之等人登上南楼调理音律,吟诵诗歌。音调正要转向强劲有力时,听到楼梯上传来急促响亮的木屐声,知道一定是庾亮。不久庾亮领着十多位侍从走来,各位属官想起身避开,庾亮慢慢地说:"诸位请留步,老夫对于此地兴趣也不算浅。"于是他便靠在折叠椅上与大家吟咏说笑,满座的人都很尽兴快乐。后来王羲之东下京都,与丞相王导说起这件事,王导说:"庾亮那时的风度气派不得不说已稍稍减弱。"王羲之回答说:"唯有高雅的情趣依然保存着。"

【刘孝标注】○ 孙绰《庾亮碑文》曰:"公雅好所托,常在尘垢之外。虽柔心应世,蠖屈其迹,而方寸湛然,固以玄对山水。"

【注释】① 庾太尉:庾亮,见《德行》三十一注①(页22)。武昌:郡名,治在今湖北鄂州。 ② 使吏:属下官吏。殷浩:见《政事》二十二注①(页115)。王胡之:见《言语》八十一刘注(页85)。理咏:调理音律,吟诵诗歌。 ③ 遒(qiú):强劲有力。 ④ 函道:楼梯。屐(jī):木屐,木底有齿的鞋子。厉:形容声音高而急。 ⑤ 俄而:不久。 ⑥ 据:靠。胡床:古代由胡地传入的折叠椅。咏谑(xuè):吟咏说笑。 ⑦ 竟坐:满座。任乐:尽情快乐。 ⑧ 王逸少:王羲之。下:指从上游武昌到下游建康。 ⑨ 丞相:王导。 ⑩ 元规:庾亮字元规。风范:风度气派。颓:减弱。 ⑪ 丘壑:指高雅的情趣。

【评析】本文所写,《晋书》本传亦载,只是所写内容较简略,缺了王导与王羲之的对话,未能写出王导对庾亮的不以为然,及王羲之对庾亮的赞赏。但文末加了两句评论语,仍然表达了对庾亮的肯定,谓"其坦率行己,多此类也",称赞庾亮确实不失其"性好老庄"(《晋书》本传)的高雅情趣。

二十五

王敬豫有美形①,问讯王公②。王公抚其肩曰:"阿奴恨才不称③。"又云:"敬豫事事似王公④。"㊀

【今译】王恬有美好的容貌,他一次去问候父亲王导。王导抚拍他的肩膀说:"你呀,遗憾的是才学与容貌不能相称。"又有人说:"王恬样样都像他父亲王导。"

【刘孝标注】㊀《语林》曰:"谢公云:'小时在殿廷会见丞相,便觉清风来拂人。'"

【注释】① 王敬豫:王恬,字敬豫,王导次子。见《德行》二十九注④(页21)。美形:指外貌美好。 ② 问讯:问候。 ③ 阿奴:表示亲昵的称呼。才不称:谓才学与容貌不能相称。 ④ 事事:每件事。

【评析】《晋书》本传谓王恬"性放诞,不拘礼法","少好武",故不为王导所喜。《德行》二十九称王导"见恬便有怒色",本传亦有此语。本文则谓王导为次子才学不如外貌美好而感到遗憾。虽然也有人认为王恬各方面都像王导,但王导似并不认可。可知王导对儿子的要求是重才不重貌。

二十六

王右军见杜弘治①,叹曰:"面如凝脂②,眼如点漆③,此神仙中人。"㊀时人有称王长史形者④,蔡公曰:"恨诸人不见杜弘治耳⑤。"

【今译】王羲之见到杜乂,赞叹道:"脸如凝结的油脂般细洁,眼如点漆似的黑亮,这是神仙之中的人。"当时人有的称赞王濛容貌美好,蔡谟说:"遗憾的是这些人没有见过杜乂啊。"

【刘孝标注】㊀《江左名士传》曰:"永和中,刘真长、谢仁祖共商略中朝人士。或曰:'杜弘治清标令上,为后来之美,又面如凝脂,眼如点漆,粗可得方诸卫玠。'"

【注释】① 王右军:王羲之。杜弘治:杜乂,见《赏誉》六十八刘注(页294)。 ② 凝脂:凝结的油脂,形容皮肤细腻光洁。 ③ 点漆:形容眼睛黑亮如漆。 ④ 王长史:王濛。 ⑤ 蔡谟:见《方正》四十注②(页204)。

【评析】本文所写亦见于《晋书》本传,较本文全面,前谓杜乂"有盛名于江左",后则以"其为名流所重如此"结尾,可参考。

二十七

刘尹道桓公①:"鬓如反猬皮②,眉如紫石棱③,自是孙仲谋、司马宣王一

流人④。"○

【今译】刘惔称道桓温："双鬓如翻过来的刺猬皮,眉毛如有棱角的紫色石,自然是孙权、司马懿一类人物。"

【刘孝标注】○ 宋明帝《文章志》曰："温为温峤所赏,故名温。"《吴志》曰："孙权字仲谋,策弟也。汉使者刘琬语人曰:'吾观孙氏兄弟,虽并有才秀明达,皆禄祚不终。唯中弟孝廉,形貌魁伟,骨体不恒,有大贵之表。'"《晋阳秋》曰："宣王天姿杰迈,有英雄之略。"

【注释】① 刘尹:刘惔。桓公:桓温。 ② 反猬皮:翻过来的刺猬皮。 ③ 紫石棱:有棱角的紫色石。紫石,紫色的石英石。 ④ 孙仲谋(182—252):孙权,字仲谋。三国吴国的创立者。司马宣王:司马懿为晋国的建立创下基业,死后被追尊为宣王。

【评析】本文写刘惔以桓温的容貌来判断其为孙权、司马懿一流的篡权者,实则桓温"久怀异志"、"志在篡夺"(《晋书》本传)的野心朝野皆知,只是其"事未成而死"(同上),无法实现异志罢了。

二十八

王敬伦风姿似父①,作侍中②,加授桓公公服③,从大门入。桓公望之曰："大奴固自有凤毛④。"○

【今译】王劭的风度姿态像他的父亲,他担任侍中时,加授给桓温官服,从大门进入,桓温远远望着他说："大奴确实具有他父亲的仪容风采。"

【刘孝标注】○ 大奴,王劭也,已见。《中兴书》曰："劭美姿容,持仪操也。"

【注释】① 王敬伦:王劭,字敬伦,小字大奴,王导第五子,见《雅量》二十六刘注○(页232)。② 侍中:官名,侍从皇帝左右。 ③ 桓公:桓温。公服:官吏的礼服,因官阶品级不同而异。④ 固自:本来,确实。凤毛:凤凰的羽毛,比喻形容有父辈的仪容风采。

【评析】本文称王劭"风姿似父",刘注引文谓其"美姿容,持仪操也",《晋书》本传亦载,并谓"桓温甚器之",本文写桓温赞劭"自有凤毛"。南朝人通称他人之子像父亲的为"凤毛"。

二十九

林公道王长史①："敛衿作一来②,何其轩轩韶举③!"○

【今译】支道林称道王濛："他收拢衣襟站起来时,何等仪态轩昂,举止优美!"

【刘孝标注】○《语林》曰："王仲祖有好仪形,每揽镜自照,曰:'王文开那生如馨儿。'时人谓之达也。"

容止第十四

【注释】① 林公：支道林，见《言语》四十五注②（页64）。王长史：王濛。　② 敛衿（jīn）：收拢衣襟以表恭敬。作：起，指站起来。　③ 轩轩：仪态昂扬的样子。韶举：优美的举止。

【评析】刘注引文谓王濛仪形外貌长得美好，连他自己都情不自禁地自夸起来。《晋书》本传亦载其事，并称其到市场上买帽时，店主妇因喜欢其貌美，竟不收他钱。可知王濛的相貌仪态确实出众。

三十

时人目王右军①："飘如游云②，矫若惊龙③。"

【今译】当时人品评王羲之："他飘逸如流动的云，矫健像受惊的龙。"

【注释】① 王右军：王羲之。　② 飘：飘逸。游云：流动的云。　③ 矫：矫健。惊龙：受惊的龙，形容举止飘逸洒脱。

【评析】本文属于《容止》篇，似应写人的容貌举止，而据《晋书》本传，文中之语则为赞叹其隶书笔势之语，谓："（王羲之）尤善隶书，为古今之冠，论者称其笔势，以为飘若浮云，矫若惊龙。"不过，书法与为人亦有相通之处。其笔势之飘逸、矫健，与其淡泊名利、风度潇洒脱俗密不可分。故本文以其笔势之美好写其胸怀之豁达亦无不可。

三十一

王长史尝病①，亲疏不通②。林公来③，守门人遽启之曰④："一异人在门⑤，不敢不启。"王笑曰："此必林公。"㊀

【今译】王濛曾经患病，无论是亲近的还是疏远的亲友都不许通报。支道林来访时，守门人急忙禀道说："有一位相貌怪异的人在门口，我不敢不报。"王濛笑道："这必定是支道林。"

【刘孝标注】㊀ 按：《语林》曰："诸人尝要阮光禄共诣林公，阮曰：'欲闻其言，恶见其面。'"此则林公之形，信当丑异。

【注释】① 王长史：王濛。　② 亲疏：指亲友关系亲近的或疏远的。通：通报。　③ 林公：支道林，见《言语》四十五注②（页64）。　④ 遽（jù）：急忙，赶快。启：禀报。　⑤ 异人：指相貌丑异。

【评析】刘注引文谓有人邀请阮光禄一起去拜访支道林时，阮光禄称想听他说话，却讨厌看他的面孔。可知支道林长相很丑。本文写王濛的守门人一见支道林来，即急急忙忙去禀报，惊讶于他的"丑异"而忘了主人不许通报的吩咐，而王濛即据此笑称来人必定是支道林，短短几句话却颇有戏剧意味。

三十二

或以方谢仁祖不乃重者①。桓大司马曰②："诸君莫轻道，仁祖企脚北窗

下弹琵琶③，故自有天际真人想④。"㊀

【今译】有把人比为谢尚的，对谢尚不很重视。桓温说："诸位不要轻易评说他，谢尚踮起脚跟在北窗下弹琵琶时，确实有天上神仙的情怀。"

【刘孝标注】㊀《晋阳秋》曰："尚善音乐。"《裴子》云："丞相书曰：'坚石挈脚枕琵琶，有天际想。'"坚石，尚小名。

【注释】① 方：比方，比拟。谢仁祖：谢尚，见《言语》四十六注①（页65）。乃：如此，这样。重：指轻视。 ② 桓大司马：桓温。 ③ 企脚：提起脚后跟。 ④ 天际真人：修真得道之人，神仙。想：情怀。

【评析】《艺文类聚》卷四十四《乐部四·筝》引《俗说》曰："谢仁祖为豫州主簿，在桓温阁下。桓闻其善弹筝，便呼之。既至，取筝令弹。谢即理弦抚筝，因歌《秋风》，意气甚道。桓大以此知之。"可知桓温很欣赏谢尚的琴艺。《晋书》本传亦谓谢尚"善音乐，博综众艺"，"能作《鸲鹆舞》"，无怪桓温反对轻视谢尚，赞美他弹琵琶时有仙人的风采。

三十三

王长史为中书郎①，往敬和许②。㊀尔时积雪，长史从门外下车，步入尚书③，着公服④。敬和遥望叹曰："此不复似世中人！"

【今译】王濛担任中书郎时，到王洽处去。那时正积雪，王濛从门外下车，走进尚书省衙门，身穿官服。王洽远远望见，赞叹道："这人不像是世俗之人"。

【刘孝标注】㊀ 敬和、王洽已见。

【注释】① 王长史：王濛。 ② 敬和：王洽，见《赏誉》一一四注②（页312）。许：处所。 ③ 尚书：指尚书省衙门。 ④ 公服：官服。

【评析】《晋书》本传谓王濛"美姿容"、"有风流美誉"，连他自己都揽镜自夸。再加这天积雪，一身官服的他移步进入尚书省，在积雪的映衬之下，本就潇洒放达的他，更显得风度不凡，无怪会赢得王洽的称道，疑为超凡脱俗的仙人了！

三十四

简文作相王时①，与谢公共诣桓宣武②。王珣先在内③，桓语王："卿尝欲见相王，可住帐里④。"二客既去，桓谓王曰："定何如⑤？"王曰："相王作辅⑥，自湛若神君⑦。㊀公亦万夫之望⑧，不然，仆射何得自没⑨？"㊀

【今译】简文帝以会稽王的身份担任丞相时，与谢安一起去拜访桓温。王珣先已在府中，桓温对王珣说："你曾经想见相王，现在就留在帷帐里吧。"两位客人离开后，桓温对王珣说："到底怎么样？"王珣说："相王担任辅政大臣，自然是深沉、贤明若神。您也是为万人所敬仰的人,不然的话,谢公哪里会委屈埋没自己呢?"

【刘孝标注】㊀《续晋阳秋》曰:"帝美风姿,举止端详。" ㊁仆射,谢安。

【注释】① 简文:简文帝司马昱。相王:指司马昱以会稽王的身份担任丞相。 ② 谢公:谢安。桓宣武:桓温。 ③ 王珣:王洽子,王导孙,见《言语》一〇二注③(页98)。 ④ 住:停留。 ⑤ 定:到底,究竟。 ⑥ 辅:指辅佐大臣。 ⑦ 湛(zhàn):深沉。神君:形容人贤明若神。 ⑧ 万夫之望:为万人所敬仰的人。 ⑨ 仆射(yè):官名,尚书省主管。指谢安。何得:岂可。自没:埋没自己。

【评析】王珣曾为"桓温掾","为温所敬重","时温经略中夏……军中机务并委珣焉"(《晋书》本传),可知桓温十分赏识并倚重王珣。本文谓当会稽王与谢安一起来拜访桓温时,桓温有意留王珣在帐内,想听他对二人发表的评论。王珣对三人的评论不卑不亢,一语中的,可谓恰如其分。

三十五

海西时①,诸公每朝,朝堂犹暗,唯会稽王来②,轩轩如朝霞举③。

【今译】晋废帝在位时,群臣每当凌晨上朝,殿堂里还很暗,只有会稽王到来,他气宇轩昂的样子,如朝霞升起一般,光彩照人。

【注释】① 海西:晋废帝海西公司马奕,见《言语》五十九注②(页73)。 ② 会稽王:司马昱,此时任丞相。 ③ 轩轩:仪度轩昂的样子。举:升起。

【评析】《晋书》本传谓司马昱"少有风仪",长而"善玄言",后被桓温推上帝位,在位二年,并无政绩可言,只是一介名士而已。本文写其到朝堂来,"轩轩如朝霞举",实为过誉之词。

三十六

谢车骑道谢公①:"游肆复无乃高唱②,但恭坐捻鼻顾睐③,便自有寝处山泽间仪④。"

【今译】谢玄称道谢安:"他恣意游览时不必高歌唱咏,只是端坐着捏着鼻子,环顾四周,便自然有一种隐居在山林水泽间的潇洒仪态。"

【注释】① 谢车骑:谢玄。谢公:谢安。 ② 游肆:恣意游览。 ③ 捻(niē):捏。顾睐(lài):环视。睐,看。 ④ 寝处:坐卧,息止。

【评析】谢安在出仕前,与王羲之、支道林等游,"出则渔弋山水,入则言咏属文"(《晋书》本传),即使在泛海遇到"风起浪涌",也"吟啸自若"(同上),仪态不凡。本文写其即使在游宴场所,亦仿佛身处于大自然环抱中。

三十七

谢公云^①:"见林公双眼^②,黯黯明黑^③。"孙兴公云:"见林公^④,棱棱露其爽^⑤。"

【今译】谢安说:"见到支道林的双眼,他黑亮的眸子足以使黑夜明亮。"孙绰说:"见到支道林,他威严的样子显露出豪爽的姿态。"

【注释】① 谢公:谢安。　② 林公:支道林。　③ 黯黯:形容眸子黑亮的样子。　④ 孙兴公:孙绰,见《言语》八十四注①(页87)。　⑤ 棱棱(léng):威严的样子。爽:豪爽。

【评析】支道林与当时名流过往甚密,彼此都很了解。其不仅精于佛学,且对玄学造诣亦很深,所注《逍遥篇》令"群儒旧学莫不叹服"(《大正大藏经·高僧传》卷四)。本文写谢、孙二位对支道林的赞叹,一则赞其眼睛明亮清澈,一则赞其威严而豪爽。

三十八

庾长仁与诸弟入吴^①,欲住亭中宿^②。诸弟先上,见群小满屋^③,都无相避意。长仁曰:"我试观之。"乃策杖将一小儿^④,始入门,诸客望其神姿,一时退匿。^㊀

【今译】庾统(或庾亮)与几位弟弟到吴郡去,想留在驿亭中住宿。几位弟弟先进去,见到满屋子住了百姓,全都没有避让他们的意思。庾统(或庾亮)说:"我去试试看他们怎么样?"便拄着拐杖带着一位小童,刚进门,屋里的客人们望见他的神情姿态,一下子都避开了。

【刘孝标注】㊀ 长仁已见,一说是庾亮。

【注释】① 庾长仁:庾统,见《赏誉》六十九注③(页294)。一说庾长仁指庾亮,见刘注。② 亭:驿亭,古时沿途供行旅歇息之所。　③ 群小:对一般百姓的蔑称。　④ 将(jiāng):带。

【评析】本文所写为何人,刘注也没说清楚,只说"一说是庾亮"。关于庾长仁,《晋书》本传谓庾亮大弟庾怿有子统,称其"年二十九卒,时人称其才器,甚痛惜之。子玄之,官至宣城内史"。则知庾统为独生子,并无弟弟,故文中所写"与诸弟入吴"的"诸弟"就没有着落了。文中所说的"神姿"语,亦未见类似的词语,而只有"时人称其才器"语。庾亮本传谓其有弟怿、冰、条、翼四人,符合文中所写"诸弟"之说。亮本传中有写其容止语曰:"美姿容"、"风格峻整,动由礼节"、"风情都雅,过于所望"等,可知刘注称庾长仁"一说是庾亮",还是有道理的。

三十九

有人叹王恭形茂者^①,云:"濯濯如春月柳^②。"

【今译】有人赞美王恭身形外貌美好,说:"他明净清朗的样子就像春天的柳枝一样婀娜多姿。"

【注释】① 王恭:见《德行》四十四注①(页30)。茂:美好。 ② 濯濯:明净清朗的样子。春月:春天。

【评析】《晋书》本传亦有相同记载,只是语言略异,谓:"恭美姿仪,人多爱悦,或目之云'濯濯如春月柳'。"

自新第十五

一

　　周处年少时①，凶强侠气②，为乡里所患③。㊀又义兴水中有蛟④，山中有遭迹㊁虎⑤，并皆暴犯百姓⑥。义兴人谓为"三横"⑦，而处尤剧⑧。或说处杀虎斩蛟⑨，实冀"三横"唯余其一⑩。处即刺杀虎，又入水击蛟。蛟或浮或没，行数十里。处与之俱，经三日三夜，乡里皆谓已死，更相庆⑪。竟杀蛟而出⑫，闻里人相庆，始知为人情所患，有自改意。㊂乃入吴寻二陆⑬，平原不在⑭，正见清河⑮，具以情告，并云："欲自修改，而年已蹉跎⑯，终无所成。"清河曰："古人贵朝闻夕死⑰，况君前途尚可。且人患志之不立，亦何忧令名不彰邪？"处遂改励⑱，终为忠臣孝子。㊃

【今译】周处年轻时，凶悍霸道，意气用事，被乡里人认为是一个祸害。另外，义兴水中有一条蛟龙，山上有一只跛足的老虎，都为患百姓，义兴人称为"三害"，而周处的危害最为严重。有人劝说周处去杀虎斩蛟，实际上是希望除掉两害而只剩下一害。周处立即刺杀了老虎，又下水去击杀蛟龙。蛟龙时浮时沉，游了几十里。周处始终和蛟龙纠缠在一起，经过了三天三夜，乡里人以为他已经死了，就互相庆祝。不料周处竟杀掉了蛟龙，从水里出来了。他听到乡里人互相庆贺，才知道自己被乡里人认为是祸患，就有了悔改之意。于是他到吴郡去寻访陆机、陆云，陆机不在，只见到了陆云，周处把事情的经过告诉了陆云，并说："我想修正悔改，但年纪大了，恐怕最终没有什么成绩。"陆云说："古人以'朝闻夕死'为贵，况且您还前途远大呢。再说，人只怕不能立志，何必担忧美名得不到宣扬呢？"周处就努力改过自新，最终成了忠臣孝子。

【刘孝标注】㊀《处别传》曰："处字子隐，吴郡阳羡人。父鲂，吴鄱阳太守。处少孤，不治细行。"《晋阳秋》曰："处轻果薄行，州郡所弃。" ㊁一作"白额"。 ㊂《孔氏志怪》曰："义兴有邪足虎，溪渚长桥有苍蛟，并大啖人，郭西周，时谓'郡中三害'。"周即处也。 ㊃《晋阳秋》曰："处仕晋为御史中丞，多所弹纠。氐人齐万年反，乃令处距万年。伏波孙秀欲表处母老，处曰：'忠孝之道，何当得两全？'乃进战。斩首万计。弦绝矢尽，左右劝退，处曰：'此是吾授命之日。'遂战而殁。"

【注释】①周处：字子隐，西晋义兴（今江苏宜兴）人。年轻时凶强，为害乡里，后发奋改过，官至御史中丞。最后壮烈战死。 ②侠气：指意气用事。 ③患：祸患。 ④义兴：郡名，西晋时治所在阳羡县（今江苏宜兴县）。蛟：鳄鱼。古人神化为蛟龙类动物。 ⑤遭（zhān）迹虎：跛足虎，因腿歪而行走不便的老虎。 ⑥暴犯：侵犯，祸害。 ⑦横（hèng）：横暴。 ⑧剧：厉害，严重。 ⑨或说（shuì）：有人劝说。 ⑩冀：希望。 ⑪更相：互相。 ⑫竟：竟然。 ⑬入吴：到吴郡。吴郡治所在今江苏苏州。"入吴"，余嘉锡《世说新语笺疏》、徐震堮《世说新语校笺》均作"自吴"。而影宋本、沈校本及《晋书》本传均作"入吴"，今从之。二陆：陆机、陆云。见《言语》二十六注①（页52）、《方正》十八注④（页191）。 ⑭平原：陆机曾任平原内史，故称。 ⑮正：只。清河：陆云曾任清河内史，故称。 ⑯蹉跎（cuō tuó）：虚度光阴。 ⑰朝闻夕死：《论语·里仁》："朝闻道，夕死可矣。"说明人贵在得道，即使早晨听到圣贤之道，晚上即死亦不算虚度一生了。 ⑱改励：改过自勉，努力上进。

【评析】周处的事迹在《晋书》本传中写得更为详尽而生动。他在父老的鼓励下射虎搏蛟，为民除害。在太守任上，裁决了三十年"滞讼"积案，使戎狄叛羌归附，收葬了无主尸骸等等，为"远近称叹"。及至在朝中居近侍，"多所规讽"，为御史中丞时，"凡所纠劾，不避宠戚"。最后他带兵作战，在粮绝矢尽的形势下力战而死，实现了他"忠臣孝子"的愿望。他的事迹在历代被视为改恶从善、改过自新的典型。

二

戴渊少时①，游侠不治行检②，尝在江、淮间攻掠商旅③。陆机赴假还洛④，辎重甚盛⑤。渊使少年掠劫，渊在岸上，据胡床指麾左右⑥，皆得其宜。渊既神姿锋颖⑦，虽处鄙事⑧，神气犹异。机于船屋上遥谓之曰："卿才如此，亦复作劫邪？"渊便泣涕，投剑归机，辞厉非常⑨。机弥重之⑩，定交⑪，作笔荐焉⑫。㊀过江，仕至征西将军。

【今译】戴渊年轻时，游侠逞强，不检点行为，曾经在长江、淮河地区攻击抢夺商旅的财物。陆机休假完毕返回洛阳，路上携带的行李很多。戴渊让少年们去抢夺，他自己在岸上，靠着胡床指挥，布置安排非常妥帖。戴渊神情姿态不凡，虽然干的是不入流的事，但是神采不同一般。陆机在船棚里远远地对他说："你才能如此杰出，也还做强盗吗？"戴渊于是哭泣流泪，丢掉宝剑，投靠了陆机。他言辞激切，非同寻常。陆机更加看重他，与他结为朋友，随即写文章推荐戴渊。过江以后，戴渊官至征西将军。

【刘孝标注】㊀虞预《晋书》曰："机荐渊于赵王伦曰：'盖闻繁弱登御，然后高墉之功显；孤竹在肆，然后降神之曲成。伏见处士戴渊，砥节立行，有井渫之洁；安穷乐志，无风尘之慕。诚东南之遗宝，朝廷之贵璞也。若得寄迹康衢，必能结轨骥騄；耀质廊庙，必能垂光瑜璠。夫枯岸之民，果于输珠；润山之客，列于贡玉。盖明暗呈形，则庸识所甄也。'伦即辟辟。"

【注释】① 戴渊：即戴俨，见《赏誉》五十四刘注㊀（页288）。　② 游侠：指好交游，乐助人，重义轻生，勇于救人急难者。行检：品行操守。　③ 江、淮：指长江、淮河一带。攻略：抢劫。商旅：行商，流动的商人。　④ 赴假：销假。　⑤ 辎(zī)重：行李物品。　⑥ 胡床：可折叠的轻便坐具。指麾(huī)：指挥。　⑦ 神姿：神情姿态。锋颖：形容其神情姿态不凡，引人注目。⑧ 鄙事：为人所鄙视之事，此指抢劫之事。　⑨ 辞厉：言辞激切。　⑩ 弥：更加。　⑪ 定交：结为朋友。　⑫ 作笔：写文章。

【评析】本文所写，《晋书》本传亦载，只是文字稍异。在陆机对戴渊说话后，本传谓："若思(戴渊字若思)感悟，因流涕，投剑就之。机与言，深加赏异，遂与定交焉。"比较而言，戴渊之"感悟"、"流涕"、"投剑"，陆机之再次"与言"、"深加赏异"、"终于定交"，比之本文似写得更有层次，全过程地写出了戴渊是如何改过自新的。

企羡第十六

一

王丞相拜司空①,桓廷尉作两髻②,葛裙、策杖③,路边窥之,叹曰:"人言阿龙超④,阿龙故自超⑤。"㊀不觉至台门⑥。

【今译】王导被授为司空时,桓彝把头发梳成两个髻,穿着葛布下裳,拄着拐杖,在路边暗暗观察他,赞叹道:"人们都说阿龙出色,阿龙本来就出色。"不知不觉间一直跟到了台门。

【刘孝标注】㊀ 阿龙,丞相小字。

【注释】① 王丞相:王导。拜:授官,封爵。司空:官名,三公之一,一品官。 ② 桓廷尉:桓彝。见《德行》三十注①(页21)。③ 葛裙:葛布做的下裳。裙,下裳。 ④ 阿龙:王导小字。超:出色,高超。 ⑤ 故自:本来。 ⑥ 台门:指朝廷所在之中央官府。

【评析】本文写桓彝见王导官拜司空时的风度超然脱俗,情不自禁地为之倾倒,竟跟到了台门,企羡之意溢于言表。而从他自己的装束看也堪称为超然不俗,呼王导为"阿龙"亦亲切有味,可谓惺惺相惜。

二

王丞相过江①,自说昔在洛水边,数与裴成公、阮千里诸贤共谈道②。羊曼曰③:"人久以此许卿④,何须复尔⑤?"王曰:"亦不言我须此⑥,但欲尔时不可得耳⑦!"㊀

【今译】王导渡江后,说自己过去多次去洛水边与裴頠、阮瞻诸位名流共同谈论玄理。羊曼说:"人们早就以善谈玄理来赞许你了,何必还要再这样说呢?"王导说:"也不是说我需要这样说,只是想再要那样谈论玄理的美妙时光已是不可能再得了!"

【刘孝标注】㊀ 欲,一作叹。

【注释】① 王丞相:王导。过江:指西晋末渡江南下。 ② 数(shuò):屡次。裴成公:裴頠,见《言语》二十三注④(页50)。阮千里:阮瞻,见《赏誉》二十九刘注㊃(页276)。道:指玄理。③ 羊曼:见《雅量》二十注②(页229)。 ④ 许:赞许。 ⑤ 何须:何必。 ⑥ 须:需要。⑦ 但:只是。

【评析】本文写王导回忆过去在洛水边与诸贤谈玄论道的盛况,如今不可再得,写出他对往昔岁月的怀念,及其无可奈何的惆怅之情。

三

王右军得人以《兰亭集序》方《金谷诗序》①，又以己敌石崇②，甚有欣色。㈠

【今译】王羲之知道有人把《兰亭集序》比作《金谷诗序》，又把自己与石崇相匹敌，脸上便颇有喜悦之神色。

【刘孝标注】㈠ 王羲之《临河叙》曰："永和九年，岁在癸丑，莫春之初，会于会稽山阴之兰亭，修禊事也。群贤毕至，少长咸集。此地有崇山峻岭，茂林修竹。又有清流激湍，映带左右。引以为流觞曲水，列坐其次。是日也，天朗气清，惠风和畅，娱目骋怀，信可乐也。虽无丝竹管弦之盛，一觞一咏，亦足以畅叙幽情矣。故列序时人，录其所述。右将军司马太原孙丞公等二十六人，赋诗如左，前余姚令会稽谢胜等十五人，不能赋诗，罚酒各三斗。"

【注释】① 王右军：王羲之。《兰亭集序》：王羲之于晋穆帝永和九年(353)三月三日与谢安等四十一人会于会稽山阴之兰亭。羲之作《兰亭序》三百二十四字，世称《兰亭序》。方：比拟。《金谷诗序》：晋惠帝元康六年(296)，石崇、苏绍等三十人，集于河南县金谷涧(在今河南洛阳西北)，游宴赋诗，各抒其怀，后编为一集，石崇为之作序。 ② 敌：相当，匹敌。石崇：见《品藻》五十七注③。

【评析】石崇于西晋作《金谷诗序》，半个世纪后，王羲之于东晋作《兰亭序》，各自记载了当时文人雅士们聚会饮酒赋诗之乐，成为中国古代文坛广为传颂的盛事！

四

王司州先为庾公记室参军①，后取殷浩为长史②。始到，庾公欲遣王使下都③。王自启求住曰④："下官希见盛德⑤，渊源始至⑥，犹贪与少日周旋⑦。"

【今译】王胡之先担任庾亮的记室参军，后来庾亮又用殷浩当长史。殷浩刚到，庾亮想派王胡之出使东下都城。王胡之自己报告要求留下说："我很少见到德高望重之人，殷浩才到这里，还希望与他交往几天。"

【注释】① 王司州：王胡之，见《言语》八十一刘注(页85)。庾公：庾亮。记室参军：官名，诸侯、三公、大将军等所投属官，掌表章文书。 ② 殷浩：见《政事》二十二注①(页115)。长史：将军府的属官。 ③ 下都：东下都城建康。 ④ 自启：自己报告。住：留下。 ⑤ 希：少。盛德：德高望重之人。 ⑥ 渊源：殷浩。 ⑦ 少日：指几天。周旋：交往。

【评析】从本文所写可知，王胡之景仰殷浩之情溢于言表。其实殷浩只是"尤善玄言"(《晋书》本传)，并无盛德可言。

五

郗嘉宾得人以己比苻坚①，大喜。

【今译】郗超知道人们把自己比作苻坚时，大为欣喜。

【注释】① 郗嘉宾：郗超，见《言语》五十九注⑤（页73）。符坚：见《言语》九十四注③（页93）。

【评析】符坚系前秦君主，与东晋为敌，有灭晋之心，郗超对此应当知晓，却为何对人将其比为符坚，还要沾沾自喜呢？因为他为了出人头地，亦颇为野心勃勃，怂恿桓温"行废立大事，为伊霍之举"，迎合桓温篡权的野心，从而赢得了桓温的重用。"温既素有此计，深纳其言，遂定废立，超始谋也"（《晋书·郗超传》）。故当其得知人们将其比为符坚时，大为欣喜，此足以暴露其伙同桓温谋逆之野心！

六

孟昶未达时①，家在京口②，㊀尝见王恭乘高舆③，被鹤氅裘④。于时微雪，昶于篱间窥之，叹曰："此真神仙中人！"

【今译】孟昶还没有显达时，家住京口，曾经看到王恭乘坐在高车上，身披用鸟羽制作的裘。当时正下着小雪，孟昶透过篱笆缝隙暗自观察，赞叹道："这真是神仙中人啊！"

【刘孝标注】㊀《晋安帝纪》曰："昶字彦达，平昌人。父馥，中护军。昶矜严有志局，少为王恭所知。豫义旗之勋，迁丹阳尹。卢循既下，昶虑事不济，仰药而死。"

【注释】① 孟昶(chǎng)：见刘注和《文学》一〇四注⑧（页176）。达：显达，显贵。 ② 京口：今江苏镇江。 ③ 王恭：见《德行》四十四注①。高舆：高车。 ④ 被(pī)：披。鹤氅裘：用鸟羽制作的裘。

【评析】本文所写为曹雪芹借用，故在《红楼梦》第五十回中移植到宝琴身上。薛宝琴在粉妆银砌似的雪地里披着凫靥裘的情景，当脱胎于此。

伤逝第十七

一

王仲宣好驴鸣①。㊀既葬,文帝临其丧②,顾语同游曰③:"王好驴鸣,可各作一声以送之④。"赴客皆一作驴鸣⑤。㊁

【今译】王粲喜欢驴的叫声,他去世下葬后,曹丕亲自参加丧礼哭吊,回过头去对同行的人说:"王粲爱好驴叫之声,大家可学一次驴叫送送王粲。"参加丧礼的来客于是就都学了一次驴叫。

【刘孝标注】㊀《魏志》曰:"王粲字仲宣,山阳高平人。曾祖龚,父畅,皆为汉三公。粲至长安见蔡邕,邕奇之,倒屣迎之曰:'此王公孙,有异才,吾不及也!吾家书籍,尽当与之。'避乱荆州,依刘表,以粲貌寝通脱,不甚重之。太祖以从征吴,道中卒。"㊁按:戴叔鸾母好驴鸣,叔鸾每为驴鸣以说其母。人之所好,傥亦同之。

【注释】① 王仲宣:王粲(177—217)字仲宣,山阳高平(今山东邹城西南)人。先依刘表,未得重用,后为曹操幕僚,官侍中。学识博洽,以诗、赋著称。 ② 文帝:魏文帝曹丕。临(lìn):哭吊死者。 ③ 顾:回头看。 ④ 作:充当。 ⑤ 赴客:送葬的客人。

【评析】刘注引《后汉书·逸民传》有关戴良母喜欢驴鸣事,说明王粲之好驴鸣是无独有偶,可知魏晋名士的通脱之风上承后汉而来。只是戴良娱母是在家中,而曹丕却是在王粲的丧礼上命同来者一学驴鸣以致哀。场合与性质均异。

二

王濬冲为尚书令①,着公服,乘轺车②,经黄公酒垆下过③。㊀顾谓后车客:"吾昔与嵇叔夜、阮嗣宗共酣饮于此垆④。竹林之游⑤,亦预其末⑥。自嵇生夭⑦、阮公亡以来,便为时所羁绁⑧。今日视此虽近,邈若山河⑨。"㊁

【今译】王戎担任尚书令时,穿着官服,乘着轻便马车,从黄公酒家旁边经过。他回头对坐在车后的客人说:"我当初与嵇康、阮籍一起在这家酒店畅饮,竹林之游我也参与忝陪末座。自从嵇生早逝、阮公亡故以来,我便为时势所束缚。今天看到这家酒店虽然近在眼前,却感到遥远得如隔着山河一般。"

【刘孝标注】㊀韦昭《汉书注》曰:"垆,酒肆也。以土为堕,四边高似垆也。" ㊁《竹林七贤论》曰:"俗传若此。颍川庾爱之尝以问其伯文康,文康云支:'中朝所不闻,江左忽有此论,皆好事者为之也。'"

【注释】① 王濬冲:王戎,字濬冲,见《德行》十六注①(页11)。尚书令:官名,尚书省长官。 ② 轺(yáo)车:用一匹马拉的轻便马车。 ③ 黄公酒垆:酒家名。酒垆,酒店前放置酒瓮的土台,此指酒店。 ④ 嵇叔夜:嵇康,见《德行》十六注①(页11)。阮嗣宗:阮籍,见《德行》十五注①。 ⑤ 竹林之游：指魏晋间嵇康、阮籍、山涛、刘伶、阮咸、向秀、王戎等人,相与交好,常宴集于竹林之下。时称"竹林七贤"。 ⑥ 预其末：参与末座。 ⑦ 夭(yāo)：早死。 ⑧ 羁绁(jī xiè)：束缚,约束。 ⑨ 邈(miǎo)：遥远。

【评析】王戎曾参与竹林之游,如今重游故地,不免睹物思人。诸贤均已作古,追忆往事,不胜惆怅,故作此黄垆之叹。后即以"黄垆之叹"形容对亡友的悼念。

三

孙子荆以有才①,少所推服,唯雅敬王武子②。武子丧时③,名士无不至者。子荆后来,临尸恸哭,宾客莫不垂涕。哭毕,向灵床曰："卿常好我作驴鸣,今我为卿作。"体似真声④,宾客皆笑。孙举头曰："使君辈存,令此人死!"⊖

【今译】孙楚凭借自己有才能,很少推崇佩服别人,只是非常敬重王济。王济死后治丧时,当时的名士没有不去吊唁的。孙楚后到,面对尸体痛哭,宾客们感动得无不为之流泪。哭完后,他对着王济灵床说："你平时喜欢听我学驴叫,现在我就为你学叫。"他模仿得很像,叫声逼真,宾客都笑了起来。孙楚抬头说："怎么让你们这班人活着,却叫这个人死了呢!"

【刘孝标注】⊖《语林》曰："王武子葬,孙子荆哭之甚悲,宾客莫不垂涕。既作驴鸣,宾客皆笑。孙曰：'诸君不死,而令武子死乎?'宾客皆怒。"

【注释】① 孙子荆：孙楚,见《言语》二十四注①(页51)。以：凭借。 ② 雅敬：非常敬重。雅,甚,极。王武子：王济,见《言语》二十四注①(页51)。 ③ 丧：治丧。 ④ 体似真声：应为"体似声真",见《晋书》本传,谓其模拟得像,声音逼真。

【评析】孙楚的名士风度与"竹林七贤"别无二致,本文所写即为一例。他与曹丕命人在王粲灵前学驴叫一样,也为好友王济作驴鸣。不仅如此,他还毫不客气地认为在场吊唁的人都该死。诚如《晋书》本传所称："楚才藻卓绝,爽迈不群,多所陵傲。"

四

王戎丧儿万子①,山简往省之②,王悲不自胜。简曰："孩抱中物③,何至于此?"王曰："圣人忘情④,最下不及情⑤。情之所钟⑥,正在我辈。"⊖简服其言,更为之恸⑦。⊖

【今译】王戎死了儿子万子,山简前去看望他,王戎悲痛得无法自制。山简说："不过是一个年幼的孩子,何致于伤心到这种地步?"王戎说："圣人能不动感情,最下等的愚民不懂感情。感情最专注的,正是我们这种人。"山简佩服他的话,更加为之悲痛。

【刘孝标注】⊖ 王隐《晋书》曰："戎子绥,欲取裴遁女,绥既蚤亡,戎过伤痛,不许人求之,遂至老无敢取者。" ⊖ 一说是王夷甫丧子,山简吊之。

【注释】① 王戎：见《德行》十六注①（页 11）。万子：王绥，王戎子，年十九卒，见前《赏誉》二十九刘注⑥引《晋诸公赞》（页 276）。 ② 山简：字季伦，山涛子，见《赏誉》二十九刘注⊜（页 276）。省(xǐng)：看望。 ③ 孩抱中物：已会笑还要人抱的幼儿，泛指年幼的孩子。 ④ 忘情：指不动感情，无喜怒哀乐之情。 ⑤ 最下：指最下等的愚民。不及情：指不懂感情。 ⑥ 钟：专注。 ⑦ 更：竟然，反而。恸(tòng)：悲痛。

【评析】王戎所说的"圣人忘情，最下不及情"，把人的感情与人的身份地位联系在一起，大谬！喜怒哀乐，人之常情；丧子之痛，圣人与百姓无异，何分彼此！

五

有人哭和长舆曰①："峨峨若千丈松崩②。"

【今译】有人哭吊和峤说："他的去世如同高峻的千丈松倒塌下来一样。"

【注释】① 和长舆：和峤，字长舆，见《德行》十七注①（页 12）。 ② 峨峨：高峻的样子。崩：倒塌，崩坏。

【评析】本文比喻和峤的才干如"千丈松"一样令人瞩目，后即以"千丈松"比喻才高之人或文章大家。

六

卫洗马以永嘉六年丧①，谢鲲哭之②，感动路人。㊀咸和中③，丞相王公教曰④："卫差洗马当改葬。此君风流名士，海内所瞻，可修薄祭⑤，以敦旧好⑥。"㊁

【今译】卫玠在永嘉六年去世，谢鲲去哭吊他，悲痛之情感动了过路人。咸和年间，丞相王导发布教令说："卫洗马应当改葬。这位君子是风流名士，为天下人所仰慕，可治备些简单的祭礼，用来增进昔日的情谊。"

【刘孝标注】㊀《永嘉流人名》曰："玠以六年六月二十日亡，葬南昌城许征墓东。玠之薨，谢幼舆发哀于武昌，感恸不自胜。人问：'子何恸而致哀如是？'答曰：'栋梁折矣，何得不哀？'"㊁《玠别传》曰："玠咸和中改迁于江宁。丞相王公教曰：'洗马明当改葬，此君风流名士，海内民望，可修三牲之祭，以敦旧好。'"

【注释】① 卫洗马：卫玠，官任太子洗(xiǎn)马，故称。见《言语》三十二注①（页 56）。永嘉六年：312 年。永嘉，西晋怀帝年号。 ② 谢鲲：见《言语》四十六注②（页 65）。 ③ 咸和：东晋成帝年号（326—334）。 ④ 丞相王公：王导。 ⑤ 修：治备。薄礼：指简单的祭礼。 ⑥ 敦：增强，增加。

【评析】卫玠幼时即与众不同，不仅貌美，且好言玄理，"亲友时请一言，无不咨嗟，以为入微"（《晋书》本传）。连很少推崇他人的王澄"每闻玠言，辄叹息绝倒"（同上）。卫玠死时仅二十七岁，谢鲲认为"栋梁折矣"，故"哭之恸"（同上），王导则为之改葬（从南昌改葬于江宁）。

七

顾彦先平生好琴①,及丧,家人常以琴置灵床上。张季鹰往哭之②,不胜其恸,遂径上床鼓琴③,作数曲竟,抚琴曰:"顾彦先颇复赏此不④?"因又大恸,遂不执孝子手而出。

【今译】顾荣平生喜欢弹琴,等到死后,家人常把琴放在灵床上。张翰前去哭吊他,悲痛得无法自抑,便直接上床弹琴,弹了几个曲子,抚摸着琴说:"顾彦先还能再欣赏这曲子吗?"于是又痛哭起来,没有握孝子的手就出来了。

【注释】① 顾彦先:顾荣,见《德行》二十五注①(页 17)。 ② 张季鹰:张翰,见《识鉴》十注①(页 249)。 ③ 径:直接。 ④ 不:通"否"。

【评析】文中写张翰上顾荣的灵床鼓琴及吊丧毕不握孝子之手而出,此二事足以说明他是不为礼法所拘的"任心自适"(《晋书》本传)之人。《颜氏家训·风操篇》曰:"江南凡吊者,主人之外,不识者不执手。"即吊丧者,皆须执主人之手,以示哀悼。然张翰对老友顾荣之死过于悲伤,以致把礼数抛诸脑后。

八

庾亮儿遭苏峻难遇害①。诸葛道明女为庾儿妇②,既寡,将改适③,㊀与亮书及之。亮答曰:"贤女尚少,故其宜也④。感念亡儿,若在初没⑤。"

【今译】庾亮的儿子遭到苏峻之乱而遇害。诸葛恢的女儿是庾亮的儿媳妇,守寡之后,将要改嫁,诸葛恢给庾亮的信中提到这件事,庾亮回答道:"令爱还年轻,改嫁本来是应当的。只是我思念死去的儿子,就好像他刚刚死去一样。"

【刘孝标注】㊀ 亮子会,会妻父彪,并已见上。

【注释】① 庾亮:见《德行》三十一注①(页 22)。儿:庾亮子庾会。苏峻难:见《方正》二十五注③(页 195)。 ② 诸葛道明:诸葛恢,见《方正》二十五注①(页 195)。 ③ 改适:改嫁。④ 宜:应当。 ⑤ 没:通"殁",死亡。

【评析】庾亮对儿子的死虽十分悲伤,但对儿媳的改嫁却予以支持,认为她还年轻,改嫁是适宜的,表现了开明的态度。

九

庾文康亡①,何扬州临葬云②:"埋玉树着土中③,使人情何能已已④!"㊀

【今译】庾亮去世时,何充亲临葬礼,说:"这是把玉树埋在土里,让人的悲痛之情怎么能平静下来啊!"

【刘孝标注】㊀《搜神记》曰:"初,庾亮病,术士戴洋曰:'昔苏峻事,公于白石祠中许赛车下牛,从来未解。为此鬼所考,不可救也。'明年,亮果亡。"《灵鬼志·谣征》曰:"文康初镇武昌,出石头,百姓看者于岸歌曰:'庾公上武昌,翩翩如飞鸟。庾公还扬州,白马牵旒旗。'又曰:'庾公初上时,翩翩如飞鸦。庾公还扬州,白马牵旒车。'后连征不入,寻薨,下都葬焉。"

【注释】① 庾文康:庾亮,谥号文康,故称。　② 何扬州:何充,曾任扬州刺史,故称。　③ 玉树:比喻庾亮姿容美又有才干。　④ 已已:休止。迭用以加重语气。

【评析】何充与庾亮是善于清谈的朋友,他称庾亮之死为"埋玉树着土中",表达其哀伤悲悼之情。

十

王长史病笃①,寝卧灯下,转麈尾视之②,叹曰:"如此人,曾不得四十!"及亡,刘尹临殡③,以犀柄麈尾着柩中④,因恸绝。㊀

【今译】王濛病危时,躺在灯下,转动麈尾看着,叹息道:"像这样的人,竟活不到四十岁!"到死后,刘惔亲临葬礼,把犀牛角做柄的麈尾放在棺中,竟悲痛得昏了过去。

【刘孝标注】㊀《濛别传》曰:"濛以永和初卒,年三十九。沛国刘惔与濛至交,及卒,惔深悼之。虽友于之爱,不能过也。"

【注释】① 王长史:王濛,见《言语》五十四注④(页70)。　② 麈(zhǔ)尾:当时人清谈时常执的一种拂尘,用麈的尾毛制成。　③ 刘尹:刘惔,曾为丹阳尹,故称。　④ 犀柄:以犀牛角做柄。

【评析】王濛与刘惔在当时"齐名友善"(《晋书·王濛传》)。刘称王"性至通而自然有节",王"每云:'刘君知我,胜我自知。'"(同上),彼此相知,可谓至交。文中写刘惔把清谈的雅器犀柄麈尾放在至友的柩中,即"痛绝久之"(同上),情景感人!令人称奇者,王濛死时三十九岁,刘惔卒时仅三十六岁,两人均未活过四十岁,诚如王濛所说"如此人,曾不得四十"!

十一

支道林丧法虔之后①,精神霣丧②,风味转坠③。㊀常谓人曰:"昔匠石废斤于郢人④,㊁牙生辍弦于钟子,㊂推己外求⑤,良不虚也⑥。冥契既逝⑦,发言莫赏,中心蕴结⑧,余其亡矣!"却后一年⑨,支遂殒⑩。

【今译】支道林在法虔去世以后,精神消沉,风貌神韵渐渐衰退。他常对人说:"过去匠石因为郢人的去世而丢掉斧子不用,伯牙因为知音去世而停止弹琴,以自己的体验去推想别人,确实是不会虚假的。既然相互投合的知音已经去世,自己说话已无人欣赏,内心郁闷,我恐怕要死了!"过后一年,支道林就去世了。

【刘孝标注】㊀《支遁传》曰:"法虔,道林同学也。俊朗有理义,遁甚重之。"　㊁《庄子》曰:"郢人垩漫其鼻端若蝇翼,使匠石运斤斫之,垩尽而鼻不伤,郢人立不失容。"　㊂《韩诗外传》曰:

"伯牙鼓琴，钟子期听之，方鼓琴，志在太山，子期曰：'善哉乎，鼓琴！巍巍乎，若太山！'莫景之间，志在流水，子期曰：'善哉乎，鼓琴！洋洋乎，若流水！'钟子期死，伯牙擗琴绝弦；终身不复鼓之，以为在者无足为之鼓琴也。"

【注释】① 支道林：支遁，见《言语》四十五注②（页64）。法虔：晋时僧人，支道林的同学。② 賫(yǔn)丧：坠落，指消沉、沮丧。 ③ 风味：风采，风貌神韵。转：渐渐。坠：衰退。④ "匠石废斤于郢人"句：见《庄子·徐无鬼》。谓楚国的郢人鼻尖上沾上如苍蝇翅膀一般的小污点，便让匠石用斧子把污点除掉。结果鼻尖上的污点被斫去，而鼻子没有受伤，郢人若无其事地站着。匠石：匠人的名字叫石。斤：斧类的工具。郢(yǐng)：郢都，楚国的都城，在今湖北江陵北。 ⑤ "牙生辍弦于钟子"句：见《淮南子·修务》。谓春秋时楚人伯牙精于音律，鼓琴时志在高山流水，钟子期听而知之。后子期死，伯牙谓世无知音，遂绝弦破琴，终身不再鼓琴。牙生，指伯牙。辍弦：停止弹琴。钟子：钟子期。推：推想，推测。 ⑥ 良：确实。 ⑦ 冥契：指相互投合的知音。 ⑧ 中心：内心。蕴结：郁闷。 ⑨ 却后：过后，以后。 ⑩ 殒：死亡。

【评析】本文写支道林与法虔之间亲密无间、相知相契的关系。法虔死后，支道林亦因伤悼哀痛而亡，其伤悼之情颇为感人。《高僧传》亦载此事，结尾为"乃著《切悟章》，临亡成之，落笔而卒"。

十二

郗嘉宾丧①，左右白郗公②："郎丧③。"既闻不悲，因语左右："殡时可道。"公往临殡，一恸几绝。㊀

【今译】郗超死了，左右侍从禀报郗愔："少主人死了。"郗愔听了也并不悲痛，即对身边的侍从说："殡殓时可以告诉我。"郗愔后来亲临殡殓仪式时，一下子悲痛得几乎断了气。

【刘孝标注】㊀《中兴书》曰："超年四十二，先愔卒。超所交友，皆一时俊义，及死之日，贵贱为谏者四十余人。"《续晋阳秋》曰："超党戴桓氏，为其谋主，以父愔忠于王室，不令知之。将亡，出一小书箱付门生，云：'本欲焚此，恐官年尊，必以伤愍为毙。我亡后，若大损眠食，则呈此箱。'愔后果恸悼成疾，门生乃如超旨，则与桓温往反密计。愔见即大怒曰：'小子死恨晚。'后不复哭。"

【注释】① 郗嘉宾：郗超，见《言语》五十九注⑤。 ② 郗公：郗愔，郗超之父。见《品藻》二十九注⑤（页73）。 ③ 郎：少主人，郎君。

【评析】本文刘注引文（《晋书》本传亦载），谓郗愔忠于王室，而儿子郗超却是一心想谋逆的桓温的谋主，但郗超尊重父亲，告诫门生为其保密，不让父亲知道。临死前，他将自己与桓温来往的密件装在箱子里交付门生，如父亲因自己的去世而哀痛伤身，则将此箱交给父亲。郗超死后，郗愔果然悲痛成疾，门生便如超嘱交出箱子，郗愔大怒，从此不再哭了。可知郗超虽然逆乱，却是真孝子。

十三

戴公见林法师墓①，㊀曰："德音未远②，而拱木已积③。冀神理绵绵④，不

与气运俱尽耳⑤。"㊀

【今译】戴逵拜谒支道林法师的墓,说:"支公的高论犹在耳旁,而墓地的树木已长成合抱的参天大树了。希望你精妙的玄理能延续不断,不会与气数命运一同消逝。"

【刘孝标注】㊀《支遁传》曰:"遁太和元年终于剡之石城山,因葬焉。"㊁ 王珣《法师墓下诗序》曰:"余以宁康二年,命驾之剡石城山,即法师之丘也。高坟郁为荒楚,丘陇化为宿莽,遗迹未灭,而其人已远,感想平昔,触物凄怀。"其为时贤所惜如此。

【注释】① 戴公:戴逵,见《雅量》三十四注①(页 237)。林法师:支道林。 ② 德音:德言,指合乎仁德的言语、教令。 ③ 拱木:指墓地上的大树,两手可围抱。语出《左传·僖公三十二年》:"中寿,尔墓之木拱矣!"后即以"拱木"指墓地之木。 ④ 神理绵绵:精妙的玄理延续不断。 ⑤ 气运:气数命运。

【评析】文中戴逵不仅赞支道林玄理之高妙,且希望其所倡之理能永存于世,真情可感。本文亦载《高僧传》卷四(《大正大藏经》第五十卷),第一句略异,加"后高士戴逵行经遁墓,乃叹曰"等语。

十四

王子敬与羊绥善①。绥清淳简贵②,为中书郎③,少亡。㊀王深相痛悼,语东亭云④:"是国家可惜人⑤。"

【今译】王献之与羊绥交好。羊绥清正朴实,简傲尊贵,官为中书郎,年轻时就死了。王献之深切地痛悼他,对王珣说:"这是国家值得珍惜的人。"

【刘孝标注】㊀绥,已见。

【注释】① 王子敬:王献之,见《德行》三十九注①(页 26)。羊绥:见《方正》六十刘注(页 214)。 ② 清淳:清正朴实。简贵:简傲尊贵。 ③ 中书郎:官名,中书侍郎。 ④ 东亭:王珣,封东亭侯,故称。见《言语》一〇二注③(页 98)。 ⑤ 可惜:值得珍惜。

【评析】王献之对好友的品德才能十分了解,故痛悼羊绥的早逝,更为国家失去一位人才而惋惜。

十五

王东亭与谢公交恶①。㊀王在东闻谢丧,便出都②,诣子敬道:"欲哭谢公。"子敬始卧,闻其言,便惊起曰:"所望于法护③。"㊁王于是往哭。督帅刁约不听前④,曰:"官平生在时,不见此客。"王亦不与语,直前哭,甚恸,不执末婢手而退⑤。㊂

【今译】王珣与谢安彼此憎恨仇视,王珣在东边听说谢安去世了,便赶赴都城拜望王献之说："我想去哭吊谢公。"王献之起先躺着,听到他的话,就吃惊地起来说:"这正是我希望你去做的。"王珣于是就去哭吊。谢安帐前的督帅刁约不让他上前,说:"长官在世时,不见这位客人。"王珣也不与他说话,径直上前哭吊,非常悲痛,没有与谢安之子谢琰握手就退出来了。

【刘孝标注】㈠《中兴书》曰:"珣兄弟皆婚谢氏,以猜嫌离婚。太傅既与珣绝婚,又离妻,由是二族遂成仇衅。" ㈡法护,珣小字。 ㈢末婢,谢琰小字。琰字瑷度,安少子。开率有大度,为孙恩所害。赠侍中、司空。

【注释】① 王东亭:王珣。谢公:谢安。交恶(wù):彼此憎恨仇视。 ② 出都:到京都,赴京都。 ③ 法护:王珣的小名。 ④ 督帅:指谢安帐下的领兵官。刁约:督帅名,生平不详。 ⑤ 末婢:谢安之子琰,字瑷,小字末婢。官著作郎、秘书丞、侍中等。

【评析】王谢两家为何互相憎恶?刘注引文谓他们原为儿女亲家,因猜忌嫌隙离婚而导致不睦。《晋书·谢琰传》对此亦有记载,谓:"先是,王珣娶万(谢安弟谢万)女,珣弟珉娶安女,并不终,由是与谢氏有隙。"《晋书·王珣传》所载与刘注引文同。本文写王珣得知谢安逝世的消息,欲往谢家哭吊,得到王献之的赞同与鼓励。王珣能不顾谢安手下人的阻挠径直前往哭吊,表现了不计前嫌的宽阔胸怀。

十六

王子猷、子敬俱病笃①,而子敬先亡。㈠子猷问左右:"何以都不闻消息?此已丧矣!"语时了不悲②。便索舆来奔丧,都不哭。子敬素好琴,便径入坐灵床上,取子敬琴弹,弦既不调③,掷地云:"子敬,人琴俱亡!"因恸绝良久。月余亦卒。㈡

【今译】王徽之、王献之都病得很重,王献之先死。王徽之问左右侍从:"为什么没有听到一点消息?他已经死了啊!"说话时完全没有悲伤的样子。他即备了车子去奔丧,一点也不哭。献之一向喜欢弹琴,他便径直进去坐在灵床上,拿了献之的琴来弹,琴弦无法调好,他就把琴扔在地上说:"子敬!人与琴都死了!"随即久久地悲痛欲绝。过了一个多月,他也去世了。

【刘孝标注】㈠献之以泰元十三年卒,年四十五。 ㈡《幽明录》曰:"泰元中,有一师从远来,莫知所出。云:'人命应终,有生乐代者,则死者可生。若逼人求代,亦复不过少时。'人闻此,咸怪其虚诞。王子猷、子敬兄弟,特相和睦。子敬疾属纩,子猷谓之曰:'吾才不如弟,位亦通塞,请以余年代弟。'师曰:'夫生代死者,以己年限有余,得以足亡者耳。今贤弟命既应终,君侯算亦当尽,复何年代?'子猷先有背疾,子敬疾笃,恒禁来往。闻亡,便抚心悲恸,都不得一声,背即溃裂。推师之言,信而有实。"

【注释】① 王子猷:王徽之,字子猷,王羲之第五子。子敬:王献之,字子敬,王羲之第七子。 ② 了:完全。 ③ 调:协调,和谐。

【评析】刘注引文谓徽之与献之兄弟"特相和睦",《晋书》本传谓兄弟俩曾夜"共读《高士传赞》"。二人病重时,徽之认为自己"才位不如弟,请以余年代之",求仙人把自己的余年转给兄弟,让自己先死。故本文所写,奔丧时"了不悲"、"不哭"只是表象,从其调弦的动作,"人琴俱亡"之言,"恸绝良久,月余亦卒"的表现,无不流露其对兄弟之死的伤悼之痛,对兄弟情义之深,足以感人。本文内容,《晋书》本传亦载,多了徽之请以余年代献之事。

十七

孝武山陵夕①,王孝伯入临②,告其诸弟曰:"虽榱桷惟新③,便自有《黍离》之哀④。"㊀

【今译】孝武帝去世之夜,王恭入宫哭吊,告诉他几位弟弟说:"虽然陵寝建筑都是新的,但已令人感到有亡国的悲哀。"

【刘孝标注】㊀《中兴书》曰:"烈宗丧,会稽王道子执政,宠幸王国宝,委以机任。王恭入赴山陵,故有此叹。"

【注释】① 孝武:东晋孝武帝司马曜。见《言语》八十九注②(页90)。山陵夕:指孝武帝逝世之夜。山陵,指帝王之死。 ② 王孝伯:王恭,见《德行》四十四注①(页30)。入临:指参加丧礼哭吊。 ③ 榱桷(cuī jué):椽子,此指帝王陵寝建筑。 ④《黍离》:《诗经·王风》中的篇名,写周大夫叹西周衰亡之事,后即用为感触亡国、触景生情之词。

【评析】《晋书》本传谓"恭性抗直,深存节义",刘注引文谓其对执政者司马道子宠幸奸人王国宝,弄权于朝深为不满,故于入宫吊丧时,表达黍离之叹。文内所写本传亦载,谓:"恭每正色直言,道子深惮而忿之。及赴山陵,罢朝,叹曰:'榱栋虽新,便有《黍离》之叹矣。'"

十八

羊孚年三十一卒①,桓玄与羊欣书曰②:"贤从情所信寄③,暴疾而殒④。㊀祝予之叹⑤,如何可言!"㊁

【今译】羊孚三十一岁去世,桓玄给羊欣写信说:"令堂兄是我感情所信赖寄托的人,如今急病而亡。孔子当年痛悼子路之死时曾发出'天将亡我'的悲叹,让我又怎么能用言语来表达!"

【刘孝标注】㊀ 孚已见。《宋书》曰:"欣字敬元,太山南城人。少怀静默,秉操无竞。美姿容,善笑言,长于草隶。"《羊氏谱》曰:"孚即欣从祖。" ㊁《公羊传》曰:"颜渊死,子曰:'噫,天丧予!'子路亡,子曰:'噫!天祝予!'何休曰:'祝者,断也。天将亡夫子耳。'"

【注释】① 羊孚:见《言语》一〇四刘注(页99)。 ② 桓玄:见《德行》四十一注①(页28)。羊欣:字敬元,是羊孚同曾祖的堂弟,善隶书。官新安太守、中散大夫。 ③ 贤从(zòng):令堂兄。贤,尊称。信寄:信赖寄托。 ④ 暴疾:急病。殒:死亡。 ⑤ 祝予:语见《公羊传·哀公十四年》,详见刘注。后人用为悲悼生徒后辈死亡之词。

【评析】桓玄哀悼羊孚的信,用了孔子哀悼子路之语,未免高抬自己,自是狂妄。但他对羊孚的伤悼之情,倒也颇为真切。

十九

桓玄当篡位①,语卞鞠云②:㊀"昔羊子道恒禁吾此意③。今腹心丧羊孚,爪牙失索元④,㊁而匆匆作此诋突⑤,讵允天心?⑥"

【今译】桓玄将要篡位,对卞范之说:"从前羊孚经常劝止我这种意图。如今我的亲信中死了羊孚,武将中失去了索元,却要匆匆忙忙干这种大逆不道之事,这难道是合乎天意的吗?"

【刘孝标注】㊀卞范已见。 ㊁《索氏谱》曰:"元字天保,敦煌人。父绪,散骑常侍。元历征虏将军、历阳太守。"《幽明录》曰:"元在历阳,疾病,西界一年少女子姓某,自言为神所降,来与元相闻,许为治护。元性刚直,以为妖惑,收以付狱,戮之于市中。女临死曰:'却后十七日,当令索元知其罪。'如期,元果亡。"

【注释】① 桓玄:见《德行》四十一注①(页28)。当:将,将要。篡位:指桓玄于安帝元兴二年(403)废安帝称帝事。 ② 卞鞠:卞范之,字敬祖,小字鞠,济阴冤句(今山东菏泽西南)人,为长史,深得桓玄器重。玄称帝,他官侍中尚书仆射,事败被杀。 ③ 羊子道:羊孚,字子道。④ 爪牙:比喻武臣。索元:字天保,官征西将军、历阳太守,是桓玄的心腹。 ⑤ 诋(dǐ)突:冒犯,触犯,指篡位事。 ⑥ 讵(jù):难道。允:合乎,合于。

【评析】桓玄在即将篡位称帝时所说之言道出了他内心的惶恐。从心腹羊孚之死到得力干将索元之亡,都在警示他不及深思熟虑的篡位之举凶多吉少,不合天意。可见他有几分自知之明。可惜利令智昏,他还是迫不及待地行篡逆之事,终于自取灭亡。

栖逸第十八

一

阮步兵啸闻数百步①。苏门山中②,忽有真人③,樵伐者咸共传说。阮籍往观,见其人拥膝岩侧,籍登岭就之,箕踞相对④。籍商略终古⑤,上陈黄、农玄寂之道⑥,下考三代盛德之美⑦,以问之,仡然不应⑧;复叙有为之教⑨,栖神导气之术⑩,以观之,彼犹如前,凝瞩不转⑪。籍因时对之长啸。良久,乃笑曰:"可更作。"籍复啸。意尽退。还半岭许,闻上啾然有声⑫,如数部鼓吹⑬,林谷传响。顾看,乃向人啸也⑭。㊀

【今译】阮籍的啸声能在百步外听得到。苏门山中,忽然之间出现了一位得道真人,砍柴人全都这样传说。阮籍前去观看,见这人在山岩旁抱膝而坐,阮籍就登上山岭靠近他,两个人都伸开腿相对而坐。阮籍评论古代史事,往上陈述黄帝、神农氏玄远幽寂之道,向下考证夏商周三代的大德美政,用这些来问他,他昂起头没有应答;再叙述儒家有为的学说,道家凝聚心神导引气息的方法,拿这些来观察他,他还像先前一样,目不转睛。阮籍于是对着他长啸。过了很久,他才笑着说:"可以再啸一次。"阮籍再次长啸。阮籍兴致已尽,便回到了半山腰处,听到山上啸声啾啾,好像几支乐队在演奏鼓吹曲,乐声在山林幽谷间传播回响。阮籍回头一看,原来就是刚才那人在长啸。

【刘孝标注】㊀《魏氏春秋》曰:"阮籍常率意独驾,不由径路,车迹所穷,辄恸哭而反。尝游苏门山,有隐者莫知姓名,有竹实数斛,杵臼而已。籍闻而从之。谈太古无为之道,论五帝、三皇之义,苏门先生翛然曾不眄之。籍乃嘐然长啸,韵响寥亮。苏门称生乃逌尔而笑。籍既降,先生喟然高啸,有如风音。籍素知音,乃假苏门先生之论,以寄所怀,其歌曰:'日没不周西,月出丹渊中。阳精蔽不见,阴光代为雄。亭亭在须臾,厌厌将复隆。富贵俯仰间,贫贱何必终。'"《竹林七贤论》曰:"籍归,遂著《大人先生论》,所言皆胸怀间本趣,大意谓先生与己不异也。观其长啸相和,亦近乎目击道存矣。"

【注释】① 阮步兵:阮籍,曾任步兵校尉,故称。见《德行》十五注①(页11)。啸:撮口作声,即口哨。 ② 苏门山:山名,又名苏岭,北门山,在今河南辉县。 ③ 真人:道家称得道之人。 ④ 箕踞:一种傲慢放达的坐姿,两足伸开,状如簸箕。 ⑤ 商略:品评,评论。终古:往昔,往古。 ⑥ 黄、农:黄帝和神农氏,传说中的远古帝王。玄寂:指道家玄远幽寂的道理。三代:夏、商、周三个朝代。 ⑦ 盛德:指夏、商、周三代所施行的大德美政。 ⑧ 仡(yì)然:昂首的样子。 ⑨ 有为之教:有作为的学说,指儒家学说。 ⑩ 栖神导气之术:道家的修炼方法。栖神,凝聚心神使其不散乱。导气,指导引气息,摄气运息。 ⑪ 凝瞩:集中注视,目不转睛。 ⑫ 啾(jiū)然:形容啸声。 ⑬ 鼓吹:古代一种器乐合奏,用鼓、钲、箫、笳等乐器演奏。 ⑭ 向人:刚才那个人。

【评析】本文所写的真人,刘注称其为"苏门先生",《晋书》本传则谓"孙登"。阮籍的啸声已是不同凡响,声闻数百步,而这位得道隐者的啸声更是出神入化,"若鸾凤之音",正象征其超凡脱俗的风骨。孙登是当时著名的隐士,为阮籍所推崇,故"归著《大人先生传》"(《晋书》本传,刘注引文作《大人先生论》)以颂之。

二

稽康游于汲郡山中①，遇道士孙登②，遂与之游。康临去，登曰："君才则高矣，保身之道不足。"⊖

【今译】嵇康在汲郡山中漫游，遇到道士孙登，便与他一起游逛。嵇康临走时，孙登说："您的才学固然很高，但保全自身的能力不足。"

【刘孝标注】⊖《康集序》曰："孙登者，不知何许人。无家，于汲郡北山土窟住。夏则编草为裳，冬则被发自覆。好读《易》，鼓一弦琴，见者皆亲乐之。"《魏氏春秋》曰："登性无喜怒，或没诸水，出而观之，登复大笑。时时出人人间，所经家设衣食者，一无所辞，去皆舍去。"《文士传》曰："嘉平中，汲县民共入山中，见一人，所居悬岩百仞，丛林郁茂，而神明甚察。自云'孙姓，登名，字公和'。康闻，乃从游三年。问其所图，终不答。然神谋所存良妙，康每茫然叹息。将别，谓曰：'先生竟无言乎？'登乃曰：'子识火乎？生而有光，而不用其光，果然在于用光。人生有才，而不用其才，果然在于用才。故用光在乎得薪，所以保其曜；用才在乎识物，所以全其年。今子才多识寡，难乎免于今之世矣！子无多求！'康不能用。及遭吕安事，在狱为诗自责云：'昔惭下惠，今愧孙登！'"王隐《晋书》曰："孙登即阮籍所见者也。嵇康执弟子礼而师焉。魏、晋去就，易生嫌疑，贵贱并没，故登或默也。"

【注释】① 嵇康：见《德行》十六注②（页11）。汲郡：郡名，治在今河南汲县西南。② 道士：有道之人，隐居不仕者。孙登：字公和，魏末晋初道士，无家，隐居汲郡山中。

【评析】孙登为隐居汲郡山上的隐士，无有喜怒，刘注引文及《晋书》本传均谓嵇康曾跟他游处三年，临别赠言谓嵇康难以保全性命。后嵇康果遭非命，被司马昭所杀。孙登懂得韬光养晦，故能苟全性命于浊世，而嵇康愤世嫉俗，便难保性命。

三

山公将去选曹①，欲举嵇康②，康与书告绝。⊖

【今译】山涛将要离开选曹的官职，想举荐嵇康来接替，但嵇康却写信宣告与他绝交。

【刘孝标注】⊖《康别传》曰："山巨源为吏部郎，迁散骑常侍，举康。辞之，并与山绝。岂不识山之不以一官遇己情邪？亦欲标不屈之节，以杜举者之口耳！乃答涛书，自说不堪流俗，而非薄汤武。大将军闻而恶之。"

【注释】① 山公：山涛，见《言语》七十八注①（页84）。去：离开。选曹：主管选拔官吏的官署。② 举：荐举。

【评析】嵇康因不愿与山涛同流，所以对山涛的举荐并不领情，甚至还与之绝交，可见嵇康高逸之志。

四

李廞是茂曾第五子①，清贞有远操②，而少羸病③，不肯婚宦④。居在临

海⑤,住兄侍中墓下⑥。既有高名,王丞相欲招礼之⑦,故辟为府掾⑧。廞得笺命⑨,笑曰:"茂弘乃复以一爵假人⑩。"㊀

【今译】李廞是李重的第五个儿子,心性清雅贞洁,有远大的志向,但小时候瘦弱多病,所以不肯结婚做官。他家在临海郡时,就住在兄长李式的墓地。他已享有很高的名声,王导想礼聘他,特地征召他做相府属官。李廞得到了授官文书,笑着说:"王导竟然又拿一个官爵送给我。"

【刘孝标注】㊀《文字志》曰:"廞字宗子,江夏钟武人。祖康,秦州刺史。父重,平阳太守。世有名望。廞好学,善草隶,与兄式齐名。躄疾不能行坐,常仰卧弹琴,读诵不辍。河间王辟太尉掾,以疾不赴。后避难,随兄南渡,司徒王导复辟之。廞曰:'茂弘乃复以一爵加人!'永和中卒。廞尝为二府辟,故号李公府也。式字景则,廞长兄也。思理儒隐,有平素之誉。渡江,累迁临海太守、侍中。年五十四而卒。"

【注释】① 李廞(xīn):字宗子,江夏钟武(今河南信阳东南)人。家世有名望,父李重。好学,善草隶。腿瘸不能行走,常仰卧,而弹琴、饮酒不停。以疾辞官不赴。茂曾:李重字茂曾,见《品藻》四十六注④(页349)。 ② 清贞:指心性清雅贞洁。远操:远大的志向。 ③ 嬴(léi)病:瘦弱多病。 ④ 婚宦:结婚做官。 ⑤ 临海:郡名,治在今浙江临海。 ⑥ 兄:指李廞长兄李式,字景则,任临海太守、侍中。墓下:指墓地。 ⑦ 王丞相:王导。招礼:延请,礼遇。 ⑧ 故:特意。辟(bì):征召。府掾(yuàn):丞相府的属官。 ⑨ 笺命:授官文书。 ⑩ 茂弘:王导字茂弘。爵:官爵。假人:借给人,这里指给予人。

【评析】《晋书·李重传》谓李重"以清尚见称","家贫,宅宇狭小,无殡殓之地",可知李家家风之清廉,亦无怪李廞住在兄长的墓地了。本文所写李廞"清贞有远操",因肢残而不肯婚宦,对王导的征辟以一笑置之,都是其秉承家风不慕虚荣的表现。

五

何骠骑弟以高情避世①,而骠骑劝之令仕②,答曰:"予第五之名,何必减骠骑③!"㊀

【今译】何充的弟弟何准因有高尚的情操远避世事,而何充劝他做官,何准回答说:"我这排名第五的名望,未必比你骠骑将军逊色吧!"

【刘孝标注】㊀《中兴书》曰:"何准,字幼道,庐江灊人。骠骑将军充第五弟也。雅好高尚,征聘一无所就。充位居宰相,权倾人主,而准散带衡门,不及世事。于是名德皆称之。年四十七卒。有女为穆帝皇后。赠光禄大夫,子惔让不受。"

【注释】① 何骠(piào)骑:何充,见《言语》五十四注①(页70)。弟:指何充之五弟何准,字幼道。志趣高尚,不就征辟,不问世事,为人称颂。高情:高尚的情操,高雅的情致。 ② 仕:出仕,做官。 ③ 何必:反问语气表示未必、不见得。减:不如,差。

【评析】何准的兄长何充位居宰相,何准的女儿贵为穆章皇后,他称得上是皇亲国戚。兄弟二人均信奉佛教,但志趣却大相径庭。《晋书》本传谓:"充居宰辅之重,权倾一时,而准散带衡门,不及人事,唯诵佛经、修营塔庙而已。"可知兄弟二人志趣有天壤之别。

六

阮光禄在东山①,萧然无事②,常内足于怀。㊀有人以问王右军③,右军曰:"此君近不惊宠辱④,㊁虽古之沉冥⑤,何以过此?"㊂

【今译】阮裕住在东山,过着冷落寂寞的生活,无所事事,但内心常常感到很知足。有人拿他的情况去问王羲之,王羲之说:"这位先生近来荣辱不惊,即使是古代深藏不露的隐士,又怎么能超过这种境界呢?"

【刘孝标注】㊀《阮裕别传》曰:"裕居会稽剡山,志存肥遁。" ㊁《老子》曰:"宠辱若惊,得之若惊,失之若惊。" ㊂《杨子》曰:"蜀、庄沉冥。"李轨《注》曰:"沉冥,犹玄寂,泯然无迹之貌。"

【注释】① 阮光禄:阮裕,见《德行》三十二注①(页22)。东山:在今浙江上虞西南。 ② 萧然:冷落寂寞的样子。 ③ 王右军:王羲之。 ④ 不惊宠辱:语见《老子》:"何谓宠辱若惊?宠为下。得之若惊,失之若惊,是谓宠辱若惊。" ⑤ 沉冥:深藏不露之人,指隐士。

【评析】阮裕是阮籍的堂弟,与阮籍有许多相似之处,他也善于保护自己,在任职期间多次摆脱牵连。如在王敦手下任职时,"以敦有不臣之心,乃终日酗饬,以酒废职"(《晋书》本传),得免王敦之难,这一点就很像阮籍。他也曾屡次辞官不就,隐居剡山。因而得到当时人的赞叹,认为他虽有很多缺点,不如王羲之、刘惔、殷浩等人,却"兼有诸人之美"(同上)。文中所写王羲之誉其"不惊宠辱",超过古之隐士。得此赞美之词,可谓不易。

七

孔车骑少有嘉遁意①,年四十余,始应安东命②。未仕宦时,常独寝③,歌吹,自箴诲④。自称孔郎,游散名山⑤。㊀百姓谓有道术,为生立庙。今犹有孔郎庙。

【今译】孔愉年轻时就有隐居不仕的志向,到了四十多岁,才接受安东将军司马睿的任命。他尚未做官时,常常一个人独居,吟咏弹唱,自我告诫教诲。自称孔郎,漫游名山。老百姓都认为他有道术,便在他活着时就为他立庙,至今还有孔郎庙。

【刘孝标注】㊀《孔愉别传》曰:"永嘉大乱,愉入临海山中,不求闻达,中宗命为参军。"

【注释】① 孔车骑:孔愉,见《方正》三十八注①(页203)。嘉遁:指合乎正道的退隐,合乎时宜的隐遁。 ② 安东:安东将军,指晋元帝司马睿,他即帝位前曾任安东将军。命:任命。 ③ 独寝:独居。 ④ 歌吹:歌声与乐器吹奏声。此指吟咏弹唱。箴(zhēn)诲:告诫教诲。 ⑤ 游散:漫游。

【评析】孔愉年轻时即向往隐居生活,到了四十多岁才出仕。难得的是独处时"自箴诲",能自我修养,故"信著乡里"(《晋书》本传)。当他辞官归隐时,"忽舍去,皆谓为神人,而为之立祠"(同上)。能得到百姓的敬仰,并不偶然。

八

南阳刘驎之①,高率②,善史传,隐于阳岐③。于时,苻坚临江④,荆州刺史桓冲将尽讦谟之益⑤,征为长史,遣人船往迎,赠贶甚厚⑥。驎之闻命,便升舟,悉不受所饷⑦,缘道以乞穷乏⑧,比之上明亦尽⑨。一见冲,因陈无用,翛然而退⑩。居阳岐积年⑪,衣食有无,常与村人共。值己匮乏⑫,村人亦如之,甚厚为乡闾所安⑬。⊖

【今译】南阳刘驎之,为人高尚真率,熟悉历史,隐居在阳岐村。当时苻坚兵临长江,荆州刺史桓冲想尽力地实现有益于国家的宏图大计,便聘刘驎之为长史,并派人备船去迎接,还赠送很多的礼物。刘驎之听到任命后,就登上船,对桓冲所送的礼物全都不接受,而是沿途把它们都给了穷苦人。等到了上明城礼物也送完了。他一见到桓冲,就陈说自己是无用之人,随后就很潇洒地告退出来。他在阳岐村住了多年,不管吃的穿的有多少,常与村里的人共享。遇到自己短缺时,村里人也同样像他那样帮助他。乡里人深感和他相处非常安适。

【刘孝标注】⊖ 邓粲《晋纪》曰:"驎之字子骥,南阳安众人。少尚质素,虚退寡欲。好游山泽间,志存遁逸。桓冲尝至其家,驎之方条桑,谓冲:'使君既枉驾光临,宜先诣家君。'冲遂诣其父。父命驎之,然后乃还,拂褠褐与冲言。父使驎之自持浊酒蔬菜供宾,冲敕人代之。父辞曰:'若使官人,则非野人之意也。'冲于慨然,至昏乃退。因请为长史,固辞。居阳岐,去道斥近,人士往来,必投其家。驎之身自供给,赠致无所受。去家百里,有孤妪疾,将死,谓人曰:'唯有刘长史当埋我耳!'驎之身往候之,值终,为治棺殡。其仁爱如此。以寿卒。"

【注释】① 南阳:郡名,治在今河南南阳。刘驎之:字子骥,南阳(今河南南阳市)人。好游山水,清心寡欲,有避世隐居之志。 ② 高率:高尚真率。 ③ 阳岐:村名,濒临长,距荆州二百里。 ④ 苻坚:见《言语》九十四注③(页93)。临江:指苻坚率兵濒临长江。 ⑤ 桓冲:见《凤惠》七注④(页392)。讦谟(xū mó):宏图大计。 ⑥ 赠贶(kuàng):赠送礼物。 ⑦ 饷(xiǎng):赠送。 ⑧ 缘道:沿途。乞:给予。 ⑨ 比:等到。上明:城名,在今湖北省松滋县南。 ⑩ 翛(xiāo)然:超脱自在的样子。 ⑪ 积年:多年。 ⑫ 匮乏:穷困。 ⑬ 乡闾(lǘ):乡里。

【评析】桓冲为桓温之弟,桓温死后,桓冲"既代温居任,尽忠王室。或劝冲诛除时望,专执权衡,冲不从"(《晋书·桓冲传》)。可知桓冲是一位想为巩固王朝尽力的大臣。他尊重人才,竭力网罗礼聘。此事《晋书》本传亦载,谓刘驎之不肯出仕,另有一位隐士名邓粲的为桓冲好贤之举所感动,"乃起应命"。可见桓冲倒真的是好贤下士之大臣,刘驎之也确是一位真隐士。

九

南阳翟道渊与汝南周子南少相友①,共隐于寻阳②。庾太尉说周以当世之务③,周遂仕,翟秉志弥固④。其后周诣翟,翟不与语。⊖

【今译】南阳翟汤与汝南周邵是少年时的好朋友,一起隐居在寻阳。庾亮用当时的时势需要来劝说周邵,周邵便出仕做官了,翟汤却更加坚持自己隐居不仕的志趣。后来周邵去拜访翟汤,翟汤不再同他说话。

【刘孝标注】 ○《晋阳秋》曰："翟汤字道渊,南阳人,汉方进之后也。笃行任素,义让廉洁,馈赠一无所受。值乱多寇,闻汤名德,皆不敢犯。"《寻阳记》曰："初,庾亮临江州,闻翟汤之风,束带蹑屣而诣焉。亮礼甚恭。汤曰:'使君直敬其枯木朽株耳。'亮称其能言,表荐之。征国子博士,不赴。主簿张玄曰:'此君卧龙,不可动也。'终于家。"

【注释】 ① 翟道渊:翟汤,字道渊,南阳(今河南南阳)人。隐居不仕,屡辞征聘,人称卧龙。汝南:郡名,治在今河南汝南。周子南:周邵,字子南,汝南人。少与翟汤共隐于寻阳,后为庾亮所举,官至西阳太守。 ② 寻阳:即浔阳,郡名,治在今江西九江市西。 ③ 庾太尉:庾亮。说(shuì):用话劝说、打动别人。 ④ 秉志:坚守自己的隐居不仕的志趣。弥:更。

【评析】 翟汤与周邵原本志趣相投,共同隐居不仕。但周邵经不起庾亮的游说与诱惑,动了心,做了官。而翟汤不仅不动心,反而更加坚定了隐居不仕之志,所以后来周邵来访时,翟汤就不理这位少年时的好朋友了。在名利面前,两位好朋友表现各异,成了陌路人。

<h1 style="text-align:center">十</h1>

孟万年及弟少孤①,居武昌阳新县。万年游宦②,有盛名当世。少孤未尝出,京邑人士思欲见之,乃遣信报少孤云:"兄病笃。"狼狈至都。时贤见之者,莫不嗟重,因相谓曰:"少孤如此,万年可死。"○

【今译】 孟嘉和他的弟弟孟陋,住在武昌阳新县。孟嘉外出做官,在当时有很大的名声。孟陋没有离开家到外面去过,京城里的名流想见他,就派人送信给孟陋说:"令兄病重。"孟陋就匆忙地赶到京城。当时见到他的贤达,无不赞叹敬重。于是互相说:"孟陋的才德如此,孟嘉可以死而无憾了。"

【刘孝标注】 ○ 袁宏《孟处士铭》曰:"处士名陋,字少孤,武昌阳新人,吴司空孟宗后也。少而希古,布衣蔬食,栖迟蓬荜之下,绝人间之事,亲族慕其孝。大将军命会稽王辟之,称疾不至。相府历年虚位,而澹然无闷,卒不降志,时人奇之。"

【注释】 ① 孟万年:孟嘉,见《识鉴》十六刘注(页253)。少孤:孟陋,字少孤,孟嘉之弟。布衣蔬食,口不言世事,独来独往,博学多通,曾注《论语》行于世。 ② 游宦:外出做官。

【评析】 孟嘉、孟陋兄弟二人,兄游宦有盛名,弟隐居为人仰慕,可谓各异其趣。

<h1 style="text-align:center">十一</h1>

康僧渊在豫章①,去郭数十里立精舍②。傍连岭,带长川,芳林列于轩庭③,清流激于堂宇。乃闲居研讲,希心理味④。庾公诸人多往看之,观其运用吐纳⑤,风流转佳⑥。加处之怡然⑦,亦有以自得⑧,声名乃兴。后不堪,遂出。○

【今译】 康僧渊在豫章时,在离城几十里地建造了修持静养的精舍。精舍旁边连着山岭,四周环绕着河流,长廊庭院里布满花草林木,清澈的流水在厅堂屋宇周围激荡。

他就悠闲地住在这里研习讲论佛理,潜心研究体味。庾亮等人常去看他,观察他运用吐纳养生之术,风度神采更加优雅。加上他身处于此非常自在舒适,颇感得意,于是声名大振。后来他终于不能忍受外来的干扰,就离开这里了。

【刘孝标注】㈠ 僧渊已见。

【注释】① 康僧渊:东晋高僧,见《文学》四十七注①(页145)。豫章:郡名,治在今江西南昌。② 郭:外城。精舍:僧人讲经修持的地方。 ③ 轩庭:长廊庭院。 ④ 希心:潜心,专心。理味:研究体会。 ⑤ 吐纳:吐故纳新,道家养生之术,吐出污秽之气,吸入清新之气。 ⑥ 风流:风度神采。转:更加。 ⑦ 加:加上。怡然:和悦愉快的样子。 ⑧ 自得:感到得意舒适。

【评析】康僧渊的精舍风景如画,确是修行的好处所,但由于他的名声日盛,来往的人多了,"尚学之徒往还填委"(《高僧传》卷四,《大正大藏经》第五十卷),使其无法静修,终于不得不离开。

十二

戴安道既厉操东山①,㈠而其兄欲建式遏之功②。㈡谢太傅曰③:"卿兄弟志业④,何其太殊?"戴曰:"下官不堪其忧,家弟不改其乐⑤。"

【今译】戴逵隐居在东山磨练节操,而他的兄长则要为国建功立业。谢安对戴逵说:"你们兄弟的志趣事业为什么如此悬殊啊?"戴逵说"我如果处于贫困境地就会经不起忧苦,而家弟则隐居贫困却能不改其乐。"

【刘孝标注】㈠《续晋阳秋》曰:"逵不乐当世,以琴书自娱,隐会稽剡山,国子博士征,不就。"㈡《戴氏谱》曰:"逯字安丘,谯国人。祖硕,父绥,有名位。逯以武勇显,有功,封广陵侯,仕至大司农。"

【注释】① 戴安道:戴逵,见《雅量》三十四注①(页237)。厉操:磨练节操。东山:在今浙江嵊县。 ② 其兄:戴逵之兄戴逯,字安丘,官至大司农。式遏(è):指为国立功。语见《诗·大雅·民劳》:"式遏寇虐,憯不畏明。柔远能迩,以定我王。"原为遏止、制止之意。后即以"式遏"指为国效力立功。 ③ 谢太傅:谢安。 ④ 志业:志趣事业。 ⑤ "下官"二句:化用《论语·雍也》的句子:"贤哉回也!一箪食,一瓢饮,在陋巷,人不堪其忧,回也不改其乐。"孔子赞弟子颜回能安贫乐道,此则戴逯用以谓自己处于贫苦境地经不起忧苦,故要出仕当官;而其弟戴逵则隐居不仕,安贫乐道。

【评析】本文写兄长乐于仕进,而弟弟则乐于隐居。虽为兄弟,却也忧乐迥异。

十三

许玄度隐在永兴南幽穴中①,每致四方诸侯之遗②。或谓许曰:"尝闻箕山人③,似不尔耳④。"许曰:"筐篚苞苴⑤,故当轻于天下之宝耳。"㈠

【今译】许询隐居在永兴南面的深山岩洞中,常常招致四方的高官送来馈赠之物。有人对许询说:"曾听说隐居于箕山的巢父、许由好像不是如此的啊。"许询说:"装在各种盛器中送来的礼物,自然要比天子的尊位轻啊。"

【刘孝标注】㊀ 郑玄《礼记注》云:"苞苴,裹肉也。或以苇,或以茅。"此言许由尚致尧帝之让,筐筐之遗,岂非轻邪?

【注释】① 许玄度:许询,见《言语》六十九注②(页78)。永兴:县名,故址在今浙江萧山西。幽穴:很深的山洞。 ② 致:招引,招致。诸侯:指地方长官。遗(wèi):赠与。 ③ 箕(jī)山:在今河南登封县。传说唐尧时,巢父、许由曾隐居于此。 ④ 尔:如此。 ⑤ 筐筐苞苴:指装在盛器内的礼物。筐筐(fěi),方形与圆形的盛物竹器。苞苴(jū),裹鱼肉的草包。天下之宝:喻指天子的尊位。

【评析】本文写许询由隐居闻名而引来各方馈赠,惹人非议,人们用许由因隐居招致尧帝让位加以比较。许询则谓自己所得之赠物比起天子之位来实在是太轻了。所言幽默风趣,令非议者无言以对。

十四

范宣未尝入公门①,韩康伯与同载②,遂诱俱入郡③,范便于车后趋下④。㊀

【今译】范宣从来没有进过官府的衙门。韩伯与他同乘一辆车,便骗他一起进郡署,范宣察觉后便在车后下来快步地跑掉了。

【刘孝标注】㊀《续晋阳秋》曰:"宣少尚隐遁,家于豫章,以清洁自立。"

【注释】① 范宣:见《德行》三十八注①(页26)。公门:官署,衙门。 ② 韩康伯:韩伯,见《德行》三十八注④(页26)。 ③ 郡:指郡署。 ④ 趋:快步走,小跑。

【评析】范宣一生未曾做官,《晋书》本传就载其屡次拒绝诏征,对地方官及朋友们的馈赠亦一概谢绝,可见他是与世无争、安于贫困的真隐士。

十五

郗超每闻欲高尚隐退者①,辄为办百万资②,并为造立居宇。在剡③,为戴公起宅④,甚精整。戴始往旧居⑤,与所亲书曰:"近至剡,如官舍。"郗为傅约亦办百万资⑥,傅隐事差互⑦,故不果遗⑧。㊀

【今译】郗超每次听说有崇尚高远想隐居的人,就给他们备办百万钱财,并且为他们建造住宅。在剡县时,他曾为戴逵兴建住宅,非常精致齐整。戴逵刚去住时,给他亲近的人写信说:"最近到了剡县,好像住在官衙里一样。"郗超为傅约也置办了百万钱财,傅约隐居之事后来被拖延了下来,所以馈赠未能成为现实。

【刘孝标注】㊀ 约,琼小字。

【注释】① 郗超:见《言语》五十九注⑤(页73)。高尚:崇尚高远。 ② 办:备办。 ③ 剡(shàn):县名,在今浙江嵊县。 ④ 戴:戴逵,见《雅量》三十四注①(页237)。 ⑤ 旧:为多余的字,无义。　⑥傅约:见刘注。　⑦差互:指事情出差错或未办成。　⑧果遗:指馈赠未能实现。果,成为现实。

【评析】本文写郗超喜好为隐居者提供钱财、住房,为他们营造舒适的环境。戴逵为能住上高档的房子而乐不思归,傅约则因故未能改善环境。《晋书》本传也有类似的记载,只是未写隐居者姓名。谓:"性好闻人栖遁,有能辞荣拂衣者,超为之起屋宇,作器服,畜仆竖,费百金而不吝。"

十六

许掾好游山水①,而体便登陟②。时人云:"许非徒有胜情③,实有济胜之具④。"

【今译】许询喜欢游览山水,而且身体轻捷,便于攀登。当时人说:"许询不仅具有高雅的情怀,而且确实拥有登临名山胜景的强健身体。"

【注释】①许掾(yuàn):许询曾征为司徒掾,故称。　②便:便利,此指轻捷,矫健。登陟(zhì):攀登。　③非徒:不仅,不只。胜情:指高雅的情怀。　④济胜之具:指身体强健,具有游览名山胜景的条件。

【评析】对于游山玩水者来说,不仅需有欣赏名山胜景的高尚情怀,亦应具有登山临水的强健身体,许询于二者就兼而有之,可谓难得。

十七

郗尚书与谢居士善①,常称:"谢庆绪识见虽不绝人②,可以累心处都尽③。"㊀

【今译】郗恢与谢敷友好,常称赞他说:"谢敷的见识虽不能超越一般人,但令人们感到烦扰的世俗之事都被去除了。"

【刘孝标注】㊀尚书,郗恢也。别见。檀道鸾《续晋阳秋》曰:"谢敷字庆绪,会稽人,崇信释氏。初入太平山中十余年,以长斋供养为业,招引同事,化纳不倦。以母老还南山若邪中。内史郗愔表荐之,征博士,不就。初,月犯少微星,一名处士星。占云:'以处士当之。'时戴逵居剡,既美才艺而交游贵盛,先敷著名,时人忧之。俄而敷死,会稽人士以嘲吴人云:'吴中高士,便是求死不得。'"

【注释】①郗尚书:郗恢,字道胤,小字阿乞,东晋高平金乡(今山东金乡)人。郗昙之子,曾任雍州刺史。后在就任尚书的路上为殷仲堪所杀。谢居士:谢敷,字庆绪,会稽(今浙江绍兴)人,崇信佛教,终身未仕。　②绝人:超人。　③累心:指烦扰人心之世俗事。

【评析】郗恢赞谢敷内心清澄,没有任何世俗之念,可谓赞美到极处。刘注引文嘲弄吴中高士无人超越谢敷,《晋书》本传亦谓"吴中高士,便是求死不得死",赞美谢敷超越所有吴中高人。

贤媛第十九

一

陈婴者①，东阳人。少修德行，著称乡党②。秦末大乱，东阳人欲奉婴为王，母曰："不可！自我为汝家妇，少见贫贱，一旦富贵，不祥。不如以兵属人③，事成少受其利，不成祸有所归。"〇

【今译】陈婴是东阳人。年轻时修养道德品行，在家乡很著名且受到称赞。秦末时天下大乱，东阳人想拥戴陈婴当首领，他母亲说："不行！自从我做了你家媳妇，年轻时就见你家很贫贱，现在一下子富贵起来，这是不吉祥的。还不如把队伍交给别人，事情成功的话，可以稍微得到一点好处；事情不成功，祸害自有别人来承担。"

【刘孝标注】〇《史记》曰："婴故东阳令史，居县素信，为长者。东阳人欲立长，乃请。婴母谏之。乃以兵属项梁，梁以婴为上柱国。"

【注释】① 陈婴：秦末东阳（今安徽天长）人。秦末起兵，为项梁将，封上柱国。项羽死，归汉。② 乡党：乡里，家乡。③ 属：归属，属于。

【评析】陈婴母亲虽出身贫贱，但她剖析儿子带兵称王的利弊得失十分中肯，难怪陈婴少修德行，著称乡党，这实在与母亲贤明的教导有关。

二

汉元帝宫人既多①，乃令画工图之②，欲有呼者，辄披图召之。其中常者③，皆行货赂④。王明君姿容甚丽⑤，志不苟求⑥，工遂毁为其状⑦。后匈奴来和⑧，求美女于汉帝，帝以明君充行⑨。既召见而惜之，但名字已去，不欲中改⑩，于是遂行。〇

【今译】汉元帝的宫女已经很多了，便让画工把她们的相貌画下来，他想叫谁来，就翻看图像来召唤她们。宫女当中那些姿色平常的，都贿赂画工。王昭君姿态容貌非常美丽，她立志不肯苟且求情，画工便把她的容貌画得很丑。后匈奴来要求和亲，向汉元帝请求赏赐美女，元帝便用昭君来充当宗室之女嫁给单于。等到召见昭君后发现她很美，因而深感惋惜。但是名字已经送到匈奴去了，又不想中途更改，于是王昭君就去了匈奴。

【刘孝标注】〇《汉书·匈奴传》曰："竟宁元年，呼韩邪单于求朝，自言愿婿汉氏以自亲，元帝以后宫良家子王嫱字明君赐之。单于欢喜，上书愿保塞。"文颖曰："昭君本蜀郡秭归人也。"《琴操》曰："王昭君者，齐国王穰女也。年十七，仪形绝丽，以节闻国中。长者求之，王皆不许，乃献汉元帝。帝造次不能别房帷，昭君恚怒之。会单于遣使，帝令宫人装出，使者请一女。帝乃谓宫中曰：'欲至单于者起。'昭君喟然越席而起。帝视之，大惊悔。是时使者并见，不得止，乃

赐单于。单于大悦,献诸珍物。昭君有子曰世违。单于死,世违继立。凡为胡者,父死妻母。昭君问世违曰:'汝为汉也?为胡也?'世违曰:'欲为胡耳。'昭君乃吞药自杀。"石季伦曰:"昭以触文帝讳,故改为明。"

【注释】① 汉元帝:刘奭,见《规箴》二注①(页369)。　② 图:画。　③ 披:翻阅。中常:指相貌中等平常。　④ 货赂:指向画工行贿。　⑤ 王明君:王昭君,晋人为避文帝司马昭之讳,改为王明君。王昭君为汉元帝时宫人,汉元帝对北方匈奴实行和亲政策,将昭君嫁给匈奴呼韩邪单于,为宁胡阏氏。　⑥ 苟求:苟且求情。　⑦ 毁为其状:作画时毁坏其容貌。　⑧ 匈奴来和:指匈奴呼韩单于向汉要求和亲事。　⑨ 充行:充当皇家宗室之女出嫁匈奴。　⑩ 中改:中途更改。

【评析】王昭君不但貌美,而且有着高尚的志趣与宽广的胸怀,她下嫁和亲为汉朝与匈奴的和好作出了贡献,值得赞叹。有关王昭君嫁给匈奴单于的故事有各种不同的说法,本文采用昭君因不肯贿赂画工致其报复,元帝遂将昭君嫁给匈奴之说。虽然元帝后来看到她的美貌十分惋惜,但已无法挽回,只好实现诺言。于此倒也显示汉元帝不以女色为重。

三

汉成帝幸赵飞燕①,飞燕谮班婕妤祝诅②,于是考问③。辞曰④:"妾闻死生有命,富贵在天⑤。修善尚不蒙福,为邪欲以何望?若鬼神有知,不受邪佞之诉⑥;若其无知,诉之何益?故不为也。"㊀

【今译】汉成帝宠幸赵飞燕,飞燕诬告班婕妤向鬼神诅咒,于是成帝就审问班婕妤。她说:"我听说人的死生由命运来决定,富贵由天意来安排。修善还不能受到福报,作恶还能指望什么?如果鬼神有知的话,就不会接受邪恶谄媚的诬告诅咒;如果鬼神没有感知,诬告诅咒她又有什么用呢?所以我是不会做这种事的。"

【刘孝标注】㊀《汉书·外戚传》曰:"成帝赵皇后,本长安宫人。初生,父母不举,三日不死,乃收养之。及壮,属河阳主家学歌舞,号曰飞燕。帝微行过主,见而说之,召入宫,大得幸,立为婕妤。帝游后庭,尝欲与同辇,婕妤辞之。赵飞燕谮许皇后及婕妤,婕妤对有辞致,上怜之,赐黄金百斤。飞燕娇妒,婕妤恐见危,中求供养太后于长信宫。帝崩,婕妤充奉园陵。薨,葬园中。"

【注释】① 汉成帝:刘骜(前51—前7),字太孙,元帝子,前33—前7在位。幸:宠爱。赵飞燕:原为长安宫女,善歌舞,号飞燕,后为成帝所宠幸,立为皇后。　② 谮:说别人坏话。班婕妤(jié yú):汉成帝宠姬,因遭赵飞燕谮毁失宠,退处东宫,作赋自伤。祝诅:指向鬼神祷告诅咒。③ 考问:拷打审问。　④ 辞:供辞。　⑤ "死生有命"两句:语见《论语·颜渊》,谓人的生死富贵,均由天命注定。　⑥ 邪佞:邪恶。诉:谗害,毁谤。

【评析】刘注引《汉书》班婕妤传,谓"婕妤对有辞致,上怜之……",今本《汉书》则谓"上善其对,怜悯之……",词句略有不同,似更切合当时情景。班婕妤受赵飞燕诬陷,却能保全自己,得以善终,殊为不易。

四

魏武帝崩①,文帝悉取武帝宫人自侍②。及帝病困③,卞后出看疾④。太后入户，见直侍并是昔日所爱幸者⑤。太后问："何时来邪？"云："正伏魄时过⑥。"因不复前而叹曰："狗鼠不食汝余⑦，死故应尔⑧！"至山陵⑨，亦竟不临⑩。㈠

【今译】曹操死后，曹丕把曹操的宫人全部招来服侍自己。等到曹丕病重时，卞太后来探病。太后进门时，看到当班服侍的人都是曹操过去所宠爱的人。太后问："你们什么时候来的？"回答道："正当为武帝招魂时来的。"卞太后于是就不再往前走，叹息道："狗鼠都不吃你剩下的东西，你确实该死！"到了举行葬礼时，卞太后竟然没去哭吊。

【刘孝标注】㈠《魏书》曰："武宣卞皇后，琅邪开阳人。以汉延熹三年生齐郡白亭，有黄气满室移日。父敬侯怪之，以问卜者王越。越曰：'此吉祥也。'年二十，太祖纳于谯。性约俭，不尚华丽，有母仪德行。"

【注释】① 魏武帝：曹操。　② 文帝：曹丕。　③ 病困：病重。困：生命垂危。　④ 卞(biàn)后：曹丕之母，丕称帝，尊其为皇太后。　⑤ 直侍：当班服侍的人。直，当值，值勤。并是：都是。　⑥ 伏魄：招魂。古人死后，举行招魂仪式，持死者之衣升屋，北面三呼，招其魂魄归体，称为"伏魄"。伏，通"复"。　⑦ "狗鼠"句：卞后骂曹丕行为卑鄙，连狗鼠都不吃他剩下的食物。　⑧ 故：确实。　⑨ 山陵：帝王陵墓，此指曹丕葬礼。　⑩ 临：指哭吊。

【评析】刘注引文谓卞后"性约俭，不尚华丽，有母仪德行"。《三国志·魏书》本传亦谓"诸子无母者，太祖皆令后养之"，并赞其"怒不变容，喜不失节，故是最为难"。本文写其得知曹丕为帝后取父亲之宫人自侍，即责其狗鼠不如，死后亦不去哭吊，可谓大义凛然。

五

　　赵母嫁女①，女临去，敕之曰②："慎勿为好！"女曰："不为好，可为恶邪？"母曰："好尚不可为，其况恶乎！"㈠

【今译】赵母嫁女儿，女儿临去时，告诫女儿说："切莫做好事！"女儿说："不做好事，可以做坏事吗？"赵母说："好事尚且不可以做，何况做坏事呢！"

【刘孝标注】㈠《列女传》曰："赵姬者，桐乡令东郡虞韪妻，颍川赵氏女也。才敏多览。韪既没，文皇帝敬其文才，诏入宫省。上欲自征公孙渊，姬上疏以谏。作《列女传解》，号赵母注。赋数十万言，赤乌六年卒。"《淮南子》曰："人有嫁其女而教之者，曰：'尔为善，善人疾之。'对曰：'然则当为不善乎？'曰：'善尚不可为，而况不善乎？'景献羊皇后曰：'此言虽鄙，可以命世人。'"

【注释】① 赵母：三国吴人，桐乡令虞韪妻，虞韪死后，孙权敬其有文才，诏入宫省，作《列女传解》，号赵母注。　② 敕：告诫。

【评析】本文写赵母在女儿出嫁时，教女儿切不可做好事，听来似乎费解。刘注引《淮南子》景献羊皇后语，以为其言虽粗俗，却可用来教育人，即教诫女孩子不可张扬，以免行善扬名招人猜忌，自取其祸。可知赵母用心良苦。

六

许允妇是阮卫尉女①,德如妹②,奇丑。㊀交礼竟③,允无复入理,家人深以为忧。会允有客至,妇令婢视之,还答曰:"是桓郎。"桓郎者,桓范也④,㊁妇云:"无忧,桓必劝人。"桓果语许云:"阮家既嫁丑女与卿,故当有意⑤,卿宜察之。"许便回入内。既见妇,即欲出。妇料其此出,无复入理,便捉裾停之⑥。许因谓曰:"妇有四德⑦,卿有其几?"㊂妇曰:"新妇所乏唯容尔。然士有百行⑧,君有几?"许曰:"皆备。"妇曰:"夫百行以德为首,君好色不好德,何谓皆备?"允有惭色,遂相敬重。

【今译】许允的妻子是阮共的女儿、阮侃的妹妹,容貌特别丑陋。他们结婚行过交拜礼后,许允就不再有进入新房的意愿,家人都为此深感忧虑。正好许允有客人来,新娘就叫婢女去看是谁,婢女回来答道:"是桓郎"。桓郎就是桓范。新娘说:"不要担忧了,桓郎必定会劝他进来的。"桓范果然对许允说:"阮家既然把丑女嫁给你,必定是有用意的,你应当好好体察。"许允就回到新房,见到新娘后,立即就想退出去。新娘料想他这回出去就不会再回来了,便抓住新郎的衣襟要他留下。许允便对她说:"妇人要有四种德行,你有几种?"新娘说:"我所缺少的只有容貌而已。然而士人应具备多方面的品行,你有几种?"许允说:"我全都具备。"新娘说:"各方面品行中品德是第一位的,你爱美色而不爱德行,怎么能说都具备呢?"许允听了面有愧色,从此以后他们夫妻之间就互相敬重了。

【刘孝标注】㊀《魏略》曰:"允字士宗,高阳人。少与清河崔赞,俱发名于冀州。仕至领军将军。"《陈留志名》曰:"阮共字伯彦,尉氏人。清真守道,动以礼让。仕魏,至卫尉卿。少子侃,字德如,有俊才,而饬以名理。风仪雅润,与嵇康为友。仕至河内太守。"㊁《魏略》曰:"范字允明,沛郡人,仕至大司农,为宣王所诛。"㊂《周礼》:"九嫔掌妇学之法,以教九御。妇德、妇言、妇容、妇功。"郑《注》曰:"德谓贞顺,言谓辞令,容谓婉娩,功谓丝枲。"

【注释】① 许允:见《赏誉》一三九注⑩(页320)。阮卫尉:阮共,字伯彦,尉氏(今河南尉氏)人,官至卫尉卿。卫尉:管宫门警卫的官。 ② 德如:阮侃,字德如,阮共之子,官至河内太守。 ③ 交礼:指结婚时行交拜礼。竟:完毕。 ④ 桓范:字元则,魏沛郡(今安徽宿县)人,官大司农。 ⑤ 故当:必定,自然。 ⑥ 裾:衣服前襟或后襟。 ⑦ 四德:旧时指妇女应具备四种德行:品德、言语、容仪、女功。 ⑧ 百行:指多方面的品行。

【评析】本文所写《三国志·魏志·夏侯玄传》注引《魏氏春秋》亦载,并有下文,谓:"生二子,奇、猛,少有令闻。允后为景王所诛,门生走入告其妇,妇正在机,神色不变,曰:'早知尔耳。'门生欲藏其二子,妇曰:'无预诸儿事。'后移居墓所,景王遣钟会看之,若才艺德能及父,当收。儿以语母,母答:'汝能虽佳,才具不多,率胸怀与语,便自无忧,不须极哀,会止便止。又可多少问朝事。'儿从之。会反命,具以状对,卒免其祸,皆母之教也。虽会之识鉴,而输贤妇之智也。果庆及后嗣,追封子孙而已。"可知许允之妻容貌虽丑,而智慧极高,识见不凡,就连聪明如钟会者也输给了她,真可谓人不可貌相。

七

许允为吏部郎①,多用其乡里②,魏明帝遣虎贲收之③。其妇出诫允曰:"明主可以理夺,难以情求。"既至,帝覈问之④。允对曰:"'举尔所知⑤。'臣之乡人,臣所知也。陛下检校为称职与不⑥,若不称职,臣受其罪。"既检校,皆官得其人,于是乃释。允衣服败坏,诏赐新衣。初,允被收,举家号哭。阮新妇自若云⑦:"勿忧,寻还⑧。"作粟粥待⑨,顷之允至⑩。一

【今译】许允担任吏部郎时,任用的大都是同乡人,魏明帝知道后就派禁卫军去逮捕他们。他妻子出来告诫许允说:"英明之君可以用道理来说服,很难用感情去求告。"到了朝廷后,明帝审问他,许允对答说:"孔子说:'荐举你所了解的人。'臣子的同乡人,都是臣子所了解的。陛下可以考察他们是否称职,如果不称职,臣子愿意接受应得的罪名。"经过考察,这些人的官位都与才能相称,于是就把他释放了。许允的衣服很破烂,明帝便下诏赐给他新衣服。当初,许允被捕时,全家都号响大哭,许允的妻子像平常一样自如地说:"不必忧虑,不久他就会回家的。"便烧了小米粥等着他,一会儿许允就回来了。

【刘孝标注】一《魏氏春秋》曰:"初,允为吏部,选迁郡守。明帝疑其所用非次,将加其罪。允妻阮氏跣出,谓曰:'明主可以理夺,不可以情求。'允领之而入。帝怒诘之,允对曰:'某郡太守虽限满,文书先至,年限在后,日限在前。'帝前取事视之,乃释然。遣出,望其衣败,曰:'清吏也。'"

【注释】① 吏部郎:官名,主管官吏选拔。 ② 乡里:指同乡人。 ③ 魏明帝:曹睿,见《言语》十三注①(页43)。虎贲(bēn):官名,管宫门警卫之官。收:逮捕。 ④ 覈(hé):核实。 ⑤ 举尔所知:举荐你所了解的人。语出《论语·子路》:"曰:'焉知贤才而举之?'子曰:'举尔所知。'" ⑥ 检校:检查,考察。不(fǒu):同"否"。 ⑦ 自若:自如,与平常一样。 ⑧ 寻:不久。 ⑨ 粟:小米。 ⑩ 顷之:不一会。

【评析】此则故事可作为举贤不避亲的一例。

八

许允为晋景王所诛①,门生走入告其妇②。妇正在机中③,神色不变,曰:"蚤知尔耳④!"一门人欲藏其儿,妇曰:"无豫诸儿事⑤。"后徙居墓所,景王遣钟会看之⑥,若才流及父⑦,当收⑧。儿以咨母⑨,母曰:"汝等虽佳,才具不多⑩,率胸怀与语⑪,便无所忧。不须极哀,会止便止⑫。又可少问朝事⑬。"儿从之,会反以状对⑭,卒免。二

【今译】许允被晋景王司马师杀了,他的门人跑来告诉他妻子。她正在织机上织布,神色不变,说:"早就知道会这样的!"门人想把他们的儿子藏起来,许允妻说:"与儿子们无关。"后来他们迁居到许允墓地上住,司马师派钟会去看他们,说如果他们的儿子才智赶得上他们父亲,就把他们抓起来。儿子便与母亲商量。母亲说:"你们虽然很优秀,但才能不够,你们可以敞开胸怀率直地与他交谈,便没有什么可忧虑了。不必要表示极度的哀痛,钟会停下来不哭了你们也停下不哭。还可以稍稍问一点朝廷的事。"儿子们听从母亲的话。钟会回去后把情况告诉司马师,许允的两个儿子终于得以幸免。

【刘孝标注】一《魏志》曰:"初,领军与夏侯玄、李丰亲善,有诈作尺一诏书,以玄为大将军,允为太尉,共录尚书事。无何,有人天未明乘马以诏版付允门吏,曰:'有诏。'因便驱走。允投书烧

之,不以关呈景王。"《魏略》曰:"明年,李丰被收,允欲往见大将军。已出门,允回遑不定,中道还取绔。大将军闻而怪之曰:'我自收李丰,士大夫何为匆匆乎?'会镇北将军刘静卒,以允代静。大将军与允书曰:'镇北虽少事,而都典一方。念足下震华鼓,建朱节,历本州,此所谓着绣昼行也。'会有司奏允前擅以厨钱谷,乞诸俳及其官属。减死徙边,道死。"《魏氏春秋》曰:"允之为镇北,喜谓其妻曰:'吾知免矣!'妻曰:'祸见于此,何免之有?'"《晋诸公赞》曰:"允有正情,与文帝不平,遂幽杀之。"《妇人集》载阮氏与允书,陈允祸患所起,辞甚酸怆,文多不录。 ㊀《世语》曰:"允二子,奇字子太,猛字子豹。并有治理。"《晋诸公赞》曰:"奇,泰始中为太常丞,世祖尝祠庙,奇应行事,朝廷以奇受害之门,不令接近,出为长史。世祖下诏,述允宿望,又称奇才,擢为尚书祠部郎。猛《礼》学儒博,加有才识,为幽州刺史。"

【注释】① 为晋景王所诛:指许允被司马师所杀。晋景王:司马师,见《言语》十六注①(页45)。刘注引文谓许允与夏侯玄、李丰亲近而被司马师怀疑其不忠,再加被人揭发擅用厨钱谷谋私,便将其流放边关致死。 ② 门生:供驱使的门人。 ③ 正在机中:指正在织机上织布。 ④ 蚤:通"早"。尔:如此。 ⑤ 豫:参与,关涉。 ⑥ 钟会:司马师的亲信,见《言语》十一注①(页41)。 ⑦ 才流:才智。及:赶得上。 ⑧ 收:逮捕。 ⑨ 咨:商议,咨询。 ⑩ 才具:才能。 ⑪ 率胸怀与语:直爽坦白地对他诉说心里要说的话。 ⑫ 止:指停止哭泣。 ⑬ 少:稍微,略微。 ⑭ 反:通"返",指返回朝廷。

【评析】以上三则故事,第一则写许妻以德取人而不是以貌取人之说,赢得了丈夫的敬重;第二则写许允因任用同乡人被魏明帝审问事,许妻教夫"以理夺",勿"以情求",检查下来,所用之人皆官得其人,并无用人唯亲之事;第三则写许允妻教子如何应对钟会,保全了全家,避免了灭门之祸。可知许妻之智慧过人,镇定自若,早就想方设法应对处心积虑欲祸害许家的司马师、钟会等当权者,赢得了后人的赞赏。以上三事均见于《三国志·魏书·夏侯玄传》注引。《魏氏春秋》结尾曰:"虽会之识鉴,而输贤妇之智。果庆及后嗣,追封子孙而已。"批评钟会之智远不及许允妻,他身为司马氏重要谋士,战功赫赫,最后不得其死,确实远逊于许允妻。

九

王公渊娶诸葛诞女①。入室,言语始交,王谓妇曰:"新妇神色卑下,殊不似公休!"妇曰:"大丈夫不能仿佛彦云②,而令妇人比踪英杰③?"㊀

【今译】王广娶诸葛诞的女儿为妻。进入洞房后才交谈起来,王广对妻子说:"新娘子神态表情很卑下,太不像令尊公休了!"妻子说:"大丈夫不能仿效令尊彦云,却要让我这个妇道人家去与英雄豪杰齐步?"

【刘孝标注】㊀《魏氏春秋》曰:"王广字公渊,王凌子也。有风量才学,名重当世。与傅嘏等论才性异同,行于世。"《魏志》曰:"广有志尚学行,凌诛,并死。"臣谓王广名士,岂以妻父为戏,此言非也。

【注释】① 王公渊:见刘注。三国魏太原祁(今山西祁县)人。有才学,官屯骑校尉、尚书。其父谋立楚王曹彪为帝,事泄自杀,广受牵连,为司马氏所杀。诸葛诞:字公休,见《品藻》四注①(页330)。 ② 仿佛:仿效。彦云:王凌字彦云。 ③ 比踪:比迹,齐步,并驾。

【评析】刘注引文谓史臣批评"王广名士,岂以妻父为戏,此言非也",认为此事不可信。殊不知新婚之夜与新娘子开开玩笑,戏言几句,正是名士风度的表现。只是令王广始料不及的是新娘子竟然以其难与公公相比而反唇相讥。以戏言对戏言,正说明新娘子之机智与风趣。

十

王经少贫苦①，仕至二千石②，母语之曰："汝本寒家子，仕至二千石，此可以止乎？"经不能用。为尚书，助魏③，不忠于晋④，被收。涕泣辞母曰："不从母敕⑤，以至今日。"母都无戚容，语之曰："为子则孝，为臣则忠，有孝有忠，何负吾邪？"㊀

【今译】王经年轻时很贫苦，后做到了二千石的大官，母亲对他说："你本来是贫寒人家的孩子，官做到二千石，这就可以停止了吧！"王经没有采用她的话。后他担任尚书，辅助曹魏，不忠于司马氏，被逮捕。他流着眼泪辞别母亲说："我没有听从母亲的告诫，以至于有今天的下场。"他母亲脸上没有一点儿忧愁的神色，对他说道："你做儿子尽孝，做臣子尽忠，有什么辜负我的呢？"

【刘孝标注】㊀《世语》曰："经字彦伟，清河人。高贵乡公之难，干沈、干业驰告文王，经以正直不出。因沈、业申意，后诛经及其母。"《晋诸公赞》曰："沈、业将出，呼经，不从，曰：'吾子行矣！'"《汉晋春秋》曰："初，曹髦将自讨司马昭，经谏曰：'昔鲁昭不忍季氏，败走失国，为天下笑。今权在其门久矣，朝廷四方，皆为之致死，不顾逆顺之理，非一日也。且宿卫空阙，寸刃无有，陛下何所资用？而一旦如此，无乃欲除疾而更深之邪？'髦不听。后杀经，并及其母。将死，垂泣谢母。母颜色不变，笑而谓曰：'人谁不死，往所以止汝者，恐不得其所也。以此并命，何恨之有？'"干宝《晋纪》曰："经正直，不忠于我，故诛之。"按傅畅、干宝所记，则是经实忠贞于魏，而《世语》既谓其正直，复云因沈、业申意，何其相反乎？故二家之言深得之。

【注释】① 王经：字彦纬（一作"伟"），三国魏人，官至尚书。 ② 二千石：指郡守。汉代郎将、郡守俸禄等级是二千石，后即称郎将、郡守等为二千石。 ③ 助魏：指王经帮助魏高贵乡公曹髦。 ④ 晋：当时还是曹魏时期，晋尚未建立。为了叙述方便，后人即以"晋"称司马氏。 ⑤ 敕：告诫。

【评析】本文事亦见《三国志·魏志·夏侯玄传》。从本文所写及刘注引文可知王经因忠于曹魏而为司马昭所杀，其母亦受牵连被杀。其母曾劝其不必当官，王经不听，且进而助魏抗晋，导致母子俱被杀的惨祸。临终前王经涕泣辞母，母却并不悲伤，反而认为儿子忠孝两全，毫无过错。王经之母可称得上是既明事理又识大体。

十一

山公与嵇、阮一面①，契若金兰②。山妻韩氏觉公与二人异于常交，问公，公曰："我当年可以为友者③，唯此二生耳。"妻曰："负羁之妻亦亲观狐、赵④，意欲窥之⑤，可乎？"他日，二人来，妻劝公止之宿，具酒肉。夜穿墉以视之⑥，达旦忘反⑦。公入曰："二人何如？"妻曰："君才致殊不如⑧，正当以识度相友耳⑨。"公曰："伊辈亦常以我度为胜⑩。"㊀

【今译】山涛与嵇康、阮籍见了一面，彼此就情投意合亲如兄弟。山涛妻子韩氏感觉山涛与他们二人的交情非同寻常,就问山涛,山涛说:"我这一生最要好的,只有这二位先生而已。"韩氏说:"僖负羁之妻也曾亲自观察过狐偃、赵衰,我也想观察嵇、阮二位,可以吗?"后来有一天,他们二位来了,韩氏劝山涛把他们留下来住宿,同时准备好酒肉招待。夜晚,韩氏打通墙壁来观察他们,直到天亮都忘了回来。山涛进去说:"这二人怎么样?"韩氏说:"你的才情远远不如他们,正应当以你的见识气度与他们交朋友而已。"山涛说:"他们也常常认为我的气度胜人一筹。"

【刘孝标注】㈠《晋阳秋》曰:"涛雅素恢达,度量弘远,心存事外,而与时俯仰。尝与阮籍、嵇康诸人著忘言之契。至于群子,屯蹇于世,涛独保浩然之度。"王隐《晋书》曰:"韩氏有才识,涛未仕时,戏之曰:'忍寒,我当作三公,不知卿堪为夫人不耳?'"

【注释】① 山公:山涛,见《言语》七十八注①(页84)。嵇:嵇康。阮:阮籍。 ② 契若金兰:形容彼此相投,友谊深厚。契,投合。金兰,形容友情深厚,引申为异姓结拜兄弟。 ③ 当年:现在。 ④"负羁之妻"句:语本《左传·僖公二十三年》:"僖负羁之妻曰:'吾观晋公子之从者皆足以相国,若以相,夫子必反其国。反其国,必得志于诸侯。'"指晋公子重耳遭骊姬之谗,流亡在外,到了曹国。随从亲信中有晋大夫狐偃、赵衰(cuī)等人。曹大夫僖负羁妻仔细观察狐偃、赵衰后说了这段话并善待重耳。狐、赵:借指嵇康、阮籍。 ⑤ 窥:暗中观察。 ⑥ 墉(yōng):墙。 ⑦ 达旦:通宵。 ⑧ 才致:才情。 ⑨ 识度:见识气度。 ⑩ 伊辈:他们。

【评析】山涛与嵇康、阮籍虽同属"竹林七贤",但是人品情操等均不及嵇、阮。嵇、阮誓不与司马氏合作,嵇康甚至因此死于司马氏之手。而山涛对司马氏则竭尽迎合、与时俯仰之意。《晋书》本传曰:"涛再居选职十有余年,每一官缺,辄启拟数人,诏旨有所向,然后显奏,随帝意所欲为先。"可知其工于迎合之术。本文谓其与嵇、阮见了一面,即"契若金兰",实为夸大不实之词。不过,其妻韩氏效僖负羁之妻偷窥他们,即认为嵇、阮二人才致远胜于山涛,倒是有知人之明。刘注引文称"韩氏有才识",确非虚语。

十二

王浑妻钟氏生女令淑①,㈠武子为妹求简美对而未得②。有兵家子,有俊才,欲以妹妻之,乃白母。㈡曰:"诚是才者③,其地可遗④,然要令我见。"武子乃令兵儿与群小杂处,使母帷中察之。既而母谓武子曰:"如此衣形者,是汝所拟者非邪?"武子曰:"是也。"母曰:"此才足以拔萃⑤,然地寒⑥,不有长年⑦,不得申其才用⑧。观其形骨⑨,必不寿,不可与婚。"武子从之。兵儿数年果亡。

【今译】王浑妻钟氏生的女儿德行善美,王济为妹妹寻求挑选好的配偶而没有找到合适的。有一位当兵人家的儿子,有出众的才干,王济想把妹妹嫁给他,便禀告母亲。母亲说:"如果他确有才干的话,他的出身门第可以忽略不计,但要让我亲自看看。"王济就让当兵人之子与其他老百姓混杂在一起,让母亲在帷幕中观察。看过后母亲对王济说:"穿这种衣服如此模样的人,就是你准备选取的人吗?"王济说:"是的。"母亲说:"这人的才干称得上超群,但是他的门第寒微,不能长寿,也就不可能施展他的才干。看他的形貌骨相,必定不能长寿,不可与他结亲。"王济听从了她的话。这位当兵者之子几年后果然死了。

【刘孝标注】㈠虞预《晋书》曰:"浑字玄冲,太原晋阳人,魏司空昶子。仕至司徒。" ㈡《王氏谱》曰:"钟夫人名琰之,太傅繇之孙。"

【注释】① 王浑:见《赏誉》十七注⑬(页 270)。令淑:德行善美。　② 武子:王济,字武子,王浑之子,见《言语》二十四注①(页 51)。简:寻检。美对:美好的配偶。　③ 诚:确实,果真。④ 地:出身门第。遗:忽略,抛开。　⑤ 拔萃:超群。　⑥ 地寒:门第寒微。　⑦ 长年:长寿。　⑧ 申其才用:施展他的才干。　⑨ 形骨:形貌骨相。

【评析】王济母亲要求亲眼见过女儿的对象然后才决定女儿的婚姻。她能从人的外貌骨相判断其人的健康状况、才干的高低,把健康寿数放在第一位,而对出身门第毫不计较,这种鉴人的态度在当时可谓难得。

十三

　　贾充前妇①,是李丰女②。丰被诛,离婚徙边③,⊖后遇赦得还。充先已取郭配女④,⊜武帝特听置左右夫人⑤。李氏别住外⑥,不肯还充舍。⊜郭氏语充,欲就省李⑦,充曰:"彼刚介有才气⑧,卿往不如不去。"⊜郭氏于是盛威仪⑨,多将侍婢⑩。既至,入户,李氏起迎,郭不觉脚自屈,因跪再拜。既反,语充,充曰:"语卿道何物⑪?"⊜

【今译】贾充的前妻,是李丰的女儿。李丰被杀后,她与贾充离了婚被流放到了边远地方,后来遇赦得以回来。贾充在这之前已经娶了郭配之女为妻,晋武帝特别准许贾充设置左右两位夫人。李氏另住在外边,不肯回到贾充的住处。郭氏对贾充说,想去探望李氏,贾充说:"她的性子刚直又有才气,你去看望她还不如不去。"郭氏于是盛装打扮,多带侍婢,到了以后,进了门,李氏起身相迎,郭氏不知不觉地双腿弯曲,于是就跪下去拜了再拜。回到家后,她告诉贾充,贾充说:"我曾对你说过什么?"

【刘孝标注】⊖《妇人集》曰:"充妻李氏,名婉,字淑文。丰诛,徙乐浪。"　⊜《贾氏谱》曰:"郭氏名玉璜,即广宣君也。"　⊜《晋诸公赞》曰:"世祖践阼,李氏赦还,而齐献王妃欲令充遣郭氏,更纳其母。充不许,为李氏筑宅,而不往来。充母柳氏将亡,充问所欲言者。柳曰:'我教汝迎李新妇,尚不肯,安问他事!'"　四《充别传》曰:"李氏有淑性令才也。"　五按:《晋诸公赞》曰:"世祖以李丰得罪晋室,又郭氏是太子妃母,无离绝之理,乃下诏敕断,不得往还。"而王隐《晋书》亦云:"充既与李绝婚,更取城阳太守郭配女,名槐。李禁锢解,诏充置左右夫人。充母柳亦勒充迎李。槐怒,攘臂责充曰:'刊定律令,为佐命之功,我有其分。李那得与我并?'充乃架屋永年里中以安李。槐晚乃知。充出,辄使人寻充。诏许充置左右夫人。充答诏以谦让不敢当盛礼。"《晋赞》既云世祖下诏不遣李还,而王隐《晋书》及《充别传》并言诏听置立左右夫人,但充惮郭氏,不敢迎李。三家之说并不同,未详孰是。然李氏不还,别有余故,而《世说》云"自不肯还",谬矣。且郭槐强狠,岂能就李而为之拜乎?皆为虚也。

【注释】① 贾充:见《政事》六注①(页 105)。前妇:前妻。　② 李丰:见《容止》四注②(页 401)。　③ 徙边:流放到边远地区。　④ 郭配:字仲南,三国魏人,官至城阳太守。　⑤ 武帝:西晋武帝司马炎。听:准许。　⑥ 别:另外。　⑦ 省(xǐng):看望。　⑧ 刚介:刚强耿直。　⑨ 威仪:服饰仪表。　⑩ 将:带。　⑪ 何物:当时口语,什么。

【评析】本文所写,《晋书·贾充传》亦载,且写得具体。贾充前妻李氏"淑美有才行"。而其后娶之妻郭槐则"性妒忌"。她想去看望李氏,贾充谓李氏有才气,不如不去看。郭氏偏要去,仗着她女儿是王妃,"盛威仪而去"。可是当她见到李氏出迎时,"不觉脚屈,因遂再拜",可见李氏之气质令郭氏心虚脚软,竟不得不拜,大丢其脸。《晋书》称"自是充每出行,槐辄使人寻之,恐其过李也",可见郭氏之妒忌成性。

十四

　　贾充妻李氏作《女训》①,行于世。李氏女②,齐献王妃③;郭氏女④,惠帝后。充卒,李、郭女各欲令其母合葬,经年不决⑤。贾后废,李氏乃祔葬⑥,遂定。㊀

【今译】贾充的妻子李氏写了《女训》一书,流行于世。李氏生的女儿,后来是齐献王的妃子,郭氏生的女儿,后来成为惠帝的皇后。贾充死后,李氏、郭氏的女儿各自想让自己的母亲与贾充合葬,此事历经多年未能解决。直到贾后被废之后,李氏才得与贾充合葬,事情于是定了下来。

【刘孝标注】㊀《晋诸公赞》曰:"李氏有才德,世称《李夫人训》者。生女合,亦才明,即齐王妃。"《妇人集》曰:"李氏至乐浪,遗二女《典式》八篇。"王隐《晋书》曰:"贾后字南风,为赵王所诛。"

【注释】①《女训》:书名,贾充妻李氏作,已佚。　②李氏女:贾充与前妻李氏生二女:褒、裕。褒,名荃,裕,名濬。荃为齐王司马攸妃。　③齐献王:即司马攸。攸字大猷,司马昭之子,晋武帝之弟,封齐王。后遭武帝猜忌,被贬斥,忧惧而死,谥号献。　④"郭氏女"两句:郭槐生一女,名南风,为晋惠帝之皇后,与贾谧等专朝政十余年,后被赵王伦所废。　⑤经年:指多年。⑥祔(fù)葬:合葬。

【评析】贾充原配李氏因受父亲牵连被流徙,后遇赦得还,但充另筑室让李氏独居而不与之往来。据《晋书》贾充传载,李氏所生二女荃与濬"每号泣请充,充竟不往"。她们还叩头流血,陈母应还之意,仍被拒绝。为此,"荃恚愤而薨"。连贾充之母也坚持要贾充迎还李氏,贾充还是拒绝。贾充死后,李氏所生二女请求李氏与贾充合葬,此时正当郭氏所生之女贾南风为惠帝皇后之时,其人"妒忌多权诈",且"性酷虐"、"荒淫放恣",当然对此横加阻挠。直到她被废,李氏才得以合葬。

十五

　　王汝南少无婚①,自求郝普女②。㊀司空以其痴③,会无婚处④,任其意便许之⑤。㊁既婚,果有令姿淑德⑥。生东海⑦,遂为王氏母仪⑧。或问汝南:"何以知之?"曰:"尝见井上取水,举动容止不失常⑨,未尝忤观⑩,以此知之。"㊂

【今译】王湛年轻时未及订婚,便自己去求娶郝普之女为妻。王湛父亲王昶认为他痴呆,反正也没人与他结婚,便任凭他自己的意思就答应了他。结婚之后,新娘子果然有美好的容貌和善良的品德。生下王承之后,她便成为王氏门中做母亲的典范。有人问王湛:"你是怎么了解她的?"王昶说:"我曾见她在井上汲水,举止容仪没有失常之处,没有任何碍眼不雅的景象,从这些地方就知道她的为人了。"

【刘孝标注】㊀《郝氏谱》曰:"普字道匡,太原襄城人。仕至洛阳太守。"　㊁《魏氏志》曰:"王昶字文舒,仕至司空。"　㊂《汝南别传》曰:"襄城郝仲将,门至孤陋,非其所偶也。君尝见其女,便求聘焉。果高明英迈,母仪冠族。其通识余裕,皆此类。"

【注释】① 王汝南:王湛。曾任汝南内史,故称。见《赏誉》十七注①(页270)。 ② 郝普:字道匡,太原襄城人,官洛阳太守。 ③ 司空:指王昶,昶字文舒,王湛之父,官至司空。 ④ 会:反正,终究。 ⑤ 任:听凭。 ⑥ 令姿淑德:美好的姿容,善良的品德。 ⑦ 东海:指王承,他曾任东海郡太守,故称。见《政事》九注①(页107)。 ⑧ 母仪:做母亲的典范。 ⑨ 容止:仪容举止。 ⑩ 忤观:指碍眼、不雅观的景象。

【评析】王家一门显宦而郝家门第孤陋,可谓门不当户不对。由于王昶认为儿子痴呆,故任其自由选择,但王昶是有心之人,早就暗中观察郝氏的举止行为了。郝氏容貌出众,举止得当,于是便认可了这门亲事。郝氏过门以后,不负所望,又为郝家生下一子,使郝家后继有人,遂母仪冠族。

十六

王司徒妇①,钟氏女,太傅曾孙②,㊀亦有俊才女德③。㊁钟、郝为娣姒④,雅相亲重⑤。钟不以贵陵郝⑥,郝亦不以贱下钟。东海家内⑦,则郝夫人之法⑧;京陵家内⑨,范钟夫人之礼⑩。

【今译】王浑的妻子是钟家的女儿,钟繇的曾孙女,也有出众的才能、女性的美德。钟氏与郝氏是妯娌,互相之间非常亲近敬重。钟氏不凭出身高贵欺侮郝氏,郝氏也不因为出身低微而屈居钟氏之下。王承家里,效法郝氏之规范为法则;王浑家里,以钟氏夫人的礼法为典范。

【刘孝标注】㊀《王氏谱》曰:"夫人,黄门侍郎钟琰女。" ㊁《妇人集》曰:"夫人有文才,其诗赋颂诔行于世。"

【注释】① 王司徒:王浑,曾为司徒,故称。 ② 太傅:指钟繇,曾为太傅,故称。 ③ 俊才:出众的才能。 ④ 娣姒(dì sì):妯娌。兄妻为姒,弟妻为娣。 ⑤ 雅:极,甚。 ⑥ 陵:欺侮。 ⑦ 东海:指王湛与郝氏所生之子王承。 ⑧ 则:效法。 ⑨ 京陵:指王浑,袭父爵京陵侯。 ⑩ 范:仿效。

【评析】王浑和王湛是兄弟,浑妻郝氏与湛妻钟氏为妯娌。她们门第各有贵贱,却能互相尊重,平等相处,没有高低贵贱之分,各有家规家法,互不干扰,这在当时是难能可贵的。

十七

李平阳①,秦州子②,㊀中夏名士③,时以比王夷甫④。孙秀初欲立威权⑤,咸云:"乐令民望⑥,不可杀;减李重者又不足杀⑦。"㊁遂逼重自裁⑧。初,重在家,有人走从门入⑨,出髻中疏示重⑩。重看之色动⑪,入内示其女,女直叫"绝"⑫。了其意⑬,出则自裁。㊂此女甚高明⑭,重每咨焉⑮。

【今译】李重是李秉的儿子,是中原地区的名士,当时人把他比作王衍。孙秀当初想建立威望权势，大家都说："乐广是民众所仰望的，不可以杀，不如李重的人又不值得杀。"于是就逼迫李重自杀。当初，李重在家，有人跑着从大门进来，从发誓中拿出奏议来给李重看。李看了脸色都变了，他进内室给女儿看，女儿只是叫"完了"。他明白女儿的意思，出了内室就自杀了。这位女孩子智慧很高，李重有事常向她咨询，与她商量。

【刘孝标注】㊀李重已见。《永嘉流人名》曰："康字玄胄，江夏人，魏秦州刺史。"㊁《晋诸公赞》曰："孙秀字俊忠，琅邪人。初，赵王伦封琅邪，秀给为近职小吏。伦数使秀作书疏，文才称伦意。伦封赵，秀徙户为赵人，用为侍郎，信任之。"《晋阳秋》曰："伦篡位，秀为中书令，事皆决于秀。为齐王所诛。"㊂按：诸书皆云：重知赵王伦作乱，有疾不治，遂以致卒。而此书乃言自裁，甚乖谬。且伦、秀凶虐，动加诛夷，欲立威权，自当显戮，何当逼令自裁？

【注释】① 李平阳：李重，曾任平阳太守，故称。见《品藻》四十六注④（页349）。 ② 秦州：李秉，字玄胄，曾任秦州刺史，故称。 ③ 中夏：中原地区。 ④ 王夷甫：王衍。 ⑤ 孙秀：字俊忠，琅邪（今山东临沂北）人。晋赵王伦篡位，秀任中书令，专朝政，杀石崇、欧阳建、潘岳等，赵王伦败，被杀。 ⑥ 乐令：乐广，见《德行》二十三注③（页16）。民望：民众所效仿的人，指有德行、才能而享有声望的人。 ⑦ 减：不如，次于。 ⑧ 自裁：自杀。 ⑨ 走：跑。 ⑩ 疏：给皇帝的奏议。 ⑪ 色动：脸色改变。 ⑫ 直：只是。 ⑬ 了：明了，明白。 ⑭ 高明：见解高，有智慧。 ⑮ 咨：咨询，征求意见。

【评析】关于李重之死，有二说，本文谓被逼自杀，而《晋书》本传则谓"永康初，赵王伦用为相国左司马，以忧逼成疾而卒"，即他不是自杀，而是忧虑患病而亡。

十八

周浚作安东时①，行猎，值暴雨，过汝南李氏②。李氏富足，而男子不在。有女名络秀③，闻外有贵人，与一婢于内宰猪羊，作数十人饮食，事事精办，不闻有人声。密觇之④，独见一女子，状貌非常，浚因求为妾。父兄不许，络秀曰："门户殄瘁⑤，何惜一女？若连姻贵族，将来或大益。"父兄从之。㊀遂生伯仁兄弟⑥。络秀语伯仁等："我所以屈节为汝家作妾，门户计耳⑦。㊁汝若不与吾家作亲亲者⑧，吾亦不惜余年⑨！"伯仁等悉从命。由此李氏在世得方幅齿遇⑩。

【今译】周浚任安东将军时，出外打猎，正遇上暴雨，经过汝南李家。李家家境富足，但男人不在家。有个女儿，名叫络秀，听到外面有贵客来了，她与一个婢女在内院宰杀猪羊，做了几十个人的饮食，每件事都办得精细周到，听不到一点声音。周浚暗中察看，只见一位女子，相貌生得不同一般，周浚于是求娶她为小妾。他的父亲、兄弟不答应，络秀说："我家门第衰败，为什么珍惜一个女儿？如果与贵族结成婚姻，将来也许有很大的好处。"她父亲兄长就听从她的意思。于是婚后便生下周颛兄弟。络秀对周颛兄弟说："我委屈自己嫁到你们家作小妾的原因是为我家的门第考虑而已。你们如不与我家做亲戚，我也不会爱惜自己的晚年！"周颛弟兄都听从母亲的话。因此李氏在世时得到了正当的礼遇。

【刘孝标注】㊀《八王故事》曰："浚字开林，汝南安城人。少有才名。太康初，平吴，自御史中丞出为扬州刺史。元康初，加安东将军。"㊁按《周氏谱》："浚取同郡李伯宗女。"此云为妾，妄耳。

【注释】① 周浚：字开林，汝南安成（今河南汝南县）人。仕魏为扬州刺史，平吴有功，封成武侯。晋武帝时为侍中，后代王浑都督扬州诸军事，加安东将军。　② 汝南：郡名，在今河南。　③ 络秀：汝南李宗伯之女，安东将军周浚之妻，生三子，名颛、嵩、谟。　④ 觇（chān）看：窥视。　⑤ 殄瘁（tiǎn cuì）：败落。　⑥ 伯仁：周颛字伯仁。　⑦ 计：考虑。　⑧ 亲亲：亲戚。　⑨ 不惜余年：不爱惜晚年，指不如死掉算了。　⑩ 方幅：当时口语，指正当，公然。齿遇：礼遇，平等相待。

【评析】络秀不仅貌美，且能抓住机遇，从长远利益出发，甘为周浚的小妾，对儿子们坦言自己的想法，终于为自己争取到了正当的礼遇。其处事之从容令人佩服。

十九

陶公少有大志①，家酷贫，与母湛氏同居②。同郡范逵素知名③，举孝廉④，㊀投侃宿。于时冰雪积日，侃室如悬磬⑤，而逵马仆甚多。侃母湛氏语侃口："汝但出外留客⑥，吾自为计。"湛头发委地⑦，下为二髲⑧，㊁卖得数斛米⑨；斫诸屋柱⑩，悉割半为薪；锉诸荐⑪，以为马草。日夕，遂设精食，从者皆无所乏。逵既叹其才辩，又深愧其厚意。明旦去，侃追送不已，且百里许。逵曰："路已远，君宜还。"侃犹不返。逵曰："卿可去矣。至洛阳，当相为美谈。"侃乃返。逵及洛，遂称之于羊晫、顾荣诸人⑫。大获美誉。㊂

【今译】陶侃年轻时就有远大的志向，家里极其贫困，与母亲湛氏住在一起。同郡人范逵一向很有名声，被荐举为孝廉，他到陶侃家投宿。当时接连几天冰雪，陶侃家一无所有，而范逵的马匹仆从很多。陶侃母亲湛氏对陶侃说："你只要出去把客人留下来，我自然会想办法的。"湛氏的头发很长拖到地，便剪下头发做成二段假发，卖了头发买了几斛米；砍掉房柱，又把柱子劈下一半当柴烧，锉碎草垫子，用来作喂马的草料。到了晚上，便准备好了精美的食物，连随从都得到了周到的招待。范逵赞叹陶侃的能力与辩才，又对他的深厚情谊感到不安。第二天走时，陶侃一路追着送行不肯停下，直送出百里多地。范逵说："路送出这么远了，你应该回去了。"陶侃还是不肯回去。范逵说："你可以回去了，到了洛阳，我定会把你的盛情传为美谈的。"陶侃这才回去。范逵到了洛阳，便在羊晫、顾荣这些名士面前称赞陶侃，陶侃因此便获得了美好的声誉。

【刘孝标注】㊀逵，未详。　㊁一作"髢"。　㊂《晋阳秋》曰："侃父丹，娶新淦湛氏女，生侃。湛虔恭有智算，以陶氏贫贱，纺绩以资给侃，使交结胜己。侃少为寻阳吏，鄱阳孝廉范逵尝过侃宿，时大雪，侃家无草，湛彻所卧荐剉给。阴截发，卖以供调。逵闻之叹息。逵去，侃追送之。逵曰：'岂欲仕乎？'侃曰：'有仕郡意。'逵曰：'当相谘致。'过庐江，向太守张夔称之。召补吏，举孝廉，除郎中。时豫章顾荣责羊晫曰：'君奈何与小人同舆？'晫曰：'此寒俊也。'"王隐《晋书》曰："侃母既截发供客，闻者叹曰：'非此母不生此子。'乃进之于张夔。羊晫亦简之。后晫为十郡中正，举侃为鄱阳小中正，始得上品也。"

【注释】① 陶公：陶侃，见《言语》四十七注①（页65）。　② 湛氏：陶侃之母，豫章新淦（在今江西）人。　③ 范逵：鄱阳（在今江西）人，闻名乡里，与陶侃友善。　④ 孝廉：选拔官吏的科目。　⑤ 室如悬磬（qìng）：形容室内空无所有，如悬挂的石磬一样。磬，古代的打击乐器。　⑥ 但：

只要。 ⑦委：垂，拖。 ⑧髲(bì)：假发。 ⑨斛(hú)：量器名，古以十斗为斛，后又以五斗为斛。 ⑩斫(zhuó)：砍。 ⑪剉(cuò)：铡碎。荐：草垫。 ⑫羊晫(zhuó)：一作羊晫，历仕豫章郎中令、十郡中正。顾荣：见《德行》二十五注①(页17)。

【评析】陶侃出身孤贫，纵有抱负，在那讲究门第的时代，也难以出人头地。幸而其母贤明，能抓住时机，竭尽所能来招待范逵，赢得范的好感，为其延誉。足见陶母帮助儿子的良苦用心。陶侃后来屡立战功，做到刺史、太尉，封长沙郡公，成为一代名臣，此次结交名流范逵堪称关键之举，故《晋书》本传即以此事开篇。

二十

陶公少时作鱼梁吏①，尝以坩鲊饷母②。母封鲊付使，反书责侃曰③："汝为吏，以官物见饷，非唯不益，乃增吾忧也。"⊖

【今译】陶侃年轻时当管理拦水捕鱼的小吏，曾把一罐腌制的鱼送给母亲。母亲封好腌鱼交付给捎鱼来的人，回信责怪陶侃说："你作为官吏，拿公家的东西送给我，非但没有好处，反而增加了我的忧虑啊！"

【刘孝标注】⊖《侃别传》曰："母湛氏，贤明有法训。侃在武昌，与佐吏从容饮燕，常有饮限。或劝犹可少进，侃凄然良久曰：'昔年少，曾有酒失，二亲见约，故不敢逾限。'及侃丁母忧，在墓下，忽有二客来吊，不哭而退，仪服鲜异，知非常人。遣随视之，但见双鹤冲天而去。"《幽明录》曰："陶公在寻阳西南一塞取鱼，自谓其池曰鹤门。"按：吴司徒孟宗为雷池监，以鲊饷母，母不受。非侃也。疑后人因孟假为此说。

【注释】①陶公：陶侃。鱼梁吏：指管理拦水捕鱼的官吏。 ②坩(gān)：盛物的陶器。鲊(zhǎ)：腌制的鱼。饷(xiǎng)：指赠送。 ③反书：回信。

【评析】陶侃送给母亲的腌鱼，文中没有说是公家之物，但她还是退了回去。陶侃母亲这种公私分明、一丝不苟的精神值得称颂。

二十一

桓宣武平蜀①，以李势妹为妾②，甚有宠，常著斋后③。主始不知④，既闻，与数十婢拔白刃袭之。⊖正值李梳头，发委藉地⑤，肤色玉曜⑥，不为动容。徐曰："国破家亡，无心至此，今日若能见杀，乃是本怀⑦。"主惭而退。⊜

【今译】桓温平定成汉后，娶了李势妹妹为妾，非常宠爱她，常把她安置在书斋后面住。他的妻子南康公主起初不知道，听到消息后，就带了几十个婢女拔出刀子去袭击她。正遇上李氏在梳头，头发下垂铺到了地上，肤色如白玉般明亮，但她见到众人拔刀时一点都不惊慌，缓缓地说："国破家亡，我也是无意间到了此地，今天如被杀，正是我的本愿。"公主惭愧地退了出来。

【刘孝标注】⊖《续晋阳秋》曰："温尚明帝女南康公主。" ⊜《妒记》曰："温平蜀，以李势女为妾，郡主凶妒，不即知之。后知，乃拔刃往李所，因欲斫之。见李在窗梳头，姿貌端丽，徐徐结发,敛手向主,神色闲正,辞甚凄惋。主于是掷刀前抱之曰:'阿子,我见汝亦怜,何况老奴。'遂善之。"

【注释】① 桓宣武:桓温。平蜀:指平定晋十六国之一的成汉政权。 ② 李势:字子仁,成汉第二代主,在位四年,降晋,封归义侯。 ③ 著:安置。 ④ 主:公主,指桓温妻晋明帝女南康长公主。 ⑤ 委:下垂。藉:铺。 ⑥ 曜(yào):明亮。 ⑦ 本怀:本愿,本意。

【评析】李氏不仅容貌美丽,且沉着冷静,言辞得当,连妒忌成性的桓温妻也感到惭愧。不仅如此,据刘注引文谓桓温妻南康公主还掷刀拥抱李氏,从此怜爱并善待李氏。

二十二

庾玉台①,希之弟也②。希诛,将戮玉台。㊀玉台子妇,宣武弟桓豁女也③,㊁徒跣求进④。阍禁不内⑤,女厉声曰:"是何小人? 我伯父门,不听我前⑥!"因突入⑦,号泣请曰:"庾玉台常因人⑧,脚短三寸,当复能作贼不?"宣武笑曰:"婿故自急⑨。"遂原玉台一门⑩。㊂

【今译】庾友是庾希的弟弟。桓温杀了庾希后,将要株连杀死庾友。庾友的儿媳是桓温弟弟桓豁的女儿,急急忙忙光了脚就求见桓温。守门人禁止她进去,她厉声道:"是什么奴才? 我伯父家门,竟然不准我进去!"于是她就冲了进去,大哭大叫请求道:"庾友常常要依靠别人帮助才能走路,他的脚要短三寸,还能谋反吗?"桓温笑道:"侄女婿是确实着急了。"于是便赦免了庾友一家人。

【刘孝标注】㊀ 希已见。玉台,庾友小字。《庾氏谱》曰:"友字惠彦,司空冰第三子。历中书郎、东阳太守。" ㊁《庾氏谱》曰:"友字弘之,长子宣,娶宣武弟桓豁之女。字女幼。" ㊂《中兴书》曰:"桓温杀庾希弟倩,希闻难而逃,希弟友当伏诛。子妇桓氏女请温,得宥。"

【注释】① 庾玉台:庾友,字惠彦,小字玉台,庾冰第三子,历仕中书郎、东阳太守。 ② 希:庾希,字始彦,庾冰长子,官至徐、兖二州刺史,为桓温所杀。 ③ 宣武:桓温。桓豁:桓温弟,字朗子,官征西大将军。 ④ 徒跣(xiǎn):光着脚,赤脚。 ⑤ 阍(hūn):守门人。内(nà):同"纳",进入。 ⑥ 听:让,准许。 ⑦ 突入:冲进去。 ⑧ 因人:指庾友脚比常人短,必须靠他人帮助才能行走。因,依靠,凭借。 ⑨ 故自:确实,的确。 ⑩ 原:赦免。

【评析】本文之事,《晋书·庾亮传》谓:"及友当伏诛,友子妇,桓秘女也,请温,故得免。"本文所写则更具文学色彩与戏剧意味。如桓氏徒跣求进、厉声呵斥、突入泣请,更谓庾友"脚短三寸","常因人"。桓氏语言锋利,行为果敢,庾友因此得以幸免。

二十三

谢公夫人帏诸婢①,使在前作伎②,使太傅暂见,便下帏。太傅索更开③,夫人云:"恐伤盛德④。"㊀

【今译】谢安夫人用帷帐遮隔众婢女,叫她们在前面表演歌舞,演奏乐曲,让谢安观看了一会儿,就放下了帷帐。谢安要求再次打开帷帐,夫人说:"恐怕会损害你的美德。"

【刘孝标注】㊀ 刘夫人已见。

【注释】① 谢公夫人:谢安夫人。帏(wéi):帷帐,这里用作动词,即用帷帐遮隔之意。 ② 作伎:表演歌舞,演奏乐曲。 ③ 索:要求。 ④ 伤:损害。

【评析】《晋书》本传谓谢安爱好声乐妓女:"每游赏,必以妓女从","性好音乐"。谢夫人当然知道此事。《艺文类聚》卷三十五《妒》曰:"谢太傅刘夫人不令公有别房,公既深好声乐,复遂欲立妓妾……"可知刘夫人以妒得名。本文谓刘夫人令诸婢作伎,使谢安暂见即罢,当谢安要求再见时,以不伤其盛德为由拒绝之,使谢安无言以对。可谓机智得体。

二十四

桓车骑不好着新衣①,浴后,妇故送新衣与②。㊀车骑大怒,催使持去。妇更持还,传语云:"衣不经新,何由而故?"桓公大笑,着之。

【今译】桓冲不喜欢穿新衣服,一次洗澡后,他妻子特意送新衣服给他,桓冲大怒,催促侍者拿走。他妻子又派人拿回来给他,传话说:"衣服不经过新的,怎么会变成旧的呢?"桓冲听了大笑,穿上了新衣服。

【刘孝标注】㊀《桓氏谱》曰:"冲娶琅邪王恬女,字女宗。"

【注释】① 桓车骑:桓冲,桓温之弟,字幼子,历镇江州、徐州、荆州等地,官至车骑将军,加侍中,死后赠太尉。 ② 故:故意,特意。

【评析】当桓冲对夫人送来新衣发怒之时,桓冲夫人之答语不仅显示其睿智,且寓意深刻,使桓冲破怒为笑。本文开头对桓冲为何不喜新衣未作说明,令人难以理解。似不如《晋书》本传有所交代,谓其"冲性俭素",然后写浴后送衣发怒事,可知桓冲性喜俭省朴素。

二十五

王右军郗夫人谓二弟司空、中郎曰①:㊀"王家见二谢②,倾筐倒庋③;㊁见汝辈来,平平尔④。汝可无烦复往。"

【今译】王羲之妻子郗夫人对两位弟弟郗愔、郗昙说:"王家人见到谢家谢安、谢万两位兄弟来,倾其所有热情地款待;见到你们来,只是平平淡淡而已,你们可以无须再去王家了。"

【刘孝标注】㊀ 司空,愔,已见。《郗昙别传》曰:"昙字重熙,鉴少子。性韵方质,和正沉简。累迁丹阳尹、北中郎将、徐兖二州刺史。" ㊁ 二谢:安、万。

【注释】① 王右军:王羲之,见《言语》六十二注①(页73)。郗夫人:王羲之夫人为郗鉴之女,故称。司空：郗愔，郗鉴的长子，死赠司空。见《品藻》二十九注⑤(页342)。中郎：郗昙，字重熙，郗鉴次子，官北中郎将，徐、兖二州刺史。　②王家：指王羲之家的人。二谢：谢安、谢万。③倾筐倒庋：形容倾其所有，热情款待。庋(guǐ)，放东西的架子。　④平平：指态度平淡。

【评析】从郗夫人的话中，可知她对夫家人对谢家与娘家的态度一热一冷表示不满。据《晋书》郗愔本传，谓郗愔之子郗超为桓温的心腹，在当时红极一时，"王献之兄弟，自超未亡，见愔，常蹑履问讯，甚修舅甥之礼。及超死，见愔慢怠，屐而候之，命席便迁延辞避"。王献之兄弟对舅父的态度前恭而后倨的势利相，与郗夫人之语可互相印证。

二十六

王凝之谢夫人既往王氏①，大薄凝之②。既还谢家，意大不悦。太傅慰释之曰③："王郎，逸少之子④，人身亦不恶⑤，汝何以恨乃尔⑥?"答曰："一门叔父⑦，则有阿大、中郎⑧；群从兄弟⑨，则有封、胡、遏、末⑩。㊀不意天壤之中，乃有王郎!"

【今译】王凝之夫人谢道韫嫁到王家后，非常瞧不起王凝之，回到谢家，她心里很不高兴。谢安宽慰劝解她道："王郎是王羲之的儿子，人品、才学也不错，你为什么会遗憾到如此地步?"她答道："我们谢家一门叔父中，有谢尚、谢据；同族兄弟中，又有谢韶、谢朗、谢玄、谢渊。想不到天地之间，竟有王郎这样的人!"

【刘孝标注】㊀封胡，谢韶小字。遏末，谢渊小字。韶字穆度，万子，车骑司马。渊字叔度，奕第二子，义兴太守。时人称其尤彦秀者。或曰封、胡、遏、末。封谓朗，遏谓玄，末谓韶，朗玄渊，一作胡谓渊，遏谓玄，末谓韶也。

【注释】①王凝之：王羲之次子，见《言语》七十一刘注㊀(页80)。谢夫人：王凝之妻谢道韫，谢安侄女，见《言语》七十一注⑦(页80)。往：指嫁出去。　②薄：轻视。　③慰释：宽慰劝解。④逸少：王羲之字逸少。　⑤人身：指人品、才学。　⑥乃尔：如此。　⑦叔父：父亲的兄弟。　⑧阿大：指谢尚。谢安叔父谢鲲只生谢尚一子，故称阿大。中郎：指谢安的二哥谢据，老二居中，故称。　⑨群从：指同族兄弟。从，堂房亲属。　⑩封：谢韶，字穆度，小字封。胡：谢朗，小字胡儿。遏：谢玄，小字遏。末：谢渊，字叔度，小字末。

【评析】据《晋书·王凝之传》，谓王羲之一家世事五斗米道，而凝之信之弥笃。当危急之时，他只加入静室请祷鬼兵相助，可知其愚昧状。以"咏絮"之才著称的谢夫人当然轻视他了。她所说的"天壤王郎"后遂成为典故，寓称不合意的丈夫。

二十七

韩康伯母隐古几毁坏①，卜鞠见几恶②，欲易之③。㊀答曰："我若不隐此，汝何以得见古物?"

【今译】韩康伯的母亲凭靠的矮桌坏掉了，韩母的外孙卜鞠见后，想要掉换它，韩母答道："我如果不是凭靠这张矮桌，你怎么能见得到古物呢?"

世说新语译解

【刘孝标注】㊀鞠，卞范之，母之外孙也。

【注释】①韩康伯：韩伯，见《德行》三十八注④（页26）。隐：凭倚，扶靠。几（jī）：矮桌，用来凭倚休息或陈放物品。　②卞鞠：卞范之，见《伤逝》十九注②（页431）。恶：坏。　③易：掉换。

【评析】《晋书·卞范之传》谓"玄僭位，以范之为侍中"，"玄既奢侈无度，范之亦盛营馆第。自以佐命元勋，深怀矜伐以富贵骄人，子弟傲慢，众感畏嫉之"。本文所写卞范之欲换古几事，即为一例。但他的外祖母韩氏却语含讥刺，对其换几之说不以为然，示其外孙应爱惜古物，不以富贵骄人之意。

二十八

王江州夫人语谢遏曰①："汝何以都不复进?㊀为是尘务经心②，天分有限③?"

【今译】王凝之夫人谢道韫对谢玄说："你为什么一点儿都不见长进？是世俗之事烦扰于心呢，还是天资有限呢?"

【刘孝标注】㊀夫人，玄之妹。

【注释】①王江州：王凝之曾任江州刺史，故称。谢遏（è）：谢玄，谢道韫之弟。刘注谓"夫人，玄之妹"，"妹"当为"姊"之误。　②为是：表示选择的词，"还是"之意。尘务：世俗之事。经心：烦扰于心。　③天分：天资。

【评析】据《晋书》本传，谢玄从小就因聪颖有才而受到叔父谢安的器重，他也曾在淝水之战中立过战功。本文所写在《晋书》谢道韫传中亦载，谓其"尝讥玄学植不进"，谢道韫激励兄弟积极进取、奋发有为的殷切之情跃然纸上。

二十九

郗嘉宾丧①，妇兄弟欲迎妹还②，终不肯归，㊀曰："生纵不得与郗郎同室③，死宁不同穴④?"㊁

【今译】郗超死后，他妻子的兄弟想接妹妹回娘家，她始终不肯回去，说："我活着即使不能与郗郎同居一室，死后难道不能与他同穴合葬吗?"

【刘孝标注】㊀《郗氏谱》曰："超娶汝南周闵女，名马头。"　㊁《毛诗》曰："谷则异室，死则同穴。"郑玄《注》曰："穴谓圹中墟也。"

【注释】①郗嘉宾：郗超，见《言语》五十九注⑤（页73）。　②妇：郗超妻。还：指回家。　③纵：即使。　④宁（nìng）：难道。

【评析】刘注引文谓郗超之妻在丈夫死后，不肯回娘家，称自己死后愿与丈夫同穴共埋，可见他们伉俪恩爱，一往情深。

三十

谢遏绝重其姊①,张玄常称其妹②,欲以敌之③。有济尼者④,并游张、谢二家,人问其优劣,答曰:"王夫人神情散朗⑤,故有林下风气⑥;顾家妇清心玉映⑦,自是闺房之秀⑧。"

【今译】谢玄非常尊重他的姐姐,张玄常常称赞他的妹妹,想让她与谢道韫抗衡。有一位叫济的女尼,同时与张、谢两家有交往,有人问起她们的优劣高下,女尼答道:"王夫人神情飘逸爽朗,确有竹林七贤般的风度气质;顾家媳妇心胸明净如美玉照人,自然是闺阁中的优秀女子。"

【注释】① 谢遏:谢玄。绝:极,甚。姊:指谢道韫。 ② 张玄:张玄之,见《言语》五十一刘注㊀(页68)。妹:张玄之妹嫁给顾家。 ③ 敌:相当,匹配。 ④ 济尼:名叫济的尼姑。 ⑤ 王夫人:指谢道韫。散朗:飘逸爽朗。 ⑥ 林下风气:指有竹林七贤那样超脱的风度。 ⑦ 顾家妇:顾媳妇,指张玄妹妹。清心玉映:指其心胸明净,如美玉照人。 ⑧ 闺房之秀:妇女中的优秀人物。

【评析】谢玄与张玄当时齐名,称为"南北二玄",他们的夫人谢姊与张妹同为名门闺秀,故引人注目。但从人们的比较中不难看出,谢姊的风度与文才可入竹林贤士之列,比之张妹只能局限于闺秀之称似略胜一筹。

三十一

王尚书惠尝看王右军夫人①,㊀问:"眼耳未觉恶不②?"㊁答曰:"发白齿落,属乎形骸③;至于眼耳,关于神明④,那可便与人隔⑤?"

【今译】王惠曾经去看望王羲之夫人,问道:"眼睛耳朵没有觉得有什么不舒服吧?"王夫人答道:"头发变白,牙齿脱落,是属于人的形体上的毛病;至于眼睛与耳朵,是关系到人的精神世界,怎么可能就与人们隔绝了呢?"

【刘孝标注】㊀《宋书》曰:"惠字令明,琅邪人。历吏部尚书,赠太常卿。" ㊁《妇人集》载《谢表》曰:"妾年九十,孤骸独存,愿蒙哀矜,赐其鞠养。"

【注释】① 王尚书惠:王惠,字令明,王导的曾孙,是王羲之的孙辈,刘宋时官吏部尚书。王右军夫人:王羲之夫人郗氏。 ② 恶:指身体有病。 ③ 形骸(hái):人的形体躯壳。 ④ 神明:人的精神,心思。 ⑤ 隔:隔绝。

【评析】王夫人将人分为形体与精神两个方面来分析,言简意赅,可谓年虽老而神益清。

三十二

韩康伯母殷①,随孙绘之之衡阳②,㊀于阖庐洲中逢桓南郡③。卞鞠是其外孙,时来问讯。谓鞠曰:"我不死,见此竖二世作贼④!"在衡阳数年,绘之遇桓景真之难也⑤,㈡殷抚尸哭曰:"汝父昔罢豫章⑥,征书朝至夕发⑦。汝去郡邑数年⑧,为物不得动⑨,遂及于难,夫复何言!"

【今译】韩伯的母亲殷夫人,跟随孙子韩绘之同到衡阳,在阖庐洲遇见桓玄。桓玄的部下卞鞠是殷夫人的外孙,常常来问候。她对卞鞠说:"我活到现在不死,看见桓玄这小子两代人叛逆造反!"住在衡阳几年,韩绘之在桓亮作乱时遇害,殷夫人抚着尸体痛哭道:"你父亲当年被免去豫章太守时,征召的文书早上发出晚上就动身出发了。你离开郡城几年,为事务所累不得脱身,终于被杀遇难,这又有什么话可说呢!"

【刘孝标注】㈠《韩氏谱》曰:"绘之字季伦。父康伯,太常卿。绘之仕至衡阳太守。" ㈡《续晋阳秋》曰:"桓亮字景真,大司马温之孙。父济,给事中。叔父玄,篡逆见诛。亮聚众于长沙,自号湘州刺史,杀太宰甄恭。衡阳前太守韩绘等十余人,为刘毅军人郭珍斩之。"

【注释】① 韩康伯:韩伯,见《德行》三十八注④(页26)。母殷:母亲殷氏。 ② 绘之:韩绘之,见刘注。 ③ 阖(hé)庐洲:长江中小洲名。桓南郡:桓玄。 ④ 竖:竖子,小子,对人的一种蔑称。二世作贼:指桓温与桓玄父子两代背叛朝廷作乱。 ⑤ 桓景真:详见刘注。 ⑥ 罢:罢免。豫章:指豫章太守。 ⑦ 征书:征召文书。 ⑧ 去:离开。 ⑨ 为物:指为事务所累。

【评析】本文歌颂了殷夫人爱憎分明、贤明有识的形象。她对貌似孝顺的外孙卞鞠并不领情,谴责其甘为逆贼效力。面对被桓亮杀害的孙子绘之的尸体,她痛哭声讨,可谓深明大义!

术解第二十

一

荀勖善解音声①，时论谓之"暗解"②。遂调律吕③，正雅乐④。每至正会⑤，殿庭作乐，自调宫商⑥，无不谐韵⑦。阮咸妙赏⑧，时谓"神解"⑨。每公会作乐⑩，而心谓之不调⑪，既无一言直勖⑫，意忌之，遂出阮为始平太守⑬。后有一田父耕于野，得周时玉尺，便是天下正尺⑭。荀试以校已所治钟鼓、金石、丝竹⑮，皆觉短一黍⑯，于是伏阮神识⑰。一

【今译】荀勖精通音乐，当时人都认为他能默记。他于是就调整乐律，校正雅乐。每到正月元旦聚会时，在殿堂奏乐，他自己亲自调整五音，没有不是音韵和谐的。阮咸在音乐上有着卓越的赏鉴能力，当时人称赞他悟性过人。每当因公事聚会奏乐时，阮咸心里都认为乐声不协调。他竟然没有一句肯定荀勖的话，荀勖心中忌恨他，便把阮咸调出朝廷去当始平太守。后来有一个农夫在田野耕地时，得到一把周代的玉尺，这便是天下的标准尺。荀勖试着用它来校正自己所制作的钟鼓、金石、丝竹等乐器，发现都短了一黍，于是才佩服阮咸见识高超。

【刘孝标注】一《晋后略》曰："钟律之器，自周之末废，而汉成、哀之间，诸儒修而治之。至后汉末，复隳矣。魏氏使协律知音者杜夔造之，不能考之典礼，徒依于时丝管之声、时之尺寸而制之，甚乖失礼度。于是世祖命中书监荀勖依典制定钟律。既铸律管，募求古器，得周时玉律数枚，比之不差。又诸郡舍仓库，或有汉时故钟，以律命之，皆不叩而应，声音韵合，又若俱成。"《晋诸公赞》曰："律成，散骑侍郎阮咸谓：'勖所造声高，高则悲。夫亡国之音哀以思，其民困。今声不合雅，惧非德政中和之音，必是古今尺有所短所致。然今钟磬是魏时杜夔所造，不与勖律相应，音声舒雅，而久不知夔所造，时人为之，不足改易。'勖性自矜，乃因事左迁咸为始平太守，而病卒。后得地中古铜尺，校度勖今尺，短四分，方明咸果解音，然无能正者。"干宝《晋纪》曰："荀勖始造《正德》、《大象》之舞，以魏杜夔所制律吕校大乐，本音不和。后汉至魏，尺长于古四分有余，而夔据之，是以失韵。乃依《周礼》，积粟以起度量，以度古器，符于本铭遂以为式，用之郊庙。"

【注释】① 荀勖(xù)：晋时官中书监，加侍中，领著作。又掌乐事，修律吕，行于世。见《方正》十四注①(页187)。善解：指精通。音声：音乐。 ② 暗解：默记。 ③ 调(tiáo)：调整。律吕：古代乐律有阴阳十二律，阳六叫"律"，阴六叫"吕"，合称"律吕"。 ④ 正：校正。雅乐：典雅纯正之乐，古代帝王用于祭祀、朝会的音乐。 ⑤ 正(zhēng)会：元旦朝会，指正月初一日皇帝朝会群臣。 ⑥ 宫商：古以宫、商、角、徵、羽代表五个不同的音阶，此泛指五音。 ⑦ 诸韵：音韵和谐。 ⑧ 阮咸：见《赏誉》十二注①(页267)。妙赏：卓越的赏鉴能力。 ⑨ 神解：悟性过人。 ⑩ 公会：因公事聚会。 ⑪ 不调：不协调。 ⑫ 既：竟然。直勖：认为荀勖正确。 ⑬ 始平：郡名，治所在槐里(今陕西兴平)。 ⑭ 正尺：标准尺。 ⑮ 治：制作。金石：钟磬类乐器。丝竹：管弦乐器。 ⑯ 黍(shǔ)：古长度单位。一黍为一分，百黍为尺。 ⑰ 伏：通"服"，佩服。神识：见识高超。

【评析】荀勖由于阮咸听了自己指导的音乐不予肯定，便心怀忌恨，将阮调出京都。但当其用出土的周代玉尺来校正自己所制作的乐器，果然不合标准后，即佩服阮咸，

赞为"神识"。这种为艺术而知错必改的精神殊为难得。

二

荀勖尝在晋武帝坐上食笋进饭①，谓在坐人曰："此是劳薪炊也②。"坐者未之信，密遣问之，实用故车脚。

【今译】荀勖曾经在晋武帝宴席上吃笋用饭，对在座的人说："这是用旧车轮当柴火烧出来的。"在座者不信他的话，暗中派人去问这事，确实是用旧车轮当柴火烧出来的。

【注释】① 晋武帝：司马炎。　② 劳薪：指以旧车轮当柴火烧。车子运行以车脚车轮最辛苦，故称。

【评析】荀勖不仅精于乐理，且亦能从食物的色香味中辨别其柴火的来源，堪称神奇。

三

人有相羊祜父墓①，后应出受命君②。祜恶其言③，遂掘断墓后以坏其势④。相者立视之⑤，曰："犹应出折臂三公⑥。"俄而祜坠马折臂⑦，位果至公。㊀

【今译】有位看相的人为羊祜父亲的坟墓看风水，说其后代会出一位受天命的君主。羊祜厌恶他的话，便掘断坟墓的后部，来破坏坟墓的形势风水。看相人立即去察看坟墓说："还是会出一位折臂三公。"不久羊祜从马上摔下折断了手臂，他的官位果然升到三公。

【刘孝标注】㊀《幽明录》曰："羊祜工骑乘。有一儿五六岁，端明可喜，掘墓之后，儿即亡。羊时为襄阳都督，因盘马落地，遂折臂。于是士林咸叹其忠诚。"

【注释】① 羊祜：见《言语》八十六注②（页88）。　② 后：后代。受命君：接受天命的君主。③ 恶（wù）：厌恶。　④ 势：指地理形势，这里似含有风水的意思。　⑤ 立：立即。　⑥ 三公：古代中央三种最高官衔的合称。魏晋以太尉、司徒、司空为三公。　⑦ 俄而：不久。

【评析】羊祜因看相者谓其父墓风水好，后代将出一位受天命的君王，遂将墓后掘断以免子孙成为篡夺君位的叛逆者，刘注引文谓"士林咸叹其忠诚"。《晋书》本传亦有记载，文字稍异，谓："善相墓者，言祜祖墓所有帝王气，若凿之则无后，祜遂凿之。"此亦同样说明其情愿无后也要效忠于晋朝的心意。

四

王武子善解马性①。尝乘一马，着连钱障泥②，前有水，终日不肯渡。王云："此必是惜障泥。"使人解去，便径渡。㊀

【今译】王济很懂得马的脾性,曾经骑着一匹马,马背上铺着一块钱纹相连的垫子,前面有河水,马始终不肯渡水过去。王济说:"这一定是马爱惜垫子。"派人解下垫子,马就一直渡过河了。

【刘孝标注】㊀《语林》曰:"武子性爱马,亦甚别之。故杜预道王武子有马癖,和长舆有钱癖。武帝问杜预:'卿有何癖?'对曰:'臣有《左传》癖。'"

【注释】① 王武子:王济,见《言语》二十四注①(页51)。 ② 着:放置。连钱:钱纹相连的一种花饰。障泥:放在马鞍下垂在马腹两侧的垫子,用来阻挡泥水的马饰。

【评析】王济善解马性,故熟知马的癖性、爱好等,无怪杜预称其"有马癖"。刘注引文及《晋书·杜预传》均载此语。本文内容《晋书·王济传》亦载,只是"终日不肯渡"作"终不肯渡",语义似更好。

五

陈述为大将军掾①,甚见爱重。及亡,郭璞往哭之②,甚哀,乃呼曰:"嗣祖,焉知非福!"俄而大将军作乱,如其所言。㊀

【今译】陈述担任王敦的属官,很受王敦的喜爱看重。到他死时,郭璞前去哭吊他,非常哀痛,却呼喊道:"嗣祖啊,怎么知道这英年早逝不是福分!"不久王敦反叛作乱,正如郭璞所预言的那样。

【刘孝标注】㊀《陈氏谱》曰:"述字嗣祖,颍川许昌人。有美名。"

【注释】① 陈述:字嗣祖,颍川许昌(在今河南)人。有美名,曾为王敦大将军府掾。大将军:指王敦。掾(yuàn):官署属员。 ② 郭璞:见《文学》七十六注①(页162)。

【评析】从郭璞哭吊陈述之语中可知他已经察觉到王敦有叛逆之心,一旦败露则下属必受牵连,故为陈述之死而庆幸。他自己也是王敦部下,于中亦透露其对自己命运的隐忧。

六

晋明帝解占冢宅①,闻郭璞为人葬②,帝微服往看③,因问主人:"何以葬龙角④?此法当灭族⑤!"主人曰:"郭云此葬龙耳,不出三年,当致天子⑥。"帝问:"为是出天子邪?"答曰:"非出天子,能致天子问耳。"㊀

【今译】晋明帝懂得占卜墓地的吉凶之术,听说郭璞为人择地安葬,明帝穿便服前往察看。于是便问主人:"为什么要葬在龙角的位置上?这样葬法会带来灭族之祸!"主人说:"郭璞说:'这是葬在龙耳的位置上,不出三年,会招来天子。'"明帝问:"是指家里会出个天子吗?"主人答道:"不是出天子,是指能招来天子的询问而已。"

【刘孝标注】㊀ 青鸟子《相冢书》曰:"葬龙之角,暴富贵,后当灭门。"

【注释】① 晋明帝：司马绍。解：懂。占冢宅：占卜推算坟墓的吉凶祸福。占：占卜。推算风水。　② 为人葬：为人择地安葬。　③ 微服：君王或官员穿平民百姓的衣服。　④ 龙角：古时看风水者将绵延的山势喻为龙，相风水者根据情况选择某处为墓地。此指选龙角之处为墓地。　⑤ 灭族：刘注引文谓如葬在龙角，将导致突然富贵，但最后会招来灭门之祸。　⑥ 致：招来。

【评析】《晋书·郭璞传》谓郭璞"妙于阴阳算历"、"洞五行、天文、卜筮之术"，而本文谓晋明帝也懂阴阳占卜，故对郭璞替人占卜墓地产生了兴趣。与主人对话时，对"致"字有了不同的理解。明帝认为是"出现"意，这家将出现一位天子，这就犯了灭族之罪。而主人据郭璞原意谓仅仅是引来（招来）天子的问询之意。一字之差，郭璞不仅无罪，且证实了他占卜术之精。《晋书》本传中在对话的最后尚有"帝甚异之"语，似更圆满。

七

郭景纯过江①，居于暨阳②，墓去水不盈百步。时人以为近水，景纯曰："将当为陆。"㊀今沙涨，去墓数十里皆为桑田③。其诗曰："北阜烈烈④，巨海混混⑤。垒垒三坟⑥，唯母与昆⑦。"

【今译】郭璞渡江后，住在暨阳，他家墓地距离江水不足一百步，当时人认为离江水太近。郭璞说："这里将会成为陆地。"如今泥沙堆积涨高，距离墓地几十里地都成了农田。郭璞有诗说："北面的土山高高耸起，大海波涛滚滚东去。重重叠叠的三座坟墓里，是母亲与二位兄长的长眠之地。"

【刘孝标注】㊀《璞别传》曰："璞少好经术，明解卜筮。永嘉中，海内将乱，璞投策叹曰：'黔黎将同异类矣。'便结亲昵十余家南渡江，居于暨阳。"

【注释】① 郭景纯：郭璞字景纯。过江：指从北方渡江至南方。　② 暨阳：县名，在今江苏江阴县。　③ 桑田：陆地，田地。　④ 阜：土山。烈烈：高峻的样子。　⑤ 混混（gǔn）：同"滚滚"，大水奔流的样子。　⑥ 垒垒：重叠的样子。　⑦ 唯：语气词，强调语气。昆：兄长。

【评析】郭璞从山水的走势、变迁等形势，选了近水之地作为母亲与兄长的墓地，他人为之忧虑，事实证明他的选择是对的。可知郭璞确是精于阴阳历算的高人，非常人所能及。

八

王丞相令郭璞试作一卦①。卦成，郭意色甚恶，云："公有震厄②。"王问："有可消伏理不③？"郭曰："命驾西出数里④，得一柏树，截断如公长，置床上常寝处，灾可消矣。"王从其语，数日中，果震柏粉碎。子弟皆称庆。㊀大将军云⑤："君乃复委罪于树木⑥！"

【今译】王导让郭璞试占一卦，卦占成后，郭璞的神情脸色很难看，说："丞相您有雷击之灾！"王导问："有消除的办法吗？"郭璞说："您出行往西走几里地，看到一棵柏树，把它截断像你一般长短,放在床上常睡之处,灾祸即可消除了。"王导听他的话去做,几天之内,果然雷击把柏树打得粉碎,王家子弟都表示庆贺。王导说:"你竟把罪过推给了树木!"

【刘孝标注】㊀ 王隐《晋书》曰:"璞消灾转祸,扶厄择胜,时人咸言京、管不及。"

【注释】① 王丞相:王导。　② 震厄:雷击的灾难。　③ 消伏理:消除的办法。理:办法。不(fǒu):同"否"。　④ 命驾:指出行。　⑤ 大将军:王敦。　⑥ 乃复:竟,竟然。委罪:把罪过推给别人。

【评析】郭璞不仅精于占卜,且能"攘灾转祸"(《晋书》本传),化凶为吉,故深得元帝和王导的器重,本文即为一例。此文中王导于事后却说郭璞"委罪于树木",可知王导既怕死却又要说风凉话,似乎有点虚伪。

九

桓公有主簿①,善别酒②,有酒则令先尝,好者谓"青州从事③",恶者谓"平原督邮④"。青州有齐郡,平原有鬲县;"从事"言到脐⑤,"督邮"言在鬲上住⑥。

【今译】桓温属下有位主簿,善于区别酒质的优劣好坏,桓温有酒总是让他先品尝。好酒称为"青州从事",劣酒就称为"平原督邮"。青州有齐郡,平原有鬲县。"从事"就是谓好酒入口酒力可达肚脐,劣酒入口就是谓酒力只能停留在横隔膜上面。

【注释】① 桓公:桓温。　② 别:辨别酒质的优劣。　③ 从事:州刺史的属官,比喻好酒。④ 督邮:郡守的佐吏,比喻劣酒。　⑤ 脐:肚脐。　⑥ 鬲(gé):横隔膜。

【评析】文中善于品酒的主簿利用谐音来喻称酒力的高低,把优质酒喻为齐郡,其酒力可达肚脐,说明酒力之强,令人过瘾;而劣酒之酒力只能停留在横隔膜上,说明酒力之弱。把只能品尝的酒力形象化,至为生动,可谓别具慧心。

十

郗愔信道甚精勤①,常患腹内恶②,诸医不可疗。闻于法开有名③,往迎之。既来便脉,云④:"君侯所患⑤,正是精进太过所致耳⑥。"合一剂汤与之⑦。一服即大下⑧,去数段许纸⑨,如拳大,剖看,乃先所服符也⑩。㊀

【今译】郗愔信奉道教,非常专心勤奋,他常常感到腹内不舒服,很多医生都治不好,听说于法开有名气,就去接他来治病。于法开来了以后,就为他把脉诊断病情,说:"你所患的病,正是修炼太过分所造成的。"便调配了一剂汤药给他服用。一剂药服后即大泻,泻出了好几段像拳头大小的纸团,剖开来看,竟然是先前所吞服的符箓。

【刘孝标注】㊀《晋书》曰:"法开善医术。尝行,莫投主人,妻产而儿积日不坠。法开曰:'此易治耳。'杀一肥羊,食十余脔而针之。须臾儿下,羊脬(liáo)裹儿出。其精妙如此。"

【注释】① 郗愔：见《品藻》二十九注⑤（页342）。信道：信奉天师道。精勤：专心勤奋。② 恶：指身体有病或情绪不好。③ 于法开：见《文学》四十五注①（页143）。④ 脉：指按脉以诊断病情。⑤ 君侯：对高官或士大夫的尊称。⑥ 精进：指郗愔修练道教非常虔诚勤奋，进步神速。⑦ 合一剂汤：调配一剂汤药。合，调配。⑧ 大下：大泻。⑨ 去：指泻出。许：约略估计之词。⑩ 乃：竟。符：符箓，道士画的一种图形或线条，据说可用以召神驱鬼，消灾去病。

【评析】《晋书》本传谓其"与姊夫王羲之、高士许询并有迈世之风，俱栖心绝谷，修黄老之术"。他不是一般地信奉天师道，而是痴迷于其中，有病不请医生治疗，而是服用道士所画之符箓，以致积压在肚子里作痛。幸得名医于法开为之诊治，手到病除，否则后果难以设想。

十一

殷中军妙解经脉①，中年都废②。有常所给使③，忽叩头流血。浩问其故，云："有死事，终不可说。"诘问良久，乃云："小人母年垂百岁，抱疾来久④，若蒙官一脉⑤，便有活理，讫就屠戮无恨⑥。"浩感其至性⑦，遂令舁来⑧，为诊脉处方。始服一剂汤便愈。于是悉焚经方⑨。

【今译】殷浩精通医术，到了中年便都荒废了。有一个经常供他差遣的仆役，忽然给他叩头直至流血。殷浩问他为什么，他说："有关生死的事，但终究是不能说的。"追问了好久，才说道："小人母亲年近一百岁，身患疾病已久，如果承蒙长官替她把脉诊治，便有活下去的希望。看好之后就是把我杀了也没有遗憾了。"殷浩被他的孝母至诚之心所感动，便让他把老母亲抬来，为她诊脉开方子。才服了一剂汤药，就痊愈了。殷浩于是把有关医药处方的书全都烧毁了。

【注释】① 殷中军：殷浩，见《政事》二十二注①（页115）。经脉：经络血脉，中医根据人体的气血运行的理论来诊治病情。② 废：荒废。③ 常：经常。所给使：供差遣、使唤的仆役。④ 抱疾：指身带疾病。来久：指时间很久。⑤ 官：尊称长官。⑥ 讫：指诊治完毕。⑦ 至性：指孝顺父母的至诚之性。⑧ 舁（yú）：抬。⑨ 经方：古代对医药方书的统称。

【评析】殷浩治好了差役老母之病，为什么要烧掉医书呢？原来自古医术被当作侍候人的不入流的小道。为曹操治疗头风的华佗，身怀绝技，医道高超，他曾自悔不该从医。《三国志·魏书》本传谓："本作士人，以医见业，意常自悔。"他后悔不做士人而是从医，可知医术在当时地位之卑下。华佗临终时烧毁了自己的心血之作："佗临死，出一卷书与狱吏，曰：'此可以活人。'吏畏法不受，佗亦不强与，索火烧之。"（《后汉书》本传）殷浩也是救了人后把医书烧掉了，情形与华佗的"自悔"心理相似，从此可以做回自己的"士人"，而不再操属于雕虫小技的医术了。

巧艺第二十一

一

　　弹棋始自魏①，宫内用妆奁戏②。○文帝于此戏特妙③，用手巾角拂之④，无不中。有客自云能，帝使为之。客着葛巾角⑤，低头拂棋，妙逾于帝。○

【今译】弹棋的游戏从魏开始，宫女们在梳妆盒上用金钗、玉梳等作弹棋的器具来游戏。魏文帝对这种游戏玩得特别精妙，他用手巾来碰弹，没有不击中的。有位客人自称很会玩，文帝便让他来表演。客人戴着葛布头巾，低头碰触棋子，比文帝更为巧妙。

【刘孝标注】○傅玄《弹棋赋》叙曰："汉成帝好蹴踘，刘向以谓劳人体，竭人力，非至尊所宜御。乃因其体作弹棋。今观其道，蹴踘道也。"按：玄此言，则弹棋之戏，其来久矣。且《梁冀传》云："冀善弹棋，格五。"而此云起魏世，谬矣。　○《典论》帝《自叙》曰："戏弄之事，少所喜，唯弹棋略尽其妙。少时尝为之赋。昔京师少工有二焉：合乡侯东方世安、张公子，常恨不得与之对也。"《博物志》曰："帝善弹棋，能用手巾角。时有一书生，又能低头以所冠葛巾角撇棋也。"

【注释】① 弹棋：魏晋时的一种博戏。一般为二人对局，白黑棋各六枚，先列棋相当，以手指或他物弹动己方棋子碰撞对方棋子，进而攻破对方棋门。　② 用妆奁戏：指以宫女梳妆用的金钗、玉梳等放在梳妆用盒上当作游戏的器具。　③ 文帝：魏文帝曹丕。　④ 拂：碰触。　⑤ 葛巾：用葛布制成的头巾。

【评析】本文"弹棋始自魏"，似误。《西京杂记》曰："汉元帝好击鞠。为劳，求相类而不劳者，遂为弹棋之戏。"（柳宗元《序棋》引，《柳河东集》卷二十四）刘注引文谓始于汉成帝，可知西汉时已有弹棋之戏。只是魏文帝时，此戏宫内更为盛行。

二

　　陵云台楼观精巧①，先称平众木轻重，然后造构，乃无锱铢相负揭②。台虽高峻，常随风摇动，而终无倾倒之理。魏明帝登台③，惧其势危④，别以大材扶持之，楼即颓坏⑤。论者谓轻重力偏故也。○

【今译】陵云台的楼台观舍设计精巧，建造时先称量所用木材的轻重分量，这样以后才建造构筑，竟然没有丝毫的误差。楼台虽然高峻，常常随着风力而摇动，但始终没有倾倒的可能。魏明帝登上楼台，怕楼台有危险，另外用大木材来支撑它，楼台立即坍塌。议论者都说这是轻重失去了平衡造成的结果。

【刘孝标注】○《洛阳宫殿簿》曰："陵云台上壁方十三丈，高九尺。楼方四丈，高五丈。栋去地十三丈五尺七寸五分也。"

【注释】① 陵云台：楼台名，在河南洛阳，今不存。楼观：楼台观舍。　② 乃：竟。锱铢（zī zhū）：指极微小的重量。负揭：指上下出入，形容建筑物的轻重等计算精确，误差极小。

③ 魏明帝：曹睿。　④ 危：高，险。　⑤ 颓坏：坍塌。

【评析】魏明帝对于陵云台的工匠们精心的构思、精巧的构造、楼台凭借高度对称平衡而巍然屹立等，一无所知，只是凭一己之见，擅自加上大木材来扶持，致使这座以精巧为特色的楼台失去了平衡，毁于一旦，不免令人啼笑皆非！

三

韦仲将能书①。魏明帝起殿②，欲安榜③，使仲将登梯题之。既下，头鬓皓然④，因敕儿孙勿复学书⑤。⊖

【今译】韦诞擅长书法。魏明帝建造宫殿，想安放匾额，让韦诞登上梯子题写匾额。题好字下来后，韦诞的鬓发都变得雪白了。于是他告诫儿孙们今后不要再学书法了。

【刘孝标注】⊖《文章叙录》曰："韦诞字仲将，京兆杜陵人，太仆端子。有文学，善属辞。以光禄大夫卒。"卫恒《四体书势》曰："诞善楷书，魏宫观多诞所题。明帝立陵霄观，误先钉榜，乃笼盛诞，辘轳长絙引上，使就题之。去地二十五丈，诞危惧。乃戒子孙绝此楷法，著之家令。"

【注释】① 韦仲将：韦诞，字仲将，见《方正》六十二刘注⊖（页 215）。能书：擅长书法。　② 魏明帝：曹睿。　③ 安榜：安放匾额。　④ 皓然：雪白的样子。　⑤ 敕（chì）：告诫。

【评析】刘注引文谓，韦诞善楷书，魏之宫观多为其所题。明帝造陵霄观，工匠们将未及题字的榜钉上去了，故只得将韦诞用辘轳拉上离地高达二十五丈的高空题字。韦诞因感到恐惧，故告诫儿孙勿学书法。

四

钟会是荀济北从舅①，二人情好不协②。荀有宝剑，可直百万③，常在母钟夫人许。⊖会善书，学荀手迹④，作书与母取剑，仍窃去不还⑤。⊜荀勖知是钟而无由得也，思所以报之。后钟兄弟以千万起一宅，始成，甚精丽，未得移住。荀极善画，乃潜往画钟门堂⑥，作太傅形象⑦，衣冠状貌如平生。二钟入门⑧，便大感恸⑨，宅遂空废。⊜

【今译】钟会是荀勖的堂舅，两人的感情不和。荀勖有一把宝剑，价值百万，平常放在母亲钟夫人处。钟会擅长书法，就模仿荀勖的笔迹，写信给荀勖母亲要宝剑，于是骗走了宝剑不还。荀勖知道是钟会干的，但却无法取回来，于是就想办法报复他。后来钟会兄弟用千万钱建起一座宅院，刚建成，十分精致美丽，还没有搬进去住。荀勖非常擅于绘画，便偷偷地到钟会新宅的门侧堂屋，画了太傅钟繇的像，衣冠容貌就像生前一样。钟氏兄弟进门看见，于是感伤悲痛，这座宅院便从此空关废弃不用了。

【刘孝标注】⊖《孙氏志怪》曰："勖以宝剑付妻。"　⊜《世语》："会善学人书，伐蜀之役，于剑阁要邓艾章表，皆约其言。令词旨倨傲，多自矜伐。艾由此被收也。"　⊜《孙氏志怪》曰："于时咸谓勖之报会，过于所失数十倍。彼此书画，巧妙之极。"

【注释】① 钟会：见《言语》十一注①（页 41）。荀济北：荀勖（xù），晋时封济北郡公，故称。见《言语》九十九注⑦。从舅：母亲的叔伯兄弟。 ② 情好：交情，友谊。不协：不和协，不和睦。 ③ 直：值，价值。 ④ 学：模仿。 ⑤ 仍：就，于是。 ⑥ 门堂：指门侧堂屋。 ⑦ 太傅：钟繇，钟会和钟毓的父亲。 ⑧ 二钟：指钟会和钟毓兄弟二人。 ⑨ 感恸（tòng）：感伤悲痛。

【评析】钟会伪造书信骗取荀勖母亲保存的价值百万的宝剑，荀勖为了报复，绘制钟会之父的形象，令二钟兄弟不忍住进价值千万的新宅。他们书艺、画艺堪称双绝，旗鼓相当。只是始作俑者钟氏兄弟虽然骗得宝剑，却废弃了价值千万的新宅，恰是宝剑价值的十倍，可谓得不偿失。

五

羊长和博学工书①，㊀能骑射，善围棋。诸羊后多知书②，而射、弈余艺莫逮③。

【今译】羊忱学问渊博，又擅长书法，能骑马射箭，还擅长围棋。羊忱的后人多数懂书法，而射箭、下棋等技艺没有人能赶上他。

【刘孝标注】㊀《文字志》曰："忱性能草书，亦善行隶，有称于一时。"

【注释】① 羊长和：羊忱，字长和，见《方正》十九刘注（页 191）。工书：擅长书法。 ② 知书：懂得书法。 ③ 射：射箭。弈：下棋。莫逮：没有人赶得上。

【评析】羊忱博学且多才多艺，草书、行书、隶书均为当时所称，而骑射、弈棋皆精通。可惜其后人只懂得书法，余皆不及他。

六

戴安道就范宣学①，㊀视范所为，范读书亦读书，范抄书亦抄书。唯独好画，范以为无用，不宜劳思于此②。戴乃画《南都赋图》③，范看毕咨嗟④，甚以为有益，始重画⑤。

【今译】戴逵向范宣学习，一切看范宣所做的来做，范宣读书他也读书，范宣抄书他也抄书。只是他偏偏爱好绘画，范宣认为这没有什么用处，不应该在这上面花费心思。戴逵就画了一幅《南都赋图》，范宣看完后很是赞赏，认为很有益处，这才重视绘画了。

【刘孝标注】㊀《中兴书》曰："逵不远千里，往豫章诣范宣，宣见逵，异之，以兄女妻焉。"

【注释】① 戴安道：戴逵，见《雅量》三十四注①（页 237）。就：向。范宣：见《德行》三十八注①。 ② 劳思：花费心思。 ③《南都赋图》：戴逵根据《南都赋》之意所画。《南都赋》，东汉张衡作。 ④ 咨嗟：赞叹。 ⑤ 始：才。

【评析】范宣是戴逵学习的榜样，却对绘画存有偏见。工于书画的戴逵以自己精湛的画艺将张衡的名赋绘成图画，令范宣赞叹不已，改变了看法，终于也重视绘画这门艺术了。

七

谢太傅云①："顾长康画②,有苍生来所无③。"㊀

【今译】谢安说："顾恺之的画,是有人类以来所未曾有过的。"

【刘孝标注】㊀《续晋阳秋》曰："恺之尤好丹青,妙绝于时。遂以一橱画寄桓玄,其皆绝者,深所珍惜,悉糊题其前。桓乃发厨后取之,好加理复。恺之见封题如初,而画并不存,直云:'妙画通灵,变化而去,如人之登仙矣。'"

【注释】① 谢太傅:谢安。　② 顾长康:顾恺之(约345—409),字长康,小字虎头,晋陵无锡(今属江苏)人。博学有才气,好谐谑,尤精绘画。谢安等很器重他。晋安帝时官散骑常侍。时人称其有三绝:才绝、画绝、痴绝。　③ 苍生:人类。

【评析】谢安赞誉顾恺之画之语,颇有推崇其为"画圣"之意。

八

戴安道中年画行像甚精妙①。庾道季看之②,语戴云:"神明太俗③,由卿世情未尽④。"戴云:"唯务光当免卿此语耳⑤。"㊀

【今译】戴逵中年时所画佛像非常精妙。庾龢看到他的画,对戴逵说:"所画佛像神情太俗气,这是由于你世俗之情未能根除所造成的。"戴逵说:"只有务光才能免去你的这种评语吧。"

【刘孝标注】㊀《列仙传》曰："务光,夏时人也。耳长七寸,好鼓琴,服菖蒲韭根。汤将伐桀,谋于光,光曰:'非吾事也。'汤曰:'伊尹何如?'务光曰:'强力忍诟,不知其它。'汤克天下,让于光,光曰:'吾闻无道之世,不践其土。况让我乎?'负石自沉于卢水。"

【注释】① 戴安道:戴逵。行像:佛像。　② 庾道季:庾龢(hé),见《言语》七十九刘注㊀(页84)。　③ 神明:神情。　④ 世情:世俗之情。　⑤ 务光:夏代的隐士。传说汤将伐桀时向他问计,他认为与己无关。汤灭桀后欲以天下让给他,务光认为是无道之世,便负石自沉于卢水。他被后人称为贤者。

【评析】庾龢评戴逵画的佛像未能脱俗,是由于未能根除世情所致,但戴逵却不能接受,认为世人要想免俗是很困难的。

九

顾长康画裴叔则①,颊上益三毛②。人问其故,顾曰:"裴楷俊朗有识具③,正此是其识具。看画者寻之④,定觉益三毛如有神明⑤,殊胜未安时⑥。"㊀

【今译】顾恺之画裴楷像,脸颊上加了三根毫毛。有人问其中的缘故,顾恺之说:"裴楷俊逸清朗，又有见识，这正是表现了他的见识。"看画的人仔细探求，确实感觉到加了三根毫毛好像更有精神，远远胜过没有加上去的时候。

【刘孝标注】⊖ 恺之历画古贤，皆为之赞也。

【注释】① 裴叔则：裴楷，字叔则，见《德行》十八注③（页13）。　② 益：增加。　③ 俊朗：俊逸清朗。识具：见识。　④ 寻：探求。　⑤ 定：确定，的确。神明：指人的精神。　⑥ 殊：甚，颇。

【评析】《晋书》本传谓顾恺之"每写人形，妙绝于时"，本文所写即为生动之例。所谓"妙绝"就是非一般人所能为。裴楷的特点为"俊朗"、"识具"，顾恺之在其脸颊上添上三毛，骤看不得其意，仔细玩味，才觉其妙绝。此正是谢安所赞"顾长康画，有苍生来所无"之意。

十

王中郎以围棋是坐隐①，支公以围棋为手谈②。⊖

【今译】王坦之认为围棋是坐着隐居，支道林认为围棋是用手谈话。

【刘孝标注】⊖《博物志》曰："尧作围棋，以教丹朱。"《语林》曰："王以围棋为手谈，故其在哀制中，祥后客来，方幅会戏。"

【注释】① 王中郎：王坦之曾任北中郎将，故称。见《言语》七十二注①（页81）。坐隐：坐着隐居。　② 支公：支道林。手谈：用手交谈。

【评析】喻称围棋为"坐隐"、"手谈"，极妙。前者着重于围棋需要深入思考，全神贯注，犹如隐居一般。后者谓用手落子，双方如同用手谈话。故此后即以"坐隐"、"手谈"作为下围棋的别称。

十一

顾长康好写起人形①，⊖欲图殷荆州②，殷曰："我形恶③，不烦耳。"顾曰："明府正为眼尔④。⊖但明点童子⑤，飞白拂其上⑥，使如轻云之蔽日⑦。"⊜

【今译】顾恺之喜爱选人来画像，想给殷仲堪画像，殷仲堪说："我形貌丑陋，就不麻烦你了。"顾恺之说："您只是为了眼睛的缘故罢了，这只需清晰地点上瞳子，用飞白的笔法在上面轻轻拂拭，使得眼部好像轻云遮住明月一样。"

【刘孝标注】⊖《续晋阳秋》曰："恺之图写特妙。"　⊖ 仲堪眇目故也。　⊜ 日，一作月。

【注释】① 起：放在动词后，表示动作涉及的对象。　② 殷荆州：殷仲堪曾任荆州刺史，故称。③ 形恶：形象丑陋。　④ 明府：对太守或刺史的尊称。正：只。为眼尔：为了眼睛失明而已。《晋书》本传："父病积年，仲堪衣不解带，躬学医术，究其精妙，执药挥泪，遂眇（瞎了一只眼）一目。"　⑤ 明：明显。点：用笔点画。童子：瞳子，眼珠。　⑥ 飞白：中国画的一种笔法，线条枯笔露白。拂：画的一种笔法，轻轻拂拭。　⑦ 蔽日：一作"蔽月"。《晋书·顾恺之传》："飞白拂上，使如轻云之蔽月，岂不美乎！""蔽月"似较之"蔽日"更合适。

【评析】把瞎了一只眼睛的殷仲堪画得颇有诗意，使其眼睛如轻云之蔽月，可知顾恺之画艺之高妙。

十二

　　顾长康画谢幼舆在岩石里①。人问其所以②，顾曰："谢云：'一丘一壑，自谓过之③。'此子宜置丘壑中。"

【今译】顾恺之为谢鲲画像，画他处身在岩石之中。有人问他这样画的原因，顾恺之说："谢鲲说过：'在隐居深山幽谷方面，我自己认为超过庾亮。'所以这位先生应当置身于深山幽谷之中。"

【注释】① 谢幼舆：谢鲲，见《言语》四十六注②。　② 所以：原因。　③ "一丘一壑"两句：见《品藻》十七（页336）。晋明帝问谢鲲，有人将他与庾亮相比，自认为如何，谢鲲回答自己在做官的能力方面不如庾亮，而"一丘一壑，自谓过之"，即在放情山水、隐居不仕方面，自己远远超过庾亮。

【评析】顾恺之为人画像，根据各人的性格、志趣、特长、气质等特点来画，可谓因人而异，各得其所。

十三

　　顾长康画人，或数年不点目精①。人问其故。顾曰："四体妍蚩②，本无关于妙处；传神写照③，正在阿堵中④。"

【今译】顾恺之画人，有时几年都不点上眼珠。有人问他是什么缘故，顾恺之说："人四肢的美与丑，本来与画的精妙无关；传达人的精神面貌，画出人物的肖像，正是在这个点睛的一点之中。"

【注释】① 目精：眼珠。　② 四体：人的四肢。妍蚩(chī)：美丑。　③ 写照：指画人物肖像，写真。　④ 阿堵：这个。

【评析】"传神阿堵"正是顾恺之从自己的人物画实践中总结出来的成语。

十四

　　顾长康道："画'手挥五弦'易，'目送归鸿'难①。"

【今译】顾恺之说："画'用手指拨弹五弦琴'容易，而画'用目光追随北归的鸿雁'很难。"

【注释】① "画手挥五弦易"两句：诗句出自嵇康《赠秀才入军五首》："目送归鸿，手挥五弦。俯仰自得，游心泰玄。"（《文选》第二十四卷）

【评析】用手指弹琴是动态，故容易画；而目送归鸿，相对而言是静态，全凭眼神来传达，故很难画。从顾恺之的"传神阿堵"语可知其深谙画人之诀窍。成语"手挥目送"即由本文而来。

宠礼第二十二

一

元帝正会①,引王丞相登御床②,王公固辞,中宗引之弥苦③。王公曰:"使太阳与万物同辉,臣下何以瞻仰?"㊀

【今译】晋元帝在正月初一朝会时,拉着王导一起坐上皇帝的御座,王导坚决辞让,元帝更加竭力拉他。王导说:"如果太阳和万物发出同样的光辉,那么叫我们臣下怎么样仰望皇上呢?"

【刘孝标注】㊀《中兴书》曰:"元帝登尊号,百官陪位,诏王导升御坐,固辞然后止。"

【注释】① 元帝:晋元帝司马睿。正会:指正月初一朝会。 ② 王丞相:王导。御床:皇帝的坐卧之榻。 ③ 中宗:晋元帝司马睿死后的庙号。弥苦:更加竭力。

【评析】晋元帝能登上帝位,全赖王导的支持,故元帝于朝会时,要让王导共坐御榻,但王导很有分寸,"固辞,至于三四"(《晋书》本传),"帝乃止"(同上)。《晋书》本传较之本文交代似更完整清楚。

二

桓宣武尝请参佐入宿①,袁宏、伏滔相次而至②。莅名,府中复有袁参军③。彦伯疑焉,令传教更质④。传教曰:"参军是袁、伏之袁,复何所疑?"

【今译】桓温曾请僚属入府值宿,袁宏、伏滔先后依次而来。核校到临者的名字时,府中还有一位袁参军。袁宏怀疑袁参军不是指自己,就让传达教令的小吏再次询问,传达教令的小吏说:"参军就是袁、伏之袁,还有什么可怀疑的?"

【注释】① 桓宣武:桓温。参佐:僚属,部下。入宿:入府值宿。 ② 袁宏:字彦伯。伏滔:字玄度。他们都是桓温的部下。相次:先后依次。 ③ 莅(lì)名:点名,核校到临者的名字。 ④ 传教:传达教令的小吏。更质:再次询问。

【评析】文中称桓府中"复有袁参军",但叫什么名字,不得而知。而袁宏对"袁、伏"并提却极为反感。《晋书》本传谓:"与伏滔同在温府,府中呼为'袁、伏'。宏心耻之,每叹曰:'公之厚恩未优国士,而与滔比肩,何辱之甚!'"袁、伏二人都具有才学,同为桓温部下,同受温之"礼遇"、"礼接",袁宏为何如此耻于与"伏"并提,实在令人费解。

三

王珣、郗超并有奇才①,为大司马所眷拔②。珣为主簿③,超为记室参

军④。超为人多髯⑤，珣形状短小，于时荆州为之语曰："髯参军，短主簿，能令公喜，能令公怒⑥。"㊀

【今译】王珣、郗超都有不同寻常的才干，得到大司马桓温的宠爱提拔。王珣担任主簿，郗超担任记室参军。郗超脸上多胡须，王珣身材矮小，当时荆州地区为他们编了顺口溜说："大胡子参军，矮个子主簿，能让桓公喜欢，也能让桓公恼怒。"

【刘孝标注】㊀《续晋阳秋》曰："超有才能，珣有器望，并为温所昵。"

【注释】① 王珣：见《言语》一〇二注③（页98）。郗超：见《言语》五十九注⑤（页73）。 ② 大司马：指桓温。眷拔：宠爱提拔。 ③ 主簿：官名，统兵大臣幕府中重要僚属，参与机要，总领府事。 ④ 记室参军：官名，负责表堂文书等。 ⑤ 髯：面颊上的胡须。 ⑥ 公：指桓温。

【评析】文中称"于时荆州为之语"，《晋书》本传则为"府中语曰……"，即顺口溜是将军府之人所编，而非荆州人所编，此说较符合实际。因为此时桓温已移镇姑孰（今安徽当涂），不在荆州了。

四

许玄度停都一月①，刘尹无日不往②，乃叹曰："卿复少时不去，我成轻薄京尹③！"㊀

【今译】许询在京都停留了一个月，刘惔没有一天不到他那里去，刘惔于是叹息道："你再过些日子不离开京城，我要成为不负责任的轻薄京兆尹了！"

【刘孝标注】㊀《语林》曰："玄度出都，真长九日十一诣之，曰：'卿尚不去，使我成薄德二千石。'"

【注释】① 许玄度：许询，见《言语》六十九注②（页78）。 ② 刘尹：刘惔为丹阳尹，故称。 ③ 轻薄：轻佻浅薄，不负责任。京尹：京兆尹，都城地区的行政长官。

【评析】刘惔是著名的"谈客"（《晋书》本传），许询又是潇洒不愿出仕的高士，这次难得相聚，自然彼此投机，连续聚谈达一个月。身为丹阳尹的刘惔不得不提请好友离开，以免自己成为"轻薄京尹"！

五

孝武在西堂会①，伏滔预坐②。还，下车呼其儿，㊀语之曰："百人高会，临坐未得他语，先问：'伏滔何在？ 在此不？'此故未易得③。为人作父如此，何如？"

【今译】孝武帝在太极殿的西厅聚会，伏滔参与聚会在坐。回到家，一下车就叫他儿子，告诉儿子说："上百人的盛会，皇上莅临就位没有说别的话，先就问：'伏滔在哪里？

在这里吗?'这样的宠幸确实不容易得到。为人在世,做父亲的能够如此,怎么样?"

【刘孝标注】⊖ 儿,即系也。丘渊之《文章录》曰:"系字敬鲁,仕至光禄大夫。"

【注释】① 孝武:孝武帝司马曜。西堂:宫殿的西厢,指太极殿的西厅。 ② 预:参与,参加。③ 故:确实。

【评析】伏滔在朝会上受到孝武帝的首先问询,回家即迫不及待地对儿子炫耀,可见其无比欣喜之状。

六

卞范之为丹阳尹①,羊孚南州暂还②,往卞许③,云:"下官疾动④,不堪坐。"卞便开帐拂褥,羊径上大床,入被须枕⑤。卞回坐倾睐⑥,移晨达莫。羊去,卞语曰:"我以第一理期卿⑦,卿莫负我!"⊖

【今译】卞范之担任丹阳尹时,羊孚从南州暂时回来,前往卞范之住所,说:"我的病发作了,不能坐着。"卞范之就打开帐子掸净被褥,羊孚径直上了大床,钻进被子靠着枕头,卞范之扭身侧坐注目着他,从清晨直到黄昏。羊孚走时,卞范之对他说:"我把最重要的事交给你,你不要辜负我!"

【刘孝标注】⊖ 丘渊之《文章录》曰:"范之字敬祖,济阳宛句人,祖山畏,下邳太守。父循,尚书郎,桓玄辅政,范之迁丹阳尹,玄败,伏诛。"

【注释】① 卞范之:卞鞠,见《伤逝》十九注②(页431)。 ② 羊孚:见《言语》一○四注①(页99)。南州:姑孰,故址在今安徽当涂。 ③ 许:处所。 ④ 疾动:毛病发作。 ⑤ 须:靠。⑥ 倾睐(lài):斜着眼睛看。这里指注目。 ⑦ 第一理:最重要的事理。

【评析】本文写卞范之礼遇羊孚,寄希望于他成为义理第一,能为自己所用。卞范之为桓玄的心腹。《晋书》本传谓"玄将为篡乱,以范之为丹阳尹"。后桓玄失败被杀,卞范之"被斩于江陵"(同上)。

任诞第二十三

一

陈留阮籍①、谯国嵇康②、河内山涛③,三人年皆相比④,康年少亚之⑤。预此契者⑥,沛国刘伶⑦、陈留阮咸、河内向秀、琅邪王戎⑧。七人常集于竹林之下,肆意酣畅⑨,故世谓"竹林七贤"。㊀

【今译】陈留阮籍、谯国嵇康、河内山涛,三个人的年龄都相近,嵇康的年龄比阮、山二人稍小些。参加这些人聚会的还有沛国刘伶、陈留阮咸、河内向秀、琅邪王戎。这七个人常常在竹林下聚集,纵情地畅饮,所以当时称他们为"竹林七贤"。

【刘孝标注】㊀《晋阳秋》曰:"于时风誉扇于海内,至于今咏之。"

【注释】① 陈留:郡名,治所在陈留县(今河南开封东南)。 ② 谯国:谯郡,治所在谯县(今安徽亳县)。 ③ 河内:郡名,治所在野王县(今河南沁阳县)。 ④ 比:接近。 ⑤ 亚:次于。 ⑥ 预:参与。契:约会,聚会。 ⑦ 沛国:沛郡,治所在相县(今安徽濉溪县)。 ⑧ 琅邪:治所在今山东胶南诸城县一带。 ⑨ 肆意:任意,随心所欲。酣畅:畅快地饮酒。

【评析】本文概括介绍了"竹林七贤"的来历与特点。其特点有三:一是年龄相当,二是常在竹林聚会,三是意气相投,纵情痛饮。

二

阮籍遭母丧,在晋文王坐①,进酒肉。司隶何曾亦在坐②,㊀曰:"明公方以孝治天下,而阮籍以重丧③,显于公坐饮酒食肉④,宜流之海外⑤,以正风教⑥。"文王曰:"嗣宗毁顿如此⑦,君不能共忧之,何谓?且有疾而饮酒食肉,固丧礼也⑧。"籍饮啖不辍⑨,神色自若⑩。㊁

【今译】阮籍在母亲去世服丧期间,在晋文王宴席上饮酒吃肉。司隶校尉何曾也在座,对晋文王说:"您正以孝道治理天下,但阮籍重丧在身,却公然在您的宴席上饮酒吃肉,应当把他流放到边远地区,来端正风俗教化。"文王说:"阮籍哀伤过度身体毁损精神困顿,你不能为他分忧,这是什么道理?况且居丧期间因病而饮酒吃肉,这本来就是符合丧礼的。"当时阮籍吃喝不停,神色与平时一样自如。

【刘孝标注】㊀《晋诸公赞》曰:"何曾字颖考,陈郡阳夏人。父夔,魏太仆。曾以高雅称,加性仁孝,累迁司隶校尉。用心甚正,朝廷惮之。仕晋至太宰。" ㊁ 干宝《晋纪》曰:"何曾尝谓阮籍曰:'卿恣情任性,败俗之人也。今忠贤执政,综核名实,若卿之徒,何可长也!'复言之于太祖,籍饮啖不辍。故魏、晋之间,有被发夷傲之事,背死忘生,反谓行礼者,籍为之也。"《魏氏春秋》曰:"籍性至孝,居丧虽不率常礼,而毁几灭性。然为文俗之士何曾等深所仇疾。大将军司马昭爱其通伟,而不加害也。"

【注释】① 晋文王：司马昭。　② 司隶：官名，司隶校尉。何曾：字颖考，官司隶校尉。晋初，官至侍中、太保，后进位太傅。　③ 重丧：重大的丧事，阮籍母去世，故称。　④ 显：公开。　⑤ 流：流放。海外：指边远地区。　⑥ 风教：风俗教化。　⑦ 嗣宗：阮籍字嗣宗。毁顿：因哀伤过度而导致身体毁损，精神困顿。　⑧ "有疾而饮酒"两句：见《礼记·曲礼上》："居丧之礼，头有创则沐，身有疡则浴，有疾则饮酒食肉，疾止复初。不胜丧，乃比于不慈不孝。"（意谓：居丧之礼，如果头上有疮，就可以洗头；身上溃疡，就可以洗澡。如果生病，可以喝酒吃肉，病愈后就恢复居丧之礼。如果承当不起丧事，就等于不慈不孝。）固：本来。　⑨ 饮啖（dàn）：指喝酒吃肉。辍（chuò）：停。　⑩ 自若：不改常态。

【评析】《晋书》本传谓阮籍"不拘礼教"、"本有济世志，属魏晋之际，天下多故，名士少有全者，籍由是不与世事，遂酣饮如常"、"由是礼法之士疾之若仇，而帝每保护之"。阮籍之耽于饮酒，是其得以在乱世保全自己之法宝。他虽为礼法之士所仇视，但有晋文王的保护，故能安然无恙，本文所写即为一例。

三

　　刘伶病酒①，渴甚，从妇求酒②。妇捐酒毁器③，涕泣谏曰："君饮太过，非摄生之道④，必宜断之⑤！"伶曰："甚善。我不能自禁，唯当祝鬼神⑥，自誓断之耳。便可具酒肉。"妇曰："敬闻命。"供酒肉于神前，请伶祝誓。伶跪而祝曰："天生刘伶，以酒为名⑦。一饮一斛⑧，五斗解酲⑨。㊀妇人之言，慎不可听！"便引酒进肉，隗然已醉矣⑩。㊁

【今译】刘伶因饮酒过度而导致身体不适，感到异常口渴，就向妻子讨酒喝。他妻子把酒倒掉，毁坏了酒器，哭着劝道："你喝酒过量，这不是养生的办法，必须要把酒戒掉！"刘伶说："很好。但我不能自己禁，只能向鬼神祷告，自己发誓来戒掉酒瘾。你就准备祭祝用的酒肉吧。"他妻子说："我按照你交代的去办。"于是把酒肉供在神前，请刘伶去祷告发誓。刘伶跪着说："天生我刘伶，酒是我的命。一次喝一斛，五斗消酒病。妇人之言辞，千万不能听！"说完拿起酒肉就吃喝起来，很快就醉倒了。

【刘孝标注】㊀《毛公注》曰："酒病曰酲。"　㊁见《竹林七贤论》。

【注释】① 刘伶：见《文学》六十九注①（页159）。病酒：饮酒过量而引起的身体不适。　② 从：向。妇：指妻子。　③ 捐：丢弃。　④ 摄生：保养身体。　⑤ 宜：应当。　⑥ 祝：向鬼神祷告。　⑦ 名：通"命"。　⑧ 斛（hú）：古代量器，十斗为一斛。　⑨ 酲（chéng）：酒病，醉酒后神志处于模糊状态。　⑩ 隗（wěi）然：醉倒的样子。

【评析】在"竹林七贤"中，刘伶与阮籍都是嗜酒如命者，而刘伶尤甚。本文以诙谐笔调写刘伶沉湎于酒，"唯酒是务，焉知其余"、"无思无虑，其乐陶陶"（《酒德颂》）的任情放诞之状。

四

　　刘公荣与人饮酒①，杂秽非类②。人或讥之，答曰："胜公荣者，不可不与饮；不如公荣者，亦不可不与饮；是公荣辈者，又不可不与饮。故终日共饮

而醉。"〇

【今译】刘昶和别人一道喝酒,酒友很杂都不是同一类人。有人讥笑他,他答道:"胜过我的,我不能不同他喝酒;不如我的,也不能不同他喝酒;凡是我同类的人,更加不能不同他一起喝酒,所以我整天与人一起饮酒,喝得醉醺醺的。"

【刘孝标注】〇《刘氏谱》:"昶字公荣,沛国人。"《晋阳秋》曰:"昶为人通达,仕至兖州刺史。"

【注释】① 刘公荣:刘昶(chǎng),见刘注。 ② 杂秽:杂乱。非类:不是同一类人。

【评析】从刘昶所说的与三种对象不能不饮酒的情况,足见其任性放诞与刘伶别无二致。

五

步兵校尉缺①,厨中有贮酒数百斛,阮籍乃求为步兵校尉。〇

【今译】步兵校尉的官职空缺了,阮籍听说步兵营的厨房里储存了几百斛酒,就要求担任步兵校尉的职务。

【刘孝标注】〇《文士传》曰:"籍放诞有傲世情,不乐仕宦。晋文帝亲爱籍,恒与谈戏,任其所欲,不迫以职事。籍常从容曰:'平生曾游东平,乐其土风,愿得为东平太守。'文帝说,从其意。籍便骑驴径到郡,皆坏府舍诸壁障,使内外相望,然后教令清宁。十余日,便复骑驴去。后闻步兵厨中有酒三百石,忻然求为校尉。于是入府舍,与刘伶酣饮。"《竹林七贤论》又云:"籍与伶共饮步兵厨中,并醉而死。"此好事者为之言。籍景元中卒,而刘伶太始中犹在。

【注释】① 步兵校尉:官名,魏晋时统领宿卫部队。缺:指职位空缺。

【评析】本文所写为阮籍放诞嗜酒又一例,也是晋文帝"亲爱籍"、"任其所欲"(刘注引《文士传》)又一例。后人因其曾任步兵校尉,遂称之为"阮步兵"。

六

刘伶尝纵酒放达①,或脱衣裸形在屋中。人见讥之,伶曰:"我以天地为栋宇②,屋室为裈衣③,诸君何为入我裈中?"〇

【今译】刘伶常常纵情饮酒,任性放诞,有时脱掉衣服,赤身裸体呆在屋中。有人看到讥笑他,刘伶说:"我把天地当房子,把房屋当裤子,你们诸位为什么跑进我裤子中来?"

【刘孝标注】〇 邓粲《晋纪》曰:"客有诣伶,值其裸袒,伶笑曰:'吾以天地为宅舍,以屋宇为裈衣,诸君自不当入我裈中,又何恶乎?'其自任若是。"

【注释】① 放达:放纵通达。 ② 栋宇:房屋。 ③ 裈(kūn)衣:裤子。

【评析】鲁迅谓竹林七贤"他们七人中差不多都是反抗旧礼教的","旧传下来的礼教，竹林名士是不承认的，即如刘伶……他是不承认世界上从前规定的道理的"(《魏晋风度及文章与药及酒之关系》)。可知刘伶对旧礼教具有反抗精神。

七

阮籍嫂尝还家①，籍见与别。或讥之，⊖籍曰："礼岂为我辈设也②？"

【今译】阮籍的嫂嫂有一次回娘家，阮籍与她相见道别。有人讥笑他，阮籍说："礼法难道是为我们这些人而设的吗？"

【刘孝标注】⊖《曲礼》："嫂叔不通问。"故讥之。

【注释】① 还家：这里指回娘家。 ② 礼：礼法，这里指《礼记·曲礼上》"嫂叔不通问"的规定。

【评析】阮籍所言，公然藐视世代沿袭的礼教，颇有振聋发聩之效。

八

阮公邻家妇有美色①，当垆酤酒②。阮与王安丰常从妇饮酒③，阮醉，便眠其妇侧。夫始殊疑之，伺察④，终无他意。⊖

【今译】阮籍邻家的妇人姿色美丽，在酒垆边卖酒。阮籍与王戎常常到该妇人处饮酒，阮籍喝醉了，就睡在该女身旁。她丈夫开始很怀疑他，经过探察后，发现他始终没有其他的意图。

【刘孝标注】⊖ 王隐《晋书》曰："籍邻家处子有才色，未嫁而卒。籍与无亲，生不相识，往哭，尽哀而去。其达而无检，皆此类也。"

【注释】① 阮公：阮籍。 ② 垆：酒店前安放酒瓮的土台子。酤(gū)：卖。 ③ 王安丰：王戎封安丰县侯，故称。 ④ 伺察：探察。

【评析】隔壁有美妇当垆卖酒，好酒的阮籍常去饮酒，喝醉了就睡在美妇身旁，毫无不良意图，一切纯乎自然，足见阮籍纵酒任诞中所饱含的纯真自然的天性，即《晋书》本传所言"其外坦荡而内淳至"。本文谓阮籍与王戎一起饮酒，《晋书》本传无王戎。

九

阮籍当葬母，蒸一肥豚①，饮酒二斗，然后临诀②，直言③："穷矣④！"都得一号⑤，因吐血，废顿良久⑥。⊖

【今译】阮籍将安葬母亲时，蒸了一只很肥的小猪，喝了二斗酒，然后去向母亲的遗体告别，只说"穷啊"！总共就极度悲伤地大哭了一声，即刻吐血，久久地精神委靡不振，疲惫不堪。

【刘孝标注】㊀邓粲《晋纪》曰："籍母将死，与人围棋如故，对者求止，籍不肯，留与决赌。既而饮酒三斗，举声一号，呕血数升，废顿久之。"

【注释】① 豚（tún）：小猪。 ② 临诀：指向遗体告别。 ③ 直言：只说。 ④ 穷：孝子哭丧语。当时习俗，孝子哭丧言"穷"，意为穷极无奈，极度悲伤。 ⑤ 都：总共。号（háo）：悲痛大哭。 ⑥ 废顿：指精神萎靡不振，疲惫不堪。

【评析】阮籍在葬母时，虽然饮酒、吃肉如故，但从他大号"穷矣"、吐血、废顿等，可知他内心之悲伤哀痛是何等深切！他只是对世俗丧礼不屑遵从而已。

十

阮仲容㊀、步兵居道南①，诸阮居道北；北阮皆富，南阮贫。七月七日，北阮盛晒衣②，皆纱罗锦绮。仲容家以竿挂大布犊鼻裈于中庭③，人或怪之，答曰："未能免俗，聊复尔耳！"㊀

【今译】阮咸、阮籍居住在路南，其他阮姓人住在路北；住在路北的阮姓人都很富有，住在路南的都很贫穷。七月七日，路北的阮姓人大晒衣服，都是绫罗绸缎料子做的。阮咸就用竹竿在庭院中挂了一条粗布做的犊鼻形状的无裆裤子，有人对他的做法感到很奇怪，他答道："我没能免除世俗的习惯，姑且这样应付一回罢了！"

【刘孝标注】㊀咸也。 ㊁《竹林七贤论》曰："诸阮前世皆儒学，善居室，唯咸家尚道弃事，好酒而贫。旧俗：七月七日，法当晒衣，诸阮庭中，烂然锦绮。咸时总角，乃竖长竿，挂犊鼻裈也。"

【注释】① 阮仲容：阮咸，字仲容，阮籍之侄子，见《赏誉》十二注①（页267）。步兵：阮籍。 ② 晒衣：当时习俗，七月初七晒衣可防虫蛀。 ③ 大布：粗布。犊（dú）鼻裈：一种干杂活时穿的裤子，无裆，形如小牛鼻。犊，小牛。

【评析】路北诸阮借七月初七晒衣习俗晒高档华丽的衣物，以示富有，阮咸回应以一条粗布犊鼻裈，并称自己是"未能免俗"，也来随喜而已。实则他是借此与习俗对抗，正是其不同凡俗、藐视习俗之举。

十一

阮步兵㊀丧母，裴令公㊁往吊之①。阮方醉，散发坐床，箕踞不哭②。裴至，下席于地，哭吊唁毕，便去。或问裴："凡吊，主人哭，客乃为礼。阮既不哭，君何为哭？"裴曰："阮方外之人③，故不崇礼制。我辈俗中人，故以仪轨自居④。"时人叹为两得其中⑤。㊂

【今译】阮籍死了母亲，裴楷前往吊唁。阮籍当时正喝醉了酒，披头散发伸腿坐在坐榻上，也没哭。裴楷到了，阮籍离开了坐席下地，裴楷行哭丧之礼，吊唁完毕，就离开了。有人问裴楷："凡是吊唁，丧家主人哭，客人才行礼。阮籍既然不哭，您为什么哭？"裴楷说："阮籍是世俗之外的人，所以不尊崇礼制，我们是世俗之人，所以用遵守礼法来要求自己。"当时人认为他的话使主客两方面都各得其理。

【刘孝标注】㊀ 籍也。 ㊁ 楷也。 ㊂《名士传》曰："阮籍丧亲，不率常礼，裴楷往吊之，遇籍方醉，散发箕踞，旁若无人。楷哭泣尽哀而退，了无异色，其安同异如此。"戴逵论之曰："若裴公之致吊，欲冥外以护内，有达意也，有弘防也。"

【注释】① 裴令公：裴楷。 ② 箕踞：伸开两腿而坐，形如簸箕。这种坐姿被视为放浪不拘、傲慢无礼之姿。 ③ 方外：世俗之外。 ④ 仪轨：规范，礼法。 ⑤ "两得其中"句：《晋书》本传无"其中"二字，似较本文简明清楚。

【评析】本文写阮籍于母丧期间箕踞不哭，对吊唁者不予礼待，对此裴楷表示理解，认为阮籍是世俗之外人可以不崇礼制，而世俗之中人以仪轨自居。此亦可知裴楷之大度通达。

十二

诸阮皆能饮酒①，仲容至宗人间共集②，不复用常杯斟酌③，以大瓮盛酒④，围坐，相向大酌⑤。时有群猪来饮，直接去上，便共饮之。

【今译】阮氏家族的人都能喝酒，阮咸到同族人当中共同聚会，不再用一般的杯子来喝酒，而是用大的陶器杯来盛酒，大家一起围坐，面对面痛痛快快地大喝。当时有很多猪也来喝，它们直接就上去喝了，于是大家就与这群猪一道喝酒。

【注释】① 诸阮：指阮氏同族人。 ② 仲容：阮咸字仲容。宗人：同族人。 ③ 斟酌：斟酒，饮酒。 ④ 瓮(wèng)：盛酒的陶器。 ⑤ 相向：面对面。

【评析】与群猪共饮一瓮酒，阮氏家人可称得上是纵情怪诞之极了。

十三

阮浑长成①，风气韵度似父，亦欲作达②。步兵曰③："仲容已预之④，卿不得复尔！"㊀

【今译】阮浑长大成人，风格气度很像父亲，也想做些任性放达的事。阮籍说："阮咸已经参与其中了，你不能再这样了。"

【刘孝标注】㊀《竹林七贤论》曰："籍之抑浑，盖以浑未识之所以为达也。后咸兄子简，亦以旷达自居。父丧，行遇大雪，寒冻，遂诣浚仪令，令为他宾设黍臛，简食之，以致清议，废顿几三十年。是时，竹林诸贤之风虽高，而礼数尚峻，迨元康中，遂至放荡越礼。乐广讥之曰：'名教自有乐地，何至于此？'乐令之言有旨哉！谓彼非玄心，徒利其纵恣而已。"

【注释】① 阮浑：字长成，阮籍的儿子，西晋时曾任太子中庶子。 ② 作达：做放任不羁的事。

③ 步兵：阮籍。　④ 仲容：阮咸。

【评析】阮浑不仅学习父亲的风格气度，还要进一步学习父亲放荡不羁的作风，阮籍反对儿子模仿自己。鲁迅先生曾分析说："竹林七贤中有阮咸，是阮籍的侄子，一样的饮酒。阮籍的儿子阮浑也愿加入时，阮籍却道不必加入，吾家已有阿咸在，够了。假若阮籍自以为是对的，就不当拒绝他的儿子，而阮籍却拒绝自己的儿子，可知阮籍并不以自己的办法为然。"（《魏晋风度及文章与药及酒之关系》）阮籍以放荡不羁来对抗旧礼教，他自己也觉得并不是好办法，可又找不到别的什么办法，故对儿子学他的样子予以反对。

十四

裴成公妇①，王戎女。王戎晨往裴许②，不通径前。裴从床南下，女从北下，相对作宾主，了无异色。⊖

【今译】裴颜的妻子是王戎的女儿，王戎早上到裴颜那里去，不通报一声就直接进了内室。裴颜从床的南面下，女儿从床的北面下，宾主相对，大家神态如常，完全没有一点不自在的表情。

【刘孝标注】⊖《裴氏家传》曰："颜取戎长女。"

【注释】① 裴成公：裴颜。　② 许：处，处所。

【评析】王戎与裴颜之间辈分有上下之别，但他们却能平等相处，自由而超脱，可知"竹林七贤"之任性、潇洒之一斑。

十五

阮仲容先幸姑家鲜卑婢①，及居母丧，姑当远移，初云当留婢，既发，定将去②。仲容借客驴，着重服③，自追之。累骑而返④，曰："人种不可失⑤！"即遥集之母也⑥。⊖

【今译】阮咸原先宠爱姑母家一鲜卑族的婢女，等到他为母亲守丧时，姑母要搬到远处去，起初说要留下这位婢女，到出发了，还是带她走了。阮咸借了客人的驴子，穿着重孝，亲自去追她。然后两人合骑一头驴回来，他说："我的种子不能失！"这位婢女就是遥集的母亲。

【刘孝标注】⊖《竹林七贤论》曰："咸既追婢，于是世议纷然。自魏末沉沦闾巷，逮晋咸宁中，始登王途。"《阮孚别传》曰："咸与姑书曰：'胡婢遂生胡儿。'姑答书曰：'《鲁灵光殿赋》："胡人遥集于上楹"，可字曰"遥集"也。'故孚字遥集。"

【注释】① 阮仲容：阮咸。幸：宠爱。鲜卑：我国古代北方少数民族名。　② 定：终于。将：带。　③ 重服：指为父母亡故重孝所穿的孝服。　④ 累骑：二人共骑。　⑤ 人种：指该婢女已怀孕。　⑥ 遥集：阮孚，字遥集，阮咸之次子。

【评析】本文所写《晋书》本传亦载，只是文字较简要，并有所评论。本传以"居母丧，纵情越礼"开头，以"论者甚非之"结尾，指责阮咸宠婢、追婢为非礼。

十六

任恺既失权势①，不复自检括②。或谓和峤曰："卿何以坐视元裒败而不救？"和曰："元裒如北夏门③，拉攞自欲坏④，非一木所能支。"㊀

【今译】任恺失去权势以后，不再检点约束自己。有人对和峤说："你为什么坐视元裒颓废而不救他呢？"和峤说："元裒有如北夏门，断裂后自然会损坏，不是一根木头能支撑得住的。"

【刘孝标注】㊀《晋诸公赞》曰："恺字元裒，乐安博昌人。有雅识国干，万机大小多综之。与贾充不平，充乃启恺掌吏部，又使有司奏恺用御食器，坐免官，世祖情遂薄焉。"

【注释】① 任恺：见刘注，晋武帝时历任侍中、太子少傅、吏部尚书，深受器重，后被贾充所间，不得志而死。　② 检括：检点约束。　③ 北夏门：即大夏门，洛阳城门之一。　④ 拉攞：断裂。

【评析】任恺有"经国之干"，"甚得朝野称誉"，但他与权势日盛的贾充争宠失势。原与任恺有交情的和峤不肯在武帝面前为他说话，别人看不下去，提出了疑问。和峤认为他大势已去，不是一己之力能救得了的。实则是他怕得罪贾充，于己不利。

十七

刘道真少时①，常渔草泽，善歌啸②，闻者莫不留连。有一老姬，识其非常人，甚乐其歌啸，乃杀豚进之③。道真食豚尽，了不谢④。姬见不饱，又进一豚。食半余半，乃还之。后为吏部郎⑤，姬儿为小令史⑥，道真超用之⑦。不知所由⑧，问母，母告之。于是赍牛酒诣道真⑨，道真曰："去，去！无可复用相报。"㊀

【今译】刘宝年轻时，常在荒野湖沼中打渔，他善于啸咏，听到的人没有不被他的啸咏之声所吸引的。有一个老妇人，看到他不是一般人，又非常喜欢他的啸咏，就杀了一只小猪送给他。刘宝把小猪吃光了，一点也没有表示感谢。老妇人见他没有吃饱，又送给他一只。刘宝吃了一半，就把剩下的一半还给老妇人。后来刘宝做了吏部郎，老妇人的儿子是小令史，刘宝越级提拔了他。他不知道是什么原因，问母亲，母亲告诉了他，于是他带着牛肉和酒去拜见刘宝。刘宝说："走吧！走吧！我再也没有什么可以报答你的了。"

【刘孝标注】㊀刘宝，已见。

【注释】① 刘道真：刘宝，字道真，晋高平人。为扶风王骏从事中郎，迁吏部郎。性嗜酒，善歌啸。　② 歌啸：亦称"啸咏"。晋朝文士啸咏之习甚盛，被视为文人雅士风流逸态。　③ 豚：小猪。　④ 了不：完全不，一点不。了，完全。　⑤ 吏部郎：吏部的属官。　⑥ 小令史：掌文书的小吏。　⑦ 超用：超级任用，越级提拔。　⑧ 所由：何由。　⑨ 赍（jī）：携带。诣：到……去，拜访。

【评析】歌吟长啸是当时名士所擅长的音乐技能，刘宝精于此道，深得闻者喜爱，某老妪亦乐其歌啸，并一再送小猪示谢意。刘宝却于食后不说一句感谢之语。后来他升官了，越级提拔了老妪的儿子。当其子带来牛、酒表示谢意时，刘宝予以拒绝，并告知自己不可能再用什么来报答。其言行无不展现坦率、潇洒的名士风度。

十八

阮宣子常步行①，以百钱挂杖头②，至酒店，便独酣畅，虽当世贵盛，不肯诣也③。㊀

【今译】阮宣子常常步行外出，把百钱挂在手杖的头上，到了酒店，就一个人开怀畅饮，即使是当世的贵胄名流，也不愿意去造访。

【刘孝标注】㊀《名士传》曰："修性简任。"

【注释】① 阮宣子：阮修字宣子，陈留尉氏人。阮籍从子。善清言，任诞不修人事。绝不喜见俗人，遇便舍去。晋名士。　② 杖：拐杖。　③ 诣：到……去，拜访。

【评析】刘注引文谓阮修性"简任"，文中写阮修喜独饮，不肯与贵盛交往等都显示其独来独往、简易放任的个性。

十九

山季伦为荆州①，时出酣畅，人为之歌曰："山公时一醉，径造高阳池②。日莫倒载归，茗艼无所知③。复能乘骏马，倒著白接䍦④。举手问葛彊，何如并州儿⑤？"高阳池在襄阳。彊是其爱将，并州人也。㊀

【今译】山简做荆州刺史的时候，经常外出痛饮，人们为他编了一首歌谣："山简经常醉，直去高阳池。日落倒卧车中归，酩酊大醉无所知。忽而又能骑骏马，头上倒戴白接䍦。又挥手问身旁的葛彊，比你这并州人怎么样？"高阳池在襄阳。葛彊是山简的爱将，并州人。

【刘孝标注】㊀《襄阳记》曰："汉侍中习郁，于岘山南，依范蠡养鱼法作鱼池。池边有高堤，种竹及长楸，芙蓉、菱芡覆水，是游燕名处也。山简每临此池，未尝不大醉而还，曰：'此是我高阳池也。'襄阳小儿歌之。"

【注释】① 山季伦：山简字季伦，山涛子。历官荆州刺史、征南将军等。　② 径造：径直前去。高阳池：池在襄阳。见刘注。晋山简镇襄阳，常到此饮酒，呼之为高阳池，意即酒池。高阳：古县名，在今河南杞县西南。因秦末郦食其自称"高阳酒徒"，后即用为酒徒的代名词。　③ 日莫：即日暮。茗艼：即酩酊，大醉的样子。　④ 倒著：倒转来戴着。著，戴。接䍦：古代男人戴的一种帽子。　⑤ 葛彊：山简手下爱将，并州人。并州：地名，约相当于今山西地区。

【评析】山简是"竹林七贤"之一的山涛之子。山涛酒量过人，"饮酒至八斗方醉"（《晋书》本传）。本文写山简醉酒"倒载"、"倒著"之状就颇有父风。山简并仿效秦汉间郦食其,亦以"高阳酒徒"自居,将游宴名池称为"高阳池","每出嬉游,多之池上,置酒辄醉"(同上)。比起乃父来,山简似更为放纵。

二十

张季鹰纵任不拘①,时人号为"江东步兵②"。或谓之曰:"卿乃可纵适一时③,独不为身后名邪④?"答曰:"使我有身后名,不如即时一杯酒!"⊖

【今译】张翰任性放纵,当时人把他称为"江东步兵"。有人对他说:"你虽然能够纵情于一时,难道不为身后的名声着想吗?"张翰回答说:"让我有身后的名声,还不如眼前的一杯好酒。"

【刘孝标注】⊖《文士传》曰:"翰任性自适,无求当世,时人贵其旷达。"

【注释】① 张季鹰:张翰字季鹰,吴郡吴(今江苏苏州)人。性放纵不羁,时人以比阮籍,称为"江东步兵"。为晋大司马齐王冏东曹掾,后见晋室祸乱将起,于是就辞官归隐。 ② 江东步兵:江东的阮籍。三国魏人,曾经任步兵校尉,世称"阮步兵",他身处魏晋改朝换代之际,对司马氏政治集团不满,于是就纵酒谈玄、蔑视礼教、放浪形骸。他与嵇康等并称"竹林七贤"。江东:指长江下游领域南岸地区。 ③ 乃可:虽然可以。 ④ 独:难道。身后:人死后。

【评析】"任心自适,不求当世"(《晋书》本传),这就是张翰在乱世中以醉酒自保的处世之道。在这点上,他与阮籍颇为相似。

二十一

毕茂世云①:"一手持蟹螯,一手持酒杯,拍浮酒池中②,便足了一生。"⊖

【今译】毕茂世说:"一手拿蟹螯,一手拿酒杯,在酒池中浮游,就足以了却此生了。"

【刘孝标注】⊖《晋中兴书》曰:"毕卓字茂世,新蔡人。少傲达,为胡毋辅之所知。太兴末,为吏部郎,尝饮酒废职。比舍郎酿酒熟,卓因醉,夜至其瓮间取饮之。主者谓是盗,执而缚之;知为吏部也,释之。卓遂引主人燕瓮侧,取醉而去。温峤素知爱卓,请为平南长史,卒。"

【注释】① 毕茂世:见刘注。性格放达,后因饮酒而废职。 ② 拍浮:以手拍水游泳。

【评析】本文写毕卓愿在酒池中浮游,以了此一生,《晋书》本传谓其"尝饮酒废职",可知又是一位堪比阮籍的酒痴。本文所写"一手持……,一手持……",《晋书》作"右手持……,左手持……",似更生动。

二十二

贺司空入洛赴命①,为太孙舍人②,经吴阊门③,在船中弹琴。张季鹰本不相识④,先在金阊亭⑤,闻弦甚清,下船就贺⑥,因共语,便大相知说⑦。问贺："卿欲何之⑧?"贺曰："入洛赴命,正尔进路。"张曰："吾亦有事北京⑨,因路寄载。"便与贺同发。初不告家,家追问乃知。

【今译】贺循去洛阳接受皇帝的诏命,做太孙舍人,途经吴阊门,在船中弹琴。张翰与贺循本来不相识,他先在金阊亭,听到琴声很清雅,便下船去拜访贺循,一经交谈,彼此十分赏识爱悦。张翰问贺循:"你打算到哪里去?"贺循说:"到洛阳去接受诏命,正在路上。"张翰说:"我也有事要到洛阳去。就搭船同行。"于是与贺循一同出发。一开始张翰没有告诉家人,家人追问才知道事情的原委。

【注释】① 贺司空:指贺循。循字彦先,会稽山阴(今浙江绍兴)人。官至太常卿,死后赠司空。 ② 太孙舍人:《晋书·贺循传》作"太子舍人"。太子舍人,皇太子的下属官。 ③ 吴阊门:古代吴县(今苏州)城门的名字。即今苏州市的西门,像天门有阊阖,故名阊门。 ④ 张季鹰:即张翰。见本篇二十注①(页486)。 ⑤ 金阊亭:亭名。在古吴县(今苏州)阊门外。因位置在城西,又靠近阊门,故名金阊。金,五行之一,代表西方。 ⑥ 就:靠近,去……。 ⑦ 知说(yuè):欣赏爱悦。"说"通"悦"。 ⑧ 何之:之何,到哪里。 ⑨ 北京:指当时的京城洛阳。因两人都是吴地人氏,所以把北方的京城称为北京。

【评析】张翰与贺循原不相识,张翰只是听其琴声就心向往之,即与贺畅谈、同行,成为知己,可知其"纵任"、"旷达"(《晋书》本传语)之一斑。

二十三

祖车骑过江时①,公私俭薄②,无好服玩③。王、庾诸公共就祖④,忽见裘袍重叠,珍饰盈列⑤,诸公怪问之,祖曰:"昨夜复南塘一出⑥。"祖于时恒自使健儿鼓行劫钞⑦,在事之人⑧,亦容而不问⑨。一

【今译】祖逖渡江南下时,当时公家与私府都很节省贫乏,没有什么亮丽的衣服与玩物。王导、庾亮等人去看望祖逖,忽然看到他家里皮袍重重叠叠地堆在一起,珍贵的装饰品满满地排列着,王导、庾亮等人觉得奇怪,就问他。祖逖说:"昨晚又到南塘去了一次。"祖逖当时常常派手下壮士击鼓行进去抢劫,在位管事的人,也容忍他们这样做而不去过问。

【刘孝标注】一《晋阳秋》曰:"逖性通济,不拘小节。又宾从多是桀黠勇士,逖待之皆如子弟。永嘉中,流民以万数,扬土大饥,宾客攻剽,逖辄拥护全卫,谈者以此少之,故久不得调。"

【注释】① 祖车骑:祖逖,死后赠车骑将军,故称。见《赏誉》四十三注①(页283)。过江:指渡江南下。 ② 俭薄:节省贫乏。 ③ 服玩:穿戴玩物。 ④ 王、庾:王导、庾亮。 ⑤ 珍饰盈列:珍贵的装饰品满满地排列着。 ⑥ 南塘:秦淮河南岸。 ⑦ 鼓行:击鼓前进。劫钞:抢劫。钞,通"抄",掠夺。 ⑧ 在事:当权管事。 ⑨ 容:容忍。

【评析】文中所写祖逖住处"裘袍重叠,珍饰盈列"及其"恒自使健儿鼓行劫钞"等与史实不符。刘注引文谓其"宾从多是桀黠勇士,逖待如子弟"、"宾客攻剽,逖辄拥护全卫",这都可能是事实,但却无有裘袍和珍饰及唆使抢劫之说。《晋书》本传载其率亲友数百家渡江投奔晋元帝,"以社稷倾覆,常怀振复之志"。从他与刘琨共被、中夜"闻鸡起舞"等故事,可知他是一位忠于朝廷、念念不忘国耻、"中流击楫"的杰出人物。故本文所写"任诞"情景,却是不足凭信的。

二十四

鸿胪卿孔群好饮酒①,王丞相语云②:"卿何为恒饮酒?不见酒家覆瓿布,日月糜烂③?"群曰:"不尔,不见糟肉④,乃更堪久?"群尝书与亲旧:"今年田得七百斛秫米⑤,不了麴蘖事⑥。"⊖

【今译】鸿胪卿孔群喜好饮酒,王导对他说:"你为什么总是喝酒? 你没看见酒家覆盖酒坛的布,一天天一月月地腐烂吗?"孔群说:"不是这样的,你不见用酒糟腌制的肉,却更能够经久不坏吗?"孔群曾经写信给亲戚故旧说:"今年田里能收到七百斛高粱,还满足不了酿酒之用。"

【刘孝标注】⊖ 群已见上。

【注释】① 鸿胪卿:官名,主管朝贺庆吊等礼仪。孔群:见《方正》三十六刘注⊖(页202)。② 王丞相:王导。 ③ 覆瓿(bù)布:盖酒坛的布。瓿,小瓮。日月:指一天天,一月月。④ 糟肉:用酒糟腌制的肉。 ⑤ 秫(shú)米:有黏性的高粱,可做烧酒。 ⑥ 不了:不可能。麴蘖(qū niè):酒母,指酿酒。

【评析】《晋书》本传亦载此事,只是以"性嗜酒"开头,以"其耽酒如此"作结。其沉溺纵酒之状不亚于阮籍、刘伶。

二十五

有人讥周仆射①:"与亲友言戏,秽杂无检节②。"⊖周曰:"吾若万里长江,何能不千里一曲③?"

【今译】有人指责周顗:"与亲朋好友谈论说笑,粗俗杂乱毫不检点节制。"周顗说:"我就如万里长江,怎么能一泻千里而没有一处弯曲的地方?"

【刘孝标注】⊖ 邓粲《晋纪》曰:"王导与周顗及朝士诣尚书纪瞻观伎。瞻有爱妾,能为新声。顗于众中欲通其妾,露其丑秽,颜无怍色。有司奏免顗官,诏特原之。"

【注释】① 周仆射:周顗,曾为尚书左仆射,故称。见《言语》三十刘注(页54)。 ② 秽杂:粗俗杂乱。检节:检点节制。 ③ 千里一曲:谓江河直泻千里总有一处弯曲的地方。

【评析】对于周顗之"秽杂无检节",刘注引文谓其酒后失态,丑陋无比。当时名士醉酒,或散发,或箕踞,或裸体,不一而足,周顗亦为嗜酒如命者,言语杂秽,行为失检,亦所难免。他以"万里长江何能不千里一曲"为自己辩解,倒也不失纵横万里的豪气。

二十六

温太真位未高时①,屡与扬州、淮中估客樗蒲②,与辄不竞③。尝一过大输物④,戏屈⑤,无因得反⑥。与庾亮善,于舫中大唤亮曰⑦:"卿可赎我!"庾即送直⑧,然后得还。经此数四⑨。⊖

【今译】温峤官位还不高的时候,屡次与扬州、淮中一带客商赌博,每次参与时都不赢。他曾经有一次赌得大输,身无分文,无法回家。他与庾亮关系很好,便在船舱中大声呼唤庾亮道:"你来赎我!"庾亮立即送来赎他的钱财,他这才得以回家。像这种情况,发生过好几次。

【刘孝标注】㊀《中兴书》曰:"峤有俊朗之目,而不拘细行。"

【注释】① 温太真:温峤,字太真,见《言语》三十五注③(页57～58)。 ② 估客:商贩。摴(chū)蒱:古代的一种赌博游戏。 ③ 不竞:不胜,不赢。 ④ 一过:一次。 ⑤ 戏屈:指赌输了。 ⑥ 无因得反:无法回家。 ⑦ 亮:庾亮。 ⑧ 直:同"值",指钱财。 ⑨ 数(shuò)四:多数,屡次。

【评析】刘孝标引文谓温峤"不拘细行",文中写其输光了钱物亦毫不在乎,还再三再四地这般豪赌,可知其狂放任性之一斑。

二十七

温公喜慢语①,卞令礼法自居②。㊀至庾公许③,大相剖击④,温发口鄙秽⑤,庾公徐曰:"太真终日无鄙言⑥。"㊁

【今译】温峤喜欢说些轻慢无礼的话,卞壸则以礼法之士自居。他们到庾亮那儿,互相攻击对方,温峤出口言语粗野肮脏,庾亮却缓缓地说:"温峤整天没有说过一句粗话。"

【刘孝标注】㊀《卞壸别传》曰:"壸正色立朝,百僚严惮,贵游子弟,莫不祗肃。" ㊁ 重其达也。

【注释】① 温公:温峤。慢语:轻慢无礼的话。 ② 卞令:卞壸(kǔn)曾为尚书令,故称。见《赏誉》五十四刘注㊀(页288)。 ③ 庾公:庾亮。 ④ 剖击:用言语攻击,揭发短处。 ⑤ 鄙秽:粗俗肮脏。 ⑥ 太真:温峤。

【评析】温峤与卞壸在庾亮那里互相攻击,且温的言语粗野不堪,卞壸自然不会善罢甘休,一场口舌之争是免不了的。作为主人的庾亮即以温峤没有说过粗话来化解,使得即将爆发的舌战平息了下来。刘注引文谓温、卞二人"重其达也",就是推崇庾亮是位通达之士。可知庾亮以其通达之怀一言息争。

二十八

周伯仁风德雅重①,深达危乱②。过江积年③,恒大饮酒,尝经三日不醒,时人谓之"三日仆射④"。㊀

【今译】周顗风范德行雅正庄重,很能洞察国家的危机祸乱。南下渡江多年后,他常常任性喝酒,曾经有一次喝醉酒三天不醒,当时人称他为"三日仆射"。

【刘孝标注】㊀《晋阳秋》曰:"初,顗以雅望,获海内盛名,后屡以酒失。庾亮曰:'周侯末年,可谓风德之衰也。'"《语林》曰:"伯仁正有姊丧,三日醉,姑丧,二日醉,大损资望。每醉,诸公常共屯守。"

【注释】① 周伯仁：周颜，字伯仁。风德：风范德行。雅重：雅正庄重。　② 深：很。达：明白，通晓，洞察。　③ 积年：多年。　④ 仆射(yè)：周颜曾任尚书左仆射，故称。

【评析】本文谓周颜风德雅重，洞悉时政危机，他有志于"振起旧风，清我邦族"(《晋书》本传)，面对文官苟安、武将跋扈的局面，只能纵情于醉酒了。"三日不醒"正是其无奈、焦虑的写照。

二十九

卫君长为温公长史①，温公甚善之。每率尔提酒脯就卫②，箕踞相对弥日③。卫往温许，亦尔。⊖

【今译】卫永担任温峤的长史，温峤对卫永很好。他常常随意地提着酒菜到卫永处，两个人面对面地伸腿而坐一整天。卫永到温峤处，也同样如此。

【刘孝标注】⊖ 卫永，已见。

【注释】① 卫君长：卫永，字君长，见《赏誉》一○七刘注(页309)。温公：温峤。长(zhǎng)史：属官名。　② 每：常常。率尔：随便，无拘束貌。脯(fǔ)：肉干，这里指下酒菜。　③ 箕踞：伸开两足而坐，形如箕。弥日：整天。

【评析】温峤与卫永是上下级关系，但他们箕踞相对而坐，喝酒畅谈，完全是意气相投的知己，是任性放诞的朋友。

三十

苏峻乱①，诸庾逃散②。庾冰时为吴郡③，单身奔亡④。民吏皆去，唯郡卒独以小船载冰出钱塘口⑤，篷箬覆之⑥。时峻赏募觅冰⑦，属所在搜检甚急⑧。卒舍船市渚⑨，因饮酒醉还，舞棹向船曰："何处觅庾吴郡，此中便是。"冰大惶怖，然不敢动。监司见船小装狭⑩，谓卒狂醉，都不复疑。自送过浙江⑪，寄山阴魏家得免⑫。⊖后事平，冰欲报卒，适其所愿⑬。卒曰："出自厮下⑭，不愿名器⑮。少苦执鞭⑯，恒患不得快饮酒⑰。使其酒足，余年毕矣，无所复须⑱。"冰为起大舍，市奴婢，使门内有百斛酒，终其身。时谓此卒非唯有智，且亦达生⑲。

【今译】苏峻叛乱时，庾氏兄弟家族的人都四处逃散了。庾冰当时担任吴郡内史，只身出逃。老百姓和官吏都逃离了，只有郡府小差役用小船载着庾冰逃出钱塘江口，郡吏用粗席子遮盖在他身上。当时苏峻悬赏招募人搜捕庾冰，叮嘱辖内各地搜索检查非常急迫。郡卒把小船丢在市镇岸边，就去喝醉了酒回来，他挥舞着船桨对着小船说："哪里去找庾吴郡，这小船中就是他。"庾冰感到非常恐惧，但不敢动弹。监司见船小难以藏身，认为郡卒醉糊涂了，就一点也不怀疑。郡卒亲自把庾冰送过钱塘江，寄住在山阴魏家，得以免祸。后来叛乱平息，庾冰想报答郡卒，满足他的愿望。郡卒说："我出身于仆役，不想有什么名誉官位。从小就为人当仆役，常担忧不能痛痛快快地喝酒。如果能让我在后半辈子有足够的酒喝就好了,不需要什么了。"庾冰就为他造了大房子,买了奴婢,让他家里存有百斛酒,一直供养他到死。当时人认为这个郡卒不仅有智谋,而且也对世事看得透彻,为人达观。

【刘孝标注】㊀《中兴书》曰:"冰为吴郡,苏峻作逆,遣军伐冰,冰弃郡奔会稽。"

【注释】① 苏峻乱:指苏峻以讨庾亮为名于晋成帝咸和二年(327)起兵谋反事。见《方正》二十五注③(页195)。 ② 诸庾:指庾亮族人。 ③ 庾冰:庾亮弟。为吴郡:担任吴国内史。 ④ 奔亡:逃亡。 ⑤ 钱塘口:钱塘江口。 ⑥ 篷篨(qú chú):用芦苇或竹子编的粗席子。 ⑦ 赏募:悬赏招募。 ⑧ 属:同"嘱",嘱咐。所在:指所管辖之地。搜检:搜索检查。 ⑨ 市渚:市镇的岸边。渚,水边。 ⑩ 监司:管监察纠举的官员。装:指装载货物的空间。 ⑪ 浙江:即钱塘江。 ⑫ 山阴:指浙江绍兴。 ⑬ 适:满足。 ⑭ 厮下:仆役。 ⑮ 名器:指名誉、官位。 ⑯ 执鞭:为人驾御车马,指供人驱使,为人作仆役。 ⑰ 患:担忧。 ⑱ 须:需要。 ⑲ 达生:《庄子》有《达生》篇,谓对养生强调人的精神作用。此指对人生世事看得透彻,持达观态度。

【评析】本文赞美一位生活在底层的小吏,于危乱中从容不迫地以醉酒来迷惑搜捕之人,救助庾冰脱险,后又拒绝名位的答谢,唯愿醉酒了此一生。他既具真智慧,亦乐天达观,绝非附会风雅的一般名士所能企及,是一位特立独行的真好汉。

三十一

殷洪乔作豫章郡①,㊀临去,都下人因附百许函书②。既至石头③,悉掷水中,因祝曰:"沉者自沉,浮者自浮,殷洪乔不能作致书邮④。"

【今译】殷羡担任豫章郡太守,临走时,都城的人托他带了大约上百封信。他到了石头城后,把信全都丢到水中,于是就祷告说:"该沉下去的就自己沉下去,该浮上来的就自己浮上来,我殷羡不能当送信的邮差。"

【刘孝标注】㊀《殷氏谱》曰:"羡字洪乔,陈郡人。父识,镇东司马。羡仕至豫章太守。"

【注释】① 殷洪乔:殷羡,见刘注。 ② 都下:指东晋都城建康。函:量词,用于书信。书:书信。许:约略估计之词。 ③ 石头:石头城,在今南京西。 ④ 致:送。邮:送信人,邮差。

【评析】殷羡为殷浩之父,其传附于《晋书》殷浩传中,本文亦载于传中,只是多了"其资性介立如此"的结束语。这句话把丢信的内涵说明了,即他丢信入水是他天性耿介,与众不同,他不愿当信差去送这些可有可无的信,还是让它们随波逐流去吧。这是他任性放纵的表现。

三十二

王长史、谢仁祖同为王公掾①,㊀长史云:"谢掾能作异舞。"谢便起舞,神意甚暇②。㊁王公熟视,谓客曰:"使人思安丰③。"㊂

【今译】王濛、谢尚同是王导的属官，王戎说："谢尚能跳一种奇异的舞。"谢尚就跳起舞来，神情意态非常悠闲。王导注目细看，对宾客说："看他的舞令人思念王戎。"

【刘孝标注】㊀《王濛别传》曰："丞相王导辟名士时贤，协赞中兴。旌命所加，必延俊义，辟濛为掾。" ㊁《晋阳秋》曰："尚性通任，善音乐。"《语林》曰："谢镇西酒后，于槃案间，为洛市肆工鸲鹆舞，甚佳。" ㊂戎性通任，尚类之。

【注释】① 王长史：王濛，曾任司徒左长史，故称。谢仁祖：谢尚，字仁祖。王公：王导。掾（yuàn）：官署属员。 ② 暇：悠闲。 ③ 安丰：王戎封安丰侯，故称。

【评析】文中写谢尚以悠闲的姿态跳奇特的舞，刘注引文谓此舞即流行于洛阳的"鸲鹆（qù yù）舞"，系模拟八哥的动作与姿态而成。王导观后发表感想，观其舞令人思念王戎。谢、王二人都有"性通任"的共同点，即都具有通达放任之性。《晋书》本传更谓"王导深器"谢尚，"常呼为'小安丰'"，可知王、谢确实为王导所激赏。

三十三

王、刘共在杭南①，酣宴于桓子野家②。㊀谢镇西往尚书墓还③，葬后三日反哭④。诸人欲要之⑤，初遣一信⑥，犹未许，然已停车；重要，便回驾⑦。诸人门外迎之，把臂便下⑧，裁得脱帻⑨，着帽酣宴，半坐⑩，乃觉未脱衰⑪。㊁

【今译】王濛、刘惔同在朱雀桥南，在桓伊家里畅饮。这时谢尚从尚书谢裒墓地回来，是他在谢裒葬后三天反哭祭奠完毕之时。大家想邀请他，起初派了一位使者去，他不肯来，但已把车子停下来；再次邀请时，他便掉转车头来了。大家都到门外迎接他，挽着他的手臂就下了车，刚刚脱下头巾，戴着帽子就痛饮起来，吃到中途，才发觉尚未脱下孝服。

【刘孝标注】㊀伊，已见。 ㊁尚书谢裒，尚叔也。已见。宋明帝《文章志》曰："尚性轻率，不拘细行。兄葬后，往墓还，王濛、刘惔共游新亭，濛欲招尚，先以问惔曰：'计仁祖正当不为异同耳。'惔曰：'仁祖韵中自应来。'乃遣要之，尚初辞，然已无归意。及再请，即回轩焉。其率如此。"

【注释】① 王、刘：王濛、刘惔。杭南：指东晋都城建康的朱雀桥南面。杭南，同"航南"，杭，通"航"。 ② 桓子野：桓伊，小字子野，历官豫州、江州刺史，拜护军将军。 ③ 谢镇西：谢尚，曾为镇西将军，故称。尚书：谢裒（póu），曾任吏部尚书，谢尚的叔父。 ④ 反哭：古代丧礼，葬后孝子奉神主归寝宫哭祭以安魂灵。 ⑤ 要（yāo）：邀请，邀约。 ⑥ 信：使者。 ⑦ 回驾：掉转车头。 ⑧ 把臂：挽着手臂。 ⑨ 裁：通"才"。帻（zé）：包头的头巾。 ⑩ 半坐：吃到中途。 ⑪ 衰（cuī）：通"缞"，丧服。

【评析】刘注引文谓谢尚"性轻率，不拘细行"。文中写其于乃叔葬后三日反哭回来即迫不及待地痛饮，吃了一半才发现连丧服都未脱去，这些都是严重违反礼制的，可谓轻率、任性到了极点！

三十四

桓宣武少家贫①，戏大输②，债主敦求甚切③。思自振之方④，莫知所出。陈郡袁耽俊迈多能⑤，㊀宣武欲求救于耽。耽时居艰⑥，恐致疑，试以告焉。

应声便许,略无嫌吝⑦。遂变服⑧,怀布帽,随温去与债主戏。耽素有艺名⑨,债主就局曰⑩:"汝故当不办作袁彦道邪⑪?"遂共戏。十万一掷,直上百万数,投马绝叫⑫,傍若无人,探布帽掷对人曰:"汝竟识袁彦道不⑬?"㊀

【今译】桓温年轻时家境贫穷,赌博时大败亏输,债主催讨赌债很急。他想要反败为胜以自救,又不知该怎么办。陈郡的袁耽英俊豪迈富于才能,桓温想向袁耽求救。袁耽当时正在守丧期间,桓温怕引起他疑虑,试着把赌输之事告诉他,袁耽随口就答应他,毫无为难之色。袁耽于是就脱去丧服,换上便装,怀里揣着布帽,跟着桓温去与债主赌钱。袁耽一向以赌技闻名,债主靠近赌局说:"你大概不会是袁耽吧?"于是他们就一起赌起来。下注一掷就是十万钱,一直升到百万钱之巨,袁耽投掷筹码时高声呼叫,旁若无人,他从怀中拿出布帽掷向对方说:"你到底认识袁耽吗?"

【刘孝标注】㊀《袁氏家传》曰:"耽字彦道,陈郡阳夏人,魏郎中令涣曾孙也。魁梧爽朗,高风振迈,少倜傥不羁,有异才,士人多归之。仕至司徒从事中郎。"　㊁《郭子》曰:"桓公捰蒱,失数百斛米,求救于袁耽。耽在艰中,便云:'大快。我必作采,卿但大唤。'即脱其衰,共出门去。觉头上有布帽,掷去,着小帽。既戏,袁形势呼祖,掷必卢雉,二人齐叫,敌家顷刻失数百万也。"

【注释】①桓宣武:桓温。　②戏:指赌博。　③敕求:催讨。　④自振:自己振作,指反输为胜。　⑤陈郡:郡名,治在今河南淮阳。袁耽(dān):见刘注。为王导参军,因平苏峻有功,官历阳太守,后为从事中郎。　⑥居艰:居丧,守孝。　⑦嫌吝:不满,为难。　⑧变服:指脱去丧服,换穿便装。　⑨艺名:指以赌技闻名。艺,指赌技。　⑩就局:凑近赌局。　⑪故当:推测之词,大概。不办:不会。　⑫马:指赌博时计数用的筹码。　⑬竟:究竟,到底。

【评析】本文写精于赌艺的袁耽在服丧期间帮助输得精光的桓温还清了赌债,其慷慨任侠、不顾一切的豪气跃然纸面。

三十五

王光禄云①:"酒正使人人自远②。"㊀

【今译】王光禄说:"酒确实能使人达到超凡脱俗、志怀高远的境界。"

【刘孝标注】㊀光禄,王蕴也。《续晋阳秋》曰:"蕴素嗜酒,末年尤甚。及在会稽,略少醒日。"

【注释】①王光禄:王蕴,曾任光禄大夫,故称。　②正:指确定的语气。

【评析】用"自远"两个字来概括饮酒的体会,可谓别有会心,非"嗜酒"者不能道。

三十六

刘尹云①:"孙承公②,狂士③。每至一处,赏玩累日④,或回至半路却返⑤。"㊀

【今译】刘惔说:"孙统是个狂放不羁之士。他每到一个地方,就接连欣赏游玩几天,有时回来走到半路又返回原处赏玩山水风光。"

【刘孝标注】㊀《中兴书》曰："承公少诞任不羁,家于会稽,性好山水。及求鄞县,遗心细务,纵意游肆,名阜胜川,靡不历览。"

【注释】① 刘尹:刘惔。　② 孙承公:孙统,见《赏誉》七十五注②(页296)。　③ 狂士:狂放不羁之士。　④ 累日:接连几天,数日。　⑤ 却返:返回。

【评析】孙统"性好山水",从其出游时或赏玩累日,或欲回又返,可知其"纵意游肆"的放任怪诞之状。

三十七

　　袁彦道有二妹①,一适殷渊源②,一适谢仁祖③。㊀语桓宣武云④:"恨不更有一人配卿。"

【今译】袁耽有两个妹妹,一个嫁给殷浩,一个嫁给谢尚。他对桓温说:"遗憾的是我不能再有一个妹妹许配给你。"

【刘孝标注】㊀《袁氏谱》曰:"耽大妹名女皇,适殷浩。小妹名女正,适谢尚。"

【注释】① 袁彦道:袁耽。　② 适:指女子出嫁。殷渊源:殷浩,字渊源。　③ 谢仁祖:谢尚,守仁祖。　④ 桓宣武:桓温,他死后谥宣武,故称。

【评析】袁耽有识人之明,他的两个妹妹都嫁给了大名士。桓温也是一代枭雄,以至于袁耽感叹没有妹妹可以嫁给他了。

三十八

　　桓车骑在荆州①,张玄为侍中②,使至江陵③,路经阳歧村④,㊀俄见一人持半小笼生鱼⑤,径来造船⑥,云:"有鱼,欲寄作鲙⑦。"张乃维舟而纳之⑧。问其姓字,称是刘遗民。㊁张素闻其名,大相忻待⑨。刘既知张衔命⑩,问:"谢安、王文度并佳不⑪?"张甚欲话言,刘了无停意⑫。既进鲙,便去,云:"向得此鱼⑬,观君船上当有鲙具⑭,是故来耳。"于是便去,张乃追至刘家。为设酒,殊不清旨⑮。张高其人⑯,不得已而饮之。方共对饮,刘便先起云:"今正伐荻⑰,不宜久废⑱。"张亦无以留之。

【今译】桓冲在荆州刺史任上时,张玄任侍中,出使到江陵去,路过阳歧村,一会儿看见一个人拿着半小笼活鱼,直接到船边来,说:"我有些鱼想托船上做成鱼片。"张玄就拴好船来接待他。问了他的名字,自称是刘遗民。张玄从前听到过他的名声,十分高兴地接待他。刘遗民知道张玄身负使命,问:"谢安、王坦之都好吗?"张玄很想与他说说话,刘遗民却完全没有停留下来的意思。张玄送上切好的鱼片,他就要走了,说:"刚才得到这些鱼,看您船上应当有切鱼片的器具,所以才来的。"于是就走了,张玄就追到了刘家。刘遗民置办了酒,酒色既不纯,酒味又不美。张玄推崇刘遗民的为人,不得已才喝了酒。他们正要一起对饮时,刘遗民就先起身说:"现在正是割芦荻的时节,不宜长时间耽搁。"张玄也无法留住他。

【刘孝标注】㊀村临江,去荆州二百里。 ㊁《中兴书》曰:"刘骥之,一字遗民。已见。"

【注释】① 桓车骑:指桓冲,任荆州刺史,官至车骑将军,故称。 ② 张玄:张玄之,见《言语》五十一刘注㊀(页68)。 ③ 江陵:今湖北江陵。 ④ 阳歧村:村庄名,距荆州二百里,濒临长江。 ⑤ 俄:一会儿。 ⑥ 造:到。 ⑦ 鲙(kuài):鱼片。 ⑧ 维舟:栓好船。 ⑨ 忻(xīn):同"欣":高兴,喜悦。 ⑩ 衔命:担负使命。 ⑪ 王文度:王坦之,字文度,见《言语》七十二注①(页81)。 ⑫ 了(liǎo):表示程度,全,完全。 ⑬ 向:刚才。 ⑭ 鲙具:切鱼片的器具。 ⑮ 不清旨:指酒色不纯,味不美。 ⑯ 高:推崇。 ⑰ 荻:一种生于水边、形似芦苇的草本植物。 ⑱ 废:指停止。

【评析】刘遗民其人,刘注引文谓即刘骥之。本书《栖逸》八谓刘隐居于阳歧,桓冲征为长史,馈赠很厚,刘坚辞不受。刘遗民与刘骥之究竟是否同一人,只能存疑。本文所写张玄对刘遗民始终尊敬而热情,但刘遗民却不愿与之交谈,拒人于千里之外,堪称怪诞。

三十九

王子猷诣郗雍州①,㊀雍州在内,见有氍氀②,云:"阿乞那得此物?"㊁令左右送还家。郗出觅之,王曰:"向有大力者负之而趋。"㊂郗无忤色③。

【今译】王徽之去拜访郗恢时,郗恢在内室,王徽之看见厅里有一条珍贵的细羊毛毯,说:"阿乞从哪里得到这东西?"就命左右侍从把羊毛毯送回自己家去了。郗恢从内室出来找寻毯子,王徽之说:"刚才有个大力士背着它就跑掉了。"郗恢听了脸上没有不高兴的神色。

【刘孝标注】㊀《中兴书》曰:"郗恢字道胤,高平人。父昙,北中郎将。恢长八尺,美须髯,风神魁梧,烈宗器之,以为蕃伯之望。自太子左率擢为雍州刺史。" ㊁阿乞,恢小字。 ㊂《庄子》曰:"夫藏舟于壑,藏山于泽,谓之固矣。然有大力者负之而走,昧者不知也。"

【注释】① 王子猷:王徽之,见《雅量》三十六刘注㊀(页238)。郗雍州:郗恢,小字阿乞,曾任雍州刺史,故称。见《栖逸》十七注①(页440)。 ② 氍氀(tà dēng):同"氀毵",羊毛毯,由西域传入,质地细密,较珍贵。 ③ 忤色:不满、不悦的神色。

【评析】王徽之见了郗恢家的毛毯就让手下搬回家去,还假装说是别人干的。别人的东西,自己喜欢就拿,对这种怪诞行为,郗恢大度超然,不予计较,殊为难得。

四十

谢安始出西戏①,失车牛②,便杖策步归。道逢刘尹③,语曰:"安石将无伤④?"谢乃同载而归。

【今译】谢安起初到西边去赌博,输掉了车子和拉车的牛,他便拄着手杖步行回家。半路上遇见刘惔,刘惔对他说:"安石恐怕受到损伤了吧?"谢安于是就与刘惔一同乘车回家。

【注释】① 戏：指赌博。　② 失：指赌输掉。　③ 刘尹：刘惔曾为丹阳尹，故称。　④ 安石：谢安，字安石。将无：莫非，恐怕。推测之词。

【评析】谢安赌博输了代步的牛车，只得狼狈步行回家。路遇刘惔，刘见其窘状便知大概，故载其同车而回。可知名士之间于狂放之余亦顾及体面。

四十一

襄阳罗友有大韵①，少时多谓之痴。尝伺人祠②，欲乞食，往太蚤，门未开。主人迎神出见，问以非时③，何得在此？答曰："闻卿祠，欲乞一顿食耳。"遂隐门侧。至晓，得食便退，了无作容④。为人有记功⑤。从桓宣武平蜀⑥，按行蜀城阙观宇⑦，内外道陌广狭⑧，植种果竹多少，皆默记之。后宣武漂洲与简文集⑨，友亦预焉⑩，共道蜀中事，亦有所遗忘，友皆名列⑪，曾无错漏。宣武验以蜀城阙簿，皆如其言。坐者叹服。谢公云⑫："罗友讵减魏阳元⑬？"后为广州刺史，当之镇，刺史桓豁语令莫来宿⑭。答曰："民已有前期⑮。主人贫，或有酒馔之费，见与甚有旧。请别日奉命。"征西密遣人察之⑯。至夕，乃往荆州门下书佐家⑰，处之怡然⑱，不异胜达⑲。在益州，语儿云："我有五百人食器。"家中大惊，其由来清⑳，而忽有此物，定是二百五十沓乌樏㉑。○

【今译】襄阳罗友有不同凡响的气质，年轻时人们都认为他痴呆。他曾经探听到有人要祭祀，便想去讨点吃的，可是去得太早，门还未打开。主人迎神时出来看见，问他不到时候，为什么这么早就在这里？他答道："听说您要祭祀，想讨一顿吃喝罢了。"于是他就藏身在门边。到了天亮，得到吃的就走了，一点儿都没有惭愧的神色。他的记忆力极好。他曾随从桓温平定蜀地，巡行察看蜀中的宫殿楼台房屋，城内城外道路的大小宽窄，种植果树、竹子的多少，都默默地记住。后来桓温在漂洲与简文帝会面，罗友也参加了，他们一起谈论蜀地的事情，桓温也有一些遗忘的地方，罗友却能按照名目列举出来，竟然没有什么错漏。桓温用蜀地簿籍所记载的城阙情况来验证，都与他所说的一样，在座的人都很赞叹佩服。谢安说："罗友难道不如魏舒？"后来罗友担任广州刺史，将去赴任时，刺史桓豁对他说要他晚上来住宿。他答道："我先前已有约定。主人家很穷，也许花了钱办好酒菜，我与他颇有交情。请允许改日遵命再来拜访。"桓豁秘密派人去察看他。到了晚上，他竟到荆州刺史属下的书佐家，他们相处得很愉快，与跟名流相处没有什么不同。他在益州时，对儿子说："我有可供五百人用的食具。"家人大为惊异，因为他一向清贫，却忽然有这么多食具，原来却是二百五十套黑色饭盒。

【刘孝标注】○《晋阳秋》曰："友字宅仁，襄阳人。少好学，不持节检。性嗜酒，当其所遇，不择士庶。又好伺人祠，往乞余食，虽复营署垆肆，不以为羞。桓温常责之云：'君太不逮。须食，何不就身求，乃至于此！'友傲然不屑，答曰：'就公乞食，今乃可得，明日已复无。'温大笑之。始仕荆州，后在温府，以家贫乞禄。温虽以才学遇之，而谓其诞肆，非治民才，许而不用。后同府人有得郡者，温为席起别，友至尤晚。问之，友答曰：'民性饮道嗜味，昨奉教旨，乃是首旦出门，于中路逢一鬼，大见揶揄云："我只见汝送人作郡，何以不见人送汝作郡！"民始怖终惭，回还以解，不觉成淹缓之罪。'温虽笑其滑稽，而心颇愧焉。后以为襄阳太守，累迁广、益二州刺史。在藩，举其宏纲，不存小察，甚为吏民所安说。薨于益州。"

【注释】① 襄阳：郡名，治所在今湖北襄樊市。罗友：字宅仁，襄阳人，官至襄阳太守，广、益二州刺史。大韵：非凡的气质。大，不一般。 ② 伺：探察。祠：祭祀。 ③ 非时：不是时候。 ④ 怍(zuò)：惭愧。 ⑤ 记功：记忆力。 ⑥ 桓宣武：桓温。平蜀：平定蜀地的成汉政权。 ⑦ 按行：巡行察看。城阙：城内帝王所居之巍峨宫殿。观：宫门前两边的望楼。宇：房屋。 ⑧ 道陌：道路。 ⑨ 漂洲："漂"应作"溧"，形近故误。《资治通鉴》卷一一二《晋纪》三四："牢之军溧洲。"溧洲在建康东南。简文：简文帝。集：聚会，会面。 ⑩ 预：参加。 ⑪ 名列：按照名目列举出来。 ⑫ 谢公：谢安。 ⑬ 讵(jù)：难道。减：不如，差。魏阳元：魏舒，字阳元。见《赏誉》十七注⑳（页270）。 ⑭ 桓豁：字朗之，桓温的弟弟，曾任征西将军、荆州刺史。莫：同"暮"，傍晚。 ⑮ 前期：先前有约定。 ⑯ 征西：桓豁曾任征西将军，故称。 ⑰ 书佐：掌管文书的辅助官吏。 ⑱ 怡然：愉快的样子。 ⑲ 胜达：名流。 ⑳ 由来：一向。 ㉑ 沓(tà)：量词，指套，副。榢(lěi)：一种扁形食盒，中有隔，可供两人食用。

【评析】本文写罗友"诞肆"而气度不凡。他在祠堂乞食，毫不在意。记性之好与簿册所记分毫不差。不赴刺史之邀却与书佐小吏相处融洽。他以拥有五百人的食器而自豪。关于"乌榢"，诚如余嘉锡所言："乌榢者，涂之使黑，而不用漆，极言其清贫耳。"可知罗友清贫而大度，安贫乐道。

四十二

桓子野每闻清歌①，辄唤"奈何②"！谢公闻之曰③："子野可谓一往有深情④。"

【今译】桓伊每次听到挽歌声，就唤"奈何"！谢安听到此事后说："子野可说是难以抑制地将深厚的情感径直表露出来了。"

【注释】① 桓子野：桓伊，小字子野，见《方正》五十五注①（页211）。清歌：挽歌，哀悼死者之歌。 ② 奈何：如何，怎么办。一说为晋时挽歌曲调之余音，即一人主唱，众人以"奈何"应和。 ③ 谢公：谢安。 ④ 一往有深情：指感情难以抑制径直地表达出来。成语"一往情深"即本此。

【评析】《方正》五十五刘注引《晋阳秋》谓桓伊"少有才艺，又善声律"，本文写其闻挽歌即呼"奈何"以和之。熟谙声律的桓伊和声十分动人，故谢安赞其"一往有深情"。

四十三

张湛好于斋前种松柏①，㊀时袁山松出游②，每好令左右作挽歌③。㊁时人谓"张屋下陈尸④，袁道上行殡⑤"。㊂

【今译】张湛喜欢在房舍前种松树、柏树，当时袁山松出外游览，常常喜欢叫左右随从唱挽歌。当时人们说："张湛屋下停放尸体，袁山松路上出殡。"

【刘孝标注】㊀《晋东宫官名》曰："湛字处度，高平人。"《张氏谱》曰："湛祖嶷，正员郎。父旷，镇军司马。湛仕至中书郎。" ㊁ 山松别见。《续晋阳秋》曰："袁山松善音乐，北人旧歌有《行路难》曲，辞颇疏质，山松好之，乃为文其章句，婉其节制，每因酒酣，从而歌之。听者莫不流涕。初，羊昙善唱乐，桓伊能挽歌，及山松以《行路难》继之，时人谓之三绝。"今云挽歌，未详。

㊂ 裴启《语林》曰："张湛好于斋前种松,养鸲鹆。袁山松出游,好令左右作挽歌。时人云云。"

【注释】① 张湛:字处度,小字骥,高平(今山东金乡)人,官至中书郎。 ② 袁山松:博学善著文,官至吴郡太守,见《德行》四十五注⑦(页31)。 ③ 挽歌:哀悼死者之歌。 ④ 陈尸:指停放尸体。墓地多种松柏,此即指张湛屋舍前种松柏,犹如墓地一般。 ⑤ 行殡:在大路上出殡。挽歌为哀悼死者而唱,此指袁山松犹如在路上出殡。

【评析】张湛与袁山松各有癖好。只要自己任性快乐,不管别人讥议,这就是名士风度。

四十四

罗友作荆州从事①,桓宣武为王车骑集别②,㊀友进坐良久,辞出,宣武曰:"卿向欲咨事③,何以便去?"答曰:"友闻白羊肉美,一生未曾得吃,故冒求前耳④。无事可咨,今已饱,不复须驻⑤。"了无惭色。

【今译】罗友任荆史剌史的属官时,桓温为王洽举行宴会送别,罗友进见坐了很久,然后告辞退出。桓温说:"您刚才说要商议事情,为什么就要走?"罗友答道:"我听说白羊肉味儿鲜美,我平生从未吃过,所以冒昧请求前来罢了。我其实没有什么事要商议。现在我已经吃饱了,不再需要留下来了。"说话时完全没有羞愧之色。

【刘孝标注】㊀ 车骑,王洽,别见。

【注释】① 罗友:见本篇四十一注①(页497)。荆州从事:荆州剌史的属官。 ② 桓宣武:桓温。王车骑:王洽,王导第三子。集别:举行宴会送别。 ③ 咨事:商议事情。 ④ 冒:冒昧。 ⑤ 驻:停留。

【评析】罗友为了吃到从未吃过的白羊肉,找了借口,费了心思,吃了就走,毫无愧色,确实潇洒超脱,气韵不凡。

四十五

张骥酒后挽歌甚凄苦①,桓车骑曰②:"卿非田横门人③,何乃顿尔至致④?"㊀

【今译】张骥在酒后唱挽歌,歌声非常凄凉悲苦,桓冲说:"您不是田横的弟子,为何突然之间歌声会凄苦到了极点?"

【刘孝标注】㊀ 骥,张湛小字也。《谯子法训》云:"有丧而歌者。或曰:'彼为乐丧也,有不可乎?'谯子曰:'《书》云:"四海遏密八音。"何乐丧之有?'曰:'今丧有挽歌者,何以哉?'谯子曰:'周闻之。盖高帝召齐田横至于户乡亭,自刎奉首,从者挽至于宫,不敢哭而不胜哀,故为歌以寄哀音。彼则一时之为也。邻有丧,舂不相引,挽人衔枚,孰乐丧者邪?'"按《庄子》:"绋讴所生,必于斥苦。"司马彪注曰:"绋,引柩索也。斥,疏缓也。苦,用力也。引绋所以有讴歌者,为人有用力不齐,故促急之也。"《春秋左氏传》曰:"鲁哀公会吴伐齐,其将公孙夏命歌《虞殡》。"杜预曰:"《虞殡》,送葬歌,示必死也。"《史记·绛侯世家》曰:"周勃以吹箫乐丧。"然则挽歌之来久矣,非始起于田横也。然谯氏引《礼》之文,颇有明据,非固陋者所能详闻。疑以传疑,以俟通博。

【注释】① 张骥:张湛,字处度,小字骥,见本篇四十三注①(页498)。 ② 桓车骑:桓冲官车骑将军,故称。 ③ 田横:秦汉间人。曾自立为齐王,率领五百人逃亡海岛,刘邦称帝,他羞为汉臣而自杀,手下的随从作挽歌以寄哀。门人:弟子。 ④ 顿尔:突然。至致:到达极点。致,极点。

【评析】《晋书》本传谓桓冲在桓温死后"代温居任,尽忠王室",直至临终,仍然"言不及私",可知桓冲一心为国为君。张湛在唱挽歌时所发的凄苦之声引起了他的注意与共鸣。这凄苦声正是他们内心忧虑情绪的写照。

四十六

王子猷尝暂寄人空宅住①,便令种竹。或问:"暂住何烦尔②?"王啸咏良久③,直指竹曰:"何可一日无此君?"⊖

【今译】王徽之曾经暂时借住在别人的空房子里,就叫人种上竹子。有人问:"暂时住住,何必如此麻烦?"王徽之吟咏了很久,直指着竹子说:"怎么可以一天没有这位先生呢?"

【刘孝标注】⊖《中兴书》曰:"徽之卓荦不羁,欲为傲达,放肆声色颇过度。时人钦其才,秽其行也。"

【注释】① 王子猷(yóu):王徽之,见《雅量》三十六刘注⊖(页238)。 ② 尔:如此。 ③ 啸咏:吟咏。

【评析】竹子以其雅致、挺拔的风姿以及严寒不凋的品格而深受士人的喜爱。竹与松、梅并称"岁寒三友",故王徽之即便暂住他人之宅,也要种竹,以竹为伴,与竹为友。他与竹林名士们同样具有超脱世俗的高雅情致。

四十七

王子猷居山阴①,夜大雪,眠觉,开室,命酌酒。四望皎然②,因起彷徨③,咏左思《招隐诗》④,⊖忽忆戴安道⑤。时戴在剡⑥,即便夜乘小船就之。经宿方至⑦,造门不前而返。人问其故,王曰:"吾本乘兴而行,兴尽而返,何必见戴?"

【今译】王徽之住在山阴时,一天夜里下起了大雪,他睡觉醒来,打开房门,叫人倒酒来喝。他放眼四周一片洁白明亮,于是起身徘徊,吟咏左思的《招隐诗》,忽然想起了戴逵。当时戴逵在剡县,他当即乘小船连夜到戴逵那里去。经过一夜才到达,到了门前他却没有进去就回家了。有人问他什么缘故,王徽之说:"我本来是趁着兴致去的,现在兴致尽了就回来,何必要见到戴逵呢?"

【刘孝标注】⊖《中兴书》曰:"徽之任性放达,弃官东归,居山阴也。"左诗曰:"杖策招隐士,荒涂横古今。岩穴无结构,丘中有鸣琴。白雪停阴冈,丹葩曜阳林。"

【注释】① 王子猷：王徽之。山阴：今浙江绍兴。 ② 皎然：洁白明亮的样子。 ③ 彷徨：徘徊，来回地走。 ④ 左思：见《文学》六十八注①。《招隐诗》：左思歌咏隐居之乐的诗。 ⑤ 戴安道：戴逵。 ⑥ 剡（shàn）：县名，今浙江嵊县。 ⑦ 经宿（xiǔ）：经过一夜。宿，夜。

【评析】"乘兴而行，兴尽而返"，足以表现王徽之"任性放达"之风。

四十八

王卫军云①："酒正自引人着胜地②。"㊀

【今译】王荟说："酒确实能引领人们到达美妙的境界。"

【刘孝标注】㊀ 王荟，已见。

【注释】① 王卫军：王荟，王导幼子，见《雅量》二十六刘注㊀（页232）。 ② 正自：真，确实。胜地：美妙的境地。

【评析】王荟以最精练的语言写出自己饮酒的体验，可知也是沉湎于酒的酒痴。

四十九

王子猷出都①，尚在渚下②。旧闻桓子野善吹笛③，㊀而不相识。遇桓于岸上过，王在船中，客有识之者云："是桓子野。"王便令人与相闻云④："闻君善吹笛，试为我一奏。"桓时已贵显，素闻王名，即便回下车，踞胡床⑤，为作三调⑥。弄毕⑦，便上车去。客主不交一言。

【今译】王徽之赴京都，船还停在小洲边。他过去听说桓伊善于吹笛子，但是并不相识。这次遇到桓伊在岸上经过，王徽之在船中，船上有位认识桓伊的客人说："那是桓伊。"王徽之就叫人传话说："听说您善吹笛子，请为我演奏一曲。"桓伊当时已经富贵显达，一向听到过王徽之的名声，随即就回头下车，坐在交椅上，为王徽之吹了三支曲子。演奏完毕，就上车走了。客主之间没有交谈过一句话。

【刘孝标注】㊀《续晋阳秋》曰："左将军桓伊善音乐，孝武饮燕，谢安侍坐，帝命伊吹笛。伊神色无忤，既吹一弄，乃放笛云：'臣于筝乃不如笛，然自足以韵合歌管。臣有一奴，善吹笛，且相便串，请进之。'帝赏其放率，听召奴。奴既至，吹笛，伊抚筝而歌怨诗，因以为谏也。"

【注释】① 王子猷：王徽之。出都：赴京都。 ② 渚（zhǔ）：水中间的小块陆地。 ③ 桓子野：桓伊。见《方正》五十五注①（页211）。 ④ 相闻：传话。 ⑤ 胡床：一种由胡地传入的类似折叠椅的轻便坐椅。 ⑥ 调：曲调。 ⑦ 弄：指演奏乐器。

【评析】《晋书》本传谓桓伊"善音乐，尽一时之妙，为江左第一"。他为只闻其名而素不相识的王徽之演奏了三支曲子。宾主未交一言，然而通过桓伊美妙的笛声，他们已经作了心灵的沟通。

五十

桓南郡被召作太子洗马①,一船泊荻渚②。王大服散后已小醉③,往看桓。桓为设酒。不能冷饮④,频语左右⑤:"令温酒来。"桓乃流涕呜咽,王便欲去。桓以手巾掩泪,因谓王曰:"犯我家讳⑥,何预卿事⑦?"二王叹曰:"灵宝故自达⑧!"三

【今译】桓玄被征召担任太子洗马,赴任途中将船停在荻渚。王忱服食五石散后已经有点醉意,前去看望桓玄。桓玄为他摆了酒宴。王忱不能喝冷酒,多次告诉侍从:"叫他们温酒来。"桓玄于是流着眼泪哭起来,王忱就要离席而去。桓玄用手巾揩着眼泪,就对王忱说:"你触犯了我的家讳,但是与您有什么关系?"王忱听了赞叹道:"灵宝确实通达!"

【刘孝标注】一《玄别传》曰:"玄初拜太子洗马,时朝廷以温有不臣之迹,故抑玄为素官。" 二《晋安帝纪》曰:"玄哀乐过人,每欢戚之发,未尝不至呜咽。" 三 灵宝,玄小字也。《异苑》曰:"玄生而有光照室,善占者云:'此儿生有奇耀,宜字为天人。'宣武嫌其三文,复言为'神灵宝',犹复用三。既难重前,却减'神'一字,名曰'灵宝'。"《语林》曰:"玄不立忌日,止立忌时,其达而不拘,皆此类。"

【注释】① 桓南郡:桓玄,字敬道,小字灵宝,封南郡公,故称。见《德行》四十一注①(页28);太子洗马:太子的属官。 ② 荻渚:地名。 ③ 王大:王忱,小字佛大,人称王大。见《德行》四十四注②(页30)。服散:服食五石散。 ④ 不能冷饮:五石散是一种毒性很大的药,服用后当饮热酒以利药性散发。如饮冷酒,则有害健康。 ⑤ 频:接连几次,多次。 ⑥ 家讳:指父亲或祖父的名字。古时他人与自己都不能直称父祖之名,否则即犯家讳,必须依礼而哭。桓温是桓玄的父亲,王忱说的"令温酒来"即犯了桓玄之父的名讳"温"字。 ⑦ 预:参与。 ⑧ 故自:确实,的确。

【评析】关于桓玄"通达"之说,《晋书》本传并无记载,本文刘注引《语林》,称其"不立忌日,止立忌时"为"达而不拘",仅此而已。

五十一

王孝伯问王大①:"阮籍何如司马相如②?"王大曰:"阮籍胸中垒块③,故须酒浇之。"一

【今译】王恭问王忱:"阮籍比起司马相如来怎么样?"王忱说:"阮籍胸中郁结着不平之气,所以必须用酒来浇它。"

【刘孝标注】一 言阮皆同相如,而饮酒异耳。

【注释】① 王孝伯:王恭。王大:王忱。 ② 阮籍:见《德行》十五注①(页11)。司马相如:见《品藻》八十注③(页363)。 ③ 垒块:比喻胸中郁结的不平之气。

【评析】阮籍胸中不平之气,是由现实的黑暗、政治的腐败与社会的混乱郁结而成的,无奈之下,他唯有用酒来麻醉自己而已。刘注谓阮籍与司马相如相同,只是饮酒有异,似不确。

五十二

王佛大叹言①："三日不饮酒，觉形神不复相亲②！"㊀

【今译】王忱叹息说："三天不喝酒，就觉得形体与精神分离不再互相亲近了！"

【刘孝标注】㊀《晋安帝纪》曰："忱少慕达，好酒，在荆州转甚，一饮或至连日不醒，遂以此死。"宋明帝《文章志》曰："忱嗜酒，醉辄经日，自号'上顿'。世嗲以大饮为'上顿'，起自忱也。"

【注释】① 王佛大：王忱，小字佛大。　② 形神：形体与精神。

【评析】刘注引文谓王忱好酒、嗜酒，饮至"连日不醒"。《晋书》本传更称其晚年"尤嗜酒"，"一饮连月不醒"，以至死于醉酒。从本文王忱之言，可知其任性放纵之态远胜于阮籍。

五十三

王孝伯言①："名士不必须奇才②，但使常得无事，痛饮酒，熟读《离骚》③，便可称名士。"

【今译】王恭说："名士不一定需要才智出众，只要让他常常闲散无事，痛痛快快地喝酒，熟读《离骚》，就可以称为名士。"

【注释】① 王孝伯：王恭，见《德行》四十四注①（页30）。　② 须：需。　③《离骚》：楚辞篇名，战国楚人屈原作。为自述身世遭遇，关怀楚国命运，要求革新政治，坚持理想的长篇诗作。

【评析】王恭所说的名士只要具有常得无事、痛饮酒、熟读《离骚》三点即可，这正是他的夫子自道。《赏誉》一五五谓其"能叙说，而读书少"，则知其读书不多。余嘉锡谓王恭之语"皆所以自饰其短也"（《世说新语笺疏》），不无道理。

五十四

王长史登茅山①，大恸哭曰："琅邪王伯舆②，终当为情死！"㊀

【今译】王廞登茅山，悲痛得大哭道："琅邪人王伯舆，最终会为情而死！"

【刘孝标注】㊀《王氏谱》曰："廞字伯舆，琅邪人。父荟，卫将军。廞历司徒长史。"周祗《隆安记》曰："初，王恭将唱义，使喻三吴，廞居丧，拔以为吴国内史。国宝既死，恭罢兵，令廞反丧服。廞大怒，即日据吴都以叛。恭使司马刘牢之讨廞，廞败，不知所在。"

【注释】① 王长史：王廞（xīn），字伯舆，王导之孙，曾任司徒左长史，故称。茅山：山名，在今江苏句容县东南。　② 琅邪：郡名，治在今山东临沂北。

【评析】从刘注引文可知王廞在服丧期间对王恭的任命非常反感，立即起兵背叛，这大概就是他所说的"终当为情死"的结果。

简傲第二十四

一

晋文王功德盛大①,坐席严敬②,拟于王者。㊀唯阮籍在坐,箕踞啸歌③,酣放自若④。

【今译】晋文王司马昭功业兴旺德行高尚,坐在席位上严肃庄重,可与君王相比。只有阮籍在座位上伸开两足啸咏吟唱,尽情地饮酒,放纵不羁,神态自在。

【刘孝标注】㊀《汉晋春秋》曰:"文王进爵为王,司徒何曾与朝臣皆尽礼,唯王祥长揖不拜。"

【注释】① 晋文王:司马昭,见《德行》十五注①(页11)。 ② 严敬:严肃庄重。 ③ 箕踞:伸开两足而坐,形如箕,表示放达、傲慢的一种坐姿。啸歌:啸咏吟唱。 ④ 酣放自若:尽情地饮酒,放纵不羁,神情自在。

【评析】文中写阮籍在司马昭的酒席上,并不因司马昭足与君王比拟的严敬风范而改变自己清高狂放的姿态。

二

王戎弱冠诣阮籍①,时刘公荣在坐②。阮谓王曰:"偶有二斗美酒③,当与君共饮,彼公荣者无预焉④。"二人交觞酬酢⑤,公荣遂不得一杯,而言语谈戏,三人无异。或有问之者,阮答曰:"胜公荣者,不得不与饮酒;不如公荣者,不可不与饮酒;唯公荣,可不与饮酒。"㊀

【今译】王戎二十岁时去拜访阮籍,当时刘昶也在座。阮籍对王戎说:"我恰好有二斗酒,应当与你同饮,他刘昶呢就不要参与了。"两个人就互相敬酒,刘昶最后也没有得到一杯酒,但是言语谈笑,三个人彼此并没有异样。有人问起此事,阮籍答道:"胜过刘昶的人,不得不与他饮酒;不如刘昶的人,不可不与他饮酒;只有刘昶,可以不与他饮酒。"

【刘孝标注】㊀《晋阳秋》曰:"戎年十五,随父浑在郎舍,阮籍见而说焉。每适浑,俄顷,辄在戎室,久之,乃谓浑:'濬冲清尚,非卿伦也。'戎尝诣籍共饮,而刘昶在坐不与焉。昶无恨色。既而戎问籍曰:'彼为谁也?'曰:'刘公荣也。'濬冲曰:'胜公荣,故与酒,不如公荣,不可不与酒;唯公荣者,可不与酒。'"《竹林七贤论》曰:"初,籍与戎父浑俱为尚书郎,每造浑,坐未安,辄曰:'与卿语,不如与阿戎语。'就戎,必日夕而返。籍长戎二十岁,相得如时辈。刘公荣通士,性尤好酒。籍与戎酬酢终日,而公荣不蒙一杯,三人各自得也。戎为物论所先,皆此类。"

【注释】① 弱冠:古代男子二十岁行加冠礼,后因以"弱冠"指二十岁或二十岁左右之人。 ② 刘公荣:刘昶,见《任诞》四刘注(页479)。 ③ 偶:碰巧,恰好。 ④ 预:参加。 ⑤ 交觞

(shāng)：一齐，互相。酬酢(zuò)：宾主相互敬酒。

【评析】本文写阮籍率性而为，王戎来访时，刘昶也在座，且"性尤好酒"（刘注引文），而阮籍却偏偏只与王戎对饮，把他撇在一边。好在刘昶是"通士（通达之士）"，毫不介意。于此可知阮籍之简慢率性。又，文中阮籍所说"胜公荣者"以下三句，《任诞》四中为刘昶所说。文中阮籍对刘所说的第三句话作了改动。

三

钟士季精有才理①，先不识嵇康②，钟要于时贤俊之士③，俱往寻康。康方大树下锻④，向子期为佐鼓排⑤。康扬槌不辍，傍若无人，移时不交一言⑥。钟起去，康曰："何所闻而来？何所见而去？"钟曰："闻所闻而来，见所见而去。"㊀

【今译】钟会精明有才思，先前不认识嵇康，钟会邀请当时贤能杰出人士，一起去探访嵇康。嵇康正在大树下打铁，向子期正在帮他拉风箱鼓风。嵇康不停地挥动锤子打铁，旁若无人，过了很久也不与他们说一句话。钟会起身离开，嵇康说："你听到了什么才来的？见到了什么才走的？"钟会说："听到了所听到的才来，看到了所看到的才走的。"

【刘孝标注】㊀《文士传》曰："康性绝巧，能锻铁。家有盛柳树，乃激水以圜之，夏天甚清凉，恒居其下傲戏，乃身自锻。家虽贫，有人就锻者，康不受直。唯亲旧以鸡酒往与共饮啖清言而已。"《魏氏春秋》曰："钟会为大将军兄弟所昵，闻康名三造焉。会名公子，以才能贵幸，乘肥衣轻，宾从如云，康方箕踞而锻，会至不为之礼，会深衔之。后因吕安事，而遂谮康焉。"

【注释】①钟士季：钟会，字士季，见《言语》十一注①（页41）。才理：才思。　②嵇康：见《德行》十六注②（页11）。　③要：同"邀"，约请。贤俊：贤能杰出之人。　④锻：打铁。　⑤向子期：向秀，字子期，见《言语》十八注②（页46）。佐：辅助。鼓排：拉风箱鼓风。　⑥移时：过了很久时间。

【评析】嵇康以高傲轻慢的态度对待登门拜访的钟会，使得这位"名公子"怀恨而去，遂种下了祸根。后钟会借机诬陷嵇康，嵇康终为司马昭所杀。

四

嵇康与吕安善①，每相思，千里命驾。㊀安后来，值康不在，喜出户延之②，不入，㊁题门上作"凤"字而去。喜不觉，犹以为欣③。故作"凤"字，凡鸟也④。㊂

【今译】嵇康和吕安很友好，每当思念吕安时，再远的路也要长途驾车前去探访。吕安后来去拜访嵇康时，正巧嵇康不在家，嵇喜出门来迎接他，他不进门，在门上题了一个"凤"字就走了。嵇喜并未察觉吕安的用意，还很高兴。吕安所以题写"凤"字，就是在讽刺嵇喜是凡鸟啊。

【刘孝标注】㊀《晋阳秋》曰："安字中悌，东平人，冀州刺史招之第二子。志量开旷，有拔俗风气。"干宝《晋纪》曰:"初,安之交康也,其相思则率尔命驾。" ㊁《晋百官名》曰:"嵇喜字公穆,历扬州刺史,康兄也。阮籍遭丧,往吊之。籍能为青白眼,见凡俗之士,以白眼对之。及喜往,籍不哭,见其白眼,喜不怿而退。康闻之,乃赍酒挟琴而造之,遂相与善。"干宝《晋纪》曰:"安尝从康,或遇其行,康兄喜拭席而待之,弗顾,独坐车中。康母就设酒食,求康儿共语戏。良久则去,其轻贵如此。" ㊂ 许慎《说文》曰:"凤,神鸟也。从鸟,凡声。"

【注释】① 吕安:见刘注,与嵇康、山涛等友善,后被司马昭所杀。 ② 喜:嵇喜,字公穆,嵇康之兄,历仕扬州刺史、太仆、宗正。延:邀请。 ③ 欣:高兴,喜悦。 ④ 凤:"鳳"为"凤"的繁体字,由"凡"、"鳥"二字组合而成,吕安特地以此比喻嵇喜为凡鸟,以示轻视之意。

【评析】刘注引《晋阳秋》谓吕安"志量开旷,有拔俗风气",与嵇康、阮籍等友好交往。而嵇喜虽为嵇康之兄,却是凡俗之辈。刘注引文二则,一则谓阮籍以白眼对之,一则谓吕安宁愿独坐车中而不肯与之同席。本文则写吕安当着嵇喜之面写"鳳"字,讥其为凡鸟,嵇喜却浑然不觉。吕安有拔俗之气果然不虚。

五

陆士衡初入洛①,咨张公所宜诣②,刘道真是其一③。陆既往,刘尚在哀制中④。性嗜酒,礼毕,初无他言,唯问:"东吴有长柄壶卢⑤,卿得种来不?"陆兄弟殊失望,乃悔往。

【今译】陆机初到洛阳时,向张华询问应当去拜访的人,张华认为刘宝是应拜访的一位。陆机去刘家时,刘宝还在守丧期中。刘宝性喜饮酒,见面礼行过后,不说其他,只是问:"东吴有一种长柄葫芦,你们带了种子来吗?"陆机、陆云兄弟听了非常失望,于是很后悔去拜访其人。

【注释】① 陆士衡:陆机字士衡,见《言语》二十六注①(页52)。洛:洛阳。 ② 咨:询问。张公:张华,见《德行》十二注③(页9)。所宜诣:应当拜访的人。 ③ 刘道真:刘宝,字道真,见《德行》二十二注①(页15)。 ④ 哀制:礼制规定的居丧期,这里指父母的丧事。 ⑤ 壶卢:葫芦,可作盛酒之器。

【评析】据《晋书》陆机本传,谓机"少有异才,文章冠世,伏膺儒术,非礼不动"。陆云"少与兄机齐名",号称"二陆"。而刘宝则嗜酒,一派名士风度,全然不顾居丧期间不能饮酒之礼,见面之后即问盛酒之器葫芦事,令笃信儒术的二陆大失所望。

六

王平子出为荆州①,㊀王太尉及时贤送者倾路②。时庭中有大树,上有鹊巢,平子脱衣巾,径上树取鹊子,凉衣拘阂树枝③,便复脱去。得鹊子还下弄④,神色自若,傍若无人。㊁

【今译】王澄出任荆州刺史,王衍与当时的名流去送行的挤满了道路。当时庭院中有一棵大树,上面有鹊巢,王澄脱下上衣和头巾,径直爬上树去抓小鹊,贴身内衣钩住了树枝,就再把内衣脱掉。他抓到小鹊后又下树拿着小鹊玩耍,神色自如,旁若无人。

【刘孝标注】㊀《晋阳秋》曰："惠帝时,太尉王夷甫言于选者,以弟澄为荆州刺史,从弟敦为青州刺史。澄、敦俱诣太尉辞,太尉谓曰:'今王室将卑,故使弟等居齐、楚之地,外可以建霸业,内足以匡帝室,所望于二弟也。'"㊁邓粲《晋纪》曰:"澄放荡不拘,时谓之达。"

【注释】① 王平子:王澄,王衍之弟。出为荆州:出任荆州刺史。　② 王太尉:王衍。倾路:挤满路。　③ 凉衣:贴身内衣。拘阂(hé):挂碍,钩住。　④ 弄:戏耍,拿着玩。

【评析】王澄在出任荆州时,当着众多送行者之面爬上树去掏鹊巢,脱去衣巾,甚至还脱去内衣,且神色自若,旁若无人。如此放荡不拘,难怪刘琨警告王澄"以此处世,难得其死"(《晋书》本传)。后王澄果然为王敦所杀。

七

高坐道人于丞相坐①,恒偃卧其侧②。见卞令③,肃然改容云④:"彼是礼法人。"㊀

【今译】高坐和尚在王导家里作客时,常仰卧在王导身边。看到卞壶,就恭恭敬敬地脸色变得严肃起来,说:"他是懂得礼仪法度之人。"

【刘孝标注】㊀《高坐传》曰:"王公曾诣和上,和上解带偃伏,悟言神解。见尚书令卞望之,便敛衿饰容。时叹皆得其所。"

【注释】① 高坐:西晋和尚,见《言语》三十九注①(页61)。道人:晋宋时称僧徒为"道人"。丞相:王导。　② 偃卧:仰卧。　③ 卞令:卞壶(kǔn),字望之,官尚书令。　④ 肃然:恭敬的样子。改容:脸上变得严肃起来。

【评析】高坐和尚善于随机应变,对待不同的人,以不同的态度与不同的语言处之,或洒脱随意,或恭敬改容,可谓各得其所。

八

桓宣武作徐州①,时谢奕为晋陵②,㊀先粗经虚怀③,而乃无异常。及桓迁荆州④,将西之间,意气甚笃⑤,奕弗之疑。唯谢虎子妇王悟其旨⑥,㊁每曰:"桓荆州用意殊异,必与晋陵俱西矣⑦。"俄而引奕为司马⑧。奕既上,犹推布衣交。在温坐,岸帻啸咏⑨,无异常日。宣武每曰:"我方外司马⑩。"遂用酒,转无朝夕礼⑪。桓舍人内⑫,奕辄复随去⑬。后至奕醉,温往主许避之⑭。主曰:"君无狂司马,我何由得相见?"

【今译】桓温担任徐州刺史,当时谢奕担任晋陵太守,起先两人略通寒暄,也没有什么异样的地方。等到桓温改任荆州刺史,将往西边去就任时,两人情义非常深,谢奕没有怀疑他。只有谢据的妻子王氏了解其中的意思,常说:"桓温的用心很不寻常,他必定与谢奕一起到西边去了。"不久桓温就荐举谢奕为司马。谢奕上任后,还是把桓温当做贫贱时的朋友看待。在桓温座上作客时,他把头巾掀起露出额头长啸歌咏,与平常没有什么不同。桓温常说:"他是我世俗之外的司马。"于是他因为喝多了酒,更加没有早晚应有的礼节了。桓温避开他进入内室,谢奕就跟进去。后来到了谢奕喝醉酒,桓温到南康长公主住处避开他。公主说:"你如果没有这位狂司马,我怎么能够与你相见呢?"

【刘孝标注】㊀《中兴书》曰:"奕自吏部郎,出为晋陵太守。" ㊁虎子,谢据小字,奕弟也。其妻王氏,已见。

【注释】① 桓宣武:桓温。作徐州:担任徐州刺史。 ② 谢奕:字无奕,谢安兄。见《德行》三十三注①(页23)。为晋陵:任晋陵太守。 ③ 粗经虚怀:指略叙寒暄之意。粗经,略表。虚怀,心怀,心意。 ④ 迁荆州:调任荆州刺史。 ⑤ 意气:情义。笃:深厚。 ⑥ 谢虎子:谢据,小字虎子,谢奕弟。妇王:妻子王氏。悟其旨:明白他的意思。 ⑦ 晋陵:指任晋陵太守的谢奕。 ⑧ 引:举荐。司马:刺史的属官。 ⑨ 岸帻(zé):把头巾略微掀起,露出额头,形容潇洒、无拘无束的样子。 ⑩ 方外:世俗之外。 ⑪ 朝夕礼:指早晚应有的礼节。《晋书》本传,作"朝廷礼"。 ⑫ 舍:避开。 ⑬ 辄复:就。 ⑭ 主许:指桓温妻子南康长公主的住处。许:住处。

【评析】本文写谢奕的狂放之态。桓温虽是他的旧交,但后来作了他的上司,他仍然一如既往地毫无拘束,甚至酒醉之后连朝廷的礼节都不要了。(按:文中"转无朝夕礼",《晋书·谢奕传》作"无复朝廷礼"。)桓温只好逃到夫人的住处去。桓温夫人南康长公主称其为"狂司马",一个"狂"字最能概括其放荡不羁之貌。

九

谢万在兄前①,欲起索便器②。于时阮思旷在坐曰③:"新出门户④,笃而无礼⑤。"

【今译】谢万在兄长面前,想要起身取便壶。当时阮裕在座,说道:"这种新兴的大家族,忠厚诚实却不懂礼节。"

【注释】① 谢万:字万石,谢安、谢奕之弟,见《言语》七十七注①(页83)。 ② 便器:便壶。 ③ 阮思旷:阮裕,字思旷,见《德行》三十二注①(页22)。 ④ 新出门户:指新兴的大家族。门户,门第,家族。 ⑤ 笃:忠厚诚实。无礼:不懂礼节。

【评析】阮裕的祖先在东汉时即已跻身大族之列,故对谢万随意地在兄长与来客面前索取便壶的举动非常反感,便称谢家为新贵暴发户,不懂礼节。谢家第一代谢衡不过是西晋时的国子祭酒,至谢安父辈谢鲲,逐渐发达,至谢安官拜丞相,才得以与王氏并称"王谢",故被讥为"新出门户"。

十

谢中郎是王蓝田女婿①,㊀尝着白纶巾②,肩舆径至扬州听事③,见王,直言曰:"人言君侯痴,君侯信自痴④。"蓝田曰:"非无此论,但晚令耳⑤。"㊁

【刘孝标注】㊀《谢氏谱》曰:"万取太原王述女,名荃。" ㊁《述别传》曰:"述少真独退静,人未尝知,故有晚令之言。"

【今译】谢万是王述的女婿,曾戴着白纶巾,坐着肩舆,径直到扬州刺史厅堂上,谒见王述,直率地说:"人们说君侯你有点痴呆,君侯你确实是痴呆。"王述说:"不是没有这种议论,只是我晚年才得到好名声罢了。"

【注释】① 谢中郎:谢万,曾为从事中郎,故称。王蓝田:王述,袭父爵为蓝田侯,故称。② 着:戴。纶(guān)巾:古代配有青丝带的头巾。③ 肩舆:两个人抬的一种轿子。径:径直。听事:厅堂。④ 信自:确实。⑤ 晚令:晚年得到好名声。令:令名,美名。

【评析】《赏誉》中有两则文字写到王述真率(九十一)、痴傻(六十二),本文谓其女婿谢万也当面确认岳丈"痴",而王述则毫不介意。可见谢万是何等轻率傲慢。

十一

王子猷作桓车骑骑兵参军①,桓问曰:"卿何署②?"答曰:"不知何署,时见牵马来,似是马曹③。"㊀桓又问:"官有几马?"答曰:"不问马④,何由知其数⑤?"㊁又问:"马比死多少⑥?"答曰:"未知生,焉知死⑦?"㊂

【今译】王徽之担任桓冲的骑兵参军,桓冲问他:"你是哪个部门的?"王徽之答道:"不知道是什么部门,只是常常看见牵了马来,好像是马曹。"桓冲又问:"官府中有多少马?"徽之答着:"我不问马,怎么知道马的数目呢?"桓冲又问:"马近来死了多少?"徽之答道:"不知道活着的,怎么知道死掉的?"

【刘孝标注】㊀《中兴书》曰:"桓冲引徽之为参军,蓬首散带,不综知其府事。"㊁《论语》曰:"厩焚,孔子退朝曰:'伤人乎?'不问马。"注:"贵人贱畜,故不问也。"㊂《论语》曰:"子路问死。孔子曰:'未知生,焉知死。'"马融注曰:"死事难明,语之无益,故不答。"

【注释】① 王子猷(yóu):王徽之字子猷,王羲之第五子。有才器,放诞不羁,官至黄门侍郎。桓车骑:桓冲,字幼子,桓温弟,官至车骑将军,故称。骑兵参军:官名,掌管马畜牧养,供给等事。② 署:官署,部门。③ 马曹:管马匹的官署。④ 不问马:《论语·乡党》:"厩焚。子退朝,曰'伤人乎?'不问马。"谓马房失火。孔子从朝中回来,听到了就说:"伤到人了吗?"没有问马的情况。文中借用了"不问马"之语。⑤ 何由:怎么,如何。⑥ 比:近来,近期。⑦ "未知生"二句:《论语·先进》:"季路……曰:'敢问死。'曰:'未知生,焉知死!'"谓子路问孔子死后是怎么样的情况。孔子说:"我们连一个人活着的道理都搞不清楚,怎么会知道死后的情形呢!"

【评析】王徽之巧用孔子的名言来应对桓冲的提问,实际上就是指责桓冲重马而轻人,重死而轻生,表现其"卓荦不羁"(《晋书》本传)的傲态。本文亦见《晋书》本传,对话略有增减。

十二

谢公尝与谢万共出西①,过吴郡②,阿万欲相与共萃王恬许③,㊀太傅云④:"恐伊不必酬汝⑤,意不足尔⑥。"万犹苦要⑦,太傅坚不回,万乃独往。坐少时，王便入门内，谢殊有欣色，以为厚待己。良久，乃沐头散发而出，亦不坐，仍据胡床⑧，在中庭晒头，神气傲迈，了无相酬对意⑨。谢于是乃还，未至船，逆呼太傅安⑩，安曰："阿螭不作尔⑪。"㊁

【今译】谢安曾经与谢万一起到西边的京城去，经过吴郡时，谢万想与谢安一起到王恬处与王恬聚会。谢安说："恐怕他不一定会与你应酬，我认为不值得如此。"谢万还是竭力邀请他同去，谢安坚决不肯改变主意，谢万就独自前去。坐了一会儿，王恬就进屋去了，谢万很有点儿欣喜之色，认为他要好好款待自己。过了很久，王恬洗了头披散着头发出来了，也不坐下，两腿仍然张开八字形坐在胡床上，在庭院中晒头发，神色傲慢，毫无要招待他的意思。谢万于是就回来了，还未到船上，就预先叫谢安，谢安说："阿螭没有理睬你吧。"

【刘孝标注】㊀ 恬已见。时为吴郡太守。　㊁ 王恬，小字螭虎。

【注释】① 谢公：谢安。谢万：谢安弟。　② 吴郡：郡名，治所在今江苏苏州。　③ 萃：聚集。王恬：字敬豫，小字螭虎。王导第二子。历仕中书郎、魏郡太守、会稽内史、卒赠中军将军。许：处所。　④ 太傅：谢安。　⑤ 不必：不一定。酬：应酬。　⑥ 不足：不值得。　⑦ 苦要（yāo）：竭力邀请。　⑧ 据：即踞，两腿作八字形分开坐着。胡床：由胡地传入的轻便坐具，故称，类似折叠椅。　⑨ 了：完全。　⑩ 逆：预先。　⑪ 阿螭（chī）：王恬的小名。不作：不打交道。

【评析】本文所写亦载《晋书》本传，省去谢安与谢万之间的有关情节，前面以"性傲诞，不拘礼法"开头，中间只写谢万造访王恬受冷遇事，后面以"神气傲迈，竟无宾主之礼，万怅然而归"收尾。可知王恬不拘礼法的傲慢之态，故其父王导"见恬便有怒色"。

十三

王子猷作桓车骑参军①。桓谓王曰："卿在府久，比当相料理②。"初不答③，直高视④，以手版拄颊云⑤："西山朝来⑥，致有爽气⑦。"

【今译】王徽之当车骑将军桓冲的参军，桓冲对王徽之说："你在军府中待的时间很久了，近来应当安排事务了。"王徽之一点儿都不回答，只是远远地望着，用手版撑着面颊道："西山的早晨，极有清爽之气。"

【注释】① 王子猷：王徽之。　② 比：近来。料理：安排。　③ 初不：一点都不。　④ 直：只是。高视：远望。　⑤ 手版：即手板，古代官吏上朝或谒见上司时所拿的笏，以备记事之用。拄：撑。　⑥ 朝：早晨。　⑦ 致：通"至"，极。爽气：清爽之气。

【评析】本文内容紧接在桓冲重马轻人、重死轻生之后，写王徽之陶醉于西山之晨的爽气，而不屑于为军府之杂事分心（《晋书·王恬传》亦同），再次表现了王徽之"卓荦不羁"（《晋书·王徽之传》语）之概。

十四

谢万北征①，常以啸咏自高②，未尝抚尉众士。谢公甚器爱万③，而审其必败④,乃俱行,从容谓万曰⑤:"汝为元帅,宜数唤诸将宴会⑥,以悦众心⑦。"万从之。因召集诸将,都无所说,直以如意指四坐云⑧:"诸君皆是劲卒⑨。"诸将甚忿恨之⑩。谢公欲深著恩信⑪,自队主将帅以下⑫,无不身造⑬,厚相逊谢。及万事败⑭,军中因欲除之。复云:"当为隐士⑮。"故幸而得免。〇

【今译】谢万北征时,常常用长啸歌咏来表示自己的清高,从来没有去安抚慰问将士们。谢安很器重爱护谢万,但分析形势知道他必定会失败,于是就与他一起出行,很随便地对谢万说:"你做元帅,应该常常召唤将领们参加宴会,来取悦众将之心。"谢万听从了谢安的话。于是召集诸将,在筵席上谢万什么都没有说,只是用如意指着四座的人说:"诸位都是精壮的士兵。"众将听了非常怨恨他。谢安想对将领们施予更深厚显明的恩惠信用,从队长将帅以下,都亲自上门拜访,表示深厚的谦让感谢之意。等到谢万北征打了败仗,军中将士借此要杀掉他。又说:"应当为隐士谢安着想。"所以谢万侥幸得以免去一死。

【刘孝标注】〇 万败,事已见上。

【注释】① 谢万:见《言语》七十七注①(页83)。北征:指穆帝于升平二年(359)命谢万与徐、兖二州刺史北攻前燕。面对大敌,他没有抚慰将士,应对无方,导致大败。 ② 啸咏:长啸歌咏。自高:自鸣清高。 ③ 谢公:谢安。器爱:器重爱护。 ④ 审:推究分析。 ⑤ 从容:随便地。 ⑥ 数(shuò):多次,经常。 ⑦ 悦:取悦,博取。 ⑧ 如意:一种供赏玩的象征吉祥的器物,以玉、竹、骨等制成,柄微曲,头呈灵芝形或云形。 ⑨ 劲卒:精壮的士兵。 ⑩ "诸将甚忿恨"句:《资治通鉴》卷一百晋纪穆帝升平三年胡三省注曰:"凡奋身行伍者,以兵与卒为讳。既为将矣,而称之为卒,所以益恨也。"按:兵,音同"殡";卒,死亡。这两个字均为行伍中人忌讳之语,故诸将士听了谢万之语更加恨他。 ⑪ 深著:深入显明。 ⑫ 队主:一队之长,长官。 ⑬ 身造:亲自访问。 ⑭ 事败:指谢万错误判断撤退,兵败溃散,单骑逃回。 ⑮ 隐士:指谢安。当时谢安尚未出仕,故称。

【评析】谢万得到谢安的激赏偏爱,仅仅因为他是谢安的弟弟。谢万成名早于谢安,《晋书》本传谓其"才器俊秀"、"善自衒耀,故早有时誉"。他也曾得到王羲之的赞赏,谓其"才流经通,处廊庙,参讽议,故是后来一器"。其实谢万根本不懂兵法,不会带兵,谢安早就知道其必败,但总希望他能听从自己的意见,抚慰将士,深著恩信,取悦众心。谁知谢万自以为是,说出话来非但不能鼓舞士气,反而弄巧成拙,激怒诸将。到了战场上,手下的中郎将因病退还彭城,他不加调查误以为被敌人冲击,便慌慌张张不战而退,落得"众遂溃散,狼狈单归"的下场。可知谢万成事不足,败事有余,徒然啸咏自高,浪得虚名而已。

十五

王子敬兄弟见郗公①,蹑履问讯②,甚修外生礼③。及嘉宾死④,皆着高屐⑤,仪容轻慢⑥。命坐,皆云:"有事,不暇坐。"既去,郗公慨然曰:"使嘉宾不死,鼠辈敢尔⑦!"〇

【今译】王献之兄弟去见郗愔时,穿着出客的鞋子去问候起居,很讲究做外甥的礼节。等到郗超死后,他们就都穿着高齿木屐的休闲鞋,仪表举止轻浮傲慢。郗愔叫他们坐,都说:"还有别的事,没空坐。"他们走了以后,郗愔慨叹说:"假如嘉宾不死的话,鼠

辈怎敢如此放肆!"

【刘孝标注】㊀ 愔子超,有盛名,且获宠于桓温,故为超敬愔。

【注释】① 王子敬:王献之。郗公:郗愔。见《品藻》二十九注⑤(页342)。 ② 蹑履:穿着鞋。见客穿鞋在当时是有礼貌的表现。问讯:问候起居。 ③ 修:讲求。外生:外甥。王羲之是郗鉴的女婿,郗愔是郗鉴之子,王献之是王羲之之子,故愔与献之为舅甥关系。 ④ 嘉宾:郗超,字嘉宾,郗愔之子。是桓温的亲信,权重一时。 ⑤ 高屐(jī):高底的木屐。木屐是木底有齿的鞋子,休闲时穿。正式场合则穿履。 ⑥ 仪容:仪表举止。轻慢:轻浮傲慢。 ⑦ 鼠辈:对晚辈或年少者轻蔑之称。

【评析】文中所记献之兄弟之势利,《晋书·郗超传》亦载,语言似较简洁。

十六

王子猷尝行过吴中①,见一士大夫家极有好竹。主已知子猷当往,乃洒扫施设②,在厅事坐相待。王肩舆径造竹下③,讽啸良久。主已失望,犹冀还当通④,遂直欲出门。主人大不堪⑤,便令左右闭门,不听出。王更以此赏主人⑥,乃留坐,尽欢而去。

【今译】王徽之出行时曾经过吴郡,看见一个士大夫家很有些好竹子。那家主人已经知道王徽之会去,便洒扫庭园,摆放陈设,在厅堂中坐着等待。王徽之坐轿子直接到了竹林下,讽咏长啸了许多时候,主人已感到失望,但还是希望王徽之回转来通报见面。但王徽之竟想径直而去。主人感到不能忍受,便命左右的人把门关上,不许王徽之出去。王徽之反而因此赏识主人,就留下来同坐,尽兴欢聚后才离去。

【注释】① 王子猷:王徽之,见《雅量》三十六刘注㊀(页238)。吴中:吴郡,治在今江苏苏州。 ② 施设:陈设,设置。 ③ 肩舆:轿子类代步工具。径造:直接到。 ④ 冀:希望。通:通报。 ⑤ 不堪:不能忍受。 ⑥ 更:反而。

【评析】文中主人恭恭敬敬被冷淡,将其关在屋内却得其欢心。可知对于轻慢高傲之士来说,不同凡响、异于常人之举往往被赞赏。

十七

王子敬自会稽经吴①,闻顾辟疆㊀有名园②,先不识主人,径往其家。值顾方集宾友酣燕③,而王游历既毕,指麾好恶④,傍若无人。顾勃然不堪曰⑤:"傲主人,非礼也;以贵骄人,非道也。失此二者,不足齿之⑥,伧耳⑦。"便驱其左右出门。王独在舆上⑧,回转顾望,左右移时不至⑨,然后令送著门外,怡然不屑⑩。

【今译】王献之从会稽经过吴郡,听说顾辟疆有座名园,他先前并不认识主人,就直接到了主人家。正遇到顾辟疆聚集宾客友人在畅快地饮酒宴会,王献之游览了名园后,指指点点地评论这座园林的优缺点,旁若无人。顾辟疆难以忍受地勃然大怒道:"傲视主人,是无礼的;仗着高贵的身份对人骄横,是不懂道理。丢掉这两条原则,是不值一提的人,不过是一个粗俗之人罢了。"说完就把王献之的左右侍从赶出家门。王献之独自待在轿上,四处张望,左右随从过了很久也不来,然后他就让主人把自己送出门外,一副愉快不在乎的样子。

【刘孝标注】㊀《顾氏谱》曰:"辟疆,吴郡人。历郡功曹,平北参军。"

【注释】① 王子敬:王献之。　② 顾辟疆:东晋吴郡人,官郡功曹、平北参军。　③ 酣燕:畅快地饮酒吃饭。　④ 指麾(huī):指点评论。　⑤ 勃然:大怒的样子。不堪:难以忍受。　⑥ 齿:谈论,提及。　⑦ 伧(cāng):粗俗,鄙陋之人。　⑧ 舆:肩舆,轿子。　⑨ 移时:长时间。　⑩ 怡然:愉快的样子。不屑:不介意,不在乎。

【评析】《晋书》本传谓王徽之"性卓荦不羁",王献之"性高迈不羁"。"不羁"即不受约束,这是他们的共同点。而一则"卓荦",即超脱;一则"高迈",即高傲,各有特点。本文写献之为主人冷淡、数落,他仍然"怡然不屑",一副无所谓的样子。其实他"回转顾望"、"令送著门外",就已流露处境尴尬之状,最后的"怡然不屑"只是为了不失风度而已。

排调第二十五

一

诸葛瑾为豫州①，遣别驾到台②，㈠语云："小儿知谈③，卿可与语。"连往诣恪④，㈡恪不与相见。后于张辅吴坐中相遇⑤，㈢别驾唤恪："咄咄郎君⑥。"恪因嘲之曰："豫州乱矣，何咄咄之有？"答曰："君明臣贤，未闻其乱。"恪曰："昔唐尧在上⑦，四凶在下⑧。"答曰："非唯四凶⑨，亦有丹朱⑩。"于是一坐大笑。

【今译】诸葛瑾担任豫州刺史时，派别驾到朝廷去，对他说："我儿子擅长言谈，你可以与他聊聊。"别驾连着几次去拜访诸葛恪，诸葛恪都不肯与他相见。后来在张昭家座中相遇，别驾就叫唤诸葛恪："哎唷郎君！"诸葛恪于是嘲笑他道："豫州乱了吗，有什么好哎唷的？"别驾答道："君主圣明，臣子贤良，没听说豫州混乱。"诸葛恪说："古时唐尧在上面，却还有四凶在下面。"别驾答道："不仅有四凶，还有丹朱。"于是满座的人都大笑起来。

【刘孝标注】㈠瑾已见。 ㈡《江表传》曰："恪字元逊，瑾长子也。少有才名，发藻岐嶷，辩论应机，莫与为对。孙权见而奇之，谓瑾曰：'蓝田生玉，真不虚也！'仕吴至太傅，为孙峻所害。" ㈢环济《吴纪》曰："张昭字子布，忠正有才义，仕吴，为辅吴将军。"

【注释】① 诸葛瑾：字子瑜，诸葛亮之兄。见《品藻》四注①（页330）。为豫州：任豫州刺史。 ② 别驾：官名，为州刺史的重要佐吏。台：指朝廷内宫。 ③ 小儿：指其子诸葛恪。知谈：擅长言谈。 ④ 恪(kè)：见刘注。 ⑤ 张辅吴：张昭，见刘注。其为辅吴将军，故称。 ⑥ 咄咄：叹词，表示惊异或感叹。郎君：属吏称长官之子。 ⑦ 唐尧：唐尧为传说中的贤君。 ⑧ 四凶：传说中尧舜时的四个恶人：共工、驩兜、三苗、鲧，后被舜流放。 ⑨ 非唯：不仅。 ⑩ 丹朱：相传为唐尧之子，由于不肖，唐尧传位给舜。

【评析】别驾与诸葛恪二人在玩笑中针尖对麦芒，二人都是聪明绝顶者，反应灵敏，熟悉掌故，唇枪舌剑，互相讥嘲，却又不失和气，故赢得满座大笑。

二

晋文帝与二陈共车①，过唤钟会同载，即驶车委去②。比出③，已远。既至，因嘲之曰："与人期行④，何以迟迟？望卿遥遥不至⑤。"会答曰："矫然懿实⑥，何必同群？"帝复问会："皋繇何如人⑦？"答曰："上不及尧、舜，下不逮周、孔，亦一时之懿士⑧。"㈠

【今译】晋文帝司马昭与陈骞、陈泰同乘一辆车，经过钟会家门口时，叫钟会出来一同乘车，但却立即驾车而走，把钟会丢下了。等到钟会出来，车子已走远了。到了目的地后，司马昭就嘲讽钟会道："与别人约定同行，为什么迟迟不出来？我们盼望着你，你却遥遥（久久）不到。"钟会答道："强健挺拔而又美好诚实的人，何必要与他人同群?"司马昭又问钟会:"皋繇是怎样的人?"钟会答道:"他上比不上尧舜,下不如周公、孔子,但却也是当代的一位懿士。"

【刘孝标注】 ㊀ 二陈,骞与泰也。会父名繇,故以"遥遥"戏之。骞父矫,宣帝讳懿,泰父群,祖父寔,故以此酬之。

【注释】 ① 晋文帝:司马昭。二陈:陈骞(qiān)、陈泰。陈骞,见《方正》七刘注㊀(页182)。陈泰,见《方正》八注③(页183)。　② 委去:抛弃,丢弃。　③ 比:等到。　④ 期行:约定同行。　⑤ 遥遥:形容时间长久。　⑥ 矫然:强健挺拔的样子。懿实:美好诚实。　⑦ 皋繇(gāo yáo):即皋陶(yáo),传说中东夷的首领。　⑧ 周、孔:周公、孔子。懿士:有美德之人。

【评析】 文中晋文帝与钟会之间对话时,互相以父祖的名讳来嘲讽调笑。刘注谓钟会的父亲名繇,陈骞之父名矫,陈泰之父名群,二陈的祖父名寔(shí),晋文帝之父名懿。文帝嘲笑钟会"遥遥不至",即以"遥遥"谐称钟会之父"繇"字,钟会以"矫然懿实,何必同群"应之,其中含有晋文帝之父司马懿、二陈之父、祖"群"、"寔"等名讳。晋文帝言"皋繇",更是直接点了钟会父名,钟会答以"亦一时之懿士",再次点了司马懿的名讳。按理这是对长辈特别是对皇帝的不敬,但他们毫不介意,调笑自如,表现了名士的豁达大度。

三

钟毓为黄门郎①,有机警,在景王坐燕饮②。时陈群子玄伯、武周子元夏同在坐③,㊀共嘲毓。景王曰:"皋繇何如人④?"对曰:"古之懿士⑤。"顾谓玄伯、元夏曰:"君子周而不比⑥,群而不党⑦。"㊁

【今译】 钟毓担任黄门郎,为人机智敏锐,一次在司马师的坐席上饮酒。当时陈群的儿子陈泰、武周的儿子武陔一同在座,他们一起嘲讽钟毓。司马师说:"皋繇是什么人?"钟毓对答道:"古代有美德的人。"司马师回过头来对陈泰、武陔说:"君子恪守诚信而不相互勾结,合群共处而不结党营私。"

【刘孝标注】 ㊀《魏志》曰:"武周字伯南,沛国竹邑人。仕至光禄大夫。"　㊁ 孔安国注《论语》曰:"忠信为周,阿党为比。党,助也。君子虽众,不相私助。"

【注释】 ① 钟毓:钟繇之子,钟会兄,见《言语》十一注①并刘注㊀(页41)。黄门郎:官名,掌侍从皇帝,传达诏命等事。　② 景王:司马师,司马懿之子,晋朝建立,追尊景帝。见《言语》十六注①(页45)。　③ 陈群:陈泰之父。见《德行》六注③(页5)。玄伯:陈泰字玄伯。武周:见刘注。元夏:武陔(gāi),字元夏,仕晋,官至左仆射、光禄大夫,开府仪同三司。　④ 皋繇:见本篇二注⑦(本页)。　⑤ 懿士:见本篇二注⑧(本页)。顾:回头。　⑥ 周而不比:周,忠信。比,勾结。《论语·为政》:"君子周而不比,小人比而不周。"孔安国注谓"忠信为周,阿党为比"。指君子讲诚信,小人讲利益而互相勾结。　⑦ 群而不党:群,合群。党,偏私,袒护。《论语·卫灵公》:"君子……群而不党。"谓君子合群而不结党营私。

【评析】 本文与上一则一样也是借用同音字来嘲弄对方父祖之名讳,略有差别者为本文中的司马师于调笑中语含轻慢,将对方父祖比为相互勾结、结党营私的小人,语气不善。

四

嵇、阮、山、刘在竹林酣饮①，王戎后往②，步兵曰③："俗物已复来败人意④!"⊖王笑曰："卿辈意亦复可败邪?"

【今译】嵇康、阮籍、山涛、刘伶在竹林中畅快地饮酒，王戎后到，阮籍说："这个俗人又来败坏人家的意兴!"王戎笑道："你们这帮人的意兴也是可以败坏的吗?"

【刘孝标注】⊖《魏氏春秋》曰："时谓王戎未能超俗也。"

【注释】① 嵇、阮、山、刘：嵇康、阮籍、山涛、刘伶，都是"竹林七贤"中人。② 王戎：亦为"竹林七贤"中人。③ 步兵：阮籍曾任步兵校尉，故称。④ 俗物：世俗之人，俗人。此指王戎。败人意：败坏人家的意兴。意，心绪，情绪。

【评析】《晋书》本传谓王戎"性好兴利，广收八方园田……而又俭啬……天下人谓之膏肓之疾"。故文中阮籍称其参与饮酒为败兴之俗物，不是没有道理的。

五

晋武帝问孙皓①：⊖"闻南人好作《尔汝歌》②，颇能为不?"皓正饮酒，因举觞劝帝而言曰③："昔与汝为邻，今与汝为臣。上汝一杯酒，令汝寿万春。"帝悔之。

【今译】晋武帝问孙皓："听说南方人喜欢唱《尔汝歌》，你还能唱吗?"孙皓正在喝酒，于是就举杯敬武帝酒并吟唱道："当年与你相邻，如今向你称臣。敬你一杯酒，祝你长寿万年春。"武帝听了很后悔。

【刘孝标注】⊖《吴录》曰："皓字元宗，一名彭祖，大皇帝孙也。景帝崩，皓嗣位，为晋所灭，封归命侯。"

【注释】① 晋武帝：司马炎，西晋开国之君。孙皓：孙权之孙，三国时吴国的亡国之君。② 南人：南方人。《尔汝歌》：魏晋民歌。歌词中以"尔"、"汝"等称谓表示亲昵，含有不尊重轻蔑的成分。③ 觞(shāng)：饮酒的器具。

【评析】晋武帝想让孙皓唱《尔汝歌》以羞辱他。孙皓作歌敬酒并自嘲为臣，晋武帝因此对自己的动机感到后悔。

六

孙子荆年少时欲隐①，语王武子"当枕石漱流"②，误曰"漱石枕流"。王曰："流可枕，石可漱乎?"孙曰："所以枕流，欲洗其耳;⊖所以漱石，欲砺其齿③。"

【今译】孙楚年轻时想隐居，对王济说"应当去枕石头、漱流水"，但说的时候口误说了

"漱石头、枕流水"。王济说:"流水可以枕头,石头可以漱口吗?"孙楚说:"头枕流水的原因是想洗自己的耳朵;用石头漱口的原因是想磨砺自己的牙齿。"

【刘孝标注】㊀《逸士传》曰:"许由为尧所让,其友巢父责之。由乃过清泠水洗耳拭目,曰:'向闻贪言,负吾之友。'"

【注释】① 孙子荆:孙楚,字子荆,见《言语》二十四注①(页51)。 ② 王武子:王济,字武子,见《言语》二十四注①(页51)。枕石漱流:以石块为枕头,以流水漱口,指隐居山林。③ 砺:磨。

【评析】《晋书》本传谓孙楚"才藻卓绝,爽迈不群",本文所写即其一例。他把"枕石漱流"说倒了,为好友王济所嘲讽,但他反应敏捷,一番解释相当巧妙。

七

头责秦子羽云①:㊀"子曾不如太原温颙②、颖川荀寓③、㊁范阳张华④、士卿刘许⑤、㊂义阳邹湛⑥、河南郑诩⑦。㊃此数子者,或謇吃无宫商⑧,或尫陋希言语⑨,或淹伊多姿态⑩,或欢哗少智谞⑪,或口如含胶饴⑫,或头如巾裹杵⑬。㊄而犹以文采可观,意思详序⑭,攀龙附凤⑮,并登天府⑯。"㊅

【今译】秦子羽的头脑责备秦子羽道:"你竟然比不上太原的温颙、颖川的荀寓、范阳的张华、士卿刘许、义阳的邹湛、河南的郑诩。这几个人,有的口吃说不出像样的话;有的瘦弱丑陋,寡言少语;有的扭扭捏捏,故作姿态;有的吵吵闹闹,笨头笨脑;有的嘴里如含着糖浆,嘟嘟囔囔;有的脑袋如用手巾包起来捣菜的木槌。但是他们还是因为文才可观,思虑周密而有条理,善于攀附权贵,都登上了朝廷的高位。"

【刘孝标注】㊀子羽未详。 ㊁温颙已见。《荀氏谱》曰:"寓字景伯,祖式,太尉。父保,御史中丞。"《世语》曰:"寓少与裴楷、王戎、杜默俱有名,仕晋,至尚书。" ㊂《晋百官名》曰:"刘许字文生,涿鹿郡人。父放,魏骠骑将军。许,惠帝时为宗正卿。"按:许与张华同范阳人,故曰士卿,互其辞也。宗正卿,或曰士卿。 ㊃《晋诸公赞》曰:"湛字润甫,新野人。以文义达,仕至侍中。诩字思渊,荥阳开封人,为卫尉卿。祖泰,扬州刺史。父襃,司空。" ㊄《文士传》曰:"华为人少威仪,多姿态。"推意此语,则此六句,还以目上六人,而口如含胶饴,则指邹湛。湛辩丽英博,而有此称。未详。 ㊅《张敏集》载《头责子羽》文曰:"余友有秦生者,虽有姊夫之尊,少而狎焉。同时好昵,有太原温长仁颙、颖川荀景伯寓、范阳张茂先华、士卿刘文生许、南阳邹润甫湛、河南郑思渊诩。数年之中,继踵登朝,而此贤身处陋巷,屡沾而无善价,亢志自若,终不衰堕,为之慨然。又怪诸贤既已在位,曾无伐木嘤鸣之声,甚违王贡弹冠之义,故因秦生容貌之盛,为头责之文以戏之,并以嘲六子焉。虽以谐谑,实有兴也。其文曰:'维泰始元年,头责子羽'曰:'吾托子为头,万有余日矣。大块禀我以精,造我以形。我为子植发肤,置鼻耳,安眉须,插牙齿,眸子摛光,双颧隆起。每至出入之间,遨游市里,行者辟易,坐者竦踧。或称君侯,或言将军,捧手倾侧,伫立崎岖。如此者,故我形之足伟也。子冠冕不戴,金银不佩,钗以当笄,帕以代帼,旨味弗尝,食粟茹菜,隈摧园间,粪壤污黑,岁莫年过,曾不自悔。子厌我于形容,我贱子乎意态。若此者乎,必子行己之累也。子遇我如仇,我视子如仇,居常不乐,两者俱忧,何其鄙哉!子欲为人宝也,则当如皋陶、后稷、巫咸、伊陟,保乂王家,永见封殖。子欲为名高也,则当如许由、子臧、卞随、务光,洗耳逃禄,千岁流芳。子欲为游说也,则当如陈轸、蒯通、陆生、邓公,转祸为福,令辞从容。子欲为进趣也,则当如贾生之求试,终军之请使,砥砺锋颖,以干王事。子欲为恬淡也,则当如老聃之守一,庄周之自逸。廓然离欲,志陵云日。子欲为隐遁也,则当如荣期之带索,渔父之濯濯,栖迟神丘,垂饵巨鳌。此一介之所以显身成名者也。今子上不希道德,中不效儒墨,块然穷贱,守此愚惑。察子之情,观子之志,退不为于处士,进无望于三事,而徒玩日劳形,习为常人之所喜,不亦过乎!"于是子羽愀然深念而对曰:"凡所教救,谨闻命矣。以受性拘系,不闲礼义,设以天幸,为子所寄。今欲使吾为忠也,即当如伍胥、屈平。欲使吾为信也,则当杀身以成名。欲使吾为介节邪,则当赴水火以全贞。此四者,人之所忌,故吾不敢造意。"头曰:"子所谓天刑地网,刚德之尤,不登山抱木,则寒裳赴流。吾欲告尔以养性,诲尔以优游,而以蚖虺同情,不听我谋,悲哉!俱寓人体,而独为子头!且拟人其伦,喻子侪偶。子不如太原温颙、颍川荀寓、范阳张华、士卿刘许、南阳邹湛、河南郑诩,此数子者,或謇吃无宫商,或尪陋希言语,或淹伊多姿态,或欢哗少智谞,或口如含胶饴,或头如巾齑杵,而犹以文采可观,意思详序,攀龙附凤,并登天府。夫舐痔得车,沉渊得珠,岂若夫子徒令唇舌腐烂,手足沾濡哉!居有事之世,而耻为权图,譬犹凿池烛瓮,难以求富。嗟乎子羽!何异槛中之熊,深阱之虎,石间饥蟹,窭中之鼠,事力虽勤,见功甚苦。宜其拳局剪蹙,至老无所希也。支离其形,犹能不困,非命也夫!岂与夫子同处也。"

【注释】① 秦子羽:身世不详。大约为虚构的人物,以抒其怀才不遇的郁闷。　② 曾:竟。温颙(yóng):字长仁,晋太原(今山西太原)人。　③ 荀寓:晋颍川颍阳(今河南许昌)人,详见刘注。　④ 张华:字茂先,晋范阳方城人,官至司空,封壮武郡公。著有《博物志》。　⑤ 士卿:官名,掌管皇族事务。刘许:见刘注。　⑥ 义阳:郡名,治所在新野(今河南新野南)。邹湛:见刘注。　⑦ 河南:郡名,治所在洛阳。郑诩:见刘注。　⑧ 謇(jiǎn)吃:口吃。无宫商:指五音不全,没有乐感。　⑨ 尪(wāng)陋:瘦弱丑陋。希:稀少。　⑩ 淹伊:扭捏,装腔作势的样子。　⑪ 欢哗:喧哗。智谞(xū):智慧。　⑫ 胶饴(yí):粘性的糖浆。　⑬ 齑(jī):捣碎的菜末。杵(chǔ):木槌子。　⑭ 详序:周密而有条理。　⑮ 攀龙附凤:攀附权贵。　⑯ 天府:指朝廷。

【评析】据刘注,本文系摘录《张敏集》中《头责子羽》部分内容而成。文中虚构了秦子羽其人,受排斥而默默无闻,其头脑遂以幽默而激愤之言谴责攀龙附凤之徒的无耻,揭露朝政之混乱,赞美子羽坚贞之气节,可称尖刻而新颖,寓庄于谐。

八

王浑与妇钟氏共坐①,见武子从庭过②,浑欣然谓妇曰:"生儿如此,足慰人意。"妇笑曰:"若使新妇得配参军③,生儿故可不啻如此④。"㊀

【今译】王浑与妻子钟氏一起坐着,看见儿子王济从庭院中走过,王浑欣喜地对妻子说:"生儿子能够如此,足够令人宽慰如意了。"妻子笑道:"如果我能许配给参军,那么生下的儿子可就不止这样了。"

【刘孝标注】㊀《王氏家谱》曰:"沦字太冲,司空穆侯中子,司徒浑弟也。醇粹简远,贵老庄之学,用心淡如也。为《老子例略》、《周纪》。年二十余,举孝廉,不行。历大将军参军。二十五卒,大将军为之流涕。"

【注释】① 王浑:字玄冲,王武子之父。　② 武子:王济,字武子,有才,闻名当世。　③ 新妇:泛指已婚妇女。参军:指王沦,王浑之弟,曾任晋文王司马昭大将军参军,故称。　④ 不啻(chì):不止。

【评析】王浑欢喜、赞美儿子,妻子偏说如嫁给小叔子,则生子将更胜一筹。如此肆无忌惮的玩笑,恐怕只有晋时才会有。

九

荀鸣鹤、陆士龙二人未相识①，俱会张茂先坐②。张令共语，以其并有大才，可勿作常语。陆举手曰："云间陆士龙③。"荀答曰："日下荀鸣鹤④。"陆曰："既开青云睹白雉⑤，何不张尔弓，布尔矢⑥？"荀答曰："本谓云龙骙骙⑦，定是山鹿野麋⑧。兽弱弩强，是以发迟。"张乃抚掌大笑。○

【今译】荀隐、陆云两人互不相识，他们在张华家坐席上会面。张华让他们交谈，因为他们都有出众的才华，可以不要说些平常的话。陆云举手说："云间陆士龙。"荀隐答道："日下荀鸣鹤。"陆云说："既然青云已经散开看到了白色的野鸡，为什么不拉开你的弓，搭放你的箭？"荀隐答道："本以为云间之龙很强壮的样子，原来却只是山野间一只四不像。野兽虚弱，弓弩强大，所以才慢吞吞地放箭。"张华于是拍手大笑。

【刘孝标注】○《晋百官名》曰：荀隐字鸣鹤，颍川人。《荀氏家传》曰："隐祖昕，乐安太守。父岳，中书郎。隐与陆云在张华坐语，互相反覆，陆连受屈，隐辞皆美丽，张公称善云。世有此书，寻之未得。历太子舍人，延尉平，蚤卒。"

【注释】① 荀鸣鹤：荀隐，见刘注。陆士龙：陆云，字士龙，吴郡吴县华亭（今上海松江）人。② 张茂先：张华，字茂先，花阳方城（今河北固安南）人。历任侍中、中书监、司空等，后被杀。③ 云间陆士龙：云间，古华亭（今上海松江）、松江府的别称，因陆云家在华亭，自称"云间陆士龙"而得名。④ 日下：指京都及其附近地区。古以帝王喻日，故京城及附近地区遂称"日下"。荀隐为颍川人，近京都洛阳，故称。⑤ 白雉（zhì）：白色的野鸡。雉，野鸡。⑥ 布：搭放。⑦ 云龙：云间之龙。骙骙（kuí）：强壮的样子。⑧ 定：表示意外，竟然，却。山鹿野麋（mí）：山野里的麋鹿。麋，野兽名，即麋鹿，又叫"四不像"，暗指陆云不是龙，只是四不像而已。

【评析】陆云与荀隐以各自的姓名互相调笑，既风趣，又表现了他们的学识不凡，具有很高的文学修养。"云间陆士龙"与"日下荀鸣鹤"两句，对偶工整，平仄谐调，说明远在魏晋之时，文士们就已经在有意识地运用工整的对偶句来美化诗的韵律了。

十

陆太尉诣王丞相①，○王公食以酪②。陆还，遂病。明日，与王笺云③："昨食酪小过④，通夜委顿⑤。民虽吴人，几为伧鬼⑥。"

【今译】陆玩去拜访王导，王导给他吃奶酪。陆玩回家后就生病了。第二天，他给王导写信说："昨天奶酪稍稍吃多了点，弄得整夜疲惫不堪。小民虽是南方吴地人，却差点儿成为北方的死鬼。"

【刘孝标注】○ 陆玩，已见。

【注释】① 陆太尉：陆玩，死后追赠太尉，故称。见《政事》十三注①（页110）。王丞相：王导。② 酪（lào）：用动物乳汁做的食品。③ 笺：下级给上级的书信。④ 小过：稍微有点过分。⑤ 委顿：疲惫不堪。⑥ 伧（cāng）：当时南人对北方人的蔑称。

【评析】东晋初期，北方士族依仗政治地位傲视南方士族，反之，南方士族也不买账。本文写陆玩因食酪得病，便借机蔑称北人为"伧鬼"，虽含有调笑成分，然亦显示其轻视之意。

十一

元帝皇子生①，普赐群臣。殷洪乔谢曰②：㊀"皇子诞育，普天同庆。臣无勋焉，而猥颁厚赉③。"中宗笑曰④："此事岂可使卿有勋邪？"

【今译】元帝的皇子出生后，遍赏群臣。殷羡谢恩道："皇子诞生，普天同庆。臣子没有什么功劳，却承蒙皇上颁发优厚的赏赐。"元帝笑道："这件事难道可以让你有功劳吗？"

【刘孝标注】㊀ 殷羡，已见。

【注释】① 元帝：司马睿(ruì)。皇子：元帝有六子，只有简文帝司马昱生于元帝即位后，故知此皇子即为简文帝司马昱。 ② 殷洪乔：殷羡，见《任诞》三十一刘注（页491）。 ③ 猥(wěi)：谦词。厚赉(lài)：优厚的赏赐。 ④ 中宗：元帝司马睿的庙号。

【评析】元帝生子，厚赐群臣，殷羡谢恩时说自己无功受赐。这是他作为臣子的感恩之语。但元帝却谓生皇子之事是他无法建功的。从元帝的"笑"即知其有意与殷羡调笑。于此可知当时君臣之间也常常开开玩笑。

十二

诸葛令、王丞相共争姓族先后①，王曰："何不言葛、王，而云王、葛？"令曰："譬言驴马，不言马驴，驴宁胜马邪②？"㊀

【今译】诸葛恢与王导在一起争论姓氏家族的先后，王导说："为什么不说葛、王，却说王、葛？"诸葛恢说："譬如说驴马，不说马驴，驴难道胜过马吗？"

【刘孝标注】㊀ 诸葛恢，已见。

【注释】① 诸葛令：诸葛恢，官至尚书令，故称。王丞相：王导。姓族先后：姓氏家族的先后。先后，指次序排名的先后，一般认为先者为优，后者为劣。 ② 宁(nìng)：难道。

【评析】诸葛恢与王导争论姓氏家族的排名，足以说明当时门第观念之顽固。王导当时执掌朝廷大权，王氏家族炙手可热，当时就有"王与马，共天下"之称。他以"王葛"的排名傲视诸葛恢，亦可知其难以免俗。按，两个姓氏的前后排名是由平仄之声决定的，而非人为所致。余嘉锡《世说新语笺疏》曰："凡以二名同言者……则必以平声居先，仄声居后，此乃顺乎声音之自然，在未有四声之前，固已如此。故言王葛、驴马，不言葛王、马驴，本不以先后为胜负也。"所言极是。

十三

刘真长始见王丞相①，时盛暑之月，丞相以腹熨弹棋局②，曰："何乃

凊③?"㊀刘既出,人问:"见王公云何?"刘曰:"未见他异,唯闻作吴语耳。"㊁

【今译】刘惔初次见到王导时,当时是大热的月份,王导把肚子贴在弹棋盘上,说:"怎么这样凉丝丝啊?"刘惔出来后,有人问他:"见到王丞相感觉怎么样?"刘惔说:"没有见有其他特别的地方,只是听到他讲吴地方言罢了。"

【刘孝标注】㊀ 吴人以冷为凊。 ㊁《语林》曰:"真长云:'丞相何奇?止能作吴语及细唾也。'"

【注释】① 刘真长:刘惔。王丞相:王导。 ② 熨:指紧贴。弹棋局:指弹棋盘。弹棋,一种二人对局的弹棋游戏。 ③ 凊(qìng):凉,吴地方言。

【评析】西晋灭亡后,王导等北方士族拥戴司马睿为晋元帝,建立了东晋王朝。当时北方士族间都说洛阳话,以示其故家旧族之高贵,因此形成与南方士族的隔阂。为了缓解这种紧张的关系,王导常说吴语以便拉拢南方士族。本文所写王导有意把"凉"字说成吴语"凊",即为一例。可知其用心良苦。陈寅恪《金明馆丛稿二编·东晋南朝之吴语》曰:"琅邪王导本北人,沛国刘惔亦是北人,而又皆士族。然则导何故用吴语接之? 盖东晋之初,基业未固,导欲笼络江东之人心,作吴语者,乃其开济政策之一端也。"

十四

王公与朝士共饮酒①,举琉璃碗谓伯仁曰②:"此碗腹殊空,谓之宝器,何邪?"㊀答曰:"此碗英英③,诚为清彻④,所以为宝耳。"

【今译】王导和朝廷官员一起喝酒,他举起琉璃碗对周颛说:"这碗中间空空,却称它是宝器,是为什么啊?"周颛回答道:"这只碗晶莹剔透,确是纯净透明,这就是它成为宝器的原因啊。"

【刘孝标注】㊀ 以戏周之无能。

【注释】① 王公:王导。朝士:指朝廷官员。 ② 伯仁:周颛,见《言语》三十刘注(页54)。 ③ 英英:透明的样子,指晶莹剔透。 ④ 清彻:纯净透明。

【评析】刘注曰:"以戏周之无能。"《晋书·周颛传》有类似的记载,曰:"王导……尝枕颛膝而指其腹曰:'此中何所有也?'答曰:'此中空洞无物,然足容卿辈数百人。'导亦不以为忤。"从"戏"的角度分析,似以《晋书》所载为上。

十五

谢幼舆谓周侯曰①:"卿类社树②,远望之,峨峨拂青天③;就而视之④,其根则群狐所托,下聚溷而已⑤。"㊀答曰:"枝条拂青天,不以为高;群狐乱其下,不以为浊。聚溷之秽⑥,卿之所保⑦,何足自称⑧?"

【今译】谢鲲对周颛说："你像社庙里的树，远远望去，高高的样子碰到了青天；靠近去看，树根中成为群狐寄居之地，下面集聚了污秽的东西罢了。"周颛回答说："树枝碰到青天，不见得就是高；群狐在下面捣乱，也不见得就是污浊。集聚污秽的脏物，那是你所保有的，有什么值得自我称颂的？"

【刘孝标注】㊀ 谓颛好媟渎故。

【注释】① 谢幼舆：谢鲲。见《言语》四十六注②（页65）。周侯：周颛，袭父爵武城侯，故称。 ② 社树：社庙的树。古代立社种树，作为标志。 ③ 峨峨：高高的样子。 ④ 就：靠近。 ⑤ 溷（hùn）：指粪污。 ⑥ 秽（huì）：污秽，肮脏。 ⑦ 保：保有，保持。 ⑧ 称：称颂，称赞。

【评析】刘注认为本文写周颛"好媟渎（xiè dú）故"。媟渎，即轻慢，不恭敬之意。如此说法似与本文主旨不合。谢鲲把周颛说得极为不堪，虽为调笑之语，实则颇有诋毁之意。周颛的回答反唇相讥，既表明自己对"高"与"浊"的不同看法，又指出对方自我夸赞不足取，何来媟渎之意？故刘注之说似不妥。

十六

王长豫幼便和令①，丞相爱恣甚笃②。每共围棋，丞相欲举行③，长豫按指不听④。丞相笑曰："讵得尔⑤？相与似有瓜葛⑥。"㊀

【今译】王悦小时就很温和乖巧，王导宠爱放纵得很厉害。每当他们一起下围棋，王导要举棋落子时，王悦就按着父亲的手指不让动。王导笑着说："怎么能这样？我们彼此之间似乎还有点关系呢。"

【刘孝标注】㊀ 蔡邕曰："瓜葛，疏亲也。"

【注释】① 王长豫：王悦，字长豫，王导长子。和令：温和乖巧。 ② 丞相：王导。爱恣：宠爱放纵。 ③ 举行：指举棋落子。 ④ 不听：不许，不让。 ⑤ 讵：难道，岂。尔：如此。 ⑥ 相与：指彼此，共同。瓜葛：比喻亲戚关系。

【评析】刘注引蔡邕语，谓"瓜葛，疏亲也"，即指疏远的亲戚关系。文中王导对爱子的调皮举动深感可爱，就说了这句调笑语。

十七

明帝问周伯仁①："真长何如人②？"答曰："故是千斤犗特③。"王公笑其言④。伯仁曰："不如卷角牸⑤，有盘辟之好⑥。"㊀

【今译】明帝司马绍问周颛："刘惔是怎么样的人？"周颛答道："他确实是一头有千斤之力的阉公牛。"王导讥笑他说的话。周颛说："不过比不上卷角的老母牛，具有善于盘旋的好处。"

【刘孝标注】㊀ 以戏王也。

【注释】① 明帝：司马绍。周伯仁：周顗。 ② 真长：刘惔。 ③ 故：确实。千斤辖特：有千斤之力的阉公牛。辖(jiè)特，阉割过的公牛。 ④ 王公：王导。 ⑤ 卷角牸(zì)：卷角的老母牛。牸，母牛。也泛指雌性的牲畜。 ⑥ 盘辟：盘旋。

【评析】刘注指出本文所写是用来戏弄王导的，笑他年老糊涂，犹如只知盘旋的卷角的老母牛。余嘉锡谓："牛老则卷角，筋力已尽，行步盘旋，不能速进……是导在当时虽为元老宿望，而有不了事之称，故伯仁以此戏之。"(《世说新语笺疏》)

十八

王丞相枕周伯仁膝①，指其腹曰："卿此中何所有？"答曰："此中空洞无物，然容卿辈数百人。"

【今译】王导头枕在周顗的腿上，指着他的肚子说："你这里面有什么东西？"周顗答道："这里面空荡荡的没有东西，但能容得下几百个像你这样的人。"

【注释】① 王丞相：王导。周伯仁：周顗。

【评析】此事与十四所载类同，疑系由一事而衍生。

十九

干宝向刘真长㊀叙其《搜神记》①，㊁刘曰："卿可谓鬼之董狐②。"㊂

【今译】干宝向刘惔叙述他的《搜神记》，刘惔说："你可称得上是鬼中董狐。"

【刘孝标注】㊀《中兴书》曰："宝字令升，新蔡人。祖正，吴奋武将军。父莹，丹阳丞。宝少以博学才器著称，历散骑常侍。" ㊁《孔氏志怪》曰："宝父有嬖人，宝母至妒，葬宝父时，因推著藏中。经十年而母丧，开墓，其婢伏棺上，就视犹暖，渐有气息。舆还家，终日而苏。说宝父常致饮食，与之接寝，恩情如生。家中吉凶，辄语之，校之悉验。平复数年后方卒。宝因作《搜神记》，中云'有所感起'是也。" ㊂《春秋传》曰："赵穿攻晋灵公于桃园，赵宣子未出境而复。太史书：'赵盾弑其君。'宣子曰：'不然。'对曰：'子为正卿，亡不越境，反不讨贼，非子而谁？'孔子曰：'董狐，古之良史也，书法不隐。赵盾，古之贤大夫也，为法受恶。'"

【注释】① 干宝：见刘注。元帝置史官，干宝以佐著作郎领修国史，著《晋纪》二十卷，时称良史。刘真长：刘惔。《搜神记》：三十卷，博采古代传说与鬼神故事，为魏晋志怪小说的代表作。② 董狐：春秋时晋史官，敢于直书，孔子称为古之良史。

【评析】董狐是春秋时敢于秉笔直书的史官，孔子赞之为古之良史。干宝《搜神记》记载神怪灵异故事，其意在"明神道之不诬"、"有以游心寓目"，故刘惔赞干宝为"鬼之董狐"。

二十

许文思往顾和许①，顾先在帐中眠。许至，便径就床角枕共语②。㊀既而唤顾共行,顾乃命左右取杭上新衣③,易己体上所着。许笑曰:"卿乃复有行来衣乎④?"

【今译】许琛到顾和住处去,顾和先在帐子里睡了。许琛来后,就径直上床枕着用角骨装饰的枕头与他一起说话。不久又叫顾和一同出去,顾和就叫左右随从拿衣架上的新衣,换下自己身上穿的衣服。许琛笑道:"你竟然有出门穿的衣服吗?"

【刘孝标注】㊀ 许琛,已见。

【注释】① 许文思:许琛(chēn),字文思,生平不详。顾和:见《言语》三十三注①(页56)。许:住所。 ② 角枕:用角骨作装饰的枕头。 ③ 杭:通"桁(hàng)",衣架。 ④ 乃复:竟然。行来衣:出门穿的衣服。行来,指出门。

【评析】许琛和顾和互相调笑为乐,可知他们彼此之亲密无间。

二十一

康僧渊目深而鼻高①,王丞相每调之②。僧渊曰:"鼻者,面之山;㊀目者,面之渊③。山不高则不灵,渊不深则不清。"

【今译】康僧渊眼睛深凹鼻梁高竖,王导常常为此嘲笑他。僧渊说:"鼻子是脸上的山峰,眼睛是脸上的深潭。山不高就没有灵气,潭不深就不会清亮。"

【刘孝标注】㊀《管辂别传》曰:"鼻者天中之山。"《相书》曰:"鼻之所在为天中,鼻有山象,故曰山。"

【注释】① 康僧渊:晋高僧,西域人,精于佛理,著名于时。 ② 王丞相:王导。调:调笑,嘲弄。 ③ 渊:深水潭。

【评析】康僧渊是西域人,目深鼻高是胡人面相的特征,其以"山不高则不灵,渊不深则不清"来比喻,既贴切又有寓意,可谓机敏过人。

二十二

何次道往瓦官寺①,礼拜甚勤,㊀阮思旷语之曰②:"卿志大宇宙,㊁勇迈终古③。"㊂何曰:"卿今日何故忽见推④?"阮曰:"我图数千户郡⑤,尚不能得;卿乃图作佛,不亦大乎?"㊃

【今译】何充到瓦官寺,顶礼拜佛很勤进,阮裕对他说:"你的志向大过宇宙,勇气超越往古。"何充说:"你今天为何忽然推崇起我来?"阮裕说:"我谋求作个几千户人的郡守尚且不能得到;而你却图谋成佛,志向不是很大吗?"

【刘孝标注】㊀ 充崇释氏,甚加敬也。 ㊁《尸子》曰:"天地四方曰宇,往古来今曰宙。" ㊂ 终古,往古也。《楚辞》曰:"吾不能忍此终古也。" ㉔ 思旷,裕也。

【注释】① 何次道:何充,见《言语》五十四注①(页70)。瓦官寺:佛寺名,在建康(今南京)西南。 ② 阮思旷:阮裕,字思旷,见《德行》三十二注①(页22)。 ③ 迈:超越。 ④ 推:推崇。 ⑤ 图:图谋,谋取。郡:指郡守。

【评析】何、阮二人一个图谋做官,一个勤进拜佛,两人志趣各异。阮裕嘲弄何充拜佛,似有反佛之意。

二十三

庾征西大举征胡①,既成行,止镇襄阳②。㊀殷豫章与书③,送一折角如意以调之④。㊁庾答书曰:"得所致⑤,虽是败物⑥,犹欲理而用之⑦。"

【今译】庾翼大举进兵讨伐胡人,出发后,驻扎镇守在襄阳。殷羡写信给他,并送了一只缺角的如意来戏弄他。庾翼回信说:"得到了你送的东西,虽然是残缺不全之物,但我还是想要修理好了使用它。"

【刘孝标注】㊀《晋阳秋》曰:"翼率众入沔,将谋伐狄。既至襄阳,狄尚强,未可决战。会康帝崩,兄冰薨,留长子方之守襄阳,自弛还夏口。" ㊁ 豫章,殷羡。

【注释】① 庾征西:庾翼,庾亮弟,官至征西将军,故称。见《言语》五十三注①(页69)。征胡:指成帝咸康六年(340),庾亮死,庾翼代镇武昌,康帝建元元年(343)庾翼率军伐狄。 ② 襄阳:县名,今湖北襄樊。 ③ 殷豫章:殷羡,为豫章太守,故称。 ④ 折角如意:断了一个角的如意。如意,一种象征吉利、可供搔背或赏玩的器物。调:调笑,戏弄。 ⑤ 所致:所送之物。 ⑥ 败物:指残缺不全之物。 ⑦ 理:修理。

【评析】庾翼进军北伐,当时的形势如刘注引文"狄尚强,未可决战",对晋军不利,故殷羡送去一只缺角如意戏弄他,喻其出兵征胡好比缺角如意,是不会如意的。但庾翼"为人慷慨,喜功名"(《资治通鉴·晋纪十九·康帝建元元年(343)》),好大喜功,并不理会殷羡之意,答以修理后仍可使用,以示其北伐之决心。

二十四

桓大司马乘雪欲猎①,先过王、刘诸人许②。真长见其装束单急③,问:"老贼欲持此何作④?"桓曰:"我若不为此,卿辈亦那得坐谈⑤?"㊀

【今译】桓温乘着下雪天想去打猎,先到王濛、刘惔的住处探望。刘惔看他身着戎装,就问:"老家伙穿这身衣服想干什么?"桓温说:"我如不穿这套衣服,你们这班人怎么能坐下来清谈呢?"

【刘孝标注】㊀《语林》曰:"宣武征还,刘尹数十里迎之,桓都不语,直云:'垂长衣,谈清言,竟是谁功?'刘答曰:'晋德灵长,功岂在尔?'二人说小异,故详载之。"

【注释】① 桓大司马:桓温。 ② 过:探望。王、刘:王濛、刘惔。许:住所。 ③ 真长:刘恢。装束:衣着。单急:服装轻便紧身,指着戎装。　④ 老贼:老家伙,老东西,戏谑语。作:做,干。　⑤ 那得:怎么。坐谈:坐下来清谈。

【评析】晋时的士人崇尚清谈,谈功也就成为他们的事业。长坐清谈成为时尚,成为一种享受,故文中桓温称自己身穿戎装促成了王濛、刘恢的清谈,使他们得到了清谈的话题,是有功之事。刘注引文亦载桓温以此为功。从他们的调笑话中,可知当时士人视清谈为享受之况。

二十五

褚季野问孙盛①:"卿国史何当成②?"孙云:"久应竟③。在公无暇,故至今日。"褚曰:"古人'述而不作,④',何必在蚕室中⑤?"⊖

【今译】褚裒问孙盛:"你写的国史什么时候能完成?"孙盛说:"早该完成了。只是忙于公务没有空暇,所以拖到现在。"诸裒说:"古人只陈述前人的话而不创作新义,你何必把自己关在蚕室中呢?"

【刘孝标注】⊖《汉书》曰:"李陵降匈奴,武帝甚怒。太史令司马迁盛明陵之忠,帝以迁为陵游说,下迁腐刑。乃述唐、虞以来,至于获麟,为《史记》。迁与任安书曰:'李陵既生降,仆又茸之以蚕室。'"苏林《注》曰:"腐刑者,作密室蓄火,时如蚕室。旧时平阴有蚕室狱。"

【注释】① 褚季野:褚裒(póu),字季野。见《德行》三十四注①。孙盛:见《言语》四十九注① (页67)。　② 国史:指孙盛所撰之《晋阳秋》。何当:何时。　③ 竟:完成。　④ 述而不作:语见《论语·述而》,意谓只传述前人的话而不创作新义。述,陈述,述说。作,创作。　⑤ 蚕室:古代行宫刑之人的住所。受过宫刑者畏惧风寒,须在密闭蓄火如养蚕的房间里将养,故称蚕室。

【评析】司马迁受官刑住过蚕室,后发愤著《史记》。文中褚裒嘲笑撰写国史《晋阳秋》的孙盛是否要步趋司马迁之后尘来著史书呢?

二十六

谢公在东山①,朝命屡降而不动②。后出为桓宣武司马③,将发新亭④,朝士咸出瞻送⑤。高灵时为中丞⑥,亦往相祖⑦,先时多少饮酒⑧,因倚如醉⑨,戏曰⑩:"卿屡违朝旨,高卧东山⑪,诸人每相与言⑫:'安石不肯出⑬,将如苍生何⑭?'今亦苍生将如卿何?"谢笑而不答。⊖

【今译】谢安隐居在东山,朝廷屡次降旨征召他出山为官,他都不为所动。后来他出任桓温的司马,将要从新亭出发,朝廷官员都来看望送行。高灵当时担任中丞,也前往送别,他起先稍微喝了点酒,于是就借着醉酒模样,开玩笑说:"你屡次违背朝廷旨意,隐居东山不出来,大家常常一起议论说:'谢安不肯出山当官,将如何对待老百姓呢?'现如今老百姓又将怎么对待你呢?"谢安笑着不回答。

【刘孝标注】⊖ 高灵,已见。《妇人集》载桓玄问王凝之妻谢氏曰:"太傅东山二十余年,遂复不终,其理云何?"谢答曰:"亡叔太傅先正,以无用为心,显隐为优劣,始末正当动静之异耳。"

【注释】① 谢公：谢安。东山：山名，在今浙江上虞西南，谢安曾隐居于此。 ② 朝命：指朝廷屡次征召他出山做官。 ③ 桓宣武：桓温死谥宣武，故称。司马：高级武官的属官。 ④ 发：出发。新亭：亭名，在今南京南郊，为当时交通要道，东晋时官员、士人常在此宴饮送别。⑤ 瞻送：看望送别。 ⑥ 高灵：高崧，字茂琰，小字阿酃（líng），官至侍中。中丞：官名，即御史中丞。 ⑦ 祖：送行，饯行。 ⑧ 多少：略微。 ⑨ 倚：凭借。 ⑩ 戏：嘲弄，开玩笑。⑪ 高卧东山：指隐居东山。 ⑫ 相与：一起，共同。 ⑬ 安石：谢安字安石。 ⑭ 苍生：指百姓。

【评析】谢安隐居东山二十余年不肯出山，是为了等待时机，桓温请其为司马，即其时也。《晋书》本传亦载此事，只是词语略异，最后以"安甚有愧色"结尾，似更意长。

二十七

初，谢安在东山居，布衣①，时兄弟已有富贵者②，翕集家门③，倾动人物④。刘夫人戏谓安曰⑤："大丈夫不当如此乎？"谢乃捉鼻曰⑥："但恐不免耳。"

【今译】当初，谢安在东山隐居时，是一介布衣百姓，那时兄弟中已有做大官富贵起来的，聚集在家族中，令人倾倒动心。刘夫人对谢安开玩笑说："大丈夫不应当这样吗？"谢安便捏着鼻子说："只怕是免不了要如兄弟们那样啊。"

【注释】① 布衣：平民。 ② 兄弟句：谢安堂兄谢尚、兄谢奕、弟谢万都已做了大官，已经富贵起来。 ③ 翕（xī）集：齐集，聚集。 ④ 倾动：令人倾倒动心。 ⑤ 刘夫人：谢安妻为刘惔之妹，故称。 ⑥ 捉鼻：捏着鼻子，表示轻蔑意。

【评析】余嘉锡分析本文之旨至为精到，曰："安意盖谓己本无心于富贵，故屡辞征召而不出。但时势逼人，政（正）恐终不得免耳。安少有鼻疾，语音重浊（见《雅量篇注》），所以捉鼻者，欲使其声轻细以示鄙夷不屑之意也。"（《世说新语笺疏》）

二十八

支道林因人就深公买印山①，深公答曰："未闻巢、由买山而隐②。"㊀

【今译】支遁托人向竺道潜买印山，竺法深回答道："没有听说过巢父、许由是买了山来隐居的。"

【刘孝标注】㊀《逸士传》曰："巢父者，尧时隐人。山居，不营世利，年老以树为巢，而寝其上，故号巢父。"《高逸沙门传》曰："遁得深公之言，惭恧而已。"

【注释】① 支道林：支遁字道林，东晋高僧。因：托，通过。就：向。深公：晋高僧竺道潜，字法深。印山：当为岇山之误。岇（àng）山，在会稽剡（shàn）县（今浙江嵊县），竺道潜隐居于此。② 巢、由：巢父、许由，传说为尧舜时的两位隐士。

【评析】刘注引文谓"遁得深公之言，惭恧（nǜ）而已"，认为支遁听了竺道潜的话感到惭愧。《高僧传》卷四亦载此事，所写略异，谓"支遁遣使求买岇山之侧沃洲小岭，欲为

幽栖之处。潜答云：'欲来辄给,岂闻巢、由买山而隐遁?'"比较而言,《高僧传》所载更
为具体。

二十九

王、刘每不重蔡公①。二人尝诣蔡,语良久,乃问蔡曰:"公自言何如夷
甫②?"答曰:"身不如夷甫。"王、刘相目而笑曰③:"公何处不如?"答曰:"夷甫
无君辈客。"

【今译】王濛、刘惔常不尊重蔡谟。他们二人曾经拜访蔡谟,谈了很久,他们就问蔡谟
说:"您自己说比王衍怎么样?"蔡谟答道:"我不如王衍。"王濛、刘惔对视而笑道:"您
什么地方不如他?"蔡谟答道:"王衍没有你们这班客人。"

【注释】① 王、刘:王濛、刘惔。蔡公:蔡谟,字道明,博学多识,官至侍中、司徒。后因失礼被废
为庶人。见《方正》四十注②(页 204)。 ② 夷甫:王衍字夷甫。 ③ 相目:互相对视。

【评析】《晋书》本传谓蔡谟"性方雅"、"尤笃慎",即称其正直高雅,处事谨慎小心。王
濛、刘惔是好老庄的清谈之士,他们与蔡谟志趣相异,并不尊重他,故从表情到说话都
显得随便、轻视。但蔡谟却巧妙地语含讥刺,利用王、刘的调笑语反讽他们,谓自己不
如王衍是由于王衍身边没有王濛、刘惔这类人的缘故。

三十

张吴兴年八岁①,亏齿②,㊀先达知其不常③,故戏之曰:"君口中何为开狗
窦④?"张应声答曰:"正使君辈从此中出入。"

【今译】张玄之八岁时,缺了门牙,前辈贤达知道他不同寻常,特意对他开玩笑说:"你
口中为什么开了狗洞?"张玄之随声回答道:"正是为了让你们这班人从这里进出。"

【刘孝标注】㊀ 玄之,已见。

【注释】① 张吴兴:张玄之,曾任吴兴太守,故称。 ② 亏:缺。 ③ 先达:前辈有声望有才
能的贤者。不常:不寻常,不一般。 ④ 狗窦:狗洞。

【评析】只有八岁的张玄之就能敏捷地回应前辈贤者的戏谑,维护自己的尊严,确实
不同寻常。

三十一

郝隆七月七日出日中仰卧①,人问其故,答曰:"我晒书。"㊀

【今译】郝隆在七月七日这天出来在太阳下仰卧着,有人问他什么缘故,他答着:"我

在晒书。”

【刘孝标注】㊀《征西僚属名》曰:“隆字佐治,汲郡人。仕吴至征西参军。”

【注释】① 郝隆:见刘注。七月七日:魏晋时,习俗以七月七日晒经书及衣物。

【评析】《太平御览》卷三十一“七月七日”条云:“《世说》:郝隆七月七日见邻人皆曝晒衣物。隆乃仰出腹卧云‘晒书’。”系意引本文。

三十二

谢公始有东山之志①,后严命屡臻②,势不获已③,始就桓公司马④。于时人有饷桓公药草⑤,中有远志⑥。公取以问谢:“此药又名小草,何一物而有二称?”㊀谢未即答。时郝隆在坐,应声答曰:“此甚易解。处则为远志⑦,出则为小草⑧。”谢甚有愧色。桓公目谢而笑曰:“郝参军此过乃不恶⑨,亦极有会⑩。”

【今译】谢安起初有隐居不仕的志向,后朝廷屡次下诏征召他出仕,情势不得已,才就任桓温属下司马之职。当时有人给桓温送药草,其中有一味远志。桓温拿出来问谢安:“这药又叫小草,为什么一样东西有两种称呼?”谢安没有立即回答。那时郝隆在座,随声回答道:“这很容易解释。隐处山中叫远志,出了山就叫小草。”谢安颇有惭愧神色。桓温看着谢安笑道:“郝参军如此解释的确不坏,也极有意味。”

【刘孝标注】㊀《本草》曰:“远志一名棘菀,其叶名小草。”

【注释】① 谢公:谢安。东山之志:指隐居的志向。 ② 严命:指朝廷征召谢安出仕的命令。臻:至,到达。 ③ 不获已:不得已。 ④ 始:才。就:就任。 ⑤ 饷(xiǎng):赠送。⑥ 远志:草药名。 ⑦ 处:指隐居不仕。 ⑧ 出:指隐居者出来做官。 ⑨ 此过:当作“此通”。通,指阐释。 ⑩ 会:意味。

【评析】药草远志之根名远志,其叶则名小草。桓温有意拿其一物二名来问谢安。谢安不会不知道,而是不便回答。满腹诗书的郝隆便应声而答,语意双关,令人回味,也令谢安深感惭愧。因为他并未坚持退隐之志(当时以隐为高),仍然出仕当官,从“远志”降而为“小草”了。诚如余嘉锡所说:“远志之与小草,虽一物而有根与叶之不同。叶名小草,根不可名小草也。郝隆之答,谓出与处异名,亦是分根与叶言之。根埋土中为处,叶生地上为出。既协物情(调和人情),又因以讥谢公,语意双关,故为妙对也。”(《世说新语笺疏》)

三十三

庾园客诣孙监①,值行②,见齐庄在外③,尚幼,而有神意④。庾试之曰:“孙安国何在?”即答曰:“庾稚恭家⑤。”庾大笑曰:“诸孙大盛⑥,有儿如此。”又答曰:“未若诸庾之翼翼⑦。”还,语人曰:“我故胜⑧,得重唤奴父名。”㊀

【今译】庾爱之去拜访秘书监孙盛,正遇到他外出,见到他儿子齐庄在外面,年纪还小，但是奕奕有神采。庾爱之试探他说："孙安国在哪里？"齐庄立即回答说："在庾稚恭家。"庾爱之大笑道："孙氏家族大为昌盛，有这么好的儿子。"齐庄又回答说："比不上庾氏家族兴旺发达的样子。"回来后，他对人说："我仍然胜利了，我得以重复两次叫唤了那奴才父亲的名字。"

【刘孝标注】㊀《孙放别传》曰："放兄弟并秀异，与庾翼子园客同为学生。园客少有佳称，因谈笑嘲放曰：'诸孙于今为盛。'盛，监君讳也。放即答曰：'未若诸庾之翼翼。'放应机制胜，时人仰焉。司马景王、陈、钟诸贤相酬，无以逾也。"

【注释】① 庾园客：庾爱之，小字园客，庾翼之子。永和初代父为荆州刺史，后为桓温废黜。孙监，孙盛，字安国，官至秘书监、给事中。　② 值：遇到。行：出行，外出。　③ 齐庄：孙放，字齐庄，孙盛之子。　④ 神意：指神采奕奕。　⑤ 庾稚恭：庾翼字稚恭。　⑥ 诸孙：指孙姓家族。　⑦ 诸庾：指庾氏家族。翼翼：繁茂兴旺的样子。　⑧ 故：仍然。

【评析】在对方面前直呼对方父亲之名，是极不礼貌的行为。孙放虽然年幼，也懂得这个道理，所以当庾爱之直呼其父之名时，立即以牙还牙，称在庾稚恭家。对方赞其家时，他亦毫不犹豫地应答之，前后两次把庾翼的名与字都叫过了，"翼翼"叠称，比对方多说了一次。所以他十分得意，认为自己胜利了。

三十四

范玄平在简文坐①，谈欲屈②，引王长史曰③："卿助我。"㊀王曰："此非拔山力所能助④。"㊁

【今译】范汪在简文帝那里作客，清谈时在即将理缺词穷，拉着王濛说："你帮帮我！"王濛说："这不是靠拔山的气力所能帮助的。"

【刘孝标注】㊀《范汪别传》曰："汪字玄平，颍阳人。左将军略之孙。少有不常之志，通敏多识，博涉经籍，致誉于时。历史部尚书、徐兖二州刺史。"　㊁《史记》曰："项羽为汉兵所围，夜起歌曰：'力拔山兮气盖世，时不利兮骓不逝。'"

【注释】① 范玄平：范汪，见刘注。简文：简文帝司马昱。　② 谈：指清谈。屈：指理亏。③ 引：拉。王长史：王濛。　④ 拔山力：有拔山之力，形容力气大。

【评析】文中简文帝、范汪、王濛都是清谈的高手。《晋书》本传称简文帝"尤善玄言"，王濛以其"能言理"（《晋书》本传）而成为简文帝的"入室之宾"。范汪也"善谈名理"（《晋书》本传），然不是简文帝的对手，故理缺之时求助于王濛。王濛的答语指出谈论不是斗力，应以智慧取胜，堪称一言中的。

三十五

郝隆为桓公南蛮参军①。三月三日会②，作诗，不能者罚酒三升。隆初以不能受罚，既饮，揽笔便作一句云："娵隅跃清池③。"桓问："娵隅是何物？"答曰："蛮名鱼为娵隅。"桓公曰："作诗何以作蛮语？"隆曰："千里投公，始得蛮府参军，那得不作蛮语也？"

【今译】郝隆担任了桓温南蛮校尉的参军。三月三日上巳节聚会时,大家都要作诗,不能作诗的要罚酒三升。郝隆起初因不能写受罚,饮了酒后,拿起笔来就写了一句云:"娵隅跃清池。"桓温问:"娵隅是什么东西?"郝隆回答道:"南蛮人叫鱼为娵隅。"桓温说:"作诗为什么用蛮语?"郝隆说:"我千里迢迢来投奔您老,才得了个蛮府参军之职,怎么能不说南蛮语呢?"

【注释】① 郝隆:字佐治,见本篇三十一刘注(页528)。桓公:桓温。南蛮参军:桓温在穆帝时任荆州刺史,兼领南蛮校尉。参军,校尉的属官。 ② 三月三日:为上巳节,古时以三月上旬巳日为上巳,官民皆于东流水上洗濯,除去宿垢为大吉,同时聚会游乐。魏晋后改为三月三日为上巳节。 ③ 娵(jū)隅:鱼,古代西南少数民族语。

【评析】郝隆对桓温委以参军之职颇为不满,便有意把蛮语用于诗句中,借题发挥。

三十六

袁羊尝诣刘恢①,恢在内眠未起。袁因作诗调之曰②:"角枕粲文茵③,锦衾烂长筵④。"㊀刘尚晋明帝女⑤,㊁主见诗⑥,不平曰:"袁羊,古之遗狂⑦。"

【今译】袁羊曾经拜访刘恢,刘恢在内室睡觉还未起床。袁羊就作诗调侃他说:"角枕粲文茵,锦衾烂长筵。"(意谓:角枕依然鲜艳,锦被还是那样灿烂地铺在长长的竹席上。)刘恢娶了晋明帝之女为妻,公主见到诗,很不满地说:"袁羊是古代遗留下来的狂人!"

【刘孝标注】㊀《唐诗》曰:"晋献公好攻战,国人多丧,其诗曰:'角枕粲兮,锦衾烂兮;予美亡此,谁与独旦?'"袁故嘲之。 ㊁《晋阳秋》曰:"恢尚庐陵长公主,名南弟。"

【注释】① 袁羊:袁乔,字彦叔,小字羊,见《言语》九十注④(页90)。刘恢:当作刘惔,《晋书》有《刘惔传》,而无"刘恢"其人。本文下有"刘尚晋明帝女"语,而《晋书·刘惔传》亦载:"尚明帝女庐陵公主。"可知"刘恢"为"刘惔"之误。 ② 调:调笑,戏弄。 ③ 角枕两句:源于《诗经·唐风·葛生》:"角枕粲兮,锦衾烂兮。予美亡此,谁与独旦?"写女子思夫,睹物怀人。谓角枕依然鲜艳,锦被还是那样灿烂,只是我的爱人舍我而去,谁来陪伴孤独的我到天明? 角枕,用角骨装饰的枕头。文茵,有花纹的褥垫。 ④ 锦衾(qīn):锦被。烂:灿烂。长筵:铺在床上的长竹席。 ⑤ 尚:指娶公主为妻。 ⑥ 主:指晋明帝女庐陵长公主南弟。 ⑦ 遗狂:遗留下来的狂徒。

【评析】袁羊引用《诗经》中女子怀念夫君的诗句来调侃高卧不起的刘惔,显然不妥。再就是惹恼了夫人,似乎她也将步那位丧夫之女的后尘,难怪庐陵公主"不平",称他为"古之遗狂"了。

三十七

殷洪远答孙兴公诗云①:"聊复放一曲②。"刘真长笑其语拙③,问曰:"君欲云那放④?"殷曰:"榰腊亦放⑤,何必其枪铃邪⑥?"㊀

【今译】殷融赠答孙绰的诗句说:"聊复放一曲(姑且放歌一曲)。"刘惔笑他的诗语句笨拙,问道:"你想说怎么放歌?"殷融说:"鼓声也是放歌;何必要那钟声才算呢?"

【刘孝标注】 〇 殷融,已见。

【注释】① 殷洪远：殷融,字洪远,善清谈,官吏部尚书、太常卿。孙兴公：孙绰。　② 聊复：姑且。　放：作,发,放歌。　③ 刘真长：刘惔。拙：笨拙。　④ 那：怎么。　⑤ 榻(tà)腊：指一种西域乐器发出的鼓声。　⑥ 枪铃：指钟声。

【评析】本文写刘惔对孙绰诗句的评价不当,认为其诗句语言笨拙。孙绰则为自己辩白,认为诗以表情达意为工,正如金石声与鼓声同样能演奏音乐的道理一样。余嘉锡对此有中肯的分析,谓："此云'榻腊亦放,何必枪铃'者,谓己诗虽不工,亦足以达意,何必雕章绘句,然后为诗? 犹之鼓虽无当于五声,亦足以应节,何必金石铿枪,然后为乐也?"(《世说新语笺疏》)

三十八

桓公既废海西①,立简文②。〇侍中谢公见桓公拜③,桓惊笑曰："安石,卿何事至尔?"谢曰："未有君拜于前,臣立于后。"

【今译】桓温废黜海西公司马奕后,扶立了简文帝司马昱。侍中谢安见到桓温行跪拜礼,桓温吃惊地笑道："安石,你什么事竟至于这样?"谢安说："没有君主下拜在前,而臣子还站在后面的道理。"

【刘孝标注】 〇《晋阳秋》曰："海西公讳奕,字延龄,成帝子也。兴宁中即位。少同阉人之疾,使宫人与左右淫通生子。大司马温自广陵还姑孰,过京都,以皇太后令,废帝为海西公。"

【注释】① 桓公：桓温。海西：海西公司马奕。奕字延龄,晋成帝子,兴宁三年(365)立为帝,无道,被大司马桓温废黜,封海西县公,简称海西公。　② 简文：简文帝司马昱。　③ 侍中：侍从皇帝左右的官,亲信贵重。谢公：谢安,字安石。

【评析】《晋书·简文帝纪》曰："温既仗文武之任,屡建大功,加以废立,威振内外。帝虽处尊位,拱默守道而已,常惧废黜。"指出桓温权倾一时,使简文帝心怀废黜的恐惧。谢安见温行跪拜礼及所说之语,"言天子犹致敬于桓公,而臣在其后立而不拜,可乎?""讽桓废海西,而立简文也。"(朱铸禹《世说新语汇校集注》)

三十九

郗重熙与谢公书道①："王敬仁闻一年少怀问鼎②,〇不知桓公德衰③? 为复后生可畏④?"〇

【今译】郗昙给谢安写信说："王修听说有一位少年怀有图谋篡逆的野心,不知道是桓公(温)道德衰败呢,还是少年气盛后生可畏呢?"

【刘孝标注】 〇 郗昙、王修已见。《史记》曰："楚庄王观兵于周郊,周定王使王孙满迎劳楚王,王问鼎大小轻重。对曰：'在德不在鼎。'庄王曰：'子无阻九鼎,楚国折钩之喙,足以为九鼎也。'"〇《春秋传》曰："齐桓公伐楚,责苞茅之不贡。"《论语》曰："后生可畏,焉知来者之不如今?"孔安国曰："后生,少年。"

【注释】① 郗重熙：郗昙，字重熙，郗鉴子，官北中郎将，徐、兖二州刺史。谢公：谢安。　② 王敬仁：王修，字敬仁，王濛之子。见《文学》三十八刘注⊖(页139)。怀：怀藏。问鼎：指图谋篡逆之野心。古以九鼎为传国之宝器，故称。见刘注⊖引文。　③ 桓公：指桓温。德衰：道德衰败。　④ 为复：还是。

【评析】郗昙信中之语，说的是有一位少年，实则是讥刺桓温有问鼎之野心。

四十

　　张苍梧是张凭之祖①，尝语凭父曰："我不如汝。"凭父未解所以。苍梧曰："汝有佳儿。"⊖凭时年数岁，敛手曰②："阿翁，讵宜以子戏父③？"

【今译】张镇是张凭的祖父，曾对张凭的父亲说："我不如你。"张凭父亲不懂他这么说的原因。张镇说："你有个好儿子。"张凭当时只有几岁，恭恭敬敬地拱手说："阿翁，怎么可以用儿子来开父亲的玩笑呢？"

【刘孝标注】⊖《张苍梧碑》曰："君讳镇，字义远，吴国吴人。忠恕宽明，简正贞粹。泰安中，除苍梧太守。讨王含有功，封兴道县侯。"

【注释】① 张苍梧：张镇，见刘注。张凭：字太宗，官至吏部郎、御史中丞。　② 敛手：拱手，表示恭敬。　③ 阿翁：称祖父。讵(jù)：怎，岂。宜：适合，适当。

【评析】本文所写亦载《晋书·张凭传》，文字略异。文后谓"及长，有志气，为乡间所称"。果然如张镇所说，孙子长大后不同凡响。

四十一

　　习凿齿、孙兴公未相识①，同在桓公坐。桓语孙："可与习参军共语。"孙云："蠢尔蛮荆，敢与大邦为仇②？"习云："薄伐猃狁，至于太原③。"⊖

【今译】习凿齿与孙绰互不相识，同在桓温家中做客。桓温对孙绰说："可以与习参军谈谈。"孙绰说："你们蠢笨的荆蛮胆敢与我们大国为仇敌吗？"习凿齿说："讨伐猃狁，直达你们的老家太原。"

【刘孝标注】⊖《小雅》诗也。《毛诗注》曰："蠢，动也。荆蛮，荆之蛮也。猃狁，北夷也。"习凿齿，襄阳人。孙兴公，太原人。故因《诗》以相戏也。

【注释】① 习凿齿：字彦威，荆州襄阳(今属湖北)人。曾任桓温属下户曹参军。见《言语》七十二刘注⊖(页80)。孙兴公：孙绰，见《言语》八十四注①(页87)。　② "蠢尔蛮荆"二句：《诗经·小雅·采芑(qǐ)》："蠢尔荆蛮，大邦为仇。"意谓：你们这些愚蠢无知的荆蛮，竟敢与大国为仇。荆蛮，对南方楚地人的蔑称。习凿齿是荆州襄阳人，故孙绰借此嘲弄之。大邦，大国，指周王朝。仇(qiú)，匹配。　③ 薄伐猃狁：《诗经·小雅·六月》："薄伐猃狁，以奏肤功。"意谓：攻伐猃狁，来完成伟大的功业。薄，发语词。猃狁(xiǎn yǔn)，古代北方民族，魏晋时常侵扰中原。孙绰为太原人，故习凿齿引此诗来回敬之。奏，完成。肤功，大功。

【评析】刘注谓文中孙绰与习凿齿"因《诗》以相戏也"。他们引用《诗经》的诗句互相调侃,显示他们熟谙诗书,出口成章。但孙绰把自己说成"大邦",认为习凿齿难以与自己匹配,不是自己的对手,双方都把对手当成敌人,充满火药味。

四十二

桓豹奴是王丹阳外生①,形似其舅,桓甚讳之。㊀宣武云②:"不恒相似,时似耳。恒似是形,时似是神。"桓逾不说。

【今译】桓嗣是王混的外甥,形貌像他的舅父,桓嗣很忌讳这点。桓温说:"不是经常相似,有的时候相似罢了。经常相似的是外貌,有时相似的是神态。"桓嗣听了更加不高兴。

【刘孝标注】㊀ 豹奴,桓嗣小字。《中兴书》曰:"嗣字恭祖,车骑将军冲子也。少有清誉。仕至江州刺史。"《王氏谱》曰:"混字奉正,中军将军恬子。仕至丹阳尹。"

【注释】① 桓豹奴:桓嗣,见刘注,小字豹奴,桓温的侄子,桓冲之子。王丹阳:王混,见刘注,王导孙,王恬子。外生:外甥。 ② 宣武:桓温。

【评析】刘注引文谓桓嗣"少有清誉",《晋书》本传亦谓其"少有清誉",并称其"与豁子石秀并为桓氏子侄之冠",可知其深获时誉。王混生平,刘注引文极简略,《晋书》无传,故缺考。但从文中桓嗣以似舅为"讳",想必其对王混的言行很不满意。

四十三

王子猷诣谢万①,林公先在坐②,瞻瞩甚高③。王曰:"若林公须发并全,神情当复胜此不?"谢曰:"唇齿相须④,不可以偏亡⑤。㊀须发何关于神明⑥?"林公意甚恶⑦,曰:"七尺之躯,今日委君二贤⑧。"

【今译】王徽之去拜访谢万,支遁先已在座,目光神态高傲。王徽之说:"如果林公胡须、头发都齐全的话,神情必定会胜过现在这样的吧?"谢万说:"唇齿相依,不可以偏废缺少一样。胡须头发对于人的精神有什么关系呢?"支道林听了情绪很不好,说:"我堂堂七尺之躯,今天就任由二位贤人去评说了。"

【刘孝标注】㊀《春秋传》曰:"唇亡齿寒。"

【注释】① 王子猷(yóu):王徽之,字子猷,王羲之之子。见《雅量》三十六刘注㊀(页238)。谢万:见《言语》七十七注①(页83)。 ② 林公:支道林,见《言语》四十五注②(页64)、并六十三刘注㊀(页75)。 ③ 瞻瞩:指目光、神态。 ④ 须:依靠。 ⑤ 偏亡:偏废、缺失。 ⑥ 神明:指人的精神。 ⑦ 意:指心情、情绪。恶:指精神或情绪不爽。 ⑧ 委:托付、委托。

【评析】本书《容止》三十一刘注引文曰:"诸人尝要阮光禄共诣林公,阮曰:'欲闻其言,恶见其面。'"据此余嘉锡推断支道林面貌十分丑,曰:"疑道林有齞(yàn)唇(牙齿露在唇外的样子)历齿(牙齿稀疏)之病。谢万恶其神情高傲,故言正复有发无关神明。但唇亡齿寒，为不可缺耳。其言谑而近虐，宜林之怫然不悦也。"（《世说新语笺疏》）这个推断颇有道理。从文中王徽之和谢万的话中可知支道林须发不全，门牙暴突，齿牙稀疏，十分丑陋。他们借此加以嘲弄，近乎人身攻击，故使得支道林听了极不高兴。

四十四

郗司空拜北府①，㊀王黄门诣郗门拜云②："应变将略，非其所长③。"骤咏之不已④。郗仓谓嘉宾曰⑤："公今日拜，子猷言语殊不逊⑥，深不可容⑦！"㊁嘉宾曰："此是陈寿作诸葛评⑧，㊂人以汝家比武侯⑨，复何所言！"

【今译】郗愔出任北府长官，王徽之到郗家祝贺道："应变将略，非其所长。"他反复吟诵这几句而不停口。郗融对郗超说："我父亲今天被授予官职，徽之说的话很不恭敬，太令人不能容忍了！"郗超说："他说的话是陈寿对诸葛亮所写的评语，人家把你父亲比为诸葛武侯，还有什么可说的！"

【刘孝标注】㊀《南徐州记》曰："旧徐州都督以东为称。晋氏南迁，徐州刺史王舒加北中郎将。北府之号，自此起也。" ㊁仓，郗融小字也。《郗氏谱》曰："融字景山，愔第二子，辟琅邪王文学，不拜而早终。" ㊂《蜀志》陈寿评曰："亮连年动众，而无成功，盖应变将略，非其所长也。"王隐《晋书》曰："寿字承祚，巴西安汉人。好学，善著述。仕至中庶子。初，寿父为马谡参军，诸葛亮诛谡，髡其父头。亮子瞻又轻寿。故寿撰《蜀志》，以爱憎为评也。"

【注释】①郗司空：郗愔，见《品藻》二十九注⑤（页342）。拜：授予官职。北府：指军府所在地，亦指军府长官。 ②王黄门：王徽之，他曾任黄门侍郎，故称。王徽之是郗愔的外甥。拜：指祝贺。 ③"应变将略"二句：语见《蜀志》陈寿评诸葛亮曰："应变将略，非其所长也。"谓应对变故、用兵谋略，并不是诸葛亮的长处。 ④骤：屡次，反复。 ⑤郗仓：郗融，见刘注。嘉宾：郗超，小字嘉宾，郗愔长子。 ⑥子猷：王徽之字子猷。不逊：不恭。 ⑦深：很，甚。 ⑧陈寿：字承祚，巴西安汉（今四川南充）人。仕蜀，屡次遭贬。入晋，为著作郎。撰《三国志》。官治书侍御史。 ⑨汝家：你父亲。武侯：诸葛亮，字孔明，三国蜀丞相，死谥忠武侯。

【评析】郗愔是郗鉴之子，王徽之是王羲之的儿子，王羲之则是郗鉴亲自选中的坦腹东床的女婿。可知郗愔为王徽之的舅父，郗王两家是表亲，而王徽之向郗愔拜贺时出言不逊，颇为失礼，致使郗融不满。但有"旷世之度"（《晋书》本传）的郗超却善于自我宽慰，认为王家将自家比为诸葛亮，也说得过去，不失名士风度。

四十五

王子猷诣谢公①，谢曰："云何七言诗②？"㊀子猷承问，答曰："昂昂若千里之驹③，泛泛若水中之凫。"㊁

【今译】王徽之去拜访谢安，谢安说："七言诗是怎么样的？"王徽之承他垂问，便答道："昂昂若千里之驹，泛泛若水中之凫。"

【刘孝标注】㊀《东方朔传》曰："汉武帝在柏梁台上，使群臣作七言诗。"七言诗自此始也。

○ 出《离骚》。

【注释】① 王子猷：王徽之。谢公：谢安。 ② 云何：怎么样。 ③ "昂昂若千里之驹"两句：见屈原《卜居》："宁昂昂若千里之驹乎，将泛泛若水中之凫。"按：刘注谓"昂昂"两句出《离骚》，以《离骚》泛指《楚辞》，即以《离骚》为《楚辞》之总称。昂昂，昂首奋发，气宇轩昂的样子。泛泛，浮游不定的样子。凫(fú)，野鸭。

【评析】文中谢安和王徽之探讨七言诗的起源问题，足见他们对这种诗歌的新样式很有兴趣。刘注称武帝"使群臣作七言诗，七言诗自此始"，为研究七言诗的产生、发展提供了文献资料。

四十六

王文度、范荣期俱为简文所要①，范年大而位小②，王年小而位大。将前，更相推在前③，既移久④，王遂在范后。王因谓曰："簸之扬之，糠秕在前⑤。"范曰："洮之汰之，沙砾在后⑥。"○

【今译】王坦之、范启一同受到简文帝的邀请，范启年纪大而官位小，王坦之年纪小而官位大。他们将要往前走时，互相推让请对方走在前面。互相让了很久，王坦之便走在范启的后面。王坦之于是就说："簸之扬之，糠秕在前。"范启道："淘之汰之，沙砾在后。"

【刘孝标注】○ 王坦之、范启，已见。一说是孙绰、习凿齿言。

【注释】① 王文度：王坦之，字文度，见《言语》七十二注①(页81)。范荣期：范启，见《文学》八十六刘注○(页167)。简文：简文帝司马昱。要(yāo)：邀请。 ② 位：职位。 ③ 推：推让。 ④ 移久：很久。 ⑤ "簸之扬之"两句：扬去米糠中的糠皮杂物，糠皮杂物就飘浮在前面。此为王坦之喻指范启走在前面为糠秕。糠秕(bǐ)，糠皮。 ⑥ "洮(táo)之汰之"两句：用水洗净粮食中的杂质，除去差的不合适的，留下好的合适的。洮，即淘，洗去杂质。砾(lì)，小石，碎石。

【评析】本文写王坦之、范启以在前走和在后走互相取笑，贬低对方，各不相让。刘注谓"一说是孙绰、习凿齿言"。《晋书·孙绰传》亦谓孙绰和习凿齿互相嘲讽，而非王坦之和范启，兹录以供参考："绰性通率，好讥调。尝与习凿齿共行，绰在前，顾谓凿齿曰：'沙之汰之，瓦石在后。'凿齿曰：'簸之扬之，糠秕在前。'"

四十七

刘遵祖少为殷中军所知①，称之于庾公②。庾公甚忻然③，便取为佐④。既见，坐之独榻上与语⑤。刘尔日殊不称⑥，庾小失望⑦，遂名之为"羊公鹤⑧"。昔羊叔子有鹤善舞⑨，尝向客称之，客试使驱来，氄氄而不肯舞⑩。故称比之。○

【今译】刘爱之年轻时得到殷浩的赏识，殷浩在庾亮面前荐举他。庾亮很高兴，就用他为僚属。见面后,庾亮让他坐在独榻上同他谈话。刘爱之这天的言谈与他的名声很不相称。庾亮感到有些失望,便把他称作"羊公鹤"。从前羊叔祜有鹤善于跳舞,他曾向来客称赞它,来客试着让人把它赶过来,这只鹤蓬松着羽毛却不肯跳舞,所以庾亮用"羊公鹤"来比拟刘爱之。

【刘孝标注】 ⊖ 徐广《晋纪》曰:"刘爱之字遵祖,沛郡人。少有才学,能言理。历中书郎、宣城太守。"

【注释】① 刘遵祖:刘爱之,见刘注。殷中军:殷浩。知:赏识。 ② 称:荐举。庾公:庾亮。③ 忻然:高兴的样子。 ④ 佐:佐吏,僚属。 ⑤ 独榻:单人床榻。 ⑥ 尔日:这天。称:相称,符合。 ⑦ 小:稍微。 ⑧ 羊公鹤:余嘉锡《世说新语笺疏》引《舆地纪胜》六十四曰:"晋羊祜镇荆州,江陵泽中多有鹤,常取之教舞以娱宾客。"故称羊祜所教之鹤为"羊公鹤"。⑨ 羊叔子:羊祜(hù),字叔子,见《言语》八十六注②(页88)。 ⑩ 氃氋(tóng méng):羽毛松散的样子。

【评析】刘爱之因"少有才学,能言理",得到了殷浩的赏识与推荐。但庾亮与之交谈后却感到失望,遂称其为"羊公之鹤"。后即以"羊公之鹤"讥讽名实不符、徒有虚名者。

四十八

魏长齐雅有体量①,而才学非所经②。初宦当出③,虞存嘲之曰④:"与卿约法三章⑤:谈者死⑥,文笔者刑⑦,商略抵罪⑧。"魏怡然而笑⑨,无忤于色⑩。⊖

【今译】魏颉很有气度,但才能学问不是他所擅长的。他初始做官将要出任时,虞存嘲弄他说:"与你约法三章:清谈的人要处死,写文章的人要判刑,品评人物的人要抵罪。"魏颉高兴地笑了,脸上没有露出一丝抵触的神色。

【刘孝标注】 ⊖《魏氏谱》曰:"颉字长齐,会稽人。祖胤,处士。父说,大鸿胪卿。颉仕至山阴令。"《汉书》曰:"沛公入咸阳,召诸父老曰:'天下苦秦苛法久矣,今与父老约法三章耳:杀人者死,伤人及盗抵罪。'"应劭注曰:"抵,至也。但至于罪。"

【注释】① 魏长齐:魏颉,见刘注。雅:很。体量:度量,气度。 ② 才学:才能学问。经:指擅长。 ③ 当:将。 ④ 虞存:字道长,见《政事》十七刘注⊖(页112)。 ⑤ 约法三章:指约定三条法令,语出《史记·高祖本纪》,谓高祖入咸阳,"与父老约法三章"。 ⑥ 谈:指清谈。⑦ 文笔:指写文章。 ⑧ 商略:指评论,品评人物。抵罪:抵偿应负的罪责。 ⑨ 怡然:愉快的样子。 ⑩ 忤:抵触。

【评析】从虞存嘲弄魏颉的三点来看,魏颉既不善谈会写,亦不能品评人物,故虞存以此来为难他,但魏颉听了毫无忤色,还十分高兴,足见其"雅有体量"。

四十九

郗嘉宾书与袁虎①,道戴安道、谢居士云②:"恒任之风③,当有所弘耳④。"

以袁无恒,故以此激之。㊀

【今译】郗超写信给袁宏,评论戴逵、谢敷说:"做事要有恒心、负责任的作风,这种作风应当得到发扬啊。"因为袁宏没有恒心,所以用这样的话来刺激他。

【刘孝标注】㊀ 袁、戴、谢并已见。

【注释】① 郗嘉宾:郗超。袁虎:袁宏小字袁虎。 ② 道:评论。戴安道:戴逵。谢居士:谢敷,终身未仕,在家信奉佛教,故称居士。 ③ 恒任:指恒心与负责任。 ④ 弘:发扬,光大,扩充。

【评析】袁宏作有《东征赋》《北征赋》,被誉为"一时文宗"(《晋书》本传),得到桓温、谢安的激赏。说袁宏无"恒任之风",似是郗超一己之见,是郗超用同音字来戏弄袁宏而已。

五十

范启与郗嘉宾书曰①:"子敬举体无饶纵②,掇皮无余润③。"郗答曰:"举体无余润,何如举体非真者?"范性矜假多烦④,故嘲之。

【今译】范启给郗超写信说:"王献之全身没有丰润的地方,去了身上的皮也没有多余的油水。"郗超答道:"全身没什么多余的油水与全身上下没有一点儿真东西的人比起来,怎么样呢?"范启的本性矜持造作又繁琐,所以郗超嘲弄他。

【注释】① 范启:字荣期。见《文学》八十六刘注㊀(页167)。郗嘉宾:郗超。 ② 子敬:王献之。举体:全身。饶纵:指丰满肥胖。 ③ 掇(duō)皮:指去了皮。余润:膏腴,油水,指没有什么肉。 ④ 矜(jīn)假:矜持做作。

【评析】范启在给郗超的信中嘲笑王献之,是很无礼的。郗超即在答语中以其人之道还治其人之身,针对其"矜假多烦"予以嘲弄。

五十一

二郗奉道①,二何奉佛②,皆以财贿③。谢中郎云④:"二郗谄于道⑤,二何佞于佛⑥。"㊀

【今译】二郗信奉天师道,二何信奉佛教,都花了大量财物。谢万说:"二郗巴结道教,二何讨好佛教。"

【刘孝标注】㊀《中兴书》曰:"郗愔及弟昙奉天师道。"《晋阳秋》曰:"何充性好佛道,崇修佛寺,供给沙门以百数。久在扬州,征役吏民,功赏万计,是以为遐迩所讥。充弟准,亦精勤,唯读佛经、营治寺庙而已矣。"

【注释】① 二郗:郗愔、郗昙兄弟。奉道:信奉天师道(即五斗米道)。 ② 二何:何充、何准兄弟。奉佛：信奉佛教。　③以财贿：指用去很多财物。以，用。　④谢中郎：谢万。　⑤谄(chǎn)：巴结。　⑥佞(nìng)：讨好。

【评析】本文内容《晋书·何充传》亦载，唯文字略有贬责。如"二郗奉道，二何奉佛"，《晋书》作"郗愔及弟昙奉天师道，而充与弟崇信释氏"。又如"谢中郎云"，《晋书》作"谢万讥之云"。

五十二

王文度在西州①，与林法师讲②，韩、孙诸人并在坐③。林公理每欲小屈④，孙兴公曰："法师今日如着弊絮在荆棘中⑤，触地挂阂⑥。"

【今译】王坦之在扬州刺史官署时，与支遁讲玄谈理，韩伯、孙绰等人都在座。支遁所说的义理常常稍处下风，孙绰说："法师今天好像穿了破棉絮穿行在荆棘丛中，处处受到牵挂妨碍。"

【注释】①王文度：王坦之。西州：扬州刺史之治所，因在台城西，故称。　②林法师：支道林，东晋名僧。法师，对僧人的尊称。讲：研讨，讲论。　③韩、孙：韩伯、孙绰。　④理：道理，义理。每：常。小屈：指所说之理稍处下风。　⑤着：穿。弊絮：破旧的棉絮。触地：处处。　⑥挂阂(ài)：通"挂碍"。

【评析】王坦之未尝出仕扬州，支道林去扬州在哀帝时。本文所称王坦之"在西州"，当指在其父王述之官署里。其时，王述任扬州刺史，王坦之在父亲的官署内开讲座，谈玄论理。（余嘉锡《世说新语笺疏》引程炎震语）

五十三

范荣期见郗超俗情不淡①，戏之曰："夷、齐、巢、许②，一诣垂名③，何必劳神苦形④，支策据梧邪⑤？"郗未答，韩康伯曰⑥："何不使游刃皆虚⑦？"㊀

【今译】范启看到郗超有世俗之情，并不超脱恬淡，戏弄他说："伯夷、叔齐、巢父、许由，他们很快就名传后世，你何必要费尽心神，劳累身体，像师旷那样拿着手杖击打节拍，如惠子那样倚着梧桐树而吟呢？"郗超没有回答，韩伯说："为什么不像庖丁那样以熟练的手法轻松地在牛骨的空隙处下刀呢？"

【刘孝标注】㊀《庄子》曰："昭文之鼓琴，师旷之支策，惠子之据梧，三子之智几矣，皆其盛也，故载之。末年，庖丁为文惠君解牛，三年之后，未尝见全牛也。用刀十九年矣，所解数千牛，而刀刃若新发于硎。文惠君问之，庖丁曰：'彼节者有间，而刀刃无厚；以无厚入有间，恢恢乎其于游刃必有余地。'"

【注释】①范荣期：范启。俗情：世俗之情。　②夷、齐、巢、许：伯夷、叔齐、巢父、许由，他们都是古代著名的隐士。　③一诣垂名：指很快就名传后世。诣(yì)，到。垂，传留后世。　④劳神苦形：费尽心机，劳累身体。形，形体，指身体。　⑤支策据梧：语见《庄子·齐物论》："昭文之鼓琴也，师旷之支策也，惠子之据梧也。"支策，指拿着手杖来击打节拍。支，通"持"。策，指击打乐器之物。据梧：指倚着梧桐树而吟。　⑥韩康伯：韩伯。　⑦游刃皆虚：语见

《庄子·养生主》："游刃必有余地。"谓骨节之间有空隙，只要看准空隙下刀，那么薄薄的刀刃就能游行于空隙之中而大有回旋的余地。后即以"游刃有余"来形容技艺熟练、做事轻松利落。游刃，指顺着牛的骨节空隙处用刀。虚，指骨节之间的空隙。

【评析】郗超是桓温的心腹谋士，《晋书》本传谓桓温"深纳其言，遂定废立，超始谋也"。可知其助纣为虐，汲汲乎功名利禄之"俗情不淡"。文中范启和韩伯戏其应以夷、齐、巢、许为师，学习庖丁解牛之法，不为俗情所羁。

五十四

简文在殿上行①，右军与孙兴公在后②。右军指简文语孙曰："此晽名客③"。简文顾曰："天下自有利齿儿④。"后王光禄作会稽⑤，谢车骑出曲阿祖之⑥，㊀王孝伯罢秘书丞在坐⑦，谢言及此事，因视孝伯曰："王丞齿似不钝⑧。"王曰："不钝，颇亦验⑨。"

【今译】简文帝在殿上行走，王羲之和孙绰跟在后面。王羲之指着简文帝对孙绰说："这位是好名之人。"简文帝回过头说："天下本来就有伶牙俐齿的人。"后来王蕴任会稽内史，谢玄到曲阿去为他饯行，被罢去秘书丞一职的王恭那时也在座，谢玄谈到此事，便看着王恭说："王丞的牙齿似乎也不钝。"王恭说："不钝，似乎还很有效验。"

【刘孝标注】㊀王蕴、谢玄已见。

【注释】① 简文：简文帝司马昱。　② 右军：王羲之。孙兴公：孙绰字兴公。　③ 晽名客：好名之人。　④ 利齿儿：伶牙俐齿之人。　⑤ 王光禄：王蕴，曾任光禄大夫，故称。作会稽：任会稽内史。　⑥ 谢车骑：谢玄。曲阿：县名，治所在今江苏丹阳。祖：饯行。　⑦ 王孝伯：王恭。罢秘书丞：被罢免秘书丞的职务。秘书丞，秘书省的属官，管宫中文书图籍。　⑧ 王丞：指王恭。　⑨ 验：效验，效果。

【评析】文中简文帝与王羲之、孙绰、王恭等互相戏谑调笑，以"晽名客"指简文帝，以"利齿儿"指王羲之，似乎有失君臣之大体。余嘉锡《世说新语笺疏》谓："'晽名客'与'利齿儿'，语意不甚可解……不知使此语在简文即位以后，则天子也。即在未即位以前，亦相王也。右军非狂诞之徒，安敢如此轻相戏侮耶？"

五十五

谢遏夏月尝仰卧①，谢公清晨卒来②，不暇着衣，跣出屋外③，方蹑履问讯④。公曰："汝可谓'前倨而后恭⑤'。"㊀

【今译】谢玄在夏天时曾在床上仰面躺着，谢安大清早突然来了，谢玄来不及穿好衣服，赤着脚就跑出屋外迎接，这才穿上鞋子向谢安问候。谢安说："你可说是'前倨而后恭'。"

【刘孝标注】㊀《战国策》曰："苏秦说惠王而不见用，黑貂之裘弊，黄金百斤尽，大困而归。父母不与言，妻不为下机，嫂不为炊。后为从长，行过洛阳，车骑辎重甚众，秦之昆弟妻嫂侧目不敢视。秦笑谓其嫂曰：'何先倨而后恭？'嫂谢曰：'见季子位高而金多。'秦叹曰：'一人之身，富贵则亲戚畏惧，贫贱则轻易之，而况于他人哉！'"

【注释】① 谢遏：谢玄，小字遏，是谢安兄谢奕之子。 ② 谢公：谢安。卒，通"猝"，突然。 ③ 跣(xiǎn)：光着脚。 ④ 蹑履：穿上鞋。 ⑤ 前倨而后恭：语见《战国策·秦策一》，谓先前态度傲慢，后来态度恭顺。倨(jù)，傲慢。

【评析】谢玄是谢安的侄儿，从小就得到谢安的"器重"(《晋书》本传)。本文写谢安突然到谢玄处，令谢玄狼狈不堪。而谢安却戏称其"前倨而后恭"，于玩笑语中似亦流露其对侄子的赏识与偏爱。

五十六

顾长康作殷荆州佐①，请假还东。尔时例不给布帆②，顾苦求之③，乃得。发至破冢④，遭风大败⑤。○作笺与殷云⑥："地名破冢，真破冢而出⑦。行人安稳，布帆无恙。"

【今译】顾恺之担任殷仲堪的僚属时，请假回东边的家。那时按照惯例，不为僚属供给帆船，顾恺之尽力恳求，才得到了帆船。船出发到破冢时，遇到了大风，帆船被严重毁坏了。他写信给殷仲堪说："地名叫破冢，我真的像是打破坟墓跑出来。可谓行旅之人安安稳稳，帆船平安无事。"

【刘孝标注】○ 周祗《隆安记》曰："破冢，洲名，在华容县。"

【注释】① 顾长康：顾恺之，字长康。殷荆州：殷仲堪任荆州刺史，故称。佐：佐吏，僚属。 ② 不给(jǐ)：不供应。布帆：布制的船帆，指帆船。苦求：尽力求取。 ③ 破冢：地名，在今湖北江陵县东。 ⑤ 败：毁坏。 ⑥ 作笺：写信。 ⑦ 冢：坟墓。

【评析】文中顾恺之以"破冢"地名之谐音比喻自己死里逃生，颇为风趣。最后两句把人之无恙与船之安稳颠倒，更显其幽默。诚如余嘉锡所言："本当云：'布帆安稳，行人无恙。'因帆已破败，不可言安稳，故易其语以见意。此乃以文滑稽耳。"(《世说新语笺疏》)

五十七

苻朗初过江①，○王咨议大好事②，问中国人物及风土所生③，终无极已④，○朗大患之⑤。次复问奴婢贵贱，朗云："谨厚有识中者⑥，乃至十万；无意为奴婢，问者⑦，止数千耳⑧。"

【今译】苻朗刚渡江南下时，王肃之非常喜欢管闲事，向苻朗问中原地区的人物，以及风土人情、物产等等事情，问起来没个完的时候，苻朗非常讨厌他。接着他又问奴婢价格的贵贱，苻朗说："谨慎朴实有见识的奴婢，可以卖到十万元；愚笨无知又要就奴婢的事问来问去的，只要几千钱而已。"

【刘孝标注】㊀裴景仁《秦书》曰："朗字元达，苻坚从兄。性宏放，神气爽悟。坚常曰：'吾家千里驹也。'坚为慕容冲所围，朗降谢玄，用为员外散骑侍郎。吏部郎王忱与兄国宝命驾诣之。沙门法汰问郎曰：'见王吏部兄弟未？'朗曰：'非一狗面人心，又一人面狗心者是邪？'忱丑而才，国宝美而狠故也。朗常与朝士宴，时贤并用唾壶，朗欲夸之，使小儿跪而张口，唾而含出。又善识味，会稽王道子为设精馔，讫，问：'关中之食，孰若于此？'朗曰：'皆好。唯盐味小生。'即问宰夫，如其言。或人杀鸡以食之，朗曰：'此鸡栖恒半露。'问之，亦验。又食鹅炙，知白黑之处，咸试而记之，无毫厘之差。著《苻子》数十篇，盖老、庄之流也。朗矜高忤物，不容于世，后众谗而杀之。"㊁《王氏谱》曰："肃之字幼恭，右将军羲之第四子。历中书郎、骠骑咨议。"

【注释】① 苻朗：见刘注，前秦苻坚之侄，降晋后任员外散骑侍郎。 ② 王咨议：王肃之，见刘注。 ③ 中国：指中原地区。风土：风土人情及物产等。 ④ 终无极已：指问个不停，没个完的时候。 ⑤ 患：厌恶。 ⑥ 谨厚有识中者：指谨慎朴实有见识者。 ⑦ 无意为奴婢，问者：指愚昧无知、又要就奴婢的事问来问去的人。无意，指愚昧无知。 ⑧ 止：仅，只。

【评析】文中苻朗当面讥嘲王肃之愚昧无知，只管饶舌，可谓不留情面。

五十八

东府客馆是版屋①。谢景重诣太傅②，时宾客满中③，初不交言④，直仰视云："王乃复西戎其屋⑤。"㊀

【今译】东府的客馆是木板建造的房屋，谢重去拜见太傅司马道子，当时宾客满座，他不跟人家交谈，只是仰着头看着房子说："会稽王竟然把自己的房子弄得像西戎的版屋一样。"

【刘孝标注】㊀《秦诗》序曰："襄公备其兵甲，以讨西戎，妇人闵其君子，故作。"《诗》曰："在其版屋，乱我心曲。"毛公《注》曰："西戎之版屋也。"

【注释】① 东府：指扬州刺史治所，因在城东，故称。版屋：用木板建造的房屋。 ② 谢景重：谢重，字景重，曾任会稽王司马道子长史。太傅：指司马道子，封会稽王，曾任太傅，故称。 ③ 满中：指满座。 ④ 初：都。 ⑤ 乃复：竟然。"西戎其屋"语出《诗经·秦风·小戎》："在其版屋，乱我心曲。"抒写女子怀念出征丈夫的烦乱心绪。

【评析】文中谢重为什么要说"西戎其屋"的话？余嘉锡对此分析说："此必座中之人有不可于意者，故不与之交言，且微辞讥之。"（《世说新语笺疏》）指出谢重借客馆为版屋之眼前景象以讥刺座中人。

五十九

顾长康啖甘蔗①，先食尾。人问所以，云："渐至佳境。"

【今译】顾恺之吃甘蔗，先吃甘蔗的末尾。有人问他为什么，他说："这样可以慢慢地、一点一点地到达美好的境界。"

【注释】① 顾长康：顾恺之。

【评析】本文与前五十六则所写亦见于《晋书》本传,都作为"恺之好戏谑,人多爱狎之"的例子,可知其以善于开玩笑而著称。

六十

孝武属王珣求女婿曰①:"王敦、桓温磊砢之流②,既不可复得,且小如意③,亦好豫人家事④,酷非所须⑤。正如真长、子敬比⑥,最佳。"珣举谢混⑦。后袁山松欲拟谢婚⑧,㊀王曰:"卿莫近禁脔⑨。"

【今译】孝武帝托付王珣物色女婿,说:"如王敦、桓温才能卓越之流,既然不可能再有,况且他们稍有点儿得意,就喜欢干预别人的家事,这实在不是我需要的人。只是像刘惔、王献之这类人最好。"王珣举荐了谢混。后来袁山松打算要与谢混攀亲,王珣说:"你不要去分享得不到的禁脔!"

【刘孝标注】㊀《续晋阳秋》曰:"山松,陈郡人。祖乔,益州刺史。父方平,义兴太守。山松历秘书监,吴国内史。孙恩作乱,见害。初,帝为晋陵公主访婿于王珣,珣举谢混云:'人才不及真长,不减子敬。'帝曰:'如此,便已足矣。'"

【注释】① 孝武:孝武帝司马曜。属:通"嘱",托付。王珣:见《言语》一〇二注③(页98)。② 磊砢(luǒ):才能卓越。 ③ 如意:得意,如愿。 ④ 豫:同"预",参与,干预。 ⑤ 酷:极,甚。须:需要。 ⑥ 正:只。真长:刘惔字真长,娶晋明帝女庐陵公主为妻。子敬:王献之字子敬,娶简文帝女新安公主为妻。 ⑦ 珣:王珣,王导之孙。举:荐举。谢混:谢安之孙,娶简文帝女晋陵公主为妻,官至中领军,尚书仆射。 ⑧ 袁山松:见《德行》四十五注⑦(页31)。 ⑨ 禁脔(luán):喻指他人不得分享之物。

【评析】本文所写亦载《晋书·袁山松传》。刘注引文谓王珣推荐谢混时,认为谢混虽不及刘惔,却不比王献之差。其荐举深获孝武帝之心。后来袁山松也看中了谢混。可知谢混人才出众,同时亦足见袁山松之不自量力。

六十一

桓南郡与殷荆州语次①,因共作了语②。顾恺之曰:"火烧平原无遗燎③。"桓曰:"白布缠棺竖旒旐④。"殷曰:"投鱼深渊放飞鸟。"次复作危语⑤。桓曰:"矛头淅米剑头炊⑥。"殷曰:"百岁老翁攀枯枝。"顾曰:"井上辘轳卧婴儿⑦。"殷有一参军在坐⑧,云:"盲人骑瞎马,夜半临深池⑨。"殷曰:"咄咄逼人⑩!"仲堪眇目故也⑪。㊀

【今译】桓玄与殷仲堪谈论时,顺便一起戏说以"了"字为韵且有关完结的联句。顾恺之说:"放火烧田不留余烬。"桓玄说:"白布缠住棺材,出殡时竖起了引路的魂幡。"殷仲堪说:"把鱼投到深渊中,把鸟儿放飞空中。"接着大家又来做以"危"字为韵描写危险情景的诗句。桓玄说:"在长矛头上淘米,在剑头上烧火做饭。"殷仲堪说:"百岁老翁攀枯枝。"顾恺之说:"井上转动汲水的辘轳上躺着婴儿。"殷仲堪属下一位参军在座,说:"盲人骑瞎马,夜半临深池。"殷仲堪说:"啊呀,真是太咄咄逼人了!"因为殷仲堪瞎了一只眼的缘故啊。

【刘孝标注】㊀《中兴书》曰:"仲堪父尝疾患经时,仲堪衣不解带数年。自分剂汤药,误以药手拭泪,遂眇一目。"

【注释】① 桓南郡:桓玄。殷荆州:殷仲堪。语次:谈话间。　② 了语:一种文字游戏,各人所说之联句与"了"字同韵,同时应含有终了、结束之意。了,完了,结束。　③ 遗燎:余火。④ 旒旐(liú zhào):指出殡时为棺柩引路的魂幡。　⑤ 危语:也是文字游戏,与"危"字同韵的描写危险情景的诗句。　⑥ 淅(xī)米:淘米。炊(chuī):烧火做饭。　⑦ 辘轳(lù lú):安在井上用来汲水的器具。　⑧ 参军:高级武官的僚属。　⑨ 临:靠近,挨着。　⑩ 咄咄(duō):表示惊异的叹词。　⑪ 眇(miǎo)目:瞎眼。

【评析】文中写桓玄、殷仲堪、顾恺之等作文字游戏,开开玩笑,这在当时士人中很流行。但桓、顾等只管自己说得痛快,不管他人是否难堪,竟然不顾殷仲堪是瞎了一只眼的残疾,说什么"盲人骑瞎马",令其心惊,使得他惊呼"咄咄逼人"以自嘲!

六十二

　　桓玄出射,有一刘参军与周参军朋赌①,垂成②,唯少一破③。刘谓周曰:"卿此起不破,我当挞卿。"周曰:"何至受卿挞?"刘曰:"伯禽之贵④,尚不免挞,而况于卿!"㊀周殊无忤色。桓语庾伯鸾曰⑤:㊁"刘参军宜停读书,周参军且勤学问⑥。"

【今译】桓玄出外打猎,有一位刘参军与周参军结成一组射箭,快要取胜时,还差一箭。刘参军对周参军说:"你这一箭不能射中,我就要鞭打你。"周参军说:"何至于受你鞭打?"刘参军说:"伯禽尚且不免挨鞭打,何况是你!"周参军脸上没有丝毫不悦之色。桓玄对庾鸿说:"刘参军应该停止读书,周参军还要勤求学问。"

【刘孝标注】㊀《尚书大传》曰:"伯禽与康叔见周公,三见而三笞。康叔有骇色,谓伯禽曰:'有商子者,贤人也,与子见之。'乃见商子而问焉。商子曰:'南山之阳有木焉,名乔。'二三子往观之,见乔实高高然而上。反以告商子。商子曰:'乔者,父道也。南山之阴有木焉,名曰梓。'二三子往观焉,见梓实晋晋然而俯。反以告商子。商子曰:'梓者,子道也。'二三子明日见周公,入门而趋,登堂而跪。周公拂其首,劳而食之,曰:'尔安见君子乎?'"《礼记》曰:"成王有罪,周公则挞伯禽。"亦其义也。　㊁《晋东宫百官名》曰:"庾鸿字伯鸾,颍川人。"《庾氏谱》曰:"鸿祖义,吴国内史。父措,左卫将军。鸿仕至辅国内史。"

【注释】① 朋赌:分组赌射箭。朋,组。　② 垂:接近,快要。　③ 破:破的,指射中靶子。④ 伯禽:周公之子,封于鲁。周公辅佐成王,成王有罪时,周公就鞭打伯禽。　⑤ 庾伯鸾:庾鸿,见刘注。　⑥ 且:尚,还。

【评析】刘、周二人,刘自比周公,将对方比作伯禽,比拟不伦不类。另一位则听了毫无反应,因为他根本就听不懂。说明他们都应勤求学问,诚如余嘉锡所说:"刘滥引故事,比拟不伦,以书传资其利口,故曰宜停读书。周被骂而无忤色,盖本不知伯禽为何人,故曰'且勤学问'。"(《世说新语笺疏》)

六十三

桓南郡与道曜讲《老子》①，王侍中为主簿②，在坐。桓曰："王主簿可顾名思义③。"王未答，且大笑。桓曰："王思道能作大家儿笑④。"⊖

【今译】桓玄与道曜讲论《老子》，王桢之担任主簿，也在座。桓玄说："王主簿可以看到自己的名字即知道其中的含义了。"王桢之没有回答，只是大笑。桓玄说："王思道能作大家子弟的笑容。"

【刘孝标注】⊖ 道曜，未详。思道，王桢之小字也。《老子》明道，桢之字思道，故曰："顾名思义。"

【注释】① 桓南郡：桓玄，袭爵南郡公，故称。道曜：晋人，生平未详。《老子》：春秋时道家创始人老子所作，亦称《道德经》。 ② 王侍中：王桢之，字公幹，小字思道，王羲之的孙子，官侍中、大司马长史、主簿。"桢"一作"祯"。 ③ 顾名思义：看到名字就能想起它的含义。 ④ 大家儿：指名门望族子弟。

【评析】文中桓玄与道曜清谈《老子》之道时，便拿王桢之的小字来开玩笑，谓其必懂《老子》所说之道的真谛。更有意思的是王羲之家"世事张氏五斗米道"（《晋书》本传），则王桢之字思道，不仅是信奉老子之道，亦有信仰道教之意。对于桓玄的玩笑，王桢之以"大笑"答之，可谓豁达。

六十四

祖广行恒缩头①。诣桓南郡②，始下车③，桓曰："天甚晴朗，祖参军如从屋漏中来。"⊖

【今译】祖广走路时常常缩着头。他去问候桓玄，刚下车，桓玄说："天气很晴朗，祖参军却好像从漏雨的屋中出来似的。"

【刘孝标注】⊖《祖氏谱》曰："广字渊度，范阳人。父台之，仕光禄大夫。广仕至护军长史。"

【注释】① 祖广：见刘注。 ② 桓南郡：桓玄。 ③ 始：才，刚。

【评析】桓玄把祖广走路时缩头的样子比为从屋漏中出来的样子，可谓生动形象。

六十五

桓玄素轻桓崖①。崖在京下有好桃②，玄连就求之③，遂不得佳者④。⊖玄与殷仲文书⑤，以为嗤笑曰："德之休明⑥，肃慎贡其楛矢⑦；如其不尔，篱壁间物⑧，亦不可得也。"⊜

【今译】桓玄向来看不起桓修。桓修在京城有良种好桃，桓玄接连多次去求桃种，最终没有得到好的。桓玄给殷仲文写信，用这件事来讥笑说："德行美好清明的话，连肃慎这样边远地方的民族都来进献楛木箭;如果不是这样,即使篱笆墙壁间极平常的东西,也得不到啊。"

【刘孝标注】㊀崖,桓修小字。《续晋阳秋》曰:"修少为玄所侮,于言端常嗤鄙之。" ㊁《国语》曰:"仲尼在陈,有隼集陈侯之庭而死,楛矢贯之,石砮尺有咫。问于仲尼。对曰:'隼之来远矣。此肃慎之矢也,昔武王克商,通道于九夷、百蛮,使各以方贿贡,于是肃慎氏贡楛矢。古者分异姓之职,使不忘服也,故分陈以肃慎之贡;若求之故府,其可得。'使求得之,金椟如初。"

【注释】① 桓崖:桓修,字承祖,小字崖,娶简文帝女武昌公主,官至抚军大将军。是桓玄的堂兄弟。 ② 京下:京城,指建康。 ③ 就:到,前去。 ④ 遂:终于。 ⑤ 殷仲文:桓玄的姐夫,后助桓玄谋反,被诛。见《言语》一○六注③(页99)。 ⑥ 休明:美好清明。 ⑦ 肃慎:古代少数民族名。周成王时,他们以楛矢为贡物入贡。楛(hù)矢:古人箭名,以楛木为箭杆做成的狩猎工具。楛,木名。 ⑧ 篱壁间物:篱笆墙壁处之物,即指家园生产之常见物。

【评析】刘注引《续晋阳秋》谓桓修少时常被桓玄欺负。文中写桓玄向桓修索要桃种,桓修就是不给好的,可见桓修对桓玄十分反感。桓玄无奈之下,只好以自己德行不修无缘得桃种的玩笑来自我解嘲。

轻诋第二十六

一

王太尉问眉子①："汝叔名士②，何以不相推重？"㊀眉子曰："何有名士终日妄语？"

【今译】 王衍问王玄："你的叔叔是名士，你为什么不推重他？"王玄说："哪有名士整天胡乱说话的？"

【刘孝标注】 ㊀眉子，已见。叔，王澄也。

【注释】 ① 王太尉：王衍。眉子：王玄字眉子，王衍之子。　② 叔：指王澄，王衍之弟，字平子。

【评析】《晋书》本传谓王澄"素名家，有豪气"、"夙有盛名"，善于品评人物，经他品评的，王衍"不复有言"，予以认可。

二

庾元规语周伯仁①："诸人皆以君方乐②。"周曰："何乐？谓乐毅邪③？"㊀庾曰："不尔，乐令耳④。"周曰："何乃刻画无盐⑤，以唐突西子也⑥？"㊁

【今译】 庾亮对周顗说："大家都把你比为乐氏。"周顗说："哪个乐氏？是说乐毅吗？"庾亮说："不是，是乐广啊。"周顗说："为什么细致地描绘丑女无盐，用来冒犯美女西施啊？"

【刘孝标注】 ㊀《史记》曰："乐毅，中山人。贤而为燕昭王将军，率诸侯伐齐，终于赵。"　㊁《列女传》曰："钟离春者，齐无盐之女也。其丑无双，黄头深目，长壮大节，鼻昂结喉，肥项少发，折腰出胸，皮肤若漆。行年三十，无所容入，衒嫁不售，乃自诣齐宣王，乞备后宫，因说王以四殆。王拜为正后。"《吴越春秋》曰："越王勾践得山中采薪女子，名曰西施，献之吴王。"

【注释】 ① 庾元规：庾亮，字元规。周伯仁：周顗，字伯仁。　② 方：比拟，相比。乐(yuè)：指姓乐的人。　③ 乐毅：战国时燕国大将，曾率五国之兵伐齐，大败齐国，以功封昌国君。　④ 乐令：乐广，曾作尚书令，故称。见《德行》二十三注③（页16）。　⑤ 刻画：指细致地描绘。无盐：战国时齐无盐人钟离春，极丑，自诣齐宣王，分析时弊，被纳为后。后即以无盐为丑女之代称。　⑥ 唐突：冒犯。西子：西施，春秋时越国之美女。

【评析】《晋书》本传谓周顗"少有重名"，被誉为"奇士"、"以雅望获海内盛名"。文中庾亮把周顗比为乐广，周顗立即反唇相讥，说庾亮是有意刻画丑女赞美乐广，冒犯美比西施的自己。他的比喻既贬抑了乐广，又指责庾亮有眼无珠，比喻不当。

三

深公云①:"人谓庾元规名士②,胸中柴棘三斗许③。"

【今译】竺法深说:"人们说庾亮是名士,他胸中却有柴草荆棘约三斗多。"

【注释】① 深公:竺法深,晋高僧。 ② 庾元规:庾亮字元规。 ③ 柴棘:柴草荆棘。许:约略估计之词,大约。

【评析】余嘉锡引《厄林》,谓庾亮待法深不薄,而法深却对亮予以轻诋,故法深不足为高僧。其《世说新语笺疏》曰:"《方正》篇(按:见《方正》四十五)载深公语,则元规于法深不薄,今乃发轻诋。夫倚庾之贵以拒诽,訾庾之短以鬻重,法深岂高逸沙门哉?"

四

庾公权重①,足倾王公②。庾在石头③,王在冶城坐④,大风扬尘,王以扇拂尘曰:"元规尘污人。"⊖

【今译】庾亮的权势很重,足以压倒王导。庾亮在石头城,王导坐在冶城中,大风扬起尘土,王导用扇子掸去尘灰说:"庾亮的尘土把人弄脏了!"

【刘孝标注】⊖ 按:王公雅量通济,庾亮之在武昌,传其应下,公以识度裁之,嚣言自息。岂或回贰有扇尘之事乎?王隐《晋书·戴洋传》曰:"丹阳太守王导,问洋得病七年。洋曰:'君侯命在申,为土地之主,而于申上治,火光昭天,此为金火相烁,水火相炒,以故相害。'导呼冶令奕逊,使启镇东徙,今东冶是也。"《丹阳记》曰:"丹阳冶城,去宫三里,吴时鼓铸之所,吴平犹不废。"又云:"孙权筑冶城,为鼓铸之所。"既立石头大坞,不容近立此小城,当是徙县治,空城而置冶尔。冶城疑是金陵本治。汉高六年,令天下县邑,秣陵不应独无。

【注释】① 庾公:庾亮。权重:庾亮在晋元帝和晋成帝时,以太后之兄及帝舅的身份掌军政大权,权重一时。 ② 倾:压倒。 ③ 石头:石头城,在今南京西。 ④ 王:指王导。冶城:古城名,在今南京。

【评析】《晋书·王导传》亦载此事,更具体地写出了两人之间的矛盾,曰:"时亮虽居外镇,而执朝廷之权,既据上流,拥强兵,趣向者多归之。导内不能平,常遇西风尘起,举扇自蔽,徐曰:'元规尘污人。'"庾亮拥兵自重,气势逼人。作为老臣的王导,对庾亮的作为有所不满,故借拂尘之举以发泄。

五

王右军少时甚涩讷①,在大将军许②,王、庾二公后来③,右军便起欲去。大将军留之曰:"尔家司空、⊖元规④,复可所难⑤?"

【今译】王羲之年轻时说话迟钝,不善言辞,在大将军王敦那里时,王导、庾亮后到,他就起身要走。王敦挽留他说:"你家的司空与庾亮,又有什么为难的呢?"

【刘孝标注】㊀ 王丞相，已见。

【注释】① 王右军：王羲之。涩讷：说话、写文章迟钝。 ② 大将军：王敦曾任大将军。许：处所。 ③ 王、庾二公：指王导、庾亮。 ④ 司空：王导官司空。元规：庾亮。 ⑤ 可：余嘉锡《世说新语笺疏》引程炎震谓王世贞评点本"可"作"何"。

【评析】王敦和王导是王羲之的堂伯。文中说王羲之"少时甚涩讷"，《晋书·王羲之传》亦谓"羲之幼讷于言"。此则故事说明王羲之少时不但不善言辞，而且性格内向。

<h2 style="text-align:center">六</h2>

王丞相轻蔡公①，曰："我与安期、千里共游洛水边②，何处闻有蔡充儿③？"㊀

【今译】王导看不起蔡谟，说："我与王承、阮瞻一起在洛水边游乐时，哪里听到过有什么蔡充的儿子？"

【刘孝标注】㊀《晋诸公赞》曰："充字子尼，陈留雍丘人。"《充别传》曰："充祖睦，蔡邕孙也。充少好学，有雅尚，体貌尊严，莫有媟慢于其前者。高平刘整有隽才，而车服奢丽，谓人曰：'纱縠，人常服耳。'尝遇蔡子尼在坐，终日不自安。'见惮如此。是时，陈留为大郡，多人士，琅邪王澄尝经郡，入境，问：'此郡多士，有谁乎？'吏曰：'有江应元、蔡子尼。'时陈留多居大位者，澄问：'何以但称此二人？'吏曰：'向谓君侯问人，不谓位也。'澄笑而止。充历成都王东曹掾，故称东曹。"《妒记》曰："丞相曹夫人性甚忌，禁制丞相不得有侍御，乃至左右小人亦被检简，时有妍妙，皆加消责。王公不能久堪，乃密营别馆，众妾罗列，儿女成行。后元会日，夫人于青疏台中望见两三儿骑羊，皆端正可念。夫人遥见，甚怜爱之，语婢：'汝出问，是谁家儿？'给使不达旨，乃答云：'是第四、五等诸郎。'曹氏闻，惊愕大恚，命车驾，将黄门及婢二十人，人持食刀，自出寻讨。王公亦遽命驾，飞辔出门，犹患牛迟，乃以左手攀车栏，右手捉麈尾，以柄助御者打牛，狼狈奔驰，劣得先至。蔡司徒闻而笑之，乃故诣王公，谓曰：'朝廷欲加公九锡，公知不？'王谓信然，自叙谦志。蔡曰：'不闻余物，唯闻有短辕犊车，长柄麈尾。'王大愧。后贬蔡曰：'吾昔与安期、千里共在洛水集处，不闻天下有蔡充儿！正忿蔡前戏言耳。'"

【注释】① 王丞相：王导。蔡公：蔡谟。见《方正》四十注②（页204）。 ② 安期：王承。千里：阮瞻。 ③ 蔡充：蔡谟之父，《晋书》本传作"蔡克"，字子尼，官成都王东曹掾。

【评析】从文中王导说的话可知他对蔡谟不仅轻视，且含有敌意。刘注引文道出了其中的缘由。原来王导之妻曹夫人得知王导纳妾，便带领一帮人去处置小妾。王导知道后慌忙赶去，一路上鞭打牛车抢先一步赶到，阻止了曹夫人。蔡谟知道此事后予以讥讽。王导因此记恨于心，便借机贬低对方父亲，还失礼地直呼对方父名。

<h2 style="text-align:center">七</h2>

褚太傅初渡江①，尝入东，至金昌亭②，吴中豪右燕集亭中③。㊀褚公虽素有重名，于时造次不相识别④。敕左右多与茗汁⑤，少着粽⑥，汁尽辄益，使终不得食。褚公饮讫，徐举手共语云："褚季野。"于是四坐惊散，无不狼狈。

【今译】褚裒刚渡江南下时，曾经到东边去，到了金昌亭，吴地的豪门大族正在亭中宴饮聚会。褚裒虽然向来有很高的名望，但当时匆忙之中却没有被人认出来。主事者就命令左右侍从多给他茶水，少放蜜饯，茶水喝完了就立即添满，使他始终吃不到东西。褚裒喝完了茶水，慢慢地举手对大家说："我是褚季野。"于是满座的人都惊慌四散，没有一个不狼狈尴尬。

【刘孝标注】㈠ 谢歆《金昌亭诗序》曰："余寻师，来入经吴，行达昌门，忽睹斯亭，傍川带河，其榜题曰'金昌'。访之耆老，曰：'昔朱买臣仕汉，还为会稽内史，逢其迎吏，逆旅比舍，与买臣争席。买臣出其印绶，群吏惭服自裁。因事建亭，号曰"金伤"，失其字义耳。'"

【注释】① 褚太傅：褚裒(póu)：死后追赠太傅，故称。见《德行》三十四注①（页 23）。 ② 金昌亭：驿亭名，在今江苏苏州阊门外。 ③ 吴中：指吴郡地区。豪右：豪门大族。 ④ 造次：匆忙，仓促。 ⑤ 敕(chì)：指帝王的诏书、命令。茗汁：茶水。 ⑥ 着：放置。粽：用蜜浸渍的瓜果蜜饯，喝茶时吃的小点心。

【评析】文中写褚裒在金昌亭所遭遇的备受轻蔑之事。刘注引文谓此亭即东汉朱买臣故事的发生地，朱买臣发达后建此亭以为纪念。想不到几百年后褚裒只是因为无人认得而招致轻蔑，令其不得不自宣姓名，让主宾为之尴尬狼狈。

八

王右军在南①，丞相与书②，每叹子侄不令③，云："虎犜、虎犊④，还其所如⑤。"㈠

【今译】王羲之在南方，丞相王导给他写信，常常慨叹子侄辈才质低下，说："虎犜、虎犊，正如他们的小名一样。"

【刘孝标注】㈠ 虎犜，王彭之小字也。《王氏谱》曰："彭之字安寿，琅邪人。祖正，尚书郎。父彬，卫将军。彭之仕至黄门郎。虎犊，彪之小字也。彪之字叔虎，彭之第三弟。年二十而头须皓白，时人谓之王白须。少有局干之称。累迁至左光禄大夫。"

【注释】① 王右军：王羲之。 ② 丞相：王导。 ③ 令：美好，良善。 ④ 虎犜(tún)：详见刘注。 ⑤ 虎犊(dú)：详见刘注。 ⑤ 还其所如：指兄弟二人才质低下，如同他们的名字一样。

【评析】对于本文的主旨，余嘉锡有两段分析，值得体味。曰："言彭之、彪之，生长高门，而才质凡下，羊质虎皮，恰如其名也。""言彭之真豚犬之流（豚、犜同），彪之初生之犊，二人之才正如其小字耳。"（《世说新语笺疏》）王导称彭之不过是小猪小狗之类，彪之也只是小牛，他们的小名恰似他们的才质，难有作为，故令王导为之慨叹。

九

褚太傅南下①，孙长乐于船中视之②。㈠言次及刘真长死③，孙流涕，因讽咏曰④："人之云亡，邦国殄瘁⑤。"㈡褚大怒曰："真长平生，何尝相比数⑥，而卿今日作此面向人！"孙回泣向褚曰："卿当念我⑦！"时咸笑其才而性鄙。

【今译】褚裒南下时,孙绰到船中去看他。言谈之间说到刘惔去世,孙绰流下眼泪,就吟诵道:"人之云亡,邦国殄瘁。"褚大怒,说:"真长平生,哪里看重过你,你今天却对人装出这副面孔!"孙绰收住眼泪对褚裒说:"你应当可怜我!"当时人们都笑话他有才华,但品格却鄙俗。

【刘孝标注】一 长乐,孙绰。 二《大雅诗》,毛公注曰:"殄,尽。瘁,病。"

【注释】① 褚太傅:褚裒。 ② 孙长乐:孙绰,袭爵长乐侯,故称。 ③ 言次:言谈间。刘真长:刘惔。 ④ 讽咏:背诵吟咏。 ⑤ "人之云亡"两句:见《诗经·大雅·瞻卬》,意诵贤人良臣都逃亡了,国家就要衰落败灭。云,语助词。殄瘁(tiǎn cuì):衰败。 ⑥ 比数:看重,重视。 ⑦ 念:可怜,怜悯。

【评析】文中褚裒对孙绰所说的过分夸张之言勃然大怒,可见褚裒深恶孙绰之为人。

十

　　谢镇西书与殷扬州①,为真长求会稽②。殷答曰:"真长标同伐异③,侠之大者④。常谓使君降阶为甚⑤,乃复为之驱驰邪?"

【今译】谢尚写信给殷浩,为刘惔求会稽郡的官职。殷浩回答说:"刘惔称颂同道,攻击异己,是气量狭小者中最大的人。我常认为您对他谦恭得过分了,现在竟然还要为他奔走效力吗?"

【注释】① 谢镇西:谢尚,曾任镇西将军。殷扬州:殷浩,曾任扬州刺史。 ② 真长:刘惔。求会稽:请求授予会稽郡的官职。 ③ 标同伐异:称颂同道,攻击异己。标,称赞,夸耀。伐,征讨。 ④ 侠:同"狭",狭隘,气量小。 ⑤ 使君:对州郡长官的尊称。降阶:走下台阶迎接,以示尊重、恭敬。驱驰:指奔走效力。

【评析】对于刘惔,谢尚为之推荐为会稽郡官员,而殷浩则予以轻蔑否定,可谓见仁见智,大相径庭。

十一

　　桓公入洛①,过淮、泗②,践北境③,与诸僚属登平乘楼④,眺瞩中原⑤,慨然曰:"遂使神州陆沉⑥,百年丘墟⑦,王夷甫诸人不得不任其责⑧!"一袁虎率尔对曰⑨:"运自有废兴,岂必诸人之过?"桓公懔然作色⑩,顾谓四坐曰:"诸君颇闻刘景升不⑪?二有大牛重千斤,啖刍豆十倍于常牛⑫,负重致远,曾不若一羸牸⑬。魏武入荆州⑭,烹以飨士卒⑮,于时莫不称快。"意以况袁⑯。四坐既骇,袁亦失色。

【今译】桓温进军洛阳,渡过淮河、泗水,到达北方地区,他与众属下登上船楼,眺望中原,慨叹道:"终于使得中原国土沦丧,百年来成为荒丘废墟,王夷甫这班人不能不承担他们的责任!"袁宏不加考虑就轻率地说:"国运自然有衰落有兴盛,难道必定是他们这些人的过错吗?"桓温神色严峻,变了脸色,环顾在座的人说:"诸位听说过刘表吗? 他有一头大牛重千斤,吃起草料来比普通的牛多十倍,拉重物走远路,竟不如一头瘦弱的母牛。曹操进入荆州,把它宰杀煮了犒赏士兵,在当时没有人不感到痛快的。"桓温的意思是用这头牛来比拟袁宏。满座的人都感到惊惧,袁宏也吓得变了脸色。

【刘孝标注】 ㊀《八王故事》曰:"夷甫虽居台司,不以事物自婴,当世化之,羞言名教,自台郎以下,皆雅崇拱默,以遗事为高。四海尚宁,而识者知其将乱。"《晋阳秋》曰:"夷甫将为石勒所杀,谓人曰:'吾等若不祖尚浮虚,不至于此!'" ㊁《刘镇南铭》曰:"表字景升,山阳高平人。黄中通理,博识多闻。仕至镇南将军、荆州刺史。"

【注释】 ① 桓公:桓温。入洛:指桓温于永和十二年(356)讨伐姚襄,战于伊水,大胜,收复洛阳。 ② 淮、泗:淮河、泗水。 ③ 践:踏,到达。 ④ 平乘楼:大船的船楼。平乘,大船名。 ⑤ 眺瞩:眺望注视。中原:指黄河流域。 ⑥ 神州:指中原地区。陆沉:比喻国土沦丧。 ⑦ 百年:指时间长久。丘墟:荒丘废墟。 ⑧ 王夷甫:王衍,字夷甫。 ⑨ 袁虎:袁宏,字彦伯,小字虎。率尔:轻率的样子。 ⑩ 懔(lǐn)然:令人敬畏的样子。作色:变了脸色,指发怒。 ⑪ 刘景升:刘表,字景升,东汉高平(今山东巨野南)人。汉献帝时为荆州牧,占据荆州近二十年,后病死。不:同"否"。 ⑫ 啖(dàn):吃。刍(chú)豆:草和豆,指牛马的饲料。 ⑬ 曾:竟。羸牸(léi zì):瘦弱的母牛。牸,雌性的牲畜,一般用于牛。 ⑭ 魏武:魏武帝曹操。 ⑮ 烹:煮。飨(xiǎng):款待。 ⑯ 况:比拟。

【评析】 本文内容亦载《晋书》本传。其时正值桓温掌握"内外大权"的鼎盛期,他"久怀异志"(《晋书》本传)觊觎帝位。本文写其轻诋僚属,以曹操杀牛犒赏士卒来比拟持不同意见的袁宏,即其一例。

十二

袁虎、伏滔同在桓公府①,桓公每游宴,辄命袁、伏②,袁甚耻之,恒叹曰:"公之厚意,未足以荣国士。与伏滔比肩③,亦何辱如之?"

【今译】 袁宏、伏滔同在桓温官府中任职,桓温每次游乐宴饮,就叫袁宏、伏滔参加,袁宏对此感到十分耻辱,常常感叹道:"桓公的厚意,不能使国内有声望的人感到荣耀。与伏滔并列,还有什么耻辱能像这样的?"

【注释】 ① 袁虎:袁宏。伏滔:字玄度,曾任桓温属下参军。 ② 辄命袁、伏:总是叫袁宏、伏滔参加。 ③ 比肩:并列,指平起平坐。

【评析】 文中谓袁宏耻与伏滔比肩。《晋书·袁宏传》称其"累迁大司马桓温府记室……时伏滔先在温府,又与宏善",可知二人交情不浅,互相友善。而伏滔"有才学,少知名"(《晋书》本传),各方面并不比袁宏逊色,不知袁宏为何对伏滔如此蔑视,颇为令人不解,也许是文人相轻吧。

十三

高柔在东①,甚为谢仁祖所重②。既出③,不为王、刘所知④。仁祖曰:"近见高柔大自敷奏⑤，然未有所得。"真长云⑥："故不可在偏地居⑦，轻在角鶸中⑧，为人作议论。"高柔闻之云："我就伊无所求⑨。"人有向真长学此言者，真长曰："我实亦无可与伊者。"然游燕犹与诸人书："可要安固⑩。"安固者，高柔也。〇

【今译】高柔在东边时，颇得谢尚的器重。赴京出仕后，没有得到王濛、刘惔的赏识。谢尚说："近来见到高柔大量地向朝廷进言陈述，但是不见成效。"刘惔说："所以不能在偏远地方居住，轻易地处在角落里，被人家随便地议论。"高柔听到这些话后说："我接近他一无所求。"有人向刘惔学说了这些话，刘惔说："我确实也没有什么可以给他的。"但在每次宴饮时他还是给大家写信说："可以邀请安固。"安固，就是高柔。

【刘孝标注】〇孙统为《柔集叙》曰："柔字世远，乐安人。才理清鲜，安行仁义。婚泰山胡母氏女，年二十，既有倍年之觉，而姿色清惠，近是上流妇人。柔家道隆崇，既罢司空参军、安固令，营宅于伏川。驰动之情既薄，又爱玩贤妻，便有终焉之志。尚书令何充取为冠军参军，俛俯应命，眷恋绸缪，不能相舍。相赠诗书，清婉新切。"

【注释】① 高柔：字世远，乐安（今浙江仙居）人，官安固令、司空参军。　② 谢仁祖：谢尚。③ 出：指出仕。　④ 王、刘：王濛、刘惔。知：知遇，常识。　⑤ 大自敷奏：指大量地向朝廷进言陈述。敷奏，陈述，进言。　⑥ 真长：刘惔。　⑦ 偏地：偏僻之地。　⑧ 角鶸（ruò）：屋角，指偏僻的地方。　⑨ 就：接近。　⑩ 要（yāo）：约请。安固：指高柔，他曾任安固令，故称。

【评析】文中写高柔在京城未获王濛、刘惔的知遇，且刘惔还要大发高论，话中饱含轻蔑之意。不过刘惔在得知了高柔无所求的话后，还是改变了态度。

十四

刘尹、江虨、王叔虎、孙兴公同坐①，江、王有相轻色。虨以手歙叔虎云②："酷吏！"词色甚强。刘尹顾谓："此是瞋邪③？非特是丑言声、拙视瞻④。"〇

【今译】刘惔、江虨、王彪之、孙绰坐在一起，江虨、王彪之有互相轻视的神色。江虨用手势威胁王彪之说："酷吏！"说时声色俱厉。刘惔回头对他说："这是发怒吗？不仅是恶言恶语，眼色神态更是极其难看。"

【刘孝标注】〇言江此言，非是丑拙，似有忿于王也。

【注释】① 刘尹：刘惔。江虨（bīn）：见《方正》二十五注④（页195）。王叔虎：王彪之，见本篇八刘注"虎犊"（页549）。孙兴公：孙绰。　② 歙（shè）：威胁之意。　③ 瞋：生气，发怒。　④ 非特：不仅。丑言声：指说话之声难听，恶言恶语。拙：拙劣，难看。视瞻：形容顾盼的神态。

【评析】刘注解释刘惔对江虨所作的手势与所说的话，认为具有攻击、泄愤之意，不仅是恶语相向、神色难看而已。确实，江虨在公开场合如此无理，未免过分。

十五

孙绰作《列仙·商丘子赞》曰①："所牧何物②？殆非真猪③。傥遇风云④，

为我龙摅⑤。"㊀时人多以为能。王蓝田语人云⑥："近见孙家儿作文⑦，道'何物'、'真猪'也。"

【今译】孙绰写的《列仙·商丘子赞》说："放牧的是什么？大概不是真的猪。假如遇到风起云涌，它会帮我像龙一样飞腾起来。"当时人都认为他有才能。王述对别人说："近来见孙家那小子写文章，说什么'何物'、'真猪'之类的话。"

【刘孝标注】㊀《列仙传》曰："商丘子晋者，商邑人。好吹竽牧豕，年七十，不娶妻而不老。问其道要，言：'但食老朮、菖蒲根，饮水，如此便不饥不老耳。'贵戚富室，闻而服之，不能终岁辄止，谓将有匿术。孙绰为赞曰：'商丘卓荦，执策吹竽。渴饮寒泉，饥食菖蒲。所牧何物？殆非真猪。傥逢风云，为我龙摅。'"

【注释】①《列仙·商丘子赞》：《列仙传》为西汉刘向撰，一说为东汉人伪托。《高丘子赞》：孙绰为《列仙传·商丘子》写了赞语。赞，一种文体名，用以赞颂人物等。篇幅简短，有韵文、散文两体。商丘子为仙人名，洋见刘注引文。　②何物：什么。　③殆：大概。　④傥：倘若，假如。　⑤龙摅(shū)：像龙一样飞腾。　⑥王蓝田：王述。　⑦孙家儿：指孙绰。

【评析】孙绰以"何物"、"真猪"等俚语入赞语，故为王述所轻视。

十六

桓公欲迁都①，以张拓定之业②。孙长乐上表谏此议甚有理③。桓见表心服，而忿其为异，令人致意孙曰："君何不寻《遂初赋》④，而强知人家国事⑤！"㊀

【今译】桓温想迁都洛阳，来扩张疆土，安定国家的事业。孙绰上表谏阻，孙绰的议论很有道理。桓温见了奏表心里也很佩服，但是恨他提不同的意见，便叫人向孙绰传达意见说："你为什么不追随《遂初赋》中的意愿，却硬要干预别人的家国大事！"

【刘孝标注】㊀孙绰表谏曰："中宗龙飞，实赖万里长江，画而守之耳。不然，胡马久已践建康之地，江东为豺狼之场矣。"绰赋《遂初》，陈止足之道。

【注释】①桓公：桓温。迁都：指桓温于晋穆帝永和十二年(356)率军北伐，收复洛阳，上表疏迁都洛阳。　②张：扩大。拓定：开拓疆土，安定国家。　③孙长乐：孙绰袭爵长乐侯，故称。④《遂初赋》：孙绰于会稽纵情山水时所作，表达辞去官职、实现隐退的初愿。　⑤知：干预。

【评析】当桓温提出移都洛阳时，"朝廷畏温，不敢为异"(《晋书·孙绰传》)，孙绰却上表谏阻。本文亦谓桓温内心也佩服绰之高见，但他却不能容忍他人持异议，故以孙绰借《遂初赋》，不许其过问国事。于此可知桓温的霸道。

十七

孙长乐兄弟就谢公宿①，言至款杂②。刘夫人在壁后听之③，具闻其语。谢公明日还，问："昨客何似？"刘对曰："亡兄门未有如此宾客④。"㊀谢深有愧色。

【今译】孙绰兄弟到谢安家住宿,言谈之语极其空洞杂乱。刘夫人在壁后听他们谈话,所说的话全都听到了。谢安第二天回家,问夫人:"昨天来的客人怎么样?"刘夫人回答说:"亡兄门下从来没有这样的宾客。"谢安听了脸上现出深感惭愧之色。

【刘孝标注】㊀ 夫人,刘惔之妹。

【注释】① 孙长乐兄弟:指孙绰与其兄孙统。孙绰袭爵长乐侯,故亦可称孙长乐。谢公:谢安。 ② 款杂:空洞而杂乱。款,空。 ③ 刘夫人:谢安夫人是刘惔之妹。 ④ 亡兄:刘惔当时已死,故称。

【评析】孙绰兄弟不知说了什么,文中用"言至款杂"来概括,即他们言谈空洞无物又杂乱无章之意。作为"以文才垂称"(《晋书》本传)的名士竟然在私下的言语如此无聊,令刘夫人大为不满,谓兄长刘惔的门下就没有如此宾客,批评了谢安竟然有这样的宾客,故谢安听了深感惭愧。

十八

简文与许玄度共语①,许云:"举君亲为难②。"简文便不复答,许去后而言曰:"玄度故可不至于此③。"㊀

【今译】简文帝和许询一起谈论,许询说:"提出君王与父母亲谁更重要是很难的。"简文帝就不再回答,许询走后他才说道:"玄度本来可以不至于如此说话的。"

【刘孝标注】㊀ 按:《邴原别传》:"魏五官中郎将,尝与群贤共论曰:'今有一丸药,得济一人疾,而君、父俱病,与君邪? 与父邪?'诸人纷葩,或父或君。原勃然曰:'父子,一本也。'亦不复难。"君亲相校,自古如此。未解简文诮许意。

【注释】① 简文:简文帝司马昱。许玄度:许询,字玄度。 ② 君亲:君主与父母亲。 ③ 故:本来。

【评析】对许询提出的"举君亲以为难"的问题,简文帝谓其"故可不至于此"。刘注称其"未解简文帝诮(责备)许意",因为"君亲相校(相连),自古如此",即批评许询不懂君主与父母相连,是一样重要的,没有什么难不难的问题。

十九

谢万寿春败后还①,书与王右军云②:"惭负宿顾③。"右军推书曰:"此禹、汤之戒④。"㊀

【今译】谢万在寿春大败后回来,写信给王羲之说:"非常惭愧我辜负了你平素对我的关照。"王羲之推开信说:"这是大禹、商汤自责的话语。"

【刘孝标注】㊀《春秋传》曰："禹、汤罪己,其兴也勃焉。"言禹、汤以圣德自罪,所以能兴。今万失律致败,虽复自咎,其可济焉? 故王嘉万也。

【注释】① "谢万寿春败"句:晋穆帝升平三年(359),谢万率兵北征时,由于"矜豪傲物"、"未尝抚众"(《晋书》本传),大败而回。 ② 王右军:王羲之。 ③ 负:辜负。宿顾:平素的关心、照顾。《晋书·王羲之传》:"万后为豫州都督,又遗万书诫之曰:'……愿君每与士之下者同,则尽善矣。……'万不能用,果败。" ④ 禹、汤之戒:刘注谓禹、汤能自责改过,故能兴盛。戒,告诫,自责。

【评析】刘注对王羲之的话作了解释,认为他批评谢万借禹、汤之自责来粉饰自己。故最后一句中的"王嘉万也"的"王"字疑为"不"之误。余嘉锡曰:"注意谓万虽自咎,亦无所济。则不当以右军为嘉(赞美)万。况《世说》著其事于《轻诋篇》,是右军此语,乃讥笑之词,其不嘉万亦明矣。""王"字疑当作"不"。(《世说新语笺疏》)其说甚是,文中王羲之不仅"推书"以示不满,更嘲讽谢万借禹、汤以文过饰非。

二十

蔡伯喈睹睐笛椽①,孙兴公听妓②,振且摆折③。㊀王右军闻,大嗔曰④:"三祖寿㊁乐器⑤,尫瓦㊂吊⑥,孙家儿打折⑦!"

【今译】蔡邕用屋椽竹制成的竹笛,孙绰听歌女演唱时用竹笛伴奏,振动竹笛并且击打竹笛使得竹笛断裂。王羲之听说,大怒道:"祖宗三代传下的乐器,为了听小歌女演唱,去振动击打,被孙家这小子打断了!"

【刘孝标注】㊀伏滔《长笛赋》叙曰:"余同僚桓子野有故长笛,传之耆老,云'蔡邕伯喈之所制也'。初,邕避难江南,宿于柯亭之馆,以竹为椽,邕仰眄之,曰:'良竹也。'取以为笛,音声独绝。历代传之至于今。" ㊁一作台。 ㊂一作尪凡。

【注释】① 蔡伯喈:蔡邕,字伯喈。睹睐笛椽(chuán):指蔡邕所制之竹笛。刘注称蔡邕避难江南时,宿于柯亭馆,馆舍以竹子做屋椽,蔡邕看到,知道这些竹子是好竹,便取下来做笛子,声音极为美妙。徐震堮《世说新语校笺》谓:"笛椽疑当作'椽笛'。据伏滔赋叙,则椽已取为笛,不当仍目之为椽……足见其是笛非椽。"所言是。 ② 孙兴公:孙绰。听妓:听歌女演唱。 ③ 振且摆折:指孙绰振动竹笛并且击打竹笛以致竹笛断裂。 ④ 嗔(chēn):发怒。 ⑤ 三祖寿乐器:指竹笛是祖宗三代传下来的。 ⑥ 尫(huī)瓦:意不详,一说是对女子的蔑称。尫,毒虫,毒蛇。此句语意难解,大意谓珍贵的乐器为了歌妓而被毁了。 ⑦ 打折(shé):打断。

【评析】文中有的词语艰涩,令人难以解读,可能是错字、误字造成的,但大意还是可以领会的。传说中由蔡邕用屋椽制成的竹笛,至为珍贵,但孙绰仅仅为"听妓"而随意击打,致使竹笛毁坏。所以羲之听说后大怒,为之愤慨惋惜。

二十一

王中郎与林公绝不相得①。王谓林公诡辩,林公道王云:"着腻颜帢②,缦布单衣③,挟《左传》,逐郑康成车后④。问是何物尘垢囊⑤?"㊀

【今译】王坦之和支道林彼此极不融洽。王坦之说支遁善于诡辩，支遁评王坦之道："头戴肮脏过了时的便帽，身穿粗葛布单衣，挟着一部《左传》，追随在郑玄的车后。请问这是什么装满臭垃圾的袋子？"

【刘孝标注】㊀ 中郎，坦之。帢，帽也。《裴子》曰："林公云：'文度着腻颜，挟《左传》，逐郑康成，自为高足弟子，笃而论之，不离尘垢囊也。'"

【注释】① 王中郎：王坦之曾任北中郎将，故称。林公：支道林。相得：彼此契合。得，合得来，融洽。　② 着：戴。腻颜帢(qià)：污垢的便帽。腻，污垢。颜帢，白色帽前有一条横缝的帽，流行于三国曹魏之时。到西晋时，横缝渐渐没掉，称为无颜帢。故至东晋，颜帢已过时，再戴即被人讥笑。　③ 绤(xì)布：粗葛布。　④ 逐：追随。郑康成：郑玄，字康成，经学家，遍注群经。　⑤ 何物：什么。尘垢囊：装满尘土污垢的袋子。

【评析】本文写王坦之和支道林互相诋毁，王坦之谓支道林善诡辩，支道林则描绘王坦之从头到脚装模作样，似乎得到儒家嫡传的样子。可知两人虽然"绝不相得"，却也深知对方的特点。

二十二

孙长乐作王长史诔云①："余与夫子②，交非势利③，心犹澄水④，同此玄味⑤。"㊀王孝伯见曰⑥："才士不逊⑦，亡祖何至与此人周旋⑧！"

【今译】孙绰为王濛撰写诔文说："我和您老夫子，结交不为权势和利益，心如清澄之水，同赏玄妙趣味。"王恭看到后说："才子傲慢无礼，我先祖父哪里至于和这种人交往！"

【刘孝标注】㊀《礼记》曰："君子之交淡若水，小人之交甘若醴。"

【注释】① 孙长乐：孙绰。王长史：王濛。诔(lěi)：哀悼死者生平事迹、德行之文。　② 夫子：对王濛的尊称。　③ 势利：权势与利益。　④ 澄水：清澈的水。　⑤ 玄味：深奥的旨趣，常指老庄之道。　⑥ 王孝伯：王恭字孝伯。　⑦ 才士：有才气之士，指孙绰。　⑧ 亡祖：指王濛。濛为王恭的祖父。

【评析】《晋书·孙绰传》谓孙绰"少以文才垂称，于时文士，绰为其冠。温、王、郗、庾诸公之薨，必须孙绰为碑文，然后刊石焉"。本文谓孙绰为王濛写的诔文中，把自己与濛作为同心至友并列。濛之孙王恭"自负才地高华"（《晋书》本传），并不把孙绰放在眼里，便责孙绰"不逊"，怪祖父怎会与此等人交往。其轻诋之意溢于言表。

二十三

谢太傅谓子侄曰①："中郎始是独有千载②。"车骑曰③："中郎衿抱未虚④，复那得独有？"㊀

【今译】谢安对子侄们说："谢万才是千年来独一无二之人。"谢玄说："他的胸襟怀抱不宽广，又怎么能说是独一无二的人呢？"

【刘孝标注】〇 中郎,谢万。

【注释】① 谢太傅:谢安。 ② 中郎:谢万,曾为抚军从事中郎,故称。始:才。 ③ 车骑:谢玄,字幼度,谢奕子,死后赠车骑将军,故称。 ④ 衿抱:胸襟怀抱。

【评析】《晋书》谢万本传谓其"才器隽秀,虽器量不及安,而善自炫耀,故早有时誉"。可知谢万的"时誉"中带有他自我夸耀的成分,故谢玄指出万"衿抱未虚",称之为"独有千载"不妥,还是很有道理的。

二十四

庾道季诧谢公曰①:"裴郎云②:'谢安谓裴郎乃可不恶③,何得为复饮酒④?'〇裴郎又云:'谢安目支道林如九方皋之相马⑤,略其玄黄⑥,取其俊逸⑦。'〇谢公云:"都无此二语,裴自为此辞耳。"庾意甚不以为好⑧,因陈东亭《经酒垆下赋》⑨。读毕,都不下赏裁⑩,直云⑪:"君乃复作裴氏学⑫!"于此《语林》遂废⑬。今时有者,皆是先写,无复谢语。〇

【今译】庾龢告诉谢安道:"裴启说:'谢安称裴启确实不坏,他为什么还要再饮酒呢?'裴启又说:'谢安品评支遁像九方皋相马一样,不注意马的毛色是黑的还是黄的,而只选择马是否出众超群。'"谢安说:"我完全没有说过这两句话,是裴启自编的话罢了。"庾龢对谢安的话很不以为然,于是便陈述王珣的《经酒垆下赋》。赋读完后,谢安完全不表示赞赏评论,只是说:"您竟然要做裴启这号人的学问!"从此《语林》就被人们废弃了。现在还有的,都是先前的抄本,其中不再有谢安的话。

【刘孝标注】〇 庾龢、裴启,已见。 〇《支遁传》曰:"遁每标举会宗,而不留心象喻,解释章句,或有所漏,文字之徒,多以为疑。谢安石闻而善之曰:'此九方皋之相马也,略其玄黄,而取其俊逸。'"《列子》曰:"伯乐谓秦穆公曰:'臣所与共儋纆薪菜者,有九方皋,此其于马,非臣之下也。'公使行求马,反曰:'得矣!牝而黄。'使人取之,牡而骊。公曰:'毛物牝牡之不知,何马之能知也?'伯乐曰:'若皋之观马者,天机也。问其精,忘其粗。在其内,亡其外。见其所见,不见其所不见。视其所视,遗其所不视。若彼之所相,有贵于马也。'既而,马果千里足。" 〇《续晋阳秋》曰:"晋隆和中,河东裴启撰汉魏以来迄于今时言语应对之可称者,谓之《语林》。时人多好其事,文遂流行。后说太傅事不实,而有人于谢坐叙其黄公酒垆,司徒王珣为之赋,谢公加以与王不平,乃云:'君遂复作裴郎学。'自是众咸鄙其事矣。安乡人有罢中宿县诣安者,安问其归资。答曰:'岭南涧弊,唯有五万蒲葵扇,又以非时为滞货。'安乃取其中者捉之,于是京师士庶竞慕而服焉。价增数倍,旬月无卖。夫所好生羽毛,所恶成疮痏。谢相一言,挫成美于千载,及其所与,崇虚价于百金。上之爱憎与夺,可不慎哉!"

【注释】① 庾道季:庾龢(hé),字道季,庾亮子。诧:告诉。谢公:谢安。 ② 裴郎:裴启,一名荣,字荣期,河东郡(治今山西复县西北)人。著有《语林》一书。 ③ 乃可:确实。 ④ 何得:为什么。 ⑤ 目:品评,评论。九方皋:相传为春秋时善于相马的人。他得到伯乐的推荐,为秦穆公觅得千里马。相马:指察看马的优劣。 ⑥ 略:忽略,不予注意。玄黄:黑色与黄色,指马的毛色。 ⑦ 俊逸:指马的外形漂亮超群。 ⑧ 不以为好:不以为然。 ⑨ 陈:陈述。东亭:王珣封爵东亭侯,故称。《经酒垆下赋》:王珣作,哀悼阮籍、嵇康之赋。 ⑩ 都:全。赏裁:赞赏评论。裁,评判。 ⑪ 直:只是,仅仅。 ⑫ 乃复:竟然。 ⑬《语林》:古小说集,十卷。记汉魏两晋上层社会人士的轶事和言谈,文辞简洁,后来《世说新语》多取材于此书。已佚,鲁迅《古小说钩沉》中有辑本。

【评析】文中诸人原都有亲戚关系，但彼此不睦，关系恶化。王珣是谢安女婿，因失和，早已离婚，互不相干。《伤逝》十五就有"王东亭(王珣)与谢公交恶"语。庾龢为谢安的侄女婿，但他转述裴启《语林》的记载，又陈述王珣写的赋，都令谢安不快，故称自己说的话是裴启编的。对王珣的赋更是不置一词，甚至还贬抑王珣"作裴氏学"，致使《语林》被废止流通。刘注引了一正一反两件事后，指出："谢相一言，挫成美于千载，及其所与，崇虚价于百金。上之爱憎与夺，可不慎哉！"所论甚是。

二十五

王北中郎不为林公所知①，乃著论《沙门不得为高士论》②，大略云："高士必在于纵心调畅③。沙门虽云俗外④，反更束于教⑤，非情性自得之谓也⑥。"

【今译】王坦之没有得到支道林的赏识，便写了论文《沙门不得为高士论》，大概的意思说："志趣品格高尚的人必定是纵任心意、和谐舒畅的。出家人虽然说置身于世俗之外，但反而更加受佛教戒律的束缚，这就不是本性自在适意的意思了。"

【注释】① 王北中郎：王坦之曾为北中郎将，故称。林公：支道林。知：赏识。 ②《沙门不得为高士论》：王坦之写的文章名，意为出家人不可能成为高士。沙门，指佛教僧侣。高士：指志趣、品行高尚的人。 ③ 纵心调畅：纵任心意，和谐舒畅。 ④ 俗外：世俗之外。 ⑤ 束于教：受到佛教戒律的束缚。 ⑥ 情性：性情。自得：自以为得意、舒适。

【评析】王坦之得不到支道林的赏识，不甘示弱，即讥刺出家人为教规所拘，反而不如在家人，可以任心调畅，成为性情自得的高人，而这是出家人做不到的。

二十六

人问顾长康①："何以不作洛生咏②？"答曰："何至作老婢声③？"㊀

【今译】有人问顾恺之："为什么不仿效洛阳书生的吟咏声？"顾恺之答道："我哪至于去学老女奴的声调！"

【刘孝标注】㊀ 洛下书生咏，音重浊，故云老婢声。

【注释】① 顾长康：顾恺之。 ② 洛生咏：指带有重浊鼻音的咏诵声。洛阳书生诵咏声重浊，东晋渡江士族以仿效洛生咏为贵，谢安即善此。见《雅量》二十九刘注㊀(页234)。 ③ 老婢：老年女奴。

【评析】东晋初期南方士族被排斥，士族间必须说洛阳话。余嘉锡引陆法言《切韵序》云："吴、楚则时伤轻浅，燕、赵则多伤重浊。""长康世为晋陵无锡人，习于轻浅，故鄙夷不屑为之。"(《世说新语笺疏》)文中顾恺之称洛生咏为"老婢声"，正是表现了南方士族对北方士族的不满。

二十七

殷顗、庾恒并是谢镇西外孙①，㊀殷少而率悟②，庾每不推③。尝俱诣谢公④,谢公熟视殷曰:"阿巢故似镇西⑤。"㊀于是庾下声语曰⑥:"定何似⑦?"谢公续复云:"巢颊似镇西。"庾复云:"颊似,足作健不⑧?"㊂

【今译】殷颉、庾恒都是谢尚的外孙,殷颉小的时候就坦率聪慧,庾恒常常不赞许他。他们曾一起去拜访谢安,谢安仔细看着殷颉道:"阿巢确实像谢尚。"于是庾恒小声地说:"到底哪里像?"谢安继续又说:"殷颉的脸颊像谢尚。"庾恒又说:"脸颊相像,就足以成为强者称雄吗?"

【刘孝标注】㊀《谢氏谱》曰:"尚长女僧要适庾龢,次女僧韶适殷歆。" ㊁巢,殷颉小字也。㊂《庾氏谱》曰:"恒字敬则。祖亮,父龢。恒仕至尚书仆射。"

【注释】① 殷颉(yǐ):字伯通,小字巢。与堂弟殷仲堪同时知名。官至南蛮校尉。庾恒:见刘注。谢镇西:谢尚。 ② 率悟:坦率聪慧。 ③ 推:推重,赞许。 ④ 谢公:谢安。⑤ 故:确实。 ⑥ 下声:小声,低声。 ⑦ 定:究竟,到底。⑧ 作健:成为强者。不(fǒu):同"否"。

【评析】殷颉、庾恒是表兄弟,殷从小聪明伶俐,但庾却不肯予以认可。偏偏谢安一再称赞殷颉的面貌,酷似他们的外祖父,言外之意其将来必有作为,使得本来心态就不平衡的庾恒格外反感,故当即反驳堂房叔祖父(安为尚的堂弟)说得未必对。

二十八

旧目韩康伯"将肘无风骨①"。㊀

【今译】过去人们评论韩伯,说他"胳膊肘粗壮,但没有什么风格气质"。

【刘孝标注】㊀《说林》曰:"范启云:'韩康伯似肉鸭。'"

【注释】① 目:评论。韩康伯:韩伯。将肘:粗壮的胳膊肘。将,齐楚一带古语称"大"为"将"。风骨:指人的风格气质。

【评析】刘注引范启语,贬其像"肉鸭",极言其肥得脱形。余嘉锡曰:"凡人肥则肘壮。此云'将肘'者,江北伧楚人语也。""观注语知康伯甚肥,故时人讥其有肉无骨。"(《世说新语笺疏》)

二十九

符宏叛来归国①,谢太傅每加接引②。宏自以有才,多好上人③,坐上无折之者④。适王子猷来⑤,太傅使共语。子猷直熟视良久⑥,回语太傅云:"亦复竟不异人。"宏大惭而退。㊀

【今译】符宏背叛前秦来归附,谢安常常予以接见。符宏自以为有才干,经常喜欢凌驾他人之上,在座者没有能使他折服的人。恰好王徽之来,谢安就让他们一起交谈。王徽之只是仔细看了符宏很久,回头对谢安说:"也竟然没有什么与别人不同的地方。"符宏听了感到十分惭愧地告退了。

【刘孝标注】㊀《续晋阳秋》曰："宏,符坚太子也。坚为姚苌所杀,宏将母妻来投,诏赐田宅。桓玄以宏为将,玄败,寇湘中,伏诛。"

【注释】① 符宏:前秦符坚太子,符坚被杀后投奔晋朝,为辅国将军。叛:指背叛前秦。归国:指归顺东晋。　② 谢太傅:谢安。接引:接待引荐。　③ 上人:凌驾众人之上。　④ 折:折服。　⑤ 适:刚巧,恰好。王子猷:王徽之。　⑥ 直:只是。

【评析】符宏归晋后受到谢安的接引,自以为有才,高人一等。谢安借王徽之来的机会,让他们交谈。为人卓荦不羁、才气纵横的王徽之对符宏仔细观察后,说了一句与一般人并没有什么不同的话,即令符宏知道自己不过尔尔,于是大惭而退,总算还有一点自知之明。

三十

　　支道林入东①,见王子猷兄弟②,还,人问:"见诸王何如?"答曰:"见一群白颈乌,但闻唤哑哑声③。"

【今译】支遁到东边会稽去,见到王徽之兄弟。回来后,有人问他:"见到王家兄弟,他们怎么样?"支道林回答道:"见到一群白颈乌鸦,只听见哑哑的叫唤声。"

【注释】① 入东:指到会稽去。　② 王子猷兄弟:王羲之有七个儿子,以王徽之、王献之最著名。　③ "见一群白颈乌"两句:陆游《老学庵笔记》八:"古所谓揖,但举手而已,今所谓喏,乃始于江左诸王。方其时,唯王氏子弟为之。故支道林入东,见王子猷兄弟,还,人问诸王何如。答曰:'见一群白颈乌,但闻唤哑哑声。'即今喏也。"王琦注李贺《染丝上春机》引此事,云:"王氏子弟多服白领故也。"陆游称王氏兄弟对人行拱手礼,出声致敬,即为"唱喏"。王琦谓王氏兄弟多穿白领衣服,故比喻他们为"白颈乌"。

【评析】文中支道林为什么贬抑王氏兄弟为白颈乌鸦,说话声为咿咿哑哑声呢? 余嘉锡谓:"道林之言,讥王氏兄弟作吴音耳。"(《世说新语笺疏》)原来王导为了协调南、北双方士族之间的关系常带头说吴语,作为王导子孙的王氏兄弟(王羲之是王导的侄子)说吴语也就不足为奇了,而这恰为傲慢的北方士族所轻视。支道林说诸王是一群白颈乌,是轻视吴语,也就是轻视南方士族的典型例子。

三十一

　　王中郎举许玄度为吏部郎①,郗重熙曰②:"相王好事③,不可使阿讷在坐头④。"㊀

【今译】王坦之举荐许询担任吏部郎,郗昙说:"相王喜欢多事,不能够让阿讷在吏部郎的座位上。"

【刘孝标注】㊀ 讷,询小字。

【注释】 ① 王中郎：王坦之，曾任从事中郎。举：荐举。许玄度：许询。吏部郎：主管官吏选拔的官，魏晋时重视吏部郎人选，位在诸曹郎之上。　② 郗重熙：郗昙，见《贤媛》二十五注①（页457）。　③ 相王：简文帝司马昱曾以会稽王身份担任丞相，故称。好事：喜欢多事。　④ 阿讷：许询的小名。坐头：座位。

【评析】 文中涉及简文帝与许询二人。王坦之荐举许询为主管官吏选拔的吏部郎之职，郗昙以简文帝"好事"而反对。《晋书》本传称其"尤善玄言"。许询其人，《隐录》谓其"隐在会稽幽究山，与谢安、支遁游处，以弋钓啸咏为事"（余嘉锡《世说新语笺疏》引）。可知也是一位逍遥自在的清谈名士，郗昙以简文帝"好事"为由，而反对把许询放在这个重要的位置上，就是怕他们趣味相投，清谈误国吧。

三十二

王兴道谓谢望蔡①"霍霍如失鹰师②"。㊀

【今译】 王和之评论谢琰"性子急躁不安，就像丢失了鹰的驯鹰人"。

【刘孝标注】 ㊀《永嘉记》曰："王和之字兴道，琅邪人。祖廙，平南将军。父胡之，司州刺史。和之历永嘉太守、正员常侍。"望蔡，谢琰小字也。

【注释】 ① 王兴道：详见刘注。谢望蔡：谢琰，字瑗度，小字末婢，谢安之子。淝水之战中有功，封望蔡公，刘注有误。　② 霍霍：指性子急切不安、不能忍耐的样子。

【评析】 刘注谓"望蔡，谢琰小字也"，似误。《晋书》本传曰："苻坚之役，安以琰有军国才用，出为辅国将军，以精卒八千，与从兄玄俱陷阵破坚，以勋封望蔡公。"可知谢琰在淝水之战中立下赫赫战功，被封为"望蔡公"。望蔡是其封号，而非小名。

三十三

桓南郡每见人不快①，辄嗔云："君得哀家梨②，当复不烝食不③？"㊀

【今译】 桓玄每当看到别人行事愚钝不爽快，总是生气地说："您得到哀家梨，该不会拿来蒸了吃吧？"

【刘孝标注】 ㊀ 旧语：秣陵有哀仲家梨，甚美，大如升，入口消释。言愚人不别味，得好梨烝食之也。

【注释】 ① 桓南郡：桓玄。不快：指愚钝，不爽快。　② 嗔：生气。哀家梨：传说汉朝秣陵人哀仲家的梨实在味美，入口即化，时人称为"哀家梨"。　③ 当复：表示肯定或判断，有"必定"、"会"等义。

【评析】 哀家梨的特点是既大又好吃，可是愚钝而做事不爽利的人却自以为是，偏要多事煮来吃，把好好的东西给糟蹋了。桓玄的话颇有寓言意味。

假谲第二十七

一

魏武少时①,尝与袁绍好为游侠②,观人新婚,因潜入主人园中,夜叫呼云:"有偷儿贼!"青庐中人皆出观③。魏武乃入,抽刃劫新妇。与绍还出,失道④,坠枳棘中⑤,绍不能得动,复大叫云:"偷儿在此!"绍遑迫自掷出⑥,遂以俱免。㊀

【今译】曹操年轻时,曾经和袁绍喜欢做些游侠行为。一次看到人家新婚,就偷偷进入主人家园子里,到夜里大声呼叫道:"有小偷!"青庐中的人都跑出来看,曹操就进去,拔出刀来劫持了新娘。与袁绍一起跑出来,路上迷了路,掉进了荆棘丛中,袁绍动不了,曹操又大叫道:"小偷在这里!"袁绍惊慌失措地自己跳了出来,两个人这才都逃走了。

【刘孝标注】㊀《曹瞒传》曰:"操小字阿瞒,少好谲诈,游放无度。"孙盛《杂语》云:"武王少好侠,放荡不修行业。尝私入常侍张让宅中,让乃手戟于庭,逾垣而出,有绝人之力,故莫之能害也。"

【注释】① 魏武:指曹操。曹丕称帝后,追尊曹操为魏太祖武皇帝,简称魏武。 ② 袁绍:见《捷悟》四注①(页386)。游侠:指喜好交游,轻生重义,勇于救人急难等侠义行为。详见刘注。 ③ 青庐:当时婚俗,以青布搭屋迎娶新妇,举行婚礼。 ④ 失道:迷路。 ⑤ 枳棘(zhǐ jí):两种多刺灌木。 ⑥ 遑迫:惊慌急迫。掷出:跳出。

【评析】文中写曹操与袁绍不务正业的恶作剧之状,又是混入新婚人家,又是劫持新娘,又是迷路,害得袁绍掉进荆棘中难以脱身,而他却偏能急中生智,令袁绍于恐慌中跳出,二人得以脱险。可知其"少好谲诈,游放无度",又能保全自己的情景。

二

魏武行役①,失汲道②,三军皆渴,乃令曰:"前有大梅林,饶子③,甘酸可以解渴。"士卒闻之,口皆出水,乘此得及前源④。

【今译】曹操率军跋涉,找不到通往水源的道路,军中士卒都口渴难耐,于是他就下令说:"前面有大片梅林,果实很多,又甜又酸可以解渴。"士卒们听到他的话,口里都流出口水来,乘着这个机会他们得以到达前面有水的地方。

【注释】① 行役:行军跋涉。 ② 汲道:通往水源的道路。 ③ 饶子:指果实很多。 ④ 前源:指前面的水源。

【评析】文中曹操以前方有梅林之语鼓励士卒们战胜口干舌燥的困境,极富智慧而又巧妙,可谓兵不厌诈。"望梅止渴"成语即由此而来。

三

魏武常言①:"人欲危己②,己辄心动。"因语所亲小人曰③:"汝怀刃密来我侧,我必说心动,执汝使行刑④,汝但勿言其使⑤,无他,当厚相报。"执者信焉,不以为惧,遂斩之。此人至死不知也。左右以为实,谋逆者挫气矣⑥。〇

【今译】魏武帝曹操曾说:"有人想谋害我的时候,我就会立即心跳加快。"于是他告诉身边一名亲近的侍从说:"你胸前藏着刀偷偷到我身边来,我一定会说心跳加快,抓住你让人执行刑罚,你只要不说出是谁指使的,就没有什么关系,我定会重金报答你。"被抓的侍从相信了他,一点也不害怕,于是就被杀了。这人到死也不知道是怎么回事。左右侍从都以为这件事是真的,那些图谋不轨的人也都灰心丧气了。

【刘孝标注】〇《曹瞒传》曰:"操在军,廪谷不足,私语主者曰:'何如?'主者云'可以小斛足之。'操曰:'善。'后军中言操欺众,操题其主者,背以徇曰:'行小斛,盗军谷。'遂斩之。仍云:'特当借汝死,以厌众心。'其变诈皆此类也。"

【注释】①魏武:曹操。常:通"尝",曾经。 ②危:危害,指谋害。心动:心跳。常指心脏因心奋或紧张而加快跳动。 ③小人:指身边的侍从。 ④执:捕捉。 ⑤但:只要。 ⑥谋逆者:图谋不轨的人。挫气:丧气。

【评析】曹操为了巩固自己的权力地位,处心积虑,要弄诡计,枉杀随从,以震慑图谋不轨者,可谓老谋深算,阴险狠毒。

四

魏武常云:"我眠中不可妄近①,近便斫人②,亦不自觉。左右宜深慎此③。"后阳眠④,所幸一人⑤,窃以被覆之⑥,因便斫杀。自尔每眠,左右莫敢近者。

【今译】魏武帝曹操曾说:"我睡觉时不可随便靠近我,靠近,我就要杀人,连自己也不知道。左右侍从们应当特别小心这件事。"后来他假装睡着了,他所宠幸的一个侍从,暗地拿被子盖在他身上,曹操就乘机把他杀了。从此以后每当睡觉时,左右侍从没有人敢靠近他。

【注释】①妄近:随便靠近。 ②斫(zhuó)人:杀人。 ③深:表示程度深。慎:小心。 ④阳:同"佯",假装。 ⑤幸:宠爱。 ⑥窃:偷偷,暗中。

【评析】本文与上一则异曲同工,都是曹操编造出来对付左右亲近侍卫,使他们不敢靠近自己,这样他就可以高枕无忧了。

五

袁绍年少时,曾遣人夜以剑掷魏武,少下①,不着②。魏武揆之③,其后来必高。因帖卧床上④,剑至果高。〇

【今译】袁绍年轻时,曾经派人在夜晚用剑投掷刺杀曹操,剑掷得稍低了一点,没有掷中。曹操估计,后面掷过来的剑必高一些。于是他就紧贴睡在床上,掷过来的剑果然高了一点。

【刘孝标注】㊀ 按:袁、曹由鼎跱,迹始携贰。自斯以前,不闻仇隙,有何意故而剚之以剑也?

【注释】① 少下:指稍微低一点。　② 不着:指没有掷中。　③ 揆(kuí):推测。　④ 帖:通"贴",紧挨。

【评析】刘注认为文内所写事颇为可疑。袁、曹二人无冤无仇,袁绍何以要置曹操于死地?本篇一写他们二人都"好为游侠",志趣相投,可知此事只是姑妄言之而已。不过从曹操的表现可见其机敏过人,善于化险为夷。

六

王大将军既为逆①,顿军姑孰②。晋明帝以英武之才,犹相猜惮③,乃着戎服④,骑巴赉马⑤,赍一金马鞭⑥,阴察军形势⑦。未至十余里,有客姥⑧,居店卖食,帝过憩之⑨,谓姥曰:"王敦举兵图逆,猜害忠良⑩,朝廷骇惧,社稷是忧⑪。故劬劳晨夕⑫,用相觇察⑬。恐形迹危露⑭,或致狼狈⑮,追迫之日,姥其匿之⑮!"便与客姥马鞭而去⑯,行敦营匝而出⑰。军士觉,曰:"此非常人也!"敦卧心动,曰:"此必黄须鲜卑奴来⑱!"命骑追之。已觉多许里⑲,追士因问向姥:"不见一黄须人骑马度此邪?"姥曰:"去已久矣,不可复及。"于是骑人息意而反⑳。㊀

【今译】大将军王敦犯上作乱后,把军队驻扎在姑孰。晋明帝虽有英武之才,对王敦还是猜疑畏惧的,于是穿上戎装,骑上巴赉马,携带一条金马鞭,暗中察看叛军的形势。不到叛军驻地十余里地,有一位客居老妇,在店里卖吃的,晋明帝经过时在那里休息,对老妇说:"王敦起兵叛乱,猜忌迫害朝廷忠臣,朝廷上下惊惧恐慌,国家的存亡令人担忧。所以我从早到晚不辞劳累,出来暗中察看形势。我怕行踪泄露,也许会比较狼狈,如果有人追赶过来,还望老人家能为我隐瞒行踪!"于是把金马鞭给了老妇后就离开了。明帝走到王敦军营时绕了一圈就出来了。王敦部下士兵发觉后,说:"这不是一般的人!"王敦正躺着睡觉,感到心跳加快,说:"这必定是黄须的鲜卑奴来了!"命令骑兵去追赶他,可是已经相差很多里路了。追兵于是问那位老妇:"没有见过黄须的人骑马经过此地吗?"老妇说:"过去很久了,不可能再追上了。"于是骑兵打消了追赶的念头而返回了。

【刘孝标注】㊀《异苑》曰:"帝躬往姑孰,敦时昼寝,卓然惊悟曰:'营中有黄头鲜卑奴来,何不缚取?'帝所生母荀氏,燕国人,故貌类焉。"

【注释】① 王大将军:王敦曾为镇东大将军。为逆:叛逆,造反。　② 顿军:屯驻。姑孰:今安徽当涂。　③ 猜惮:怀疑畏惧。　④ 戎服:军服。　⑤ 巴赉(cóng)马:巴地赉人进贡之马。赉人为我国古代少数民族,居住今四川渠县一带。　⑥ 赍(jī):携带。　⑦ 阴:暗中。　⑧ 客姥(mǔ):客居的老妇。　⑨ 憩(qì):休息。　⑩ 猜害:猜疑杀害。　⑪ 社稷:指国家。　⑫ 劬(qú)劳:劳累。　⑬ 觇(chān)察:暗中察看。　⑭ 狼狈:指处境危险。　⑮ 其:语气词,表示希望之意。匿:隐瞒。　⑯ 与:给予,赠送。　⑰ 匝:指环绕一周。　⑱ 鲜卑:古代北方民族名,"鲜卑奴"对晋明帝的蔑称。 ⑲ 觉(jiào):差,相差。多许里:指相距里程很多。
⑳ 息意而反:打消了追赶的念头而返回。

【评析】《晋书·明帝传》亦载此事,较本文所写更具传奇色彩。一者写明帝沉着冷静,再者更为具体地写了老妇帮助明帝脱险的经过。兹摘录以资参考:"(敦)于是使五骑物色追帝。帝亦驰去,马有遗粪,辄以水灌之。见逆旅卖食妪,以七宝鞭与之,曰:'后有骑来,可以此示也。'俄而追者至,问妪。妪曰:'去已远矣。'因以鞭示之。五骑传玩,稽留遂久。又见马粪冷,以为信远而止不追。帝仅而获免。"

七

王右军年减十岁时①,大将军甚爱之②,恒置帐中眠。大将军尝先出,右军犹未起。须臾,钱凤入③,屏人论事④,㊀都忘右军在帐中,便言逆节之谋⑤。右军觉⑥,既闻所论,知无活理,乃剔吐污头面被褥⑦,诈孰眠⑧。敦论事造半⑨,方忆右军未起,相与大惊曰:"不得不除之!"及开帐,乃见吐唾纵横⑩,信其实孰眠,于是得全。于时称其有智。㊁

【今译】王羲之不满十岁时,大将军王敦非常喜爱他,常常把他留在自己的床帐中睡觉。王敦曾经有一次先起床出来,王羲之还没起床。一会儿,钱凤进帐,王敦屏退手下人议论事情,全都忘了王羲之还在床帐中,就说起了叛逆造反的阴谋。王羲之醒来,听到他们商量的事,就知道没有活命的可能了,于是就呕出污秽的东西把头脸被褥都弄脏,假装熟睡。王敦说到一半时,才想起王羲之还未起床,两个人都大惊失色道:"不得不把他除掉!"等到打开帐子时,才看见呕吐物狼藉不堪,相信他确实在熟睡,于是王羲之得以保全性命。当时人都称赞他有智谋。

【刘孝标注】㊀《晋阳秋》曰:"凤字世仪,吴嘉兴尉子也。奸慝好利。为敦铠曹参军,知敦有不臣心,因进说。后敦败,见诛。" ㊁按:诸书皆云王允之事,而此言羲之,疑谬。

【注释】① 王右军:王羲之,曾任右军将军,故称。王羲之为王敦的堂侄。减:不足,不满。② 大将军:王敦。 ③ 钱凤:字世仪,为王敦铠曹参军,随王敦谋反,王敦失败被杀。 ④ 屏(bǐng):屏退,避开。 ⑤ 逆节:指叛逆造反。 ⑥ 觉(jiào):指醒过来。 ⑦ 剔吐:呕吐。⑧ 孰:"熟"的古字。 ⑨ 造半:到一半。 ⑩ 纵横:指吐出的东西乱七八糟、狼藉不堪的样子。

【评析】作为一个不满十岁的孩子,王羲之却能临危不惧,随机应变,终于化险为夷,躲过一劫,令人称奇!

八

陶公自上流来赴苏峻之难①,令诛庾公②,谓必戮庾,可以谢峻③。㊀庾欲奔窜④,则不可;欲会⑤,恐见执⑥,进退无计。温公劝庾诣陶曰⑦:"卿但遥拜,必无他。我为卿保之。"庾从温言诣陶。至,便拜。陶自起止之曰:"庾元规何缘拜陶士衡⑧?"毕⑨,又降就下坐⑩。陶又自要起同坐⑪。坐定⑫,庾乃引咎责躬⑬,深相逊谢⑭。陶不觉释然⑮。

【今译】陶侃从长江上游东下来平定苏峻叛乱,下令要杀掉庾亮,认为必须杀掉庾亮,才可以向苏峻谢罪。庾亮想逃跑已不可能,想要会见陶侃,恐怕被抓,真是进退两难,无计可施。温峤劝庾亮去拜见陶侃,说:"你只要远远地行跪拜礼,必定不会有什么事。我为你担保。"庾亮听从温峤的话去拜访陶侃。到了那里就跪拜。陶侃亲自起身阻止他说:"庾亮为什么要拜陶侃?"行过礼后,庾亮又屈尊到下位就座。陶侃又亲自邀请庾亮起来与自己同坐。坐定后,庾亮就自己承担责任并责备自己,深刻谦恭地认错。陶侃在不知不觉中消除了疑虑。

【刘孝标注】○《晋阳秋》曰:"是时成帝在襁褓,太后临朝,中书令庾亮以元舅辅政,欲以风轨格政,绳御四海。而峻拥兵近甸,为逋逃薮。亮图召峻,王导、卞壶并不欲。亮曰:'苏峻豺狼,终为祸乱,晁错所谓削亦反,不削亦反。'遂上优诏,以大司农征之。峻怒曰:'庾亮欲诱杀我也。'遂克京邑。平南温峤闻乱,号泣登舟,遣参军王愆期推征西陶侃为盟主,俱赴京师。时亮败绩奔峤,人皆尤而少之。峤愈相崇重,分兵以配给之。"

【注释】① 陶公:陶侃,封长沙郡公,故称。上流:指长江上游,陶侃时任荆州刺史。苏峻之难:指苏峻起兵叛乱,攻入建康。 ② 庾公:庾亮。 ③ 谢峻:向苏峻谢罪。 ④ 奔窜:逃跑。 ⑤ 会:会见。 ⑥ 见执:被捕。 ⑦ 温公:温峤。诣:到。 ⑧ 庾元规:庾亮字元规。可缘:为什么。陶士行:陶侃字士行。 ⑨ 毕:指行过礼。 ⑩ 降:指屈尊到下位就座。 ⑪ 自邀:亲自邀请。 ⑫ 定:坐定。 ⑬ 引咎责躬:由自己来承担责任并责备自己。躬,自身。 ⑭ 逊谢:谦恭地认错。 ⑮ 释然:疑虑消除了。

【评析】陶侃受命要杀庾亮,庾亮处境岌岌可危,幸得温峤指点,对陶侃谦恭有加。陶侃出身卑微,能得到皇亲国戚(亮为晋明帝皇后之兄)的礼遇,自然就不再对庾亮有所猜疑了。可谓以柔克刚,一场危机得以化解。

九

温公丧妇①,从姑刘氏家值乱离散②,唯有一女,甚有姿慧。姑以属公觅婚③。公密有自婚意④,答云:"佳婿难得,但如峤比云何⑤?"姑云:"丧败之余,乞粗存活⑥,便足慰吾余年,何敢希汝比?"却后少日⑦,公报姑云:"已觅得婚处,门地粗可⑧,婿身名宦⑨,尽不减峤⑩。"因下玉镜台一枚⑪。姑大喜。既婚,交礼,女以手披纱扇,抚掌大笑曰:"我固疑是老奴,果如所卜⑫。"○玉镜台,是公为刘越石长史北征刘聪所得⑬。○

【今译】温峤死了妻子,他的堂姑刘氏正值流离失散之际,身边只有一个女儿,非常美丽聪明。堂姑嘱托温峤为女儿找门亲事。温峤私下有自己娶她的意思,回答说:"好女婿不容易找到,只是像我这类人,怎么样?"堂姑说:"我们遭遇战乱劫难,只求勉强活下去,就足够安慰我的晚年了,哪敢指望有像你这样的女婿?"过后几天,温峤回报堂姑说:"已找到婚配的人家了,身世地位大致可以,女婿的名声、官职都不比我差。"于是送上玉镜台一枚作为聘礼,堂姑非常高兴。结婚时,行交拜礼,新娘用手拨开遮脸的纱巾,拍手大笑道:"我本来就怀疑是你这个老奴才,果然不出我所料。"玉镜台,是温峤当年担任刘琨手下长史北征刘聪时得到的。

【刘孝标注】 ⊖ 按:《温氏谱》:"峤初取高平李暅女,中取琅邪王诩女,后取庐江何邃女。都不闻取刘氏,便为虚谬。"谷口云:"刘氏,政谓其姑尔,非指其女姓刘也。孝标之注,亦未为得。" ⊜ 王隐《晋书》曰:"建兴二年,峤为刘琨假守左司马,都督上前锋诸军事,讨刘聪。"《晋阳秋》曰:"聪一名载,字玄明,屠各人。父渊,因乱起兵,死。聪嗣业。"

【注释】 ① 温公:温峤。 ② 从姑:堂房姑妈,即父亲的堂姐妹。刘氏:温峤的姑母应姓温,称刘氏,系从夫姓之故。值乱:遭遇战乱。 ③ 属:通"嘱",托付。 ④ 密:私下,暗中。 ⑤ 比:类,辈。云何:怎么样。 ⑥ 乞:求。 ⑦ 却后:过后。 ⑧ 门地:家世地位。 ⑨ 名宦:名声官职。 ⑩ 尽:全,都。 ⑪ 下:指下聘礼。 ⑫ 卜:预料。 ⑬ 刘越石:刘琨,字越石。温峤曾在刘琨手下任职。刘聪(? —318):十六国时期汉国国君,310—318 年在位。河瑞二年(310)刘渊死,他杀死兄长夺取帝位,后攻破洛阳、长安,俘获怀、愍二帝。在位时穷兵黩武,广建宫殿,沉迷酒色。

【评析】 温峤以颇为巧妙的言辞为自己娶得表妹为妻,而新娘在行过交拜礼后立即掀起盖头,拍手大笑,称温峤为"老奴",谓一切不出其所料等,写得生动活泼,如见其人,如闻其声。

十

诸葛令女①,庾氏妇②,既寡,誓云:"不复重出③。"此女性甚正强④,无有登车理⑤。⊖恢既许江思玄婚⑥,乃移家近之。初,诳女云⑦:"宜徙⑧。"于是家人一时去,独留女在后。比其觉⑨,已不复得出。江郎莫来,女哭詈弥甚⑩,积日渐歇⑪。江彪暝入宿⑫,恒在对床上。后观其意转帖⑬,彪乃诈厌⑭,良久不悟,声气转急。女乃呼婢云:"唤江郎觉!"江于是跃来就之曰:"我自是天下男子,厌,何预卿事而见唤邪⑮? 既尔相关,不得不与人语。"女默然而惭,情义遂笃⑯。⊜

【今译】 诸葛恢的女儿,是庾亮家的媳妇,她守寡后,发誓说:"我不会再嫁人。"这位女子性子很正直倔强,没有再嫁的可能。诸葛恢把女儿许配给江彪后,就把家搬到江家附近。起初,他骗女儿说:"应当搬家。"于是家里人一起都离开了,只留下女儿一个人在后面。等到她发觉时,已经无法出去了。江彪恢上来时,她哭骂得更厉害,几天后才慢慢平静下来。江彪晚上进屋睡觉,常常睡在对面床上。后来看她的情绪逐渐平静,江彪就假装做噩梦,好久都不醒,梦话声与呼吸气息逐渐急促起来,她就叫婢女说:"把江郎叫醒!"江彪于是跳起来靠近她说:"我原是世上堂堂一条男子汉,做了噩梦,关你什么事要把我叫醒? 既然你如此关心我,就不能不与人家说话。"她沉默无语感到惭愧,夫妻间的情义于是深厚起来了。

【刘孝标注】 ⊖ 即庾亮子会妻,文彪,已见上。 ⊜ 葛令之清英,江君之茂识,必不背圣人之正典,习蛮夷之秽行。康王之言,所轻多矣。

【注释】 ① 诸葛令:诸葛恢,字道明,官至尚书令,故称。 ② 庾氏妇:庾亮家的媳妇。诸葛恢之女嫁给庾亮之子庾会,庾会在苏峻兵乱中遇害。 ③ 重出:指再嫁。 ④ 正强:正直倔强。 ⑤ 登车:指出嫁时乘车到夫家。 ⑥ 江思玄:江彪(bīn),字思玄。 ⑦ 诳(kuáng):欺骗,瞒哄。 ⑧ 徙:迁移。 ⑨ 比:等到。 ⑩ 詈(lì):骂。弥甚:更加厉害。 ⑪ 积日:数日。 ⑫ 暝:天黑。 ⑬ 帖:平静,安定。 ⑭ 厌(yǎn):通"魇",做噩梦而引起的呻吟,惊叫等痛苦状。　⑮预:关系,相干。　⑯笃:深厚。

【评析】诸葛恢之女文彪与江彪的婚姻颇有骗婚之意。诸葛恢用了搬家等办法逼女儿再嫁,而江彪则以假梦魇来博取同情,终于成就了这段姻缘。

十一

　　愍度道人始欲过江①,与一伧道人为侣②,谋曰:"用旧义往江东③,恐不办得食④。"便共立"心无义⑤"。既而此道人不成渡⑥,愍度果讲义积年⑦。㊀后有伧人来,先道人寄语云⑧:"为我致意愍度⑨,无义那可立?㊁治此计,权救饥尔⑩,无为遂负如来也⑪!"

【今译】支愍度和尚当初想渡江南下,与一个北方和尚结伴同行。两人商量说:"用旧教义到南方讲,恐怕连饭也没得吃了。"于是便共同创立了"心无义"说。不久这个和尚渡江没有成功,支愍度果然讲了多年"心无义"。后来有北方人来,先前那位和尚传话说:"为我致意愍度,'心无义'怎么可以成立? 想出这个办法来,是暂时混饭吃罢了,不应因此就背弃了如来佛祖啊!"

【刘孝标注】㊀《名德沙门题目》曰:"支愍度才鉴清出。"孙绰《愍度赞》曰:"支度彬彬,好是拔新。俱禀昭见,而能越人。世重秀异,咸竞尔珍。弧桐峄阳,浮磬泗滨。"　㊁旧义者曰:"种智有是,而能圆照。然则万累斯尽,谓之空无;常住不变,谓之妙有。"而无义者曰:"种智之体,豁如太虚,虚而能知,无而能应。居宗至极,其唯无乎?"

【注释】① 愍度道人:支愍度,一作支敏度,晋时高僧,成帝时与康僧渊、康法畅等过江南下,创"心无义"说,著《传译经录》。道人:指僧人。　② 伧(cāng)道人:指北方籍和尚。伧,六朝时南方人对北方人的蔑称。　③ 旧义:指旧教义,原来的教义。　④ 不办:不可能。　⑤ 心无义:心无宗(东晋般若学派六家七宗之一)的代表人物,据吉藏《中论疏》为温法师,他主张不执着于外物,但不否定外物的存在。而本文则谓支愍度所造。《肇论·不真空论》云:"心无者,无心于万物,万物未尝无。此得在于神静,失在于物虚。"(《大正藏》第45册152页上)　⑥ 既而:不久。不成渡:指渡江没有成功。　⑦ 讲义:讲授"心无义"。积年:多年。　⑧ 先道人:先前那个和尚。寄语:托人带话。　⑨ 致意:传话。　⑩ 权:权宜,暂时。　⑪ 无为:不应。如来:释迦牟尼的十种称号之一,释迦牟尼常用以自称。《金刚经》:"如来者,无所从来,亦无所去,故名如来。"

【评析】文中写了"心无义"说的由来,原来是支愍度为了过江后能混到饭吃而采取的权宜之计。

十二

　　王文度弟阿智①,恶乃不翅②,当年长而无人与婚。孙兴公有一女③,亦僻错④,又无嫁娶理,因诣文度,求见阿智。既见,便阳言⑤:"此定可⑥,殊不如人所传,那得至今未有婚处? 我有一女,乃不恶,但吾寒士,不宜与卿计,欲令阿智娶之。"文度欣然而启蓝田云⑦:"兴公向来⑧,忽言欲与阿智婚。"蓝田惊喜。既成婚,女之顽嚚⑨,欲过阿智。方知兴公之诈。㊀

【今译】王坦之的弟弟阿智，不只是愚蠢凶顽而已。当他成人时没有人与他结亲。孙绰有一个女儿，也很邪僻乖张，又没有婚嫁的可能。于是孙绰就去拜访王坦之，要求见见阿智。见到后，就假装说："阿智这人一定不错的，一点儿不像人家所传的那样，怎么到现在还没有婚配？我有一个女儿，还不算差，但我是一个寒士，本不应与您计议婚事，但我想让阿智娶她。"王坦之高兴地禀报王述道："孙绰刚才来，忽然说要与阿智结亲。"王述又惊又喜。成婚后，这个女子愚妄奸诈，超过了阿智。王家这才知道孙绰的狡诈。

【刘孝标注】㊀ 阿智，王处之小字，处之字文将，辟州别驾，不就。娶太原孙绰女，字阿恒。

【注释】① 王文度：王坦之，王述之子。阿智：详见刘注。 ② 恶：愚痴，凶玩。不翅：不只，不止。翅，通"啻"，只，止。 ③ 孙兴公：孙绰，字兴公。 ④ 僻错：邪僻乖张。 ⑤ 阳言：说假话。阳，同"佯"，诈，装假。 ⑥ 定：必定，一定。 ⑦ 蓝田：王述封蓝田侯，故称。 ⑧ 向来：刚才。 ⑨ 顽嚚(yín)：愚妄奸诈。

【评析】王坦之的弟弟阿智和孙绰之女都属愚痴者，无人肯与他们结亲，孙绰之女更属深度愚痴。孙绰亲眼见过阿智后，知道他比自己女儿略好一点，便立即巧妙地为女儿定了亲，直至婚后，王家方知上了孙绰的当。

十三

范玄平为人好用智数①，而有时以多数失会②。尝失官居东阳③，桓大司马在南州④，故往投之。桓时方欲招起屈滞⑤，以倾朝廷⑥，且玄平在京，素亦有誉⑦。桓谓远来投己，喜跃非常。比入至庭，倾身引望⑧，语笑欢甚。顾谓袁虎曰："范公且可作太常卿⑨。"范裁坐⑩，桓便谢其远来意。范虽实投桓，而恐以趋时损名⑪，乃曰："虽怀朝宗⑫，会有亡儿瘗在此⑬，故来省视⑭。"桓怅然失望，向之虚伫⑮，一时都尽。㊀

【今译】范汪为人好用心计权术，但有时因为多用了心计反而错失了机会。他罢官后曾经住在东阳，桓温大司马在南州，他便去投奔。桓温当时正要招聘起用久居下位之士，用来颠覆朝廷，况且范汪在京城，一向有名声。桓温认为他远道前来投奔自己，非常喜欢兴奋。等到范汪进入庭院，他即伸长脖子探望，两人又说又笑非常高兴。桓温回头对袁虎说："范公暂时可做太常卿。"范汪才坐下，桓温就感谢他远道来投奔自己的厚意。范汪虽然确实是来投奔桓温的，但怕这样做被当作迎合时势会损坏自己的名声，便说："虽然我怀有拜见长官之心，但恰巧我有亡儿埋葬在此，所以前来看望。"桓温听了非常失望，刚才自己虚心等待站立许久的热情，一下子都化为乌有。

【刘孝标注】㊀《中兴书》曰："初，桓温请范汪为征西长史，复表为江州，并不就。还都，因求为东阳太守，温甚恨之。汪后为徐州，温北伐，令汪出梁国，失期，温挟憾奏汪为庶人。汪居吴，后至姑孰见温，温语其下曰：'玄平乃来见，当以护军起之。'汪数日辞归，温曰：'卿适来，何以便去？'汪曰：'数岁小儿丧，往年经乱，权瘗此境，故来迎之，事竟去耳。'温愈怒之，竟不屑意。"

【注释】① 范玄平：范汪，字玄平，见《排调》三十四刘注㊀（页529）。智数：心计权术。 ② 多数：指过多的谋算。失会：失去机会。 ③ 失官：丢掉官职。东阳：郡名，治在今浙江金华。 ④ 桓大司马：桓温。南州：姑孰，在今安徽当涂。 ⑤ 招起：招聘起用。屈滞：指屈居下位、久不升迁的人。 ⑥ 倾：颠覆。 ⑦ 素：平素，向来。 ⑧ 倾身引望：身体向前倾，伸长脖子望,以示谦恭的样子。 ⑨ 且:暂且,暂时。太常卿:官名,掌管礼乐祭祀等。 ⑩ 裁:通"才"。 ⑪ 趋时:迎合时势。损名:损害名声。 ⑫ 朝宗:拜见长官。 ⑬ 会:恰巧。瘗(yì):埋葬。 ⑭ 省(xǐng)视:看望。 ⑮ 向:刚才。虚伫:虚心等待。伫,长时间站立。

【评析】本文写桓温和范汪各有盘算。范失官闲居,来投奔桓温;桓则想荐拔人才为己所用,扩张势力,故热情接待范。谁知范汪不提求官之事,却谓自己只是顺道来省视埋葬于此的亡儿而已,遂使桓温热心的期待化为泡影。可知范汪是聪明反被聪明误。

十四

　　谢遏年少时①,好着紫罗香囊②,垂覆手③。太傅患之④,而不欲伤其意。乃谲与赌⑤,得即烧之。○

【今译】谢玄少年时,喜欢带紫色丝罗香袋,挂着手巾。谢安为此感到忧虑,但又不想伤他的心。于是就假装与他打赌,赢得香袋、手巾后就把它们烧掉了。

【刘孝标注】○ 遏,谢玄小字。

【注释】① 谢遏:见刘注。② 紫罗香囊:用紫色丝罗编成的装有香料的口袋。 ③ 覆手:手巾之类的物件。 ④ 太傅:谢安,谢玄的叔叔。 ⑤ 谲(jué):欺诈,骗。

【评析】谢安对侄子热衷于当时流行的佩香袋挂手巾等行为表示忧虑,却又不能强令禁止,故设赌来赢得这些玩物,将其付诸一炬。

黜免第二十八

一

诸葛厷在西朝①，少有清誉②，为王夷甫所重③，时论亦以拟王④。后为继母族党所谗⑤，诬之为狂逆⑥。将远徙⑦，友人王夷甫之徒诣槛车与别⑧。厷问："朝廷何以徙我？"王曰："言卿狂逆。"厷曰："逆则应杀，狂何所徙？"㊀

【今译】诸葛厷在西晋时，年纪轻轻就有美好的声誉，被王衍所器重，当时的舆论也把他比作王衍。后来他被继母的同族人谗毁，诬陷他狂放叛逆。当他将要被流放到远方边地去时，友人王衍等到囚车前与他告别。诸葛厷问："朝廷为什么要流放我？"王衍道："说你狂放叛逆。"诸葛厷说："叛逆就应当杀头，狂放为什么要流放？"

【刘孝标注】㊀厷，已见。

【注释】① 诸葛厷(hóng)：字茂远，琅邪（今山东临沂北）人，官至司空主簿。西朝：指西晋。② 清誉：美好的声誉。 ③ 王夷甫：王衍。 ④ 拟：比拟。 ⑤ 族党：指同族的亲属。⑥ 狂逆：狂放叛逆。 ⑦ 远徙：流放到边远处。 ⑧ 槛车：押解犯人的囚车。

【评析】诸葛厷因年轻时有"清誉"，为王衍器重，被舆论比作王衍，但因被诬陷为"狂逆"，远徙边地。在临行时，他对王衍等人愤怒地发出"狂何所徙"的质问。可是谁又能对此"莫须有"的冤狱作出解释呢？

二

桓公入蜀①，至三峡中，部伍中有得猨子者②，㊀其母缘岸哀号③，徐百余里不去，遂跳上船，至便即绝。破视其腹中，肠皆寸寸断。公闻之怒，命黜其人④。

【今译】桓温出兵攻蜀，到达三峡中，军中有人捕捉到一只小猿，那只母猿沿岸哀哭号叫，跟着走了一百多里路也不肯离去，最后终于跳上船，一上船即刻气绝。剖开它的肚腹看，肠子都一寸寸地断裂了。桓温听到此事大怒，下令罢免那个人的职务。

【刘孝标注】㊀《荆州记》曰："峡长七百里，两岸连山，略无绝处，重岩叠嶂，隐天蔽日。常有高猨长啸，属引清远。渔者歌曰：'巴东三峡巫峡长，猿鸣一声泪沾裳。'"

【注释】① 桓公：桓温。入蜀：指桓温于晋穆帝永和二年(346)出兵攻蜀。 ② 部伍：指部队。猨子：指小猿。猨，同"猿"。 ③ 缘岸：沿岸。 ④ 黜：罢免，贬降。

【评析】桓温虽是武将，但对擅自捕捉小猿猴的部下毫不留情地予以罢黜。这种举动颇值得称颂。

三

殷中军被废①，在信安②，终日恒书空作字③，扬州吏民寻义逐之④，窃视，唯作"咄咄怪事"四字而已⑤。㊀

【今译】殷浩被废为庶民，住在信安，整天总是用手指在空中写字。扬州的官吏百姓要探寻他所写字的意义，便追随着他，偷偷地看，见他只写"咄咄怪事"四个字而已。

【刘孝标注】㊀《晋阳秋》曰："初，浩以中军将军镇寿阳，羌姚襄上书归降。后有罪，浩阴图诛之。会关中有变，符健死。浩伪率军而行，云'修复山陵'。襄前驱，恐，遂反。军至山桑，闻襄将至，弃辎重驰保谯。襄至，据山桑，焚其舟实。至寿阳，略流民而还。浩士卒多叛，征西温乃上表黜浩，抚军大将军奏免浩，除名为民。浩驰还谢罪。既而迁于东阳信安县。"

【注释】① 殷中军：殷浩曾任中军将军，故称。被废：指殷浩北伐失败被废为庶人。　② 信安：县名，故地在今浙江衢州。　③ 书空：用手指在空中虚划字形。　④ 寻义：探寻所写字的意义。逐：追随。　⑤ 咄咄(duō)：惊叹词，表示出人意料、令人惊讶之事。

【评析】殷浩与桓温在朝中相互猜忌，殷浩北征失败被废为庶人就是桓温上疏的结果。但殷浩做出若无其事状，只是终日书空。"咄咄怪事"四字正是他内心对桓温的作为感到惊讶莫名、愤懑不平又无可奈何的心绪宣泄。

四

桓公坐有参军掎烝薤，不时解①，共食者又不助，而掎终不放，举坐皆笑。桓公曰："同盘尚不相助，况复危难乎②？"敕令免官③。

【今译】桓温宴席上有一位参军用筷子夹蒸薤吃时筷子被卡住了，一时夹不下来，同桌吃饭者又没有帮他一把，而这位参军始终夹着不放手，满座的人都笑了起来。桓温说："同在一个盘子里吃东西，尚且不肯相互帮助，何况遇到危难呢？"于是下令罢免同桌吃饭者的官职。

【注释】① 桓公：桓温。坐：指宴席饭桌之座。掎(jǐ)：指用筷子夹取食物。烝薤(xiè)：一种蔬菜名。烝，通"蒸"。薤，又名藠(lěi)头，多年生草本植物，地下有茎可食用。　② 况复：何况。　③ 敕令：命令。

【评析】桓温从饭桌上发生的小事中看出同桌共食者没有同情心与互助精神，举手即能助人之事亦不愿做，只知幸灾乐祸，这种人能有什么作为？故即下令免去他们的官职。同桌者可谓咎由自取。

五

殷中军废后①，恨简文曰：②"上人着百尺楼上③，儋梯将去④。"㊀

【今译】殷浩被废为庶人后，怨恨简文帝说："让人登上百尺高楼后，却把梯子拿掉了。"

【刘孝标注】㊀《续晋阳秋》曰:"浩虽废黜,夷神委命,雅咏不辍,虽家人不见其有流放之戚。外生韩伯始随至徙所,周年还都,浩素爱之,送至水侧,乃咏曹颜远诗曰:'富贵它人合,贫贱亲戚离。'因泣下。"其悲见于外者,唯此一事而已。则"书空"、"去梯"之言,未必皆实也。

【注释】① "殷中军"句:见本篇三刘注㊀(页572)。　② 简文:简文帝司马昱。　③ 上人:让人上去。着(zhuó):在。　④ 儋(dān):"擔(担)"的古字,二人用肩扛。将去:拿掉。

【评析】本文的意思后人概括为成语"上树拔梯",比喻诱使人上前而断其退路。殷浩因兵败被废之事虽由桓温提出,但实际上是简文帝奏请皇帝实行的,故他恨透了简文帝,称其"上树拔梯",故意诱其上前而断其退路。刘注则认为殷浩之所恨,所谓"书空"、"去梯"之言,"未必皆实也"。

六

邓竟陵免官后赴山陵①,过见大司马桓公②。公问之曰:"卿何以更瘦?"㊀邓曰:"有愧于叔达③,不能不恨于破甑④。"㊁

【今译】邓遐被免官后去祭奠皇陵,同时拜访大司马桓温。桓温问他说:"你为什么更加瘦了?"邓遐说:"比起叔达来我感到惭愧,不能不对破碎瓦器的事感到遗憾。"

【刘孝标注】㊀《大司马僚属名》曰:"邓遐字应玄,陈郡人,平南将军岳之子。勇力绝人,气盖当世,时人方之樊哙。为桓温参军,数从温征伐,历竟陵太守。枋头之役,温既怀耻忿,且惮遐,因免遐官,病卒。"　㊁《郭林宗别传》曰:"钜鹿孟敏,字叔达,敦朴质直。客居太原,杂处凡俗,未有所名。尝至市贸买甑,荷担堕地坏之,径去不顾。适遇林宗,见而异之,因问曰:'坏甑可惜,何以不顾?'客曰:'甑既已破,视之何益?'林宗赏其介决,因以知其德性,谓必为美士,劝令读书。游学十年,遂知名,三府并辟,不就。东夏以为美贤。"

【注释】① 邓竟陵:邓遐,字应远,东晋陈郡(今河南项城东北)人,桓温参军,随从征战,官冠军将军、竟陵太守。免官:指桓温在枋头兵败,迁怒于邓遐,免其官职。山陵:指帝王陵,亦指帝王葬礼。　② 过见:拜访。大司马桓公:桓温。　③ 叔达:孟敏,字叔达,为人敦厚朴实。　④ 破甑(zèng):破碎的瓦器。事见刘注㊀。甑,古代蒸饭用的瓦器。

【评析】邓遐回答桓温的话颇有寓意。一方面他认为自己不如受到郭林宗赏识的孟敏那样质朴大度,所以感到惭愧。另一方面孟敏对破甑能够弃之不顾,而自己却对被免职一事仍然耿耿于怀,因此不能不感到遗憾。"破甑"一语比喻失去的官职。

七

桓宣武既废太宰父子①,仍上表曰:"应割近情②,以存远计③。若除太宰父子,可无后忧。"简文手答表曰④:"所不忍言,况过于言⑤?"宣武又重表⑥,辞转苦切⑦。简文更答曰:"若晋室灵长⑧,明公便宜奉行此诏⑨;若大运去矣,请避贤路⑩。"桓公读诏,手战流汗⑪,于此乃止⑫。太宰父子远徙新安。㊀

【今译】桓温罢免了司马晞父子的官职后,接着上奏表说:"应当割断亲属近情,以保全长远之计。如果除掉司马晞父子,就可以免除后顾之忧。"简文帝亲自批答奏章说:"这是我不忍心说的话,何况比这些话更加过分的举动呢?"桓温再次上奏章,言辞更加急切。简文帝又批示说:"如果晋朝国运绵延长久,明公就应当遵照这个诏令;如果晋朝国运已尽,请允许我退位,让出贤者仕进之路。"桓温读了诏书,两手发抖,满脸流汗,到这时他才停止了要除掉司马晞父子的打算。司马晞父子俩被远远地流放到了新安。

【刘孝标注】㊀《司马晞传》曰:"晞字道升,元帝第四子。初封武陵王,拜太宰。少不好学,尚武凶恣。时太宗辅政,晞以宗长不得执权,常怀愤慨,欲因桓温入朝杀之。太宗即位,新蔡王晃首辞,引与晞及子综谋逆。有司奏晞等斩刑,诏原之,徙新安。晞未败,四五年中,喜为挽歌,自摇大铃,使左右习和之。又燕会,倡妓作新安人歌舞离别之辞,其声甚悲,后果徙新安。"

【注释】① 桓宣武:桓温。太宰父子:指司马晞与其子司马综。司马晞,字道升,简文帝司马昱之兄,官至太宰。有武干,为桓温所忌。简文帝即位后,桓温奏请将司马晞父子流放新安(今浙江淳安西)。　② 近情:指兄弟亲近之情。　③ 存:保全。　④ 手答表:指亲自批答奏表。　⑤ 过于言:指过分之言。　⑥ 重表:指再次上奏。　⑦ 转:更加。苦切:急切。　⑧ 灵长:绵延长久。　⑨ 明公:对有官职有地位者的尊称。　⑩ 贤路:贤者仕进之路。　⑪ 战:发抖。　⑫ 止:指停止了要杀害司马晞父子的谋划。

【评析】本文所写《晋书·简文帝纪》亦载,且写得更具体,谓简文帝不许诛太宰父子,"温固执至于再三",坚持要杀。可知当时双方争斗之激烈。

八

桓玄败后①,殷仲文还为大司马咨议②,意似二三③,非复往日。大司马府听前有一老槐④,甚扶疏⑤。殷因月朔⑥,与众在听,视槐良久,叹曰:"槐树婆娑,无复生意!"㊀

【今译】桓玄失败后,殷仲文回到朝廷,担任大司马咨议参军,心情不定,似乎三心两意的样子,不再像过去那样了。大司马府厅堂前有一棵老槐树,枝叶飘零毫无生气。殷仲文依照初一之例,与众人聚集在厅堂上,注视老槐树很久,感叹道:"老槐树枝叶随风飘零,不再有生趣了!"

【刘孝标注】㊀《晋安帝纪》曰:"桓玄败,殷仲文归京师,高祖以其卫从二后,且以大信宜令,引为镇军长史。自以名辈先达,位遇至重,而后来谢混之徒,皆畴昔之所附也。今比肩同列,常怏然自失,后果徙信安。"

【注释】① 桓玄:字敬道,小字灵宝,桓温之子。安帝时掌朝政,迫帝禅位,建国号楚,后为刘裕声讨,兵败被杀。　② 殷仲文:桓玄的姐夫,助桓玄篡逆,官至侍中、尚书,后被刘裕所杀。③ 意似二三:心意不定,似乎三心两意。　④ 听:繁体作"聽",与"廳"(即厅)通,厅堂。⑤ 扶疏:原指枝叶繁披的样子,此则指枝叶或下垂,或凋零,了无生意貌。　⑥ 月朔:农历每个月的初一。

【评析】桓玄篡位之日,正是殷仲文逢迎阿谀、贪得无厌之时。大概他也知道盛极必衰之理,故见槐树而兴叹。老槐树之"无复生意",正是他气数已尽的象征。

九

殷仲文既素有名望①,自谓必当阿衡朝政②。忽作东阳太守③,意甚不平,㊀及之郡,至富阳④,慨然叹曰:"看此山川形势,当复出一孙伯符⑤。"㊁

【今译】殷仲文既然向来就有名望,自认为必定能担当辅佐帝王、主持朝政的重任。如今忽然调他去做东阳太守,心中极为不平。等到了富阳时,他感慨地叹息道:"看这里的山川形势,该当会再出一位孙策那样的人。"

【刘孝标注】㊀《晋安帝纪》曰:"仲文后为东阳,愤怨,乃与桓胤谋反,遂伏诛。仲文尝照镜不见头,俄而难及。" ㊁孙策,富春人。故及此而叹。

【注释】① 殷仲文:见前文注②。名望:名誉声望。 ② 阿(ē)衡:一作"保衡"。阿衡为伊尹之字,后即指辅佐帝王主持朝政之官为阿衡。 ③ 东阳:郡名,治所在今浙江金华。 ④ 富阳:今浙江富阳。 ⑤ 孙伯符:孙策,字伯符,孙坚之子,他占据江东,为吴国之建立奠定了基业。

【评析】殷仲文自恃名望高,朝廷必当重用他,故对作东阳太守极不满,遂借感叹当地的山川形势以发泄其不满情绪,同时流露了谋反之心。后果然与桓胤谋反,被诛。(见刘注)

俭啬第二十九

一

和峤性至俭①，家有好李，王武子求之②，与不过数十。王武子因其上直③，率将少年能食之者④，持斧诣园⑤，饱共啖毕⑥，伐之，送一车枝与和公，问曰："何如君李？"和既得，唯笑而已。〇

【今译】和峤的生性极为吝啬，家里有良种李树，王济向他要一点李子，和峤给了他不过几十颗。王济就乘他上朝值班时，带领胃口大的年轻人带着斧头到果园去，大家一起饱吃一顿李子后，把树砍了，送了一车子李树枝给和峤，问道："比你家李树怎么样？"和峤得到这些树枝，只是笑笑而已。

【刘孝标注】〇《晋诸公赞》曰："峤性不通，治家富拟王公，而至俭，将有犯义之名。"《语林》曰："峤诸弟往园中食李，而皆计核责钱。故峤妇弟王济伐之也。"

【注释】① 和峤：字长舆，见《德行》十七注①（页12）。至俭：极其吝啬。俭，吝啬。 ② 王武子：王济，字武子，和峤的妻弟。 ③ 上直：指官员上朝值班。直，通"值"。 ④ 率将：带领。 ⑤ 诣（yì）：到。 ⑥ 啖（dàn）：吃。

【评析】《晋书》本传谓和峤"为政清简，甚得百姓欢心"。他虽然"家产丰富，拟于王者，然性至吝，以是获讥于世，杜预以为峤有钱癖"。本文即写其不肯将好李送人，以致他的小舅子王济带人不仅饱吃了李子，还把李树砍了，送了一车树枝给和峤。和峤面对残枝败叶，一笑了之，倒也不失气度。

二

王戎俭吝①，其从子婚②，与一单衣③，后更责之④。〇

【今译】王戎节省吝啬，他的侄子结婚，他送了一件单衣，后来又把单衣要了回来。

【刘孝标注】〇 王隐《晋书》曰："戎性至俭，不能自奉养，财不出外，天下人谓为膏肓之疾。"

【注释】① 王戎：字濬冲，官至尚书左仆射，转司徒。"竹林七贤"之一。俭吝：俭省吝啬。 ② 从子：侄儿。 ③ 单衣：指单层衣服。 ④ 责：索要。

【评析】从王戎送侄子结婚礼物一件单衣又要了回来的小事，足以说明其俭吝的程度已达"膏肓之疾"（见刘注）的境地了，无可救药。

三

　　司徒王戎既贵且富①，区宅、僮牧、膏田、水碓之属②，洛下无比③。契疏鞅掌④，每与夫人烛下散筹算计⑤。㊀

【今译】 司徒王戎已经做了大官，地位显贵，又有富足的财产，房屋住宅、奴婢仆夫、肥沃的土地、舂米的器具之类，洛阳无人能与他相比。契约账簿，堆砌繁多，他常与夫人在烛光下摊开签筹算账。

【刘孝标注】 ㊀《晋诸公赞》曰："戎性简要，不治仪望，自遇甚薄，而产业过丰，论者以为台辅之望不重。"王隐《晋书》曰："戎好治生，园田周遍天下，翁姬二人，常以象牙筹昼夜算计家资。"《晋阳秋》曰："戎多殖财贿，常若不足。或谓戎故以此自晦也。"戴逵论之曰："王戎晦默于危乱之际，获免忧祸，既明且哲，于是在矣。"或曰："大臣用心，岂其然乎？"逵曰："运有险易，时有昏明，如子之言，则蘧瑗、季札之徒，皆负责矣。自古而观，岂一王戎也哉？"

【注释】 ① 司徒：官名，三公之一。　② 区宅：房屋、住宅。僮牧：奴婢与放牧的劳力。膏田：肥沃的田地。水碓（duì）：利用水力旋动的舂米器具。　③ 洛下：指洛阳。　④ 契疏：契约账簿。鞅掌：烦劳，繁多。　⑤ 筹：签筹，算筹。古代记数的用具。

【评析】 对于王戎积聚财物、算计家财之事，刘注引戴逵言，是"王戎晦默（隐藏真相，不露头角）于危乱之际，获免忧祸，既明且哲"。此说不通！余嘉锡驳之曰："戴逵之言，名士相为护惜，阿私所好，非公论也。"（《世说新语笺疏》）

四

　　王戎有好李，常卖之，恐人得其种①，恒钻其核。

【今译】 王戎有良种李，常常拿出去卖，怕别人得到良种，总是先在李子核上钻个洞。

【注释】 ① 种：指李子的核。

【评析】 此则故事疑因王戎有吝啬之名而衍生。

五

　　王戎女适裴颜①，贷钱数万。女归②，戎色不说。女遽还钱③，乃释然④。

【今译】 王戎的女儿嫁给裴颜，向王戎借了几万钱。女儿回到娘家时，王戎脸色很不高兴。女儿连忙把钱还给他，王戎不高兴的脸色才算消除了。

【注释】 ① 适：指女子出嫁。裴颜（wěi）：字逸民，官至尚书左仆射。　② 贷钱：指向父亲王戎借钱。归：指出嫁的女儿回娘家。　③ 遽（jù）：急忙。　④ 释然：指不悦之色消除。

【评析】 女儿借钱，王戎当面给脸色看。知父莫如女，她急忙还钱，王戎才算放下心。真是爱财如命，莫此为甚！

六

卫江州在寻阳①,㊀有知旧人投之②,都不料理③,唯饷王不留行一斤④。此人得饷,便命驾⑤。㊁弘范闻之曰⑥:"家舅刻薄⑦,乃复驱使草木⑧。"㊂

【今译】卫展在寻阳时,有一位相知的老朋友来投奔他,他却全都不作安排,只送给客人一斤"王不留行"草药。客人得到礼物后,就驾车走了。他的外甥李弘度听到后说:"我舅舅太刻薄了,竟然差遣草木来为他效劳。"

【刘孝标注】㊀《永嘉流人名》曰:"卫展字道舒,河东安邑人。祖列,彭城护军。父韶,广平令。展,光熙初除鹰扬将军、江州刺史。" ㊁《本草》曰:"王不留行,生太山,治金疮,除风,久服之,轻身。" ㊂《中兴书》曰:"李轨字弘范,江夏人。仕至尚书郎。"按:轨,刘氏之甥,此应弘度,非弘范也。

【注释】① 卫江州:详见刘注。寻阳:即浔阳,县名,在今江西九江西。 ② 知旧人:相知的老朋友。 ③ 料理:照顾、安排。 ④ 饷(xiǎng):赠送。王不留行:草药名。 ⑤ 命驾:令车夫驾车。 ⑥ 弘范:刘注㊂谓此指刘氏之甥,字弘度,非弘范。 ⑦ 刻薄:待人苛刻薄情。 ⑧ 乃复:竟然。驱使:差遣,役使。

【评析】卫展借草药之名表示"不留客"之意,可知其吝啬之状,无怪其外甥也责其"刻薄"。

七

王丞相俭节①,帐下甘果盈溢不散②,涉春烂败③。都督白之④,公令舍去,曰:"慎不可令大郎知⑤。"㊀

【今译】丞相王导生性节俭,营帐中甘甜的水果堆满了也不散发给大家,到了春天都腐烂坏掉了。都督禀报王导,王导让他丢掉,说:"千万不要让大郎知道。"

【刘孝标注】㊀ 王悦也。

【注释】① 王丞相:王导。 ② 帐下:营帐中。盈溢:堆满。 ③ 涉春:进入春天。 ④ 都督:帐下总管庶务者。白:禀告。 ⑤ 大郎:指王导长子王悦。

【评析】王导节俭而又吝啬,宁可让甘果堆积腐烂也不分给下属食用。他还特地关照不让儿子知道,可知他已意识到自己为了节俭反而造成浪费,故不想让王悦得知此事。

八

苏峻之乱①,庾太尉南奔见陶公②,陶公雅相赏重③。陶性俭吝,及食,啖薤④,庾因留白。陶问:"用此何为?"庾云:"故可种⑤。"于是大叹庾非唯风流⑥,兼有治实⑦。

【今译】苏峻叛乱时,庾亮向南投奔去见陶侃,陶侃非常赏识推重他。陶侃生性节俭吝啬,到进餐时,吃薤菜,庾亮就留下薤白不吃。陶侃问他:"留下这东西有什么用?"庾亮说:"还可以种。"于是陶侃大加赞叹,认为庾亮不仅风度优雅,还兼具治理政务、解决实际问题的才干。

【注释】① 苏峻之乱:指苏峻以讨庾亮为名于晋成帝咸和二年(327)起兵谋事。见《方正》二十五注③(页195)。约起兵讨庾亮,次年攻入建康(今南京),专擅朝政,不久为温峤、陶侃击灭。② 庾太尉:庾亮。陶公:陶侃。 ③ 雅:极,很。 ④ 薤(xiè):多年生草本植物,鳞茎和嫩叶可以吃。一称"藠头"。 ⑤ 故:仍然。 ⑥ 非唯:不仅。 ⑦ 治实:指治理政务、解决实际问题的才干。

【评析】陶侃因庾亮爱惜薤菜根而知其爱惜物力,有"治实"之能,可谓慧眼识人。《政事》十六写陶侃见一官长取竹连根,即"超两阶用之"。可知陶侃能于生活细节中得知庾亮的政治才干,堪称见微知著。

九

郗公大聚敛①,有钱数千万,嘉宾意甚不同②。常朝旦问讯③,郗家法,子弟不坐,因倚语移时④,遂及财货事。郗公曰:"汝正当欲得吾钱耳⑤!"乃开库一日,令任意用。郗公始正谓损数百万许⑥。嘉宾遂一日乞与亲友⑦,周旋略尽⑧。郗公闻之,惊怪不能已已⑨。㊀

【今译】郗愔大肆搜刮财物,有钱财几千万,郗超对此很不赞同。曾经有一次早晨问安,郗家的礼法是子弟小辈在长辈前不能坐下来,他就站着说了很长时间的话,终于说到了钱财方面的事。郗愔说:"你只不过要得到我的钱罢了!"于是打开库房一天,让郗超任意取用。郗愔开始只是认为会损失几百万左右。郗超却在一天里把钱给了亲戚朋友,交际应酬,钱全都送光了。郗愔听到此事,惊诧不已。

【刘孝标注】㊀《中兴书》曰:"超少卓荦而不羁,有旷世之度。"

【注释】① 郗公:郗愔。聚敛:搜刮财物。 ② 嘉宾:郗超,郗愔子。 ③ 常:通"尝",曾经。朝旦:早晨。问讯:问安。 ④ 倚语:站着说话。移时:长时,长时间。 ⑤ 正当:只是,只不过。 ⑥ 损:损失。许:表示约略估计的词。 ⑦ 乞与:给予。 ⑧ 周旋:指交往,交际应酬。略尽:指全送光了。 ⑨ 惊怪:惊诧。已已:加强语气,谓止不住,难以停止下来。

【评析】郗愔与郗超虽为父子,性情却相反。愔"好聚敛"(《晋书》本传),而超却"性好施"(同上)。愔聚敛的数千万钱,超仅在一日之内全部散给亲友,父子俩可谓大异其趣。

汰侈第三十

一

　　石崇每要客燕集①,常令美人行酒。客饮酒不尽者,使黄门交斩美人②。王丞相与大将军尝共诣崇③,丞相素不能饮,辄自勉强,至于沉醉。每至大将军,固不饮以观其变④。已斩三人,颜色如故,尚不肯饮。丞相让之⑤,大将军曰:"自杀伊家人⑥,何预卿事?"㈠

【今译】石崇每次邀请客人举行宴会,常叫美女斟酒劝客。客人饮酒没有喝完的,就让侍从轮流斩杀美人。王导与王敦曾经一起去拜访石崇,王导向来不善喝酒,就勉强自己喝下去,以至于大醉。每次轮到王敦喝酒时,他坚持不喝以观察石崇究竟怎么样。已经杀了三个人,王敦脸色不变,还是不肯喝酒。王导责备他,王敦说:"他杀掉自家的人,关你什么事?"

【刘孝标注】㈠ 王隐《晋书》曰:"石崇为荆州刺史,劫夺杀人,以致巨富。"《王丞相德音记》曰:"丞相素为诸父所重,王君夫问王敦:'闻君从弟佳人,又解音律,欲一作妓,可与共来。'遂往。吹笛人有小忘,君夫闻,使黄门阶下打杀之,颜色不变。丞相还,曰:'恐此君处世,当有如此事。'"两说不同,故详录。

【注释】① 石崇:字季伦,见《品藻》五十七注③(页354)。要(yāo):邀请。　② 黄门:指宦者,供内室侍奉之用。交斩:轮流斩杀。　③ 王丞相:王导。大将军:王敦。　④ 固:坚持。⑤ 让:责备。　⑥ 伊家:他家。

【评析】本文写靠杀人抢劫起家的石崇为了夸富而滥杀无辜,王导有恻隐之心而王敦则冷酷无情。

二

　　石崇厕,常有十余婢侍列①,皆丽服藻饰②。置甲煎粉、沉香汁之属③,无不毕备④。又与新衣着令出,客多羞不能如厕⑤,王大将军往⑥,脱故衣,着新衣,神色傲然⑦。群婢相谓曰:"此客必能作贼⑧。"㈠

【今译】石崇家的厕所里经常有十多个婢女列队侍奉客人,都穿了华丽的衣服,修饰打扮得很漂亮。厕所里放置了甲煎粉、沉香汁之类的美容用品,统统都齐备。又给客人穿上新衣服才让出来,客人们大都害羞不肯到厕所去。王敦去厕所,脱下旧衣服,穿上新衣服,神色傲慢的样子。婢女们相互议论说:"这个客人,一定会造反谋逆。"

【刘孝标注】㈠《语林》曰:"刘寔诣石崇,如厕,见有绛纱帐大床,茵蓐甚丽,两婢持锦香囊。寔遽反走,即谓崇曰:'向误入卿室内。'崇曰:'是厕耳。'"

【注释】① 侍列：列队侍奉客人。　② 藻饰：修饰。　③ 甲煎粉：唇膏类化妆品、香料。沉香汁：用沉香木制成的香水。　④ 毕备：置备齐全。　⑤ 如厕：指上厕所。如，到。　⑥ 王大将军：王敦。　⑦ 傲然：傲慢的样子。　⑧ 作贼：指谋逆造反。

【评析】"客多羞脱衣"（《晋书》本传语），故不能如厕。王敦则对"脱故着新"不仅毫无愧色，反而露出傲慢之色，正是其后背叛朝廷起兵谋反的象征。群婢所言"此客必能作贼"倒是颇有眼光之语，被其言中。

三

　　武帝尝降王武子家①，武子供馔，并用琉璃器②。婢子百余人，皆绫罗绔襈③，以手擎饮食④。蒸㹠肥美⑤，异于常味。帝怪而问之，答曰："以人乳饮㹠。"帝甚不平，食未毕，便去。王、石所未知作⑥。㊀

【今译】晋武帝曾驾临王济家，王济设宴招待，食物全都用琉璃器皿来供奉。婢女一百多人，身上所穿衣裙都用绫罗绸缎缝制，她们用手托举着食物。蒸熟的小猪肥嫩鲜美，与平常吃的味道不同。晋武帝觉得奇怪就问王济，王济答道："这是用人奶饲养的。"晋武帝听了很反感，没有吃完，就走了。这是连当时的大富豪王恺、石崇都不知道的制作方法。

【刘孝标注】㊀ 襈，一作襴。

【注释】① 武帝：晋武帝司马炎。降：降临。王武子：王济，其妻为晋武帝之女常山公主。　② 并：全都。　③ 绫罗绔襈：指所穿衣服、裤裙都是绫罗绸缎制成。绔，同"裤"。襈，女子上衣。　④ 擎：向上托举。　⑤ 㹠：同"豚"，小猪。　⑥ 王、石：王恺、石崇，当时的大富豪。

【评析】王武子是晋武帝的女婿，以"善于清言、修饰辞令"（《晋书》本传）而得到武帝的宠爱。文中写其以人乳饲养小猪，豪侈放纵到令人匪夷所思的地步，以至于晋武帝都反感，未终席而去。

四

　　王君夫以粘糒澳釜①，石季伦用蜡烛作炊②。君夫作紫丝布步障碧绫里四十里③，石崇作锦步障五十里以敌之④。石以椒为泥⑤，王以赤石脂泥壁⑥。㊀

【今译】王恺用饴糖来擦洗锅子，石崇就用蜡烛来烧饭。王恺用紫丝布做了四十里长的帷幕，石崇则用锦做了五十里长的帷幕与他匹敌。石崇用花椒当做泥来涂墙，王恺就用赤石脂当泥来涂墙壁。

【刘孝标注】㊀《晋诸公赞》曰："王恺字君夫，东海人，王肃子也。虽无检行，而少以才力见名，有在公之称。既自以外戚，晋氏政宽，又性至豪。旧制，鸩不得过江，为其羽枥酒中，必杀之。恺为翊军时，得鸩于石崇而养之，其大如鹅，喙长尺余，纯食蛇虺。"司隶奏按恺、崇，诏悉原之，即烧于都街。恺肆其意色，无所忌惮。为后军将军，卒，谥曰丑。

【注释】① 王君夫：王恺，字君夫。粕(yí)：同"饴"，麦芽糖，饴糖。澳釜：擦洗锅子。釜，炊具。② 石季伦：石崇。作炊：烧饭。　③ 步障：帷幕，用来置于道路两侧以便于隔离内外。④ 敌：匹敌。　⑤ 椒：花椒。　⑥ 赤石脂：一种风化石，色红，纹理细腻，可涂饰墙壁。

【评析】文中极写王恺与石崇相互斗富夸侈之情景。他们任性而为，糟蹋民脂民膏，其荒谬腐朽到了"肆其意色，无所忌惮"（见刘注引文）的地步。更为荒唐的是当"司隶奏按恺、崇，诏悉原之"（同上），可见晋王室之腐朽。

五

石崇为客作豆粥，咄嗟便办①。恒冬天得韭蓱虀②。又牛形状气力不胜王恺牛，而与恺出游，极晚发③，争入洛城，崇牛数十步后迅若飞禽，恺牛绝走不能及④。每以此三事为搤腕⑤，乃密货崇帐下都督及御车人⑥，问所以⑦。都督曰："豆至难煮，唯豫作熟末⑧，客至，作白粥以投之。韭蓱虀是捣韭根，杂以麦苗尔。"复问驭人牛所以驶。驭人云："牛本不迟，由将车人不及制之尔⑨。急时听偏辕⑩，则驶矣。"恺悉从之，遂争长。石崇后闻，皆杀告者。㊀

【今译】石崇为客人做豆粥，立刻就做成了。常在冬天也会得到用韭菜、蓱菜、虀菜等做的调味品。他家的牛形状和力气看上去都不如王恺家的牛，但是与王恺出游，很晚才出发，争着进洛阳城时，石崇的牛跑了几十步后就快得如同飞鸟，王恺的牛极力奔跑也赶不上。王恺常为这三件事而感到不满，于是他暗中买通石崇手下的管家与驾车人，探问其中的原因。管家说："豆子难以煮烂，只有预先烧成熟烂的碎末，客人来了，烧好白粥放进去。韭菜、蓱菜、虀菜等调料是将韭菜根捣碎，把麦苗搀进去而已。"再去问驾车人牛跑得快的原因，驾车人说："牛本来跑得不慢，由于驾车人来不及控制它罢了。在紧急的时候，任凭车子偏向一边，车子就行驶得快了。"王恺全都照着做，于是就争得优胜。石崇后来听到，把泄密者全都杀了。

【刘孝标注】㊀《晋诸公赞》曰："崇性好侠，与王恺竞相夸衒也。"

【注释】① 咄嗟(duō jiē)：顷刻，形容时间短暂。　② 韭：韭菜，用作调料。蓱(píng)：艾蒿类菜，亦可调味。虀(jī)：调味菜，一般在夏天才有。　③ 发：出发。　④ 绝走：极力奔跑。及：跟上。　⑤ 搤(è)腕：用一只手握住另一只手腕，以示不平情绪。　⑥ 密货：暗中用财物贿赂。都督：手下总管事务的人。御车人：驾车人。　⑦ 所以：指事情发生的原因。　⑧ 豫作熟末：预先烧烂成碎末。　⑨ 将车人：驾车的人。　⑩ 听：任凭。偏辕：指车辕偏向一边。

【评析】王恺和石崇二人在饮食调料、牛车及办事速度上展开了争斗，费尽心思争先，堪称有钱能使鬼推磨！

六

王君夫有牛名八百里驳①，常莹其蹄角②。王武子语君夫③："我射不如卿，今指赌卿牛④，以千万对之⑤。"君夫即恃手快⑥，且谓骏物无有杀理⑦，便相然可⑧，令武子先射。武子一起便破的⑨，却据胡床⑩，叱左右速探牛心

来⑪。须臾,炙至⑫,一脔便去⑬。○

【今译】王恺有条牛叫八百里驳,他常把牛的蹄和角磨得晶莹光亮。王济对王恺说:"我射箭本领比不上你,今天指定打赌你的牛,我用一千万钱来抵你的牛。"王恺便仗着自己手势快箭术精,并且认为这样出众的宝物没有杀掉的道理,便答应下来。他让王济先射。王济一下子就射中靶心,退回去坐在交椅上,喝令左右侍从赶快把牛心掏出来。一会儿,烤好的牛心就送来了,王济只尝了一小块就走了。

【刘孝标注】○《相牛经》曰:"《牛经》出宁戚,传百里奚。汉世河西薛公得其书,以相牛,千百不失。本以负重致远,未服辎轹,故文不传。至魏世,高堂生又传以与晋宣帝,其后王恺得其书焉。"臣按其《相经》云:"阴虹属颈,千里。"注曰:"阴虹者,双筋白尾骨属颈,宁戚所饭者也。"恺之牛,亦有阴虹也。宁戚《经》曰:"棰头欲得高,百体欲得紧,大腿疏肋难龄,龙头突目好跳。又角欲得细,身欲促,形欲得如卷。"

【注释】① 王君夫:王恺。八百里驳:牛名。牛身的毛色不纯,故称驳。八百里,指日行八百里。 ② 莹其蹄角:把牛的蹄和角磨得晶莹光亮。 ③ 王武子:王济;字武之。 ④ 指:指定。 ⑤ 以千万对之:用一千万钱来抵。 ⑥ 恃手快:仗着自己手势快,箭术精。 ⑦ 骏物:指八百里驳跑得快,为出众之物。 ⑧ 然可:答应,允诺。 ⑨ 起:发射。破的:射中靶心。 ⑩ 却:退回。胡床:交椅。 ⑪ 探:掏。 ⑫ 炙:烤熟的肉。 ⑬ 一脔(luán):一小块肉。

【评析】王济和王恺都是皇亲国戚。济娶常山公主为妻,恺则为晋武帝之舅。他们同样"性豪侈"(见《晋书》本传),本文所写他们互相争豪斗侈,一掷万金之状,只是其中一例而已。

七

王君夫尝责一人无服余衵①,因直内著曲阁重闱里②,不听人将出③。遂饥经日④,迷不知何处去。后因缘相为⑤,垂死,乃得出⑥。

【今译】王济曾经责罚一个不穿内衣的人,他借着值班的时候,把此人关入深宫内室里,不准别人把他带出去。此人便饿了好几天,迷迷糊糊地不知道从什么地方出去。后来靠朋友相帮,在快要死的时候,才得以出去。

【注释】① 责:责备、责罚。服:指穿。余衵(nì):指内衣。 ② 因:借,趁。直:值班,上朝。内著:纳入,放在。内,通"纳"。曲阁重闱:指深宫内室。曲阁,曲折的楼阁。重闱:深邃的内室。 ③ 听:准许。将:带。 ④ 经日:指数日。 ⑤ 因缘:指朋友,同伙。相为:相帮。 ⑥ 乃:才。

【评析】本文写王济迫害、关押一个无辜者,可见其横行无法。

八

石崇与王恺争豪①,并穷绮丽②,以饰舆服③。○武帝,恺之甥也,每助恺④。尝以一珊瑚树高二尺许赐恺⑤,枝柯扶疏⑥,世罕其比⑦。恺以示崇。

崇视讫,以铁如意击之⑧,应手而碎⑨。恺既惋惜,又以为疾己之宝⑩,声色甚厉。崇曰:"不足恨⑪,今还卿。"乃命左右悉取珊瑚树,有三尺、四尺,条干绝世⑫,光彩溢目者六七枚⑬,如恺许比甚众⑭。恺惘然自失⑮。㊀

【今译】石崇、王恺争斗谁家更富有,并且极尽可能地来装饰车舆冠服。晋武帝是王恺的外甥,常常帮助王恺来与石崇斗富。他曾经把一株二尺左右高的珊瑚树赐给王恺,此珊瑚树枝条繁茂纷披,世上少有。王恺拿出来给石崇看。石崇看过后,用铁如意击打,珊瑚随手就砸碎了。王恺既惋惜,又认为石崇忌妒自己的宝贝,所以便声色俱厉。石崇说:"不值得遗憾,现在就还给你。"就命左右侍从把家中所有的珊瑚树都拿出来,有高达三尺、四尺的,枝条美丽世上少有,光彩夺目的有六、七枚,像王恺那种样子的非常多。王恺看了很尴尬,不知所措。

【刘孝标注】㊀《续文章志》曰:"崇资产累巨万金,宅室舆马,僭拟王者。庖膳必穷水陆之珍。后房百数,皆曳纨绣、珥金翠,而丝竹之艺,尽一世之选。筑榭开沼,殚极人巧。与贵戚羊琇、王恺之徒竞相高以侈靡,而崇为居最之首,琇等每愧羡,为不及也。" ㊁《南州异物志》曰:"珊瑚生大秦国,有洲在涨海中,距其国七八百里,名珊瑚树洲。底有盘石,水深二十余丈,珊瑚生于石上。初生白,软弱似菌,国人乘大船,载铁网,先没在水中,一年便生网目中,其色尚黄,枝柯交错,高三四尺,大者围一尺余。三年色赤,便以铁钞发其根,系铁网于船,绞车举网还裁凿,恣意所作。若过时不凿,便枯索虫蛊。其大者输之王府,细者卖之。"《广志》曰:"珊瑚大者,可为车轴。"

【注释】①争豪:争着比赛谁更富有。 ②穷:指极尽可能。绮丽:华丽。 ③舆服:指车舆冠服。 ④每:常常。 ⑤许:约略估计之词。 ⑥枝柯:树枝。扶疏:枝叶繁茂纷披的样子。 ⑦罕:少。 ⑧如意:一种表示祥瑞之玩物,以金、玉、铜、铁、竹、木等制成。 ⑨应手:随手。 ⑩疾:嫉妒。 ⑪不足:不值得。 ⑫绝世:当世独一无二。 ⑬溢目:光彩夺目。 ⑭许:那样。比:类。 ⑮惘然:不如意的样子。自失:不知所措。

【评析】王恺与石崇斗富,得到了武帝的帮助,却仍为石崇压倒,可知石崇富赛帝王。而晋武帝助老舅斗富,更加助长了当时奢风的盛行,昏愦可见一斑。

九

王武子被责①,移第北邙下②。㊀于时人多地贵,济好马射③,买地作埒④,编钱匝地竟埒⑤。时人号曰"金沟"。㊁

【今译】王济被责罚贬了官,把家搬到了北邙山下。当时人多地贵,王济喜欢骑马射箭,就买了地筑起矮墙当跑马场,还用铜钱串连起来环绕整个马场的矮墙。当时人称之为"金沟"。

【刘孝标注】㊀《晋诸公赞》曰:"济与从兄恬不平,济为河南尹,未拜,行过王宫,吏不时下道,济于车前鞭之,有司奏免官。论者以济为不长者,寻转太仆,而王恬已见委任,济遂斥外。"㊁"沟",一作"埒"。

【注释】①王武子:王济。责:被责罚免官。王济与堂兄王佑(刘注谓王恬,《晋书》本传谓王佑,当从《晋书》),不和,王佑党徒称其不能照顾父亲,被贬为河南尹。未及授命,因鞭打王府官吏而被责罚免官。 ②移第:搬家。北邙(máng):北邙山,在洛阳东北。 ③马射:骑马射箭。　④埒(liè)：矮墙。　⑤编钱：把铜钱串连编起来。匝(zā)：环绕。竟：尽。

【评析】被免职贬官的王济竟然用铜钱筑起跑马射箭的场地来炫耀财富，异想天开，暴殄天物一至于此。

十

　　石崇每与王敦入学戏①，见颜、原象⊖而叹曰②："若与同升孔堂③，去人何必有间④?"王曰："不知余人云何⑤，子贡去卿差近⑥。"⊜石正色云⑦："士当令身名俱泰⑧，何至以瓮牖语人⑨?"⊜

【今译】石崇与王敦常到太学里面游玩，看到颜回、原宪的画像就感叹说："如果同他们一道做孔门弟子，与他们哪里有什么差别?"王敦说："不知道孔子其他学生怎么样，子贡跟你很相近。"石崇脸色严峻地说："士子应当使身份名位都安泰显达，哪里用得着以贫贱简陋的蓬户破窗来对人宣扬呢?"

【刘孝标注】⊖《家语》曰："颜回字子渊，鲁人。少孔子二十九岁，而发白，三十二岁早死。"原宪已见。　⊜《史记》曰："端木赐字子贡，卫人。尝相鲁，家累千金，终于齐。"　⊜原宪以瓮为户牖。

【注释】① 每：常。学：指太学。戏：游玩。　② 颜、原：指孔子的学生颜回、原宪。颜回字子渊；原宪字子思。　③ 同升孔堂：指同为孔门弟子。　④ 去：相距，距离。间：距离，差别。　⑤ 云何：怎么样，如何。　⑥ 子贡：端木赐，字子贡，孔子弟子。善于经商，家有千金，富比王侯。差：颇，甚。　⑦ 正色：指态度严肃。　⑧ 身名：身份名望。泰：安泰显达。　⑨ 瓮牖(wèng yǒu)：简陋的窗户。

【评析】王敦谓石崇与子贡相近，无非吹捧他们都是富可敌国的大富豪，但石崇并不领情，抢白他一副寒酸相，令王敦自讨没趣。

十一

　　彭城王有快牛①，至爱惜之。⊖王太尉与射②，赌得之③。彭城王曰："君欲自乘则不论；若欲啖者④，当以二十肥者代之。既不废啖，又存所爱。"王遂杀啖⑤。

【今译】彭城王司马权有一头快牛，他极为喜爱珍惜。王衍与他打赌，赢得这头牛。司马权说："你如果想自己乘坐就不必说了；如果要吃的话，我会用二十头肥牛来代替它。这样既不妨碍你吃牛肉，又保全了我喜爱的牛。"王衍终于还是把牛杀了吃掉了。

【刘孝标注】⊖ 朱凤《晋书》曰："彭城穆王权，字子舆，宣帝弟馗子。太始元年封。"

【注释】① 彭城王：司马权，字子舆，晋武帝堂叔，封彭城王。　② 王太尉：王衍。　③ 射：指打赌。　④ 啖(dàn)：吃。　⑤ 遂：终于。

【评析】《晋书》本传称王衍"妙善玄言",但是"义理有所不安,随即改更,世号'口中雌黄'"。所谓"口中雌黄",即谓其随便乱说。

<h1 style="text-align:center">十二</h1>

王右军少时①,在周侯末坐②,割牛心啖之③,于此改观④。〇

【今译】王羲之年轻的时候,在周颛那里作客时坐在末座,周颛割下牛心给他吃,从此人们就改变了对王羲之的看法。

【刘孝标注】〇 俗以牛心为贵,故羲之先食之。

【注释】① 王右军:王羲之。 ② 周侯:周颛。末坐:靠后的座位。 ③ 牛心:刘注指出当时习俗以牛心为贵。 ④ 改观:改变了看法。

【评析】本文所写《晋书·王羲之传》亦载,当时王羲之"年十三,尝谒周颛,颛察而异之。时重牛心炙,坐客未啖,颛先割啖羲之,于是始知名"。周颛把当时习俗看重的牛心炙给王羲之,是尊重他爱惜他,可谓慧眼识才。

忿狷第三十一

一

魏武有一妓①,声最清高②,而情性酷恶③。欲杀则爱才,欲置则不堪④。于是选百人,一时俱教。少时,果有一人声及之⑤,便杀恶性者。

【今译】曹操有一名歌女,声音特别清脆高亢,但是脾气极坏。他想杀了她却又爱惜她的才能,想不杀却又不能忍受。于是便选了一百人一起训练。不久,果然有一人的歌声比得上她,于是就杀掉了那位性情恶劣的歌女。

【注释】① 魏武:曹操。妓:歌女。 ② 清高:清脆高亢。 ③ 酷恶:极其恶劣,极坏。 ④ 置:指不予追究。不堪:不能忍受。 ⑤ 及:比得上。

【评析】曹操为人喜怒无常,岂能容忍这坏脾气的歌女。亏他想出办法,百里挑一培训出一位歌声不逊于这坏脾气歌女的歌者,于是便杀了坏脾气的歌女,遂其所愿。

二

王蓝田性急①。尝食鸡子②,以箸刺之③,不得,便大怒,举以掷地。鸡子于地圆转未止,仍下地以屐齿蹍之④,又不得,瞋甚⑤,复于地取内口中⑥,啮破即吐之⑦。王右军闻而大笑曰⑧:"使安期有此性⑨,犹当无一豪可论⑩,况蓝田邪?"〔一〕

【今译】王述性子急躁。曾经吃鸡蛋,他用筷子去戳鸡蛋,没有戳到,就大怒发火,把鸡蛋拿起来扔在地上。鸡蛋在地上转个不停,他就跳下地用木屐的齿来踩踏鸡蛋,又没有踩踏到,他愤怒之极,又把蛋从地上捡起来放到口中,咬破后立刻吐了出来。王羲之听说此事后大笑道:"假使王承有这种脾气,尚且丝毫不值得一提,何况是其子王述呢?"

【刘孝标注】〔一〕《中兴书》曰:"述素清贵简正,少所推屈,唯以性急为累。"安期,述父也。有名德,已见。

【注释】① 王蓝田:王述,袭爵蓝田侯,故称。 ② 鸡子:鸡蛋。 ③ 箸(zhù):筷子。 ④ 屐(jī):木底有齿的鞋子。蹍(niǎn):踩踏。 ⑤ 瞋(chēn)甚:愤怒之极。 ⑥ 内(nà):即"纳"。 ⑦ 啮(niè):咬。 ⑧ 王右军:王羲之。 ⑨ 使:假使。安期:王承,王述之父,字安期。 ⑩ 犹:尚且。豪:通"毫"。

【评析】本文写王述性急,从其吃鸡蛋一事即可知。此事亦载《晋书》本传,先称其"性沉静",又谓其"性急为累";后为州郡长官(曾为扬州刺史),"每以柔克为用"(意谓以柔顺成事),甚至于别人"极言骂之,述无所应,面壁而已"、"人以此称之"(《晋书》本传）。可知王述后来改掉了忿狷的坏脾气。

三

王司州尝乘雪往王螭许①。㊀司州言气少有牾逆于螭②，便作色不夷③。司州觉恶④，便舆床就之⑤，持其臂曰："汝讵复足与老兄计⑥？"㊁螭拨其手曰："冷如鬼手馨⑦，强来捉人臂！"

【今译】王胡之曾经趁着大雪天到王恬那里去。王胡之的言语态度稍微有点冒犯王恬，王恬就变了脸色很不高兴。王胡之察觉他情绪不好，就搬动坐榻靠近王恬，握住他的手臂说："你难道还要与老兄我计较吗？"王恬拨开王胡之的手说："冰冷得像鬼手一样，还硬要来抓人家的手臂！"

【刘孝标注】㊀ 王胡之、王恬并已见。恬小字螭虎。　㊁ 按：《王氏谱》，胡之是恬之从祖兄。

【注释】① 王司州：王胡之，他曾作司州刺史，故称。尝：曾。王螭（chī）：王恬，小字螭虎，王导之子，王胡之的堂弟。历官中书郎、魏郡太守、会稽内史。许：处所，地方。　② 言气：言语态度。少：稍微，略微。牾（wǔ）逆：抵触，冒犯。　③ 作色：变了脸色。夷：愉快。　④ 觉：觉察。恶：不好。　⑤ 舆（yú）床：搬动坐榻。床，坐具。就：靠近。　⑥ 讵复：难道再。⑦ 馨（xīn）：语助词，同"般"、"样"。

【评析】王胡之为王恬的堂兄，当王胡之说话不合王恬心意时，王恬即变色不快。《晋书》本传谓其"性傲诞，不拘礼法"，本文即谓其稍有不快，即形之于色。王胡之以"老兄"身份请其勿再计较，王恬却不领情，足见其性格之狷狭。

四

桓宣武与袁彦道樗蒲①。袁彦道齿不合②，遂厉色掷去五木③。温太真云④："见袁生迁怒⑤，知颜子为贵⑥。"㊀

【今译】桓温与袁耽玩樗蒲。袁耽掷出的骰子不合自己的心意，便怒气冲冲地把五枚色子扔了出去。温峤说："看到袁先生迁怒于骰子，才知道颜子的可贵。"

【刘孝标注】㊀《论语》曰："哀公问弟子孰为好学？孔子曰：'有颜回者，好学，不迁怒，不贰过，不幸短命死矣。'"

【注释】① 桓宣武：桓温。袁彦道：袁耽，字彦道，有才气，为士人所重。樗（chū）蒲：当时流行的一种赌博。　② 齿：骰子，赌博用具。不合：指不合自己的心意。　③ 厉色：脸色严厉。五木：亦称色（shǎi）子，赌博用具，用木头做成，一副五枚，故称。　④ 温太真：温峤。　⑤ 袁生：指袁耽。迁怒：将怒气发泄到他人身上。　⑥ 颜子：颜回，孔子的学生。《论语·雍也》："孔子曰：'有颜回者，好学，不迁怒，不贰过。'"（贰过：指重犯同样的错误。）

【评析】袁耽与桓温赌博时大发其火，温峤批评他远不如颜回。余嘉锡谓当时桓温才十七岁，袁耽年二十五，他们年轻气盛，属于"儿戏相争，事所恒有，未足深责也"（《世说新语笺疏》）。说得有理，温峤之言未免小题大做。

五

谢无奕性粗强①，以事不相得②，自往数王蓝田③，肆言极骂④。王正色面壁不敢动⑤，半日，谢去。良久，转头问左右小吏曰："去未？"答云："已去。"然后复坐。时人叹其性急而能有所容⑥。

【今译】谢奕性子粗暴倔强，曾因一件事情与王述彼此意见不合，就亲自去责备王述，由着性子任意地痛骂。王述脸色严肃面向墙壁一动不敢动地坐着，坐了半天，谢奕走了。过了好久，王述转过头来向左右侍从说："他走了吗？"侍从回答说："已经走了。"然后王述才又坐下。当时人赞叹王述性子虽然急躁却也有宽容的时候。

【注释】① 谢无奕：谢奕，字无奕，谢安之兄。粗强（jiàng）：粗暴、倔强。　② 相得：彼此情意相投。　③ 数（shǔ）：责备。王蓝田：王述。　④ 肆言：无所顾忌地说话，纵言。极骂：痛骂。　⑤ 正色：脸色严肃。　⑥ 容：容忍、宽容。

【评析】王述从把鸡蛋扔在地上，再加以踩踏（见前）的火爆脾气，到本文受到谢奕痛骂时，只是面壁不动，说明他能够克制自己，故受到当时人的赞赏。《晋书》本传亦载其受辱而面壁之事，谓"人以此称之"，文字稍异。

六

王令诣谢公①，值习凿齿已在坐②，当与并榻③。王徙倚不坐④，公引之与对榻⑤。去后，语胡儿曰⑥："子敬实自清立⑦，但人为尔多矜咳⑧，殊足损其自然。"一

【今译】王献之拜访谢安，遇到习凿齿已经在座作客，本应与他同坐一榻。王献之犹豫没坐下来，谢安领他坐到习凿齿对面的榻上。王献之走后，谢安对谢朗说："献之实在清高特立，只是他如此过于矜持固执，会很损害他的自然天性。"

【刘孝标注】一 刘谦之《晋纪》曰："王献之性甚整峻，不交非类。"

【注释】① 王令：王献之，字子敬，王羲之的儿子，官至中书令，故称。诣（yì）：拜访。谢公：谢安。　② 值：遇到。习凿齿：字彦威，官至荥阳太守。坐：同"座"。　③ 并榻：同坐一榻。④ 徙倚：徘徊，流连，犹豫。　⑤ 引：领。　⑥ 胡儿：谢朗，字长度，小字胡儿，谢安的侄子。⑦ 实自：确实。清立：清高特立。　⑧ 矜咳：矜持拘执。

【评析】习凿齿"少以文称"（《晋书》本传），不同一般，王献之为何不愿与之并榻而坐？余嘉锡说得很对，曰："习凿齿人才学问独出冠时，而子敬不与之并榻，鄙其出身寒士，且有足疾耳。"（《世说新语笺疏》）

七

王大、王恭尝俱在何仆射坐^①，[○]恭时为丹阳尹，大始拜荆州。[○]讫将乖之际^②，大劝恭酒，恭不为饮，大逼强之，转苦^③，便各以裙带绕手^④。恭府近千人，悉呼入斋；大左右虽少，亦命前，意便欲相杀。何仆射无计，因起排坐二人之间^⑤，方得分散。所谓势利之交^⑥，古人羞之^⑦。

【今译】王忱、王恭曾经一起在何澄家作客，王恭当时担任丹阳尹，王忱刚刚受任荆州刺史。到了将近分别之时，王忱劝王恭喝酒，王恭不肯喝，王忱就强迫他喝，且越发竭力苦劝他，两人于是就各自用裙带绕在手上做出要武斗的样子。王恭府上随从近千人，全都叫进屋内；王忱左右随从虽然少，也叫他们上来。双方的意思要互相攻杀打斗。何澄无计可施，就站起来分开他们坐在两人之间，双方这才得以分散开来。他们之间的关系就是所谓的为权势财利之交，古人认为这是可耻的。

【刘孝标注】[○]《中兴书》曰："何澄字子玄，清正有器望。历尚书左仆射。" [○]《灵鬼志谣征》曰："初，桓石民为荆州，镇上明，民忽歌《黄昙曲》曰：'黄昙英，扬州大佛来上明。'少时，石民死，王忱为荆州。佛大，忱小字也。"

【注释】① 王大：王忱（chén），字元达，小字佛大，官至荆州刺史，建武将军。王恭：字孝伯，历官丹阳尹、中书令等。何仆射：何澄，字季玄，官至尚书左仆射，晋穆帝何皇后弟。 ② 讫：到。乖：分别。 ③ 苦：指竭力苦劝。 ④ 裙：下衣。 ⑤ 排：挤，推。 ⑥ 势利之交：指为获取权势与财利的交情。 ⑦ 羞：羞辱，可耻。

【评析】本书《赏誉》一五三则写王恭与王忱（王恭为王忱的堂侄）关系原本很好，后听信谗言，彼此不睦。本文则更写二人险些大动干戈，幸得何澄从中协调，才得以化险为夷。

八

桓南郡小儿时^①，与诸从兄弟各养鹅共斗^②。南郡鹅每不如，甚以为忿。乃夜往鹅栏间，取诸兄弟鹅悉杀之。既晓，家人咸以惊骇，云是变怪^③，以白车骑^④。车骑曰："无所致怪，当是南郡戏耳^⑤！"问，果如之。

【今译】桓玄小时候，与堂兄弟们各自养了鹅来互相斗着玩。桓玄的鹅常常斗败，不如其他堂兄弟们的鹅，他非常忿恨。于是夜里到鹅栏里，把堂兄们的鹅抓来全部杀掉。天亮后，家里人都为之惊异害怕，说是鬼怪变异造成的，把这事报告桓冲。桓冲说："没有什么东西造成怪异，必定是桓玄逗趣罢了！"一问，果然如此。

【注释】① 桓南郡：桓玄，小字灵宝，桓温小妾所生，从小得到桓温的宠爱。温临终时，以其为嗣，袭爵南郡公。 ② 从兄弟：堂兄弟。 ③ 变怪：鬼怪变异。 ④ 车骑：桓冲，桓玄之叔，官车骑将军，故称。 ⑤ 戏：调笑，逗趣。

【评析】桓玄为桓温小妾所生，从小得到桓温的宠爱，临终时，以其为嗣，袭爵南郡公。本文写其小时用不正当手段来泄恨，造成恐怖气氛，可见其从小就行为不端，而桓温偏偏宠爱他。还是桓冲了解他，一语道破玄机。

谗险第三十二

一

王平子形甚散朗①，内实劲侠②。㊀

【今译】王澄外形看上去很洒脱开朗，而内心却实在很刚强侠义。

【刘孝标注】㊀ 邓粲《晋纪》云："刘琨尝谓澄曰：'卿形虽散朗，而内实劲侠，以此处世，难得其死！'澄默然无以答。后果为王敦所害。刘琨闻之曰：'自取死耳！'"

【注释】① 王平子：王澄，字平子，王衍的弟弟。散朗：洒脱开朗。 ② 劲侠：刚劲侠义。

【评析】王澄是外柔内刚，表里不一，故刘琨谓其难以处世，不得善终。后果如其言，王澄为王敦所害。

二

袁悦有口才①，能短长说②，亦有精理③。始作谢玄参军，颇被礼遇。后丁艰④，服除还都⑤，唯赍《战国策》而已⑥。语人曰："少时读《论语》⑦、《老子》⑧，又看《庄》⑨、《易》⑩，此皆是病痛事⑪，当何所益邪？ 天下要物，正有《战国策》⑫。"既下⑬，说司马孝文王⑭，大见亲待⑮，几乱机轴⑯。俄而见诛⑰。㊀

【今译】袁悦有口才，擅长游说，所说之言颇有精辟之理。他起初当谢玄的参军，深受礼遇优待。后来遇父母丧事在家守孝，除丧服后回到京都，只带了一部《战国策》而已。他对人说："年轻时读《论语》、《老子》，后来又看了《庄子》、《周易》，这些书说的都是小事，能有什么益处呢？ 天下重要的事，只有《战国策》。"到了京城后，他去游说司马道子，受到特别的亲近厚待，差点搞乱了朝廷的正常秩序。不久他就被杀了。

【刘孝标注】㊀《袁氏谱》曰："悦字元礼，陈郡阳夏人。父朗，给事中。仕至骠骑咨议。太元中，悦有宠于会稽王，每劝专览朝权，王颇纳其言。王恭闻其说，言于孝武。乃以它罪，杀悦于市中，既而朋党同异之声，播于朝野矣。"

【注释】① 袁悦：字元礼，陈郡阳夏（今河南）人，深受会稽王司马道子宠信，后被孝武帝所杀。 ② 能短长说：原指战国时纵横家纵横游说之术，此指擅长游说。 ③ 精理：精辟之理。 ④ 丁艰：遭遇父母的丧事。 ⑤ 服除：指守丧期满，除去丧服。 ⑥ 赍（jī）：携带。《战国策》：书名，汉刘向编订，主要记载战国策士的言行。 ⑦《论语》：儒家经典之作，记载孔子及其弟子言行之书。 ⑧《老子》：道家创始人老子的著作。 ⑨《庄》：《庄子》，庄周及其弟子所作。 ⑩《易》：《周易》的简称。 ⑪ 病痛：一般指小病，比喻小事。 ⑫ 正有：只有。 ⑬ 下：指下都，到京城。 ⑭ 说（shuì）：劝说、说服别人。司马孝文王：指司马道子。 ⑮ 亲待：亲近厚待。 ⑯ 机轴：喻指朝廷的秩序。 ⑰ 俄而：不久。

【评析】本文内容亦见《晋书》本传，所写亦可补本文所未及者，如谓其"每劝道子专揽朝权，道子颇纳其说"，刘注引文亦同。而本文仅称"几乱机轴"，不如《晋书》写得具体。于此可知司马道子篡夺帝位与袁悦的怂恿不无关系。袁悦最终引来杀身之祸，可谓自取其咎。

三

孝武甚亲敬王国宝、王雅①。⊖雅荐王珣于帝②，帝欲见之。尝夜与国宝及雅相对，帝微有酒色③，令唤珣。垂至④，已闻卒传声⑤。国宝自知才出珣下，恐倾夺其宠⑥，因曰："王珣当今名流，陛下不宜有酒色见之，自可别诏召也。"帝然其言，心以为忠，遂不见珣。

【今译】孝武帝很亲近敬重王国宝、王雅。王雅向孝武帝推荐王珣，孝武帝想召见他。一天晚上曾经与王国宝、王雅相对而坐，孝武帝稍稍有点醉意，命人召王珣来。王珣将到时，已经听到吏卒传报的声音了，王国宝知道自己的才能不如王珣，害怕他来争夺自己得到的宠爱，于是就说："王珣是当今的名流，陛下不宜带着酒意召见他，自然可以在别的时候召见他。"孝武帝认为他的话说得对，心里认为他很忠诚，于是没有召见王珣。

【刘孝标注】⊖《雅别传》曰："雅字茂建，东海沂人，少知名。"《晋安帝纪》曰："雅之为侍中，孝武甚信而重之。王珣、王恭特以地望见礼，至于亲幸，莫及雅者。上每置酒燕集，或召雅未至，上不先举觞。时议谓珣、恭宜傅东宫，而雅以宠幸，超授太傅、尚书左仆射。"

【注释】① 孝武：孝武帝司马曜。王国宝：王坦之的儿子，历仕中书令、尚书左仆射。为会稽王司马道子所宠，权倾一时，后为司马道子所杀。王雅：见刘注。　② 王珣：王导的孙子，以文学、文章著名，仕至尚书左仆射、尚书令，封东亭侯。　③ 微有酒色：指略有醉意。　④ 垂至：将到，快到。　⑤ 传声：传报之声。　⑥ 倾夺：争夺。

【评析】本文所写亦载《晋书》本传，谓"国宝少无士操"，称其年轻时就没有士子的品行，并称"妇父谢安恶其倾侧，每抑而不用"，连老丈人谢安都厌恶他心术不正。他的舅父范宁"儒雅方直，疾其阿谀，劝武帝黜之"。可知此人何等恶劣！本文写其花言巧语，耍尽手段贬抑才能远在他之上的王珣。而孝武帝竟任其戏弄，还认为王国宝是忠臣，真是十足的昏君。

四

王绪数谗殷荆州于王国宝①，殷甚患之②，求术于王东亭③。曰："卿但数诣王绪④，往辄屏人⑤，因论他事。如此，则二王之好离矣。"殷从之。国宝见王绪，问曰："比与仲堪屏人何所道⑥？"绪云："故是常往来⑦，无他所论。"国宝谓绪于己有所隐，果情好日疏，谗言以息。⊖

【今译】王绪屡次在王国宝面前说殷仲堪的坏话，殷仲堪为此很忧虑，向王珣请教办法。王珣说："你只要经常去拜访王绪，去了就把其他人支开，接着就谈论其他的事。

这样,二王的交情就会疏远了。"殷仲堪就照着王珣的话做了。王国宝看见王绪,问道:"近来你与仲堪把别人支开讲些什么?"王绪说:"只不过是日常往来,并没有议论什么。"王国宝认为王绪对自己有所隐瞒,果然两人的感情一天天地疏远了,对殷仲堪的谗言因此也平息了。

【刘孝标注】㊀按:国宝得宠于会稽王,由绪获进,同恶相求,有如市贾,终至诛夷,曾不携贰。岂有仲堪微间,而成离隙。

【注释】① 王绪:字仲业,太原人,官会稽王从事中郎。后为王恭等所杀。殷荆州:殷仲堪曾任荆州刺史,故称。 ② 患:忧虑。 ③ 术:方法。王东亭:王珣。 ④ 但:只。数诣:频繁地去拜访。 ⑤ 屏人:把人支开,打发走。 ⑥ 比:近来。 ⑦ 故:不过,只。

【评析】本文刘注对殷仲堪采用离间计的说法不予认同,认为王国宝得宠于会稽王是由王绪引进的,二王的关系犹如买卖关系,是"同恶相求"(意为互相勾结,一起作恶),因此殷仲堪的离间计不可能得逞。此说似有理。

尤悔第三十三

一

魏文帝忌弟任城王骁壮①，因在卞太后阁共围棋②，并啖枣③，文帝以毒置诸枣蒂中，自选可食者而进。王弗悟，遂杂进之。既中毒，太后索水救之。帝预敕左右毁瓶罐④。太后徒跣趋井⑤，无以汲。须臾遂卒⑥。㊀复欲害东阿⑦，太后曰："汝已杀我任城，不得复杀我东阿！"㊁

【今译】曹丕忌妒弟弟曹彰勇猛健壮，便趁着在卞太后内阁一起下围棋、一起吃枣子的时机，把毒药放在枣蒂中，自己挑选可以吃的枣子来吃。曹彰不知道，于是混杂吃了有毒和没毒的枣子。曹彰中毒后，太后找水来救曹彰，曹丕事先命令左右侍从把瓶瓶罐罐都毁了，太后赤脚跑到井边，却没有任何汲水的器具。一会儿曹彰就死了。曹丕还想害死曹植，太后说："你已经杀了我的任城儿，不得再杀我的东阿儿啊！"

【刘孝标注】㊀《魏略》曰："任城威王彰，字子文，太祖卞太后第二子。性刚勇而黄须，北讨代郡，独与麾下百余人突虏而走。太祖闻曰：'我黄须儿可用也！'"《魏志春秋》曰："黄初三年，彰来朝。初，彰问玺绶，将有异志，故来朝不即得见，有此忿惧而暴薨。"㊁《魏志·方伎传》曰："文帝问占梦周宣：'吾梦磨钱文，欲灭而愈更明，何谓？'宣怅然不对。帝固问之，宣曰：'陛下家事，虽欲尔，而太后不听，是以欲灭更明耳。'帝欲治弟植之罪，逼于太后，但加贬爵。"

【注释】① 魏文帝：曹丕，字子桓，曹操次子，于220年废汉称帝，建立魏国，在位七年，死后谥文皇帝。爱好文学，著有《典论》及诗赋百余篇。任城王：曹彰，见刘注。骁（xiāo）壮：勇猛健壮。② 因：趁着。卞太后：曹操妻，生曹丕、曹彰、曹植三子。阁：通"阁"，指内室。 ③ 啖：吃。④ 敕（chì）：命令。 ⑤ 徒跣（xiǎn）：赤脚。趋：快走。 ⑥ 须臾：一会儿，片刻。卒：死亡。⑦ 东阿：指曹植，封东阿王，故称。

【评析】曹丕为了独霸王位，不仅毒死曹彰，还要赶尽杀绝，再想害死曹植，兄弟相残，狼子野心，真乃禽兽不如。

二

王浑后妻①，琅邪颜氏女②。王时为徐州刺史，交礼拜讫，王将答拜，观者咸曰："王侯州将③，新妇州民，恐无由答拜④。"王乃止。武子以其父不答拜⑤，不成礼，恐非夫妇，不为之拜，谓为"颜妾"。颜氏耻之，以其门贵，终不敢离⑥。㊀

【今译】王浑的后妻是琅邪颜家之女。王浑当时担任徐州刺史。颜氏行过交拜礼后，王浑将要答拜，观看婚礼的人都说："王浑侯爷是州将，新娘是平民百姓，恐怕没有理由答拜。"王浑就停止了答拜。王济认为父亲不答拜，就不能算完成了婚礼，恐怕就不能成为夫妻，也就不能因此跪拜她，只能称她为"颜妾"。颜氏认为这是耻辱，但因为王家门第高贵，最终不敢离异。

【刘孝标注】㊀ 婚姻之礼，人道之大，岂由一不拜而遂为妾媵（yìng）者乎？《世说》之言，于是乎纰缪。

【注释】① 王浑：王济之父。　② 琅邪：郡名，在今胶南市琅牙台西北。　③ 王侯：王浑袭父爵为京陵侯，故称。州将：指州刺史。　④ 由：理由。　⑤ 武子：王济字武子。　⑥ 离：离婚。

【评析】颜氏女是小民百姓，在婚礼上就不能接受新郎的答拜礼，也就不能成婚，只能成为小妾。当地的围观者与他的儿子王济也如此坚持。可知当时门第之见何等顽固！刘注称之为"纰缪"，诚是。

<h1 style="text-align:center">三</h1>

陆平原河桥败①，为卢志所谮②，被诛。㊀临刑叹曰："欲闻华亭鹤唳③，可复得乎？"㊁

【今译】陆机在河桥战败后，受到卢志的谮害，被杀害。他在临刑时叹息道："要想再听听家乡华亭的鹤鸣声，还能听到吗？"

【刘孝标注】㊀ 王隐《晋书》曰："成都王颖讨长沙王乂，使陆为都督前锋诸军事。"《机别传》曰："成都王长史卢志，与机弟云趣舍不同。又黄门孟玖求为邯郸令于颖，颖教付云，云时为左司马，曰：'刑余之人，不可以君民！'玖闻此怨云，与志谮构日至。及机于七里涧大败，玖诬机谋反所致，颖乃使牵秀斩机。先是，夕梦黑幰绕车，手决不开，恶之。明旦，秀兵奄至，机解戎服，著衣帻见秀，容貌自若，遂见害。时年四十三。军士莫不流涕。是日天地雾合，大风折木，平地尺雪。"干宝《晋纪》曰："初，陆抗诛步阐，百口皆尽，有识尤之。及机、云见害，三族无遗。"　㊁《八王故事》曰："华亭，吴由拳县郊外墅也，有清泉茂林。吴平后，陆机兄弟共游于此十余年。"《语林》曰："机为河北都督，闻警角之声，谓孙丞曰：'闻此不如华亭鹤唳。'故临刑而有此叹。"

【注释】① 陆平原：陆机字平原，吴郡吴人。官平原内史，故称平原。河桥兵败，被卢志所谮，为成都王司马颖所杀。　② 卢志：字子道，历仕邺令、成都王司马颖长史、中书监，位至尚书。③ 华亭：此地泉清林茂，陆机、陆云兄弟共游此地十余年，对此感情深厚。鹤唳：鹤鸣。

【评析】陆机世代居住华亭，对故乡感情深厚，故当他蒙冤被诛时，情不自禁地对华亭鹤唳怀有无限留恋之意，为从此无缘听闻华亭鹤唳而惆怅、惋惜。此后，"华亭鹤唳"即成为表达怀恋故乡风物及悔不当初情绪的成语。

<h1 style="text-align:center">四</h1>

刘琨善能招延①，而拙于抚御②。一日虽有数千人归投③，其逃散而去，亦复如此，所以卒无所建④。㊀

【今译】刘琨善于招揽人才，但是不善于安抚驾驭他们。一天中虽有几千人来归附投奔他，但是逃散走掉的人也有这么多，所以最终没有什么建树。

【刘孝标注】㊀ 邓粲《晋纪》曰:"琨为并州牧,纠合齐盟,驱率戎旅,而内不抚其民,遂至丧军失士,无成功也。"敬彻按:"琨以永嘉元年为并州,于时晋阳空城,寇盗四攻,而能收合士众,抗行渊、勒,十年之中,败而能振,不能抚御,其得如此乎?凶荒之日,千里无烟,岂一日有数千人归之,若一日数千人去之,又安得一纪之间以对大难乎?"

【注释】① 刘琨:见《言语》三十五注①(页57)。招延:招揽。 ② 抚御:安抚驾御。 ③ 归投:归附投靠。 ④ 卒:终于。

【评析】本文谓刘琨虽有招揽、安抚人才之能,却无驾驭他们之方,连他母亲也说他不能"驾豪杰"(《晋书》本传),甚至"专欲除胜己以自安"(同上),不能容纳胜过自己的人,故没有什么建树是必然的。另,本文所写有夸张处,刘注引敬彻按,谓当时极其荒乱,千里无烟,怎么可能一天之内有数千人投奔刘琨呢,说得有理。

五

王平子始下①,丞相语大将军②:"不可复使羌人东行。"平子面似羌③。㊀

【今译】王澄刚从荆州东下建康时,丞相王导对大将军王敦说:"不可以再让那羌人到东边来了。"王澄的面貌长得像羌人。

【刘孝标注】㊀ 按:王澄自为王敦所害,丞相名德,岂应有斯言也。

【注释】① 王平子:王澄,字平子,任荆州刺史。后为王敦所杀。下:指从荆州东下建康。 ② 丞相:王导当时任丞相。大将军:王敦。 ③ 羌人:指王澄。我国古代分布于今甘、青、川一带的少数民族,以游牧为主,与汉人杂处,从事农耕。

【评析】《晋书》本传谓王澄的名声超过王敦,"澄夙有盛名,出于敦右"、"兼勇力绝人",因而引起王敦的愤怒,派"力士路戎扼杀之"。本文写王导对王敦杀害王澄一字不提,反而说澄为"羌人",刘注批评他不该说此有损丞相名德之言,说得很对。

六

王大将军起事①,丞相兄弟诣阙谢②。周侯深忧诸王③,始入④,其有忧色。丞相呼周侯曰:"百口委卿⑤!"周直过不应。既入,苦相存救⑥。既释,周大说⑦,饮酒。及出,诸王故在门⑧。周曰:"今年杀诸贼奴⑨,当取金印如斗大系肘后⑩。"大将军至石头⑪,问丞相曰:"周侯可为三公不⑫?"丞相不答。又问:"可为尚书令不⑬?"又不应。因云:"如此,唯当杀之耳。"复默然。逮周侯被害⑭,丞相后知周侯救己⑮,叹曰:"我不杀周侯,周侯由我而死,幽冥中负此人!"㊀

【今译】王敦起兵作乱,王导与兄弟到朝廷请罪。周颛深为王家人担忧,刚刚进朝廷时,脸上充满忧虑的神色。王导呼喊周颛道:"我全家百口人的性命全都托付给你了!"周颛径直走过去没有应答。进去后,他竭力保全援救他们。释免后,周颛十分高兴,喝了酒。等到走出来时,王家人仍然在门口。周颢说:"今年杀了那些逆贼,我应当获取斗大的金印挂在肘后。"王敦后来到了石头城,问王导说:"周颢可以担任三公吗?"王导不回答。王敦又问:"可以担任尚书令吗?"王导还是没有应答。王敦于是说:"既然如此,只有杀掉他了!"王导又默不作声。等到周颢被杀害后,王导才知道周颢救过自己,就叹息道:"我不杀周侯,但周侯却是因为我而死。到阴曹地府中我对不起这个人啊!"

【刘孝标注】㊀ 虞预《晋书》曰:"敦克京邑,参军吕漪说敦曰:'周颢、戴渊,皆有名望,足以惑众。视近日之言,无惭惧之色,若不除之,役将未歇也。'敦即然之,遂害渊、颢。初,漪为台郎,渊既上官,素有高气,以漪小器待之,故售其说焉。"

【注释】① 王大将军:王敦,他曾任镇东大将军,故称。起事:指王敦于晋元帝永昌元年(322)以讨刘隗(wěi)为名,从武昌起兵攻建康事。 ② 丞相兄弟:王导和王敦,王敦为王导的堂兄,故称。诣阙谢:指王敦、王导到朝廷谢罪。王敦起兵时,刘隗劝晋武帝诛杀王氏家族,故兄弟俩率子弟到朝廷谢罪。 ③ 周侯:周颢(yǐ),字伯仁,任尚书左仆射,后为王敦所杀。 ④ 入:指进朝廷。 ⑤ 百口:指全家人的性命。委:托付。 ⑥ 苦:尽力、竭力。存救:保全援救。 ⑦ 说:通"悦"。 ⑧ 故:仍、仍然。 ⑨ 贼奴:指王敦等叛逆之臣。 ⑩ "当取金印"句:谓杀贼立功受赏。 ⑪ 石头:石头城,故址在今江苏南京西。 ⑫ 三公:魏晋时以太尉、司徒、司空为三公,为掌握军政大权的高官。 ⑬ 尚书令:掌管奏章文书的高官。 ⑭ 逮:及、到。 ⑮ 丞相后知周侯救己:王导后来才知道是周颢救了自己。事见《晋书》本传。谓王敦起兵作乱时,刘隗劝皇帝杀尽王敦、王导兄弟。王导一再求周颢救自己,周颢表面上不予回应,实际上却一再为王导说好话。此事《晋书》本传记载甚详。王导于周颢被害后料理检查有关资料时,看到周颢救自己的奏本,为之感动流涕。

【评析】周颢对王导兄弟的生死关心备至,先是"甚有忧色",继而"苦相存救",待他们获释后,又高兴得喝了酒,还说了俏皮话,认为自己应获金印。却不知他的好心与天真为自己带来了灭顶之灾。周颢不肯说自己救了王导,是把功劳算在元帝头上,以表臣子的忠心。《世说新语笺注》引宋施得操《北窗炙輠录》卷上云:"伯仁之救导,欲其尽出于元帝,不出于己,所以全君臣终始之义。伯仁之贤,正在于此。"余嘉锡谓"此论推勘伯仁心事可谓入微。"认同施德操之说。可悲的是被他从死亡线上救回的王导并未领会他的苦心,终于酿成了悲剧,也令王导遗憾终身。

七

王导、温峤俱见明帝①,帝问温前世所以得天下之由②,温未答。顷,王曰:"温峤年少未谙③,臣为陛下陈之④。"王乃具叙宣王创业之始⑤,诛夷名族⑥,宠树同己⑦,及文王之末高贵乡公事⑧。㊀明帝闻之,覆面著床曰⑨:"若如公言,祚安得长⑩!"

【今译】王导、温峤一起去朝见晋明帝司马绍,明帝问温峤前朝能够得天下的原因,温峤没有回答。过了一会儿,王导说:"温峤年轻对这些事不熟悉,臣子为陛下陈述吧。"王导于是详细叙述司马懿开始创业时,杀灭名家大族,宠信培植自己的亲信,以及司马昭晚年杀害高贵乡公曹髦等事情。明帝司马绍听后,把脸遮住贴在坐床上说:"如果像您说的那样,晋朝的国运怎么能够长久啊!"

【刘孝标注】㊀ 宣王创业,诛曹爽,任蒋济之流者是也。高贵乡公之事,已见上。

【注释】① 温峤:与王导同为明帝辅佐大臣。明帝:司马绍。　② 前世:前朝。由:原因。③ 谙(ān):熟悉,有经验。　④ 陈:陈述。　⑤ 具叙:详细叙述。宣王:司马懿。　⑥ 诛夷:杀灭,灭族。　⑦ 宠树:宠信,培植。同己:指亲信,赞同自己的人。　⑧ 文王:司马昭。末:末年。高贵乡公:曹髦,字彦士,曹丕的孙子,封高贵乡公。后为文王司马昭所杀。⑨ 覆面著床:把脸遮住贴在坐床上。床,指坐具。　⑩ 祚(zuò):指皇位、国运。

【评析】晋元帝因王敦叛乱,忧愤而死。明帝继位后,与温峤等决策,下诏讨伐王敦,并亲临军前,王敦之乱得以平定,方欲有所作为,即病死。本文写其问询前朝所以得天下的原因,得知宣王当初的所作所为,他感到无地自容,故发出国运难长的感叹。可知他不愿重蹈覆辙,颇想有所作为,是一位有头脑的皇帝。

八

王大将军于众坐中曰①:"诸周由来未有作三公者②。"有人答曰:"唯周侯邑五马领头而不克③。"大将军曰:"我与周洛下相遇④,一面顿尽⑤。值世纷纭⑥,遂至于此!"因为流涕。㊀

【今译】王敦在大庭广众下说:"周氏家族中从来没有人位至三公的。"有人答道:"只有周侯已经做到距三公不远的高官,最后却没有成功。"王敦说:"我与周颛在洛阳相遇,一见面即成知交,彼此倾心相待。遇到世道混乱,才到了如今这种地步!"于是他为周颛流下了眼泪。

【刘孝标注】㊀ 邓粲《晋纪》曰:"王敦参军,有于敦坐樗蒱,临当成都,马头被杀,因谓曰:'周家奕世令望,而位不至三公,伯仁垂作而不果,有似下官此马。'敦慨然流涕曰:'伯仁总角时,与于东宫相遇,一面披衿,便许之三司。何图不幸,王法所裁。凄怆之深,言何能尽!'"

【注释】① 王大将军:王敦。　② 诸周:指周颛家族中人。由来:从来。三公:魏晋时以太尉、司徒、司空为三公,执掌朝廷军政大权。　③ 周侯:周颛。邑:疑为"已"字之误。五马领头而不克:比喻周颛的官位已高,与三公相去不远,可惜功亏一篑,犹如玩樗(chū)蒱赌博,棋局已达胜利在望之境,却未能致胜一样。五马,即五木,古代赌博器具,用五木掷采打马,以后就专掷五木以决胜负。不克,不能取胜。　④ 洛下:洛阳。　⑤ 一面顿尽:一见面即成知交,真情相待。　⑥ 值:遇到。纷纭:混乱。

【评析】王敦之流涕与王导之叹"周侯由我而死",都是对错杀周颛的一种自责。

九

温公初受刘司空使劝进①,母崔氏固驻之②,峤绝裾而去③。㊀迄于崇贵④,乡品犹不过也⑤。每爵⑥,皆发诏⑦。㊁

【今译】温峤当初接受司空刘琨的命令,让他前去劝说司马睿即位称帝。母亲崔氏坚决阻止他,温峤扯断衣襟就走了。到他升了高官地位尊贵之时,乡里还是没有通过对他的品评。因此每当他要升官晋爵时,皇帝都要发布诏书来作解释。

【刘孝标注】 ⊖《温氏谱》曰："峤父襜,娶清河崔参女。" ⊜ 虞预《晋书》曰:"元帝即位,以温峤为散骑侍郎。峤以母亡,逼贼,不得往临葬,固辞。诏曰:'峤以未葬,朝议又颇有异同,故不拜。其令八坐议,吾将折其衷。'"

【注释】 ① 温公:温峤。刘司空:刘琨。劝进:劝说拥戴他人当皇帝。 ② 母:温峤之母。固:坚决。驻:阻止。 ③ 绝裾:扯断衣襟以示坚决离去。 ④ 迄:到。崇贵:指地位崇高尊贵。 ⑤ 乡品:指乡里的名士对本州郡人物朝廷评论。当时实行九品中正制,任用官吏,须通过品评,列入上品方可选拔任用。过:通过,认可。 ⑥ 每爵:每次升官授爵。 ⑦ 发诏:发布诏书。

【评析】 文中写温峤接受司空刘琨之命,去劝说司马睿即位称帝,可谓忠君。但当母亲反对,他却抗命绝裾而去,是谓不孝。当乡人评议不予通过时,他为此流泪抱憾。《晋书·孔愉传》:"愉为司徒长史,以平南将军温峤母亡遭乱不葬,乃不过其品……峤执愉手而流涕曰:'天下丧乱,忠孝道废。能持古人之节,岁寒不凋者,唯君一人耳。'时人咸称峤居公而垂愉之守正。"深为自己忠孝不能兼顾而自责。

十

　　庾公欲起周子南①,子南执辞愈固②。庾每诣周,庾从南门入,周从后门出。庾尝一往奄至③,周不及去,相对终日。庾从周索食,周出蔬食,庾亦强饭极欢④;并语世故⑤,约相推引⑥,同佐世之任⑦。既仕,至将军二千石⑧,⊖ 而不称意。中宵慨然曰:"大丈夫乃为庾元规所卖⑨!"一叹,遂发背而卒⑩。

【今译】 庾亮想起用周邵,周邵坚决推辞,特别固执。庾亮每次去拜访周邵,庾亮从南门进去,周邵就从后门出去。庾亮曾经突然直接来到,周邵来不及离开,两人就整天相对而坐。庾亮向周邵要吃的,周邵拿出蔬菜淡饭,庾亮也勉强吃下去,极为高兴。他们一起谈论世俗之事,同时约定推荐引进他,一起共同担负辅佐君主之重任。周邵出来任职后,官做到将军、郡守,但他并不称心如意。在半夜里感叹道:"大丈夫竟然被庾元规出卖了!"他一声长叹,背疮发作而死。

【刘孝标注】 ⊖《寻阳记》曰:"周邵字子南,与南阳翟汤隐于寻阳庐山。庾亮临江州,闻翟、周之风,束带蹑履而诣焉。闻庾至,转避之。亮复密往,值邵弹鸟于林,因前与语。还,便云:'此人可起。'即拔为镇蛮护军、西阳太守。"其集载与邵书曰:"西阳一郡,户口差实,非履道真纯,何以镇其流遁?询之朝野,金曰足下。今具上表,请足下临之,无让。"

【注释】 ① 庾公:庾亮。起:起用,任用。周子南:见刘注。 ② 执辞愈固:坚持自己的意见推辞越发坚决。 ③ 一往:径直,直往。奄(yǎn):忽然。 ④ 强(qiǎng):勉强。 ⑤ 世故:世俗之事。 ⑥ 推引:推荐引进。 ⑦ 佐世:辅佐朝廷治理天下。 ⑧ 将军、二千石:周邵官至镇蛮将军、西阳太守。太守俸禄二千石。 ⑨ 庾元规:庾亮字元规。 ⑩ 发背:引发了背部毒疮。

【评析】 周邵原是隐居庐山的隐士,经不住庾亮的再三游说荐举,下山为官。但是官场的一切令其"不称意",彻夜难眠,追悔莫及,以至于慨叹为庾亮所卖。其内心的痛苦煎熬终于引发了背疮发作而死。可知周邵自视甚高。

十一

阮思旷奉大法①,敬信甚至。大儿年未弱冠②,忽被笃疾③。○一儿既是偏所爱重④,为之祈请三宝⑤,昼夜不懈。谓至诚有感者,必当蒙佑。而儿遂不济⑥。于是结恨释氏⑦,宿命都除⑧。○二

【今译】阮裕信奉佛法,恭敬笃信到了极点。他的大儿子年龄不满二十岁,突然患了重病,儿子既然是得到他偏爱与看重的,他就为儿子祈祷求请三宝保佑,白天黑夜坚持不懈地祈求。原以为自己精诚所至,必能感动三宝,必能蒙受护佑。但是儿子终于没有得救。于是他就与佛教结怨,全都抛除了原来所信奉的善恶相报的宿命之说。

【刘孝标注】○一《阮氏谱》曰:"牖字彦伦,裕长子也。仕至州主簿。" ○二 以阮公智识,必无此弊。脱此非谬,何其惑欤? 夫文王期尽,圣子不能驻其年,释种诛夷,神力无以延其命。故业有定限,报不可移。若请祷而望其灵,匪验而忽其道,固陋之徒耳。岂可与神明之智者哉!

【注释】① 阮思旷:阮裕,字思旷,历官临海、东阳太守、光禄大夫。奉:信奉。大法:指大乘佛教深妙之法。 ② 大儿:名牖,字彦伦,阮裕长子。官至州主簿。弱冠:古时男子二十岁行加冠礼,后即以之指二十岁或二十岁左右的年龄。 ③ 被:遭、受。笃疾:重病。 ④ 偏:偏袒。 ⑤ 三宝:佛教称佛、法、僧为三宝。 ⑥ 济:补益成,挽救。 ⑦ 结恨:结下怨恨。释氏:指佛教,佛教创始人为释迦牟尼,故称。 ⑧ 宿命:佛教认为世上的人于前世都有生命,辗转轮回。今世的命运皆由前世的善恶所决定,即善有善报,恶有恶报,不是不报,时辰未到的意思。

【评析】阮裕笃信佛法,所以大儿子病重时他将所有希望都寄托在了佛陀身上,结果自然不能如愿,以至于他从此与佛教结怨。

十二

桓宣武对简文帝①,不甚得语②。废海西后③,宜自申叙④,乃豫撰数百语⑤,陈废立之意⑥。既见简文,简文便泣下数十行。宣武矜愧⑦,不得一言。

【今译】桓温面对简文帝时,不是很会说话。他在废掉海西公后,应当自己去申明陈说,于是预先撰写了几百句话,陈述废黜海西公与立简文帝的意图。见到简文帝后,简文帝就泪流不止。桓温感到羞愧,一句话也说不出来。

【注释】① 桓宣武:桓温。简文帝:司马昱。 ② 不甚得语:不是很会说话。 ③ 废海西:371 年,桓温废黜西海公司马奕,拥立简文帝司马昱。 ④ 申叙:申诉陈说。 ⑤ 豫:同"预"。 ⑥ 陈:述说。 ⑦ 矜愧:羞愧。

【评析】桓温是图谋篡位的野心家,废海西公、立简文帝便是重要的步骤。简文帝也深知温的野心,故泪流满面。桓温心怀鬼胎,本不善言辞的他自然更是说不出话。

十三

桓公卧语曰①:"作此寂寂②,将为文、景所笑③。"既而屈起坐曰④:"既不

能流芳后世,亦不足复遗臭万载邪⑤?"㊀

【今译】桓温躺着说道:"像这样的无声无息、无所作为,恐怕要被文帝、景帝所耻笑。"接着他又突然坐起来说:"既然不能流芳百世,难道就不能遗臭万年吗?"

【刘孝标注】㊀《续晋阳秋》曰:"桓温既以雄武专朝,任兼将相,其不臣之心,形于音迹。曾卧对亲僚,抚枕而起曰:'为尔寂寂,为文、景所笑!'众莫敢对。"

【注释】① 桓公:桓温。 ② 作:如,像。寂寂:冷静,无声无息,指无所作为。 ③ 文、景:指晋文帝司马昭、晋景帝司马师。 ④ 屈起:屈通"崛",突然。 ⑤ 不足:不能。

【评析】桓温所谓不能流芳百世就遗臭万年的话,在当今社会似乎颇为流行。

十四

谢太傅于东船行①,小人引船②,或迟或速③,或停或待。又放船从横④,撞人触岸。公初不呵谴⑤,人谓公常无嗔喜⑥。曾送兄征西葬还⑦,㊀日暮雨驶,小人皆醉⑧,不可处分⑨。公乃于车中手取车柱撞驭人,声色甚厉。夫以水性沉柔⑩,入隘奔激⑪,方之人情⑫,固知迫隘之地⑬,无得保其夷粹⑭。㊁

【今译】谢安在会稽坐船出行,船夫划船有时慢有时快,有时停下来有时等待。有时又放任不管,听凭船只横冲直撞,甚至撞到人触到岸。谢安从不对他们呵斥责怪。人们都说谢安经常喜怒不形于色。他曾经为兄长谢奕送葬回来,天已经黑了下着雨,驾车人都喝醉了,无法驾车。谢安就在车中用手拿起车柱撞击车夫,声色俱厉。水性是深沉柔和的,流入险要之地,水流就会奔腾激荡,相比人的性情,自然知道处身于狭窄之地,就不能保持平和纯粹之态了。

【刘孝标注】㊀ 征西:谢奕。 ㊁《孟子》曰:"湍水,决之东则东,决之西则西,搏而跃之,可使过颡(额);激而行之,可使在山。岂水之性哉?人可使为不善,性亦犹是也。"

【注释】① 谢太傅:谢安。东:东边,指会稽。 ② 小人:对船夫的蔑称。 ④ 从横:指放任不管,任由船夫直开横开。 ⑤ 初不:从不。呵谴:呵斥责备。 ⑥ 嗔:发怒。 ⑦ 征西:指谢奕,奕字无奕,谢安兄,官至安西将军、豫州刺史。死后谥镇西将军。 ⑧ "日暮雨驶,小人皆醉"句:《太平御览》卷十"驶"作"驭",下一句无"小"字,符合文意,应从之,故二句应为:"日暮雨,驭人皆醉。"驭人:车夫。 ⑨ 处分:处置,安排。 ⑩ 沉柔:深沉柔和。 ⑪ 隘:险要。奔激:水流奔腾激荡。 ⑫ 方:比拟,相比。 ⑬ 迫隘:狭窄的地方。 ⑭ 无得:不得。夷粹:平和纯粹。

【评析】人们都认为谢安是喜怒不形于色的,可是有次乘车时,对车夫却极为不满,不仅声色俱厉,甚至于还拿起车柱撞击车夫,说明人总是难免要失态的。

十五

简文见田稻①,不识,问是何草,左右答是稻。简文还,三日不出,云:"宁

有赖其末而不识其本②?"㊀

【今译】简文帝司马昱看见田里的稻子,不认识,问是什么草,左右侍从回答是稻。司马昱回去后,三天不出门,说:"岂有依赖它的末端稻谷生活,却不认识它的根本稻禾的?"

【刘孝标注】㊀ 文公种菜,曾子牧羊,纵不识稻,何所多悔? 此言必虚。

【注释】① 简文:晋简文帝司马昱。 ② 宁:岂。末:末端,指稻谷。本:根本,指稻禾。

【评析】刘注谓"文公种菜,曾子牧羊"应作"文公种米,曾子驾羊"。余嘉锡《世说新语笺疏》引《说苑·杂言》曰:"文公种米,曾子驾羊,孙叔敖相楚,三年不知轭在衡后。务大者,固忘小。"即干大事者往往忘了小事,就算不识稻子又有何妨。其意似认为简文帝为了不识稻谷三天不出门似无必要。

十六

桓车骑在上明畋猎①,东信至②,传淮上大捷③。语左右云:"群谢年少大破贼④。"因发病薨⑤。谈者以为此死,贤于让扬之荆⑥。㊀

【今译】桓冲在上明打猎时,东边的信使到了,传来淝水之战大胜的消息。他对左右侍从说:"谢家这些年轻人大败贼人。"于是就发病而死。议论者认为这样死去,远比当年让出扬州刺史到荆州任职更贤明。

【刘孝标注】㊀《续晋阳秋》曰:"桓冲本以将相异宜,才用不同,忖己德量,不及谢安,故解扬州以让安。自谓少经军镇,及为荆州,闻苻坚自出淮、淝,深以根本为虑,遣其随身精兵三千人赴京师。时安已遣诸军,且欲外示闲暇,因令冲军还。冲大惊曰:'谢安乃有庙堂之量,不闲将略。吾量贼必破襄阳,而并力淮、淝。今大敌果至,方游谈示暇,遣诸不经事年少,而实寡弱,天下谁知? 吾其左衽矣!'俄闻大勋克举,惭愧而薨。"

【注释】① 桓车骑:桓冲,字幼子,桓温弟,曾任车骑将军,故称。上明:城名,桓冲任荆州刺史时修建,故址在今湖北松滋西。畋(tián)猎:打猎。 ② 东信:东边的信使。 ③ 淮上大捷:指淝水之战晋军打败前秦苻军。 ④ 群谢:淝水之战中,晋军方面之将领有谢石(谢安之弟)、谢玄(谢安之侄)、谢琰(谢安之子)等,均为谢家人。 ⑤ 薨:指诸侯或有爵位的大官之死。 ⑥ 贤:胜过。让扬之荆:指桓冲让出扬州刺史之职给比他更有名望的谢安当,自己则到荆州任刺史,赞其能让贤。之,到。

【评析】刘注谓桓冲自认为"德量"方面不及谢安,而自己"少经军镇",用兵打仗上,谢安不如自己。且谢家统帅又年轻。谁知在淝水之战中他们竟然大获全胜,桓冲终于"惭愧而薨"。

十七

桓公初报破殷荆州①,㊀曾讲《论语》②,至"富与贵,是人之所欲,不以其道,得之不处③",㊁玄意色甚恶④。

【今译】桓玄当初为了报复打败了殷仲堪,正好碰到讲解《论语》,讲到"富与贵,是人之所欲,不以其道,得之不处",桓玄的表情神色很难看。

【刘孝标注】㊀ 周祗《隆安记》曰:"仲堪以人情注于玄,疑朝廷欲以玄代己,遣道人竺僧愆赍宝物遗相王宠幸、媒尼、左右,以罪状玄,玄知其谋,而击灭之。" ㊁ 孔安国《注》曰:"不以其道得富贵,则仁者不处。"

【注释】① 桓公:指桓玄。破:打败。殷荆州:殷仲堪当时任荆州刺史,故称。　② 曾:据李慈铭校,当作"会"(见余嘉锡《世说新语笺疏》),指适逢,正遇。　③ "富与贵"几句:见《论语·里仁》:"富与贵,是人之所欲也。不以其道,得之不处也。"意为:富贵是人人都想要的,但是不用正当的方法去取得富贵,那么君子是不能取的。　④ 意色:表情神色。恶:坏,难看。

【评析】桓玄为什么听到《论语》有关富贵应取之有道的话会脸上变色呢? 因为他是图谋篡夺皇位的野心家,孔子的话似乎就是针对他的图谋而发的。"脸色甚恶"正是其做贼心虚的表现。

纰漏第三十四

一

王敦初尚主①,㊀如厕②,见漆箱盛干枣,本以塞鼻,王谓厕上亦下果③,食遂至尽。既还,婢擎金澡盘盛水④,瑠璃碗盛澡豆⑤,因倒著水中而饮之,谓是干饭⑥。群婢莫不掩口而笑之。

【今译】王敦刚娶了公主,去上厕所时,看到漆箱中盛了干枣,这原本是用来塞鼻孔防臭的,王敦以为在厕所内也放置水果,就吃了起来,直到把干枣吃光。回到屋内,婢女托着金澡盘盛水,琉璃碗中盛着澡豆,他于是就把澡豆倒进水中喝了下去,还认为这些是干粮。婢女们都捂着嘴笑话他。

【刘孝标注】㊀敦尚武帝女舞阳公主,字修袆。

【注释】①尚主:指娶公主为妻。因尊帝王之女,不宜说娶,故谓"尚"。 ②如厕:上厕所。 ③下:放置。 ④擎(qíng):托,举。澡盘:洗澡用的器皿。 ⑤澡豆:洗手、洗面用的物品。 ⑥干饭:干粮。

【评析】王敦娶晋武帝之女舞阳公主为妻,其对帝王家的生活表现出无知,故贻笑大方。

二

元皇初见贺司空①,言及吴时事问:"孙皓烧锯截一贺头②,是谁?"司空未得言,元皇自忆曰:"是贺劭③。"㊀司空流涕曰:"臣父遭遇无道④,创巨痛深,无以仰答明诏⑤。"㊁元皇愧惭,三日不出。

【今译】晋元帝初次召见贺循时,说到三国东吴时的事,问道:"孙皓烧红锯子割断了一个姓贺者的头颅,这个人是谁?"贺循还未回答,晋元帝自己回忆道:"是贺劭。"贺循流着眼泪说:"我父亲遭遇无道昏君的酷刑,令我蒙受巨大的伤害,痛苦深重,所以无法仰答陛下英明的诏问。"晋元帝感到惭愧,三天没有出朝。

【刘孝标注】㊀邵即循父也。皓凶暴骄矜,劭上书切谏,皓深恨之。亲近惮劭贞正,谮(zèn)云谤毁国事。被诘责。后还复职。邵中恶风,口不能言语,皓疑劭托疾,收付酒藏,考掠千数,卒无一言。遂杀之。 ㊁《礼记》云:"创巨者其日久,痛深者其愈迟。"

【注释】①元皇:晋元帝司马睿。贺司空:贺循,字彦先,死后追赠司空。 ②孙皓:孙权之孙,吴国末代国君。截:割断。贺头:姓贺的人的头颅。 ③贺劭:字兴伯,贺循的父亲。 ④无道:暴虐,暴政。 ⑤仰答明诏:恭敬地回答皇帝的诏问。

【评析】此事《晋书》本传亦载。晋元帝对自己提问的失误感到羞愧，说明他是个能够自知的君王。

三

蔡司徒渡江①，见彭蜞②，大喜曰："蟹有八足，加以二螯③。"令烹之。既食，吐下委顿④，方知非蟹。后向谢仁祖说此事⑤，谢曰："卿读《尔雅》不熟⑥，几为《劝学》死⑦。"⊖

【今译】蔡谟渡江南下，看到彭蜞，非常高兴地说："蟹有八只脚，加上两只螯。"叫人把它煮熟，吃了以后，上吐下泻，弄得萎靡不振，这才知道吃的不是螃蟹。后来向谢尚说起这件事，谢尚说："你读《尔雅》读得不熟，差一点被《劝学》害死。"

【刘孝标注】⊖《大戴礼·劝学篇》曰："蟹二螯八足，非蛇蟺之穴无所寄托者，用心躁也。"故蔡邕为《劝学章》取义焉。《尔雅》曰："螖蠌小者劳，即彭蜞也，似蟹而小。"今彭蜞小于蟹，而大于彭蟧，即《尔雅》所谓彭蜞也。然此三物，皆八足二螯，而状甚相类。蔡谟不精其小大，食而致弊，故谓读《尔雅》不执也。

【注释】① 蔡司徒：蔡谟，字道明，官至司徒，故称。 ② 彭蜞：生长在水边类似蟹类的动物，但不能食用。 ③ 螯：螃蟹类动物的第一对脚，形状如钳状，能开合，用来取食自卫。 ④ 吐下：指上吐下泻。委顿：疲乏，萎靡不振。 ⑤ 谢仁祖：谢尚。 ⑥《尔雅》：我国最早解释词义的专著。 ⑦ 几：几乎，差一点。"为《劝学》死"二句：《尔雅》中《释鱼》谓"彭蟧，即彭蜞"。荀子《劝学》有"蟹有八足，加以二螯"两句。

【评析】彭蜞与蟹外形相似，都有二螯八足，蔡谟不识其区别，误把彭蜞当作蟹吃了下去，险些送命，这正是读书不求甚解造成的纰漏。

四

任育长年少时①，甚有令名②。武帝崩③，选百二十挽郎④，一时之秀彦⑤，育长亦在其中。王安丰选女婿⑥，从挽郎搜其胜者，且择取四人⑦，任犹在其中。童少时，神明可爱，时人谓育长影亦好。自过江，便失志⑧。王丞相请先度时贤共至石头迎之⑨，犹作畴日相待⑩，一见便觉有异。坐席竟⑪，下饮⑫，便问人云："此为茶？为茗⑬？"觉有异色，乃自申明云："向问饮为热、为冷耳。"尝行从棺邸下度⑭，流涕悲哀。王丞相闻之曰⑮："此是有情痴⑯。"⊖

【今译】任瞻年轻时，有很好的名声。晋武帝死时，要选一百二十名挽郎，都是当时的俊秀人才，任瞻也是其中的一位。王戎选女婿，就从这些挽郎中寻找才貌俱佳的，暂时选取四人，任瞻也在其中。他在童年时，神情可爱，当时人认为任瞻的影子也是美好的。自从渡江南下后，他就神志不清，精神失常了。王导请当时先渡江南下的贤达一起到石头城迎接任瞻，还是像以前那样接待他，但一见面就觉得有些异常。大家坐下上茶以后，任瞻就问别人："这是茶，还是茗？"他觉得别人神色有变，就自己说明道："刚才我问喝的茶是热的还是冷的而已。"他曾经从棺材店前走过，就悲伤地流下眼泪。王导听到此事后说:"这是一位有情的痴子。"

【刘孝标注】㊀《晋百官名》曰:"任瞻字育长,乐安人。父琨,少府卿。瞻历谒者、仆射、都尉、天门太守。"

【注释】① 任育长:见刘注。 ② 令名:好名声。 ③ 武帝:晋武司马炎。 ④ 挽郎:牵引灵柩唱挽歌的少年。 ⑤ 秀彦:德才兼优的人才。 ⑥ 王安丰:王戎。 ⑦ 且:暂时。 ⑧ 失志:指失去神志,精神失常。 ⑨ 先度时贤:较早渡江南下的当时贤达名流。 ⑩ 畴日:前时,以前。 ⑪ 竟:完毕。 ⑫ 下饮:设茶,供茶。 ⑬ 为茶为茗:茶与茗为同一物。《尔雅·释木》郭璞注:"今呼早采者为茶,晚采者为茗。" ⑭ 棺邸:棺材店。 ⑮ 王丞相:王导。 ⑯ 有情痴:有情感的痴呆。

【评析】本文所写任瞻之所谓"纰漏",并非一般意义上的错误过失,而是生理上的"失志"造成的。只是他不能面对自己生理上的缺陷(系渡江南下,颠沛而造成),王导称其为"情痴",还是有道理的。

五

谢虎子尝上屋熏鼠①。㊀胡儿既无由知父为此事②,闻人道痴人有作此者,戏笑之,时道此非复一过③。太傅既了己之不知④,因其言次⑤,语胡儿曰:"世人以此谤中郎⑥,亦言我共作此。"㊁胡儿懊热⑦,一月日闭斋不出。太傅虚托引己之过⑧,以相开悟⑨,可谓德教⑩。

【今译】谢据曾经爬上屋顶熏老鼠,谢朗既然无法知道是父亲做的这件事,所以听人说起有个痴痴呆呆的人做了这样的事,就跟着戏笑,还不止一次地提起这件事。谢安既已经明白了谢朗原来并不知道父亲做的此事,便趁着他讲这件事的机会,对谢朗说:"世上的人用这事来诽谤你父亲,还说我也与他共同做了这件事。"谢朗听了十分烦闷,关在家里一个月不出门。谢安假托这件事,引作自己的过错,用这个办法来开导启发谢朗,真可称得上德教。

【刘孝标注】㊀ 虎子,据小字。据字玄道,尚书褒第二子。年三十三亡。 ㊁ 中郎,据也。章仲反。按世有兄弟三人,则谓第二者为中。今谢昆弟有六,而以据为中郎,未可解,当由有三时,以中为称,因仍不改也。

【注释】① 谢虎子:谢据,小字虎子。 ② 胡儿:谢朗,小字胡儿,谢据之子。无由:无从,没有机会,没有办法。 ③ 非复:不只,不是。一过:一次。 ④ 太傅:谢安。了:明白。 ⑤ 因其言次:趁着他说话的时候。 ⑥ 谤:诽谤。中郎:指谢据,他在兄弟中排名第二,故称。 ⑦ 懊热:烦闷,烦躁。 ⑧ 虚托:假托。引:举。 ⑨ 开悟:开导启发,使其觉悟。 ⑩ 德教:以道德的教育来感化人,使人觉悟。

【评析】谢据爬上屋顶熏老鼠,成为人们街谈巷议的笑料。其子谢朗不知是父亲做的傻事,也跟着一再予以戏笑。谢安得知后,假托自己也受这个笑话的牵连,让谢朗明白其中牵涉他自己的父亲,堪称德教之经典,足为今取鉴。

六

殷仲堪父病虚悸①,闻床下蚁动,谓是牛斗。㊀孝武不知是殷公②,问仲堪:"有一殷,病如此不③?"仲堪流涕而起曰:"臣进退唯谷④。"㊁

【今译】殷仲堪的父亲生病得了虚悸症,听到床下有蚂蚁的响动,以为是牛在斗。孝武帝不知道病者是殷仲堪之父,问殷仲堪:"有一个姓殷的人,生的病就是这样的吗?"殷仲堪流泪起身说:"臣子进退两难。"

【刘孝标注】㊀《殷氏谱》曰:"殷师字师子,祖识、父融,并有名。师至骠骑咨议,生仲堪。"《续晋阳秋》曰:"仲堪父曾有失心病,仲堪腰不解带,弥年父卒。" ㊁《大雅》诗也。毛公注曰:"谷,穷也。"

【注释】① 殷仲堪父:殷师,字师子,官至骠骑咨议,殷仲堪之父。虚悸:中医病名,因气血亏虚造成心跳发慌等症状。 ② 孝武:晋孝武帝司马曜。殷公:指殷仲堪之父。 ③ 不:同"否"。 ④ 进退唯谷:《诗经·大雅·桑柔》:"人亦有言,进退维谷。""唯"通"维"。谷,比喻困境,进退两难。

【评析】此则故事与本节二所载类似,均属无心之失。

七

虞啸父为孝武侍中①,帝从容问曰②:"卿在门下③,初不闻有所献替④。"虞家富春⑤,近海,谓帝望其意气⑥,对曰:"天时尚暖,蟹鱼虾鲑未可致⑦,寻当有所上献⑧。"帝抚掌大笑。㊀

【今译】虞啸父担任孝武帝司马曜侍中时,孝武帝不慌不忙地问道:"你在门下省任职时,从来没有听到你进献过什么可行的高见。"虞家在富春,靠近大海,他还以为皇帝要他进贡一些物品,就回答道:"天气还暖和,蟹鱼虾鳝等鲜美的鱼类一时还搞不到,不久应当会有所进献了。"孝武帝听了拍手大笑。

【刘孝标注】㊀《中兴书》曰:"啸父,会稽人,光禄潭之孙,右将军纯之子。少历显位,与王廞同废为庶人。义旗初,为会稽内史。"

【注释】① 虞啸父:会稽余姚人,官至侍中,为孝武帝所爱重。 ② 从(cōng)容:不慌不忙地。 ③ 门下:门下省,官署名,皇帝的顾问机关。 ④ 献替:"献可替否(pǐ)"的简称,即进献可行的言论,提出不可行的言论。初:从来。 ⑤ 富春:县名,在今浙江省。 ⑥ 意气:指贡献礼物。《晋书》本传作"谓帝有所求",较易明了。 ⑦ 蟹(zhì)鱼:浅海鱼,肉肥美。鱼可制酱。鲑:一作"鳝",醃鱼,糟鱼。致:指得到,找到。 ⑧ 寻:不久。

【评析】虞啸父不懂"献可替否"四字的意义,而是望文生义,听到一个"献"字,便以为要他贡献财物,要吃他家乡的海鲜,于是造成了误解,闹了笑话。这是学识浅薄造成的纰漏。

八

王大丧后①，朝论或云国宝应作荆州②。○国宝主簿夜函白事云③："荆州事已行④。"国宝大喜，其夜开阁⑤，唤纲纪，话势虽不及作荆州，⑥而意色甚恬⑦。晓遣参问⑧，都无此事。即唤主簿数之曰⑨："卿何以误人事邪?"

【今译】王忱死后，朝廷议论，有人说王国宝应当做荆州刺史。王国宝的主簿连夜封呈一份文书报告说："荆州刺史的任命已经定下来了。"王国宝大喜，当天晚上打开衙署的侧门，叫主簿属官来。虽然没有说到做荆州刺史，但神情色色很恬淡愉悦。到天亮时派人去探问，完全都没有这回事。他立即叫来主簿责备他说："你为什么耽误我的事呢?"

【刘孝标注】○《晋安帝纪》曰："王忱死，会稽王欲以国宝代之，孝武中诏用仲堪，乃止。"

【注释】① 王大：王忱，字元达，小字佛大，王坦之子。官至荆州刺史。　② 朝论：朝廷议论。国宝：王国宝，王忱之兄。作荆州：担任荆州刺史。　③ 主簿：官名，负责文书、印信等。夜函白事：连夜函封报告文书。　④ 荆州事：指任命王国宝为荆州刺史事。已行：定下来了。⑤ 开阁(gé)：打开衙署侧门。　⑥ 纲纪：指主簿。　⑥ 话势：话头，说话的势头。　⑦ 意色：神情气色。恬：坦然，愉悦，恬淡。　⑧ 参问：探问，验证。　⑨ 数(shǔ)：责备。

【评析】《晋书》本传谓王国宝善于奉迎，不修操守，谢安是其岳父，也"每抑而不用"。本文即写其求官心切所闹出的笑话。

惑溺第三十五

一

魏甄后惠而有色①,先为袁熙妻②,甚获宠。曹公之屠邺也③,令疾召甄④,左右白:"五官中郎已将去⑤。"公曰:"今年破贼,正为奴⑥。"㈠

【今译】魏文帝曹丕的甄皇后既聪明又有姿色,先前是袁熙的妻子,很受宠爱。曹操攻破邺城屠杀百姓时,下令迅速召见甄氏,左右侍从说:"五官中郎已经把她带走了。"曹操说:"今年打败袁贼,正是为了她。"

【刘孝标注】㈠《魏略》曰:"建安中,袁绍为中子熙娶甄会女。"绍死,熙出在幽州,甄留侍姑。及邺城破,五官将从而入绍舍,见甄怖,以头伏姑膝上。五官将谓绍妻袁夫人扶甄令举头。见其色非凡,称叹之。太祖闻其意,遂以迎娶,擅室数岁。《世语》曰:"太祖下邺,文帝先入袁尚府,见妇人被发垢面,垂涕立绍妻刘后。文帝问,知是熙妻,使令揽发,以袖拭面,姿貌绝伦。既过,刘谓甄曰:'不复死矣。'遂纳之,有宠。"《魏氏春秋》曰:"五官将纳熙妻也。孔融与太祖书曰:'武王伐纣,以妲己赐周公。'太子以融博学,真谓书传所记。后见融问之,对曰:'以今度古,想其然也。'"

【注释】① 魏甄后:三国时魏文帝曹丕的皇后甄氏。惠:通"慧",聪明。 ② 袁熙:字显奕,袁绍次子。 ③ 曹公:曹操。屠邺:屠戮邺城。邺:县名,为冀州治所,故址在今河北临漳西南。 ④ 疾:快,迅速。 ⑤ 五官中郎:指曹丕,他曾任此职。将:带。 ⑥ 奴:他,她。

【评析】曹操、曹丕父子同时看上甄夫人,曹丕抢先一步,把她带走。而曹操为了得到这位美人,竟然攻破邺城残害百姓。可知父子俩都是贪溺女色之徒。

二

荀奉倩与妇至笃①,冬月妇病热,乃出中庭自取冷,还以身熨之②。妇亡,奉倩后少时亦卒,以是获讥于世。㈠奉倩曰:"妇人德不足称,当以色为主。"裴令闻之曰③:"此乃是兴到之事④,非盛德言⑤,冀后人未昧此语⑥。"㈡

【今译】荀粲与妻子情爱深厚,冬天里妻子生了热病,他就到庭院在冷风中受冻,回来后用身体紧贴妻子,为她降温。妻子死后,他没多久也死了,为此他受到了世人的讥讽。荀粲曾说:"妇人有德行不值得称赞,应当以美色为主。"裴楷听到这话后说:"这是一时兴起的事,不是德高望重者当说的话,希望后人不要被这话弄糊涂了。"

【刘孝标注】㈠《粲别传》曰:"粲常以妇人才智不足论,自宜以色为主。骠骑将军曹洪女有色,粲于是聘焉。容服帷帐甚丽,专房燕婉。历年后妇病亡。未殡,傅嘏往唁粲,粲不哭而神伤。嘏问曰:'妇人才色,并茂为难。子之聘也,遗才存色,非难遇也,何哀之甚?'粲曰:'佳人难再得!顾逝者不能有倾城之异,然未可易遇也。'痛悼不能已。岁余亦亡。亡时年二十九。粲简贵,不与常人交接,所交者一时俊杰。至葬夕,赴期者裁十余人,悉同年相知名士也。哭之,感恸路人。粲虽褊隘,以燕婉自丧,然有识犹追惜其能言。" ㈡何劭论粲曰:"仲尼称'有德者有言'，而荀粲减于是,力顾所言有余,而识不足。"

【注释】① 荀奉倩：荀粲,字奉倩,颍川(今河南许昌)人。至笃：指情爱深厚。　② 熨：指以热身体去紧贴。　③ 裴令：裴惜,字叔则,官至中书令。　④ 兴到：指一时兴起。　⑤ 盛德：德高望重之人。　⑥ 冀：希望。昧(mèi)：糊涂,不明白。

【评析】本书《文学》第九则称荀粲"谈尚玄远",可知其崇尚老庄之清淡。本文写其以身体为夫人降温,表现了他们夫妇之间恩爱情深,至为感人。荀粲所说的妇人有德不如有色之言,说明他并不隐讳自己的看法,直言自己所好,亦无不可,但这在古代就避免不了"惑溺"之讥了。

三

　　贾公闾⊖后妻郭氏酷妒①。有男儿名黎民,生载周②,充自外还,乳母抱儿在中庭,儿见充喜踊,充就乳母手中呜之③。郭遥望见,谓充爱乳母,即杀之。儿悲思啼泣,不饮它乳,遂死。郭后终无子。⊖

【今译】贾充的后妻郭氏妒忌心极重。她有个儿子名叫黎民,生下来才满周岁时,贾充从外边回来。乳母抱着小儿在庭院中,小儿看见贾充高兴得蹦蹦跳跳,贾充就在乳母手中亲吻了儿子。郭氏远远地望见,以为贾充爱上了乳母,立即把乳母杀了。小儿思念乳母,悲痛地啼哭,不吃别人的奶,于是死了。郭氏后来一直没有儿子。

【刘孝标注】⊖《充别传》曰："充父逵,晚有子,故名曰充,字公闾,言后必有充闾之庆。"⊖《晋诸公赞》云："郭氏即贾后母也。为性高朗,知后无子,甚忧爱愍怀,每劝厉之。临亡,诲贾后,今尽意于太子,言甚切至。赵充华及贾谧母,并勿令出入宫中。又曰：'此皆乱汝事!'后不能用,终至诛夷。臣按：傅畅此言,则郭氏贤明妇人也。向令贾后抚爱愍怀,岂当纵其妒悍,自弊其子。然则物我不同,或老壮情异乎?"

【注释】① 贾公闾：见刘注。郭氏：郭配之女,名槐,晋惠帝贾后之母。酷：表示程度之深。极,很。　② 载周：指满周岁。载,开始。　③ 呜：亲吻。

【评析】贾充的后妻郭槐据《晋书》本传,其不仅是妒妇,且"暴戾"成性,亲手杀了多人。她不止杀了黎民的乳母,不久后又杀了另一个孩子的乳母："后又生男,过期(jī)(一周年),复为乳母所抱,充以手摩其头。郭疑乳母,又杀之,儿亦思慕而死。"郭槐堪称杀人成性的女魔王。

四

　　孙秀降晋①,晋武帝厚存宠之②,⊖妻以姨妹蒯氏③,室家甚笃④。妻尝妒,乃骂秀为貉子⑤。⊖秀大不平,遂不复入。蒯氏大自悔责,请救于帝。时大赦,群臣咸见。既出,帝独留秀,从容谓曰："天下旷荡⑥,蒯夫人可得从其例不?"秀免冠而谢⑦,遂为夫妇如初。

【今译】孙秀归降了晋朝,晋武帝格外关怀宠信他,把姨妹蒯氏嫁给他为妻。夫妇之间感情很深厚。孙秀妻子曾经妒性发作，就骂孙秀为"貉子"。孙秀心中十分不满，于是就不再进妻子的内室了。蒯氏深感悔恨自责，向武帝求救。当时正逢大赦，满朝臣子都来上朝谒见皇上。退朝后，武帝把孙秀单独留下，很委婉地说："天下大赦，恩德宽大，蒯夫人可以按照这个例子从宽发落吗？"孙秀脱帽谢罪，于是夫妇和好如初。

【刘孝标注】㊀《太原郭氏录》曰："秀字彦才，吴郡吴人，为下口督，甚有威恩。孙皓惮欲除之，遣将军何定溯江而上，辞以捕鹿三千口供厨。秀豫知谋，遂来归化。世祖喜之，以为骠骑将军、交州牧。" ㊁《晋阳秋》曰："蒯氏襄阳人，祖良，吏部尚书。父钧，南阳太守。"

【注释】① 孙秀：见刘注。 ② 晋武帝：司马炎。厚存宠：指格外关怀抚慰宠信。 ③ 妻以：指把女儿嫁人。蒯(kuǎi)氏：为晋武帝之妻妹。 ④ 笃：指感情深厚。 ⑤ 貉(hé)：野兽名，类似狐狸。此为骂人之语。当时中原士族轻视江东吴人，蔑称他们为"貉子"。 ⑥ 旷荡：宽宏大量。 ⑦ 免冠而谢：脱下帽子谢罪。

【评析】晋武帝对降晋的孙秀加倍关怀宠幸，借此来笼络南方士人。当时在士族间都说北方洛阳话，对说南方话的南方士族表示轻蔑。孙秀是吴郡人，蒯氏称他为"貉子"，以示对他的蔑视。孙秀受到了伤害，而这与武帝的笼络南方士人的意图不合，于是武帝便借大赦来劝合，孙秀夫妇才和好如初。

五

韩寿美姿容①，贾充辟以为掾②。充每聚会，贾女于青琐中看③，见寿，说之④，恒怀存想⑤，发于吟咏。后婢往寿家，具述如此⑥，并言女光丽⑦。寿闻之心动，遂请婢潜修音问⑧，及期往宿⑨。寿蹻捷绝人⑩，逾墙而入，家中莫知。㊀自是充觉女盛自拂拭⑪，说畅有异于常⑫。后会诸吏，闻寿有奇香之气，是外国所贡，一著人则历月不歇⑬。㊁充计武帝唯赐己及陈骞⑭，余家无此香，疑寿与女通，而垣墙重密，门阁急峻，何由得尔⑮？乃托言有盗，令人修墙。使反曰⑯："其余无异，唯东北角如有人迹，而墙高，非人所逾。"充乃取女左右婢考问⑰。即以状对⑱。充秘之，以女妻寿。㊂

【今译】韩寿姿态容貌都很美，贾充召他为属官。贾充每次聚会，贾充女儿就从窗格中偷看，见到韩寿，就喜欢他，心里常常想念他，思念之情在吟咏诗歌时流露出来。后来婢女到韩寿家去，详细讲了这些情况，并且说到贾充女儿光艳美丽。韩寿听到后动了心，就请婢女暗地里传递消息，约定日期去过夜。韩寿身手矫健敏捷，超过常人，他跳墙进屋，家里没人知道。从此以后贾充感觉女儿讲究修饰打扮自己，喜悦舒畅之情不同于往常。后来贾充会见属官，闻到韩寿身上有一股奇特的香气，这种香是外国进贡的，一沾到人身上，几个月也不会消退。贾充估计这种香武帝只赐给自己和陈骞，其余人的家里没有这种香，就怀疑韩寿与女儿私通。但是家里的围墙重叠严密，大门、边门戒备森严，他怎么能进来呢？于是便借口有盗贼，派人修墙。匠人回来说："其他地方没有什么异常情况，只有东北角好像有人的足迹，但围墙很高，不是一般人能够跳得进来的。"贾充就把女儿身边的婢女叫来审问，婢女便把情况说了出来。贾充把此事隐瞒起来，严守秘密，把女儿嫁给韩寿为妻。

【刘孝标注】㊀《晋诸公赞》曰："寿字德真，南阳赭阳人。曾祖暨，魏司徒，有高行。"寿敦家风，性忠厚，岂有若斯之事？诸书无闻，唯见《世说》，自未可信。 ㊁《十洲记》曰："汉武帝时，西域月氏国遣使献香四两,大如雀卵,黑如桑椹,烧之,芳香经三月不歇。"盖此香也。　㊂《郭子》谓与韩寿通者,乃是陈骞女,即以妻寿,未婚而女亡。寿因娶贾氏,故世因传是充女。

【注释】① 韩寿:见刘注。　② 贾充:字公闾,官至尚书令。辟(bì):授予官职。掾:官署属员的通称。　③ 青琐(suǒ):镂刻成格的窗户,窗格。　④ 说(yuè):通"悦",喜欢。　⑤ 存想:想念。　⑥ 具述:全都说了。具,同"俱"。　⑦ 光丽:光艳美丽。　⑧ 潜修音问:暗中传递音信。　⑨ 及期:指到约定的时期。　⑩ 捷:强健敏捷。　⑪ 盛自拂拭:讲究修饰打扮自己。　⑫ 说畅:喜悦舒畅。　⑬ 著(zhuó):附着。歇:停止,消失。　⑭ 计:估计,考虑,打算。陈骞(qiān):字休渊,仕魏时,官至大将军。后仕晋,为武帝所重,封公。　⑮ 门阁:大门和边门。急峻:指戒备森严。　⑯ 反:返。　⑰ 考问:审问,盘问。　⑱ 状:情况,状况。

【评析】韩寿与贾女互相倾慕向往,终成眷属,是一篇动人的爱情故事。脍炙人口的《西厢记》中张生逾墙的情节或借鉴于此。贾女主动、大胆地追求自己的至爱,这在现代不足为奇,但在古代势必要列入"惑溺"之列的。

六

王安丰妇常卿安丰①,安丰曰:"妇人卿婿,于礼为不敬,后勿复尔②。"妇曰:"亲卿爱卿,是以卿卿。我不卿卿,谁当卿卿!"遂恒听之。

【今译】王戎的妻子常常称王戎为"卿"。王戎说:"妇人用'卿'来称呼夫婿,在礼数上是不尊敬,以后不要这样。"妻子说:"我亲你爱你,所以才称你为'卿'。我不称你为'卿',还有谁该来称你为'卿'!"于是王戎就一直听任她这样称呼自己。

【注释】① 王安丰:王戎。卿:第二人称"你"或"您"的代词。夫称妻,夫妻对称,君称臣,上称下,长称幼,或同辈间互称,有表示尊重、客气、亲昵等的作用。　② 尔:如此。

【评析】从王戎妻称夫婿为"卿",可知他们夫妇间恩爱情深,王妻更是毫不掩饰自己对夫婿的热爱,大胆地表达出来,诚为难得。此后"卿卿"连用,即成为夫妻间的爱称。

七

王丞相有幸妾姓雷①,颇预政事②,纳货③。蔡公谓之"雷尚书④"。㊀

【今译】丞相王导有一个宠幸的姬妾姓雷,很喜欢干预政事,收受贿赂,蔡谟称她为"雷尚书"。

【刘孝标注】㊀《语林》曰:雷有宠,生恬、洽。

【注释】① 王丞相:王导。幸妾:得到宠爱的小妾。幸,宠幸,宠爱。　② 预:参预,参加,干预。　③ 纳货:接受钱财。　④ 蔡公:蔡谟,官至司徒,为三公之列,故称为公。尚书:官名,掌管文书奏章。

【评析】王导在当时权倾一时,是深受朝廷上下瞩目的重臣。本文写其纵容宠妾收受贿赂,干预政事,被讥为"尚书",可知王导在女色迷惑之下也是糊涂之甚!

仇隙第三十六

一

　　孙秀既恨石崇不与绿珠①,㊀又憾潘岳昔遇之不以礼②。后秀为中书令,岳省内见之③,因唤曰:"孙令,忆畴昔周旋不④?"秀曰:"中心藏之,何日忘之⑤?"岳于是始知必不免⑥。㊁后收石崇、欧阳坚石⑦,同日收岳。㊂石先送市⑧,亦不相知。潘后至,石谓潘曰:"安仁⑨,卿亦复尔邪?"潘曰:"可谓'白首同所归⑩'。"㊃潘《金谷诗集》云:"投分寄石友⑪,白首同所归。"乃成其谶⑫。

【今译】孙秀既恨石崇不肯把绿珠送给他,又恨潘岳过去曾经对自己无礼。后来孙秀担任中书令,潘岳在官署见到他,便叫他道:"孙令,还记得我们以前的交往吗?"孙秀说:"中心藏之,何日忘之?"潘岳这才知道孙秀对自己的报复是避免不了的了。后来孙秀逮捕石崇、欧阳坚石,同一天逮捕了潘岳。石崇先被送到行刑场,还不知道潘岳的情况,潘岳后来也被押来了,石崇对潘岳说:"安仁,你也这样了吗?"潘岳说:"我们可说是'白首同所归'。"潘岳在《金谷诗集》序中说:"投分寄石友,白首同所归。"这两句诗,竟成了他们遇害的预言。

【刘孝标注】㊀干宝《晋纪》曰:"石崇有妓人绿珠,美而工笛,孙秀使人求之。崇别馆北邙下,方登凉观,临清水,使者以告。崇出其婢妾数十人以示之曰:'任所以择。'使者曰:'本受命者,指绿珠也,未识孰是?'崇勃然曰:'绿珠,吾所爱,不可得也!'使者曰:'君侯博古知今,察远照迩,愿加三思。'崇不然。使者已出又反,崇竟不许。"　㊁王隐《晋书》曰:"岳父文德,为琅邪太守,孙秀为小吏,给使,岳数蹴踏秀,而不以人遇之也。"　㊂《晋阳秋》曰:"欧阳建字坚石,渤海人。有才藻,时人为之语曰:'渤海赫赫,欧阳坚石。'初,建为冯翊太守,赵王伦为征西将军,孙秀为腹心,挠乱关中,建每匡正,由是有隙。"王隐《晋书》"石崇、潘岳与贾谧相友善,及谧废,惧终见危,与淮南王谋诛伦,事泄,收崇及亲期以上皆斩之。初,岳母诫岳以止足之道,及收,与母别曰:'负阿母!'崇家河北,收者至,曰:'吾不过流徙交、广耳!'及车载东市,始叹曰:'奴辈利吾家之财。'收崇人曰:'知财为害,何不早散?'崇不能答。"　㊃《语林》曰:"潘、石同刑东市,石谓潘曰:'天下杀英雄,卿复何为?'潘曰:'俊士填沟壑,余波来及人。'"

【注释】①孙秀:字俊忠,琅邪(山东临沂北)人,赵王司马伦用为侍郎。后为中书令,专朝政。司马伦败,被杀。绿珠:见刘注。　②憾:恨。潘岳:字安仁,荥阳人,官至黄门侍郎,有才名,后为孙秀所杀。昔遇之不以礼:指潘岳过去待他无礼。刘注引文谓潘岳之父为太守,而孙秀只是供人差遣的小吏,潘岳便几次三番踩踏孙秀,不把他当人看待。　③省内:指官署里。④畴昔:过去,从前。周旋:交往。不:同"否"。　⑤"中心藏之"二句:见《诗经·小雅·隰(xí)桑》。两句诗谓心中有了他,没有一天忘得了他。言外之意,自己对往日受辱的情景永远不会忘记。　⑥不免:指不能避免被孙秀报复之祸。　⑦收:逮捕。欧阳坚石:欧阳建,字坚石,渤海(今河北省皮东北)人。石崇外甥,历任山阳令、尚书郎、冯翊太守。因受石崇之牵连被杀。　⑧市:执行死刑的东市。　⑨安仁:潘岳字安仁。　⑩"白首"句:谓白发老人一起走向死亡。　⑪投分:志趣投合,互为相知。石友:谓友谊坚如磐石。　⑫谶(chèn):指预言、预兆。

【评析】为了石崇不送美人,为了潘岳鄙视自己出身低微,孙秀就此怀恨在心。一朝得意,孙秀便将石、潘二人处死,还把绿珠一家满门抄斩。可知孙秀是睚眦必报的小人。

二

刘玙兄弟少时为王恺所憎①,尝召二人宿,欲默除之②。令作阬③,阬毕,垂加害矣④。石崇素与玙、琨善,闻就恺宿,知当有变⑤,便夜往诣恺,问二刘所在。恺卒迫不得讳⑥,答云:"在后斋中眠⑦。"石便径入,自牵出,同车而去,语曰:"少年何以轻就入宿?"⊖

【今译】刘玙、刘琨兄弟二人年轻时被王恺憎恨,王恺曾经请他们二人到家里来住宿,想乘机暗中杀掉他们。王恺让人挖坑,挖好后,即将害死他们。石崇向来与刘玙、刘琨交好,听说他们到王恺家住宿,知道会有变故,就连夜前去拜访王恺,问二刘在哪里。王恺仓促急迫之间不能隐瞒,回答道:"在后面书斋中睡。"石崇就直接进去,亲自把他们拉出来,一同乘车而去,他对刘玙、刘琨兄弟说:"年轻人为什么要轻率地到别人家去住宿?"

【刘孝标注】⊖ 刘璨《晋纪》曰:"琨与兄玙俱知名,游权贵之间,当世以为豪杰。"

【注释】① 刘玙兄弟:刘玙(yú)与刘琨。玙,一作舆,刘玙为刘琨之兄,字庆孙,有才名,官宰府尚书郎。玙与琨兄弟二人均瞧不起孙秀,后孙秀得势,将他们免职。后复以玙为散骑侍郎。② 默除:指暗杀。 ③ 阬:土坑。 ④ 垂:接近,将要。 ⑤ 变:事变,变故、突发事件。⑥ 卒(cù)迫:仓促急迫。讳(huì):隐瞒。 ⑦ 后斋:后房。

【评析】王恺与孙秀一样,是睚眦必报的小人。如果不是石崇及时救助,刘玙、刘琨兄弟必死无疑。

三

王大将军执司马愍王①,夜遣世将载王于车而杀之②,当时不尽知也。⊖虽愍王家亦未之皆悉,而无忌兄弟皆稚。⊖王胡之与无忌长甚相昵③,胡之尝共游。无忌入告母,请为馔④,母流涕曰:"王敦昔肆酷汝父⑤,假手世将⑥。吾所以积年不告汝者⑦,王氏门强,汝兄弟尚幼,不欲使此声著⑧,盖以避祸耳。"无忌惊号⑨,抽刃而出⑩,胡之去已远。

【今译】王敦抓了司马丞,夜里派遣王廙把司马丞装在车里杀害了,当时的人全不知道这件事,就是司马丞的家人也都不知道,而无忌兄弟二人还都幼小。王胡之与无忌长大后互相很亲近,王胡之曾经与无忌一起游玩。无忌进屋告诉母亲,请母亲为他们准备吃的东西,母亲流着泪说:"王敦从前肆意残害你父亲,就是借了世将的手干的。我为什么多年不告诉你,就是因为王氏家族势力强盛,你们兄弟还小,我不想让这件事声张开来,就是为了避免灾祸罢了。"无忌听了惊讶得号啕,拔出刀来跑出去,王胡之这时已经走远了。

【刘孝标注】㊀《晋阳秋》曰："司马丞字元敬,谯王逊子也。为中宗湘州刺史,路过武昌,王敦与燕会,酒酣,谓丞曰:'大王笃实佳士,非将御之才。'对曰:'焉知铅刀不能一割乎?'郭将谋逆,召丞为军司马,丞叹曰:'吾其死矣!地荒民解,势孤援绝。赴君难,忠也,死王事,义也。死忠与义,又何求焉?'乃驰檄诸郡丞赴义。敦遣从母弟魏乂攻丞,王廙使贼迎之,毙于车。敦既灭,追赠骠骑,谥曰愍王。" ㊁《无忌别传》曰:"无忌字公寿,丞子也。才器兼济,有文武干。袭封谯王、卫军将军。" ㊂《司马氏谱》曰:"丞娶南阳赵氏女。"《王廙别传》曰:"廙字世将,祖览父正。廙高朗豪率。王导、庾亮游于石头,会廙至,尔日迅风飞飙,廙倚船楼长啸,神气甚逸。导谓亮曰:'世将为复识事?'亮曰:'正足舒其逸耳。'性倨傲,不合者面拒之,故为物所疾。加平南将军,薨。"

【注释】① 王大将军:王敦。执:捉拿。司马愍王:司马丞,字元敬,袭父爵为谯王,曾任湘洲刺史。王敦起兵时,他兴兵讨伐,后被敦害死,死后谥愍王。 ② 世将:王廙(yì),字世将,王敦的堂兄弟,曾跟着王敦作乱,任荆州刺史。 ③ 王胡之:字修龄,王廙子。无忌:字公寿,司马丞之子。长:长大。相昵:互相亲近。 ④ 为馔(zhuàn):准备食物。 ⑤ 肆酷:肆意残害。 ⑥ 假手:利用他人替自己做事。 ⑦ 积年:多年。 ⑧ 声著:声张,张扬开来。 ⑨ 惊号(háo):惊讶地号啕。 ⑩ 抽刃:拔刀。

【评析】王母为了保护年幼的儿子,一直未将王敦杀害其父之事告知,可谓用心良苦。而当无忌得知父亲被王胡之父亲世将残害时,立即拔刃而出,可知王母所虑甚是。

<h2 style="text-align:center">四</h2>

应镇南作荆州①,㊀王修载、谯王子无忌同至新亭与别②。坐上宾甚多,不悟二人俱到③。有一客道:"谯王丞致祸④,非大将军意⑤,正是平南所为耳⑥。"无忌因夺直兵参军刀⑦,便欲斫⑧。修载走投水⑨,舸上人接取⑩,得免。⑪㊀

【今译】应詹担任江州刺史时,王耆之、谯王司马丞的儿子无忌一起到新亭送别。座上宾客很多,不料这二人都到了。有一位客人说:"谯王司马丞遭遇祸害,不是大将军王敦的意思,只是平南将军王廙干的罢了。"司马无忌就夺过值班参军的刀,要去砍杀王耆之。王耆之逃跑出去跳进水里,船上的人把他救起来,才得以免去一死。

【刘孝标注】㊀ 王隐《晋书》曰:"应詹字思远,汝南南顿人,璩曾孙也。为人弘长有淹度,饰之以文才。司徒何充叹曰:'所谓文质之士!'累迁江州刺史、镇南将军。" ㊁《中兴书》曰:"褚裒为江州,无忌于坐拔刀斫之,裒与桓景共免之。御史奏无忌欲专杀害,诏以赎论。前章既言无忌母告之,而此章复云客叙其事,且王廙之害司马丞,遐迩共悉,修龄兄弟,岂容不知?法盛之言,皆实录也。"

【注释】① 应镇南:见刘注。作荆州:应为"作江州"(见刘注引文、《晋书》本传)。 ② 王修载:王耆之,字修载,王廙第三子。谯(qiáo)王:司马丞。 ③ 不悟:不知道,不明白。 ④ 致祸:遭遇祸害。 ⑤ 大将军:王敦。 ⑥ 正:只。平南:王廙曾任平南将军,故称。 ⑦ 直兵参军:值班参军。 ⑧ 斫(zhuó):砍,斩。 ⑨ 走:走、逃跑。 ⑩ 舸(gě):大船。 ⑪ 免:免去一死。

【评析】前一则写王敦派王廙杀害无忌之父。无忌之母告知无忌,他悲痛之余拔刀而出,只是仇人之子已走远了。本文则写有客为王敦洗脱罪名,令无忌愤怒,于是便夺刀去杀害死他父亲的凶手王廙。谁知又一次落空,杀父之仇仍然未能报成。

五

王右军素轻蓝田①。蓝田晚节论誉转重②,右军尤不平。蓝田于会稽丁艰③,停山阴治丧④。右军代为郡⑤。屡言出吊⑥,连日不果⑦。后诣门自通⑧,主人既哭,不前而去⑨,以陵辱之⑩。于是彼此嫌隙大构⑪。后蓝田临扬州⑫,右军尚在郡⑬。初得消息,遣一参军诣朝廷,求分会稽为越州⑭。使人受意失旨⑮,大为时贤所笑⑯。蓝田密令从事数其郡诸不法⑰,以先有隙,令自为其宜⑱。右军遂称疾去郡⑲,以愤慨致终。㊀

【今译】王羲之一向瞧不起蓝田侯王述。王述晚年的声望逐渐提高,王羲之就更加耿耿于怀。王述在会稽内史任上遭母丧,留在山阴办理丧事。王羲之代理做会稽内史,屡次说要去吊唁,但接连好几天都没有去。后来他登门亲自通报去吊唁,但主人哭了以后,他却不进去哭吊就走了,用这办法来凌辱王述。这样一来,彼此结下了深仇大恨。后来王述出任扬州刺史,王羲之还在会稽郡任上,刚得到王述出任扬州刺史的消息,就派一名参军到朝廷去,请求朝廷把会稽郡从扬州分出来,另外设置越州。这位使者接受了他的差遣却违背了他的意图,结果大为当时贤达所讥笑。王述暗中秘密地命令属官列举王羲之的多种不法行为,因为先前有过嫌隙,就让他自己以适宜的方式去处理。王羲之便称病离职,因愤激感慨而致死。

【刘孝标注】㊀《中兴书》曰:"羲之与述志尚不同,而两不相能。述为会稽,艰居郡境,王羲之后为郡,申慰而已,初不重诣,述深以为恨。丧除,征拜扬州,就征,周行郡境,而不历羲之。临发,一别而去。羲之初语其友曰:'王怀祖免丧,正可当尚书,投老可得为仆射,更望会稽,便自邈然。'述既显授,又检校会稽郡,求其得失,主者疲于课对。羲之耻慨,遂称疾去郡,墓前自誓不复仕。朝廷以其誓苦,不复征也。"

【注释】① 王右军:王羲之。素:向来。蓝田:王述。 ② 晚节:晚年。论誉:舆论评价。转重:逐渐提高。 ③ 于会稽:指在会稽内史任上。丁艰:遭父母之丧。此处指母丧。 ④ 山阴:今浙江绍兴。 ⑤ 代为郡:代替王述做会稽内史。 ⑥ 出吊:指到王述家去吊唁。 ⑦ 不果:没有结果,不能实现。 ⑧ 诣(yì)门自通:登门自己通报去吊唁。 ⑨ 不前而去:不上前吊唁慰问就离开了。 ⑩ 陵辱:欺凌侮辱。 ⑪ 嫌隙大构:结下深深的仇怨。构,造成,构成。 ⑫ 蓝田临扬州:指王述任扬州刺史。 ⑬ 尚在郡:指王羲之仍然在会稽内史任上。 ⑭ "求分会稽"句:请求朝廷把会稽郡从扬州分出来,另外设置越州。 ⑮ 使人:使者。受意失旨:接受了他的差使却违背了他的意图。 ⑯ 时贤:当时的贤达。 ⑰ 从事:刺史的属官。数:列举罪状。 ⑱ 自为其宜:让王羲之自己以适宜的办法去处理。 ⑲ 去郡:辞去郡守职务。

【评析】本书所写,《晋书·王羲之传》亦载。王述任扬州刺史时,王羲之遭母丧事,王述以为"羲之当候己,辄洒扫而待之",而羲之"竟不顾"。二王志向不同,再加羲之过分失礼,因而他们便结下了解不开的仇隙。可知轻视他人的行为是不足取的。

六

王东亭与孝伯语,后渐异①,孝伯谓东亭曰:"卿便不可复测②。"答曰:"王陵廷争,陈平从默③,但问克终云何耳④。"㊀

【今译】王珣与王恭交谈,后来意见慢慢的不一样了,王恭对王珣说:"你说的话令人难以预料。"王珣回答道:"王陵在朝中敢于争辩,说出自己的意见;陈平则谨慎,默不作声,只要看看最终的结果怎么样就好了。"

【刘孝标注】㊀《汉书》曰:"吕后欲王诸吕,问右相王陵,以为不可。问左丞相陈平,平曰:'可。'陵出让平,平曰:'面折廷争,臣不如君;全社稷、定刘氏,君不如臣。'"《晋安帝纪》曰:"初,王恭赴山陵,欲斩国宝。王珣固谏之,乃止。既而恭谓珣曰:'此日视君,一似胡广。'珣曰:'王陵廷争,陈平从默,但问克终如何也。'"

【注释】① 王东亭:王珣,封东亭侯,故称。孝伯:王恭,字孝伯,故称。渐异:指两人意见渐渐不同。　② 复测:预料。　③ "王陵廷争"两句:汉惠帝时,吕后临朝当权,以王陵为右丞相,陈平为左丞相。惠帝死后,吕后欲以吕家人为王,王陵以吕家人非刘氏不能封王为由予以反对。吕后问陈平、周勃,他们都以"无所不可"表示同意,吕后因此很高兴。退朝后王陵责备陈、周,陈平曰:"于面责廷争,臣不如君;全社稷、定刘氏后,君亦不如臣。"(《汉书·王陵传》)两句谓王陵在朝廷上敢直言以示反对,陈平则谨慎沉默以示同意。按"从默"《晋书》本传作"慎默",应从之。　④ 克终:最终结果。云何:如何,怎么样。

【评析】王恭与王珣都不满于王国宝谄媚会稽王司马道子,但在如何除去王国宝一事上意见不一致。最后王恭等出兵讨伐王国宝,杀了他。

七

王孝伯死①,悬其首于大桁②。司马太傅命驾出③,至标所④,熟视首,曰⑤:"卿何故趣欲杀我邪⑥?"㊀

【今译】王恭死后,朝廷把他的首级挂在朱雀桥上示众。司马道子乘车到悬挂首级的高杆处,仔细看着王恭的首级,说:"你为什么要迫不及待地想杀我啊?"

【刘孝标注】㊀《续晋阳秋》曰:"王恭深惧祸难,抗表起兵。于是遣左将军谢琰讨恭。恭败,走曲阿,为湖浦尉所擒。初,道子与恭善,欲载出都,面相折数。闻西军之逼,乃令于儿塘斩之,枭首于东桁也。"

【注释】① 王孝伯:王恭字孝伯。晋安帝隆安二年(398),王恭联合殷仲堪再次起兵,讨伐司马道子,兵败后被杀。　② 大桁(háng):大浮桥。指秦淮河上的朱雀桥。　③ 司马太傅:会稽王司马道子,简文帝之子。晋孝武帝死后掌朝政,官至太傅。　④ 标所:指悬挂罪犯首级的高杆,即挂王平恭首级之杆。所:处所、地方。　⑤ 熟视:仔细看。　⑥ 趣(cù):急促。

【评析】会稽王司马道子杀了王恭,把他悬首示众。还责怪他急着要谋杀自己,言下之意,王恭是咎由自取。

八

桓玄将篡①,桓修欲因玄在修母许袭之②。庾夫人云③:"汝等近,过我余年④,我养之,不忍见行此事。"㊀

【今译】桓玄将要篡位时,桓修想趁桓玄在桓修母亲那里时袭击他。桓修母亲庾夫人说:"你们是近亲,我死后的事我管不了,我抚养桓玄长大,不忍心看见你做出这样的事情来。"

【刘孝标注】㊀《桓氏谱》曰:"桓冲后娶颍川庾蔑女,字姚。"《晋安帝纪》曰:"修少为玄所侮,言论常鄙之,修深憾焉,密有图玄之意。修母曰:'灵宝视我如母,汝等何忍骨肉相图!'修乃止。"

【注释】① 桓玄将篡:指桓玄将要篡位。他于安帝时掌朝政,迫使晋安帝禅位,建国号为楚。后被刘裕讨灭。　② 桓修:桓冲第三子,桓玄之叔伯兄弟。因:趁着。许:处,地方。　③ 庾夫人:桓冲妻,桓修母。　④ 汝等:指桓玄,桓修。余年:晚年。

【评析】桓修与桓玄是同祖的堂兄弟,只是从小不睦,桓修便欲乘玄不备而袭击他。他们的母亲尚念骨肉之情,劝之,才避免了骨肉相残的悲剧。

人 名 索 引

龚 斌 编

凡 例

一、本索引收录《世说新语》及刘孝标注文中出现之所有人物。

二、人物以姓名及常见称谓为主目,其他字、号、小名、官号等,附注括弧之内。

三、参见条目以《世说新语》正文及刘孝标注文中单独出现之称谓为主。注文内人物小传中出现之人物字、号,一般不作参见条目,以免繁琐。

四、凡原书姓名记载有错误或有疑问者,以脚注形式说明,列于每页下方。

五、姓名相同而非一人者,在括弧内注明,以示区别。

六、凡刘孝标注文中有属于人物小传之条数,缀以 * 号。

七、本索引以汉语拼音字母音序排列,《世说新语》篇名一依原书顺序排列,并加中文数字,以便检索。篇名后之数码,即表示人物在原书中出现之位置。

八、所用《世说新语》版本,南宋绍兴董弅刻本简称为“宋本”,《四部丛刊》影印袁褧本后附《世说新语》沈宝研校语简称为“沈本”。

---

① 吴隐之赋诗"试使夷齐饮"句之"夷齐",指伯夷、叔齐。
② 蔡系字子叔。此"蔡叔子"乃"蔡子叔"之误倒。

---

① 据《魏志·陈泰传》注引《陈氏谱》，"陈淮"当作"陈准"。

---

① 原作"楚王"，或昭王，或惠王。孙诒让《墨子年表》以为是楚惠王。

② 《晋书》七九《谢安传》作"逯"，是。

③ 《赏誉》五四作"戴俨"。或许戴渊后改名作"戴俨"。

---

① 此东海王为何人，无考。

---

①　《晋书》七五《范汪传》"略"作"晷"。

① 原仅作"司隶",据《晋书》三三《石崇传》,奏按石崇、王恺者为司隶校尉傅祗。

---

① 《汉书》九七《外戚传》作"阳阿"，是。
② 《后汉书》二四《马援传》载马援子孙马朗封为合乡侯。

---

① 原作"贾充女"，据《晋书》四〇《贾充传》，此女乃充次女贾午。

世
说
新
语
详
解

① 原作"淳"，当从《晋书》及《江氏谱》作"惇"。

① “文帝”疑是“景帝”之误。

② “武帝”当作“成帝”。

① 原作"敬彻"，当作"敬胤"。

---

①　茂重，宋本、沈校本并作"茂曾"，是。《晋书》本传及《栖逸》四同。

②　《晋书》四九《贾充传》云："李氏生二女：褒、裕。褒一名荃，裕一名浚。"此"合"，盖即"荃"字之误。

③　李康，当从《魏志·李通传》作"李秉"。

---

①　原作"李势妹"，当从刘孝标注引《妒记》作"李势女"。

①　此条原作"刘恢"，误。当作"刘惔"。
②　当作"刘漠"。

---

① 原作"刘汉"，当作"刘漠"。
② 原作刘纳。纳，沈校本作讷，作讷是。
③ 当从《晋书》作"挺"。
④ 沈校本作"刘祐"，与《后汉书》六七《党锢传》作"刘祐"，是。
⑤ 此作"刘璵"。《晋书》本传及《雅量》一〇注引《晋阳秋》作"刘舆"。

---

①　原作"刘淮",误。

---

① 《魏志·王粲传》注及《文选》向秀《思旧赋》注并作"昭"。

---

① 原作慕容晋。"晋"，沈校本作"俊"。
② 《晋书》四三《王戎传》记此事属之裴頠。

① "裴纬"当作"裴缉"，《品藻》六正作"缉"。
② 原作"秦伯"。据《左传》，当指秦穆公。

世说新语详解

———————

①　"荣期"乃"荣启期"之省称。

---

① 脯,《晋书》四九《阮裕传》作"佣"是。
② 宋本、沈校本并无"充"字。或以为此沈充即党王敦之沈充,然刘孝标称"未详",故此沈充未必是
王敦党羽。

---

① 据《黜免》七注引《司马晞传》及《晋书》六四《武陵王晞传》，"下邳王"当作"新蔡王"。
② 《晋书》三五《裴楷传》谓楷闻楚王玮有变云云，则楚王乃司马玮。

① 宋本作"孙宾硕"是。

① 原作“纮”。据《太原中都孙氏谱》及《晋书》五六《孙统传》，当作“统”是。
② 《晋书》六六《陶侃传》作“陶士行”。

---

① 《晋书》八六《张茂传》作"万推"。
② 原作"王丞"，当作"王承"。

---

① 《方正》五八注引《王氏谱》作"伯子"。今从《中兴书》,作"茂仁"。

② 此条王陵,陵,当作"凌"。

① 此条原作"王翼"，据《言语》八一注引《王胡之别传》，胡之乃王廙之子，故当作"王廙"。

---

① 原作"恬"，误。今从《晋书》、沈校本作"王佑"。

② 《魏志·武宣卞皇后传》注作"王旦"。

---

① 原作“褒”，当从宋本作“哀”。

① "孟本"，《后汉书》四八《徐璆传》作"孟玉"。

世说新语详解

① 《雅量》一六许侍中下注："许璪字思文。"疑即其人，"琛"或是"璪"之误。许琛、许璪与顾和同时，一作"文思"，一作"思文"，其中必有一误。

② 许征，当作"许征君"。各本皆脱"君"字。

---

① 或，原作"式"，误。

② 俣原作"保"。《魏志·荀彧传》："子俣，御史中丞。"注引《荀氏家传》曰："俣字叔倩，子寓字景伯。"据此，"保"当作"俣"。

③ 《栖逸》六称"蜀庄"，即蜀郡严君平也。避汉明帝讳，"庄"皆作"严"。

④ 准，原作"淮"，沈校本、《魏志·陈思王植传》注引《冀州记》同。作"准"是。

世说新语详解

———————————————

① 刘孝标注引《羊氏谱》原作"羊悦"。据《宋书·羊欣传》言"曾祖忱，晋徐州刺史。"则当作"忱"是。
② 原作"羊悦"，当作"羊忱"。

①《晋书》本传及汪藻《殷氏谱》皆作"殷颛"。
②刘孝标注引《谢氏谱》谓殷颛父殷歆，然《晋书》八三《殷颛传》、汪藻《陈郡长平殷氏谱》皆云殷颛父康，无有"殷歆"者。疑《谢氏谱》误。
③当作"支法师"，支道林也。

---

① 原作"义"，当作"羲"。
② 此作"袁耽"，"耽"同"耽"。

①　《魏志》作“袁涣”。当从《言语》八三注引《续晋阳秋》作“袁焕”。
②　原作“奉高”，谓袁闳。按，袁阆字奉高，见《后汉书》五六《王龚传》。
③　或作“袁悦”。《晋书》本传作“袁悦之”。

---

① 原作"张玄"。张玄即张玄之。

---

① 据年代考之，此"周馥"非《晋书》六一《周馥传》之"周馥"。

② 原作"周俊"，当从《晋书》作"周浚"。

---

① 宋本、沈校本作"朱寓",与《后汉书》合。

---

①　原作"子威"。沈校本"威"作"臧"，《艺文类聚》、《容斋五笔》引正作"臧"，作"臧"是。